U0923160

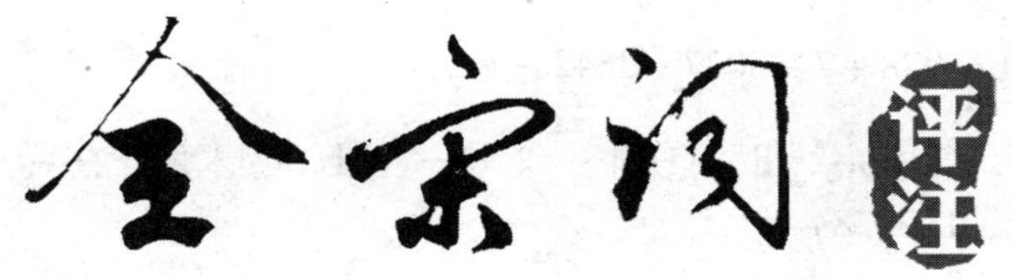

主　编　周笃文　马兴荣

學苑出版社

图书在版编目（CIP）数据

全宋词评注/周笃文，马兴荣主编．—北京：学苑出版社，2011.5

ISBN 978-7-5077-3642-7

Ⅰ．①全…　Ⅱ．①周…②马…　Ⅲ．①宋词—注释　Ⅳ．①I222.844

中国版本图书馆CIP数据核字（2011）第054952号

本书部分文字经中华书局授权许可使用

责任编辑： 郭　强　韩继忠
责任校对： 黄　勇　袁大威
出版发行： 学苑出版社
社　　址： 北京市丰台区南方庄2号院1号楼
邮政编码： 100079
网　　址： www.book001.com
电子信箱： xueyuan@public.bta.net.cn
销售电话： 010-67675512、67678944、67601101（邮购）
经　　销： 新华书店
印 刷 厂： 北京印刷一厂
开本尺寸： 880×1230　1/32
印　　张： 393.75
字　　数： 7380.45千字
印　　数： 1800套
版　　次： 2011年6月第1版
印　　次： 2011年6月第1次印刷
定　　价： 1600.00元（全10卷）

编纂人员名单

顾　　问　孔凡礼　曹济平　徐培均　陈庆元

名誉主编　吴熊和

主　　编　周笃文　马兴荣

副 主 编　吴战垒　刘庆云　程郁缀　邓乔彬

罗忠族　潘　慎　赵慧文

执行副主编　张　静　王育林

评 注 者　（按姓氏笔画排列）

马兴荣　王以宪　王育林　王建定

王铁麟　王　焰　王　澍　王翼奇

方智范　邓乔彬　孔凡礼　叶　英

冯巧英　冯俊伶　冯统一　朱靖宇

乔亚民　任德魁　刘甲夫　刘庆云

孙安邦　严迪昌　杨子怡　杨东方

杨柏龄　杨梦麟　李　扬　李汝伦

《全宋词评注》总目录

词苑春浓绽异葩(序)

霍松林

宋词,这是与唐诗并提比美的艺术瑰宝,因而自宋代以来,不断有人汇编汇刻。唐圭璋先生求全求精,从1931年开始,穷七年之力,编就《全宋词》总集,由商务印书馆铅排,于1940年在抗日烽火中的长沙出版。时局艰危,疏失难免。唐先生念兹在兹,十馀年后又与中华书局合作,对长沙版《全宋词》进行了长时间大规模的加工,于1965年出版了重编本。嘉惠艺林,功德无量。

改革开放以来,百废俱兴,千帆并举。中华诗词亦由复苏走向繁荣,创作队伍日益壮大,研究水准日益提升,在重编本《全宋词》的基础上精益求精,编纂《全宋词评注》,已成为广大群众的迫切需要。治宋词多年、著述宏富的周笃文先生与著名词学家马兴荣教授应运而出,勇挑重担,在国家教委的支持下组织专家共襄盛举,几经寒暑而大功告成,可喜可贺。

我与笃文先生交厚,有幸了解《全宋词评注》的编纂概况,更有幸先睹书稿,认为此书优点颇多:其一,对重编本《全宋词》所收词作,又用善本校核,力求精当。其二,重编本《全宋词》共收1400馀位词人的词作20300馀首,残篇530馀首,堪称洋洋大观。此书又在“全”字上下功夫,从《四库全书》、《永乐大典》(残卷)、《广群芳谱》、《诗渊》以及大量笔记、谱录、医书、方志等文献中网罗散失，补收佚词逾200首，百尺竿头，更进一步。其三，对历代词评进行了广泛搜辑和全面梳理，筛选具有文艺批评和鉴赏价值者列于相关词下，力求有益读者而又节省篇幅。例如苏轼《永遇乐·明月如霜》、曾敏行《独醒杂志》、先著《词洁》、徐轨《词苑丛谈》、刘体仁《七颂堂词绎》、唐圭璋《唐宋词简释》等都有评论，而此书只选胡仔、张炎、邓廷桢、郑文焯四家评语，求精而不炫博，难能可贵。其四，对词作中的难字难词以及人物、典故、史实、典章制度等俱加注释，论据恰切，语言简明，为读者扫除了文字障碍。例如柳永《一寸金》词中的"梦应三刀"，意为应了三刀之梦，但"梦三刀"何意，却颇难索解。注释者根据《晋书·王濬传》梦三刀为任益州刺史之兆，证以词中"锦里"等地名及全篇词意，注为"指为益州刺史"便令人涣然冰释。其五，作品系年及包括词人时代、姓氏、行实及文学成就等在内的作者简介，都博采已有的研究成果，力求准确。

唐圭璋先生以一人之力，惨淡经营，编就《全宋词》，又编就《全金元词》。《全宋词评注》则由笃文先生任主编，集全国专家之力，为《全宋词》在教学、科研、鉴赏和创作借鉴等方面发挥更大作用，做出了杰出贡献。唐先生有知，必当颔首致谢。那么，《全金元词》的注释和集评，也该提上日程了。词学家其有意乎？出版家其有意乎？

2009年元旦写于陕西师大专家3楼

前　言

《全宋词评注》终于问世了。这是一部由高教古籍整理规划小组审订立项并予资助的课题。它凝聚了80馀位词学专家的心力,先后历时十馀年始告脱稿。有的学者如本书副主编吴战垒、罗忠族教授以及责编郭强先生等都先后谢世,令我们倍感痛惜与歉疚。

《全宋词》是唐圭璋先生集毕生之力完成的一项经典性文化工程。其嘉惠后学,可谓功德无量。本书谨以此为基础,并广泛汲纳词学研究的新成果与新资料,进行校核、疏理、增补、完善。对词中疑难字词与典章故实,酌加笺注,文字力求准确洗练。点评是鉴赏诗词的有效方式,本书选录前贤的点睛妙语附后,亦间录时人与注者的评论,为赏奇析异之助。辑佚工作是我们关注的重点之一,寸缣片字,凡有可采,概加收录。时贤如吴熊和先生之《唐宋词汇评》新增佚词、周裕锴先生《全宋词辑佚补编》是继孔凡礼先生《全宋词补辑》后的重要发现,对我们很有帮助。除此之外,由本书同仁独自发现者亦近200首,仅从《禅宗语录》辑出者即达159首。如何尽可能地为读者提供一部资料完足、评注精当的著作,一直是我们奋斗的目标。

词滥觞于隋,发育成长于唐五代,而大成于两宋。隋炀帝杨广的四首《纪辽东》以及王胄的和章，为七、五、七、五句式，琢句用韵，具备了曲词的基础要素，是目前见到的最早词作。业经任中敏先生论定，可谓坚确无疑，同时也与王灼所言“盖隋以来，今之所谓曲子者渐兴”完全吻合。唐代盛行诗体，近体诗更是独领风骚。然而曲词亦颇有发展，如李白之《菩萨蛮》、《忆秦娥》二首，黄昇《唐宋诸贤绝妙词选》将其列于篇首。北宋魏泰已于曾布所藏《古风集》得到明证。按鼎州沧水楼，在常德市南沧山沅水旁，正是李白流放夜郎行经之地。其《春滞沅湘诗》有“沅湘春色还，风暖烟草绿，古之伤心人，于此断肠续”，情景时地，无处不合，如一笔写出，尚何可疑之有？其《忆秦娥》词，北宋李之仪即有“用太白韵”之和章，亦见载于邵博的《闻见后录》。足杜悠悠之论，还李白之著作权了。

词是宋代极活泼、极富创造性之文学。这种植根于生活、融化于音乐的文学体裁，宽泛的韵律、参差的句式赋予了人们很大的创作自由度与新颖感。民众的酷爱与上层的倡导，更使它成为经久不衰的时尚新声，在南北两宋三百年间，得到了充分的发展。它流派纷呈，高潮迭起，愈出愈精，是一座无比丰富、珍贵的艺术宝库。约而言之，堪称生活的全景画、时代的晴雨表、大众的心灵史与历史的原生态。下面拟就此角度，试作申论。

首先是词中所体现的生活之全景美。如写帝京繁华的赵佶之《满庭芳》：

寰宇清夷，元宵游豫，为开临御端门。暖风摇曳，香气霭轻雰。十万钩陈灿锦，钧台外，罗绮缤纷。欢声里，烛龙衔耀，黼藻太平春。

这是徽宗皇帝在上元宴席上即席次韵范致虚之作，真把皇家气象写到了十分。再看写都市的繁华，如柳永歌颂杭州的《望海潮》：

东南形胜，三吴都会，钱塘自古繁华。烟柳画桥，风帘翠幕，参差十万人家。云树绕堤沙。怒涛卷霜雪，天堑无涯。市列珠玑，户盈罗绮竞豪奢。

这就是令完颜亮兴投鞭之志的杭州胜概。写歌筵舞席的鲜华，如张先的《减兰》：

垂螺近额，走上红茵初趁柏。只恐轻飞，拟倩游丝惹住伊。　　文鸳绣履，去似杨花尘不起。舞彻伊州，头上宫花颤未休。

如此轻灵娇媚，可谓笔有馀妍。宋词中亦不乏力可排山的健笔，如潘阆的《酒泉子》：

长忆观潮，满郭人争江上望。来疑沧海尽成空，万面鼓声中。　　弄涛儿在涛头立，手把红旗旗不湿。别来几向梦中看，梦觉尚心寒。

惊心动魄的冲浪运动，从词人笔下画出了源头的活水。再看舟子的神勇，如杨万里的《满江红》：

千古东流，声卷地，云涛如屋。横浩渺，樯竿千丈，不胜帆腹。夜雨翻江春浦涨，船头鼓急风初熟。似当年呼禹渡黄川，飞梭速。

风雨危帆，在操舟人的呐喊声中飞也似地向前驶去。田家的茅舍竹篱，则有另一种亲情野趣，如辛弃疾的《清平乐》：

茅檐低小，溪上青青草。醉里吴音相媚好，

白发谁家翁媪。　　大儿锄豆溪东，中儿正织鸡笼。最喜小儿无赖，溪头倒剥莲蓬。

再如周邦彦《浣溪沙》笔下的夏景："象床平稳细穿藤，飞蝇不到避壶冰。"则为我们点明了"冰壶"的实际效用，除了降暑送凉而外，还可以避蝇虫骚扰。梅尧臣的《谢韩子华遗冰》诗亦云："开盘一见水玉璞，置座百步无青蝇"，把冰块比为玉璞，反映了繁华城市的另一道亮色。词中所展现的浮世之绘就是这样异彩纷呈，令人目不暇给。

其次是时代的脉动感。南北两宋三百年间民生政局震荡起伏，前期除西夏兵戎外，比较安定，经济较为繁荣，故不乏太平颂曲，如韩琦的《安阳好》：

安阳好，形势魏西州。曼衍山河环故国，升平鼓吹沸高楼，和气镇飞浮。　　笼画陌，乔木几春秋。花竹轩窗排远岫，竹间门巷带飞流。风物更清幽。

以及俞紫芝的《苏幕遮》：

地钟灵，天应瑞。簇簇香苞，月里双双睡。
月如花，花似月。花月生香，添此真奇异。
不许扬州夸间气。昨夜春风，唤醒琼琼醉。

升平鼓吹，花月娇娃，好一派太平气象。至于范仲淹的《渔家傲》：

塞下秋来风景异，衡阳雁去无留意。四面边声连角起，千嶂里，长烟落日孤城闭。

则作于延州与西夏抗争的前线，自不免有杀伐之音。迨女真入侵，中原失守，江山变色，国族沦危之时，军民奋起救亡，忠义慷慨之音笼罩天地。给偏于软媚的词坛带来

了金戈铁马的英雄壮曲。如张孝祥的《水调歌头·闻采石战胜》:

雪洗虏尘静,风约楚云留。何人为写悲壮,吹角古城楼。湖海平生豪气,关塞如今风景,剪烛看吴钩。膡喜燃犀处,骇浪与天浮。

辛弃疾的《破阵子》:

醉里挑灯看剑,梦回吹角连营。八百里分麾下炙,五十弦翻塞外声。沙场秋点兵。
马作的卢飞快,弓如霹雳弦惊。了却君王天下事,赢得生前身后名。可怜白发生。

皆声情悲壮而充满气吞骄虏的信心,与岳飞的《满江红》可谓后先辉映,同其千古。至文天祥之《酹江月》作于祥兴元年(1278)兵败被俘之时,语特忠贞悲愤:

水天空阔,恨东风不借世间英物。蜀鸟吴花残照里,忍见荒城颓壁。铜雀春情,金人秋泪,此恨凭谁雪?堂堂剑气,斗牛空认奇杰。

英雄末路,抱恨何深。刘辰翁的《唐多令》作于元军攻陷临安之后,更是沉哀入骨:

明月满沧州,长江一意流。更何人,横笛危楼。天地不知兴废事,三十万、八千秋。
落叶女墙头,铜驼无恙否?看青山、白骨堆愁。除却月宫花树下,尘坱莽,欲何游。

哀音满纸,无地埋愁,沉郁凄咽,堪称绝唱。时代的阴晴风雨,在以上词人的笔下展现得如此鲜明生动,崇高悲壮,其鼓动性与感染力都是空前的。

贴心而本色,是宋词的另一特点。如柳永的《剔银灯》:

渐园林明媚,便好安排欢计。论槛买花,盈车载酒,百琲明珠邀妓。

寥寥数语,便将浪子词客的面目活脱脱地勾画出来了。晏殊的《浣溪沙》:

一曲新词酒一杯,去年天气旧亭台。夕阳西下几时回?

一声喟叹,即将太平宰相叹惜流年的生命意识蕴藉深致地表现了出来。王冠的《庆春朝慢》:

结伴踏青去好,平头鞋子小双鸾……晴则个,阴则个,饾饤得天气,有许多般。须教镂花拨柳,争要先看。不道吴绫绣袜,香泥斜沁几行斑。东风巧,尽收翠色,吹在眉山。

小儿女嬉春之活泼情态形容都尽。贺裳以为"(斧凿)痕迹都无"、"两'个'字尤弄姿无限"。周邦彦《少年游》:

并刀如水,吴盐胜雪,纤手破新橙。锦幄初温,兽烟不断,相对坐调笙。　　低声问,向谁行宿,城上已三更。马滑霜浓,不如休去,直是少人行。

词写与李师师的幽会。纤笔白描,含情吐媚,二人心事,曲曲可见,真有无上的妙谛。姜夔的《扬州慢》:

淮左名都,竹西佳处,解鞍少驻初程。过春风十里,尽荠麦青青。自胡马窥江去后,废池乔木,犹厌言兵。渐黄昏,清角吹寒,都在空城。

俨然一篇芜城之赋。"废池乔木,犹厌言兵"真是惊心动魄的忧生之大喟。再如徐君宝妻之《满庭芳》:

清平三百载,典章人物,扫地都休。幸此身

未北，犹客南州。破鉴徐郎何在？空惆怅、相见无由。从今后，梦魂千里，夜夜岳阳楼。

元兵攻陷岳阳掳徐妻，屡欲犯之。乃题词壁上，投大池死，忠孝节烈，可谓义重山河，虽死犹生。

词亦有史。作为以社会万象为表现对象的宋词，它所反映与涉及的历史事件不少。有的可补史之缺文，而且相当丰富生动，比如裴湘的《浪淘沙》：

雁塞说并门，郡枕西汾。山形高下远相吞。古寺楼台依碧嶂，烟景遥分。　晋庙锁溪云，箫鼓仍存。牛羊斜日自归村。惟有故城禾黍地，前事消魂。

裴湘为内侍裴愈养子，向亦为宫廷宦官。仁宗明道中(1033年左右)曾应进士试，所作《明堂赋》大受称赏。升内殿承制，复擢河东路走马承受(监军)，此词作于河东任上。下片"故城禾黍"诸语，反映了一件严峻的史实：太平兴国四年(979)宋灭北汉，诏毁其都城太原，徙其民众于榆次。仁宗嘉祐四年(1059)复以太原为河东路府治。裴湘于40年后来到兵后的太原，仍是满目荒凉，当日受祸之烈可以想见。另如赵佶的《临江仙·宣和乙巳冬幸亳州途次》：

过水穿山前去也，吟诗约句千馀。淮波寒重雨疏疏。烟笼淮上鹭，人买就船鱼。　古寺幽房权且住，夜深宿在僧居。梦中惊起转嗟吁。愁牵心上虑，和泪写回书。

乙巳为宣和七年(1125)，金兵已进逼汴京。徽宗下罪己诏，许臣庶直言极谏。旋逊位于太子，匆忙避兵至亳州。值此危急存亡、千钧一发之时，犹"吟诗约句千馀"，恬嬉误国，乃至如此。江山社稷不亡何待？张元幹的《念奴娇·题徐明叔海月吟(吹)笛图》更是一段重要的邦交佳话。词云：

秋风万里，湛银潢清影，冰轮寒色。八月灵槎乘兴去，织女机边为客。山拥鸡林，江澄鸭绿，四顾沧溟窄。醉来横吹，数声悲愤谁测。　飘荡贝阙珠宫，群龙惊睡起，冯夷波激。云气苍茫吟啸处，鼍吼鲸奔天黑。回首当时，蓬莱方丈，好个归消息。而今图画，谩教千古传得。

题中说到的徐明叔，名兢，是北宋晚期著名书画家、学者与朝廷官员。宣和五年(1123)以奉议郎奉使高丽提辖官身份，陪同国信使路允迪、副使傅墨卿出使高丽，于该年五月十六日舟发明州(今浙江宁波)，带领二神舟、六客舟放洋北行，六月六日抵高丽京城。进行了一月多的外交与考察活动，于七月十三日返程，遭遇台风，凶险万端，于八月二十七，始抵明州定海。翌年将实地见闻撰成图文并茂的《宣和奉使高丽图经》奏上，大受徽宗嘉赏，赐同进士出身。该书内容丰富翔实，具有极高的政治历史与科技文化的价值。指南浮针的使用，首见于此书。其《海月吹笛图》也广受称道。李弥逊亦填词赞颂。另据《宋会要》，“路公允迪载书使高丽，中流震风，人舟沉溺。独公所乘，神降于樯获安济。明年奏于朝，赐庙额曰顺济”，并于“莆田建神女祠”，这就是妈祖第一次获朝廷赐封。此次出使是可以和“郑和航海”并称的重大历史事件，乃能在词中得到如此辉煌现身，岂非千古盛事！

宋词的表现内容其实非常丰富宽阔，能巨细兼包，引人入胜。比如方岳的《浣溪沙·赵阁学饷蝤蛑酒春螺》：

半壳含潮带靥香，双螯嚼雪迸脐黄。芦花洲渚夜来霜。　短棹秋江清到底，长头春瓮醉为乡。风流不枉与诗尝。

把一段持螯赋诗的生活小景写得如此鲜活动人，今日读来仍如闻酒香。他的另一组问月、对月的《哨遍》则完全是别样的境界。《哨遍·问月》：

月亦老乎？劝尔一杯，听说平生事。吾问汝，开辟自何时，有乾坤更应有尔。年几许，鸿荒邈哉遐已。吾今断自唐虞起。繄帝曰放勋，甲辰践祚，数至今，宋嘉熙。凡三千五百二十年馀。嗟雨僽风僝几盈亏，老兔奔驰，痴蟆吞吃，定应衰矣。

《哨遍·用韵作月对》：

月曰不然，君亦怎知，天上从前事。吾语汝，月岂有弦时。奈人间井观乃尔。休浪许，历家缪然而已。谁云魄死生明起。又明死魄生，循环晦朔。有老兔，自熙熙，妄相传、月遡日光余。嗟万古谁知了无亏。玉斧修成，银蟾奔去，此言荒矣。

一问一答，掷笔天外，得出万古无亏盈的符合科学之判断，真令人拍案叫绝。宋词之微妙鲜妍，更是所在多有。如严仁的《醉桃源》：

拍堤春水蘸垂杨，水流花片香。弄花噆柳小鸳鸯，一双随一双。　帘半卷，露新妆，春衫是柳黄。倚栏看处背斜阳，风流暗断肠。

好一幅美人赏春小景。况周颐以为上片“描写芳春景物，极娟妍鲜翠之致，微特如画而已。政恐刺绣妙手，未必能到”。先著、程洪在《词洁》中说：“唐以后特地有词，正以为有如许妙语，诗家收拾不尽耳。”持论此词，应无多让。

面对这样一座精美绝伦的宋词宝藏，真值得我们深入地钻研学习、继承与发扬。如何汲取其宝贵成果，以满足大众的审美需要，激活传统，以推动当代文学的研究与创新，是一项光荣的使命，这也正是我们编撰此书的目的。

《全宋词评注》始于20世纪90年代中期，曾得到施蛰存、程千帆诸先辈的支持与鼓励。南北词学专家如马兴荣、孔凡礼、曹济平、严迪昌、朱靖华、罗忠族、陆坚、吴战垒、何严、徐培均、程郁缀、薛瑞生、李汝伦、钱世明、陈庆元、陈振寰、刘庆云、陈祖美、沙灵娜、侯孝琼、陈明强、徐育民、陶先淮、周少雄、冯统一、王育林、方智范、高建中、邓乔彬、邹志方、高丽华、梁鉴江等近八十位先生鼎力支持、加盟撰稿，保证了学术质量。只是由于人地分散，以及原责编意外病逝等原因，出版一再延宕，这是十分无奈的事情。幸得学苑出版社孟白社长的大力支持和热忱细致的帮助。磨剑十年，始得出版，卸下了心中的千斤重负。承蒙霍松林先生惠赐大序，吴熊和先生题写书名，为本书增辉，谨致深深的谢意。由于水平与人力的限制，书中缺点讹误一定不少。恳请方家通识及读者诸君多赐教言，以匡不逮，是所至感。

周笃文(执笔)

己丑初春于北京影珠书屋

编纂说明

《全宋词评注》是一部集校订、注释、评论、补佚为一体的全新的综合性宋词总集。本书于1994年由全国高校古籍整理研究工作委员会重点立项并得到学界前辈学者缪钺、施蛰存、王季思、程千帆等先生的关怀和指导。项目由包括北京大学、华东师范大学、中国新闻学院、浙江大学、南京师范大学、中山大学等十馀所高等院校和研究机构的近80位专家通力合作,历时十馀年,始底于成。

《全宋词评注》,顾名思义就是有"词"有"注"有"评"。从"注"的角度来看,主要是对词作中的疑难字词酌加诠释并提示词艺手法,交代有关史实等。如范仲淹《苏幕遮》"夜夜除非,好梦留人睡",注文点明此乃"除非夜夜好梦留人睡"之倒装,这是为了调适平仄与突出其陌生化的艺术手法。另如赵佶《临江仙·亳州旅次》词,注明:"此词作于宣和七年(1125)。此因金兵逼汴梁,逊位走避亳州,故词特哀苦。"这样读者就不难理解词人"愁牵心上虑,和泪写回书"的原由了。再如吕渭老《渔家傲》"拈花冤道头陀笑,鸡足山中眠未觉"句,注中指出:"鸡足山位于云南宾州西北,相传为迦叶俟弥勒处。"并云:"大理州鸡足山远处滇南，久羁化外，元代以后始纳入行政区。鸡足山为佛家圣地，然其诗歌此前未见早于元代者，此词实为吟咏之始。据《鸡足山志》云：政和五年(1115)徽宗曾遣使褒奖公氏政权。此词之作或与此有关。”

从“评”的角度来看，本书对古今宋词评论进行了集录。历来词评精深微妙，常以精练、生动、隽永之语言来揭示文心，接通文脉，开悟读者。如范仲淹《渔家傲》，先著云：“一幅绝塞图，已包括于‘长烟落日’十字中。唐人塞下诗最工最多，不意词中复有此奇境。”(《词洁辑评》)张先《天仙子》“云破月来花弄影”，沈祖棻评曰：“其好处在破、弄两字下得极其生动细致。天上云在流，地下花影在动，都暗示有风。为以下遮灯、满径埋下伏线。”(《宋词赏析》)有的评语借题生发，别出新解，如王国维评辛弃疾《木兰花慢》“可怜今夜月，向何处，去悠悠？是别有人间，那边才见，光影东头”曰：“词人想象，直悟月轮绕地之理，与科学家密合，可谓神悟。”(《人间词话》)真能想落天外，出语惊人。有的评论见仁见智，各有千秋，如陈亮《水调歌头·不见南师久》词，李调元评曰：“陈同甫无媚词，与稼轩同唱和，笔迹近之……读之令人神往。”(《雨村词话》)陈廷焯则曰：“同甫《水调歌头》云：‘尧之都，舜之壤，禹之封，于中应有一个半个耻臣戎！’精警奇肆，几于握拳透爪，可作中兴布露读。就词论则非高调。”(《白雨斋词话》)此等精言宏论，妙解锦心，回味之馀，诚可大增鉴赏水平。

评、注之外，编者在汇集整理宋词的过程中，还做了大量的校订及补佚工作。

就校订工作而言，以《全宋词》(中华书局版)为底本，参阅《四库》本、《宋百家词》、《六十名家词》、《历代诗馀》、《词律》、《词谱》以及类书、笔记、时贤著作，相与参订，更正底本达千馀处之多。例如柳永词，《阳台路》"追念少年时"，按《百家词》、《四库》本俱无"少"字，又与《词律》、《词谱》之96字体不合，"少"字显系衍文，当删。《临江仙·渡口》"乘瘦马，陟平冈"，按"平冈"无"陟"之理，且《百家词》、《四库》本俱作"陟崇冈"，当从。《木兰花·心娘自小能歌舞》之词牌，据《四库》本、汲古阁本、《历代诗馀》、《词谱》皆作《玉楼春》，与其他七言八句押仄韵皆名《玉楼春》者同例，当改。此外，词牌有误当改的还有潘阆《忆馀杭》十首，底本作《酒泉子》，然宋僧文莹《湘山野录》及宋诗家杨湜《古今词话》已明言《忆馀杭》乃潘阆自度之曲，字数亦与《酒泉子》异。另如魏了翁之《鹤山长短句》157首中讹异之处亦有23处。《鹧鸪天·十载交盟》"云障晚日供秋思"，"障"字平仄不合，据《四库》本改作"遮"。《念奴娇·固陵山上》"笑指口山归去"，据《四库》本作"笑指故山归去"，当从。《临江仙·占断人间》"坱北浩无垠"，"坱北"显系"坱圠"之误。浩无边际曰坱圠，见于贾谊《鵩鸟赋》、李白《大鹏赋》。

本书编写过程中的补佚工作最为艰辛。近十馀年来，吴熊和、薛瑞生、陈庆元、周裕锴、高利华及孔凡礼诸位先生续有发现，去其重复，共得71首。本书主编又从《禅宗语录辑要》辑出172首。二者相加共243首,此次收入本书。至此,本书继踵前贤,收入两宋词人1500馀家,词作20500馀首,成为目前收录词作品最为完备的一部宋词总集。

本书在校订作品、注释文义、集录评语、补辑佚篇之外,还对作者小传进行了修订或重撰,补充了新的研究成果。版式的设计和目录的编排也更加便于阅读。编写者和出版者的初衷是为现代读者提供一部收录完备、文本可靠、信息丰富、使用方便的宋词总集,诚恳希望读者对本书多加批评指正。

凡　例

一、全书编次　先列词人生平小传，其后为宋词原文（含出处）、注释、集评。

二、词人生平小传　依据唐圭璋《全宋词》及《宋史·艺文志》、《宋诗纪事》等文献资料进行编写，注明词作者生卒、字号、籍贯、科第、仕履、著述、词作风格等。籍贯地名，于括号内加注今名。

三、词人及词作编次　词人编次尽可能地依据史料以及新的研究成果考证词人生卒年，按照时代顺序排列。词人名氏、生平等确无从考证者，以“无名氏”为名，列于书中正编的最后。词作编次以所出书的成书时间先后排列。出自同一书的，按照在原书中出现的先后排列。互见于二人或多人的词作，可确定归属者径归作者名下，稍作说明；难定归属的，原则上将其列于时代较早者名下，同时以存目方式互见于后者名下。孔凡礼先生《全宋词补辑》中的宋词，凡可确定作者的，以【补辑】为题，径收入该词人名下；本书主编周笃文先生补佚的宋词，凡可确定归属的，以【补佚】为题，径收入词人名下。其馀不确定归属的，列于本书正编之后。

四、词作标点　改变以句号为主的句读方式，参酌《唐宋词格律》与《中华词律词典》，采用新式标点。

五、注释　在对词中的疑难词汇、典故等加以注释与对相关的历史背景加以说明的同时,尽可能地对词作进行考证研究,此类注释表述为“注者按”。除此之外,先贤为宋词所作的校语及唐圭璋先生穷毕生精力对宋词进行研究所做的点校,本书一并收录于注释之中,表述为“《全宋词》注”、“唐氏按”、“孔凡礼按”等。此类不加引号。原词注及作者自注均加引号,以示其原始面貌。

六、集评　精选先贤及今人词评作品中具有代表性的语言。为避免贻误读者,出处及作者不确定的词评本书未做收录。在此过程中,集评者间有会心之语也收录于此。此部分体例,先列评注者姓名,其后引出评语,最后标明评语的出处。此外,古人和今人在撰写评语的过程中,由于参阅词作版本的不同,个别词文内容略有出入,为保证词评的真实性,本书保留这些差异,不另作改动。

七、目录编次　先列词人名氏,其后依据词作在正编中出现的顺序,列出词牌,再亦酌情列出题目,再列出词作的首句。此外,为方便读者检索之用,补佚、补辑的宋词在目录中也予注明。

八、为避免因字体简化造成的词义误解、重韵等阅读障碍,本书适当保留了一些字的繁体字形,如胡须之“须”仍写做“鬚”,头发的“发”仍写为“髮”,词牌名“忆馀杭”,也不再简写为“忆余杭”,表“剩馀”、“多馀”之意处,亦用“馀”。

全宋词词作者索引*

* 注:此索引按词作者姓的汉语拼音字母次序及四声声调排序。作者姓名后,汉字数字为卷号,阿拉伯数字为该卷的页码。

F

fa

fan

fang

fei

feng

fu

G

H

X

xi

xia

xiang

xiao

Z

第一卷

评注者：（按编写顺序排列）

周笃文　冯统一　王育林　徐晋如

钱世明　沈可宜　薛瑞生　孟霜君

沙灵娜　陈振寰　李奇林

目　录

和 岘

和岘(933—988),字晦仁,一名三美。浚仪(今河南开封)人。父凝,为五代词人,历仕梁、唐、晋、汉、周各朝,位至宰相。岘以父荫,十六岁为著作郎。入宋后授太常博士,历夔、晋二州通判。太宗时迁主客郎中,知兖州,改京东转运使,因事免职,流配汝州。后起为太常寺丞,复授主客郎中兼礼仪院事。岘博综诸艺,于礼制、律历、音乐尤为精核,建树颇多,为时所重。

开宝元年南郊鼓吹歌曲三首[①]

导 引[②]

气和玉烛[③],睿化著鸿明[④]。缇管一阳生[⑤]。郊禋盛礼燔柴毕[⑥],旋轸凤凰城[⑦]。森罗仪卫振华缨,载路溢欢声。皇图大业超前古,垂象泰阶平[⑧]。 岁时丰衍,九土乐升平。睹寰海澄清。道高尧舜垂衣治,日月并文明。嘉禾甘露登歌荐,云物焕祥经。兢兢惕惕持谦德,未许禅云亭[⑨]。

[注释]

①开宝元年:即公元968年。 开宝:宋太祖年号。 南郊:冬至日帝王祭天之礼,设坛京郊之南,故名。 歌曲三首:《全宋词》注,原无撰人姓氏,从《文献通考》卷一百四十三乐十六。 ②导引:组曲中的前奏部分,与“歌头”义近。 ③玉烛:四季气候平和谐适,谓之玉烛调和。 ④睿(ruì)化:英明之意。 ⑤缇(tí)管:候气之管。古代以葭莩灰塞竹管内,置于缇室,地气至,则灰飞。见《后汉书·律历志》。缇,帛之黄赤色者,用以蔽室,故曰缇室。 ⑥燔柴:祭天之礼。将玉帛、牺牲置于柴上而焚之。 ⑦旋轸(zhěn):回车。 ⑧泰阶:三台星的别名。 平:天下太平。 ⑨云亭:

山名,即云云山与亭亭山。古之帝王登泰山祭天,曰封。至云云、亭亭或梁父祭地,曰禅。封禅为治世之盛典,很少举行。

六州

严夜警,铜莲漏迟迟[①]。清禁肃,森陛戟,羽卫俨皇闱。角声励[②],钲鼓攸宜[③]。金管成雅奏,逐吹逶迤。荐苍璧,郊祀神祇。属景运纯禧。京坻丰衍[④],群材乐育,诸侯述职,盛德服蛮夷。　　殊祥萃,九苞丹凤来仪[⑤]。青露降,和气洽,三秀焕灵芝。鸿猷播,史册相辉。张四维[⑥],卜世永固丕基[⑦]。敷玄化[⑧],荡荡无为。合尧舜文思。混并寰宇,休牛归马,销金偃革,蹈咏庆昌期。

[注释]

①铜莲:莲状之铜质漏壶,为计时器具。　②励:同“厉”,声音高亢。　③钲:铎类,似铃。　④京坻(chí):京,高;坻,多。如坻如京,形容仓储丰足。　坻:本指水中高地。　⑤九苞:凤有六像九苞之态。九苞是指凤有口包命,心合度,耳听达,舌屈伸,彩色光,冠矩朱,距锐钩,音激扬,腹文户等特点。详见《小学绀珠》。　⑥四维:礼义廉耻,谓之四维。　⑦卜世:卜算朝代。　丕基:宏大的基业。　⑧玄化:顺乎自然的政治。

十二时

承宝运,驯致隆平,鸿庆被寰瀛。时清俗阜,治定功成。遐迩咏由庚[①]。严郊祀,文物声明[②]。会天正,星拱奏严更,布羽仪簪缨。宸心虔洁,明德播惟馨。动苍冥。神降享精诚。　　燔柴半,万乘移天仗,肃銮辂旋衡。千官云拥,群后葵倾[③],玉帛旅明庭[④]。韶濩荐,金奏谐声。集休亨。皇泽浃黎庶，普率洽恩荣[5]。仰钦元后[6]，睿圣贯三灵[7]。万邦宁，景贶福千龄[8]。

（以上三首见《宋史·乐志十五》）

[注释]

①由庚:《诗经》篇名。诗序云:"由庚,万物得由其道也。" 咏由庚:言万物得时。 ②声明:声教文明,言文化昌盛之意。 ③群后:各地诸侯。 ④明庭:同"明廷",即明堂,帝王接见诸侯之所。 玉帛旅明庭:谓边裔诸国,携玉帛来朝。 ⑤普率:普天之下、率土之滨的简称,即天下之意。 ⑥元后:指皇帝。 ⑦三灵:指天、地、人。 ⑧景贶:大赐。

[集评]

笃文云:"三词皆颂扬功德,鼓吹休明之作。"

王禹偁

王禹偁(954—1001)，字元之，钜野(今山东巨野)人，出身农家，九岁能文，三十岁中进士，历官台谏，因为徐铉辨诬，谪贬商州团练副使。累迁翰林学士，坐谤讪，出知滁州、扬州、黄州，改知蕲州，旋卒。有《小畜集》传世。其诗文能切中时弊，称心而言，继承了杜甫、白居易的优良传统，在宋初有独开风气的作用，成为欧阳修之诗文革新运动之先导。

点绛唇

感 兴

雨恨云愁，江南依旧称佳丽。水村渔市，一缕孤烟细。　　天际征鸿，遥认行如缀。平生事，此时凝睇，谁会凭阑意。

(《唐宋诸贤绝妙词选》卷三)

[集评]

《词苑》云：“王元之有《小畜集》。其《点绛唇》词‘水村渔市，一缕孤烟细’之句，清丽可爱，岂止以诗擅名。”(《历代词话》卷四)

《词洁》云：“‘缀’字是古人拙处。”(《词洁集评》卷一)

【补 佚】

谒金门[①]

真堪惜，锦帐夜长虚掷。挑尽银灯情脉脉，绣花无气力。　　女伴声停刀尺，蟋蟀争啼四壁。自起卷帘窥夜色，天清星欲滴。

(《词苑萃编》二十四引《古今词统》)

[注释]

①据《词苑萃编》二十四引《古今词统》:"元之梦游仙词序云:'夏夜倦寝,神游异境,榜曰元妙洞天。见少女独立,朗然歌《谒金门》词云……歌竟,命侍女传语曰:与君有缘,今时未至,请辞。遂翻然而醒。'云云。明以前词家,字元之者,禹偁而外,似无他人,故属之王氏。"

存目词

按《词律拾遗》卷一载有王禹偁《清平调》"玉宸朝晚"一首,乃王珪作,见《类说》卷十六"倦游杂录"。

苏易简

苏易简(958—997)，梓州铜山(今四川中江)人。太平兴国五年状元及第，年二十三。历知制诰、翰林学士等职，淳化中，参知政事。以礼部侍郎出知邓州，移陈州，卒年三十九。有《文房谱》及文集，今不传。

越江吟[①]

非云非烟瑶池宴。片片，碧桃零乱黄金殿。虾须半卷天香散[②]。　　春云和，孤竹清婉。入霄汉。红颜醉态烂熳。金舆转，霓旌影乱，箫声远。

(《苕溪渔隐丛话》前集卷十六引《冷斋夜话》)

[注释]

①注者按：《续湘山野录》载此词为“神仙神仙瑶池宴。片片。碧桃零落春风晚。翠云开处，隐隐金舆挽。玉麟背冷清风远”。为单调，三十一字，与此不同。　②虾须：细密精美的帘幕。

[集评]

沈雄云：“宋初以词章早著名者，梓州苏易简。作《越江吟》，载《百琲明珠》。蜀之大魁自此始。”(《古今词话》上卷)

丁绍仪云：“词仅五十一字，而叶十二韵。繁音促节，最不易填。易简不以工词名。不谓仓卒应制之作，精稳乃尔。”(《听雨秋声馆词话》卷四)

【补　辑】

毕大节

毕大节,生平不详。据词中"南唐重赋,一旦俱蠲"云云,大节当为宋初人。

满庭芳

春寿太守

玉笋京华[①],紫荷香润[②],宴闲密侍西清[③]。碧幢金节,仍尹凤皇城[④]。须信千龄庆遇,丹霄上、重叠恩荣。时多暇。湖山丽景,许酒乐升平。　新春。逢诞日,莺花渐好,初过烧灯。想笙歌丛里,醉赏瑶觥。占尽人间福寿,行看取、稳赞机衡[⑤]。貂蝉映,朱颜绿鬓,沙路马蹄轻[⑥]。

[注释]

①玉笋:喻人才济济,如玉笋之齐出。见《新唐书·李宗闵传》。②紫荷:紫色香囊。贵胄所佩。"香地沉银叶,衣裾佩紫荷",见马祖常《送华山隐之宗阳宫诗》。　③西清:皇宫名。　④尹:太守曰"尹",此作动用。　凤皇城:首都。此似指太守为京兆尹。　⑤机衡:谓协劻皇帝处理机要国政。　⑥沙路:即"沙堤",指出任宰相之职。自私邸铺沙至城东大街,为宰相专享之待遇。

满庭芳

井络储精[①],岷江钟秀,挺生名世真贤。充闾佳气[②],非雾亦非烟。况值小春时候,蓂背下、八荚争妍[③]。馀波在,九华父老[④],歌颂播喧阗[⑤]。　三年。书治最[⑥],南唐重赋，一旦俱蠲[7]。此恩垂不朽，刻石流传。愿借沧溟为寿，玳筵上、满吸长川。从兹去，鸾坡凤阁[8]，平步稳登仙。

（以上二首俱见《诗渊》第二十五册，引自孔凡礼《全宋词补辑》）

［**注释**］

①井络：星宿名。“岷山之精，上为井络”（左思《蜀都赋》），此言主人公为蜀人，乃得天地灵气而生。　②充闾：光大门庭。　闾：门户。③八荚：蓂为历草。月初日生一荚。十五日后日落一荚。此谓主人初八日生。孔凡礼按：“背”似应作“阶”。　④九华：九华山。在今安徽。此言寿翁服官于此，甚得民心。　⑤孔凡礼按：“播”当为“播”。　⑥书治最：以治民第一，列于奏牍。　⑦蠲：免除。　⑧鸾坡：翰林院。　凤阁：中书省，为宰相厅堂。

寇 准

寇准(961—1023),字平仲,华州下邽(今陕西渭南)人。十九岁中进士,三十二岁任参知政事。真宗朝,官至宰相。力主抗辽,订澶渊之盟,封莱国公。后为丁谓构陷,贬雷州司户,卒于贬所。有《巴东集》传世。其诗含思凄惋,而骨韵特高,为人所重。

甘草子

春早。柳丝无力,低拂青门道。暖日笼啼鸟,初坼桃花小。 遥望碧天净如扫。曳一缕、轻烟缥缈。堪惜流年对芳草[①],任玉壶倾倒。 (《湘山野录》卷下)

[注释]

①对芳草:“对”原作“谢”,此据《历代诗馀》改。

踏莎行

春色将阑,莺声渐老。红英落尽青梅小。画堂人静雨濛濛,屏山半掩馀香袅[①]。 密约沉沉,离情杳杳。菱花尘满慵将照[②]。倚楼无语欲销魂,长空黯淡连芳草。[③]

(《乐府雅词拾遗》卷上)

[注释]

①屏山:屏风。 唐氏按:“掩”原作“捲”,改从《唐宋诸贤绝妙词选》卷二。 ②菱花:镜子。 ③唐氏按:此首别误作秦观词,见《词学筌蹄》卷三。

[集评]

张德瀛云："词之诀曰情景交炼……寇平仲'倚楼无语欲销魂，长空黯淡连芳草'，情系于景也。"（《词徵》卷一）

黄苏云："郁纡之思，无所发泄，惟借闺情以抒写。古人用意多如是。"（《蓼园词评》）

阳关引

塞草烟光阔，渭水波声咽。春朝雨霁轻尘歇。征鞍发，指青青杨柳，又是轻攀折。动黯然、知有后会甚时节。

更尽一杯酒，歌一阕。叹人生，最难欢聚易离别。且莫辞沉醉，听取阳关彻。念故人、千里自此共明月。

（《苕溪渔隐丛话》后集卷九引《兰畹集》）

[集评]

《词品》云："莱公小词数首，率皆清丽，如《江南春》、《阳关引》、《阿那曲》，作词不愧唐人。"（《按今本《词品》无此语，此见于《古今词话·词评》）

点绛唇

水陌轻寒，社公雨足东风慢[①]。定巢新燕，湿雨穿花转。　象尺熏炉，拂晓停针线。愁蛾浅，飞红零乱，侧卧珠帘卷。

（《唐宋诸贤绝妙词选》卷二）

[注释]

①社公：指土地之神。

[集评]

陈廷焯云："遣词凄艳，姿态甚饶，自是北宋人手笔。"（《白雨斋词话》

卷七)

【补 辑】

蝶恋花

四十年来身富贵。游处烟霞,步履如平地。紫府丹台仙籍里[①],皆知独擅无双美。 将相兼荣谁敢比。彩凤徊翔,重浴荀池水[②]。位极人臣功济世[③],芬芳天下歌桃李。 (见《诗渊》第二十五册,引自孔凡礼《全宋词补辑》)

[注释]

①紫府:仙宫。 丹台:炼台炉鼎。 ②荀池水:禁中池沼,为中书省所在地。晋荀勖久在中书,后调新职,人贺之。荀曰:"夺我凤凰池,诸君贺我邪?"见《晋书·荀勖传》。 ③位极人臣:任职宰相,人臣之最高位。玩味文意似别人赞寇准之语,非自夸之词。

江南春[①]

波渺渺,柳依依。孤村芳草远,斜日杏花飞。江南春尽离肠远,蘋满汀洲人未归。

(《花草粹编》卷一引《温公诗话》)

[注释]

①此首原被收入存目词,并附注云:"乃诗而非词,见《忠愍公诗集》卷上。"

[集评]

司马光云:"寇莱公诗才思融远","又尝为《江南春》词……一时脍炙。"(《温公诗话》)

夜度娘[①]

烟波渺渺一千里，白蘋香散东风起。日暮汀洲一望时，柔情不断如春水。（《古今词统》卷一）

[注释]

①此首原被收入存目词，并附注云："乃诗而非词，见《忠愍公诗集》卷上，题作'追思柳恽汀洲之咏尚有徐妍回书一绝'。"

[集评]

徐釚云："寇莱公准夜度曲……升庵举似大复，认为唐音。"（《词苑丛谈》卷三）

彭孙遹云："'词以艳丽为本色，要是体制使然'，如寇莱公'柔情不断如春水'等语，皆极有情致，尽态极妍。乃知广平梅花，政自无碍，竖儒辄以为怪事耳。"（《金粟词话》）

存目词

《类编草堂诗馀》卷一，有寇准《踏莎行》"小径红稀"一首，乃晏殊作，见《珠玉词》。

钱惟演

钱惟演(962—1034),字希圣,临安(今浙江杭州)人。吴越王钱俶之子。少时随父归附宋朝,为右屯卫将军。后改文职。累迁翰林学士,枢密使。罢为镇国军节度观察留后,改保大军节度使,知河阳。入朝,加同中书门下平章事。以擅议宗庙,又与后家通婚,希冀攀附,被劾,落职。以崇信军节度使归镇,不久,卒。有《金坡遗事》、《玉堂逢辰录》等传世。

木兰花①

城上风光莺语乱,城下烟波春拍岸。绿杨芳草几时休,泪眼愁肠先已断。　　情怀渐变成衰晚,鸾鉴朱颜惊暗换。昔年多病厌芳尊,今日芳尊惟恐浅。

(《湘山野录》卷上)

[注释]

①木兰花:唐教坊曲名。词随字数、平仄之不同,名称有异。双调五十六字者,又名《玉楼春》。　唐氏按:此首别又误入曹勋《松隐文集》卷三十九。元徐大焯《烬馀录》甲编此首又误为钱俶作。

[集评]

王铚《侍儿小名录》云:"钱思公谪汉东日,撰《玉楼春》词……每酒阑歌之则泣下。"(《苕溪渔隐词话》卷二)

黄昇云:"此公暮年之作,词极凄惋。"(《花庵词选》卷二)

玉楼春

锦箨参差朱槛曲①,露濯文犀和粉绿②。未容浓翠伴桃红,已许纤枝留凤宿。　　嫩似春荑明似玉,一寸芳心谁管束。劝君速吃莫踟蹰，看被南风吹作竹。

（《全芳备祖》后集卷二十三“笋门”）

［注释］

①锦箨（tuò）：笋壳。 ②文犀：指笋尖状似犀角。

［集评］

笃文云：“描摹入妙，深于气象。结拍尤为警策，令人神旺。”

陈尧佐

陈尧佐(963—1044),字希元,号知馀子。阆中(今四川阆中)人。父省华,官至谏议大夫。兄尧叟,弟尧咨皆状元。尧佐亦进士及第,一门济济,为世盛称。尧佐历官同中书门下平章事,集贤殿大学士,以太子太师致仕。有《愚丘集》等,今不传。

踏莎行

二社良辰[①],千家庭院。翩翩又见新来燕。凤凰巢稳许为邻,潇湘烟暝来何晚。　乱入红楼,低飞绿岸,画梁时拂歌尘散。为谁归去为谁来,主人恩重珠帘卷。

(《湘山野录》卷中)

[注释]

①二社:春社、秋社谓之二社。燕子春社来,秋社去,故曰社燕。时当春分、秋分前后,故曰良辰。社日为古代祭社神(土地)之日。

[集评]

徐釚云:"皇祐中,吕夷简致仕,仁宗问:'卿去,谁可代者?'夷简乃荐陈尧佐。上遂召还大拜。吕生日,陈携酒过之,作《踏莎行》词……吕笑曰:'只恐卷帘人已老。'陈曰:'但得公老于廊庙,莫愁调鼎事无功。'二老相推,何等蕴藉。"(《词苑丛谈》卷七)

张德瀛云:"五代和凝、明夏吉,均称曲子相公,岂运会使然耶?然吕申公致仕,荐陈尧佐以代,后尧佐撰燕词见意,有'为谁归去为谁来,主人恩重珠帘卷'之句,遂使黄阁中添一佳话。"(《词徵》卷一)

潘　阆

潘阆（960？—1009），字梦空，又字逍遥，大名（今属河北）人，一说广陵（今江苏扬州）人。久居钱塘（今浙江杭州）。曾卖药京师，与贵近名流过从甚密。宋太宗闻其能诗，至道元年（995）赐进士及第，试国子四门助教。以事被牵，变姓名，流落江湖有年。真宗时得赦，为滁州参军。大中祥符二年，卒于泗上。有《逍遥集》传世。

忆馀杭[①]

长忆钱塘，不是人寰是天上。万家掩映翠微间，处处水潺潺。　　异花四季当窗放，出入分明在屏障。别来隋柳几经秋，何日得重游。

［注释］

①注者按：《全宋词》作《酒泉子》，此据《湘山野录》名《忆馀杭》，为潘阆自度曲，声情句读与《酒泉子》不同。各本作《酒泉子》者，误。

忆馀杭

长忆钱塘，临水傍山三百寺。僧房携杖遍曾游，闲话觉忘忧。　　栴檀楼阁云霞畔[①]，钟梵清霄彻天汉[②]。别来遥礼祇焚香，便恐是西方。

［注释］

①栴檀：檀香。　②钟梵：钟声与用梵音诵经之声。

忆馀杭

长忆西湖，湖上春来无限景。吴姬个个是神仙，竞泛木兰船。　　楼台簇簇疑蓬岛，野人只合其中老[①]。别来已是二十年，东望眼将穿。

［注释］

①只合：只应。

忆馀杭

长忆西湖，尽日凭阑楼上望。三三两两钓鱼舟，岛屿正清秋。　　笛声依约芦花里，白鸟成行忽惊起。别来闲整钓鱼竿[①]，思入水云寒。

［注释］

①闲整钓鱼竿：《湘山野录》作"闲想整渔竿"，《古今词话》作"闲想整纶竿"。

忆馀杭

长忆孤山，山在湖心如黛簇[①]。僧房四面向湖开，轻棹去还来。　　芰荷香喷连云阁，阁上清声檐下铎[②]。别来尘土污人衣，空役梦魂飞[③]。

［注释］

①黛簇：形容孤山如黛螺一点，簇立湖心。　②铎：铃。悬于檐下故称"檐下铎"。　③役：劳累。

忆馀杭

长忆西山，灵隐寺前三竺后。冷泉亭上旧曾游，三伏似清秋。　　白猿时见攀高树，长啸一声何处去。别来几向画阑看[①]，终是欠峰峦[②]。

［注释］

①画阑：画边。《历代诗馀》作“画图”。　②欠峰峦：缺少山峦的生动气象。

忆馀杭

长忆高峰，峰上塔高尘世外。昔年独上最高层，月出见觚棱[①]。　　举头咫尺疑天汉，星斗分明在身畔。别来无翼可飞腾，何日得重登。

［注释］

①觚棱：宫殿的屋脊。

忆馀杭

长忆吴山，山上森森吴相庙[①]。庙前江水怒为涛，千古恨犹高。　　寒鸦日暮鸣还聚，时有阴云笼殿宇。别来有负谒灵祠，遥奠酒盈卮[②]。

［注释］

①吴相庙：伍子胥庙。子胥为吴相，忠而被陷，遭冤杀。吴人怜之，立庙胥山（今名吴山）。　②卮：酒杯。

忆馀杭

长忆龙山[1]，日月宫中谁得到。宫中旦暮听潮声，台殿竹风清。　　门前岁岁生灵草，人采食之多不老。别来已白数茎头，早晚却重游。

[注释]

①龙山：一名卧龙山，在杭州城南，为天目山之分支。南邻登云台，为吴越王祭天之所。

忆馀杭

长忆观潮[1]，满郭人争江上望。来疑沧海尽成空，万面鼓声中。　　弄涛儿向涛头立，手把红旗旗不湿。别来几向梦中看，梦觉尚心寒。

（以上逍遥词，用南京图书馆藏明钞本）

[注释]

①观潮：浙江潮，天下伟观。涌潮之胜地，唐宋时在馀杭之浙江亭、望海楼一带。后世旧地日渐淤塞，则盛于海宁一带。

[集评]

文莹云："阆有清才，尝作《忆馀杭》一阕曰：'长忆西湖……钱希白爱之，自写于玉堂后壁。'"（《湘山野录》）

陆淞云："潘阆忆孤山词，句法清古，语带烟霞，近时罕及。"（《历代词话》卷四引）

沈雄云："《词品》曰：'有忆西湖《虞美人》一阕，于时盛传。东坡爱之，书于玉堂屏风。'《词综》曰：'潘阆有《酒泉子》二阕，石曼卿见此词，使画工绘之作图。'柳塘沈雄起而辩之：非《虞美人》，亦非《酒泉子》，乃自制《忆馀杭》也。"

张德瀛云："逍遥诗又有'散拽禅师来蹴踘，乱拖游女上秋千'之句，龙性不驯，固若人乎。虽然，其狂不可及。"（《词徵》卷五）

笃文云："'弄潮儿向涛头立，手把红旗旗不湿。'实为时下盛行之冲浪运动之先驱，不止写健儿身手之不凡也。"

扫市舞[1]

出砒霜，价钱可。赢得拨灰兼弄火[2]。畅杀我。

（《梦溪笔谈》卷二十五）

[注释]

①扫市舞：唐教坊曲名，一名《扫地舞》，为双调曲，前后片各七句：六仄韵，一叠韵。此为断章。　②拨灰弄火：似指灵怪幻变之术。《搜神记》："晋永嘉中天竺人来江南，有数术。能取书纸及绳缕之属投火中，众共视之。见其烧尽。乃拨灰中，举而视之，故向物也。"

[集评]

沈括云："潘阆字逍遥，咸平间有诗名。与钱易、许洞为友，狂放不羁……后坐卢多逊党亡命……会赦，以四门助教召之。阆乃自归……复为《扫市舞》词……以此为士人不齿，放弃终身。"（《梦溪笔谈》卷二十五）

丁　谓

丁谓(966—1037),字公言,初字谓之。长洲(今江苏苏州)人。淳化三年登进士甲科,为大理评事,通判饶州。累官同中书门下平章事,封晋国公。以勾结宦官,把持朝政,贬崖州司户。后徙道州,授秘书监,致仕,居光州,卒。谓机敏多智术,善谈笑。有诗文数万言,为西昆诗人之一。所著《丁晋公集》,今不传。

凤栖梧[1]

十二层楼春色早。三殿笙歌,九陌风光好。堤柳岸花连复道,玉梯相对开蓬岛。　　莺啭乔林鱼在藻。太液微波[2],绿鬥王孙草。南阙万人瞻羽葆[3],后天祝圣天难老。

[注释]

①凤栖梧:词牌名,即《蝶恋花》。　②太液:此指紫禁城内之池沼。　③羽葆:翠羽编织的旌旗,为帝王仪仗。

凤栖梧

朱阙玉城通阆苑[1]。月桂星榆[2],春色无深浅。箫瑟篌笙仙客宴,蟠桃花满蓬莱殿。　　九色明霞裁羽扇。云雾为车,鸾鹤骖雕辇[3]。路指瑶池归去晚,壶中日月如天远。

(以上二首见《唐宋诸贤绝妙词选》卷二)

[注释]

①阆苑:神仙洞府之称。　②月桂:月中桂树。　星榆:指众星罗列

如榆钱之状。 ③“鸾鹤”句：鸾鹤驾着华美的车子，指神仙车驾。

[集评]

江尚质云：“贤如寇准、晏殊、范仲淹、赵鼎，勋名重臣，不少艳词。即丁谓、贾昌朝、夏竦，亦有绮语流传……当不以人废言也。”（沈雄《古今词话》卷上）

笃文云：“丁谓多才智，富文采，然笃好机祥，希旨固宠。累以神仙之事诱导真宗。又建玉清昭应宫，耗资无数，天下目为奸邪，卒致崖州之贬。此二词皆以九重宫禁，作神仙洞府，虽雍容有致，亦不足多也。”

林 逋

林逋(968—1028),字君复,钱塘(今浙江杭州)人。少孤力学,不娶不仕,隐居孤山,自谓以梅为妻,以鹤为子。二十年不入城市。真宗闻其名,赐粟帛劳问。卒谥和靖先生。有《林和靖诗集》四卷。

相思令

吴山青,越山青。两岸青山相对迎,争忍有离情。
君泪盈,妾泪盈。罗带同心结未成,江边潮已平。

(《乐府雅词拾遗》卷上)

[集评]

杨慎云:"林君复惜别《长相思》词云……甚有情致。《宋史》谓其不娶,非也。林洪著《山家清供》,其中言先人和靖先生云云,即先生之子也。盖丧偶后,遂不娶尔。"(《词品》卷三)

点绛唇[①]

草

金谷年年,乱生春色谁为主。馀花落处,满地和烟雨。　又是离歌,一阕长亭暮。王孙去,萋萋无数,南北东西路。　(《苕溪渔隐丛话》后集卷二十一引《本事曲》)

[注释]

①唐氏按:此首别又误作姜夔词,见洪正治本《白石诗词集》。

[集评]

先著云："于所咏之意，该括略尽，高远无痕，得神之作。"（《词洁辑评》卷一）

霜天晓角

梅

冰清霜洁，昨夜梅花发。甚处玉龙三弄[①]，声摇动、枝头月。　梦绝，金兽爇[②]。晓寒兰烬灭。要卷珠帘清赏，且莫扫，阶前雪。　（《全芳备祖》前集卷一"梅花门"）

[注释]

①玉龙：笛子。　②金兽：香炉，饰有金兽图案，故云。　爇（ruò）：烧。

[集评]

笃文云："清警可喜。'莫扫'句，极饶风致。唯'金兽'、'珠帘'，未免有富贵气，与隐士家风不称耳。"

存目词

调名	首句	出处	附注
瑞鹧鸪	众芳摇落独鲜妍	《梅苑》卷八	原为七律，后人唱作《瑞鹧鸪》
霜天晓角	翦雪裁冰	《古今图书集成草木典》卷二百十一梅部	楼槃作，见《绝妙好词》卷三

杨 亿

杨亿(974—1020),字大年,浦城(今福建浦城)人。七岁能文,十一岁授秘书省正字,十九岁赐进士及第。历著作佐郎、知制诰、翰林学士,官至户部侍郎。诗宗李商隐,与刘筠、钱惟演等频相酬唱。以研味前修,挹其芳润为能,是西昆体的开创者。著述甚丰,今存《武夷新集》、《杨文公谈苑》。

少年游

江南节物,水昏云淡,飞雪满前村。千寻翠岭,一枝芳艳,迢递寄归人。　　寿阳妆罢①,冰姿玉态,的的写天真。等闲风雨又纷纷。更忍向、笛中闻。(《梅苑》卷十)

[注释]

①寿阳妆:《金陵志》云,"宋武帝女寿阳公主,人日卧于含章殿檐下。梅花落于额上,成五出花。拂之不去,号梅花妆"。

陈　亚

陈亚，生卒不详，字亚之，维扬（今江苏扬州）人。咸平五年（1002）进士。曾任于潜令，仕至太常少卿。好以药名为诗词，有《陈亚之集》，今佚。

生查子

药名寄章得象陈情[1]

朝廷数擢贤，旋占凌霄路[2]。自是郁陶人[3]，险难无移处。　　也知没药疗饥寒[4]，食薄何相误[5]。大幅纸连粘[6]，甘草归田赋[7]。

［注释］

①章得象：福建泉州人。仁宗朝为宰相。　②凌霄：中药名，即凌霄花。　③陶人：即桃仁，中药名。　④没药：中药名，一作“末药”。　⑤薄何：中药名，即薄荷。　⑥大幅纸：即大腹子，中药名。　⑦甘草：中药名。

生查子

药名闺情

相思意已深[1]，白纸书难足[2]。字字苦参商[3]，故要槟郎读[4]。　　分明记得约当归[5]，远至樱桃熟[6]。何事菊花时[7]，犹未回乡曲[8]。

［注释］

①意已：中药名，即薏苡。　②白纸：即白芷，中药名。　③苦参：中药名。　④郎读：即狼毒，中药名。　槟：亦作“檀”，见《词苑丛谈》。⑤当归：中药名。　⑥远至：即远志，中药名。　⑦菊花：中药名。　⑧回

乡:即茴香,中药名。

生查子

药名闺情

小院雨馀凉[①],石竹风生砌[②]。罢扇尽从容[③],半下纱厨睡[④]。　　起来闲坐北亭中[⑤],滴尽真珠泪。为念婿辛勤[⑥],去折蟾宫桂。

[注释]

①雨馀凉:即禹馀粮,中药名。　②石竹:中药名。　③从容:即苁蓉,中药名。　④半下:即半夏,中药名。　⑤北亭:即柏葶,中药名。⑥婿辛:即细辛,中药名。

生查子

药名闺情

浪荡去未来[①],踯躅花频换[②]。可惜石榴裙[③],兰麝香销半[④]。　　琵琶闲抱理相思[⑤],必拨朱弦断[⑥]。拟续断朱弦[⑦],待这冤家看[⑧]。　　　(以上见《青箱杂记》卷一)

[注释]

①浪荡:即莨菪,中药名。　②踯躅:即杜鹃花,一名羊踯躅,中药名。　③石榴:中药名。　④麝香:中药名。　⑤琵琶:即枇杷,中药名。　⑥必拨:即荜茇,中药名。　⑦续断:中药名。　⑧待这:即代赭石,中药名。

[集评]

徐釚云:"宋陈亚性滑稽,尝用药名作闺情《生查子》三首……予谓此等词偶一为之可耳,毕竟不雅。"(《词苑丛谈》卷一)

丁绍仪云："《生查子》调，五代以后，多用四十字体。惟陈亚之词云……系四十二字。或言'记得约当归'语气已足，'分明'二字似衍。不知孙光宪、魏承班词，亦间作七字句，且'记得'而言'分明'，语益沉挚。下文接言自春徂秋，何事未回，思愈切，怨愈深矣。"（《听秋声馆词话》卷一）

夏　竦

夏竦(985—1051),字子乔,德安(今江西德安)人。明敏博学,文章典丽,举贤良方正。累官至知制诰,同中书门下平章事,封英国公,改郑国公。遇事敢为,工于心计,故不为清流所许。然治军、治民并有建树。因与王钦若、丁谓相善,被目为奸邪。有《夏文庄集》一百卷,不传,清《四库全书》中有辑本。

喜迁莺

霞散绮,月沉钩。帘卷未央楼。夜凉河汉截天流,宫阙锁清秋。　　瑶阶曙,金盘露[①],凤髓香和烟雾。三千珠翠拥宸游[②],水殿按凉州[③]。　　(《青箱杂记》卷五)

[注释]

①金盘露:即金人承露盘。汉武帝建于长安宫中,日取其露饮之以求长生。　②宸游:帝王巡游。　③凉州:词牌名。

[集评]

吴师道云:"富艳精工,诚为绝唱。"(《吴礼部词话》)

刘体仁云:"'霞散绮,月沉钩',有劝而无讽。其人去赋清平调者,不知几里。然是钧天广乐气象,较之文正公穷塞主不侔矣。"(《七颂堂词绎》)

鹧鸪天[①]

镇日无心扫黛眉,临行愁见理征衣。尊前只恐伤郎意,阁泪汪汪不敢垂。　　停宝马,捧瑶卮。相斟相劝忍分离。不如饮待奴先醉,图得不知郎去时。

[注释]

①此词见于《词林万选》卷二。然玩味词意不类夏作。杨慎《词林万选》有疏舛。且《后村先生大全集》一百七十五卷引此词末二句，作无名氏。故《全宋词》亦表怀疑，是也。

张伯端

张伯端(984—1082),字平叔,一名用成,天台(今浙江天台)人。少习进士业,通三教典籍,及刑法、书算、吉凶占卜之术。后以事充军岭南。治平中(1064—1067)随陆诜至成都。遇异人传授丹法。著有《悟真篇》,宣扬内丹炼法与儒、道、释三教一理的观点。道家奉为南宗或紫阳派的祖师,尊为紫阳真人。

西江月

内药还同外药[①],内通外亦须通。丹头和合类相同,温养两般作用[②]。　　内有天然真火,炉中赫赫长红。外炉增减要勤功[③],妙绝无过真种[④]。

[注释]

①内药:内丹家将人体的元精、元神、元气称为内药、丹基、内三宝。外药:内丹家将人体后天的精、气、神,即交感之精、呼吸之气、思虑之神,称为外药。　②温养:用文火炼丹谓之温养。　③外炉:指上丹田泥丸,亦称外鼎。　④真种:丹头。即由阴精阳气交感而结成的丹原。

西江月

此道至神至圣,忧君分薄难消。调和铅汞不终朝[①],早睹玄珠形兆[②]。　　志士若能修炼,何妨在市居朝。工夫容易药非遥,说破人须失笑。

[注释]

①铅汞:内丹家以汞喻心,属阳火;以铅喻肾,属阴水。二者为炼内丹

的大药。 不终朝：不到一个早上的工夫，言时间短。 ②玄珠形兆：即丹头的雏形。

西江月

白虎首经至宝①，华池神水真金②。故知上善利源深，不比寻常药品。　　若要修成九转，先须炼己持心。依时采取定浮沉，进火须防危甚③。

［注释］

①白虎：内丹术语。指肾中之精。 ②华池：内丹术语。指气海、下丹田。 ③进火：内丹术语。炼功时意守下丹田，引真气缘督脉上行至泥丸宫，称为进火。有文武、缓急之别。故须防危猛。

西江月

若要真铅留汞，亲中不离家臣①。木金间隔会无因②，须仗媒人勾引③。　　木性爱金顺义④，金情恋木慈仁。相吞相陷却相亲，始觉男儿有孕⑤。

［注释］

①家臣：内丹术语。指调合铅水汞火之土，又称黄婆。 ②木金：即木火。道家认为木生于亥，震木生自坎水，即龙从水出，故称木龙。金生于巳，巽金产于离火，即虎向火中生，称为金虎。 ③媒人：内丹术语，即黄婆。黄为土色，土为鼎器，从中调合，铅汞乃结成黄芽（丹头）。 ④木性：《全宋词》“木”误作“本”。 ⑤男儿有孕：即水火真精元气交感，结成丹头。男儿，婴儿也，喻结成的丹头。

西江月

二八谁家姹女①，九三何处郎君②。自称木液与金精，遇土却成三姓[③]。　　更假丁公锻炼，夫妻始结欢情。河车不敢暂留停[④]，运入昆仑峰顶[⑤]。

[注释]

①姹女：丹法术语，指心火。外丹家亦称水银为姹女。　②郎君：内丹术语。指水中真阳。　③三姓：内丹术语。指木液（衶水）、金精与神火。　④河车：内丹术语。本为小儿胞衣。此指丹头缘任、督两脉运行的路线，有大、小周天之异。　⑤昆仑：内丹术语。指头顶的泥丸穴。

西江月

七返朱砂反本[①]，九还金液还真[②]。休将寅子数坤申，但要五行成准。　　本是水银一味，周流遍历诸辰。阴阳数足自通神，出入岂离玄牝[③]。

[注释]

①七返：丹法术语。《河图》：火生土，天七成之。木火上炎，自下而返上，故名七返。又指从寅至申七个时辰。　②九还：丹法术语。《河图》：地四生金，天九成之。金生水，水性下沉，还归于下，故称九还。又指从寅至戌九个时辰。　③玄牝：道家以玄为鼻，以牝为口。

西江月

雄里内含雌质，负阴抱却阳精[①]。两般和合药方成，点化魄纤魂胜[②]。　　信道金丹一粒，蛇吞立变龙形。鸡餐亦乃化鸾鹏，飞入真阳清境[③]。

[注释]

①负阴抱阳：背阴向阳，语出老子《道德经》。此指物中包含着阴阳两种对立的成分，亦即对立的统一体之意。　②魄纤魂胜：阴柔阳刚之意。

魄为月精，日为阳精，秉性不同，故须点化之，制御之。 ③真阳清境：意同仙境。道家谓制御阴阳之气，使清阳之气久居身中，神气常坚，精华不散，则人不衰不老。

西江月

天地才经否泰①，朝昏好识屯蒙②。辐来辏毂水朝宗③，妙在抽添运用④。 得一万般皆毕，休分南北西东。损之又损慎前功⑤，命宝不宜轻弄。

［注释］

①否（pǐ）泰：卦名。天地交为泰，通也；天地不交为否，塞也。后引申为祸福之义。道家炼丹，借以取象。两卦阴阳相半，象征上下弦月，有利于万物成长。宜于进退火候，温养成丹。 ②屯蒙：卦名。屯者物之始，蒙者物之稚。道家谓朝屯一阳生于下，暮蒙一阴生于下。一阴一阳，人身运化，达于经理可以长生久视。 ③辐来辏毂：指车轮之辐条集中于毂上。 水朝宗：水流向大海。说明皆必然之势，不可违拗。 ④抽添：丹法术语。《金丹真传·温养》："抽添者，进火退符之义。"又引申为去杂念、存神气，平秘阴阳之法。 ⑤损之又损：语出《庄子·知北游》"为道者日损，损之又损，以至于无为"。本为去伪返朴之意，后多作节省谦益解。

西江月

冬至一阳来服①，三旬增一阳爻②。月中复卦溯晨潮，望罢乾终姤兆③。 日又别为寒暑，阳生复起中宵。午时姤象一阴朝④，炼药须知昏晓。

［注释］

①一阳来服：冬至日，阴气尽，阳气复生。是为"复卦"。 来服：来临之意。 ②"三旬"句：即三十天后复卦变为临卦。增一阳爻，即复卦的第

二爻,由阴变阳,成为临卦。 ③乾终姤兆:即乾卦气尽,第一爻由阳变阴,是为姤卦。 姤兆:预兆。 ④“午时”句:指午时阴气生长,由乾转姤,始于此时。

西江月

不辨五行四象[①],那分朱汞铅银[②]。修丹火候未曾闻,早便称呼居隐[③]。 不背自思己错,更将错路教人。误他永劫在迷津,似恁欺心安忍。

[注释]

①四象:金、木、水、火。 ②朱汞铅银:朱砂、水银(汞)、铅与银,四种金属,皆炼丹之基本药物。 ③居隐:指炼丹方士。

西江月

德行修逾八百,阴功积满三千。均齐物我与亲冤[①],始合神仙本愿。 虎兕刀兵不害,无常火宅难牵[②]。宝符降后去朝天,稳驾鸾车凤辇。

[注释]

①“均齐”句:犹言对我、对物、对亲、对仇,皆与之为善,不分亲疏。②无常:世间一切法相,皆有生住异灭之变。此即“死亡”之意。 火宅:佛教、道教常用术语,谓尘世如同大火包围的住宅。

西江月

牛女情缘道合[①],龟蛇类秉天然[②]。蟾乌遇朔合婵娟[③],二气相资运转。 本是乾坤妙用,谁能达此深渊。

阳阴否隔却成愆[④]，怎得天长地远。

［注释］

①牛：牛郎。内丹家喻指水中真阳。女：此指姹女。内丹家喻指火中真阴。 ②龟蛇：内丹家以龟比喻北方坎水，肾中真精；以蛇比喻南方离火，心中真液。 ③蟾乌：蟾，喻月，此指肾水中真汞；乌，喻日，此指心火中真铅。 合婵娟：比喻真铅、真汞合成大丹。 ④否隔：阻隔。 成愆：成病。

西江月

丹是色身至宝[①]，炼成变化无穷。更于性上究真宗[②]，决了死生妙用。 不待他身后世，现前获福神通。自从龙虎著斯功[③]，尔后谁能继踵。

［注释］

①色身：佛家语，即肉身。 ②性宗：指修炼心性方面的功夫，以炼神补脑为主。为唐宋以来内丹家参修的一个重要内容。 ③龙虎：内丹家认为龙属阳、属火，虎属阴、属水，二者合而为道本、元神、元精。外丹家同称铅为龙，汞为虎，合以成丹。

西江月

妄想不须强灭，真如何必希求[①]。本源自性佛齐修[②]。迷悟岂拘先后。 悟则刹那成佛[③]，迷则万劫沦流。若能一念契真修，灭尽恒沙罪垢[④]。

［注释］

①真如：佛教名词。即真实本性，永恒真理之意。 ②本源自性：指众生皆有之佛陀本性，只要获得觉解，皆可成佛。 ③刹那：本为佛教术

语,即须臾之意。 ④恒沙:即恒沙数,极多之意。 罪垢:罪恶。

西江月

本自无生无灭,强将生灭区分。只如罪福亦何根,妙体何曾增损[1]。 我有一轮明镜,从来只为蒙分[2]。今朝磨莹照乾坤,万象超然难隐。

[注释]

①妙体:妙道、佛性。 ②蒙分:模糊。

西江月

我性入诸佛性[1],诸方佛性皆然。亭亭蟾影照寒泉[2],一月千潭普现[3]。 小则毫分莫识,大时遍满三千。高低不约信方圆,说甚短长深浅。

[注释]

①我性:指众生的秉性。 入:包含。大乘经义认为众生的本性中,含有成佛的种子。获得觉解,即可成佛。 ②蟾影:月影。 ③千潭普现:即月印万川之意。佛家用这个譬喻来说明一与多的关系。月只有一个,投影于江湖,则千潭皆现。说明真如虽一,而众生各有享受。

西江月

法法法元无法[1],空空空亦非空[2]。静喧语默本来同[3],梦里何曾说梦。 有用用中无用,无功功里施功。还如果熟自然红,莫问如何修种。

[注释]

①法元无法:指对佛家的教义不可执著。“元”通“原”。 ②空亦非空:佛家认为一切事物都随因缘生灭,是虚幻不实的,这就叫做空。然而,因缘幻灭,毕竟有一个过程,不是绝对的虚无,而是非有非无,故云空亦非空。 ③静喧语默:安静、喧闹、说话、沉默。

西江月

善恶一时妄念[1],荣枯都不关心。晦明隐显任浮沉,随分饥餐渴饮[2]。 神静湛然常寂,不妨坐卧歌吟。一池秋水碧仍深,风动鱼惊尽任。

[注释]

①妄念:佛家谓虚妄之心念曰妄。 ②随分:随遇而安之意。

西江月

对镜不须强灭[1],假名权立菩提[2]。色空明暗本来齐[3],真妄体分两种。 悟则便名静土,更无天竺曹溪[4]。谁言极乐在天西,了则弥陀出世[5]。

[注释]

①强灭:克制心想,使之停止活动。 ②假名:佛教认为言语不能表达诸法真髓,不过假名而已。 菩提:指断绝世间烦恼而达到涅槃的境界。 ③色空:佛教名词,指一切物象皆为虚幻之意。 ④天竺:印度。曹溪:在广东韶关,为禅宗六祖讲法之处。 ⑤了:解悟。 弥陀:即阿弥陀佛,能接引信徒往生西方净土,又称接引佛。

西江月

人我众生寿者,宁分彼此高低。法身通照没吾伊[1],

念念体分同异。　　见是何曾是是，闻非未必非非。往来诸用不相知，生死谁能碍你。

［注释］

①法身：佛教指成就了诸法功德之身曰法身。　没吾伊：泯没了你我之间的区别。

西江月

住想修行布施[①]，果报不离天人[②]。恰如仰箭射浮云，坠落只缘力尽。　　争似无为实相[③]，还须返朴归淳。境忘情性任天真，以证无生法忍[④]。

［注释］

①住想：佛家指相对稳定之事象曰住。取象为体，形成知觉、概念的心理活动为想。　②果报：因果报应。　天人：天上与人间。　③实相：佛教名词。即真如、本无之意。　④无生法忍：佛家大乘派认为诸无生（无灭），绝对静止一切现象的共同本质。修到此种境界即为无生法，亦称无生法忍。

西江月

鱼兔若还入手，自然忘却筌蹄[①]。渡河筏子上天梯，到彼悉皆遗弃。　　未悟须凭言说，悟来言说皆非。虽然四句属无为[②]，此等何须脱离。

［注释］

①筌蹄：筌，取鱼之具；蹄，捕兔之器。鱼兔已得，筌蹄可以弃置一旁。语出《庄子·外物》。　②四句：即“筌者所以在鱼，得鱼而忘筌；蹄者所以在兔，得兔而忘蹄”四句。

西江月

悟了莫求寂灭，随缘只接群迷。寻常邪见及提携。方便指归实际[①]。　　五眼三身四智[②]，六度万行修齐[③]。圆光一颗好摩尼[④]，利物兼能自利。

[注释]

①方便：佛教名词，指度脱众生的灵活方法。　实际：佛家以了悟本质为实际。　②五眼：佛家指内眼、天眼、慧眼、法眼、佛眼为五眼。　三身：指法身、报身、应身。　四智：佛家称大圆镜智、平等性智、妙观察智、成所作智。　③六度：六度法包括布施、持戒、忍辱、精进、禅定、智慧。④摩尼：宝珠名。投之浊水，能令水清。

西江月

我见时人说性，只夸口急酬机。及逢境界转痴迷，又与愚人何异。　　说得便须行得，方名言行无亏。能将慧剑斩魔魑[①]，此号如来正智[②]。

[注释]

①慧剑：佛教喻智慧之剑，可以斩断烦恼，破除疑惑。　②正智：大智力。

西江月

欲了无生妙道，莫如自见真心[①]。真心无相亦无音[②]，清净法身只恁[③]。　　此道非无外有，非中亦莫求寻。二边俱遣弃中心[④]，见了名为上品。

[注释]

①真心:指正信不疑,真实无妄之本心。 ②无相:指超脱外形所获得的纯真本相。 ③只恁:就是这样。 ④二边俱遣弃中心:两边犹两旁。即去掉两旁与中心。《四十二章经》:"譬如食蜜,中旁皆甜。" 中,里也;旁,表也。

满庭芳

真铁牛儿[①],形容丑恶,性刚偏好争驰。人人皆有,那角解牵骑。种就黄芽满院[②],更须用、神水浇之[③]。宫里[④],若无此兽,安得似婴儿。 乾坤真动静,生成家活,总赖于伊。饥餐虎髓,渴饮水银池。夜半牵车进火,霞光迸、海底腾辉。牧童笑,华池宴罢,乘个月明归。

(以上二十六首见《道藏·悟真篇》)

[注释]

①铁牛儿:语出《金丹诸真元奥诗》"小小壶中别有天,铁牛耕地种金莲"。词中以制伏铁牛的野性,比喻炼丹的过程。 ②黄芽:指炼丹中初现的丹头。因其"生于坤,萌芽于土"故名。 ③神水:心液。《内丹还元诀》:"心属南方,心气流入上腭右旁者,名曰神水。" ④唐氏按:"宫"字上下缺一字。

解佩令

修行之士,功勤不小。识五行、逆顺颠倒。妙理玄玄,玉炉中[①]、龙蟠虎踞。金鼎内[②],炼成至宝。 阳神离体,杳杳冥冥,刹那间、游遍三岛。出入纯熟,按捺住、别寻玄妙。合真空,太虚是了[③]。 (见《玉溪子丹经指要》)

［注释］

①玉炉:道家称炼丹之炉为玉炉。　②金鼎:道家内丹,以心为金鼎。③太虚:虚无缥缈的仙境。

柳　永

柳永(约987—1055后),字耆卿,原名三变,崇安(今福建崇安)人。父柳宜,雍熙二年(985)进士,官至户部侍郎。永兄三复、二接皆登第,有文名。永风流俊迈,久困科场,四十八岁始中进士。历官余杭令、昌国州晓峰盐场大使,仕至屯田员外郎。一生落魄,常与伶人交往。遂得汲收民间新声,发展为面貌一新的慢词。所著《乐章集》音律谐婉,词意妥帖,长于铺叙,不避俚俗,成功地表现了都市的繁荣和羁旅行役的情思。然而某些词作,近于秽亵,也是毋庸讳言的。

正　宫[1]

黄莺儿[2]

园林晴昼春谁主。暖律潜催[3],幽谷暄和,黄鹂翩翩,乍迁芳树。观露湿缕金衣[4],叶映如簧语。晓来枝上绵蛮[5],似把芳心、深意低诉。　　无据。乍出暖烟来,又趁游蜂去。恣狂踪迹,两两相呼,终朝雾吟风舞。当上苑柳秾时,别馆花深处。此际海燕偏饶,都把韶光与。

[注释]

①正宫:宫调名。柳永的《乐章集》按宫调编次,有正宫、中吕宫等十六类。　②黄莺儿:词牌名,此词即咏调名本意。当是柳永新创。　③暖律:暖气。古代以律管中填葭灰以候气。地气至,则灰动。见司马彪《续汉书》。　④缕金衣:指黄鹂之金色羽毛。　⑤绵蛮:联绵词,形容鸟声婉转。

[集评]

黄苏云:“翩翩公子,席宠承恩,岂海岛孤寒能与伊争韶华哉。语意隐

有所指。而词旨颖发，秀气独饶，自然清隽。"(《蓼园词评》)

玉女摇仙佩[1]

飞琼伴侣[2]，偶别珠宫，未返神仙行缀。取次梳妆，寻常言语，有得几多姝丽。拟把名花比。恐旁人笑我，谈何容易。细思算、奇葩艳卉，惟是深红浅白而已。争如这多情，占得人间，千娇百媚。　　须信画堂绣阁，皓月清风，忍把光阴轻弃。自古及今，佳人才子，少得当年双美。且恁相偎倚。未消得、怜我多才多艺。愿奶奶、兰心蕙性[3]，枕前言下，表余深意。为盟誓，今生断不孤鸳被。

[注释]

①玉女摇仙佩:此调前不经见，当是柳永所创。又毛扆补校本，题下有"佳人"二字。　②飞琼:仙女名。　③愿奶奶:宋本作"但愿取"。

[集评]

田同之云:"文人之才，何所不寓。大抵比物流连，寄托居多……必欲如柳屯田之'兰心蕙性'，'枕前言下'等言语，不几风雅扫地乎?"(《西圃词说》)

雪梅香

景萧索，危楼独立面晴空。动悲秋情绪，当时宋玉应同。渔市孤烟袅寒碧，水村残叶舞愁红。楚天阔，浪浸斜阳，千里溶溶。　　临风。想佳丽，别后愁颜，镇敛眉峰。可惜当年，顿乖雨迹云踪。雅态妍姿正欢洽，落花流水忽西东。无憀恨[1]、相思意，尽分付征鸿。

[注释]

①无憀恨:“憀”通“聊”。《词律》云:“宋本作:‘无聊意,尽把相思,分付征鸿。’”

[集评]

邓廷桢云:“柳耆卿以词名景祐、皇祐间。《乐章集》中,冶游之作居其半。率皆轻浮猥媟,取誉筝琶……惟《雨霖铃》之‘今宵酒醒何处,杨柳岸晓风残月’、《雪梅香》之‘渔市孤灯袅寒碧’差近风雅。”(《双砚斋词话》)

尾　犯

夜雨滴空阶,孤馆梦回,情绪萧索。一片闲愁,想丹青难貌[①]。秋渐老、蛩声正苦[②],夜将阑、灯花旋落。最无端处,总把良宵,衹恁孤眠却。　　佳人应怪我,别后寡信轻诺。记得当初,剪香云为约[③]。甚时向、幽闺深处,按新词、流霞共酌[④]。再同欢笑,肯把金玉珠珍博。[⑤]

[注释]

①难貌:难描摹。　②蛩:蟋蟀。　③香云:女子之头髮。　④流霞:酒。　⑤唐氏按:此首别又误入吴文英《梦窗词集》。

早梅芳

海霞红,山烟翠,故都风景繁华地。谯门画戟,下临万井,金碧楼台相倚。芰荷浦溆,杨柳汀洲,映虹桥倒影,兰舟飞棹,游人聚散,一片湖光里。　　汉元侯[①],自从破虏征蛮,峻陟枢庭贵[②]。筹帷厌久,盛年昼锦[③],归来吾乡我里。铃斋少讼[④],宴馆多欢。未周星[⑤],便恐皇家,图任勋贤，又作登庸计[⑥]。

[注释]

①汉元侯：后汉邓禹，佐光武定天下，以功封元侯。②峻陟：晋升。枢庭：朝廷。③盛年昼锦：壮年荣归故里。“富贵不归故乡，有如锦衣夜行。”为项羽之语，这里是反用其意。④铃斋：州郡官衙。⑤周星：岁星行一周天，等于十二年。⑥登庸：起用。

[集评]

笃文云：“词律作《早梅芳慢》。与《早梅芳》及《早梅芳近》有异。后片以功业勖勉，蹈励奋发，题旨正大，反映出耆卿创作之另一侧面，值得重视。据薛瑞生《乐章集》考订，此词乃皇祐五年（1053）作赠杭州太守孙沔者。”

鬥百花[①]

飒飒霜飘鸳瓦[②]，翠幕轻寒微透。长门深锁悄悄[③]，满庭秋色将晚。眼看菊蕊，重阳泪落如珠，长是淹残粉面。鸾辂音尘远[④]。　无限幽恨，寄情空殢纨扇[⑤]。应是帝王，当初怪妾辞辇[⑥]。陡顿今来，宫中第一妖娆，却道昭阳飞燕[⑦]。

[注释]

①鬥百花：此调又名《夏州》，柳永所创。《词律》云：“杨诚斋有云：‘词须择腔，如《鬥百花》之无味’，是知此调当时原不以为佳，故作者寥寥，且其调中多有参差。”依律，第二句当韵，而此阕失之。草创未精，即此可见。②鸳瓦：即鸳鸯瓦，宫殿寺宇多用之。③长门：即长门宫。西汉失宠嫔妃安置之所。④鸾辂：帝王车驾。⑤空殢纨扇：班倢伃为赵飞燕所谮，退居长信宫侍养太后，作纨扇诗以自伤。殢：沉湎、留恋。⑥辞辇：离别王宫。辇：帝王之车。⑦飞燕：赵飞燕，成帝立以为后，

宠冠后宫。

鬥百花

煦色韶光明媚[①]，轻霭低笼芳树。池塘浅蘸烟芜，帘幕闲垂风絮。春困厌厌，抛掷鬥草工夫[②]，冷落踏青心绪。终日扃朱户。　远恨绵绵，淑景迟迟难度。年少傅粉，依前醉眠何处。深院无人，黄昏乍拆秋千[③]，空锁满庭花雨。

[注释]

①煦色：阳光温暖。　②鬥草：古俗五月初五有踏百草之戏，唐人称为鬥百草。　③乍拆：刚罢。

鬥百花

满搦宫腰纤细[①]，年纪方当笄岁[②]。刚被风流沾惹，与合垂杨双髻。初学严妆，如描似削身材，怯雨羞云情意。举措多娇媚。　争奈心性，未会先怜佳婿。长是夜深，不肯便入鸳被。与解罗裳，盈盈背立银釭，却道你但先睡。

[注释]

①满搦（nuò）：满握。　搦：把持。　宫腰：细腰。　②笄岁：女子十五而笄。成年之称，许嫁之岁也。　笄：簪。将双髻拢在一起，加簪其上，为成年女子之髮饰。　③银釭：银灯。

甘草子

秋暮，乱洒衰荷，颗颗真珠雨。雨过月华生，冷彻鸳鸯浦。　　池上凭阑愁无侣。奈此个、单栖情绪。却傍金笼共鹦鹉，念粉郎言语。

［集评］

严有翼云："耆卿之'却傍金笼共鹦鹉，念粉郎言语'，花间之丽句也。"（《词苑萃编》卷九引）

甘草子

秋尽，叶剪红绡，砌菊遗金粉。雁字一行来，还有边庭信。　　飘散露华清风紧。动翠幕、晓寒犹嫩[①]。中酒残妆慵整顿[②]，聚两眉离恨。

［注释］

①翠幕：绿色的帷幕。　②中酒：醉酒。

中吕宫

送征衣

过昭阳[①]，璿枢电绕[②]，华渚虹流，运应千载会昌。罄寰宇、荐殊祥。吾皇。诞弥月，瑶图缵庆[③]，玉叶腾芳[④]。并景贶、三灵眷祐[⑤]，挺英哲、掩前王。遇年年、嘉节清和，颁率土称觞[⑥]。　　无间要荒华夏[⑦]，尽万里、走梯航[⑧]。彤庭舜张大乐[⑨]，禹会群方。鹓行[⑩]。望上国，山呼鳌抃[⑪]，遥爇炉香。竞就日、瞻云献寿，指南山、等无疆。愿巍巍、宝历鸿基[⑫]，齐天地遥长。

[注释]

①昭阳:宫殿名。汉武帝后宫有昭阳殿。"昭"《全宋词》作"韶"。②璿枢:北斗七星,第一曰天枢,第二曰璇。"璿"通"璇"。电光闪现于璇枢,是一种吉兆。③瑶图:旧指帝王受命的宝册。缵庆:继庆。④玉叶:玉册。⑤景贶:大赐。三灵:日、月、星。⑥颁:赐。率土:全国各地。⑦无间要荒华夏:不分边疆与中原地区。要服、荒服,指离首都极远的边远地区。⑧梯航:梯山(登山)、航海。⑨彤庭:朝廷。⑩鹓行:指上朝站立之位置,如鹓鸟之有序。⑪山呼鳌抃:形容朝见皇帝时欢呼鼓舞之状。鳌:海中大鱼。抃:鼓掌。⑫宝历:国运。鸿基:大业。

昼夜乐

洞房记得初相遇。便只合、长相聚。何期小会幽欢[1],变作离情别绪。况值阑珊春色暮。对满目、乱花狂絮。直恐好风光,尽随伊归去。　一场寂寞凭谁诉。算前言,总轻负。早知恁地难拚[2],悔不当时留住。其奈风流端正外,更别有、系人心处。一日不思量,也攒眉千度。

[注释]

①何期:不料。②难拚(pàn):难舍。

昼夜乐

秀香家住桃花径。算神仙、才堪并。层波细剪明眸,腻玉圆搓素颈。爱把歌喉当筵逞。遏天边,乱云愁凝。言语似娇莺,一声声堪听。　洞房饮散帘帏静。拥香衾、欢心称。金炉麝袅青烟,凤帐烛摇红影。无限狂心乘酒兴。这欢娱、渐入嘉景。犹自怨邻鸡，道秋宵不永。

［集评］

花庵词客云：“耆卿《昼夜乐》云：‘层波细剪明眸，腻玉圆搓素颈。’至‘无限狂心乘酒兴，这欢娱渐入佳境。犹自怨邻鸡，道秋宵不永。’此词丽以淫，为妓作也。”（《古今词话·词品》下卷）

柳腰轻

英英妙舞腰肢软。章台柳[①]，昭阳燕[②]。锦衣冠盖，绮堂筵会，是处千金争选。顾香砌、丝管初调，倚轻风，佩环微颤。　乍入霓裳促遍。逞盈盈、渐催檀板。慢垂霞袖，急趋莲步，进退奇容千变。算何止[③]、倾国倾城，暂回眸，万人肠断。

［注释］

①章台柳：指歌女。长安有章台宫。唐韩翃妾柳氏为蕃将沙吒利所夺，翃为赋章台柳，以寄情，后得团圆。　②昭阳燕：赵飞燕身轻善舞，居昭阳宫。　③算何止：“算”字本作“笑”，可从。

西江月

凤额绣帘高卷[①]，兽镮朱户频摇[②]。两竿红日上花梢。春睡厌厌难觉。　好梦狂随飞絮，闲愁浓胜香醪[③]。不成雨暮与云朝，又是韶光过了。

［注释］

①凤额绣帘：指上部绣着凤凰的帘子。　②兽镮：即兽形的门环。镮：同“环”。　③唐氏按：“浓”原作“秾”，从毛校《乐章集》。

仙吕宫

倾杯乐[1]

禁漏花深，绣工日永[2]，蕙风布暖。变韶景、都门十二，元宵三五，银蟾光满。连云复道凌飞观。耸皇居丽，嘉气瑞烟葱蒨。翠华宵幸[3]，是处层城阆苑。　　龙凤烛、交光星汉。对咫尺鳌山开羽扇[4]。会乐府两籍神仙[5]，梨园四部弦管。向晓色、都人未散，盈万井、山呼鳌抃。愿岁岁，天仗里、常瞻凤辇。

[注释]

①倾杯乐：亦名《古倾杯》、《倾杯》。唐宣宗喜吹芦管，自制此曲。见《乐府杂录》。　②绣工日永：春工如绣，春日绵长。　③翠华：指皇帝的仪仗。　④鳌山：元宵彩灯参差错落，垒成山头，名曰鳌山。　⑤两籍：仙凡两界。

[集评]

叶梦得云："永初为《上元词》有'乐府两籍神仙，梨园四部弦管'之句，传禁中多称之……余仕丹徒，尝见一西夏归朝官云：'凡有井水处，即能歌柳词'，言其传之广也。"（《避暑录话》卷下）

笛家弄[1]

花发西园，草薰南陌，韶光明媚，乍晴轻暖清明后。水嬉舟动[2]，禊饮筵开[3]，银塘似染，金堤如绣。是处王孙，几多游妓，往往携纤手。遣离人、对嘉景，触目伤怀，尽成感旧。　　别久。帝城当日，兰堂夜烛，百万呼卢[4]，画阁春风，十千沽酒[5]。未省、宴处能忘管弦，醉里不寻花柳。

岂知秦楼，玉箫声断，前事难重偶。空遗恨，望仙乡，一饷消凝，泪沾襟袖。

［注释］

①笛家弄：诸本作《笛家》，亦名《笛家弄慢》。柳永所创。 ②水嬉：水戏。 ③禊饮：古俗于三月上巳日于水滨洗濯，曰修禊。饮宴行乐，曰禊饮。 ④呼卢：赌彩。削木子五枚，为黑白色，五子全黑，曰卢，为头彩。 ⑤十千：古钱，以一千枚为贯。十千即十贯。

大石调

倾杯乐

皓月初圆，暮云飘散，分明夜色如晴昼。渐消尽、醺醺残酒。危阁迥、凉生襟袖。追旧事、一饷凭阑久。如何媚容艳态，抵死孤欢偶[①]。朝思暮想，自家空恁添清瘦。

算到头、谁与伸剖。向道我别来，为伊牵系，度岁经年，偷眼觑、也不忍觑花柳。可惜恁、好景良宵，未曾略展双眉暂开口。问甚时与你，深怜痛惜还依旧。

［注释］

①抵死：终究。

迎新春

嶰管变青律[①]，帝里阳和新布。晴景回轻煦。庆嘉节、当三五。列华灯、千门万户。遍九陌、罗绮香风微度。十里然绛树[②]。鳌山耸、喧天箫鼓。 渐天如水，素月当午。香径里、绝缨掷果无数[③]。更阑烛影花阴下，少年人、往往奇遇。太平时、朝野多欢民康阜。随分良聚[④]。堪对此景，争忍独醒归去。

[注释]

①嶰（xiè）管：指箫笛之类的管乐。相传黄帝命伶伦取嶰谷之竹以作乐器，故名。　青律：春天的乐调。春为青阳，故称青律。　②绛树：神话中的宝树。这里指元宵的彩树。　③绝缨：剪断系帽的绳子，指调戏妇女。事详《说苑·复思》。　掷果：指为女子所钟爱。潘岳美姿容，每出，妇女掷果满车。事见《世说新语·容止》。　④随分良聚：据《词律》作"堪随分良聚，对此景……"，《词谱》《百家词》并同，宜从。

曲玉管[①]

陇首云飞，江边日晚，烟波满目凭阑久。立望关河萧索，千里清秋。忍凝眸。　杳杳神京，盈盈仙子，别来锦字终难偶[②]。断雁无凭，冉冉飞下汀洲。思悠悠。
暗想当初，有多少、幽欢佳会，岂知聚散难期，翻成雨恨云愁。阻追游。每登山临水，惹起平生心事，一场消黯，永日无言，却下层楼。

[注释]

①曲玉管：此调亦为柳永所创，无别首宋词可校。《词谱》以为，其前片为截然两对，所谓双拽头也。见《词谱》卷三十三。　②锦字：锦书，即书信。

[集评]

沈祖棻云："作者登高怀远，触景伤情，而将情景打成一片，往复交织。前后照应，针线尤为细密……'却下层楼'遥接'凭阑久'，使全词从头到尾，血脉流通。"（《宋词赏析》）

满朝欢

花隔铜壶[①]，露晞金掌[②]，都门十二清晓。帝里风光烂漫，偏爱春杪。烟轻昼永，引莺啭上林，鱼游灵沼。巷陌乍晴，香尘染惹，垂杨芳草。　　因念秦楼彩凤[③]，楚观朝云[④]，往昔曾迷歌笑。别来岁久，偶忆欢盟重到。人面桃花，未知何处，但掩朱扉悄悄。尽日伫立无言，赢得凄凉怀抱。

［注释］

①铜壶：铜壶滴漏，古代计时之器。　②金掌：即金人承露盘，此指御苑之台观。　③秦楼彩凤：《列仙传》萧史善吹箫，秦穆公以女弄玉妻之。一夕吹箫引凤，与弄玉仙去。　④朝云：即巫山神女。此指妓女。

梦还京[①]

夜来匆匆饮散，攲枕背灯睡[②]。酒力全轻，醉魂易醒，风揭帘栊，梦断披衣重起。悄无寐。　　追悔当初，绣阁话别太容易。日许时、犹阻归计。甚况味，旅馆虚度残岁。想娇媚，那里独守鸳帏静，永漏迢迢，也应暗同此意。

［注释］

①梦还京：按此调为柳永所创，仅此一章，别无可校。全词七十九字。作两片分，则上片只三十二字，未免太少。《词纬》作三段：以"悄无寐"为二段起句，"甚况味"为三段起句。《词谱》同之，可从。　②攲枕：斜枕。

凤衔杯

有美瑶卿能染翰。千里寄、小诗长简。想初襞苔笺[1],旋挥翠管红窗畔。渐玉箸、银钩满[2]。 锦囊收,犀轴卷。常珍重、小斋吟玩。更宝若珠玑,置之怀袖时时看。似频见、千娇面。

[注释]

①初襞苔笺:刚折好苔纸。 襞(bì):折叠。 ②玉箸:犹言佳作。 银钩:遒劲的字迹。

凤衔杯

追悔当初孤深愿[1]。经年价[2]、两成幽怨。任越水吴山,似屏如障堪游玩。奈独自、慵抬眼。 赏烟花,听弦管。图欢笑,转加肠断。更时展丹青,强拈书信频频看。又争似、亲相见。

[注释]

①孤:辜负。 ②价:助词,略等于现代汉语的"地"。

鹤冲天

闲窗漏永,月冷霜华堕。悄悄下帘幕,残灯火。再三追往事,离魂乱、愁肠锁。无语沉吟坐。好天好景,未省展眉则个[1]。 从前早是多成破[2]。何况经岁月,相抛亸[3]。假使重相见,还得似、旧时么[4]。悔恨无计那[5]。迢迢良夜,自家只恁摧挫。

[注释]

①则个:句末语气词,与"啊"相近。 ②多成破:多破灭。 ③抛亸:抛躲。 亸:通"躲"。 ④旧时么:《六十家词》作"当初么"。《词律》、

《词谱》同。 ⑤那：奈何。

受恩深

雅致装庭宇，黄花开淡泞[1]。细香明艳尽天与。助秀色堪餐，向晓自有真珠露。刚被金钱妒[2]。拟买断秋天，容易独步。　　粉蝶无情蜂已去。要上金尊，惟有诗人曾许。待宴赏重阳，恁时尽把芳心吐。陶令轻回顾[3]。免憔悴东篱，冷烟寒雨。

［注释］

①淡泞：清淡。 泞：淡。 ②金钱：指黄菊。 ③陶令：陶渊明。

看花回

屈指劳生百岁期，荣瘁相随[1]。利牵名惹逡巡过，奈两轮、玉走金飞[2]。红颜成白髪，极品何为。　　尘事常多雅会稀。忍不开眉。画堂歌管深深处，难忘酒盏花枝。醉乡风景好，携手同归。

［注释］

①荣瘁：荣枯。 ②玉走金飞：月亮与太阳不断升没。玉兔指月，金乌指日。

看花回

玉墄金阶舞舜干[1]，朝野多欢。九衢三市风光丽，正万家、急管繁弦。凤楼临绮陌，嘉气非烟。　　雅俗熙熙物态妍，忍负芳年。笑筵歌席连昏昼，任旗亭、斗酒十千[②]。赏心何处好,惟有尊前。

[注释]

①玉墄(cè):玉阶,指帝王殿陛。　②旗亭:酒店。外悬招客青旗,故曰旗亭。

柳初新

东郊向晓星杓亚[①]。报帝里、春来也。柳抬烟眼,花匀露脸,渐觉绿娇红姹[②]。妆点层台芳榭,运神功、丹青无价。　别有尧阶试罢[③]。新郎君、成行如画。杏园风细[④],桃花浪暖,竞喜羽迁鳞化[⑤]。遍九陌、相将游冶。骤香尘、宝鞍骄马。[⑥]

[注释]

①星杓:杓(biāo),北斗七星之下三星,状如斗柄,曰杓。春季指向东方。破晓时光,斗柄低垂,故曰亚。　②红姹:红艳。　③尧阶试罢:指进士通过了殿试。尧阶,指帝王的陛廷。　④杏园:在长安曲江西南。此指新科进士在汴京游宴之地。　⑤羽迁鳞化:指进士及第,如虫之羽化,鱼之变龙。　⑥唐氏按:此首别又误入陈耆卿《篔窗集》卷十。

[集评]

笃文云:"如屏春景,及第郎君,喜气溢于行间。此耆卿少作也,故生机勃勃如此。与'忍把浮名,换了浅斟低唱'者,不侔远矣。"

两同心

嫩脸修蛾[①],淡匀轻扫。最爱学、宫体梳妆,偏能做、文人谈笑。绮筵前、舞燕歌云[②],别有轻妙。　饮散玉炉烟袅。洞房悄悄。锦帐里、低语偏浓,银烛下、细看俱好。那人人，昨夜分明，许伊偕老。

[注释]

①修蛾：细长的眉毛。 ②舞燕歌云：舞如飞燕，歌遏行云。

两同心

伫立东风，断魂南国。花光媚、春醉琼楼，蟾彩迥，夜游香陌。忆当时、酒恋花迷，役损词客[1]。 别有眼长腰搦[2]。痛怜深惜，鸳会阻、夕雨凄飞，锦书断，暮云凝碧。想别来，好景良时，也应相忆。

[注释]

①役损：劳损。 ②眼长腰搦：眼睛大，腰围小。搦，握也。腰才一握，纤细可知。

[集评]

刘熙载云："耆卿《两同心》云：'酒恋花迷，役损词客'。余谓此等只可名迷恋花酒之人，不足以称词客。词客当有雅量高致者也。"（《艺概》卷四）

女冠子[1]

断云残雨，洒微凉、生轩户。动清籁、萧萧庭树。银河浓淡，华星明灭，轻云时度。莎阶寂静无睹。幽蛩切切秋吟苦。疏篁一径，流萤几点，飞来又去。 对月临风，空恁无眠耿耿，暗想旧日牵情处。绮罗丛里，有人人、那回饮散，略曾谐鸳侣。因循忍便睽阻[2]。相思不得长相聚。好天良夜，无端惹起，千愁万绪。

[注释]

①女冠子:唐教坊曲名。小令始于温庭筠。此为长调,亦名《女冠子慢》,柳永所创。　②因循:拖延。　睽阻:阻隔。

玉楼春

昭华夜醮连清曙[1],金殿霓旌笼瑞雾。九枝擎烛灿繁星,百和焚香抽翠缕。　　香罗荐地延真驭[2],万乘凝旒听秘语[3]。卜年无用考灵龟,从此乾坤齐历数[4]。

[注释]

①夜醮(jiào):晚上祭神。　②荐地:铺地。　真驭:仙驾,指神仙。　③万乘凝旒:皇帝端坐不动。　旒:皇冠前后的玉串。　秘语:据《续资治通鉴》卷三十载:真宗梦见保生天尊降于延恩殿。及曙,召辅臣至殿指示临降之所,云云。　④乾坤齐历数:与天地齐寿之意。

玉楼春

凤楼郁郁呈嘉瑞,降圣覃恩延四裔[1]。醮台清夜洞天严,公宴凌晨箫鼓沸。　　保生酒劝椒香腻[2],延寿带垂金缕细。几行鹓鹭望尧云,齐共南山呼万岁。

[注释]

①降圣:颁发诏书。　覃恩:广布恩泽。　②保生酒:大中祥符六年七月,令天下于先天降圣节,以延寿带、续命缕、保生酒相赠遗。见《续资治通鉴》卷三十。

玉楼春

皇都今夕知何夕,特地风光盈绮陌。金丝玉管咽春空，蜡炬兰灯烧晓色。　凤楼十二神仙宅，珠履三千鹓鹭客。金吾不禁六街游[1]，狂杀云踪并雨迹[2]。

[注释]

①金吾不禁：汉代负责都城守备、巡夜之官叫金吾。　不禁：开放夜禁，许人游赏皇城之六街三市。　②云踪雨迹：指狎妓之行径。

玉楼春

星闱上笏金章贵[1]，重委外台疏近侍[2]。百常天阁旧通班[3]，九岁国储新上计[4]。　太仓日富中邦最，宣室夜思前席对[5]。归心怡悦酒肠宽[6]，不泛千钟应不醉。

[注释]

①星闱：意犹天阙，指朝廷。　金章：金质印章，贵官所佩。　②外台：指朝廷命官。　近侍：指后宫宦官之类。　③百常：八尺为寻，倍寻为常。百常极言台阁之高。　④九岁：多岁之意。此句言以充实国力为新定之大计。　⑤宣室：殿名。汉文帝于宣室斋戒，夜召贾谊讨论鬼神之事。后以宣室召对，为思贤之意。　⑥归心：天下归心，心悦诚服之意。

玉楼春

阆风歧路连银阙[1]，曾许金桃容易窃[2]。乌龙未睡定惊猜，鹦鹉能言防漏泄[3]。　匆匆纵得邻香雪[4]，窗隔残烟帘映月。别来也拟不思量，争奈馀香犹未歇。

[注释]

①阆风：神话中山名，仙人所居。见《离骚》。　银阙：即银台，王母所居。见《思玄赋》。　②金桃容易窃：传说东方朔曾三窃王母之桃。事见《博物志》。　③唐氏按："能"原作"多"，据毛校《乐章集》改。　④香雪：

花曰香雪。这里喻指女子。

[集评]

笃文云:“此一组《玉楼春》,多写神仙之事。大致作于大中祥符五、六年间。其时海内乂安,君臣逸乐。真宗尤好神仙之事,天书议起,贡谀者多。耆卿诸词,正是这一时代之剪影。时年二十馀岁,盖少作也。”

金蕉叶①

厌厌夜饮平阳第②。添银烛、旋呼佳丽。巧笑难禁,艳歌无间声相继。准拟幕天席地③。　　金蕉叶泛金波霁④。未更阑、已尽狂醉。就中有个风流,暗向灯光底。恼遍两行珠翠。

[注释]

①金蕉叶:酒杯。亦名金蕉。此调创自柳永。　②平阳第:驸马府第。汉武帝姊及唐高祖女皆封平阳公主。　③幕天席地:以天为幕,以地为席,即露宿之意。　④金波霁:月出。　金波:指月光。　霁:一本作“齐”,失韵,据《百家词》本改。《四库》本同。

惜春郎

玉肌琼艳新妆饰,好壮观歌席。潘妃宝钏①,阿娇金屋②,应也消得。　　属和新词多俊格③,敢共我勍敌④。恨少年、枉费疏狂,不早与伊相识。

[注释]

①潘妃宝钏:潘妃,齐东昏侯妃,小字玉儿。殿宇服饰,穷极奢侈。琥珀钏一双,价一百七十万。　②阿娇:汉武帝后陈氏,小字阿娇。武帝幼时曾说:“若得阿娇作妇,当以金屋贮之。”　③唐氏按:“俊”原作“峻”,据

毛校《乐章集》改。 ④勍敌：强敌。

传花枝

平生自负，风流才调。口儿里、道知张陈赵。唱新词，改难令，总知颠倒。解刷扮，能哄嗽[①]，表里都峭[②]。每遇著、饮席歌筵，人人尽道。可惜许老了。 阎罗大伯曾教来，道人生、但不须烦恼。遇良辰，当美景，追欢买笑。剩活取百十年，只恁厮好。若限满、鬼使来追，待倩个、掩通著到[③]。

（以上四十首自《彊村丛书》本《乐章集》卷上）

[注释]

①解刷扮、能哄嗽：即会扮演、会说唱之意。 ②峭：通“俏”，健美。 ③掩通著到：似为前去报到之意。掩通，其义未详。

[集评]

笃文云：“缀连市井俗语，以写其浪子生涯，下开关汉卿《不伏老》之一派。夏敬观云：‘耆卿词当分雅俚二类’，‘俚词袭五代淫昵之风气，开金元曲子之先声。比于里巷歌谣。亦复自成一格。’殆指此类作品而言。”

双　调

雨霖铃

寒蝉凄切。对长亭晚，骤雨初歇。都门帐饮无绪[①]，留恋处、兰舟催发。执手相看泪眼，竟无语凝噎。念去去、千里烟波，暮霭沉沉楚天阔。 多情自古伤离别。更那堪、冷落清秋节。今宵酒醒何处，杨柳岸、晓风残月。此去经年，应是良辰、好景虚设。便纵有、千种风情，更与何人说。

［注释］

①帐饮：搭设帐篷，摆宴送别。

［集评］

俞文豹云："东坡在玉堂日，有幕士善歌，因问：'我词何如柳七？'对曰：'柳郎中词，只合十七八女郎，执红牙板，歌杨柳岸、晓风残月。学士词，须关西大汉、铜琵琶、铁绰板，唱大江东去。'东坡为之绝倒。"（《历代诗馀》一百一十五卷引《吹豹录》）

谢章铤云："微妙则耐思，而景中有情。'寒鸦数点，流水绕孤村'，'杨柳岸晓风残月'所以脍炙人口也。"（《赌棋山庄词话》）

刘熙载云："词有点染。耆卿雨霖铃'念去去'三句，点出离别冷落。'今宵'二句，乃就上三句染之。点染之间，不得有他语相隔，否则警句亦成死灰矣。"（《艺概》卷四）

定风波①

伫立长堤，淡荡晚风起。骤雨歇，极目萧疏，塞柳万株②，掩映箭波千里。走舟车向此，人人奔名竞利。念荡子、终日驱驰③，争觉乡关转迢递。　　何意，绣阁轻抛，锦字难逢，等闲度岁。奈泛泛旅迹，厌厌病绪，迩来谙尽，宦游滋味。此情怀、纵写香笺，凭谁与寄。算孟光、争得知我④，继日添憔悴。

［注释］

①定风波：此调又名《定风波慢》，有百字体及百五字体两格，皆柳永所创。与六十馀字之《定风波》不同。　②塞柳：汲古阁本《乐章集》无"塞"字，《四库》本同。运河堤柳，本非塞垣也。可从。　③驱驰：《全宋词》作"驱驱"。此从汲古阁本、《四库》本。　④孟光：梁鸿之妻。举案齐眉，以贤德著称，事见《后汉书·梁鸿传》。

尉迟杯

宠佳丽，算九衢红粉皆难比[①]。天然嫩脸修蛾，不假施朱描翠。盈盈秋水，恣雅态、欲语先娇媚。每相逢、月夕花朝，自有怜才深意。　绸缪凤枕鸳被[②]。深深处、琼枝玉树相倚。困极欢馀，芙蓉帐暖，别是恼人情味。风流事、难逢双美。况已断、香云为盟誓。且相将、共乐平生，未肯轻分连理[③]。

[注释]

①九衢:京城的大道。　②绸缪:缠绵。　③连理:枝干相连并生之树,喻夫妻恩爱,永不分离。

慢卷紬[①]

闲窗烛暗，孤帏夜永，攲枕难成寐。细屈指寻思，旧事前欢，都来未尽，平生深意。到得如今，万般追悔。空只添憔悴。对好景良辰，皱著眉儿，成甚滋味。　红茵翠被。当时事、一一堪垂泪。怎生得依前[②]，似恁偎香倚暖，抱著日高犹睡。算得伊家，也应随分[③]，烦恼心儿里。又争似从前[④]，淡淡相看，免恁牵系。

[注释]

①慢卷紬:《词谱》作《慢卷绸》。注曰:"柳永《乐章集》注夹钟商",与今之隶于双调者有异。《词律》曰:"卷紬无义理,紬字恐是袖字之讹。" ②怎生:怎能。　③随分:照样。见《诗词曲语汇释》。　④争似:怎似。

[集评]

笃文云:"'算得伊家,也应随分,烦恼心儿里。'提炼口语,何其颖妙,不愧本色佳制。唯'抱着日高犹睡',未免伤秽。其有碍官箴,必矣。"

征部乐

雅欢幽会,良辰可惜虚抛掷。每追念、狂踪旧迹。长祇恁、愁闷朝夕。凭谁去,花衢觅。细说此中端的。道向我[①]、转觉厌厌,役梦劳魂苦相忆。　须知最有,风前月下,心事始终难得。但愿我、虫虫心下[②],把人看待,长似初相识。况渐逢春色。便是有、举场消息[③]。待这回、好好怜伊,更不轻离拆。

[注释]

①道向我:"向我道"之倒文。　②虫虫:同"人人",对所爱女子之昵称。　③举场:指考进士。时在春天,亦称春闱。

佳人醉[①]

暮景萧萧雨霁,云淡天高风细。正月华如水,金波银汉,潋滟无际[②]。冷浸书帷梦断,却披衣重起,临轩砌。　素光遥指。因念翠蛾[③],杳隔音尘何处,相望同千里。尽凝睇。厌厌无寐,渐晓雕阑独倚。

[注释]

①佳人醉:此调始于《乐章集》,为柳永所创。　②潋滟无际:水波相连貌。此指月光。　③翠蛾:翠眉,指所思女子。

迷仙引

才过笄年[①],初绾云鬟[②],便学歌舞。席上尊前,王孙随分相许。算等闲、酬一笑，便千金慵觑[③]。常祇恐，容易蕣华偷换[④]，光阴虚度。　　已受君恩顾，好与花为主。万里丹霄，何妨携手同归去。永弃却、烟花伴侣。免教人见妾，朝云暮雨。

[注释]

①笄年：女子十五岁，以笄（簪子）贯髮谓之成年。　②绾（wǎn）：盘绕打结。　③慵觑：懒瞧。　④蕣（shùn）华：木槿花，朝开暮敛，花时极短。

御街行[①]

燔柴烟断星河曙[②]，宝辇回天步[③]。端门羽卫簇雕阑，六乐舜韶先举。鹤书飞下[④]，鸡竿高耸[⑤]，恩霈均寰寓[⑥]。

赤霜袍烂飘香雾，喜色成春煦。九仪三事仰天颜，八彩旋生眉宇[⑦]。椿龄无尽[⑧]，萝图有庆[⑨]，常作乾坤主。

[注释]

①御街行：《乐章集补》题下有“圣寿”二字。按此词乃祭天事，故不从。　②燔柴：本《礼记·祭法》“燔柴于泰坛，祭天也”。旧制于冬至日夜间丑时于南郊祭天，烧柴于坛上。皇帝每三年亲自主祭一次，同时大赦天下。　③回天步：指皇帝祭毕，车驾回宫。　④鹤书：诏书。　⑤鸡竿：赦书，发布时立金鸡于竿头以传令。⑥寰寓：天下。　寓：通“宇”。　⑦八彩：八种颜色。传说唐尧眉生八彩。　⑧椿龄：椿树以八千岁为春，八千岁为秋，故以喻长寿。　⑨萝图：席萝图书，表示智慧渊博。　萝：香萝，可织以为席。后世以萝图喻皇图，即天下之意。郑愔诗“愿奉萝图泰，长开锦翰裁”与此词用法相似。

御街行

前时小饮春庭院，悔放笙歌散。归来中夜酒醺醺，惹起旧愁无限。虽看坠楼换马[①]，急奈不是鸳鸯伴。　　朦胧暗想如花面。欲梦还惊断。和衣拥被不成眠，一枕万回千转。惟有画梁，新来双燕，彻曙闻长叹。

[注释]

①坠楼：绿珠为石崇歌伎。孙秀欲之，石崇不予，遂杀崇。绿珠为之坠楼而殉。　换马：唐时鲍生多畜声妓，以梦兰与韦生换紫叱拨马。事见《异闻录》。

归朝欢

别岸扁舟三两只，葭苇萧萧风淅淅。沙汀宿雁破烟飞，溪桥残月和霜白。渐渐分曙色，路遥山远多行役[①]。往来人，只轮双桨[②]，尽是利名客。　　一望乡关烟水隔，转觉归心生羽翼。愁云恨雨两牵萦，新春残腊相催逼。岁华都瞬息，浪萍风梗诚何益。归去来，玉楼深处，有个人相忆。

[注释]

①山远：《六十家词》、《四库》本及《词谱》诸本"山"字作"川"。　②只轮：指车。　双桨：指船。

采莲令[①]

月华收，云淡霜天曙。西征客、此时情苦。翠娥执手送临岐[②]，轧轧开朱户[③]。千娇面、盈盈伫立，无言有泪，断肠争忍回顾。　　一叶兰舟，便恁急桨凌波去。贪行色、岂知离绪。万般方寸，但饮恨，脉脉同谁语。更回首，重城不见，寒江天外，隐隐两三烟树。

［注释］

①采莲子：此调九十一字，与七绝体之《采莲子》迥异。《词律》、《词谱》诸书失收，殆亦柳永所创。　②翠娥：美女。　③轧轧：象声词，开门之声。

秋夜月

当初聚散。便唤作、无由再逢伊面。近日来、不期而会重欢宴。向尊前、闲暇里，敛著眉儿长叹。惹起旧愁无限。　　盈盈泪眼。漫向我耳边，作万般幽怨。奈你自家心下，有事难见。待信真个，恁别无萦绊。[1]不免收心，共伊长远。

［注释］

①《彊村全书》本作"待信真个、恁别无萦绊"。语意支吾，于律亦拗。据《六十家词》及《词谱》当作："待音信，真个恁，别无萦绊。"

巫山一段云

六六真游洞[1]，三三物外天[2]。九班麟稳破非烟[3]，何处按云轩。　　昨夜麻姑陪宴[4]，又话蓬莱清浅。几回山脚弄云涛，仿佛见金鳌。

［注释］

①六六：道教称神仙所居天界有三十六重。　真游：仙真出游。真：真人、仙人。　②三三：佛家称须弥山上有三十三天。　③"九班麟稳"句：意指仙班所乘之麟车驾云而行，并非烟雾。　④麻姑：女仙。曾陪侍王母寿宴。又曾言，已见东海三次变为桑田。见《神仙传》。

巫山一段云

琪树罗三殿[①],金龙抱九关[②]。上清真籍总群仙,朝拜五云间。　　昨夜紫微诏下[③],急唤天书使者。令赍瑶检降彤霞[④],重到汉皇家。

[注释]

①琪树:神话中的玉树。　②九关:天门九重曰九关。　③紫微诏:仙诏。　紫微:星座名,天帝所居。　④瑶检:天书。　检:书函的题签。

巫山一段云

清旦朝金母[①],斜阳醉玉龟[②]。天风摇曳六铢衣[③],鹤背觉孤危。　　贪看海蟾狂戏[④],不道九关齐闭。相将何处寄良宵,还去访三茅[⑤]。

[注释]

①金母:王母。　②玉龟:酒具。　③六铢衣:佛家语。极薄之轻衣也。《长阿含经》谓忉利天,衣重六铢。　④海蟾狂戏:俗谓刘海蟾撒金钱之戏。海蟾,即刘海蟾,吕洞宾弟子,道家奉为南宗之祖。　⑤三茅:相传西汉茅盈、茅固、茅衷三兄弟于句曲山修成仙道,故称三茅真君。

巫山一段云

阆苑年华永,嬉游别是情。人间三度见河清,一番碧桃成。　　金母忍将轻摘,留宴鳌峰真客[①]。红狵闲卧吠斜阳[②],方朔敢偷尝。

[注释]

①鳌峰：即鳌山。海中神龟背负之仙山，神仙居之。 ②红尨(máng)：红毛狗。 尨：多毛之犬。

巫山一段云

萧氏贤夫妇[①]，茅家好弟兄。羽轮飙驾赴层城[②]，高会尽仙卿。 一曲云谣为寿[③]，倒尽金壶碧酒。醺酣争撼白榆花[④]，踏碎九光霞[⑤]。

[注释]

①萧氏：萧史、弄玉夫妇，双双仙去，故云。 ②羽轮：乘鸾驂鹤，以鸟羽为车轮。 ③云谣：西王母有《白云谣》歌。 ④白榆花：本《古乐府》"天上何所有，历历种白榆"。 白榆：仙家之树。 ⑤九光霞：朱霞之光。见《水经注》，指洞天的霞光。

[集评]

沈雄云："按《太平广记》，王母第二十三女名瑶姬，号云华夫人，居巫山，诗家所谓神女也……柳郎中云：'一曲云谣为寿，倒尽玉壶春酒。微醺争撼百榆花，踏碎九光霞。'笺体中应备之。"(《古今词话·词辨》上卷)

李调元云："集中《巫山一段云》，工于游仙。又飘飘有凌云之意，人所未知……'醺酣争撼白榆花，踏碎九光霞。'末二句真不食烟火语。"(《雨村词话》卷一)

婆罗门令[①]

昨宵里、恁和衣睡。今宵里、又恁和衣睡。小饮归来，初更过、醺醺醉。中夜后，何事还惊起。霜天冷，风细细。触疏窗、闪闪灯摇曳。 空床展转重追想。云雨梦、任敧枕难继。寸心万绪，咫尺千里。好景良天，彼此空有相怜意，未有相怜计。

［注释］

①婆罗门令：婆罗门为梵语“净行”之意。此曲开元中自西凉传入，改名为《霓裳羽衣曲》。入宋有婆罗门舞队。宋词有《婆罗门引》与《婆罗门令》二种。字数、宫调俱不相同。《婆罗门令》一词，为柳永所创，无别首宋词可校。诸家分段亦异。《词律》从“惊起”歇拍。《花草粹编》则于“摇曳”句分段，彊村本从之。

小石调

法曲献仙音[①]

追想秦楼心事，当年便约，于飞比翼[②]。每恨临歧处，正携手、翻成云雨离拆。念倚玉偎香，前事顿轻掷。
惯怜惜。饶心性，镇厌厌多病，柳腰花态娇无力。早是乍清减[③]，别后忍教愁寂。记取盟言，少孜煎[④]、剩好将息。遇佳景、临风对月，事须时恁相忆[⑤]。

［注释］

①法曲献仙音：法曲，兴于唐。献仙音为其中一种。宋词中有大石调、小石调之别。小石调者，为柳永所创。　②于飞比翼：齐飞比翼，指夫妻和美。　③清减：消瘦。　④孜煎：熬煎。　⑤事须：必须之意。

西平乐[①]

尽日凭高目，脉脉春情绪。嘉景清明渐近，时节轻寒乍暖，天气才晴又雨。烟光淡荡，妆点平芜远树。黯凝伫。　台榭好、莺燕语。正是和风丽日，几许繁红嫩绿，雅称嬉游去。奈阻隔、寻芳伴侣。秦楼凤吹[②]，楚馆云约，空怅望、在何处。寂寞韶华暗度。可堪向晚，村落声声杜宇③。

[注释]

①西平乐：有平仄两体。押仄韵者，始自柳永。各本分段，多以“黯凝伫”歇拍。虽前片四十二字，后片六十字，若相悬殊，然意境连贯，语气完整，较彊村本为优。且南宋朱雍有和耆卿韵《西平乐》（见《全宋词》），唐氏亦于“凝伫”歇拍，可从也。 ②秦楼：弄玉所居。与下文楚馆所指皆为神仙居处。此则移指妓女。 ③杜宇：杜鹃，传为望帝冤魂所化。啼声作“不如归去”，诗中多借指思归之意。

凤栖梧

帘下清歌帘外宴。虽爱新声，不见如花面。牙板数敲珠一串，梁尘暗落琉璃盏①。 桐树花深孤凤怨②。渐遏遥天③，不放行云散。坐上少年听不惯，玉山未倒肠先断④。

[注释]

①梁尘：歌声惊落梁上尘土，极言歌声之妙。 ②孤凤怨：指伤离之歌曲。古有别凤离鸾之曲。凤凰栖于桐树，李商隐有“桐花万里丹山路，雏凤清于老凤声”之句，为耆卿所本。 ③渐遏遥天：指歌声上扬，响遏行云。 ④玉山：指丰姿秀美。《世说新语·容止》：“嵇叔夜之为人也……傀俄若玉山之将崩。”

凤栖梧

伫倚危楼风细细①，望极春愁，黯黯生天际。草色烟光残照里，无言谁会凭阑意。 拟把疏狂图一醉，对酒当歌，强乐还无味。衣带渐宽终不悔，为伊消得人憔悴。[2]

[注释]

①伫倚:《四库》本、汲古阁本并作"独倚",于义为优。　②唐氏按:以上二首别又见欧阳修《近体乐府》卷二。

[集评]

贺裳云:"小词以含蓄为佳,亦有作决绝语而妙者。如韦庄'谁家年少足风流,妾拟将身嫁与,一生休。'……柳耆卿'衣带渐宽终不悔,为伊消得人憔悴'亦即韦意,而气加婉矣。"(《皱水轩词筌》)

王国维云:"古今之成大事业,大学问者,必经过三种之境界。'昨夜西风凋碧树,独上高楼,望尽天涯路。'此第一境也。'衣带渐宽终不悔,为伊消得人憔悴。'此第二境也。'众里寻他千百度,回头蓦见,那人正在、灯火阑珊处。'此第三境也。此等语,皆非大词人不能道。"(《人间词话》)

凤栖梧

蜀锦地衣丝步障[1]。屈曲回廊,静夜闲寻访。玉砌雕阑新月上,朱扉半掩人相望。　旋暖熏炉温斗帐[2],玉树琼枝,迤逦相偎傍。酒力渐浓春思荡,鸳鸯绣被翻红浪。

[注释]

①地衣:地毯。　丝步障:丝质的屏障,用以遮蔽风尘。　②斗帐:形如覆斗的小帐。

法曲第二[1]

青翼传情[2],香径偷期[3],自觉当初草草。未省同衾枕,便轻许相将,平生欢笑。怎生向、人间好事到头少。

漫悔懊。　细追思，恨从前容易，致得恩爱成烦恼。心下事千种，尽凭音耗[4]。以此萦牵，等伊来、自家向道。洎相见[5]，喜欢存问[6]，又还忘了。

［注释］

①法曲第二：此调《词律》附于《法曲献仙音》调下，视为别体。然其句式、字数颇异，应依《词律拾遗》视为独立之调体。　②青翼：即青鸟。是神话中西王母的信使。　③偷期：悄悄地约会。　④音耗：音讯。　⑤洎(jì)：至，到。　⑥存问：慰问。

秋蕊香引[1]

留不得。光阴催促，奈芳兰歇，好花谢，惟顷刻。彩云易散琉璃脆[2]，验前事端的[3]。　风月夜，几处前踪旧迹。忍思忆。这回望断，永作终天隔。向仙岛，归冥路，两无消息。

［注释］

①秋蕊香引：此调柳永自度曲，无别首可校。上片第二句，语意已尽，理当押韵。"促"字或是借韵通押。　②彩云易散：取白居易诗"大都好物不坚牢，彩云易散琉璃脆"之意。　③端的：明白。

［集评］

笃文云："此悼念所欢之作。仙岛、冥府，两无消息，亦天上人间都不见之意。从白诗脱胎，然缺少变化，未免伤率。"

一寸金

井络天开[1]，剑岭云横控西夏。地胜异、锦里风流[2]，蚕市繁华[3]，簇簇歌台舞榭。雅俗多游赏，轻裘俊、靓妆艳治。当春昼，摸石江边、浣花溪畔景如画。　梦应三刀[4]，桥名万里，中和政多暇。仗汉节、揽辔澄清，高掩武侯勋业，文翁风化[5]。台鼎须贤久，方镇静、又思命驾。空遗爱，两蜀三川，异日成嘉话。

［注释］

①井络：指岷山一带。《河图括地象》："岷山之地，上为井络。"　井：井宿，二十八宿之一。　②锦里：成都亦名锦城。　③蚕市：泛指蜀地。蜀之先王教人蚕桑。后遂称蜀地为蚕从道。　④梦三刀：指当益州刺史。晋时王濬梦见三刀，被认为是去当益州刺史之兆。见《晋书·王濬传》。　⑤文翁：汉文翁为蜀太守，兴办学校，蜀中大治。

［集评］

笃文云："词为赠知益州事者。写得气象宏张，笔力豪纵，与《望海潮》之作颇堪仲伯，实开豪放词之先声。"

歇指调

永遇乐

薰风解愠[1]，昼景清和，新霁时候。火德流光[2]，萝图荐祉[3]，累庆金枝秀[4]。璿枢绕电，华渚流虹，是日挺生元后。缵唐虞垂拱，千载应期，万灵敷祐[5]。　殊方异域，争贡琛赆[6]，架巘航波奔凑[7]。三殿称觞，九仪就列，韶頀锵金奏[8]。藩侯瞻望彤庭[9]，亲携僚吏，竞歌元首。祝尧龄[10]、北极齐尊，南山共久。

［注释］

①薰风：南风。　解愠：除烦。　②火德流光：火德呈祥。古代方士以金、木、水、火、土五行生克，来附会王朝的更迭。此谓宋朝是承火德而王天

下。 ③荐祉：赐福。 ④累庆：积庆。 金枝秀：指出色的皇子。 ⑤敷祐：保祐。敷，布也。 ⑥琛：宝物。 赆（jìn）：见面礼品。 ⑦架巘航波：跋山涉水。 奔凑：奔来。 ⑧韶頀：歌颂商汤的音乐。 ⑨藩侯：指周边的属国。 ⑩尧龄：寿比唐尧之意。传说尧寿至一百一十七岁。

［集评］

笃文云："此与《送征衣》同为赞颂真宗诞育皇子之作。真宗晚年得嗣，故举国重之。仁宗四月生，正是昼景清和时候。词格凝重，词藻发皇，庙颂之体，故应如是。"

永遇乐

天阁英游[①]，内朝密侍，当世荣遇。汉守分麾[②]，尧庭请瑞[③]，方面凭心膂[④]。风驰千骑，云拥双旌，向晓洞开严署[⑤]。拥朱幡、喜色欢声，处处竞歌来暮。 吴王旧国[⑥]，今古江山秀异，人烟繁富。甘雨车行[⑦]，仁风扇动，雅称安黎庶。棠郊成政[⑧]，槐府登贤[⑨]，非久定须归去。且乘闲、孙阁长开[⑩]，融尊盛举[⑪]。

［注释］

①天阁：尚书台。《词律》作"天阙"。 ②分麾：指出任地方官职。麾：旌旗。这是指官员的仪仗。 ③请瑞：领受印信。瑞，指玉印。 ④心膂：心腹。指出任州郡大员，如同皇上的心腹。 ⑤严署：指官衙。 ⑥吴王旧国：苏州，古为吴国都城。 ⑦甘雨车行：意谓给所到之处带来福祉，如甘雨之降。 ⑧棠郊成政：指境内大治。召伯巡行南国，憩于甘棠树下。人们为赋甘棠，以颂惠政。事见《诗经·召南·甘棠》。 ⑨槐府：指三公宰相的官署。 ⑩孙阁：汉公孙弘为丞相，起客馆开东阁，以延贤人。事见《汉书》。 ⑪融尊：孔融善饮、好宾客，有"座上客常满，尊中酒不空"之句。

卜算子

江枫渐老，汀蕙半凋，满目败红衰翠。楚客登临，正是暮秋天气。引疏砧、断续残阳里[①]。对晚景、伤怀念远，新愁旧恨相继。　　脉脉人千里。念两处风情，万重烟水。雨歇天高，望断翠峰十二[②]。尽无言、谁会凭高意。纵写得、离肠万种，奈归云谁寄。

[注释]

①疏砧：稀疏的捣衣声。　砧：捣衣石。　②翠峰十二：指巫山，共有十二峰。

[集评]

周济云："后阕一气转注，联翩而下，清真最得此妙。"（《宋四家词选》）

沈祖棻云："凭高，总上情景而言；无言、谁会，就脉脉千回极言之……一种无可奈何之情，千回百转而出。"（《宋词赏析》）

鹊桥仙[①]

届征途[②]，携书剑，迢迢匹马东去。惨离怀[③]，嗟少年易分难聚。佳人方恁缱绻，便忍分鸳侣。当媚景，算密意幽欢，尽成轻负[④]。　　此际寸肠万绪。惨愁颜、断魂无语。和泪眼、片时几番回顾。伤心脉脉谁诉。但黯然凝伫。暮烟寒雨，望秦楼何处。

[注释]

①此为慢词，与五十六字体者迥异，乃柳永所创，无宋人词可校。然声情熨贴，可遵也。　②届：到了。　③唐氏按："离"字原无，据毛校本

《乐章集》补。　④轻负：轻易放弃。

浪淘沙慢[1]

梦觉、透窗风一线，寒灯吹息。那堪酒醒，又闻空阶，夜雨频滴。嗟因循、久作天涯客。负佳人、几许盟言，便忍把、从前欢会，陡顿翻成忧戚。　　愁极。再三追思，洞房深处，几度饮散歌阑，香暖鸳鸯被。岂暂时疏散，费伊心力。殢云尤雨[2]，有万般千种，相怜相惜。恰到如今，天长漏永，无端自家疏隔。知何时、却拥秦云态，愿低帏昵枕，轻轻细说与，江乡夜夜，数寒更思忆。

[注释]

①此体与令词之《浪淘沙》迥异，亦不同于周邦彦之慢词。其前后两结，五六句始押一韵，韵位颇稀疏。又前片起句之“梦觉”，与后片之“愁极”，结构相同，理应押韵，当是借押。盖柳词用韵本宽。其《秋蕊香引》起韵亦以“沃”、“职”通押，与此相似。此调亦有作三片者，今不从。《全宋词》作“浪淘沙”。　②殢云尤雨：欢情缱绻，如胶似漆之貌。

夏云峰[1]

宴堂深，轩楹雨，轻压暑气低沉。花洞彩舟泛斝[2]，坐绕清浔。楚台风快，湘簟冷[3]、永日披襟。坐久觉、疏弦脆管，时换新音。　　越娥兰态蕙心。逞妖艳、昵欢邀宠难禁。筵上笑歌间发，舄履交侵[4]。醉乡归处，须尽兴、满酌高吟。向此免、名缰利锁，虚费光阴。

[注释]

①此调柳永自度，写夏令景物，是咏本意之作。　②斝（jiǎ）：铜制

酒具,有三足,较爵为大。　③湘簟(diàn):湘竹编成的凉席。　④舄(xì):鞋。

浪淘沙令

有个人人,飞燕精神。急锵环佩上华茵[①]。促拍尽随红袖举,风柳腰身。　簌簌轻裙[②],妙尽尖新。曲终独立敛香尘。应是西施娇困也,眉黛双颦。

[注释]

①急锵:形容环佩碰击的声音。　华茵:华美的地毯。　②簌簌:象声词,瑟瑟之意。

荔枝香

甚处寻芳赏翠,归去晚。缓步罗袜生尘[①],来绕琼筵看。金缕霞衣轻褪,似觉春游倦。遥认,众里盈盈好身段。　拟回首,又伫立、帘帏畔。素脸红眉[②],时揭盖头微见。笑整金翘[③],一点芳心在娇眼。王孙空恁肠断。

[注释]

①罗袜生尘:语出曹植《洛神赋》,形容仙女步态轻盈,波上行走,泛起微尘般的水珠。　②红眉:红色盖头覆于眉部,故曰红眉。　③金翘:妇女头饰。

林钟商

古倾杯

冻水消痕[①],晓风生暖,春满东郊道。迟迟淑景[②],烟和露润，偏绕长堤芳草。断鸿隐隐归飞，江天杳杳。遥山变色，妆眉淡扫。目极千里，闲倚危樯迥眺。　动几许、伤春怀抱。念何处，韶阳偏早。想帝里看看，名园芳树[3]，烂漫莺花好。追思往昔年少。继日恁、把酒听歌，量金买笑[4]。别后暗负，光阴多少。

[注释]

①冻水消痕：冰消水净。　②迟迟淑景：美景和畅。　迟迟：和舒貌。　③芳树：《百家词》及汲古阁本均作"芳榭"。　④量金买笑：千金一掷地去买醉追欢。

倾　杯[1]

离宴殷勤，兰舟凝滞，看看送行南浦。情知道世上、难使皓月长圆，彩云镇聚[2]。算人生、悲莫悲于轻别，最苦正欢娱，便分鸳侣。泪流琼脸，梨花一枝春带雨。　惨黛蛾、盈盈无绪。共黯然消魂，重携纤手，话别临行，犹自再三、问道君须去。频耳畔低语。知多少、他日深盟，平生丹素[3]。从今尽把凭鳞羽[4]。

[注释]

①倾杯：此词与前章虽同为一百八字，然句韵有别，应视为柳永独创之别体。　②镇聚：长聚。　③丹素：赤心。　④鳞羽：犹言鱼雁，代指书信。

破阵乐

露花倒影，烟芜蘸碧，灵沼波暖。金柳摇风树树，系彩舫龙舟遥岸。千步虹桥，参差雁齿[1]，直趋水殿。绕金堤、曼衍鱼龙戏[2]，簇娇春罗绮，喧天丝管。霁色荣光，望中似睹，蓬莱清浅。　　时见，凤辇宸游，鸾觞禊饮，临翠水、开镐宴[3]。两两轻舠飞画楫[4]，竞夺锦标霞烂。罄欢娱，歌鱼藻，徘徊宛转。别有盈盈游女，各委明珠，争收翠羽，相将归远。渐觉云海沉沉，洞天日晚。

[注释]

①雁齿：指桥上排列整齐的柱子，如同雁行有序。　②曼衍鱼龙：鱼龙变化，指表演杂戏。　③镐宴：天子宴饮大臣。语出《诗经·小雅·鱼藻》"王在在镐，岂乐饮酒"。　④轻舠：轻舟。

[集评]

张德瀛云："耆卿词多本色语，所谓有井水处，能歌柳词。时人为之语曰：'晓风残月柳三变'，又曰：'露花倒影柳屯田'，非虚也。"（《词徵》卷五）

双声子

晚天萧索，断蓬踪迹，乘兴兰棹东游。三吴风景，姑苏台榭，牢落暮霭初收。夫差旧国，香径没[1]、徒有荒丘。繁华处，悄无睹，惟闻麋鹿呦呦。　　想当年、空运筹决战，图王取霸无休。江山如画，云涛烟浪，翻输范蠡扁舟[2]。验前经旧史，嗟漫载、当日风流。斜阳暮草茫茫，尽成万古遗愁。

[注释]

①香径：采香径，在今苏州市吴县西南。吴王使人采香于此，故名。②范蠡：越国大夫。佐勾践灭吴后，乘扁舟隐去。

阳台路[①]

楚天晚。坠冷枫败叶，疏红零乱。冒征尘、匹马驱驱，愁见水遥山远。追念年时[②]，正恁凤帏，倚香偎暖。嬉游惯。又岂知、前欢云雨分散。　　此际空劳回首，望帝里、难收泪眼。暮烟衰草，算暗锁、路歧无限。今宵又、依前寄宿，甚处苇村山馆。寒灯畔，夜厌厌、凭何消遣。

[注释]

①阳台路：词咏别情，亦柳永创调。音节婉顺，无别首可校。　②年时：据《全宋词》"年"上有"少"字。然与词情不合，倚香偎暖亦非少年事。《百家词》本、《四库》本并作"年时"，可从。

内家娇[①]

煦景朝升，烟光昼敛，疏雨夜来新霁。垂杨艳杏，丝软霞轻，绣出芳郊明媚。处处踏青鬥草，人人偎红倚翠[②]。奈少年、自有新愁旧恨，消遣无计。　　帝里。风光当此际。正好恁携佳丽。阻归程迢递。奈好景难留[③]，旧欢顿弃。早是伤春情绪，那堪困人天气。但赢得、独立高原，断魂一饷凝睇。

[注释]

①内家娇：此亦柳永创调，与一名《风流子》之《内家娇》不同。此体亦无别词可校。　②偎红倚翠：《彊村丛书》本作"眷红偎翠"。此依《宋六十家词》本、《四库》本改。　③奈好景：《词谱》、《词律》均作"奈何好景"。《百家词》、《四库》本作"奈向好景"，可参酌。

二郎神[①]

炎光谢。过暮雨、芳尘轻洒。乍露冷、风清庭户爽[②]，天如水，玉钩遥挂。应是星娥嗟久阻[③]，叙旧约、飙轮欲驾。极目处、微云暗度，耿耿银河高泻。　闲雅。须知此景，古今无价。运巧思、穿针楼上女，抬粉面、云鬟相亚[④]。钿合金钗私语处[⑤]，算谁在、回廊影下。愿天上人间，占得欢娱，年年今夜。

[注释]

①二郎神：唐教坊曲名。倚声填词则始于柳永。此词咏“七夕”，声情闲雅可爱。　②庭户爽：彊村本“爽”字属下为句。揆以王十朋、张安国诸作，当以属上为宜。此据《词律》改。　③星娥：指织女星。　④相亚：低垂。　亚：通“压”。　⑤钿合：钿盒，首饰盒。白居易《长恨歌》“钿合金钗寄将去”，又“夜半无人私语时”，写杨李爱情，为此词所本。

醉蓬莱[①]

渐亭皋叶下[②]，陇首云飞，素秋新霁。华阙中天，锁葱葱佳气。嫩菊黄深，拒霜红浅[③]，近宝阶香砌。玉宇无尘，金茎有露，碧天如水。　正值升平，万几多暇，夜色澄鲜，漏声迢递。南极星中[④]，有老人呈瑞。此际宸游，凤辇何处，度管弦清脆。太液波翻，披香帘卷[⑤]，月明风细。

[注释]

①醉蓬莱：此词柳永所创。咏宫掖景物，通过宦官以进，欲求其助。仁宗闻而疏之。事见《后山诗话》。　②亭皋：水边平地。亭，平也。　③拒霜：木芙蓉。　④南极星：又称老人星，现则人多寿。　⑤披香：汉宫殿名。见《三辅黄图》。

［集评］

杨湜云："柳耆卿祝仁宗皇帝圣寿，作《醉蓬莱》一曲……此词一传，天下皆称妙绝。盖中间误使'宸游凤辇'挽章句。耆卿作此词，惟务钩摘好语，却不参考出处。仁宗皇帝览而恶之。"（《古今词话》）

严有翼云："余谓柳作此词，借使不忤旨，亦无佳处。如'嫩菊黄深，拒霜红浅'，竹篱茅舍间何处无此景物。方之李谪仙、夏英公等应制辞，殊不啻天冠地履也。"（《苕溪渔隐词话》卷二）

宣　清[①]

残月朦胧，小宴阑珊，归来轻寒凛凛。背银缸、孤馆乍眠，拥重衾、醉魂犹噤[②]。永漏频传，前欢已去，离愁一枕。暗寻思、旧追游，神京风物如锦。　　念掷果朋侪，绝缨宴会，当时曾痛饮。命舞燕翩翻，歌珠贯串，向玳筵前，尽是神仙流品。至更阑、疏狂转甚。更相将、凤帏鸳寝。玉钗乱横，任散尽高阳[③]，这欢娱、甚时重恁。

［注释］

①宣清：此调仅此一首，为柳永所创，无可参校者。　②醉魂：一作"醉魄"，此依《词律》杜文澜校注改。　③高阳：指酒徒。郦食其自称高阳酒徒，见《史记·郦生陆贾列传》。

锦堂春[①]

坠髻慵梳，愁蛾懒画，心绪是事阑珊。觉新来憔悴，金缕衣宽。认得这疏狂意下，向人诮譬如闲。把芳容整顿，恁地轻孤，争忍心安。　　依前过了旧约，甚当初赚我，偷剪云鬟。几时得归来，香阁深关。待伊要、尤云殢雨，缠绣衾、不与同欢。尽更深、款款问伊[②]，今后敢更无端[3]。

[注释]

①锦堂春:按柳永此词亦作《雨中花慢》。见《词谱》、《宋六十家词》。然与《锦堂春慢》字句、声韵尤近。　②款款:缓缓、慢慢。　③敢更:《百家词》本等作“更敢”。

定风波[1]

自春来、惨绿愁红,芳心是事可可。日上花梢,莺穿柳带,犹压香衾卧。暖酥消,腻云亸,终日厌厌倦梳裹。无那。恨薄情一去,音书无个。　早知恁么。悔当初、不把雕鞍锁。向鸡窗[2]、只与蛮笺象管[3],拘束教吟课。镇相随,莫抛躲。针线闲拈伴伊坐。和我,免使年少,光阴虚过。

[注释]

①定风波:《词谱》作《定风波慢》。本唐教坊曲。两片六十二字,平仄互押。柳永演为慢词,全用仄韵。　②鸡窗:指书窗。　③蛮笺象管:纸和笔。蛮地之笺,象牙之笔。

[集评]

张舜民云:“柳三变既以词忤仁庙,吏部不放改官。三变不能堪,诣政府。晏公曰:‘贤俊作曲子么?’三变曰:‘只如相公亦作曲子。’公曰:‘殊虽作曲子,不曾道彩线慵拈伴伊坐。’柳遂退。”(《画墁录》卷一)

程千帆云:“以郎才女貌的要求替代了门当户对的标准,以热烈而细腻的、少所顾忌的描写替代了含蓄的作风,乃是这些作品的特色。它不只是柳永个人流连坊曲的生活史,也正是一般城市平民的婚姻生活和审美理想的如实反映。”(《两宋文学史》)

诉衷情近[①]

雨晴气爽，伫立江楼望处。澄明远水生光，重叠暮山耸翠。遥认断桥幽径，隐隐渔村，向晚孤烟起。　残阳里。脉脉朱阑静倚。黯然情绪，未饮先如醉。愁无际，暮云过了，秋光老尽，故人千里。竟日空凝睇。

［注释］

①诉衷情近：本唐教坊曲，名《诉衷情》，三十三字，为小令。此则演为慢词，句韵迥异，当视为别调。

诉衷情近

景阑昼永[①]，渐入清和气序。榆钱飘满闲阶[②]，莲叶嫩生翠沼。遥望水边幽径，山崦孤村[③]，是处园林好。
闲情悄，绮陌游人渐少。少年风韵，自觉随春老。追前好，帝城信阻，天涯目断，暮云芳草。伫立空残照。

［注释］

①景阑：《宋六十名家词》本作“幽闺”，于义为长。　②榆钱：榆荚。形似钱串，亦称榆钱。　③山崦：崦，山也。此处与“水边”对举，意近“山角”。

留客住[①]

偶登眺。凭小阑，艳阳时节，乍晴天气，是处闲花芳草[②]。遥山万叠云散，涨海千里，潮平波浩渺。烟村院落，是谁家绿树，数声啼鸟。　旅情悄。远信沉沉，离魂杳杳。对景伤怀，度日无言谁表。惆怅旧欢何处，后约难凭，看看春又老。盈盈泪眼，望仙乡，隐隐断霞残照。

[注释]

①留客住：此调为柳永所创，周邦彦外，少有填者。且与周词格律，颇相参差。　②闲花芳草：《词律》、《词综》作"闲花野草"，于义较长，宜从。

迎春乐

近来憔悴人惊怪。为别后、相思煞[1]。我前生、负你愁烦债。便苦恁难开解。　良夜永、牵情无计奈。锦被里、馀香犹在。怎得依前灯下，恣意怜娇态。

[注释]

①相思煞：相思极之意。"煞"（shà），旧读 shài。与"怪"、"债"相押，一本作"熬"，则失韵矣。

隔帘听[1]

咫尺凤衾鸳帐，欲去无因到。虾鬚窣地重门悄[2]。认绣履频移，洞房杳杳。强语笑。逞如簧、再三轻巧。
梳妆早，琵琶闲抱。爱品相思调，声声似把芳心告。隔帘听，赢得断肠多少。恁烦恼，除非共伊知道。

[注释]

①隔帘听：唐教坊曲。填词则始于柳永。　②窣地：拂地。指虾鬚门帘深垂至地。

凤归云[1]

恋帝里，金谷园林，平康巷陌[2]，触处繁华。连日疏狂，未尝轻负，寸心双眼。况佳人、尽天外行云，掌上飞燕。向玳筵、一一皆妙选。长是因酒沉迷，被花萦绊。　更可惜、淑景亭台，暑天枕簟。霜月夜凉，雪霰朝飞。一岁风光，尽堪随分，俊游清宴。算浮生事，瞬息光阴，锱铢名宦。正欢笑，试恁暂时分散。却是恨雨愁云，地遥天远。

[注释]

①凤归云：唐教坊曲。《乐章集》有平、仄两体，皆柳永自度。然句读、宫调相异。此词起处二十七字，始用一韵，恐无此体。然无他本可校，姑存之，俟考。　②平康：唐长安有平康坊，妓女所居。

抛球乐[①]

晓来天气浓淡，微雨轻洒。近清明，风絮巷陌，烟草池塘。尽堪图画。艳杏暖、妆脸匀开，弱柳困、宫腰低亚。是处丽质盈盈，巧笑嬉嬉，手簇秋千架。戏彩球罗绶[②]，金鸡芥羽[③]，少年驰骋，芳郊绿野。占断五陵游[④]，奏脆管、繁弦声和雅。　向名园深处，争泥画轮[⑤]，竞羁宝马。取次罗列杯盘，就芳树、绿阴红影下。舞婆娑，歌宛转，仿佛莺娇燕姹。寸珠片玉，争似此、浓欢无价。任他美酒，十千一斗，饮竭仍解金貂贳[⑥]。恣幕天席地，陶陶尽醉太平，且乐唐虞景化[⑦]。须信艳阳天，看未足、已觉莺花谢。对绿蚁翠蛾，怎忍轻舍。

[注释]

①抛球乐：本为唐人酒筵间小令。柳永衍为双调慢词。　②罗绶：罗带。　③金鸡芥羽：鬥鸡者撒芥末于鸡羽中，以刺激对方赛鸡的目力。见《史记·鲁周公世家》。　④五陵：原指长安附近之汉家陵墓。后泛指豪贵聚居之地。　⑤泥：缠住。即所谓软缠。“泥”字读去声。　⑥金貂贳

(shì):以金貂换酒。　贳:赊。　⑦景化:治化。

集贤宾[①]

小楼深巷狂游遍,罗绮成丛。就中堪人属意[②],最是虫虫。有画难描雅态,无花可比芳容。几回饮散良宵永,鸳衾暖、凤枕香浓。算得人间天上,惟有两心同。　近来云雨忽西东,诮恼损情悰[③]。纵然偷期暗会,长是匆匆。争似和鸣偕老[④],免教敛翠啼红[⑤]。眼前时、暂疏欢宴,盟言在、更莫忡忡。待作真个宅院,方信有初终[⑥]。

[注释]

①集贤宾:柳永创调,一名《接贤宾》。除此体外,尚有五十九字体、一一七字体。　②堪人属意:即何人称心之意。　③诮恼:恼怒。　诮:责备。　情悰:情绪。　④和鸣:鸾凤和鸣,指夫唱妇随,生活美满。　⑤敛翠:皱眉,发愁貌。　啼红:流泪。旧传薛灵芸泪如红血。见《拾遗记》。　⑥初终:始终。

殢人娇

当日相逢,便有怜才深意。歌筵罢、偶同鸳被。别来光景,看看经岁。昨夜里、方把旧欢重继。　晓月将沉,征骖已鞴[①]。愁肠乱、又还分袂。良辰好景,恨浮名牵系。无分得、与你恣情浓睡。

[注释]

①征骖已鞴:出门的车马已经套好。　鞴(bèi):套马。

思归乐[①]

天幕清和堪宴聚。想得尽、高阳俦侣。皓齿善歌长袖舞，渐引入、醉乡深处。　　晚岁光阴能几许，这巧宦、不须多取[②]。共君把酒听杜宇，解再三、劝人归去。

［注释］

①思归乐：此亦柳永自度。平仄句律无别首可校。　②巧宦：善于钻营的官吏。

应天长[①]

残蝉渐绝。傍碧砌修梧，败叶微脱。风露凄清，正是登高时节。东篱霜乍结。绽金蕊、嫩香堪折。聚宴处，落帽风流[②]，未饶前哲。　　把酒与君说。恁好景佳辰，怎忍虚设。休效牛山[③]，空对江天凝咽。尘劳无暂歇。遇良会、剩偷欢悦。歌声阕[④]，杯兴方浓，莫便中辍。

［注释］

①应天长：此词有令慢两体。令词始于韦庄，慢词创于柳永。　②落帽风流：孟嘉于重阳登龙山，风吹落帽，浑然不觉，传为美谈。事见《晋书·孟嘉传》。　③牛山：山在淄博市东。齐景公游牛山而流涕曰："若何滂滂去此而死乎？"见《晏子春秋》。　④阕：乐止曰阕。

合欢带[①]

身材儿、早是妖娆。算风措[②]、实难描。一个肌肤浑似玉，更都来、占了千娇。妍歌艳舞，莺惭巧舌，柳妒纤腰。自相逢，便觉韩娥价减[③]，飞燕声消。　　桃花零落，溪水潺湲，重寻仙径非遥。莫道千金酬一笑，便明珠、万斛须邀。檀郎幸有[4]，凌云词赋，掷果风标。况当年，便好相携，凤楼深处吹箫。

[注释]

①合欢带：此调始于柳永。传世者尚有杜安世一首。平仄亦无大异。　②风措：举措、风度。　③韩娥：古歌唱家。能令歌声绕梁，三日不绝。见《列子·汤问》。　④檀郎：美男子。潘安，小字檀奴，故名。

少年游[1]

长安古道马迟迟，高柳乱蝉栖。夕阳岛外[2]，秋风原上，目断四天垂。　　归云一去无踪迹，何处是前期。狎兴生疏[3]，酒徒萧索，不似去年时。

[注释]

①少年游：旧以此调始见晏殊《珠玉集》。因词有“长似少年时”而得名。然柳词亦有“贪迷恋，少年游”之句。颇为参差。《乐章集》内各阕，亦不尽同。　②岛外：未详。或指水中洲渚而言。一曰“岛”为“鸟”字之讹。指夕阳隐没于飞鸟之外，亦通。　③狎兴：指狎妓冶游之兴致。

[集评]

叶嘉莹云：“前半阕全从景象写起，而悲慨尽在言外。后半阕则以归云为喻象，写一切期望之落空。最后三句以悲叹自己之落拓无成作结。全词情景相生，虚实互应，是一首极能表现柳永一生之悲剧而艺术造诣又极高的好词。”（《唐宋词鉴赏辞典》）

少年游

参差烟树灞陵桥[1]，风物尽前朝。衰杨古柳，几经攀折，憔悴楚宫腰[2]。　　夕阳闲淡秋光老，离思满蘅皋[3]。一曲阳关，断肠声尽，独自凭兰桡。

［注释］

①灞陵桥：即霸桥，在西安东。为唐人送别之地。　②楚宫腰：细腰。《韩非子·二柄》："楚灵王好细腰，而国中多饿人。"　③蘅皋：生长着杜蘅的水边。杜蘅，香草。

［集评］

先著云："屯田此调，居然胜场。不独'晓风残月'之工也。"（《词洁辑评》卷一）

少年游

层波潋滟远山横[1]，一笑一倾城。酒容红嫩，歌喉清丽，百媚坐中生。　　墙头马上初相见[2]，不准拟、恁多情。昨夜杯阑[3]，洞房深处，特地快逢迎。

［注释］

①层波：指眼波。　远山：指眉黛。　②墙头马上：指青年男女相爱。白居易《井底引银瓶诗》："妾弄青梅凭短墙，君骑白马傍垂杨。墙头马上遥相顾，一见知君即断肠。"　③杯阑：酒尽。　阑：残，尽。

少年游

世间尤物意中人[1]，轻细好腰身。香帏睡起，发妆酒酽[2]，红脸杏花春。　　娇多爱把齐纨扇[3]，和笑掩朱唇。心性温柔，品流详雅[4]，不称在风尘。

［注释］

①尤物：指出色的美人。　②发妆酒酽：新妆之后，鲜艳如醉酒。③齐纨扇：以齐地所产之白色细绢制成的扇子。　④详雅：安详文雅。

少年游

淡黄衫子郁金裙[1]，长忆个人人。文谈闲雅，歌喉清丽，举措好精神。　　当初为倚深深宠，无个事、爱娇瞋。想得别来，旧家模样，只是翠蛾颦。

［注释］

①郁金裙：用郁金草染成的彩裙。《妆楼记》云："郁金，芳草也。染妇人衣，最鲜明。"见《樊川集》卷二《送容州中丞赴镇诗》注。

少年游

铃斋无讼宴游频，罗绮簇簪绅[1]。施朱傅粉，丰肌清骨，容态尽天真。　　舞茵歌扇花光里，翻回雪[2]、驻行云。绮席阑珊，凤灯明灭[3]，谁是意中人。

［注释］

①簪绅：指士大夫。　簪：冠饰，绾定头髮之长针。　绅：腰带。簪绅，皆士大夫服饰。　②回雪：指舞态轻盈。"飘飘兮若流风之回雪"，见曹植《洛神赋》。　③凤灯：饰以凤形的灯具。

少年游

帘垂深院冷萧萧，花外漏声遥。青灯未灭，红窗闲卧，魂梦去迢迢。　　薄情漫有归消息，鸳鸯被、半香消。

试问伊家，阿谁心绪，禁得恁无憀①。

［注释］

①禁得：忍得。　恁无憀：这样的无奈。

少年游

一生赢得是凄凉，追前事、暗心伤。好天良夜，深屏香被，争忍便相忘。　　王孙动是经年去，贪迷恋、有何长。万种千般，把伊情分，颠倒尽猜量①。

［注释］

①尽：听任、随意。

少年游

日高花榭懒梳头，无语倚妆楼。修眉敛黛，遥山横翠，相对结春愁。　　王孙走马长楸陌，贪迷恋、少年游。似恁疏狂，费人拘管①，争似不风流。

［注释］

①费人拘管：即要花费心思去克制自己之意。

少年游

佳人巧笑值千金，当日偶情深。几回饮散，灯残香暖，好事尽鸳衾。　　如今万水千山阻，魂杳杳、信沉沉。孤棹烟波，小楼风月，两处一般心。

[集评]

笃文云:"《乐章集》所存《少年游》十首,属之林钟商调,然有五十字、五十一字两体。多写冶游之狎兴,与羁旅之苦怀。皆风沉自赏,伊郁善感者也。其'王孙走马长楸陌,贪迷恋,少年游'为此调得名之由。《词律》诸书,谓得名于晏殊之'长似少年时',可商。据晏词'家人并上千春寿',已属晚年,且'少年时'亦非'少年游'也。又永长于晏殊五岁,玩味词意,亦不似晚年之作。此调当以柳词为正格。"

长相思

京 妓[①]

画鼓喧街,兰灯满市,皎月初照严城。清都绛阙夜景,风传银箭[②],露叆金茎[③]。巷陌纵横。过平康款辔,缓听歌声。凤烛荧荧,那人家、未掩香屏。　向罗绮丛中,认得依稀旧日,雅态轻盈。娇波艳冶,巧笑依然,有意相迎。墙头马上,漫迟留、难写深诚。又岂知、名宦拘检,年来减尽风情。

[注释]

①《全宋词》注:题据毛校《乐章集》补。　②风传银箭:风中传来计时的滴漏之声。　银箭:古代计时器上标有刻度的漏箭。　③叆(ài):云浓貌。

尾 犯[①]

晴烟幂幂[②],渐东郊芳草,染成轻碧。野塘风暖,游鱼动触,冰澌微坼[③]。几行断雁,旋次第、归霜碛。咏新诗,手捻江梅,故人赠我春色。　似此光阴催逼。念浮生、不满百。虽照人轩冕[④],润屋珠金,于身何益。一种劳心力。图利禄，殆非长策。除是恁、点检笙歌，访寻罗绮消得[⑤]。

［注释］

①尾犯：此调九十八字，属林钟商，与另一体九十四字，正宫调者，皆为柳永所创，为此调正格。　②幂幂（mì）：覆盖貌。　③冰澌：冰水融化。　④轩冕：乘轩车，穿冕服（官服）。　⑤消得：消受、消遣。

木兰花[①]

心娘自小能歌舞[②]，举意动容皆济楚。解教天上念奴羞[③]，不怕掌中飞燕妒。　　玲珑绣扇花藏语，宛转香茵云衬步。王孙若拟赠千金，只在画楼东畔住。

［注释］

①木兰花：汲古阁本、《历代诗馀》本皆作《玉楼春》。《词谱》云："七字八句者为《玉楼春》体。《木兰花》则韦词、毛词、魏词共三体，从无与《玉楼春》同者。自《尊前集》误刻以来，宋词相沿，率多混填"云云。则此调当名《玉楼春》为是。　②心娘：对所欢女子的昵称，意同心肝宝贝。　③念奴：天宝年间女歌手，出入宫禁，名重一时。

木兰花

佳娘捧板花钿簇[①]，唱出新声群艳伏。金鹅扇掩调累累[②]，文杏梁高尘簌簌[③]。　　鸾吟凤啸清相续，管裂弦焦争可逐[④]。何当夜召入连昌[⑤]，飞上九天歌一曲。

［注释］

①佳娘：对所欢女子的昵称。　②金鹅扇：染成金色的鹅毛扇。韩偓《昼寝时》："碧桐阴尽隔帘栊，扇拂金鹅玉簟烘。"　③文杏：杏树之良种，可以为梁。司马相如《长门赋》："饰文杏以为梁。"　④管裂：笛裂。李舟

得好笛以赠李牟。牟日夜吹之,寥亮逸发。有客借笛以吹,其声清壮。及入破,笛应指粉碎。见《唐国史补》。 弦焦:指焦尾琴。蔡邕以烧焦之桐木为琴,其音清美。见《后汉书·蔡邕传》。 ⑤连昌:宫名。在河南宜阳县西,唐高宗置。

木兰花

虫娘举措皆温润[①],每到婆娑偏恃俊[②]。香檀敲缓玉纤迟,画鼓声催莲步紧。 贪为顾盼夸风韵,往往曲终情未尽。坐中年少暗消魂,争问青鸾家远近[③]。

[注释]

①虫娘:对所欢女子的昵称。 ②婆娑:指舞姿翩翩。 ③青鸾:神鸟。此指美人之居处。

木兰花

酥娘一搦腰肢袅[①],回雪萦尘皆尽妙。几多狎客看无厌,一辈舞童功不到。 星眸顾指精神峭[②],罗袖迎风身段小。而今长大懒婆娑,只要千金酬一笑。

[注释]

①酥娘:对所欢女子的昵称。酥,指肌肤白嫩。 ②星眸顾指:指目如流星,顾盼生姿。“指”,《百家词》本、毛本作“拍”。

驻马听[①]

凤枕鸾帷。二三载,如鱼似水相知。良天好景,深怜多爱,无非尽意依随。奈何伊。恣性灵、忒煞些儿[②]。无事孜煎，万回千度，怎忍分离。　　而今渐行渐远，渐觉虽悔难追。漫寄消寄息，终久奚为。也拟重论缱绻，争奈翻覆思维。纵再会，只恐恩情，难似当时。

[注释]

①驻马听：此调为柳永所创，无别首可校。　②忒煞：过于任性之意。

诉衷情[1]

一声画角日西曛[2]，催促掩朱门。不堪更倚危阑，肠断已消魂。　　年渐晚，雁空频，问无因。思心欲碎，愁泪难收，又是黄昏。

[注释]

①诉衷情：本唐教坊曲名。单调三十馀字者名《诉衷情》。双调四十四字以上者，《词谱》归入《诉衷情令》。此词当作《诉衷情令》为是。　②画角：古之军号。　西曛：夕阳西斜。

中吕调

戚　氏[1]

晚秋天，一霎微雨洒庭轩。槛菊萧疏，井梧零乱惹残烟。凄然，望江关。飞云黯淡夕阳间。当时宋玉悲感，向此临水与登山。远道迢递，行人凄楚，倦听陇水潺湲。正蝉吟败叶，蛩响衰草，相应喧喧[2]。　　孤馆度日如年。风露渐变，悄悄至更阑。长天净，绛河清浅[3]，皓月婵娟。思绵绵。夜永对景，那堪屈指，暗想从前。未名未禄，绮陌红楼，往往经岁迁延。　　帝里风光好，当年少日，暮宴朝欢。况有狂朋怪侣，遇当歌、对酒竞留连。别来迅景如梭，旧游似梦，烟水程何限。念利名、憔悴长萦绊。追往事、空惨愁颜。漏箭移、稍觉轻寒。渐呜咽、画角数声残。对闲窗畔，停灯向晓，抱影无眠。

[注释]

①戚氏：此调为柳永所创。凡三段，二百十二字，为词中最长调之一。　②喧喧：《草堂诗馀》本作"声喧"，汲古阁本同。　③绛河：银河。

[集评]

王灼云："前辈云'《离骚》寂寞千年后，《戚氏》凄凉一曲终'。《戚氏》，柳所作也。柳何敢知世间有《离骚》。惟贺方回、周美成时时得之。"（《碧鸡漫志》卷二）

李攀龙云："首叙悲秋情绪，次叙永夜幽思，末勘破名利关头，更透。"（《草堂诗馀隽》）

沈际飞云："插字之妥，撰句之隽，耆卿所长。'未名未禄'一段，写我辈落魄时怅怅靡托，借一个红粉佳人作知己，将白日消磨，哭不得，笑不得，如是如是。"（《草堂诗馀正集》）

蔡嵩云云："《戚氏》为屯田创调。晚秋天一首，写客馆秋怀，本无甚出奇，然手笔极有层次。细玩此章，可悟谋篇布局之法。"（《柯亭词论》）

轮台子[①]

一枕清宵好梦，可惜被、邻鸡唤觉。匆匆策马登途，满目淡烟衰草。前驱风触鸣珂[②]，过霜林、渐觉惊栖鸟。冒征尘远况，自古凄凉长安道。行行又历孤村，楚天阔、望中未晓。　　念劳生，惜芳年壮岁，离多欢少。叹断梗难停，暮云渐杳。但黯黯魂消，寸肠凭谁表。恁驱驱、何时是了。又争似、却返瑶京[③]，重买千金笑。

[注释]

①轮台子：此调为柳永所创，宋人无填者。故平仄无可参校。 ②鸣珂：贵人车马以玉为饰，行则作响，谓之鸣珂。 ③瑶京：指皇都汴京。

引驾行[1]

虹收残雨，蝉嘶败柳长堤暮。背都门、动消黯，西风片帆轻举。愁睹。泛画鹢翩翩[2]，灵鼍隐隐下前浦[3]。忍回首、佳人渐远，想高城，隔烟树。 几许。秦楼永昼，谢阁连宵奇遇[4]。算赠笑千金，酬歌百琲[5]，尽成轻负。南顾。念吴邦越国，风烟萧索在何处。独自个、千山万水，指天涯去。

[注释]

①引驾行：此调亦柳永创始，有百字体与百二十五字体两种。 ②画鹢：指船。 鹢：大鸟。画于船首，以惧水怪而利航行。见《淮南子·本经》注文。 ③灵鼍（tuó）：鼓声。 鼍：猪婆龙。皮可作鼓，其声如雷。 ④谢阁：妓馆。谢娘、谢娥，并指妓女。谢阁因指其居也。

望远行[1]

绣帏睡起，残妆浅，无绪匀红补翠[2]。藻井凝尘[3]，金梯铺藓[4]，寂寞凤楼十二。风絮纷纷，烟芜苒苒，永日画阑，沉吟独倚。望远行，南陌春残悄归骑。 凝睇。消遣离愁无计。但暗掷、金钗买醉。对好景、空饮香醪，争奈转添珠泪。待伊游冶归来，故故解放翠羽[5]，轻裙重系。见纤腰，图信人憔悴[6]。

[注释]

①望远行:唐教坊曲。小令始于韦庄。慢词则始于柳永。　②补翠:《百家词》与《四库》本俱作"铺翠"。　③藻井:绘有文彩的天花板。　④金梯:汲古阁本作"金阶",指贵家池馆的台阶。　铺藓:长了苔藓,说明少人行走。　⑤解放翠羽:舒展眉头。"眉如翠羽"见宋玉《登徒子好色赋》。　⑥图信:《花草粹编》作"图小"。《词谱》作"见纤腰围小,信人憔悴",于义为长。

彩云归[①]

蘅皋向晚舣轻航[②]。卸云帆、水驿鱼乡。当暮天、霁色如晴昼,江练静、皎月飞光。那堪听、远村羌管,引离人断肠。此际浪萍风梗,度岁茫茫。　堪伤。朝欢暮宴,被多情、赋与凄凉。别来最苦,襟袖依约,尚有馀香。算得伊、鸳衾凤枕,夜永争不思量。牵情处,惟有临歧,一句难忘。

[注释]

①彩云归:此调为柳永所创,别无填者。　②舣(yǐ):泊船。

洞仙歌[①]

佳景留心惯。况少年彼此,风情非浅。有笙歌巷陌,绮罗庭院。倾城巧笑如花面。恣雅态、明眸回美盼。同心绾。算国艳仙材,翻恨相逢晚[②]。　缱绻。洞房悄悄,绣被重重,夜永欢馀,共有海约山盟,记得翠云偷剪。和鸣彩凤于飞燕[③]。间柳径花阴携手遍[④]。情眷恋。向其间[⑤]、密约轻怜事何限。忍聚散。况已结深深愿。愿人间天上,暮云朝雨长相见。

[注释]

①洞仙歌:唐教坊曲。此调有令词、慢词之别,体调甚多,句韵互异。慢词始于柳永,亦有宫调句律之别。 ②翻恨:却恨。 ③和鸣彩凤于飞燕:喻夫妻恩爱。“凤皇于飞,和鸣锵锵”,见《左传·庄公二十二年》。“燕燕于飞”见《诗经·邶风·燕燕》。 ④间:《历代诗馀》作“向”,于义为长。 ⑤向:《历代诗馀》作“问”,可从。

离别难[①]

花谢水流倏忽,嗟年少光阴。有天然、蕙质兰心。美韶容、何啻值千金。便因甚、翠弱红衰,缠绵香体,都不胜任。算神仙、五色灵丹无验,中路委瓶簪[②]。 人悄悄,夜沉沉。闭香闺,永弃鸳衾。想娇魂媚魄非远,纵鸿都方士也难寻[③]。最苦是、好景良天,尊前歌笑,空想遗音。望断处,杳杳巫峰十二,千古暮云深。

[注释]

①离别难:唐教坊曲,本五言八句体。薛昭蕴衍为长短句。柳永别创为慢词。 ②委瓶簪:喻永别。 委:放弃。 瓶簪:即“瓶沉簪折知奈何,似妾今朝与君别”之意。语见白居易《井底引银瓶诗》。 ③鸿都方士:指有道之士。见白居易《长恨歌》“临邛道士鸿都客”,为此句所本。“鸿都”,《全宋词》作“洪都”,据《词谱》本改。

击梧桐[①]

香靥深深,姿姿媚媚,雅格奇容天与。自识伊来,便好看承[②],会得妖娆心素。临歧再约同欢,定是都把、平生相许。又恐恩情,易破难成,未免千般思虑。 近日书来,寒暄而已,苦没忉忉言语[③]。便认得、听人教当[④],拟把前言轻负。见说兰台宋玉,多才多艺善词赋。试与问、朝朝暮暮，行云何处去。

［注释］

①击梧桐：此亦柳永创调。除《梅苑》无名氏同调之作外，别无可校。　②看承：看待，对待。　③忉忉：同“叨叨”，啰嗦之意。　④教当：教了。

夜半乐[①]

冻云黯淡天气，扁舟一叶，乘兴离江渚。渡万壑千岩，越溪深处。怒涛渐息，樵风乍起，更闻商旅相呼，片帆高举。泛画鹢、翩翩过南浦。　　望中酒旆闪闪，一簇烟村，数行霜树。残日下，渔人鸣榔归去[②]。败荷零落，衰杨掩映，岸边两两三三，浣沙游女。避行客、含羞笑相语。

到此因念，绣阁轻抛，浪萍难驻。叹后约丁宁竟何据。惨离怀，空恨岁晚归期阻。凝泪眼、杳杳神京路，断鸿声远长天暮。

［注释］

①夜半乐：唐教坊曲。柳永借以衍为新声。除本调一百四十四字体之外，另有一百四十五字体，句韵与此小异，属另一体。　②鸣榔：即鸣根。以长木叩舷发声而惊鱼入网。又作敲击伴歌解。

［集评］

陈锐云：“柳词《夜半乐》云‘怒涛渐息，樵风乍起，更闻商旅相呼，征帆高举。泛画鹢、翩翩过南浦’。此种长调，不能不有此大开大阖之笔。”（《褒碧斋词话》）

陈匪石云：“第三段‘到此因念’一语拍转。‘此’字结束上两段之景，‘念’字引起本段离怀，而遥顾‘乘兴’，近开‘泪眼’，运棹空虚，且见草蛇灰线之妙……盖耆卿之不可及者，在骨气不在字面。彼嗤为纤艳俚俗者，

未得三昧也。”(《宋词举》)

祭天神[1]

叹笑筵歌席轻抛亸，背孤城、几舍烟村停画舸。更深钓叟归来，数点残灯火。被连绵宿酒醺醺，愁无那。寂寞拥、重衾卧。　　又闻得、行客扁舟过。篷窗近，兰棹急，好梦还惊破。念平生、单栖踪迹，多感情怀，到此厌厌，向晓披衣坐。

[注释]

①祭天神：此调始自柳永，与其另一首八十五字体者不同，宋元词人无填此调者。

[集评]

笃文云：“词写夜泊所感。上片六句四韵，下片九句四韵，韵位参差，声情抗坠，境殊凄厉。”

过涧歇近[1]

淮楚，旷望极，千里火云烧空，尽日西郊无雨。厌行旅。数幅轻帆旋落，舣棹蒹葭浦。避畏景，两两舟人夜深语。　　此际争可[2]，便恁奔名竞利去。九衢尘里，衣冠冒炎暑。回首江乡，月观风亭[3]，水边石上，幸有散髪披襟处。　　(以上八十六首见《彊村丛书》本《乐章集》卷中)

[注释]

①过涧歇近：《词律》诸本作《过涧歇》，无“近”字，宜从之。此亦柳永所创，有两体，韵位略有不同。　②争可：怎可，怎能。　③月观：台榭。此指赏月之亭台。

中吕调

安公子[①]

长川波潋滟。楚乡淮岸迢递，一霎烟汀雨过，芳草青如染。驱驱携书剑。当此好天好景，自觉多愁多病，行役心情厌。　　望处旷野沉沉，暮云黯黯。行侵夜色，又是急桨投村店。认去程将近，舟子相呼，遥指渔灯一点。

［注释］

①安公子：据《教坊记》，此为炀帝宫中新翻乐曲，属宫声。按《碧鸡漫志》，唐时在太簇角。宋时中吕调有《安公子近》，般涉调有《安公子慢》。此调柳永衍为两体，字句颇有不同。

菊花新[①]

欲掩香帏论缱绻，先敛双蛾愁夜短。催促少年郎，先去睡、鸳衾图暖。　　须臾放了残针线，脱罗裳、恣情无限。留取帐前灯，时时待、看伊娇面。

［注释］

①菊花新：据《齐东野语》，此曲为教坊都管王公谨亓谱。柳永、张先皆倚声作词，一时传唱颇广。

［集评］

李调元云："柳永淫词，莫逾于《菊花新》一阕，见升庵《词林万选》。"（《雨村词话》卷一）

过涧歇近

酒醒。梦才觉，小阁香炭成煤[①]，洞户银蟾移影。人寂静。夜永清寒，翠瓦霜凝。疏帘风动，漏声隐隐，飘来转愁听。　　怎向心绪，近日厌厌长似病。凤楼咫尺，佳期杳无定。展转无眠，粲枕冰冷[2]。香虬烟断[3]，是谁与把重衾整。

［注释］

①香炭成煤：《花草粹编》作“香灰成烬”，“烬”字入韵，与此不同。香炭：供焚香用的石炭。《归田录》云：“香饼，石炭也，用以焚香。一饼之火，可终日不灭。”　②粲枕：洁白鲜明的枕头。“角枕粲兮”见《诗经·唐风·葛生》。　③香虬：指缕缕香烟盘屈而上，其形如虬。

轮台子

雾敛澄江，烟消蓝光碧。彤霞衬遥天，掩映断续，半空残月[1]。孤村望处人寂寞，闻钓叟、甚处一声羌笛。九疑山畔才雨过，斑竹作、血痕添色。感行客。翻思故国，恨因循阻隔。路久沉消息。　　正老松枯柏情如织[2]。闻野猿啼，愁听得。见钓舟初出，芙蓉渡头，鸳鸯滩侧。干名利禄终无益。念岁岁间阻，迢迢紫陌。翠蛾娇艳，从别后经今[3]，花开柳拆伤魂魄。利名牵役。又争忍、把光景抛掷。

［注释］

①残月：《词谱》作“残璧”，与上“碧”、下“笛”相押，宜从。　②老松枯柏：《词谱》作“古柏”，于义为长。　③别后经今：《词谱》、《历代诗馀》本无“后”字。

平　调

望汉月[①]

明月明月明月。争奈乍圆还缺。恰如年少洞房人，暂欢会、依前离别。　小楼凭槛处，正是去年时节。千里清光又依旧，奈夜永、厌厌人绝。

[注释]

①望汉月：唐教坊曲《忆汉月》。欧阳修《六一词》同。柳永作《望汉月》，除后片字句略有小异外，馀同欧词。

归去来[①]

初过元宵三五，慵困春情绪。灯月阑珊嬉游处，游人尽、厌欢聚[②]。　凭仗如花女，持杯谢、酒朋诗侣。馀酲更不禁香醑[③]，歌筵罢、且归去。

[注释]

①归去来：此调为柳永所创，九句而八用韵，读来有促管繁弦之致。②厌欢聚：充满了欢聚的快感。　③馀酲：馀醉，病酒曰酲。　香醑：美酒。

燕归梁

织锦裁编写意深，字值千金。一回披玩一愁吟。肠成结、泪盈襟。　幽欢已散前期远，无憀赖、是而今。密凭归雁寄芳音[①]，恐冷落、旧时心。

[注释]

①归雁：《百家词》、汲古阁及《词谱》诸本作“归燕”，与题相扣，

可从。

八六子[①]

如花貌。当来便约，永结同心偕老。为妙年、俊格聪明，凌厉多方怜爱，何期养成心性近，元来都不相表。渐作分飞计料。　稍觉因情难供，恁殛恼[②]。争克罢同欢笑[③]。已是断弦尤续，覆水难收，常向人前诵谈，空遣时传音耗。漫悔懊。此事何时坏了。

[注释]

①八六子：此调始自杜牧。宋人秦观、晁补之、杨缵诸家并有所作，然与耆卿此作颇有出入。柳作《词谱》、《词律》未收。此词字句亦有舛误粗浅处，盖率笔也。除《彊村丛书》本（该本据毛扆校补本刻入）外，无可参校之本，姑存之以俟考。　②殛恼：恼煞。　③争克：怎能。

长寿乐[①]

尤红殢翠[②]。近日来、陡把狂心牵系。罗绮丛中，笙歌筵上，有个人人可意。解严妆巧笑，取次言谈成娇媚[③]。知几度、密约秦楼尽醉。仍携手，眷恋香衾绣被。　情渐美。算好把、夕雨朝云相继。便是仙禁春深，御炉香袅，临轩亲试。对天颜咫尺，定然魁甲登高第。待恁时、等著回来贺喜。好生地。剩与我儿利市[④]。

[注释]

①长寿乐：此调始于柳永。“对天颜”以下五句，原缺，《词律》遂别立一体，其实与其另章（繁红嫩翠）基本相同，应予补正。　②尤红殢翠：即眷恋红翠（女子）之意。　③取次：《词谱》作“姿姿”（与“孜孜”通）。联

上句为“解严妆巧笑姿姿，别成娇媚”，于义较顺，可供参考。　取次：次第。　④利市：喜钱，彩头。

仙吕调

望海潮[①]

东南形胜，三吴都会[②]，钱塘自古繁华。烟柳画桥，风帘翠幕，参差十万人家。云树绕堤沙。怒涛卷霜雪，天堑无涯。市列珠玑，户盈罗绮竞豪奢。　　重湖叠巘清嘉[③]。有三秋桂子、十里荷花。羌管弄晴，菱歌泛夜，嬉嬉钓叟莲娃。千骑拥高牙[④]。乘醉听箫鼓，吟赏烟霞。异日图将好景，归去凤池夸[⑤]。

[注释]

①望海潮：此调创自柳永，宋金以来，作者不绝，为词中显调。据薛瑞生《乐章集》考订，此词乃皇祐五年（1053）作赠杭州太守孙沔者，昔传孙何不确。　②三吴：《水经注》以吴兴、吴郡、会稽为三吴（杭州古属吴郡）。三吴，一本作“江吴”。　③叠巘（yǎn）：重叠错出的山峰。　④高牙：军中大旗。此指贵官出行之仪仗。　⑤凤池：朝廷的中书省，又名凤凰池。

[集评]

罗大经云：“孙何帅钱塘。柳耆卿作《望海潮》词以赠之……此词流播，金主亮闻歌，欣然有慕于三秋桂子，十里荷花，遂起投鞭渡江之志。近时谢处厚诗云：‘谁把杭州曲子讴，荷花十里桂三秋。那知卉木无情物，牵动长江万里愁。’余谓此词虽牵动长江之愁，然卒为金主送死之媒，未足恨也。至于荷艳桂香，妆点湖山之清丽。使士大夫流连于歌舞嬉游之乐，遂忘中原，是则深可恨耳。因和其诗云：‘杀胡快剑是清讴，牛渚依然一片秋。却恨荷花留玉辇，竟忘烟柳汴宫愁。’”（《鹤林玉露》卷一）

唐圭璋云：“《望海潮》词调首见于《乐章集》，这个调名应是从钱塘作为繁华都会、观潮胜地而来……钱塘繁盛的景象，钱江大潮的壮观，西湖秀美的景色，都能在词中形象地描绘出来，这是本词很大的特色。"（《唐宋词选注》）

笃文云："大量使用偶句是它的一个特点。百来字中，光四字一句的对语就有六对。头六句中，前后三句各为一股，也是对称的。是所谓赋体笔法。这种结构最宜铺叙渲染，对表现杭州的佳胜，真有淋漓尽致的艺术效果。"（《宋百家词选》）

如鱼水①

轻霭浮空，乱峰倒影，潋滟十里银塘。绕岸垂杨。红楼朱阁相望，芰荷香。双双戏，鸂鶒鸳鸯②。乍雨过、兰芷汀洲，望中依约似潇湘。　　风淡淡，水茫茫。动一片晴光，画舫相将③。盈盈红粉清商，紫薇郎④。修禊饮、且乐仙乡。更归去，遍历銮坡凤沼⑤，此景也难忘。

[注释]

①如鱼水：此调亦仅见于《乐章集》，当是柳永自度。　②鸂鶒（xīchì）：紫色水鸟，大于鸳鸯，亦名紫鸳鸯。　③相将：相携、相伴。　④紫薇郎：指中书省的郎官。唐开元中改中书省为紫薇省，故名。　⑤銮坡：金銮殿。　凤沼：即凤凰池，为中书省之别称。

如鱼水

帝里疏散，数载酒萦花系，九陌狂游。良景对珍筵恼①，佳人自有风流。劝琼瓯。绛唇启、歌发清幽。被举措、艺足才高，在处别得艳姬留。　　浮名利，拟拚休。是非莫挂心头。富贵岂由人，时会高志须酬。莫闲愁。共绿蚁、红粉相尤②。向绣幄、醉倚芳姿睡，算除此外何求。

[注释]

①良景对珍筵恼:"对珍筵恼"四字不辞,疑当作"珍馐",此处应有韵脚。因无他本可校,只得存之。　②绿蚁:酒上浮起的绿色泡沫。亦作酒之代称。　相尤:相伴。　尤:美也。

玉蝴蝶[1]

望处雨收云断,凭阑悄悄,目送秋光。晚景萧疏,堪动宋玉悲凉。水风轻、蘋花渐老,月露冷、梧叶飘黄。遣情伤。故人何在,烟水茫茫。　难忘。文期酒会[2],几孤风月[3],屡变星霜。海阔山遥,未知何处是潇湘。念双燕、难凭远信,指暮天、空识归航。黯相望。断鸿声里,立尽斜阳。

[注释]

①玉蝴蝶:此调小令始于温庭筠。长调始于柳永,亦名《玉蝴蝶慢》。　②文期酒会:文酒期会之互文,指文人雅集。　③孤:辜负。

[集评]

笃文云:"'断鸿声里,立尽斜阳',凄怆之怀,衰飒之景,交相融注,所感甚大。不止于偎红倚翠矣。王元泽所谓'赖有乐章传乐府,落落骊珠照古今',殆指此类。"

玉蝴蝶

渐觉芳郊明媚,夜来膏雨[1],一洒尘埃。满目浅桃深杏,露染风裁。银塘静、鱼鳞簟展,烟岫翠、龟甲屏开[2]。殷晴雷。云中鼓吹,游遍蓬莱。　徘徊。隼旟前后[3],三千珠履,十二金钗。雅俗熙熙。下车成宴尽春台。好雍容、东山妓女[④]，堪笑傲、北海尊罍。且追陪。凤池归去，那更重来。

[注释]

①膏雨：滋润万物的雨水。 ②龟甲：云山错综之貌。王勃《游北山赋》："云峰龟甲而重聚，霞岫龙鳞而结络。" ③隼旟（sǔn yú）：绘有鹰隼的旌旗。多指地方官长的仪仗。 ④东山妓女：谢安隐居东山，每游赏，必带妓女。

玉蝴蝶

是处小街斜巷，烂游花馆[①]，连醉瑶卮[②]。选得芳容端丽，冠绝吴姬。绛唇轻、笑歌尽雅，莲步稳，举措皆奇。出屏帏。倚风情态，约素腰肢。 当时，绮罗丛里，知名虽久，识面何迟。见了千花万柳，比并不如伊。未同欢、寸心暗许，欲话别、纤手重携。结前期[③]。美人才子，合是相知。

[注释]

①烂游：漫游。 ②瑶卮：玉杯。 ③前期：来期，即后约之意。

玉蝴蝶

误入平康小巷，画檐深处，珠箔微褰[①]。罗绮丛中，偶认旧识婵娟。翠眉开、娇横远岫，绿鬓亸，浓染春烟。忆情牵。粉墙曾恁，窥宋三年[②]。 迁延。珊瑚筵上，亲持犀管，旋叠香笺。要索新词，殢人含笑立尊前。按新声、珠喉渐稳，想旧意、波脸增妍。苦留连。凤衾鸳枕，忍负良天。

[注释]

①微褰：微掀。　唐氏按："珠"原作"朱"，据毛校《乐章集》改。　②窥宋：窥视宋玉，指女郎爱慕男子。见宋玉《登徒子好色赋》。

玉蝴蝶

重　阳[1]

淡荡素商行暮[2]，远空雨歇，平野烟收。满目江山，堪助楚客冥搜[3]。素光动、云涛涨晚，紫翠冷，霜巘横秋。景清幽。渚兰香谢，汀树红愁。　良俦。西风吹帽，东篱携酒[4]，共结欢游。浅酌低吟，坐中俱是饮家流。对残晖，登临休叹，赏令节、酩酊方酬。且相留。眼前尤物，盏里忘忧。

[注释]

①《全宋词》注：题据毛校《乐章集》补。　②素商：秋季。古代以商音配秋，故名。　③冥搜：默想构思。　④东篱：陶渊明东篱把酒。这里指隐士高人。

满江红

暮雨初收，长川静、征帆夜落。临岛屿、蓼烟疏淡，苇风萧索。几许渔人飞短艇，尽载灯火归村落。遣行客、当此念回程，伤漂泊。　桐江好[1]，烟漠漠。波似染，山如削。绕严陵滩畔[2]，鹭飞鱼跃。游宦区区成底事，平生况有云泉约。归去来、一曲仲宣吟[3]，从军乐。

[注释]

①桐江：富春江流经桐庐县一段，又名桐江。　②严陵滩：严子陵隐居垂钓之地，又名严陵濑。　③仲宣吟：三国王粲，字仲宣。从曹操西征，

作有《从军诗》五首。

[集评]

黄昇云："题作桐川。"又云："换头数语最工。"（《唐宋诸贤绝妙词选》卷五）

笃文云："《满江红》调，以此词为最早，殆亦耆卿所创也。气格健举，与软玉温香者迥异。柳七毕竟大家，词作亦如未央宫殿，门户各异，未可以一隅限之。"

满江红

访雨寻云，无非是、奇容艳色。就中有、天真妖丽，自然标格。恶发姿颜欢喜面[①]，细追想处皆堪惜。自别后、幽怨与闲愁，成堆积。　　鳞鸿阻，无信息。梦魂断，难寻觅。尽思量，休又怎生休得。谁恁多情凭向道，纵来相见且相忆。便不成、常遣似如今，轻抛掷。

[注释]

①恶发：生气。《历代诗馀》作"花发"，亦通。

满江红

万恨千愁，将年少、衷肠牵系。残梦断、酒醒孤馆，夜长无味。可惜许枕前多少意，到如今两总无终始。独自个、赢得不成眠，成憔悴。　　添伤感，将何计。空只恁，厌厌地。无人处思量，几度垂泪。不会得、都来些子事[①]，甚恁底死难拚弃。待到头、终久问伊看，如何是。

[注释]

①不会得:没想到。　都来:总共。　些子事:一点点。

满江红

匹马驱驱,摇征辔、溪边谷畔。望斜日西照,渐沉山半。两两栖禽归去急,对人相并声相唤。似笑我、独自向长途,离魂乱。　　中心事,多伤感。人是宿,前村馆。想鸳衾今夜,共他谁暖。惟有枕前相思泪,背灯弹了依前满。怎忘得、香阁共伊时,嫌更短[①]。

[注释]

①嫌更短:嫌时间过得太快。　更:更漏。

[集评]

笃文云:"此词九十一字,属另一体。其第三句减七字为五字,微有不同。又下片起韵以'感'字相押,与词韵有异,盖亦方音相押也。"

洞仙歌

乘兴,闲泛兰舟,渺渺烟波东去。淑气散幽香,满蕙兰汀渚。绿芜平畹,和风轻暖,曲岸垂杨,隐隐隔、桃花圃[①]。芳树外,闪闪酒旗遥举。　　羁旅。渐入三吴风景,水村渔市。闲思更远神京[②],抛掷幽会,小欢何处。不堪独倚危樯,凝情西望日边,繁华地、归程阻。空自叹当时,言约无据。伤心最苦。伫立对、碧云将暮。关河远,怎奈向、此时情绪。

［注释］

①桃花圃："圃"，一本作"坞"。　②更远神京："远"，《词谱》等作"绕"，于义为长。

引驾行[①]

红尘紫陌，斜阳暮草长安道。是离人、断魂处，迢迢匹马西征。新晴。韶光明媚，轻烟淡薄和气暖。望花村、路隐映，摇鞭时过长亭。愁生。伤凤城仙子，别来千里重行行。又记得临歧，泪眼湿、莲脸盈盈。　消凝。花朝月夕，最苦冷落银屏。想媚容、耿耿无眠，屈指已算回程。相萦。空万般思忆，争如归去睹倾城。向绣帏、深处并枕，说如此牵情。

［注释］

①引驾行：此词与百字体押仄韵者迥异，为柳永别创之慢词。

［集评］

笃文云："此词前四句二十三字始出一韵。接二字短句，出第二韵。又四句二十三字出第三韵；再接二字短韵。此亦双拽头也。韵位前疏后密，声情摇曳，乃声家手段所在，不可匆匆读过。"

望远行

长空降瑞，寒风剪、淅淅瑶花初下。乱飘僧舍[①]，密洒歌楼，迤逦渐迷鸳瓦。好是渔人，披得一蓑归去，江上晚来堪画。满长安，高却旗亭酒价。　幽雅。乘兴最宜访戴[②]，泛小棹、越溪潇洒。皓鹤夺鲜，白鹇失素，千里广铺寒野。须信幽兰歌断，彤云收尽[③]，别有瑶台琼榭。放一轮明月，交光清夜。

[注释]

①乱飘僧舍：郑谷《雪中偶题》，"乱飘僧舍茶烟湿，密洒歌楼酒力微。江上晚来堪画处，渔人披得一蓑归。"柳永括以入词。　②访戴：东晋王子猷，在山阴。乘兴访戴逵于剡，及门不晤而归。曰："兴尽而返，何必见戴。"见《世说新语·任诞》。　③彤云：红云。

八声甘州[①]

对潇潇、暮雨洒江天，一番洗清秋。渐霜风凄惨，关河冷落，残照当楼。是处红衰翠减，苒苒物华休。惟有长江水，无语东流。　　不忍登高临远，望故乡渺邈[②]，归思难收。叹年来踪迹，何事苦淹留。想佳人、妆楼颙望[③]，误几回、天际识归舟。争知我、倚阑干处，正恁凝愁。

[注释]

①八声甘州：唐边塞曲。简称甘州。前后段八韵，故名。此调以柳永此词为始见，又名《潇潇雨》。　②渺邈：渺茫、遥远。　③颙（yóng）望：呆望、仰望。

[集评]

苏轼云："世言柳耆卿曲俗，非也。如《八声甘州》云：'霜风凄惨，关河冷落，残照当楼。'此语于诗句不减唐人高处。"（《侯鲭录》卷七）

陈廷焯云："如柳耆卿'对潇潇暮雨洒江天'一章，情景兼到，骨韵俱高。而有'想佳人妆楼长望'之句，佳人妆楼，连用极俗，亦不检点之过。"（《白雨斋词话》卷五）

沈祥龙云："诵耆卿'渐霜风凄惨……'句，自觉神魂欲断。盖皆在神不在迹也。"（《论词随笔》）

笃文云："'渐'字拖逗入神……'惟有'句迭进一层，用暗喻歇拍，承

上接下，过入述情，有水穷云起，包蕴无穷之感。”（《宋百家词选》）

临江仙[①]

梦觉小庭院，冷风淅淅，疏雨潇潇。绮窗外，秋声败叶狂飘。心摇。奈寒漏永，孤帏悄，泪烛空烧。无端处，是绣衾鸳枕，闲过清宵。　萧条。牵情系恨，争向年少偏饶。觉新来、憔悴旧日风标。魂消。念欢娱事，烟波阻、后约方遥。还经岁，问怎生禁得，如许无聊。

［注释］

①临江仙：《词谱》作《临江仙慢》，云“此调只有此词，押三短韵，当是别体”。

竹马子[①]

登孤垒荒凉，危亭旷望，静临烟渚。对雌霓挂雨[②]，雄风拂槛[③]，微收烦暑。渐觉一叶惊秋，残蝉噪晚，素商时序。览景想前欢，指神京，非雾非烟深处。　向此成追感，新愁易积，故人难聚。凭高尽日凝伫。赢得消魂无语。极目霁霭霏微，暝鸦零乱，萧索江城暮。南楼画角[④]，又送残阳去。

［注释］

①竹马子：一名《竹马儿》。此调始见柳词，当为作者新创。　②雌霓：虹双出，色暗者曰霓、曰雌，鲜亮者曰虹、曰雄。　③雄风：强劲之风。　④南楼：在今湖北鄂城。晋庾亮曾登南楼玩月。见《世说新语·容止》。

小镇西[1]

意中有个人，芳颜二八。天然俏、自来奸黠[2]。最奇绝。是笑时、媚靥深深，百态千娇，再三偎著，再三香滑。

久离缺，夜来魂梦里，尤花殢雪[3]。分明似旧家时节。正欢悦。被邻鸡唤起，一场寂寥，无眠向晓，空有半窗残月。

[注释]

①小镇西：唐教坊曲。本为七言绝句体乐府声诗。柳永衍为慢词。　②奸黠：机灵俏皮之意。　③尤花殢雪：贪恋如花美貌，似雪肌肤。　尤、殢：眷恋之意。

小镇西犯

水乡初禁火[1]，青春未老。芳菲满、柳汀烟岛。波际红帏缥缈[2]。尽杯盘小。歌祓禊[3]，声声谐楚调。　路缭绕。野桥新市里，花秾妓好。引游人、竞来喧笑。酩酊谁家年少。信玉山倒。家何处，落日眠芳草。

[注释]

①禁火：旧俗寒食节不举火，称禁火日。　②红帏：红色的帷幕，似指舟中女子彩色服饰。　③祓禊（fúxì）：旧俗三月上巳日去水滨洗浴，以除病垢，叫祓禊。

迷神引[1]

一叶扁舟轻帆卷，暂泊楚江南岸。孤城暮角，引胡笳怨。水茫茫，平沙雁、旋惊散。烟敛寒林簇，画屏展。天际遥山小，黛眉浅。　旧赏轻抛，到此成游宦。觉客程劳，年光晚。异乡风物，忍萧索、当愁眼。帝城赊[2]，秦楼阻，旅魂乱。芳草连空阔，残照满。佳人无消息，断云远。

[注释]

①迷神引：此调始自柳永，与别首属中吕调者虽宫调不同，而字韵无殊，盖亦转调、过腔之类。 ②帝城赊：帝城远。

促拍满路花[1]

香靥融春雪，翠鬓亸秋烟。楚腰纤细正笄年。凤帏夜短，偏爱日高眠。起来贪颠耍，只恁残却黛眉，不整花钿。 有时携手闲坐，偎倚绿窗前。温柔情态尽人怜。画堂春过，悄悄落花天。最是娇痴处，尤殢檀郎，未教折了秋千。

[注释]

①促拍满路花：促拍，急拍也。节奏较快之曲子。此调亦创自柳永。

六么令[1]

淡烟残照，摇曳溪光碧。溪边浅桃深杏，迤逦染春色。昨夜扁舟泊处，枕底当滩碛[2]。波声渔笛。惊回好梦，梦里欲归归不得。 展转翻成无寐，因此伤行役。思念多媚多娇，咫尺千山隔。都为深情密爱，不忍轻离拆。好天良夕。鸳帷寂寞，算得也应暗相忆。

[注释]

①六么令：又名《绿腰》、《绿要》、《乐世》。唐时盛行于世，本琵琶曲也。柳永倚其声而填词，宋代作者不绝。 ②枕底：一作“枕簟”、“枕展”。

剔银灯[1]

何事春工用意。绣画出、万红千翠。艳杏夭桃，垂杨芳草，各斗雨膏烟腻。如斯佳致。早晚是、读书天气。
渐渐园林明媚，便好安排欢计。论槛买花[2]，盈车载酒，百琲千金邀妓。何妨沉醉。有人伴、日高春睡。

[注释]

①剔银灯：此调亦始于柳永，前后各七句、五仄韵，韵位颇密。 ②槛：《宋百家词》、《四库》本并作"篮"。

[集评]

笃文云："论槛三句，何其豪纵。浪子形象跃然纸上。太白风流，杜郎俊赏，两兼之矣。"

红窗听[1]

如削肌肤红玉莹，举措有、许多端正。二年三岁同鸳寝，表温柔心性。 别后无非良夜永，如何向、名牵利役，归期未定。算伊心里，却冤成薄幸[2]。

[注释]

①红窗听：一名《红窗睡》。晏殊、柳永并有词作。 ②冤成：一本作"冤人"。 薄幸：薄情。

[集评]

笃文云："与狎妓之作不同，此乃寄内之词。然昵多于敬，应是赠妾者。"

临江仙

鸣珂碎撼都门晓，旌幢拥下天人[①]。马摇金辔破香尘，壶浆盈路[②]，欢动一城春[③]。　扬州曾是追游地，酒台花径仍存。凤箫依旧月中闻。荆王魂梦[④]，应认岭头云。

[注释]

①旌幢（chuáng）：旌旗，此指权贵之仪仗。　②壶浆：用壶盛酒、浆。"箪食壶浆"指慰劳欢迎之事。　③一城：《宋百家词》、《四库》本作"帝城"。　④荆王：指楚襄王。曾梦与巫山神女遇，令宋玉作赋。见宋玉《高唐赋序》。

凤归云[①]

向深秋，雨馀爽气肃西郊。陌上夜阑，襟袖起凉飙。天末残星，流电未灭，闪闪隔林梢。又是晓鸡声断，阳乌光动[②]，渐分山路迢迢。　驱驱行役，苒苒光阴，蝇头利禄，蜗角功名，毕竟成何事，漫相高。抛掷云泉，狎玩尘土，壮节等闲消。幸有五湖烟浪[③]，一船风月，会须归去老渔樵。

[注释]

①凤归云：唐教坊曲。柳永始填作慢词，有平仄两体。此为百一字仄调体。　②阳乌：太阳。神话以为日中有三足乌。　③五湖：指太湖一带的湖泊群。

女冠子[①]

淡烟飘薄。莺花谢、清和院落。树阴翠、密叶成幄。

麦秋霁景，夏云忽变奇峰、倚寥廓。波暖银塘，涨新萍绿鱼跃。想端忧多暇，陈王是日，嫩苔生阁[2]。　正铄石天高，流金昼永，楚榭光风转蕙，披襟处、波翻翠幕。以文会友，沉李浮瓜忍轻诺[3]。别馆清闲，避炎蒸、岂须河朔。但尊前随分，雅歌艳舞，尽成欢乐。

［注释］

①女冠子：唐教坊曲。小令始于温庭筠。长调始于柳永本词。一名《女冠子慢》。　②端忧：端居（家居）服丧。语本谢庄《月赋》"陈王初丧应、刘，端忧多暇。绿苔生阁，芳尘凝榭"。　陈王：陈思王曹植。③沉李浮瓜：夏日游宴之称。"浮甘瓜于清泉，沉朱李于寒水。"见曹丕《与朝歌令吴质书》。

玉山枕[1]

骤雨新霁。荡原野、清如洗。断霞散彩，残阳倒影，天外云峰，数朵相倚。露荷烟芰满池塘，见次第、几番红翠。当是时、河朔飞觞，避炎蒸，想风流堪继。　晚来高树清风起。动帘幕、生秋气。画楼昼寂，兰堂夜静，舞艳歌姝，渐任罗绮。讼闲时泰足风情[2]，便争奈、雅歌都废[3]。省教成、几阕清歌，尽新声，好尊前重理。

［注释］

①玉山枕：柳永创调，仅此一章，别无可校者。　②讼闲：谓少诉讼官司之事。似作于地方官任上。　③雅歌：《历代诗馀》作"雅欢"。

减字木兰花[1]

花心柳眼，郎似游丝常惹绊。慵困谁怜[2]，绣线金针不喜穿。　　深房密宴，争向好天多聚散。绿锁窗前，几日春愁废管弦。

[注释]

①减字木兰花：四十四字《木兰花》，乃从冯延巳《偷声木兰花》变来。同押两平两仄，而两起句各减二字，故名《减字木兰花》。张先、欧阳修皆有词作。以年岁论柳永略长。然此调始于何人，骤难认定。　②慵困：倦怠。《宋百家词》及《宋六十名家词》作“独为谁怜”，可从。

木兰花令[①]

有个人人真攀羡[②]，问著洋洋回却面[③]。你若无意向他人，为甚梦中频相见。　　不如闻早还却愿[④]。免使牵人虚魂乱。风流肠肚不坚牢[⑤]，只恐被伊牵引断。

[注释]

①木兰花令：此即《玉楼春》。此词一刻作苏子瞻，非是。　②攀羡：《宋百家词》等作“堪羡”。　③洋洋：缪荃孙校本作“佯羞”，可从。④闻早：趁早。　⑤唐氏按：“肚”原误作“壮”，据毛校《乐章集》改。

甘州令[①]

冻云深，淑气浅，寒欺绿野。轻雪伴、早梅飘谢。艳阳天，正明媚，却成潇洒。玉人歌，画楼酒，对此景、骤增高价。　　卖花巷陌，放灯台榭[②]。好时节、怎生轻舍。赖和风，荡霁霭，廓清良夜[③]。玉尘铺[④]，桂华满，素光里，更堪游冶。

［注释］

①甘州令:此调仅此一首,应是柳永自度。　②放灯:旧俗元宵节放灯,又称灯节。　③廓清:荡涤澄清。　④玉尘:指雪。

［集评］

笃文云:“句短韵娇,适与清景相发。胜情雅致,如此良夜何。”

西　施[1]

苎萝妖艳世难偕[2],善媚悦君怀。后庭恃宠,尽使绝嫌猜。正恁朝欢暮宴,情未足,早江上兵来。　捧心调态军前死,罗绮旋变尘埃。至今想,怨魂无主尚徘徊。夜夜姑苏城外,当时月,但空照荒台。

［注释］

①西施:此调创于柳永。集中存三首。除此章七十三字,馀皆七十一字体。　②苎萝:村名,西施生地。　难偕:《词谱》作“难侪”。　侪:同辈、同类之意。

西　施

柳街灯市好花多,尽让美琼娥。万娇千媚,的的在层波[1]。取次梳妆,自有天然态,爱浅画双蛾。　断肠最是金闺客[2],空怜爱、奈伊何。洞房咫尺,无计枉朝珂[3]。有意怜才,每遇行云处,幸时恁相过。

［注释］

①层波:眼波。　②金闺:金马门,指朝廷。　③朝珂:官员上朝,佩玉(珂)叮当作响,谓之朝珂,此即光临之意。

西施

自从回步百花桥，便独处清宵。凤衾鸳枕，何事等闲抛。纵有馀香，也似郎恩爱，向日夜潜消。　　恐伊不信芳容改，将憔悴、写霜绡[①]。更凭锦字，字字说情憀[②]。要识愁肠，但看丁香树，渐结尽春梢。

［注释］

①霜绡：素绡，用以写生。　②情憀：悲情。　憀：悲思。

［集评］

笃文云："工于铺叙。'纵有馀香'三句，竟谓即使馀香似郎之爱，也会随时间而消散。取譬颇新，有一波三折之致。柳七本色，正是此类。"

河传[①]

翠深红浅。愁蛾黛蹙，娇波刀剪。奇容妙妓[②]，争逞舞茵歌扇。妆光生粉面。　　坐中醉客风流惯，尊前见，特地惊狂眼。不似少年时节，千金争选。相逢何太晚。

［注释］

①河传：始于隋代，炀帝所制曲。词则创自温庭筠，体式颇杂。耆卿五十七字者属别体。　②妙妓：妙技，言其歌舞艺事超群。

河传

淮岸。向晚。圆荷向背，芙蓉深浅。仙娥画舸，露渍红芳交乱。难分花与面。　　采多渐觉轻船满。呼归伴，急桨烟村远。隐隐棹歌，渐被蒹葭遮断。曲终人不见。

[集评]

笃文云:“五十七字作十二句,而十押韵,句短韵密,为短句俳体之滥觞。”

郭郎儿近拍[1]

帝里。闲居小曲深坊,庭院沉沉朱户闭。新霁。畏景天气。薰风帘幕无人,永昼厌厌如度岁。 愁悴。枕簟微凉,睡久辗转慵起。砚席尘生,新诗小阕[2],等闲都尽废。这些儿、寂寞情怀,何事新来常恁地。

[注释]

①郭郎儿近拍:此调创自柳永。郭郎:傀儡戏之打诨角色。首先出场,引人欢笑。调名取义于此。 ②小阕:小词。乐止曰阕。词以乐行,故名。

南吕调

透碧霄[1]

月华边,万年芳树起祥烟。帝居壮丽,皇家熙盛,宝运当千[2]。端门清昼[3],觚棱照日[4],双阙中天。太平时、朝野多欢。遍锦街香陌,钧天歌吹,阆苑神仙。 昔观光得意,狂游风景,再睹更精妍。傍柳阴,寻花径,空恁亸辔垂鞭。乐游雅戏,平康艳质,应也依然。仗何人、多谢婵娟。道宦途踪迹,歌酒情怀,不似当年。

[注释]

①透碧霄：此调始于此词，应是柳永所创。 ②宝运：国祚，指享国年代久长。 ③端门：汴京皇宫南面的正门。 ④觚棱：指宫殿的屋脊。

木兰花慢[①]

倚危楼伫立，乍萧索、晚晴初。渐素景衰残，风砧韵响[②]，霜树红疏。云衢。见新雁过，奈佳人自别阻音书。空遣悲秋念远，寸肠万恨萦纡。 皇都。暗想欢游，成往事、动欷歔。念对酒当歌，低帏并枕，翻恁轻孤[③]。归途。纵凝望处，但斜阳暮霭满平芜。赢得无言悄悄，凭阑尽日踟蹰。

[注释]

①木兰花慢：唐教坊曲。此调作者如林。慢词押短韵者，始于柳永。 ②韵响：《宋六十名家词》作"韵冷"。 ③轻孤：轻易错过了。孤：通"辜"，辜负。

木兰花慢

拆桐花烂漫[①]，乍疏雨、洗清明。正艳杏烧林，缃桃绣野[②]，芳景如屏。倾城。尽寻胜去，骤雕鞍绀幰出郊坰[③]。风暖繁弦脆管，万家竞奏新声。 盈盈。鬥草踏青[④]。人艳冶，递逢迎。向路傍往往，遗簪堕珥，珠翠纵横。欢情。对佳丽地，信金罍罄竭玉山倾[⑤]。拚却明朝永日，画堂一枕春酲。

[注释]

①拆桐花：绽开的桐花。 ②缃桃：浅红色果实的桃树。这里指桃

花。　③绀幰:天青色的车幔。　坰:远郊。　④鬥草:一种采集百草,以比高下的游戏。《荆楚岁时记》:"五月五日,四民并踏百草,又有鬥百草之戏。"　⑤金罍:金制的酒具。

[集评]

沈义父云:"如柳词《木兰花慢》云'拆桐花烂漫',此正是第一句,不用空头字在上,故用拆字。言开了桐花烂漫也。有人不晓此意,乃云:此花名为拆桐,于词中云开到拆桐花。开了又拆,此何意也。"(《乐府指迷》)

杨慎云:"柳耆卿清明词,得音调之正,盖倾城、盈盈、欢情,于第二字中有韵。近见吴彦高中秋词,亦不失此体,馀人皆不能。"(《词品》卷三)

木兰花慢

古繁华茂苑[①],是当日、帝王州。咏人物鲜明,土风细腻,曾美诗流。寻幽。近香径处,聚莲娃钓叟簇汀洲。晴景吴波练静,万家绿水朱楼。　　凝旒[②]。乃眷东南[③],思共理、命贤侯。继梦得文章[④],乐天惠爱[⑤],布政优优[⑥]。鳌头[⑦]。况虚位久,遇名都胜景阻淹留。赢得兰堂酝酒,画船携妓欢游。

[注释]

①茂苑:此指苏州园林。左思《吴都赋》:"佩长洲之茂苑。"　②凝旒(liú):指帝王端坐,垂衣凝旒,无为而治。　旒:皇冠上的玉缀。　凝:不动。　③眷:顾念。　④梦得:刘禹锡字梦得,曾任苏州太守。　⑤乐天:白居易字乐天,曾任苏州太守。　⑥布政:施政。　优优:宽松从容貌。⑦鳌头:朝堂殿前陛石上有巨鳌。唐宋翰林学士上朝时立班于此,因称入翰林为上鳌头。

［集评］

笃文云："此赠苏州太守之作。前述形胜，后表祝颂。'鳌头'以下几句，谓彼入为翰林也。"

临江仙引[①]

渡口，向晚。乘瘦马、陟平冈[②]。西郊又送秋光。对暮山横翠，衬残叶飘黄。凭高念远，素景楚天，无处不凄凉。　　香闺别来无信息，云愁雨恨难忘。指帝城归路，但烟水茫茫。凝情望断泪眼，尽日独立斜阳。

［注释］

①临江仙引：此体亦柳永所创，共三首。与《临江仙令》、《临江仙慢》不同。　②平冈：《词谱》作"崇冈"，与"陟"字合，于义为长。

临江仙引

上国[①]，去客。停飞盖，促离筵。长安古道绵绵。见岸花啼露，对堤柳愁烟。物情人意，向此触目，无处不凄然。　　醉拥征骖犹伫立，盈盈泪眼相看。况绣帏人静，更山馆春寒。今宵怎向漏永，顿成两处孤眠。

［注释］

①上国：京师。"国"与下句"客"字同韵，《词谱》以为是短韵。而其他二首俱不协韵，应以撞韵视之，不必据为定式。然"上"、"去"二字皆去声，则各首俱同，此则发调之处，不可忽略。

临江仙引

画舸，荡桨，随浪箭、隔岸虹。□荷占断秋容。疑水仙游泳，向别浦相逢。鲛丝雾吐渐收[①]，细腰无力转娇慵。

罗袜凌波成旧恨[②]，有谁更赋惊鸿[③]。想媚魂香信，算密锁瑶宫。游人漫劳倦□，奈何不逐东风。

[注释]

①鲛丝：神话所称的水宫织女曰鲛人。《博物志》："南海水有鲛人，水居如鱼，不废织绩。"　②罗袜凌波：指水仙洛神。曹植《洛神赋》："凌波微步，罗袜生尘。"　③惊鸿：形容女子体态轻盈。《洛神赋》："翩若惊鸿，婉若游龙。"

瑞鹧鸪[①]

宝髻瑶簪。严妆巧，天然绿媚红深。绮罗丛里，独逞讴吟。一曲阳春定价，何啻值千金。倾听处，王孙帝子，鹤盖成阴[②]。　凝态掩霞襟。动象板声声，怨思难任。嘹亮处，迥压弦管低沉。时恁回眸敛黛，空役五陵心[③]。须信道，缘情寄意，别有知音。

[注释]

①瑞鹧鸪：此调本七言律诗，因唐人唱之，遂成词调。又名《五拍》、《天下乐》、《太平乐》等，皆七言八句体。至柳永始衍为添字体，慢词体。此即慢词体，与前者大异。　②鹤盖：车盖，用以遮雨蔽日之伞状车篷。"鸡人始唱，鹤盖成阴。"见刘峻《广绝交论》。　③五陵心：即少年心。"五陵年少争缠头，一曲红绡不知数。"语出《琵琶行》。　五陵：指长安附近之汉家陵墓区，为豪贵聚居之地。

瑞鹧鸪

吴会风流[①]。人烟好，高下水际山头。瑶台绛阙，依约蓬丘。万井千闾富庶，雄压十三州。触处青蛾画舸，红粉朱楼。　　方面委元侯。致讼简时丰，继日欢游。襦温袴暖，已扇民讴[②]。旦暮锋车命驾[③]，重整济川舟。当恁时，沙堤路稳，归去难留。

［注释］

①吴会：苏州。　②扇民讴：歌颂之声流传于民间。　扇：风行。后汉廉范为蜀郡太守，百姓歌之："廉叔度，来何暮……平生无襦今五袴。"为此词所本。　③锋车：追锋车。一种快车。《白帖》："高贵乡公好士，性急。以（司马）望外官，特给追锋车、虎贲五人。每有宴会，奔驰而至。"

忆帝京

薄衾小枕天气，乍觉别离滋味。展转数寒更，起了还重睡。毕竟不成眠，一夜长如岁。　　也拟待、却回征辔。又争奈、已成行计。万种思量，多方开解，只恁寂寞厌厌地。系我一生心，负你千行泪。

［集评］

笃文云："'系我'两句，直指奔心。至情文字，不假雕饰而自然感人如此。蕙风所谓'至真之情，由性灵肺腑中流出，不妨说尽而愈无尽'，正谓此等。"

般涉调

塞　孤[①]

一声鸡，又报残更歇。秣马巾车催发[②]，草草主人灯下别。山路险，新霜滑。瑶珂响、起栖乌。金镫冷，敲残月。渐西风紧，襟袖凄冽。　　遥指白玉京[③]，望断黄金阙。远道何时行彻，算得佳人凝恨切。应念念，归时节。

相见了，执柔荑[4]，幽会处，偎香雪。免鸳衾、两恁虚设。

[注释]

①塞孤：本唐人边塞诗名。柳永衍为慢词，以咏行役。　②秣马：喂马。　巾车：篷车。　③白玉京：道家称天上有白玉京、黄金阙，神仙居之。　④柔荑：形容女子之手嫩如茅草新芽（柔荑）。

瑞鹧鸪[1]

天将奇艳与寒梅，乍惊繁杏腊前开。暗想花神、巧作江南信，鲜染燕脂细剪裁[2]。　寿阳妆罢无端饮，凌晨酒入香腮。恨听烟坞深中，谁恁吹羌管[3]、逐风来。绛雪纷纷落翠苔。

[注释]

①瑞鹧鸪：此调六十四字，为添字体，亦柳永所创。　②鲜染：《梅苑》作“解染”。　③羌管：《历代诗馀》作“羌笛”。

瑞鹧鸪

全吴嘉会古风流[1]，渭南往岁忆来游。西子方来、越相功成去[2]，千里沧江一叶舟。　至今无限盈盈者，尽来拾翠芳洲。最是簇簇寒村[3]，遥认南朝路、晚烟收。三两人家古渡头。

[注释]

①全吴嘉会：全吴最好的都市，此指苏州。　②越相：范蠡为越大夫，辅佐勾践灭吴霸越，功成身退。　③寒村：《历代诗馀》作“寒林”，可从。

洞仙歌[①]

嘉景，向少年彼此，争不雨沾云惹。奈傅粉英俊，梦兰品雅[②]。金丝帐暖银屏亚[③]。并粲枕、轻偎轻倚，绿娇红姹。算一笑、百琲明珠非价。　闲暇。每只向、洞房深处，痛怜极宠，似觉些子轻孤，早恁背人沾洒。从来娇纵多猜讶。更对剪香云，须要深心同写。爱揾了双眉[④]，索人重画。忍孤艳冶。断不等闲轻舍。鸳衾下。愿常恁、好天良夜。

[注释]

①洞仙歌：此为慢词体，与令词体者不同。《词谱》以为般涉调为黄钟之羽声。与仙吕调、中吕调虽同属羽声而宫调有别，字句平仄亦异，须细加体认。　②梦兰：传说郑文公侧室燕姞，梦天使与己兰而生穆公。事见《左传·宣公三年》。　③亚：掩。　④揾（wèn）：擦。一本作“印”。

安公子[①]

远岸收残雨，雨残稍觉江天暮。拾翠汀洲人寂静，立双双鸥鹭。望几点、渔灯隐映蒹葭浦。停画桡、两两舟人语。道去程今夜，遥指前村烟树。　游宦成羁旅。短樯吟倚闲凝伫。万水千山迷远近，想乡关何处？自别后、风亭月榭孤欢聚。刚断肠、惹得离情苦。听杜宇声声，劝人不如归去。

[注释]

①安公子：此亦柳永新翻之慢词。与“和川波滟滟”一阕有别。

[集评]

周济云:“后阕音节态度,绝类拜新月慢。清真‘夜色催更’一阕,全从此脱化出来,特更跌宕耳。”(《宋四家词选目序论》)

邓廷桢云:“远岸收残雨一阕,亦通体清旷、涤尽铅华。”(《双砚斋词话》)

安公子

梦觉清宵半,悄然屈指听银箭。惟有床前残泪烛,啼红相伴。暗惹起、云愁雨恨情何限?从卧来、展转千馀遍。恁数重鸳被[1],怎向孤眠不暖。　　堪恨还堪叹。当初不合轻分散。及至厌厌独自个,却眼穿肠断。似恁地、深情密意如何拚[2]。虽后约、的有于飞愿。奈片时难过,怎得如今便见。

[注释]

①恁数重:《宋百家词》、《四库》本并作“任数重”。　②如何拚(pàn):如何了断。

长寿乐[1]

繁红嫩翠,艳阳景,妆点神州明媚。是处楼台,朱门院落,弦管新声腾沸。恣游人、无限驰骤,骄马车如水[2]。竟寻芳选胜[3],归来向晚,起通衢近远,香尘细细。　　太平世,少年时,忍把韶光轻弃。况有红妆,楚腰越艳,一笑千金何啻[4]。向尊前,舞袖飘雪,歌响行云止。愿长绳、且把飞乌系[5]。任好从容痛饮,谁能惜醉。

[注释]

①长寿乐：此与“尤红殢翠”阕，基本一致，唯句读微异，宫调不同耳。　②骄马：《全宋词》作“娇马”。　③竟寻芳：《历代诗馀》“竟”作“竞”，是。　④何啻（chì）：何止。　⑤飞乌：太阳，传说太阳中有三足乌，故名。

黄钟羽

倾　杯[1]

水乡天气，洒蒹葭、露结寒生早。客馆更堪秋杪。空阶下、木叶飘零，飒飒声干，狂风乱扫。当无绪[2]、人静酒初醒，天外征鸿，知送谁家归信，穿云悲叫。　蛩响幽窗，鼠窥寒砚，一点银缸闲照。梦枕频惊，愁衾半拥，万里归心悄悄。往事追思多少。赢得空使方寸挠。断不成眠，此夜厌厌，就中难晓。

[注释]

①倾杯：即《倾杯乐》，唐曲。柳永新翻为慢词。　②当无绪：缪荃荪校本“当”作“黯”，是。

[集评]

笃文云：“‘蛩响幽窗，鼠窥寒砚。’写寒荒枯寂之境，可谓穷形极相。”

大石调

倾　杯

金风淡荡，渐秋光老、清宵永。小院新晴天气，轻烟乍敛，皓月当轩练净。对千里寒光，念幽期阻、当残景。早是多情多病[1]。那堪细把，旧约前欢重省。　最苦碧云信断，仙乡路杳，归鸿难倩[②]。每高歌、强遣离怀，惨咽[③]、翻成心耿耿。漏残露冷。空赢得、悄悄无言，愁绪终难整。又是立尽，梧桐碎影。

[注释]

①多情:《百家词》、《四库》本作“多愁”。 ②难倩:难求。按“倩”(qiàn)字出韵，疑为“请”字之讹。 ③惨咽:《百家词》、《四库》诸本作“奈惨咽”。

散水调

倾 杯

鹜落霜洲[①]，雁横烟渚，分明画出秋色。暮雨乍歇。小楫夜泊，宿苇村山驿。何人月下临风处，起一声羌笛。离愁万绪，闻岸草、切切蛩吟如织。　为忆。芳容别后，水遥山远，何计凭鳞翼[②]。想绣阁深沉，争知憔悴损、天涯行客。楚峡云归，高阳人散，寂寞狂踪迹。望京国。空目断、远峰凝碧。

[注释]

①鹜落:《宋六十名家词》作“木落”。 ②凭鳞翼:传递书信。鲤鱼传书，见蔡邕《饮马长城窟行》。雁足传书，见《汉书·苏武传》。

[集评]

谭献云:“耆卿正锋，以当杜诗。”(《复堂词话》)

陈匪石云:“谭献用《文赋》词‘扶质立干’评之。梅溪之‘碧袖一声歌’，即学此笔法者，最擅神韵悠扬之妙。”“虚笼作收，与《玉蝴蝶》近似。此在柳词为委婉曲折者，所以屯田为慢词之开山人也。”(《宋词举》)

黄钟宫

鹤冲天[①]

黄金榜上[②]，偶失龙头望[③]。明代暂遗贤，如何向。未遂风云便，争不恣游狂荡[④]。何须论得丧。才子词人，自是白衣卿相。　　烟花巷陌，依约丹青屏障。幸有意中人，堪寻访。且恁偎红倚翠[⑤]，风流事、平生畅。青春都一饷，忍把浮名，换了浅斟低唱。

（以上六十八首见《彊村丛书》本《乐章集》卷下）

[注释]

①鹤冲天：此调柳永所创，与《喜迁莺》、《春光好》别名《鹤冲天》者不同。　②黄金榜：指由朝廷公布的新科进士名榜，亦称金榜。　③龙头：状元。　④恣游狂荡：《全宋词》无“游”字，此据《百家词》、《词谱》诸书。　⑤偎红倚翠：《全宋词》无“倚”字，此据《百家词》、《词谱》诸书。

[集评]

吴曾云：“仁宗留意儒雅，务本理道，深斥浮艳虚美之文。初进士柳三变，好为淫冶讴歌之曲，传播四方。尝有《鹤冲天》词……及临轩放榜，特落之，曰：‘且去浅斟低唱，何要浮名。’”（《能改斋漫录》卷十六）

程千帆云：“这首词写出了他玩世不恭的人生观，同时也流露了科场失意的愤激之情……是和封建道德，伦理规范不相容的。”“由于生活上和城市平民比较接近，他的思想意识中，确实有了一些新的东西。”（《两宋文学史》）

林钟商

木兰花

杏　花

剪裁用尽春工意，浅蘸朝霞千万蕊[①]。天然淡泞好精神[2],洗尽严妆方见媚。　　风亭月榭闲相倚,紫玉枝梢红蜡蒂。假饶花落未消愁[3],煮酒杯盘催结子。

[注释]

①浅蘸:轻染。　②淡泞(zhù):淡雅澄澈。　③假饶:任凭。

木兰花

海　棠

东风催露千娇面,欲绽红深开处浅。日高梳洗甚时忺[1],点滴燕脂匀未遍。　　霏微雨罢残阳院,洗出都城新锦段。美人纤手摘芳枝,插在钗头和凤颤[2]。

[注释]

①忺(xiān):高兴。　②和凤颤:与凤钗一同颤动。

木兰花

柳　枝

黄金万缕风牵细,寒食初头春有味。殢烟尤雨索春饶,一日三眠夸得意[1]。　　章街隋岸欢游地[2],高拂楼台低映水。楚王空待学风流[3],饿损宫腰终不似。

[注释]

①一日三眠:汉武帝苑中有柳,状如人,号人柳。一日三起三眠。见《三辅故事》。　②章街:长安章台街,多柳。　隋岸:运河两岸,隋代修时,多植杨柳。　③空待:枉然。

散水调

倾杯乐

楼锁轻烟，水横斜照，遥山半隐愁碧。片帆岸远，行客路杳，簇一天寒色。楚梅映雪数枝艳，报青春消息。年华梦促，音信断，声远飞鸿南北。　　算伊别来无绪，翠消红减，双带长抛掷[①]。但泪眼沉迷，看朱成碧。惹闲愁堆积。雨意云情[②]，酒心花态，孤负高阳客。梦难极，和梦也、多时间隔。

［注释］

①双带：腰间丝带。刘孝绰《古意》："荡子十年别，罗衣双带长。"②雨意云情：《词谱》作"雨意云心，酒情花态"，与此微异。

歇指调

祭天神[①]

忆绣衾相向轻轻语。屏山掩、红蜡长明，金兽盛熏兰炷。何期到此，酒态花情顿孤负。柔肠断、还是黄昏，那更满庭风雨。　　听空阶和漏，碎声鬥滴愁眉聚。算伊还共谁人，争知此冤苦。念千里烟波，迢迢前约，旧欢慵省[②]，一向无心绪。

［注释］

①祭天神：此与前见之八十三字体者，宫调句读迥然不同，应属别体。　②旧欢慵省：无心看望旧欢。《词谱》及汲古阁本无"慵"字。

平　调

鹧鸪天[①]

吹破残烟入夜风，一轩明月上帘栊。因惊路远人还远，纵得心同寝未同。　　情脉脉，意忡忡[②]。碧云归去认无踪。只应曾向前生里，爱把鸳鸯两处笼。

［注释］

①唐氏按：此首调名原作《瑞鹧鸪》，非，今按律改。　②忡忡：忧虑不安貌。

［集评］

笃文云："'吹'句倒装，谓夜风吹去残烟而邀来明月也，起得疏快而有层次。'只应'二句痴语也，自怨自艾，无可奈何。语浅情深，虽小却好。"

中吕调

归去来[①]

一夜狂风雨。花英坠、碎红无数。垂杨漫结黄金缕。尽春残、萦不住。　　蝶稀蜂散知何处。殢尊酒[②]、转添愁绪。多情不惯相思苦。休惆怅、好归去。

［注释］

①归去来：与前见同调之作四十九字者微异，宫调亦有别，应属另一体。　②殢尊酒：沉溺于杯酒之中。

中吕宫

梁州令[①]

梦觉纱窗晓，残灯掩然空照[②]。因思人事苦萦牵，离愁别恨，无限何时了。　　怜深定是心肠小，往往成烦恼。一生惆怅情多少[③]。月不长圆，春色易为老。

［注释］

①梁州令：即《凉州令》，唐教坊旧曲。　②掩然空照：依《词谱》当作“黯然空照”，于义为优。　③情多少：《六十名家词》及《词谱》作“情多感”，可从。

中吕调

燕归梁

轻蹑罗鞋掩绛绡，传音耗，苦相招。语声犹颤不成娇，乍得见，两魂消。　　匆匆草草难留恋，还归去，又无聊。若谐雨夕与云朝，得似个，有嚣嚣[①]。

［注释］

①嚣嚣：自得、开心之意。

［集评］

笃文云：“写闺房床笫之情，未免浅露，无复馀蕴。淫媟之责，亦有以取之。”

夜半乐[①]

艳阳天气，烟细风暖，芳郊澄朗闲凝伫。渐妆点亭台，参差佳树。舞腰困力，垂杨绿映，浅桃秾李夭夭，嫩红无数。度绮燕、流莺鬥双语。　　翠娥南陌簇簇，蹑影红阴，缓移娇步。抬粉面、韶容花光相妒。绛绡袖举，云鬟风颤，半遮檀口含羞，背人偷顾。竞鬥草、金钗笑争赌。　　对此嘉景、顿觉消凝[2]，惹成愁绪。念解佩、轻盈在何处。忍良时、孤负少年等闲度。空望极、回首斜阳暮。叹浪萍风梗知何去。

[注释]

①夜半乐：此为别体，亦柳永新翻旧曲之作也。与“冻云”一阕有小异。　②消凝：伤神、怅惘。

越　调

清平乐[1]

繁华锦烂，已恨归期晚。翠减红稀莺似懒，特地柔肠欲断。　　不堪尊酒频倾，恼人转转愁生[2]。□□□□□□，多情争似无情。

[注释]

①清平乐：清、平调为周代房中古乐之遗。汉属三调，唐属清商。为唐大曲之一。李白《清平调》，七绝体也，后衍为长短句。《宋史·乐志》入大石调，柳永入越调，同属商声一调之内。　②转转：《四库》本作“辗转”。

中吕调

迷神引[1]

红板桥头秋光暮，淡月映烟方煦。寒溪蘸碧，绕垂杨路。重分飞，携纤手、泪如雨。波急隋堤远，片帆举。倏忽年华改，尚期阻[2]。　　时觉春残，渐渐飘花絮。好夕良天长孤负。洞房闲掩，小屏空、无心觑。指归云，仙乡杳、在何处。遥夜香衾暖，算谁与。知他深深约，记得否。

（以上十二首见《彊村丛书》本《乐章集》续添曲子）

[注释]

①迷神引：此与前见同调之作，虽宫调有异，而声律相同，当属过腔转调之例。　②尚：《百家词》作“向”，《全宋词》同。

爪茉莉[①]

秋　夜

每到秋来，转添甚况味。金风动、冷清清地。残蝉噪晚，甚聒得、人心欲碎。更休道、宋玉多悲，石人也、须下泪。　衾寒枕冷，夜迢迢、更无寐。深院静、月明风细。巴巴望晓，怎生捱、更迢递。料我儿[②]、只在枕头根底，等人来、睡梦里。（《类编草堂诗馀》卷二）

[注释]

①爪茉莉：此为柳永自度，孤调，无可参校。　②我儿：《词谱》作“可儿”，宜从。

[集评]

沈谦云：“柳屯田‘每到秋来’一曲，极孤眠之苦。予尝宿御儿客舍，倚枕自歌能移我情。不知文之工拙也。”（《填词杂说》）

女冠子[①]

夏　景

火云初布[②]。迟迟永日炎暑，浓阴高树。黄鹂叶底，羽毛学整，方调娇语。薰风时渐动，峻阁池塘，芰荷争吐。画梁紫燕，对对衔泥，飞来又去。　想佳期、容易成辜负。共人人、同上画楼斟香醑[③]。恨花无主。卧象床犀枕，成何情绪。有时魂梦断，半窗残月，透帘穿户。去年今夜，扇儿揙我，情人何处。

［注释］

①女冠子：此词《乐章集》不载，见《草堂诗馀》卷四。或作康与之词，见沈际飞《草堂诗馀正集》卷六。然以风格观之，应为柳作无疑。　②火云：赤云。　③香醑：美酒。

十二时[①]

秋　夜

晚晴初，淡烟笼月，风透蟾光如洗。觉翠帐、凉生秋思。渐入微寒天气。败叶敲窗，西风满院，睡不成还起。更漏咽、滴破忧心，万感并生，都在离人愁耳[②]。　天怎知、当时一句，做得十分萦系。夜永有时，分明枕上，觑着孜孜地。烛暗时酒醒，元来又是梦里。　睡觉来、披衣独坐，万种无憀情意[③]。怎得伊来，重谐云雨，再整馀香被。祝告天发愿，从今永无抛弃。

（以上二首见《类编草堂诗馀》卷四）

［注释］

①十二时：敦煌古曲。北宋衍为祭祀之曲，分两片，押二十平韵。柳永此词移宫换羽，另构为三片押十一仄韵之新声，而声情益加美听。　②愁耳：古诗有“空阶滴不入，滴入愁人耳”之句，为其所本。　③憀（liáo）：通“聊”。

红窗迥[①]

小园东，花共柳。红紫又一齐开了。引将蜂蝶燕和莺，成阵价、忙忙走。　花心偏向蜂儿有。莺共燕、吃他拖逗[②]。蜂儿却入、花里藏身，蝴蝶儿、你且退后。

［注释］

①红窗迥：此词与《词谱》所收之五十三字体周邦彦词，相去颇远。应视为另体。且柳词在先，当为此调正格。　②拖逗：逗引。

西江月[①]

师师生得艳冶，香香于我情多。安安那更久比和[②]。四个打成一个。　　幸自苍皇未款[③]，新词写处多磨。几回扯了又重挼[④]，奸字中心著我[⑤]。

（以上两首见罗烨《醉翁谈录》丙集卷二）

［注释］

①唐氏按：《全宋词》初版附录一此首误作陈师师词。　②比和：同心。　③未款：顺心如意曰款。未款，即没有完全达到目的。　苍皇：匆忙。　④挼（ruó）：揉搓。　⑤奸：原作“姦”。

［集评］

笃文云：“此房帏谑词也，本谓与师师、香香、安安诸妓戏狎。四人中三女一男，因曰‘姦字心中著我’。狎客油词，故无当于词品。”

凤凰阁[①]

匆匆相见，懊恼恩情太薄。霎时云雨人抛却。教我行思坐想，肌肤如削。恨只恨、相违旧约。　　相思成病，那更潇潇雨落。断肠人在阑干角。山远水远人远，音信难托。这滋味、黄昏又恶。

（《花草粹编》卷七引《天机馀锦》）

［注释］

①凤凰阁：此词因《乐章集》不载，故宫调无考。叶清臣、赵师侠诸作，

皆在其后,应视为柳永创调。

断　句

多情到了多病。　　(《明道杂志》)

存目词

调　名	首　句	出　处	附　注
江城引	年年江上探寒梅	《梅苑》卷一	王观词,见《唐宋诸贤绝妙词选》卷五
三台令	鱼藻池边射鸭	《全芳备祖》前集卷二十四"芙蓉门"	唐王建词,见《唐王建诗集》卷七
庆春宫	云接平冈	《草堂诗馀前集》卷下	周邦彦词,见《片玉集》卷六
白　苎	绣帘垂	同上	紫姑(无名氏)词,见《碧鸡漫志》卷二
望　梅	小寒时节	同上	无名氏词,见《梅苑》卷四
清平乐	阴晴未定	《京本通俗小说·西山一窟鬼》	贺铸词,见《乐府雅词》卷中
虞美人	春花秋月何时了	《柳耆卿诗酒玩江楼记》	李煜词,见《尊前集》
烛影摇红	妆粉轻匀	《菊坡丛话》卷二十六	周邦彦词,见《能改斋漫录》卷十六

调名	首句	出处	附注
多丽	凤凰箫	《古今词统》卷十六	元张翥词，见《蜕岩词》卷上
红情	无边香色	《历代诗馀》卷五十七	张炎词，见《山中白云》卷六
水龙吟	雪霏冰结霜凝	《历代诗馀》卷七十四	无名氏词，见《梅苑》卷一
满庭芳	青幄高张	《广群芳谱》卷六十三果谱“荔枝门”	无名氏词，见《全芳备祖》后集卷一“荔枝门”
绛都春	融和又报	曹元忠《补乐章集》	丁仙现词，见《草堂诗馀后集》卷上
女冠子	同云密布	同上	无名氏词，见《草堂诗馀前集》卷下
如梦令	郊外绿阴千里	《古今小说·众名姬春风吊柳七》	小说依托
千秋岁	泰阶平了	同上	同上
西江月	腹内胎生异锦	同上	同上

庞　籍

庞籍(988—1063),籍原作藉,当即籍,籍字醇之,单州成武(今山东境内)人。生于宋太宗端拱元年(988)。及进士第。仁宗景祐间,赵元昊反,为陕西体量安抚使,进龙图阁直学士,知延州,俄兼鄜延都总管,经略安抚缘边招讨使。元昊既臣,籍为枢密副使。皇祐三年(1051)十月,入相,五年(1053)七月罢。卒于嘉祐八年(1063)。司马光《温国文正司马公文集》卷七十六有墓志铭。

渔家傲

儒将不须躬甲胄[①],指挥玉麈风云走[②]。战罢挥毫飞捷奏。倾贺酒,三杯遥献南山寿[③]。　草软沙平春日透,萧萧下马长川逗。马上醉中山色秀。光一一[④]。旌矛戈戟山前后。

(见《诗渊》第二十五册,引自孔凡礼《全宋词补辑》)

[注释]

①躬甲胄:身着盔甲戎装。　躬:亲身。　②玉麈:拂尘之美称,文臣雅士执以论事之饰物。　③孔凡礼按:“战罢挥毫”三句,见欧阳修残句。魏泰《东轩笔录》卷十一,谓此词乃欧阳修送“王尚书素出守平凉”所作。　④光一一:此处为韵脚。“一一”不宜,当有讹夺。

聂冠卿

聂冠卿(988—1042)，字长孺，新安(今安徽歙县)人。二十五岁举进士，授连州军事推官。以杨亿等荐召试学士院。累官为翰林学士，判昭文馆兼侍读学士。嗜学好古，诗词清丽，远播契丹。有《蕲春集》，今佚。

多　丽

李良定公席上赋

想人生、美景良辰堪惜。问其间、赏心乐事，就中难是并得。况东城、凤台沙苑，泛晴波、浅照金碧。露洗华桐，烟霏丝柳，绿阴摇曳，荡春一色。画堂迥，玉簪琼佩，高会尽词客。清欢久，重然绛蜡[1]，别就瑶席。　　有翩若轻鸿体态[2]，暮为行雨标格[3]。逞朱唇，缓歌妖丽，似听流莺乱花隔。慢舞萦回，娇鬟低亸[4]，腰肢纤细困无力。忍分散、彩云归后，何处更寻觅。休辞醉，明月好花，莫谩轻掷。

（《能改斋漫录》卷十六）

[注释]

①然：同“燃”。　②轻鸿：形容女子体态轻盈。　③行雨标格：形容有仙女之风致。“旦为朝云，暮为行雨。”语出宋玉《高唐赋序》。　④低亸(duǒ)：低垂。

[集评]

黄昇云：“惟聂长孺于李良定席上赋多丽词，才情富赡矣。其‘露洗华桐，烟霏丝柳，绿阴摇曳，荡春一色’。则又玉中之拱璧，珠中之夜光也。每一诵之，抚玩无斁。”(《古今词话·词辩》)

胡仔云：“‘露洗华桐’二语，是仲春天气。下乃云绿阴摇曳春色，其时未有绿阴，亦语病也。”(《苕溪渔隐丛话》后集卷三十九)

李遵勖

李遵勖(988—1038),字公武,上党(今山西长治)人。举进士,尚大长公主,授左龙武军驸马都尉。累迁宁国军节度使,徙镇国军,知许州。卒,赠中书令,谥和文。有《闲宴集》,今佚。

望汉月

黄菊一丛临砌,颗颗露珠装缀。独教冷落向秋天,恨东君不曾留意。　雕阑新雨霁。绿藓上,乱铺金蕊。此花开后更无花,愿爱惜,莫同桃李。

(《能改斋漫录》卷十六)

[集评]

吴曾云:"李和文公作咏菊《望汉月》词,一时称美……时公镇澶渊,寄刘子仪书云:'澶渊营妓,有一二擅喉啭之技者。唯以"此花开后更无花"为酒乡之资耳。''不是花中唯爱菊,此花开后更无花。'乃元微之诗,和文用之耳。"(《能改斋漫录》卷十六)

滴滴金

帝城五夜宴游歇。残灯外、看残月。都人犹在醉乡中,听更漏初彻。　行乐已成闲话说。如春梦、觉时节。大家同约探春行,问甚花先发。

(《能改斋漫录》卷十七)

[集评]

吴曾云:"'帝城五夜宴游歇'……李驸马正月十九日所撰《滴滴金》词也。京师上元,国初放灯,止三夕。时钱氏纳土,进钱买两夜。其后十七、十八两夜灯,因钱氏而添,故词云五夜。"(《能改斋漫录》卷十七)

范仲淹

范仲淹(989—1052),字希文,吴县(今江苏苏州)人。幼丧父,家贫力学。二十七岁中进士。仕至枢密副使,参知政事。立朝敢于有为。经略陕西,夏人不敢犯,为一代名臣。谥文正,有《文正集》等传世。词存五首,多苍凉悲壮之音。

苏幕遮[①]

怀　旧

碧云天,黄叶地。秋色连波,波上寒烟翠。山映斜阳天接水,芳草无情,更在斜阳外。　　黯乡魂,追旅思。夜夜除非[②],好梦留人睡。明月楼高休独倚。酒入愁肠,化作相思泪。

[**注释**]

①苏幕遮:词牌名。梵语音译,"油帽"之意。《宋史·高昌传》:"俗好骑射。妇人戴油帽,谓之苏幕遮。"　②夜夜除非:为"除非夜夜"之倒文,这是为了调平仄。

[**集评**]

徐釚云:"公之正气塞天地,而情语入妙至此。"(《词苑萃编》卷四)

彭孙遹云:"范希文《苏幕遮》一调,前段多入丽语,后段纯写柔情,遂成绝唱。"(《金粟词话》)

毛驰黄云:"沈谱取证古词,惟以名手雅篇灼然无弊者为准。乃有秦观秋闺,'慢'、'暗'累押。仲淹怀旧,'外'、'泪'莫辨……传讹至今,莫能弹射。"(《古今词话·词品》上卷)

渔家傲

秋思

塞下秋来风景异,衡阳雁去无留意。四面边声连角起,千嶂里,长烟落日孤城闭。　　浊酒一杯家万里,燕然未勒归无计[①]。羌管悠悠霜满地,人不寐,将军白髮征夫泪。

[**注释**]

①燕然未勒:敌人未平。　燕然:山名,即杭爱山,在今蒙古国。东汉窦融击败匈奴于此,登山勒石纪功而归。

[**集评**]

先著云:"一幅绝塞图,已包括于'长烟落日'十字中。唐人塞下诗最工、最多,不意词中复有此奇境。"(《词洁辑评》卷二)

沈雄云:"仁宗朝,范希文守边,作《渔家傲》。欧阳永叔呼为穷塞主之词。每以'塞下秋来风景异'为起句,故云。余考无名氏水鼓子,后衍为《渔家傲》者,诗云:'雕弓羽箭猎初回,薄夜牛羊复下来。青塚路边荒草合,黑山峰外战云开。'穷塞主词,自有来处。"(《古今词话·词话》上卷)

程千帆云:"词情苍凉悲壮,确是一首别开生面的作品。"(《两宋文学史》)

御街行

秋日怀旧

纷纷堕叶飘香砌,夜寂静、寒声碎。真珠帘卷玉楼空,天淡银河垂地。年年今夜,月华如练,长是人千里。

愁肠已断无由醉。酒未到、先成泪。残灯明灭枕头敧[①],谙尽孤眠滋味。都来此事,眉间心上,无计相回避[②]。

(以上《彊村丛书》本《范文正公诗馀》)

[注释]

①攲（qī）：倾斜。　②唐氏按："回"原作"违"，从《花草粹编》卷八改。

[集评]

杨慎云："二公（指韩琦、范仲淹）一时勋德重望，而词亦情致如此。大抵人自情中生，焉能无情，但不过甚而已……予友朱良矩尝云：'天之风月，地之花柳，与人之歌舞，无此不成三才。'虽戏语，亦有理也。"（《词品》卷三）

李攀龙云："月光如昼，泪深于酒，情景两到。"（《草堂诗馀隽》）

陈廷焯云："范文正《御街行》……淋漓沉着。《西厢》'长亭'袭之，骨力远逊，且少味外味。此北宋所以为高，小山、永叔后，此调不复弹矣。"（《白雨斋词话》卷七）

剔银灯

与欧阳公席上分题

昨夜因看蜀志。笑曹操、孙权、刘备。用尽机关，徒劳心力，只得三分天地。屈指细寻思，争如共、刘伶一醉[①]。　人世都无百岁。少痴騃，老成尪悴[②]。只有中间，些子少年，忍把浮名牵系[③]。一品与千金，问白髮、如何回避。

（《中吴纪闻》卷五）

[注释]

①争如：不如。　②尪（wāng）悴：憔悴多病。　③忍把：肯把。

定风波[①]

自前二府镇穰下营百花洲亲制[②]

罗绮满城春欲暮，百花洲上寻芳去。浦映□花花映浦[③]。无尽处，恍然身入桃源路。　莫怪山翁聊逸豫[④]，功名得丧归时数。莺解新声蝶解舞。天赋与，争教我辈无欢绪。

（《敬斋古今黈》卷三）

[注释]

①定风波：依其声律，此词当为《渔家傲》。按李冶《敬斋古今黈》卷八引《本事曲子》："范文正公自前二府镇穰下，营百花洲，亲制《定风波》五首云云，此为第一首。" ②穰下：即邓州（今河南邓县），时以给事中知邓州。 ③"浦映"句：于律当为七字，空格依《彊村丛书》补。 ④逸豫：闲逸无事。

[集评]

笃文云："仲淹以改革弊政，召致朋党之谤议，遂罢政外放，出知邠州，又以疾请知邓州。其所立政纲，亦遭罢弃。故词笔所射，语殊凄黯。忧国老臣，历历心事如见。"

存目词

调　名	首　句	出　处	附　　注
忆王孙	飕飕风冷荻花秋	杨金本《草堂诗馀前集》卷下	李重元词，见《唐宋诸贤绝妙词选》卷七
忆王孙	同云风扫雪初晴	同上	同上
意难忘	清泪如铅	《古今词选》卷五	范晞文词，见《绝妙好词》卷六

沈邈

沈邈，生卒不详，字子山，弋阳（今江西弋阳）人。第进士，起大理评事、侯官县令、广州通判。庆历初为侍御史，历知澶州、河北、陕西都转运使，知延州，卒。临民有治才，然疏爽少检，常有酒失。

剔银灯

途次南京忆营妓张温卿①

一夜隋河风劲②，霜湿水天如镜。古柳堤长，寒烟不起，波上月无流影。那堪频听，疏星外、离鸿相应。
须信道、情多是病。酒未到、愁肠还醒，数叠兰衾③，馀香未减，甚时枕鸳重并。教伊须更，将盟誓、后约言定。

［注释］

①南京：宋代以商丘为南京。 ②隋河：运河。隋代所建，故名。③兰衾：散发香气的被褥。

剔银灯

江上秋高霜早，云静月华如扫。候雁初飞，啼螀正苦①，又是黄花衰草。等闲临照，潘郎鬓、星星易老②。
那堪更、酒醒孤棹。望千里、长安西笑。臂上妆痕，胸前泪粉，暗惹离愁多少。此情谁表，除非是、重相见了。

（以上二首见《能改斋漫录》卷十七）

［注释］

①啼螀（jiāng）：蝉鸣。 螀：蝉。 ②潘郎：潘岳。这里用以自指。

[集评]

吴曾云:"宿州营妓张玉姐,字温卿,本蕲泽人。色技冠一时,见者皆属意。沈子山为狱掾,最所钟爱。既罢,途次南京,念之不忘,为《剔银灯》二阕。"(《能改斋漫录》卷十七)

存目词

调名	首句	出处	附注
忆王孙	依依宫柳拂宫墙	《同情集词选》卷二	谢克家作,见《避戎夜话》

杨 适

杨适，生卒不详，字安道，号慈川逸民。隐居不仕，人称大隐先生。慈溪（今浙江慈溪）人。嘉祐六年（1061）荐授将仕郎，试太学助教，不赴。卒年七十六岁。

长相思

题丈亭馆①

南山明，北山明。中有长亭号丈亭，沙边供送迎。
东江清，西江清。海上潮来两岸平，行人分棹行。

（《宝庆四明志》卷十六）

［注释］

①丈亭：在今慈溪县南。慈溪江至此歧为两支，故有东江、西江之称。

张　先

张先(990—1078),字子野,乌程(今浙江湖州)人。天圣八年(1030)与欧阳修同榜进士。曾知吴江县。晏殊任京兆尹,辟为通判。累官至都官郎中。性疏放,善戏谑,精通音乐,长于炼句,在慢词的开拓上颇有贡献。词与柳永齐名。以色彩冶艳、笔力酣恣见长。有《安陆集》。

正　宫[①]

醉垂鞭[②]

双蝶绣罗裙,东池宴,初相见。朱粉不深匀,闲花淡淡春。　细看诸处好,人人道,柳腰身。昨日乱山昏,来时衣上云[③]。

[注释]

①正宫:宫调名。张先的《安陆集》按宫调编次,有正宫、中吕宫、南吕宫等十四类。　②醉垂鞭:词牌名,始见《安陆集》,当是张先所创。双调,四十二字。前后片各五句,三平韵,两仄韵。　③来时衣上云:衣染云霞,即仙女之意。此乃赠妓之作,暗用神女典故。

[集评]

沈祖棻云:“本来只是描写衣上花纹,却用大笔濡染,画出了一片混茫气象,并且写到这里就戛然而止,更无多话,收得极其有力,所以周济在《宋四家词选》中,评为横绝。”(《宋词赏析》)

醉垂鞭

赠琵琶娘,年十二

朱粉不须施,花枝小[①],春偏好。娇妙近胜衣[②],轻罗红雾垂。　　琵琶金画凤，双绦重[3]，倦眉低。啄木细声迟[4]，黄蜂花上飞。

［注释］

①《全宋词》注："花"一作"琼"。　②娇妙近胜衣：形容身体娇嫩，穿衣都有些费劲，即弱不禁风之意。　③双绦重：绦，用丝绒织的带子，这里指双股的腰带。　④啄木：指弹琵琶声。

中吕宫

南乡子

何处可魂消，京口终朝两信潮[1]。不管离心千叠恨，滔滔。催促行人动去桡。　　记得旧江皋[2]，绿杨轻絮几条条。春水一篙残照阔，遥遥。有个多情立画桥。

［注释］

①京口：地名，今属江苏镇江，距长江入海口不远，当时潮汛可达。终朝：终日。　②江皋：江边。

南乡子

南徐中秋[1]

潮上水清浑，棹影轻于水底云。去意徘徊无奈泪，衣巾。犹有当时粉黛痕。　　海近古城昏，暮角寒沙雁队分[2]。今夜相思应看月，无人。露冷依前独掩门[3]。

［注释］

①南徐中秋：一本作"中秋不见月"。此据《历代诗馀》本。　南徐：东晋侨置南徐于京口，即今江苏镇江。　②暮角：傍晚军营中吹奏的画角

（军号）。　③掩门:《历代诗馀》作“倚门”。

菩萨蛮

忆郎还上层楼曲[1]，楼前芳草年年绿。绿似去时袍，回头风袖飘。　　郎袍应已旧，颜色非长久。惜恐镜中春，不如花草新。

[注释]

①层楼曲:指高楼上曲折的回廊。

[集评]

笃文云:“此从乐府《西洲曲》脱胎，而声情更为婉转。从楼前绿草，想到情郎去时的绿袍，由景入情，过渡自然。‘回头风袖飘’一句，写临别情景，生动深刻，点睛之妙笔。”

菩萨蛮

闻人语著仙卿字，瞋情恨意还须喜[1]。何况草长时，酒前频共伊。　　娇香堆宝帐[2]，月到梨花上。心事两人知，掩灯罗幕垂。

[注释]

①“瞋情”句:谓使人恨也不是，爱也不是，极言其牵肠挂肚的心态。　②“娇香”句:指娇花香果，堆陈宝帐之中。

菩萨蛮

夜深不至春蟾见[1]，令人更更情飞乱[2]。翠幕动风亭，时疑响屧声[3]。　花香闻水榭，几误飘衣麝。不忍下朱扉，绕廊重待伊。

［注释］

①春蟾：春月。传说月中有蟾蜍，故名。　②更更：更加。一、二两句别本作"香軿不至春蟾午，令人转更猜飞语"。　③响屧（xiè）：古代木底鞋，行走有声，曰响屧。春秋时，吴王为西施筑有响屧廊。

菩萨蛮

簟纹衫色娇黄浅[1]，钗头秋叶玲珑剪。轻怯瘦腰身，纱窗病起人。　相思魂欲绝，莫话新秋别。何处断离肠，西风昨夜凉。

［注释］

①簟纹：竹席上的花纹。

［集评］

笃文云："'闻人'以下三首词，皆怀妓之作。语浅而情深，能以白描取胜。如'瞋情恨意还须喜'、'令人更更情飞乱'、'何处断离肠，西风昨夜凉'，等皆是。"

踏莎行

衾凤犹温[1]，笼鹦尚睡，宿妆稀淡眉成字[2]。映花避月上行廊，珠裙褶褶轻垂地[3]。　翠幕成波[4]，新荷贴水。纷纷烟柳低还起。重墙绕院更重门，春风无路通深意。

[注释]

①衾凤:即凤衾,绣有凤凰的被子。 ②眉成字:女子之眉以曲细为胜,成字形,则未免狼藉不美了。 ③褶(zhě):衣裙的褶子。 ④翠幕成波:绿色帷幕飘动如水波。

踏莎行

波湛横眸[①],霞分腻脸[②]。盈盈笑动笼香靥[③]。有情未结凤楼欢[④],无憀爱把歌眉敛。 密意欲传,娇羞未敢。斜偎象板还偷瞰[⑤]。轻轻试问借人么,佯佯不觑云鬟点[⑥]。

[注释]

①波湛横眸:形容明眸秀美如澄澈的秋波。 ②霞分腻脸:嫩脸嫣红如云霞分色。 ③香靥(yè):喷香的酒窝。 ④凤楼欢:与达官贵人结欢。凤楼,指王侯宅第。 ⑤偷瞰(jiǎn):暗暗地发笑。 ⑥"佯佯"句:装作不敢正面瞧人的样子,只是点头(云鬟)应允。 觑(qū):窥视。把眼睛眯成一条缝(注意地看)。

感皇恩[①]

万乘靴袍御紫宸[②]。挥毫敷丽藻[③],尽经纶[④]。第名天陛首平津[⑤]。东堂桂,重占一枝春[⑥]。 殊观耸簪绅[⑦]。蓬山仙话重,霈恩新。暂时趋府冠谈宾[⑧]。十年外,身是凤池人[⑨]。

[注释]

①感皇恩:调名。《彊村丛书》本作《小重山》。杜文澜云:"《感皇恩》无用平韵及首句七字者。此词当是《小重山》。"(《词律》卷九)然《安陆词》道调宫下另有同调之作一首,唯两结各多一字。宜从知不足斋作《感

皇恩》为是。　②紫宸：殿名。此指皇帝听政之处。　③敷丽藻：撰写华丽的文章。　④经纶：指治国方略。　⑤“第名”句：意谓由皇上（天陛）亲赐宅邸并予命名以平津侯为始。汉武帝封丞相公孙弘为平津侯。弘于是开东阁以延贤士。事见《汉书·公孙弘传》。　⑥重占一枝春：古以登科为折桂。白居易《和春深诗》“折桂名惭郄，收萤志慕车”即此意。又杜牧《赠终南僧》“家在城南杜曲傍，两枝仙桂一时芳”，皆指中试登科事（见《本事诗》）。　⑦簪绅：簪为头饰，绅为腰带，皆官员之服饰。　⑧冠谈宾：谈吐出色，为宾客之冠。　⑨凤池：凤凰池，中书省之别名。

［集评］

笃文云：“玩味文意，当是贺人登科之作。笔墨凝重，亦有气象，然未免近谀。”

西江月

体态看来隐约，梳妆好是家常。檀槽初抱更安详[①]，立向尊前一行。　　小打登钩怕重[②]，尽缠绣带由长。娇春莺舌巧如簧，飞在四条弦上[③]。

［注释］

①檀槽：指琵琶。　②小打登钩：似即打弡——一种藏钩的游戏。《酉阳杂俎》：“山人石旻尤妙打弡……张遂置钩巾襞中。旻曰：‘尽张空拳，左有顷眼。钩在张君幞头左翅中。’其妙如此。”　③四条弦：指琵琶。琵琶四弦，故名。

庆金枝[①]

青螺添远山[②]，两娇靥、笑时圆。抱云勾雪近灯看[③]，何处不堪怜[④]。　　今生但愿无离别，花月下、绣屏前。双蚕成茧共缠绵，更重结后生缘[⑤]。

[注释]

①庆金枝:此调为张先所创。《高丽史·乐志》所载者与此有异。②青螺:青绿色的染料,女子用以画眉。 ③抱云勾雪:云指鬓髮,雪指肌肤。 ④何处:一本作"妍处",未是。 ⑤更重结:一本作"更结",于律不合。

浣溪沙

轻屧来时不破尘[①],石榴花映石榴裙。有情应得撞腮春。 夜短更难留远梦,日高何计学行云[②]。树深莺过静无人。

[注释]

①轻屧:轻步。 ②行云:旦为朝云,暮为行雨,本指巫山之神女,见宋玉《高唐赋序》。此处说明词人所爱者为倡优一类的人物。

[集评]

笃文云:"撞腮春,三字极新,极野。周济曰:'子野清出处,生脆处,味极隽永',正是此类。"

相思儿令[①]

春去几时还,问桃李无言。燕子归栖风紧,梨雪乱西园。 犹有月婵娟,似人人、难近如天。愿教清影长相见,更乞取长圆。

[注释]

①相思儿令:此调宋人中惟张先、晏殊有词。二者又微有区别,当是同调异体。

师师令[①]

香钿宝珥[②]，拂菱花如水[③]。学妆皆道称时宜，粉色有、天然春意。蜀彩衣长胜未起[④]。纵乱霞垂地[⑤]。
都城池苑夸桃李，问东风何似。不须回扇障清歌，唇一点、小于珠子[⑥]。正是残英和月坠，寄此情千里。

[注释]

①师师令：此调为张先新创，盖赠妓之作。　②香钿：女子头上的首饰。　宝珥：华贵的耳坠。　③菱花：镜名。　④蜀彩衣：一本作“蜀锦衣”。　⑤乱霞：一作“乱云”，此据《历代诗馀》本。　⑥珠子：一作“朱蕊”，于义为胜，当从。

[集评]

吴照衡云：“张子野《师师令》，相传为赠李师师作。按子野天圣八年进士……熙宁十年，年八十九卒，见《吴兴志》。自子野之卒，距政和、重和、宣和年间，又三十馀年。是子野已不及见师师，何由而为是言乎。调名《师师令》，非因李师师也。”（《莲子居词话》）

夏承焘云：“友人任铭善云，《李师师传》：‘汴俗，凡生男女，父母爱之，必为舍身佛寺……俗呼为师，故名之曰师师。’据此，词调之《师师令》，殆与《女冠子》同类。”（《唐宋词人年谱·张子野年谱》）

山亭宴慢

有美堂赠彦猷主人[①]

宴亭永昼喧箫鼓。倚青空、画阑红柱。玉莹紫薇人[②]，蔼和气、春融日煦。故宫池馆更楼台[③]，约风月、今宵何处。湖水动鲜衣，竞拾翠、湖边路[④]。　落花荡漾愁空树。晓山静、数声杜宇。天意送芳菲，正黯淡、疏烟逗雨[⑤]。新欢宁似旧欢长，此会散、几时还聚。试为挹飞云，问解寄、相思否。

[注释]

①山亭宴慢:此调只子野二首,当为其自度曲。　有美堂,在杭州吴山高处。嘉祐二年(1057)梅挚出守杭州。仁宗赐诗,有“地有吴山美”之句,挚因作堂名之。　彦猷:唐询字。询嘉祐三年继梅挚知杭州。五年九月还京任吏部郎中。此词作于唐离任时。　②紫薇人:唐称中书省为紫薇省。中书省郎官因称紫薇人。此指唐询,曾任中书省知制诰。　③更楼台:“更”,一本作“旧”,于义为长。　④拾翠:指游春时采拾花草。　⑤逗雨:一本作“短雨”。

谢池春慢[①]

玉仙观道中逢谢媚卿

缭墙重院,时闻有、啼莺到。绣被掩馀寒,画幕明新晓[②]。朱槛连空阔,飞絮无多少。径莎平,池水渺。日长风静,花影闲相照。　尘香拂马[③],逢谢女、城南道。秀艳过施粉,多媚生轻笑。鬥色鲜衣薄,碾玉双蝉小[④]。欢难偶,春过了。琵琶流怨,都入相思调。

[注释]

①谢池春慢:此为自度曲,作赠谢媚卿者。　②画幕:《花草粹编》作“画阁”。　③尘香拂马:意同香尘扑面。　④碾玉:琢磨加工玉器。

[集评]

杨湜云:“张子野往玉仙观,中路逢谢媚卿。初未相识,但两相闻名。子野才韵既高,谢亦秀色出世。一见慕悦,目色相授。张领其意,缓辔久之而去。因作《谢池春慢》以叙一时之遇。”(《古今词话》)

夏敬观云:“长调中纯用小令作法,别具一种风味。”(《唐宋名家词选》)

惜双双[1]

溪桥寄意

城上层楼天边路。残照里、平芜绿树。伤远更惜春暮，有人还在高高处。　　断梦归云经日去。无计使、哀弦寄语[2]。相望恨不相遇，倚桥临水谁家住。

［注释］

①惜双双：此体始于张先，与毛滂之《惜分飞》韵句悉同，惟前后片第二、第三句各添一字，当为毛词所本而稍加变化之故。　②哀弦：犹哀丝，指偏于低黯的弦乐。

南吕宫

江南柳

隋堤远[1]，波急路尘轻。今古柳桥多送别，见人分袂亦愁生[2]。何况自关情。　　斜照后，新月上西城。城上楼高重倚望，愿身能似月亭亭[3]。千里伴君行。

［注释］

①隋堤：隋炀帝开通济渠，沿河筑堤。西通济水，南达淮泗，曰隋堤，亦称汴堤。　②分袂：分手。　袂：衣袖。　③亭亭：明亮。

八宝装[1]

锦屏罗幌初睡起，花阴转、重门闭。正不寒不暖，和风细雨，困人天气。　　此时无限伤春意，凭谁诉、厌厌地[2]。这浅情薄幸，千山万水，也须来里[3]。

[注释]

①八宝装:此调仅见张先集中。 ②厌厌:萎靡不振。 ③里:语气词,同“呢”。

一丛花令[①]

伤高怀远几时穷[②],无物似情浓。离愁正引千丝乱,更东陌、飞絮濛濛。嘶骑渐遥,征尘不断,何处认郎踪。 双鸳池沼水溶溶,南北小桡通。梯横画阁黄昏后,又还是、斜月帘栊。沉恨细思,不如桃杏,犹解嫁东风。

[注释]

①一丛花令:一名《一丛花》。此调始于张先。欧阳修、苏轼、秦观所作俱在其后。 ②伤高:一本作“伤春”,似更切合闺怨之主题,当从。

[集评]

范公偁云:“张先子野郎中《一丛花》词,一时盛传。欧阳永叔尤爱之,恨未识其人。子野家南地,以故至都谒永叔。阍者以通。永叔倒屣迎之曰:‘此乃桃杏嫁东风郎中。’”(《过庭录》)

贺裳云:“唐李益词曰:‘嫁得瞿塘贾,朝朝误妾期。早知潮有信,嫁与弄潮儿。’子野《一丛花》末句云:‘沉恨细思,不如桃杏,犹解嫁春风。’此皆无理而妙。”(《皱水轩词筌》)

道调宫

西江月

泛泛春船载乐,溶溶湖水平桥。高鬟照影翠烟摇,白纻一声云杪[①]。 倦醉天然玉软[②],弄妆人惜花娇。风情遗恨几时消,不见卢郎年少[③]。

[注释]

①白纻：古代歌词名。　云杪：云间。　②玉软：形容女子柔软的身材。　③卢郎：指离家外出的征人。“洛阳少女名莫愁……十五嫁为卢家妇”，语出萧衍《河中之水歌》，为此词所本。

感皇恩

安车少师访阅道大资同游湖山[①]

廊庙当时共代工[②]。睢陵千里远[③]，约过从。欲知宾主与谁同。宗枝内[④]，黄阁旧[⑤]，有三公。　广乐起云中。湖山看画轴，两仙翁。武林嘉语几时穷[⑥]。元丰际[⑦]，德星聚[⑧]，照江东。

[注释]

①安车少师：指赵概，熙宁间以太子少师致仕。　阅道大资：指赵抃。元丰间以旧职加太子太保致仕。《西湖志》载赵抃陪赵少师游西湖兼呈座客诗云：“一尊各尽十分酒，四老共成三百年。”　唐氏按：此首调名原从黄校作《小重山》，今改正。　②廊庙：朝廷。　共代工：同代伟人。　③睢陵：徐州。赵概由徐州抵杭，有千里之遥。　④宗枝：宗室，指赵氏皇族。　⑤黄阁：丞相居室涂以黄色，曰黄阁。　⑥武林：山名，在浙江杭州西，泛为杭州之代称。　⑦元丰：宋神宗年号。　⑧德星聚：指贤人相聚。《异苑》：“陈仲弓从诸子侄共造荀季和父子，于时德星聚。太史奏：五百里内有贤人聚。”德星，一种罕见的象征祥瑞的星体，又称景星。

仙吕宫

宴春台慢[①]

东都春日李阁使席上

丽日千门，紫烟双阙[②]，琼林又报春回[③]。殿阁风微，当时去燕还来。五侯池馆频开。探芳菲、走马天街。重帘人语，辚辚绣轩[④]，远近轻雷。　　雕觞霞滟[⑤]，翠幕云飞，楚腰舞柳，宫面妆梅[⑥]。金猊夜暖[⑦]，罗衣暗裛香煤[⑧]。洞府人归，放笙歌、灯火下楼台。蓬莱[⑨]。犹有花上月，清影徘徊。

[注释]

①宴春台慢：一作《燕春台》。张先所创，春宴词也。　②双阙：皇宫外面的两座相对的楼观，又称魏阙。　③琼林：苑名，在汴京西。宋朝尝宴新科进士于此。　④绣轩：车幔。　⑤雕觞：雕制精美的酒杯。　霞滟：酒色美丽如云霞漾动。　⑥宫面妆梅：宋武帝女寿阳公主卧于含章殿檐下，梅花飘落其额成五出花，号梅花妆，宫人皆效之。见《岁华纪丽》、《金陵志》。　⑦金猊：指以金狮为饰的香炉。　⑧裛：沾染。　香煤：香灰。　⑨蓬莱：神话传说海中有蓬莱三岛，仙人所居。此指王侯宅第。

好事近

和毅夫内翰梅花[①]

月色透横枝，短叶小花无力。北客一声长笛[②]，怨江南先得。　　谁教强半腊前开，多情为春忆。留取大家沉醉，正雨休风息[③]。

[注释]

①毅夫：郑獬，字毅夫。治平四年（1067）拜翰林学士，熙宁二年（1069）出知杭州，有《好事近》词“咏梅”以寄身世之叹。张先和之。②长笛：古乐府笛曲有《落梅花》。李白《听黄鹤楼上吹笛》：“黄鹤楼中吹玉笛，江城五月落梅花。”　③正：一本作“幸”。

好事近

灯烛上山堂[①]，香雾暖生寒夕。前夜雪清梅瘦[②]，已不禁轻摘。　双歌声断宝杯空[③]，妆光艳瑶席[④]。相趁笑声归去，有随人月色。

［注释］

①山堂：山中的殿堂。《水经注》："山堂水殿，烟寺相望。"　②前夜：头夜，与"昨晚"义同。　③声断：一本作"未彻"，未了之意，似较胜。　④瑶席：盛宴。

大石调

清平乐

屏山斜展[①]，帐卷红绡半[②]。泥浅曲池飞海燕。风度杨花满院[③]。　云情雨意空深[④]，觉来一枕春阴。陇上梅花落尽[⑤]，江南消息沉沉。

［注释］

①屏山：绘有山峦的屏风。　②"帐卷"句：红绡帐子半卷半掩。　③风度：风吹。　④云情雨意：一本作"云愁雨恨"。　⑤陇上：陕西陇县陇山以西一带，古称陇坂。陆凯《赠范晔》诗："折梅逢驿使，寄与陇头人。江南无所有，聊赠一枝春。"为此所本。

清平乐

李阁使席

清歌逐酒，腻脸生红透[①]。樱小杏青寒食后，衣换缕金轻绣[②]。　画堂新月朱扉，严城夜鼓声迟[③]。细看玉人娇面，春光不在花枝。[④]

［注释］

①生红：深红。　②"衣换"句：金线绣成的衣服，为贵人之服。

③严城:险要的城池。　④唐氏按:《永乐大典》卷二万零三百五十三“席”字韵此首误作丘密词。

醉桃源[①]

落花浮水树临池,年前心眼期[②]。见来无事去还思,如今花又飞。　浅螺黛,淡胭脂,闲妆取次宜[③]。隔帘灯影闭门时,此情风月知[④]。

[注释]

①醉桃源:即《阮郎归》。　②心眼期:心期眼盼,指密约之处。　③闲妆:一作“开花”。　取次宜:随便处置,莫不相宜。　④风月:一本作“江月”。

[集评]

笃文云:“此亦春日怀人之作。见落花而忆所欢,结笔颇工。”

恨春迟[①]

好梦才成又断[②]。日晚起、云亸梳鬟[③]。秀脸拂新红,酒入娇眉眼,薄衣减春寒。　红柱溪桥波平岸。画阁外、落日西山。不忿闲花并蒂[④],秋藕连根,何时重得双眠[⑤]。

[注释]

①恨春迟:此调始于张先,凡三体,皆平仄韵通押之格。　②好梦才成又断:一本作“好梦才成成又断”。　③日晚起:“日”一作“因”。　云亸梳鬟:鬟髻如乌云之低垂。　亸:垂下貌。　④不忿:不恼。　⑤双眠:指夫妻同寝。“眠”一本作“莲”。

恨春迟[①]

欲借红梅荐饮[②]。望陇驿、音信沉沉[③]。住在柳洲东岸，彼此相思，梦去难寻。　乳燕来时花期寖[④]，淡月坠、将晓还阴。争奈多情易感，音信无凭，如何消遣得初心[⑤]。

［注释］

①唐氏按：此首别又见欧阳修《醉翁琴趣外篇》卷五。　②荐饮：侑酒、助兴之意。　③陇驿："陇首秋云飞"，见柳恽《捣衣诗》。又陆凯《赠范晔》："折梅逢驿使，寄与陇头人。江南无所有，聊赠一枝春。"词中略用其意，以表怀人之思。　④花期寖：花时已过。　寖：止。　⑤初心：归隐之心。

双　调

庆佳节[①]

莫风流，莫风流。风流后、有闲愁。花满南园月满楼[②]，偏使我、忆欢游。　我忆欢游无计奈，除却且醉金瓯。醉了醒来春复秋，我心事、几时休。

［注释］

①庆佳节：此调始于张先，有平仄二体。　②南园：在湖州。子野《木兰花》序云："去春自湖归杭，忆南园花已开……今岁还乡，南园花正盛。"皆指此处。

庆佳节

芳菲节，芳菲节。天意应不虚设。对酒高歌玉壶阙[①],慎莫负、狂风月[②]。　　人间万事何时歇。空赢得、鬓成雪。我有闲愁与君说,且莫用、轻离别。

[注释]

①玉壶阙:"(王敦)每酒后辄咏老骥伏枥,志在千里……以如意打唾壶,壶口尽缺。"见《世说新语·豪爽》。　阙:通"缺"。　②狂风月:指流连风月,清兴如狂。

采桑子

水云薄薄天同色。竟日清辉[①],风影轻飞,花发瑶林春未知[②]。　　剡溪不辨沙头路[③]。粉水平堤[④],姑射人归[⑤],记得歌声与舞时。

[注释]

①竟日:终日。　②瑶林:仙家园林。　③剡(shàn)溪:水名,在浙江嵊县南。　④粉水:形容为花光映红之溪水。　⑤姑射(yè):仙山名。《庄子·逍遥游》:"藐姑射之山,有神人居焉。肌肤若冰雪,淖约若处子。"此指美女。

御街行

送蜀客

画船横倚烟溪半,春入吴山遍。主人凭客且迟留[①],程入花溪远远[②]。数声芦叶[③],两行霓袖,几处成离宴。
纷纷归骑亭皋晚[④],风顺樯乌转[⑤]。古今为别最消魂,因别有情须怨。高台独上,不堪凝望,目与飞云断[⑥]。

[注释]

①凭客:凭栏送客。　迟留:停留。　②"程入"句:指客舟去程已远

入花溪深处。“远远”，一作“还远”。　③芦叶：芦笛。　④亭皋：水边的长亭。　⑤樯乌：桅樯上端安置乌鸟形状的候风之标。阴铿诗：“亭嘶背枥马，樯转向风乌。”　⑥“高台”三句：一本作“更独自、尽上高台望，望尽飞云断”。

玉联环①

送临淄相公②

都人未逐风云散，愿留离宴。不须多爱洛城春，黄花讶、归来晚。　　叶落灞陵如剪③，泪沾歌扇。无由重肯日边来④，上马便、长安远。

[注释]

①玉联环：又名《一络索》、《洛阳春》。　②临淄相公：晏殊。据夏承焘《二晏年谱》：“皇祐五年（1053）……自永兴军徙知河南，兼西京留守，迁兵部尚书，封临淄公。”此词作于长安，时在晏殊永兴军幕府职上。　③灞陵：即霸陵，在西安城东，西汉文帝陵。邻近灞桥，为交通孔道，古人送客至此，多折柳留别。　④日边：犹“日下”，指汴京。

玉联环

南郊夜饮①

来时露裛衣香润，彩绦垂鬓。卷帘还喜月相亲，把酒更、花相近。　　西去阳关休问②，未歌先恨。玉峰山下水长流，流水尽，情无尽。

[注释]

①南郊：今陕西永寿县，在邠州之南，故名。宋时属永兴军。此亦作于永兴军通判任上。　②阳关：在甘肃敦煌西，古为出塞之要道。“西出阳关无故人”，王维《送元二使安西》诗中句。

武陵春

秋染青溪天外水，风棹采菱还[①]。波上逢郎密意传，语近隔丛莲。　　相看忘却归来路，遮日小荷圆[②]。菱蔓虽多不上船，心眼在郎边。

[注释]

①棹：船桨。　②“遮日”句：一本作“家在柳城前”。

定风波

素藕抽条未放莲[①]，晚蚕将茧不成眠[②]。若比相思如乱絮。何异。两心俱被暗丝牵。　　暂见欲归还是恨，莫问。有情谁信道无缘。有似中秋云外月，较洁，不团圆待几时圆。

[注释]

①素藕抽条：荷叶拔茎。　②将茧：作茧。

百媚娘[①]

珠阙五云仙子，未省有谁能似[②]。百媚算应天乞与[③]，净饰艳妆俱美。若取次芳华皆可意，何处比桃李。　　蜀被锦纹铺水，不放彩鸳双戏[④]。乐事也知存后会，争奈眼前心里。绿皱小池红叠砌[⑤]，花外东风起。

[注释]

①百媚娘：此为张先创调，宋词中无别首可校。　②未省：不知。③天乞与：天赐与。　④不放：不让。　⑤红叠砌：落红堆叠池边。

梦仙乡[①]

江东苏小[②]，夭斜窈窕[③]。都不胜、彩鸾娇妙[④]。春艳上新妆，肌肉过人香。　　佳树阴阴池院，华灯绣幔。花月好、可能长见。离聚此生缘，无计问天天。

[注释]

①梦仙乡：此调仅见张先词集，为作者创调。一本作《梦仙郎》。②苏小：即苏小小，南齐时钱塘名伎。　③夭斜窈窕：婀娜苗条。　④彩鸾：唐进士文箫之妻，妙于书法，日写《唐韵》以自给。传说后来跨虎仙去。

归朝欢

声转辘轳闻露井，晓引银瓶牵素绠[①]。西园人语夜来风，丛英飘坠红成径。宝猊烟未冷[②]，莲台香蜡残痕凝[③]。等身金[④]，谁能得意，买此好光景。　　粉落轻妆红玉莹[⑤]，月枕横钗云坠领[⑥]。有情无物不双栖，文禽只合常交颈[⑦]。昼长欢岂定，争如翻作春宵永[⑧]。日曈昽，娇柔懒起，帘押残花影[⑨]。

[注释]

①晓引银瓶："井底引银瓶，银瓶欲上丝绳绝。"白居易《井底引银瓶》诗中句。白诗意在戒止女子私奔，此则极力刻画燕昵私情，与白诗有异。　②宝猊：即焚香之金炉，上有狻猊图像。　③莲台：状如金莲的烛台。　④等身金：犹言黄金与身等高，极言其富贵。　⑤红玉莹：肤色红润如玉。　⑥"月枕"句：月亮照着枕上的钗钿，乌黑的秀髮垂于领际。　⑦文禽：鸳鸯。　⑧翻作：更作、换作。　⑨残花：一本作"卷花"。

[集评]

《古今诗话》云:“子野曰:‘何不目之为张三影?’客不晓。公曰:‘云破月来花弄影;娇柔懒起、帘压卷花影;柳径无人,堕风絮无影。此余平生所得意也。’”(《渔隐丛话》前集卷三十七)

相思令[①]

蘋满溪,柳绕堤。相送行人溪水西,回时陇月低。
烟霏霏,风凄凄。重倚朱门听马嘶,寒鸥相对飞[②]。

[注释]

①相思令:即《长相思》。此词又见欧阳修《近体乐府》。别又误作黄庭坚词,见杨金本《草堂诗馀前集》卷下。 ②“寒鸥”句:一作“寒鸦相对飞”。“飞”字,又作“啼”。

少年游

红叶黄花秋又老,疏雨更西风。山重水远,云闲天淡,游子断肠中。 青楼薄幸何时见[①],细说与、这忡忡[②]。念远离情,感时愁绪,应解与人同。

[注释]

①薄幸:薄情。 ②忡忡:忧愁。

贺圣朝[①]

淡黄衫子浓妆了,步缕金鞋小。爱来书幌绿窗前,半和娇笑。 谢家姊妹[②],诗名空杳,何曾机巧。争如奴道[③],春来情思,乱如芳草。

[注释]

①贺圣朝：即《添声杨柳枝》。 ②谢家姊妹：指谢道韫。其咏雪诗句“未若柳絮因风起”，广为传诵。 ③争如：怎如。

生查子

当初相见时，彼此心潇洒。近日见人来，却恁相谩唬[①]。 休休休便休，美底教他且[②]。匹似没伊时[③]，更不思量也。

[注释]

①恁：那样。 谩唬（xià）：诳骗、害怕。 ②美底教他且：此为俗语，意与“教他美个啥”略近。“且”，马韵字，读若“恰”。 ③匹似：比似，好似。

小石调

夜厌厌[①]

昨夜小筵欢纵。烛房深、舞鸾歌凤。酒迷花困共厌厌，倚朱弦、未成归弄[②]。 峡雨忽收寻断梦[③]，依前是、画楼钟动。争拂雕鞍匆匆去[④]，万千恨、不能相送。

[注释]

①夜厌厌：即《夜行船》之异名。 ②归弄：归来之曲。乐曲一章曰一弄。 ③“峡雨”句：指男女欢情。即巫山云雨之意。 ④争拂：怎拂，不忍拂。

迎春乐

城头画角催夕宴。忆前时、小楼晚。残虹数尺云中断。愁送目、天涯远。　　枕清风、停画扇。逗蛮簟[①]、碧纱零乱。怎生得伊来[②]，今夜里、银蟾满[③]。

[注释]

①逗蛮簟：清风吹动簟席。　蛮簟：蛮荒之地出产的竹席。　②怎生：怎能。　③银蟾：月亮。

凤栖梧[①]

密宴未休池馆暮[②]。天汉沉沉，借得春光住。红翠斗为长袖舞[③]，香檀拍过惊鸿翥[④]。　　明日不知花在否。今夜圆蟾，后夜忧风雨。可惜歌云容易去，东城杨柳来时路[⑤]。　　（以上五十首见《彊村丛书》本《张子野词》卷一）

[注释]

①凤栖梧：即《蝶恋花》。　②未休：一本作"厌厌"。　③"红翠"句：红妆翠袖的女子争相起舞。　④香檀：檀香木做的歌板。　拍：按拍以定节奏。　惊鸿翥：形容女子舞态的轻妙，如鸿鸟之惊飞。　⑤来时：一本作"东城"。

歇指调

双燕儿[①]

榴花帘外飘红。藕丝罩[②]，小屏风。东山别后，高唐梦短[③]，犹喜相逢。　　几时再与眠香翠，悔旧欢、何事匆匆。芳心念我，也应那里，蹙破眉峰。

[注释]

①双燕儿：此调前不经见，应为作者所创。　②藕丝罩：细如藕丝的

纱厨(蚊帐),夏日以防蚊蝇。③高唐梦:指男女欢情。宋玉《高唐赋序》写梦中有神女荐枕之事。

卜算子慢

溪山别意,烟树去程,日落采蘋春晚[①]。欲上征鞍,更掩翠帘回面[②]。惜弯弯浅黛长长眼。奈画阁欢游,也学狂花乱絮轻散。　水影横池馆。对静夜无人,月高云远。一饷凝思,两袖泪痕还满[③]。恨私书、又逐东风断。纵梦泽层楼万尺[④],望湖城那见[⑤]。

[注释]

①采蘋:《诗经·召南》有《采蘋》篇。言女子采蘋藻,供祭祀,以习礼仪。②回面:一本作"相眄",此据《四库全书》本。③还满:一本下有"难遣"二字。④梦泽:一作"西北",此据《四库》本。⑤湖:一本作"重"。

林钟商

更漏子

锦筵红[①],罗幕翠,侍宴美人姝丽。十五六,解怜才,劝人深酒杯[②]。　黛眉长,檀口小,耳畔向人轻道。柳阴曲[③],是儿家,门前红杏花。

[注释]

①锦筵红:筵席上铺着红色锦缎。②深酒杯:满杯。③柳阴曲:柳阴弯曲之地。

[集评]

笃文云:"写女子之乖巧,善解人意,能自然入胜。结拍三句,尤含情楚楚，颖妙无比。”

更漏子

流杯堂席上作[1]

相君家[2]，宾宴集，秋叶晓霜红湿。帘额动，水纹浮，彩花和水流[3]。　　薄霞衣，酣酒面，重抱琵琶轻按。回画拨[4]，抹幺弦[5]，一声飞露蝉[6]。

[注释]

①流杯堂：据夏承焘《张子野年谱》，流杯堂在杭州。熙宁七年（1074）九月，杭守杨绘饯苏轼于中和堂流杯亭。张先同席，作此为赠。　②相君家：杨绘以御史中丞出为外郡知州，位望甚隆，故称相君之家。　③彩花：指红叶。“彩花和水流”，一作“缬花相对流”。　④回画拨：用拨子划过琵琶的四弦。　拨：弹拨弦乐的器具，多以象牙、牛角制成。　⑤幺弦：琵琶的第四弦，最细，故名。　⑥露蝉：旧称蝉吟风吸露，故曰露蝉。

南歌子

醉后和衣倒，愁来殢酒醺[1]。困人天气近清明。尽日厌厌□脸、浅含颦。　　睡觉□□恨，依然月映门。楚天何处觅行云。唯有暗灯残漏[2]、伴消魂。

[注释]

①殢（tì）酒：困酒、病酒。　②残漏：近晓时分的滴漏声。　漏：古代计时之器。

南歌子

蝉抱高高柳，莲开浅浅波。倚风疏叶下庭柯[1]。况是不寒不暖、正清和。　　浮世欢会少[2]，劳生怨别多。相逢休惜醉颜酡[3]。赖有西园明月、照笙歌。

[注释]

①倚风：依风、因风。　庭柯：庭中的树干。　②浮世：尘世。　欢会："会"字仄声，于律不合。疑有误。　③酡：喝了酒脸色发红。

南歌子

残照催行棹[1]，乘春拂去衣[2]。海棠花下醉芳菲。无计少留君住[3]、泪双垂。　　烟染春江暮，云藏阁道危[4]。行行听取杜鹃啼。是妾此时离恨、尽呼伊。

[注释]

①催行棹：催促开船。　棹：船桨。　②去衣：与征衣、征袍义同。③少留：稍留。　④阁道：指川陕之间的栈道。

蝶恋花

临水人家深宅院。阶下残花，门外斜阳岸。柳舞麹尘千万线[1]，青楼百尺临天半。　　楼上东风春不浅。十二阑干，尽日珠帘卷。有个离人凝泪眼，淡烟芳草连云远。

[注释]

①麹尘：意同黄尘。麹菌色黄如尘，故名。

蝶恋花[1]

槛菊愁烟兰泣露，罗幕轻寒，燕子双来去。明月不谙离恨苦，斜光到晓穿朱户。　　昨夜西风凋碧树[2]。独上高楼，望尽天涯路。欲寄彩笺兼尺素，山长水阔知何处。

[注释]

①蝶恋花：此词当属晏殊，为其代表性作品，调名作《鹊踏枝》。详见晏殊《珠玉词》。　②凋：一本作“雕”。

蝶恋花

绿水波平花烂漫。照影红妆，步转垂杨岸。别后深情将为断，相逢添得人留恋。　　絮软丝轻无系绊。烟惹风迎，并入春心乱。和泪语娇声又颤，行行尽远犹回面[1]。

[注释]

①尽远：虽远。

蝶恋花

移得绿杨栽后院。学舞宫腰[1]，二月青犹短。不比灞陵多送远，残丝乱絮东西岸。　　几叶小眉寒不展[2]。莫唱阳关，真个无肠断[3]。分付与春休细看，条条尽是离人怨。

[注释]

①宫腰：细腰。此指柳枝婀娜，如楚女之细腰。　②小眉：柳叶初舒，其状如眉。　③无肠断：一本作“肠先断”。

诉衷情

花前月下暂相逢，苦恨阻从容。何况酒醒梦断，花谢月朦胧。　　花不尽，月无穷。两心同。此时愿作，杨柳千丝，绊惹春风。

［集评］

笃文云："一二句写梦中遇合，接着是醒后的怅惘。过片托境高远，波澜起伏，是《安陆词》中的佳作。"

诉衷情

数枝金菊对芙蓉[①]，零落意忡忡。不知多少幽怨，和泪泣东风。　　人散后，月明中。夜寒浓。谢娘愁卧[②]，潘令闲眠[③]，往事何穷。[④]

［注释］

①芙蓉：木芙蓉，深秋作花。　②谢娘：指歌伎。李德裕有宠伎曰谢秋娘。　③潘令：潘岳曾任河阳县令。后为才士之代称。　④唐氏按：此首别又见晏殊《珠玉词》。

木兰花[①]

邠州作[②]

青钱贴水萍无数[③]，临晓西湖春涨雨。泥新轻燕面前飞，风慢落花衣上住。　　红裙空引烟娥聚[④]，云月却能随马去。明朝何处上高台，回认玉峰山下路。

[注释]

①木兰花:即《玉楼春》。 ②邠州:今陕西彬县。此词作于皇祐二年(1050)前后,时晏殊出知永兴军,先为通判。 ③青钱:荷叶。杜甫《漫兴诗》:"点溪荷叶叠青钱。" ④烟娥:犹烟鬟,指美女。

木兰花

西湖杨柳风流绝[1],满楼青春看赠别。墙头簌簌暗飞花[2],山外阴阴初落月。　秦姬秾丽云梳髮[3],持酒唱歌留晚发。骊驹应解恼人情[4],欲出重城嘶不歇。

[注释]

①风流绝:绝顶风流。 ②簌簌(sù):象声词,落花声。 ③云梳髮:髮髻如云。 ④骊驹:指离歌。逸《诗》有"骊驹在路,仆夫整驾"之词,每于送客时歌之。见《汉书·王式传》。

木兰花

楼下雪飞楼上宴,歌咽笙簧声韵颤。尊前有个好人人,十二阑干同倚遍。　帘重不知金屋晚[1],信马归来肠欲断。多情无奈苦相思,醉眼开时犹似见。

[注释]

①金屋:华美的房屋,指美人所居之宅邸。"金屋藏娇"见《汉武故事》。

[集评]

笃文云:"木兰花三词作于邠州,乃临别赠妓之作。'多情无奈苦相思,醉眼开时犹似见。'颇能以质直见工。"

减字木兰花

垂螺近额[①]，走上红茵初趁拍[②]。只恐轻飞，拟倩游丝惹住伊[③]。　　文鸳绣履[④]，去似杨花尘不起。舞彻伊州[⑤]，头上宫花颤未休。

［注释］

①垂螺：下垂的螺形髮髻，指舞女的髮型。　②红茵：红色的地毯。　③惹住：绊住。　④文鸳：羽毛华丽的鸳鸯。　⑤伊州：商调大曲名。为舞蹈伴奏的乐曲。

［集评］

笃文云："'拟倩游丝惹住伊'、'去似杨花尘不起'二句，状舞女体态之轻盈，可谓妙想入微。"

少年游

井　桃

碎霞浮动晓朦胧，春意与花浓。银瓶素绠，玉泉金甃[①]，真色浸朝红[②]。　　花枝人面难常见，青子小丛丛。韶华长在，明年依旧，相与笑东风[③]。

［注释］

①金甃(zhòu)：黄砖砌成的井壁。　②朝红：《四库》本作"潮红"，形容桃花红晕如潮。　③东：一本作"春"。

少年游

帽檐风细马蹄尘，常记探花人。露英千样[①]，粉香无尽，蓦地酒初醒[②]。　　探花人向花前老，花上旧时春。

行歌声外，靓妆丛里[3]，须贵少年身。

[注释]

①露英：带露的花朵。 ②“蓦地”句：“醒”字庚韵，与全词不合。一本作“秦地酒初醇”，可从。 ③靓(jìng)妆：美丽的妆饰。

醉落魄

云轻柳弱，内家髻子新梳掠[1]。生香真色人难学[2]。横管孤吹，月淡天垂幕。 朱唇浅破樱桃萼[3]，倚楼谁在阑干角。夜寒指冷罗衣薄[4]。声入霜林，簌簌惊梅落。

[注释]

①子：一本作“要”。 ②生香真色：意同活色生香，极言其美丽动人。 ③樱桃萼：一本作“桃花萼”，此从《四库全书》本。 ④指：一本作“手”。

[集评]

黄苏云：“‘云轻柳弱’，写佳人神韵清远。‘生香真色’尤为高雅。至‘声入霜林’，‘梅’亦能‘落’，此又是真艺矣。写得佳人色艺天然。惟一‘真’字，岂是寻常所有写佳人耶？借佳人以写照耶？须玩味于笔墨之外，方可不是买椟还珠也。”(《蓼园词评》)

喜朝天[1]

清暑堂赠蔡君谟[2]

晓云开，睨仙馆陵虚，步入蓬莱。玉宇琼甃，对青林近，归鸟徘徊。风月顿消清暑，野色带、江山劲诗才[3]。箫鼓宴，璇题宝字[4]，浮动持杯。 天多送目无际[5]，识渡舟帆小，时见潮回。故国千里，共十万室，日日春台[6]。睢社朝京非远[⑦]，正和羹、民口渴盐梅[⑧]。佳景在，吴侬还望[⑨]，分阃重来[⑩]。

[注释]

①喜朝天：唐教坊有《朝天曲》，此作乃借旧曲自翻新调。据夏承焘《张子野年谱》，作于治平三年（1066）。 ②蔡君谟：即蔡襄，是年五月由杭州徙知睢阳。 清暑堂：在杭州郡斋，君谟所建。 ③野色带：一本作“野色对”。此据《词谱》本。 ④璇题宝字：妙笔题写墨宝。蔡襄为书法名家。 ⑤“天多”句：一本作“人多送目天际”，此据《词谱》本。 ⑥春台：喻盛世。《老子》：“众人熙熙，如享太牢，如登春台。” ⑦睢社：即睢阳，为应天府治所在，是蔡襄就任之地。 ⑧和羹：“若作和羹，尔惟盐梅。”见《尚书·说命》，用盐梅调羹来比喻臣子辅弼君王平治天下。 渴：渴望。 ⑨吴侬：犹吴人。吴语多用侬字，故名。 ⑩分阃：城门曰阃，城外曰阃外。《史记·张释之冯唐列传》：“阃以外者将军制之。”分阃，犹言委以州郡的军国重事。

破阵乐

钱塘

四堂互映，双门并丽，龙阁开府[①]。郡美东南第一，望故苑、楼台霏雾。垂柳池塘，流泉巷陌，吴歌处处。近黄昏，渐更宜良夜，簇簇繁星灯烛，长衢如昼。暝色韶光，几许粉面，飞甍朱户[②]。 和煦[③]。雁齿桥红[④]，裙腰草绿[⑤]，云际寺、林下路。酒熟梨花宾客醉，但觉满山箫鼓。尽朋游、因民乐[⑥]，芳菲有主。自此归从泥诏[⑦]，去指沙堤，南屏水石[⑧]，西湖风月，好作千骑行春，画图写取。

[注释]

①龙阁开府：嘉祐二年（1057）梅挚以龙图阁直学士出守杭州。仁宗赐诗云：“地有湖山美，东南第一州。”为此句所本。 ②飞甍（méng）：高

耸的屋脊。　朱户:红门,富贵之家。　③和煦:和暖。一作“欢遇”、“欢聚”。　④雁齿:雁飞有序曰雁齿。此言桥排列有序。白居易《新春江次诗》“鸭头新绿水,雁齿小红桥”为其所本。　⑤裙腰草绿:指孤山寺西南的草径。白居易《杭州春望诗》注云:“孤山寺在湖洲中,草绿时望如裙腰。”　⑥因民乐:一本“因”作“同”。　⑦泥诏:泥金的诏书,指奉旨调回朝廷。　⑧南屏:山名,在西湖南。

[集评]

笃文云:“此亦赠人之作。据‘龙阁开府’、‘自此归从泥诏去’诸语,或即赠别梅挚之作。梅嘉祐三年离任,接任者为唐询。张先《山亭宴慢》即赠询者。此词气象宏肆、天骨开张,与柳永《望海潮》颇为相近。”

中吕调

菊花新

堕髻慵妆来日暮[①],家在画桥堤下住。衣缓绛绡垂,琼树袅、一枝红雾。　院深池静花相妒[②]。粉墙低、乐声时度。长恐舞筵空,轻化作、彩云飞去[③]。

[注释]

①慵妆:懒妆。　②花相妒:“花”,一本作“娇”。　③彩云飞:指舞女之轻盈体态。此从李白《宫中行乐词》“只愁歌舞散,化作彩云飞”化出。

虞美人

苕花落尽汀风定,苕水天摇影[①]。画船罗绮满溪春,一曲石城清响、入高云[②]。　壶觞昔岁同歌舞[③],今日无欢侣[④]。南园花少故人稀,月照玉楼依旧、似当时。

[注释]

①苕水：水名，即苕溪，发源于天目山，分两支，合于吴兴，北流入太湖。　②石城：即石城乐。《唐书·音乐志》：“石城有女子名曰莫愁，善歌谣石城乐。”　③壶觞：酒壶、酒杯。　歌舞：《四库》本作“歌笑”。　④欢侣：《四库》本作“年少”。

醉红妆

琼枝玉树不相饶[①]，薄云衣、细柳腰。一般妆样百般娇，眉眼秀、总如描[②]。　　东风摇草百花飘，恨无计、上青条。更起双歌郎且饮，郎未醉、有金貂[③]。

[注释]

①不相饶：不肯放过。此言琼玉般的歌女劝酒不已。　②总如描：一本作“好如描”。　③金貂：贵人冠饰，前有金铛，后插貂尾。见《后汉书·舆服志》。又晋阮孚迁官，以金貂换酒，事见《晋书·阮孚传》，词即用此意以劝酒。

天仙子

时为嘉禾小倅，以病眠不赴府会[①]

水调数声持酒听[②]，午醉醒来愁未醒。送春春去几时回，临晚镜，伤流景[③]。往事后期空记省。　　沙上并禽池上暝[④]，云破月来花弄影。重重帘幕密遮灯，风不定，人初静。明日落红应满径。

[注释]

①嘉禾小倅：浙江嘉兴，古名嘉禾，属秀州。　小倅：判官。据《张子野年谱》，任秀州通判在庆历元年（1041）。　②水调：曲调名。隋炀帝开汴渠时所作。宋词中有《水调歌头》。　③流景：光阴流逝。　④并禽：双

栖的水鸟。

[集评]

陈师道云:"尚书郎张先善著词,有云'云破月来花弄影'、'帘幕卷花影'、'堕轻絮无影',世称诵之,号张三影。"(《后山诗话》)

黄苏云:"此词或系未第时作……'送春'四句,伤其流光易去而后期茫茫也。'沙上'之句,言其所居岑寂,以沙禽与花自喻也。'重重'三句,言多蔽障也。结句仍缴送春本题,恐其时之晚也。"(《蓼园词评》)

王国维云:"'云破月来花弄影',著一'弄'字而境界全出矣。"(《人间词话》)

沈祖棻云:"其好处在于'破'、'弄'两字,下得极其生动细致。天上,云在流;地下,花影在动。都暗示有风,为以下'遮灯'、'满径'埋下伏线。"(《宋词赏析》)

天仙子

郑毅夫移青社[①]

持节来时初有雁,十万人家春已满。龙标名第凤池身[②],堂阜远,江桥晚。一见湖山看未遍。　障扇欲收歌泪溅[③]。亭下花空罗绮散。樯竿渐向望中疏,旗影转,鼙声断,惆怅不如船尾燕。

[注释]

①青社:青州。　郑毅夫:名獬。熙宁三年(1070)自杭州移官青州,子野作词赠别。见《张子野年谱》。　②龙标:王昌龄称王龙标。此言其名望如昌龄。　凤池:凤凰池,中书省所在之地。　③障扇:歌扇,为歌女遮口掩面以增姿致的道具。

菩萨蛮

玉人又是匆匆去[①],马蹄何处垂杨路。残日倚楼时,断魂郎未知。　　阑干移倚遍，薄幸教人怨。明月却多情，随人处处行。

［注释］

①玉人：玉郎，指女子所思的情人。

［集评］

笃文云："下片将情人之弃我远去，与明月之步步相随，对比写出，更觉宛转含情。"

高平调

怨春风

无由且住[①]，绵绵恨似春蚕绪。见来时饷还须去[②]。月浅灯收，多在偷期处。　　今夜掩妆花下语，明朝芳草东西路。愿身不学相思树，但愿罗衣，化作双飞羽。

［注释］

①无由且住：不能暂住。　②时饷：一时、一晌。

于飞乐令

宝奁开[①]，菱鉴静[②]，一掬清蟾[③]。新妆脸、旋学花添。蜀红衫，双绣蝶，裙缕鹣鹣[④]。寻思前事，小屏风、巧画江南[⑤]。　　怎空教[⑥]、草解宜男[⑦]。柔桑暗、又过春蚕。正阴晴天气，更暝色相兼。幽期消息，曲房西、碎月筛帘。[⑧]

［注释］

①宝奁：精美的镜匣。　②菱鉴：菱形的镜子。　③清蟾：清朗的月

亮。此指镜子。 掬:《全宋词》作“掏”,形误。 ④鹣鹣(jiān):比翼鸟。 ⑤巧画:《四库》本作“仍画”。 ⑥空教:杜文澜《憩园词话》云,“怎空教”下脱“花解语”三字,当从。 ⑦宜男:萱草一名宜男草。 ⑧唐氏按:此首别又见欧阳修《醉翁琴趣外篇》卷一。

临江仙

自古伤心惟远别,登山临水迟留。暮尘衰草一番秋。寻常景物,到此尽成愁。 况与佳人分凤侣[1],盈盈粉泪难收。高城深处是青楼。红尘远道,明日忍回头。

[注释]

①分凤侣:与所爱者分别。

江城子

镂牙歌板齿如犀[1]。串珠齐,画桥西。杂花池院,风幕卷金泥[2]。酒入四肢波入鬓[3],娇不尽、翠眉低。

[注释]

①齿如犀:“齿如瓠犀”见《诗经·硕人》,形容牙齿整齐,如瓠子之栖(通“犀”)于瓣中。 ②金泥:洒有金花的帷幕。 ③波入鬓:指眼波斜瞟。

转声虞美人[1]

雪上送唐彦猷[2]

使君欲醉离亭酒,酒醒离愁转有。紫禁多时虚右[3],苕霅留难久[4]。 一声歌掩双罗袖,日落乱山春后。犹有东城烟柳,青荫长依旧。

[注释]

①转声虞美人：即《桃源忆故人》，一名《胡捣练》。　②唐彦猷：为湖州守，皇祐元年（1049）离任，子野作词为别。见《张子野年谱》。　③虚右：虚位以待。古时以右为上，故云。　④苕霅（zhà）：苕溪、霅溪俱在湖州。“苕霅”，《四库》本作“清霅”。

燕归梁

去岁中秋玩桂轮，河汉净无云。今年江上共瑶尊[①]。都不是、去年人。　　水精宫殿，琉璃台阁，红翠两行分[②]。点唇微破秀眉颦[③]。清影外、见歌尘[④]。

[注释]

①瑶尊：玉杯。　②红翠：红巾翠袖，歌女之服饰。　③微破：一本作“机动”。　④歌尘：歌声震落梁上灰尘。“清歌动梁尘”见刘向《别录》。　歌：一本作“微”。

燕归梁

夜月啼乌促乱弦，江树远无烟。缺多圆少奈何天。愁只恐、下关山[①]。　　粉香生润，衣珠弄彩，人月两婵娟[②]。留连残夜惜馀欢。人月在、又明年。

[注释]

①下关山：指月亮落山。　②婵娟：美好貌。

定西番

年少登瀛词客[①]，飘逸气，拂晴霓。尽带江南春色、过长淮。　一曲艳歌留别，翠蝉摇宝钗[2]。此后吴姬难见、且徘徊。

[注释]

①登瀛词客：瀛洲，仙山。登瀛洲，指登第。　②翠蝉：女子头饰。

仙吕调

河　传[1]

花暮，春去，都门东路。嘶马将行。江南江北，十里五里邮亭[2]。几程程。　高城渐远重凝睇[3]、烟容细[4]。晚碧空无际。不知今夜何处[5]，冷落衾帏。欲眠时。

[注释]

①河传：一名《怨王孙》。　②邮亭：驿站。　③"高城"句：一本作"高城望远看回睇"。　④烟容细：一本作"烟细"。　⑤不知：一本无"不知"二字。

偷声木兰花

云笼琼苑梅花瘦[1]，外院重扉联宝兽[2]。海月新生，上得高楼无奈情。　帘波不动银釭小[3]，今夜夜长争得晓[4]。欲梦高唐，只恐觉来添断肠。

[注释]

①云笼：一本作"雪笼"，此据《四库》本。　②重扉：重门。　联宝兽：熏炉一座座相连。　③银釭：银灯。　银：一本作"凝"。　④"今夜"句：据《词谱》卷八该调按语，此下三句为"宝带垂鱼金照地。和气融人，清雪千家日日春"。与此有异。

偷声木兰花

画桥浅映横塘路[①]，流水滔滔春共去。目送残晖，燕子双高蝶对飞。　　风花将尽持杯送，往事只成清夜梦。莫更登楼，坐想行思已是愁。

［注释］

①横塘：在今苏州市西南。康定元年（1040）张先以秘书丞知吴江县，重修如归亭。此词或即此时之作。

醉桃源

渭州作[①]

双花连袂近香猊[②]，歌随镂板齐。分明珠索漱烟溪[③]，凝云定不飞。　　唇破点，齿编犀。春莺莫乱啼。阳关更在碧峰西，相看翠黛低。

［注释］

①渭州：宋属陕西秦凤路，地即甘肃平凉。皇祐二年（1050），张先入晏殊永兴军幕，为通判。词即作于此时。　②香猊：焚香的金炉。　猊：狮属，为炉上的图案。　③珠索：形容歌声宛转，如以索串珠。

千秋岁

数声鶗鴂[①]，又报芳菲歇。惜春更把残红折。雨轻风色暴，梅子青时节。永丰柳[②]，无人尽日飞花雪。　　莫把幺弦拨[③]，怨极弦能说。天不老，情难绝。心似双丝网，中有千千结。夜过也，东窗未白凝残月。[④]

[注释]

①鹈鴂(tí jué):杜鹃之别名。 ②永丰柳:《全唐诗话》载,“(白居易)因为杨柳词以托意……‘永丰东角荒园里,尽日无人属阿谁。’及宣宗朝,国乐唱是词。帝问永丰在何处?左右具以对。遂因命取永丰柳两枝,植于禁中。” ③幺弦:琵琶的第四弦,因其最细,故名。 ④唐氏按:此首别又误入欧阳修《近体乐府》卷三。

[集评]

笃文云:“‘心似双丝网,中有千千结’,俊语也。赋情如此,可谓颖妙。”

天仙子

别渝州①

醉笑相逢能几度,为报江头春且住。主人今日是行人。红袖舞,清歌女。凭仗东风教点取②。 三月柳枝柔似缕,落絮尽飞还恋树③。有情宁不忆西园。莺解语,花无数。应讶使君何处去。

[注释]

①渝州:今重庆市。子野任渝州在皇祐四年(1052),翌年春离任。据夏承焘《张子野年谱》。 ②点取:即点歌派舞之意。 ③尽飞:全部飞掉。“尽”,一作“倦”。

般涉调

渔家傲

和程公辟赠别①

巴子城头青草暮②,巴山重叠相逢处。燕子占巢花脱树。杯且举,瞿塘水阔舟难渡。 天外吴门清霅路,君

家正在吴门住。赠我柳枝情几许。春满缕，为君将入江南去[3]。（以上四十三首见《彊村丛书》本《张子野词》卷二）

［注释］

①程公辟：程师孟，字公辟。曾提点夔路刑狱。②巴子城：即渝州，古为巴国地，故名。③句后原注：来词云“折柳赠君君且住”。

天仙子

观舞

十岁手如芽子笋[1]，固爱弄妆偷傅粉。金蕉并为舞时空[2]。红脸嫩，轻衣裾，春重日浓花觉困。斜雁轧弦随步趁[3]，小凤累珠光绕鬓[4]。密教持履恐仙飞。催拍紧，惊鸿奔，风袂飘飖无定准。

［注释］

①芽子笋：形容手指纤细如笋尖之秀美。②金蕉：金杯，形如蕉叶的金质酒具。③斜雁轧弦：筝柱斜列，形如雁行，缚弦柱上。轧弦：指用竹片拨弦以发音。④小凤：指妇女的首饰，如凤钗、凤翘之类。

天仙子

公择将行[1]

坐治吴州成乐土，诏卷风飞来圣语[2]。亲舆乞得便藩归[3]。瑶席主[4]，杯休数，清夜为君歌白苎[5]。花接旧枝新蕊吐，造化不知人有助。看花岁岁比甘棠[6]。嘉月暮，东门路，只恐带将春色去。

[注释]

①公择:李常,字公择。熙宁七年任湖州太守,九年三月移知齐州。词作于离湖州时。 ②诏卷:指朝廷调任齐州之诏书。 ③亲舆:侍奉父母的车辆。 ④瑶席:华宴。 ⑤白苎:即《白纻歌》,古代吴歌之名。 ⑥甘棠:《诗经》篇名,召公有惠政,巡行农野,休于甘棠之下。民思其德,为作《甘棠》。此为赞美李常有惠政,民思念之。

南乡子

送客过馀溪,听天隐二玉鼓胡琴[1]

相并细腰身,时样宫妆一样新。曲项胡琴鱼尾拨[2],离人。入塞弦声水上闻。 天碧染衣巾,血色轻罗碎摺裙。百卉已随霜女妒,东君。暗折双花借小春[3]。

[注释]

①馀溪:据骆宾王《上郭赞府启》"会稽阴德傍眷馀溪之蔡",似在绍兴境内。 天隐:人名,未详。 二玉:指歌女二人。 ②曲项:琵琶之一种。 鱼尾拨:形同鱼尾的拨子。拨子,弹奏弦乐的器具。 ③小春:旧历十月,亦称小阳春。

少年游

渝州席上和韵

听歌持酒且休行,云树几程程。眼看檐牙[1],手搓花蕊,未必两无情。 拓夫滩上闻新雁,离袖掩盈盈[2]。此恨无穷,远如江水,东去几时平。

[注释]

①檐牙:檐角。 ②盈盈:体态佳丽之貌。

定风波令

碧玉篦扶坠髻云[①]，莺黄衫子退红裙。妆样巧将花草竞[②]，相并。要教人意胜于春。　　酒眼茸茸香拂面[③]，□见。丹青宁似镜中真，自是有情偏小小，向道。江东谁信更无人。

[注释]

①碧玉篦：玉质的篦子。　扶：撑持。　②花草竞：谓与花草竞美比妍。　③茸茸：醉眼蒙眬之态。

定风波令

次子瞻韵送元素内翰[①]

浴殿词臣亦议兵[②]，禁中颇牧党羌平[③]。诏卷促归难自缓，溪馆。彩花千数酒泉清。　　春草未青秋叶暮，□去。一家行色万家情。可恨黄莺相识晚，望断。湖边亭上不闻声。

[注释]

①元素：杨绘，字元素。据《咸淳临安志》，杨绘于熙宁七年六月知湖州，九月再入翰林学士兼侍读。　②浴殿：禁苑宫殿名。白居易《禁中独直忆元九诗》："渚宫东面烟波冷，浴殿西头钟漏深。""浴殿"句本此。　③颇牧：廉颇、李牧，战国时赵之名将。　党羌：党项羌，西部之少数民族。

定风波令

再次韵送子瞻

谈辨才疏堂上兵[①]，画船齐岸暗潮平。万乘靴袍曾好问[②],须信。文章传口齿牙清。　三百寺应游未遍,□算。湖山风物岂无情。不独渠丘歌叔度[③],行路。吴谣终日有馀声。

[注释]

①谈辨才疏堂上兵:意谓堂上议兵刚罢。　疏:分条列举。　②万乘:皇上。　③叔度:后汉黄宪,字叔度,志行高洁。郭泰称其汪汪如万顷之陂,澄之不清,扰之不浊。

定风波令

雪溪席上,同会者六人,杨元素侍读、刘孝叔吏部、苏子瞻、李公择二学士、陈令举贤良

西阁名臣奉诏行[①],南床吏部锦衣荣[②]。中有瀛仙宾与主[③],相遇。平津选首更神清[④]。　溪上玉楼同宴喜,欢醉。对堤杯叶惜秋英[⑤]。尽道贤人聚吴分,试问。也应旁有老人星[⑥]。

[注释]

①西阁名臣:指杨元素,时以翰林侍读学士礼部侍郎知杭州。　②南床吏部:指刘孝叔,时为吏部郎中。　③瀛仙:瀛岛神仙,此指曾任翰苑的苏、李二人。　④平津:汉公孙弘封平津侯,开东阁以待贤士。　⑤对堤:《四库》本作"绕堤"。　⑥旁有:《四库》本"旁"作"中"。

[集评]

苏轼云:"吾昔自杭移高密与杨元素同舟。而陈令举、张子野皆从余过李公择于湖州。遂与刘孝叔俱至松江。夜半月出,置酒垂虹亭上。子野年八十五,以歌词闻于天下,作《定风波令》。其略云'见说贤人聚吴分,试问,也应旁有老人星'。座客欢甚,有醉倒者,此乐未尝忘也。"(《苕溪渔隐丛话》文集三十九卷)

夏承焘云："子野此词自注'霅溪席上'，轼书游垂虹亭，则谓'在松江垂虹亭上所作'，疑为轼事后误记。"（《张子野年谱》）

木兰花

人意共怜花月满[①]，花好月圆人又散。欢情去逐远云空，往事过如幽梦断。　　草树争春红影乱[②]，一唱鸡声千万怨。任教迟日更添长[③]，能得几时抬眼看。

［注释］

①共怜花月满：都珍爱花好月圆的光景。　②草树争春：草木竞相生长。　③任教：任随。　迟日：春日。"春日迟迟"，见《诗经·豳风·七月》。

木兰花

和孙公素别安陆[①]

相离徒有相逢梦，门外马蹄尘已动。怨歌留待醉时听，远目不堪空际送。　　今宵风月知谁共，声咽琵琶槽上凤。人生无物比多情，江水不深山不重。

［注释］

①孙公素：名贲，曾为衢州知州。与东坡、毛滂俱有过从。

［集评］

笃文云："结拍二句纯乎述情，意谓与情相比，则水不如情之深，山不如情之重。省去字面，而思念之情更加踊跃，此画师以白计黑法也。"

木兰花

晏观文画堂席上①

檀槽碎响金丝拨，露湿浔阳江上月。不知商妇为谁愁，一曲行人留晚发。　　画堂花入新声别②，红蕊调高弹未彻③。暗将深意语胶弦，长愿弦丝无断绝。④

［注释］

①晏观文：晏殊于皇祐二年（1050）以观文殿大学士知永兴军。时张先为通判。　②花入：当作"花月"。按此词亦误为欧阳修词。欧《近体乐府》本作"花月"，是。　③调高：欧本作"调长"，是。　④唐氏按：此首别又见欧阳修《近体乐府》卷二。别又误作苏轼词，见《词林万选》卷四。

木兰花

送张中行

插花劝酒盐桥馆，召节促行龙阙远①。吴船渐起晚潮生，蛮榼未空寒日短②。　　庆门奕世隆宸眷③，归到月陂梅已绽④。有情愿寄向南枝，图得洛阳春色看。

［注释］

①龙阙：指帝京汴梁。　②蛮榼：指出自蛮荒之地的少数民族所用的酒具。　③庆门奕世：高门贵族。　宸眷：指皇上的恩宠。　④月陂：左右教坊，外有水泊，形如斜月，故称月陂。见《教坊记》。

木兰花

去春自湖归杭①，忆南园花已开，有当时犹有蕊如梅之句。今岁还乡，南园花正盛，复为此词以寄意去年春入芳菲国，青蕊如梅终忍摘[2]。阑边徒欲说相思，绿蜡密缄朱粉饰[3]。　归来故苑重寻觅，花满旧枝心更惜。鸳鸯从小自相双，若不多情头不白。

[注释]

①去春：据夏承焘《张子野年谱》知为甲寅年（1074）。　②终忍：怎忍。　③绿蜡：芭蕉。钱珝《未展芭蕉诗》："冷烛无烟绿蜡干，芳心犹卷怯春寒。"

木兰花

乙卯吴兴寒食[1]

龙头舴艋吴儿竞[2]，笋柱秋千游女并[3]。芳洲拾翠暮忘归，秀野踏青来不定。　行云去后遥山暝，已放笙歌池院静。中庭月色正清明，无数杨花过无影。

[注释]

①乙卯：熙宁八年（1075）。　②龙头舴艋（zé měng）：饰以龙头的小船。　③笋柱：竹竿。

[集评]

朱彝尊云："张子野吴兴寒食词'中庭月色正清明，无数杨花过无影'。余尝叹其工绝，在世所传'三影'之上。"（《静志居诗话》）

李调元云："张三影已胜称人口矣。尚有一词云'无数杨花过无影'，合之应名'四影'。"（《雨村词话》）

木兰花

席上赠同、邵二生[1]

轻牙低掌随声听[2]，合调破空云自凝。姝娘翠黛有人描，琼女分鬟待谁并。　　弄妆俱学闲心性，固向鸾台同照影。双头莲子一时花，天碧秋池水如镜。

[注释]

①同、邵二生:《历代诗馀》"同"作"周"。据吴聿《观林诗话》:"东坡在湖州，甲寅年，与杨元素、张子野、陈令举由苕霅泛舟至吴兴……又州妓一姓周、一姓邵，呼为二南。"子野此词由是而作。夏承焘《张子野年谱》云:"'同'盖'周'之误"，良是。　②轻牙低掌:轻敲牙板以按节拍。牙板即拍板，色红，亦曰红牙。

倾　杯

吴　兴

横塘水静，花窥影、孤城转。浮玉无尘[①]，五亭争景，画桥对起，垂虹不断。爱溪上琼楼，凭雕阑、坐久飞云远[②]。人在虚空，月生溟海，寒渔夜泛，游鳞可辨。　　正是草长蘋老，江南地暖，汀洲日晚。更茶山、已过清明，风雨暴千岩、啼鸟怨。芳菲故苑。深红尽、绿叶阴浓，青子枝头满。史君莫放寻春缓[③]。

[注释]

①浮玉:指太湖。陆龟蒙《奉和袭美太湖诗》注:"太湖乃仙家浮玉之北堂。"　②凭雕阑坐久:《四库》本作"凭雕栏久久"，此据《历代诗馀》本。　③史君:《四库》本作"使君"。　莫放:莫让。

倾　杯

碧澜堂席上有感[①]

飞云过尽，明河浅，天无畔。草色栖萤，霜华清暑，轻飔弄袂，澄澜拍岸。宴玉麈谈宾[②]，倚琼枝、秀挹雕觞满。

午夜中秋，十分圆月，香槽拨凤[③]，朱弦轧雁[④]。　正是欲醒还醉，临空怅远。壶更叠换[⑤]。对东西、数里回塘，恨零落芙蓉、春不管。笼灯待散。谁知道、座有离人，目断双歌伴。烟江艇子归来晚。

［注释］

①题据《永乐大典》卷二万零三百五十三“席”字韵补。　碧澜堂：在吴兴湖州郡斋中。李公择为知州宴张先、苏轼等六客于此，亦名六客堂。　②玉麈：玉质的拂尘（麈尾），为名流雅士所持饰物。　③香槽拨凤：弹拨有凤纹的琵琶。《文献通考》：唐天宝中宦者白秀正使西蜀回，献双凤琵琶。以逻桬檀为槽，润若圭璧，有金缕红纹，蹙成双凤。　④朱弦轧雁：指弦柱斜列，参差如雁行。　轧：以竹片拨弦。　⑤壶更叠换：酒壶常换，更漏频移。

离亭宴

公择别吴兴[①]

捧黄封诏卷[②]，随处是、离亭别宴。红翠成轮歌未遍，已恨野桥风便[③]。此去济南非久，惟有凤池鸾殿。　三月花飞几片，又减却、芳菲过半。千里恩深云海浅，民爱比、春流不断。更上玉楼西，归雁与、征帆共远[④]。

［注释］

①公择别吴兴：据嘉泰《吴兴志》，“李常（公择）熙宁七年三月到任，九年三月移知齐州（济南）”。　②黄封诏卷：指皇帝的诏书。　③已恨：《词谱》本作“早已恨”。　④归雁：《词谱》“归”作“望”，属上为句。作“更上玉楼西望，雁与征帆俱远”。如此则与前片句读谐合无间，可参考。

沁园春

寄都城赵阅道[①]

心膂良臣[②],帷幄元勋,左右万几[③]。暂武林分阃[④],东南外翰[⑤],锦衣乡社[⑥],未满瓜时[⑦]。易镇梧台[⑧],宣条期岁[⑨],又西指夷桥千骑移[⑩]。珠滩上[⑪],喜甘棠翠荫,依旧春晖。 须知。系国安危。料节召、还趋浴凤池。且代工施化[⑫],持钧播泽[⑬],置盂天下[⑭],此外何思。素卷书名,赤松游道,飙驭云軿仙可期[⑮]。湖山美,有啼猿唳鹤,相望东归。

[注释]

①赵阅道:赵抃,字阅道。累官殿中侍御史。神宗初年参知政事,以与王安石不合,再知成都,卒于元丰中。 ②心膂(lǚ):心腹亲信。脊骨曰膂。 ③万几:亦作"万机",指千头万绪的政务。协理万机,为丞相职责。 ④武林分阃(kǔn):武林,杭州之别名。 分阃:分以阃(城门)外之军职,抃于熙宁中曾以资政殿学士知杭州军州事。 ⑤外翰:外部屏障。 "翰"通"榦"。榦:树干。 ⑥锦衣乡社:钱镠,杭州人,受封吴越王,返乡时以锦饰所居,作歌曰:"三节还乡挂锦衣,吴越一王驷马归。"因名其地曰锦衣乡。 ⑦瓜时:到期轮换曰瓜代,一曰瓜时。 ⑧梧台:青州,即今山东临淄,古称梧台。见《列子》。 ⑨宣条期岁:宣达王命曰宣条。周年曰期岁。 ⑩夷桥:未详。疑即成都西南之笮桥,一名夷星桥。 ⑪珠滩:未详。成都灌县西有珠浦桥,或即指此一带。 ⑫代工施化:犹替天行道之意。 ⑬持钧:掌握国政。 钧:陶人制作之转轮。 ⑭置盂天下:使天下遵守法制。 盂:盘盂,指黄帝史臣孔甲所作的法戒文字。 ⑮云軿:云车,仙人所乘。

[集评]

笃文云:"以赋笔写颂词,典重有馀而灵动不足,究非词体所宜也。"

感皇恩[①]

徐铎状元[②]

延寿芸香七世孙[③]。华轩承大对[④]，见经纶。溟鱼一息化天津[⑤]。袍如草[⑥]，三百骑，从清尘。　玉树莹风神[⑦]。同时棠棣萼[⑧]，一家春。十年身是凤池人。蓬莱阙[⑨]，黄阁主，迟谈宾[⑩]。

［注释］

①感皇恩：按此即《小重山》之又一体。与赵长卿《小重山》词悉同。宋人之《感皇恩》从无用平韵者。　②徐铎：字振文，福建莆田人。熙宁间进士第一。其兄锐亦同榜进士。　③延寿：莆田县北有延寿溪，溪北有徐潭，为徐宾故宅。当为徐铎先祖之居处。　芸香：犹书香。朝廷藏书之所曰“芸香阁”。　④大对：指皇帝诏问臣子。　⑤溟鱼：指北溟的鲲鱼变化为鹏之事。见《庄子·逍遥游》。　⑥袍如草：青袍如草，宋制八九品文官服青袍。　⑦玉树：玉树临风，形容人之风神清朗。　⑧棠棣萼：“常棣之华，鄂不铧铧。”见《诗经·小雅》，喻兄弟友爱。此指徐铎与其兄同榜连中。　⑨蓬莱阙：指皇宫。　阙：一本作“阁”，此据《历代诗馀》本。　⑩迟谈宾：等待来宾。迟，待也。

［集评］

笃文云：“溟鱼以下四句，写出士子登科之得意情态，颇能传神。然全章官气太重，总是一病。”

忆秦娥

参差竹[①]，吹断相思曲。情不足，西北有楼穷远目。

忆苕溪、寒影透清玉。秋雁南飞速，菰草绿、应下溪头沙上宿。

[注释]

①参差竹:笙,一名“参差竹”。

系裙腰[1]

清霜蟾照夜云天[2],朦胧影、画勾阑[3]。人情纵似长情月,算一年年。又能得、几番圆。　欲寄西江题叶字[4],流不到、五亭前。东池始有荷新绿,尚小如钱。问何日藕、几时莲。

[注释]

①系裙腰:此调始见子野词,当为其所创。　②清霜:一本“惜霜”、“浓霜”。此据《词谱》本。谓月光如霜也,非秋冬之景。观下片“荷新绿”可证。　③勾阑:本指阑干,后移指娼家。　④题叶:题诗于红叶以寄相思。指唐代于祐与韩氏题诗事,见《青琐高议》。

清平乐

青袍如草,得意还年少。马跃绿螭金络脑[1],寒食乍临新晓。　曲池斜度鸾桥,西园一片笙箫。自欲剩留春住[2],风花无奈飘飘。

[注释]

①绿螭(chī):马名。《西京杂记》:“文帝自代还,有良马九匹……一名绿螭骢。”　金络脑:即金络头,笼马之具。黄金络马头,言其华贵。　②剩留:尽力挽留。　剩:尽也。

偷声木兰花

曾居别乘康吴俗[1],民到于今歌不足。骊驭征鞭[2],一去东风十二年。　　重来却拥诸侯骑，宝带垂鱼金照地[3]。和气融人，清霅千家日日春。

[注释]

①别乘：即别驾，诸州通判之异名。　康吴俗：使吴地风俗淳正之意。　②骊驭："驭"通"御"。御骊驹而别去也。《骊驹》为《诗经》逸篇。　③垂鱼："玉带悬金鱼"（韩愈诗）。此指达官所佩之金鱼符。

[集评]

笃文云："此似迎新任湖州太守之作。十二年前曾任此州别驾者。人则待考。然笔姿灵活，可谓善颂。"

菩萨蛮

佳人学得平阳曲[1]，纤纤玉笋横孤竹[2]。　　一弄入云声，海门江月清。　　髻摇金钿落，惜恐樱唇薄。听罢已依依，莫吹杨柳枝。

[注释]

①平阳曲：汉武帝姊嫁曹寿，封寿为平阳侯。帝时往游幸。王昌龄《殿前曲》"平阳歌舞新承宠，帘外春寒赐锦袍"即咏此事。　②玉笋：女子之手指。　孤竹：指笛。

菩萨蛮

藕丝衫剪猩红窄，衫轻不碍琼肤白。缦鬟小横波[1]。花楼东是家[2]。　　上湖闲荡桨，粉艳芙蓉样。湖水亦多情，照妆天底清。

［注释］

①缦鬓:美鬓。“缦”通“曼”。 ②家:“家”麻韵,与“波”字韵部有别。此当是以方言相押。

菩萨蛮

七 夕

牛星织女年年别,分明不及人间物。匹鸟少孤飞[1],断沙犹并栖[2]。 洗车昏雨过[3],缺月云中堕。斜汉晓依依,暗蛩还促机。

［注释］

①匹鸟:成双成对的鸟。 ②断沙:短沙,小块的沙滩。 ③洗车雨:“(七月)七日雨则云洗车雨。”见《荆楚岁时记》。

菩萨蛮

七 夕

双针竞引双丝缕,家家尽道迎牛女。不见渡河时,空闻乌鹊飞。 西南低片月,应恐云梳髮。寄语问星津,谁为得巧人[1]。

［注释］

①得巧人:“七月七日牵牛织女会天河。人家妇女结采楼,穿七孔针以乞巧。有蠕子网于瓜上则以为得。”见《荆楚岁时记》。一说以观水底钱影而定是否得巧者,见《帝京景物略》。

庆春泽[1]

飞阁危桥相倚。人独立东风,满衣轻絮[2]。还记忆江南，如今天气。正白蘋花，绕堤涨流水。　　寒梅落尽谁寄。方春意无穷，青空千里。愁草树依依，关城初闭。对月黄昏，角声傍烟起。

[注释]

①庆春泽：此调始见于张先词。　②轻絮："絮"字"御"韵，与全词用韵不合，当是以方言相押。

庆春泽

与善歌者

艳色不须妆样。风韵好天真[①]，画毫难上。花影滟金尊[②]，酒泉生浪。镇欲留春[③]，傍花为春唱。　　银塘玉宇空旷。冰齿映轻唇，蕊红新放。声宛转，疑随烟香悠飏。对暮林静，寥寥振清响。

[注释]

①天真：天仙。　②滟金尊：满金杯。　滟：满溢貌。　③镇：常久。

玉联环[①]

南园已恨归来晚，芳菲满眼。春工偏上好花多，疑不向、空枝暖。　　惜恐红云易散，丛丛看遍。当时犹有蕊如梅，问几日上[②]、东风绽。

[注释]

①玉联环：据前《木兰花》（去年春入芳菲国）词小序知此词作于甲寅年（1072）。　②问几日上：据《词谱》当作三字句。子野同调之二首（见前）皆同。《历代诗馀》作"向几日"，于律为合，当从。

玉树后庭花[①]

上　元

华灯火树红相鬥，往来如昼。桥河水白天青，讶别生星斗[②]。　落梅秾李还依旧，宝钗沽酒。晓蟾残漏心情，恨雕鞍归后。

[注释]

①玉树后庭花：《后庭花》之变体。于原谱之第三句减一字，少押一韵，而于第四句添一字。　②讶别生星斗：此为上一、下四句法。“讶”为领字，惊讶之意。　别生星斗：另外生出了许多星斗，形容灯火倒影之盛。

玉树后庭花

宝床香重春眠觉，[illegible]窗难晓[①]。新声丽色千人，歌后庭清妙[②]。　青骢一骑来飞鸟[③]，靓妆难好[④]。至今落日寒蟾[⑤]，照台城秋草[⑥]。

[注释]

①魫（zhén）窗：以鱼脑骨（魫）装饰的窗子。袁桷诗：“夜凉深恨魫为窗。”　②后庭：即《玉树后庭花》，陈后主作。《陈书·皇后传》云：“选宫女有容色者以千百数，令习而歌之……其曲有《玉树后庭花》、《临春乐》等。”　③青骢：黑白毛色相间之马。　来飞鸟：形容马行迅速如飞。　④靓妆：脂粉扮妆。　⑤寒蟾：寒月。　⑥台城：在南京玄武湖畔，为晋、宋、齐、梁宫廷所在。

卜算子

梦短寒夜长，坐待清霜晓。临镜无人为整妆，但自学、孤鸾照[①]。　楼台红树杪，风月依前好。江水东流郎在西，问尺素、何由到。

[注释]

①孤鸾：犹离鸾，指仳离失偶之人。《白帖》云：“孤鸾见镜，睹其影，谓为雌。必悲鸣而舞。”

双韵子[1]

鸣鞘电过晓闹静[2]。敛龙旂风定。凤楼远出霏烟，闻笑语、中天迥。　　清光近，欢声竟[3]。鸳鸯集、仙花鬥影。更闻度曲瑶山，升瑞日、春宫永。

[注释]

①双韵子：宋人仅见此调，当张先所创。　②鸣鞘：君王朝会、出巡，仪卫鸣鞭以示警。“玉殿鸣鞘传警跸”，见司马光诗。　③欢声竟：《词谱》作“欢声竞”，当从之。

鹊桥仙

星桥火树[1]，长安一夜，开遍红莲万蕊。绮罗能借月中春，风露细，天清似水。　　重城闭月，青楼夸乐，人在银潢影里[2]。画屏期约近收灯，归步急、双鸳欲起[3]。

[注释]

①星桥火树：此言元宵城都灯火之盛。“火树银花合，星桥铁锁开。”见苏味道《正月十五夜》诗。　②银潢：银汉、银河。　③双鸳欲起：惊动了双栖的鸳鸯。

醉垂鞭

钱塘送祖择之[①]

酒面滟金鱼，吴娃唱，吴潮上。玉殿白麻书[②]，待君归后除[③]。　勾留风月好，平湖晓，翠峰孤。此景出关无，西州空画图[④]。

［注释］

①祖择之：祖无择，字择之，上蔡人。治平四年（1067）知杭州。熙宁二年（1069）回京任通进银台司。　②白麻书：白麻，纸名。朝廷颁写诏命之专用纸。　③除：即“除书”，授官之诏令。　④西州：泛指关西一带。

定西番

秀眼谩生千媚[①]，钗玉重，髻云低。寂寂挹妆羞泪[②]，怨分携。　鸳帐愿从今夜，梦长连晓鸡。小逐画船风月、渡江西。

［注释］

①谩生：常生。“谩”通“曼”。　②唐氏按：“寂寂”原误作“寝寝”，据《知不足斋丛书》本《张子野词》改。

定西番

执胡琴者九人[①]

捍拨紫槽金衬[②]，双秀萼[③]，两回鸾[④]。齐学汉宫妆样，竞婵娟。　三十六弦蝉闹[⑤]，小弦蜂作团。听尽昭君幽怨[⑥]，莫重弹。

[注释]

①胡琴:泛指域外乐器,此指琵琶。 ②锝拨:即捍拨。《海录碎事》:“金捍拨在琵琶面上当弦。或以金涂为饰所以捍护其拨。” ③双秀萼:犹言娇花并蒂。 ④回鸾:舞曲名。 ⑤三十六弦:琵琶四弦,九人执琵琶故得三十六弦。 ⑥昭君幽怨:即《昭君怨》,本琴曲名,后衍为词牌,声腔凄楚。

望江南

与龙靓[①]

青楼宴,靓女荐瑶杯。一曲白云江月满,际天拖练夜潮来[②]。人物误瑶台。　　醺醺酒,拂拂上双腮。媚脸已非朱淡粉,香红全胜雪笼梅。标格外尘埃。

[注释]

①龙靓:杭州官妓。据《张子野词谱》此词作于熙宁六年。 ②际天:连天。

[集评]

陈师道云:“杭妓胡楚、龙靓皆有诗名……张子野老于杭,多为官妓作词。与胡而不及靓。靓献诗云:‘天与芳草十样葩,独分颜色不堪夸。牡丹芍药入题遍,自分身如鼓子花。’子野于是为作词也。”(《后山诗话》)

少年游慢

春城三二月。禁柳飘绵未歇。仙䕸生香[①],轻云凝紫、临层阙。歌掌明珠滑[②]。酒脸红霞发。华省名高[③],少年得意时节。　　画刻三题彻[④],梯汉同登蟾窟[⑤]。玉殿初宣,银袍齐脱、生仙骨。花探都门晓[⑥],马跃芳衢阔。宴罢东风,鞭梢一行飞雪。

[注释]

①仙籞(yù):禁苑曰籞,指皇家花园。 ②歌掌:形容歌女体态轻盈。杜牧《遣怀》:“落拓江湖载酒行,楚腰纤细掌中轻。” ③华省:即散骑之省,本隶属门下省。潘岳《秋兴赋》云:“独展转于华省。” ④画刻:古代计时之具。 三题彻:即三场考试完毕。 ⑤梯汉:登上银汉。此指科考得中。 蟾窟:月宫。古谓中进士为蟾宫折桂。 ⑥花探:即探花。唐时进士及第,宴于杏园,曰探花宴,令同榜年少者二人为探花使。宋初犹然。后指进士第三名为探花。

剪牡丹

舟中闻双琵琶

野绿连空,天青垂水,素色溶漾都净。柔柳摇摇,坠轻絮无影。汀洲日落人归,修巾薄袂,撷香拾翠相竞[1]。如解凌波,泊烟渚春暝。 彩绦朱索新整[2]。宿绣屏、画船风定。金凤响双槽,弹出今古幽思谁省。玉盘大小乱珠迸。酒上妆面,花艳媚相并。重听。尽汉妃一曲[3],江空月静。

[注释]

①撷(xié)香:摘花。 拾翠:拾取翠鸟羽毛以为首饰。语见曹植《洛神赋》。 ②彩绦:彩带。 ③汉妃:王昭君。石崇《王明君辞序》:“昔公主嫁乌孙,令琵琶马上作乐,以慰其道路之思。其送明君亦必尔也。”

画堂春

外潮莲子长参差[1],霁山青处鸥飞。水天溶漾画桡迟,人影鉴中移。 桃叶浅声双唱,杏红深色轻衣。小荷障面避斜晖,分得翠阴归。

[注释]

①潮:《历代诗馀》作“湖”,是。

芳草渡

双门晓锁响朱扉[①],千骑拥、万人随。风乌弄影画船移[②],歌时泪,和别怨,作秋悲。　寒潮小,渡淮迟。吴越路、渐天涯。宋王台上为相思[③]。江云下,日西尽,雁南飞。

[注释]

①晓锁响朱扉:朱门早上开锁。　②风乌:桅杆上指示风向的标志,形如乌鹊,故名。　③宋王台:在湖北江陵渚宫附近。子野《虞美人》“宋王台畔楚宫西”指此。

[集评]

笃文云:“据张先《虞美人》(恩如明月家家到)词中所述‘宋王台畔楚宫西’,知为赠陈襄之作。时在熙宁七年,词笔凄惋,见出二人交谊深笃。”

芳草渡

主人宴客玉楼西,风飘雪、忽雰霏。唐昌花蕊渐平枝[①]。浮光里,寒声聚,队禽栖。　惊晓日,喜春迟。野桥时伴梅飞。山明日远霁云披,溪上月,堂下水,并春晖。

[注释]

①唐昌花蕊:长安安业坊唐昌观,有玉蕊花。白居易、刘禹锡并有赋诗。见《剧谈录》。

御街行

夭非花艳轻非雾[①]，来夜半、天明去。来如春梦不多时，去似朝云何处。乳鸡栖燕[②]，落星沉月，紞紞城头鼓[③]。参差渐辨西池树。珠阁斜开户。绿苔深径少人行，苔上屐痕无数。馀香遗粉，剩衾闲枕，天把多情付。[④]

[注释]

①夭：夭夭，美盛貌。　②乳鸡：一作"远鸡"，此据《词谱》本。③紞紞(dǎn)：鼓声。　④唐氏按：此首别又见欧阳修《近体乐府》卷三。

[集评]

杨慎云："白乐天之词……予独爱其《花非花》一首……盖其自度之曲，因情生文者也。花非花，雾非雾，虽高唐、洛神奇丽不及也。张子野衍之为《御街行》，亦有出蓝之色。"(《词品》卷一)

苏幕遮

柳飞绵，花实少。镂板音清，浅发江南调。斜日两竿留碧草[①]，马足重重，又近青门道。　去尘浓，人散了。回首旗亭，渐渐红裳小。莫讶安仁头白早[②]，天若有情，天也终须老。

[注释]

①碧草：原本无"草"字，此据《历代诗馀》补。　②安仁：潘岳，字安仁。

武陵春

每见韶娘梳鬓好，钗燕傍云飞[①]。谁掬彤霞露染衣[②]，

□玉透柔肌[③]。　　梅花瘦雪梨花雨，心眼未芳菲。看著娇妆听柳枝，人意觉春归。

［注释］

①钗燕：玉钗。　傍云飞：云，指鬟髮如云。　②彤霞：红霞。　露染衣：指彩衣华美，如云霞带露。　③唐氏按：空格原无，据《知不足斋丛书》本《张子野词》补。

［集评］

笃文云："梅花瘦雪，工巧有致。蔡松年'胭脂雪瘦薰沉水'，王庭筠'瘦雪一痕墙角'，皆自子野变出。"

醉落魄

吴兴莘老席上[①]

山围画障，风溪弄月清溶漾。玉楼苕馆人相望[②]。下若酴醾，竞欲金钗当。　　使君劝醉青娥唱，分明仙曲云中响。南园百卉千家赏。和气兼春[③]，不独花枝上。

［注释］

①莘老：孙觉字莘老，高邮人。熙宁四年知湖州，有惠政。子野此词当作于此时。　②苕馆：府城南苕溪畔有苕溪草堂。　③春：《词谱》作"来"。唐氏按："春"字原空格，据《永乐大典》卷二万零三百五十三"席"字韵补。

长相思

潮沟在金陵上元之西[①]

粉艳明，秋水盈。柳样纤柔花样轻。笑前双靥生。

寒江平，江橹鸣。谁道潮沟非远行。回头千里情。

[注释]

①潮沟:在今南京市境。《舆地志》云:吴大帝(孙权)所凿,以引潮接青溪抵秦淮。西通运渎,北连后湖。

更漏子

杜陵春[①],秦树晚。伤别更堪临远。南去信,欲凭谁。归鸿多北归。　　小桃枝,红蓓发。今夜昔时风月。休苦意,说相思。少情人不知。

[注释]

①杜陵:汉宣帝刘询之墓,在今陕西西安市郊。

浣溪沙[①]

楼倚春江百尺高,烟中还未见归桡。几时期信似江潮。　　花片片飞风弄蝶,柳阴阴下水平桥。日长才过又今宵[②]。

[注释]

①唐氏按:此首别又误入欧阳修《醉翁琴趣外篇》卷五。别又误作苏轼词,见杨金本《草堂诗馀后集》卷上。　②才过:《四库》本作"人去"。

[集评]

笃文云:"花片一联,声情韶丽。以衬思怀,倍加凄惋。"

醉桃源[①]

仙郎何日是来期,无心云胜伊[②]。行云犹解傍山飞,郎行去不归。　　强匀画,又芳菲,春深轻薄衣。桃花无语伴相思，阴阴月上时。

［注释］

①唐氏按：此首别又见欧阳修《近体乐府》卷一。　②无心云：闲云。“云无心以出岫”，陶潜《归去来兮辞》语。

行香子[①]

舞雪歌云[②]，闲淡妆匀。蓝溪水、深染轻裙。酒香醺脸，粉色生春。更巧谈话，美情性，好精神。　江空无畔，凌波何处，月桥边、青柳朱门。断钟残角，又送黄昏。奈心中事，眼中泪，意中人。

［注释］

①唐氏按：此首别又误入欧阳修《近体乐府》卷三。　②舞雪歌云：舞回白雪，歌遏行云之意。

［集评］

沈雄云：“世以张子野《行香子》三句，为足挂齿颊。谓之‘张三中’，即‘心中事、眼中泪、意中人’也。却不知石次仲有三些字，如‘等些时、说些子、做些儿。’言情之作，不涂脂粉。更不知刘改之有三欠字：如‘欠桃花、欠沙鸟、欠渔船。’布景之什，无限风烟，只存乎其人耳。”（《古今词话》）

熙州慢

赠述古[①]

武林乡，占第一湖山，咏画争巧。鹫石飞来[②]，倚翠楼烟霭，清猿啼晓。况值禁垣师帅[③]，惠政流入欢谣。朝暮万景，寒潮弄月，乱峰回照。　天使寻春不早。并行乐，免有花愁花笑。持酒更听，红儿肉声长调[4]。潇湘故人未归，但目送游云孤鸟。际天杪，离情尽寄芳草。

［注释］

①述古：陈襄字述古。熙宁五年五月知杭州，七年七月移知南郡。旋回京任枢密院直学士判尚书都省事。子野此词作于离杭时。　②鹫石飞来：指灵隐寺前飞来峰。《舆地志》云："慧理登此山叹曰：'此为中天竺国灵鹫山之小岭，不知何年飞来。'因名飞来峰，亦名灵鹫峰。"　③禁垣：指朝廷。　师帅：此指陈襄。郡守县令，民之师帅。见《汉书·董仲舒传》。　④肉声：无伴奏的清唱。王定保《唐摭言》："籍中有红儿者，善肉声。"《孟嘉别传》："丝不如竹，竹不如肉。"见《世说新语·识鉴》注。

虞美人

述古移南郡[1]

恩如明月家家到，无处无清照。一帆秋色共云遥。眼力不知人远、上江桥。　　愿君书札来双鲤[2]，古汴东流水。宋王台畔楚宫西[3]，正是节趣归路、近沙堤。

［注释］

①南郡：湖北江陵，古为南郡郡治，宋曰江陵郡。　②双鲤：书信。古乐府："呼童烹鲤鱼，中有尺素书。"　③楚宫：指江陵之渚宫，春秋时为楚国王宫。

泛清苕[1]

正月十四日与公择吴兴泛舟[2]

绿净无痕，过晓霁清苕，镜里游人。红柱巧，彩船稳，当筵主、秘馆词臣。吴娃劝饮韩娥唱[3]，竞艳容、左右皆春。学为行雨，傍画桨，从教水溅罗裙。　　溪烟混月黄昏。渐楼台上下，火影星分。飞槛倚，斗牛近，响箫鼓、远破重云。归轩未至千家待，掩半妆、翠箔朱门。衣香拂面，扶醉卸簪花，满袖馀煴[④]。

[注释]

①泛清苕：此为张先自度，赋题本意，又名《感皇恩慢》。　唐氏按："清"原作"青"，据《花草粹编》卷十二改。　②公择：李常字。此词作于熙宁八年，李常时为湖州太守。　③韩娥：战国时韩国善歌者。雍门一唱，馀音绕梁，三日不绝。见《列子·汤问》。　④煴(yūn)：微热。

惜琼花[①]

汀蘋白，苕水碧。每逢花驻乐，随处欢席。别时携手看春色。萤火而今，飞破秋夕。　汴河流[②]，如带窄。任身轻似叶，何计归得。断云孤鹜青山极。楼上徘徊，无尽相忆。

[注释]

①惜琼花：此为张先自度曲。　②汴河流："汴"，一本作"旱"，此据《词谱》本。

[集评]

丁绍仪云："味词意，似子野在汴忆吴兴之作。"(《听秋声馆词话》)

河满子

陪杭守泛湖夜归

溪女送花随处，沙鸥避乐分行。游舸已如图障里，小屏犹画潇湘。人面新生酒艳，日痕更欲春长。　衣上交枝斗色，钗头比翼相双。片段落霞明水底，风纹时动妆光。宾从夜归无月[①]，千灯万火河塘[②]。

[注释]

①宾从：宾客与随从。"从"，读去声。 ②河塘：《历代诗馀》作"湖塘"，是。

劝金船

流杯堂唱和翰林主人元素自撰腔[①]

流泉宛转双开窦，带染轻纱皱。何人窨得金船酒[②]，拥罗绮前后。绿定见花影，并照与、艳妆争秀。行尽曲名，休更再歌杨柳。 光生飞动摇琼甃，隔障笙箫奏。须知短景欢无足，又还过清昼。翰阁迟归来[③]，传骑恨、留连难久[④]。异日凤凰池上，为谁思旧。

[注释]

①元素：杨绘字元素。此词作于熙宁七年九月，时元素为杭州知州。 ②窨(yìn)：地窨，藏酒之处。一本作"暗"，此据《词谱》本。 ③迟归来：待归来。 ④留连：一本作"留住"，此据《词谱》本。

庆同天[①]

海宇，称庆。复生元圣[②]，风入南薰[③]。拜恩遥阙，衣上晓色犹春，望尧云[④]。 游钧广乐人疑梦[⑤]，仙声共。日转旗光动。无疆帝算[⑥]，何独待祝华封[⑦]，与天同。

[注释]

①庆同天：即《河传》，又名《怨王孙》。因张先词中有"海宇，称庆"、"与天同"句，故亦名《庆同天》。 ②元圣：圣帝明君，指当今皇上。 ③南

薰:宫殿名。 ④尧云:瑞云、祥云。 ⑤钧广:钧天广乐,天上之音乐。见《史记·扁鹊仓公列传》。 ⑥帝算:帝寿。 ⑦华封:祝寿之意。《庄子·天地》:"尧观于华。华封人曰:'嘻!请祝圣人。使圣人寿,使圣人富,使圣人多男子。'"

江城子

小圆珠串静慵拈[①]。夜厌厌,下重帘。曲屏斜烛,心事入眉尖。金字半开香穗小[②],愁不寐,恨西蟾[③]。

[注释]

①小圆珠串:指佛珠。 ②金字:金字经,指佛经。 ③西蟾:西斜的月亮。

雨中花令

赠胡楚草[①]

近鬓彩钿云雁细大云雁、小云雁[②]。好容艳、花枝争媚花枝十二[③]。学双燕、同栖还并翅双燕子。我合著、你难分离合著。 这佛面、前生应布施金浮图。你更看、蛾眉下秋水眉十。似赛九底、见他三五二胡草。正闷里、也须欢喜闷子。 （以上六十三首见侯文灿《十名家词》本《张子野词》）

[注释]

①胡楚草:即胡楚,杭州官妓。善诗,有"若将此恨同芳草,却恐青青有尽时"之句。子野此词作于熙宁六年。时陈襄知杭州。事见《张子野年谱》。 ②云雁细:指钗钿作雁形。 大小云雁:据《词谱》"每句下(按指注文),皆自注骰子格名"可知大、小云雁,皆博戏之格名,下同。 ③好容艳:"容"各本作"客",此据《词谱》本。

[集评]

笃文云:“此以俚语入词,意主戏谑。不能尽晓。格律亦略有异处,我、你、这、下、底、正、也,诸字皆衬字。风格与俗曲相近。”

汉宫春

蜡 梅

红粉苔墙。透新春消息,梅粉先芳。奇葩异卉,汉家宫额涂黄①。何人鬥巧,运紫檀、剪出蜂房②。应为是、中央正色,东君别与清香。 仙姿自称霓裳。更孤标俊格,霏雪凌霜③。黄昏院落,为谁密解罗囊。银瓶注水,浸数枝、小阁幽窗。春睡起,纤条在手,厌厌宿酒残妆。

(《梅苑》卷一)

[注释]

①宫额涂黄:南朝宋武帝女寿阳公主睡含章殿檐下,梅花落额上,成黄色五出状,因称梅花妆。见《太平御览》引《宋书》。 ②紫檀:《群芳谱》:“(蜡梅)又有开最先,色深黄如紫檀,花密香浓,如檀香梅。” 蜂房:指花色似黄蜡,口朝下如悬蜂房,又称磬口花。 ③霏雪:一本作“非雪”。此据《词谱》本。

青门引①

春 思

乍暖还轻冷,风雨晚来方定。庭轩寂寞近清明,残花中酒,又是去年病。 楼头画角风吹醒,入夜重门静。那堪更被明月,隔墙送过秋千影。

[注释]

①青门引:此词始见于张先词。 青门:长安城东门。

[集评]

曾慥云："子野尝有诗云：'浮萍断处见山影'，又长短句云：'云破月来花弄影'，又云：'隔墙送过秋千影'，并脍炙人口，世谓张三影。"（《宋诗话辑佚》）

满江红

初　春

飘尽寒梅，笑粉蝶游蜂未觉。渐迤逦、水明山秀，暖生帘幕。过雨小桃红未透，舞烟新柳青犹弱。记画桥深处水边亭，曾偷约。　　多少恨，今犹昨。愁和闷，都忘却。拚从前烂醉，被花迷著。晴鸽试铃风力软，雏莺弄舌春寒薄。但只愁、锦绣闹妆时[①]，东风恶。

（以上二首见《唐宋诸贤绝妙词选》卷五）

[注释]

①闹妆时："闹"《历代诗馀》作"鬥"。

西江月

赠　寄

肃肃秺侯清慎[①]，温温契苾知诗[②]。能推恻隐救民饥，况乃义方教子。　　宪府两飞鹗荐[③]，士林竞赋怀辞。天门正美可前知，入侍钧天从此[④]。

[注释]

①秺(dù)侯：匈奴休屠王太子归汉后，赐姓名曰金日磾，忠诚谨慎，深为汉武帝信爱。后以功封秺侯。　秺：地名。　②契苾：敕勒部族之一，世居新疆。唐贞观时契苾何力率部归顺，以功封凉国公。其子契苾明，字若水，袭爵，以功封左鹰扬卫大将军。好学知书，机敏善辩。　③宪

府:即御史台。　鹗荐:举荐贤能。　④钧天:《吕氏春秋·有始》"中央曰钧天",此指皇帝。

塞垣春

寄子山①

野树秋声满。对雨壁、风灯乱。云低翠帐,烟销素被,签动重幔。甚客怀、先自无消遣。更篱落、秋虫叹。叹樊川②、风流减。旧欢难得重见。　　停酒说扬州,平山月、应照棋观。绿绮为谁弹③,空传广陵散④。但光纱短帽,窄袖轻衫,犹记竹西庭院⑤。老鹤何时去,认琼花一面。

(以上二首见《永乐大典》卷一万四千三百八十一"寄"字韵引《张子野词》)

[注释]

①子山:沈邈,字子山。江西弋阳人。历知澶州、延州。　②樊川:杜牧,有《樊川集》,故名。　③绿绮:司马相如有名琴曰绿绮。　④广陵散:琴曲名。　⑤竹西:竹西路,在扬州,为风景胜区。

[集评]

笃文云:"沈子山为宿州狱掾,爱营妓玉姐字温卿者。罢官时为赋《剔银灯》二首,极致思念。其后张子野为掾,尤赏之。作此词寄子山,以表思念。温哥归陈思之。未几卒,年才十九岁。葬于宿州柳市之东。嘉祐中张子野过其墓,题诗云:'好物难留古亦嗟,人生无物不尘沙。何时宰树连双塚,结作人间并蒂花。'可谓情深一往。事详《能改斋漫录》十七卷。"

浪淘沙

肠断送韶华,为惜杨花。雪球摇曳逐风斜。容易著人容易去,飞过谁家。　　聚散苦咨嗟,无计留他。行人洒泪滴流霞[①]。今日画堂歌舞地，明日天涯。

[注释]

①流霞：指酒。《论衡·道虚》："口饥欲食，仙人辄饮我以流霞一杯。"

望江南

闺　情

香闺内、空自想佳期[①]。独步花阴情绪乱，谩将珠泪两行垂，胜会在何时[②]。　厌厌病，此夕最难持。一点芳心无托处，荼蘼架上月迟迟，惆怅有谁知。

（以上二首见《花草粹编》卷五）

[注释]

①空自：《彊村丛书》本作"只自"。　②胜会：佳会。

碧牡丹

晏同叔出姬[①]

步帐摇红绮，晓月堕，沉烟砌。缓板香檀[②]，唱彻伊家新制[③]。怨入眉头，敛黛峰横翠。芭蕉寒，雨声碎。镜华翳[④]，闲照孤鸾戏。思量去时容易。钿盒瑶钗，至今冷落轻弃。望极蓝桥[⑤]，但暮云千里。几重山，几重水。

（《花草粹编》卷八）

[注释]

①晏同叔：晏殊，字同叔。　出姬：令侍妾离去。　②缓板香檀：放慢檀香歌板的节奏。　③伊家：犹那人，指出姬。　④镜华翳：明镜蒙上了灰尘。　⑤蓝桥：在陕西蓝田县蓝关。世传其地有仙窟，裴航遇云英于此。事详《尚友录》。

［集评］

王晔云："晏元献公为京兆尹，辟张先为通判。新纳侍儿，公甚属意。……每张来，即令侍儿出侑觞，往往歌子野所为之词。其后王夫人寖不能容，公即出之。一日，子野至，公与之饮。子野作《碧牡丹》词，令营妓歌之。有云'望极蓝桥，但暮云千里。几重山？几重水？'公闻之，怃然曰：'人生行乐耳，何自苦如此！'亟命于宅库支钱若干，复取前所出侍儿。既来，夫人亦不复诺何也。"（《道山清话》）

陈廷焯云："深情绵邈，晏公闻之，能无动心耶？"（《闲情集》卷一）

山亭宴[①]

湖亭宴别

碧波落日寒烟聚，望遥山、迷离红树。小艇载人来，约尊酒、商量歧路。衰柳断桥西，共携手、攀条无语。水际见鹥凫[②]，一对对，眠沙溆[③]。　　西陵松柏青如故[④]。剪烟花、幽兰啼露[⑤]。油壁间花骢，那禁得、风吹细雨。饶他此后更思量，总莫似、当筵情绪。镜面绿波平，照几度、人来去。[⑥]

（《西湖志》卷四十）

［注释］

①山亭宴：与《山亭宴慢》基本相同，只上片第六句少二字而已。此亦张先所自度。　②鹥：鸥鸟。　凫：野鸭。　③溆：水边之地。　④西陵：地名，在杭州钱塘江西。南齐名伎苏小小葬于此。古乐府《苏小小歌》云："我乘油壁车，郎乘青骢马。何处结同心，西陵松柏下。"　⑤剪烟花：李贺《苏小小墓》："幽兰露，如啼眼。无物结同心，烟花不堪剪。"　⑥唐氏按：《彊村丛书》本《张子野词》二卷，补遗二卷，系据黄子湘校《知不足斋丛书》本《张子野词》，今用之。补遗二卷另编，稍作增删。

西江月[1]

赠　别[2]

忆昔钱塘话别，十年社燕秋鸿。今朝忽遇暮云东，对坐旗亭说梦。　　破帽手遮红日，练衣袖卷寒风[3]。芦花江上两蓑翁[4]，消得几番相送。

[注释]

①以下十二首，出自存目词。　②赠别：此词《草堂诗馀》作无名氏。《彊村丛书》则据葛氏刻《安陆集》以为"或别有所据，姑附于此"。今按，《四库全书》本已收此词，题作"赠别"，是已确然无疑矣。　③练衣：白色绸衣。　④两蓑翁：《四库》本作"雨蓑翁"，此据《花草粹编》。

菩萨蛮

牡丹含露真珠颗，美人折向帘前过。含笑问檀郎[1]。花强妾貌强。　　檀郎故相恼，刚道花枝好。花若胜如奴，花还解语无[2]。

[注释]

①檀郎：夫婿之美称。潘岳，小字檀奴，后即指所钟爱之男子。　②"花若"二句：《全唐诗·附词》作"一向发娇嗔，碎挼花打人"。章渊《槁斋赘笔》云："宣宗时，有妇人断夫两足者。上戏语宰相曰：'无乃碎挼花打人'，盖此词云。"据此，则张子野乃此词之加工，改定者。

[集评]

徐士俊云："问答嗔笑，情景萦回，唐六如'请郎今夜伴花眠'，又添三毛矣。"（《古今词统》）

菩萨蛮

咏　筝[1]

哀筝一弄湘江曲，声声写尽湘波绿。纤指十三弦，细将幽恨传。　　当筵秋水慢[2]，玉柱斜飞雁。弹到断肠时，春山眉黛低。

[注释]

①咏筝:《彊村丛书》本无此二字。据《四库》本补。此词亦见晏几道《小山词》。然《草堂诗馀》即作张先，未可遽定其非是也。　②秋水:女子的眼波。

虞美人[1]

画堂新霁情萧索，深夜垂珠箔[2]。洞房人睡月婵娟。梧桐双影上珠轩[3]，立阶前。　　高楼何处连宵宴，塞管声幽怨[4]。一声已断别离心，旧欢抛弃杳难寻，恨沉沉。

[注释]

①《虞美人》二首又见冯延巳《阳春集》。作者难以论定，录此备考。　②珠箔:珠帘。　③珠轩:四印斋本《阳春集》作“朱轩”，是。④塞管:羌笛。

虞美人

碧波帘幕垂朱户，帘下莺莺语。薄罗依旧泣青春，野花芳草逐年新，事难论。　　凤笙何处高楼月，幽怨凭谁说。亭亭残照上梧桐[1]，一时弹泪与东风，恨重重。

[注释]

①亭亭：四印斋本《阳春集》作“须臾”。　亭亭：明朗貌。

酒泉子[①]

亭下花飞，月照妆楼春欲晓[②]。珠帘风，兰烛烬，怨空闺。　迢迢何处寄相思，玉箸零零肠断[③]。屏帏深，更漏永，梦魂迷。

[注释]

①《酒泉子》五首同调之作，又见冯延巳《阳春集》。《花草粹编》及《词谱》间有征引，亦署延巳名。然鲍廷博所得宋时歌本——绿斐轩钞本《子野词》已属之张先名下。是其承传已久，姑列于此，以备参酌。　②春欲晓：四印斋本《阳春集》作“春事晚”。　③玉箸：眼泪。

酒泉子

人散更深，堂上孤灯阶下月。早梅愁，残雪白，夜沉沉。　阑前偷唱系琼簪[①]，前事总堪惆怅。寒风生，罗衣薄，万般心。

[注释]

①系：《阳春集》作“击”。

酒泉子

春色融融，飞燕未来莺未语[①]。露桃寒[②]，风柳晓[③]，玉楼空。　天长烟远恨重重，消息燕鸿归去。枕前灯，窗外雨[④]，闭帘栊。

[注释]

①未来:《阳春集》作“乍来”。　②露桃寒:《阳春集》作“小桃寒”。　③风柳晓:《阳春集》作“垂杨晓”。　④窗外雨:《阳春集》作“窗外月”。

酒泉子

亭柳霜凋[①],一夜愁人窗下睡。绣帏风,兰烛焰,梦遥遥。　金笼鹦鹉怨长宵,笼畔玉筝弦断。陇头云,桃源路,两魂消。

[注释]

①亭柳:《阳春集》作“庭树”。

酒泉子

芳草长川,柳映危桥堤下路[①]。归鸿飞,行人去,碧山连[②]。　风微烟淡雨萧然,隔岸马嘶何处。九回肠,双脸泪,夕阳天。

[注释]

①堤下:《阳春集》作“桥下”。　②碧山连:《阳春集》作“碧山边”。

生查子

弹　筝[①]

含羞整翠鬟,得意频相顾。雁柱十三弦,一一春莺语。　娇云容易飞,梦断知何处?深院锁黄昏,阵阵芭蕉雨。

[注释]

①生查子：按此词又见欧阳修《六一词》。然《草堂诗馀》已作子野词。《四库》本于题下按曰："玩味后四句，乃是忆弹筝之人而作，非咏筝也。"其说甚确。

落梅风[①]

宫烟如水湿芳晨，寒梅似雪相亲。玉楼侧畔数枝春，惹香尘。　　寿阳娇面偏怜惜，妆成一面花新。镜中重把玉纤匀，酒初醺。

[注释]

①落梅风：此词又作无名氏词，见《梅苑》。然《历代诗馀》及《词律拾遗》皆作张先词，或有所据，故录存之。

存目词

调　名	首　句	出　处	附　注
醉桃源	歌停莺语舞停鸾	《张子野词》卷一	苏轼词，见《全芳备祖》后集卷二十八"茶门"。又黄庭坚词，见《豫章黄先生词》
醉桃源	湘天风雨破寒初	同上	秦观词，见《淮海居士长短句》卷中
夜厌厌	昨夜佳期初共	同上	谢绛词，见《唐宋诸贤绝妙词选》卷二

调　名	首　句	出　处	附　注
更漏子	星斗稀	《张子野词》卷二	温庭筠词,见《花间集》卷一
三字令	春欲尽	同上	欧阳炯词,见《花间集》卷五
端五词断句	又还是兰堂新浴	《岁时广记》卷二十一	刘镇《贺新郎》词,见《草堂诗馀后集》卷上
断　句	闲愁闲闷日偏长	郑元佐新注《断肠诗集》卷六	晏殊《浣溪沙》词,见《珠玉词》。又作欧阳修词,见《近体乐府》卷三
浣溪沙	锦帐重重卷暮霞	《类编草堂诗馀》卷一	秦观词,见《淮海居士长短句》卷中
浣溪沙	水满池塘花满枝	同上	赵令畤词,见《乐府雅词》卷中
满庭芳	红蓼花繁	《类编草堂诗馀》卷二	秦观词,见《淮海居士长短句》卷上
如梦令	为向东坡传语	《永乐大典》卷一万四千三百八十一“寄”字韵	苏轼词,见《东坡词》卷下
菩萨蛮	五云深处蓬山杳	《花草粹编》卷三	李之仪词,见《姑溪词》
菩萨蛮	青梅又是花时节	同上	同上
满江红	斗帐高眠	《花草新编》卷四	无名氏词,见《草堂诗馀后集》卷三

调名	首句	出处	附注
汉宫春	玉减香销	《知不足斋丛书》本《张子野词》补遗	无名氏词，见《乐府雅词拾遗》卷下
点绛唇	九日登高	《汲古阁》本《溪堂词》注：一刻张子野	谢逸词，见《溪堂词》
醉落魄	红牙板歇	杨金本《草堂诗馀后集》卷下	无名氏作，见《草堂诗馀后集》卷下
长相思	一重山	增正《诗馀图谱》卷一	邓肃作，见《栟榈先生文集》卷十一
夜半乐	冻云黯淡天气	《填词图谱》续集	柳永作，见《乐章集》卷中

晏 殊

晏殊(991—1055),字同叔,临川(今江西抚州)人。幼以神童著称,真宗景德二年(1005),以举荐召试,赐同进士出身。初授秘书省正字,累官至集贤殿大学士、同中书门下平章事兼枢密使。六十五岁卒,谥元献。晏殊是北宋最昌盛时期的显贵重臣,他的作品,在风格上虽接续冯延巳等五代词人深婉含蓄的小令传统,却又较五代词更为平和蕴藉,华美庄严。原有诗文集,久佚。词集名《珠玉词》,有毛晋汲古阁刻本、晏殊家刻本。抄本有吴讷本及南京图书馆藏明抄本。以唐圭璋先生《全宋词》本校勘最为精当。

谒金门

秋露坠,滴尽楚兰红泪①。往事旧欢何限意,思量如梦寐。　　人貌老于前岁,风月宛然无异。座有嘉宾尊有桂②,莫辞终夕醉。

[注释]

①楚兰:《楚辞》中屡屡咏及兰草,故后世每言"楚兰"。　②桂:指桂花浸制的酒。

[集评]

冯煦云:"晏同叔去五代未远,馨烈所扇,得之最先,故左宫右徵,和婉而明丽,为北宋倚声初祖。"(《六十一家词选例言》)

破阵子

海上蟠桃易熟①,人间好月长圆。惟有擘钗分钿侣②,

离别常多会面难。此情须问天。　　蜡烛到明垂泪，熏炉尽日生烟。一点凄凉愁绝意，谩道秦筝有剩弦[3]。何曾为细传。

［注释］

①海上蟠桃：指神话中所说仙桃，三千年一熟。见《海内十洲记》及《汉武帝内传》。　②“惟有”句：白居易《长恨歌》云，“惟将旧物表深情，钿合金钗寄将去。钗留一股合一扇，钗擘黄金合分钿。”　擘（bāi）：分也。　擘钗：分股之钗。古代情侣各持一股，以为表记。　钿：指钿合，金饰之盒。　③谩道：犹如“不用说”、“不要说”。　秦筝：类似瑟的拨弦乐器，相传为秦蒙恬所造，因称秦筝。

破阵子

燕子欲归时节，高楼昨夜西风。求得人间成小会，试把金尊傍菊丛。歌长粉面红。　　斜日更穿帘幕，微凉渐入梧桐。多少襟怀言不尽，写向蛮笺曲调中[1]。此情千万重。

［注释］

①蛮笺：蜀地出产之笺纸。又称蛮溪笺，用蛮溪藤制成。韩浦《寄弟洎蜀笺》诗有“十样蛮笺出益州，寄来新自浣溪头”句。冯延巳《更漏子》词有“重墨蛮笺亲劄”句。

［集评］

叶嘉莹云：“若以这些词句与柳永《定风波》云‘彩线慵拈伴伊坐’、《菊花新》之‘欲掩香帏论缱绻’诸作相较，则大晏正所谓‘虽作艳语，终有品格’。”（《大晏词的欣赏》）

破阵子[①]

忆得去年今日，黄花已满东篱[②]。曾与玉人临小槛，共折香英泛酒卮[③]。长条插鬓垂。　人貌不应迁换，珍丛又睹芳菲。重把一尊寻旧径，所惜光阴去似飞。风飘露冷时。

[注释]

①唐氏按：此首别误作晏几道词，见《全芳备祖》前集卷十二“菊花门”。　②东篱：陶渊明《饮酒》诗二十五：“采菊东篱下”，故后人言菊每用东篱字样。　③卮（zhī）：酒杯。

破阵子

湖上西风斜日，荷花落尽红英。金菊满丛珠颗细，海燕辞巢翅羽轻。年年岁岁情。　美酒一杯新熟，高歌数阕堪听。不向尊前同一醉，可奈光阴似水声。迢迢去未停[①]。

[注释]

①“可奈”二句：叹时光流逝。语本《论语·子罕》孔子云，“逝者如斯夫，不舍昼夜”。

浣溪沙

阆苑瑶台风露秋[①]，整鬟凝思捧觥筹[②]。欲归临别强迟留。　月好谩成孤枕梦[③]，酒阑空得两眉愁。此时情绪悔风流。

[注释]

①阆(làng)苑瑶台:阆苑、瑶台都是传说中神仙的居处,此处用以形容建筑物建造装饰之华美。 ②觥:古代一种酒器。 筹:酒筹。喝酒记数用的筹码。 ③谩成:"漫,本为漫不经意之漫,为聊且意,或胡乱意,转变而为徒义或空义。字亦作谩,又作慢。"见张相《诗词曲语辞汇释》卷二。此处是"徒成"、"空成"的意思。

[集评]

俞陛云云:"瑶台阆苑,言地之高华;凝思整鬟,言人之庄重,虽捧觥筹,可望而不可即。明知徒费迟留,迨酒阑人散,独自成愁,始知追悔当时,固何益耶?既已悔之,而复孤梦愁眉,低回不置,始寄其无聊之思耳。元献生来不作妮子语。此词或有所指,非述绮怀也。"(《唐五代两宋词选释》)

浣溪沙

三月和风满上林[①],牡丹妖艳直千金[②]。恼人天气又春阴。 为我转回红脸面,向谁分付紫檀心[③]。有情须殢酒杯深[④]。

[注释]

①上林:本指上林苑,在今陕西省长安县,秦置。后泛指京都名园。 ②"牡丹"句:《唐国史补》载,"京城贵游尚牡丹,每暮春车马若狂。种以求利,一本有值数万者"。"直"同"值"。 ③"为我"二句:"红脸面"、"紫檀心"均指花容。 紫檀心:紫檀,木名,心材色紫红,此用以形容牡丹艳色。 唐氏按:"檀"原作"台",改从《唐宋名贤百家词》本《珠玉词》。 ④殢:沉醉。

浣溪沙[①]

青杏园林煮酒香[②],佳人初试薄罗裳。柳丝无力燕飞忙。　　乍雨乍晴花自落，闲愁闲闷日偏长。为谁消瘦减容光。

[注释]

①唐氏按：此首别见欧阳修《近体乐府》卷三，未知孰是。此首别误入吴文英《梦窗词集》。别又误作秦观词，见《类编草堂诗馀》卷一。　②“青杏”句：指杏子未熟之暮春园林，此时最宜宴饮，而以青杏佐酒。孟元老《东京梦华录·四月八日》：“初尝青杏……觥筹交作。”

浣溪沙[①]

一曲新词酒一杯，去年天气旧亭台。夕阳西下几时回。　　无可奈何花落去，似曾相识燕归来[②]。小园香径独徘徊[③]。

[注释]

①唐氏按：此首别误作南唐李璟词，见《类编草堂诗馀》卷一。别又误作晏几道词，见陈钟秀本《草堂诗馀》卷上。别又误入《梦窗词集》。　②“无可奈何”二句：《复斋漫录》载，“晏元献因观王琪大明寺诗板，大加称赏。召至同饭，步游池上，时春晚有落花，晏公云：‘每得句或弥年不能对，即如“无可奈何花落去”至今未能对。’王应声曰：‘似曾相识燕归来。’自此辟置馆职。”　③香径：花草小路。一说为满是落花香气之小路。

[集评]

刘熙载云：“词中句与字有似触著者，所谓极炼如不炼也。晏元献‘无可奈何花落去’二句，触著之句也。”（《词概》）

胡薇元云：“晏元献殊《珠玉词》，集中《浣溪沙·春恨》，‘无可奈何花落去，似曾相识燕归来。’本公七言律中腹联，一入词，即成妙句，在诗中即不为工。”（《岁寒居词话》）

沈祥龙云：“晏元献之‘无可奈何花落去，似曾相识燕归来。’非诗句也。然不工诗赋，亦不能为绝妙好词。”（《论词随笔》）

俞陛云云："首句但纪当日之事，入手处不侵占下文地位。次句即叙明本意，言风景不殊，亭台依旧，乃总括全篇。三句承去年天气而言，流光容易，又换今年，安得鲁阳挥戈，再反虞渊之日耶？下阕承前半首之意，言春不能留，花亦随之落去，花既无情，惜花者空付奈何一叹。'归来'句承'旧亭台'之意，虽梁燕寻巢，似曾相识，若有情而实无情。花与鸟既无以慰情，徒增惆怅，伤离感旧之情，焉得逢人而语？惟有徘徊芳径，立尽斜阳耳。"（《唐五代两宋词选释》）

唐圭璋云："此首谐不邻俗，婉不嫌弱。明为怀人，而通体不着一怀人之语，但以景衬情。上片三句，因今思昔。现实景象，记得与昔时无殊。天气也，亭台也，夕阳也，皆依稀去年光景。但去年人在，今年人杳，故骤触此景，即引起离索之感。'无可'两句，虚对工整，最为昔人所称。盖既伤花落，又喜燕归，燕归而人不归，终令人抑郁不欢。小园香径，惟有独自徘徊而已。馀味殊隽永。"（《唐宋词简释》）

詹安泰云："万口流传，得到很高评价，关键在于作者在艺术表现上采取了清新含蓄手法。"（《宋词散论》）

刘逸生云："很可以代表晏殊的基本风格。写得那么温雅，那么明净，恰好反映了在那个相对承平的年代，又是他那种身份地位的人的基本情调。"（《宋词小札》）

浣溪沙

红蓼花香夹岸稠①，绿波春水向东流。小船轻舫好追游。　渔父酒醒重拨棹②，鸳鸯飞去却回头。一杯销尽两眉愁。

[注释]

①红蓼：一年生草本浅水植物。　稠：犹浓。　②醒：读阴平声。

[集评]

宛敏灏云："颇能表现一种和婉的情调，暇豫的风度，虽近于韦庄的清俊，实不相似。盖各有其社会历史来源也。"（《二晏及其词》）

浣溪沙

淡淡梳妆薄薄衣，天仙模样好容仪。旧欢前事入颦眉。　　闲役梦魂孤烛暗[①]，恨无消息画帘垂。且留双泪说相思。

[注释]

①闲役梦魂：意为徒然使梦魂不安。　闲役：张相《诗词曲语辞汇释》卷四云“闲，犹空也”，卷二云“役，犹牵也，引也”。

浣溪沙

小阁重帘有燕过，晚花红片落庭莎[①]。曲阑干影入凉波。　　一霎好风生翠幕[②]，几回疏雨滴圆荷。酒醒人散得愁多。

[注释]

①庭莎：长满莎草的庭院。　莎：茎叶三棱，又称香附子。　②霎：一阵。

[集评]

唐圭璋云：“此首写池阁景物，清圆宛转，笔无点尘。起句，写阁内燕入；次句，写阁外落花；第三句，写阑影入池，美景如画。换头，写风生，写雨滴。末句，总束全词，补出池阁盛宴，与人散后之愁情。此词二、三、五、六句之第五字皆用入声，其他用双声之处亦颇多，如阁过干、花红好回荷、帘落阑凉、莎疏散皆是，可见大晏严究声音之一班。”（《唐宋词简释》）

浣溪沙

宿酒才醒厌玉卮，水沉香冷懒熏衣[①]。早梅先绽日边枝。　　寒雪寂寥初散后，春风悠扬欲来时。小屏闲放画帘垂。

[注释]

①水沉：沉香之别称。《本草纲目》"沉香"条："释名：沉水香，蜜香。　时珍曰：木之心节，置水则沉，亦曰水沉。"

浣溪沙

绿叶红花媚晓烟[①]，黄蜂金蕊欲披莲[②]。水风深处懒回船。　　可惜异香珠箔外[③]，不辞清唱玉尊前。使星归觐九重天[④]。

[注释]

①媚：逞妍竞秀之意，用如动词。　②黄蜂：指蜂房，形容莲蓬似蜂房。　披：分。　莲：指莲子。　③珠箔：连珠成片为帘曰珠箔。　④使星：使者。　觐（jìn）：朝见君主曰觐见。《周礼·春官·大宗伯》曰："秋见曰觐。"　九重天：指皇帝所居。此句用意盖在点明时序已入秋天矣。

浣溪沙

湖上西风急暮蝉，夜来清露湿红莲。少留归骑促歌筵[①]。　　为别莫辞金盏酒，入朝须近玉炉烟[②]。不知重会是何年。

[注释]

①骑（jì）：一人一马称骑。　促歌筵：谓歌筵催离别。　②玉炉烟：古时宫中燃香，此处代指天子。

浣溪沙

杨柳阴中驻彩旌①,芰荷香里劝金觥②。小词流入管弦声。　　只有醉吟宽别恨③,不须朝暮促归程。雨条烟叶系人情④。

[注释]

①彩旌:系五彩羽毛的旗幡。　②芰(jì):古代指菱。　金觥(gōng):犹言金杯。　觥:酒器。　③宽:舒解意。　④"雨条"句:用刘禹锡《杨柳枝》词"长安陌上无穷树,唯有垂杨管别离"之意。　烟叶:指暮烟中之柳条。

浣溪沙

一向年光有限身①,等闲离别易销魂②。酒筵歌席莫辞频。　　满目山河空念远③,落花风雨更伤春。不如怜取眼前人。

[注释]

①一向:即一晌,片刻。　②等闲:意谓平平常常。　销魂:极度伤心。江淹《别赋》:"黯然销魂者,惟别而已矣。"　③"满目"句:由李峤《汾阴行》诗"山川满目泪沾衣"句化出。　念远:思念远人。

[集评]

俞陛云云:"此词前半首笔意回曲,如石梁瀑布,作三折而下。言年光易尽,而此身有限,自嗟过客光阴,每值分离,即寻常判袂,亦不免魂消黯然。三句言消魂无益,不若歌筵频醉,借酒浇愁,半首中无一平笔。后半转头处言浩莽山河,飘摇风雨,气象恢弘。而'念远'句承上'离别'而言,'伤春'句承上'年光'而言,欲开仍合,虽小令而具长调章法。结句言伤春念远,只恼人怀,而眼前之人,岂能常聚,与其落月停云,他日徒劳相忆,

不若怜取眼前，乐其晨夕，勿追悔蹉跎，申足第三句‘歌席莫辞’之意也。”（《唐五代两宋词选释》）

唐圭璋云：“此首为伤别之作。起句，叹浮生有限；次句，伤别离可哀；第三句，说出借酒自遣，及时行乐之意。接头，承别离说，嘹亮入云。意亦从李峤‘山川满目泪沾衣’句化出。‘落花’句，就眼前景物，说明怀念之深。末句，用唐诗意，忽作转语，亦极沉痛。”（《唐宋词简释》）

浣溪沙[1]

玉碗冰寒滴露华，粉融香雪透轻纱。晚来妆面胜荷花。　鬓亸欲迎眉际月[2]，酒红初上脸边霞。一场春梦日西斜。

[注释]

①唐氏按：此首别又误作苏轼词，见《花草粹编》卷二。　②鬓亸（duǒ）：鬓发下垂貌。　月：喻指眉弯如新月。

更漏子

蕣华浓[1]，山翠浅[2]，一寸秋波如剪[3]。红日永，绮筵开，暗随仙驭来[4]。　遏云声[5]，回雪袖[6]，占断晓莺春柳[7]。才送目[8]，又颦眉，此情谁得知。

[注释]

①蕣华浓：言女子浓丽之面颜。《诗经·郑风·有女同车》：“颜如蕣华。”　蕣华：木槿花。蕣，亦作“舜”。　②山翠浅：言双眉黛色浅淡如远山。　③秋波：以秋水的明澈喻美女眼波。　④仙驭：仙车，此借喻华丽车驾。　⑤遏云声：歌声之美妙。用秦青典，见《列子·汤问》。　⑥回雪袖：形容舞姿优美，罗袖飞舞如风中雪，语出曹植《洛神赋》“飘摇兮若流风之回雪”。　⑦占断：犹言占尽。　⑧送目：以目示意传情。

更漏子

塞鸿高，仙露满，秋入银河清浅。逢好客，且开眉，盛年能几时。　　宝筝调，罗袖软，拍碎画堂檀板[①]。须尽醉，莫推辞，人生多别离。

[注释]

①“拍碎”句：本自杜牧《自宣州赴官入京路逢裴坦判官归宣州因题赠》诗“画堂檀板秋拍碎”句。　檀板：檀木拍板，歌唱时用以击出拍节。

更漏子

雪藏梅，烟著柳，依约上春时候[①]。初送雁，欲闻莺，绿池波浪生。　　探花开，留客醉。忆得去年情味。金盏酒，玉炉香，任他红日长。

[注释]

①上春：农历正月曰上春。

更漏子

菊花残，梨叶堕，可惜良辰虚过。新酒熟，绮筵开，不辞红玉杯。　　蜀弦高[①]，羌管脆[②]，慢飐舞娥香袂。君莫笑，醉乡人，熙熙长似春[③]。

[注释]

①蜀弦：或指出于蜀地的一种弦乐曲调“蜀国四弦”。《古今乐录》：“张永《元嘉技录》有四弦一曲，蜀国四弦是也。居相和之末，三调之首。”　②羌管：出于羌中的一种五孔笛。旧制四孔。京房加一孔，以全

五音。 ③熙熙：温和欢乐貌。

鹊踏枝[1]

槛菊愁烟兰泣露[2]，罗幕轻寒，燕子双飞去。明月不谙离恨苦[3]，斜光到晓穿朱户。 昨夜西风凋碧树，独上高楼，望尽天涯路。欲寄彩笺兼尺素[4]，山长水阔知何处。

[注释]

①唐氏按：此首别又见《张子野词》卷二。 ②槛菊：栏干里的菊花。 兰泣露：露沾兰花若兰泣。 ③谙（ān）：了解，懂得。 ④彩笺：彩绘笺纸。 尺素：指书信。 唐氏按："兼"字原空格，据吴讷本《珠玉词》补。

[集评]

王国维云："《诗经·蒹葭》一篇，最得风人深致。晏同叔之'昨夜西风凋碧树，独上高楼，望尽天涯路'意颇近之。但一洒落，一悲壮耳。又'我瞻四方，蹙蹙靡所骋'，诗人之忧生也。'昨夜西风凋碧树，独上高楼望尽天涯路'似之。"（《人间词话》）

鹊踏枝

紫府群仙名籍秘[1]，五色斑龙[2]，暂降人间世[3]。海变桑田都不记[4]，蟠桃一熟三千岁。 露滴彩旌云绕袂，谁信壶中[5]，别有笙歌地。门外落花随水逝，相看莫惜尊前醉。

[注释]

①紫府：神仙所居之宫。此句谓紫府诸仙名籍为人间所不知。

②五色斑龙：指神仙车驾。《汉武内传》云："王母乘芝云之辇，驾五色之斑龙。"　③"暂降"句：赞誉对方为神仙下凡。　唐氏按："世"原作"媚"，从吴讷本《珠玉词》。　④海变桑田：喻年代久远，世事翻覆迁改。《神仙传》云："麻姑自说云：'接侍以来，已见东海三为桑田。'"　⑤壶中：指仙境。《后汉书·方术传·费长房》载费长房为市掾，有老翁市药，悬一壶，市罢则跳入壶中，因再拜，翁与之俱入壶中，唯见玉堂严丽，旨酒甘肴罗列其中，共饮而出。

点绛唇

露下风高，井梧宫簟生秋意[①]。画堂筵启，一曲呈珠缀[②]。　天外行云，欲去凝香袂[③]。炉烟起，断肠声里，敛尽双蛾翠。

[注释]

①井梧：古时水井旁植梧桐以遮荫，曰井梧。　宫簟（diàn）：宫制竹席。　②珠缀：形容歌声圆润流畅。　③"天外"二句：化用秦青典，见《列子·汤问》。

凤衔杯

青蘋昨夜秋风起[①]，无限个、露莲相倚。独凭朱阑、愁望晴天际[②]。空目断、遥山翠。　彩笺长，锦书细[③]。谁信道、两情难寄。可惜良辰好景、欢娱地，只恁空憔悴[④]。

[注释]

①"青蘋"句：语本宋玉《风赋》"夫风生于地，起于青蘋之末"句。蘋：水草。　②唐氏按："望"原误作"放"，从吴讷本《珠玉词》。　③锦书：用苏蕙典，详见《晋书·列女列传·窦滔妻苏氏》。　④"可惜"三句：本杜甫诗"可惜欢娱地，都非少壮时"句。

凤衔杯[1]

留花不住怨花飞。向南园、情绪依依。可惜倒红、斜白一枝枝[2]，经宿雨[3]、又离披[4]。　凭朱槛，把金卮。对芳丛、惆怅多时。何况旧欢新恨[5]、阻心期。空满眼[6]、是相思。

［注释］

①唐氏按：此首别又见杜安世《杜寿域词》。　②倒红、斜白：言花事凋零。红、白谓红花白花也。　唐氏按："白"原误作"向"，从抱经斋抄本《珠玉词》改。　③宿雨：夜雨。　④离披：分散貌。　⑤唐氏按："恨"原作"宠"，从吴讷本《珠玉词》。　⑥唐氏按："空"字原无，据杜安世《杜寿域词》补。

凤衔杯

柳条花纇恼青春[1]，更那堪、飞絮纷纷[2]。一曲细丝清脆、倚朱唇[3]。斟绿酒、掩红巾。　追往事，惜芳辰。暂时间、留住行云。端的自家心下、眼中人[4]。到处里、觉尖新[5]。

［注释］

①花纇：花苞。陆龟蒙《早春》诗："数枝花纇小。"　②唐氏按："絮"原误作"绿"，从吴讷本《珠玉词》。　③细丝：指丝弦乐器。　倚朱唇：犹言倚歌声，谓器乐配歌喉。　④端的：张相《诗词曲语辞汇释》谓"端的，犹云真个或究竟也"。　⑤尖新：张相谓"尖新犹云别致。"

清平乐

春花秋草，只是催人老。总把千山眉黛扫，未抵别愁多少[①]。　　劝君绿酒金杯，莫嫌丝管声催。兔走乌飞不住[②]，人生几度三台[③]。

[注释]

①“总把”二句：脱意于李商隐《代赠》诗“总把春山扫眉黛，不知供得几多愁”句。“总”字犹言纵使、虽然。　②“兔走”句：谓日月不停，时光流逝。兔，月也。乌，日也。　③三台：汉官制。《后汉书·袁绍传》：“坐召三台，专制朝政。”注曰：“尚书为中台，御史为宪台，谒者为外台，是谓三台。”汉时蔡邕迁官，三日之间，周历三台。后人以三台喻显贵。

清平乐

秋光向晚，小阁初开宴。林叶殷红犹未遍[①]，雨后青苔满院。　　萧娘劝我金卮[②]，殷勤更唱新词。暮去朝来即老，人生不饮何为。

[注释]

①殷红：暗红色。　②萧娘：唐宋人言女性多泛用萧娘。杨巨源《崔娘》诗：“风流才子多春思，肠断萧娘一纸书。”

清平乐

春来秋去，往事知何处。燕子归飞兰泣露[①]，光景千留不住。　　酒阑人散忡忡[②]，闲阶独倚梧桐。记得去年今日，依前黄叶西风[③]。

[注释]

①兰泣露：作者另一首《鹊踏枝》词亦云“槛菊愁烟兰泣露”，可参看。　②忡忡：忧愁貌。别本作“匆匆”、“草草”。　③依前：犹依旧。

清平乐

金风细细[①]，叶叶梧桐坠。绿酒初尝人易醉，一枕小窗浓睡。　　紫薇朱槿花残，斜阳却照阑干。双燕欲归时节，银屏昨夜微寒。

[注释]

①金风：秋风。古代以五行方位配季节，西方为秋而主金，故称秋风为金风。

[集评]

先著云："情景相融，宛转关生，不求工而自合。宋初所以不可及也。"（《词洁辑评》）

俞陛云云："纯写秋来景色，惟结句略含清寂之思，情味于言外求之，宋初之高格也。"（《唐五代两宋词选释》）

唐圭璋云："此首以景纬情，妙在不着意为之，而自然温婉。'金风'两句，写节候景物。'绿酒'两句，写醉卧情事。'紫薇'两句，紧承上片，写醒来景象。庭院萧条，秋花都残，凝望斜阳映阑，亦无聊之极。'双燕'两句，既惜燕归，又伤人独，语不说尽，而韵特胜。"（《唐宋词简释》）

詹安泰云："用精细的笔触，写淡淡的愁感，看来全不着力，而用'细细'、'叶叶'、'初'、'易'、'一'、'小'、'残'、'微'等形状字又极具匠心。景象和心情融成一片，意境清新，耐人寻味。"（《宋词散论》）

清平乐

红笺小字，说尽平生意。鸿雁在云鱼在水[①]，惆怅此情难寄。　　斜阳独倚西楼，遥山恰对帘钩。人面不知何处，绿波依旧东流[②]。

[注释]

①“鸿雁”句:《汉书·苏武传》载,苏武出使匈奴,被囚多年,匈奴人假说苏武已死。后汉使对匈奴单于说:“天子射上林中得雁,足有帛书,言武等在某泽中。”　古乐府《饮马长城窟行》:“客从远方来,遗我双鲤鱼。呼儿烹鲤鱼,中有尺素书。”后因以鸿雁和鱼为传送书信者的代称。　②“人面”二句:化用崔护《题都城南庄》句。崔诗云:“人面不知何处去,桃花依旧笑春风。”

[集评]

俞陛云云:“言情深密处,全在‘红笺小字’。既鱼沉雁杳,欲寄无由,剩有流水斜阳,供人愁望耳。以景中之情作结束,词格甚高。”(《唐五代两宋词选释》)

唐圭璋云:“此首上片抒情,下片写景,一气舒卷,语浅情深。‘红笺’两句,述思念衷曲。‘鸿雁’两句,怅无从寄笺。下片,但写遥山绿波,而相思相望之情,其何能已。‘人面’句,从崔护诗化出。”(《唐宋词简释》)

红窗听

淡薄梳妆轻结束[①],天意与、脸红眉绿。断环书素传情久[②],许双飞同宿。　　一饷无端分比目[③]。谁知道、风前月底,相看未足。此心终拟,觅鸾弦重续[④]。

[注释]

①轻结束:指衣饰单薄简朴。作者另一首《浣溪沙》有“淡淡梳妆薄薄衣”,即此意。　②断环:将环状饰物分成两段,以其中一半赠情人以为信物,称断环。　书素:指书信,古人以素(白织物)写信。　③“一饷”句:一饷,即一晌,霎时。分比目,指与伊人分离。　比目:比目鱼,旧谓此鱼一目,须两两相并始能游动,一般用指情侣。　④“觅鸾弦”句:用典,即鸾胶续弦。《汉武外传》:“西海献鸾胶,武帝弦断,以胶续之。”此处借指两情重续。

红窗听

记得香闺临别语，彼此有、万重心诉。淡云轻霭知多少，隔桃源无处[①]。　　梦觉相思天欲曙，依前是、银屏画烛，宵长岁暮。此时何计，托鸳鸯飞去。

［注释］

①“隔桃源”句：用刘晨、阮肇入天台山采药遇仙，下山后重觅仙女无处事。见刘义庆《幽冥录》。

采桑子

春风不负东君信[①]，遍拆群芳[②]，燕子双双，依旧衔泥入杏梁[③]。　　须知一盏花前酒，占得韶光[④]，莫话匆忙，梦里浮生足断肠[⑤]。

［注释］

①东君：春神。　②遍拆：遍开。　唐氏按：“拆”原作“折”，从吴讷本《珠玉词》。　③杏梁：古人华屋以杏木为梁。　④韶光：春光。　⑤梦里浮生：暗用一枕黄粱之典，详见沈既济《枕中记》。　浮生：谓人生无定，语出《庄子·刻意》。

采桑子

红英一树春来早。独占芳时，我有心期，把酒攀条惜绛蕤[①]。　　无端一夜狂风雨。暗落繁枝，蝶怨莺悲，满眼春愁说向谁。

[注释]

①绛蕤(ruí):红花。

采桑子

阳和二月芳菲遍[①]。暖景溶溶[②],戏蝶游蜂,深入千花粉艳中。　何人解系天边日[③]。占取春风,免使繁红,一片西飞一片东。

[注释]

①阳和:中春二月天气融和,故曰阳和。《史记·秦始皇本纪》:"时在中春,阳和方起。"　芳菲:花盛开貌。　②溶溶:形容春光荡漾。　③"何人"句:谁能系住天边日,不使春光流逝。语本傅玄《九曲歌》"安得长绳系白日"句。

采桑子[①]

樱桃谢了梨花发。红白相催,燕子归来,几处风帘绣户开。　人生乐事知多少。且酌金杯,管咽弦哀[②],慢引萧娘舞袖回。

[注释]

①唐氏按:此首别见杜安世《杜寿域词》。此首别又误作晏几道词,见《全芳备祖》前集卷二十四"樱桃花门"。别又误作南唐冯延巳词,见《历代诗馀》卷十。　②管咽弦哀:谓乐声清越悲哀。

采桑子

石　竹[①]

古罗衣上金针样。绣出芳妍，玉砌朱阑，紫艳红英照日鲜。　　佳人画阁新妆了。对立丛边，试摘婵娟[②]，贴向眉心学翠钿。

[注释]

①石竹：一种草本植物。叶似小竹叶而细窄，有节，有红、白小花如钱。　②婵娟：这里指石竹花。

采桑子

时光只解催人老[①]。不信多情，长恨离亭[②]，泪滴春衫酒易醒[③]。　　梧桐昨夜西风急。淡月胧明，好梦频惊，何处高楼雁一声。

[注释]

①"时光"句：语本韩偓《江楼诗》"风光百计催人老"句。　②离亭：古时道路旁设亭供行客暂歇。《汉书·百官公卿表》："十里一亭。"人们常在十里长亭送别，故称离亭。　③唐氏按："泪滴"原作"滴泪"，从吴讷本《珠玉词》。

[集评]

刘逸生云："写出人生一种深沉的感慨，音节如此嘹亮，情感如此郁勃，真像听到天际的一声雁唳。虽然是那样短促的数声，却悲凉凄紧，盘旋回荡，使你的心情无法立刻平息下来。"(《宋词小札》)

采桑子

林间摘遍双双叶[①]。寄与相思，朱槿开时，尚有山榴一两枝。　荷花欲绽金莲子。半落红衣，晚雨微微，待得空梁宿燕归。

[注释]

①双双叶：枝上对出之叶。

喜迁莺

风转蕙[①]，露催莲，莺语尚绵蛮[②]。尧蓂随月欲团圆[③]，真驭降荷兰。　褰油幕[④]，调清乐，四海一家同乐。千官心在玉炉香，圣寿祝天长。

[注释]

①风转蕙：本《楚辞·招魂》"光风转蕙"，王逸注："转，摇也。"　②绵蛮：鸟鸣声。《诗经·小雅·绵蛮》："绵蛮黄鸟。"朱熹《诗集传》："绵蛮，鸟声。"　③尧蓂（míng）：相传为尧时瑞草，即蓂荚。又称历荚，据传此草月朔生一荚，月半而生十五荚。十六日以后，日落一荚，及月晦而尽。见《竹书纪年》。　④褰（qiān）油幕：褰，展，撩起；揭起。《开元天宝遗事》载："随行载以油幕，或遇阴雨，则以油幕覆之，尽欢而归。"

喜迁莺

歌敛黛[①]，舞萦风，迟日象筵中[②]。分行珠翠簇繁红。云髻袅珑璁[③]。　金炉暖，龙香远[④]，共祝尧龄万万[⑤]。曲终休解画罗衣，留伴彩云飞[⑥]。

[注释]

①歌敛黛：歌时聚眉。白居易诗有"歌眉敛黛下关愁"句。　②象筵：豪华的筵席。刘禹锡《和留守令孤相公》诗"官拂象筵终日待"。　③珑璁（lóng cóng）：头髮蓬松貌。　④龙香：香名，即龙涎香。　⑤尧龄：尧

是古代长寿的贤君，尧龄是给帝王祝寿的贺词。　⑥“曲终”二句：翻用李白《宫中行乐词》八首其一“只愁歌舞散，化作彩云飞”句意。

喜迁莺[①]

花不尽，柳无穷，应与我情同。觥船一棹百分空[②]，何处不相逢。　　朱弦悄，知音少，天若有情应老[③]。劝君看取利名场，今古梦茫茫。

［注释］

①唐氏按：此首别见杜安世《杜寿域词》。　②“觥船”句：谓醉后凡事皆空。此句全袭杜牧《题禅院》诗“觥船一棹百分空，十岁青春不负公”。　觥船：一种大而平底的酒杯。　③“天若”句：用李贺《金铜仙人辞汉歌》“衰兰送客咸阳道，天若有情天亦老”句。

喜迁莺

烛飘花，香掩烬[①]，中夜酒初醒。画楼残点两三声[②]，窗外月胧明。　　晓帘垂，惊鹊去，好梦不知何处。南园春色已归来，庭树有寒梅。

［注释］

①烬：指烧残的香灰。　②残点：一般指后半夜的更鼓声。

喜迁莺

曙河低[①]，斜月淡，帘外早凉天。玉楼清唱倚朱弦，馀韵入疏烟。　　脸霞轻，眉翠重，欲舞钗钿摇动。人人如意祝炉香，为寿百千长[②]。

[注释]

①曙河低:谓天欲曙时银河低垂。　②唐氏按:"为"原作"万",从吴讷本《珠玉词》。

撼庭秋

别来音信千里,怅此情难寄[①]。碧纱秋月[②],梧桐夜雨,几回无寐。　楼高目断,天遥云黯,只堪憔悴。念兰堂红烛,心长焰短,向人垂泪[③]。

[注释]

①唐氏按:"怅"原作"恨",从吴讷本《珠玉词》。　②碧纱秋月:谓月映碧纱帐(或窗)。　③"念兰堂"三句:本杜牧《赠别》诗"蜡烛有心还惜别,替人垂泪到天明"。

少年游

重阳过后,西风渐紧,庭树叶纷纷。朱阑向晓,芙蓉妖艳,特地鬥芳新[①]。　霜前月下,斜红淡蕊,明媚欲回春。莫将琼萼等闲分[②],留赠意中人。

[注释]

①特地:特为、特意。　②等闲:随意。

少年游

霜华满树,兰凋蕙惨[①],秋艳入芙蓉。胭脂嫩脸,金黄轻蕊,犹自怨西风[②]。　前欢往事,当歌对酒[③],无限到心中。更凭朱槛忆芳容,肠断一枝红。

[注释]

①兰凋蕙惨：兰蕙凋零，语本陆机《幽居赋》“兰凋而蕙歇”句。 ②“犹自”句：化用高蟾诗“芙蓉生在秋江上，不向东风怨未开”句。 ③当歌对酒：语本曹操《短歌行》“对酒当歌”句。

少年游[①]

芙蓉花发去年枝，双燕欲归飞。兰堂风软，金炉香暖，新曲动帘帷。 家人拜上千春寿，深意满琼卮。绿鬓朱颜，道家装束[②]，长似少年时。

[注释]

①唐氏按：此首误入金元好问《遗山新乐府》卷五。 ②道家装束：一种宽襟大袖直领便装。《三才图会·道衣图说》：“援神契曰：《礼记》有侈袂大袖衣。道衣，其类也。”

少年游

谢家庭槛晓无尘[①]，芳宴祝良辰。风流妙舞，樱桃清唱[②]，依约驻行云。 榴花一盏浓香满，为寿百千春。岁岁年年，共欢同乐，嘉庆与时新。

[注释]

①谢家：本指东晋望族，后用以泛指显贵豪门。 ②樱桃清唱：孟棨《本事诗·事感》载，白居易有家伎樊素善歌，白尝为诗云“樱桃樊素口”，此用其意。

酒泉子

三月暖风，开却好花无限了。当年丛下落纷纷，最愁人。　　长安多少利名身。若有一杯香桂酒[1]，莫辞花下醉芳茵，且留春。

[注释]

①香桂酒:《汉书·礼乐志》“奠桂酒”注曰,“(颜)师古曰:桂酒,切桂置酒中也”。

酒泉子

春色初来，遍拆红芳千万树。流莺粉蝶鬥翻飞[1]，恋香枝。　　劝君莫惜缕金衣[2]。把酒看花须强饮，明朝后日渐离披[3]，惜芳时。

[注释]

①流莺:翻飞啼啭之莺。　②“劝君”句:袭用唐杜秋娘《金缕衣》原句。杜诗云:“劝君莫惜金缕衣,劝君惜取少年时。”　缕金衣:金线所织之衣。　③离披:凋残貌。

木兰花

东风昨夜回梁苑[1]，日脚依稀添一线[2]。旋开杨柳绿蛾眉，暗拆海棠红粉面[3]。　　无情一去云中雁，有意归来梁上燕。有情无意且休论，莫向酒杯容易散。

[注释]

①梁苑:即梁园。汉梁孝王所筑宫室园林,地在今河南开封东。后人用以喻华美园榭。　②“日脚”句:谓白昼渐长。　③唐氏按:“拆”原作“折”,从吴讷本《珠玉词》。

［集评］

杨湜云："庆历癸未（1043）十二月十九日立春，甲申元日，丞相晏元献公会两禁于私第。丞相席上自作《木兰花》以侑觞曰：'东风昨夜……（词略）。'于时坐客皆和，亦不敢改首句'东风昨夜'四字。"（《古今词话》）

木兰花

帘旌浪卷金泥凤[①]，宿醉醒来长瞢松[②]。海棠开后晓寒轻，柳絮飞时春睡重。　美酒一杯谁与共，往事旧欢时节动。不如怜取眼前人，免更劳魂兼役梦[③]。

［注释］

①帘旌：竹帘上部所缀之横幅织物。　金泥凤：金粉装饰的凤形图案。　②瞢（méng）松：睡眼惺忪，神志不清貌。　③役梦：牵引梦魂之意。　唐氏按："更"原作"使"，从吴讷本《珠玉词》。

木兰花

燕鸿过后莺归去，细算浮生千万绪。长于春梦几多时，散似秋云无觅处[①]。　闻琴解佩神仙侣[②]，挽断罗衣留不住。劝君莫作独醒人[③]，烂醉花间应有数。

［注释］

①"长于"二句：本自白居易《花非花》"来如春梦不多时，去似朝云无觅处"句。　②闻琴：《史记·司马相如列传》载，文君新寡，司马相如以求凰之曲挑之，文君闻琴心动，终于私奔，结为夫妇。　解佩：《列仙传》载，江妃二女游汉水之滨，遇郑交甫，遂解佩，与之。闻琴、解佩，喻情投意合。　③独醒人：指不合于时尚，不流于世俗的人。《楚辞·渔父》："举世皆浊我独清，众人皆醉我独醒。"醒，读阴平声。

木兰花[1]

池塘水绿风微暖，记得玉真初见面[2]。重头歌韵响铮琮[3]，入破舞腰红乱旋[4]。　玉钩阑下香阶畔[5]，醉后不知斜日晚。当时共我赏花人，点检如今无一半。

[注释]

①唐氏按：以上二首别又见欧阳修《近体乐府》卷二。　注者按：宋人刘攽《贡父诗话》称颂晏殊作品，引“重头”二句为例，知此首确为晏殊之作。　②玉真：女道士，此指词中歌女。　③重头：词之前后阕声韵句度，完全相同者谓之“重头”。　铮琮：金属玉器碰击之声，此形容弦乐声。　④入破：唐代大曲术语。《唐书·五行志》载：“至其曲遍繁声，皆谓之入破。”　乱旋：指舞姿随乐曲节奏加快。旋，读去声。　⑤玉钩：钩帘之器具，常用以代指帘。

[集评]

刘攽云：“晏元献尤喜冯延巳歌词，其所自作，亦不减延巳乐府。”（《中山诗话》）

张宗橚云：“东坡诗‘尊前点检几人非’，与此词结句同意。往事关心，人生如梦，每读一过，不禁惘然。”（《词林纪事》）

木兰花

玉楼朱阁横金锁，寒食清明春欲破[1]。窗间斜月两眉愁，帘外落花双泪堕。　朝云聚散真无那[2]，百岁相看能几个。别来将为不牵情[3]，万转千回思想过。

[注释]

①寒食：节令名，在清明前一或二日。　②无那（nuò）：无奈。③将为：以为。

木兰花[①]

朱帘半下香销印[②]，二月东风催柳信。琵琶旁畔且寻思，鹦鹉前头休借问[③]。　惊鸿去后生离恨[④]，红日长时添酒困。未知心在阿谁边[⑤]，满眼泪珠言不尽。

［注释］

①唐氏按：此首别又见欧阳修《近体乐府》卷二。　②香销印：谓香已烧完。　香印：用金属印格，将香料格成起讫一贯的文字，香燃尽后，灰烬仍存字迹。　③"鹦鹉"句：鹦鹉能学人言，因此一些不愿为人知的话，不敢在鹦鹉面前说。朱庆馀《宫中词》："含情欲说宫中事，鹦鹉前头不敢言。"　④惊鸿：喻美人。语出曹植《洛神赋》"翩若惊鸿"。　⑤阿：语气助词。

木兰花

杏梁归燕双回首，黄蜀葵花开应候。画堂元是降生辰，玉盏更斟长命酒。　炉中百和添香兽[①]，帘外青蛾回舞袖。此时红粉感恩人，拜向月宫千岁寿。

［注释］

①百合：指百和香，多种香料配制成的香料。　香兽：兽形的香炉，中空以燃香，使烟自口鼻中出。

木兰花[①]

紫薇朱槿繁开后，枕簟微凉生玉漏[②]。玳筵初启日穿帘[③]，檀板欲开香满袖。　红衫侍女频倾酒，龟鹤仙人来献寿[④]。欢声喜气逐时新，青鬓玉颜长似旧。

［注释］

①唐氏按：此首别又误入金元好问《遗山新乐府》卷五。　②玉漏：玉制滴水计时器。　③玳筵：盛筵。　④龟鹤：古人以为龟鹤皆长命。郭璞《游仙》诗："借问蜉蝣辈，宁知龟鹤年！"

木兰花

春葱指甲轻拢捻[①]，五彩条垂双袖卷。雪香浓透紫檀槽[②]，胡语急随红玉腕[③]。　当头一曲情无限，入破铮琮金凤战[④]。百分芳酒祝长春[⑤]，再拜敛容抬粉面。

［注释］

①"春葱"句：写一女子弹琵琶。　春葱：葱叶管状似人指，春时尤纤嫩，故以喻女子手指。　拢、捻：弹琵琶手法。拢是按捺，捻是指弄。　②紫檀槽：指琵琶。《谭宾录》载：开元中，有中官自蜀回，得琵琶以献，其槽以逻沙檀为之。　③胡语：指琵琶声。杜甫《咏怀古迹》五首其三："千载琵琶作胡语"，此用其语。　④金凤战：谓金凤钗摇曳不定。　唐氏按："琮"原作"深"，从吴讷本《珠玉词》。　⑤百分芳酒：谓满杯芳酒。

木兰花[①]

红绦约束琼肌稳[②]，拍碎香檀催急衮[③]。垅头呜咽水声繁[④]，叶下间关莺语近[⑤]。　美人才子传芳信，明月清风伤别恨。未知何处有知音，长为此情言不尽。

［注释］

①唐氏按：以上二首别又见欧阳修《近体乐府》卷二。　②绦（tāo）：丝绳。　③香檀：指檀板。　衮：唐宋大曲中之一遍。　④"垅头"句：古乐府《陇头歌辞》有"陇头流水，鸣声呜咽"之句。　垅头：即陇头，本地名，后转为汉横吹曲名，又演为琴曲名。　⑤间关莺语：鸟鸣之声，此形容

乐声美妙。白居易《琵琶行》有"间关莺语花底滑"句。

迎春乐

长安紫陌春归早[1]，亸垂杨、染芳草。被啼莺语燕催清晓。正好梦、频惊觉。　　当此际、青楼临大道[2]。幽会处、两情多少。莫惜明珠百琲[3]，占取长年少。

[注释]

①紫陌：京师道路。　②"青楼"句：用曹植《美女篇》"青楼临大路"句。　青楼：原指妇女居所，后世用以指妓馆。　③琲（bèi）：穿珠五百为一琲。

诉衷情

青梅煮酒斗时新[1]，天气欲残春。东城南陌花下，逢著意中人。　　回绣袂，展香茵[2]，叙情亲。此情拚作[3]，千尺游丝，惹住朝云[4]。

[注释]

①"青梅"句：青梅煮酒，以未熟之梅煮酒，取其酸味。　斗：犹趁。斗时新，趁时新。见张相《诗词曲语辞汇释》卷二。　②茵：通作"裀"，夹衣。衫为单衣，有里者为裀。　③拚（pàn）作：甘愿。　唐氏按："情"原作"时"，从吴讷本《珠玉词》。　④朝云：本指巫山神女，见宋玉《高唐赋序》，此指意中人。　惹：牵扯的意思。

[集评]

郭麐云："风流华美，浑然天成，如美人临妆，却扇一顾，花间诸人是也。晏元献、欧阳永叔诸人继之。"（《灵芬馆词话》）

诉衷情

东风杨柳欲青青[①],烟淡雨初晴。恼他香阁浓睡,撩乱有啼莺。　　眉叶细,舞腰轻,宿妆成。一春芳意,三月和风,牵系人情。

[注释]

①青青:浓绿。《诗经·郑风·子衿》"青青子衿",王维《送元二使安西》诗"客舍青青柳色新"均重叠使用青字。

诉衷情[①]

芙蓉金菊鬥馨香,天气欲重阳。远村秋色如画,红树间疏黄。　　流水淡,碧天长,路茫茫。凭高目断,鸿雁来时,无限思量。

[注释]

①夏承焘先生《唐宋词人年谱·二晏年谱》考此词作于宋仁宗宝元元年(1038),作者时年四十八岁。

诉衷情[①]

数枝金菊对芙蓉,摇落意重重。不知多少幽怨,和露泣西风。　　人散后,月明中,夜寒浓。谢娘愁卧[②],潘令闲眠[③],心事无穷。

[注释]

①唐氏按:此首别见《张子野词》卷二。　②谢娘:诗词中泛指歌姬舞女之属。　③潘令:晋潘岳曾为河阳令,美丰仪,后常用以代称女性所爱

慕的男子。

诉衷情

露莲双脸远山眉[①]，偏与淡妆宜。小庭帘幕春晚，闲共柳丝垂。　　人别后，月圆时，信迟迟。心心念念，说尽无凭，只是相思。

[注释]

①远山眉：旧题葛洪《西京杂记》谓卓文君“眉色如望远山”。

诉衷情[①]

秋风吹绽北池莲，曙云楼阁鲜[②]。画堂今日嘉会，齐拜玉炉烟。　　斟美酒，祝芳筵，奉觥船。宜春耐夏，多福庄严，富贵长年[③]。

[注释]

①唐氏按：此首别又误入金元好问《遗山新乐府》卷五。　②鲜：此处意谓明亮。　③长年：长寿。

诉衷情

世间荣贵月中人，嘉庆在今辰。兰堂帘幕高卷，清唱遏行云。　　持玉盏，敛红巾，祝千春[①]。榴花寿酒，金鸭炉香[②]，岁岁长新。

[注释]

①千春：喻长寿。《庄子·逍遥游》说上古有大椿者，八千岁为春，八

千岁为秋。 ②金鸭:鸭形铜香炉。

诉衷情[1]

海棠珠缀一重重[2],清晓近帘栊。胭脂谁与匀淡,偏向脸边浓。 看叶嫩,惜花红,意无穷[3]。如花似叶,岁岁年年,共占春风。

[注释]

①唐氏按:此首别作苏轼词,见曾慥本《东坡词》卷下。别又误入金元好问《遗山新乐府》卷五。 ②珠缀:形容海棠花发如贯珠。 ③唐氏按:“红意”二字原作“意恨”,从吴讷本《珠玉词》。

胡捣练[1]

小桃花与早梅花,尽是芳妍品格。未上东风先拆,分付春消息[2]。 佳人钗上玉尊前[3],朵朵秾香堪惜。谁把彩毫描得[4],免恁轻抛掷[5]。

[注释]

①唐氏按:此首别误作晏几道词,见《永乐大典》卷二千八百十“梅”字韵。 ②分付:交付。 ③唐氏按:“佳”原误作“催”,从吴讷本《珠玉词》。 ④彩毫:画笔。 ⑤恁:如此、这样。

殢人娇

二月春风,正是杨花满路[1]。那堪更、别离情绪[2]。罗巾掩泪,任粉痕沾污。争奈向、千留万留不住[3]。 玉酒频倾,宿眉愁聚。空肠断、宝筝弦柱。人间后会,又不知何处。魂梦里、也须时时飞去。

[注释]

①杨花：柳絮别称杨花。　②那堪："那堪，犹云兼之也。"见张相《诗词曲语辞汇释》卷二。　③争奈向："向，语助词，专用于怎奈、如何一类之语，加强其语气而为其语尾。"见张相《诗词曲语辞汇释》卷三。

殢人娇

玉树微凉，渐觉银河影转。林叶静、疏红欲遍。朱帘细雨，尚迟留归燕。嘉庆日、多少世人良愿。　楚竹惊鸾[①]，秦筝起雁。萦舞袖、急翻罗荐[②]。云回一曲[③]，更轻拢檀板[④]。香炷远、同祝寿期无限。

[注释]

①楚竹：代指箫管。　②荐：卧席。此指地毯。　③云回：乐曲名，相传唐玄宗作，也称《紫云回》。　④拢：原作"栊"，此据汲古阁本。

殢人娇

一叶秋高[①]，向夕红兰露坠。风月好、乍凉天气。长生此日，见人中嘉瑞[②]。斟寿酒、重唱妙声珠缀。　凤管移宫[③]，钿衫回袂。帘影动、鹊炉香细。南真宝篆[④]，赐玉京千岁[⑤]。良会永、莫惜流霞同醉[⑥]。

[注释]

①"一叶"句：《淮南子·说山》"见一叶落而知岁之将暮"，此用其意。　②唐氏按："嘉"原作"喜"，从吴讷本《珠玉词》。　③凤管：指笙箫等吹奏乐器。　移宫：谓乐曲之变调。　④南真：南极老人。　宝篆：

宝籍，此指生死簿。　⑤玉京：天阙，道家神仙所居，在无为天。李白《庐山谣》有“手把芙蓉朝玉京”句。　⑥流霞：酒名。《抱朴子·祛惑》：“仙人但以流霞一杯与我饮之，辄不饥渴。”此处借指美酒、寿酒。

踏莎行

细草愁烟，幽花怯露，凭阑总是销魂处。日高深院静无人，时时海燕双飞去[①]。　　带缓罗衣[②]，香残蕙炷。天长不禁迢迢路。垂杨只解惹春风，何曾系得行人住。

[注释]

①海燕：燕子，旧时以为燕子春天自海上归来，故称。　②带缓：人因消瘦，衣带松缓。《古诗十九首·行行重行行》有云：“相去日已远，衣带日已缓。”　唐氏按：“缓”原作“暖”，从吴讷本《珠玉词》。

[集评]

李调元云：“晏殊《珠玉词》极流丽，能以翻用成语见长。如‘垂杨只解惹春风，何曾系得行人住’，又‘春风不解禁杨花，蒙蒙乱扑行人面’等句是也。翻覆用之，各尽其致。”(《雨村词话》)

踏莎行

祖席离歌[①]，长亭别宴，香尘已隔犹回面。居人匹马映林嘶[②]，行人去棹依波转。　　画阁魂消[③]，高楼目断。斜阳只送平波远。无穷无尽是离愁，天涯地角寻思遍。

[注释]

①祖席：古人出行，祭祀路神，有饮饯之礼，称为祖席。《汉书·临江闵王荣传》“祖于江陵北门”颜师古注：“祖者，送行之祭。”后泛指送别宴席。　②居人：留下的人，指送行者。　③魂消：神思茫然的样子。江淹

《别赋》："黯然消魂者，唯别而已矣。"

［集评］

唐圭璋云："此首为送行之作，足抵一篇《别赋》。起两句言饯别。'香尘'句言别后。香尘已隔，而犹回面，极见缱绻不忍之意。'居人'两句，一写去者，一写送者，两两对照，情景如见。换头一气蝉联，因行舟已依波转，故必登楼望之。但转瞬更远，即登楼望之，亦不得见，只馀斜阳映波，徒教人目断魂销也。'无穷'两句，说出人虽不见，而心则随人俱远，无时或已。通体自送别至别后，以次描摹，历历如画。"（《唐宋词简释》）

踏莎行

碧海无波[①]，瑶台有路[②]，思量便合双飞去[③]。当时轻别意中人，山长水远知何处。　　绮席凝尘[④]，香闺掩雾，红笺小字凭谁附[⑤]。高楼目尽欲黄昏，梧桐叶上萧萧雨。

［注释］

①碧海：喻指辽阔遥远的空间。李商隐《嫦娥》诗："嫦娥应悔偷灵药，碧海青天夜夜心。"　②瑶台：传说中西王母所居之宫殿。此借指伊人居所。　③便合：就应该。　④绮席：华丽的坐垫。　⑤"红笺"句：用韩偓《偶见》诗"小叠红笺书恨字，与奴方便寄卿卿"意。　附：带去，附上之意。

踏莎行

绿树归莺，雕梁别燕，春光一去如流电[①]。当歌对酒莫沉吟[②]，人生有限情无限。　　弱袂萦春，修蛾写怨，秦筝宝柱频移雁[③]。尊中绿醑意中人[④]，花朝月夜长相见[⑤]。

［注释］

①流电：比喻速度快。陶渊明《饮酒诗》之三："一生复能几，倏如流

电惊。”　②“当歌”句:本曹操《短歌行》“对酒当歌,人生几何……但为君故,沉吟至今”。　③宝柱:指筝面上搁架丝弦的木柱,其作用是确定音色。因筝柱排列有序,有若雁行,故又称雁柱。　移雁:移动雁柱,改变音调之意。　④醑(xǔ):美酒。　⑤唐氏按:“夜”原作“下”,从吴讷本《珠玉词》。

踏莎行[1]

小径红稀,芳郊绿遍,高台树色阴阴见[2]。春风不解禁杨花,濛濛乱扑行人面。　　翠叶藏莺,朱帘隔燕,炉香静逐游丝转[3]。一场愁梦酒醒时,斜阳却照深深院。

[注释]

①唐氏按:此首别误作寇准词,见《类编草堂诗馀》卷一。别又误作晏几道词,见《词的》卷三。　②阴阴:形容树叶茂盛浓暗之状,犹言森森。　③游丝:指飘拂于空中的蜘蛛、青虫等所吐的丝。

[集评]

张惠言云:“此词亦有所兴,其欧公《蝶恋花》之流乎。”(《张惠言论词》)

沈际飞云:“景物不殊,运掉能奇离夭矫。又曰:结句‘深深’妙,着不得实字。”(引自《蓼园词评》)

黄苏云:“此篇仍前章之意,托兴既同,而结构各异。首三句言花稀而叶盛,喻君子少而小人多也。‘高台’指帝阍。‘春风’二句,小人如杨花之轻薄,易动摇君心也。‘翠叶’二句,喻事多阻隔。‘炉香’句,喻己心之郁纡也。‘斜阳却照深深院’,言不明之日难照此渊衷也。臣心与闺意双关写去,细思自得之耳。”(《蓼园词评》)　注者按:常州派论词主“意内言外”说,往往求之过深,过奇,如此之言皆不足据。其实,这首词只是写作者于暮春时节一种莫名的感伤,并无其他深义。只是于美景中见伤感,手法上颇见高明。

谭献云:“刺词。”(《复堂词话》)

俞陛云云:“此词或有白氏讽刺之意。杨花乱扑,喻谗人之高张;燕隔莺藏,喻堂帘之远隔,宜结句之日暮兴嗟也。”(《唐五代两宋词选释》)

唐圭璋云:“此首通体写景,但于景中见情。上片写出游时郊外之景,下片写归来后院落之景。心绪不宁,故游人都无兴致。起句,写郊景红稀绿遍,已是春事阑珊光景。‘春风’句,似怨似嘲,将物做人看,最空灵有味。‘翠叶’三句,写院落之寂寞。‘炉香’句,写物态细极静极。‘一场’两句,写到酒醒以后景象,浑如梦寐,妙不着实字,而闲愁可思。”(《唐宋词简释》)

渔家傲

画鼓声中昏又晓[①],时光只解催人老[②]。求得浅欢风日好。齐揭调[③],神仙一曲渔家傲[④]。　绿水悠悠天杳杳,浮生岂得长年少。莫惜醉来开口笑。须信道,人间万事何时了。

［注释］

①画鼓:此指报时之鼓。古人于鼓上绘彩,故称画鼓。　②“时光”句:语本韩偓诗“风光百计牵人老”句。　只解:只会。　③揭调:高调。　唐氏按:“揭”原作“喝”,从吴讷本《珠玉词》。　④“神仙”句:《渔家傲》调始自晏殊此作,因此句得名。

渔家傲

荷叶荷花相间斗[①],红娇绿嫩新妆就[②]。昨日小池疏雨后,铺锦绣[③],行人过去频回首。　倚遍朱阑凝望久,鸳鸯浴处波文皱。谁唤谢娘斟美酒。萦舞袖,当筵劝我千长寿。

［注释］

①“荷叶”句:谓荷叶荷花红绿相间,合而艳丽。　斗:“斗,犹凑也,

拼也，合也。”见张相《诗词曲语辞汇释》。　②红娇绿嫩：红指荷花，绿谓荷叶。　唐氏按：上四字原作“红骄绿掩”，从吴讷本《珠玉词》。　③铺锦绣：此言落花满池。

渔家傲

荷叶初开犹半卷，荷花欲拆须微绽[1]。此叶此花真可羡，秋水畔，青凉繖映红妆面[2]。　美酒一杯留客宴，拈花摘叶情无限。争奈世人多聚散[3]。频祝愿，如花似叶长相见。

[注释]

①须：原作“犹”，此据《历代诗馀》本。　②繖（sǎn）：“伞”本字，此喻荷叶。　唐氏按：“繖”原作“绿”，从吴讷本《珠玉词》。　③争奈：犹怎奈。

渔家傲

杨柳风前香百步，盘心碎点真珠露[1]。疑是水仙开洞府[2]。妆景趣，红幢绿盖朝天路[3]。　小鸭飞来稠闹处，三三两两能言语。饮散短亭人欲去。留不住，黄昏更下萧萧雨。

[注释]

①“盘心”句：言荷叶上点点露水如真珠，语本温庭筠诗“荷心有露似骊珠”句。　②水仙：水神。　洞府：神仙所居。　③红幢绿盖：指荷花荷叶。幢，旌旗之属。盖，指伞。

渔家傲[①]

粉笔丹青描未得，金针彩线功难敌。谁傍暗香轻采摘。风淅淅，船头触散双鸂鶒[②]。　夜雨染成天水碧，朝阳借出胭脂色。欲落又开人共惜。秋气逼，盘中已见新莲菂[③]。

[注释]

①唐氏按：此首别作欧阳修《近体乐府》卷二。又误作晏几道词，见《全芳备祖》后集卷三"莲门"。　②鸂鶒（xī chì）：一种像鸳鸯的水鸟。　③莲菂（dì）：莲子。

渔家傲

叶下䴔䴖眠未稳[①]，风翻露飐香成阵[②]。仙女出游知远近。羞借问，饶将绿扇遮红粉。　一掬蕊黄沾雨润，天人乞与金英嫩。试折乱条醒酒困。应有恨，芳心拗尽丝无尽[③]。

[注释]

①䴔䴖（jiāo jīng）：一种喙长脚高的水鸟。　②"风翻"句：谓风翻荷叶，香露抛洒。温庭筠《溪上诗》"风翻荷叶一向白"，与此同意。　③唐氏按："拗尽丝"三字原作"易尽情"，从吴讷本《珠玉词》。

渔家傲

罨画溪边停彩舫[①]，仙娥绣被呈新样。飒飒风声来一饷。愁四望，残红片片随波浪。　琼脸丽人青步障[②]，风牵一袖低相向。应有锦鳞闲倚傍[③]。秋水上，时时绿柄轻摇扬[4]。

[注释]

①罨(yǎn)画:意为杂色的彩画,此处比喻溪边风景之美。　舫:船。　②"琼脸"句:琼脸丽人,本谓美人脸润如玉,这里指白荷花。　步障:本是旧时贵妇出行时沿途用以遮挡、可以移动的木架帐子。这里喻荷叶连绵如青步障。　③锦鳞:鱼之美称。　④绿柄:犹言绿扇,指荷叶。

渔家傲

宿蕊鬥攒金粉闹[1],青房暗结蜂儿小[2]。敛面似啼开似笑[3]。天与貌,人间不是铅华少。　　叶软香清无限好,风头日脚乾催老。待得玉京仙子到。凭向道,红颜只合长年少。

[注释]

①宿蕊:残蕊。　鬥攒:挤聚貌。　金粉闹:谓花蕊繁盛。　②"青房"句:谓莲蓬似蜂窝,青房指莲蓬。　③唐氏按:"开"原作"还",从吴讷本《珠玉词》。

渔家傲

脸傅朝霞衣剪翠[1],重重占断秋江水。一曲采莲风细细[2]。人未醉,鸳鸯不合惊飞起。　　欲摘嫩条嫌绿刺,闲敲画扇偷金蕊。半夜月明珠露坠。多少意,红腮点点相思泪。

[注释]

①"脸傅"句:言荷花沐于朝霞中,荷叶铺漫于下,仿佛是荷花的绿裙。

脸指荷花，傅为傅粉，衣指荷叶。　②采莲：曲名，见《古今乐录》。此指采莲女所唱之歌。

渔家傲

越女采莲江北岸[①]，轻桡短棹随风便[②]。人貌与花相鬥艳[③]。流水慢，时时照影看妆面。　莲叶层层张绿伞[④]，莲房个个垂金盏。一把藕丝牵不断。红日晚，回头欲去心撩乱。

［注释］

①越女：古越出美女，后言美女多称越女。　越：古地名，今浙江一带。　②桡（ráo）：桨。　③"人貌"句：谓美人与花比美争艳。　④伞：《全宋词》作"繖"，同"伞"。

渔家傲

粉面啼红腰束素[①]，当年拾翠曾相遇[②]。密意深情谁与诉。空怨慕，西池夜夜风兼露。　池上夕阳笼碧树，池中短棹惊微雨。水泛落英何处去。人不语[③]，东流到了无停住[④]。

［注释］

①粉面：美女容貌。　啼红：流泪。《拾遗记》载，魏文帝爱一美人薛灵芸。美人离别父母，终日哭泣，以唾壶承泪。及至京师，壶中泪凝如血。后人因以红泪指女子之泪。　腰束素：以素（绢）束腰。宋玉《登徒子好色赋》有"腰如束素"句。　②拾翠：拾取翠羽。古人以羽毛装饰，春秋佳日出游，妇女常在野外拾取羽毛。参见曹植《洛神赋》。　③唐氏按："语"原作"悟"，据明钞本《珠玉词》改。　④到了：到底。

渔家傲

幽鹭慢来窥品格[①]，双鱼岂解传消息[②]。绿柄嫩香频采摘。心似织，条条不断谁牵役。　粉泪暗和清露滴，罗衣染尽秋江色。对面不言情脉脉。烟水隔，无人说似长相忆[③]。

[注释]

①幽鹭：沉静安闲之鹭。　鹭：水鸟，性高洁，故杜牧呼之为风标公子。　②双鱼：一般指书信，此处双关。　③唐氏按："长"原作"人"，从吴讷本《珠玉词》。

[集评]

李调元云："词用'织'字最妙。始于太白词'平林漠漠烟如织'，孙光宪亦有句云'野棠如织'，晏殊亦有'心似织'句，此后遂千变万化矣。"（《雨村词话》）

渔家傲[①]

楚国细腰元自瘦[②]，文君腻脸谁描就[③]。日夜声声催箭漏[④]。昏复昼，红颜岂得长如旧。　醉折嫩房和蕊嗅[⑤]，天丝不断清香透[⑥]。却傍小阑凝坐久。风满袖，西池月上人归后[⑦]。

[注释]

①唐氏按：以上二首别又见欧阳修《近体乐府》卷二。　②"楚国细腰"句：本《韩非子·二柄》"楚灵王好细腰，而国中多饿人"。　③文君：本谓司马相如妻卓文君，后泛称美女亦曰文君。　腻脸：浓妆之脸面。④箭漏：古时一种水漏计时器，漏下承盘，盘内树箭，淹箭以定时刻。　唐氏按："声"（指第二个"声"字）原作"鼓"，从吴讷本《珠玉词》。　⑤"醉

折”句:化用李煜《浣溪沙》“酒恶时拈花蕊嗅”句。嫩房,指荷花。 唐氏按:“折”原作“拆”,从吴讷本《珠玉词》。 ⑥天丝:荷茎折断,丝不断,天丝指此,呼应上句。 ⑦“风满袖”二句:化用冯延巳《鹊踏枝》“独立小桥风满袖,平林新月人归后”之句。

渔家傲

嫩绿堪裁红欲绽,蜻蜓点水鱼游畔。一霎雨声香四散。风飐乱,高低掩映千千万①。 总是凋零终有限,能无眼下生留恋。何似折来妆粉面。勤看玩,胜如落尽秋江岸。

[注释]

①掩映:遮掩衬托。

雨中花

剪翠妆红欲就,折得清香满袖。一对鸳鸯眠未足,叶下长相守。 莫傍细条寻嫩藕,怕绿刺、罥衣伤手①。可惜许②、月明风露好,恰在人归后。

[注释]

①罥(juàn)衣:钩挂住衣服。 ②许:语助词,无实际意义。

瑞鹧鸪

咏红梅

越娥红泪泣朝云,越梅从此学妖嚬①。腊月初头、庾岭繁开后②,特染妍华赠世人。 前溪昨夜深深雪,朱颜不掩天真。何时驿使西归，寄与相思客，一枝新。报道江南别样春[3]。

［注释］

①妖嚬：以美人颦眉依然妖艳形容梅花的姿态。此用西施典。　嚬：同"颦"。　②庾岭：即大庾岭，又称梅岭，在江西广东交界处。　③"何时"四句：意同陆凯《寄范晔》诗。陆诗云："折梅逢驿使，寄与陇头人，江南无所有，聊赠一枝春。"

瑞鹧鸪

江南残腊欲归时，有梅红亚雪中枝[1]。一夜前村、间破瑶英拆[2]，端的千花冷未知[3]。　　丹青改样匀朱粉，雕梁欲画犹疑。何妨与向冬深，密种秦人路，夹仙溪。不待夭桃客自迷[4]。

［注释］

①亚：通"压"。熊皎诗："已亚雪中枝。"　②"一夜"二句：本自僧齐己《早梅》诗"前村深雪里，昨夜数枝开"。见《唐诗纪事》。　③端的：真个。　④"密种"三句：用陶渊明《桃花源记》典故。　夭桃：《诗经·周南·桃夭》"桃之夭夭"，故称夭桃。夭夭，美盛貌。

望仙门

紫薇枝上露华浓[1]，起秋风。管弦声细出帘栊，象筵中[2]。　　仙酒斟云液[3]，仙歌转，绕梁虹[4]。此时佳会庆相逢。庆相逢，欢醉且从容。

[注释]

①露华浓:李白《清平调》有“春风拂槛露华浓”句,形容花带露水时颜色鲜艳。 ②象筵:豪华考究的筵席。 ③云液:指酒。白居易《对酒闲吟》诗有“云液洒六腑”句。 ④绕梁虹:喻歌声经久不息。《列子·汤问》曰:“馀音绕梁欐(lì),三日不绝。” 梁虹:即虹梁。房梁弯曲如虹以承力。

望仙门[1]

玉壶清漏起微凉[2],好秋光。金杯重叠满琼浆,会仙乡。 新曲调丝管,新声更飐霓裳[3]。博山炉暖泛浓香[4]。泛浓香,为寿百千长。

[注释]

①唐氏按:此首别误入金元好问《遗山新乐府》卷五。 ②玉壶:即漏壶,古计时器。 ③飐(zhǎn):摇动的样子。 霓裳:舞名,全称《霓裳羽衣舞》。唐代宫廷乐舞,主要描绘仙境和仙女形象。白居易有《霓裳羽衣歌》诗。 ④博山炉:古香炉名。表面雕刻重叠山形。

望仙门

玉池波浪碧如鳞,露莲新。清歌一曲翠眉嚬,舞华茵。 满酌兰英酒[1],须知献寿千春。太平无事荷君恩。荷君恩,齐唱望仙门[2]。

[注释]

①兰英酒:美酒名。《文选·枚叔(乘)〈七发〉》:“兰英之酒,酌以涤口。” ②望仙门:集灵宫门曰望仙。集灵宫在华阴,汉武帝时所建。《词谱》卷六云:“调见《珠玉词》,取词中结句为名。”

长生乐

玉露金风月正圆[①]，台榭早凉天。画堂嘉会，组绣列芳筵。洞府星辰龟鹤，福寿来添[②]。欢声喜色，同入金炉泛浓烟。　　清歌妙舞，急管繁弦[③]。榴花满酌觥船[④]。人尽祝、富贵又长年。莫教红日西晚，留著醉神仙。

［注释］

①玉露金风：白露秋风。　②福寿来添：原本作“来添福寿”，按《词谱》则少一韵。此据吴讷本《百家词》。　③急管繁弦：谓音乐急促繁杂。　④榴花：据《南史·夷貊传上·扶南国》载“顿逊国有酒树似安石榴，采其花汁停瓮中，数日成酒”，后遂以“榴花”雅称美酒。　觥船：指大酒杯。

长生乐

阆苑神仙平地见，碧海架蓬瀛[①]。洞门相向，倚金铺微明[②]。处处天花撩乱，飘散歌声。装真筵寿，赐与流霞满瑶觥[③]。　　红鸾翠节，紫凤银笙。玉女双来近彩云。随步朝夕拜三清。为传王母金箓，祝千岁长生。[④]

［注释］

①“碧海”句：谓蓬瀛仙山凌驾于碧海之上。蓬莱、瀛洲是海中的仙山，见《史记·封禅书》。《拾遗记》载：“历蓬瀛而超碧海。”　②金铺：即金铺首。铜制兽面，安在门上，用以衔门环。司马相如《长门赋》：“挤玉户以撼金铺兮。”　③瑶觥：玉杯。　④下片隐括汉武帝见王母故事。《汉武帝传》载：闻云中箫鼓声，见王母乘紫云之车，驾五色斑龙，又有五十天仙，持彩旄之节，王母扶二侍女上殿。　三清：道教尊奉之三位神仙。金箓：道家符箓。

蝶恋花

一霎秋风惊画扇[①]。艳粉娇红，尚拆荷花面[②]。草际露垂虫响遍，珠帘不下留归燕。　扫掠亭台开小院，四坐清欢，莫放金杯浅。龟鹤命长松寿远，阳春一曲情千万[③]。

［注释］

①一霎：一会儿。　②唐氏按："拆"原作"折"，从吴讷本《珠玉词》。　③阳春：古乐曲名。宋玉《对楚王问》："其为阳春白雪，国中属而和者不过数十人。"

蝶恋花[①]

紫菊初生朱槿坠。月好风清，渐有中秋意。更漏乍长天似水，银屏展尽遥山翠。　绣幕卷波香引穗。急管繁弦，共庆人间瑞[②]。满酌玉杯萦舞袂，南春祝寿千千岁[③]。

［注释］

①唐氏按：以上二首，宋时或误作苏轼词，见傅幹《注坡词》傅共《序》。别又误作金元好问词，见《遗山新乐府》卷五。　②唐氏按："庆"原作"爱"，从吴讷本《珠玉词》。　③"南春"句：谓祝人寿比南山。

蝶恋花[①]

帘幕风轻双语燕。午醉醒来，柳絮飞撩乱。心事一春犹未见，馀花落尽青苔院。　百尺朱楼闲倚遍。薄雨浓云[②]，抵死遮人面[③]。消息未知归早晚，斜阳只送平波远。

[注释]

①唐氏按:此首别见欧阳修《近体乐府》卷二。汲古阁本《珠玉词》此首注云:"一刻东坡词。"　②薄雨:微雨。　③抵死:一定、非要。

[集评]

沈际飞云:"'犹未见''心事'句,'馀花落'句,并不寻常。又曰:'斜阳'送波,远望之淡然,然其中甚切,不许速领,必数过之。"(引自《蓼园词评》)

黄苏云:"'心事'二句,言心事未见有春意怡人处,而春已阑矣。'消息'二句,言春归未知早晚,而斜照'平波',已是送春归模样矣。确是暮春。看此词似有寄托,不独因时即事已也。"(《蓼园词评》)

俞陛云云:"此词殆有寄慨,非作月露泛辞。'心事'二句有'怅未立乎修名'、'老冉冉其将至'之感。下阕'雨云'二句意谓经国远谟,乃横生艰阻。'消息'、'斜阳'二句谓他日成败,非所逆睹,而在图安旦夕观之,则斜日远波,固一派清平气象也。韩魏公咏雪诗'老松擎重玉龙寒',隐然以天下为己任。公之词,其亦有忧盛危明之意乎。"(《唐五代两宋词选释》)

蝶恋花[①]

玉碗冰寒消暑气。碧簟纱厨[②],向午朦胧睡。莺舌惺松如会意,无端画扇惊飞起。　雨后初凉生水际。人面荷花,的的遥相似[③]。眼看红芳犹抱蕊,丛中已结新莲子。

[注释]

①唐氏按:此首别又误作苏轼词,见汲古阁本《东坡词》。　②碧簟:竹席。　纱厨:笼以纱帐之床。　③的的:鲜明的样子。

蝶恋花

梨叶疏红蝉韵歇。银汉风高[①]，玉管声凄切。枕簟乍凉铜漏咽，谁教社燕轻离别[②]。　草际蛩吟珠露结[③]。宿酒醒来，不记归时节。多少衷肠犹未说，朱帘一夜朦胧月。

[注释]

①银汉：银河。　②社燕：社，社日，祭祀土地神的日子。古人春秋两季祭社神，称春社和秋社。燕子是候鸟，春社来，秋社去，故称社燕。　③蛩：蟋蟀。　吟：鸣也。白居易《禁中闲蛩》诗："西宫独闇坐，满耳新蛩声。"

蝶恋花[①]

南雁依稀回侧阵[②]。雪霁墙阴，偏觉兰芽嫩。中夜梦馀消酒困，炉香卷穗灯生晕。　急景流年都一瞬[③]。往事前欢，未免萦方寸[④]。腊后花期知渐近，寒梅已作东风信。

[注释]

①唐氏按：以上二首别又见欧阳修《近体乐府》卷二。　②侧阵：雁飞成人字或一字，称雁阵，雁阵倾斜不正曰侧阵。唐太宗《秋日翠微宫》诗："侧阵移鸿影。"　③流年：年华如流水，因称年华为流年。此句谓时光短促。　④方寸：指心。

[集评]

宛敏灏云："晏词清淡，冯、李则色彩较浓；晏词闲雅，冯、李词则音调哀婉。"（《二晏及其词》）

拂霓裳

庆生辰，庆生辰是百千春。开雅宴，画堂高会有诸亲。钿函封大国，玉色受丝纶[①]。感皇恩、望九重[②]、天上拜尧云。　　今朝祝寿，祝寿数，比松椿。斟美酒，至心如对月中人。一声檀板动，一炷蕙香焚。祷仙真[③]。愿年年今日、喜长新。

[注释]

①"钿函"二句：谓天子亦颁诏贺寿，并有封赠。　钿函：白居易《妻初授邑号告身》诗"钿轴金泥诰一通"。　丝纶：天子之言曰丝纶。　②九重：九重门，指王城，即指天子。《楚辞·九辩》："君之门以九重。"　③仙真：指神仙。

拂霓裳

喜秋成，见千门万户乐升平[①]。金风细，玉池波浪縠文生[②]。宿露沾罗幕，微凉入画屏。张绮宴，傍熏炉蕙炷、和新声。　　神仙雅会，会此日，象蓬瀛。管弦清，旋翻红袖学飞琼[③]。光阴无暂住，欢醉有闲情。祝辰星。愿百千为寿、献瑶觥。

[注释]

①千门万户：本指汉建章宫门户众多。此谓市井繁华，门户稠密。　升平：太平治世气象。　②縠文：縠，有绉纹的轻纱，此言水纹似绉纱。　③飞琼：许飞琼，仙女名，见《汉武帝外传》。

拂霓裳

乐秋天[①]，晚荷花缀露珠圆。风日好，数行新雁贴寒烟。银簧调脆管[2]，琼柱拨清弦[3]。捧觥船，一声声、齐唱太平年。　人生百岁，离别易，会逢难。无事日，剩呼宾友启芳筵。星霜催绿鬓[4]，风露损朱颜。惜清欢。又何妨、沉醉玉尊前。

［注释］

①唐氏按："乐"原作"笑"，从吴讷本《珠玉词》。　②银簧：笙。笙为吹管乐器，管内簧片多为银制。　③琼柱：指筝。柱，指筝柱。　④星霜：鬓边斑驳的白发。

菩萨蛮

芳莲九蕊开新艳，轻红淡白匀双脸。一朵近华堂，学人宫样妆[1]。　看时斟美酒[2]，共祝千年寿。销得曲中夸[3]，世间无此花。

［注释］

①宫样妆：宫中流行之妆扮。　②唐氏按："看"原作"著"，从吴讷本《珠玉词》。　③销得：值得之意。

菩萨蛮

秋花最是黄葵好[1]，天然嫩态迎秋早。染得道家衣，淡妆梳洗时。　晓来清露滴，一一金杯侧[2]。插向绿云鬓[3]，便随王母仙。

［注释］

①黄葵：一年生草本植物，花开五瓣，黄色，亦称侧金盏花。　②金杯：形容黄葵。　侧：倾斜。　③鬓：此字失韵。疑为"鬟"字之误。

菩萨蛮

人人尽道黄葵淡，侬家解说黄葵艳[①]。可喜万般宜，不劳朱粉施。　摘承金盏酒，劝我千长寿[②]。擎作女真冠[③]，试伊娇面看。

[注释]

①侬家：吴语"我"的自称。　②唐氏按：此二句，原作"摘取承金盏，劝我千长算"。从吴讷本《珠玉词》。（"句"字，《全宋词》误作"首"字。）③女真冠：女道士的帽子。

菩萨蛮

高梧叶下秋光晚，珍丛化出黄金盏[①]。还似去年时，傍阑三两枝。　人情须耐久，花面长依旧。莫学蜜蜂儿，等闲悠飏飞[②]。

[注释]

①珍丛：花丛。　②等闲：随便之意。

秋蕊香

梅蕊雪残香瘦[①]，罗幕轻寒微透。多情只似春杨柳，占断可怜时候[②]。　萧娘劝我杯中酒，翻红袖。金乌玉兔长飞走，争得朱颜依旧[③]。

[注释]

①香瘦：花香淡薄。　②占断：犹言占尽。　③争得：怎得，怎能。

秋蕊香

向晓雪花呈瑞，飞遍玉城瑶砌。何人剪碎天边桂，散作瑶田琼蕊。　萧娘敛尽双蛾翠，回香袂。今朝有酒今朝醉，遮莫更长无睡[①]。

［注释］

①遮莫：尽教的意思。

相思儿令

昨日探春消息[①]，湖上绿波平。无奈绕堤芳草，还向旧痕生。　有酒且醉瑶觥。更何妨、檀板新声。谁教杨柳千丝，就中牵系人情[②]。

［注释］

①探春消息：探寻春天的消息。古人春日至郊外游玩，称为探春。②就中：其中。

相思儿令

春色渐芳菲也，迟日满烟波。正好艳阳时节，争奈落花何。　醉来拟恣狂歌[①]。断肠中、赢得愁多。不如归傍纱窗，有人重画双娥。

［注释］

①恣：尽情。　唐氏按："来"原作"杀"，从吴讷本《珠玉词》。

滴滴金[1]

梅花漏泄春消息，柳丝长，草芽碧。不觉星霜鬓边白，念时光堪惜。　　兰堂把酒留嘉客，对离筵，驻行色。千里音尘便疏隔，合有人相忆[2]。

[注释]

①唐氏按：此首别又误作周邦彦词，见《京本通俗小说·西山一窟鬼》。　②合：当，应该。

山亭柳

赠歌者

家住西秦[1]，赌博艺随身。花柳上、鬥尖新[2]。偶学念奴声调[3]，有时高遏行云[4]。蜀锦缠头无数[5]，不负辛勤。

数年来往咸京道[6]，残杯冷炙谩消魂[7]。衷肠事、托何人。若有知音见采，不辞遍唱阳春。一曲当筵落泪，重掩罗巾。

[注释]

①西秦：古地域名，今甘肃省南部一带。　②尖新：别致。　③念奴：唐天宝年间女艺人，善歌。　④遏行云：用秦青典，见《列子·汤问》。　⑤蜀锦：四川出美锦，名扬天下。　缠头：古时歌舞艺人表演时以锦帕缠头为装饰，演毕，宾客以罗锦相赠为彩，称之为缠头。后亦作为赠送妓女财物的通称。　⑥咸京：咸阳，在古长安西北。　⑦“残杯”句：化用杜甫《奉赠韦左丞丈二十二韵》“残杯与冷炙，到处潜悲辛”之意。

睿恩新[1]

芙蓉一朵霜秋色。迎晓露、依依先折。似佳人、独立倾城[②]，傍朱槛、暗传消息。　　静对西风脉脉。金蕊绽、粉红如滴。向兰堂、莫厌重深[③]，免清夜、微寒渐逼。

［注释］

①唐氏按：此首别误作晏几道词，见明赵琦美辑《小山词补遗》。　②独立倾城：比喻绝世美女。李延年诗："北方有佳人，绝世而独立。一顾倾人城，再顾倾人国。"　③唐氏按："深"原作"新"，从吴讷本《珠玉词》。

睿恩新

红丝一曲傍阶砌。珠露下、独呈纤丽。剪鲛绡[①]、碎作香英，分彩线、簇成娇蕊。　　向晚群花欲悴[②]。放朵朵、似延秋意。待佳人、插向钗头，更袅袅、低临凤髻[③]。

［注释］

①鲛绡：《述异记》卷上载，"南海出鲛绡纱，泉室潜织，一名龙纱"。后泛指薄纱。　②唐氏按："欲"原作"新"，从吴讷本《珠玉词》。　③凤髻：凤形髮髻。

玉堂春[①]

帝城春暖，御柳暗遮空苑。海燕双双，拂飏帘栊。女伴相携、共绕林间路，折得樱桃插髻红。　　昨夜临明微雨，新英遍旧丛。宝马香车、欲傍西池看[②]，触处杨花满袖风。

［注释］

①此调晏殊自创，上片押两仄韵，两平韵，乃平仄韵错押之格。　②西池：金明池，在汴京西北，因俗称西池，为游览胜地。

玉堂春

后园春早，残雪尚濛烟草。数树寒梅，欲绽香英。小妹无端、折尽钗头朵，满把金尊细细倾。　忆得往年同伴，沉吟无限情。恼乱东风[①]、莫便吹零落，惜取芳菲眼下明。

[注释]

①恼乱东风：此句谓为东风所撩而心绪烦恼。

玉堂春

斗城池馆[①]，二月风和烟暖。绣户珠帘，日影初长。玉辔金鞍、缭绕沙堤路，几处行人映绿杨。　小槛朱阑回倚，千花浓露香。脆管清弦、欲奏新翻曲[②]，依约林间坐夕阳[③]。

[注释]

①斗城：本指汉都长安，后借指京城。　②新翻曲：即新词。刘禹锡《杨柳枝》："请君莫奏前朝曲，听唱新翻杨柳枝。"　翻：依照旧曲谱填制新词曰翻。　③依约：形容情意缠绵。

临江仙

资善堂中三十载[①]，旧人多是凋零。与君相见最伤情。一尊如旧，聊且话平生[②]。　此别要知须强饮，雪残风细长亭。待君归觐九重城。帝宸思旧[③]，朝夕奉皇明[④]。

[注释]

①资善堂：宋仁宗读书之所。《宋会要》："资善堂在元符观南，大中祥符八年置，天禧四年徙御厨北也。"又载："大中祥符九年二月诏，元符皇子就学之所，宜以资善堂为名。"晏殊于真宗天禧二年充太子舍人。 ②聊且：暂且。 ③帝宸：天子居处，即帝宫。此借指天子。 ④皇明：皇帝明德曰皇明。班固《西都赋》："天人合应，以发明德。"此处犹言圣明之君。

燕归梁

双燕归飞绕画堂，似留恋虹梁[①]。清风明月好时光[②]。更何况、绮筵张。 云衫侍女，频倾寿酒，加意动笙簧。人人心在玉炉香。庆佳会、祝延长[③]。

[注释]

①虹梁：房梁弯曲如虹，为承力也，这是古建筑的法则。 ②清风明月：本《南史·谢譓传》"入吾室者但有清风，对吾饮者唯当明月"。后用以喻风雅事。 ③唐氏按："延"原作"筵"，从吴讷本《珠玉词》。

燕归梁

金鸭香炉起瑞烟，呈妙舞开筵。阳春一曲动朱弦，斟美酒、泛觥船。 中秋五日[①]，风清露爽，犹是早凉天。蟠桃花发一千年[②]，祝长寿、比神仙。

[注释]

①中秋五日：八月初五日。 ②蟠桃：神话中的仙桃。传说此桃三千年一开花，三千年一结果。

望汉月

千缕万条堪结[①]，占断好风良月。谢娘春晚先多愁，更撩乱、絮飞如雪[②]。　　短亭相送处，长忆得、醉中攀折[③]。年年岁岁好时节，怎奈尚[④]、有人离别。

[注释]

①“千缕”句：此句言柳，用刘禹锡《杨柳枝》词意，刘诗云：“御陌青门拂地垂，千条金缕万条丝。如今绾作同心结，将赠行人知不知。”　②“谢娘”二句：用《世说新语》谢道韫咏雪典故。　唐氏按：“飞”字原无，从吴讷本《珠玉词》补。　③攀折：谓折柳。古人有折柳赠别的风俗。　④唐氏按：“尚”疑“向”字之误。　注者按：据《六十名家词》本无“尚”字，《历代诗馀》同。

连理枝

玉字秋风至[①]，帘幕生凉气。朱槿犹开，红莲尚折，芙蓉含蕊。送旧巢归燕拂高檐[②]，见梧桐叶坠。　　嘉宴凌晨启，金鸭飘香细。凤竹鸾丝[③]，清歌妙舞，尽呈游艺[④]。愿百千遐寿比神仙，有年年岁岁。

[注释]

①玉字：本指珍贵的文字。这里是说大雁飞过秋空排成的文字形队列。　②唐氏按：“檐”原作“帘”，从吴讷本《珠玉词》。　③凤竹鸾丝：谓笛与琴。　④唐氏按：“尽”原误作“画”，从吴讷本《珠玉词》。

连理枝

绿树莺声老，金井生秋早[①]。不寒不暖，裁衣按曲[②]，天时正好。况兰堂逢著寿筵开，见炉香缥缈。　　组绣呈纤巧，歌舞夸妍妙。玉酒频倾，朱弦翠管，移宫易调。献金杯重叠祝长生，永逍遥奉道。

（以上一百三十四首见《珠玉词》）[③]

[注释]

①金井：设有雕栏之井曰金井。李白诗《长相思》有“络纬秋啼金井阑”。　②按曲：听曲。　③唐氏注：此以陆贻典、黄仪、毛扆等校汲古阁本《宋六十名家词》中之《珠玉词》为底本，另以吴讷《唐宋名贤百家词》本及南京图书馆藏明抄本《珠玉词》校改讹字。吴讷本文字胜处甚多，惟抄手拙劣，误字亦甚多，故不用作底本。

破阵子

春　景

燕子来时新社[①]，梨花落后清明。池上碧苔三四点，叶底黄鹂一两声。日长飞絮轻。　　巧笑东邻女伴[②]，采桑径里逢迎。疑怪昨宵春梦好[③]，元是今朝鬥草赢[④]。笑从双脸生。

[注释]

①新社：指春社。春社在立春后第五个戊日，适当春分前后。　②巧笑：美丽的笑容。《诗经·卫风·硕人》有“巧笑倩兮，美目盼兮”句。　③疑怪：怪不得。　④鬥草：也叫鬥百草，是古时青年女子春日的游戏。参加的人各采花草，以其名称作对，赌多少优劣以为胜负。

[集评]

许昂霄云：“晏氏父子均可追逼花间，琴川毛氏以配南唐二主，虽不免拟之不伦，然词林中类此者，固指不多屈也。”（《词综偶评》）

陈廷焯云：“不失为风流酸楚。”（《白雨斋词话》）

刘永济云：“此乃纯用旁观者之言，描写春日游女戏乐之情景，因见游女鬥草得胜之笑，而代写其心情。言今朝鬥草得胜，乃昨宵好梦之验，可谓能深入人物之内心者。此种词虽无寄托，而描绘人情物态极其新鲜生动，使读者如亲见其人、其事，而与作者同感其乐，单就艺术性说来，亦有可采之处也。”（《唐五代两宋词简析》）

沈祖棻云：“纯用白描，展示了古代少女的纯洁心灵。笔调活泼，风格

朴实，与主题相称。”（《宋词赏析》）

玉楼春[①]

春　恨

绿杨芳草长亭路，年少抛人容易去[②]。楼头残梦五更钟，花底离情三月雨。　　无情不似多情苦，一寸还成千万缕[③]。天涯地角有穷时，只有相思无尽处。

（以上二首见《唐宋诸贤绝妙词选》卷三）

[注释]

①唐氏按：此首别误入吴文英《梦窗词集》。别又误作唐温庭筠词，见明单宇《菊坡丛话》卷二十六。　②年少：青春时代。　③“一寸”句：语本李煜《蝶恋花》“一片芳心千万绪”。一寸，指心。

[集评]

《诗眼》云：“晏叔原见蒲传正曰：‘先君小词，未尝作妇人语。’传正云：‘“绿杨芳草长亭路，年少抛人容易去。”岂非妇人语？’叔原曰：‘公谓年少为所欢乎。’因公言，遂晓乐天诗两句：‘欲留所欢待富贵，富贵不来所欢去。’传正笑而悟其言之失。”（引自《古今词话·词话》）

江尚质云：“贤如寇准、晏殊、范仲淹、赵鼎，勋名重臣，不少艳词。即丁谓、贾昌朝、夏竦，亦有绮语流传。以及蔡京、蔡攸，各有赏识，累辟大晟府职，当不以人废言也。”（引自《古今词话·词话》）

曹尔堪云：“咏吴閶丽人及闺情之作。想亦词用情景有必然者。乃知欧、晏虽有绮靡之语，而亦无关正色立朝之大节也。”（引自《古今词话·词话》）

黄苏云：“言近而指远者，善言也。‘年少抛人’，凡罗雀之门，枯鱼之泣，皆可作如是观。‘楼头’二语，意致凄然，击起多情之苦来。末二句总见多情之苦耳。妙在意思忠厚，无怨怼口角。”（《蓼园词评》）

陈廷焯云：“不失为风流酸楚。”（《白雨斋词话》）

夏闰庵云：“后半阕惟极写‘离愁’二字，若南宋人为之，必别出一意，

断不如此直说。此节处正宜着眼。”(引自《唐五代两宋词选释》)

唐圭璋云:“此首述相思之情。起句点春景,次句言人去。‘楼头’两句,写人去后之处境,凄楚不堪,而缀语亦精练无匹。下片纯用白描,直抒胸臆,作意自后主词‘一片芳心千万绪,人间没个安排处’来。但觉忠厚之至,而无丝毫怨怼。”(《唐宋词简释》)

詹安泰云:“既不露雕炼的痕迹,也不着浓艳的字眼,而情景逼真,含蕴无穷。”(《宋词散论》)

【补　辑】

蝶恋花

紫府群仙名籍秘①。五色斑龙②,暂降人间世。海变沧田都不记。蟠桃一熟三千岁。　露滴彩旌云绕秋③,谁信壶中④,别有笙歌地。门外落花随水逝。相看莫惜尊前醉。⑤

[注释]

①“紫府”句:名登仙府之意。　②斑龙:五色彩龙,仙人坐骑。　③云绕秋:“秋”字失韵,当有讹误。　④壶中:壶天,仙境。　⑤孔凡礼按:此词作者,作“晏元献公”。下二首同。

诉衷情

寿

幕天席地鬥豪奢①,歌伎捧红牙②。从他醉醒醒醉,斜插满头花。　车载酒,解貂贳③,尽繁华。儿孙贤俊,家道荣昌,祝寿无涯。

[注释]

①幕天席地:以天为幕,以地为席,比喻高旷,这里用以形容纵意。②红牙:调节乐曲节奏的拍板,用檀木制成,色红,故名红牙。 ③解貂贳(shì):谓以貂裘为抵押换酒。 贳:借贷,赊欠的意思。

诉衷情

喧天丝竹韵融融,歌唱画堂中。玲女世间希有[1],烛影夜摇红。 一同笑,饮千钟,兴何穷。功成名遂,富足年康,祝寿如松[2]。

(以上三首见《诗渊》第二十五册,引自孔凡礼《全宋词补辑》)

[注释]

①玲女:玲珑,唐代杭州乐伎名,此指歌女。

断 句

芳草连天碧。 (郑元佐新注《断肠诗集》卷二注)

存目词

调名	首句	出处	附注
阮郎归	南园春半踏青时	《珠玉词》	冯延巳作,见《阳春集》
蝶恋花	六曲阑干偎碧树	《珠玉词》	同上

调　名	首　句	出　处	附　注
六幺令	雪残风信	《梅苑》卷二	晏几道作,见《小山词》
蝶恋花	千叶梅花夸百媚	《梅苑》卷八	同上
醉桃源	东风吹水日衔山	《阳春集》注引《兰畹集》	冯延巳作,见《阳春集》
清商怨	关河愁思望处满	《词品》卷一	欧阳修作,见《近体乐府》卷一
如梦令	楼外残阳红满	陈钟秀本《草堂诗馀》卷上	秦观作,见《淮海居士长短句》卷中
蝶恋花	卷絮风头寒欲尽	杨金本《草堂诗馀后集》卷一	赵令畤作,见《乐府雅词》卷中
虞美人	小梅枝上东君信	《花草粹编》卷六	晏几道作,见《小山词》
临江仙	东野亡来无丽句	《啸馀谱》卷二	同上
西江月	愁黛颦成月浅	《古今词统》卷六	同上
定风波慢	漏新春消息	抱经斋钞本《珠玉词》引群贤《梅苑》	无名氏词,见《梅苑》卷二
庆春泽	晓风微	同上	同上
采桑子	花中独占春风早	同上	晏几道作,见《小山词》
虞美人	天涯也得江南信	同上	黄庭坚作,见《豫章黄先生词》

调　名	首　句	出　处	附　　注
玉楼人	去年寻处曾携手	又引《花草粹编》	无名氏作,见《梅苑》卷七
忆人人	密传春信	同上	同上
忆人人	前村满雪	同上	同上
望江梅	闲梦远南国正清秋	同上	李煜作,见《南唐二主词》
浣溪沙	家近旗亭酒易酤	《古今图书集成·艺术典》卷八百二十三娼妓部	晏几道作,见《小山词》
探春令	绿杨枝上晓莺啼	同上	无名氏作,见《草堂诗录》前集卷下
喜团圆	危楼静锁	《同情集词选》卷七	晏几道作,见《小山词》
梁州令	莫唱阳关曲	《同情集词选》卷八	同上

滕宗谅

滕宗谅(991—1047),字子京,河南(今河南洛阳)人。真宗大中祥符八年(1015)进士。初授潍州从事。天圣五年(1027)以泰州从事召试学士院,改大理寺丞。迁左司谏,以言得罪,出知信州,又降监鄱阳榷酤。后曾知泾州。仁宗庆历中,迁天章阁待制,环庆路经略安抚使,知庆州。因知泾州日动用官库银钱慰劳抗击西夏军民等,谪守岳州,迁苏州。滕宗谅与范仲淹交好,为官政绩颇多,以重修岳阳楼最为人知。

临江仙①

湖水连天天连水,秋来分外澄清②。君山自是小蓬瀛③。气蒸云梦泽,波撼岳阳城④。　帝子有灵能鼓瑟⑤,凄然依旧伤情。微闻兰芝动芳馨⑥。曲终人不见,江上数峰青⑦。

(《能改斋漫录》卷十六)

[注释]

①唐氏按:此首别又误入李吕《澹轩集》卷四。　②“湖水”二句:写洞庭湖天水一碧,意本孟浩然《临洞庭上张丞相》诗“八月湖水平,涵虚混太清”句。　③君山:又名湘山,在湖南洞庭湖中。《水经注·湘水》:“是山,湘君之所游处,故曰君山。”湘君,湘水之神也。　蓬瀛:指蓬莱、瀛洲,传说在渤海中的二仙山。　④“气蒸”二句:全袭孟浩然《临洞庭上张丞相》诗的颔联。　云梦:泽名。有二说,一说本二泽,云在江北,梦在江南;一说实为一泽。其大概位置在今湖南益阳、湖北江陵一带。　岳阳:古称巴陵,在洞庭湖南。　⑤“帝子”句:用湘灵鼓瑟典故。湘灵鼓瑟出自《楚辞·远游》“使湘灵鼓瑟兮,令海若舞冯夷”。　湘灵:神名。王逸《楚辞章句》说是“百川之神”。据唐章怀太子李贤的说法,这个神灵是虞舜之妃,即湘夫人。湘夫人于屈原《楚辞·九歌》中称为帝子。　鼓:弹奏。瑟:古代一种弦乐器。　⑥兰芝动芳馨:语本钱起《省试湘灵鼓瑟》诗“白

芷动芳馨”句。兰芝、白芷皆香草,《楚辞》中常见。 ⑦“曲终”二句:袭用钱起《省试湘灵鼓瑟》诗结二句。这两句诗在唐诗中被称为绝唱。

[集评]

孙兆溎云:“巴陵乐府,旧传《临江仙》一阕,为滕子京所作。……秦少游前调云……两词工力悉敌,末韵皆用钱起律句,何巧合耶。盖古人名句,谁不习闻。适与景会,随触而来,固无意于蹈袭也。”(《片玉山房词话》)

张　昪[①]

张昪（992—1077），字杲卿，韩城（今属陕西）人。举进士第，累官参知政事、枢密使，以彰信军节度使、同中书门下平章事判许州、改镇河阳。终以太子太师致仕。卒年八十六，赠司徒兼侍中，谥康节。

满江红[②]

无利无名，无荣无辱，无烦无恼。夜灯前、独歌独酌，独吟独笑。况值群山初雪满，又兼明月交光好。便假饶百岁拟如何[③]，从他老。　知富贵，谁能保。知功业，何时了。算箪瓢金玉[④]，所争多少。一瞬光阴何足道，但思行乐常不早。待春来携酒殢东风[⑤]，眠芳草。

（《青箱杂记》卷八）

[注释]

①唐氏按：《宋史》列传作张昪，而宰辅表则作张昪，他书亦多作张昪，今从之。　②唐氏按：此首《花草粹编》卷九引《言行录》误作杜衍词。　③假饶：假，估量之词。饶，让的意思。　④箪（dān）：食器。瓢：饮器。此泛指容器。　⑤殢（tì）：沉醉。

[集评]

吴处厚云："枢相张公昪……年八十馀，自撰《满江红》一首，闻者莫不慕其旷达。"（《青箱杂记》）

离亭燕[①]

一带江山如画，风物向秋潇洒[②]。水浸碧天何处断[③]，翠色冷光相射[④]。蓼岸荻花中，隐映竹篱茅舍。　天际客帆高挂，门外酒旗低迓[⑤]。多少六朝兴废事[⑥]，尽入渔樵闲话[⑦]。怅望倚危栏[⑧]，红日无言西下。　（《过庭录》）

[注释]

①唐氏按：《攻媿集》卷七十，此首作孙浩然词。　②潇洒：一般用于形容人的神情举止，此处用以形容秋景萧疏明朗之意态。　③"水浸"句：水天相连，无法分清界线。　④"翠色"句：翠色指山色，冷光指水光。　相射：相映的意思。　⑤迓（yà）：迎接。　⑥六朝：指东吴、东晋、宋、齐、梁、陈。南京（古称建康、金陵）为六朝故都。　⑦渔樵：渔夫、樵子。　⑧危栏：高栏。

[集评]

许昂霄云："'画'字、'挂'字、'话'字，诗韵收入卦部，词家往往协入马、祃韵中。"（《词综偶评》）

宋翔凤云："张康节公居江南，有《离亭燕》词。"（《过庭录》）

王　益

王益（993—1038），字损之，后改字舜良，临川（今属江西）人。王安石之父。真宗大中祥符八年（1015）进士。官建安主簿，改殿中丞，知新繁县。仁宗天圣八年（1030）知韶州。有歌诗百馀篇，已佚。

诉衷情[1]

烧残绛蜡泪成痕，街鼓报黄昏。碧云又阻来信，廊上月侵门。　　愁永夜，拂香茵，待谁温。梦兰憔悴[2]，掷果凄凉[3]，两处销魂。

（《能改斋漫录》卷十七）

[注释]

①唐氏按：此首《唐宋诸贤绝妙词选》卷四作杜安世词，而《寿域词》不载。《晁氏客话》以为王益作。　②梦兰：《左传·宣公三年》载，郑文公有贱妾名燕姞，梦天使赠以兰，说我是你的祖先，以此兰为你的儿子。以后文公召幸，也送给燕姞兰花。燕姞说如妾生子，就叫做兰，后来果然生子，名为兰。后人以梦兰称妇女怀孕生子，也指女子受人爱幸。此借指心爱者。　③掷果：晋代潘岳貌美，每行道中，妇女围绕，争以果掷之，后引为美男子被妇人爱慕之词。此处作者自指。

[集评]

晁以道云："杜安世词'烧残绛蜡泪成痕，街鼓报黄昏'。或讥其黄昏未到，那得烧残绛蜡。或曰王荆公父益都官所作。曾有人以此问之，答曰：'重檐邃屋，帘幕拥密，不到夜已可然烛矣。'韩魏公以此赏杜公。杜云：'乃王益作'，荆公时在坐，闻语离席。"（引自《能改斋漫录》）

存目词

《历代诗馀》卷十二载有王益《好事近》“喜气拥朱户”一首,乃王昂作,见《陶朱新录》。

石延年

石延年（994—1041），字曼卿，一字安仁，先世幽州（今北京）人，家于宋城（今河南商丘）。真宗时，以三举进士不中者补授三班奉职。仁宗天圣、明道间，知金乡县，改判乾宁军、永静军。入为大理评事、直集贤院，授馆阁校勘。景祐间改判海州，康定元年（1040）奉职河东。次年以太子中允，任馆阁校理，卒于任，年四十八。有《石曼卿歌诗》一卷传世，词集名《扪虱庵长短句》，不传。

鹊桥仙

七夕词

一分素景[①]，千家新月，凉露楼台遍洗。宝奁深夜结蛛丝，纴五孔、金针不寐[②]。（《岁时广记》卷二十六）

［注释］

①素景：指月光。 ②"纴五孔"句：此言乞巧，乞巧是旧时一种风俗。妇女于七月初七当晚穿针，向织女星乞求智慧灵巧。宗懔《荆楚岁时记》载："七月七日为牵牛织女聚会之夜……是夕，人家妇女结彩缕，穿七孔针，或以金银鍮石为针，陈瓜果于庭中以乞巧。" 纴：以线穿过针眼。

燕归梁

春 愁

芳草年年惹恨幽，想前事悠悠。伤春伤别几时休。算从古、为风流。 春山总把，深匀翠黛，千叠在眉头。不知供得几多愁[①]，更斜日、凭危楼[②]。

（《唐宋诸贤绝妙词选》卷三）

[注释]

①“春山”四句:本李商隐《代赠》诗“总把春山扫眉黛,不知供得几多愁”句。 ②危楼:高楼。

关　咏

关咏，生卒不详，字永言。官屯田郎中，曾知湖州、通州，仁宗嘉祐八年(1063)以太常少卿知泉州，改光禄卿、秘书监。

迷仙引[①]

春阴霁。岸柳参差，袅袅金丝细。画阁昼眠莺唤起。烟光媚，燕燕双高，引愁人如醉。慵缓步，眉敛金铺倚[②]。嘉景易失，懊恼韶光改，花空委。忍厌厌地。施朱粉，临鸾鉴[③]，腻香销减摧桃李。　独自个凝睇。暮云暗、遥山翠。天色无情，四远低垂淡如水。离恨托、征鸿寄。旋娇波[④]、暗落相思泪。妆如洗，向高楼、日日春风里。悔凭阑、芳草人千里。

（一百卷本《诗话总龟》前集卷三十五引《古今诗话》）

[注释]

①《古今词话》标有副题“梦石曼卿”。　②金铺：门上铜制兽形铺首，用以衔门环。　③鸾鉴：饰有鸾鸟图案的梳妆镜。　④娇波：指眼睛。

[集评]

《古今词话》载：“石曼卿尝于平阳会中，代作《寄尹师鲁》一篇曰：‘十年一梦花空委，依旧河山损桃李。雁声北去燕南飞，高楼日日春风里。眉黛石州山对起，娇波泪落妆如洗。汾河不断水南流，天色无情淡如水。’曼卿死后数年，关永言梦曼卿曰：‘延年平生作诗多矣，当以《平阳代意》篇最得意，而世人少称之。能令余此诗传于世者，在永言耳。’永言乃增其词为曲，度以《迷仙引》，于是人争歌之。”（引自《诗话总龟》）

刘　潜

刘潜(?—1070),字仲万,曹州定陶(今属山东)人。曾举进士,为淄州军事推官,后知蓬莱县。与石延年、李冠为友,石延年有《赠刘潜归陶丘》诗。

六州歌头[①]

项羽庙

秦亡草昧[②],刘项起吞并[③]。驱龙虎,鞭寰宇,斩长鲸,扫欃枪[④]。血染彭门战[⑤]。视馀耳,皆鹰犬。平祸乱,归炎汉[⑥],势奔倾。兵散月明,风急旌旗乱,刁斗三更[⑦]。命虞姬相对[⑧],泣听楚歌声[⑨]。玉帐魂惊。　泪盈盈。恨花无主,凝愁绪,挥雪刃,掩泉扃[⑩]。时不利,骓不逝[⑪],困阴陵[⑫]。叱追兵。喑呜摧天地,望归路,忍偷生[⑬]。功盖世,成闲纪[⑭],建遗灵[⑮]。江静水寒烟冷,波纹细,古木凋零。遣行人到此,追念痛伤情,胜负难凭。

[注释]

①唐氏按:此首别作李冠词,详见下李冠词说明。　②草昧:草莽。杜甫《重经昭陵》诗有"草昧英雄起,讴歌历数归"句。　③刘项:刘邦、项羽。　④欃(chēng)枪:彗星别称欃枪,俗传为战乱之象征。《尔雅·释天》:"彗星为欃枪。"　⑤彭门战:《史记·项羽本纪》载,项羽曾于彭城大破汉军,杀汉军无数。彭门指彭城,今江苏徐州,西楚项羽建都于此。　⑥炎汉:汉自称以火德王,故称。　⑦刁斗:古代军中铜炊具,夜间用以敲击报更。　⑧虞姬:项羽之姬妾,常随军中。　⑨楚歌声:西楚兵被围垓下,汉军夜唱楚歌,项羽闻之大惊,疑汉已得楚,楚军斗志遂解。见《史记·项羽本纪》。　⑩"泪盈盈"五句:写虞姬自刎。　掩:关的意思。　泉:九泉。　扃:门户。　⑪时不利,骓不逝:《史记·项羽本纪》载,"项王乃悲歌慷慨,自为诗曰:'力拔山兮气盖世,时不利兮骓不逝。'"骓:黑鬃马。　逝:快捷。　⑫阴陵:项羽兵败迷路处,今安徽安远县西

北。 ⑬忍偷生：不忍偷生。 ⑭成闲纪：闲纪不可解。疑为“本纪”之讹。《史记》有《项羽本纪》，肯定了项羽的历史贡献。 ⑮建遗灵：指后人为项羽立庙。

水调歌头[1]

落日塞垣路[2]，风劲戛貂裘[3]。翩翩数骑闲猎，深入黑山头[4]。极目平沙千里，惟见雕弓白羽[5]，铁面骇骅骝[6]。隐隐望青冢[7]，特地起闲愁[8]。 汉天子，方鼎盛，四百州。玉颜皓齿，深锁三十六宫秋[9]。堂有经纶贤相[10]，边有纵横谋将，不作翠蛾羞。戎虏和乐也[11]，圣主永无忧。

（以上二首见《唐宋诸贤绝妙词选》卷五）

[注释]

①唐氏按：此首别又作黄庭坚词，见《山谷琴趣外篇》卷一。 ②塞垣：边塞城墙称塞垣。 ③戛：敲击的意思。 ④黑山头：南北朝乐府《木兰诗》有“旦辞黄河去，暮至黑山头，不闻爷娘唤女声，但闻燕山胡骑鸣啾啾”句，这里泛指边塞燕山山脉一带的山。 ⑤雕弓白羽：雕弓，雕刻有文彩的弓。白羽，饰有白色羽毛的箭。 ⑥铁面：古代兵将作战时戴的铁制面具，即面甲。 骅骝：骅，指赤色马；骝，指黑鬣黑尾的马。这里泛指骏马。 ⑦青冢：汉王昭君墓，在今内蒙古。相传冢上青草四季长绿，故名青冢。 ⑧特地：特意、特为。 ⑨三十六宫：言宫殿之多。班固《西都赋》：“离宫别馆，三十六所。” ⑩经纶：原指整理丝缕，后用来比喻筹划治理国家大事。 ⑪戎虏：旧时对北方少数民族的蔑称。

水调歌头

上曹玮

六郡酒泉。 （《东原录》）

李　冠

李冠,生卒不详,字世英,历城(今山东济南)人。举进士不第,得同三礼出身。官乾宁主簿。与王樵、贾同齐名,俱以文字称。有《东皋集》,不传。

蝶恋花[1]

春　暮

遥夜亭皋闲信步[2]。才过清明,渐觉伤春暮。数点雨声风约住[3],朦胧淡月云来去。　桃杏依稀香暗度。谁在秋千,笑里轻轻语。一寸相思千万绪,人间没个安排处。

[注释]

①唐氏按:此首《尊前集》作李煜词,而《后山诗话》引王安石语,《南唐二主词》引杨绘《本事曲》并以为李冠作,或较是。别又误作欧阳修词,见《近体乐府》卷二。别又误作李魁词,见《古今别肠词选》卷三。　②亭皋:水边平地。　③约:束。

[集评]

陈霆云:"李世英《蝶恋花》句云:'朦胧淡月云来去',欧公《蝶恋花》句云:'珠帘夜夜朦胧月',二语一律,不知者疑欧出李下。予细较之,状夜景则李为高妙,道幽怨则欧为蕴藉。盖各适其趣,各擅其极,殆未易优劣也。"(《渚山堂词话》)

王安石云:"李冠《蝶恋花》词……张子野'云破月来花弄影',不如冠之'朦胧淡月云来去'也。"(引自《历代词话》)

张德瀛云:"词之诀曰情景交炼。宋词如李世英'一寸相思千万绪,人间没个安排处',情语也。"(《词徵》)

六州歌头

骊　山

凄凉绣岭[①]，宫殿倚山阿[②]。明皇帝，曾游地。锁烟萝，郁嵯峨。忆昔真妃子[③]，艳倾国，方姝丽。朝复暮，嫔嫱妒，宠偏颇。三尺玉泉新浴[④]，莲羞吐、红浸秋波。听花奴，敲羯鼓[⑤]，酣奏鸣鼍[⑥]。体不胜罗，舞婆娑。　正霓裳曳[⑦]，惊烽燧[⑧]，千万骑，拥雕戈[⑨]。情宛转，魂空乱，蹙双蛾，奈兵何。痛惜三春暮，委妖丽，马嵬坡[⑩]。平寇乱，回宸辇，忍重过。香瘗紫囊犹有[⑪]，鸿都客、钿合应讹[⑫]。使行人到此，千古只伤歌，事往愁多。

（以上二首见《唐宋诸贤绝妙词选》卷六）

［注释］

①绣岭：山名，在陕西临潼骊山上。　②山阿：山中曲折处。　③真妃子：唐玄宗贵妃杨玉环曾为女道士，赐号太真，遂有此称。　④玉泉浴：指杨贵妃赐浴华清池温泉。白居易《长恨歌》有“春寒赐浴华清池”句。　⑤“听花奴”二句：唐玄宗时汝南王李琎小字花奴，善击羯鼓。羯鼓：古羯族打击乐器。唐代由西域传入中原。南卓撰《羯鼓录》载唐玄宗好闻羯鼓。　⑥鼍（tuó）：扬子鳄。皮可蒙鼓，称鼍鼓。　⑦“霓裳”句：白居易《长恨歌》有“渔阳鼙鼓动地来，惊破霓裳羽衣曲”句。　霓裳：指唐代最著之大曲《霓裳羽衣曲》。　⑧烽燧：古代边防报警的两种信号，白天放烟，名烽；夜间举火，称燧。　⑨雕戈：有雕刻纹饰的兵器。　⑩马嵬坡：地名，在今陕西兴平。唐玄宗避安史之乱至此，陈玄礼兵谏，迫玄宗诛杨国忠以谢天下，缢杀贵妃杨玉环于此。　⑪“香瘗”句：《杨太真外传》载，妃被瘗以紫褥裹之，及移葬，肌肤已释，犹剩胸前锦香囊。　瘗（yì）：埋葬。香瘗，指杨玉环的坟墓。紫囊，指杨玉环胸前所佩之香囊。　⑫鸿都客：白居易《长恨歌》有“临邛道士鸿都客，能以精诚致魂魄”句，鸿都客即客居长安的临邛道士。　钿合：即钿盒。凡金玉贝类镶嵌曰钿。白居易《长恨歌》：“唯将旧物表深情，钿盒金钗寄将去。”

六州歌头[①]

秦亡草昧，刘项起吞并。鞭寰宇，驱龙虎，扫欃枪，斩长鲸。血染中原战。视馀耳，皆鹰犬。平祸乱，归炎汉，势奔倾。兵散月明，风急旌旗乱，刁斗三更。共虞姬相对，泣听楚歌声，玉帐魂惊。　泪盈盈。念花无主，凝愁苦，挥雪刃，掩泉扃。时不利，骓不逝，困阴陵，叱追兵。呜喑摧天地，望归路，忍偷生。功盖世，何处见遗灵。江静水寒烟冷，波纹细、古木凋零。遣行人到此，追念益伤情。胜负难凭。

[注释]

①唐氏按：《后山诗话》云，“冠，齐人。为《六州歌头》，道刘项事，慷慨雄伟。刘潜，大侠也，喜诵之。”《朝野遗记》以此首为京东张李二生所作。《唐宋诸贤绝妙词选》卷五作刘潜词。《词林万选》卷二、《花草粹编》卷十二并作李冠词，未知孰是。此从《朝野遗记》录出。

蝶恋花

佳　人

贴鬓香云双绾绿。柳弱花娇，一点春心足。不肯玉箫闲度曲[①]，恼人特把青蛾蹙。　静夜溪桥霜薄屋。独影行歌[②]，惊起双鸾宿。愁破酒阑闺梦熟，月斜窗外风敲竹。

（《花草粹编》卷七）

[注释]

①度曲：这里是按曲谱演唱的意思。　②行歌：且行且歌。

千秋万岁

杏花好、子细君须辨[①]。比早梅深、夭桃浅。把鲛绡、淡拂鲜红面。蜡融紫萼重重现。烟外悄，风中笑，香满院。　　欲绽全开俱可羡，粹美妖娆无处选。除卿卿似寻常见[②]。倚天真、艳冶轻朱粉，分明洗出胭脂面。追往事，绕芳榭，千千遍。（《花草粹编》卷八）

[注释]

①子细：仔细。　②卿卿：男女间的昵称。此处拟人，借指杏花。

谢　绛

谢绛(995—1039),字希深,富阳(今属浙江)人。以荫授秘书省校书郎,复举大中祥符八年(1015)进士甲科,授太常寺奉礼郎,知汝阴县,升秘阁校理,同判太常礼院。仁宗朝,迁太常博士,出判常州。入为国史编修官,擢知制诰,使契丹,出知邓州。有文集,不传。

菩萨蛮[①]

咏　目

娟娟侵鬓妆痕浅,双眸相媚弯如剪。一瞬百般宜,无论笑与啼。　　酒阑思翠被[②],特故瞢腾地[③]。生怕促归轮,微波先注人[④]。

[注释]

①唐氏按:此首别又作苏轼词,见曾慥本《东坡词拾遗》。　②翠被:绣有翠羽的被子。　③"特故"句:言特意做出吃醉酒的样子。　瞢(méng)腾地:矇眬迷糊的样子。　④微波:模糊的眼神。　注人:以目光示意。

夜行船[①]

别　情

昨夜佳期初共[②],鬓云低、翠翘金凤。尊前和笑不成歌[③],意偷转、眼波微送。　　草草不容成楚梦[④]。渐寒深、翠帘霜重。相看送到断肠时,月西斜、画楼钟动。

[注释]

①唐氏按:此首别误作张先词,见《张子野词》卷一。又误作欧阳修

词，见《醉翁琴趣外篇》卷六。 ②佳期：与情人相约会称佳期。 ③和笑：你笑我也随着笑。 和：应和之意，读去声。 ④楚梦：宋玉《高唐赋序》写楚襄王梦遇神女，后以楚梦喻男女欢合。

［集评］

许昂霄云："情真语挚，不似他人一味雕琢。花庵乃曰'后段语最奇'，何奇之有。"（《词综偶评》）

诉衷情

宫 怨

银缸夜永影长孤[1]，香草续残炉。倚屏脉脉无语，粉泪不成珠。 双粲枕[2]，百娇壶，忆当初。君恩莫似，秋叶无情，欲向人疏。（以上三首见《唐宋诸贤绝妙词选》卷二）

［注释］

①银缸：指灯。 ②粲枕：颜色鲜明的枕头。《诗经·唐风·葛生》："角枕粲兮，锦衾烂兮。"

存目词

《古今图书集成·闺媛典》卷三百五十五闺艳部有谢绛《朝玉阶》"春色欺人拂眼青"一首，乃杜安世词，见《杜寿域词》。

宋 祁

宋祁(998—1061),字子京,开封雍丘(今河南杞县)人,后徙安州安陆(今属湖北)。仁宗天圣二年(1024)与兄宋庠同举进士,礼部奏名第一,章献太后以为弟不可先兄,乃擢庠第一,而置祁第十,时号“大小宋”。初授复州军事推官,累迁国子监直讲,知制诰,翰林学士。与欧阳修同修《新唐书》,其中列传部分一百五十卷,皆出其手。终官翰林学士承旨。年六十四卒,谥景文。有文集一百五十卷,已佚。词传六首,所作《玉楼春》流传最广,有“红杏尚书”之称。

断 句

因为衔泥污锦衣。垂下珠帘不敢归[①]。

(《邵氏闻见后录》卷十九)

[注释]

①《邵氏闻见后录》卷十九载:宋子京在翰林时,同院李献臣以次有六学士。一日,张贵妃词头下,议行告庭之礼,未决。子京遽以制上,妃怒抵于地曰:“学士何轻人!”子京出知安州,以长短句咏燕子,有“因为衔泥污锦衣,垂下珠帘不敢归”句,或传入禁中,仁皇帝览之一叹,寻召还玉堂署。

浪淘沙近

少年不管[①],流光如箭,因循不觉韶光换[②]。至如今,始惜月满、花满、酒满。　　扁舟欲解垂杨岸,尚同欢宴。日斜歌阕将分散。倚兰桡[③],望水远、天远、人远。[④]

(《能改斋漫录》卷十七)

[注释]

①不管：不管不顾。 ②因循：随随便便。 ③兰桡：船的美称。桡：舟楫。代指船。 ④吴曾《能改斋词话》卷二谓：侍读刘原父守维扬，宋祁赴寿春，道出治下。刘原父为具酒席招待，又为《踏莎行》侑酒，宋即席作《浪淘沙近》。

蝶恋花

雨过蒲萄新涨绿[①]。苍玉盘倾，堕碎珠千斛。姬监拥前红簇簇[②]，温泉初试真妃浴。　　驿使南来丹荔熟。故剪轻绡，一色颁时服[③]。娇汗易晞凝醉玉[④]，清凉不用香绵扑。

（《全芳备祖》前集卷十一“荷花门”）

[注释]

①蒲萄：即葡萄，此形容碧水。 ②姬监：此指侍女太监之属。 ③颁：原意为分取，此当谓“分著”。 ④晞（xī）：干。

玉楼春

春　景

东城渐觉风光好，縠皱波纹迎客棹。绿杨烟外晓寒轻，红杏枝头春意闹。　　浮生长恨欢娱少。肯爱千金轻一笑。为君持酒劝斜阳，且向花间留晚照[①]。

[注释]

①“且向”句：本李商隐《写意》诗“日向花间留晚照”句。

[集评]

刘体仁云：“‘红杏枝头春意闹’，一‘闹’字卓绝千古。”（《七颂堂词绎》）

王士祯云:"'红杏枝头春意闹'尚书,当时传为美谈。吾友公戫极叹之,以为卓绝千古。然实本《花间》'暖觉杏梢红',特有青蓝冰水之妙耳。"(《花草蒙拾》)

沈际飞云:"香倩无比,安得不倾动一时。"(引自《蓼匠词评》)

黄苏云:"通首浓丽,然总以'春意闹'三字,尤为奇辟也。"(《蓼园词评》)

刘熙载云:"宋子京词是宋初体,张子野始创瘦硬之体。虽以佳句互相称美,其实趣尚不同。"(《词概》)

刘熙载云:"词中句与字有似触著者,所谓极炼如不炼也。……宋景文'红杏枝头春意闹','闹'字触著之字也。"(《词概》)

唐圭璋云:"此首随意落墨,风流闲雅。起两句,虚写春风春水泛舟之适。次两句,实写景物之丽。绿杨红杏,相映成趣。而'闹'字尤能撮出花繁之神,宜其擅名千古也。"(《唐宋词简释》)

蝶恋花[1]

情　景

绣幕茫茫罗帐卷。春睡腾腾[2],困入娇波慢[3]。隐隐枕痕留玉脸,腻云斜溜钗头燕[4]。　远梦无端欢又散。泪落胭脂,界破蜂黄浅[5]。整了翠鬟匀了面,芳心一寸情何限。

[注释]

①唐氏按:此首别又误作赵鼎词,见紫芝漫抄本《得全居士词》。②腾腾:即懵腾,朦胧迷糊的意思。　③娇波:指女子的眼波。　④腻云:指柔滑有光泽的髮髻。下片翠鬟也指髮髻。　⑤"界破"句:谓泪水冲坏了化妆的界线。　蜂黄:蝶粉蜂黄,唐代宫妆之一种。李商隐《酬崔八早梅有赠兼示之作》有"何处脂胸资蝶粉,几时涂额藉蜂黄"句。

[集评]

杨慎云:"宋子京小词,有'春睡腾腾……'分明写出春睡美人也。"

（《词品》）

李之仪云："宋景文以馀力游戏为词，而风流闲雅，超出意表。"（引自《历代词话》）

李调元云："词用'界'字始韦端己《天仙子》词云：'泪界莲腮两线红'，宋子京《蝶恋花》效之……遂成名句。"（《雨村词话》）

鹧鸪天[①]

画毂雕鞍狭路逢，一声肠断绣帘中。身无彩凤双飞翼，心有灵犀一点通[②]。　金作屋，玉为笼，车如流水马游龙[③]。刘郎已恨蓬山远，更隔蓬山几万重[④]。

[注释]

①唐氏按：此首又见《花草粹编》卷五，无撰人姓名，题作"辇路闻车中美人呼欧九丑面汉"，其前一首为欧阳修词。依《花草粹编》体例，似曾有某书以此首为欧阳修作。　②"身无"二句：袭用李商隐《无题》成句，此二句喻心心相印，谓人虽不能相聚，但心已相通。　③"车如"句：用李煜《梦江南》成句。　④"刘郎"二句：袭用李商隐另一首《无题》成句。李诗"几万重"作"一万重"。用刘晨、阮肇事。

[集评]

王士祯云："蓬山不远，小宋何幸，得此奇遇。丽姝燃椽烛，远山磨隃麋，此老一生享用，令人妒煞。"（《花草蒙拾》）

《词林海错》云："宋祁为士子，一日遇内家车子数辆于繁台街，不及避。中有搴帘呼小宋者，祁惊讶不已，为作《鹧鸪天》……传唱达禁中。仁宗闻之，问第几车子，内人自陈。顷宣学士侍宴，召祁从容语之，祁惶惧。仁宗曰：'蓬山不远'，因以内家赐之。"（《古今词话·词话》）

好事近

睡起玉屏风，吹去乱红犹落。天气骤生轻暖，衬沉香

帷箔[1]。　珠帘约住海棠风[2]，愁拖两眉角。昨夜一庭明月，冷秋千红索。[3]（以上四首见《唐宋诸贤绝妙词选》卷三）

[注释]

①沉香：熏香之一种，入水能沉，故名沉香。　②约住：阻止住。　③唐氏注：以上宋祁词六首，断句一则，用赵万里辑《宋景文公词》，稍有增补。

存目词

调名	首句	出处	附注
锦缠道	燕子呢喃	《类编草堂诗馀》卷二	无名氏作，见《草堂诗馀前集》卷上
玉漏迟	杏香飘禁苑	《类编草堂诗馀》卷三	韩嘉彦作，见《花草粹编》卷九

贾昌朝

贾昌朝(998—1065)，字子明，开封(今河南开封)人。真宗天禧元年(1017)召试，赐同进士出身，除常州晋陵县主簿，累官龙图阁学士、权知开封府。仁宗庆历年间擢谏议大夫，授参知政事、枢密使，拜同中书门下平章事、集贤殿大学士。出镇河北，封许国公。英宗继位，拜凤翔节度使，加左仆射，进封魏国公。以观文殿大学士判尚书都省任卒，年六十八，谥文元。有集三十卷，不传。

木兰花令

都城水绿嬉游处，仙棹往来人笑语[①]。红随远浪泛桃花，雪散平堤飞柳絮。　　东君欲共春归去[②]，一阵狂风和骤雨。碧油红旆锦障泥[③]，斜日画桥芳草路。

（《唐宋诸贤绝妙词选》卷二）

［注释］

①棹：桨，代指船。　②东君：司春之神。　③"碧油"句：言车马装饰之华丽。碧油，即碧油幢，《南齐书·舆服志》载，公主所乘之车用碧油幢。　红旆：红旗，指车上所插之旗。　锦障泥：锦制的障泥，喻华贵。　障泥：垂于马腹两侧，用以遮挡尘土泥水的织物。

［集评］

黄叔旸云："文元公生平惟赋此一词，极有风味。"(引自《历代词话》)

张德瀛云："华竹楼尝经凤凰山麓，得牙牌于樵子家，广一寸二分，径二寸，额镌芝草，一面折枝荔枝，一面《玉楼春》词，制作极精，字画亦淳古可爱。词乃北宋魏国公贾文元昌朝所作，题款子明，即其字也。好事者疑为汴京宫人携此南渡，坠失于荒烟蔓草间，经山樵拾得者。"(《词徵》)

尹　洙

尹洙(1001—1047),字师鲁,河南(今河南洛阳)人。仁宗天圣二年(1024)进士,充内阁校勘。为人有气节,范仲淹遭贬,洙以为范忠亮有守,自承为范党,也遭贬官。历官渭州、庆州、潞州,对西北边防有深入了解。年四十七卒。有《河南先生文集》二十七卷。

水调歌头[①]

和苏子美[②]

万顷太湖上[③],朝暮浸寒光。吴王去后[④],台榭千古锁悲凉。谁信蓬山仙子,天与经纶才器[⑤],等闲厌名缰[⑥]。敛翼下霄汉,雅意在沧浪[⑦]。　晚秋里,烟寂静,雨微凉。危亭好景[⑧],佳树修竹绕回塘。不用移舟酌酒,自有青山渌水[⑨],掩映似潇湘[⑩]。莫问平生意,别有好思量。

[注释]

①唐氏按:此首原作欧阳修词,见《近体乐府》卷三引《兰畹集》。龚鼎臣《东原录》引“吴王去后”四字句,云是尹师鲁和苏子美《水调歌头》。今从之。　②苏子美:苏舜钦字子美,开封人。宋初著名诗人。　③太湖:这里指太湖之滨的苏州。苏子美曾居苏州,太湖苏州毗邻,故称。　④吴王:春秋时吴国都苏州,当时称姑苏。　⑤经纶才器:具有宰相的才具称经纶才器。　⑥名缰:名缰利锁,谓名利像缰绳一样束缚住人。东方朔《与友人书》说:“不可使尘网名缰拘锁。”　⑦沧浪:指苏州园林沧浪亭。苏子美因事罢官,住苏州,建此园。　⑧危亭:高亭。　⑨渌水:谓清池。　⑩潇湘:指湘水一带风光。

梅尧臣

梅尧臣（1002—1060），字圣俞，世称宛陵先生，宣城（今安徽宣州）人。应试不第，以荫补太庙斋郎，历任州县官。仁宗皇祐三年（1051）赐同进士出身。嘉祐元年（1056）为国子直讲，累官至尚书都官员外郎。梅尧臣是著名诗人，有《宛陵先生集》。

苏幕遮

露堤平，烟墅杳。乱碧萋萋[①]，雨后江天晓。独有庾郎年最少[②]。窣地春袍[③]，嫩色宜相照。　　接长亭，迷远道。堪怨王孙，不记归期早。落尽梨花春又了[④]。满地残阳，翠色和烟老。　　（《能改斋漫录》卷十七）

[注释]

①乱碧萋萋：乱碧指春草，萋萋形容春草茂盛。《楚辞·招隐士》："王孙游兮不归，春草生兮萋萋。"后常用春草萋萋喻远人不归，音信断绝。　②庾郎：指庾信。庾信年十五为梁东宫讲读，少年得志。此处以庾信自况。　③窣（sū）地：拂地。　春袍：庾信《哀江南赋》"青袍如草"，此处自喻风采。　④"落尽"句：化用李贺《河南府试十二月乐词》"梨花落尽成秋苑"句意。

[集评]

刘熙载云："少游词有小晏之妍，其幽趣则过之。梅圣俞《苏幕遮》云：'落尽梅花春又了，满地斜阳，翠色和烟老。'此一种，似为少游开先。"（《词概》）

玉楼春

天然不比花含粉，约月眉黄春色嫩[①]。小桥低映欲迷人[②],闲倚东风无奈困。　　烟姿最与章台近[③],冉冉千丝谁结恨。狂莺来往恋芳阴,不道风流真能尽。

（《全芳备祖》后集卷十七“杨柳门”）

[注释]

①约月眉黄:形容柳叶如美女妆后如月之眉。古时女子化妆以黄粉涂额,名额黄。梁简文帝《美女篇》“红黄能效月”,张泌《浣溪沙》“依约残眉理旧黄”,是说依眉际涂黄,使眉弯曲如月。　约:约束,不越出界线的意思。　②“小桥”句:写柳丝垂下,使人迷路,找不到小桥。　③章台:汉代长安有章台街,后人多以章台指妓女聚居之地。因韩翃《章台柳》词“章台柳,章台柳,往日依依今在否”负有盛名,后世遂以章台暗指柳。

存目词

调名	首句	出处	附注
莫打鸭	莫打鸭	《花草粹编》卷一	此乃诗而非词,见《临汉隐居诗话》
少年游	阑干十二独凭春	《词律》卷五	欧阳修作。见《能改斋漫录》卷十七

叶清臣

叶清臣（1000—1049），字道卿，吴兴（今浙江乌程）人。仁宗天圣二年（1024）进士。累迁知制诰、龙图阁学士、权三司使公事。庆历间出知澶州、青州，授为永兴军路都部署兼本路安抚使、知永兴军。复入为翰林学士、权三司使。终官知河阳，年五十卒。有集，早佚。

江南好

丞相有才裨造化①，圣皇宽诏养疏顽②。赢取十年闲③。

（《麈史》卷下）

[注释]

①裨造化：裨补，增益补缺之意。　造化：创造化育之功。　②疏顽：这里指懒散鲁钝之人。　③“赢取”句：《麈史·语谶》载，“前广西漕李朝奉湜，江宁人。言昔日内相叶清臣道卿守金陵，为《江南好》十阕，意以为虽补郡，不越十年，必复任矣。去金陵十年而卒。”

贺圣朝

留　别

满斟绿醑留君住①，莫匆匆归去。三分春色二分愁，更一分风雨。　花开花谢、都来几许。且高歌休诉。不知来岁牡丹时，再相逢何处。

（《唐宋诸贤绝妙词选》卷六）

[注释]

①醑（xǔ）：美酒。

存目词

《类编草堂诗馀》卷二载有叶清臣《凤凰阁》“遍园林绿暗”一首，乃无名氏作，见《草堂诗馀前集》卷上。

吴　感

吴感，生卒不详，字应之，吴郡（今江苏苏州）人。仁宗天圣二年（1024）省试第一。入五等书判拔萃科，以湖州归安县主簿授江州军事推官，官至殿中丞。

折红梅[①]

梅花馆小鬟

喜冰澌初泮[②]，微和渐入[③]、东郊时节。春消息，夜来顿觉，红梅数枝争发。玉溪仙馆，不是个、寻常标格。化工别与、一种风情[④]，似匀点胭脂，染成香雪[⑤]。　重吟细阅。比繁杏夭桃，品格真别。只愁共、彩云易散，冷落谢池风月[⑥]。凭谁向说，三弄处、龙吟休咽[⑦]。大家留取，时倚阑干，闻有花堪折，劝君须折[⑧]。　（《梅苑》卷三）

[注释]

①唐氏按：此首误入杜安世《杜寿域词》。　②冰澌（sī）：解冰时水面的浮冰称澌。　泮（pàn）：分解，融化的意思。　③微和：轻微的春风。和，阳和之气。　④化工：造化工夫，指自然的创造化育工夫。　⑤香雪：梅花发时一望如雪，香闻数里，因称香雪海。　⑥谢池：谢灵运《登池上楼》诗有"池塘生春草"句，后说池水每言谢池。　⑦三弄：古琴曲有《梅花三弄》，乐奏一曲曰一弄。　龙吟：指笛声。南朝梁刘孝先《咏竹》诗："谁能制长笛，为作龙吟声。"　⑧"闻有"二句：语出杜秋娘《金缕衣》"花开堪折直须折，莫待无花空折枝"。

[集评]

龚明之云："吴感，字应之，以文章名。天圣二年，省试第一。又中天圣九年书判拔萃科，仕至殿中丞。居小市桥，有侍姬曰红梅，因以名其阁。尝作《折红梅》词。其词传播人口，春日郡宴，必使倡人歌之。"（《中吴纪闻》）

存目词

调名	首句	出处	附注
折红梅	睹南翔征雁	《永乐大典》卷二千八百零九"梅"字韵	无名氏词,见《梅苑》卷三
折红梅	垄消残雪危栏	同上	同上
折红梅	倚危栏	同上	同上
折红梅	忆笙歌筵上	同上	同上

文彦博

文彦博(1006—1097),字宽夫,介休(今属山西)人。天圣五年(1027)进士。累官同中书门下平章事,封潞国公。因反对王安石变法,出判外地。元祐初为平章军国重事,以太师致仕。有《潞公文集》四十卷。

映山红

遂请后。愿频醉,石楼溪口。（《文潞公文集》卷七）

欧阳修

欧阳修(1007—1072),北宋文学家、史学家。字永叔,号醉翁,又号六一居士,吉州永丰(今属江西吉安)人。仁宗天圣八年(1030)进士。历官翰林学士、枢密副使、参知政事。卒,谥文忠。为文追宗韩愈,简明信达。词秀逸深婉,超然独著。是北宋古文运动的领袖,被列为唐宋八大家之一。有集传世。

西湖念语[①]

昔者王子猷之爱竹,造门不问于主人[②];陶渊明之卧舆,遇酒便留于道上[③]。况西湖之胜概,擅东颍之佳名。虽美景良辰,固多于高会;而清风明月,幸属于闲人。并游或结于良朋,乘兴有时而独往。鸣蛙暂听,安问属官而属私[④];曲水临流,自可一觞而一咏[⑤]。至欢然而会意,亦傍若于无人[⑥]。乃知偶来常胜于特来,前言可信;所有虽非于己有,其得已多。因翻旧阕之辞,写以新声之调,敢陈薄伎,聊佐清欢。

[注释]

①西湖:指颍州西湖,在今安徽阜阳西北。　念语:酒宴上演唱前朗诵的一段致词,作为开场白,多颂赞之语。　②"昔者"二句:子猷,王徽之的字。徽之性爱竹,见一士大夫家有好竹,径造竹下赏之,不顾主人,尽兴而去。事见《晋书》本传。　③"陶渊明"二句:江州刺史王弘欲识渊明而不能致。命渊明故人具酒道边。渊明有脚疾,使一门生二儿舁篮舆,至,欣然便共饮酌。事见《晋书》本传。　④"鸣蛙暂听"二句:晋惠帝为太子,出闻蛤蟆声,问人是官蛤蟆、私蛤蟆。事见《水经注·谷水》引《晋中州记》。　⑤"曲水临流"二句:古时三月三日修禊,有曲水流杯之饮。王羲之《兰亭集序》:"引以为流觞曲水,列坐其次。虽无丝竹管弦之盛,一

觞一咏，亦足以畅叙幽情。” ⑥傍若无人：桓温入关，王猛被褐诣之，谈当世之事，“扪虱而言，旁若无人”。见《晋书·王猛传》。

采桑子

轻舟短棹西湖好。绿水逶迤，芳草长堤。隐隐笙歌处处随。　无风水面琉璃滑。不觉船移，微动涟漪。惊起沙禽掠岸飞。

[集评]

许昂霄云：“闲雅处，自不可及。”（《词综偶评》）

俞陛云云：“下阕四句，极肖湖上行舟，波平如镜之状。‘不觉船移’四字，下语尤妙。”（《唐五代两宋词选释》）

采桑子

春深雨过西湖好。百卉争妍，蝶乱蜂喧。晴日催花暖欲然[1]。　兰桡画舸悠悠去。疑是神仙，返照波间。水阔风高飏管弦。

[注释]

①然：同“燃”。

采桑子

画船载酒西湖好。急管繁弦，玉盏催传。稳泛平波任醉眠。　行云却在行舟下。空水澄鲜，俯仰留连。疑是湖中别有天。

[集评]

俞陛云云:"湖水澄澈时,如在镜中,云影天光,上下一色,'行云'数语,能道出之。"(《唐五代两宋词选释》)

采桑子

群芳过后西湖好。狼藉残红,飞絮濛濛。垂柳阑干尽日风。　笙歌散尽游人去。始觉春空,垂下帘栊。双燕归来细雨中。

[集评]

谭献云:"'群芳过后'句,扫处即生;'笙歌散尽'句,悟语是恋语。"(《谭评词辨》)

俞陛云云:"西湖在宋时,堤上香车,湖中画舸,极游观之盛。此词独写静境,别有意味。"(《唐五代两宋词选释》)

刘永济云:"此词虽意在写暮春景物,而作者胸怀恬适之趣,同时表达出之。作者此词,皆世俗繁华生活之中,渗透一层著眼。盖世俗之人,多在群芳正盛之时游观西湖;作者却于飞花、飞絮之外,得出寂静之境。世俗之游人皆随笙歌散去;作者却于人散、春空之后,领略自然之趣。其后苏轼作词,皆自写胸怀,因而将词体提升与诗同等。此种风气,欧阳修已开其端,特至东坡方大加发展,遂令风气为之一变。盖风气之成,必有其渐,非可突然而至也。"(《唐五代两宋词简析》)

采桑子

何人解赏西湖好。佳景无时,飞盖相追[①]。贪向花间醉玉卮。　谁知闲凭阑干处。芳草斜晖,水远烟微。一点沧洲白鹭飞[②]。

[注释]

①飞盖:指奔驰的马车。　盖:车篷。　②沧洲:滨水之地。

采桑子

清明上巳西湖好[1]。满目繁华,争道谁家。绿柳朱轮走钿车[2]。　游人日暮相将去。醒醉喧哗,路转堤斜。直到城头总是花。

[注释]

①上巳:上巳节,在三月上旬巳日,魏晋以后改为夏历(阴历)三月初三。　②钿车:用多宝装饰的车子,贵族妇女所乘。

采桑子

荷花开后西湖好。载酒来时,不用旌旗。前后红幢绿盖随。　画船撑入花深处。香泛金卮,烟雨微微。一片笙歌醉里归。

采桑子

天容水色西湖好。云物俱鲜,鸥鹭闲眠。应惯寻常听管弦。　风清月白偏宜夜。一片琼田,谁羡骖鸾[1]。人在舟中便是仙。

[注释]

①骖鸾:指骑着鸾鸟腾飞的仙境。

采桑子

残霞夕照西湖好。花坞蘋汀，十顷波平。野岸无人舟自横[①]。　　西南月上浮云散。轩槛凉生，莲芰香清。水面风来酒面醒。

[注释]

①"野岸"句：出自韦应物《滁州西涧》诗"野渡无人舟自横"。

采桑子

平生为爱西湖好。来拥朱轮[①]，富贵浮云。俯仰流年二十春[②]。　　归来恰似辽东鹤[③]。城郭人民，触目皆新。谁识当年旧主人。

[注释]

①朱轮：指作太守。古制高官所乘之车，以朱红漆轮，故云。　②二十春：作者自皇祐二年（1050）离颍州知州任，到熙宁四年（1071）退休归颍之时。　③辽东鹤：辽东人丁令威，学得仙道，化作白鹤归。言曰："有鸟有鸟丁令威，去家千年今始归。城郭如故人民非，何不学仙冢垒垒。"事见《列仙传》。

[集评]

夏敬观云："此颍州西湖词，公昔知颍，此晚居颍州所作也。十词无一重复之意。"（《映庵词评》）

采桑子

画楼钟动君休唱。往事无踪，聚散匆匆。今日欢娱几客同。　　去年绿鬓今年白。不觉衰容，明月清风。

把酒何人忆谢公[①]。

［注释］

①"把酒"句：化用李白《秋登宣城谢朓北楼》诗"谁念北楼上，临风忆谢公"。

采桑子

十年一别流光速。白首相逢，莫话衰翁。但鬥尊前语笑同。　　劝君满酌君须醉。尽日从容，画鹢牵风[①]。即去朝天沃舜聪[②]。

［注释］

①画鹢：指画船。船头绘有鹢鸟，故称。　②朝天：指朝见天子。沃舜聪：指向君主进言。

采桑子

十年前是尊前客。月白风清，忧患凋零。老去光阴速可惊。　　鬓华虽改心无改。试把金觥[①]，旧曲重听。犹似当年醉里声。

［注释］

①金觥(gōng)：金钟，铜制的酒杯。

朝中措

送刘仲原甫出守维扬[①]

平山阑槛倚晴空[②]，山色有无中。手种堂前垂柳[③]，别来几度春风。　　文章太守，挥毫万字，一饮千钟。行乐直须年少，尊前看取衰翁。

[注释]

①刘仲原甫：刘敞，字原甫，新喻（今江西新余县）人，庆历进士，官至集贤院学士，判御史台。　维扬：扬州别称。　②平山：指平山堂，在扬州蜀冈山上，为作者所建。　③“手种”句：据张邦基《墨庄漫录》，作者尝于平山堂手植柳一株，人谓欧公柳。

[集评]

潘游龙云：“只山色一句，此堂已足千古。”（《古今诗馀醉》）

李廷机云：“山色有无中，写景绝。”（《新刻注释草堂诗馀评林》）

长相思①

蘋满溪，柳绕堤，相送行人溪水西。回时陇月低。
烟霏霏，风凄凄，重倚朱门听马嘶。寒鸥相对飞。

[注释]

①唐氏按：此首别又见张先《张子野词》卷一。别又作黄庭坚词，见明刊《山谷先生文集》卷十一。

长相思

花似伊，柳似伊，花柳青春人别离。低头双泪垂。
长江东，长江西，两岸鸳鸯两处飞。相逢知几时。

长相思

深花枝，浅花枝，深浅花枝相并时。花枝难似伊。

玉如肌，柳如眉，爱著鹅黄金缕衣。啼妆更为谁。

[集评]

沈际飞云："真声不可删。"(《草堂诗馀续集》)

诉衷情[①]

眉 意

清晨帘幕卷轻霜，呵手试梅妆[②]。都缘自有离恨，故画作远山长[③]。　　思往事，惜流芳，易成伤。拟歌先敛，欲笑还颦，最断人肠。

[注释]

①唐氏按：此首别又作黄庭坚词，见《豫章黄先生词》。　②梅妆：梅花妆。相传南朝宋武帝女寿阳公主人日卧于含章檐下，梅花落于额上，成五出之花，拂之不去。宫女竞效之，成梅花妆。见韩鄂《岁华纪丽·人日》。　③远山：指眉。《西京杂记》："文君姣好，眉色如望远山。"

踏莎行

候馆梅残，溪桥柳细，草薰风暖摇征辔。离愁渐远渐无穷，迢迢不断如春水。　　寸寸柔肠，盈盈粉泪，楼高莫近危阑倚。平芜尽处是春山，行人更在春山外。

[集评]

沈际飞云："春水春山之对妙。望断江南山色，远人不见水连空，一望无际矣。尽处是春山，更在春山外，转望远矣。当取以合看。"(《草堂诗馀正集》)

李攀龙云："春水写愁，春山骋望，极切极婉。"(《草堂诗馀隽》)

踏莎行[1]

雨霁风光，春分天气，千花百卉争明媚。画梁新燕一双双，玉笼鹦鹉愁孤睡。　　薜荔依墙，莓苔满地，青楼几处歌声丽[2]。蓦然旧事上心来，无言敛皱眉山翠。

[注释]

①唐氏按：此首别又见杜安世《寿域词》。　②青楼：指妓院。

望江南

江南蝶，斜日一双双。身似何郎全傅粉[1]，心如韩寿爱偷香[2]。天赋与轻狂。　　微雨后，薄翅腻烟光。才伴游蜂来小院，又随飞絮过东墙。长是为花忙。

[注释]

①何郎：指何晏。以貌美绝白，魏明帝疑其傅粉。见《世说新语·容止》。　②韩寿爱偷香：韩寿美姿貌，贾充女见而悦之，密以魏明帝所赐西域奇香相遗。见《晋书·贾充传》。

减字木兰花

留春不住，燕老莺慵无觅处。说似残春，一老应无却少人[1]。　　风和月好，办得黄金须买笑[2]。爱惜芳时，莫待无花空折枝[3]。

[注释]

①却少：退返到少年时代。　②黄金买笑：丽娟取黄金百斤，作买笑钱奉汉武帝为一日之欢。见《贾氏说林》。　③“莫待”句：出唐杜秋娘诗

"劝君莫惜金缕衣，劝君惜取少年时。花开堪折直须折，莫待无花空折枝"。

减字木兰花

伤怀离抱，天若有情天亦老[①]。此意如何，细似轻丝渺似波。　扁舟岸侧，枫叶荻花秋索索[②]。细想前欢，须著人间比梦间[③]。

[注释]

①"天若"句：出李贺《金铜仙人辞汉歌》。　②"枫叶"句：出白居易《琵琶行》"枫叶荻花秋瑟瑟"。　③著："着"的本字。　须著：犹"须用"。

减字木兰花

楼台向晓，淡月低云天气好。翠幕风微，宛转梁州入破时[①]。　香生舞袂，楚女腰肢天与细[②]。汗粉重匀，酒后轻寒不著人。

[注释]

①梁州：曲名。　破：指大曲的第三段。　②"楚女"句：楚灵王好细腰，见《墨子·兼爱》。

减字木兰花

画堂雅宴，一抹朱弦初入遍。慢捻轻拢[①]，玉指纤纤嫩剥葱。　拨头惚利[②]，怨月愁花无限意。红粉轻盈，倚暖香檀曲未成[③]。

[注释]

①轻拢：轻拨。 拢：《全宋词》作“笼”。 ②拨头：乐舞名。传自西域。作哀丧状。见唐段安节《乐府杂录》。 憁(sōng)利：流利。 ③香檀：指檀槽，用以架弦之檀木格架。

减字木兰花

歌檀敛袂[①]，缭绕雕梁尘暗起[②]。柔润清圆，百琲明珠一线穿[③]。 樱唇玉齿，天上仙音心下事。留住行云[④]，满坐迷魂酒半醺。

[注释]

①歌檀：指拍着檀板歌唱。 ②“缭绕”句：出《列子·汤问》“馀音绕梁欐，三日不绝”，《刘向别录》“发声清越，歌动梁尘”。 ③琲(bèi)：珠子串儿。 ④留住行云：出《列子·汤问》“声振林木，响遏行云”。

生查子[①]

去年元夜时，花市灯如昼。月到柳梢头，人约黄昏后。 今年元夜时，月与灯依旧。不见去年人，泪满春衫袖。

[注释]

①唐氏按：此首别又误作朱淑真词，见《词品》卷二。又误作秦观词，见《续选草堂诗馀》卷上。方回《瀛奎律髓》卷十六又引“月上柳梢头”句以为李清照作，亦误。

[集评]

徐士俊云：“元曲之称绝者，不过得此法。”(《古今词统》)

生查子[①]

含羞整翠鬟，得意频相顾。雁柱十三弦[②]，一一春莺语[③]。　　娇云容易飞[④]，梦断知何处。深院锁黄昏，阵阵芭蕉雨。

[注释]

①唐氏按：此首《类编草堂诗馀》卷一误作张先词。　②“雁柱”句：指筝弦。筝柱斜列如雁行，故名。　③春莺语：出韦庄《菩萨蛮》词“琵琶金翠羽，弦上黄莺语”。　④娇云：出杜牧《茶山下作》“娇云先占岫，健水鸣分溪”。

[集评]

黄苏云：“‘一一’字从‘频’字生来，‘春莺语’从‘得意’字生来。前一阕写得意时情怀，无限旖旎；次一阕写别后情怀，无限凄苦；胥于筝寓之。凡遇合无常，思妇中年，英雄末路，读之皆堪下泪。”（《蓼园词选》）

清商怨[①]

关河愁思望处满。渐素秋向晚，雁过南云，行人回泪眼。　　双鸾衾裯悔展[②]。夜又永、枕孤人远。梦未成归，梅花闻塞管[③]。

[注释]

①唐氏按：此首别误作晏殊词，见《词品》卷一。　②衾裯（chóu）：被子。　③梅花：指笛曲《梅花落》。

阮郎归[①]

刘郎何日是来时，无心云胜伊。行云犹解傍山飞，郎行去不归。　　强匀画，又芳菲。春深轻薄衣。桃花无语伴相思，阴阴月上时。

[注释]

①唐氏按：此首别又见吴讷《唐宋名贤百家词》本，及侯文灿《十名家词》本《张子野词》。

[集评]

沈际飞云："云无定踪，犹胜伊人，不得比之陌上尘矣。"(《草堂诗馀续集》)

阮郎归[1]

落花浮水树临池，年前心眼期。见来无事去还思，而今花又飞。　　浅螺黛，淡燕脂[2]。闲妆取次宜[3]。隔帘风雨闭门时，此情风月知。

（以上三十一首，见《欧阳文忠公近体乐府》卷一、《欧阳文忠公集》卷一百三十一）

[注释]

①唐氏按：此首别又见张先《张子野词》卷一。　②螺黛、燕脂：俱为妇女化妆用物。燕脂即胭脂。　③取次宜：无不合适。

[集评]

沈际飞云："波折婉约。"(《草堂诗馀续集》)

蝶恋花[1]

帘幕东风寒料峭。雪里香梅，先报春来早。红蜡枝头双燕小，金刀剪彩呈纤巧[2]。　　旋暖金炉熏蕙藻[3]。

酒入横波[④]，困不禁烦恼。绣被五更春睡好，罗帏不觉纱窗晓。

[注释]

①蝶恋花：一名《凤栖梧》，又名《鹊踏枝》。 ②剪彩：剪彩纸为燕子等，是立春之民俗。 ③蕙藻：即蕙草，用以熏香。 ④横波：美人的眼波。

蝶恋花[①]

南雁依稀回侧阵[②]。雪霁墙阴，遍觉兰芽嫩。中夜梦馀消酒困，炉香卷穗灯生晕。 急景流年都一瞬。往事前欢，未免萦方寸。腊后花期知渐近，东风已作寒梅信。

[注释]

①唐氏按：此首别又见晏殊《珠玉词》。 ②侧阵：斜飞的雁行。

[集评]

沈际飞云："境、趣、情、皆在内，而皆指不出，妙。"（《草堂诗馀续集》）

蝶恋花

腊雪初销梅蕊绽。梅雪相和，喜鹊穿花转[①]。睡起夕阳迷醉眼，新愁长向东风乱。 瘦觉玉肌罗带缓[②]。红杏梢头，二月春犹浅。望极不来芳信断[③]，音书纵有争如见。

[注释]

①转：同"啭"，鸟鸣。汲古阁本《六一词》正作"啭"。 ②罗带缓：出

古诗“相去日已远,衣带日以缓”。 ③芳:《乐府雅词》作“乡”。

蝶恋花[①]

海燕双来归画栋。帘影无风,花影频移动。半醉腾腾春睡重,绿鬟堆枕香云拥。 翠被双盘金缕凤。忆得前春,有个人人共。花里黄莺时一弄[②],日斜惊起相思梦。

[注释]

①唐氏按:此首《类编草堂诗馀》卷二误作俞克成词。 ②一弄:一曲。

[集评]

潘游龙云:“前以惊梦起,以伤春转;后以伤春起,惊梦转。大概一机局,而笔性远过之。”(《古今诗馀醉》卷四)

李廷机云:“此亦有感而言,辞气流利,足爽人口。”(《新刻注释草堂诗馀评林》)

蝶恋花

面旋落花风荡漾。柳重烟深,雪絮飞来往。雨后轻寒犹未放,春愁酒病成惆怅。 枕畔屏山围碧浪。翠被华灯,夜夜空相向。寂寞起来褰绣幌[①],月明正在梨花上。

[注释]

①褰(qiān):撩起。

蝶恋花[①]

帘幕风轻双语燕。午后醒来，柳絮飞撩乱。心事一春犹未见，红英落尽青苔院。　　百尺朱楼闲倚遍。薄雨浓云，抵死遮人面[②]。羌管不须吹别怨，无肠更为新声断。

［注释］

①唐氏按：此首别又见晏殊《珠玉词》。　②抵死：犹终究，总是。

蝶恋花[①]

庭院深深深几许。杨柳堆烟，帘幕无重数。玉勒雕鞍游冶处，楼高不见章台路[②]。　　雨横风狂三月暮。门掩黄昏，无计留春住。泪眼问花花不语，乱红飞过秋千去。

［注释］

①唐氏按："庭院深深深几许"一首，乃冯延巳作，见《阳春集》，今不录。　注者按：李清照《临江仙》词序谓"欧阳公作《蝶恋花》，有'庭院深深深几许'之句，予酷爱之"云云，当为欧词。　②章台路：在汉长安城内，歌伎所居。此处借指歌伎聚居之地。

［集评］

沈际飞云："末句参之'点点飞红雨'句，一若关情，一若不关情，而情思举荡漾无边。"（《草堂诗馀正集》）

李廷机云："首句叠用三个'深'字最新奇，后段形容春暮光景殆尽。"（《新刻注释草堂诗馀评林》）

毛先舒云："词家意欲层深，语欲浑成。作词者大抵意层深者，语便刻画，语浑成者，意便肤浅，两难兼也。或欲举其似，偶拈永叔词云：'泪眼问花花不语,乱红飞过秋千去’。此可谓层深而浑成。何也?因花而有泪,此一层意也;因泪而问花,此一层意也;花意不语,此一层意也;不但不语,飞过秋千,此一层意也。人愈伤心,花愈恼人,语愈浅而意愈深,又绝无刻画费力之迹,谓非层深而浑成耶?”(《古今词话》引)

蝶恋花

永日环堤乘彩舫[①]。烟草萧疏,恰似晴江上。水浸碧天风皱浪,菱花荇蔓随双桨。　　红粉佳人翻丽唱。惊起鸳鸯,两两飞相向。且把金尊倾美酿,休思往事成惆怅。

[注释]

①永日:整日。　彩舫:画船。

蝶恋花

越女采莲秋水畔。窄袖轻罗,暗露双金钏。照影摘花花似面,芳心只共丝争乱[①]。　　鸂鶒滩头风浪晚。雾重烟轻,不见来时伴。隐隐歌声归棹远,离愁引著江南岸。

[注释]

①丝:藕丝,指相思不断。

蝶恋花

水浸秋天风皱浪。缥缈仙舟,只似秋天上。和露采莲愁一饷,看花却是啼妆样。　　折得莲茎丝未放。莲断丝牵，特地成惆怅。归棹莫随花荡漾，江头有个人相望。

蝶恋花[1]

梨叶初红蝉韵歇。银汉风高，玉管声凄切。枕簟乍凉铜漏彻，谁教社燕轻离别。　草际虫吟秋露结。宿酒醒来，不记归时节。多少衷肠犹未说，珠帘夜夜朦胧月。

［注释］

①唐氏按：此首又见晏殊《珠玉词》。

蝶恋花[1]

独倚危楼风细细。望极离愁，黯黯生天际[2]。草色山光残照里，无人会得凭阑意。　也拟疏狂图一醉。对酒当歌，强饮还无味。衣带渐宽都不悔，况伊销得人憔悴[3]。

［注释］

①唐氏按：又见柳永《乐章集》，文字小异。　②黯黯：悽黯之情。③伊：她，情人。

蝶恋花[1]

帘下清歌帘外宴。虽爱新声，不见如花面。牙板数敲珠一串，梁尘暗落琉璃盏。　桐树花深孤凤怨。渐遏遥天，不放行云散。坐上少年听未惯，玉山将倒肠先断[②]。

[注释]

①唐氏按:又见柳永《乐章集》,文字小异。 ②玉山将倒:出刘义庆《世说新语·容止》"其醉也,傀俄若玉山之将崩"。

蝶恋花

翠苑红芳晴满目。绮席流莺,上下长相逐。紫陌闲随金轫辘[①],马蹄踏遍春郊绿。 一觉年华春梦促。往事悠悠,百种寻思足。烟雨满楼山断续,人闲倚遍阑干曲。

[注释]

①金轫辘:金属车轮滚动的声音。

蝶恋花

小院深深门掩亚[①]。寂寞珠帘,画阁重重下。欲近禁烟微雨罢,绿杨深处秋千挂。 傅粉狂游犹未舍。不念芳时,眉黛无人画。薄幸未归春去也,杏花零落香红谢。

[注释]

①掩亚:掩闭。

蝶恋花

欲过清明烟雨细。小槛临窗,点点残花坠。梁燕语多惊晓睡，银屏一半堆香被。　　新岁风光如旧岁。所恨征轮，渐渐程迢递。纵有远情难写寄，何妨解有相思泪。

蝶恋花

画阁归来春又晚。燕子双飞，柳软桃花浅。细雨满天风满院，愁眉敛尽无人见。　　独倚阑干心绪乱。芳草芊绵[①]，尚忆江南岸。风月无情人暗换，旧游如梦空肠断。

［注释］

①芊（qiān）绵：连绵不断。

蝶恋花

尝爱西湖春色早。腊雪方销，已见桃开小。顷刻光阴都过了，如今绿暗红英少。　　且趁馀花谋一笑。况有笙歌，艳态相萦绕。老去风情应不到，凭君剩把芳尊倒。

渔家傲

一派潺湲流碧涨，新亭四面山相向。翠竹岭头明月上。迷俯仰，月轮正在泉中漾。　　更待高秋天气爽，菊花香里开新酿。酒美宾嘉真胜赏[①]。红粉唱[②]，山深分外歌声响。

[注释]

①胜赏:快赏,盛会。 ②红粉:美女。

渔家傲

十月小春梅蕊绽[①],红炉画阁新装遍。锦帐美人贪睡暖。羞起晚,玉壶一夜冰澌满[②]。 楼上四垂帘不卷,天寒山色偏宜远。风急雁行吹字断。红日短,江天雪意云撩乱。

[注释]

①小春:《岁时广记》载,"冬日之阳,万物归之,以其温暖如春,故谓之小春,亦云小阳春。" ②冰澌:冰块。

渔家傲

与赵康靖公[①]

四纪才名天下重,三朝构厦为梁栋[②]。定册功成身退勇[③]。辞荣宠,归来白首笙歌拥。 顾我薄才无可用,君恩近许归田垄。今日一觞难得共。聊对捧,官奴为我高歌送。

[注释]

①宋本《醉翁琴趣外编》、《乐府雅词》无此题,是。赵康靖公,即赵槩,字叔平,虞城人。官至枢密使,参知政事。卒谥康靖。 ②三朝:指仁宗、英宗、神宗三朝。 ③定册:指英宗病危,槩参与立太子(即神宗)之事。

渔家傲

暖日迟迟花袅袅，人将红粉争花好。花不能言惟解笑。金壶倒，花开未老人年少。　车马九门来扰扰[1]，行人莫羡长安道[2]。丹禁漏声衢鼓报[3]。催昏晓，长安城里人先老。

[注释]

①九门：指都城之门。　②长安：代指都城。　③丹禁：指宫禁，帝王所居之处。　衢鼓：街鼓。唐、宋时悬于街头，每日拂晓与黄昏，有人按时击鼓报时，以戒出入，防窃盗。见《新唐书·百官志》。

渔家傲

红粉墙头花几树，落花片片和惊絮。墙外有楼花有主。寻花去，隔墙遥见秋千侣。　绿索红旗双彩柱[1]，行人只得偷回顾。肠断楼南金锁户[2]。天欲暮，流莺飞到秋千处。

[注释]

①彩柱：华美的秋千立柱。　②金锁户：豪门。

渔家傲

妾本钱塘苏小妹[1]，芙蓉花共门相对。昨日为逢青伞盖。慵不采，今朝斗觉凋零瞰[2]。　愁倚画楼无计奈，乱红飘过秋塘外。料得明年秋色在。香可爱，其如镜里花颜改。

[注释]

①苏小妹:苏小小,南齐钱塘名妓,才貌绝世。见《乐府诗集》、《钱塘佳梦》等。 ②噤(shà):同“煞”,甚也。

渔家傲

花底忽闻敲两桨,逡巡女伴来寻访[1]。酒盏旋将荷叶当。莲舟荡,时时盏里生红浪。 花气酒香清厮酿,花腮酒面红相向。醉倚绿阴眠一饷。惊起望,船头阁在沙滩上[2]。

[注释]

①逡(qūn)巡:顷刻,一会儿。 ②阁:同“搁”,搁浅。

渔家傲

叶有清风花有露,叶笼花罩鸳鸯侣。白锦顶丝红锦羽。莲女妒,惊飞不许长相聚。 日脚沉红天色暮,青凉伞上微微雨[1]。早是水寒无宿处。须回步,枉教雨里分飞去。

[注释]

①青凉伞:荷叶。

渔家傲

荷叶田田青照水,孤舟挽在花阴底。昨夜萧萧疏雨坠。愁不寐,朝来又觉西风起。 雨摆风摇金蕊碎,合欢枝上香房翠。莲子与人长厮类[1]。无好意,年年苦在中心里[2]。

［注释］

①断类：相似。　②苦在中心：以莲子芯苦喻人心之苦。

渔家傲

叶重如将青玉亚[1]，花轻疑是红绡挂。颜色清新香脱洒。堪长价，牡丹怎得称王者。　　雨笔露笺匀彩画，日炉风炭薰兰麝[2]。天与多情丝一把。谁厮惹，千条万缕萦心下。

［注释］

①青玉亚：与青玉相似。　②风炭：以风为炭。张协《七命》："飞廉扇炭。"

［集评］

沈际飞云："奇丽谛详，莲词允推永叔。"又云："同叔（晏殊）词'莲叶层层张丝伞，莲房个个垂金盏，一把藕丝牵不断'略相当。"（《草堂诗馀别集》）

渔家傲[1]

粉蕊丹青描不得，金针线线功难敌。谁傍暗香轻采摘。风淅淅，船头触散双鸂鶒。　　夜雨染成天水碧[2]，朝阳借出胭脂色。欲落又开人共惜。秋气逼，盘中已见新荷的[3]。

[注释]

①唐氏按:此首又见晏殊《珠玉词》。另又误作晏几道词,见《全芳备祖》后集卷二“莲门”。 ②天水碧:出《宋史·南唐李煜世家》“宫中竞收露水,染碧以衣,谓之天水碧”。 ③荷的:莲子。 的:通“菂”。

渔家傲[①]

幽鹭谩来窥品格,双鱼岂解传消息[②]。绿柄嫩香频采摘。心似织,条条不断谁牵役[③]。 珠泪暗和清露滴,罗衣染尽秋江色。对面不言情脉脉。烟水隔,无人说似长相忆。

[注释]

①唐氏按:此首又见晏殊《珠玉词》。 ②双鱼:出古诗《饮马长城窟》:“客从远方来,遗我双鲤鱼。呼童烹鲤鱼,中有尺素书。” ③牵役:牵挂。

渔家傲[①]

楚国细腰元自瘦,文君腻脸谁描就[②]。日夜鼓声催箭漏。昏复昼,红颜岂得长如旧。 醉折嫩房红蕊嗅,天丝不断清香透[③]。却傍小阑凝望久。风满袖,西池月上人归后。

[注释]

①唐氏按:此首又见晏殊《珠玉词》。 ②文君:卓文君,司马相如见而好之。见《汉书·司马相如传》。 ③天丝:指莲蓬,荷叶中的天然细丝。

渔家傲

七 夕

喜鹊填河仙浪浅[1]，云軿早在星桥畔[2]。街鼓黄昏霞尾暗。炎光敛，金钩侧倒天西面[3]。　一别经年今始见，新欢往恨知何限。天上佳期贪眷恋。良宵短，人间不合催银箭。

[注释]

①喜鹊填河：相传阴历七月七日夜乌鹊为梁于天河，以渡织女。见《风俗通》佚文。　②云軿（píng）：仙人的云车。　③金钩：新月如钩。

渔家傲

乞巧楼头云幔卷[1]，浮花催洗严妆面。花上蛛丝寻得遍[2]。颦笑浅，双眸望月牵红线[3]。　奕奕天河光不断，有人正在长生殿。暗付金钗清夜半[4]。千秋愿，年年此会长相见。

[注释]

①乞巧：民间习俗，阴历七月七日之夜，妇女结彩楼，穿七孔针，陈瓜果于庭中，乞巧于织女。见宗懔《荆楚岁时记》。　②蛛丝：七月七日，宫女各捉蜘蛛于小盒，至晚开视，以蛛网密稀言得巧多少。民间亦然。见王仁裕《开元天宝遗事》。　③红线：唐韦固旋次宋城，月下遇一老人，囊中有赤绳，云以系夫妇之足，虽仇家异域，绳一系之，亦必好合。见李复言《续幽怪录》。　④“有人”二句：本白居易《长恨歌》“七月七日长生殿，夜半无人私语时。惟将旧物表深情，钿合金钗寄将去”。　长生殿：在骊山华清宫内，为唐代帝后之寝殿。

渔家傲

别恨长长欢计短，疏钟促漏真堪怨。此会此情都未半。星初转，鸾琴凤乐匆匆卷。　河鼓无言西北盼[①]，香蛾有恨东南远。脉脉横波珠泪满。归心乱，离肠便逐星桥断[②]。

[注释]

①河鼓：即牵牛星。见《太平御览·天部》引《尔雅》。　②星桥：银河上的鹊桥。

渔家傲

九日欢游何处好[①]，黄花万蕊雕阑绕。通体清香无俗调。天气好，烟滋露结功多少。　日脚清寒高下照，宝钉密缀圆斜小[②]。落叶西园风袅袅。催秋老，丛边莫厌金尊倒。

[注释]

①九日：指阴历九月九日重阳节。　②"宝钉"句：形容黄菊繁密。

渔家傲

青女霜前催得绽[①]，金钿乱散枝头遍。落帽台高开雅宴[②]。芳尊满，挼花吹在流霞面[③]。　桃李三春虽可羡，莺来蝶去芳心乱。争似仙潭秋水岸[④]。香不断，年年自作茱萸伴[⑤]。

[注释]

①青女：神话传说中霜雪之神。见《淮南子·天文训》。 ②落帽：孟嘉为桓温参军。九月九日，温燕龙山，佐吏并著戎服，有风至，吹落嘉帽，嘉不之觉。温使左右勿言。嘉如厕，温命孙盛作文嘲之，著其坐处。还见即答之，其文甚美。见《晋书·孟嘉传》。后为重九登高之典。 ③流霞面：指醉脸。 流霞：神话传说中仙酒名。见《抱朴子·祛惑》。 ④仙潭：指菊潭。据《明一统志》，菊潭在河南府内乡县西，傍生甘菊，水极甘馨，饮之寿过百岁。此处泛指。 ⑤茱萸：植物名，有浓烈香味。民间有重阳节佩茱萸囊以祛邪辟恶之俗。见吴均《续齐谐记》。

渔家傲

露裛娇黄风摆翠[①]，人间晚秀非无意[②]。仙格淡妆天与丽。谁可比，女真装束真相似[③]。 筵上佳人牵翠袂，纤纤玉手挼新蕊。美酒一杯花影腻。邀客醉，红琼共作熏熏媚[④]。

[注释]

①裛（yì）：通“浥”，沾湿。 ②晚秀：晚芳，指菊。 ③女真：女道士，仙家装束。 ④熏熏：同“醺醺”，醉酒貌。

渔家傲

对酒当歌劳客劝[①]，惜花只惜年华晚。寒艳冷香秋不管。情眷眷，凭栏尽日愁无限。 思抱芳期随塞雁，悔无深意传双燕[②]。怅望一枝难寄远。人不见，楼头望断相思眼。

[注释]

①对酒当歌：曹操《短歌行》句。 ②“悔无”句：燕子传诗，典出《天宝遗事》。长安任宗经商湘中，数年不返。其妻郭绍兰附诗燕足，任得诗，

感而泣下,遂归。

玉楼春[①]

题上林后亭

风迟日媚烟光好,绿树依依芳意早。年华容易即凋零,春色只宜长恨少。　　池塘隐隐惊雷晓,柳眼未开梅萼小[②]。尊前贪爱物华新,不道物新人渐老。

[注释]

①玉楼春:一名《木兰花令》。　②柳眼:柳叶初生,细长如眼,故云。

玉楼春

西亭饮散清歌阕,花外迟迟宫漏发。涂金烛引紫骝嘶[①],柳曲西头归路别。　　佳辰只恐幽期阔,密赠殷勤衣上结[②]。翠屏魂梦莫相寻,禁断六街清夜月[③]。

[注释]

①紫骝:紫色骅骝骏马。　②衣上结:指同心结。　③六街:指汴京城中左右六条大街,巡警皆用禁卒。见《宋史·魏丕传》。

[集评]

沈际飞云:"衣上结,尽密赠之况。"(《草堂诗馀续集》)

玉楼春

春山敛黛低歌扇,暂解吴钩登祖宴[①]。画楼钟动已魂销,何况马嘶芳草岸。　　青门柳色随人远[②],望欲断时肠已断。洛城春色待君来，莫到落花飞似霰。

［注释］

①吴钩：宝刀名。　祖宴：出行时祭路神称“祖”，因称饯行送客为“祖宴”。　②青门：原指长安霸城之门，后泛指京城之门。

［集评］

沈际飞云：“‘随人远’，妙景。”又云：“本自屈曲，而但见庄浑。”（《草堂诗馀续集》）

玉楼春[①]

尊前拟把归期说，未语春容先惨咽。人生自是有情痴，此恨不关风与月。　　离歌且莫翻新阕，一曲能教肠寸结。直须看尽洛城花[②]，始共春风容易别。

［注释］

①宋本《醉翁琴趣外篇》题作《答周太傅》。　②洛城花：指牡丹。

［集评］

沈际飞云：“‘风月’特寄情，而非即情，语超然。”（《草堂诗馀续集》）

王国维云：“永叔‘人间自是有情痴，此恨不关风与月’，‘直须看尽洛城花，始与春风容易别’。于豪放之中有沉着之致，所以尤高。”（《人间词话》）

玉楼春

洛阳正值芳菲节，秾艳清香相间发。游丝有意苦相萦，垂柳无端争赠别。　　杏花红处青山缺，山畔行人山下歇。今宵谁肯远相随，惟有寂寥孤馆月。

玉楼春

残春一夜狂风雨，断送红飞花落树。人心花意待留春，春色无情容易去。　　高楼把酒愁独语，借问春归何处所。暮云空阔不知音，惟有绿杨芳草路。

玉楼春

常忆洛阳风景媚，烟暖风和添酒味。莺啼宴席似留人，花出墙头如有意。　　别来已隔千山翠，望断危楼斜日坠。关心只为牡丹红，一片春愁来梦里。

玉楼春①

池塘水绿春微暖，记得玉真初见面。从头歌韵响铮鏦，入破舞腰红乱旋。　　玉钩帘下香阶畔，醉后不知红日晚。当时共我赏花人，点检如今无一半。

[注释]

①唐氏按：刘攽《中山诗话》云为晏殊词，可从。详《珠玉词》注。

玉楼春

两翁相遇逢佳节，正值柳绵飞似雪。便须豪饮敌青春，莫对新花羞白发。　　人生聚散如弦筈①，老去风情尤惜别。大家金盏倒垂莲②，一任西楼低晓月。

[注释]

①弦筈(kuò):弓弦与箭尾。比喻聚会短暂,如箭之离弦。　②倒垂莲:此指干杯。　莲:指莲形酒钟。

玉楼春

西湖南北烟波阔,风里丝簧声韵咽。舞馀裙带绿双垂,酒入香腮红一抹。　杯深不觉琉璃滑,贪看六么花十八[①]。明朝车马各西东,惆怅画桥风与月。

[注释]

①六么:琵琶曲,妙绝入神。见《乐谱》。　花十八:六么曲之一叠。见王灼《碧鸡漫志》。

[集评]

沈际飞云:"双垂,舞馀之态;一抹,酒人之神。秀令复工。"(《草堂诗馀续集》)

玉楼春[①]

燕鸿过后春归去,细算浮生千万绪。来如春梦几多时,去似朝云无觅处。　闻琴解珮神仙侣[②],挽断罗衣留不住。劝君莫作独醒人[③],烂醉花间应有数。

[注释]

①唐氏按:此首又见晏殊《珠玉词》。　②闻琴:卓文君闻司马相如琴声悦而夜奔。见《史记·司马相如列传》。　解珮:郑交甫解佩赠江妃二女,见刘向《列仙传》。　③独醒人:指屈原。

玉楼春

蝶飞芳草花飞路，把酒已嗟春色暮。当时枝上落残花，今日水流何处去。　　楼前独绕鸣蝉树，忆把芳条吹暖絮。红莲绿芰亦芳菲[①]，不奈金风兼玉露。[②]

[注释]

①绿芰:菱叶。　②不奈:无奈。　金风:秋风。

玉楼春

别后不知君远近，触目凄凉多少闷。渐行渐远渐无书，水阔鱼沉何处问[①]。　　夜深风竹敲秋韵，万叶千声皆是恨。故攲单枕梦中寻[②]，梦又不成灯又烬。

[注释]

①鱼沉:不见送信之鱼的踪影。　②攲(qí):斜倚。

玉楼春[①]

红绦约束琼肌稳，拍碎香檀催急衮[②]。陇头呜咽水声繁，叶下间关莺语近[③]。　　美人才子传芳信，明月清风伤别恨。未知何处有知音，常为此情留此恨。

[注释]

①唐氏按:此首又见晏殊《珠玉词》。　②急衮:急促的曲调。　③间关:莺啼声。见白居易《琵琶行》“间关莺语花底滑”。

玉楼春[1]

檀槽碎响金丝拨[2]，露湿浔阳江上月。不知商妇为谁愁，一曲行人留夜发。　　画堂花月新声别，红蕊调长弹未彻。暗将深意祝胶弦[3]，唯愿弦弦无断绝。

[注释]

①唐氏按：此首又见《张子野词》。别又误作苏轼词，见《词林万选》卷四。　②檀槽：指琵琶。　金丝：弦。　③祝：托付。

玉楼春[1]

春葱指甲轻拢捻，五彩垂绦双袖卷。雪香浓透紫檀槽，胡语急随红玉腕[2]。　　当头一曲情何限，入破铮锹金凤战[3]。百分芳酒祝长春，再拜敛容抬粉面。

[注释]

①唐氏按：此首又见晏殊《珠玉词》。　②胡语：西域乐曲。　③入破：指曲中快拍。　铮锹：乐声激越。

玉楼春

金花盏面红烟透，舞急香茵随步皱[1]。青春才子有新词，红粉佳人重劝酒。　　也知自为伤春瘦，归骑休交银烛候[2]。拟将沉醉为清欢，无奈醒来还感旧。

[注释]

①“舞急”句：本李煜《浣溪沙》“红锦地衣随步皱”。　②休交：不让。

玉楼春[①]

雪云乍变春云簇，渐觉年华堪送目。北枝梅蕊犯寒开[②]，南浦波纹如酒绿[③]。　　芳菲次第还相续，不奈情多无处足。尊前百计得春归，莫为伤春歌黛蹙。

［注释］

①唐氏按：此首《尊前集》作冯延巳词。　②"北枝"句：大庾岭上梅，南枝落，北枝开。见《白孔六帖》。此处泛指。　③"南浦"句：本江淹《别赋》"春草碧色，春水绿波。送君南浦，伤如之何"。

玉楼春

柳

黄金弄色轻于粉，濯濯春条如水嫩[①]。为缘力薄未禁风，不奈多娇长似困。　　腰柔乍怯人相近，眉小未知春有恨。劝君著意惜芳菲，莫待行人攀折尽。

［注释］

①濯濯：光泽清朗貌。本《晋书·王恭传》"濯濯如春月柳"。

玉楼春[①]

珠帘半下香销印，二月东风催柳信。琵琶傍畔且寻思，鹦鹉前头休借问。　　惊鸿过后生离恨，红日长时添酒困。未知心在阿谁边[②]，满眼泪珠言不尽。

［注释］

①唐氏按：此首又见晏珠《珠玉词》。　②"未知"句：本欧阳修《浣溪沙》"此时心在阿谁边"。　阿谁：何人。

玉楼春

沉沉庭院莺吟弄，日暖烟和春气重。绿杨娇眼为谁回，芳草深心空自动。　倚阑无语伤离凤，一片风情无处用。寻思还有旧家心，蝴蝶时时来役梦[①]。

［注释］

①"蝴蝶"句：《庄子·齐物论》云"昔者庄周梦为蝴蝶，栩栩然蝴蝶也"。　役梦：入梦。

玉楼春

去时梅萼初凝粉，不觉小桃风力损。梨花最晚又凋零，何事归期无定准。　阑干倚遍重来凭，泪粉偷将红袖印。蜘蛛喜鹊误人多[①]，似此无凭安足信。

［注释］

①"蜘蛛"句：本吴均《西京杂记》"乾鹊噪而行人至，蜘蛛集而百事喜"。

玉楼春

酒美春浓花世界，得意人人千万态[①]。莫教辜负艳阳天，过了堆金何处买[②]。　已去少年无计奈，且愿芳心长恁在。闲愁一点上心来，算得东风吹不解。

［注释］

①人人：人儿，指情人。　②"堆金"句：即金堆如山，也买不回青春时光。

玉楼春[1]

湖边柳外楼高处，望断云山多少路。阑干倚遍使人愁，又是天涯初日暮。　　轻无管系狂无数，水畔花飞风里絮。算伊浑似薄情郎，去便不来来便去。

[注释]

①唐氏按：此首别又误作明人顾清词，见《词的》卷二。

[集评]

沈际飞云："问人何似冶游郎，疑信总妙。"（《草堂诗馀续集》）

卓人月云："李知几'坐待不来来又去'，极肖。"（《古今词统》卷八）

玉楼春

南园粉蝶能无数，度翠穿红来复去。倡条冶叶恣留连，飘荡轻于花上絮。　　朱阑夜夜风兼露，宿粉栖香无定所。多情翻却似无情，赢得百花无限妒。

[集评]

沈际飞云："蝶于花为无情，曰：'多情却似'，则世上滥好人有出脱矣，一笑。"（《草堂诗馀续集》）

潘游龙云："词最隽，可作咏蝶。"（《古今诗馀醉》）

玉楼春

子　规

江南三月春光老，月落禽啼天未晓。露和啼血染花红，恨过千家烟树杪。　　云垂玉枕屏山小，梦欲成时惊觉了。人心应不似伊心，若解思归归合早。

[集评]

潘游龙云："末语比拟精当，且矫健。"(《古今诗馀醉》)

玉楼春

东风本是开花信，及至花时风更紧。吹开吹谢苦匆匆，春意到头无处问。　　把酒临风千万恨，欲扫残红犹未忍。夜来风雨转离披[①]，满眼凄凉愁不尽。

[注释]

①离披：散乱飘零。

玉楼春

阴阴树色笼晴昼，清淡园林春过后。杏腮轻粉日催红，池面绿罗风卷皱。　　佳人向晚新妆就，圆腻歌喉珠欲溜。当筵莫放酒杯迟，乐事良辰难入手。

玉楼春

芙蓉鬥晕燕支浅[①]，留著晚花开小宴。画船红日晚风清，柳色溪光晴照暖。　　美人争劝梨花盏，舞困玉腰裙缕慢。莫交银烛促归期[②]，已祝斜阳休更晚。

[注释]

①燕支：同"胭脂"。　②交：通"教"。

渔家傲

正月斗杓初转势，金刀剪彩功夫异。称庆高堂欢幼稚[①]。看柳意，偏从东面春风至。　十四新蟾圆尚未[②]，楼前乍看红灯试[③]。冰散绿池泉细细。鱼欲戏，园林已是花天气。

[注释]

①高堂:指父母。　②新蟾:新月。传说月中有蟾,故称。　③红灯试:十四日点灯,曰试灯。

渔家傲

二月春耕昌杏密[①]，百花次第争先出。惟有海棠梨第一。深浅拂，天生红粉真无匹。　画栋归来巢未失，双双款语怜飞乙[②]。留客醉花迎晓日。金盏溢，却忧风雨飘零疾。

[注释]

①昌杏:菖蒲、杏花。　②飞乙:飞燕。见《字汇》。

渔家傲

三月清明天婉娩，晴川祓禊归来晚[①]。况是踏青来处远。犹不倦，秋千别闭深庭院。　更值牡丹开欲遍，酴醾压架清香散[②]。花底一尊谁解劝[③]。增眷恋，东风回晚无情绊。

[注释]

①祓禊(fú xì)：古代习俗，通常于三月上旬巳日在水边举行仪式，以除灾祛邪。　②酴醿：植物名，蔷薇科。夏初开花，色白。　③唐氏按："花底一尊"四字原缺，据汲古阁本《六一词》补。

渔家傲

四月园林春去后，深深密幄阴初茂[1]。折得花枝犹在手。香满袖，叶间梅子青如豆。　　风雨时时添气候，成行新笋霜筠厚。题就送春诗几首。聊对酒，樱桃色照银盘溜。

[注释]

①密幄：繁茂浓密的枝叶如帷幄。　幄：帐幕。　阴初茂：绿叶渐多。

渔家傲

五月榴花妖艳烘，绿杨带雨垂垂重。五色新丝缠角粽。金盘送，生绡画扇盘双凤。　　正是浴兰时节动[1]，菖蒲酒美清尊共[2]。叶里黄鹂时一弄[3]。犹鬖髿[4]，等闲惊破纱窗梦。

[注释]

①浴兰：古代习俗，端午节以兰草沐浴，以除不祥。见《大戴礼记》。　②菖蒲酒：端午菖蒲泡酒以饮，可益寿延年。　③弄：通"哢"，鸟鸣。　④鬖髿：睡眼朦胧。

渔家傲

六月炎天时霎雨，行云涌出奇峰露。沼上嫩莲腰束素[①]。风兼露，梁王宫阙无烦暑[②]。　　畏日亭亭残蕙炷，傍帘乳燕双飞去。碧碗敲冰倾玉处。朝与暮，故人风快凉轻度。

［注释］

①腰束素：出宋玉《登徒子好色赋》“腰如束素”。　②梁王宫阙：指汉梁孝王刘武之梁苑，故址在今河南开封东。梁王好宾客，司马相如、枚乘等皆曾延居园中。此处借称游晏之所。

渔家傲

七月新秋风露早，渚莲尚拆庭梧老。是处瓜华时节好[①]。金尊倒，人间彩缕争祈巧。　　万叶敲声凉乍到，百虫啼晚烟如扫。箭漏初长天杳杳[②]。人语悄，那堪夜雨催清晓。

［注释］

①瓜华时节：指七月七日夜。是夕以瓜雕刻花样，谓之花瓜。见孟元老《东京梦华录》。　②箭漏：报时的更漏。

渔家傲

八月秋高风历乱，衰兰败芷红莲岸。皓月十分光正满。清光畔，年年常愿琼筵看。　　社近愁看归去燕[①]，江天空阔云容漫。宋玉当时情不浅。成幽怨，乡关千里危肠断。

［注释］

①“社近”句：指秋社将近，燕子将去。

渔家傲

九月霜秋秋已尽，烘林败叶红相映。惟有东篱黄菊盛[①]。遗金粉，人家帘幕重阳近。　　晓日阴阴晴未定，授衣时节轻寒嫩[②]。新雁一声风又劲。云欲凝，雁来应有吾乡信。

［注释］

①唐氏按："东篱"二字原缺，据汲古阁本《六一词》补。　②授衣时节：指九月。出《诗经·豳风·七月》"九月授衣"。

渔家傲

十月小春梅蕊绽，红炉画阁新装遍[①]。鸳帐美人贪睡暖。梳洗懒，玉壶一夜轻澌满[②]。　　楼上四垂帘不卷，天寒山色偏宜远。风急雁行吹字断。红日晚，江天雪意云撩乱。

［注释］

①红炉：汲古阁本《六一词》作"红楼"，是。　②轻澌：薄冰。

［集评］

俞平伯云："后阕状江山寒色，足为'清远'二字。此调旧刻凡三十二首，以《珠玉词》搀入，汲古阁定为二十首，此首最为擅胜。"（《宋词选释》）

渔家傲

十一月新阳排寿宴，黄钟应管添宫线[①]。猎猎寒威云不卷。风头转，时看雪霰吹人面。　　南至迎长知漏箭[②]，书云纪候冰生研[③]。腊近探春春尚远。闲庭院，梅花落尽千千片。

[注释]

①“黄钟”句:黄钟,十二乐律之一。仲冬之月,律中黄钟。见《礼记·月令》。又《唐杂录》载,唐宫中以女功揆日长短。冬至后,日晷渐长,比常日增一线之功。为此句所本。 ②南至:即冬至。 ③书云纪候:习俗。冬至日观云以占来岁吉凶。

渔家傲

十二月严凝天地闭[①],莫嫌台榭无花卉。惟有酒能欺雪意。增豪气,直教耳热笙歌沸。 陇上雕鞍惟数骑,猎围半合新霜里。霜重鼓声寒不起[②]。千人指,马前一雁寒空坠。

[注释]

①天地闭:本《礼记·月令》“天气上腾,地气下降,天地不通,闭塞而成冬”。 ②“霜重”句:出李贺《雁门太守行》“霜重鼓寒声不起”。

[集评]

杨慎云:“宋欧阳六一作十二月鼓子词,即今之《渔家傲》也。元欧阳圭斋亦拟为之,专咏元世燕京风物。”(《词品补》)

李调元云:“王荆公尝对客诵永叔小阕云:‘五彩新丝缠角粽。金盘送。生绡画扇盘双凤。’曰三十年前见其全篇,今才记三句,乃永叔在李太尉端愿席上所作十二月鼓子词,数向人求之不可得。按公此词名《渔家傲》,按十二月作,如其数,皆工腻熨帖,不独‘五彩丝’佳也。”《雨村诗话》

渔家傲[①]

正月新阳生翠琯[②],花苞柳线春犹浅。帘幕千重方半卷。池冰泮[3]，东风吹水琉璃软。　　渐好凭阑醒醉眼，陇梅暗落芳英断。初日已知长一线。清宵短，梦魂怎奈珠宫远。

[注释]

①《全宋词》注："京本《时贤本事曲子》后集云：欧阳文忠公，文章之宗师也。其于小词，尤脍炙人口。有十二月词，寄《渔家傲》调中，本集亦未尝载，今列之于此。前已有十二篇鼓子词，此未知果公作否。"　②翠琯：玉管。旧时有烧苇膜成灰，置律管内，应时飞出，以测节气之习俗。见《后汉书·律历志》。　③冰泮：冰融。

渔家傲

二月春期看已半，江边春色青犹短。天气养花红日暖。深深院，真珠帘额初飞燕。　　渐觉衔杯心绪懒，酒侵花脸娇波慢。一捻闲愁无处遣[1]。牵不断，游丝百尺随风远。

[注释]

①一捻：一撮。

渔家傲

三月芳菲看欲暮，胭脂泪洒梨花雨。宝马绣轩南陌路。笙歌举，踏青鬥草人无数[1]。　　强欲留春春不住，东皇肯信韶容故[2]。安得此身如柳絮。随风去，穿帘透幕寻朱户。

[注释]

①鬥草:游戏。用草角胜负,多于端午行之。 ②东皇:司春之神。韶容:春光。

渔家傲

四月芳林何悄悄,绿阴满地青梅小。南陌采桑何窈窕。争语笑,乱丝满腹吴蚕老。 宿酒半醒新睡觉[①],雏莺相语匆匆晓。惹得此情萦寸抱[②]。休临眺,楼头一望皆芳草。

[注释]

①宿酒:夜酒。 ②寸抱:寸心。

渔家傲

五月薰风才一信,初荷出水清香嫩。乳燕学飞帘额峻[①]。谁借问,东邻期约尝佳酝。 漏短日长人乍困,裙腰减尽柔肌损。一撮眉尖千叠恨。慵整顿,黄梅雨细多闲闷。

[注释]

①帘额峻:帘子高峻,难以飞过。

渔家傲

六月炎蒸何太盛,海榴灼灼红相映。天外奇峰千掌迥。风影定,汉宫圆扇初成咏[①]。 珠箔初褰深院静,绛绡衣窄冰肤莹[②]。睡起日高堆酒兴。厌厌病[③],宿酲和梦何时醒。

[注释]

①“汉宫”句:班婕妤有《怨歌行》咏扇。　②绛绡:红绡,美人之服。冰肤:玉肌。　③厌厌:精神不振貌。

渔家傲

七月芙蓉生翠水,明霞拂脸新妆媚。疑是楚宫歌舞伎。争宠丽,临风起舞夸腰细。　乌鹊桥边新雨霁,长河清水冰无地[①]。此夕有人千里外。经年岁,犹嗟不及牵牛会。

[注释]

①“长河”句:言银汉如冰河一道,并无陆地。

渔家傲

八月微凉生枕簟,金盘露洗秋光淡[①]。池上月华开宝鉴。波潋滟,故人千里应凭槛。　蝉树无情风苒苒,燕归碧海珠帘掩。沈臂冒霜潘鬓减[②]。愁黯黯[③],年年此夕多悲感。

[注释]

①金盘:指汉宫承露盘,铜制。见班固《西都赋》。　②沈臂:沈约自谓“百日数旬,革带常应移孔,以手握臂,率计月小半分”。见《梁书·沈约传》。　潘鬓:潘岳《秋兴赋序》云,“余春秋三十有二,始见二毛”。　③黯黯:心神沮丧貌。

渔家傲

九月重阳还又到，东篱菊放金钱小。月下风前愁不少。谁语笑，吴娘捣练腰肢袅[①]。 槁叶半轩慵更扫，凭阑岂是闲临眺。欲向南云新雁道：休草草，来时觅取伊消耗[②]。

[注释]

①吴娘：吴地女子。 捣练：捣洗绢帛。 ②消耗：音讯。

渔家傲

十月轻寒生晚暮，霜华暗卷楼南树。十二阑干堪倚处。聊一顾，乱山衰草还家路。 悔别情怀多感慕，胡笳不管离心苦。犹喜清宵长数鼓[①]。双绣户，梦魂尽远还须去。

[注释]

①长数鼓：不停地计算更鼓，说明失眠。

渔家傲

律应黄钟寒气苦，冰生玉水云如絮。千里乡关空倚慕。无尺素[①]，双鱼不食南鸿渡。 把酒遣愁愁已去，风摧酒力愁还聚。却忆兽炉追旧处。头懒举，炉灰剔尽痕无数。

[注释]

①尺素：书信。

渔家傲

腊月年光如激浪，冻云欲折寒根向[①]。谢女雪诗真绝唱[②]。无比况，长堤柳絮飞来往。　便好开尊夸酒量，酒阑莫遣笙歌放。此去青春都一饷。休怅望，瑶林即日堪寻访[③]。

（以上九十首见《欧阳文忠公近体乐府》卷二、《欧阳文忠公集》卷一百三十二）

［注释］

①"冻云"句：凝聚成团的寒云似欲扑向树根将它折断。　②谢女：指谢安兄女谢道韫。咏雪事见刘义庆《世说新语·贤媛》。　③瑶林：玉林，指披雪山林。

南歌子[①]

凤髻金泥带，龙纹玉掌梳。走来窗下笑相扶。爱道画眉深浅、入时无[②]。　弄笔偎人久，描花试手初。等闲妨了绣功夫，笑问双鸳鸯字、怎生书。

［注释］

①唐氏按：《乐府雅词》卷上云，《草堂》作仲殊。　②"爱道"句：出朱庆馀《近试上张水部》"妆罢低声问夫婿，画眉深浅入时无"。

［集评］

卓人月云："'爱道画眉深浅入时无'，'娥眉不肯让人'即在'入时'句中。"（《古今词统》）

潘游龙云："首写态，后描情，各尽其妙。"（《古今诗馀醉》）

许昂霄云："真觉娉娉袅袅。"（《词综偶评》）

御街行[①]

天非华艳轻非雾[②]。来夜半、天明去。来如春梦不多时，去似朝云何处。乳鸡酒燕[③]，落星沉月，紞紞城头鼓[④]。

参差渐辨西池树，朱阁斜欹户。绿苔深径少人行，苔上屐痕无数。遗香馀粉，剩衾闲枕，天把多情赋。

[注释]

①唐氏按：此首又见吴讷本、侯文灿本《张子野词》。 ②天：娇艳。轻非雾：出白居易《花非花》“花非花雾非雾”。 ③燕：同“宴”。 ④紞紞（dǎn）：击鼓声。

桃源忆故人[①]

梅梢弄粉香犹嫩，欲寄江南春信。别后寸肠萦损，说与伊争稳[②]。 小炉独守寒灰烬，忍泪低头画尽[③]。眉上万重新恨，竟日无人问。

[注释]

①《全宋词》注：一名《虞美人影》。 ②争稳：怎安。 ③低头：一本作“无言”。

桃源忆故人

莺愁燕苦春归去，寂寂花飘红雨。碧草绿杨歧路，况是长亭暮。 少年行客情难诉，泣对东风无语。目断两三烟树，翠隔江淹浦[①]。

[注释]

①江淹浦：江淹《别赋》有“送君南浦”之句，故云。

临江仙

柳外轻雷池上雨，雨声滴碎荷声。小楼西角断虹明。阑干倚处，待得月华生。　　燕子飞来窥画栋，玉钩垂下帘旌。凉波不动簟纹平。水精双枕，傍有堕钗横[①]。

[注释]

①“傍有”句：本李商隐《偶题》“水文簟上琥珀枕，旁有堕钗双翠翘”。

[集评]

沈际飞云：“雨忽虹，虹忽月，夏景尔尔，拈笔不同。玩末句风韵直当凌厉秦黄，一金钗曷足以偿之。”（《草堂诗馀正集》）

许昂霄云：“不假雕饰，自成绝唱。”（《词综偶评》）

临江仙

记得金銮同唱第[①]，春风上国繁华。如今薄宦老天涯。十年歧路，空负曲江花[②]。　　闻说阆山通阆苑[③]，楼高不见君家。孤城寒日等闲斜。离愁难尽，红树远连霞。

[注释]

①唱第：宣布得中进士排名次第。　②曲江：今陕西长安。唐时新科进士于此开宴，谓之“曲江宴”。　③阆山：四川阆中山。　阆苑：仙家阆风之苑。据《湘山野录》，此词作于滁州任上，乃赠一将赴阆倅之同年者。

圣无忧[①]

世路风波险,十年一别须臾。人生聚散长如此,相见且欢娱。　　好酒能消光景,春风不染髭须。为公一醉花前倒,红袖莫来扶。

[注释]

①注者按:此调名始于欧阳修。

浪淘沙

把酒祝东风,且共从容[①]。垂阳紫陌洛城东。总是当时携手处,游遍芳丛。　　聚散苦匆匆,此恨无穷。今年花胜去年红。可惜明年花更好,知与谁同。

[注释]

①"把酒"二句:本司空图《酒泉子》"黄昏把酒祝东风,且从容"之意。

[集评]

沈际飞云:"末三句,虽少含蕴,不失为情语。"(《草堂诗馀正集》)

俞陛云云:"因惜花而怀友,前欢寂寂,后会悠悠,至情语以一气挥写,可谓深情如水,行气如虹矣。"(《唐五代两宋词选释》)

浪淘沙

花外倒金翘[①],饮散无憀[②]。柔桑蔽日柳迷条。此地年时曾一醉,还是春朝。　　今日举轻桡,帆影飘飘。长亭回首短亭遥。过尽长亭人更远,特地魂销[③]。

[注释]

①金翘：女人首饰。 ②无憀：同“无聊”。 ③特地：特别。

浪淘沙

五岭麦秋残[①]，荔子初丹。绛纱囊里水晶丸。可惜天教生处远，不近长安。 往事忆开元，妃子偏怜[②]。一从魂散马嵬关[③]。只有红尘无驿使[④]，满眼骊山[⑤]。

[注释]

①五岭：大庾、越城、骑田、萌渚、都庞岭的总称。 麦秋：指农历四月，麦子成熟之时为麦秋。 ②“往事”二句：指唐明皇开元年间宠爱杨贵妃事。 ③“一从”句：指贵妃被逼缢死马嵬坡事。马嵬坡，在今陕西兴平县。 ④“只有”句：本杜牧《华清宫》“一骑红尘妃子笑，无人知是荔枝来”。 ⑤骊山：华清宫所在，今陕西临潼县。

[集评]

冯金伯云：“诗馀荔子之咏，作者既少，遂无擅长，独欧阳公《浪淘沙》一首，稍存感慨悲凉耳。”（《词苑萃编》卷二十三）

浪淘沙

万恨苦绵绵，旧约前欢。桃花溪畔柳阴间。几度日高春睡重[①]，绣户深关。 楼外夕阳闲，独自凭阑。一重水隔一重山。水阔山高人不见，有泪无言。

[注释]

①睡：《全宋词》作“垂”。

浪淘沙

今日北池游，漾漾轻舟。波光潋滟柳条柔。如此春来春又去，白了人头。　　好妓好歌喉，不醉难休。劝君满满酌金瓯[1]。纵使花时常病酒[2]，也是风流。

[注释]

①金瓯：酒杯的美称。　瓯：酒钟。　②病酒：饮酒沉醉如病。

[集评]

潘游龙云："别病不可，病酒何妨。快甚。"(《古今诗馀醉》)

定风波

把酒花前欲问他，对花何吝醉颜酡。春到几人能烂赏。何况，无情风雨等闲多。　　艳树香丛都几许。朝暮，惜红愁粉奈情何。好是金船浮玉浪[1]，相向。十分深送一声歌。

[注释]

①金船：酒器之大者。见叶廷圭《海录碎事》。

定风波

把酒花前欲问伊，忍嫌金盏负春时[1]。红艳不能旬日看。宜算，须知开谢只相随。　　蝶去蝶来犹解恋。难见，回头还是度年期[2]。莫候饮阑花已尽。方信，无人堪与补残枝。

[注释]

①忍嫌:莫嫌。 ②度年期:隔年期。

定风波

把酒花前欲问公,对花何事诉金钟。为问去年春甚处。虚度,莺声撩乱一场空。　　今岁春来须爱惜。难得,须知花面不长红。待得酒醒君不见。千片,不随流水即随风。

定风波

把酒花前欲问君,世间何计可留春。纵使青春留得住。虚语,无情花对有情人。　　任是好花须落去。自古,红颜能得几时新。暗想浮生何时好。唯有,清歌一曲倒金尊。

定风波

过尽韶华不可添,小楼红日下层檐。春睡觉来情绪恶。寂寞,杨花缭乱拂珠帘。　　早是闲愁依旧在。无奈,那堪更被宿酲兼[①]。把酒送春惆怅甚。长恁[②],年年三月病厌厌。

[注释]

①宿酲(chéng):隔夜未消的酒醉。 ②长恁:长久如此。

定风波

对酒追欢莫负春,春光归去可饶人[①]。昨日红芳今绿树。已暮,残花飞絮两纷纷。　　粉面丽姝歌窈窕。清妙,尊前信任醉醺醺。不是狂心贪燕乐[2]。自觉,年来白发满头新。

[注释]

①可:岂。　②燕:同“宴”。

蓦山溪

新正初破[1],三五银蟾满。纤手染香罗,剪红莲、满城开遍。楼台上下,歌管咽春风。驾香轮,停宝马,只待金乌晚[2]。　　帝城今夜,罗绮谁为伴。应卜紫姑神[3],问归期、相思望断。天涯情绪,对酒且开颜。春宵短,春寒浅,莫待金杯暖。

[注释]

①新正:指农历正月初一。　破:过。　②金乌:太阳。神话传说,太阳中有三足乌,故称。　③紫姑神:神话中厕神名。民间每于正月十五日祀之,并迎以扶乩。事见《显异录》。

浣溪沙

云曳香绵彩柱高,绛旗风飐出花梢。一梭红带往来抛。　　束素美人羞不打,却嫌裙慢褪纤腰。日斜深院影空摇。

[集评]

沈际飞云:“实粘秋千,纡回换眩。”(《草堂诗馀续集》)

浣溪沙[①]

堤上游人逐画船，拍堤春水四垂天。绿杨楼外出秋千。　　白髮戴花君莫笑，六么催拍盏频传[②]。人生何处似尊前。

[注释]

①唐氏按:《草堂诗馀隽》卷二此首误作黄庭坚词。　②六么:乐曲名。

[集评]

杨慎云:“不惟调句宛藻，而造理甚微，足唤醒人。”(《草堂诗馀》)

黄苏云:“按第一阕，写世上儿女多少欢娱，第二阕‘白髮’句，写老成意趣，自在众人喧嚣之外，末句写无限凄怆沉郁，妙在含蓄不尽。”(《蓼园词选》)

唐圭璋云:“此首记泛舟之乐。起记堤上游人之乐;次记堤下春水之盛;‘绿杨’句，记临水人家之富丽。下片，触景生感，寓有及时行乐之意。”(《唐宋词简释》)

浣溪沙

湖上朱桥响画轮，溶溶春水浸春云。碧琉璃滑净无尘。　　当路游丝萦醉客，隔花啼鸟唤行人。日斜归去奈何春。

[集评]

杨慎云:“‘奈何春’三字，新而远。”(《草堂诗馀》)

董其昌云:“触景赋诗，古人胸次何等活泼泼地。”(《便读草堂诗馀》)

潘游龙云:“‘隔花’句丽，‘奈何’字，春色无边。”(《古今诗馀醉》)

唐圭璋云:“此首写湖上景色。起记桥上车马之繁。‘溶溶’两句，写足湖水之美,一碧无尘,春云浸影,此景诚足令人忘返。下片,言游丝萦客,啼鸟唤人,更有无限情味。末句,点明日斜不得不归,又颇有惆怅之意。”

浣溪沙

叶底青青杏子垂,枝头薄薄柳绵飞。日高深院晚莺啼。　堪恨风流成薄幸,断无消息道归期。托腮无语翠眉低。

浣溪沙[①]

青杏园林煮酒香,佳人初著薄罗裳。柳丝摇曳燕飞忙。　乍雨乍晴花自落,闲愁闲闷昼偏长。为谁消瘦损容光。

[注释]

①唐氏按:此首又见晏殊《珠玉词》。别又误入吴文英《梦窗词集》。《类编草堂诗馀》卷一又误作秦观词。

浣溪沙

红粉佳人白玉杯,木兰船稳棹歌催[①]。绿荷风里笑声来。　细雨轻烟笼草树,斜桥曲水绕楼台。夕阳高处画屏开。

[注释]

①棹歌:行船时唱的歌。

浣溪沙

翠袖娇鬟舞石州[1]，两行红粉一时羞。新声难逐管弦愁。　　白髮主人年未老，清时贤相望偏优。一尊风月为公留。

[注释]

①石州：商调舞曲。见胡震亨《唐音癸签》。

浣溪沙

灯烬垂花月似霜[1]，薄帘映月两交光[2]。酒醺红粉自生香。　　双手舞馀拖翠袖，一声歌已釂金觞[3]。休回娇眼断人肠。

[注释]

①灯烬：灯芯燃尽。　②两交光：月光与灯光交相辉映。　③釂：饮。

浣溪沙

十载相逢酒一卮[1]，故人才见便开眉。老来游旧更同谁。　　浮世歌欢真易失[2]，宦途离合信难期。尊前莫惜醉如泥。

[注释]

①卮：酒杯。　②浮世：浮脆的人生。

御带花

青春何处风光好，帝里偏爱元夕[1]。万重缯彩，构一屏峰岭[2]，半空金碧。宝檠银釭，耀绛幕、龙虎腾掷。沙堤远[3]，雕轮绣毂，争走五王宅[4]。　雍容熙熙昼，会乐府神姬，海洞仙客。拽香摇翠，称执手行歌，锦街天陌。月淡寒轻，渐向晓、漏声寂寂。当年少。狂心未已，不醉怎归得。

［注释］

①帝里：指京都。　②构一屏峰岭：搭构灯山彩屏。　③沙堤：唐时拜相，自私第至子城东街载沙铺路，谓之沙堤。见李肇《唐国史补》。　④五王宅：指帝子宅邸。

虞美人[1]

炉香昼永龙烟白[2]，风动金鸾额[3]。画屏寒掩小山川，睡容初起枕痕圆，坠花钿。　楼高不及烟霄半，望尽相思眼。艳阳刚爱挫愁人[4]，故生芳草碧连云，怨王孙。

［注释］

①唐氏按：此首别又见杜安世《杜寿域词》。　②龙烟：压成龙形的篆香。　③金鸾额：画有金鸾的帘额。　④挫：折磨。

鹤冲天

梅谢粉，柳拖金，香满旧园林。养花天气半晴阴[1]，花好却愁深。　花无数，愁无数。花好却愁春去。戴花持酒祝东风，千万莫匆匆。

［注释］

①养花天气：指淡阴微雨的天气。

夜行船

忆昔西都欢纵。自别后、有谁能共。伊川山水洛川花[①]，细寻思、旧游如梦。　今日相逢情愈重。愁闻唱、画楼钟动。白髮天涯逢此景。倒金尊、殢谁相送[②]。

[注释]

①伊川：指洛阳南面的伊阙山水。　②殢：沉醉酒中。

夜行船

满眼东风飞絮。催行色、短亭春暮。落花流水草连云[①]，看看是、断肠南浦。　檀板未终人去去[②]。扁舟在、绿杨深处。手把金尊难为别，更那听、乱莺疏雨。

[注释]

①草连云：一本作"草连天"。　②"檀板"句：歌曲未完，人已远去。去去：远行貌。

洛阳春

红纱未晓黄鹂语[①]，蕙炉销兰炷[②]。锦屏罗幕护春寒，昨夜三更雨。　绣帘闲倚吹轻絮，敛眉山无绪[③]。看花拭泪向归鸿，问来处，逢郎否。

[注释]

①红纱：红色窗纱。　②兰炷：点燃如兰的香料。　③眉山：形如远山的秀眉。

雨中花

千古都门行路，能使离歌声苦。送尽行人，花残春晚，又到君东去。　　醉藉落花吹暖絮[①]，多少曲堤芳树。且携手留连，良辰美景，留作相思处。

[注释]

①藉：坐。

越溪春

三月十三寒食日，春色遍天涯。越溪阆苑繁华地[①]，傍禁垣、珠翠烟霞。红粉墙头，秋千影里，临水人家。

归来晚驻香车，银箭透窗纱[②]。有时三点两点雨霁，朱门柳细风斜。沉麝不烧金鸭冷[③]，笼月照梨花。

[注释]

①越溪：若耶溪。　②银箭：雨点。　③沉麝：沉香和麝香。

贺圣朝影

白雪梨花红粉桃，露华高。垂杨慢舞绿丝绦，草如袍。　　风过小池轻浪起，似江皋。千金莫惜买香醪，且陶陶。

[集评]

沈际飞云："绿绦青袍，一副春色。"（《草堂诗馀续集》）

洞天春

莺啼绿树声早，槛外残红未扫。露点真珠遍芳草，正帘帏清晓。　　秋千宅院悄悄，又是清明过了。燕蝶轻狂，柳丝撩乱，春心多少。

忆汉月

红艳几枝轻袅，新被东风开了。倚烟啼露为谁娇，故惹蝶怜蜂恼。　　多情游赏处，留恋向、绿丛千绕。酒阑欢罢不成归，肠断月斜春老。

清平乐

小庭春老，碧砌红萱草。长忆小阑闲共绕，携手绿丛含笑[①]。　　别来音信全乖，旧期前事堪猜。门掩日斜人静，落花愁点青苔。

［注释］

①含笑：花名。

凉州令

东堂石榴

翠树芳条飐，的的裙腰初染[①]。佳人携手弄芳菲，绿阴红影，共展双纹簟。插花照影窥鸾鉴，只恐芳容减。不堪零落春晚，青苔雨后深红点[②]。　　一去门闲掩，重来却寻朱槛。离离秋实弄轻霜[③]，娇红脉脉，似见胭脂脸。人非事往眉空敛，谁把佳期赚。芳心只愿长依旧，春风更放明年艳。

[注释]

①的的(dì):鲜明貌。　裙腰初染:形容红色榴花如石榴红裙一样美艳。　②"青苔"句:本韩愈《咏榴花》"颠倒苍苔落绛英"。　③离离:繁茂众多貌。

[集评]

沈际飞云:"始终详婉,不以为纤。"(《草堂诗馀续集》)

南乡子

翠密红繁,水国凉生未是寒。雨打荷花珠不定,轻翻。冷泼鸳鸯锦翅斑。　　尽日凭阑,弄蕊拈花仔细看。偷得裹蹄新铸样[①],无端。藏在红房艳粉间。

[注释]

①裹(niǎo)蹄:指马蹄金。见《汉书·武帝纪》及注。

南乡子

雨后斜阳,细细风来细细香。风定波平花映水,休藏。照出轻盈半面妆[①]。　　路隔秋江,莲子深深隐翠房。意在莲心无问处,难忘。泪裛红腮不记行。

[注释]

①半面妆:梁元帝眇一目。每知帝至,徐妃必以半面妆俟之。见《南史·元帝徐妃传》。

[集评]

沈际飞云:“诗中有双关二意,其法乃‘比’之变。‘比’本用事,一变而用意,再变而用声。或《圣无忧》有比事比意更比声者。比比事比意若何?曰藕儿时莲,更比声。”(《草堂诗馀续集》)

鹊桥仙

月波清霁,烟容明淡,灵汉旧期还至[①]。鹊迎桥路接天津[②],映夹岸、星榆点缀[③]。　　云屏未卷[④],仙鸡催晓,肠断去年情味。多应天意不教长,恁恐把、欢娱容易。

[注释]

①灵汉:指天河。　旧期:指七夕。　②天津:指天河,银河。　③星榆:指群星。出古乐府《陇西行》“天上何所有,历历种白榆”。　④云屏:云母屏风,比喻彩云。

圣无忧[①]

珠帘卷,暮云愁,垂杨暗锁青楼。烟雨濛濛如画,轻风吹旋收。　　香断锦屏新别,人闲玉簟初秋。多少旧欢新恨,书杳杳、梦悠悠。

[注释]

①唐氏按:此首调名原缺,据《醉翁琴趣外篇》卷六补。

摸鱼儿

卷绣帘、梧桐秋院落,一霎雨添新绿。对小池闲立残妆浅,向晚水纹如縠[①]。凝远目。恨人去寂寂,凤枕孤难宿。倚阑不足。看燕拂风檐，蝶翻露草，两两长相逐。 双眉促。可惜年华婉娩[2]，西风初弄庭菊。况伊家年少，多情未已难拘束。那堪更趁凉景，追寻甚处垂杨曲。佳期过尽，但不说归来，多应忘了，云屏去时祝。

[注释]

①縠(hú)：绉纱。 ②婉娩：迟暮。

少年游

去年秋晚此园中，携手玩芳丛。拈花嗅蕊，恼烟撩雾，拚醉倚西风。 今年重对芳丛处，追往事、又成空。敲遍阑干，向人无语，惆怅满枝红。[1]

[注释]

①严杰《欧阳修年谱》："据词意，似为胥氏夫人卒后伤感之作。"

少年游

肉红圆样浅心黄[1]，枝上巧如装。雨轻烟重，无憀天气，啼破晓来妆。 寒轻贴体风头冷，忍抛弃、向秋光。不会深心，为谁惆怅，回面恨斜阳。

[注释]

①肉红：红润如肉色。"桃花枝重肉红垂"，见林逋诗。

少年游

玉壶冰莹兽炉灰[1]，人起绣帘开。春丛一夜，六花开尽[②]，不待剪刀催[③]。　　洛阳城阙中天起，高下遍楼台。絮乱风轻，拂鞍沾袖，归路似章街[④]。

[注释]

①兽炉：铸成兽形的香炉。　②六花：指雪花。以其六角，故称。见韩婴《韩诗外传》。　③剪刀：指春风。　④章街：指章台街，多植柳树。句本李商隐《对雪》"柳絮章台街里飞"。

鹧鸪天

学画宫眉细细长，芙蓉出水鬥新妆。只知一笑能倾国[①]，不信相看有断肠。　　双黄鹄[②]，两鸳鸯。迢迢云水恨难忘。早知今日长相忆，不及从初莫作双[③]。[④]

（以上五十首，见《欧阳文忠公近体乐府》卷三、《欧阳文忠公集》卷一百三十三）

[注释]

①倾国：本李延年诗"一顾倾人城，再顾倾人国"。见《汉书·外戚传》。　②双黄鹄：出苏武《古诗》。　③从初：当初。　④唐氏按：以上《欧阳文忠公近体乐府》，用双照楼景刊《宋金元明本词》。

千秋岁

罗衫满袖，尽是忆伊泪。残妆粉，馀香被。手把金尊酒，未饮先如醉。但向道[①]，厌厌成病皆因你。　　离思迢迢远，一似长江水。去不断，来无际。红笺著意写，不尽相思意。为个甚，相思只在心儿里。

[注释]

①向道:对之说道。

千秋岁

画堂人静,翡翠帘前月。鸾帷凤枕虚铺设。风流难管束,一去音书歇。到而今,高梧冷落西风切。　　未语先垂泪,滴尽相思血。魂欲断,情难绝。都来些子事[①],更与何人说。为个甚,心头见底多离别[②]。

[注释]

①都来:算来。　些子:这些。　②心头见底:心中想的与眼中见的。

醉蓬莱

见羞容敛翠[①],嫩脸匀红,素腰袅娜。红药阑边,恼不教伊过。半掩娇羞,语声低颤,问道有人知么。强整罗裙,偷回波眼,佯行佯坐。　　更问假如,事还成后,乱了云鬟,被娘猜破。我且归家,你而今休呵。更为娘行[②],有些针线,诮未曾收啰[③]。却待更阑,庭花影下,重来则个[④]。

[注释]

①敛翠:皱眉。　②娘行:娘边。　③诮:责怪。　④则个:语助词。犹好么。

于飞乐[①]

宝奁开[②],美鉴静,一掬清蟾[③]。新妆脸,旋学花添。蜀红衫,双绣蝶、裙缕鹈鹕[④]。寻思前事,小屏风、仍画江南。　　怎空教、草解宜男[⑤]。柔桑密，又过春蚕。正阴晴天气，更暝色相兼。佳期消息，曲房西、碎月筛帘。

[注释]

①唐氏按：此首别又见《张子野词》卷二。　②宝奁：镜匣。　③清蟾：清朗如月。　④鹣鹣：比翼鸟。　⑤宜男：萱草异名。

鼓笛慢

缕金裙窣轻纱[①]，透红莹玉真堪爱。多情更把，眼儿斜盼，眉儿敛黛。舞态歌阑，困偎香脸，酒红微带。便直饶[②]、更有丹青妙手，应难写、天然态。　　长恐有时不见，每饶伊、百般娇騃[③]。眼穿肠断，如今千种，思量无奈。花谢春归，梦回云散，欲寻难再。暗消魂，但觉鸳衾凤枕，有馀香在。

[注释]

①窣（sū）：细微的摩擦声。　②直饶：即使。　③娇騃（ǎi）：撒娇装傻。

看花回

晓色初透东窗，醉魂方觉。恋恋绣衾半拥，动万感脉脉，春思无托。追想少年，何处青楼贪欢乐。当媚景，恨月愁花，算伊全妄凤帏约[①]。　　空泪滴、真珠暗落。又被谁、连宵留著。不晓高天甚意，既付与风流，却恁情薄。细把身心自解，只与猛拚却。又及至、见来了，怎生教人恶[②]。

[注释]

①全妄:全是假话。 ②怎生:怎么。 恶:恨。

蝶恋花

几度兰房听禁漏[①]。臂上残妆,印得香盈袖。酒力融融香汗透,春娇入眼横波溜。 不见些时眉已皱。水阔山遥,乍向分飞后。大抵有情须感旧,肌肤拚为伊销瘦。

[注释]

①兰房:闺房。

蝶恋花

咏枕儿

宝琢珊瑚山样瘦[①],缓髻轻拢,一朵云生袖。昨夜佳人初命偶[②],论情旋旋移相就。 几叠鸳衾红浪皱。暗觉金钗,磔磔声相扣。一自楚台人梦后。凄凉暮雨沾茵绣。

[注释]

①"宝琢"句:用珊瑚宝石做成山形小枕。 ②命偶:成亲。

蝶恋花

一掬天和金粉腻[①]。莲子心中,自有深深意。意密莲深秋正媚,将花寄恨无人会。 桥上少年桥下水。小棹归时,不语牵红袂。浪溅荷心圆又碎,无端欲伴相思泪[②]。

［注释］

①“一掬”句：指金色花蕊，与红色花瓣天然相配。　②无端：无可奈何。

蝶恋花

百种相思千种恨。早是伤春，那更春醪困[①]。薄幸辜人终不愤[②]，何时枕畔分明问。　懊恼风流心一寸。强醉偷眠，也即依前闷。此意为君君不信，泪珠滴尽愁难尽。

［注释］

①春醪：春酒。　②辜人：负人。

武陵春

宝幄华灯相见夜，妆脸小桃红。斗帐香檀翡翠笼[①]，携手恨匆匆。　金泥双结同心带，留与记情浓。却望行云十二峰[②]，肠断月斜钟。

（以上十一首见《醉翁琴趣外篇》卷一）

［注释］

①斗帐：形如覆斗的小帐。　②十二峰：指巫山十二峰，即望霞、翠屏、朝云、松峦、集仙、聚鹤、净坛、上升、起云、飞凤、登龙、圣泉诸峰。

梁州令

红杏墙头树，紫萼香心初吐。新年花发旧时枝，徘徊千绕，独共东风语。阳台一梦如云雨，为问今何处。离情别恨多少，条条结向垂杨缕。　　此事难分付，初心本谁先许[1]。窃香解佩两沉沉，知他而今，记得当初否。谁教薄幸轻相误。不信道、相思苦。如今却恁空追悔，元来也会忆人去。

[注释]

①初心：最先萌发的爱心。

渔家傲

为爱莲房都一柄[1]，双苞双蕊双红影。雨势断来风色定，秋水静，仙郎彩女临鸾镜[2]。　　妾有容华君不省[3]，花无恩爱犹相并。花却有情人薄幸，心耿耿，因花又染相思病。[4]

[注释]

①为爱：最爱。　②仙郎彩女：指并蒂莲花。　③不省（xǐng）：不知。　④唐氏按：《花草粹编》卷七此首误作颍上陶生词。

渔家傲

昨日采花花欲尽，隔花闻道潮来近。风猎紫荷声又紧[1]。低难奔，莲茎刺惹香腮损。　　一缕艳痕红隐隐，新霞点破秋蟾晕。罗袖挹残心不稳[2]。羞人问，归来剩把胭脂衬。

[注释]

①风猎：风吹。　②挹残：刮破。

渔家傲

一夜越溪秋水满，荷花开过溪南岸。贪采嫩香星眼慢。疏回眄[①]，郎船不觉来身畔。　　罢采金英收玉腕，回身急打船头转。荷叶又浓波又浅。无方便，教人只得抬娇面。

[注释]

①回眄（miǎn）：回看。

渔家傲[①]

近日门前溪水涨，郎船几度偷相访。船小难开红斗帐。无计向，合欢影里空惆怅。　　愿妾身为红菡萏[②]，年年生在秋江上。重愿郎为花底浪。无隔障，随风逐雨长来往。

[注释]

①唐氏按：《花草粹编》卷七此首误作颍上陶生词。　②红菡萏：红莲。

渔家傲

妾解清歌并巧笑，郎多才俊兼年少。何事抛儿行远道。无音耗，江头又绿王孙草。　　昔日采花呈窈窕，玉容长笑花枝老。今日采花添懊恼。伤怀抱，玉容不及花枝好。

一斛珠

今朝祖宴[1]，可怜明夜孤灯馆。酒醒明月空床满。翠被重重，不似香肌暖。　　愁肠恰似沉香篆，千回万转萦还断。梦中若得相寻见。却愿春宵，一夜如年远。

[注释]

①祖宴：别宴。

惜芳时

因倚兰台翠云亸[1]。睡未足、双眉尚锁。潜身走向伊行坐[2]。孜孜地、告他梳裹。　　发妆酒冷重温过。道要饮、除非伴我。丁香嚼碎偎人睡[3]，犹记恨、夜来些个。

（以上八首见《醉翁琴趣外篇》卷二）

[注释]

①翠云：美髮。　亸：下垂。　②伊行：伊边。　③睡：当是"唾"字之讹。"烂嚼红茸，笑向檀郎唾。"（李煜《一斛珠》）与此意近。

洞仙歌令

楼前乱草，是离人方寸[1]。倚遍阑干意无尽。罗巾掩，宿粉残眉、香未减，人与天涯共远。　　香闺知人否，长是厌厌，拟写相思寄归信。未写了，泪成行、早满香笺。相思字、一时滴损。便直饶、伊家总无情[2]，也拚了一生，为伊成病。

[注释]

①方寸：指心。 ②便直饶：即便是。

洞仙歌令

情知须病[1]，奈自家先肯。天甚教伊恁端正。忆年时、兰棹独倚春风[2]，相怜处、月影花光相映。 别来凭谁诉，空寄香笺，拟问前欢甚时更。后约与新期，易失难寻，空肠断、损风流心性。除只把、芳尊强开颜，奈酒到愁肠，醉了还醒。

[注释]

①情知：明知。 ②兰棹：木兰舟。小舟的美称。

鹊踏枝

一曲尊前开画扇。暂近还遥，不语仍低面。直至情多缘少见，千金不直双回眄[1]。 苦恨行云容易散。过尽佳期，争向年芳晚[2]。百种寻思千万遍。愁肠不似情难断。

[注释]

①不直：不值。 ②争向：怎对。

品 令

渐素景[1]，金风劲[2]。早是凄凉孤冷。那堪闻、蛩吟穿金井。唤愁绪难整。 懊恼人人薄幸[3]，负云期雨信。终日望伊来，无凭准。闷损我、也不定。

[注释]

①素景:指秋景。 ②金风:秋风。 ③人人:用以称亲昵者。

燕归梁[1]

风摆红藤卷绣帘[2],宝鉴慵拈。日高梳洗几时忺[3]。金盆水,弄纤纤。 髻云谩亸残花淡,和娇媚、瘦嵓嵓[4]。离情更被宿酲兼。空惹得、病厌厌。

[注释]

①唐氏按:此首又见杜安世《杜寿域词》。 ②藤:《寿域词》作"绍",似是。 ③忺(xiān):愿意。 ④嵓嵓:同"岩岩",高瘦貌。

燕归梁

屏里金炉帐外灯,掩春睡腾腾。绿云堆枕乱鬅鬙[1]。犹依约、那回曾。 人生少有,相怜到老,宁不被天憎。而今前事总无凭。空赢得,瘦棱棱。

[注释]

①鬅鬙(péng sēng):蓬松散乱貌。

圣无忧

相别重相遇,恬如一梦须臾。尊前今日欢娱事,放盏旋成虚。 莫惜斗量珠玉,随他雪白髭鬚。人间长久身难得,鬥在不如吾[1]。

[注释]

①閅在：指享乐于目前。出白居易《代梦得吟诗》“世上争先从尽汝，人间閅在不如吾”。乃牛僧孺《席上赠刘梦得》“且閅尊前见在身”句之省。见张相《诗词曲语辞汇释》。

锦香囊[1]

一寸相思无著处，甚夜长难度。灯花前、几转寒更，桐叶上、数声秋雨。　　真个此心终难负。况少年情绪。已交共、春茧缠绵，终不学、钿筝移柱[2]。

[注释]

①此调《词律》、《词律拾遗》均无，按《高丽史·乐志》舞队曲有名《寿延长》者，字句与此悉同。　②唐氏按：“钿”原作“细”，疑是形近之误。

系裙腰

水轩檐幕透薰风。银塘外、柳烟浓。方床遍展鱼鳞簟[1]，碧纱笼。小墀面、对芙蓉。　　玉人共处双鸳枕，和娇困，睡朦胧。起来意懒含羞态，汗香融。系裙腰，映酥胸。

[注释]

①方床：指正方形之大床。　鱼鳞簟（diàn）：纹呈鱼鳞状的竹席。

阮郎归

浓香搓粉细腰肢[1]，青螺深画眉。玉钗撩乱挽人衣，娇多常睡迟。　　绣帘角，月痕低。仙郎东路归。泪红满面湿胭脂，兰房怨别离。

[注释]

①搓粉：擦粉。

阮郎归

去年今日落花时，依前又见伊。淡匀双脸浅匀眉，青衫透玉肌。　　才会面，便相思。相思无尽期。这回相见好相知，相知已是迟。

阮郎归

玉肌花脸柳腰肢，红妆浅黛眉。翠鬟斜䙡语声低，娇羞云雨时。　　伊怜我，我怜伊。心儿与眼儿。绣屏深处说深期，幽情谁得知。

怨春郎

为伊家，终日闷。受尽恓惶谁问[①]。不知不觉上心头，悄一霎身心顿也没处顿[②]。　　恼愁肠，成寸寸。已恁莫把人萦损。奈每每人前道著伊，空把相思泪眼和衣揾。

[注释]

①恓惶：凄惶。　②顿：安放。

滴滴金

尊前一把横波溜[①]，彼此心儿有。曲屏深幌解香罗，花灯微透。　　偎人欲语眉先皱，红玉困春酒[2]。为问鸳衾这回后，几时重又。

[注释]

①横波溜：眼波偷窥。　②红玉：美人肌肤。

卜算子

极得醉中眠，迤逦翻成病。莫是前生负你来，今世里、教孤冷。　　言约全无定，是谁先薄幸。不惯孤眠惯成双，奈奴子、心肠硬[1]。

[注释]

①奴子：那厮，妇人称所欢语。

感庭秋

红笺封了还重折，这添追忆。且教伊见我，别来翠减香销端的。　　渌波平远，暮山重叠，算难凭鳞翼[1]。倚危楼极目，无情细草长天色。

（以上十六首见《醉翁琴趣外篇》卷三）

[注释]

①鳞翼：指鱼雁传书。

满路花

铜荷融烛泪，金兽啮扉环。兰堂春夜疑，惜更残。落花风雨，向晓作轻寒。金龟朝早[1]，香衾馀暖，殢娇由自慵眠[2]。　　小鬟无事须来唤，呵破点唇檀。回身还、却背屏山。春禽飞下，帘外日三竿。起来云鬓乱，不妆红粉，下阶且上秋千。

[注释]

①金龟：唐代官员之佩饰。此指夫婿，隐括李商隐《为有》“无端嫁得金龟婿，辜负香衾事早期”之意。　②殢(tì)娇：娇柔貌。　由自：犹自。

好女儿令

眼细眉长，宫样梳妆。靸鞋儿走向花下立著[1]。一身绣出，两同心字，浅浅金黄。　　早是肌肤轻渺。抱著了、暖仍香。姿姿媚媚端正好，怎教人别后，从头仔细，断得思量。

[注释]

①靸(sǎ)鞋：无跟鞋，拖鞋。

南乡子

浅浅画双眉，取次梳妆也便宜。洒着胭脂红扑面，须知。更有何人得似伊。　　宝帐烛残时，好个温柔模样儿。月里仙郎清似玉，相期。些子精神更与谁。

南乡子

好个人人，深点唇儿淡抹腮。花下相逢、忙走怕人猜。遗下弓弓小绣鞋。　　刬袜重来[1]，半亸乌云金凤钗。行笑行行连抱得，相挨。一向娇痴不下怀。

[注释]

①刬袜：只穿袜子着地。

踏莎行[①]

碧藓回廊，绿杨深院。偷期夜入帘犹卷[②]。照人无奈月华明，潜身却恨花深浅。　密约如沉，前欢未便。看看掷尽金壶箭。阑干敲遍不应人，分明帘下闻裁剪[③]。

[注释]

①唐氏按：此首别误作明人袁宏道词，见《古今别肠词选》卷二。②偷期：幽会。　③"阑干"二句：出韩偓《倚醉》诗"分明窗下闻裁剪，敲遍阑干唤不应"。

踏莎行

云母屏低，流苏帐小[①]。矮床薄被秋将晓。乍凉天气未寒时，平明窗外闻啼鸟。　困殢榴花，香添蕙草。佳期须及朱颜好。莫言多病为多情，此身甘向情中老。

[注释]

①流苏：用丝线等制成的穗状垂饰物。

诉衷情

歌时眉黛舞时腰，无处不妖饶[①]。初剪菊、欲登高。天气怯鲛绡[②]。紫丝障，绿杨桥，路迢迢。酒阑歌罢，一度归时，一度魂消。

[注释]

①妖饶:同“妖娆”。 ②鲛绡:传说中鲛人所织之薄纱,其价百金。见张华《博物志》。

诉衷情

离怀酒病两忡忡[1],敧枕梦无踪。可怜有人今夜,胆小怯房空。 杨柳绿,杏梢红,负春风。迢迢别恨,脉脉归心,付与征鸿。

[注释]

①忡忡(chōng):忧愁貌。

恨春迟[1]

欲借江梅荐饮,望陇驿、音息沉沉。住在柳州东,彼此相思,梦回云去难寻。 归燕来时花期浸[2]。淡月坠、将晓还阴。争奈多情易感,风信无凭。如何消遣初心。

[注释]

①唐氏按:此首又见张先《张子野词》卷一。 ②花期浸:“浸”为“寖”字之讹,止息也。见影宋本《醉翁琴趣外篇》。

盐角儿

增之太长,减之太短,出群风格[1]。施朱太赤,施粉太白,倾城颜色。 慧多多,娇的的。天付与、教谁怜惜。除非我、偎著抱著,更有何人消得。

[注释]

①"增之"三句：出宋玉《登徒子好色赋》"东家之子，增之一分则太长，减之一分则太短。著粉则太白，施朱则太赤"。

盐角儿

人生最苦，少年不得，鸳帏相守。西风时节，那堪话别，双蛾频皱。　暗消魂，重回首。奈心儿里、彼此皆有。后时我、两个相见，管取一双清瘦[①]。

[注释]

①管取：包管，肯定。

忆秦娥

十五六，脱罗裳，长恁黛眉蹙。红玉暖，入人怀，春困熟。　展香茵，帐前明画烛。眼波长，斜浸鬓云绿。看不足，苦残宵、更漏促。

少年游

绿云双亸插金翘，年纪正妖饶。汉妃束素[①]，小蛮垂柳[②]，都占洛城腰。　锦屏春过衣初减，香雪暖凝消。试问当筵眼波恨，滴滴为谁娇。

（以上十三首见《醉翁琴趣外篇》卷四）

[注释]

①汉妃：汉水女神。　束素：细腰。　②小蛮：白居易家伎，腰细擅舞。

踏莎行慢

独自上孤舟，倚危樯目断。难成暮雨，更朝云散。凉劲残叶乱。新月照、澄波浅。今夜里，厌厌离绪难销遣。

强来就枕，灯残漏永，合相思眼。分明梦见如花面。依前是、旧庭院。新月照，罗幕挂，珠帘卷。渐向晓，脉然睡觉如天远[①]。

[注释]

①脉然：沉思不语貌。

蕙香囊

身作琵琶[①]，调全宫羽，佳人自然用意。宝檀槽在雪胸前，倚香脐、横枕琼臂。　　组带金钩[②]，背垂红绶，纤指转弦韵细。愿伊只恁拨梁州[③]，且多时、得在怀里。

[注释]

①身作琵琶：愿身化作佳人怀中的琵琶。　②组：丝带。　③梁州：唐教坊曲名。

玉楼春

艳冶风情天与措，清瘦肌肤冰雪妒。百年心事一宵同，愁听鸡声窗外度。　　信阻青禽云雨暮[①]，海月空惊人两处。强将离恨倚江楼，江水不能流恨去。

[注释]

①青禽：青鸟。相传为西王母传信之使者。见《艺文类聚》。

[集评]

董其昌云："鸡既鸣则东方白矣。虽有迷花恋酒之憎爱分明，不能久留。故用一'愁'字最巧。"（《便读草堂诗馀》）

沈际飞云："不能流恨，想从天落。子瞻'流不到楚江东'，少游'为谁流下潇湘去'，识见略同。"（《草堂诗馀正集》）

玉楼春

印　眉[①]

半幅霜绡亲手剪，香染青蛾和泪卷。画时横接媚霞长，印处双沾愁黛浅。　　当时付我情何限，欲使妆痕长在眼。一回忆著一拈看，便似花前重见面。

[注释]

①印眉：将画好的眉痕拓印下来，赠给情人。

玉楼春

红楼昨夜相将饮[①]，月近珠帘花近枕。银缸照客酒方酣，玉漏催人街已禁。　　晚潮去棹浮清浸，古岸平芜萧索甚。大都薄宦足离愁，不放双鸳长恁恁[②]。

[注释]

①相将：相伴，作伴。　②恁恁：如此这般。

玉楼春

金雀双鬟年纪小[①]，学画蛾眉红淡扫。尽人言语尽人怜[②]，不解此情惟解笑。　　稳着舞衣行动俏。走向绮筵呈曲妙。刘郎大有惜花心,只恨寻花来较早。

[注释]

①金雀:雀形金钗。 ②尽:听凭。

玉楼春

夜来枕上争闲事,推倒屏山褰绣被。尽人求守不应人[①],走向碧纱窗下睡。　　直到起来由自殢,向道夜来真个醉。大家恶发大家休[②],毕竟到头谁不是。

(以上七首见《醉翁琴趣外篇》卷五)

[注释]

①求守:央求。 ②恶发:发怒。

定风波

把酒花前欲问伊,问伊还记那回时。黯淡梨花笼月影,人静。画堂东畔药阑西。　　及至如今都不认,难问。有情谁道不相思。何事碧窗春睡觉,偷照。粉痕匀却湿胭脂。

减字木兰花

去年残腊,曾折梅花相对插。人面而今,空有花开无处寻。　　天天不远,把酒拈花重发愿。愿得和伊,偎雪眠香似旧时。

减字木兰花

年来方寸，十日幽欢千日恨。未会此情，白尽人头可得平。　区区堪比，水趁浮萍风趁水[①]。试望瑶京，芳草随人上古城。

［注释］

①趁：追逐。

迎春乐

薄纱衫子裙腰匝[①]。步轻轻、小罗靸[②]。人前爱把眼儿劄[③]。香汗透、胭脂蜡。　良夜永、幽期欢则洽。约重会、玉纤频插。执手临归，犹且更待留时霎。

［注释］

①匝：周绕。　②罗靸（sǎ）：无跟的丝质拖鞋。　③劄（zhá）：眨眼。

一落索

小桃风撼香红碎，满帘笼花气。看花何事却成愁，悄不会、春风意。　窗在梧桐叶底，更黄昏雨细。枕前前事上心来，独自个、怎生睡。

夜行船

闲把鸳衾横枕。损眉尖、泪痕红沁。花时良夜不归来，忍频听，漏移清禁[①]。　一饷无言都未寝[②]。忆当初、是谁先恁。及至如今，教人成病，风流万般徒甚[③]。

[注释]

①清禁:安静的紫禁城。 ②一饷:一晌,一会儿。 ③徒甚:作甚麽。

夜行船

轻捧香腮低枕。眼波媚、向人相浸[1]。佯娇佯醉索如今[2],这风情、怎教人禁。 却与和衣推未寝。低声地、告人休恁。月夕花朝,不成虚过。芳年嫁君徒甚。

[注释]

①相浸:眼波照人。 ②索如今:到如今。

望江南

江南柳,花柳两相柔。花片落时黏酒盏,柳条低处拂人头。各自是风流。 江南月,如镜复如钩。似镜不侵红粉面[1],似钩不挂画帘头。长是照离愁。[2]

[注释]

①不侵:不照。 ②唐氏按:此阕下半首或附会作元僧竺月华词,见《留青日札》卷二十一。

望江南

江南柳,叶小未成阴。人为丝轻那忍折,莺嫌枝嫩不胜吟。留著待春深。 十四五,闲抱琵琶寻。阶上簸钱阶下走[1],恁时相见早留心。何况到如今。[2]

［注释］

①簸钱：掷钱为赌戏。 ②唐氏按：此首上半阕或附会作宋高宗赵构词，见《词苑萃编》卷十三引周淙《辇下记事》。别又附会作元僧竺月华词，见《留青日札》卷二十一。

［集评］

宋翔凤云："按此词极佳，当别有寄托。盖以尝为人口实，故编集去之。然缘情绮靡之作，必欲附会秽事。则凡在词人，皆无全行。正不必为欧公辩也。"（《乐府馀论》）

宴瑶池

恋眼哝心终未改[①]，向意间长在。都缘为、颜色殊常，见馀花、尽无心爱。 都为是风流瞰[②]。至他人、强来厮坏[③]。从今后、若得相逢，绣帏里、痛惜娇态。

［注释］

①哝心：爱恋之心。 ②瞰（shà）：同"煞"。甚，极。 ③厮坏：破坏。

解仙佩

有个人人牵系。泪成痕、滴尽罗衣。问海约山盟何时。镇教人、目断魂飞。 梦里似偎人睡，肌肤依旧骨香腻。觉来但堆鸳被。想忡忡、那里争知。

（以上十一首见《醉翁琴趣外篇》卷六）

渔家傲

战胜归来飞捷奏。倾贺酒，玉阶遥献南山寿。

（《东轩笔录》卷十）

少年游[1]

阑干十二独凭春，晴碧远连云。千里万里，二月三月，行色苦愁人。　　谢家池上[2]，江淹浦畔[3]，吟魄与离魂。那堪疏雨滴黄昏，更特地、忆王孙。

（《能改斋漫录》卷十七）

[注释]

①唐氏按:《词律》卷五此首误作梅尧臣词。　②谢家池上:谢灵运有“池塘生春草”句，见《南史·谢惠连传》。此处虚指。　③江淹浦畔:江淹《别赋》有“送君南浦”之句。此处虚指。

[集评]

吴虎臣云:“此欧阳公《少年游》咏别词也。不惟君复(林逋)、圣俞(梅尧臣)二词不及，求诸唐人温李集中，殆与之为一矣。”(《历代诗馀》附词语引)

先著云:“拙处已是工处。与‘金谷年年’一调又别。‘千里万里，二月三月’，此数字甚不易下。”(《词洁》卷一)

桃源忆故人[1]

碧纱影弄东风晓，一夜海棠开了。枝上数声啼鸟，妆点愁多少。　　妒云恨雨腰支袅，眉黛不忺重扫。薄幸不来春老，羞带宜男草[2]。（《全芳备祖》前集卷七“海棠门”）

[注释]

①唐氏按:《草堂诗馀前集》卷下此首无撰人姓氏，《类编草堂诗馀》卷一误作秦观词。文津阁《四库全书》本《全芳备祖》亦作秦观词，盖馆臣误改。　②宜男草:即萱草。

[集评]

沈际飞云："'海棠开了'下，转出'啼鸟'、'妆点'，趣溢不穷，奇笔。按第一阕言春色明艳，动闺中春思耳。次阕言抑郁无聊，青春已老，羞望恩泽耳。托兴自娟秀。"（黄苏《蓼园词选》）

阮郎归

雪霜林际见依稀，清香已暗期。前村已遍倚南枝[①]，群花犹未知。　情似旧，赏休迟。看看陇上吹。便从今日赏芳菲，韶华取次归[②]。　（《花草粹编》卷四）

[注释]

①前村：齐己《早梅》诗中句"前村风雪里，昨夜一枝开"，为此词所本。　②取次归：逐渐回来。

存目词

调名	首句	出处	附注
归自谣	何处笛	《近体乐府》卷一	冯延巳词，见《阳春集》
归自谣	春艳艳	同上	同上
归自谣	寒水碧	同上	同上
长相思	深画眉	同上	白居易词，见《唐宋诸贤绝妙词选》卷一。又罗泌校《近体乐府》云：《尊前集》作唐无名氏
瑞鹧鸪	楚王台上一神仙	同上	唐吴融诗，见《才调集》卷二

调名	首句	出处	附注
阮郎归	东风临水日衔山	《近体乐府》卷一	冯延巳词,见《阳春集》,词已见晏殊存目附录
阮郎归	南园春早踏青时	同上	冯延巳词,见《阳春集》
阮郎归	角声吹断陇梅枝	同上	同上
蝶恋花	六曲阑干偎碧树	《近体乐府》卷二	冯延巳词,见《阳春集》,词已见晏殊存目附录
蝶恋花	遥夜亭皋闲信步	同上	李冠词,见《唐宋诸贤绝妙词选》卷六
蝶恋花	庭院深深深几许	同上	冯延巳词,见《阳春集》
蝶恋花	谁道闲情抛弃久	同上	同上
蝶恋花	几日行云何处去	同上	同上
一丛花	伤春怀远几时穷	《近体乐府》卷三	张先词,见《张子野词》卷一
千秋岁	数声鶗鴂	同上	张先词,见《乐府雅词》卷上
清平乐	雨晴烟晚	同上	冯延巳词,见《阳春集》
应天长	一弯初月临鸾镜	同上	李璟词,见《南唐二主词》
应天长	石城山下桃花绽	同上	冯延巳词,见《阳春集》

调名	首句	出处	附注
应天长	绿槐阴里黄莺语	《近体乐府》卷三	韦庄词，见《花间集》卷二
芳草渡	梧桐落	同上	冯延巳词，见《阳春集》
更漏子	风带寒	同上	同上
行香子	舞雪歌云	同上	张先词，见吴讷本《张子野词》
水调歌头	万顷太湖上	同上	尹洙作，见《东原录》
贺明朝	忆昔花间初识面	《醉翁琴趣外篇》卷二	欧阳炯词，见《花间集》卷六
一斛珠	晓妆初过	同上	李煜词，见《尊前集》
南乡子	细雨湿花	《醉翁琴趣外篇》卷五	冯延巳词，见《阳春集》
浣溪沙	楼倚江边百尺高	同上	张先词，见《乐府雅词》卷上
浣溪沙	天碧罗衣拂地垂	同上	欧阳炯词，见《花间集》卷五
江神子	碧阑干外小中亭	同上	张泌词，见《花间集》卷五及《尊前集》
夜行船	昨夕佳期初共	《醉翁琴趣外篇》卷六	谢绛词，见《唐宋诸贤绝妙词选》卷二
舞春风	严妆才罢怨春风	《阳春集》注，引《兰畹集》	冯延巳词，见《阳春集》
望梅花	春草全无消息	《梅苑》卷五	和凝词，见《花间集》卷六

调名	首句	出处	附注
断句	绮罗纤缕见肌肤	胡伟宫词	欧阳炯《浣溪沙》词,见《花间集》卷五
断句	金井辘轳闻汲水	陈元龙详注周美成词《片玉集》卷九《蝶恋花》词注	欧阳修诗句
断句	钗裁艾虎	《岁时广记》卷二十一	杨无咎《齐天乐》,见《逃禅词》
瑞鹤仙	脸霞红印枕	《草堂诗馀前集》卷上	陆淞词,见《绝妙好词》卷一
断句	玉京此去春犹浅	《草堂诗馀后集》卷上李邴《小冲山词注》	汪存《步蟾宫》,见《花草粹编》卷六
忆王孙	同云风扫雪初晴	《类编草堂诗馀》卷一	李重元词,见《唐宋诸贤绝妙词选》卷七
青玉案	一年春事都来几	同上	无名氏词,见《草堂诗馀前集》卷上
如梦令	门外绿阴千顷	杨金本《草堂诗馀前集》卷下	曹组词,见《乐府雅词》卷下
一斛珠	伤春怀抱	《京本通俗小说·西山一窟鬼》	晁端礼词,见《闲斋琴趣外篇》卷四
忆秦娥	花深深	《古杭杂记》	郑文妻词,见《古杭杂记》

调名	首句	出处	附注
断句	海棠经雨胭脂透	《弇州山人词评》	王雱或无名氏词，见《乐府雅词拾遗》卷上《倦寻芳慢》或《草堂诗馀前集》卷上《锦缠道》
浣溪沙	午醉西桥夕未醒	《续选草堂诗馀》卷上	晏几道词，见《小山词》
浣溪沙	雨过残红湿未飞	类选笺释《草堂诗馀》卷一	周邦彦词，见《片玉词》卷三
浣溪沙	小院闲窗春色深	韩俞臣本《草堂诗馀》卷一	李清照词，见《乐府雅词》卷下
浣溪沙	漠漠轻寒上小楼	《草堂诗馀续集》卷上	秦观词，见《淮海居士长短句》卷中
浣溪沙	香靥凝羞一笑开	同上	同上
浪淘沙	帘外五更风	同上	无名氏词，见《词林万选》卷四
千秋岁	柳花飞尽	《草堂诗馀续集》卷下	明杨基词，见《眉庵集》卷十二
锦缠道	燕子呢喃	《草堂诗馀正集》卷二宋祁词注：一刻欧阳	无名氏词，见《草堂诗馀前集》卷上
锦堂春	楼上萦帘弱絮	《古今词统》卷六	赵令畤词，见《唐宋诸贤绝妙词选》卷六
献衷心	见好花颜色	《记红集》卷二	欧阳炯词，见《花间集》卷六

调名	首句	出处	附注
浣溪沙	二月春光厌落梅	《历代诗馀》卷六	晏几道词,见《小山词》
朝中措	暮山环翠绕层阑	《历代诗馀》卷十七	李之仪词,见《姑溪词》
临江仙	绿暗汀洲三月暮	《词学筌蹄》卷四	无名氏作,见《草堂诗馀前集》卷上
凤楼春	凤髻绿云丛	《词鹄初编》卷五	欧阳炯作,见《花间集》卷六

荣　諲

荣諲（yīn）（1007—1071），字仲思，任城（今山东济宁）人。进士出身，历转运使，累官秘书监。《宋史》有传。

南乡子

江上野梅芳，粉色盈盈照路傍。闲折一枝和雪嗅，思量。似个人人玉体香。　特地起愁肠，此恨谁人与寄将[①]。山馆寂寥天欲暮，凄凉。人转迢迢路转长。

（《梅苑》卷七）

［注释］

①寄将：寄去。

王 琪

王琪,字君玉,华阳(今四川成都)人,徙舒(今安徽庐江)。宰相王珪从弟。举进士,历官大理评事。集贤校理,知制诰,枢密直学士,以礼部侍郎致仕,卒年七十二。有《谪仙长短句》,今不传。

定风波

把酒花前欲问天,春来秋去苦茫然。风雨满枝花满地,何事,却教纤草占流年。　　试把钿筝重促柱[①],无绪。酒阑清泪滴朱弦。赖有玉人相顾好,轻笑,却疑春色在婵娟。

（《山谷题跋》卷九）

[注释]

①钿筝:饰以金钿的筝。　促柱:弹拨筝上弦柱。

[集评]

黄庭坚《跋王君玉定风波》:“王君玉流落在外,转守七郡,意不能无觖望。然终篇所寄,似为执政者不悦而独怜之耶?”(《山谷题跋》)

祝英台[①]

可堪妒柳羞花,下床都懒,便瘦也教春知道。

（《张氏拙轩集》卷五引王君玉词）

[注释]

①唐氏按:此数句有全篇,见《浩然斋雅谈》卷下,作王澡词。

望江南

柳

江南柳，烟穗拂人轻[①]。愁黛空长描不似，舞腰虽瘦学难成。天意与风情。　攀折处，离恨几时平。已纵柔条萦客棹，更飞狂絮扑旗亭[②]。三月乱莺声。

（《唐宋诸贤绝妙词选》卷三）

［注释］

①烟穗：淡青的垂柳。　②旗亭：酒楼。

望江南

江南酒，何处味偏浓。醉卧春风深巷里，晓寻香旆小桥东[①]。竹叶满金钟。　檀板醉，人面粉生红。青杏黄梅朱阁上，鲥鱼苦笋玉盘中。酩酊任愁攻。（《花草粹编》卷五）

［注释］

①香旆：酒旗。

望江南

江南燕，轻飏绣帘风。二月池塘新社过[①]，六朝宫殿旧巢空。颉颃恣西东[②]。　王谢宅，曾入绮堂中。烟径掠花飞远远，晓窗惊梦语匆匆。偏占杏园红。

（《能改斋漫录》卷十七）

［注释］

①新社：即春社。立春后第五个戊日为春社。　②颉颃：鸟上下翻飞貌。

望江南

江南竹，清润绝纤埃。深径欲留双凤宿，后庭偏映小桃开。风月影徘徊。　　寒玉瘦，霜霰信相催。粉泪空流妆点在，羊车曾傍翠枝来[1]。龙笛莫轻裁[2]。

［注释］

①羊车：宫中小车。晋武帝多内宠，帝乘小羊车入后宫，妃嫔取竹叶插户，以盐汁洒地，而引羊车。见《晋书·胡贵嫔传》。　②龙笛：竹笛。

望江南

江南草，如种复如描。深映落花莺舌乱，绿迷南浦客魂销。日日鬥青袍[1]。　　风欲转，柔态不胜娇。远翠天涯经夜雨，冷痕沙上带昏潮。谁梦与兰苕[2]。

（以上二首见《花草粹编》卷五）

［注释］

①鬥青袍：即鬥草之戏。"青袍如草"出庾信《哀江南赋》。　②"谁梦"句：《左传·宣公三年》载，"初郑文公有贱妾曰燕姞，梦天使与之兰……生穆公名之曰兰。"　兰苕：兰花。

望江南

江　景

江南雨，风送满长川。碧瓦烟昏沉柳岸，红绡香润入梅天[1]。飘洒正潇然。　　朝与暮，长在楚峰前。寒夜愁攲金带枕[2]，暮江深闭木兰船。烟浪远相连。

（《唐宋诸贤绝妙词选》卷三）

［注释］

①梅天：初夏多雨闷热潮湿的天气。　②金带枕：《文选 · 曹植〈洛神赋〉》注云，“（曹植）黄初中入朝。帝示植甄后玉缕金带枕。植见之不觉泣”。

望江南

江南水，江路转平沙。雨霁高烟收素练[①]，风晴细浪吐寒花。迢递送星槎[②]。　名利客，飘泊未还家。西塞山前渔唱远，洞庭波上雁行斜。征棹宿天涯。（《花草粹编》卷五）

［注释］

①素练：白色的云带。　②星槎：来往银汉的灵槎（仙筏）。见张华《博物志》。

望江南

江　乡

江南岸，云树半晴阴。帆去帆来天亦老，潮生潮落日还沉。南北别离心。　兴废事，千古一沾襟。山下孤烟渔市晓，柳边疏雨酒家深。行客莫登临。

（《唐宋诸贤绝妙词选》卷三）

望江南

江南月，清夜满西楼。云落开时冰吐鉴[①]，浪花深处玉沉钩。圆缺几时休。　星汉迥，风露入新秋。丹桂不知摇落恨，素娥应信别离愁[②]。天上共悠悠。

[注释]

①冰吐鉴:云中透出冰镜(月亮)。　②素娥:嫦娥。

望江南

江南雪,轻素剪云端。琼树忽惊春意早,梅花偏觉晓香寒。冷影褫清欢①。　蟾玉迥,清夜好重看。谢女联诗衾翠幕②,子猷乘兴泛平澜③。空惜舞英残。④

（以上二首见《花草粹编》卷五）

[注释]

①褫(chǐ):减少。　②唐氏按:“衾”字疑是“褰”字之误。　谢女:指谢道韫以“未若柳絮因风起”咏飞雪。事见《世说新语·言语》。　③子猷:王子猷。曾雪夜乘舟访戴逵,及门而返。事见《世说新语·任诞》。　④唐氏按:以上十首,出处不一,次序依《花草粹编》,未据出处先后。

失调名①

金斗熨秋江。　（《升庵诗话》卷十一）

（以上王琪词十一首,断句二,用周泳先辑《谪仙长短句》,稍有增益）

[注释]

①唐氏按:此句别见宋龚颐正《芥隐笔记》,未注明诗或词。杨慎以为词,未知何据。

存目词

《古今别肠词选》卷三载有王琪《鬥百花》“一叶扁舟前去”一首,不知所据,非宋人词。《古今别肠词选》多以明人词误题宋人作,此亦明人作也。

陈凤仪

陈凤仪，成都乐伎，与张方平同时，见张邦基《墨庄漫录》卷一。

一络索

送蜀守蒋龙图

蜀江春色浓如雾，拥双旌归去。海棠也似别君难，一点点、啼红雨。　　此去马蹄何处，沙堤新路[①]。禁林赐宴赏花时，还忆著、西楼否。　（《唐宋诸贤绝妙词选》卷十）

［注释］

①沙堤：唐制凡拜相，府县派人载沙铺路，以便出入，称沙堤。

苏舜钦

苏舜钦(1008—1048),字子美,梓州铜山(今属四川)人,徙居开封,景祐元年(1034)进士。历大理评事、监进奏院,终湖州长史。欧阳修文友,诗与梅尧臣齐名,有《沧浪集》。

水调歌头

沧浪亭

潇洒太湖岸,淡伫洞庭山[①]。鱼龙隐处,烟雾深锁渺弥间。方念陶朱张翰[②],忽有扁舟急桨,撇浪载鲈还。落日暴风雨,归路绕汀湾。　　丈夫志,当景盛,耻疏闲。壮年何事憔悴,华发改朱颜。拟借寒潭垂钓,又恐鸥鸟相猜,不肯傍青纶[③]。刺棹穿芦荻[④],无语看波澜。

(《唐宋诸贤绝妙词选》卷三)

[注释]

①淡伫:淡荡,水美盛貌。　②陶朱:范蠡佐越灭吴后扁舟归隐,号陶朱公。　张翰:西晋人,字季鹰。见秋风起,思故乡莼菜鲈鱼,辞官归里。　③青纶(guān):青色头巾,儒士便服。　④刺棹:撑船。

解　昉

解昉，生平不详，曾官苏州司理。

永遇乐

春　情

风暖莺娇，露浓花重，天气和煦[1]。院落烟收，垂杨舞困，无奈堆金缕[2]。谁家巧纵，青楼弦管，惹起梦云情绪[3]。忆当时、纹衾粲枕[4]，未尝暂孤鸳侣。　　芳菲易老，故人难聚。到此翻成轻误。阆苑仙遥，蛮笺纵写[5]、何计传深诉。青山绿水，古今长在，惟有旧欢何处。空赢得、斜阳暮草，淡烟细雨。　　　　（《唐宋诸贤绝妙词选》卷三）

［注释］

①和煦：清和天气。　②堆金缕：形容黄色的柳条。　③梦云：想念巫山云雨，指怀念情人。　④粲枕：华丽的枕头。　⑤蛮笺：高丽纸的别称。

阳台梦

仙姿本寓[1]，十二峰前住。千里行云行雨。偶因鹤驭过巫阳[2]。邂逅他、楚襄王。　　无端宋玉夸才赋。诬诞人心素[3]。至今狂客到阳台。也有痴心，望妾入、梦中来。

（《花草粹编》卷六）

［注释］

①本寓：家住。　②鹤驭：乘鹤。　③诬诞：夸大，不实之词。

存目词

《填词图谱》卷五有解昉《庄椿岁》“纶巾少住家山”一首，乃方味道作，见《截江网》卷四。

韩　琦

韩琦（1008—1075），字稚圭，安阳（今河南安阳）人。天圣五年（1027）进士，历任清要，官至同中书门下事，迁昭文馆大学士，封魏国公。与范仲淹安抚西境，夏人不敢犯。卒赠尚书令。谥忠献。有《安阳集》。

点绛唇

病起恹恹，画堂花谢添憔悴。乱红飘砌，滴尽胭脂泪。　惆怅前春，谁向花前醉。愁无际，武陵回睇[①]。人远波空翠。（《青箱杂记》卷八）

[注释]

①武陵：即武陵桃花源之别称。　回睇：回眸。

[集评]

陈廷焯云："韩魏公词，有'愁无际，武陵凝睇，人远波空翠'之句……非不尽态极妍。然不涉秽语，故不为法秀道人师呵。"（《词坛丛话》）

维扬好

二十四桥千步柳，春风十里上珠帘。

安阳好

安阳好，形势魏西州。曼衍山川环故国[①]，升平歌吹沸高楼。和气镇飞浮[②]。　笼画陌，乔木几春秋。花外轩窗排远岫，竹间门巷带长流。风物更清幽。

[注释]

①曼衍：平缓延展之意。　②镇：通“正”。

安阳好

安阳好，戟户使君宫[①]。白昼锦衣清宴处[②]，铁楹丹榭画图中。壁记旧三公。　棠讼悄[③]，池馆北园通。夏夜泉声来枕簟，春来花气透帘栊。行乐兴何穷。[④]

（以上《能改斋漫录》卷十七）

[注释]

①戟户：显贵之家门立戟士。　②“白昼”句：即衣锦还乡之意。反用项羽“锦衣夜行”之典。　③棠讼悄：清平无讼事。相传召公奭曾于棠下断讼，深得民心。　④唐氏按：以上二首俱见王安中《初寮词》，内有“白昼锦衣”“旧三公”语，不似韩琦作。

望江南

维扬好[①]，灵宇有琼花[②]。千点真珠擎素蕊，一环明玉破香葩。芳艳信难加。　如雪貌，淖约最堪夸。疑是八仙乘皓月，羽衣摇曳上云车。来会列仙家。

（《琼花集》卷三）

[注释]

①维扬：扬州的别称。　②灵宇：寺庙。　琼花：又名聚八仙，为珍异花木。

存目词

调名	首句	出处	附注
眼儿媚	石榴花发尚伤春	《古今别肠词选》卷二	明无名氏作，见《草堂诗馀新集》卷二
安阳好	安阳好，物外占天平	本书（今按：指《全宋词》）初版卷三十	王安中作，见《初寮词》
安阳好	安阳好，泮水盛儒宫	同上	同上
安阳好	安阳好，耆旧迹依然	同上	同上
安阳好	安阳好，负郭相君园	同上	同上
安阳好	安阳好，曲水似山阴	同上	同上
安阳好	安阳好，□□又翚飞	同上	同上
安阳好	安阳好，千古邺台都	同上	同上

沈 唐

沈唐,字公述。韩琦幕客,曾官大名府签判,后改渭州签判。其他不详。

失调名

蝗虫三叠[①]

不是这,下辈无礼,都缘是我,自家遭逢。

[注释]

①唐氏按:原书云蝗虫三叠,似是词,姑收于此。

雨中花

有谁念我、如今霜鬓,远赴边堠。……身在碧云西畔,情随陇水东流。 (以上《画墁录》)

霜叶飞

霜林凋晚,危楼迥,登临无限秋思。望中闲想,洞庭波面[①],乱红初坠。更萧索、风吹渭水[②]。长安飞舞千门里。变景摧芳榭,唯有兰衰暮丛,菊残馀蕊。 回念花满华堂,美人一去,镇掩香闺经岁。又观珠露,碎点苍苔,败梧飘砌。谩赢得、相思泪眼,东君早作归来计。便莫惜丹青手,重与芳菲,万红千翠。 (《乐府雅词拾遗》卷上)

[注释]

①洞庭波面:屈原《湘夫人》"袅袅兮秋风,洞庭波兮木叶下"。此指

红叶飘落湖面。②风吹渭水：本贾岛《江上忆吴处士》"秋风生渭水，落叶满长安"。

念奴娇[1]

杏花过雨，渐残红零落，胭脂颜色。流水飘香人渐远，难托春心脉脉。恨别王孙，墙阴目断，手把青梅摘。金鞍何处，绿杨依旧南陌。　　消散云雨须臾，多情因甚，有轻离轻折。燕语千般，争解说、些子伊家消息[2]。厚约深盟，除非重见，见了方端的[3]。而今无奈，寸肠千恨堆积。

（《全芳备祖》前集卷十"杏花门"）

［注释］

①唐氏按：此首《京本通俗小说·西山一窟鬼》误作沈文述词。②争解说：怎懂得。些子：一点点。伊家：那人。③端的：清楚，明白。

望海潮

上太原知府王君贶尚书[1]

山光凝翠，川容如画，名都自古并州。箫鼓沸天，弓刀似水，连营十万貔貅[2]。金骑走长楸。少年人一一，锦带吴钩。路入榆关[3]，雁飞汾水正宜秋。　　追思昔日风流。有儒将醉吟，才子狂游。松偃旧亭，城高故国，空馀舞榭歌楼。方面倚贤侯[4]。便恐为霖雨[5]，归去难留。好向西溪，恣携弦管宴兰舟。

（《唐宋诸贤绝妙词选》卷六）

［注释］

①王君贶：王拱辰，字君贶。仁宗朝状元及第。历任清要，官至吏部尚书节度使。②貔貅（pí xiū）：古书上说的一种猛兽。此比喻勇猛战

士。　③榆关：即山海关。　④方面：指为一方重臣，封疆大吏。　⑤霖雨：比喻济世泽民。《尚书·说命》“用汝作霖雨”，指出任宰相。

[集评]

杨慎云：“金人乐府，推邓千江为第一。其《望海潮》凯歌一曲，全步骤沈公述上王君贶一词，而繁缛雄丽又过之。”（《词品》）

望南云慢

木芙蓉[①]

木叶轻飞，乍雨歇亭皋，帘卷秋光。栏隈砌角，绽拒霜几处，蓓深浅红芳。应恨开时晚，伴翠菊、风前并香。晓来寒露，嫩脸低凝，似带啼妆。　　堪伤。记得佳人，当时怨别，盈腮泪粉行行。而今最苦，奈千里身心，两处凄凉。感物成消黯[②]，念旧欢、空劳寸肠。月斜残漏，梦断孤帏，一枕思量。（《花草粹编》卷十一）

（以上沈唐词四首，断句二则，用周泳先辑《沈公述词》，稍有增删）

[注释]

①木芙蓉：亦称拒霜，秋冬之际开花，色多红粉。　②消黯：凄黯。

【补　辑】

南乡子

朝觐俯尧阶[①]，宠拜新恩天上回。欢动边城十万户，民怀。荣见旌旗却再来。　　清晓敞铃斋[②]，庭下鸣鼍绮宴开[③]。红袖两行频捧劝，金□。利市应销十二钗。

（见《诗渊》二十五册，引自孔凡礼《全宋词补辑》）

[注释]

①朝觐:上朝拜见皇帝。　尧阶:指朝堂。　②铃斋:指州郡长官的官衙。　斋:原作“齐”。孔凡礼按:“齐”字当同“斋”字。　③鸣鼍(tuó):鸣鼓。　鼍:扬子鳄,皮可蒙鼓。

存目词

调名	首句	出处	附注
霜叶飞	故宫秋晚	《词谱》卷三十五	无名氏作,见《花草粹编》卷十二
家山好	挂冠归去旧烟萝	《天籁轩词谱》卷五	刘述词,见《湘山野录》卷中

【补　辑】

周　起

周起，字万卿，淄州邹平（今山东邹平）人。举进士。通判齐州。累官右正言。真宗东封泰山还，近臣率颂功德，起独上书陈警戒。历知数州府。官至枢密副使。卒年五十九，谥安惠。家藏书至万馀卷。能书，弟超亦能书，皆为世所称。善为文，有文集二十卷。王安石《临川先生文集》卷八十九有神道碑，《宋史》卷二百八十八、《齐乘》卷六有传。又有丽水人周起，绍熙四年（1193）进士。见商务印书馆影印清乾隆刊《浙江通志》卷一百二十六。味词意，此词作者，当是前人。

蝶恋花

岳佐星储生佐圣①。真道宏才，济世功名盛。久践机衡宣密命②。逢时力赞无为政。　明主得贤朝野庆。昼按从容③，帝宠何人并。早晚紫垣持国柄④。民瞻共荷三台正⑤。　（见《诗渊》第二十五册，引自孔凡礼《全宋词补辑》）

［注释］

①岳佐星储：谓贤臣乃天降星辰、山岳钟灵而生者。　②机衡：机要政令。　③“昼按”句：言白天从容论政，态度悠闲。　④紫垣：皇宫重地。此指不久将出任柄持国政的宰相之职。　⑤共荷：共同担负。　三台：指执政之大任。

杜安世

杜安世，生卒不详，字寿域，京兆（今陕西西安）人。宋仁宗康定前后在世，仕至郎中。有《寿域词》一卷。

鹤冲天

清明天气。永日愁如醉[①]。台榭绿阴浓，薰风细[②]。燕子巢方就，盆池小，新荷蔽[③]。恰是逍遥际。单夹衣裳，半栊软玉肌体[④]。　石榴美艳，一撮红绡比。窗外数修篁[⑤]，寒相倚。有个关心处，难相见、空凝睇。行坐深闺里。懒更妆梳，自知新来憔悴。

［注释］

①永日：整天。　②薰风：东南风，清明的风。　③蔽：此指荷叶初生的样子。　④栊：《历代诗馀》作"笼"，《词综》同。　⑤篁（huáng）：泛指竹子。　修：长。

两同心

巍巍剑外[①]，寒霜覆林枝。望衰柳、尚色依依。暮天静、雁阵高飞。入碧云际。江山秋色，遣客心悲。　蜀道崎崄行迟[②]。瞻京都迢递[③]。听巴峡、数声猿啼[④]。惟独个、未有归计。谩空怅望，每每无言，独对斜晖。

［注释］

①剑外：指蜀中地区。因在剑阁以南，故名。　②崎崄（xī xiǎn）：山路危险。　行迟：行走缓慢。　③迢递：遥远。　④"听巴峡"句：《荆州记》载三峡渔者歌，曰："巴东三峡巫峡长，猿鸣三声泪沾裳！"

玉阑干

珠帘怕卷春残景[①]。小雨牡丹零欲尽[②]。庭轩悄悄燕高空，风飘絮、绿苔侵径[③]。　　欲将幽恨传愁信。想后期、无个凭定[④]。几回独睡不思量。还悠悠、梦里寻趁[⑤]。

[**注释**]

①唐氏按："怕"字原无，据《花草粹编》卷六补。　②唐氏按："欲"字原无，据《花草粹编》补。　③唐氏按："苔"下原有"暗"字，据《花草粹编》删。"径"字原无，据《花草粹编》补。　侵径：《历代诗馀》作"暗浸"。　④唐氏按："个"字原作"今"，据《花草粹编》改。　⑤寻趁：当时俗语，即寻觅，找寻。

浣溪沙

模样偏宜掌上怜[①]，云如双鬓玉如颜。身材轻妙眼儿单。　　幽会未成双怅望，深情欲诉两艰难。空教魂梦到巫山[②]。

[**注释**]

①"模样"句：汉元帝后赵飞燕体态轻盈，能为掌上舞。此喻女子体态轻盈。　② 巫山：男女欢会的代名词，语出宋玉《高唐赋序》。

浣溪沙[①]

横画工夫想未全[②]，双双文彩羽仪鲜。和鸣偕老是天然[③]。　　暮雨并深流细草[④]，暖风交颈傍清涟。羡他真个好因缘[⑤]。

[注释]

①此首咏鸳鸯。 ②横画：横笔画眉。汉京兆张敞夫妻情笃，常为妻子画眉。 ③“和鸣”句：旧时以鸾凤和鸣喻夫妻和谐。《诗经·邶风·击鼓》：“死生契阔，与子成说。执子之手，与子偕老。” ④“暮雨”句：本冯延巳《南乡子》“细雨湿流光，芳草年年与恨长”。 ⑤因缘：佛教术语，事物发生的主因为因，次因为缘。此指上天注定的状态。

惜春令

春梦无凭犹懒起。银烛尽、画帘低垂。小庭杨柳黄金翠，桃脸两三枝[①]。 妆阁慵梳洗。闷无绪、玉箫抛掷。絮飘纷纷人疏远，空对日迟迟[②]。

[注释]

①桃脸：桃花艳丽，如美人之脸，故称桃脸。 ②日迟迟：春日和丽貌。

[集评]

张德瀛云：“词亦有用入，而叶平上去三声者，杜寿域《惜春令》‘闷无绪、玉箫抛掷’，掷字作平叶。……此类在宋人中正复不少。”（《词徵》卷三）

惜春令

今夕重阳秋意深，篱边散、嫩菊开金[①]。万里霜天林叶坠，萧索动离心[②]。 臂上茱萸新[③]，似旧年、堪赏光阴。百盏香醑且酬身[④]，牛山会难寻[⑤]。

[注释]

①开金：《历代诗馀》作“黄金”。 ②“万里”二句：化用杜甫《登高》

"万里悲秋常作客"、"无边落木萧萧下"。 ③"臂上"句:古俗。重阳佩茱萸以祛邪。 ④ 酹:《历代诗馀》作"醪"。 ⑤"牛山"句:用杜牧《九日齐山登高》"古往今来只如此,牛山何必独沾衣"诗意。按春秋时,齐景公游牛山感慨悲泣。见《晏子春秋·谏上十七》。

踏莎行[1]

雨霁风光,春分天气,千花百草争明媚。画梁新燕一双双,玉笼鹦鹉爱孤睡[2]。　　薜荔依墙,莓苔满地,青楼几处歌声丽。蓦然旧事上心头,无言敛皱眉山翠。

[注释]

①唐氏按:此首别又见欧阳修《近体乐府》卷一。 ②爱:《历代诗馀》作"嫌",义较胜。

踏莎行

夜雨朝晴,东风微冷,雕梁燕子闲相并。后园次第数芳菲,千香百艳年年定。　　步险楼高,人赊途迥[1],烟芜冉冉斜阳暝[2]。红笺写尽寄无因[3],想伊不信人成病。

[注释]

①赊、迥:都是"远"义。 ②烟芜:天地相接处的草木,远看如烟,故称烟芜。 ③"红笺"句:红色信笺。晏殊《清平乐》:"红笺小字,说尽平生意。"

踏莎行

嫩柳成阴,残花双舞,尘消院落新经雨。洞房深掩日长天,珠帘时有沉烟度。　　夜梦凄凉,晨妆薄注,香肌瘦尽宽金缕[1]。到头终是恶因缘，当初只被多情误。

[注释]

①"香肌"句：意谓日渐消瘦，衣服也变得宽大了。　金缕：金缕衣，代指华美的衣服。

踏莎行

闲院秋千，又还折了，绿苔遍地青春老。画楼日晚燕归巢，红稀翠盛梅初小[1]。　窈窕身轻，怎禁烦恼，罗衣渐减怯风峭[2]。韶华好景想多才[3]，厌厌只为书音少[4]。

[注释]

①盛：《历代诗馀》作"密"。　梅初小：梅子刚结实，初夏时的光景。　②怯：《历代诗馀》作"愁"。　③多才：所想念的男子。　④书音：《历代诗馀》作"音书"。

端正好

槛菊愁烟沾秋露，天微冷、双燕辞去。月明空照别离苦，透素光、穿朱户[1]。　夜来西风雕寒树，凭阑望、迢遥长路。花笺写就此情绪，特寄传、知何处[2]。

[注释]

①穿朱户：本苏轼《水调歌头》"转朱阁，低绮户，照无眠"。　②"夜来"四句：与晏殊《蝶恋花》"昨夜西风凋碧树，独上高楼，望尽天涯路。欲寄彩笺兼尺素。山长水阔知何处"意近。　特寄传：《历代诗馀》作"待寄与"。

端正好

每逢春来长如病[①],玉容瘦、薄妆相称。双欢未经成孤令[②],奈厚约、全无定。　　众禽啾唧声愁听[③]。相思事、多少春恨。孤眠帐外银釭耿[④],透一点、炉烟暝。

[注释]

①逢:《历代诗馀》作“遇”,较合律。　②孤令:《历代诗馀》作“孤冷”。　③啾唧:细碎的鸟声。　④银釭:银制灯台。

端正好[①]

露落风高桐叶坠,小庭院、秋凉佳气。兰堂聚饮华筵启,罢令曲、呈珠缀[②]。　　晚天行云凝香袂[③],新声内、分明心意。玉炉初喷檀烟起,敛愁在、双蛾翠。

[注释]

①此首当是席间赠歌伎之作。　②“兰堂”二句:宋时宴会例有歌伎侑酒,这两句是说宴散曲终。　③行云:《历代诗馀》作“行雨”。

端正好

野禽林栖啾唧语,闲庭院、残阳将暮。兰堂静悄珠帘窣[①],想玉人、归何处。　　喜鹊几回薄无据[②],愁都在、双眉头聚。凄凉方感孤鸳侣,对夜永、成愁绪[③]。

[注释]

①窣(sū):象声词。　②薄:《历代诗馀》作“空”。　“喜鹊”句:俗以喜鹊叫为所思人到的预兆,这句是说尽管喜鹊叫了很多回,所思的人还是没有到来。　③夜永:夜长。

菩萨蛮

游丝欲堕还重上[①]，春残日永人相望[②]。花共燕争飞，青梅细雨枝。　　离愁终未解，忘了依前在。拟待不寻思，刚眠梦见伊。

［注释］

①“游丝”句：虫类所吐的丝，飞扬于空中，是谓游丝。　②日永：白天漫长。

菩萨蛮

锦机织了相思字[①]，天涯路远无由寄。寒雁只衔芦，何曾解寄书[②]。　　缄封和血泪，目断西江水。拟欲托双鱼[③]，问君情有无。

［注释］

①“锦机”句：前秦窦滔妻苏蕙，织锦为回文旋图，寄给远徙流沙的丈夫以寓相思之情。　②“寒雁”二句：汉武帝时，苏武出使匈奴，被拘塞外。十九年后，汉昭帝派使者索要苏武，假称天子射雁得雁足所系书，遂知苏武下落。见《汉书·苏建传附苏武》。后即用雁书指书信。此处是说，大雁只知道衔芦自卫，哪能帮人寄信呢？　衔芦：语出《淮南子·修务训》“夫雁顺风以爱气力，衔芦而翔，以备矰弋”。雁衔芦草是为了自卫。　③双鱼：亦指书信。汉乐府《饮马长城窟行》：“客从远方来，遗我双鲤鱼。呼儿烹鲤鱼，中有尺素书。”

丑奴儿[①]

樱桃谢了梨花发，红白相催，燕子归来，几处风帘绣户开。　　人生乐事知多少，且酌金杯，管咽声哀，慢引萧娘舞一回[2]。

[注释]

①唐氏按:此首又见晏殊《珠玉词》。别又误作晏几道词,见《全芳备祖》前集卷二十四"樱桃花门"。 ②萧娘:南朝梁临川王萧宏性格柔弱,北人称其为萧娘,见《南史·临川王萧宏传》。后世常泛指女子。

凤衔杯

人生不似月初圆,叹分飞、容易经年。凄惨断云片雨、□□□。□□□、□□□。 金钵小,玉槽悭[1]。想至今、谁为相怜。多少旧欢往事、一潸然[2]。空牵惹,病缠绵。

[注释]

①"金钵"二句:心中愁闷,觉得酒器变小了。即喝多少酒也解不了愁闷之意。金钵、玉槽,都是酒器。 悭(qiān):吝啬,缺欠。 ②潸(shān)然:泪流貌。

凤衔杯[1]

留花不住怨花飞,向南园、情绪依依。可惜倚红斜白、一枝枝。经宿雨、暮江披。 凭朱槛,把金卮。对芳丛、惆怅多时。何况旧欢新恨、阻心期[2]。空满眼、是相思。

[注释]

①唐氏按:此首又见晏殊《珠玉词》。 ②心期:心中的期望。

少年游

小轩深院是秋时，风叶堕高枝。疏帘静永，薄帷清夜，暑退觉寒微。　　凄凉天气离愁意，音书杳难期。多情成病不须医，更憔悴、转寻思。

玉楼春

玉烛光明正旦好[1]，斗柄东回春太早[2]。岭寒犹锁去年梅，江暖新催今岁草。　　蜀国熙熙冬令杪[3]，更喜寿阳新梦觉[4]。玉杯齐举乐音谐，遥想金阶天仗晓。

［注释］

①玉烛："四时和谓之玉烛。"见《尔雅 · 释天》。　②斗柄东回：春天来临。《鹖冠子 · 环流》："斗柄东指，天下皆春。"　斗柄：北斗之柄。　③杪（miǎo）：末尾。　④"更喜"句：南朝宋寿阳公主人日卧含章殿下，有梅花落于额上，成五出之花，拂之不去。

玉楼春

风解池冰蝉翅薄，庭树枝枯笼翠萼。背寒迎暖起犹慵，闲卷珠帘凭画阁。　　晴景融融烟漠漠，天际行人乖信约。病容先怯见春来，长到恁时添瘦削[1]。

［注释］

①恁时：那时。　唐氏按："削"原作"恶"，据《花草粹编》卷六改。

玉楼春

晴景融融春色浅，落尽梅花千万片。小池冰解水纹生,消息未闻梁上燕。 楼倚轻寒风力软,目断孤云天自远。又还依旧去年时,寂寞病容人怪见[①]。

[注释]

①病:《历代诗馀》作“瘦”。

玉楼春

三月牡丹呈艳态,壮观人间春世界。鲛绡玉槛作扃栊[①],淹雅洞中王母队[②]。 不奈风吹兼日暾[③],国貌天香无物赛。直须共赏莫轻孤[④],回首万金何处买。

[注释]

①“鲛绡”句:俗传鲛人从水中出,留寄寓人家,积日卖绡。 绡:生丝织成的薄绢。见晋左思《吴都赋》刘逵注。 扃(jiōng):门锁。 ②淹雅:渊博而高雅。 王母队:王母的侍从。 ③暾:通“晒”。 ④孤:通“辜”,辜负。

玉楼春

纶命忽从天上至[①],便绾兵权辞漕计[②]。汉廷起草旧郎官[③],蜀部坐筹新将帅。 红旆碧幢春色里[④],娇马嘶风花片坠[⑤]。送行今日短亭中,恼乱故人须尽醉[⑥]。

[注释]

①纶命:皇命。《礼记·缁衣》:“王言如丝,其出如纶;王言如纶,其出如綍。” ②绾:掌理,总揽。 漕:即漕司,宋代官名,转运使司的别称。 ③旧郎官:指司马相如。相如献赋,武帝用为郎,后数岁,为武帝草诏喻巴蜀民。见《史记·司马相如列传》。 ④旆(pèi):旗帜。 幢:舟车上的帷幕。 ⑤娇:《历代诗馀》作“骄”。 ⑥恼乱:烦扰。 乱:

《历代诗馀》作“杀”。

玉楼春[①]

春景抛人无处问，多谢石榴花又喷。茜罗揉出碎英繁[②]，红蜡缕成香萼润。　　血色新裙羞莫近，密叶柔条相间衬。雨馀寂寞假山傍，乡国尚遥西海信[③]。

［注释］

①此首咏石榴。　②茜罗：红罗。　唐氏按：“碎”原作“辟”，原校“辟”应“碎”。与吴讷本《杜寿域词》合，今从之。　③“乡国”句：石榴是汉代张骞从西域安石国带回中土的，“西海”就是石榴的家乡。西海，此指西域。

玉楼春

三月初三春渐老，遍地残花风暗扫。命俦啸侣拥笙歌[①]，临水泛觞游宴好[②]。　　浮利浮名何足道，丽景芳时须笑傲。今年不似去年欢，云海路长天杳杳。

［注释］

①命俦啸侣：呼引同伴。曹植《洛神赋》：“众灵杂遝，命俦啸侣。”②临水泛觞：古人于三月三日聚于水滨，以曲水流觞，谓之禊饮。见南朝梁宗懔《荆楚岁时记》。

河满子

细雨裛开红杏[①]，新妆粉面鲜明。东君何事交来早[②]，更无绿叶同荣。独倚青楼吟赏，目前无限轻盈。　　命薄不倚栏槛[③]，或占郊垧[④]。清香繁艳真堪爱，枉教寂寞凋零。相次牡丹芍药，王孙谁道多情。

［注释］

①裛(yì)：沾湿，浸润。 ②交：《历代诗馀》作“教”。 ③命薄：《历代诗馀》作“薄命”。 ④《全宋词》注：原校脱二字，在“或占”上。

河满子

柳嫩不禁摇动，梅残尽任飘零。雨馀天气来深院，向阳纤草重青。寂寞小桃初绽，两三枝上红英。 又见云中归雁，嘈嘈断续和鸣[①]。年年依旧无情绪，镇长冷落银屏[②]。不语闲寻往事，微风频动帘旌。

［注释］

①嘈嘈：鸟和鸣声。 ②镇长：经常。 唐氏按：“冷”原作“吟”，原校云“吟”应“冷”，《花草粹编》卷八正作“冷”。

山亭柳

晓来风雨，万花飘落。叹韶光[①]，虚过却。芳草萋萋[②]，映楼台、淡烟漠漠[③]。纷纷絮飞院宇，燕子过朱阁[④]。 玉容淡妆添寂寞，檀郎孤愿太情薄[⑤]。数归期，绝信约。暗添春宵恨，平康恣迷欢乐[⑥]。时时闷饮绿醑[⑦]，甚转转、思量著[⑧]。

［注释］

①韶光：美好的时光。多指春光。 ②萋萋：繁盛貌。 ③漠漠：弥漫貌。 ④《全宋词》注：原校“燕子”上应脱一字。 ⑤檀郎：西晋诗人潘岳小子檀奴，姿容秀美。后世乃以檀郎作美男子的代称，亦为所爱男子

的美称。　⑥平康：唐长安丹凤街有平康坊，为妓女聚居之处，又称平康里。因地近北门，又称北里。后泛以平康、北里称妓女所居处。　⑦绿醑：美酒。　⑧“甚转转”句：意谓为什么不停思念着。

合欢带

楼台高下玲珑，鬥芳草、绿阴浓[1]。芍药孤栖香艳晚，见樱桃、万颗初红。巢喧乳燕，珠帘镂曳，满户香风。罩纱帏[2]、象床屏枕[3]，昼眠才似朦胧。　起来无语更兼慵，念分明、事成空。被你厌厌牵系我，怪纤腰、绣带宽松。春来早是，分飞两处，长恨西东。到如今、扇移明月，簟铺寒浪与谁同。

［注释］

①《全宋词》注：原校“草”又作“菲”。　鬥芳草：即鬥草。　②纱帏：纱帐。　③象床：象牙装饰的床。

更漏子

雪肌轻，花脸薄，愁困不忺梳掠[1]。眉翠袅，眼波长，偎人言语香。　看难厌，怜不足，苦恨别离何速。珠树远[2]，彩鸾孤，今生重见无。

［注释］

①忺：高兴。　梳掠：梳理鬓发。　②珠树：神话传说中结珠的树。见《淮南子·地形训》。　唐氏按：“珠”原作“朱”，校语云“朱”应“珠”。

更漏子

脸如花，花不笑，双脸胜花能笑。肌似玉，玉非温，肌温胜玉温。　　既相逢，情不重，何似当初休共。情既重，却分飞，争如不见伊[1]。

[注释]

①争如：怎如，怎似。

更漏子

镂金环，连玉珥[1]，颗颗蚌蛤相缀。偎粉面，映莲腮，露浓花正开。　　冷光凝，员影重[2]。几度偷期摇动。山枕上，恐人知。摘嫌纤手迟。

[注释]

①玉珥：玉制的耳饰。　②员影：圆月之影。

喜迁莺

花不尽，柳无穷，应与我心同。觥船一棹百分空[1]，何处不相逢。　　朱弦悄，知音少，天若有情应老[2]。劝君看取利名场，今古梦忙忙。[3]

[注释]

①"觥船"句：袭用杜牧《题禅院》"觥船一棹百分空，十载青春不负公"句。　觥船：酒盏。　②"天若"句：本李贺《金铜仙人辞汉歌》"衰兰送客咸阳道，天若有情天亦老"。　③唐氏按：此首别又见晏殊《珠玉词》。

杜韦娘

暮春天气，莺老燕子忙如织。间嫩叶题诗哨梅小[1]，乍遍水、新萍圆碧。初牡丹谢了，秋千搭起，垂杨暗锁深深陌。暖风轻，尽日闲把、榆钱乱掷[2]。　恨寂寂。芳容衰减，顿攲玳枕困无力[3]。为少年、狂荡恩情薄，尚未有、归来消息。想当初、凤侣鸳俦，唤作平生，更不轻离拆。倚朱扉，泪眼滴损、红绡数尺。

［注释］

①“嫩叶”句：《词谱》作“间嫩叶、枝亚青梅小”。文理较顺，当从。②榆钱：榆树未生叶前先生荚，形似钱而小，联缀成串，称作榆钱。　③攲：倾斜。　玳枕：用玳瑁装饰之枕。

胡捣练

数枝半敛半开时，洞阁晓妆新注[1]。宝香格艳姿天赋[2]，甘被群芳妒。　狂风横雨且相饶，又恐有彩云迎去[3]。牵破少年心情，无计为长主。

［注释］

①洞阁：深邃的内室。　②《全宋词》注：原校“香格”上多一字。③《全宋词》注：原校“又恐”句多一字。

少年游

小楼归燕又黄昏，寂寞锁高门。轻风细雨，惜花天气，相次过春分。　画堂无绪，初燃绛蜡[1]，罗帐掩馀薰[2]。多情不解怨王孙，任薄幸、一从君。

［注释］

①绛蜡：红烛。　②薰：香气。

凤栖梧

整顿云鬟初睡起[①]，庭院无风，尽日帘垂地。画阁巢新燕声喜，杨花狂散无拘系。　近来早是添憔悴，金缕衣宽，赛过宫腰细。苒苒光阴似流水，春残莺老人千里。

[注释]

①整顿：整理。

凤栖梧

池上新秋帘幕卷，菡萏娇红[①]，鉴里西施面[②]。衰柳摇风尚柔软，眠沙鸂鶒临清浅[③]。　新翻归翅云间燕，满地槐花，尽日蝉声乱。独倚阑干暮山远，一场寂寞无人见。

[注释]

①菡萏(hàn dàn)：荷花的别称。　②鉴：镜。　③鸂鶒：水鸟名，色多紫，又称紫鸳鸯。

凤栖梧

闲上江楼初雨过，满袖清风，微散谁知我。莲脸佳人颜未破[①]，沙洲两两鸳鸯卧。　时有渔歌相应和，叠秀危横，黛拨山千朵[②]。一片凄凉无计那，离愁还有些些个[③]。

[注释]

①颜未破：即未破颜。破颜，开颜而笑。唐卢纶《落第归终南别业》：

“落羽羞言命，逢人强破颜。” ②黛拨：不可解。据汲古阁本作“黛泼”，是。黛色泼出之山水也。 ③些些：少许。

凤栖梧

惆怅留春留不住，欲到清和[①]，背我堂堂去。飞絮落花和细雨，凄凉庭院流莺度。 更被闲愁相赚误[②]，梦断高唐[③]，回首桃源路[④]。一饷沉吟无意绪[⑤]，分明往事今何处。

[注释]

①清和：指天气清明和暖。 ②赚误：欺骗延误。 ③高唐：用宋玉《高唐赋序》典故，喻男女欢会。 ④桃源路：用刘、阮入天台遇仙女事。 ⑤一饷：同“一晌”。指短暂的时间。

浪淘沙

后约无凭，往事堪惊。秋蛩永夜绕床鸣[①]。展转寻思求好梦，还又难成。 愁思若浮云，消尽重生。佳人何处独盈盈[②]。可惜一天无用月，照空为谁明。

[注释]

①秋蛩(qióng)：指蟋蟀。 ②盈盈：形容姿态美好。《古诗十九首》之二：“盈盈楼上女，皎皎当窗牖。”

浪淘沙

又是春暮，落花飞絮。子规啼尽断肠声[①]，秋千庭院，红旗彩索，淡烟疏雨。 念念相思苦，黛眉长聚[②]。碧池惊散睡鸳鸯，当初容易分飞去。恨孤儿欢侣。

[注释]

①"子规"句：子规即杜鹃，又名杜宇，相传为古蜀国君望帝（杜宇）魂魄所化。春末出现，其啼声哀怨凄惨。事参见晋常璩《华阳国志》。 ②聚：拢，指皱、颦。

浪淘沙

帘外微风，云雨回踪。银釭烬冷锦帏中。枕上深盟，年少心事，陡顿成空[①]。 岭外白头翁[②]，到没由逢[③]。一床鸳被叠香红。明月满庭花似绣，闷不见虫虫[④]。

[注释]

①陡顿：突然。 ②白头翁：指白髮老人。 ③没由：没有机会。由：缘由。 ④虫虫：妓女名。

更漏子

庭远途程，算万山千水，路入神京[①]。暖日春郊，绿柳红杏，香径舞燕流莺。客馆悄悄闲庭，堪惹旧恨深。有多少驱驱[②]，蓦岭涉水[③]，枉费身心[④]。 思想厚利高名。谩惹得忧烦[⑤]，枉度浮生。幸有青松，白云深洞，清闲且乐升平[⑥]。长是宦游羁思，别离泪满襟。望江乡踪迹，旧游题书，尚自分明。

[注释]

①神京：指帝都。此指汴梁。 ②驱驱：奔竞逐走。 ③蓦：度越、越过。 ④唐氏按："费"原作"废"，据《花草粹编》卷十一改。 ⑤谩：空、

白白地。 ⑥升平：谓太平盛世。

行香子

黄金叶细，碧玉枝纤。初暖日、当乍晴天。向武昌溪畔，于彭泽门前[①]。陶潜影，张绪态[②]，两相牵。 数株堤面，几树桥边。嫩垂条、絮荡轻绵。系长江舴艋，拂深院秋千。寒食下，半和雨，半和烟。

[注释]

①"向武昌"二句：用陶侃植柳武昌西门外之事。 彭泽：用陶潜号"五柳先生"典。皆扣合柳字。陶潜曾为彭泽令。 ②张绪态：张绪，字思曼，美丰姿。宋武帝植柳于灵和殿前，常赏玩咨嗟，曰："此柳风流可爱，似张绪当年时。"见《南史》本传。

巫山一段云

笑拟条风戏[①]，装迟谷雨催[②]。彩云飞下柳楼台，千朵一时开。 惜恐尘埃染，惊疑紫府来[③]。有时香喷入人怀，魂断客徘徊。

[注释]

①条风：春风。春风条达万物，故称条风。 ②装：通"妆"。 ③紫府：道家指天上洞府。

生查子[①]

关山魂梦长，寒雁音书少[②]。两鬓可怜青，只为相思老。 归傍碧纱窗，说向人人道。真个别离难，不似相逢好。

[注释]

①唐氏按:此首又见晏几道《小山词》。别又作王观词,见《唐宋诸贤绝妙词选》卷五。 ②寒雁:汲古阁本作“塞雁”,是。

贺圣朝

东君造物无凝滞[①],芳容相替。杏花桃萼一时开,就中明媚。 绿丛金朵,枝长叶细。称花王相待。万般堪爱,暂时见了,断肠无计。

[注释]

①东君:春神。

贺圣朝

牡丹盛拆春将暮[①],群芳羞妒。几时流落在人间,半间仙露[②]。 馨香艳冶,吟看醉赏,叹谁能留住。莫辞持烛夜深深,怨等闲风雨。

[注释]

①拆:花开。 唐氏按:“拆”原作“折”,从吴讷本《杜寿域词》改。 ②间:闲也。 “半间”句:令带露天香闲置,孤芳自赏之意。

安公子

又是春将半,杏花零落闲庭院。天气有时阴淡淡,绿杨轻软。连画阁、绣帘半卷。招新燕。残黛敛、独倚阑干遍[①]。暗思前事,月下风流,狂踪无限。 惜恐莺花晚。更堪容易相抛远。离恨结成心上病,几时消散。空际有、断云片片。遥峰暖。闻杜宇、终日哀啼怨。暮烟芳草，写望迢迢，甚时重见。

[注释]

①唐氏按："遍"字原无。原校"阑干"下应有"遍"字，则韵词俱叶。

苏幕遮

尽思量，还叵耐[1]。因甚当初，故故相招买[2]。早是幽欢多障碍，更遣分飞，脉脉如天外。　　有心怜，无计奈。两处厌厌，一点虚恩爱。独上高楼临暮霭，凭暖朱阑，这意无人会。

[注释]

①叵耐：不可容忍；可恨或无奈。　唐氏按："还"原作"实"，改从《花草粹编》卷七王通叟词。　②故故相招买：偏偏要来招惹。

渔家傲

微雨初收月映云，巢栖燕子欲黄昏。花片不飞风力困，春色尽。蜡梅枝上樱□嫩。　　谁撼金环锁深洞，薰馀乍厌锦衾温。消灭玉肌谁与问。朱明近[1]。日长无事添闲闷。

[注释]

①朱明：夏日。

渔家傲

疏雨才收淡泞天[1]，微云绽处月婵娟。寒雁一声人正远，添幽怨，那堪往事思量遍。　　谁道绸缪两意坚。水萍风絮不相缘。舞鉴鸾肠虚寸断[2]，芳容变，好将憔悴教伊见。

[注释]

①淡泞：形容水色明净。　②"舞鉴鸾肠"句：南朝宋范泰《鸾鸟诗》序云，"昔罽宾王获一鸾鸟，王甚爱之，欲其鸣而不致也。乃饰以金樊，飨以珍羞，对之愈戚，三年不鸣。其夫人曰：'尝闻鸟见其类而后鸣，何不悬镜以映之？'王从其意。鸾睹形悲鸣，哀响中霄，一奋而绝。"

[集评]

沈雄云："按绝句衍为乐府水鼓子，即'千年一遇圣明看'也，后衍为《渔家傲》。永叔莲词，希文塞上词无异。独杜安世作，声调少异，其词曰：'……'杜词以平仄韵参半耳。"（《古今词话·词辨》卷下）

丁绍仪云："宋人《渔家傲》调均用仄叶，此词上用淡、两、月、不，两上声两入声字以代平声，则所叶四平声俱应读作仄声方协。"（《听秋声馆词话》卷二十）

张德瀛云："词之平侧通叶者，西江月、换巢鸾凤、少年心、渡江云、戚氏、大圣乐、哨遍、玉碾萼、两同心、江城梅花引、古阳关，凡十一调。它词如贺方回水调歌头、杜寿域渔家傲、周公瑾露华，亦有通叶，然皆借韵为之，非若数词有定格也。"（《词徵》卷三）

渔家傲

每到春来长如病，玉容瘦与薄妆称。不惯被人抛掷瞰[1]，思当本[2]，奈向后期全无定。　　早是厌厌愁欲凝，花间众禽愁难听。天赋多情翻成恨，有谁问，画屏一点炉烟暝。

[注释]

①噭：按此字出韵。 ②当本：当初。

剔银灯

昨夜一场风雨，催促牡丹归去。孙武宫中[①]，石崇楼下[②]，多情怎生为主。真疑洛浦[③]，云水算、杳无重数。

独倚阑干凝伫，香片乱沾尘土。争似当初，不曾相见，免恁恼人肠肚。绿丛无语，空留得、宝刀剪处。

[注释]

①孙武宫中：孙武在吴王阖闾宫中借两队宫女演练用兵阵法，曾以违犯军令将吴王的两个宠妃斩首。此处以被孙武斩首的吴王宠妃喻牡丹的凋零。 ②石崇楼下：石崇有宠伎绿珠，孙秀求而不得，遂加以罪名，派武士至金谷园拘捕石崇。绿珠坠楼而死。此喻遭风雨摧残的牡丹。 ③洛浦：用洛浦神妃宓妃的典故。以洛水女神的杳然逝去比喻牡丹的谢落。

剔银灯

夜永衾寒梦觉，翠屏共、绣帏灯照。就枕思量，离多会少，孤负小欢轻笑。风流争表，空惹尽、一生烦恼。

写遍香笺，分剖鳞翼[①]，路遥难到。泪眼愁肠，朝朝暮暮，去便不知音耗。终须拚了，别选个、如伊才调。

[注释]

①鳞翼：鱼和雁，都是古代书信的代称。

剔银灯

好事争如不遇，可惜许[①]、多情相误。月下风前，偷期窃会，共把衷肠分付。尤云殢雨[2]，正缱绻、朝朝暮暮。　　无奈别离情绪，和酒病、双眉长聚。往事凄凉，佳音迢递[3]，似此因缘谁做。洞云深处，暗回首、落花飞絮。

[注释]

①可惜许：很可惜。　②尤云殢雨：沉浸于男女的欢情之中。　③迢递：遥远。

临江仙

太史占天云物好[1]，初阳律合黄钟[2]。日缠南极北郊风[3]。雪花先柳絮，飞舞透帘栊。　　圣运时和兼岁稔，歌欢处处皆同。簪声相庆晓光中。金炉红兽炭，一举寿杯空。

[注释]

①太史：古代历官名。　占天：依天象占卜。　云物：龙。　②律合黄钟：古代以十二律配十二月。　黄钟：仲冬之月也。　③日缠：即日躔，指星辰运行之轨道。

临江仙

遍地残花庭院静，流莺对对相过。万条风柳间婆娑。樱桃初弄色，萱草自成窠。　　早是芳菲时节晚，追游期会无多。眉山敛翠近秋波。日长初睡起，愁与病相和。

采明珠

雨乍收，小院尘消，云淡天高露冷。坐看月华生，射玉楼清莹。蟋蟀鸣金井。下帘帏、悄悄空阶，败叶坠风，惹动闲愁，千端万绪难整。　秋夜永，凉天迥。可不念光景，嗟薄命。倏忽少年，忍交孤令[①]。灯闪红窗影。步回廊、懒入香闺，暗落泪珠满面[②]，谁人知我，为伊成病。

［注释］

①孤令：孤零，孤独。　唐氏按："令"原作"冷"，原校"冷"字重押，疑"令"即"另"。　②唐氏按："泪"字原脱，原校"珠"字上疑失"泪"字，此从《词谱》卷三十五补。

朝玉阶[①]

春色欺人拂眼清。柳条绿丝软，雪花轻[②]。黄金才钺掩银屏[③]。阴沉深院静，语娇莺。　美人春困宝钗横。惜花芳态[④]，泪盈盈。风流何处最多情。千金一笑[⑤]，须信倾城[⑥]。

［注释］

①唐氏按：《古今图书集成·闺媛典》卷三百五十五"闺艳"部此首误作谢绛词。　②雪花：柳絮。　③黄金：金线柳。　才钺：不详。　④《全宋词》注：原校"态"字下疑脱一字。　⑤《全宋词》注：原校"一笑"上应失一字。　⑥《全宋词》注：原校"须"字疑衍。

朝玉阶

帘卷春寒小雨天。牡丹花落尽，悄庭轩。高空双燕舞翩翩。无风轻絮坠，暗苔钱。　拟将幽怨写香笺。中心多少事，语难传。思量真个恶因缘。那堪长梦见，在伊边。

卜算子

深院花铺地，淡淡阴天气。水榭风亭朱明景[①]，又别是、愁情味。　　有情奈无计，漫惹成憔悴。欲把罗巾暗传寄。细认取、斑点泪。

[注释]

①水榭：水边亭阁。

卜算子

尊前一曲歌，歌里千重意。才欲歌时泪已流，恨应更、多于泪。　　试问缘何事，不语如痴醉。我亦情多不忍闻，怕和我、成憔悴。

瑞鹧鸪

夜来风雨损馀芳，数片衰红落槛傍。媚景背人容易去[①]，半轩飞絮日空长。　　从来不信相思切，及至如今倍感伤[②]。独立黄昏绣帘外，可堪新月露圆光。

[注释]

①背人：抛弃人。　②唐氏按："倍"原作"信"，据《花草粹编》卷六改。

燕归梁[①]

风摆红绦卷画帘[②]，宝鉴慵拈。日高梳洗几时忺。金盆水，弄纤纤。　　髻云松觯衣斜褪。和娇懒、瘦岩岩[③]。

离愁更被宿酲兼[4]。空赢得，病厌厌。

［注释］

①唐氏按：此首别又见欧阳修《醉翁琴趣外篇》卷三。 ②红絛：红丝带。 ③岩岩：瘦削貌。 ④唐氏按："被"字原无，据《永乐大典》卷六千五百二十三"妆"字韵补。原校"更"字下疑脱一字。又按"酲"原作"醒"，据《醉翁琴趣外篇》改。

菊花新

怎奈花残又莺老，槛里青梅数枝小。新荷长池沼，当晴昼、燕子声闹。 亭栏花绽颜色好。风雨催催[1]、等闲开了。酒醒暗思量，无个事、甚刚烦恼。

［注释］

①《全宋词》注：原校下"催"字疑衍。

菊花新

坐卧双眉镇长敛，绣户初开花满院。罗帏翠屏空，风微动、玉炉烟飐。 儿夫心肠多薄幸，百计思、难为拘检[1]。几回向伊言，交今后、更休抛闪[2]。

［注释］

①拘检：约束。 检：《全宋词》作"捡"。 ②交今：从今。

鹊桥仙

别离情绪，多方开解，却免厌厌似醉。楼高终日倚阑干，目断有、千山万水。　　妖娆薄媚，不禁抛摆，渐觉肌肤瘦悴[①]。当初相见偶然间，不唤作、如今恁地。

[注释]

①瘦悴：消瘦、憔悴。

鹊桥仙

日长天气，深深庭院，又是春愁滋味。池边昨夜雨兼风，战红杏、馀香乱坠。　　阴阴亭榭，暖烟轻柳，万缕黄金窣地[①]。一双新燕却重来，但暗把、罗巾掩泪。

[注释]

①窣地：拂地。

虞美人

红颜绿鬓催人老，世事何时了。君心天意与年光，春花未遍已秋霜，为谁忙。　　樽前正好闲风月，莫话生离别。直饶终日踏红尘[①]，浮名浮利枉劳神，更愁萦。

[注释]

①直饶：即使，就算。

虞美人

江亭春晚芳菲尽，行色青天近。画桥杨柳也多情，暗抛飞絮惹前行，路尘清。　　彤庭早晚瞻虞舜[①]，遥听恩迁峻[②]。二年歌宴绮罗人，片云疏雨忍漂沦，泪沾巾。

[注释]

①“彤庭”句：早晚会在金殿上见到皇帝。 ②恩迁峻：提拔快。

虞美人[①]

炉香昼永龙烟白，风动金鸾额。画屏细展小山川，睡容初起枕痕圆，坠花钿。　　楼高不及烟霄半[②]，望尽相思眼。艳阳刚爱挫愁天[③]，故生芳草碧云连，怨王孙。

[注释]

①唐氏按：此首别又见欧阳修《近体乐府》卷三。 ②烟霄：云霄。 ③“艳阳”句：为“刚爱挫愁艳阳天”之倒文。

凤栖梧

秋日楼台在空际。画角声沉，历历寒更起。深院黄昏人独自，想伊遥共伤前事。　　懊恼当初无算计。些子欢娱，多少凄凉味。相去江山千万里，一回东望心如醉。

凤栖梧

任在芦花最深处。浪静风恬[①]，又泛轻舟去。去到滩头遇俦侣，散唱狂歌鱼未取。　　不把身心干时务[②]。一副轮竿，莫笑闲家具。待拟观光佐明主，将甚医他民病苦。

[注释]

①风恬：风和。 ②干时务：投身政治。

凤栖梧

别浦迟留恋清浅。菱蔓荷花,尽日妨钩线[①]。向晚澄江静如练。风送归帆飞似箭。　　鸥鹭相将是家眷[②]。坐对云山,一任炎凉变。定是寰区又清宴[③],不见龙骧波上战[④]。

[注释]

①钩线:钓丝。　②相将:相伴。　③寰区:天下。　④龙骧:晋王濬为龙骧将军,率巴蜀战船东下灭吴。

凤栖梧

闲把浮生细思算。百岁光阴,梦里销除半。白首为郎休浩叹,偷安自喜身强健。　　多少英贤裨圣旦[①]。一个非才,深谢容疏懒。席上清歌珠一串,莫教欢会轻分散。

[注释]

①裨圣旦:辅佐圣时。

凤栖梧

新月羞光影庭树。窗外芭蕉,数点黄昏雨。何事秋来无意绪,玉容寂寞双眉聚。　　一点银釭扃绣户[①]。莎砌寒蛩,历历啼声苦。孤枕夜长君信否,披衣颙坐魂飞去[②]。

(以上八十一首据陆贻典校《杜寿域词》(汲古阁本刊作《寿域词》),此从《直斋书录解题》及陆氏所据校之本)

[注释]

①扃（jiōng）：锁。　②颙（yóng）坐：孤坐貌。

折红梅

喜轻澌初绽[①]，微和渐入，郊原时节。春消息。夜来陡觉，红梅数枝争发。玉溪仙馆，不似个寻常标格。化工别与[②]，一种风情，似匀点胭脂，染成香雪。　重吟细阅。比繁杏夭桃，品流终别。只愁共、彩云易散，冷落谢池风月[③]。凭谁向说。三弄处，龙吟休咽[④]。大家留取，时倚阑干，闻有花堪折，劝君须折。

（《词综》卷七、《历代诗馀》卷八十六、《全芳备祖》前集卷四）

[注释]

①澌：冰刚解冻的水。　②化工：上天，造物者。　③谢池：在永嘉（今浙江温州）。南朝宋谢灵运梦其族弟谢惠连，得“池塘生春草”的佳句。　④“三弄”二句：笛曲有《梅花三弄》。　龙吟：笛声。

[集评]

杨慎云：“宋人《折红梅》词云：‘……’此词见《杜寿域词》。《中吴纪闻》又作吴应之，未知孰是。”（《词品》卷二）

忆汉月

红杏一枝遥见，凝露粉愁香怨。吹开吹谢任春风，恨流莺、不能拘管。　曲池连夜雨，绿水上、碎红千片。直拟移来向深院。任凋零、不孤双眼。

（《全芳备祖》前集卷十“李花门”）

[集评]

李调元云:“杜安世词多袭前人,《寿域词》一卷,殊无足观。如《菩萨蛮》:‘花明月暗朦胧雾,此时欲往依边去。刬袜下香阶,手携金缕鞋。药阑东畔见,执手偎人颤。奴为出家难,从君恣意怜。’此南唐李后主词,为小周后而作也,脍炙人口已久,略改数字,窜入己集,不顾䵳耻。”(《雨村词话》卷二)

冯煦云:“《寿域词》,《四库全书》存目,谓其字句讹脱,不一而足。今取其词读之,即常用之调亦平仄拗折,与他人微异。则是寿域有意为之,非尽校者之疏。”(《蒿庵论词》)

诉衷情[1]

烧残绛蜡泪成痕,街鼓报黄昏。碧云又阻来信[2],廊上月侵门。　　愁永夜,拂香茵[3],待谁温。梦兰憔悴,掷果凄凉,两处消魂。(《唐宋诸贤绝妙词选》卷四)

[注释]

①唐氏按:《晁氏客语》以此首为王益作。　②碧云:指远方书信。“最苦碧云信断”,见柳永《倾杯》词。　③香茵:喷香的卧具。

朝中措

养花天气近清明,丝雨酿寒轻。满眼春工如绣,消磨不尽离情。　　行行又宿,小桃旧坞[1],芳草邮亭[2]。唤起两眉新恨,绿杨深处啼莺。(《词林万选》卷二)

[注释]

①旧坞:往年的花坞。四面如屏的花木深处叫花坞。　②邮亭:驿站。

存目词

调　名	首　句	出　处	附　注
菩萨蛮	花明月暗朦胧雾	《杜寿域词》	李煜词，见《南唐二主词》
丑奴儿	微风帘幕清明近	同上	冯延巳词，见《阳春集》
凤栖梧	篱落繁枝千万片	同上	同上
酒泉子	庭下花飞	同上	同上
玉楼春	玉楼十二春寒侧	《词林万选》卷二	王子武词，见《花草粹编》卷六
木兰花	个人风韵真堪羡	同上	柳永词，见《乐章集》卷下

赵　抃

赵抃(1008—1084),字阅道,衢州西安(今浙江衢州)人。景祐元年(1034)进士。累官殿中侍御史。弹劾不避权幸,时称“铁面御史”。神宗立,擢为参知政事。与王安石不合,再知成都郡。以太子太保致仕,卒谥清献。有《清献集》十卷传世。

折新荷引[①]

雨过回廊[②],圆荷嫩绿新抽。越女轻盈,画桡稳泛兰舟。芳容艳粉,红香透[③]、脉脉娇羞。菱歌隐隐渐遥,依约回眸。　　堤上郎心,波间妆影迟留。不觉归时,淡天碧衬蟾钩[④]。风蝉噪晚,馀霞际[⑤]、几点沙鸥。渔笛、不道有人,独倚危楼。

(《乐府雅词拾遗》卷上)

[注释]

①折新荷引:即《新荷叶》。本调为赵抃所创。　唐氏按:此词误作晁补之词,见《全芳备祖》前集卷十一“荷花门”。另《类编草堂诗馀》卷二又误作仲殊词。　②雨过回廊:《词谱》作“日晚芳塘”。　③芳容艳粉红香透:《词谱》作“波光艳粉红相间”。　④淡天:《词谱》作“暮天”。　蟾钩:新月如钩。　⑤际:《词谱》作“映”。

存目词

《历代诗馀》卷五,有赵抃《点绛唇》“秋气微凉”一首,乃王安国作,见《皇宋事实类苑》卷三十五引《倦游杂录》。

刘　几

刘几（1008—1088），字伯寿，洛阳（今河南洛阳）人。进士出身，换武职，后改文官。仕至秘书监。精音乐，曾参与重定朝廷大乐。存词四首，皆自度曲。

梅花曲

以介父三诗度曲[①]

汉宫中侍女，娇额半涂黄[②]。盈盈粉色凌时[③]，寒玉体、先透薄妆。好借月魂来，娉婷画烛旁。惟恐随、阳春好梦去，所思飞扬。　宜向风亭把盏，酬孤艳，醉永夕何妨。雪径蕊、真凝密，降回舆，认暗香。不为藉我作和羹[④]，肯放结子花狂。向上林[⑤]，留此占年芳。

［注释］

①介父：即介甫，安石字。此词及以下两首，皆隐括王安石三首七律之意，而自度新腔之作。　②娇额半涂黄：据《宋书》：武帝女寿阳公主卧含章檐下，梅花落公主额上，成五出花。拂之不去。皇后留之，自后有梅花妆，云云。　③凌时：即凌寒，冒寒之意。　④和羹：调配羹汤。《尚书·说命》：“若作和羹，汝惟盐梅。”引申为协助君王治理国家的宰相。　⑤上林：即上林苑，为西汉皇家园林，有双梅、紫梅、同心梅等。

梅花曲

结子非贪，有香不俗，宜当鼎鼐尝[①]。偶先红紫，度韶华、玉笛占年芳。众花杂色满上林，未能教、腊雪埋藏。却怕春风漏泄，一一尽天香。　不须更御铅黄[②]。知国色、禀自天真殊常。祇裁云缕，奈芳滑、玉体想仙妆。少陵为尔东阁[③]，美艳澈诗肠。当已阴未雨春光。无心赋海棠[④]。

[注释]

①鼎鼐：本指古代烹饪的器具，大鼎曰鼐。后喻宰相职事。　②御铅黄：用铅粉扮妆。　③少陵：杜甫号少陵野老。“东阁官梅动诗兴，还如何逊在扬州。”为其《和裴迪登蜀州东亭送客逢早梅相忆见寄》诗中之句。　④无心赋海棠：郑谷《海棠诗》云，“浣花溪上堪惆怅，子美无心为发扬。”意谓杜甫在蜀，而无题咏海棠之诗，是令人惋惜的。此处则说：梅花太美了，顾不得欣赏海棠了，是进一层法。

梅花曲

浅浅池塘，深深庭院，复出短短垣墙。年年为尔，若九真巡会[①]，宝惜流芳。向人自有，绵渺无言，深意深藏。倾国倾城，天教与、抵死芳香[②]。　　袅鬒金色[③]，轻危欲压，淖约冠中央。蒂团红蜡，兰肌粉艳巧能妆。婵娟一种风流，如雪如冰衣霓裳。永日依倚，春风笑野棠。

（以上三首见《梅苑》卷三）

[注释]

①九真巡会：即群仙出游之意。　②抵死：分外。　③袅鬒金色：袅动着金色的花鬒。

[集评]

笃文云：“以上三首大曲，皆刘几据王安石诗语，自度新曲。声腔虽一，而韵却有小异。分别为九十二字、一百字、九十六字，八韵、十韵、九韵。这种情况，在柳永词中也常见，对于精通音律的声家来说，是可以允许的。但作为一种供采用的模式来说，其语言律化上还欠锤炼，这也是毋容讳言的。此外，遣词造语，也时有牵凑之迹。看来翻诗为词，难度很大。”

花发状元红慢[1]

三春向暮，万卉成阴，有嘉艳方坼[2]。娇姿嫩质，冠群品，共赏倾城倾国。上苑晴昼暄，千素万红尤奇特。绮筵开，会咏歌才子，压倒元白[3]。　别有芳幽苞小，步障华丝[4]，绮轩油壁。与紫鸳鸯、素蛱蝶。自清旦，往往连夕。巧莺喧翠管，娇燕语雕梁留客。武陵人[5]，念梦役意浓，堪遣情溺。

（《花草粹编》卷一）

[注释]

①花发状元红慢：此调为刘几新创，无他词可校，平仄宜遵之。　②方坼：正开。　③压倒元白：杨汝士与元稹、白居易同席赋诗。杨作最佳。归告其子弟曰：“今日压倒元白。”事见王定保《唐摭言》。　④步障华丝：华丽的丝绸屏障。　⑤武陵人：桃花源中的仙人。此指所思的美女。

[集评]

叶梦得云：“刘几在神宗时，与范蜀公重定大乐。洛阳花品曰状元红，为一时之冠。乐工花日新能为新声。汴妓郜懿以色艺著。秘监致仕刘伯寿精音律。熙宁中，几携花日新就郜懿家赏花欢咏，乃撰此曲，填词以赠之。”（《避暑录话》）

元　绛

元绛（1009—1084），字厚之，钱塘（今浙江杭州）人。祖德昭，仕吴越为丞相。绛生而敏悟，五岁能诗。以廷试用韵有误，得学究出身。再举登第。精于吏治，所至有美政，为时所称。累官为翰林学士、知开封府，拜参知政事。以太子少保致仕。谥章简。有《玉堂集》二十卷、《玉堂诗集》十卷，今佚。

减字木兰花

绿杨阴下，短帽轻衫行信马[①]。过尽春风。踏尽青青打尽红。　　舞鸾歌凤，人面湖光红影动。醉眼归时，人在朱楼曲角西。　（《月河所闻集》）

［注释］

①信马：随马自由行走。

［集评］

笃文云："前结豪纵，后结深婉。易安《词论》赏其'时时有妙语'，殆即此类。"

映山红慢[①]

谷雨风前，占淑景、名花独秀。露国色仙姿，品流第一，春工成就。罗帏护日金泥皱[②]，映霞腮动檀痕溜。长记得天上，瑶池阆苑曾有。　　千匝绕，红玉阑干，愁只恐、朝云难久[③]。须款折、绣囊剩戴[④]，细把蜂须频嗅。佳人再拜抬娇面，敛红巾、捧金杯酒。献千千寿。愿长恁、天香满袖。　（《花草粹编》卷十一）

[注释]

①映山红慢:此调前不经见,当为元绛咏牡丹自度之曲。　②金泥:金粉。此指牡丹之金色花心。　③朝云:巫山神女名,见宋玉《高唐赋序》。　④款折:慢折。

[集评]

《词谱》云:“此词无他作可校。前后段第六句:平平仄仄平平仄仄,第七句:仄平平仄平平仄。此元载(按当作‘绛’)自度曲,当是音律所寓。填者审之。”(《词谱》卷二十九)

程师孟

程师孟(1009—1086),字君辟,吴县(今江苏苏州)人。景祐元年(1034)进士。累知南康军、提点夔州路刑狱。徙知洪、福、广、越、青州。元祐元年卒。

渔家傲

折柳赠君君且住[①]。

(《张子野词》卷二《渔家傲》词注引)

[注释]

①"折柳"句:引自张先《安陆词·渔家傲》(和程公辟赠别词)注。中云:"其词云'折柳赠君君且住',原词已佚。"

陈 朴

陈朴,生卒不详,字冲用。传为唐末宋初道士。僖宗时避乱入蜀,受道箓于钟离权。元丰间曾与张方平处。有《内丹诀》一卷,见《道藏·太玄部》。存词九首。其前八首一作陈楠词,见《修真十书·杂著捷径》。

望江南

中黄宝[①],须向胆中求[②]。春帝令行生万物,乾坤膝下与吾俦[③]。百脉自通流。　施造化,左右火双抽[④]。浩浩腾腾充宇宙,苦烟袅袅上环楼[⑤]。夫妇渐相谋[⑥]。

[注释]

①中黄宝:内丹术语。指脑海之元神。　②胆中求:《参同契》,"胆理脑,定升玄",道家以意念内观脑室,引精气上行,达到阴阳交会之目的。　③"乾坤"句:此以天地(乾坤)比父母,万物为其儿女(膝下),故人应与天地万物同一,随时调换。　④"左右"句:左右火,指文武火。双抽:指文武火之抽添运用。急火曰武火,细火温养曰文火。　⑤苦烟:心宫之真气。　环楼:指脑,即上丹田。　⑥相谋:此指阴阳相合。

望江南

玄珠降[①],丹窟在中宫[②]。九候息调重九数[③],赤波忽迸太阳东[④]。心肾始交通[⑤]。　逢六变,重六息阴功[⑥]。火自海门朝帝坐[⑦],水从莲沼佐丁公[⑧]。紫电透玲珑[⑨]。

[注释]

①玄珠:指内丹的丹头,温养保持则内丹可成。　②中宫:丹田。男

子为精室,女子为子宫。 ③“九候”句:九,阳数也。九九八十一,乃调换阳气之法。 ④赤波:红光。 ⑤心肾:此指心之真阳与肾之真阴相合,水火既济,为丹成之象。 ⑥“六逢变”二句:六为阴数,六六三十六为调换阴气之法。 ⑦“火自”句:火从水(海门)出,即水火相济之意。 ⑧丁公:丙丁属火,代指元阳真精。它与莲沼之神水相合,水火相济而丹可成。 ⑨紫电:紫光,瑞气,丹体将成之象。

望江南

毛髮落,丹左运行阳①。胎色渐红阴渐小②,推移岁运助乾刚。育火养中央。 成物象,五岳辨微茫③。出入尚迟形尚小,晨昏天籁奏笙簧。常饮玉壶浆④。

[注释]

①“丹左”句:此指内丹炼家之元气运行,由左而上,行阳道,接引元阳的工夫。 ②“胎色”句:内丹家以母体结子来比喻凝聚精、气、神而成丹。 ③五岳:道家以五岳为仙界。 辨微茫:意谓丹形初具,仙界隐约可见。 ④玉壶浆:亦名灵液、神水。《云笈七签》引《元气论》云:“玉醴金浆乃是服炼口中津液也。”炼家含嗽津液,以养元和。

望江南

丹往右,四转运行阴①。逢六闭藏阳户气②,玉关泉透合丁壬③。龟戏任浮沉④。 时出入,无碍贯他心。游戏神通常出面⑤,圆光周匝绕千寻⑥。寒暑不相侵。

[注释]

①四转:道家有九转金丹之说。一转意同一炼。 ②“逢六”句:六为阴数,修炼阴精,故须闭藏阳气。 ③玉关泉:口中津液。舌下有三穴,又曰:玉液,一名玉泉。服食之可以长生。 丁壬:即丙丁之火与壬癸之水

相济，经名神气混融，丹成不死。 ④龟戏：内丹家以龟比喻肾中真精，蛇比喻心中真液，是阴阳的化身。龟戏，意味着丹已养成，可以自由流动。 ⑤出面：又称出神。指内丹功深者遥视反听之特异功能。 ⑥圆光：内丹家称神光烛照、隔墙见明的功夫为圆光。见王重阳《玉篇灵文》注。

望江南

珠自右，飞电入丹城。内养婴儿盈尺象[①]，时逢九数采阳精。火向水中生。　　烧鬼岳[②]，紫殿势峥嵘。随意出游寰海内，寐如砂碛卧长鲸。时序与偕行。

［注释］

①婴儿：喻指正在成长的丹头。 ②鬼岳：疑为鬼狱之误。言已摆脱了地狱的生死轮回。

望江南

日精满，阴魄化无形[①]。每遇月圆开北户，神龟时饮碧瑶玲[②]。形魄岂能停[③]。　　阳砂赤[④]，阴粉色微青[⑤]。粉换肉肌砂换骨，凡胎换尽圣胎灵[⑥]。飞举似流星。

［注释］

①阴魄：月。此指阴寒之气为太阳所驱散。 ②碧瑶玲：碧色的琼浆，仙人所服。 ③形魄：形体，指人的生命。 ④阳砂：本指铅汞合成的红色丹砂，此指内丹家修炼的阳气。 ⑤阴粉：本指铅汞合成的青色化合物。此指内丹家修炼的阴精。 ⑥圣胎：内丹家将凝聚精、气、神而成的金丹，称为圣胎。

望江南

形透日[①]，七转任飞腾。幽入深岩图宴坐，息无来去使神凝。却粒著奇能[②]。　生神火，返本气清澄。九候浴时开地户[③]，月中取火日求冰[④]。五内换重新。

[注释]

①形透日：即凡胎变尽之日。　②却粒：不食五谷。　③开地户：指调护阴精，使之与九候之阳气相合。　④“月中”句：月，阴象；日，阳象。从中获取与之相对的“火”与“冰”，比喻具有妙通造化的功力。

望江南

内外遍，八转始还元。地带长垂生坎户[①]，周行胎息贯天门[②]。太始道方存。　纯一体[③]，黑赤气常喷[④]。丹火发来烧内境，冷泉深处浴猴孙[⑤]。神水赤龟吞。

[注释]

①地带：内丹家认为八转丹成。“地带”生于脐中（坎户）如婴儿之有脐带，可以周行胎息了。　②胎息：即服气。指如婴儿在母腹，鼻无出入之气的一种修炼方法。　天门：道家称两眉间的天庭为天门。　③纯一体：指丹成之仙体，纯粹无疵。　④黑赤气：阴阳二气。黑属阴，赤属阳。　⑤“冷泉”句：谓能令寒泉化为汤池，亦水火相济之意。

望江南

丹九转，纯一太初颜[①]。内外无为常抱朴[②]，纵横海外与人间。功行积丘山。　青阙诏[③]，玉简赐金环[④]。饮罢刀圭乘羽驾[⑤]，旌幢箫鼓过天关。朝帝列仙班。

（以上陈先生《内丹诀》）

[注释]

①太初：元气。《列子·天端》："太初者，气之始也。" ②抱朴：抱持朴素无为的人生态度。 ③青阙：仙家宫阙，指天帝的宫廷。 ④玉简：天帝颁赐的文诰。 ⑤刀圭：古代量药的器皿。 羽驾：仙家乘鹤骖鸾，谓之羽驾。

[集评]

笃文云："此九词描述炼丹九转之过程与功效。一转之功，在于流通生气，和合阴阳，丹头开始下降；二转之功，则真精成丹，下藏丹田之中；三转之功，则圣胎成象，形如婴儿；四转之功，圣胎神足，魂魄皆具；五转之功，则圣胎养就，神通自在；丹至六转，圣胎换却凡胎；七转后，五藏换尽胎气，变为仙腑；丹成八转，'地带'生于脐中，鼻息换为胎息；九转丹成功满，羽驾升天，名列仙籍。以词的形式，述修炼的过程，是内丹家重要的文献。"

卢　氏

卢氏,生卒不详,父为汉州(今四川广汉)县令,随至任所。天圣(1023—1032)中,随父离任。作《凤栖梧》词,题于驿壁。

凤栖梧[①]

题泥溪驿[②]

登山临水,不废于讴吟[③];易羽移商[④],聊舒于羁思。因成凤栖梧曲子一阕,聊书于壁,后之君子览之者,毋以妇人窃弄翰墨为罪

蜀道青天烟霭翳。帝里繁华、迢递何时至。回望锦川挥粉泪,凤钗斜亸乌云腻[⑤]。　钿带双垂金缕细,玉佩珠珰[⑥],露滴寒如水。从此鸾妆添远意,画眉学得遥山翠。

(《墨客挥犀》卷四)

[注释]

①凤栖梧:一名《蝶恋花》。　②泥溪驿:驿站名,在今四川成都附近。　③不废:"废"原作"费",据《宋朝事实类苑》改。　④易羽移商:改换音律。古代以宫商角徵羽为五音。　⑤斜亸(duǒ):斜坠。　⑥珠珰:一作"玎珰",此从《宋朝事实类苑》。

刘　述

刘述，字孝叔，吴兴（今浙江湖州）人。景祐元年（1034）进士。神宗立，召为侍御史知杂事。久之迁任吏部郎中。以疏劾王安石新法，出知江州（今江西九江）。次年，改提举崇禧观。卒年七十二。

家山好

挂冠归去旧烟萝。闲身健，养天和。功名富贵非由我，莫贪他。这歧路、足风波。　　水晶宫里家山好[①]，物外胜游多。晴溪短棹，时时醉唱里棱罗[②]。天公奈我何。

（《湘山野录》卷中）

[注释]

①水晶宫：四面环水的居室。此指其湖州旧居。赵孟頫因湖州四面皆水，自号水晶宫道人，本此。　②里棱罗：未详。《历代诗馀》作“捏梭罗”，捏，手擎也。棱罗，疑即“娑罗”之通借。娑罗，木名，产于印度。释迦牟尼于娑罗树下涅槃。

[集评]

文莹云：“刘孝叔吏部公述，深味道腴，东吴端清之士也。方强仕之际，已恬于退。撰一阕以见志曰……后将引年，方得请于三茅宫僚。始有养天和之渐。夫何已先朝露。歌此阕。几三十年。信乎一林泉与轩冕，难为必期。”（《湘山野录》）

赵 祯

赵祯(1010—1063),即宋仁宗。真宗第六子,初名受益。十三岁登帝位,太后刘氏主政。二十四岁亲政。在位四十二年。年号九:天圣、明道、景祐、宝元、康定、庆历、皇祐、至和、嘉祐。为政仁恕俭朴,海内号为平治。然对辽国、西夏,一味忍让求和,虚耗岁币,也加重了社会的危机。

合宫歌①

皇祐二年飨明堂

缵重明②,端拱保凝命③。广大孝休德④,永锡四海有庆⑤。觚坛寓礼正典名⑥,幔室雅奏⑦,彩仗崇制定。五位仿古甚盛。蒿宫光符辰星⑧。高秋嘉时款芎灵⑨,交累圣⑩。上下来顾,寅畏歆纯诚⑪。三阶平⑫。金气肃,转和景。翠葆御双观⑬,巽风兑泽布令⑭。脂茶刬荡墨索清⑮。远迩向附⑯,动植咸遂性⑰。表里穆悦⑱,庶政醇酞,熙然胥庭⑲。唐舜华封祝⑳,如南山寿永。愿今广怀宁延,昌基扃㉑。

(《宋会要辑稿》第二十二册礼二十四、第四十四册舆服三、《太平治迹统类》卷七)

[注释]

①合宫歌:据《宋史·礼志》,皇祐二年(1050)九月二十五日,仁宗亲赴大庆殿,行明堂祭礼,合天地百神祖宗于一宫祭之。并作歌致飨。 ②缵(zuǎn)重明:续承先人盛大的明德。 ③端拱:端坐拱手,无为而治之意。 凝命:严整有序之命令。“正位凝命”,见《易经·鼎》。 ④休德:美德。 ⑤永锡:永赐。 ⑥觚坛:殿堂。 寓礼:行礼。 正典名:符合典礼的要求。 ⑦幔室:垂着帷幔的殿堂。《宋史·礼志》:“明堂五帝

位，皆为幔室。” 雅奏：演奏祭祀的乐曲。 ⑧蒿宫：以蒿为柱之宫室，为天子之路寝（简陋的居处），见《大戴礼·明堂位》。 ⑨款芎灵：祭祀苍穹的神灵。芎，通“穹”。 ⑩交累圣：与列祖列宗的神灵相接。 ⑪寅畏：敬畏。 歆纯诚：指神灵享受了祭祀人的纯诚之意。 ⑫三阶：星名，即三室。主和阴阳理万物。 ⑬翠葆：天子之旗，以翠羽为葆。 御双观：来到双阙（宫门外的楼观）。 ⑭巽风兑泽布令：风调雨顺之意。巽为风，兑为水，见《周易》。 ⑮“脂茶”句：未详。脂茶、墨索疑指损民之弊政，故予划荡、清除。 脂：油脂，茶：茶叶，皆有捐税。 墨：贪墨。 ⑯远迩向附：远近之人都投奔、依附。 向：《全宋词》作“响”。 ⑰动植咸遂性：一切生物（动、植）都得到自由发展。 ⑱穆悦：和悦。 ⑲胥庭：满门、全家。 ⑳唐舜：唐尧虞舜。 华封祝：华地封人（官员）祝福之词。《庄子·天地》：“尧观乎华。华封人曰……使圣人寿使圣人富，使圣人多男子。” ㉑昌基扃（jiōng）：国运隆昌，基业永固之意。

海多词①

海多风错，被渔人下网打住。将在帝城中，每日教言语。甚时放我归去？ 龙王传语：这里思量尔，千回万度。螃蟹最凄惶，鲇鱼尤忧虑。

[注释]

①海多：鱼名。《玉照新志》云：“嘉祐末（1063），有人携一巨鱼入都，能为人言，号曰海多。亦尝召至禁中。帝自为一词。”

[集评]

笃文云：“词见于王明清《玉照新志》卷六。以代言体为鱼立言，题材、词牌都很新颖。出自帝王之手，尤为难得。《全宋词》列入神仙鬼怪类，似可商。”

王拱辰

王拱辰(1012—1085),字君贶,开封(今河南开封)人。天圣八年(1030)进士第一及第。立朝敢言,以强直称。累官至武池军节度使,彰德节度使。

沁园春

华髪青云。 (《文潞公文集》卷八)

蔡　襄

蔡襄（1012—1067），字君谟，仙游（今福建仙游）人。天圣八年（1030）进士，累官龙图阁学士、端明殿学士。卒谥忠惠。诗文清美，书法为当时第一。有《蔡忠惠集》传世。

好事近

瑞雪满京都，宫殿尽成银阙。常对素光遥望，是江梅时节。　　如今江上见寒梅，幽香自清绝。重看落英残艳，想飘零如雪。

（《花草粹编》卷三）

［集评］

丁绍仪云："蔡忠惠襄之《好事近》，苏文定辙之《渔家傲》，谢文节枋得之《沁园春》，即以词论，亦工于杜、韩。"（《听秋声馆词话》卷七）

笃文云："前片回忆京师对雪，是虚。后片江边看梅，是眼前实景。用一'想'字串过对梅忆雪，今昔交错，虚实相间，见出章法之有致。"

韩　绛

韩绛(1012—1088),字子华,雍丘(今河南杞县)人。参知政事韩亿之子。庆历二年(1042)进士。神宗时任同中书门下平章事,封康国公。为政和易,曾支持王安石新法。卒谥献肃。

踏莎行[1]

嵩峤云高[2],洛川波暖。举头乔木森无断。□□□雨绝风尘,小桥频过春渠满。　□□离宫,□棱斗焕。万家罗绮多游伴。□□□□自风□,□□是处喧弦管。

(附韩维《南阳词》后)

[注释]

①此词附于韩维《南阳词》《踏莎行》“次韵范景仁字子华”之作后,亦次韵之作。　②嵩峤:嵩山。　峤:山尖。

李师中

李师中（1013—1078），字诚之，楚丘（今山东曹县）人。仁宗朝进士，历任提点广西路刑狱，天章阁待制、河东都转运使，贬和州团练副使安置，稍迁至右司郎中。有《李诚之集》，已佚。

菩萨蛮①

子规啼破城楼月，画船晓载笙歌发。两岸荔枝红，万家烟雨中。　佳人相对泣，泪下罗衣湿。从此信音稀，岭南无雁飞。（《过庭录》）

［注释］

①此词见范公偁《过庭录》。书云："李师忠复之，帅桂罢归，一词题别云。"可见作于提点广西刑狱任上。师中，亦作"师忠"。诚之，又作"复之"。

［集评］

笃文云："前人赏其荔枝烟雨，为桂之实景。固然。而'岭南无雁飞'亦两面关锁之笔。盖旧有雁不过岭，止于衡阳之说。又雁足可以传书。无雁，则音信亦无矣。"

蔡　挺

蔡挺(1014—1079),字子政,宋城(今河南商丘)人。景祐元年(1034)进士。历守州郡,所至肃然。累官直龙图阁知庆州、渭州,屡败西夏,卓著战功。召还,拜枢密副使,以疾罢为资政殿学士,判南京司御使台。卒谥敏肃。

喜迁莺[①]

霜天清晓。望紫塞古垒,寒云衰草。汗马嘶风[②],边鸿翻月,垄上铁衣寒早。剑歌骑曲悲壮,尽道君恩难报。塞垣乐,尽双鞬锦带[③],山西年少[④]。　　谈笑。刁斗静,烽火一把,常送平安耗[⑤]。圣主忧边,威灵遐布,骄虏且宽天讨[⑥]。岁华向晚愁思,谁念玉关人老[⑦]。太平也,且欢娱,不惜金尊频倒。

(《挥麈馀话》卷一)

[注释]

①喜迁莺:此词见于《挥麈馀话》卷一。中云:"熙宁中,蔡敏肃挺以枢密直学士,帅平凉(渭州)。初冬,置酒郡斋,偶成《喜迁莺》一阕。"云云。　②汗马:战马。战马疾驰而汗出,故云。　③双鞬(jiān):一双藏弓箭的袋子。④山西年少:指关陇年少。　山:指崤山或华山。　⑤平安耗:报道平安的烽火。《六典》云:"每日初夜,放烟一炬,谓之平安火。"　耗:信息。　⑥且宽天讨:推迟朝廷讨伐的期限。　⑦玉关:玉门关,这里指边关。

[集评]

魏泰云:"蔡挺自宝元以后,历边任。至于熙宁初,犹帅平凉。会边境无事,因作乐歌,以教边人。有'谁念玉关人老'之句。此曲盛传都下。未几,召为枢密副使。"(《东轩笔录》卷六)

王益柔

王益柔(1015—1086),字胜之,河南(今河南洛阳)人。父王曙,官至宰相。益柔以荫补官,迁集贤校理。因于苏舜钦奏邸会上作傲歌,狂语获罪,贬监复州酒税。累官龙图阁直学士,出守大郡。元祐初卒。

喜长新[①]

秋云朔吹晓徘徊[②],雪照楼台。梁王宴召有邹枚[③],相如独逞雄才[④]。　明烛熏炉香暖,深劝金杯。庭前粉艳有寒梅,一枝昨夜先开[⑤]。

（《花草粹编》卷二）

[注释]

①喜长新:唐教坊曲名。此词始于益柔,别无作者,平仄当依此为准。　②朔吹:北风。　③梁王:梁孝王,汉文帝第二子。徙封梁王。作曜华宫、兔园,延揽四方英才。枚乘往依之,作《七发》,以相讽劝。　《全宋词》注:原无“梁王”字、“有”字,据《词谱》卷六增。　④相如:司马相如,曾为梁孝王客,居有年,著有《子虚赋》等。　⑤《全宋词》注:原作“昨夜一枝开”,据《词谱》改。

韩　维

韩维(1017—1098),字持国,雍丘(今河南杞县)人。父韩亿官至参知政事。以父荫入仕。神宗为淮阳郡王、颍王时,维皆为记室参军。神宗即位,除龙图阁直学士,历知开封府等州郡,召拜门下侍郎,以太子少傅致仕。绍圣中,以元祐党籍谪至均州安置,元符初复官。著有《南阳集》二十卷。

西江月

席上呈子华[①]

早岁相期林下,高年同在尊前。风花绣舞乍晴天,绿蚁新浮酒面[②]。　　身外虚名电转,人间急景梭传。当筵莫惜听朱弦,一品归来强健[③]。

[注释]

①子华:即韩绛,字子华,作者之兄。　②绿蚁:酒面之浮沫,色绿,故名。　③一品:宋之三师、三公、丞相为一品官。绛于元祐二年以司空检校太尉致仕,与此正合。词当作于是时。

踏莎行

次韵范景仁寄子华[①]

旧雁低空,游蜂趁暖,凭高目向西云断。具茨山外夕阳多[②],展江亭下春波满。　　双桂情深,千花明焕。良辰谁是同游伴。辛夷花谢早梅开,应须次第调弦管。

(双桂楼千花□)

[注释]

①范景仁：范镇，字景仁，华阳（今四川成都）人。仕至端明殿学士。 ②具茨山：在今河南新密东南。

减字木兰花

颍州西湖①

和风动□。□□新年□入手。世事尘□，□□□情近酒□。 水开湖□。□□笙歌波面起。相与排□。□□□胜特地□。

[注释]

①颍州西湖：颍州，即安徽阜阳。西湖，原在县城西北，今已淤塞。

浪淘沙

饱食日□□。□上危亭。东风昨夜入□□。□□雪晴云□□，□遍银屏。 回首叹劳生。□鼎相承。皇恩早晚□□□。□□陂边垂钓手，不负幽情。

胡捣练令

夜来风横雨飞狂，满地闲花衰草。燕子渐归春悄，帘幕垂清晓。 天将佳景与闲人，美酒宁嫌华皓。留取旧时欢笑，莫共秋光老。 （以上《彊村丛书》本《南阳词》）

[集评]

况周颐云："词境以深静为至。韩持国《胡捣练令》过拍云：'燕子渐归春悄，帘幕垂清晓。'境至静矣，而此中有人，如隔蓬山。思之思之，遂由

浅而见深。盖写景与言情,非二事也。善言情者,但写景而情在其中……持国此二句,尤妙在一‘渐’字。”(《蕙风词话》卷二)

失调名

轻云薄雾,散作催花雨。 (《鸡肋篇》卷中)

失调名

兄弟对举杯。 (《截江网》卷六韩元吉《鹧鸪天》词注)

曾　巩

曾巩(1019—1083),字子固。南丰(今江西南丰)人。嘉祐二年(1057)进士。历集贤校理,出通判越州,六历郡守。元丰中任中书舍人。巩师事欧阳修,与王安石友善,工古文,列名唐宋八大家之一。有《南丰类稿》传世。

赏南枝[①]

暮冬天地闭,正柔木冻折,瑞雪飘飞。对景见南山[②],岭梅露、几点清雅容姿。丹染萼、玉缀枝。又岂是、一阳有私。大抵是、化工独许,使占却先时。　霜威莫苦凌持[③]。此花根性,想群卉争知[④]。贵用在和羹[⑤],三春里、不管绿是红非。攀赏处、宜酒卮[⑥]。醉捻嗅、幽香更奇。倚阑干、仗何人去,嘱羌管休吹。　(《梅苑》卷一)

[注释]

①赏南枝:此调为曾巩自度曲,无他作可校。　②对景见南山:据《词律拾遗》卷五,“山”字衍文,应作“对景见南岭,梅露几点、清雅容姿”,于义为长,可从。　③凌持:凌历。《历代诗馀》作“禁持”。　④争知:怎知。　⑤和羹:梅子性酸,可以调味。此指作宰相。《尚书·说命》:“若作和羹,尔惟盐梅。”指辅佐国君,治理天下。　⑥酒卮:酒盏。

存目词

《历代诗馀》卷八十七有曾巩《洞庭春色》“绛萼欺寒”一首,乃无名氏作,见《梅苑》卷一。

司马光

司马光(1019—1086),字君实,陕州夏县(今属山西)人。宝元二年(1039)进士。累官天章阁待制、知谏院。编《资治通鉴》历十九年,书成。进位资政殿学士。论政与王安石不合,退居洛下十五年。哲宗即位,召入主持国政,任左仆射兼门下侍郎。尽改新法,恢复旧制。赠太师、温国公,谥文正。有文集八十卷,杂著多种。

阮郎归

渔舟容易入春山,仙家日月闲。绮窗纱幌映朱颜,相逢醉梦间。　　松露冷,海霞殷[1]。匆匆整棹还。落花寂寂水潺潺,重寻此路难。　　(《青箱杂记》卷八)

[注释]

①殷(yān):深红色。

[集评]

笃文云:“此词首尾用桃花源之故事,托意游仙,实为狎妓之作,吴处厚《青箱杂记》云:‘余观近世正人端士者,亦皆有艳丽之词。’并举此为例。语涉闲情,雅而不谑,亦有可观。”

西江月

宝髻松松挽就,铅华淡淡妆成。青烟翠雾罩轻盈[1],飞絮游丝无定。　　相见争如不见,有情何似无情。笙歌散后酒初醒,深院月斜人静。　　(《侯鲭录》卷八)

[注释]

①青烟:《古今词话》作“红烟”。

[集评]

陈廷焯云:“司马温公词,有‘相见争如不见,有情还似无情’之句……数公勋德才望,昭昭千古,而所作小词,非不尽态极妍,然不涉秽语,故不为法秀道人师呵。”(《诗坛丛话》)

赵令畤云:“司马文公言行俱高,然亦每有谑语……笙歌散后酒初醒,深院月斜人静。风味极不浅,乃西江月词也。”(《侯鲭录》卷八)

锦堂春[①]

红日迟迟,虚廊转影[②],槐阴迤逦西斜。彩笔工夫,难状晚景烟霞。蝶尚不知春去,谩绕幽砌寻花。奈猛风过后,纵有残红,飞向谁家。　　始知青鬓无价,叹飘零官路[③],荏苒年华。今日笙歌丛里,特地咨嗟。席上青衫湿透[④],算感旧、何止琵琶。怎不教人易老,多少离愁,散在天涯。　　(《苕溪渔隐丛话》后集卷二十二引《东皋杂录》)

[注释]

①锦堂春:即《锦堂春慢》。此调始于本词。宋人有减字、添字者,俱从此出。　②转影:《词谱》作“影转”。　③叹飘零官路:《东皋杂录》作“飘零宦路”。　④青衫湿透:此用白居易《琵琶行》“座中泣下谁最多,江州司马青衫湿”句意。

[集评]

陈廷焯云:“《锦堂春》长阕,乃司马温公感旧之作……公端劲有守,所赋妩媚凄惋,殆不能忘情,岂其少年所作耶?古贤者未能免俗,正谓此耳。”(《渚山堂词话》卷三)

【补　佚】

西江月

河桥参会[①]

鳌禁十年同舍[②]，河桥三月春风[③]。绿杨阴底一樽同，道旧依稀如禁。　　歌罢尘飞酒盏，舞馀花落庭中。主人开宴客西东，此别牵金非重[④]。

[注释]

①吴熊和云："此词不见于《全宋词》及《全宋词补辑》，题下原注云，'范公镇景仁、司马光君实、吕公著晦叔，熙宁初同在禁林为学士。于后，景仁致仕，君实、晦叔各在外服。至熙宁十年，晦叔移知河阳，景仁、君实游济源，因参会于河桥。君实即宴作《西江月》辞以道旧并叙别。景仁、晦叔皆依韵赓之，并为绝唱。'"　②鳌禁：宫禁之内，此指翰林院。③河桥：在河南孟县。　④牵金：疑为"千金"之讹。

中吕调踏莎行

寄致政潞公[①]

淇水云深[②]，铜陀风暖[③]，重阳动色轻冰断。雪花独共鹳鸰飞，灯光渐与蟾蜍满[④]。　　德行星高，文章锦焕。冥鸿威风烟霄伴[⑤]。脂车须在落梅前[⑥]，新声翻飞韵华管。

（以上二首见日本东京内阁文库《增广司马温公全集》，引自吴熊和《唐宋词汇评》两宋卷第一册）

[注释]

①潞公：文彦博封潞国公。于元丰六年(1083)致仕，居洛阳。司马光亦分司西京，同处一地。　②淇水：出新郑大騩山，流经洛阳。文彦博有曲水竹园，在其侧。　③铜陀：铜陀陌在洛阳。　④蟾蜍：月。旧传月中有蟾蜍。　⑤威风：当为"威凤"之讹。"威凤以难见为神"，见《关尹子·

九药》。　⑥脂车：给车轮注油以利行驶。

［集评］

笃文曰："此为赠文彦博之作。写贤人约会，雍容高雅。此词引自吴熊和《唐宋词汇评》第一册。吴按云：'当（作于）其首次致仕洛阳时。则当元丰七年（1084）或八年（1085）重阳日作。'"

苏　氏

苏氏,生卒不详,同安(今安徽潜山)人。父苏绅,仕至翰林学士,兄苏颂,哲宗时为相。以父葬于丹阳,后遂为丹阳人。长于文翰,夫为延安李氏,故世称延安夫人。

临江仙

立春寄季顺妹

一夜东风穿绣户,融融暖应佳时。春来何处最先知[①]。平明堤上柳,染遍郁金枝[②]。　　姊妹嬉游时节近,今朝应怨来迟。凭谁说与到家期。玉钗头上胜[③],留待远人归。

(《翰墨大全》后丙集卷四)

[注释]

①先知:《历代诗馀》作"相知"。　②郁金枝:金黄色的柳枝。　③头上胜:唐宋时民俗于立春日剪金银箔罗为饰物,戴在头上。名之曰彩胜,一曰幡胜。

更漏子

寄季玉妹

小阑干,深院宇,依旧当时别处。朱户锁,玉楼空,一帘霜日红。　　弄珠江[①],何处是,望断碧云无际。凝泪眼,出重城。隔溪羌笛声。

[注释]

①弄珠江:指流经襄阳的汉江。张衡《南都赋》:"游女弄珠于汉皋之曲"。《韩诗外传》:"郑交甫将南适楚,遵彼汉皋台下。乃遇二女佩两珠,

大如荆鸡之卵。”

鹊桥仙

寄季顺妹

星移斗转，玉蟾西下，渐觉东郊向晓。马嘶人语隔霜林，望千里、长安古道。　　珠宫姊妹[①]，相逢方信，别后十分瘦了。上林归去正花时[②]，争奈向、花前又老。

[注释]

①珠宫：仙宫。　②上林：秦汉有上林苑，在陕西长安附近。此指汴京。

踏莎行

寄姊妹

孤馆深沉，晓寒天气。解鞍独自阑干倚。暗香浮动月黄昏，落梅风送沾衣袂。　　待写红笺，凭谁与寄。先教觅取嬉游地。到家正是早春时，小桃花下拚沉醉。

（以上三首《彤管遗编》后集卷十二）

[集评]

笃文云：“词作于驿馆，萧条旅况中设想姊妹相会之乐。中用红笺一句串接，虚实兼到之作。结拍尤觉语健神旺。”

【补　辑】

长寿乐[①]

微寒应候[②]。望日远六叶[③]，阶蓂初秀。爱景欲挂扶桑，漏残银箭，杓回瑶斗[④]。庆高闳此际[⑤]，掌上一颗明珠剖。有令容淑德，归逢佳偶。到如今，昼锦满堂贵胄。　荣耀，久步禁[⑥]，一一金章绿绶[⑦]。更值棠棣连阴[⑧]，虎符熊轼[⑨]，夹河分守[⑩]。况青云咫尺，朝暮入承明后[⑪]。看彩衣争献，兰盈玉酎[⑫]。祝千龄，共指松椿比寿[⑬]。

［注释］

①孔凡礼按：此词，《全宋词》引《截江网》卷六为李清照作，别见。又按：此词《诗渊》谓“宋延安夫人”作。　②微寒应候：指初冬时节。③六叶：蓂生六叶，即初六日。　孔凡礼按：《全宋词》引《截江网》卷六“远”作“边”。　④杓回瑶斗：北斗七星排列成斗勺形。前四星为斗魁，后三星为斗柄。杓见于寅而为朔（冬）。　⑤高闳：高大宏敞，指门庭显赫。　⑥孔凡礼按：“久步禁”《全宋词》作“文武紫禁”。　⑦金章绿绶：金印与绿色绶带，指高官。　⑧棠棣连阴：兄弟俱为显宦。　⑨虎符：执符节，据重权。　熊轼：以伏熊状横木为车轼，为大官之车。　⑩夹河分守：汉杜周为三公，两子夹河为郡守，一门富贵。　⑪孔凡礼按：《全宋词》“暮”后有“重”字。　⑫孔凡礼按：《全宋词》“盈”作“羞”。　⑬孔凡礼按：《全宋词》“共”作“借”。

万年欢

日暖霜红，画戟门开，锦筵歌振梁尘。正是慈闱熙熙[①]，庆诞佳辰。象服鱼轩灿烂[②]，喜高年、福禄长新。承颜处，朱紫相将，更兼华胄诜诜[③]。　家声未论王谢，有禁中颇牧[④]，江左机云[⑤]。雁字鸳行，雍容高步金门。况有子孙侍列，拥阶庭、玉洁兰薰。持芳醑，满酌瑶觞，竞祝遐寿千春。[⑥]

（以上二首俱见《诗渊》第二十五册，引自孔凡礼《全宋词补辑》）

[注释]

①慈闱：母堂之别称。 ②象服鱼轩：贵妇人之礼服与高车。 ③华胄：言后人优秀。 诜（shēn）诜：众多貌。 ④颇牧：廉颇、李牧。指有军功。 ⑤机云：陆机、陆云，指富文彩。 ⑥孔凡礼按：此词，《全宋词》引《截江网》卷六录入，别见。文字略有异。为无名氏作。又按：此词，《诗渊》亦谓为“宋延安夫人”作。

存目词

调名	首句	出处	附考
蝶恋花	泪揾征衣脂粉暖	《彤管遗编》后集卷十二	李清照词，见《乐府雅词》卷下
浣溪沙	无力蔷薇带雨低	叶小庚《闽词钞》卷四	延安李氏作，见《京本通俗小说·西山一窟鬼》

刘 敞

刘敞(1019—1068),字原父,临江新喻(今江西新余)人。庆历间中进士高第。博物多闻,文思敏捷,立朝敢言。官至集贤院学士,判南京御史台。有《公是集》七十五卷,已佚。清四库馆臣从《永乐大典》辑成五十四卷。

清平乐

小山丛桂①,最有留人意。拂叶攀花无限思,雨湿浓香满袂。　　别来过了秋光,翠帘昨夜新霜。多少月宫闲地②,姮娥与借微芳③。　　(《乐府雅词拾遗》卷上)

[注释]

①小山丛桂:淮南王刘安之门客有号小山者,撰有《招隐士》辞一篇。中有“攀援桂枝兮聊淹留”、“王孙兮归来,山中兮不可久留”诸语。　②闲地:《全芳备祖》作“闲色”,《广群芳谱》作“颜色”。　③与借:借与,即“让与”之意。

[集评]

笃文云:“上片引小山辞而反其招隐之意,表示对山中的留恋。下片从人间说到天上,意谓月宫仙桂,连嫦娥都很欣赏。由桂花而引出偌多出尘之想,可谓格调高拔。”

踏莎行

蜡炬高高,龙烟细细①。玉楼十二门初闭②。疏帘不卷水晶寒,小屏半掩琉璃翠。　　桃叶新声③,榴花美味。南山宾客东山妓④。利名不肯放人闲,忙中偷取工夫醉。

(《能改斋漫录》卷十七)

［注释］

①龙烟：指宫中所燃之香。王建《宫词》："龙烟日暖紫曈曈。"　②玉楼：指宫殿。李白《宫中行乐词》："玉楼巢翡翠，金殿锁鸳鸯。"　③桃叶：王献之妾名。献之为作新声名《桃叶歌》。　④"南山"句：见白居易《夜宴醉后留献裴侍中》诗。　南山：终南山。　东山：在绍兴，谢安尝携妓游东山。事见《晋书》本传。

［集评］

笃文云："据《能改斋漫录》此为刘敞赠别宋祁之作。祁以天章阁待制，出知寿州，道经维扬。刘敞为扬州守，设宴待，作此词以侑欢。写子京之文彩风流，颇能尽其情象。"

王 珪

王珪(1019—1085),字禹玉,华阳(今四川双流)人。徙居舒州(今安徽潜山)。庆历二年(1042)进士。累官翰林学士。神宗即位,拜尚书左仆射,门下侍郎,力行新法。卒,谥文恭。珪文词闳丽,自成一家。有《华阳集》传世。

奉安真宗皇帝御容于寿星观永崇殿导引歌词[1]

忆玉清景[2],繁盛极当时。千古事难追。汉家别庙秋风起,空出奉宸衣[3]。　　三山浮海日晖晖[4],羽盖共云飞[5]。灵宫旧是栖真处[6],还望玉舆归。

(《华阳集》卷六)

[注释]

①奉安:安葬帝后的仪典。　御容:帝王的画像。　导引:车驾出入时演奏的特定乐曲。　②玉清:即玉清昭应宫,真宗所建,规模弘丽,盛极一时。　③宸衣:帝王的衣服。　④三山:海上仙山,即方丈、蓬莱、瀛洲。⑤羽盖:以鸟羽装饰的车盖。　盖:遮阳蔽雨的大伞。　⑥栖真:灵魂栖息之所。

平调发引[1]

玉宸朝晚[2],忽掩赭黄衣[3]。愁雾锁金扉。蓬莱待得仙丹至,人世已成非。　　龙轩天仗转西畿[4],旌旆入云飞。望陵宫女垂红泪,不见翠舆归[5]。

[注释]

①平调发引:《词谱拾遗》卷一作《清平调》。然格律迥异。按其音节句式,即导引也。 ②玉宸:帝王。 ③忽掩:忽然留住。 掩:通"淹"。赭黄衣:御衣。此指帝王的死去。 ④龙轩天仗:皇帝的车驾。 ⑤翠舆:即翠华,指帝王车驾。

平调发引

上林春晚,曾是奉宸游。水殿戏龙舟。玉箫吹断催仙驭[①],一去隔千秋。 游人重到曲江头[②],事往涕难收。空馀御幄传觞处,依旧水东流。

（以上二首《类说》卷十六《倦游杂录》）

[注释]

①玉箫:仙人箫管。曹唐《萧史携弄玉上升诗》:"缑山碧树青楼月,肠断春风为玉箫。"后多指逝世之事。 仙驭:仙驾。 ②曲江:本在长安,为皇家游玩之所,此指汴京之御苑。

[集评]

唐圭璋云:"王珪有《华阳集》《导引》一首,《清平调》三首。《导引》题作《奉安真宗皇帝御容于寿星观永崇殿》,《清平调》题作《昭陵梓宫发引》,皆挽词也。其《清平调》一首云'上林春晚……'声情凄婉,如闻呜咽。"(《唐宋两代蜀词》)

韩　缜

韩缜(1019—1097),字玉汝,雍丘(今河南杞县)人。父亿、兄绛并为宰相,一门显赫。缜中庆历二年(1042)进士,神宗时累官知枢密院事,哲宗朝任尚书右仆射。性卞急,政风严峻,时有"宁逢乳虎,莫逢玉汝"之谣。赠司空、崇国公,谥庄敏。

凤箫吟①

锁离愁,连绵无际,来时陌上初熏。绣帏人念远,暗垂珠泪,泣送征轮。长亭长在眼,更重重、远水孤云②。但望极楼高,尽日目断王孙。　　消魂。池塘别后,曾行处,绿妒轻裙。恁时携素手,乱花飞絮里,缓步香茵③。朱颜空自改,向年年、芳意长新。遍绿野,嬉游醉眠,莫负青春。(《全芳备祖》后集卷十"草门")

[注释]

①凤箫吟:一名《芳草》。此调当以此词为始。　②孤云:《四库》本《全芳备祖》作"孤村"。《词律》、《词谱》并同。　③香茵:香软的地毯。

[集评]

叶梦得云:"元丰初,虏人(辽国)来议地界,韩丞相名缜自枢密院都承旨出分画。玉汝有爱妾刘氏。将行,剧饮通夕,且作乐府词留别。翌日,神宗已密知,忽中批步军司遣兵为搬家追送之。玉汝初莫测所因。久之,方知其自乐府发也……玉汝之词,由此亦遂盛传于天下。"(《石林诗话》卷上)

《乐府纪闻》云:"此《凤箫吟》咏芳草以留别,与兰陵王咏柳以叙别同意。后人竟以芳草为调名,则失《凤箫吟》原唱意矣。"(沈雄《古今词话》卷上)

韩缜姬

韩缜姬，姬姓刘，为韩缜爱妾。生平不详。

蝶恋花[①]

香作风光浓著露，正恁双栖[②]，又遣分飞去。密诉东君应不许，泪波一洒奴衷素。

（沈雄《古今词话·词话》上卷引《乐府纪闻》）

[注释]

①蝶恋花：引自《乐府纪闻》，词存上半阕。 ②正恁：正这样。

[集评]

丁绍仪云："仅三十字，似系半阕，故选家均未录，即《词律》亦只收六十字一体。然词有单调，有双调。如《南歌子》本二十六字，《望江南》本二十七字。后加一叠，即为双调。明女士张红桥寄外《蝶恋花》……亦三十字，即谓为单调，似无不可。"（《听秋声馆词话》卷十一）

裴　湘

裴湘,生卒不详,字楚老,河东(今山西永济)人。仁宗朝内臣(宦官),工诗,亦善为小词。有《肯堂集》。

浪淘沙

雁塞说并门①,郡枕西汾。山形高下远相吞。古寺楼台依碧嶂,烟景遥分。　　晋庙锁溪云②,箫鼓仍存。牛羊斜日自归村。惟有故城禾黍地③,前事消魂。

[注释]

①雁塞:即雁门,在山西代县西北,为北边要塞。　并门:即太原,古属并州。　②晋庙:即晋祠。　③故城禾黍:昔日城池,今已种植庄稼,喻人事沧桑之意。

浪淘沙

汴　州

万国仰神京,礼乐纵横。葱葱佳气锁龙城。日御明堂天子圣①,朝会簪缨②。　　九陌六街平③,万国充盈。青楼弦管酒如渑④。别有隋堤烟柳暮,千古含情。

(以上二首见《青箱杂记》卷十)

[注释]

①明堂:帝王处理朝政之殿堂。　御:至。　②簪缨:官员之冠饰。簪为固定髮髻之长针,缨为系冠丝带。　③九陌六街:指京城之大路与长街。　④酒如渑:形容酒多。"有酒如渑,有肉如陵。"见《左传·昭公十二年》。

[集评]

吴处厚云:"湘又善为小词。尝任河东路走马承受,有咏并门《浪淘沙》小词……复有咏汴州《浪淘沙》小词。仁宗命录进,亦嘉之。"(《青箱杂记》卷十)

阮　氏[①]

阮氏，建阳（今福建建阳）人。约北宋中晚期人。父阮逸，字天隐。天圣五年（1027）进士，官至兵部员外郎。

花心动

春　词

仙苑春浓，小桃开，枝枝已堪攀折。乍雨乍晴，轻暖轻寒，渐近赏花时节。柳摇台榭东风软，帘栊静、幽禽调舌。断魂远、闲寻翠径，顿成愁结。　　此恨无人共说。还立尽黄昏，寸心空切。强整绣衾，独掩朱扉，簟枕为谁铺设。夜长更漏传声远，纱窗映、银缸明灭[②]。梦回处，梅梢半笼淡月。（《唐宋诸贤绝妙词选》卷十）

［注释］

①《全宋词》作“阮逸女”。　②银缸：“缸”当为“釭”，银质灯台。

［集评］

黄昇云：“阮氏工于文词，唯此词传世。”（《唐宋诸贤绝妙词选》）

笃文云：“乍见桃开，转伤梅谢。其苦怀悲绪，合在‘独’字上。将念还之情，通过景物之变换写出。文心曲折有致。《花心动》词，旧传始于周邦彦。然以时代推论，阮氏此曲或当略早。至于熨贴骚雅，则更有过之。”

存目词

调名	首句	出处	备考
鱼游春水	秦楼东风里	《类编草堂诗馀》卷二	无名氏词，见《乐府雅词拾遗》卷上
大江乘	东阳四载	《填词图谱》卷五	阮檠溪词，见《翰墨大全》庚集卷十五

滕 甫

滕甫(1020—1090),字元发。以避高太后父遵肓讳,改名元发,字达道。东阳(今浙江东阳)人。性豪纵不羁,少养于范仲淹家。皇祐五年(1053)进士。累官御史中丞、翰林学士,出为郡守,徙真定、太原诸州郡,威行西北,号为名帅。以老求守淮南。复知扬州,未至而卒。谥章敏。有《征南录》,今佚。

蝶恋花

次长汀壁间韵

叶底无风池面静。掬水佳人,拍破青铜镜。残月朦胧花弄影,新梳斜插乌云鬓。　　拍索闷怀添酒兴。旋撷园蔬[①],随分成盘饤[②]。说与翠微休急性[③],功名富贵皆前定。

[注释]

①旋撷:立即采摘。　②随分:随意、随宜之意。　盘饤:盘盒罗列。　③翠微:宫阙名。唐朝有翠微宫。

蝶恋花

再 和

昼永无人深院静。一枕春醒,犹未忺临镜[①]。帘卷新蟾光射影,速忙掠起蓬松鬓。　　对景沉吟嗟没兴。薄幸不来[②],空把杯盘饤。休道妇人多水性,今宵独自言无定。

(以上二首《永乐大典》卷七千八百八十九“汀”字韵引滕甫《征南录》)

[注释]

①忺(xiān):快意。　②薄幸:负心人。

王安石

王安石（1021—1086），字介甫，号半山，临川（今江西抚州）人。庆历二年（1042）进士，初任判官、知县等职。嘉祐三年（1058），献万言书极陈当世之务。神宗熙宁二年（1069）推出新法。次年拜同中书门下平章事。七年，新法迭遭攻击，辞相位。元丰三年（1080），封舒国公。晚年居金陵（今南京）钟山半山园，号半山老人。元丰五年（1082）封荆国公。卒赠太师，谥文。著有《临川集》、《唐百家诗选》、《周官新义》。

桂枝香

登临送目。正故国晚秋，天气初肃。千里澄江似练，翠峰如簇。归帆去棹残阳里，背西风、酒旗斜矗。彩舟云淡，星河鹭起，画图难足。　　念往昔、繁华竞逐。叹门外楼头，悲恨相续。千古凭高，对此谩嗟荣辱。六朝旧事随流水，但寒烟、芳草凝绿，至今商女，时时犹唱[①]，后庭遗曲[②]。

[注释]

①唐氏按："唱"原作"歌"，据《乐府雅词》卷上改。　②后庭遗曲：指陈后主时歌曲《玉树后庭花》。

[集评]

沈雄云："《古今词话》曰：'金陵怀古，诸公寄调于《桂枝香》者三十馀家，独介甫为绝唱。东坡见之，叹曰："此老乃野狐精也"。'"（《古今词话·词评》上卷）

端木埰云："情韵有美成、耆卿所不能到。"（《续词选》注）

梁启超云："李易安谓介甫文章似西汉，然以作歌词，则人必绝倒。但

此作却颉颃清真、稼轩,未可谩诋也。”(《饮冰室评词》)

甘露歌[①]

折得一枝香在手[②],人间应未有。疑是经春雪未消,今日是何朝。

甘露歌

尽日含毫难比兴,都无色可并。万里晴天何处来,真是屑琼瑰。

甘露歌

天寒日暮山谷里,的砾愁成水[③]。池上渐多枝上稀,唯有故人知。

[注释]

①唐氏按:《甘露歌》原不分段,兹从《花草粹编》卷一作三首。又按,曹元忠据王安石本集云“此集句诗,曾慥、黄大舆辈误为词”。考曾、黄三人去王安石时代未远,必有所据。龙舒本亦以为词,今从之。 ②一枝:指梅。以上三首皆咏梅之作。 ③的砾:当为“的皪”,光亮貌。

菩萨蛮[①]

数家茅屋闲临水,单衫短帽垂杨里。今日是何朝,看予度石桥。 梢梢新月偃[②],午醉醒来晚。何物最关情,黄鹂三两声。

［注释］

①菩萨蛮：此为安石退居半山后，集唐人成句之作。如“数间茅屋闲临水”，即刘禹锡送曹璩归越诗中句。 ②新月偃：半规弦月，曰偃月。

渔家傲

灯火已收正月半，山南山北花撩乱。闻说洊亭新水漫[①]，骑款段[②]，穿云入坞寻游伴[③]。 却拂僧床褰素幔，千岩万壑春风暖。一弄松声悲急管，吹梦断。西看窗日犹嫌短。

［注释］

①洊亭：亭名，在钟山西麓。 ②款段：行走缓慢之小马。 ③唐氏按：“坞”原作“岛”，据《乐府雅词》卷上改。

渔家傲

平岸小桥千嶂抱，柔蓝一水萦花草。茅屋数间窗窈窕，尘不到，时时自有春风扫。 午枕觉来闻语鸟，攲眠似听朝鸡早[①]。忽忆故人今总老，贪梦好，茫然忘了邯郸道[②]。

［注释］

①攲眠：斜卧。 ②邯郸：用邯郸梦故事。卢生于邯郸逆旅，遇道者吕翁，吕翁授之一枕。卢生就枕而梦得富贵，醒后黄粱尚未炊熟。见唐人小说。

［集评］

雪浪斋日记云：“荆公小词云：‘揉蓝一水萦花草，寂寞小桥千嶂抱。人不到，柴门自有清风扫。’略无尘土思。”（《苕溪渔隐词话》卷一） 注者按:《苕溪渔隐词话》所引荆公此词字句有异。

先著、程洪云:“读此词末二语,可感亦可伤。”(《词洁辑评》卷二)

黄玉林云:“半山老人此词,极能道闲居之趣。”(《蓼园词评》引)

黄苏云:“此必荆公退居金陵时所作也,借渔家乐以自写其恬退。首阕笔笔清奇,令人神往。次阕似讥故人之恋位者,然亦不过反笔以写其幽居之乐耳。情词自超隽无匹,运用入化。”(《蓼园词评》)

雨霖铃

孜孜矻矻[①]。向无明里[②]、强作窠窟。浮名浮利何济,堪留恋处,轮回仓猝。幸有明空妙觉,可弹指超出。缘底事、抛了全潮,认一浮沤作瀛渤[③]。　本源自性天真佛。祇些些、妄想中埋没。贪他眼花阳艳,谁信道、本来无物。一旦茫然,终被阎罗老子相屈。便纵有、千种机筹,怎免伊唐突。

[注释]

①孜孜矻矻(kū):勤勉不怠,用心不已。　②无明:佛家以不悟而溺于烦恼中为无明。　③瀛渤:大海。

清平乐

云垂平野,掩映竹篱茅舍。阒寂幽居实潇洒,是处绿娇红冶。　丈夫运用堂堂,且莫五角六张[①]。若有一卮芳酒,逍遥自在无妨。

[注释]

①五角六张:谓五日遇角宿,六日遇张宿为凶,作事不成。　角、张:星宿名。见《懒真子》。而玩此词句意,乃谓量力而为,莫做不可及者。

浣溪沙

百亩中庭半是苔[①]，门前白道水萦回[②]。爱闲能有几人来。　　小院回廊春寂寂，山桃溪杏两三栽。为谁零落为谁开。

［注释］

①“百亩”句：语出刘禹锡《再游玄都观》诗，此词亦属集句体，多集前人成句为之。　②白道：大路。

诉衷情

和俞秀老鹤词[①]

常时黄色见眉间[②]，松桂我同攀。每言天上辛苦，不肯饵金丹。　　怜水静，爱云闲。便忘还。高歌一曲，岩谷迤逦，宛似商山[③]。

［注释］

①俞秀老：即俞紫芝。金华人，少有高行，通佛理，与王安石友善。②黄色：指吉气。　③商山：汉初四皓隐于商山。

诉衷情

练巾藜杖白云间[①]，有兴即跻攀。追思往昔如梦，华毂也曾丹。　　尘自扰，性长闲。更无还。达如周召[②]，穷似丘轲[③]，衹个山山。

［注释］

①练巾：素巾。　②周召：指周公、召公，此二人皆周朝初年辅政重

臣。 ③丘轲:指孔丘、孟轲,此二人皆儒家大师游说诸侯而困穷者。

诉衷情

茫然不肯住林间,有处即追攀。将他死语图度,怎得离真丹。 浆水价,匹如闲。也须还。何如直截,踢倒军持[①],赢取沩山[②]。

[注释]

①军持:梵语,即瓶。僧人游方,持净瓶以备饮用或洗手。 ②沩(wéi)山:即灵祐禅师所住持的沩山。灵祐在百丈海禅师处,百丈夜召祐,嘱其居沩山以续其宗。首座华林觉闻之不服。百丈即出题命华林觉回答,指净瓶问:“不得唤作净瓶,汝唤作甚么?”华林觉曰:“不可唤作木楔也。”百丈乃问灵祐,灵祐踢倒净瓶便走。如是,灵祐赢得住持沩山之权。见《沩山灵祐禅师传》。

诉衷情

营巢燕子逞翱翔,微志在雕梁。碧云举翮千里,其奈有鸾皇。 临济处[①],德山行[②]。果承当。自时降住,一切天魔,扫地焚香。

[注释]

①临济:即禅宗中临济义玄禅师。 ②德山:禅宗中德山宣鉴禅师。

诉衷情

又和秀老[①]

莫言普化只颠狂[②],真解作津梁[③]。蓦然打个斤斗,直跳过羲皇。 临济处,德山行。果承当。将他建立,认作心诚，也是寻香。

［注释］

①秀老：俞紫芝字秀老，荆公客也。能诗，公极善之。　②普化：唐镇州普化和尚，佯狂行化。　③津梁：渡桥，喻禅师化度俗子之手段。

南乡子

嗟见世间人，但有纤毫即是尘。不住旧时无相貌[①]，沉沦。只为从来认识神。　　作么有疏亲，我自降魔转法轮[②]。不是摄心除妄想，求真。幻化空身即法身[③]。

［注释］

①无相：慧能以“无念为宗，无相为体，无住为本”。无相，即于相而离相，不执著于事物表象的不变。　②法轮：喻佛所说之法。　③空身：指因缘合成之身的“实质性”之“身”，即在“色即是空”意义上所言者。　法身：离“无”离“有”之真身，也即是指“空”相意义上之“身”。

南乡子

自古帝王州，郁郁葱葱佳气浮。四百年来成一梦[①]，堪愁。晋代衣冠成古丘。　　绕水恣行游，上尽层城更上楼。往事悠悠君莫问，回头。槛外长江空自流。

［注释］

①四百年来：此指建业自孙权建都到隋代灭陈六朝立都，近四百年。

浪淘沙令

伊吕两衰翁[①]，历遍穷通。一为钓叟一耕佣。若使当时身不遇，老了英雄。　汤武偶相逢，风虎云龙。兴王只在笑谈中。直至如今千载后，谁与争功。

[注释]

①伊、吕：伊指商汤之相伊尹，吕指周武王之辅臣吕尚。

望江南

归依三宝赞

归依众，梵行四威仪[①]。愿我遍游诸佛土，十方贤圣不相离。永灭世间痴。

[注释]

①梵行：佛弟子之所为，包括出家弟子和在家弟子之行。　四威仪：谓佛弟子行、住、坐、卧皆有法度。

望江南

归依法，法法不思议。愿我六根常寂静[①]，心如宝月映琉璃。了法更无疑。

[注释]

①六根：指眼、耳、鼻、舌、身、意。

望江南

归依佛，弹指越三祇[①]。愿我速登无上觉，还如佛坐道场时。能智又能悲。

[注释]

①三祇(qí):指三阿僧祇劫,即修菩萨行之时历三无数劫难。

望江南

三界里,有取总灾危[①]。普愿众生同我愿,能于空有善思惟。三宝共住持[②]。

(以上宋刊龙舒本《王文公文集》卷八十)

[注释]

①有取:谓有获取之欲。　②三宝:指佛、法、僧。

西江月[①]

红　梅

梅好惟嫌淡泞[②],天教薄与胭脂。真妃初出华清池[③],酒入琼姬半醉。　　东阁诗情易动,高楼玉管休吹。北人浑作杏花疑,惟有青枝不似。　　(《梅苑》卷八)

[注释]

①唐氏按:此首别又误作王安礼词,见《王魏公集》卷一。　②淡泞:水色明净。　泞:《全宋词》作"伫"。　③真妃:杨贵妃一字太真。

渔家傲

梦中作

隔岸桃花红未半,枝头已有蜂儿乱。惆怅武陵人不管[①],清梦断。亭亭伫立春宵短。　　(《泊宅篇》卷一)

[注释]

①武陵:即桃花源,在湖南常德。

清平乐[1]

留春不住,费尽莺儿语。满地残红宫锦污,昨夜南园风雨。　　小怜初上琵琶[2],晓来思绕天涯。不肯画堂朱户,春风自在杨花。　　(《竹坡老人诗话》卷一)

[注释]

①唐氏按:此首别作王安国词,见《唐宋诸贤绝妙词选》卷二。　②小怜:北齐冯淑妃,名小怜,善弹琵琶。

生查子

雨打江南树,一夜花开无数。绿叶渐成阴,下有游人归路。　　与君相逢处,不道春将暮。把酒祝东风。且莫恁、匆匆去。

[集评]

王闿运云:"以去要君语,尚有一肚皮新法要施行,却不见一点执拗。"(《湘绮楼选绝妙好词》)

谒金门

春又老,南陌酒香梅小。遍地落花浑不扫,梦回情意悄。　　红笺寄与添烦恼,细写相思多少。醉后几行书字小,泪痕都揾了[1]。　　(以上二首见《能改斋漫录》卷十六)

［注释］

①揾了:擦拭净了。

菩萨蛮

集　句[①]

海棠乱发皆临水,君知此处花何似。凉月白纷纷,香风隔岸闻。　啭枝黄鸟近,隔岸声相应。随意坐莓苔,飘零酒一杯。（《挥麈馀话》卷二）

［注释］

①此词集句,依次为李嘉祐、李白、杜甫、韩愈、杜甫之诗句。不另出。

千秋岁引

秋　景

别馆寒砧,孤城画角。一派秋声入寥廓。东归燕从海上去,南来雁向沙头落。楚台风[①],庾楼月[②],宛如昨。　无奈被些名利缚,无奈被他情担阁。可惜风流总闲却。当初谩留华表语[③],而今误我秦楼约[④]。梦阑时,酒醒后,思量著。（《唐宋诸贤绝妙词选》卷二）

（以上王安石词补遗,用《彊村丛书》本《临川先生歌曲》,有增补）

［注释］

①楚台风:宋玉与楚王游于兰台之宫,有风飒然而至。见宋玉《风赋》。　②庾楼月:庾亮与诸僚佐登南楼赏月,因称庾楼月。见《世说新语·容止》。　③华表语:丁令威得道,化鹤归来,落于华表柱上,传语令人学仙,见《搜神后记》。　④秦楼:秦氏楼本罗敷居处,后泛指女子闺房。

[集评]

先著、程洪云:"'无奈'数语鄙俚,然首尾实是词家法门。"(《词洁辑评》卷三)

沈际飞云:"介甫有游仙之意,悟矣悟矣!必待'梦阑'、'酒醒'、'思量着',又何迟也!"又云:"媚出于老,流动出于整齐,其笔墨自不可议。"(《草堂诗馀正集》卷一)

黄苏云:"是必其退居金陵时作也。意致清迥,翛然有出尘之致。"(《蓼园词评》)

存目词

调 名	首 句	出 处	附 注
断 句	平昔愁宽带眼	《草堂诗馀前集》卷上贺方回望湘人词注	疑是王安石诗句"平昔离愁宽带眼"之讹
蝶恋花	小院秋光浓欲滴	《草堂诗馀续集》卷下	程垓作,见书舟词
潇湘逢故人慢	薰风微动	《选声集》	王安礼作,见《乐府雅词拾遗》卷上

吴　氏

吴氏，王安石妻。封越国夫人。

定风波

待得明年重把酒，携手。那知无雨又无风。

（《临汉隐居诗话》）

［集评］

魏泰云："近世妇人多能诗，往往有臻古人者。王荆公家最众。……荆公妻，亦能文，尝有小词约诸亲游西池，句云：'待得明年重把酒，携手。……'皆脱洒可喜也。"（《临汉隐居诗话》）

吴师孟

吴师孟(1021—1111),字醇翁,成都(今四川成都)人。生活于北宋中期,与王安石同年,而又友善。曾知蜀州,年九十而卒。

蜡梅香

锦里阳和[1],看万木凋时,早梅独秀。珍馆琼楼畔[2],正绛跗初吐[3],秾华将茂。国艳天葩,真澹泞、雪肌清瘦。似广寒宫,铅华未御,自然妆就。　　凝睇倚朱阑,喷清香暗度,易袭襟袖。好与花为主,宜秉烛、频观泛湘酎[4]。莫待南枝,随乐府、新声吹后。对赏心人,良辰好景,须信难偶。

(《梅苑》卷四)

[注释]

①锦里:成都。　②唐氏按:“畔”原作“时”,据《永乐大典》卷二千八百十一“梅”字韵改。　③绛跗:紫色花萼。　④湘酎:湘中名酒。

俞紫芝

俞紫芝，字秀老，金华（今浙江金华）人，元祐初卒。少有高行，终身不娶，精于佛学，工诗，与王安石交厚。

阮郎归[①]

钓鱼船上谢三郎，双鬓已苍苍。蓑衣未必清贵，不肯换金章[②]。　汀草畔，浦花旁，静鸣榔[③]。自来好个，渔父家风，一片潇湘。　（《乐府雅词拾遗》卷上）

［注释］

①唐氏按：按词律调名当作《诉衷情》。又按：《瀛奎律髓》卷二十三引“钓鱼船上谢三郎，双鬓已苍苍”四句作苏庠词，误。　②金章：贵官之服。见《杜阳杂编》卷上。　③鸣榔：驱鱼入网之响木。

［集评］

胡仔云：“‘钓鱼船上谢三郎……’金华俞秀老作此篇，道人多传之，非道意岑寂，其语不能如是。苕溪渔隐曰：《传灯录》云：‘玄沙，福州闽县人，姓谢氏，幼好垂钓，泛小舟于南台江，狎诸渔者。年甫三十，忽慕出尘，乃弃钩艇，投芙蓉山训禅师落髮。’秀老用其事也。”（《苕溪渔隐丛话》）

临江仙

题清溪图

弄水亭前千万景[①]，登临不忍空回。水轻墨澹写蓬莱。莫教世眼，容易洗尘埃。　收去雨昏都不见，展时还似云开。先生高趣更多才。人人尽道，小杜却重来[②]。

（《敬乡录》卷二）

[注释]

①弄水亭:疑即扬州之水亭。 ②小杜:杜牧曾佐扬州幕府,文彩风流,著称一时。

苏幕遮[1]

地钟灵,天应瑞[2]。簇簇香苞、团作真珠蕊。玉宇瑶台分十二。要伴姮娥,月里双双睡。 月如花,花似月。花月生香,添此真奇异。不许扬州夸间气[3]。昨夜春风,唤醒琼琼醉。

(《扬州琼华集》)

[注释]

①此词咏扬州琼花。 ②钟灵、应瑞:皆指琼花。 ③间气:灵气。

郑　獬

郑獬（1022—1072），字毅夫，安陆（今湖北安陆）人。皇祐五年（1053）进士第一，知制诰。曾以翰林学士、权知开封府，后出知杭州，徙青州。有《郧溪集》。

失调名

玉环妾意无渝。问君心、朝槿何如。

（《能改斋漫录》卷十六）

好事近

初　春

江上探春回，正值早梅时节。两行小槽双凤，按凉州初彻[①]。　谢娘扶下绣鞍来，红靴踏残雪。归去不须银烛，有山头明月。

（《唐宋诸贤绝妙词选》卷五）

［注释］

①凉州：曲名。琵琶曲中有之。　初彻：乐奏一遍曰一彻。

好事近

把酒对江梅，花小未禁风力。何计不教零落，为青春留得。　故人莫问在天涯[①]，尊前苦相忆。好把素香收取，寄江南消息。

（《花草粹编》卷三）

[注释]

①故人:指张先等。郑獬此词作于熙宁二年(1069)离杭赴青州之时,张先有《和毅夫内翰梅花作》词可证。

强　至

强至(1022—1076)，字几圣，钱塘(今浙江杭州)人。庆历六年(1046)进士，官祠部员外郎。

渔家傲[①]

雪月照梅溪畔路[②]，幽姿背立无言语。冷浸瘦枝清浅处。香暗度，妆成处士横斜句[③]。　渾似玉人常淡泞[④]。菱花相对盈清楚。谁解小图先画取，天欲曙。恐随月色云间去。　（《永乐大典》卷二千八百十“梅”字韵）

[注释]

①唐氏按：此首《梅苑》卷九作薛几圣词，未知孰是。　②唐氏按：“畔”原作“伴”，据《强祠部集》卷十二改。　③处士：指林逋。“疏影横斜水清浅。”其咏梅名句也。　④泞：《全宋词》作“伫”。

沈　注

沈注,生平不详。

踏莎行

赠杨蟠

竹阁云深,巢虚人阒,几年湖上音尘寂。风流今有使君家,月明夜夜闻双笛。(以下原阙)　　(《泊宅篇》卷七)

蒲宗孟

蒲宗孟，字传正，阆州（今四川阆中）人。皇祐五年（1053）进士，历官著作郎、翰林学士。元丰五年（1082）拜尚书左丞，次年出知汝州，后历知亳、杭、郓州，徙河中（今山西永济）卒，年六十六。谥恭敏。有《蒲左丞集》十卷，不传。

望梅花

一阳初起①，暖力未胜寒气。堪赏素华长独秀，不并开红抽紫。青帝只应怜洁白，不使雷同众卉。　　淡然难比，粉蝶岂知芳蕊。半夜卷帘如乍失，只在银蟾影里。残雪枝头君认取，自有清香旖旎。　　（《梅苑》卷二）

［注释］

①一阳初起：冬至一阳生，此指梅花凌寒独开。

存目词

《花草粹编》卷八有蒲宗孟《望梅花》“寒梅堪羡”一首，乃无名氏作，见《梅苑》卷二。

陈汝羲

陈汝羲，晋江（今福建泉州）人。皇祐五年（1053）进士，历官职方员外郎、祠部郎中、集贤校理、京东转运使等。元丰元年（1078）知应天府。

减字木兰花

纤纤素手，盘里醉花新点就[①]。对叶双心，别有东风意思深。　　琼沾粉缀，消得玉堂留客醉。试嗅清芳，别有红罗巧袖香。　　（《岁时广记》卷八引复雅歌词）

[注释]

①盘里：辛盘。旧历新年，民间设辛味菜蔬之类供食，以取迎新之意。

存目词

《花草粹编》卷三有陈汝羲《谒金门》“西风竹”一首，乃陈辅作，见《全芳备祖》后集卷十六“竹门”。

汪辅之

汪辅之，字正夫，宣州（今安徽宣城）人。皇祐间举进士，历任旌德县尉、河北东路转运判官、太常丞、广东转运副使、虔州刺史。

行香子[1]

记恨

晚绿寒红，芳意匆匆。惜年华、今与谁同。碧云零落，数字宾鸿[2]。看渚莲凋，宫扇旧，怨秋风。　流波坠叶，佳期何在，想天教、离恨无穷。试将前事，闲倚梧桐。有销魂处，明月夜，锦屏空。（《唐宋诸贤绝妙词选》卷五）

[注释]

①唐氏按：此首别见晏几道《小山词》，未知孰是。　②宾鸿：鸿雁春来秋去，故曰宾鸿。

范纯仁

范纯仁(1027—1101),字尧夫。吴县(今江苏苏州)人,仲淹次子。皇祐元年(1049)进士。英宗朝为侍御史,出通判安州。神宗朝,知谏院以忤王安石,出知河中府。元祐三年(1088)拜尚书右仆射兼中书侍郎。卒谥忠宣。有《范忠宣公集》。

鹧鸪天

和持国①

腊后春前暖律催,日和风软欲开梅。公方结客寻佳景,我亦忘形趁酒杯。　　添歌管,续尊罍②。更阑烛短未能回。清欢莫待相期约,乘兴来时便可来。

(《范忠宣公集》卷五)

[注释]

①持国:韩维,字持国。　②尊罍:酒器。

【补　辑】

杨　绘

杨绘（1027—1088），字元素，绵竹（今四川绵竹）人。进士上第，通判荆南。以集贤校理为开封推官。请知眉州，徙兴元府。神宗立，召修起居注、知制诰、知谏院。擢翰林学士，为御史中丞。罢为侍读学士，知亳州，历应天府、杭州，再为翰林学士。贬荆南节度副使。元祐初，再知杭州。《范太史集》卷三十九有墓志铭。《宋史》卷三百二十二有传。绘有《时贤本事曲子集》，久佚，梁启超、赵万里有辑录。赵称此书为“最古之词话”，见校辑宋金元人词。

醉蓬莱

夏寿太守

对亭台幽雅，水竹清虚，嫩凉轻透。碧沼红蕖，送香风盈袖。白首冯唐[①]，诞辰同庆，上百分仙酎[②]。鳌禁词垣[③]，乌台谏省[④]，昔游俱旧。　　千里长沙，五年湓浦[⑤]，近捧丝纶[⑥]，更藩移守。桂苑馀芒，有孙枝新秀[⑦]。罗绮雍容，管弦松脆，愿拜延椿寿。岁岁年年，今朝启宴，欢荣良久。[⑧]

（见《诗渊》第二十五册，引自孔凡礼《全宋词补辑》）

［注释］

①冯唐：汉文帝时人，官中郎署长。以直言雪魏尚之冤，升车骑都尉。武帝初，举贤良，年已九十，不能复为官，故称“白首冯唐”。　②仙酎：仙酒。　③鳌禁：禁中。　词垣：指翰林院。　④乌台：御史台。　⑤湓浦：即九江湓口。白居易曾贬九江任司马。　⑥丝纶：皇帝的诏书。　⑦孙枝：新发的嫩枝。　⑧孔凡礼按：此词，《诗渊》谓“宋杨元素”作。

张才翁

张才翁，生卒不详，敏于词赋，曾任临邛秋官。

雨中花[①]

万缕青青，初眠官柳[②]，向人犹未成阴。据雕鞍马上，拥鼻微吟。远宦情怀谁问，空嗟壮志销沉。正好花时节，山城留滞、忍负归心。　　别离万里，飘蓬无定，谁念会合难凭。相聚里，休辞金盏，酒浅还深。欲把春愁抖擞，春愁转更难禁。乱山高处，凭阑垂袖，聊寄登临。

（《能改斋漫录》卷十六）

[注释]

①雨中花：据吴曾《能改斋漫录》，此为邛州张公庠诗，才翁隐括以为词。　②初眠官柳：汉武帝苑中有人柳，一日三眠三起。见《三辅旧事》。

寿涯禅师

寿涯禅师，生平不详。

渔家傲

咏鱼篮观音①

深愿弘慈无缝罅，乘时走入众生界。窈窕丰姿都没赛②。提鱼卖，堪笑马郎来纳败。　清冷露湿金襴坏③。茜裙不把珠缨盖。特地掀来呈捏怪。牵人爱，还尽许多菩萨债。（《词品》卷二）

［注释］

①鱼篮观音：观音化美女提鱼篮令人诵经，以度化众人。并允与马郎成婚，入室即死，死即糜烂立尽。见《观音感应传》。　②没赛：无比也，无有能超过之意。　③襴：《全宋词》作“粲”。

章　粢

章粢(jié)(1027—1102),字质夫,浦城(今福建浦城)人。治平二年(1065)进士,哲宗朝任端明殿学士,徽宗朝除同知枢密院事、资政殿学士。谥庄简。

水龙吟

燕忙莺懒花残,正堤上、柳花飘坠。轻飞点画青林,谁道全无才思。闲趁游丝[①],静临深院,日长门闭。傍珠帘散漫,垂垂欲下,依前被,风扶起。　兰帐玉人睡觉,怪春衣、雪沾琼缀。绣床旋满,香球无数,才圆却碎。时见蜂儿,仰粘轻粉,鱼吹池水。望章台路杳[②],金鞍游荡,有盈盈泪。　(《艇斋诗话》)(文字据《唐宋诸贤绝妙词选》卷五)

[注释]

①游丝:荡于空中之虫丝。　②章台:在长安,为妓院集中之所。

[集评]

朱弁云:"章粢质夫作《水龙吟》咏杨花,其命意用事,清丽可喜。"(《曲洧旧闻》)

魏庆之云:"章质夫咏杨花词,东坡和之。晁叔用以为'东坡如毛嫱西施,净洗脚面,与天下妇人斗好,质夫岂可比?'是则然矣。余以为质夫词中,所谓'傍珠帘散漫,垂垂欲下,依前被,风扶起',亦可谓曲尽杨花妙处。东坡所和虽高,恐未能及。"(《魏庆之词话》)

苏轼云:"(质夫)柳花词妙绝,使来者何以措词。"(《词苑萃编》卷四引《词苑》)

声声令[①]

帘移碎影,香褪衣襟[②]。旧家庭院嫩苔侵。东风过尽，暮云锁，绿窗深。怕对人、闲枕剩衾。　　楼底轻阴。春信断，怯登临。断肠魂梦两沉沉。花飞水远，便从今，莫追寻。又怎禁、蓦地上心。

（杨金本《草堂诗馀后集》卷上）

［注释］

①唐氏按：洪武本《草堂诗馀前集》卷上，此首作无名氏词；《类编草堂诗馀》卷二，又误作俞克成词。　②香褪衣襟：衣上香消喻人已死。此悼亡之作也。

徐　积

徐积(1028—1103),字仲车,山阳(今江苏淮安)人。治平四年(1067)进士,历任扬州司户参军、和州防御推官、宣德郎等职。立身艰苦卓绝,有称于时。政和间赐谥节孝处士。有《节孝集》。

渔父乐[①]

水曲山隈四五家,夕阳烟火隔芦花。渔唱歇,醉眠斜。纶竿蓑笠是生涯。

[注释]

①渔父乐:即《渔歌子》,以下五首同。

无一事

见说红尘罩九衢[①],贪名逐利各区区。论得失,问荣枯。争似侬家占五湖。

[注释]

①九衢:九街,指都市街道交错。

堪画看

讨得渔竿买得船,归休何必待高年。深浪里,乱云边。只有逍遥是水仙。

谁学得

饱则高歌醉即眠，只知头白不知年。江绕屋，水随船。买得风光不着钱。

君看取

管得江湖占得山，白云同散学云闲。清旦出，夕阳还。不知身在画屏间。

君不悟

一酌村醪一曲歌，回看尘世足风波。忧患大，是非多。纵得荣华有几何。

（以上六首见《节孝先生文集》卷十四）

沈　括

沈括(1029—1093),字存中,钱塘(今浙江杭州)人。嘉祐八年(1063)进士,神宗熙宁年间,置浑仪、景表,加史馆检讨,迁集贤校理、太常丞、河北西路察访使等。出使契丹后,拜翰林学士权三司使。支持王安石变法图强,后因功加龙图阁学士。元祐初,徙秀州,继以光禄少卿分司居润。著有《梦溪笔谈》。

开元乐

鹳鹊楼头日暖,蓬莱殿里花香。草绿烟迷步辇,天高日近龙床。

[注释]

①鹳鹊楼:在山西永济。

开元乐

楼上正临宫外,人间不见仙家。寒食轻烟薄雾,满城明月梨花。

开元乐

按舞骊山影里,回銮渭水光中。玉笛一天明月,翠华满陌东风①。

[注释]

①翠华:皇帝的车驾。

开元乐

殿后春旗簇仗，楼前御队穿花。一片红云闹处，外人遥认官家[①]。　（以上四首见《侯鲭录》卷七）

[注释]

①官家：皇帝。

范宽之

范宽之,生平不详。仁宗嘉祐年间为江南东路转运使。

失调名

谢娘栀子,贾妃萸佩[①]。

(《说郛》卷八十比红儿诗引《本事集》)

[注释]

①唐氏按:宋方惪比红儿诗注引作"谢娘栀子裛,绣领刺鸳鸯"诗句。

晏几道

晏几道(1038—1110),字叔原,号小山,晏殊之幼子,临川(今江西抚州)人。曾任太常寺太祝,及颍昌许田镇监税官,手写自作长短句,上府帅韩少师。少师披书:“得新词盈卷,盖才有馀而德不足者。愿郎君捐有馀之才,补不足之德,不胜门下老吏之望。”年未至,乞身,退居京城赐第,不践诸贵之门。蔡京重九、冬至日,遣客求长短句,欣然为作《鹧鸪天》,“九日悲秋不到心”及“晓日迎长岁岁同”是也,竟无一语及蔡者。熙宁中郑侠上书下狱,悉治平时所往还厚善者,几道亦在其中。从侠家搜得其诗,神宗称之,始得释,有《小山词》传世。

[总评]

王灼云:“叔原如金陵王谢子弟,秀气胜韵,得之天然,将不可学。”(《碧鸡漫志》)

王銍云:“贺方回遍读唐人遗集,取其意以为诗词。然所得在善取唐人遗意也。不如晏叔原,尽见升平气象,所得者人情物态。叔原妙在得于妇人,方回妙在得词人遗意。”(《默记》卷下)

陈振孙云:“叔原词在诸名胜中,独可追逼《花间》,高处或过之。”(《直斋书录解题》卷二十一)

毛晋云:“诸名胜词集,删选相半,独《小山集》直逼《花间》,字字娉娉袅袅,如揽嫱、施之袂,恨不能起莲、鸿、苹、云,按红牙板唱和一过。晏氏父子,具足追配李氏父子云。”(汲古阁本《小山词》跋)

冯煦云:“淮海、小山,古之伤心人也。其淡语皆有味,浅语皆有致,求之两宋词人,实罕其匹。子晋欲以晏氏父子追配李氏父子,诚为至言。”(《宋六十一家词选》例言)

吴世昌云:“《小山词》比当时其他词集,令读者有出类拔萃之感。它的文体清丽宛转如转明珠于玉盘,而明白晓畅,使两宋作家无人能继。”(《词林新话》)

临江仙

鬥草阶前初见[①]，穿针楼上曾逢[②]。罗裙香露玉钗风。靓妆眉沁绿，羞脸粉生红。　　流水便随春远，行云终与谁同。酒醒长恨锦屏空。相寻梦里路，飞雨落花中。

[注释]

①鬥草：一种游戏。《荆楚岁时记》："五月五日，四民并踏百草，又有鬥百草之戏。"　②穿针：一种民俗。《荆楚岁时记》："是夕，人家妇女结彩楼，穿七孔针，或以金银鍮石为针，陈果瓜于庭中以乞巧。"

临江仙[①]

身外闲愁空满，眼中欢事常稀。明年应赋送君诗。细从今夜数，相会几多时。　　浅酒欲邀谁劝，深情惟有君知。东溪春近好同归。柳垂江上影，梅谢雪中枝。

[注释]

①唐氏按：此词又见于晁补之《琴趣外篇》卷四。　注者按：文字稍有不同。　吴世昌《词林新话》："以作风言，此词决为晏词。"

[集评]

陈廷焯云："诗三百篇，大旨归于无邪。北宋晏小山工于言情，出元献、文忠之右，然不免思涉于邪，有失风人之旨。而措词婉妙，则一时独步。小山词，如'明年应赋送君诗。细从今夜数，相会几多时'。浅处皆深。"（《白雨斋词话》）

临江仙

淡水三年欢意[①]，危弦几夜离情[②]。晓霜红叶舞归程。

客情今古道，秋梦短长亭。　　渌酒尊前清泪，阳关叠里离声③。少陵诗思旧才名④。云鸿相约处⑤，烟雾九重城。

[注释]

①淡水：语出《庄子·山木》“且君子之交淡如水，小人之交甘若醴”。②危弦：高亢激越的弦声。　③“阳关”句：化用王维《送元二使安西》“渭城朝雨浥轻尘，客舍青青柳色新。劝君更尽一杯酒，西出阳关无故人”。诗后被谱成送行曲，称《阳关三叠》，或《阳关曲》。　④少陵：汉宣帝许后之陵，杜甫曾在此地居住，故自号“少陵野老”。　⑤云鸿：人名。《小山词》跋：“始时，沈十二廉叔、陈十君宠家有莲、鸿、苹、云，品清讴娱客，每得一解，即以草授诸儿。吾三人持酒听之，为一笑乐。”云、鸿即其中二人。

[集评]

陈廷焯云：“‘少陵诗思旧才名。云鸿相约处，烟雾九重城。’亦复情词兼胜。”（《白雨斋词话》卷一）

可宜云：“此词当是小晏监颍昌许田镇任临别时所作，情深词婉。”

临江仙

浅浅馀寒春半，雪消蕙草初长。烟迷柳岸旧池塘。风吹梅蕊闹，雨细杏花香。　　月堕枝头欢意，从前虚梦高唐①，觉来何处放思量。如今不是梦，真个到伊行。

[注释]

①高唐：传说楚襄王游于高唐，梦见一女子自称巫山之女，本是天帝的小女儿，死后葬在巫山下，特来与楚王亲热。走时说：“妾在巫山之阳，高丘之阻，旦为朝云，暮为行雨，朝朝暮暮。阳台之下。”见宋玉《高唐赋序》。后常用高唐喻美梦，或男女情事。“云雨”、“巫山”、“神女”等出于同一典故，与“高唐”义近。

临江仙

长爱碧阑干影，芙蓉秋水开时。脸红凝露学娇啼。霞觞熏冷艳，云髻袅纤枝。 烟雨依前时候，霜丛如旧芳菲。与谁同醉采香归。去年花下客，今似蝶分飞。

临江仙

旖旎仙花解语①，轻盈春柳能眠。玉楼深处绮窗前。梦回芳草夜，歌罢落梅天。 沉水浓熏绣被②，流霞浅酌金船③。绿娇红小正堪怜。莫如云易散，须似月频圆。

[注释]

①旖旎(yǐ nǐ)：柔婉貌。 仙花：花貌如仙女。 ②沉水：即沉香。 ③金船：船形酒杯。

临江仙

梦后楼台高锁，酒醒帘幕低垂。去年春恨却来时。落花人独立，微雨燕双飞①。 记得小蘋初见②，两重心字罗衣③。琵琶弦上说相思。当时明月在，曾照彩云归④。

[注释]

①"落花"二句：用五代翁宏《春残》诗句"又是春残也，如何出翠帏？落花人独立，微雨燕双飞"。 ②小蘋：即四歌女蘋、云、莲、鸿之蘋。③心字罗衣："心字罗衣则谓心字香熏之尔。或谓女人衣曲领如心字。"见杨慎《词品》。 ④彩云：本李白《宫中行乐词》"只恐歌舞散，化作彩云飞"。此处彩云喻小蘋。

［集评］

杨万里云："晏叔原云：'落花人独立，微雨燕双飞。'可谓好色而不淫矣。"（《诚斋诗话》）

谭献云："名句千古（落花二句），不能有二。结笔，所谓柔厚在此。"（《复堂词话》）

陈廷焯云："小山词，如'去年春恨却来时。落花人独立，微雨燕双飞。'又，'当时明月在，曾照彩云归。'既闲婉，又沉着，当时更无敌手。"（《白雨斋词话》）

吴世昌云："小山用此（翁宏《春残》诗句），点铁成金。"（《词林新话》）

柏寒云："此词……情真意挚，精工婉妙。"（《二晏词选》）

临江仙

东野亡来无丽句[①]，于君去后少交亲[②]。追思往事好沾巾。白头王建在[③]，犹见咏诗人。　　学道深山空自老，留名千载不干身[④]。酒筵歌席莫辞频。争如南陌上，占取一年春。[⑤]

［注释］

①东野：孟郊字东野，其诗求险求奇，不乏"丽句"。　②于君：指唐诗人于鹄，约与孟郊、王建同时，曾隐居于汉阳山中。其一部分诗与修身学道有关。　③王建：字仲初，大历进士，工乐府诗，所作《宫词》百首，为人传诵。　④不干身：即与自身无关。　⑤唐氏按：此首别误作晏殊词，见《啸馀谱》卷二。

蝶恋花

卷絮风头寒欲尽。坠粉飘红，日日香成阵。新酒又添残酒困，今春不减前春恨。　　蝶去莺飞无处问。隔水高楼，望断双鱼信[①]。恼乱层波横一寸[②]，斜阳只与黄昏近。[3]

[注释]

①双鱼信:典出乐府古辞《饮马长城窟行》,“客从远方来,遗我双鲤鱼。呼儿烹鲤鱼,中有尺素书”。后遂用双鱼信、鱼书代指书信。 ②层波:眼波。 ③唐氏按:此首又作赵令畤词,见《乐府雅词》卷中。别又误作晏殊词,见杨金本《草堂诗馀后集》卷下。

[集评]

陈廷焯云:“宛转幽怨。”(《闲情集》卷一)

蝶恋花

初捻霜纨生怅望[1]。隔叶莺声,似学秦娥唱。午睡醒来慵一饷,双纹翠簟铺寒浪[2]。 雨罢蘋风吹碧涨[3]。脉脉荷花,泪脸红相向。斜贴绿云新月上[4],弯环正是愁眉样[5]。

[注释]

①霜纨:即白色细绢,霜喻其白。此处指团扇。班婕妤《怨歌行》:“新裂齐纨素,皎洁如霜雪。裁成合欢扇,团团似明月。” ②簟:竹席。寒浪:指凉席上的花纹如浪。 ③蘋风:水面上的微风。宋玉《风赋》:“夫风生于地,起于青蘋之末。” ④绿云:形容女子头髪乌黑光亮而稠密如云。 ⑤弯环:指新月。李贺《十月》诗:“金风刺衣著体寒,长眉对月鬥弯环。”

蝶恋花

庭院碧苔红叶遍。金菊开时,已近重阳宴[1]。日日露荷凋绿扇[2],粉塘烟水澄如练[3]。 试倚凉风醒酒面。

雁字来时，恰向层楼见。几点护霜云影转[④]，谁家芦管吹秋怨。

[注释]

①重阳：一作"登高"。 ②露荷：即荷。 绿扇：指荷叶。 ③粉塘：指荷塘。 练：洁白的细绢。谢朓《晚登三山还望京邑》诗："馀霞散成绮，澄江静如练。" ④护霜云：浓阴而无雨之云，多在秋冬时生出。

[集评]

黄苏云："按前面平平叙来，至末二句，引人深处，几有北风其凉之思矣。云而曰护霜，写得凛栗，此芦管之所以愁怨也。"（《蓼园词评》）

蝶恋花

喜鹊桥成催凤驾[①]。天为欢迟，乞与初凉夜[②]。乞巧双蛾加意画[③]，玉钩斜傍西南挂[④]。　分钿擘钗凉叶下[⑤]。香袖凭肩，谁记当时话。路隔银河犹可借[⑥]，世间离恨何年罢。[⑦]

[注释]

①喜鹊桥：传说每年七月七日晚上为牛郎织女相会之期，届时喜鹊在天河上群集成桥，称鹊桥。 凤驾：仙人的车驾。 ②"天为"二句：上天安排的欢乐时刻太迟太短，求得一个月明风清的初凉夜作补救。 欢迟：一作"欢时"。 ③乞巧：七夕时女子乞巧之俗。 双蛾：双眉。 ④玉钩：指初七夜晚的弯月。 ⑤钿：以金银珠宝之类镶嵌器物。此处指盛首饰的钿盒。 钗：妇女头饰，两股。 分钿擘钗："钗留一股合一扇，钗擘黄金合分钿。但教心似金钿坚，天上人间会相见。"见白居易《长恨歌》。 ⑥借：借助。 ⑦唐氏按：《岁时广记》卷二十六误引首三句作苏轼词。

蝶恋花

碧草池塘春又晚。小叶风娇，尚学娥妆浅。双燕来时还念远，珠帘绣户杨花满。　绿柱频移弦易断[①]。细看秦筝，正似人情短。一曲啼乌心绪乱，红颜暗与流年换。

[注释]

①绿柱：即筝柱，在弦下，可以左右移动以调节音高。　绿柱频移：谓心绪不定，难以定准音高，暗喻人情无常。

蝶恋花

碾玉钗头双凤小[①]。倒晕工夫[②]，画得宫眉巧。嫩麴罗裙胜碧草，鸳鸯绣字春衫好。　三月露桃芳意早。细看花枝，人面争多少[③]。水调声长歌未了，掌中杯尽东池晓。

[注释]

①碾玉：用玉石磨成。　双凤：指碾玉钗上装饰的两只凤鸟。　②倒晕：一种特殊的画眉法，《妆台记》云“十曰‘倒晕眉’”。　③“细看”二句：即“人面桃花相映红”之意。

蝶恋花

醉别西楼醒不记。春梦秋云，聚散真容易[①]。斜月半窗还少睡，画屏闲展吴山翠[②]。　衣上酒痕诗里字。点点行行，总是凄凉意。红烛自怜无好计，夜寒空替人垂泪[③]。

[注释]

①“春梦”二句：化用晏殊《木兰花》词“长于春梦几多时。散似秋云无觅处”。 ②画屏：南朝宋之隐士宗炳，画所游山水于其庐山居室壁上，后人演变画为画屏。屏可叠折，展之则成全幅山水。吴山即屏上所画之江南山水。 ③“红烛”二句：杜牧《赠别二首》之二，“蜡烛有心还惜别，替人垂泪到天明。”

[集评]

黄庭坚云：“晏叔原乐府‘寓以诗人之句法，精壮顿挫，能动摇人心。……其合者高唐、洛神之流，其下者岂减桃叶、团扇哉。’”（《小山集》原序）

先著、程洪云：“如小山父子及德麟辈，用事亦未尝不轻，但有厚薄浓淡之分。后人一再过，不复留馀味，而古人隽永不已。”（《词洁辑评》）

陈廷焯云：“一字一泪，一字一珠。”（《大雅集》卷一）

蝶恋花[①]

欲减罗衣寒未去。不卷珠帘，人在深深处。残杏枝头花几许，啼红正恨清明雨[②]。 尽日沉香烟一缕。宿酒醒迟[③]，恼破春情绪。远信还因归燕误，小屏风上西江路。

[注释]

①唐氏按：此首又作赵令畤词，见《乐府雅词》卷中。 ②啼红：指女子眼泪。晋王嘉《拾遗记》云：常山女子薛灵芸美色夺人，被郡守谷习献与魏文帝。灵芸闻别父母，泪下沾衣，及至京师，玉壶中泪凝如血。 ③宿酒：前夜所饮之酒。

蝶恋花[①]

千叶早梅夸百媚[②]。笑面凌寒，内样妆先试[③]。月脸冰肌香细腻，风流新称东君意[④]。　　一捻年光春有味[⑤]。江北江南，更有谁相比。横玉声中吹满地[⑥]，好枝长恨无人寄[⑦]。

[注释]

①唐氏按：此首又见《梅苑》卷八，误作晏殊词。　②千叶：花瓣重叠繁多。皮日休《惠山听松庵》诗："千叶莲花旧有香。"　③内样妆：即梅花妆，见《太平御览》所引《杂五行书》。　内样：即宫样。　④风流：风度，标格。　东君：春神。　⑤一捻：一撮。捻，亦作"稔"。一稔，一熟，即一年。　⑥横玉：指玉笛。古有笛曲名《梅花落》，故笛与梅花及《梅花落》曲三者常相互代指。　⑦"好枝"句：《太平御览》引《荆州记》曰，"陆凯与范晔相善，自江南寄梅花一枝，诣长安与晔，并赠花诗……"

[集评]

可宜云："此词咏梅，将梅花拟人，构思巧妙。"

蝶恋花

金剪刀头芳意动[①]。彩蕊开时，不怕朝寒重。晴雪半消花鬖髿[②]，晓妆呵尽香酥冻[③]。　　十二楼中双翠凤[④]。缥缈歌声，记得江南弄[⑤]。醉舞春风谁可共，秦云已有鸳屏梦。

[注释]

①金剪刀：指梅树枝。　②鬖髿（méng sōng）：朦胧。　③呵：以口嘘气使物融化。　香酥冻：指凝结于梅花上的白霜。　④十二楼：指仙境。方士有言："黄帝时为五城十二楼，以候神人于执期，命曰迎年。"见《史记·封禅书》。　⑤江南弄：乐府清商曲名。

蝶恋花

笑艳秋莲生绿浦。红脸青腰，旧识凌波女[①]。照影弄妆娇欲语[②]，西风岂是繁华主。　可恨良辰天不与。才过斜阳，又是黄昏雨。朝落暮开空自许，竟无人解知心苦[③]。

［注释］

①凌波：步履轻盈的样子。　②娇欲语：语出李白《渌水曲》"荷花娇欲语，愁杀荡舟人"。　③心苦：指莲子苦心，暗喻人心愁苦。

［集评］

柏寒云："咏莲而不留滞于莲，既写形又写神，生动地赋予莲以感情。"（《二晏词选》）

蝶恋花

碧落秋风吹玉树[①]。翠节红旌[②]，晚过银河路。休笑星机停弄杼[③]，凤帏已在云深处。　楼上金针穿绣缕。谁管天边，隔岁分飞苦。试等夜阑寻别绪，泪痕千点罗衣露。

［注释］

①玉树：传说中的仙树。　②翠节红旌：用翠羽装饰的节杖和彩旗，此指仙人的仪仗。　③星机：仙人织女所用的织机。代指织女。

蝶恋花

碧玉高楼临水住[①]。红杏开时，花底曾相遇。一曲阳春春已暮[2],晓莺声断朝云去。　远水来从楼下路[3]。过尽流波,未得鱼中素[4]。月细风尖垂柳渡,梦魂长在分襟处[5]。

[注释]

①碧玉:《乐府诗集·碧玉歌》引《乐苑》,“碧玉歌者,宋汝南王所作也。碧玉,汝南王妾名”。因歌的首句为“碧玉小家女”,故以后称贫家女为“小家碧玉”,也用来称婢女。　②阳春:古乐曲名,较为高雅。见宋玉所作《对楚王问》。　③路:一作“度”。经过之意。　④鱼中素:书信。　⑤分襟:分别。唐骆宾王《秋日别侯四》诗:“歧路分襟易,风云促膝难。”

[集评]

厉鹗云:“鬼语分明爱赏多,小山小令擅清歌。世间不少分襟处,月细风尖唤奈何。”(《论词绝句》)

陈廷焯云:“凄婉欲绝,仙耶鬼耶。”(《闲情集》卷一)

蝶恋花

梦入江南烟水路,行尽江南,不与离人遇[1]。睡里消魂无说处,觉来惆怅消魂误[2]。　欲尽此情书尺素,浮雁沉鱼[3],终了无凭据。却倚缓弦歌别绪[4],断肠移破秦筝柱[5]。

[注释]

①“梦入”三句:化用唐岑参《春梦》诗“枕上片时春梦中,行尽江南数千里”之意。　②消魂:一作“佳期”。　③浮雁沉鱼:传说鱼、雁能为人传递书信。见《乐府诗集·饮马长城窟行》和《汉书·苏武传》。　④缓弦:音低之弦。一作“鹍弦”。鹍弦是用鹍鸡筋做的琴弦。　⑤移破:移尽,移遍。

蝶恋花

黄菊开时伤聚散。曾记花前，共说深深愿。重见金英人未见[①]，相思一夜天涯远。　　罗带同心闲结遍[②]。带易成双，人恨成双晚。欲写彩笺书别怨，泪痕早已先书满。

［注释］

①金英：即菊花。　②罗带同心：本梁武帝《有所》诗"腰间双罗带，梦为同心结"。

鹧鸪天

彩袖殷勤捧玉钟[①]，当年拚却醉颜红。舞低杨柳楼心月，歌尽桃花扇影风[②]。　　从别后，忆相逢。几回魂梦与君同。今宵剩把银釭照，犹恐相逢是梦中[③]。

［注释］

①彩袖：歌女。　②"舞低"二句：一直舞到月亮从楼心西斜，落到杨柳后边；一直将桃花歌扇上所写的曲牌名目都唱完。歌女用扇，一面画图，一面写曲子名，听歌者按目点唱，歌女依点倚声。　③"今宵"二句：用杜甫《羌村》诗"夜阑更秉烛，相对如梦寐"之意。

［集评］

晁补之云："叔原不蹈袭人语，风度闲雅，自是一家。如'舞低杨柳楼心月，歌尽桃花扇底风'。自可知此人不生在三家村中也。舞低二句，比白香山'笙歌归院落，灯火下楼台。'更觉浓至。惟愈浓情愈深，今昔之感，更感凄然。"（赵德麟《侯鲭录》卷七）

《雪浪斋日记》云："晏叔原工小词。'舞低杨柳楼心月，歌尽桃花扇底风。'不愧六朝宫掖体。"（胡仔《苕溪渔隐丛话》后集卷三十三引）

陈廷焯云："（下片）曲折深婉，自有艳词，更不得不让伊独步。视永

叔之'笑问双鸳鸯字怎生书'、'倚阑无绪更兜鞋'等句,雅俗判然矣。"(《白雨斋词话》卷一)

鹧鸪天

一醉醒来春又残,野棠梨雨泪阑干①。玉笙声里鸾空怨,罗幕香中燕未还。　　终易散,且长闲。莫教离恨损朱颜。谁堪共展鸳鸯锦,同过西楼此夜寒。

[注释]

①阑干:纵横散乱的样子。白居易《琵琶行》:"夜深忽梦少年事,梦啼妆泪红阑干。"

鹧鸪天

梅蕊新妆桂叶眉①,小莲风韵出瑶池②。云随绿水歌声转,雪绕红绡舞袖垂。　　伤别易,恨欢迟。惜无红锦为裁诗。行人莫便消魂去,汉渚星桥尚有期③。

[注释]

①梅蕊新妆:即新成之梅花妆。　②瑶池:西王母所居,见《山海经》。此处喻指小莲风韵超卓,有若天仙。　③汉渚星桥:即银河鹊桥。

[集评]

冯煦云:"淮海、小山,真古之伤心人也,其淡语皆有味,浅语皆有致,求之两宋词人,实罕其匹。"(《蒿庵论词》)

鹧鸪天

守得莲开结伴游,约开萍叶上兰舟①。来时浦口云随棹，采罢江边月满楼。　　花不语，水空流。年年拚得为花愁。明朝万一西风动，争奈朱颜不耐秋[②]。

［注释］

①约：分、拨。　②争奈：怎奈。奈，《全宋词》作“向”。

［集评］

可宜云：“此词是作者题赠给小莲和小苹两位歌女的，却用莲花与苹叶作比，含蓄而朦胧。”

鹧鸪天

鬥鸭池南夜不归[①]，酒阑纨扇有新诗。云随碧玉歌声转，雪绕红琼舞袖回。　　今感旧，欲沾衣。可怜人似水东西。回头满眼凄凉事，秋月春风岂得知。

［注释］

①鬥鸭：以鸭相鬥的游戏，相传始于汉代。《西京杂记》：“鲁恭王好鬥鸡鸭及鹅雁。”

鹧鸪天

当日佳期鹊误传，至今犹作断肠仙。桥成汉渚星波外[①]，人在鸾歌凤舞前。　　欢尽夜，别经年。别多欢少奈何天。情知此会无长计，咫尺凉蟾亦未圆[②]。

［注释］

①汉渚星波：即银河。　②凉蟾：指月亮。

鹧鸪天

题破香笺小研红[①],诗篇多寄旧相逢。西楼酒面垂垂雪[②],南苑春衫细细风。　　花不尽,柳无穷。别来欢事少人同。凭谁问取归云信,今在巫山第几峰[③]。

[注释]

①题破:即写遍、写尽。　小研红:信笺是研光的红纸或红绫。　研:以石碾磨纸、布 、皮革等物,使之光滑。　②垂垂雪:渐渐苍白如雪。　③“凭谁”二句:归云、巫山,用巫山神女典故,表示深思怀想。巫山在今重庆市巫山县,长江从中流过,河水下切形成巫峡。相传巫山有十二峰。张子容《巫山》诗:“朝云暮雨连天暗,神女知来第几峰?”

鹧鸪天

清颍尊前酒满衣,十年风月旧相知。凭谁细话当时事,肠断山长水远诗。　　金凤阙,玉龙墀[①]。看君来换锦袍时。姮娥已有殷勤约[②],留著蟾宫第一枝[③]。

[注释]

①金凤阙、玉龙墀(chí):指皇帝所居之宫阙及台阶。　②姮娥:即嫦娥。　③蟾宫:原指月宫,传说中有桂树。科举时代以月中折桂为登科之典。

鹧鸪天

醉拍春衫惜旧香,天将离恨恼疏狂。年年陌上生秋草,日日楼中到夕阳。　　云渺渺,水茫茫。征人归路许多长。相思本是无凭语,莫向花笺费泪行[①]。

[注释]

①花笺:彩色信纸。

[集评]

喻朝刚、周航云:“此阕抒写男女离别之情,全篇以女子口吻道来,对疏狂放浪的‘征人’,既爱又恼。……结拍两句,含思宛转,语浅意深,读之令人荡气回肠。”(《分类新编两宋绝妙好词》)

可宜云:“清人陈廷焯曾说:‘李后主、晏叔原皆非词中正声,而其词则无人不爱,以其情胜也。情不深而为词,虽雅不韵,何足感人?’(《白雨斋词话》卷七)小山词工于言情,于悲欢离合能写众人之所不能,由此词可见一斑。”

鹧鸪天

小令尊前见玉箫[①],银灯一曲太妖娆[②]。歌中醉倒谁能恨,唱罢归来酒未消。　春悄悄,夜迢迢。碧云天共楚宫遥[③]。梦魂惯得无拘检[④],又踏杨花过谢桥[⑤]。

[注释]

①玉箫:唐代歌女名。　②妖娆:形容歌声婉转优美。　③碧云天:语出范仲淹《苏幕遮》词“碧云天,黄叶地,秋色连波,波上寒烟翠”。　楚宫遥:《宋六十名家词》作“楚宫腰”。此处暗用巫山神女的典故。　④无拘检:指无拘无束。　⑤谢桥:唐时有一名妓叫谢秋娘,后为妓女之代称。谢家代指妓馆,谢桥即谢娘家之小桥。张泌《寄人》诗:“别梦依稀到谢家,小廊回合曲阑斜。”

[集评]

程叔微云:“伊川(程颐)闻诵晏叔原‘梦魂惯得无拘检,又踏杨花过谢桥’长短句,笑曰:‘鬼语也!’意亦赏之。”(邵博《邵氏闻见后录》)

吴世昌云:“‘歌’即酒令(小令)。聆一曲即饮一盏,‘歌中醉倒’谓一味贪听她唱小令,一曲一盏,不觉醉倒了。这是说她的歌太美,欲罢不能。”(《词林新话》)

鹧鸪天

楚女腰肢越女腮[①]，粉圆双蕊髻中开。朱弦曲怨愁春尽，渌酒杯寒记夜来。　新掷果，旧分钗。冶游音信隔章台[②]。花间锦字空频寄，月底金鞍竟未回。

［注释］

①楚女腰肢：典出《韩非子·二柄》“楚灵王好细腰，而国中多饿人”。此指女子纤细的腰肢。　越女腮：指女子秀丽的容颜。　②章台：在长安，为妓女所居之所。后用章台指歌舞坊曲。

鹧鸪天

十里楼台倚翠微[①]，百花深处杜鹃啼[②]。殷勤自与行人语，不似流莺取次飞[③]。　惊梦觉，弄晴时[④]。声声只道不如归。天涯岂是无归意，争奈归期未可期[⑤]。

［注释］

①翠微：指青山。　②杜鹃：又名杜宇、子规，鸟名。相传为古蜀帝杜宇之魂所化。其鸣声凄厉，像是在说“不如归去”，能动旅客归思。　③取次：任意，随便。　④弄晴：欲晴未晴。　⑤未可期：不可预知。

鹧鸪天

陌上濛濛残絮飞[①]，杜鹃花里杜鹃啼。年年底事不归去[②]，怨月愁烟长为谁。　梅雨细，晓风微。倚楼人听欲沾衣。故园三度群花谢，曼倩天涯犹未归[③]。

[注释]

①濛濛：雨雪迷濛貌。此指柳絮飘飞似微雨迷濛。　②底事：何事，为什么。　③曼倩：汉东方朔字曼倩。

鹧鸪天

晓日迎长岁岁同[①]，太平箫鼓间歌钟[②]。云高未有前村雪，梅小初开昨夜风。　罗幕翠，锦筵红。钗头罗胜写宜冬[③]。从今屈指春期近，莫使金尊对月空。

[注释]

①晓日迎长：指冬至。冬至后太阳北移，白昼始长，故曰"迎长"。②箫鼓：以箫鼓为主的音乐，多用于庆典礼仪。　歌钟：即编钟，打击乐器，用来配合歌曲。此处泛指歌声。　③罗胜：用罗帛制成的彩胜。胜是古代妇女的头饰，类似今之彩结。温庭筠《菩萨蛮》："藕丝秋色浅，人胜参差剪。"　宜冬：冬季相宜。写在彩胜上，祝愿冬季平安而过。

[集评]

王灼云："蔡京生于冬至日，遣客求长短句。（叔原）欣然为作《鹧鸪天》，'九日悲秋不到心'云云，'晓日迎长岁岁同'云云，竟无一语及蔡者。"（《碧鸡漫志》）

鹧鸪天

小玉楼中月上时，夜来惟许月华知。重帘有意藏私语[①]，双烛无端恼暗期[②]。　伤别易，恨欢迟。归来何处验相思。沈郎春雪愁消臂[③]，谢女香膏懒画眉[④]。

[注释]

①私语：低声密语。《长恨歌》："七月七日长生殿，夜半无人私语

时。” ②暗期:暗中约定之日。 ③“沈郎”句:用沈约典。《晋书·沈约传》:“百日数旬,革带常应移孔;以手握臂,率计月小半分。” 愁消臂:手臂因愁苦而瘦弱。此处以沈郎(约)自比。 ④谢女:即谢娘,歌伎之代称。

鹧鸪天

手捻香笺忆小莲[①],欲将遗恨倩谁传。归来独卧逍遥夜[②],梦里相逢酩酊天[③]。　　花易落,月难圆。只应花月似欢缘[④]。秦筝算有心情在,试写离声入旧弦[⑤]。

[注释]

①小莲:即莲、鸿、蘋、云四歌女之一。 ②逍遥夜:优游自得的夜晚。③酩酊天:大醉不醒的时候。 ④欢缘:欢聚的机缘。 ⑤写:谱曲。末二句言只有秦筝可以寄托自己的离别相思之情。

鹧鸪天

九日悲秋不到心[①],凤城歌管有新音[②]。风凋碧柳愁眉淡,露染黄花笑靥深。　　初见雁,已闻砧。绮罗丛里胜登临。须教月户纤纤玉[③],细捧霞觞滟滟金[④]。

[注释]

①九日:农历九月九日重阳节。 ②凤城:刘向《列仙传》称,秦穆公女弄玉吹箫,有凤凰降临,于是称其城为丹凤城。汉代皇宫内又有楼名凤阙,后来便以凤城指京城。 ③月户纤纤玉:歌伎纤细白润的手指。 ④霞觞:美酒。 滟滟金:形容美酒颜色纯艳如金。

[集评]

可宜云:“此词与《鹧鸪天》(晓日迎长岁岁同)一样,是小晏应蔡京之请,所作的咏重阳歌词,也是‘竟无一语及蔡者’。黄山谷为小山词作序,称叔原仕宦连蹇，而不能一傍贵人之门，是一痴也，由此词亦可见一斑。”

鹧鸪天

碧藕花开水殿凉，万年枝外转红阳。升平歌管随天仗[①]，祥瑞封章满御床。　金掌露[②]，玉炉香。岁华方共圣恩长。皇州又奏圜扉静[③]，十样宫眉捧寿觞。

［注释］

①天仗：天子仪仗。　②金掌：汉武帝所铸铜仙人，手捧承露盘以承仙露。　③皇州：一作“朝来”。　圜扉：指监狱。　圜扉静：即狱空，为太平无事之盛事。

［集评］

沈雄云：“庆历中，开封府与棘寺同日狱空。仁宗宫中宴集，宣晏几道作《鹧鸪天》以歌之，得旨受赏。大意先赋升平之盛，又见祥瑞之徵，而末句略近之，极为得体。所传‘朝来又奏圜扉静，十样宫眉捧寿觞’句是也。亦以志一时之治化云。”（《古今词话》）

鹧鸪天

绿橘梢头几点春，似留香蕊送行人。明朝紫凤朝天路，十二重城五碧云。　歌渐咽，酒初醺。尽将红泪湿湘裙。赣江西畔从今日[①]，明月清风忆使君。

［注释］

①赣江：水名，自南向北，纵贯今江西全省。

生查子[①]

金鞭美少年[②]，去跃青骢马[③]。牵系玉楼人[④]，绣被春寒夜。　　消息未归来，寒食梨花谢。无处说相思，背面秋千下[⑤]。

[注释]

①唐氏按：此首别误作晏殊词，见《古今别肠词选》卷一。　②金鞭：一作“金鞍”。　③青骢马：青白色相杂的马。　④牵系：一作“萦系”。　⑤“背面”句：本李商隐《无题》诗“十五泣春风，背面秋千下”。

[集评]

曾季貍云：“晏叔原小词‘无处说相思，背面秋千下’。吕东莱极喜诵此词，以为有思致。然此语本李义山诗云‘十五泣春风，背面秋千下’。”（《艇斋诗话》）

黄苏云：“‘去跃’二字，从妇人目中看出，深情挚语，末联‘无处’二字，意致凄然，妙在含蓄。”（《蓼园词评》）

生查子

轻匀两脸花，淡扫双眉柳[①]。会写锦笺时，学弄朱弦后。　　今春玉钏宽[②]，昨夜罗裙皱。无计奈情何，且醉金杯酒。

[注释]

①“轻匀”二句：谓妆得脸如花，眉如柳。　②玉钏宽：谓因相思而消瘦。　钏（chuàn）：镯子。

生查子[①]

关山魂梦长，鱼雁音尘少[②]。两鬓可怜青[③]，只为相思老。　　归梦碧纱窗，说与人人道[④]。真个别离难，不似相逢好。

[注释]

①唐氏按：此词别又见杜安世《杜寿域词》。《唐宋诸贤绝妙词选》卷五作王观词。　②鱼雁：一作“塞雁”。　音尘：一作“音书”，见乐府古辞《饮马长城窟行》及《汉书·苏武传》。　③可怜：可爱。　④人人：那个人儿。宋词中常用作对女性的昵称。

生查子

坠雨已辞云[1]，流水难归浦。遗恨几时休，心抵秋莲苦[2]。　　忍泪不能歌，试托哀弦语。弦语愿相逢，知有相逢否。

[注释]

①坠雨：云载雨而行，雨落则辞云。　②秋莲：指莲子，其心苦。

生查子

一分残酒霞[1]，两点愁蛾晕[2]。罗幕夜犹寒，玉枕春先困。　　心情剪彩慵，时节烧灯近[3]。见少别离多，还有人堪恨。

[注释]

①酒霞：因酒而脸红。　②晕：模糊不清。　③烧灯：即燃灯。旧俗农历正月十五日晚放灯庆贺。

生查子[1]

轻轻制舞衣，小小裁歌扇。三月柳浓时，又向津亭见[2]。　　垂泪送行人，湿破红妆面。玉指袖中弹，一曲清商怨[3]。

[注释]

①唐氏按:此首《词林万选》卷四误作牛希济词。杨金本《草堂诗馀前集》卷下又误作赵彦端词。 ②津亭:渡口处供人休憩的亭子。 ③清商怨:古乐府有《清商曲》辞,其音多哀怨,故后有词调名《清商怨》。

生查子

红尘陌上游,碧柳堤边住。才趁彩云来,又逐飞花去。 深深美酒家,曲曲幽香路。风月有情时,总是相思处。

生查子

长恨涉江遥,移近溪头住。闲荡木兰舟,误入双鸳浦。 无端轻薄云,暗作廉纤雨[①]。翠袖不胜寒,欲向荷花语。

[注释]

①廉纤:细微,纤细。

[集评]

李调元云:"晏几道《小山词》似古乐府。余绝爱其《生查子》云:'长恨涉江遥……'公自序云:'补亡一篇,补乐府之亡也。'可以当之。"(《雨村词话》)

生查子

远山眉黛长[①],细柳腰枝袅。妆罢立春风,一笑千金少。 归去凤城时,说与青楼道。遍看颍川花[②],不似师师好[③]。

［注释］

①远山眉：形容女子秀眉。刘歆《西京杂记》："文君姣好、眉色如望远山。" ②颍川：郡名。辖今河南省中部及南部。唐废郡，改称许州。③师师：青楼妓女名。

生查子

落梅庭榭香，芳草池塘绿。春恨最关情，日过阑干曲。　　几时花里闲，看得花枝足。醉后莫思家，借取师师宿。

生查子

狂花顷刻春[①]，晚蝶缠绵意。天与短因缘，聚散常容易。　　传唱入离声，恼乱双蛾翠。游子不堪闻，正是衷肠事。

［注释］

①狂花：不依时序或不遵常则而开的花。此指名妓。

生查子

官身几日闲，世事何时足。君貌不长红，我鬓无重绿。　　榴花满盏香[①]，金缕多情曲[②]。且尽眼中欢，莫叹时光促。

[注释]

①榴花:此指美酒。 ②金缕:曲调名。

生查子

春从何处归,试向溪边问。岸柳弄娇黄,陇麦回青润。 多情美少年,屈指芳菲近[①]。谁寄岭头梅,来报江南信。

[注释]

①芳菲:花草的芳香。

南乡子

渌水带青潮[①],水上朱阑小渡桥。桥上女儿双笑靥,妖娆。倚著阑干弄柳条。 月夜落花朝,减字偷声按玉箫[②]。柳外行人回首处,迢迢。若比银河路更遥。

[注释]

①渌水:清澈的水流。 ②减字偷声:在歌唱词曲时于一句内减去一字,或在声腔方面伸缩改动。

南乡子

小蕊受春风,日日宫花花树中。恰向柳绵撩乱处,相逢。笑靥旁边心字浓[①]。 归路草茸茸,家在秦楼更近东[②]。醒去醉来无限事,谁同。说著西池满面红。

[注释]

①心字：指女人的衣领曲如心字。 ②秦楼：此指妓馆，常与“谢馆”连称。

南乡子

花落未须悲，红蕊明年又满枝。惟有花间人别后，无期。水阔山长雁字迟。　　今日最相思，记得攀条话别离[1]。共说春来春去事，多时。一点愁心入翠眉。

[注释]

①攀条：即折柳，古人送别之礼。

南乡子

何处别时难，玉指偷将粉泪弹。记得来时楼上烛，初残。待得清霜满画阑。　　不惯独眠寒，自解罗衣衬枕檀[1]。百媚也应愁不睡，更阑。恼乱心情半被闲。

[注释]

①枕檀：即檀枕，香枕。

南乡子

画鸭懒熏香，绣茵犹展旧鸳鸯。不似同衾愁易晓，空床。细剔银灯怨漏长。　　几夜月波凉，梦魂随月到兰房[1]。残睡觉来人又远，难忘。便是无情也断肠。

[注释]

①兰房:兰气氤氲的精舍,特指女人的居室。

南乡子

眼约也应虚[1],昨夜归来凤枕孤。且据如今情分里,相于[2]。只恐多时不似初。　　深意托双鱼[3]。小剪蛮笺细字书[4]。更把此情重问得,何如。共结因缘久远无。

[注释]

①眼约:犹眼语,以目传情示意,暗订约期。　②相于:相亲相厚。③双鱼:犹双鲤,古乐府有"客从远方来,遗我双鲤鱼。呼儿烹鲤鱼,中有尺素书"。后人因以双鲤或双鱼指书信。　④蛮笺:指蜀笺,唐时指四川地区所造彩色花纸。

南乡子

新月又如眉,长笛谁教月下吹[1]。楼倚暮云初见雁,南飞。漫道行人雁后归[2]。　　意欲梦佳期,梦里关山路不知。却待短书来破恨,应迟。还是凉生玉枕时。

[注释]

①"长笛"句:本杜牧《题元处士高亭》诗"何人教我吹长笛?与倚春风弄月明"。　②漫道:不要说,无需说。

[集评]

先著、程洪云:"小词之妙,如汉魏五言诗,其风骨兴象,迥乎不同。苟徒求之色泽字句间,斯末矣。然入崇、宣以后,虽情事较新,而体气已薄,亦风气为之,要不可以强也。"(《词洁辑评》)

清平乐

留人不住，醉解兰舟去①。一棹碧涛春水路②，过尽晓莺啼处。　　渡头杨柳青青，枝枝叶叶离情。此后锦书休寄③，画楼云雨无凭④。

[注释]

①兰舟：木兰舟，泛指华美的舟船。　②一棹：犹言一船、一路。　③锦书：前秦窦滔妻苏蕙织锦为回文诗以寄丈夫，见《晋书·列女列传》。后遂以锦书代指情书。　④云雨：用宋玉《高唐赋序》的典故。云雨无凭，指行踪无定，无法把握。

[集评]

周济："结语殊怨，然不忍割。"（《宋四家词选》）

清平乐

千花百草，送得春归了。拾蕊人稀红渐少，叶底杏青梅小。　　小琼闲抱琵琶，雪香微透轻纱。正好一枝娇艳，当筵独占韶华①。

[注释]

①韶华：美好的春光。此指小琼美艳如花，如春光宜人。

清平乐

烟轻雨小，紫陌香尘少①。谢客池塘生绿草②，一夜红梅先老。　　旋题罗带新诗，重寻杨柳佳期。强半春寒去后③，几番花信来时④。

［注释］

①紫陌：指帝都郊野的道路。 ②“谢客”句：南朝诗人谢灵运《登池上楼》中有句“池塘生春草，园柳变鸣禽”。此处指春景渐老。 ③强半：过半。 ④花信：即花期。

清平乐

可怜娇小，掌上承恩早[1]。把镜不知人易老，欲占朱颜长好。 画堂秋月佳期，藏钩赌酒归迟[2]。红烛泪前低语，绿笺花里新词。

［注释］

①掌上承恩：“汉成帝后赵飞燕身轻，能为掌上舞。”见《独异志》。后用以表示女子受帝王宠幸。 ②藏钩：古时游戏。见《荆楚岁时记》。

清平乐

红英落尽，未有相逢信。可恨流年凋绿鬓，睡得春酲欲醒[1]。 钿筝曾醉西楼，朱弦玉指梁州[2]。曲罢翠帘高卷，几回新月如钩。

［注释］

①春酲（chéng）：病酒曰酲，因春而醉病即为春酲。 ②梁州：此指《梁州令》，词调名，本是唐教坊曲，名为《凉州令》，宋以后变“凉”为“梁”。

清平乐

春云绿处，又见归鸿去。侧帽风前花满路，冶叶倡条情绪[1]。 红楼桂酒新开，曾携翠袖同来。醉弄影娥池水[2]，短箫吹落残梅。

[注释]

①冶叶倡条：形容杨柳枝叶婀娜多姿，也借指歌伎。 ②影娥池：汉武帝建望月台，月影入池中，因名。见《三辅黄图》。

清平乐

波纹碧皱，曲水清明后[①]。折得疏梅香满袖，暗喜春红依旧。 归来紫陌东头，金钗换酒消愁。柳影深深细路，花梢小小层楼。

[注释]

①曲水：古时风俗，于农历三月上旬巳日在水滨宴乐，以祓除不祥，称为曲水流觞。

[集评]

俞陛云云："上阕'梅香'二句，喻暗喜彼姝之仍在。下阕'细路'、'层楼'二句，将其居处，分明写出。其中人若唤之欲应也。"（《唐五代两宋词选释》）

清平乐

西池烟草，恨不寻芳早。满路落花红不扫，春色渐随人老。 远山眉黛娇长，清歌细逐霞觞。正在十洲残梦[①]，水心宫殿斜阳。

[注释]

①十洲：汉东方朔撰《海内十洲记》中列祖洲、瀛洲、玄洲、炎洲、长洲等共十洲，传说都在八方大海中，为神仙所居地。 十洲残梦：指漫无边际，虚无缥缈的春梦。

[集评]

俞陛云云:“前六句为春暮访艳。后二句,十洲宫殿,忽托思在仙灵境界。为此调十八首中清超之作。”(《唐五代两宋词选释》)

清平乐

蕙心堪怨[①],也逐春风转。丹杏墙东当日见,幽会绿窗题遍。　　眼中前事分明,可怜如梦难凭。都把旧时薄幸,只消今日无情。

[注释]

①蕙心:比喻女子纯美之心。　蕙:香草名。

清平乐

幺弦写意[①],意密弦声碎。书得凤笺无限事,犹恨春心难寄。　　卧听疏雨梧桐,雨馀淡月朦胧。一夜梦魂何处,那回杨叶楼中。

[注释]

①幺弦:琵琶的第四弦,因其最细,故称幺弦。

清平乐

笙歌宛转,台上吴王宴。宫女如花倚春殿,舞绽缕金衣线。　　酒阑画烛低迷,彩鸳惊起双栖。月底三千绣户[①],云间十二琼梯[②]。

[注释]

①绣户：指妇女华丽的居室。 ②十二琼梯："层城十二关，相对玉梯斜。"唐刘禹锡诗句。十二楼为传说中神仙的居处，在昆仑山上。见东方朔《海内十洲记》。

清平乐

暂来还去，轻似风头絮。纵得相逢留不住，何况相逢无处。 去时约略黄昏[①]，月华却到朱门。别后几番明月，素娥应是消魂[②]。

[注释]

①约略：大约，大概。 ②素娥：即嫦娥。

清平乐

双纹彩袖，笑捧金船酒。娇妙如花轻似柳，劝客千春长寿。 艳歌更倚疏弦[①]，有情须醉尊前。恰是可怜时候，玉娇今夜初圆。

[注释]

①疏弦：弦疏则声迟而美听。《礼记·乐记》："朱弦而疏越，一倡而三叹。"

清平乐

寒催酒醒，晓陌飞霜定。背照画帘残烛影，斜月光中人静。 锦衣才子西征，万重云水初程。翠黛倚门相送，莺肠断处离声。

清平乐

莲开欲遍，一夜秋声转。残绿断红香片片，长是西风堪怨。　莫愁家住溪边[1]，采莲心事年年。谁管水流花谢，月明昨夜兰船。

[注释]

①莫愁：古女子名。

清平乐

沉思暗记，几许无凭事。菊靥开残秋少味[1]，闲却画阑风意。　梦云归处难寻，微凉暗入香襟。犹恨那回庭院，依前月浅灯深。

[注释]

①菊靥：菊花美好的容颜。　靥：女子脸上的笑涡。

清平乐

莺来燕去，宋玉墙东路[1]。草草幽欢能几度，便有系人心处。　碧天秋月无端，别来长照关山。一点恹恹谁会[2]，依前凭暖阑干。

[注释]

①“宋玉”句：宋玉《登徒子好色赋》中称述其东邻之女美貌动人，艳绝天下且对宋玉有情。“宋玉墙东”遂成为美女或怀春美女的代指。　②恹恹：精神不振的样子。

清平乐

心期休问[①],只有尊前分。勾引行人添别恨,因是语低香近。　　劝人满酌金钟,清歌唱彻还重。莫道后期无定,梦魂犹有相逢。

[注释]

①心期:与情人相会的日期。

木兰花

秋千院落重帘幕,彩笔闲来题绣户[①]。墙头丹杏雨馀花,门外绿杨风后絮。　　朝云信断知何处[②],应作襄王春梦去[③]。紫骝认得旧游踪[④],嘶过画桥东畔路。

[注释]

①彩笔:《南史·江淹传》载,江淹曾梦以五色笔授一丈夫,以后为诗便无美句。后多用彩笔代指有文采的诗笔。　绣户:装饰华美的居室,多为女子所居。　②朝云:宋玉《高唐赋》言,高唐之观上独有云气,即是所谓朝云。此指所思念的人。　③襄王春梦:即《高唐赋序》所言楚襄王夜梦与神女相遇事。　④紫骝:骏马名。

[集评]

沈谦云:"填词结句,或以动荡见奇,或以迷离称隽,著一实语,败矣。康伯可:'正是销魂时候也,撩乱花飞。'晏叔原:'紫骝认得旧游踪,嘶过画桥东畔路。'秦少游:"放花无语对斜晖,此恨谁知?"深得此法。"(《填词杂说》)

黄苏云:"首二句,别后想其院宇深沉,门阑紧闭。接言墙内之人,如雨馀之花,门外行踪,如风后之絮。后段起二句,言此后杳无音信。末二句言重经其地,马尚有情,况于人乎?"(《蓼园词选》)

木兰花

小颦若解愁春暮[①]，一笑留春春也住。晚红初减谢池花[②]，新翠已遮琼苑路[③]。　　湔裙曲水曾相遇，挽断罗巾容易去。啼珠弹尽又成行，毕竟心情无会处。

[注释]

①小颦：即小蘋。蘋、云、莲、鸿四歌女之一。　②谢池：即池塘。因南朝诗人谢灵运有著名诗句“池塘生春草，园柳变鸣禽”，后人遂以谢池美称池塘。　③琼苑：指琼林苑，在开封新郑门外，与金明池南北相对，为皇帝赐宴新科进士之处。

木兰花

小莲未解论心素[①]，狂似钿筝弦底柱[②]。脸边霞散酒初醒，眉上月残人欲去。　　旧时家近章台住[③]，尽日东风吹柳絮。生憎繁杏绿阴时，正碍粉墙偷眼觑[④]。

[注释]

①小莲：四歌女之一。　心素：内心的情愫。　②钿筝：在筝上嵌以金石使之华美。　③章台：宫名，战国时建，在长安。台下有街名章台街。后用章台指歌舞坊曲。　④粉墙偷眼觑：用宋玉《登徒子好色赋》中邻女窥墙典故，形容女子对男子痴心倾慕。

木兰花

风帘向晓寒成阵，来报东风消息近。试从梅蒂紫边寻，更绕柳枝柔处问。　　来迟不是春无信，开晚却疑花有恨。又应添得几分愁，二十五弦弹未尽[①]。

[注释]

①二十五弦：指瑟。汉应劭《风俗通》："泰帝使素女鼓五十弦瑟，悲，帝禁不止，故破其瑟为二十五弦。"

木兰花

念奴初唱离亭宴[1]，会作离声勾别怨。当时垂泪忆西楼，湿尽罗衣歌未遍。　　难逢最是身强健，无定莫如人聚散。已拚归袖醉相扶，更恼香檀珍重劝。

[注释]

①念奴：唐玄宗天宝年间著名女歌手。

木兰花

玉真能唱朱帘静[1]，忆在双莲池上听。百分蕉叶醉如泥[2]，却向断肠声里醒。　　夜凉水月铺明镜，更看娇花闲弄影。曲终人意似流波，休问心期何处定。

[注释]

①玉真：歌女名。　②蕉叶：浅酒杯，因形似芭蕉叶而得名。

木兰花

阿茸十五腰肢好[1]，天与怀春风味早。画眉匀脸不知愁，殢酒熏香偏称小[2]。　　东城杨柳西城草，月会花期如意少。思量心事薄轻云，绿镜台前还自笑[3]。

[注释]

①阿茸:舞女名。 ②殢酒:病酒、困酒。 ③绿镜台:指绿窗下的镜台。

木兰花

初心已恨花期晚[①],别后相思长在眼。兰衾犹有旧时香,每到梦回珠泪满。 多应不信人肠断,几夜夜寒谁共暖。欲将恩爱结来生,只恐来生缘又短。

[注释]

①初心:本心。

减字木兰花

长亭晚送,都似绿窗前日梦。小字还家[①],恰应红灯昨夜花[②]。良时易过,半镜流年春欲破[③]。往事难忘,一枕高楼到夕阳。

[注释]

①小字:指书信。 ②红灯昨夜花:古人以灯花为吉兆,故此处说昨夜有灯花,今天果然有信来。 ③半镜:即破镜,用南朝陈太子舍人徐德言与乐昌公主破镜重圆的典故。此以半镜代指分别。

[集评]

先著、程洪云:“轻而不浮,浅而不露。美而不艳,动而不流。字外盘旋,句中吞吐。小词能事备矣!”(《词洁辑评》)

减字木兰花

留春不住,恰似年光无味处。满眼飞英,弹指东风太浅情。　　筝弦未稳，学得新声难破恨。转枕花前，且占香红一夜眠。

减字木兰花

长杨辇路[1]，绿满当年携手处。试逐春风，重到宫花花树中。　　芳菲绕遍，今日不如前日健。酒罢凄凉，新恨犹添旧恨长。

［注释］

①辇路：天子车驾常经之路。　长杨：汉宫殿名。此指开封宫苑。

泛清波摘遍

催花雨小，著柳风柔，都似去年时候好。露红烟绿，尽有狂情鬥春早。长安道。秋千影里，丝管声中，谁放艳阳轻过了。倦客登临，暗惜光阴恨多少。　　楚天渺。归思正如乱云，短梦未成芳草[1]。空把吴霜鬓华，自悲清晓。帝城杳。双凤旧约渐虚[2]，孤鸿后期难到。且趁朝花夜月，翠尊频倒[3]。

［注释］

①"短梦"句："康乐每对惠连，辄得佳语。后在永嘉西堂，思诗竟日不就，寐间忽见惠连，即成'池塘生春草'。"见钟嵘《诗品》。此言归心乱情，梦短无趣，更无佳句以寄相思。　②双凤：旧谓兄弟才行并美，此处喻夫妇或情侣。　③翠尊频倒：谓借酒浇愁。

洞仙歌

春残雨过，绿暗东池道。玉艳藏羞媚赪笑[1]。记当时、已恨飞镜欢疏[2]。那至此,仍苦题花信少。　　连环情未已[3],物是人非,月下疏梅似伊好。澹秀色,黯寒香,粲若春容,何心顾、闲花凡草。但莫使、情随岁华迁。便杳隔秦源[4],也须能到。

[注释]

①赪(chēng):浅红色。此指女子艳丽的脸庞。　②飞镜:《玉台新咏》有古绝句云"何当大刀头,破镜飞上天",是说丈夫离家,月半(破镜)当还(刀头有环)。此指短暂的分离。　③连环:此指难以解脱、难以排遣。　④秦源:陶渊明《桃花源记》说桃花源中人本是秦时避乱而入此仙境的,与外界隔绝已经几世。武陵渔人偶然而至,以后便再难寻得踪迹。后遂有用秦源、秦溪、秦涧代表桃花源或难以寻觅的避世胜境。

菩萨蛮

来时杨柳东桥路,曲中暗有相期处[1]。明月好因缘[2],欲圆还未圆。　　却寻芳草去,画扇遮微雨。飞絮莫无情,闲花应笑人。

[注释]

①曲中:隐蔽的地方。　②因缘:此指机会,条件。

菩萨蛮

个人轻似低飞燕[1],春来绮陌时相见[2]。堪恨两横波[3],恼人情绪多。　　长留青鬓住,莫放红颜去。占取艳阳天,且教伊少年。

[注释]

①个人:那个人儿。指相爱的女子。　②绮陌:花木纵横的道路。③横波:指眼神流动如水闪波。

菩萨蛮

莺啼似作留春语,花飞鬥学回风舞[①]。红日又平西,画帘遮燕泥。　烟光还自老[②],绿镜人空好。香在去年衣,鱼笺音信稀[③]。

[注释]

①鬥学:争相模仿。　回风:旋风。　②烟光:春光。　③鱼笺:同"鱼素"、"鱼书",代指书信。

菩萨蛮

春风未放花心吐,尊前不拟分明语。酒色上来迟,绿须红杏枝。　今朝眉黛浅,暗恨归时远。前夜月当楼,相逢南陌头。

菩萨蛮

娇香淡染胭脂雪,愁春细画弯弯月。花月镜边情,浅妆匀未成。　佳期应有在,试倚秋千待。满地落英红,万条杨柳风。

菩萨蛮

香莲烛下匀丹雪,妆成笑弄金阶月。娇面胜芙蓉,脸边天与红。　　玳筵双揭鼓[①]，唤上华茵舞。春浅未禁寒，暗嫌罗袖宽。

[注释]

①玳筵：以玳瑁装饰坐具的宴席，指盛宴。　揭鼓：乐器。疑为羯鼓之讹。

菩萨蛮[①]

哀筝一弄湘江曲[②]，声声写尽湘波绿。纤指十三弦[③]，细将幽恨传[④]。　　当筵秋水慢[⑤]，玉柱斜飞雁[⑥]。弹到断肠时，春山眉黛低[⑦]。

[注释]

①唐氏按：此首别误作张子野词，见《类编草堂诗馀》卷一。《词综》卷六又误作陈师道词。　②哀筝：秦筝音色低沉，长于怨调慢声，故云哀筝。　弄：演奏。　湘江曲：关于舜之二妃投湘江而死的乐曲。　③十三弦：隋唐时教坊所用之筝为十三弦。　④幽恨：潜藏在内心的愁恨。　⑤秋水：形容女子的眼波清澈明亮。　慢：一作"漫"，谓眼神凝视。　⑥玉柱：弦柱的美称。　斜飞雁：筝柱斜排在筝面，如秋雁斜飞。　⑦春山眉黛：指眉毛。黛螺之青宛如山色，故又称眉毛为"眉山"、"春山"。

[集评]

黄苏云："末句意浓而韵远，妙在能蕴藉。"（《蓼园词选》）

菩萨蛮[①]

江南未雪梅花白，忆梅人是江南客。犹记旧相逢，淡烟微月中。　　玉容长有信[②]，一笑归来近。怀远上楼时，晚云和雁低。

［注释］

①唐氏按：刘毓盘辑《济南集》此首误作李廌词。　②玉容：此指梅花。　有信：诚实守信。

［集评］

俞陛云云："'淡烟微月'句高雅绝尘。人与花合写也。'晚云'句，在空际写怀人，旨趣弥永。"（《唐五代两宋词选释》）

菩萨蛮

相逢欲话相思苦，浅情肯信相思否[①]。还恐漫相思，浅情人不知。　忆曾携手处，月满窗前路。长到月来时，不眠犹待伊。

［注释］

①浅情：即浅情人，与深情人相对。

玉楼春

雕鞍好为莺花住[①]，占取东城南陌路。尽教春思乱如云[②]，莫管世情轻似絮。　古来多被虚名误，宁负虚名身莫负。劝君频入醉乡来，此是无愁无恨处。

［注释］

①雕鞍：马鞍的美称，代指游子。　莺花：指春日美景。　②尽教：任凭。

玉楼春

一尊相遇春风里，诗好似君人有几。吴姬十五语如弦[①],能唱当时楼下水。　　良辰易去如弹指,金盏十分须尽意。明朝三丈日高时,共拚醉头扶不起[②]。

[注释]

①吴姬:吴地美女。李白《金陵酒肆留别》诗:“风吹柳花满店香,吴姬压酒劝客尝。”　②醉头:“醉头扶不起,三丈日还高。”见杜牧《醉题》诗。

玉楼春

琼酥酒面风吹醒[①],一缕斜红临晚镜。小颦微笑尽妖娆,浅注轻匀长淡净[②]。　　手挼梅蕊寻香径,正是佳期期未定。春来还为个般愁[③],瘦损宫腰罗带剩[④]。

[注释]

①琼酥:即琼苏,美酒名。　②淡净:浅妆而显雅洁。　③个般:这般,如此。　④瘦损宫腰:此用“楚灵王好细腰,而国中多饿人”的典故,特指因愁而瘦。　罗带剩:腰变细而使罗带显宽。

玉楼春

清歌学得秦娥似[①],金屋瑶台知姓字[②]。可怜春恨一生心,长带粉痕双袖泪。　　从来懒话低眉事[③],今日新声谁会意。坐中应有赏音人,试问回肠曾断未[④]。

[注释]

①秦娥:原指秦穆公之女弄玉,她嫁与仙人萧史,萧史教她吹箫作凤鸣之声,引来凤凰。此指善歌的美女。　②金屋:用汉武帝金屋藏娇故事。此指豪贵之家。　瑶台:神仙的居处,代指天仙。　③低眉事:本白居易《琵琶行》“低眉信手续续弹,说尽心中无限事”。此指往日旧事。　④回

肠：比喻愁思辗转不解，几欲令人肠断。

玉楼春

旗亭西畔朝云住[①]，沉水香烟长满路[②]。柳阴分到画眉边，花片飞来垂手处[③]。　妆成尽任秋娘妒[④]，袅袅盈盈当绣户[⑤]。临风一曲醉朦腾[⑥]，陌上行人凝恨去。

［注释］

①旗亭：指酒楼。　②沉水：即沉香。　③“柳阴”二句：用柳、花与人的眉、手互比，极言美女之美。　④秋娘：指美人。白居易《琵琶行》：“曲罢曾教善才服，妆成每被秋娘妒。”　⑤袅袅盈盈：轻盈柔弱而美好的姿态。　⑥朦腾：即朦胧。

玉楼春

离鸾照罢尘生镜[①]，几点吴霜侵绿鬓[②]。琵琶弦上语无凭，豆蔻梢头春有信。　相思拚损朱颜尽，天若多情终欲问。雪窗休记夜来寒，桂酒已消人去恨。

［注释］

①“离鸾”句：用“离鸾悲镜”典故，见《艺文类聚》卷九十引南朝宋人范泰的《鸾鸟诗序》。孤鸾三年不鸣，后来照镜子看见自己的形象，悲鸣而亡。后用此典表现夫妇的生离死别之情。此处离鸾指女子的妆镜。　②吴霜：白霜。此喻白发。

玉楼春

东风又作无情计，艳粉娇红吹满地。碧楼帘影不遮愁，还似去年今日意。　谁知错管春残事，到处登临曾费泪[①]。此时金盏直须深[②],看尽落花能几醉。

[注释]

①费泪:因春去花残而多次流泪。 ②金盏:酒杯的美称。 直须:就要,尽管。

[集评]

陈匪石云:“此词为爽利一派,已开慢曲门径矣。首句破空而来,先怨‘东风’之无情,着一‘又’字,将第四、五、六等句元神提出,直贯篇末……末两句是得过且过之意……语似旷达,其沉痛则较惋惜尤甚。实进一层立意也。至其疏而不密,劲而不挠,全从李煜得来。”(《宋词举》)

玉楼春

斑骓路与阳台近[①],前度无题初借问[②]。暖风鞭袖尽闲垂,微月帘栊曾暗认。 梅花未足凭芳信,弦语岂堪传素恨。翠眉饶似远山长,寄与此愁颦不尽。

[注释]

①斑骓路:车马经行之路。 骓:黑白色相间的马。 ②前度:前次,上回。 无题:设有借口,没有机缘。

玉楼春

红绡学舞腰肢软[①],旋织舞衣宫样染[②]。织成云外雁行斜,染作江南春水浅[③]。 露桃宫里随歌管[④],一曲霓裳红日晚[⑤]。归来双袖酒成痕,小字香笺无意展。

[注释]

①红绡:唐裴铏《传奇·昆仑奴》中红绡为一勋臣家歌舞伎,后与崔生

相爱结合。此指舞女。 ②旋织：一作“巧织”。 宫样：皇宫中传出的颜色与样式。 ③“织成”二句：本白居易《缭绫》诗“织成云外秋雁行，染作江南春水色”。指舞衣的图案与色彩之美艳。 ④露桃：一作“露花”，宫名。 歌管：乐器。 ⑤霓裳：即《霓裳羽衣曲》，又名《婆罗门曲》，唐开元间由印度传入中国的舞曲。传说是唐玄宗游月宫，暗记天女演奏回来后谱出的。实为河西节度使杨敬述所献，可能曾经玄宗修改。

玉楼春

当年信道情无价，桃叶尊前论别夜[①]。脸红心绪学梅妆[②]，眉翠工夫如月画。 来时醉倒旗亭下[③]，知是阿谁扶上马。忆曾挑尽五更灯，不记临分多少话。

［注释］

①桃叶：晋人王献之的爱妾。王有《桃叶歌》云：“桃叶复桃叶，渡江不用楫，但渡无所苦，我自迎接汝。”此喻真情挚爱。 ②心绪：心思。 梅妆：梅花妆。 ③旗亭：酒楼。

［集评］

郭麐云：“叔原《玉楼春》词云：‘当年信道情无价……不记临分多少话。’真能委曲言情。”（《灵芬馆词话》卷二）

玉楼春

采莲时候慵歌舞，永日闲从花里度[①]。暗随蘋末晓风来[②]，直待柳梢斜月去。 停桡共说江头路[③]，临水楼台苏小住[④]。细思巫峡梦回时[⑤]，不减秦源肠断处[⑥]。

［注释］

①永日：尽日，整天。 ②蘋末晓风：“夫风生于地，起于青蘋之末，侵

淫溪谷，盛怒于土囊之口。”见宋玉《风赋》。风起则蘋叶动，故以蘋末为风的代称。此指早晨的微风。 ③桡：船桨。 江头：江岸。 ④苏小：即苏小小，南齐钱塘名妓，后遂代称歌伎。 ⑤巫峡梦回：即高唐梦醒，用巫山神女故事，指与情人的欢会结束或中断。 ⑥秦源：即桃花源。

玉楼春

芳年正是香英嫩[①]，天与娇波长入鬓[②]。蕊珠宫里旧承恩[③]，夜拂银屏朝把镜。 云情去住终难信[④]，花意有无休更问。醉中同尽一杯欢，归后各成孤枕恨。

[注释]

①香英：芳香的花片。 ②娇波：比喻美女晶莹灵活的眼光。 ③蕊珠宫：道家传说天上上清宫有蕊珠宫，神仙所居。 承恩：承受恩泽。 ④云情：云的情绪，与下句的“花意”均喻指不可靠的恋情。

玉楼春

轻风拂柳冰初绽，细雨消尘云未散。红窗青镜待妆梅[①]，绿陌高楼催送雁。 华罗歌扇金蕉盏[②]，记得寻芳心绪惯。凤城寒尽又飞花[③]，岁岁春光常有限。

[注释]

①妆梅：作梅花妆，泛指女子化妆。 ②华罗：华美的绫罗。 金蕉：一种酒杯。 ③凤城：指京城。

阮郎归

粉痕闲印玉尖纤[①]，啼红傍晚奁[②]。旧寒新暖尚相兼，梅疏待雪添。 春冉冉[③]，恨恹恹。章台对卷帘[④]。个人鞭影弄凉蟾[5]，楼前侧帽檐。

［注释］

①玉尖：美人手指。 ②啼红：因悲伤啼哭，泪尽而继之以血。见晋王嘉《拾遗记》薛灵芸故事。此处泛指女子眼泪。 ③冉冉：缓慢而至。 ④章台：古代长安有章台宫，台下之街名章台街。后泛指歌舞坊曲。 ⑤鞭影：挥动马鞭而弄出的影子。 凉蟾：指月亮。

阮郎归

来时红日弄窗纱，春红入睡霞[1]。去时庭树欲栖鸦，香屏掩月斜。 收翠羽[2]，整妆华。青骊信又差[3]。玉笙犹恋碧桃花[4]，今宵未忆家。

［注释］

①睡霞：睡时现于脸上的红晕。 ②翠羽：翠色的鸟羽。此指以鸟羽装饰的屏风、衣被之属。 ③青骊：黑色的马。此处代指离去的男子。信：归来的诺言。 ④碧桃花：即千叶桃。花重瓣，不结实。

阮郎归

旧香残粉似当初，人情恨不如。一春犹有数行书，秋来书更疏。 衾凤冷，枕鸳孤[1]。愁肠待酒舒。梦魂纵有也成虚，那堪和梦无[2]。

［注释］

①衾凤：即凤衾，绣有凤凰图案的被子。 枕鸳：即鸳枕，绣有鸳鸯的枕头。二者都是夫妻团聚、恩爱的象征。 ②那堪：哪里禁受得起。

[集评]

吴世昌云:“从碧谓小山《阮郎归》结句与道君《燕山亭》词不期而合,其实道君即用小山语意。”(《词林新话》)

阮郎归

天边金掌露成霜①,云随雁字长。绿杯红袖称重阳②,人情似故乡。 兰佩紫③,菊簪黄④。殷勤理旧狂。欲将沉醉换悲凉,清歌莫断肠⑤。

[注释]

①金掌:据《三辅黄图》载,汉武帝曾于长安建章宫造神明台,台上铸铜仙人舒掌捧铜盘玉杯,承接云端的露水,和玉屑同饮以求成仙。 露成霜:本《诗经·秦风·蒹葭》“蒹葭苍苍,白露为霜”。此处点明时节为秋天。②唐氏按:“称”原作“趁”,改从陆校本《小山词》。 ③兰佩紫:本《楚辞·九歌·少司命》“秋兰兮青青,绿叶兮紫茎”。兰草有紫茎故曰佩兰为佩紫。 ④菊簪黄:即簪黄菊,重阳节时的打扮。杜牧《九日齐山登高》:“尘世难逢开口笑,菊花须插满头归。” ⑤清歌:不用乐器伴奏的歌唱。

[集评]

况周颐云:“‘绿杯’二句,意已厚矣。‘殷勤理旧狂’五字三层意思:狂者,所谓一肚皮不合时宜,发见于外者也;狂已旧矣,而理之;而殷勤理之,其狂若有甚不得已者。‘欲将沉醉换悲凉’是上句注脚。‘清歌莫断肠’,仍含不尽之意。此词沉着厚重,得上结句,便觉竟体空灵。小晏神仙中人,重以名父之贻,贤师友相与沆瀣,其独造处,岂凡夫肉眼所能见及?‘梦魂惯得无拘检,又踏杨花过谢桥。’以此为至,乌足与论小山词耶?”(《蕙风词话》)

吴世昌云:“小山《阮郎归》末句‘清歌莫断肠’,乃慰藉歌者之意。谓我但欲藉尔清歌,助我沉醉而已,求我沉醉以忘悲凉而已。尔莫因歌断肠,使我更增悲凉也。盖不欲因己之悲凉,引起歌者之断肠也。仁人用心随处可见,此小山得天独厚处。”(《词林新话》)

阮郎归

晚妆长趁景阳钟[①]，双蛾著意浓[②]。舞腰浮动绿云浓[③]，樱桃半点红[④]。　怜美景，惜芳容。沉思暗记中。春寒帘幕几重重，杨花尽日风。

［注释］

①景阳钟：南齐武帝以宫深不闻端门鼓漏声，置钟于景阳楼上。宫人闻钟声，早起妆饰。后人称之为景阳钟。　②双蛾：指双眉。　③绿云：指女子浓黑的头髮。　④樱桃：鲜艳的口唇。

归田乐

试把花期数[①]，便早有、感春情绪。看即梅花吐。愿花更不谢，春且长住。只恐花飞又春去。　花开还不语。问此意、年年春还会否[②]。绛唇青鬓[③]，渐少花前语。对花又记得、旧曾游处。门外垂杨未飘絮。

［注释］

①花期：即花信，花开的时间。　②会：领会，理解。　③绛唇青鬓：即红唇黑髮，形容青春年少。

浣溪沙

二月春花厌落梅，仙源归路碧桃催[①]。渭城丝雨劝离杯[②]。　欢意似云真薄幸，客鞭摇柳正多才。凤楼人待锦书来。[③]

[注释]

①仙源:神仙居住的地方。王维《桃源行》:“春来遍是桃花水,不辨仙源何处寻。” 碧桃:重瓣的桃花。 ②渭城丝雨:王维《送元二使安西》“渭城朝雨浥轻尘”,后入乐府,成为送别名曲。 ③唐氏按:此首别误作欧阳修词,见《历代诗馀》卷六。

浣溪沙

卧鸭池头小苑开,暄风吹尽北枝梅。柳长莎软路萦回[①]。 静避绿阴莺有意,漫随游骑絮多才[②]。去年今日忆同来。

[注释]

①莎:莎草,其根可入药,称香附子。 ②絮多才:暗用“谢道韫咏雪”典故。《世说新语·言语》载,晋王凝之妻谢道蕴,聪明有才辨。叔父谢安寒雪日尝内集,天骤雪。安曰:“白雪纷纷何所似?”兄子朗曰:“撒盐空中差可拟。”道蕴曰:“未若柳絮因风起。”

浣溪沙

二月和风到碧城,万条千缕绿相迎。舞烟眠雨过清明[①]。 妆镜巧眉偷叶样[②],歌楼妍曲借枝名[③]。晚秋霜霰莫无情。

[注释]

①舞烟眠雨:指柳枝柔软轻盈,或动或静的迷人姿态。 ②叶样:柳叶的样子。 ③妍曲借枝名:指美妙动听的《杨柳枝》歌曲。《杨柳枝》为汉乐府横吹笛曲。

[集评]

刘永济云："此词通首咏柳，细味之皆含讽意。上半阕言其盛时。下半阕一二句，言趋附者之多也。末句似讽、似怜，又似以盛衰无常警戒之。盖柳盛于二月时而衰于晚秋，似得势者有盛必有衰也。"（《唐五代两宋词简析》）

浣溪沙

白纻春衫杨柳鞭，碧蹄骄马杏花鞯[①]。落英飞絮冶游天。　　南陌暖风吹舞榭，东城凉月照歌筵。赏心多是酒中仙[②]。

[注释]

①杏花鞯：绣有杏花的鞍垫。　②酒中仙：嗜酒者。杜甫《饮中八仙歌》："李白一斗诗百篇，长安市上酒家眠。天子呼来不上船，自称臣是酒中仙。"

浣溪沙

床上银屏几点山，鸭炉香过琐窗寒。小云双枕恨春闲[①]。　　惜别漫成良夜醉，解愁时有翠笺还[②]。那回分袂月初残。

[注释]

①小云：指莲、鸿、蘋、云四歌女之一。　②翠笺：即华笺，书信的美称。

浣溪沙[①]

绿柳藏乌静掩关，鸭炉香细琐窗闲。那回分袂月初残。　　惜别漫成良夜醉，解愁时有翠笺还。欲寻双叶寄情难。

［注释］

①此词与前曲基本俱同,当系改稿。

浣溪沙

家近旗亭酒易酤[①],花时长得醉工夫[②]。伴人歌笑懒妆疏。　户外绿杨春系马,床前红烛夜呼卢[③]。相逢还解有情无。[④]

［注释］

①旗亭:指酒楼。　酤:买。　②花时:原指春天,此处亦暗指女子青春美妙时光。　③呼卢:即呼卢喝雉,古时一种赌博,又叫樗蒲、五木,相当于掷骰子。掷时五子全黑为卢,得头彩;四黑一白为雉,次之。掷之时高声大叫,希望得到全黑,故称呼卢。　④唐氏按:《古今图书集成·艺术典》卷八百二十三娼妓部,此首误作晏殊词。

浣溪沙

日日双眉鬥画长[①],行云飞絮共轻狂。不将心嫁冶游郎[②]。　溅酒滴残歌扇字,弄花熏得舞衣香。一春弹泪说凄凉。

［注释］

①鬥画长:为和别人争妍比美,努力把双眉画得长而美。　②冶游郎:狎妓的浪荡公子。

［集评］

贺裳云:"'溅酒滴残歌扇字,弄花熏得舞衣香。'真觉俨然如在目前,

疑于化工之笔。”（《皱水轩词筌》）

刘永济云：“此词乃写一舞伎之内心矛盾，亦即其内心之痛苦。于上、下两阕之前两句，极力写出此舞女之日常轻狂生活……上半阕结句，言其不轻以身许人……下半阕结句，言其一春弹泪……作者将此一舞女之生活和内心写得如此酣畅……盖由作者自身亦具有此种矛盾之痛苦。”（《唐五代两宋词简析》）

浣溪沙[①]

飞鹊台前晕翠蛾，千金新换绛仙螺[②]。最难加意为颦多。　几处睡痕留醉袖，一春愁思近横波。远山低尽不成歌。

[注释]

①唐氏按：此首或作黄庭坚词，见《豫章黄先生词》。　②绛仙螺：“绛仙善画长蛾眉……由是殿脚女争效为长蛾眉。司宫吏日给螺子黛五斛，号为蛾绿螺子黛。出波斯国，每颗直十金。”见唐颜师古撰《隋遗录》。绛仙：指吴绛仙，为隋炀帝妃。　螺：即螺子黛，画眉所用。

浣溪沙

午醉西桥夕未醒，雨花凄断不堪听[①]。归时应减鬓边青。　衣化客尘今古道[②]，柳含春意短长亭。凤楼争见路旁情。

[注释]

①雨花：语出李白《登瓦官阁》“漫漫雨花落，嘈嘈天乐鸣”。　②客尘：旅途风尘。　衣化客尘：“辞家远行游，悠悠三千里。京洛多风尘，素衣化为缁。”见陆机《为顾彦先赠妇》二首之一。

［集评］

俞陛云云："'客尘'两句感叹殊深。夕阳古道之旁，素衣化缁，攀条惜别者，悠悠今古，阅尽行人。彼高倚凤楼者，蛾眉争艳，浪掷年光，焉有俯仰今昔之怀乎！"（《唐五代两宋词选释》）

浣溪沙

一样宫妆簇彩舟[①]，碧罗团扇自障羞。水仙人在镜中游。　腰自细来多态度[②]，脸因红处转风流。年年相遇绿江头。

［注释］

①宫妆：宫女的装束。　②态度：指优美的姿态。

浣溪沙

已折秋千不奈闲，却随蝴蝶到花间。旋寻双叶插云鬟。　几折湘裙烟缕细，一钩罗袜素蟾弯[①]。绿窗红豆忆前欢[②]。

［注释］

①素蟾：皎洁的月亮。比喻女子之足恰如弯月。　②唐氏按："绿"原作"红"，改从陆校本《小山词》。

浣溪沙

闲弄筝弦懒系裙，铅华消尽见天真[①]。眼波低处事还新。　怅恨不逢如意酒，寻思难值有情人。可怜虚度琐窗春[②]。

［注释］

①铅华:化妆的铅粉。　天真:此指自然无饰的容颜。　②琐窗:窗棂上镂刻着连锁花纹的窗子。

浣溪沙

团扇初随碧簟收,画檐归燕尚迟留。靥朱眉翠喜清秋。　风意未应迷狭路[1],灯痕犹自记高楼。露花烟叶与人愁。

［注释］

①风意:风情,情意。

浣溪沙

翠阁朱阑倚处危,夜凉闲捻彩箫吹。曲中双凤已分飞。　绿酒细倾消别恨,红笺小写问归期。月华风意似当时。

浣溪沙

唱得红梅字字香[1],柳枝桃叶尽深藏[2]。遏云声里送雕觞[3]。　才听便拚衣袖湿,欲歌先倚黛眉长。曲终敲损燕钗梁[4]。

［注释］

①红梅:此指女子所唱的曲词,如《梅花落》、《望梅花》等。　②柳枝:即《杨柳枝》,原是汉横吹曲,至隋而为宫词,唐又变为新声。白居易《杨柳枝》词:“古歌旧曲君休听,听取新翻杨柳枝。”　桃叶:即《桃叶歌》,

晋人王献之所作。 ③雕觞:一作“离觞”。 ④燕钗:燕形的钗。敲损燕钗梁,与白居易《琵琶行》中“钿头云篦击节碎”情形相似。

浣溪沙

小杏春声学浪仙[①],疏梅清唱替哀弦。似花如雪绕琼筵。 腮粉月痕妆罢后,脸红莲艳酒醒前。今年水调得人怜[②]。

[注释]

①小杏:与下句的“疏梅”皆为歌曲名。 ②水调:曲调名。杜牧《扬州》诗:“谁家歌水调,明月满扬州。”

浣溪沙

铜虎分符领外台[①],五云深处彩旌来[②]。春随红旆过长淮。 千里裤襦添旧暖[③],万家桃李间新栽[④]。使星回首是三台[⑤]。

[注释]

①铜虎分符:虎形铜符为国家用兵的凭证。平时朝廷与地方守卫长官各执一半,国家将发兵时,遣使者到地方合符,符合才听受使者命令。有铜虎符便是掌有兵权的象征。 外台:此指到地方察风俗、检举不法的朝廷使者。 ②五云:青、白、赤、黑、黄五色之瑞云,常用来指皇帝所在。王建《赠郭将军》:“承恩将拜上将军,当直巡更近五云。” ③裤襦:即衣裤。《后汉书·廉范传》载,廉范任蜀郡太守,有政绩,百姓作歌颂之:“廉叔度,何来暮?不禁火,民安作。平生无襦今五裤。”后因以“襦裤之歌”喻惠民的德政。此以裤襦添旧暖,指外台的政绩。 ④桃李间新栽:暗喻推荐、选拔新人才。 ⑤使星:朝廷派出的使者。 三台:古官名,尚书为中台,御史为宪台,谒者为外台。

浣溪沙

浦口莲香夜不收，水边风里欲生秋。棹歌声细不惊鸥。　　凉月送归思往事，落英飘去起新愁。可堪题叶寄东楼[①]。

［注释］

①可堪：哪堪，不堪。　题叶："红叶题诗，终得佳偶。"见《唐人小说》。　东楼：一作"东流"。

浣溪沙

莫问逢春能几回，能歌能笑是多才。露花犹有好枝开。　　绿鬓旧人皆老大，红梁新燕又归来。尽须珍重掌中杯。

浣溪沙

楼上灯深欲闭门，梦云归去不留痕。几年芳草忆王孙[①]。　　向日阑干依旧绿，试将前事倚黄昏。记曾来处易消魂。

［注释］

①芳草忆王孙：本《楚辞·招隐士》"王孙游兮不归，春草生兮萋萋"。后用以表示对游子的怀恋。

六幺令

绿阴春尽，飞絮绕香阁。晚来翠眉宫样[①]，巧把远山学[②]。一寸狂心未说，已向横波觉。画帘遮匝[③]。新翻曲妙,暗许闲人带偷掐[4]。 前度书多隐语,意浅愁难答。昨夜诗有回纹[5],韵险还慵押[6]。都待笙歌散了,记取留时霎[7]。不消红蜡。闲云归后,月在庭花旧阑角。

[注释]

①翠眉:用黛螺画的眉。晋人崔豹《古今注》云:“魏宫人好画长眉,今多作翠眉警鹤髻。” ②远山:即远山眉,传为司马相如妻卓文君所创。 ③遮匝:严密的遮蔽。 匝:周遍、环绕。 ④偷掐:偷偷地学习、摹仿。 掐:《全宋词》作“掐”,疑形近而误。 ⑤回纹:即回文,诗调字句回旋往返都能成文可诵的诗。 ⑥韵险:用艰僻难押的字为诗韵。 ⑦霎:短暂的一刻。

[集评]

夏敬观云:“此倒押韵之法,甚峭拔。‘匝’、‘掐’、‘答’、‘押’、‘霎’、‘蜡’,皆开口音,系‘合’韵与‘觉’韵同叶。”(《吷庵词评》)

六么令[1]

雪残风信,悠飏春消息[2]。天涯倚楼新恨,杨柳几丝碧。还是南云雁少,锦字无端的[3]。宝钗瑶席。彩弦声里,拚作尊前未归客。 遥想疏梅此际,月底香英白。别后谁绕前溪,手拣繁枝摘。莫道伤高恨远,付与临风笛。尽堪愁寂。花时往事,更有多情个人忆。

[注释]

①唐氏按:此首别误作晏殊词,见《梅苑》卷二。 ②悠飏:飞扬,飘忽起伏。 ③锦字:《晋书·列女列传·窦滔妻苏氏》载苏氏织锦回文旋图诗赠给被流徙远方的丈夫,后称妻寄夫之书信为锦字。 端的:此指果真、实在。

六幺令

日高春睡，唤起懒装束。年年落花时候，惯得娇眠足。学唱宫梅便好，更暖银笙逐[1]。黛蛾低绿。堪教人恨，却似江南旧时曲。　　常记东楼夜雪，翠幕遮红烛。还是芳酒杯中，一醉光阴促。曾笑阳台梦短，无计怜香玉。此欢难续。乞求歌罢，借取归云画堂宿。

[注释]

①更暖：笙之簧片，以铜为之。冬日必以炭火暖之，则字正而声美。见《齐东野语》。

更漏子

槛花稀[1]，池草遍[2]。冷落吹笙庭院。人去日，燕西飞。燕归人未归。　　数书期，寻梦意。弹指一年春事[3]。新怅望，旧悲凉。不堪红日长。

[注释]

①槛花：栏杆中的花。　②遍：到处，长满。　③弹指：比喻极短的时间。佛经说二十念为一瞬，二十瞬为一弹指。　春事：此指春天时光。

更漏子

柳间眠，花里醉。不惜绣裙铺地。钗燕重[1]，鬓蝉轻[2]。一双梅子青[3]。　　粉笺书，罗袖泪。还有可怜新意。遮闷绿，掩羞红。晚来团扇风。

[注释]

①钗燕：即燕钗，燕形的钗。 ②鬓蝉：即蝉鬓，古代妇女的一种髮式。 ③梅子：此指眼睛清俊如梅子。

更漏子

柳丝长，桃叶小。深院断无人到。红日淡，绿烟晴。流莺三两声。 雪香浓，檀晕少[①]。枕上卧枝花好。春思重，晓妆迟。寻思残梦时。

[注释]

①檀晕：粉红色，常指女子脸上的光色。

[集评]

陈廷焯云："情馀言外，不必用香泽字面。"(《闲情集》卷一)

更漏子

露华高，风信远[①]。宿醉画帘低卷。梳洗倦，冶游慵。绿窗春睡浓。 彩条轻[②]，金缕重[③]。昨日小桥相送。芳草恨[④]，落花愁。去年同倚楼。

[注释]

①风信：应时而至的风。 ②彩条：剪彩所作的条形饰物，常为装点节令而佩戴。 ③金缕：此亦指当时妇女在元宵、立春等节令时所佩的一种节物。 ④芳草恨：暗指离愁别恨。

[集评]

陈廷焯云："曰'昨日'，曰'去年'，宛雅哀怨。"(《闲情集》卷一)

更漏子

出墙花，当路柳[①]。借问芳心谁有[②]。红解笑[③]，绿能颦[④]。千般恼乱春[⑤]。　　北来人，南去客。朝暮等闲攀折[⑥]。怜晚秀，惜残阳[⑦]。情知枉断肠。

［注释］

①出墙花，当路柳：都指妓女。　②芳心：爱花惜柳的心意。　③红：指红颜秀色。　解笑：使人开心。　④绿：指黛色秀眉。　⑤千般恼乱春：指人的容颜处处皆好，恰似春光一般惹人心乱。　⑥等闲攀折：漫不经心地采折。敦煌曲子词《望江南》："莫攀我，攀我太心偏。我是曲江临池柳，者人折了那人攀。恩爱一时间。"　⑦残阳：与"晚秀"同指妓女年老色衰之时。

更漏子

欲论心[①]，先掩泪。零落去年风味[②]。闲卧处，不言时，愁多只自知。　　到情深，俱是怨。惟有梦中相见。犹似旧，奈人禁[③]。偎人说寸心。

［注释］

①论心：谈心，交心。　②零落：衰败，冷落。　③奈：同"耐"，受得住。

河满子

对镜偷匀玉箸[①]，背人学写银钩[②]。系谁红豆罗带角[③]，心情正著春游。那日杨花陌上，多时杏子墙头。
眼底关山无奈，梦中云雨空休。问看几许怜才意，两蛾藏尽离愁。难拚此回肠断，终须锁定红楼。

[注释]

①玉箸:喻眼泪。李白《闺情》:“玉箸夜垂流,双双落朱颜。” ②银钩:草书字体状如银钩。此处代指书信。白居易《写新诗寄微之偶题卷后》:“写了吟看满卷愁。浅红笺纸小银钩。” ③红豆:喻相思。

河满子

绿绮琴中心事[①],齐纨扇上时光[②]。五陵年少浑薄幸,轻如曲水飘香。夜夜魂消梦峡[③],年年泪尽啼湘[④]。 归雁行边远字,惊鸾舞处离肠[⑤]。蕙楼多少铅华在,从来错倚红妆[⑥]。可羡邻姬十五,金钗早嫁王昌[⑦]。

[注释]

①绿绮琴:古琴名,原为司马相如所有,后用为琴的通名。 ②齐纨扇:齐地所产的细绢织成的团扇,后代称一般的绢扇。 ③梦峡:梦中的巫峡,暗用楚襄王梦遇巫山神女事,言欢爱之短暂。 ④啼湘:舜死后,他的两个妃子娥皇、女英到湘水边啼哭哀悼,泪染竹斑。此指经常哭泣。⑤惊鸾舞:用孤鸾悲镜故事,喻指有情人痛彻心肺的离情。 ⑥错倚红妆:因自恃美貌风流而铸成错误。 ⑦王昌:代指风雅美貌的男子。李商隐《代应》:“谁与王昌报消息,尽知三十六鸳鸯。”清人高士奇《天禄识馀下》:“王维、崔颢、韩偓、唐颜谦等诗中皆言王昌,其人始末已无可考。”

[集评]

俞陛云云:“词言沦落风尘之苦,相逢者皆属薄幸,人但知其梦峡之欢,而不见其啼湘之泪。下阕‘铅华’、‘红妆’二句言容华岂堪长恃,老大徒伤,其中亦有特秀者。盈盈十五,早嫁王昌,信乎命之不齐也。”(唐五代两宋词选释》)

于飞乐

晓日当帘,睡痕犹占香腮。轻盈笑倚鸾台。晕残红,匀宿翠[1]，满镜花开。娇蝉鬓畔，插一枝、淡蕊疏梅。　　每到春深，多愁饶恨，妆成懒下香阶。意中人，从别后，萦系情怀。良辰好景，相思字、唤不归来。

[注释]

①宿翠：眉上旧的黛色。

愁倚阑令

凭江阁，看烟鸿。恨春浓。还有当年闻笛泪[1]，洒东风。　　时候草绿花红。斜阳外、远水溶溶。浑似阿莲双枕畔，画屏中。

[注释]

①闻笛泪：晋代向秀与嵇康、吕安二人为知心好友，后嵇、吕二人遇害，向秀经过二人的故居，听到邻人吹笛，不禁追念良友，感慨万分，写下《思旧赋》。见《晋书·向秀传》。后用以表示感念故友，心情惆怅。

愁倚阑令

花阴月，柳梢莺。近清明。长恨去年今夜雨，洒离亭。　　枕上怀远诗成。红笺纸、小研吴绫[1]。寄与征人教念远，莫无情。

[注释]

①小研吴绫：吴地产的研绫。在石上碾磨使之坚实光亮称为研，研绫即经磨光之绫。

愁倚阑令

春罗薄，酒醒寒。梦初残。攲枕片时云雨事，已关山。　楼上斜日阑干。楼前路、曾试雕鞍。拚却一襟怀远泪，倚阑看。

御街行

年光正似花梢露，弹指春还暮。翠眉仙子望归来，倚遍玉城珠树[①]。岂知别后，好风良月，往事无寻处。
狂情错向红尘住[②]，忘了瑶台路。碧桃花蕊已应开，欲伴彩云飞去。回思十载，朱颜青鬓，枉被浮名误。

[注释]

①玉城珠树：极言女子居处景物的美好。　②狂情：此反映奔放的激情。

御街行

街南绿树春饶絮，雪满游春路[①]。树头花艳杂娇云，树底人家朱户。北楼闲上，疏帘高卷，直见街南树。　阑干倚尽犹慵去，几度黄昏雨。晚春盘马踏青苔[②]，曾傍绿阴深驻。落花犹在，香屏空掩，人面知何处[③]。

[注释]

①雪：喻白絮。　②盘马：跨马盘旋。韩愈《雉带箭》："将军欲以巧服人，盘马弯弓惜不发。"　③"人面"句：本唐崔护《题都城南庄》"去年今日此门中，人面桃花相映红。人面不知何处去，桃花依旧笑春风"。

浪淘沙

高阁对横塘①，新燕年光。柳花残梦隔潇湘②。绿浦归帆看不见，还是斜阳③。　一笑解愁肠，人会娥妆。藕丝衫袖郁金香④。曳雪牵云留客醉⑤，且伴春狂。

［注释］

①横塘：地名，一在南京市西南，一在吴县西南。　②潇湘：指湘水。　③"绿浦"二句：本唐温庭筠《梦江南》"过尽千帆皆不是，斜晖脉脉水悠悠，肠断白蘋洲"。　④藕丝：颜色名，色较浅。温庭筠《菩萨蛮》："藕丝秋色浅，人胜参差剪。"　⑤曳雪牵云：李贺《洛姝》诗"牵云曳雪留陆郎"，形容男士之风度出色。

浪淘沙

小绿间长红，露蕊烟丛①。花开花落昔年同。惟恨花前携手处，往事成空②。　山远水重重，一笑难逢。已拚长在别离中。霜鬓知他从此去，几度春风。

［注释］

①露蕊烟丛：指花草被清露滋润，被烟霞笼罩。　②"花开"三句：即唐刘希夷诗《代悲白头翁》"年年岁岁花相似，岁岁年年人不同"意。

浪淘沙

丽曲醉思仙①，十二哀弦。秾蛾叠柳脸红莲。多少雨条烟叶恨②，红泪离筵。　行子惜流年，鶗鴂枝边③。吴堤春水舣兰船④。南去北来今渐老，难负尊前。

[注释]

①醉思仙:曲调名。 ②雨条烟叶:形容被烟雨笼罩的柳树枝叶,暗指歌伎。 ③鶗鴂(tí juè):即杜鹃鸟。 ④舣:停船。

浪淘沙

翠幕绮筵张,淑景难忘[①]。阳关声巧绕雕梁[②]。美酒十分谁与共,玉指持觞。　　晓枕梦高唐[③],略话衷肠。小山池院竹风凉。明夜月圆帘四卷,今夜思量。

[注释]

①淑景:指良辰美景。 ②阳关:即《阳关曲》,送别时所唱。 ③高唐:代指梦中相会,典出宋玉《高唐赋序》。

丑奴儿

昭华凤管知名久[①]。长闭帘栊,日日春慵,闲倚庭花晕脸红。　　应说金谷无人后[②]。此会相逢,三弄临风[③],送得当筵玉盏空。

[注释]

①昭华:汉高祖入咸阳宫,见一玉管长二尺三寸,二十六孔。铭曰"昭华之管"。见《西京杂记》。 ②金谷:晋代石崇曾筑金谷园,在今河南省洛阳市西北。景物之胜、宾客之盛都冠绝一时。 ③三弄:奏乐一曲称一弄。琴曲有《梅花三弄》。

丑奴儿

日高庭院杨花转。闲淡春风,莺语惺忪[①],似笑金屏昨夜空。　　娇慵未洗匀妆手。闲印斜红,新恨重重,都与年时旧意同。[2]

[注释]

①惺忪：此指莺声清脆悦耳。 ②吴讷本注云：此二曲又见于《采桑子》，其间小有不同，今两存之。

诉衷情

种花人自蕊宫来[1]，牵衣问小梅。今年芳意何似，应向旧枝开。　凭寄语，谢瑶台，客无才。粉香传信，玉盏开筵，莫待春回。

[注释]

①蕊宫：道家传说天上有蕊珠宫，为神仙的居处。

诉衷情

净揩妆脸浅匀眉，衫子素梅儿。苦无心绪梳洗，闲淡也相宜。　云态度[1]，柳腰肢，入相思。夜来月底，今日尊前，未当佳期。

[注释]

①云态度：谓人的姿态娇柔似云。

诉衷情

渚莲霜晓坠残红，依约旧秋同。玉人团扇恩浅[1]，一意恨西风。　云去住，月朦胧，夜寒浓。此时还是，泪墨书成，未有归鸿。

［注释］

①玉人：美女。 团扇：也称宫扇。汉班婕妤《怨歌行》有“裁为合欢扇，团圞似明月”句，并用“常恐秋节至”表示人对团扇的恩义浅短。后用团扇至秋被弃比喻恩情半途断绝。

诉衷情

凭觞静忆去年秋，桐落故溪头。诗成自写红叶，和恨寄东流。 人脉脉，水悠悠，几多愁。雁书不到[①]，蝶梦无凭[②]，漫倚高楼。

［注释］

①雁书：指书信。典出《汉书·苏武传》。 ②蝶梦：庄周梦蝶，典出《庄子·齐物论》。此指梦境。

诉衷情

小梅风韵最妖娆[①]，开处雪初消。南枝欲附春信，长恨陇人遥[②]。 闲记忆，旧江皋[③]，路迢迢。暗香浮动，疏影横斜，几处溪桥。

［注释］

①妖娆：妖艳娇媚。 ②“南枝”二句：《荆州记》载，南朝宋代陆凯与范晔交善，陆自江南寄梅花一枝给在长安的范晔，并赠诗曰：“折梅逢驿使，寄与陇头人。江南无所有，聊赠一枝春。” ③江皋：江边高地。

诉衷情[①]

长因蕙草记罗裙，绿腰沉水熏[②]。阑干曲处人静，曾共倚黄昏。 风有韵，月无痕，暗消魂。拟将幽恨，试写残花，寄与朝云[③]。

［注释］

①唐氏按：此首别作误作元人张伯远作，见《词的》卷一。　②沉水：即沉香。　③朝云：巫山神女，此指意中情人。

［集评］

卓人月云："《乐府》'六幺'，讹作'六腰'，此则直指裙腰耳。"（《古今词统》卷四）

诉衷情

御纱新制石榴裙，沉香慢火熏。越罗双带宫样[①]，飞鹭碧波纹[②]。　随锦字[③]，叠香痕，寄文君。系来花下，解向尊前，谁伴朝云。

［注释］

①越罗：越地所产罗带，以轻丽著称。　②飞鹭碧波：指裙子上所织花样。　③锦字：此指裙纱上所织之文字。

诉衷情

都人离恨满歌筵[①]，清唱倚危弦。星屏别后千里[②]，更见是何年。　骢骑稳，绣衣鲜，欲朝天。北人欢笑，南国悲凉，迎送金鞭。

［注释］

①都人：此指都门送行之人。　②星屏：使者之车。　屏：车上屏饰。

破阵子

柳下笙歌庭院，花间姊妹秋千。记得青楼当日事[①]，写向红窗夜月前。凭谁寄小莲。　　绛蜡等闲陪泪，吴蚕到了缠绵[②]。绿鬓能供多少恨[③]，未肯无情比断弦[④]。今年老去年。

[注释]

①青楼：此指妓院。　②缠绵：指蚕吐丝绵绵不尽。以上二句化用李商隐《无题》诗“春蚕到死丝方尽，蜡炬成灰泪始干”句意。　③绿鬓：指黑发。　供：承担，忍受。　④断弦：琴弦断绝。

[集评]

陈廷焯云：“对法活泼，措词亦婉媚。（‘绿鬓’二句）凄咽芊绵。”（《闲情集》卷一）

好女儿

绿遍西池，梅子青时。尽无端、尽日东风恶。更霏微细雨[①]，恼人离恨，满路春泥。　　应是行云归路，有闲泪、洒相思。想旗亭、望断黄昏月。又依前误了，红笺香信，翠袖欢期。

[注释]

①霏微：指濛濛细雨。

好女儿

酌酒殷勤，尽更留春。忍无情、便赋馀花落[①]。待花前细把、一春心事，问个人人。　莫似花开还谢，愿芳意、且长新。倚娇红、待得欢期定。向水沉烟底[②]，金莲影下[③]，睡过佳辰。

[注释]

①馀花：剩馀之花，喻春将尽时。　②水沉烟：沉香燃烧时散发出的烟雾。　③金莲：金莲烛，古时宫廷用的蜡烛，烛台似莲花瓣，故称。

点绛唇

花信来时[①]，恨无人似花依旧。又成春瘦，折断门前柳[②]。　天与多情，不与长相守。分飞后[③]，泪痕和酒，占了双罗袖。

[注释]

①花信：开花的消息，犹花期。亦指花信风，即应花期而来的风。江南自小寒至谷雨，五日一番风候，梅花风最早，其次为山茶、水仙等，楝花风最后，共二十四番。　②折断门前柳：以折柳表示亲友离别。此处是折柳盼归。　③分飞：劳燕分飞，语出《玉台新咏·古词·东飞伯劳歌》“东飞伯劳西飞燕”句，后因称离别为分飞。

点绛唇

明日征鞭[①]，又将南陌垂杨折。自怜轻别，拚得音尘绝[②]。　杏子枝边，倚处阑干月。依前缺[③]，去年时节，旧事无人说。

[注释]

①征鞭：代指乘马远行的人。　②音尘绝：指不相通问。汉蔡琰《胡笳十八拍》：“故乡隔兮音尘绝，哭无声兮气将咽。”　③依前缺：既指月缺

不圆,又指人不团圆。

[集评]

陈廷焯云:“流连往复,情味自永。”(《闲情集》卷一)

点绛唇

碧水东流,漫题凉叶津头寄。谢娘春意[1],临水颦双翠。　　日日骊歌[2],空费行人泪。成何计,未如浓醉,闲掩红楼睡。

[注释]

①谢娘:指妓女。　②骊歌:《骊驹》之歌的省称。《骊驹》是《诗经》逸诗篇名,为告别之歌。李白《灞陵行送别》诗:“正当今夕断肠处,骊歌愁绝不忍听。”

点绛唇

妆席相逢,旋匀红泪歌金缕[1]。意中曾许,欲共吹花去。　　长爱荷香,柳色殷桥路。留人住,淡烟微雨,好个双栖处。

[注释]

①金缕:曲调名。唐佚名《杂词》:“劝君莫惜金缕衣,劝君惜取少年时。花开堪折直须折,莫待无花空折枝。”谱成曲调,在唐时很流行。亦称《金缕曲》。

[集评]

陈廷焯云:“情景兼写,景生于情。”(《闲情集》卷一)

点绛唇

湖上西风，露花啼处秋香老①。谢家春草②，唱得清商好③。　笑倚兰舟，转尽新声了④。烟波渺，暮云稀少，一点凉蟾小⑤。

[注释]

①秋香：指荷花。　②谢家：指妓家。　③清商：原是古五音之一，商声。南北朝时，中原旧曲及江南吴歌、荆楚四声统称清商音乐，以别于雅乐及胡乐。此处泛指流行俗曲。　④转尽新声：婉转尽妙地歌唱新谱的乐曲。　⑤凉蟾：指月亮。

两同心

楚乡春晚，似入仙源①。拾翠处、闲随流水②。踏青路、暗惹香尘。心心在，柳外青帘，花下朱门。　对景且醉芳尊。莫话消魂。好意思、曾同明月③。恶滋味、最是黄昏。相思处，一纸红笺，无限啼痕。

[注释]

①仙源：神仙居住的地方。即桃花源。　②拾翠：拾取翠鸟羽毛以为首饰，借指妇女春天嬉游的景象，与下句之“踏青”相近。　③意思：意绪，心情。

[集评]

沈雄云：“一曲之中，安能句句高妙，只要相搭衬付得去，于好发挥笔力处，极要用工，不轻放过。读之使人击节。所以时多警句……如‘恶滋味、最是黄昏’，晏小山《两同心》句。”（《古今词话·词品》下卷）

少年游

绿勾阑畔[1]，黄昏淡月，携手对残红。纱窗影里，朦腾春睡[2]，繁杏小屏风。　　须愁别后，天高海阔，何处更相逢。幸有花前，一杯芳酒，欢计莫匆匆。

［注释］

①勾阑：此处指栏干。　②朦腾：犹朦胧，言睡梦模糊。

少年游

西溪丹杏，波前媚脸，珠露与深匀。南楼翠柳，烟中愁黛，丝雨恼娇颦。　　当年此处，闻歌殢酒，曾对可怜人[1]。今夜相思，水长山远，闲卧送残春。

［注释］

①可怜人：值得怜爱的人。

少年游

离多最是，东西流水，终解两相逢。浅情终似，行云无定，犹到梦魂中。　　可怜人意，薄于云水，佳会更难重。细想从来，断肠多处，不与者番同[1]。

［注释］

①者番：即这番，这回。

少年游

西楼别后，风高露冷，无奈月分明。飞鸿影里，捣衣砧外，总是玉关情[①]。　　王孙此际[②]，山重水远，何处赋西征[③]。金闺魂梦枉丁宁，寻尽短长亭。

[注释]

①玉关:即玉门关，在今甘肃敦煌县西北，古为出西域的要道。后用“玉关”泛指边塞。　②王孙:指游子。　③西征:相传周穆王御八骏车周游天下，曾西征瑶池会见西王母。见《列子·周穆王》。此处指向西进发去会见心上人。

少年游

雕梁燕去，裁诗寄远，庭院旧风流。黄花醉了，碧梧题罢，闲卧对高秋。　　繁云破后，分明素月，凉影挂金钩[①]。有人凝澹倚西楼[②]。新样两眉愁。

[注释]

①金钩:此指帘钩。　②凝澹:庄重，安静。

虞美人

闲敲玉镫隋堤路[①]，一笑开朱户[②]。素云凝澹月婵娟[③]，门外鸭头春水[④]、木兰船。　　吹花拾蕊嬉游惯，天与相逢晚。一声长笛倚楼时[⑤]，应恨不题红叶、寄相思。

[注释]

①闲敲玉镫:谓骑马闲游。张祜《少年乐》:“醉把金船掷，闲敲玉镫游。”　隋堤:隋炀帝大业元年重浚汴河，开通济渠，渠旁筑御道，并植杨柳，后人称为隋堤。　②朱户:朱红的大门，泛指贵豪家。　③凝澹:此指安静不动。　婵娟:此指美好的样子。　④鸭头:即鸭头绿，形容春水深碧宛如鸭头绿色。　⑤“一声”句:本赵嘏《长安晚秋》“残星几点雁横塞，

长笛一声人倚楼”。此处指天将破晓。

虞美人

飞花自有牵情处[①],不向枝边坠。随风飘荡已堪愁,更伴东流流水、过秦楼[②]。　　楼中翠黛含春怨,闲倚阑干见。远弹双泪惜香红[③],暗恨玉颜光景、与花同。

[注释]

①牵情:牵惹情思。　②秦楼:此指所爱女子的居处。　③香红:指春花。

虞美人

曲阑干外天如水,昨夜还曾倚。初将明月比佳期,长向月圆时候、望人归。　　罗衣著破前香在,旧意谁教改。一春离恨懒调弦,犹有两行闲泪、宝筝前。

虞美人

疏梅月下歌金缕[①],忆共文君语[②]。更谁情浅似春风,一夜满枝新绿、替残红。　　蘋香已有莲开信[③],两桨佳期近[④]。采莲时节定来无,醉后满身花影、倩人扶[⑤]。

[注释]

①金缕:指《金缕曲》,唐时流行的曲调。　②文君:西汉司马相如之妻卓文君,此指相爱的女子。　③“蘋香”句:意为蘋香起时,正是荷花将开的信息。　蘋:一种大浮萍,夏秋间开小白花。　④“两桨”句:本乐府《莫愁集》“艇子打两桨,催送莫愁来”。　⑤“醉后”句:本唐陆龟蒙《和袭

美春夕酒醒》"觉后不知明月上，满身花影倩人扶"。　倩：请人为自己做事。

［集评］

卓人月云："'替'字妙。"（《古今词统》卷七）

虞美人

玉箫吹遍烟花路[1]，小谢经年去[2]。更教谁画远山眉，又是陌头风细、恼人时。　　时光不解年年好，叶上秋声早。可怜蝴蝶易分飞，只有杏梁双燕、每来归。

［注释］

①烟花：指春日美景。　②小谢：南朝宋时谢惠连文彩焕然，书画并妙，与其族兄谢灵运为时人并称大小谢。此泛指风流才子。　经年：一整年。

虞美人

秋风不似春风好，一夜金英老[1]。更谁来凭曲阑干，惟有雁边斜月、照关山。　　双星旧约年年在[2]，笑尽人情改。有期无定是无期，说与小云新恨、也低眉[3]。

［注释］

①金英：黄花，指秋菊。　②双星旧约：指牛郎、织女七夕相会的传说。　③小云：歌伎名。

虞美人[1]

小梅枝上东君信[2]，雪后花期近。南枝开尽北枝开，长被陇头游子、寄春来[3]。　年年衣袖年年泪，总为今朝意。问谁同是忆花人，赚得小鸿眉黛、也低颦[4]。

[注释]

①唐氏按：此首别误作晏殊词，见《花草粹编》卷六。　②东君：司春之神。　③陇头游子：指南朝人范晔，他仕宦长安时，好友陆凯从江南寄梅花一枝，并赠诗。　④小鸿：歌伎名。

虞美人

湿红笺纸回纹字[1]，多少柔肠事。去年双燕欲归时，还是碧云千里、锦书迟。　南楼风月长依旧，别恨无端有[2]。倩谁横笛倚危阑。今夜落梅声里、怨关山[3]。

[注释]

①回纹：即回文，正反颠倒均可成句的诗文。　②无端有：突如其来而无法摆脱。　③落梅：指汉代笛曲《梅花落》。高适《塞上听吹笛》："借问梅花何处落，风吹一夜满关山。"

虞美人

一弦弹尽仙韶乐[1]，曾破千金学。玉楼银烛夜深深，愁见曲中双泪、落香襟。　从来不奈离声怨[2]，几度朱弦断。未知谁解赏新音[3]，长是好风明月、暗知心。

[注释]

①韶乐：虞舜乐名。《论语·八佾》："子谓韶：尽美矣，又尽善也。"②不奈：禁受不住。　③新音：新的旋律，亦指心音。

采桑子

秋千散后朦胧月。满院人闲，几处雕阑，一夜风吹杏粉残。　昭阳殿里春衣就[①]。金缕初干[②]，莫信朝寒，明月花前试舞看。

[注释]

①昭阳殿：汉武帝时后宫八区中有昭阳殿，汉成帝时赵飞燕居之。后世指皇后之宫。　②金缕：指织在衣中的金丝。

采桑子[①]

花前独占春风早。长爱江梅，秀艳清杯，芳意先愁凤管催[②]。　寻香已落闲人后。此恨难裁，更晚须来，却恐初开胜未开。

[注释]

①唐氏按：此首抱经斋抄本《珠玉词补遗》引《群贤梅苑》误作晏殊词。　②凤管：指笛。古代笛曲有《梅花落》，此处以愁笛暗指为梅花凋落而愁。

采桑子

芦鞭坠遍杨花陌[①]。晚见珍珍[②]，疑是朝云，来作高唐梦里人[③]。　应怜醉落楼中帽[④]。长带歌尘[⑤]，试拂香茵，留解金鞍睡过春。

[注释]

①芦鞭：以芦草为鞭。　②珍珍：歌伎名。　③高唐梦里人：用巫山神女典故，借指共度良宵的女子。　④醉落楼中帽：化用孟嘉落帽典故，

见《晋书·孟嘉传》。 ⑤歌尘:歌动梁尘,传说鲁人虞公唱歌发声清哀,能使梁上的尘土振动飞扬。见刘向《别录》。

采桑子

日高庭院杨花转。闲淡春风,昨夜匆匆,颦入遥山翠黛中[①]。 金盆水冷菱花净[②]。满面残红,欲洗犹慵,弦上啼乌此夜同。

[注释]

①遥山翠黛:指女子眉毛所画的式样与颜色。 ②菱花:指女子的妆镜。

采桑子

征人去日殷勤嘱。莫负心期[①],寒雁来时,第一传书慰别离。 轻春织就机中素[②]。泪墨题诗,欲寄相思,日日高楼看雁飞。

[注释]

①心期:心中所期许的人。 ②唐氏按:"轻"疑"经"字之讹。 素:白色生绢,古人用来写信。

采桑子

花时恼得琼枝瘦[①]。半被残香,睡损梅妆,红泪今春第一行。 风流笑伴相逢处。白马游缰,共折垂杨,手捻芳条说夜长。

［注释］

①琼枝：玉树之枝。比喻美人身体。

采桑子

春风不负年年信。长趁花期[1]，小锦堂西，红杏初开第一枝。　　碧箫度曲留人醉。昨夜归迟，短恨凭谁，莺语殷勤月落时。

［注释］

①趁：赴，趋。

采桑子

秋来更觉消魂苦。小字还稀，坐想行思，怎得相看似旧时。　　南楼把手凭肩处[1]。风月应知，别后除非，梦里时时得见伊。

［注释］

①《全宋词》注："肩"原作"看"，改从汲古阁本《小山词》。

采桑子

谁将一点凄凉意。送入低眉，画箔闲垂[1]，多是今宵得睡迟。　　夜痕记尽窗间月。曾误心期，准拟相思[2]，还是窗间记月时。

［注释］

①画箔：即画帘。　②准拟：打算，推想。

采桑子

宜春苑外楼堪倚[①]。雪意方浓,雁影冥濛[②],正共银屏小景同。　　可无人解相思处。昨夜东风,梅蕊应红,知在谁家锦字中。

[注释]

①宜春苑:秦离宫有宜春宫,宫之东为宜春苑,汉称宜春下苑。故址在今陕西长安县南。　②冥濛:幽暗不明。

采桑子

白莲池上当时月。今夜重圆,曲水兰船,忆伴飞琼看月眠。　　黄花绿酒分携后。泪湿吟笺,旧事年年,时节南湖又采莲。

采桑子

高吟烂醉淮西月[①]。诗酒相留,明月归舟,碧藕花中醉过秋。　　文姬赠别双团扇[②]。自写银钩[③],散尽离愁,携得清风出画楼[④]。

[注释]

①淮西:作者曾监颍昌许田镇,颍昌地处淮西。　②文姬:此指即将告别的女子。　③银钩:比喻遒劲的书法。　④出画楼:一本作“到别州”。

采桑子

前欢几处笙歌地。长负登临[①],月幌风襟[②],犹忆西楼著意深。　　莺花见尽当时事。应笑如今，一寸愁心，日日寒蝉夜夜砧。

［注释］

①登临：登山临水，泛指纵情游赏。　②幌：此指窗帘。

采桑子

无端恼破桃源梦[①]。明日青楼[②]，玉腻花柔，不学行云易去留。　　应嫌衫袖前香冷。重傍金虬[③]，歌扇风流，遮尽归时翠黛愁。

［注释］

①无端：无缘无故，突如其来。　桃源梦：暗用刘、阮入天台遇仙的典故。　②明日：一本作“明月”。　青楼：原指贵族妇女所居之华屋，六朝末改指妓院。　③金虬：指铸有虬的图案的铜香炉。　虬：传说中的无角龙。

采桑子

年年此夕东城见。欢意匆匆，明日还重，却在楼台缥缈中。　　垂螺拂黛清歌女[①]。曾唱相逢，秋月春风，醉枕香衾一岁同。

［注释］

①垂螺：古时少女将头髮挽在头顶两侧，状如螺壳，称垂螺或双螺。《词品》卷二“角妓垂螺”条：“垂螺、双螺，盖当时角妓未破瓜时鬟饰之名，今秦妓及搬演旦色，犹有此制。”　拂黛：以黛青色描眉。

采桑子

双螺未学同心绾[①]。已占歌名[②],月白风清。长倚昭华笛里声[③]。　知音敲尽朱颜改[④]。寂寞时情,一曲离亭[⑤],借与青楼忍泪听。

[注释]

①同心绾:即同心结,用锦带打成连环回文式样的结子,用以象征爱情。　②占:博取,获得。　③昭华:乐器名,即玉管。《晋书·律历志上》:"至舜时,西王母献昭华之管,以玉为之。"　④知音敲尽:即知音逐渐散尽。　⑤离亭:原指路旁的驿亭,此指在送别时所唱的离歌。

采桑子

西楼月下当时见。泪粉偷匀[①],歌罢还颦,恨隔炉烟看未真。　别来楼外垂杨缕。几换青春[②],倦客红尘[③],长记楼中粉泪人。

[注释]

①泪粉偷匀:悄悄擦去眼泪,把被泪弄残了的妆粉重新涂匀。　②青春:春天。　③红尘:闹市的飞尘。此指旅途风尘。

[集评]

俞陛云云:"此词不过回忆从前,而能手写之,便觉当时凄怨之神,宛呈纸上。"(《唐五代两宋词选释》)

采桑子

非花非雾前时见。满眼娇春,浅笑微颦,恨隔垂帘看未真。　殷勤借问家何处。不在红尘,若是朝云[①],宜作今宵梦里人。

［注释］

①朝云:暗用巫山神女典故,指美女。

采桑子

当时月下分飞处。依旧凄凉,也会思量,不道孤眠夜更长。　　泪痕揾遍鸳鸯枕[1]。重绕回廊,月上东窗,长到如今欲断肠。

［注释］

①揾:擦拭。

采桑子

湘妃浦口莲开尽[1]。昨夜红稀,懒过前溪,闲舣扁舟看雁飞[2]。　　去年谢女池边醉。晚雨霏微[3],记得归时,旋折新荷盖舞衣。

［注释］

①湘妃浦:地名。小河入江之处称浦口。　②舣:停船。　③霏微:指细雨濛濛。

采桑子

别来长记西楼事。结遍兰襟[1],遗恨重寻,弦断相如绿绮琴[2]。　　何时一枕逍遥夜。细话初心,若问如今,也似当时著意深。

[注释]

①兰襟：衣襟的美称。 ②绿绮琴：古琴名，传为司马相如所有，后用为琴的通名。

采桑子

红窗碧玉新名旧[1]。犹绾双螺，一寸秋波，千斛明珠觉未多。 小来竹马同游客。惯听清歌，今日蹉跎，恼乱工夫晕翠蛾[2]。

[注释]

①碧玉：女子名。 ②晕翠蛾：描眉。 晕：通“匀”。

采桑子[1]

昭华凤管知名久。长闭帘栊，闻道春慵，方倚庭花晕脸红。 可怜金谷无人后[2]。此会相逢，三弄临风，送得当筵玉盏空。

[注释]

①唐氏按：此首原无，从吴讷本《小山词》录出。 ②唐氏按：“金谷”原作“今古”，从陆校本、抱经斋抄本《小山词》。

采桑子

金风玉露初凉夜[1]。秋草窗前，浅醉闲眠，一枕江风梦不圆[2]。 长情短恨难凭寄。枉费红笺，试拂么弦，却恐琴心可暗传[3]。

［注释］

①金风：秋风。　玉露：晶莹如玉的露珠。李商隐《辛未七夕》："由来碧落银河畔，可要金风玉露时。"　②一枕江风：指江风扰人睡不安稳。圆：圆满，完满。　③琴心：心意寄托在琴声里。典出《史记·司马相如列传》。

采桑子

心期昨夜寻思遍。犹负殷勤[①]，齐斗堆金[②]，难买丹诚一寸真[③]。　　须知枕上尊前意。占得长春，寄语东邻，似此相看有几人。

［注释］

①殷勤：亲切深厚的情意。　②齐斗堆金：黄金堆至北斗，喻其多。　③丹诚：赤诚无伪的心。　一寸：指心，犹言寸心。

踏莎行

柳上烟归，池南雪尽。东风渐有繁华信。花开花谢蝶应知，春来春去莺能问。　　梦意犹疑，心期欲近。云笺字字萦方寸。宿妆曾比杏腮红，忆人细把香英认。

踏莎行

宿雨收尘，朝霞破暝。风光暗许花期定。玉人呵手试妆时，粉香帘幕阴阴静。　　斜雁朱弦[①]，孤鸾绿镜[②]。伤春误了寻芳兴。去年今日杏墙西，啼莺唤得闲愁醒。

[注释]

①斜雁朱弦：指筝。筝有十三弦，筝柱上的徽带斜斜排列，如排成一行的飞雁，故称筝雁或斜雁。 ②孤鸾绿镜：即妆镜。用孤鸾照镜之典。

踏莎行

绿径穿花，红楼压水。寻芳误到蓬莱地。玉颜人是蕊珠仙，相逢展尽双蛾翠。 梦草闲眠，流觞浅醉[1]。一春总见瀛洲事[2]。别来双燕又西飞，无端不寄相思字。

[注释]

①流觞：古代风俗，每逢三月上旬的巳日（三国魏以后定为三月初三），于水滨聚集宴饮，以袚除不祥。后来流为一种形式，于环曲的水渠旁宴集，在水上放置酒杯，杯随水流至其前，当即取饮，称为流觞曲水。 ②瀛洲：传说中仙人所居的神山。

踏莎行

雪尽寒轻，月斜烟重。清欢犹记前时共。迎风朱户背灯开，拂檐花影侵帘动。 绣枕双鸳，香苞翠凤。从来往事都如梦。伤心最是醉归时，眼前少个人人送。

满庭芳

南苑吹花，西楼题叶，故园欢事重重。凭阑秋思，闲记旧相逢。几处歌云梦雨[1]，可怜便、流水西东。别来久，浅情未有，锦字系征鸿[2]。 年光还少味，开残槛菊，落尽溪桐。漫留得，尊前淡月西风。此恨谁堪共说，清愁付、绿酒杯中。佳期在，归时待把，香袖看啼红[3]。

［注释］

①歌云梦雨：泛指男欢女爱、歌酒风流的美好时光。　②征鸿：远飞的大雁。　③啼红：因极度悲苦而常常哭泣，泪尽而滴血。

留春令

画屏天畔，梦回依约，十洲云水[1]。手捻红笺寄人书，写无限、伤春事。　　别浦高楼曾漫倚[2]。对江南千里。楼下分流水声中，有当日、凭高泪。

［注释］

①十洲云水：泛指天下大海。　十洲：八方大海中的十个洲，为神仙居住的地方。　②别浦：送别的地方。

留春令

采莲舟上，夜来陡觉，十分秋意。懊恼寒花暂时香，与情浅、人相似。　　玉蕊歌清招晚醉[1]，恋小桥风细。水湿红裙酒初消，又记得、南溪事。

［注释］

①玉蕊：此处是女子名。

留春令

海棠风横[1]，醉中吹落，香红强半[2]。小粉多情怨花飞，仔细把、残香看。　　一抹浓檀秋水畔[3]，缕金衣新换。鹦鹉杯深艳歌迟[④],更莫放、人肠断。

[注释]

①海棠风:二十四番花信风之一,时当春分而来。 ②香红:指春花。强半:过半,多数。 ③檀:浅红色。罗隐《牡丹》:"艳多烟重欲开难,红蕊当心一抹檀。" 秋水:指眼波。 ④鹦鹉杯:即海螺盏,出于广南,琢磨后用金银镶足,做酒杯用。

风入松[①]

柳阴庭院杏梢墙,依旧巫阳[②]。凤箫已远青楼在,水沉谁、复暖前香。临镜舞鸾离照[③],倚筝飞雁辞行[④]。
坠鞭人意自凄凉[⑤]。泪眼回肠。断云残雨当年事,到如今、几处难忘。两袖晓风花陌,一帘夜月兰堂。

[注释]

①唐氏按:此首又见韩玉《东浦词》。 ②巫阳:即巫山之阳台,化用巫山神女典故。 ③临镜舞鸾:用离鸾悲镜典故,代指分别之后的情人。 ④倚筝飞雁:筝柱斜列如飞行的雁群,此时倚筝,睹物思人,觉所爱正如那远飞的大雁。 ⑤坠鞭人:即乘马远行的人。

风入松

心心念念忆相逢,别恨谁浓。就中懊恼难拚处[①],是擘钗、分钿匆匆[②]。却似桃源路失,落花空记前踪。
彩笺书尽浣溪红,深意难通。强欢殢酒图消遣,到醒来、愁闷还重。若是初心未改,多应此意须同。

[注释]

①拚(pàn):舍弃、释然。 ②擘钗分钿:本白居易《长恨歌》"钗留一

股合一扇，钗擘黄金合分钿。”钗、钿都是爱情的信物，将之擘分，各执一半，是情人别离时寄托相思的举动。

[集评]

俞陛云云：“写别后情怀，通首一气呵成，若明珠走盘，一丝萦曳。结句是其着眼处。”（《唐五代两宋词选释》）

清商怨

庭花香信尚浅[①]，最玉楼先暖。梦觉春衾，江南依旧远。　回纹锦字暗剪，漫寄与、也应归晚。要问相思，天涯犹自短。

[注释]

①香信：即花信。

[集评]

陈廷焯云：“梦生于情，‘依旧’二字中，一波三折。艳词至小山，全以情胜，后人好作淫亵语，又小山之罪人也。”（《闲情集》卷一）

秋蕊香

池苑清阴欲就，还傍送春时候[①]。眼中人去难欢偶[②]，谁共一杯芳酒。　朱阑碧砌皆如旧[③]，记携手。有情不管别离久，情在相逢终有。

[注释]

①傍：临近。　②难欢偶：一作“欢难偶”，意为昔日之欢乐难以再现。　③朱阑碧砌：朱红阑干青碧台阶，常指美好精致的建筑。

秋蕊香

歌彻郎君秋草，别恨远山眉小。无情莫把多情恼，第一归来须早。　　红尘自古长安道[1]，故人少。相思不比相逢好，此别朱颜应老。

[注释]

①长安道：指仕进之途。

思远人

红叶黄花秋意晚，千里念行客。飞云过尽，归鸿无信，何处寄书得。　　泪弹不尽临窗滴。就砚旋研墨[1]。渐写到别来，此情深处，红笺为无色。

[注释]

①就砚旋研墨：承上句言泪滴入砚，立即以泪研墨。

[集评]

陈廷焯云："就'泪'、'墨'二字，渲染成词，何等姿态。"（《闲情集》卷一）

唐圭璋云："末二句，不说己之悲哀，而言红笺都为无色，亦慧心妙语也。"（《唐宋词简释》）

陈匪石云："此词纯用直笔朴语，不事藻饰，在小山为另一机杼。"（《宋词举》）

碧牡丹

翠袖疏纨扇[1]，凉叶催归燕[2]。一夜西风，几处伤高怀远。细菊枝头，开嫩香还遍。月痕依旧庭院。　　事何限，怅望秋意晚。离人鬓华将换[3]。静忆天涯，路比此情犹短。试约鸾笺[4]，传素期良愿。南云应有新雁[5]。

［注释］

①翠袖：指美人。　疏纨扇：疏远了绢制团扇。暗指秋节已近。　②凉叶：秋天的树叶。　③鬓华将换：两鬓即将斑白。　④鸾笺：即蛮笺，古时四川所产彩色笺纸，为当时名品。后用以代指彩笺。　⑤南云：南天。　新雁：将回南方的大雁。欧阳修《清商怨》："渐素秋向晚，雁过南云，行人回泪眼。"

长相思

长相思，长相思。若问相思甚了期[1]，除非相见时。　　长相思，长相思。欲把相思说似谁[2]，浅情人不知。

［注释］

①甚了期：什么时候到终了。　②说似谁：说与谁，与谁说。

醉落魄

满街斜月，垂鞭自唱阳关彻[1]。断尽柔肠思归切。都为人人，不许多时别。　　南桥昨夜风吹雪，短长亭下征尘歇[2]。归时定有梅堪折。欲把离愁，细捻花枝说。

［注释］

①阳关：即《阳关曲》。或称《渭城曲》、《阳关三叠》。　彻：结束，完了。　②短长亭：秦汉时十里置长亭，为行人休息及饯别之处。以后有五里之亭，称短亭。庾信《哀江南赋》："十里五里，长亭短亭。"　征尘：行人所踏起的灰尘。常代指行人及艰苦的旅程。

醉落魄

鸾孤月缺，两春惆怅音尘绝。如今若负当时节。信道欢缘[1]，枉向衣襟结[2]。　　若问相思何处歇，相逢便是相思彻。尽饶别后留心别[3]。也待相逢，细把相思说。

［注释］

①欢缘：欢爱的缘分。　②枉向衣襟结：使劲地在衣襟上结下表示同心同德、恩爱永固的钮结。　枉：《全宋词》作“狂”，此从《彊村丛书》本。　③尽饶：尽管，虽说。

醉落魄

天教命薄，青楼占得声名恶[1]。对酒当歌寻思著。月户星窗，多少旧期约。　　相逢细语初心错[2]，两行红泪尊前落。霞觞且共深深酌[3]。恼乱春宵，翠被都闲却。

［注释］

①青楼：指妓家。　②初心：指相爱之心。　③霞觞：酒杯，指美酒。

醉落魄

休休莫莫[1]，离多还是因缘恶[2]。有情无奈思量著。月夜佳期，近写青笺约。　　心心口口长恨昨，分飞容易当时错。后期休似前欢薄。买断青楼[3]，莫放春闲却。

［注释］

①休休莫莫：悔叹无奈之意。　②因缘恶：缘分不到或运气不好。③买断：全部永久地占有。

望仙楼

小春花信日边来，未上江楼先坼[①]。今岁东君消息，还自南枝得。　素衣染尽天香[②]，玉酒添成国色。一自故溪疏隔，肠断长相忆。

［注释］

①江楼：一作“江梅”。　坼：绽开。　②天香：与下句之“国色”均指春花。唐李正封咏牡丹花诗：“天香夜染衣，国色朝酣酒。”

凤孤飞

一曲画楼钟动，宛转歌声缓。绮席飞尘满。更少待、金蕉暖[①]。　细雨轻寒今夜短。依前是、粉墙别馆。端的欢期应未晚。奈归云难管。

［注释］

①金蕉：酒杯。

西江月

愁黛颦成月浅，啼妆印得花残[①]。只消鸳枕夜来闲，晓镜心情便懒。　醉帽檐头风细，征衫袖口香寒。绿江春水寄书难，携手佳期又晚。[②]

［注释］

①“愁黛”二句：用残月与残花比喻怨女的愁眉与悲颜。　②唐氏按：此首或误作秦观词，见《花草粹编》卷四。别又误作晏殊词，见《古今词统》卷六。

西江月

南苑垂鞭路冷，西楼把袂人稀。庭花犹有鬓边枝，且插残红自醉。　　画幕凉催燕去，香屏晓放云归。依前青枕梦回时，试问闲愁有几。

武陵春

绿蕙红兰芳信歇，金蕊正风流[①]。应为诗人多怨秋，花意与消愁。　　梁王苑路香英密[②]，长记旧嬉游。曾看飞琼戴满头[③]，浮动舞梁州[④]。

[注释]

①金蕊：指菊花。　②梁王苑：即梁苑。在今河南开封市东南。汉梁孝王刘武所筑，为游赏及延宾之所。一名梁园，又名兔园。　③飞琼：仙女名。　④梁州：乐曲名。

武陵春

九日黄花如有意，依旧满珍丛。谁似龙山秋兴浓，吹帽落西风[①]。　　年年岁岁登高节，欢事旋成空。几处佳人此会同，今在泪痕中。

[注释]

①“谁似”二句：晋人孟嘉曾为桓温参军。九月九日桓温游龙山，与众宾僚饮宴，风吹孟嘉帽落，自己不知，桓温便命人作文嘲弄他。孟嘉从容作文应答，文辞优美，众人叹服。后常以龙山落帽咏重阳秋景。

武陵春

烟柳长堤知几曲，一曲一魂消。秋水无情天共遥，愁送木兰桡[1]。　　熏香绣被心情懒，期信转迢迢[2]。记得来时倚画桥，红泪满鲛绡[3]。

[注释]

①木兰桡：犹言木兰舟，喻船之美好。　桡：船桨。　②期信：可靠的约期。　③鲛绡：传说为水中鲛人所织之绢，极精致美好。此指手帕。

解佩令

玉阶秋感，年华暗去。掩深宫、团扇无绪。记得当时，自剪下、机中轻素。点丹青、画成秦女[1]。　　凉襟犹在，朱弦未改，忍霜纨、飘零何处。自古悲凉，是情事、轻如云雨。倚幺弦、恨长难诉。

[注释]

①秦女：此指美女。

行香子[1]

晚绿寒红[2]，芳意匆匆。惜年华、今与谁同。碧云零落[3]，数字征鸿[4]。看渚莲凋[5]，宫扇旧，怨秋风。　　流波坠叶，佳期何在，想天教、离恨无穷。试将前事，闲倚梧桐。有消魂处，明月夜，粉屏空。

[注释]

①唐氏按：此首又作汪辅之词，见《唐宋诸贤绝妙词选》卷五。　②晚

绿寒红:指深秋萧瑟之景。 ③碧云零落:暗指歌女小云的命运。 ④征鸿:暗指小鸿。 ⑤渚莲:双关,既指水中莲叶,亦指小莲。

庆春时

倚天楼殿,升平风月,彩仗春移。鸾丝凤竹,长生调里,迎得翠舆归[①]。 雕鞍游罢,何处还有心期。浓熏翠被,深停画烛,人约月西时。

[注释]

①翠舆:翠辇,天子车驾。

庆春时

梅梢已有,春来音信,风意犹寒。南楼暮雪,无人共赏,闲却玉阑干。 殷勤今夜,凉月还似眉弯。尊前为把,桃根丽曲[①],重倚四弦看。

[注释]

①桃根丽曲:即《桃叶歌》,晋人王献之所作。王献之妾桃叶,其妹桃根。《桃叶歌》三首之二:"桃叶复桃叶,桃树连桃根。相怜两乐事,独使我殷勤。"

喜团圆

危楼静锁,窗中远岫,门外垂杨。珠帘不禁春风度,解偷送馀香[①]。 眠思梦想,不如双燕,得到兰房。别来只是,凭高泪眼,感旧离肠。

[注释]

①解偷送徐香:韩寿美姿容,司空贾充辟以为司空掾,充少女贾午见而悦之,使侍女暗通音问,“时西域贡奇香,一着人则经月不歇,魏明帝惟赐充,充女密盗以遗寿”。

忆闷令

取次临鸾匀画浅[1],酒醒迟来晚。多情爱惹闲愁,长黛眉低敛。　　月底相逢花下见,有深深良愿。愿期信、似月如花,须更教长远。

[注释]

①鸾:指饰有鸾鸟图案的妆镜。

梁州令

莫唱阳关曲,泪湿当年金缕[1]。离歌自古最消魂,闻歌更在魂消处[2]。　　南楼杨柳多情绪[3],不系行人住[4]。人情却似飞絮,悠扬便逐春风去。

[注释]

①金缕:即金缕衣。唐宋时妇女衣饰用物,喜用金缕盘押成各种花鸟纹饰,称金缕。此指衣服。　②闻歌:一作“于今”。　③南楼:一作“南桥”。　④不系行人住:本晏殊《踏莎行》“垂杨只解惹春风,何曾系得行人住”。

燕归梁[1]

莲叶雨,蓼花风,秋恨几枝红。远烟收尽水溶溶,飞雁碧云中。　　衷肠事,鱼笺字[2]。情绪年年相似。凭高双袖晚寒浓,人在月桥东。

（以上《彊村丛书》本《小山词》二百五十六首[3]）

[注释]

①燕归梁:词牌名,亦称《喜迁莺》。《全宋词》作《燕归来》。 ②鱼笺:指书信。 ③唐氏按:《彊村丛书》本《小山词》,原有词二百五十五首,今据吴讷《唐宋名贤百家词》本《小山词》补重出一首。

胡捣练

小亭初报一枝梅,惹起江南归兴。遥想玉溪风景,水漾横斜影。 异香直到醉乡中,醉后还因香醒。好是玉容相并,人与花争莹。 （景宋本《梅苑》卷九）

扑蝴蝶[1]

风梢雨叶,绿遍江南岸。思归倦客,寻芳来最晚。酒边红日初长,陌上飞花正满。凄凉数声弦管,怨春短。
玉人应在,明月楼中画眉懒。鱼笺锦字,多时音信断。恨如去水空长,事与行云渐远。罗衾旧香馀暖。

（《阳春白雪》卷三）

[注释]

①唐氏按:《苕溪渔隐丛话》后集卷三十九载此首作旧词,不云何人作;明温博《花间集补》卷下以此首为唐人作。

丑奴儿[1]

夜来酒醒清无梦。愁倚阑干,露滴轻寒,雨打芙蓉泪不干。

佳人别后音尘悄。瘦尽难拚，明月无端，已过红楼十二间。　（《永乐大典》卷三千零六“人”字韵引《小山琴趣外篇》）

［注释］

①唐氏按：此首见《淮海居士长短句》卷中，乃秦观作，又见《山谷琴趣外篇》卷三。疑《小山琴趣外篇》别有所据，姑两存之。

谒金门①

溪声急，无数落花漂出。燕子分泥蜂酿蜜，迟迟艳风日。　须信芳菲随失，况复佳期难必。拟把此情书万一，愁多翻阁笔。

［注释］

①唐氏按：此词原见《花草粹编》卷三，题贺铸作，注：“天作叔原。”盖《天机馀锦》此首作晏叔原（几道）词。

存目词

调　名	首　句	出　处	附　注
破阵子	忆得去年今日	《全芳备祖》前集卷十二“菊花门”	晏殊词，见《珠玉词》
采桑子	樱桃谢了梨花发	《全芳备祖》前集卷二十四“樱桃花门”	同上
渔家傲	粉笔丹青描未得	《全芳备祖》后集卷二“莲门”	同上

调名	首句	出处	附注
胡捣练	夜来江上见寒梅	《永乐大典》卷二千八百十“梅”字韵	晏殊词，见《珠玉词》
桃源忆故人	玉楼深锁薄情种	《永乐大典》卷三千零零五“人”字韵	秦观词，见《淮海居士长短句》卷中
醉桃源	南园春半踏青时	《阳春集》注引《兰畹集》	冯延巳词，见《阳春集》
浣溪沙	一曲新词酒一杯	陈钟秀本《草堂诗馀》卷上	晏殊词，见《珠玉词》
如梦令	楼外残阳红满	《类编草堂诗馀》卷一	秦观词，见《淮海居士长短句》卷中
探春令	绿杨枝上晓莺啼	同上	无名氏词，见《草堂诗馀前集》卷下
探春令	帘旌微动	《花草粹编》卷五	宋徽宗赵佶词，见《能改斋漫录》卷十六
木兰花	一年滴尽莲花漏	《草堂诗馀续集》卷上	毛滂词，见《东堂词》
玉楼春	红楼十二阑干侧	《词的》卷二	王子武词，见《花草粹编》卷六
踏莎行	小径红稀	《词的》卷三	晏殊词，见《珠玉词》
与团圆	鲛绡雾縠没多重	赵琦美辑《小山词补遗》	无名氏词，见《花草粹编》卷四
与团圆	轻攒碎玉玲珑竹	同上	无名氏词，见《梅苑》卷八

调名	首句	出处	附注
御街行	霜风渐紧寒侵被	又引《古今词话》	无名氏词,见《花草粹编》卷八引《古今词话》
满江红	七十人稀	赵琦美辑《小山词补遗》	萧小山(泰来)词,见《翰墨大全》丙集卷十四
上行杯	落梅著雨消残粉	又引《词调元龟》	冯延巳词,见《阳春集》
睿恩新	芙蓉一朵霜秋色	赵琦美辑《小山词补遗》	晏殊词,见《珠玉词》
真珠髻	重重山外	《历代诗馀》卷八十四	无名氏词,见《梅苑》卷一
洞仙歌	江南腊尽	《古今图书集成·草木典》卷二百六十六柳部	苏轼词,见《东坡词》卷下
菩萨蛮	南园满地堆轻絮	《词学筌蹄》卷五	温庭筠作,见《花间集》卷一
浣溪沙	锦帐重重卷暮霞	同上	秦观作,见《淮海居士长短句》卷中
浣溪沙	水满池塘花满枝	同上	赵令畤作,见《乐府雅词》卷中
点绛唇	春雨濛濛	同上	无名氏作,见《草堂诗馀前集》卷下
点绛唇	莺踏花翻	同上	同上
采桑子	辘轳金井梧桐晚	《古今词统》卷四李煜词注	李煜作,见《南唐二主词》
风入松	画堂红袖倚清酣	《选声集》	虞集作,见《道园学古录》卷四

方 资

方资(1030—1096),字逢原,婺州(今浙江金华)人。嘉祐八年(1063)进士,由县令擢为南阳教授。绍圣元年(1094)时六十五岁告老灵隐,卒于杭州。

黄鹤引[①]

予生浙东,世业农。总角失所天[②],稍从里闬儒者游[③]。年十八,婺以充贡。凡八至礼部,始得一青衫。间关二十年,仕不过县令,擢才南阳教授。绍圣改元,实六十五岁矣。秋风忽起,亟告老于有司,适所愿也。谓同志曰:仕无补于上下,而退号朝士。婚姻既毕,公私无虞。将买扁舟放浪江湖中,浮家泛宅,誓以此生,非太平之幸民而何。因阅阮田曹所制黄鹤引,爱其词调清高,写为一阕,命稚子歌之,以侑尊焉

生逢垂拱[④],不识干戈免田陇。士林书圃终年,庸非天宠。才初阘茸[⑤],老去支离何用。浩然归弄。似黄鹤、秋风相送[⑥]。　　尘事塞翁心,浮世庄生梦。漾舟遥指烟波,群山森动。神闲意耸。回首利靰名鞚。此情谁共,问几斛、淋浪春瓮。

(《泊宅篇》卷一)

[注释]

①唐氏按:此首又见《式古堂书画汇考·书考》卷十二,误作方勺词。②所天:指父亲。③里闬(hàn):里弄。④垂拱:此喻太平治世。⑤阘茸(tà rǒng):微贱,无才能。⑥黄鹤:《环宇记》云,费祎登仙尝驾黄鹤憩此,因名黄鹤楼。

王安国

王安国(1031—1074),字平甫,临川(今江西抚州)人,王安石之弟。熙宁元年(1068),应茂才异等赐进士出身。曾官西京国子教授、大理寺丞等。有《王校理集》,不传。

点绛唇[①]

秋气微凉,梦回明月穿帘幕。井梧萧索,正绕南枝鹊[②]。　　宝瑟尘生,金雁空零落[③]。情无托,鬓云慵掠。不似君恩薄。　　(《皇朝事实类苑》卷三十五引《倦游杂录》)

[注释]

①唐氏按:此首别误作王安礼词,见《花草粹编》卷一。又误作赵抃词,见《历代诗馀》卷五。　②绕南枝鹊:本曹操《短歌行》"月明星稀,乌鹊南飞,绕树三匝,何枝可依"。　③金雁:金色雁柱,瑟上固弦之纽曰柱,排列如雁行,故名。

清平乐[①]

春　晚

留春不住,费尽莺儿语。满地残红宫锦污,昨夜南园风雨。　　小怜初上琵琶,晓来思绕天涯。不肯画堂朱户,春风自在梨花。

[注释]

①唐氏按:此首乃王安石所书,有墨迹,见《竹坡老人诗话》卷一。诗话云:未必非平甫作也。作疑似之词。黄昇殆因之而收作王安国词。

［集评］

谭献云："'满地'二句，倒装见笔力。末二句见其品格之高。"（《谭评词辨》卷二）

唐圭璋云："此首写残春景象……起句言莺语留春，已饶韵味。'费尽'二字，倍显留之殷勤。'满地'两句，倒装句法，言残花经雨狼藉之状，亦见惜春、惜花之深情。换头，因残春足悲，故托之琵琶弹出。'不肯'两句，更写梨花之自在，以喻人之品格孤高。"（《唐宋词简释》）

减字木兰花

春　情

画桥流水，雨湿落红飞不起①。月破黄昏，帘里馀香马上闻。　　徘徊不语，今夜梦魂何处去。不似垂杨，犹解飞花入洞房。　　（以上二首见《唐宋诸贤绝妙词选》卷二）

［注释］

①落红：《历代诗馀》作"落花"。

孙　洙

孙洙(1031—1079),字巨源,广陵(今江苏扬州)人。十九岁举进士,历官集贤校理、太常礼官、史馆检讨、翰林学士。有《孙贤良集》,不传。

菩萨蛮

楼头上有三冬鼓,何须抵死催人去[1]。上马苦匆匆,琵琶曲未终。　　回头肠断处,却更廉纤雨。漫道玉为堂,玉堂今夜长。　　(说郛本《南游记旧》)

[注释]

①抵死:口语,犹今之竭力、拼命。

[集评]

卓人月云:"直写当境,不增一字。"(《古今词统》卷四)

黄昇云:"公于元丰间为翰苑,与季端原太尉往来尤数。会一日锁院,宣召者至家则出。数十辈踪迹,得之于李氏。时李新纳妾,能琵琶,公饮不肯去,而迫于宣命,入院几二鼓矣,草三制罢。作此词记恨,迟明遣示李。"(《唐宋诸贤绝妙词选》卷三)

河满子

秋　怨

怅望浮生急景,凄凉宝瑟馀音。楚客多情偏怨别,碧山远水登临。目送连天衰草,夜阑几处疏砧[1]。　　黄叶无风自落,秋云不雨长阴。天若有情天亦老,摇摇幽恨难禁。惆怅旧欢如梦,觉来无处追寻。

(《唐宋诸贤绝妙词选》卷三)

［注释］

①疏砧：稀疏断续的砧声。

存目词

《花镜隽声》七，有孙洙《传言玉女》"一夜东风"一首，乃晁冲之作，见《乐府雅词》卷中。

李清臣

李清臣（1032—1102），字邦直，魏（今河南安阳）人。皇祐五年（1053）进士，历官秘书郎、集贤校理、翰林学士、尚书左丞，以资政殿大学士知河南府等。徽宗立，入为门下侍郎，出知大名府。

失调名[①]

杨花落，燕子穿朱阁。苦恨春醪如水薄，闲愁无处著。　去年今日王陵舍[②]，鼓角秋风。千岁辽东[③]。回首人间万事空。

（《麈史》卷中）

［注释］

①唐氏按：《花草粹编》卷二载此首调名作《杨花落》，摭首句为之，盖出杜撰。　②王陵：汉人，佐刘邦定天下，封安国侯右丞相。王陵舍在江苏沛县。　③辽东：汉辽东人丁令威学道有成，化鹤回乡，徘徊空中作歌："有鸟有鸟丁令威，去家千年今始归，城郭如故人民非……"见《搜神后记》。

存目词

《诗品》卷三，有李清臣《谒金门》"杨花落，燕子横穿池阁"一首，乃贺铸作，见《阳春白雪》卷一。

韦 骧

韦骧(1033—1105),字子骏,本名让,避濮王讳而改。钱塘(今浙江杭州)人。历官尚书主客郎中、提点夔州路刑狱、提举洞霄宫。有文集二十卷,今存十四卷,末卷为词。

减字木兰花

惜春词

人生可意,只说功名贪富贵。遇景开怀,且尽生前有限杯。　　韶华几许,鶗鴂声残无觅处。莫自因循[①],一片花飞减却春。

[注释]

①因循:谓无所作为。

减字木兰花

劝饮酒

金貂贳酒[①],乐事可为须趁手。且醉青春,白髮何曾饶贵人。　　凤笙鼍鼓,况是桃花落红雨。莫诉觥筹[②],炊熟黄粱一梦休。

[注释]

①金貂:汉代贵官冠饰前加金铛插貂尾。　贳(shì)酒:赊酒。　②觥筹:酒筹。

减字木兰花

止贪词

鸾坡凤沼[①]，轩冕倘来何足道[②]。存养天真，安用浮名绊此身。　劳生逸老，摆脱纷华须是早。解绶眠云[③]，林下何曾见一人。

［注释］

①鸾坡凤沼：谓帝王宫苑。　②轩冕：代指官宦显贵。　倘来：忽来。③解绶：辞官。　绶：印绶。

减字木兰花

望仙词

危楼引望，天气犹寒花未放。远思悠悠，芳草何年恨即休。　仙踪何处，此去蓬山多少路。春霭腾腾，更在瑶台十二层[①]。

［注释］

①瑶台：仙人所居处。

减字木兰花

春　词

帝城春媚，绿柳参天花照地。共乐升平，处处楼台歌板声。　香轮玉镫，驰骤芳郊争选胜[①]。妙舞轻讴，扰乱春风卒未休。

［注释］

①选胜：犹寻胜。

菩萨蛮

和舒信道水心寺会次韵①

琼杯且尽清歌送，人生离合真如梦。瞬息又春归，回头光景非。　香喷金兽暖②，欢意愁更短。白髮不须量，从教千丈长③。

[注释]

①舒信道：舒亶字信道。元丰时直学士院。此为和其次张秉道词韵之作。　水心寺：当是湖心寺之误。　②金兽：兽形铜香炉。　③从教：任凭。　千丈长：本李白《秋浦歌》之十五“白髮三千丈，缘愁似个长”。

鹊桥仙

岁华将暮，寒林萧索，极目冻云垂地。官梅忽见一枝芳，便顿觉、新春情味。　小筵开处，歌喉清婉，舞态蹁跹争媚。沈腰潘鬓两休论①，共举白②、何须惜醉。

[注释]

①沈腰潘鬓：指男人之美姿容。梁沈约因病而腰围减瘦，晋潘岳鬓髮早白。　②举白：举酒杯。　白：大白，杯名。

减字木兰花

水仙花

雕阑香砌①，红紫妖韶何足计。争似幽芳，几朵先春蘸碧塘。　玉盘金盏②，谁谓花神情有限。淖约仙姿，仿佛江皋解佩时③。

[注释]

①香砌：植花之砌阶。 ②玉盘金盏：指白色的花片与黄色的花心。 ③解佩：郑交甫于汉江边遇仙女解佩相赠。 江皋：江边。事见《列仙传》。

洛阳春

丁香花

冷艳幽香奇绝，粉金裁雪。无端又欲恨春风，恨不解、千千结。 曲槛小池清切，倚烟笼月。佳人纤手傍柔条，似不忍、轻攀折。

醉蓬莱

廷评庆寿

漏新春消耗①，柳眼微青②，素梅犹小。帘幕轻寒，引炉烟袅袅。凤管雍容③，雁筝清切，对绮筵呈妙。此际欢虞④，门庭自有，辉光荣耀。 庆事难逢，世间须信，八十遐龄，古来稀少。况偶佳辰，是桑弧曾表⑤。满奉金觥，暂停牙板，听雅歌精祷。惟愿增高，龟年鹤算，鸿恩紫诏⑥。

[注释]

①消耗：信息、消息。 ②柳眼：柳初放之小叶。 ③雍容：喻乐音之和美。 ④欢虞：同“欢娱”。 ⑤桑弧：以桑为弓而射天地四方为生男之俗。 ⑥鸿恩：皇恩。 紫诏：皇帝诏书。

沁园春

廷评拜官①

林叶阴浓，海云峰耸，夏景渐分。称画堂开宴，雍雍笑语，高年耆德，初拜君恩。汉相家声，一经传训，赏典今朝归庆门。清和昼，见香飘百和，乐按长春。　休论。万事纷纭。算寿考、乡闾能几人。况凤书才降[②]，龟龄正永，莫辞金盏，一醉醺醺。萱草忘忧[③]，榴花含笑，庭院风光如再新[④]。成欢颂，愿齐坚桧柏，频奉丝纶[⑤]。

（以上十一首见《钱塘韦先生文集》卷十八）

[注释]

①唐氏按：《钱塘韦先生文集》用鲍廷博等校旧抄本。《减字木兰花》二至五首、《水仙花》一首、《沁园春》一首原俱不著调名，据《彊村丛书》本《韦先生词》添注。　②凤书：皇帝所颁诏书。　③萱草：又名忘忧草。　④唐氏按："如"字原无，据《彊村丛书》本《韦先生词》补。　⑤丝纶：天子的诏敕、言论。

圆禅师

圆禅师，生卒不详，传为湖州甘露寺僧。

渔家傲

本是潇湘一钓客[①]，自东自西自南北。只把孤舟为屋宅。无宽窄，幕天席地人难测[②]。　顷闻四海停戈革[③]，金门懒去投书册[④]。时向滩头歌月白，真高格。浮名浮利谁拘得。

（《罗湖野录》卷二）

[注释]

①潇湘：潇水、湘水经流之地。　②幕天席地：以天为帷幕，以地为卧席。　③戈革：指战争。　④金门：金马门，汉宫门名，大臣待诏之处。见《汉书 · 萧望之传》。

则禅师

则禅师，生卒不详，传为潼川天宁寺僧。

满庭芳[①]

咄这牛儿[②]，身强力健，几人能解牵骑。为贪原上、嫩草绿离离[③]。只管寻芳逐翠，奔驰后，不顾倾危。争知道，山遥水远，回首到家迟。　牧童，今有智，长绳牢把，短杖高提。入泥入水，终是不生疲，直待心调步稳，青松下、孤笛横吹。当归去，人牛不见，正是月明时。

（《罗湖野录》卷二）

[注释]

①唐氏按：此首别云张风子作，见《夷坚丙志》卷十八。　②咄：呼辞，如“嘿”。　③离离：草盛貌。

[集评]

释晓莹云：“潼川府天宁则禅师，早业儒，词章婉缛。既从释，得法于俨首坐，而为黄檗胜之孙。有牧牛词寄《满庭芳》……世以禅语为词，意句完美，无出此右。或讥其徒以不正之声混伤宗教。然有乐于讴吟，则因而见道，亦不失为善巧方便，随机设化之一端耳。”（《罗湖野录》卷二）

陈　偕

陈偕，生卒不详，号月境，高邮人。一作扬州人。善画工词，见秦观《淮海集·陈偕传》。

八声甘州

芰荷风，涤面恰麦秋，应倒著春衣。渡晓溪云湿，日流尘脚，露浘蛛丝。调翼受风雏燕，弱不解争泥[1]。衬琅玕锦院，竹外蔷薇。　立久阑干凭暖，看行鱼吹沫，波晕平池。藓痕斑础石，渐雨熟梅时。傍短篱、成团粉蝶，掠野花、相逐□高低。忘言处，徽弦乍拂[2]，流水先知[3]。

（《阳春白雪》卷五）

［注释］

①争泥：燕子争衔泥以筑巢之谓。　②徽弦：琴弦。徽，系弦之绳。　③流水：暗用钟子期、俞伯牙的"知音"典故。

满庭芳

西　湖

岚影浮春[1]，云容阁雨，澄泓碧展玻璃。高低楼观，窗户舞涟漪。别有轻盈水面，清讴起、舟叶如飞。沙堤上，垂鞭信马，柳重绿交枝。　渐残红倒影，金波潋滟，弦管催归。看飘香陈粉[2]，满路扶携。不尽湖边风月，孤山下，猿鸟须知。东风里，年年此水，贮尽是和非。

［注释］

①岚（lán）影：山峦之云气。　②陈粉：花粉成阵，"陈"通"阵"。

满庭芳

送　春

榆荚抛钱，桃英胎子[①]，杨花已送春归。未成萍叶，水面绿纹肥。沙暖溪禽行哺，忘机处[②]、雏母相随。重帘静，铜壶昼歇，声度竹间棋。　人生如意少，乐随春减，恨为情离。怕牵愁勾怨，渐近金徽。浮世更相代谢，江头明月，渡口斜晖。关情处，摩挲钓石，莫遣上苔衣[③]。

（以上二首《阳春白雪》卷八）

［注释］

①胎子：孕子。　②忘机：忘却世间机心。　③上苔衣：长苔藓。

王　观

王观，生卒不详，字通叟，如皋（今江苏南通）人。嘉祐二年（1057）进士，官至翰林学士。以填应制词，亵渎神宗，被谪，自号逐客。元丰二年（1079），枉法受财，编管永州。词多用口语，时杂诙谐。集名《冠柳》可见出他对柳永的保留态度。

忆黄梅[①]

枝上叶儿未展，已有坠红千片。春意怎生防，怎不怨。被我安排，矮牙床斗帐[②]，和娇艳。移在花丛里面。　　请君看。惹清香，偎媚暖。爱香爱暖金杯满。问春怎管。大家拚、便做东风[③]，总吹交零乱[④]。犹肯自[⑤]、输我鸳鸯一半[⑥]。

（《梅苑》卷三）

[注释]

①忆黄梅：此词仅见一首，乃咏鸳鸯梅之作。别无可校，似为王观创调。双调 79 字，押 11 仄韵。　②牙床：精美的雕床。　斗帐：覆斗形纱帐。　③拚：甘愿。　④吹交：吹得。　⑤犹肯自：犹且，尚且。　⑥输我：留给我。　鸳鸯：即多叶的鸳鸯红梅。花期较晚，一蒂可结双果，故名。

浪淘沙[①]

杨　梅

素手水晶盘，垒起仙丸。红绡剪碎却成团[②]。逗得安排金粟遍[③]，何似鸡冠。　　味胜玉浆寒，只被宜酸。莫将荔子一般看。色淡香消僝僽损[④]，才到长安。

（《梅苑》卷九）

［注释］

①唐氏按:《全芳备祖》后集卷六“杨梅门”引作王冠卿词,未知孰是。　②“红绡”句:形容杨梅外形如剪碎红绸。　绡:薄绸。　③金粟:金黄色的颗粒,形容杨梅表面的粒状皱皮。　④僝僽(chán zhòu):磨折貌。此言荔枝运到长安,色味、形状俱已残损,不如杨梅新鲜可爱。

天　香[①]

霜瓦鸳鸯[②],风帘翡翠[③],今年早是寒少。矮钉明窗[④],侧开朱户,断莫乱教人到。重阴未解,云共雪、商量不了[⑤]。青帐垂毡要密,红炉收围宜小[⑥]。　呵梅弄妆试巧[⑦]。绣罗衣、瑞云芝草。伴我语时同语,笑时同笑。已被金尊劝倒[⑧]。又唱个新词故相恼。尽道穷冬,元来恁好[⑨]。

（《乐府雅词拾遗》卷下）

［注释］

①唐氏按:四部丛刊本《乐府雅词》此首无撰人姓氏。《类编草堂诗馀》卷三误作王充词。　②霜瓦鸳鸯:结满霜花的上下成对的瓦。　③“风帘”句:绣有翡翠图案的帘子。　④矮钉:把窗户开得很低,以避寒气。　⑤商量不了:定不下来。此指寒云能否下雪,尚相持不下。　⑥收围宜小:指炉腔不大,即“红泥小火炉”之意。　⑦呵梅弄妆:呵手弄梅扮妆。此指身边侍妾。　⑧金尊劝倒:被金杯劝酒醉倒。　⑨恁好:这样好。

［集评］

笃文云:“细针密线把冬日闺中情景刻画得曲折尽致,极富生活情趣。未可以词格不高为病。”

卜算子

送鲍浩然之浙东[①]

水是眼波横，山是眉峰聚。欲问行人去那边[②]，眉眼盈盈处[③]。　　才始送春归，又送君归去。若到江东赶上春，千万和春住[④]。　　（《能改斋漫录》卷十六）

[注释]

①鲍浩然：不详。　唐氏按：《词林万选》卷四误以此首为苏轼作。之浙东：到浙东去。　②那边：哪边、哪里。　③盈盈：娇好貌。　④和：与、同。

[集评]

吴照衡云："山谷云：'春归何处'，通叟云：'若到江南赶上春，千万和春住。'碧山云：'怕此际春归，也过吴中路。君行到处，便快折河边千条翠柳，为我系春住。'三词同一意，山谷失之笨，通叟失之俗。碧山差胜。终不若元梁贡父云：'拚一醉留春，留春不住，醉里春归。'为洒脱有致。"（《莲子居词话》卷一）

清平乐[①]

应　制[②]

黄金殿里，烛影双龙戏。劝得官家真个醉[③]，进酒犹呼万岁。　　折旋舞彻伊州[④]，君恩与整搔头[⑤]。一夜御前宣住[⑥]，六宫多少人愁[⑦]。　　（《能改斋漫录》卷十七）

[注释]

①唐氏按：《耆旧续闻》卷九以此首为王仲甫作。《耆旧续闻》所载，出自陆游，未知孰是。　②应制：奉皇帝命填词。　③官家：此指宋神宗。　④折旋：盘旋之舞姿。　伊州：来自西域的舞曲名。　⑤"君恩"

句:指帝王与宠姬整理头饰。　搔头:玉钗。　⑥宣住:指夜间招幸。⑦六宫:后妃居住之地。

[集评]

陈鹄云:"王仲甫为翰林,权直内阁。有宫娥新得幸。仲甫应制赋词云:'黄金殿里……'翌日,宣仁太后闻之,语宰相曰:'岂有馆阁儒臣,应制作狎词耶。'既而弹章罢。然馆中同僚相约祖饯。及期,无一人至者,独叔用一人而已。"(《耆旧续闻》卷九)

雨中花令

夏　词

百尺清泉声陆续。映潇洒、碧梧翠竹。面千步回廊,重重帘幕,小枕攲寒玉[①]。　试展鲛绡看画轴。见一片、潇湘凝绿。待玉漏穿花[②],银河垂地,月上栏干曲。

(《苕溪渔隐丛话》前集卷五十九引《漫叟诗话》)

[注释]

①攲(qī):倚,斜靠。　攲寒玉:指倚竹而眠。"万条寒玉一溪烟",见雍陶《韦处士郊居诗》。　②"待玉漏"句:指滴漏声穿过花丛。

[集评]

黄苏云:"王逐客'百尺清泉声陆续',清气满纸。夏日展读,如饮一服清凉散也。"(《蓼园词选》)

庆清朝慢

踏　青

调雨为酥[①],催冰做水,东君分付春还。何人便将轻暖,点破残寒。结伴踏青去好,平头鞋子小双鸾[②]。烟郊外，望中秀色，如有无间。　　晴则个[③]，阴则个，饾饤得天气[④]，有许多般。须教镂花拨柳[⑤]，争要先看。不道吴绫绣袜，香泥斜沁几行斑。东风巧，尽收翠绿，吹在眉山。

［注释］

①调雨为酥：指及时春雨，珍贵如同酥油。“天街小雨润如酥”，见韩愈《早春》诗。　②小双鸾：绣有一对鸾鸟的小鞋。　③则个：语气助词，略同于“著”。　④饾饤：堆砌、拚凑。　⑤镂花拨柳：撩开花枝，拨动柳叶。　镂：通“搂”。

［集评］

黄昇云：“观有《冠柳集》。序者称其高于柳词，故曰‘冠柳’。至于踏青一词，又不独冠柳词之上也。踏青词即《庆清朝慢》，今载于首。风流楚楚，词林中佳公子也。世谓柳耆卿工为浮艳之词，方之此作，蔑矣。词名‘冠柳’，岂偶然哉！”（《唐宋诸贤绝妙词选》卷五）

贺裳云：“词之最丑者为酸腐、为怪诞、为粗莽。然险丽贵矣。须泯其镂划之痕乃佳。如蒋捷‘灯摇缥晕茸窗冷’，可谓工矣，觉斧迹犹在。如王通叟春游曰：‘晴则个，阴则个……’则痕迹都无。真犹石尉香尘，汉皇掌上也。两‘个’字，尤弄姿无限。”（《皱水轩词筌》）

清平乐

拟太白应制[①]

宜春小苑[②]，处处花开满。学得红妆红要浅，催上金车要看。　　君王曲宴瑶池[③]，小舟掠水如飞。夺得锦标归去[④]，匆匆不惜罗衣。

［注释］

①拟太白应制：仿李白《清平调》之意而作。　②宜春小苑：秦宫苑名。此代指唐宋宫苑。　③曲宴：歌舞宴会。　④锦标：锦制彩旗，用以

颁赏划船竞赛之获奖者。

木兰花令

柳

铜驼陌上新正后[①],第一风流除是柳。勾牵春事不如梅[②],断送离人强似酒[③]。　　东君有意偏搦就[④],惯得腰肢真个瘦。阿谁道你不思量,因甚眉头长恁皱。

[注释]

①“铜驼”句:洛阳有铜驼街。道旁有汉铸铜驼二尊,故名。　②勾牵:勾引,招唤。　③“断送”句:意谓柳之酝酿离情别绪,更甚于酒。④搦(ruǒ)就:照顾。

生查子[①]

关山魂梦长[②],塞雁音书少。两鬓可怜青,一夜相思老。　　归傍碧纱窗,说与人人道[③]。真个别离难,不似相逢好。

[注释]

①唐氏按:此首别见杜安世《杜寿域词》,又见晏几道《小山词》。②关山:边塞,远方。　③人人:犹伊人,那人,指情人。

菩萨蛮

归 思

单于吹落山头月[①],漫漫江上沙如雪。谁唱缕金衣[②],水寒船舫稀。　　芦花枫叶浦[③],忆抱琵琶语。身未发长沙，梦魂先到家。

［注释］

①单于：古代角曲名。此指角声。　②缕金衣：即《金缕衣》，古歌曲名。　③“芦花”句：此用白居易《琵琶行》“枫叶荻花秋瑟瑟”诗意。

江城梅花引[①]

年年江上见寒梅。暗香来，为谁开。疑是月宫、仙子下瑶台。冷艳一枝春在手，故人远，相思寄与谁。　怨极恨极嗅香蕊。念此情，家万里。暮霞散绮[②]。楚天碧、片片轻飞。为我多情，特地点征衣[③]。花易飘零人易老，正心碎，那堪塞管吹[④]。[⑤]

（以上六首见《唐宋诸贤绝妙词选》卷五）

［注释］

①江城梅花引：此调合《江城子》、《梅花引》之曲度而一之。首句点明题意。此调始于此词。《词律》以为始于程垓、康与之，误。　②散绮：晚霞散彩，美如锦缎。　③点征衣：梅花飘落在游子的衣上。　④塞管：边塞的笛声。　⑤赵万里云：按明钞本《梅苑》一引上阕，不注撰人。《全芳备祖》前集一“梅花门”引题柳耆卿词，栋亭刻本《梅苑》从之。检《乐章集》未载，则非柳词明矣。《阳春白雪》七引洪皓《江城梅花引》，题云：“使北时和李汉老。”（即《鄱阳集》之《忆江梅》）是此词在宋时又以为李汉老作。兹从《花庵词选》订正。又按上阕又误入大典本姚燧《牧庵集》卷三十五。

高阳台

红入桃腮，青回柳眼，韶华已破三分。人不归来，空教草怨王孙[①]。平明几点催花雨，梦半阑、攲枕初闻。问东君，因甚将春，老了闲人。　　东郊十里香尘满，旋安排玉勒[2]，整顿雕轮。趁取芳时，共寻岛上红云。朱衣引马黄金带[3]，算到头、总是虚名。莫闲愁，一半悲秋，一半伤春。[4]　（《阳春白雪》卷二）

[注释]

①草怨王孙：本《楚辞·招隐士》“王孙游兮不归，春草生兮萋萋”。此用其意，以表怀人忆远之情。　②玉勒：华美的辔头，指马。下文“雕轮”指车。　③朱衣：古代贵官出外，由朱衣吏前道开路。　④唐氏按：《类编草堂诗馀》卷三，此首误作僧如晦词。

[集评]

笃文云：“‘红入桃腮’、‘青回柳眼’、‘草怨王孙’，皆拟人技法，动词活用，并能入妙，真高手也。”

减字木兰花

寿女婿

瑞云仙雾，拂晓重重遮绣户。一炷清香，千尺流霞入寿觞。　　家门转好，从此应须长不老。来岁春风。看拜西枢小令公[1]。　（《截江网》卷六）

[注释]

①西枢：中书省的别称。　小令公：年轻的中书令。

红芍药

人生百岁，七十稀少。更除十年孩童小。又十年昏老。都来五十载[1]，一半被、睡魔分了。那二十五载之中，宁无些个烦恼。仔细思量，好追欢及早。遇酒追朋笑傲。任玉山摧倒[2]。沉醉且沉醉，人生似、露垂芳草。幸新来、有酒如渑[3]，结千秋歌笑。（《鸣鹤馀音》卷四）

［注释］

①都来：总共。 ②玉山摧倒：醉倒状。《世说新语·容止》："嵇叔夜之为人也，岩岩若孤松之独立；其醉也，傀俄若玉山之将崩。" ③如渑（shéng）：酒多如江河。 渑：水名。

失调名

十三妮子绿窗中。（《诗品》卷一）

临江仙

离 怀

别岸相逢何草草[1]，扁舟两岸垂杨。绣屏珠箔绮香囊[2]。酒深歌拍缓，愁入翠眉长。 燕子归来人去也，此时无奈昏黄。桃花应是我心肠。不禁微雨，流泪湿红妆。（杨金本《草堂诗馀后集》卷上）

（以上王观词十六首，断句一则，用赵万里辑本《冠柳集》，稍有增删）

［注释］

①草草：匆忙。 ②珠箔：珠帘。 绮香囊：华美的香荷包。男子的佩饰。

【补 辑】

减字木兰花[1]

寿星明久[2]，寿曲高歌沉醉后。寿烛荣煌[3]，手把金炉爇寿香[4]。　　满斟寿酒，我意殷勤来祝寿。问寿如何，寿比南山福更多。

[注释]

①孔凡礼按：自此以下七词，《诗渊》作“宋元丰逐客”作。原作“元丰逐客”。《直斋书录解题》卷二十一谓王观“号王逐客”，观被逐编管永州，正为元丰间事。则“元丰逐客”即王观。又，“全”所录王观《减字木兰花》一首，《诗渊》亦录，谓“宋元丰逐客”作，亦足以证明“元丰逐客”即王观。　②寿星：即南极老人星，象征长寿。　③荣煌：光亮貌。　④爇（ruò）：点燃。

减字木兰花

华筵布巧[1]，绿绕红□花枝闹。朵朵风流，好向尊前插满头。　　此花妖艳，愿得年年长相见。满劝金钟[2]，祝寿如花岁岁红。

[注释]

①布巧：独具匠心的装饰。　②金钟：金杯。

减字木兰花

天之美禄[1]，会饮思量平生福。一硕刘伶[2]，五斗将来且解酲。　　百年长醉，三万六千能几日。劝饮瑶觞，祝寿不如岁月长。

[注释]

①天之美禄：酒之别名。《汉书·食货志》：“酒者，天之美禄也。”

②一硕：一石。十斗为石。

减字木兰花

红牙初展[①]，象板如云遮娇面[②]。曲按宫商，声遏行云绕画梁。　正当衮遍[③]，休唱阳关人肠断。劝饮流霞，祝寿千年转更加。

［注释］

①红牙：指调节乐曲的红色拍板。　②象板：指白色的象牙拍板。③衮遍：大曲套数名。

减字木兰花

多愁早老，着甚由来闲烦恼。休管浮名，安乐身康似宝珍。　酒逢知己，好向尊前朝日醉。满劝瑶觥[①]，祝寿如山岁岁青。

［注释］

①瑶觥（gōng）：华美的酒杯。

减字木兰花

今晨佳宴，昨夜南极星光现。鹤舞青霁[①]，丹凤呈祥瑞气飘。　仙书来诏，绿鬓朱颜长不老。满劝香醪，祝寿如云转转高。

［注释］

①青霁：晴空。　注者按："霁"字失韵，疑为"霄"字之讹。

减字木兰花

角声三品[①]，银漏更残将欲尽。盏遍华筵，玉粒琼瓯散又圆[②]。　知君洪量，不用推辞须一上。满劝殷勤，祝寿如同福禄星。

[注释]

①角声三品：犹角声三奏。三番吹奏晚角，说明夜已转深。　②玉粒：美食。　琼瓯：华美的酒具。

减字木兰花

新秋气肃[①]，此日仙翁曾诞育。禀赋应遍，绿□朱颜似少年。　阶庭兰玉[②]，行见儿孙俱曳绿[③]。更祝遐龄，愿比庄椿过八千[④]。

[注释]

①气肃：天气凉爽。　②兰玉：芝兰玉树，此指优秀子侄。　③曳绿：拖着绿袍。喻已入仕。　④庄椿：长寿。《庄子·逍遥游》："上古有大椿者，以八千岁为春，八千岁为秋。"

减字木兰花

百年能几，似数巡环无了日[①]。有限时光，玉兔金乌晓夜忙[②]。　幸逢清世，最好排筵斟绿蚁[③]。满捧金蕉[④]，祝寿如松永不凋。

[注释]

①数：规律。　②玉兔：月。　金乌：日。　③绿蚁：美酒。　④金

蕉：铜质酒杯。

减字木兰花

三皇五帝，古代英雄闲争气。勇猛韩彭[1]，十大功劳空有名。　　休谈人我，大限催煎如何亸[2]。前酌觥舡[3]，祝寿如同海月圆。

［注释］

①韩彭：指西汉功臣韩信、彭越，以战功卓绝，著称于世。　②大限：生命的尽头。　亸：通“躲”。　③舡（chuán）：船，亦指大的酒杯。

减字木兰花

春光景媚，花褪残红炎天气[1]。蝉噪高枝，雁叫长空雪乱飞。　　四时如箭，八节忙忙频改换。满捧金彝[2]，祝寿如同海岳齐。

［注释］

①花褪：花落。　②金彝：酒器之美称。

减字木兰花[1]

才鸣□鼓，曲奏仙音如乐府。美似梨园[2]，一派箫韶列玳筵[3]。　　使人清耳，满堂宾朋皆欢喜。劝饮金荷[4]，祝寿延长福更多。

（以上十二首俱见《诗渊》第二十五册，引自孔凡礼《全宋词补辑》）

[注释]

①孔凡礼按:自"新秋气肃"以下五首,《诗渊》谓为"丰逐客"作,"丰"上脱去"元"字。　②梨园:本为唐代宫廷乐部。此指美妙歌舞。③箫韶:舜之乐曲,即韶乐。此指极美的音乐。　玳筵:华美的宴席。④金荷:同"金蕉",酒杯之美称。

存目词

调名	首句	出处	附注
满庭芳	晚色云开	黄仪、毛扆等校《汲古阁》本《淮海词》引宋本《琴趣》原注	秦观作,见《淮海居士长短句》卷中
苏幕遮	尽思量	《花草粹编》卷七	杜安世作,见《杜寿域词》
感皇恩	骑马踏红尘	同上	赵企词,见《乐府雅词拾遗》卷上
潇湘静	画帘微卷香风逗	刘毓盘辑《冠柳集》	无名氏词,见《乐府雅词拾遗》卷下
十月桃	东篱菊尽	同上	同上
丑奴儿	牡丹不好长春好	本书(今按:指《全宋词》)初版卷四十二	王冠卿词,见《全芳备祖》前集卷二十"月季花门"

调名	首句	出处	附注
永遇乐	风折新英	本书（今按：指《全宋词》）初版卷四十二	扬无咎词，见《逃禅词》。又作王冠卿词，见《全芳备祖》后集卷五“梅子门”
满朝欢	忆得延州	同上	王冠卿词，见《全芳备祖》前集卷二“牡丹门”
满庭芳	五斗相逢	刘毓盘辑《冠柳詞》	无名氏作，见《乐府雅词拾遗卷下》

王安礼

王安礼(1034—1095),字和甫,临川(今江西抚州)人,王安石之弟。嘉祐六年(1061)进士。累官开封府判官、知制诰、翰林学士、知开封府、知永兴军、知太原府等职。为政有直声。苏轼陷"乌台诗案",曾与营救。有《王魏公集》传世。

万年欢[1]

雅出群芳。占春前信息,腊后风光。野岸邮亭[2],繁似万点轻霜。清浅溪流倒影,更黯淡、月色笼香。浑疑是、姑射冰姿[3],寿阳粉面初妆[4]。　多情对景易感,况淮天庾岭[5],迢递相望。愁听龙吟凄绝[6],画角悲凉。念昔因谁醉赏,向此际、空恼危肠。终须待结实,恁时佳味堪尝[7]。

(《梅苑》卷四)

[注释]

①此调押平韵者始于王安礼此咏梅之作。　②邮亭:驿站。　③姑射:女仙名,其肌肤美若冰霜。见《庄子·逍遥游》。　④寿阳:南朝宋公主名。人日卧含章殿下,梅花落额上,因成梅花妆。　⑤庾岭:大庾岭,多梅,亦称梅岭。　⑥龙吟:此指笛声。笛曲有《梅花落》。《全宋词》注:"龙"原作"清",改从《花草粹编》卷十。　⑦"终须"二句:指梅子。按律句读当作"终须待、结实恁时,佳味堪尝"。　恁时:这时。

潇湘忆故人慢

薰风微动,方樱桃弄色,萱草成窠[1]。翠帏敞轻罗。试冰簟初展[2],几尺湘波[3]。疏帘广厦,寄潇洒、一枕南柯。

引多少、梦中归绪，洞庭雨棹烟蓑。　惊回处，闲昼永，但时时，燕雏莺友相过。正绿影婆娑。况庭有幽花，池有新荷。青梅煮酒[4]，幸随分、赢得高歌[5]。功名事、到头终在，岁华忍负清和。　（《乐府雅词拾遗》卷上）

［注释］

①萱草：忘忧草，俗称黄花菜。　窠（kē）：成堆丛生。　②冰簟：竹席。　③湘波：形容竹席光滑如水。　④青梅煮酒：古代流行的一种热酒的服法。　⑤随分：随意。

点绛唇[1]

春睡腾腾[2]，觉来鸳被堆香暖。起来慵懒，触目情何限。　深院日斜，人静花阴转。柔肠断。凭高不见，芳草连天远[3]。　（杨金本《草堂诗馀前集》卷下）

［注释］

①唐氏按：此首别又作寇寺丞词，见《花草粹编》卷一。　②腾腾：犹懵腾，模模糊糊，不甚清醒。　③"凭高"二句：登高眺望，不见人归，但见连天芳草。

存目词

调名	首句	出处	附注
西江月	梅好惟嫌淡泞	《永乐大典》卷二千八百零九"梅"字韵	王安石词，见《梅苑》卷八

调　名	首　句	出　处	附　　注
点绛唇	秋气微凉	《花草粹编》卷一引《倦游杂录》	王安国词，见《皇宋事实类苑》卷三十五引《倦游杂录》
点绛唇	秋晚寒斋	《历代诗馀》卷五	葛胜仲作，见《丹阳词》

张舜民

张舜民，生卒不详，字云叟，号浮休居士，长安（今陕西西安）人。治平二年（1065）进士。元丰四年（1081）从高遵裕征西夏，作诗讥议边事，谪监郴州酒税。历官监察御史、吏部侍郎。坐元祐党籍，贬商州，卒。有辑本《画墁集》八卷。

江神子

癸亥陈和叔会于赏心亭[①]

七朝文物旧江山[②]。水如天，莫凭栏。千古斜阳，无处问长安。更隔秦淮闻旧曲，秋已半，夜将阑。　争教潘鬓不生斑[③]。敛芳颜，抹幺弦[④]。须记琵琶，子细说因缘。待得鸾胶肠已断[⑤]，重别日，是何年。

［注释］

①陈和叔：即陈绛，时任江宁知府。舜民谪郴州，过江宁，陈设宴赏心亭送别。　癸亥：指元丰六年（1083）。　②七朝：指东吴、东晋、宋、齐、梁、陈、南唐。　③潘鬓：潘岳三十二岁已见白髮。此为词人自指。　④幺弦：琵琶的第四弦，最细，故曰幺弦。　抹：弹琵琶的一种指法。　⑤鸾胶：《汉武外传》载，“西海献鸾胶，武帝断弦，以胶续之。”

朝中措

清遐台饯别[①]

三湘迁客思悠哉[②]，尊俎定常开[③]。云雨未消歌伴，山川忍对离杯。　他年来此，贤侯未去[④]，忍话先回。好在江南山色，恁时重上高台。

[注释]

①清遐台:当在湖湘境内,具体地址未详。 ②三湘:沅湘、潇湘、资湘。亦泛指湖南。 ③尊俎:酒席。 ④贤侯:通常指知府、刺史一类的地方官。

卖花声[①]

题岳阳楼

木叶下君山[②],空水漫漫。十分斟酒敛芳颜。不是渭城西去客,休唱阳关[③]。 醉袖抚危栏,天淡云闲。何人此路得生还。回首夕阳红尽处,应是长安[④]。

(以上《画墁集》卷七)

[注释]

①唐氏按:此首或误以为苏轼词,见周紫芝《太仓稊米集》卷六十七《书浮休先生画墁集后》。 ②木叶:落叶。 君山:在岳阳楼西南洞庭湖中。 ③"不是"二句:指自己不是西归渭城(作者家乡)的人。 ④长安:此指汴京。

[集评]

周辉云:"(芸叟)谪监郴州酒税,舟行,以二小词题岳阳楼……亦岂无去国流离之思,殊觉婉而不伤也。"(《清波杂志》卷四)

费衮云:"张芸叟词云:'回首夕阳红湿处,应是长安。'人喜诵之。乐天《题岳阳楼》诗云:'春岸绿时连梦泽,夕波红处近长安。'盖芸叟用此换骨也。"(《梁溪漫志》卷七)

卖花声

楼上久踟蹰[①],地远身孤。拟将憔悴吊三闾[②]。自是长安日下影,流落江湖。 烂醉且消除,不醉何如。又看暝色满平芜[3]。试问寒沙新到雁，应有来书。

（《清波杂志》卷四）

[注释]

①踟蹰：徘徊走动。　②三闾：屈原曾任楚国三闾大夫。　③暝色：暮色。　平芜：长满草木的地方。

存目词

傅幹《注坡词》卷八《殢人娇》词注引张舜民调笑词“潺潺流水武陵溪，洞里春长日月迟。红英满地无人扫，此度刘郎去意迷”四句，乃郑仅作《调笑转踏》，见《乐府雅词》卷上。

曾　布

曾布(1035—1107),字子宣,建昌南丰(今江西南丰)人。嘉祐二年(1057)与兄曾巩同中进士。历官翰林学士兼三司使、知枢密院等职。后为蔡京排挤,大观元年卒于润州。谥文肃。有《曾公遗录》三卷存世。

江南好

江南客,家有宁馨儿①。三世文章称大手②,一门兄弟独良眉③。藉甚众多推④。　千里足⑤,来自渥洼池⑥。莫倚善题鹦鹉赋⑦,青山须待健时归。不似傲当时。

(《挥麈馀话》卷一)

[注释]

①宁馨儿:出众的子弟。此指其子曾纡。见王明清《挥麈馀话》。②三世文章:指祖孙三代皆工文章。曾布之父及兄弟乃至子侄多以文才著称于世。　大手:大手笔。　③良眉:蜀国马良字季常,白眉,才名夙著。谚云:"马氏五常,白眉最良。"见《三国志·蜀书·马良传》。　④藉甚:名声大。　⑤千里:千里马。　⑥渥洼:水名,在甘肃安西。以产骏马著称。　⑦鹦鹉赋:弥衡善词赋。曾于席上即兴赋鹦鹉,援笔立成,文不加点,一座叹服。

水调歌头

排遍第一①

魏豪有冯燕②,年少客幽并③。击球斗鸡为戏,游侠久知名。因避仇、来东郡④。元戎留属中军⑤。直气凌貔虎⑥,须臾叱咤风云。凛凛坐中生。　偶乘佳兴。轻裘锦带，东风跃马，往来寻访幽胜，游冶出东城。堤上莺花撩乱，香车宝马纵横。草软平沙稳。高楼两岸春风，语笑隔帘声。

[注释]

①排遍：唐宋大曲名。套曲中的一段称一遍或排遍、摘遍。②魏豪冯燕：唐沈亚之《冯燕传》中歌颂了一位搏杀不平的豪侠之士。特别写了他与张婴之妻幽会，张婴突返，张妻以佩刀授冯，令杀其夫。冯燕熟视之，转断其妻首而去。后又自首，为其夫辩冤。此事深得相国贾耽赏识，上奏朝廷，免除死罪。曾布以摘遍的形式，演为大曲。为我们提供了研究大曲的宝贵资料。③幽并：幽州、并州。地当河南北部、山西西南部一带。④东郡：河东一带，特指滑州。⑤元戎：主帅。此指贾耽。⑥直气：正气。貔（pí）虎：猛兽。

排遍第二

袖笼鞭敲镫[①]，无语独闲行。绿杨下、人初静。烟澹夕阳明。窈窕佳人，独立瑶阶，掷果潘郎[②]。瞥见红颜横波盼[③]，不胜娇软倚银屏。曳红裳，频推朱户，半开还掩。似欲倚、咿哑声里[④]，细说深情。因遣林间青鸟[⑤]，为言彼此心期[⑥]，的的深相许，窃香解佩，绸缪相顾不胜情[⑦]。

[注释]

①“袖笼”句：手持马鞭，足敲马镫。②掷果潘郎：潘岳美姿容。每出游，妇人投赠以果，满车而归。③横波盼：女郎美目传情相顾。④咿哑：开门声。⑤青鸟：指传信的使者。见《汉武故事》。⑥心期：心愿、期望。⑦绸缪（chóu móu）：情意缠绵貌。

排遍第三

说良人滑将张婴[①]。从来嗜酒、还家镇长酩酊狂酲[②]。屋上鸣鸠空鬥[③]，梁间客燕相惊[④]。谁与花为主，兰房从此，朝云夕雨两牵萦[⑤]。　　似游丝飘荡，随风无定。奈何岁华荏苒[⑥]，欢计苦难凭[⑦]。唯见新恩缱绻，连枝并翼，香闺日日为郎，谁知松萝托蔓，一比一毫轻[⑧]。

［注释］

①良人：妻子对夫的称呼。张婴时为滑将。性酗酒，与妻不睦。　②狂酲：病酒狂醉。　镇：通“正”。　③鸣鸠空鬥：形容夫妻反目。　④客燕相惊：暗喻客燕入巢。冯燕与张妻有私情。　⑤朝云夕雨：指男女幽情。⑥荏苒：时光流驶。　⑦难凭：难以保障。　⑧“谁知”二句：谓藤萝依附松树而攀援，本很轻微，不被重视。

排遍第四

一夕还家醉[①]，开户起相迎。为郎引裾相庇[②]，低首略潜形。情深无隐。欲郎乘间起佳兵[③]。　　授青萍[④]。茫然抚叹，不忍欺心。尔能负心于彼，于我必无情[⑤]。熟视花钿不足，刚肠终不能平[⑥]。假手迎天意[⑦]，一挥霜刃。窗间粉颈断瑶琼[⑧]。

［注释］

①还家醉：指其夫张婴大醉还家。　②“为郎”句：指用衣裙遮蔽情郎。　③“欲郎”句：指让冯燕乘机杀张婴。　佳兵：武器，指佩刀。④青萍：宝剑名。　⑤“尔能”二句：你既可对他（彼）狠心，对我也不会有真情。　⑥刚肠：刚直的本性。　⑦“假手”句：通过自己的手执行天命。　⑧粉颈：雪白的颈子。　瑶琼：玉体，指美人身躯。

排遍第五

凤凰钗、宝玉凋零。惨然怅，娇魂怨，饮泣吞声[①]。还被凌波呼唤，相将金谷同游[②]。想见逢迎处，揶揄羞面[③]，妆脸泪盈盈。　　醉眠人[④]、醒来晨起，血凝螓首[⑤]，但惊喧，白邻里、骇我卒难明[⑥]。思败幽囚推究[⑦]，覆盆无计哀鸣[8]。丹笔终诬服[9]，阛门驱拥[10]，衔冤垂首欲临刑[11]。

[注释]

①饮泣吞声：吞咽眼泪，痛苦之貌。 ②相将：相伴。 金谷：石崇的园林，在洛阳。 ③揶揄：戏耍。 ④醉眠人：指张婴。 ⑤螓首：方广的头额，形容美人。 螓（qín）：像蝉的一种昆虫。 ⑥骇：惊吓。 卒：终，竟。 难明：难以自明无罪。 ⑦思败：无法解释。 推究：推定罪责。 ⑧覆盆：罩在盆下，形容被黑暗笼罩。 ⑨丹笔：朱笔。定罪的文书。 ⑩阛门：城门，指街市。 ⑪临刑：执行死刑。

排遍第六

带花遍

向红尘里，有喧呼攘臂[1]，转声辟众[2]，莫遣人冤滥、杀张室[3]，忍偷生。僚吏惊呼呵叱，狂辞不变如初[4]，投身属吏[5]，慷慨吐丹诚[6]。 仿佛缧绁[7]，自疑梦中，闻者皆惊叹，为不平。割爱无心，泣对虞姬[8]，手戮倾城宠[9]，翻然起死[10]，不教仇怨负冤声。

[注释]

①攘臂：捋袖振臂。 ②辟众：推开人众。 ③张室：张婴的妻子。 室人：妻子的别称。 ④狂辞：以冯燕自首之辞，视为胡说。不变：不改判决。 ⑤属吏：指主管刑狱的官吏。 ⑥吐丹诚：讲真心话。 ⑦缧绁（léi xiè）：绳索。此指狱中。 ⑧虞姬：项羽的爱姬名。 ⑨倾城：绝美的女人。 ⑩起死：指把判刑的张婴解脱出来。

排遍第七

撷花十八

义城元靖贤相国[1]，喜慕英雄士，赐金缯[2]。闻斯事，频叹赏，封章归印[3]。请赎冯燕罪，日边紫泥封诏[4]，阖境赦深刑[5]。 万古三河风义在[6]，青简上[7]、众知名。河东注，任流水滔滔，水涸名难泯[8]。至今乐府歌咏。流入管弦声。

（以上七首见《玉照新志》卷二）

［注释］

①元靖：贾耽为义城军节度使，后入朝为相。卒谥元靖。　②金缯：金帛，指财物。　③封章归印：上书朝廷，愿上官印以赎冯罪。　④紫泥封诏：皇帝诏书，用紫泥盖印。　⑤"阖境"句：指免除滑州全部死刑。　⑥三河：汉以河内、河南、河东三郡为三河。即今河南洛阳黄河南北一带。⑦青简：典册、书籍。　⑧水涸：水干。

魏　玩[1]

魏玩，生卒不详，襄阳（今湖北襄阳）人。魏泰之姊，曾布之妻。徽宗朝，曾布拜相，因诏封鲁国夫人。习称魏夫人。博涉群书，工书法，善于识人。尤擅曲子词。朱熹云："本朝妇人能文者，唯魏夫人及李易安二人而已。"（《词林纪事》卷十）

临江仙[2]

庭院深深深几许[3]，云窗雾阁春迟。为谁憔悴损芳姿。夜来清梦好，应是发南枝。　　玉瘦檀轻无限恨[4]，南楼羌管休吹。浓香吹尽有谁知。暖风迟日也[5]，别到杏花肥。

（《梅苑》卷九）

[注释]

①魏玩：《全宋词》作"魏夫人"。　②唐氏按：此首《花草粹编》卷七作李清照词。据杨万里所考，此首应是李作。　③"庭院"句：用欧阳修《蝶恋花》词原句。　几许：多少。　④玉瘦：肌肤消瘦。　玉：形容肌肤洁白细润。　⑤迟日：春日。杜甫《绝句》诗："迟日江山丽，春风花草香。"

好事近

雨后晓寒轻，花外早莺啼歇。愁听隔溪残漏[1]，正一声凄咽。　　不堪西望去程赊，离肠万回结。不似海棠阴下，按凉州时节[2]。

[注释]

①残漏:夜漏将尽,谓天将破晓。　②凉州:凉州为唐代乐曲名。按:演奏。

阮郎归

夕阳楼外落花飞,晴空碧四垂[①]。去帆回首已天涯,孤烟卷翠微[②]。　楼上客,鬓成丝。归来未有期。断魂不忍下危梯,桐阴月影移。

[注释]

①碧四垂:无际的蓝天笼罩四方。　②翠微:青山。

减字木兰花

西楼明月,掩映梨花千树雪[①]。楼上人归,愁听孤城一雁飞。　玉人何处[②],又见江南春色暮。芳信难寻,去后桃花流水深。

[注释]

①掩映:或隐(掩)或现貌。　②玉人:风姿如玉之人。此指其夫。

减字木兰花

落花飞絮,杳杳天涯人甚处。欲寄相思,春尽衡阳雁渐稀[①]。　离肠泪眼,肠断泪痕流不断。明月西楼,一曲阑干一倍愁。

[注释]

①“春尽”句:春日已尽,雁多北归。喻信使不来,无法寄赠相思之情。

菩萨蛮

溪山掩映斜阳里,楼台影动鸳鸯起[①]。隔岸两三家,出墙红杏花。　　绿杨堤下路,早晚溪边去。三见柳绵飞,离人犹未归。

[注释]

①“楼台”句:鸳鸯戏水,戏晃了楼台的倒影。

[集评]

王奕清云:“魏夫人,曾子宣丞相内子。有《江城子》、《卷珠帘》诸曲,脍炙人口。其尤雅正者,则有《菩萨蛮》云:‘溪山掩映斜阳里……’深得《国风 · 卷耳》之遗。”(《历代词话》卷六)

菩萨蛮

东风已绿瀛洲草[①],画楼帘卷清霜晓。清绝比湖梅[②],花开未满枝。　　长天音信断,又见南归雁。何处是离愁,长安明月楼。

[注释]

①“东风”句:借用李白《侍从宜春苑奉诏赋龙池柳色初青听新莺百啭歌》诗中原句,以咏柳。　②比湖梅:此以新柳与湖梅相比也。

菩萨蛮

红楼斜倚连溪曲,楼前溪水凝寒玉[①]。荡漾木兰船,船中人少年。　荷花娇欲语，笑入鸳鸯浦。波上暝烟低，菱歌月下归。

［注释］

①凝寒玉：形容溪水清冷凉澈，有如冰玉。

定风波[①]

不是无心惜落花，落花无意恋春华。昨日盈盈枝上笑，谁道。今朝吹去落谁家。　把酒临风千种恨[②]，难问。梦回云散见无涯。妙舞清歌谁是主，回顾。高城不见夕阳斜。

［注释］

①唐氏按：《历代诗馀》卷四十一此首误作赵子发词。　②临风：迎着春风（举起酒杯）。

点绛唇

波上清风，画船明月人归后，渐消残酒，独自凭阑久。　聚散匆匆，此恨年年有。重回首，淡烟疏柳。隐隐芜城漏[①]。

［注释］

①芜城：扬州的别称。

［集评］

陈廷焯云："情景兼到，颇有周、柳笔意。"（《别调集》卷二）

武陵春

小院无人帘半卷，独自倚阑时。宽尽春来金缕衣[①]，憔悴有谁知。　　玉人近日书来少，应是怨来迟。梦里长安早晚归[②]，和泪立斜晖。

（以上十首见《乐府雅词》卷下）

[注释]

①“宽尽”句：人瘦则衣宽，相思之故也。　②长安：此指汴京。

江城子

春　恨

别郎容易见郎难。几何般，懒临鸾[①]。憔悴容仪，陡觉缕衣宽。门外红梅将谢也，谁信道、不曾看。　　晓妆楼上望长安。怯轻寒。莫凭阑。嫌怕东风，吹恨上眉端。为报归期须及早，休误妾、一春闲。

（《唐宋诸贤绝妙词选》卷十）

[注释]

①临鸾：对镜。“鸾镜朝朝减颜色”，见骆宾王《代赠道士李荣诗》。

卷珠帘

记得来时春未暮。执手攀花，袖染花梢露。暗卜春心共花语[①]，争寻双朵争先去[②]。　　多情因甚相辜负，轻拆轻离，欲向谁分诉。泪湿海棠花枝处，东君空把奴分付[③]。

（《京本通俗小说·西山一窟鬼》）

[注释]

①暗卜:指以花朵占卜丈夫的归期。以花朵奇偶断吉凶,以单数为兆凶,偶数为兆吉。　②双朵:并蒂花。　③分付:发落,折磨。

系裙腰

灯花耿耿漏迟迟[1]。人别后,夜凉时。西风潇洒梦初回。谁念我,就单枕,皱双眉。　　锦屏绣幌与秋期[2]。肠欲断,泪偷垂。月明还到小窗西。我恨你,我忆你,你争知。

(《花草粹编》卷七)

(以上魏夫人词十四首,用周泳先辑《鲁国夫人词》)

[注释]

①耿耿:明貌。　②与秋期:相约秋日相会。

[集评]

朱熹云:"本朝妇人能文,只有李易安与魏夫人。"(《朱子语类》卷一百四十)

王明清云:"曾文肃熙宁初为海州怀仁令。有监酒使臣张者,小女甫六、七岁,甚慧黠。文肃之室魏夫人怜之。教以诵诗书,颇通解。""绍圣初,文肃柄枢时,张氏女已入禁中……忽与夫人相闻……夫人殁,张作诗哭之云:'香散帘帏寂,尘生翰墨间。空传三壸誉,无复内朝班。'"(《挥麈三录》卷二)

陈廷焯云:"宋闺秀词,自以易安为冠。朱子以魏夫人与之并称。魏夫人只堪出朱淑贞之右,去易安尚远。"(《白雨斋词话》卷六)

王仲甫

王仲甫，生卒不详，字明之，号逐客，衢州（今属浙江）人。官至翰林。有《冠卿集》，已佚。

清平乐[①]

黄金殿里，烛影双龙戏。劝得官家真个醉[②]，进酒犹呼万岁。　锦茵舞彻凉州，君恩与整搔头[③]。一夜御前宣唤，六宫多少人愁[④]。

（《耆旧续闻》卷九）

[注释]

①唐氏按：此首别又作王观词，见《能改斋漫录》卷十七。《耆旧续闻》所载，出自陆游，当另有所据。金绳武本《花草粹编》卷六又误以此首为王介作。王介字仲甫，金氏因之而误。　注者按：此词当依《能改斋漫录》定为王观之作为是。　②官家：指帝王。　③搔头：玉搔头，玉钗。　④六宫：后妃居住之地。

满朝欢[①]

忆得延州[②]，旧曾相见，东城近东下住。被若著意引归家，放十分、以上抬举[③]。　小样罗衫[④]，淡红拂过，风流万般做处。怕伊蓦地忆人时[⑤]，梦中来、不要迷路。

（《全芳备祖》前集卷二“牡丹门”）

[注释]

①唐氏按：此首调名《满朝欢》，疑是《鹊桥仙》之误。　②延州：地当今延安一带。古产牡丹。“延州红、青州红，皆彼土之尤杰者。”见欧阳修

《洛阳牡丹花品序》。 ③抬举:关爱、培育。见陶谷《清异录》。 ④小样:小巧合身的衣服。这是对牡丹的拟人描绘。 ⑤蓦地:突然。

丑奴儿

牡丹不好长春好[①]。有个因依[②],一两枝儿,但是风光总属伊。 当初只为嫦娥种。月正明时,教恁芳菲[③],伴着团圆十二回。 (《全芳备祖》前集卷二十“月季花门”)

[注释]

①长春:月季的别名。月月开花,故名长春。 ②因依:因由,缘故。 ③教恁:使它这样。

永遇乐[①]

风折新英,雨肥繁实[②],又还如豆。玉核初成[③],红腮尚浅[④],齿软酸透。粉墙低亚[⑤],佳人惊见,不管露沾襟袖。一枝钗子未插,应把手挼频嗅。 相思病酒,只因思此,免使文君眉皱[⑥]。入鼎调羹[⑦],攀林止渴[⑧],功业还依旧。看看飞燕,衔将春去,又将欲、黄昏时候。争如向、金盘满捧,共君王对酒。 (《全芳备祖》后集卷五“梅门”)

[注释]

①唐氏按:此首别又见杨无咎《逃禅词》。又按:以上三首,原俱题王冠卿作。本书(今按:指《全宋词》)初版卷四十三误作王观词。 ②繁实:众多的梅子。 ③玉核:青白色的果实。 ④红腮:梅子成熟则泛出红色。因谓红腮。 ⑤低亚:低垂。 ⑥文君:卓文君。此言梅子可医司马相如之病,文君可免皱眉。 ⑦“入鼎”句:梅酸可以调味。《尚书·说命》:“若作和羹,尔惟盐梅。”调和鼎鼐,为宰相之职。 ⑧攀林止渴:曹操出征,军皆渴。乃曰前有大梅林,甘酸可以解渴。士卒踊跃前进。见

《世说新语·假谲》。

浪淘沙[①]

素手水晶盘，垒起仙丸。红绡碾碎却成团[②]。逗得安排金粟遍[③]，何似鸡冠。　味胜玉浆寒，只被宜酸。莫将荔子一般看。色淡香消僝僽损[④]，才到长安。

（《全芳备祖》后集卷六"杨柳门"）

[注释]

①唐氏按：此首原亦题王冠卿撰。惟又见《梅苑》卷九，作王逐客词。赵万里辑《冠柳集》收之。　浪淘沙：题下有"杨梅"二字。当从。　②红绡：形容杨梅外形如剪碎红绸。　③金粟：金黄色的颗粒，指杨梅表面的皱皮。　④僝僽：磨折。此言荔子虽好，运到长安，色味俱损，不如杨梅新鲜可爱。

醉落魄[①]

醉醒醒醉，凭君会取皆滋味。浓斟琥珀香浮蚁[②]。一入愁肠，便有阳春意[③]。　须将席幕为天地[④]，歌前起舞花前睡。从他兀兀陶陶里[⑤]。犹胜醒醒，惹得闲憔悴。

[注释]

①唐氏按：此首见黄庭坚《醉落魄》词序。黄云："或传是东坡语，非也，疑是王仲父作。"此首亦见《东坡词》卷下。　又按：宋另有王仲甫，字明之，王珪之侄，曾官主簿。又有王介字仲甫，与王安石同时。黄庭坚所云王仲父，未知为谁。此词姑附于此。　②琥珀：形容酒色黄如琥珀。浮蚁：指酒面的浮沫。　③阳春意：暖意。　④席幕：以地为席，以天为幕，表示豁达。　⑤兀兀陶陶：沉醉貌。

蓦山溪[1]

挂冠神武[2]，来作烟花主[3]。千里好江山，都尽是、君恩赐与。风勾月引，催上泛宅时[4]，酒倾玉，鲙堆雪，总道神仙侣。　　蓑衣箬笠，更著些儿雨。横笛两三声，晚云中、惊鸥来去。欲烦妙手，写入散人图[5]，蜗角名[6]，蝇头利[7]，著甚来由顾。

[注释]

①唐氏按：此首见向子諲《酒边集》，题云："王明之曲，芗林易置十数字歌之。"此王明之未知为谁，亦姑附于此。此首中"催上泛宅时"一句，据向词原注，乃向氏所易置，馀不知何者为向氏所改。　②挂冠神武：辞去朝廷官职。陶弘景挂冠于神武门，归隐。事见《南史·陶弘景传》。③烟花主：作云烟花木的主人，即隐居山林意。　④泛宅：泛宅为家，指乘船游玩。　⑤写入：画为、画作。　⑥蜗角名：极言名利之小。　⑦蝇头利：极小之利。

孙浩然

孙浩然，生卒不详，工词，情景兼胜。王诜曾画其《离亭燕》词意为《江山秋晚图》。词存二首。

离亭燕[1]

一带江山如画，景物向秋潇洒。水浸碧天何处断，霁色冷光相射[2]。橘树荻花洲，掩映竹篱茅舍[3]。　天际客帆高挂，烟外酒旗低亚[4]。多少六朝兴废事[5]，尽入渔樵闲话。怅望倚层楼，红日无言西下。（《攻媿集》卷七十）

［注释］

①唐氏按：此首别又作张昇词，见《过庭录》。　②霁色：晴朗的天色。　冷光：秋光。　③掩映：隐隐约约。　④低亚：低垂。　⑤六朝：指以金陵为都的东吴、东晋、宋、齐、梁、陈六个朝代。

夜行船

何处采菱归暮。隔宵烟[1]，菱歌轻举[2]。白蘋风起月华寒[3]，影朦胧、半和梅雨[4]。　脉脉相逢心似许。扶兰棹、黯然凝伫[5]。遥指前村，隐隐烟树，含情背人归去。

（《花草粹编》卷五）

［注释］

①宵烟：傍晚的炊烟。　②轻举：轻声飘散。　③唐氏按：“起”原作“清”，据《词谱》卷十一改。　④梅雨：五月黄梅天之细雨。　⑤黯然：伤心貌。　凝伫：凝神独立。

王　诜

王诜(shēn),生卒不详,字晋卿,太原(今山西太原)人。徙居开封。王全斌裔孙。熙宁二年(1069),尚英宗第二女蜀国长公主,拜左卫将军、驸马都尉。出为利州防御使。元丰二年(1079),因与苏轼交,谪昭化军行军司马,均州安置。元祐初召还。官至留后。善诗词,工书法,尤擅山水丹青。有《蝶恋花》真迹传世。谥荣安。

鹧鸪天

才子阴风度远关①,清愁曾向画图看。山衔斗柄三星没②,雪共月明千里寒。　新路陌,旧江干③。崎岖谁叹客程难。临风更听昭华笛④,簌簌梅花满地残。

(《诗话总龟》前集卷十四)

[注释]

①阴风:大历十才子李益《从军苦乐行》"边地多阴风,草木自凄凉",及《听晓角》"边霜昨夜堕关榆,吹角当城汉月孤"。　②山衔斗柄:北斗七星之第五、六、七星如斗之柄。为山遮蔽曰山衔。　三星:参星下沉于地平线,则已入夜。　③江干:江边。　④昭华:秦有玉笛,长二尺三寸,二十六孔,铭曰昭华之管。此指笛声。

[集评]

王直方云:"山谷有《光山道中雪》诗'山衔斗柄三星没,雪共月明千里寒'。都尉王晋卿足成《鹧鸪天》:'才子阴风度远关……'"云云。(《诗话总龟》前集卷十四)。　注者云:山谷诗作于熙宁四年(1071),为叶县尉时。王诜此词,乃用黄诗成句。

花心动

蜡　梅

春欲来时，看雪里、新梅品流珍绝。气韵楚江[①]，颜色中央[②]，数朵巧熔香蜡。嫩苞珠泪圆金烛[③]，娇腮润、蜂房微缺[④]。画栏悄，佳人道妆，醉吟风月。　淡白轻红谩说。算何事、东君用心偏别。赋与异姿，添与清香，堪向苦寒时节。但教开后金尊满，休惆怅、落时歌阕[⑤]。断肠也，繁枝为谁赠折。　（景宋本《梅苑》卷一）

［注释］

①气韵楚江：谓腊梅有楚地江山的清幽风致。　②颜色中央：古以五色配五行。中央属土，其色黄。此指腊梅色黄。　③珠泪：指苞上露水，莹圆如黄色烛泪。　④蜂房：腊梅花口朝下如倒磬，与蜂房相似。　⑤歌阕：歌曲终了为阕，一首亦称一阕。

落梅花

寿阳妆晚[①]，慵匀素脸，经宵醉痕堪惜。前村雪里，几枝初绽，正冰姿仙格[②]。忍被东风，乱飘满地，残英堆积。可堪江上起离愁，凭谁说寄，肠断未归客。　流恨声传羌笛[③]。感行人、水亭山驿。越溪信阻[④]，仙乡路杳[⑤]，但风流尘迹。香艳浓时，东君吟赏，已成轻掷。愿身长健，且凭阑，明年还放春消息。

［注释］

①寿阳妆：梅花妆。梅花落南朝宋寿阳公主额，遂成五出之梅花妆。见《太平御览时序部》引《五行书》。　②正冰姿：《全宋词》“正”字作□。此据《词谱》补正。　③“流恨”句：本李白《与史郎中钦听黄鹤楼上吹笛》

“黄鹤楼中吹玉笛，江城五月落梅花”。　④越溪：又称若耶溪，西子浣纱之地。　⑤仙乡：指桃溪刘阮遇仙事。地在浙江天台。

黄莺儿[1]

多情春意忆时节。北圃人来[2]，传道江梅，依稀芳姿，数枝新发。夸嫩脸著胭脂，腻滑凝香雪。问伊还记年时[3]，正好相看，因甚轻别。　　情切。往事散浮云，旧恨成华鬓。算知空对，绮槛雕栏，孜孜望人攀折[4]。愁未见，苦思量，待见重端叠[5]。愿与永仿高堂[6]，云雨芳菲月[7]。

（以上《梅苑》卷三）

［注释］

①注者按：词咏调名本义，以梅喻人。王诜因东坡乌台诗案被牵，外贬均州，姬侍尽逐。有名啭春莺者，亦为密县马氏所得。念念不已。有《人月圆》、《烛影摇红》、《花发沁园春》诸调纪之，疑此词亦有感此事而发也。　②北圃：在汴京城北，多奇花珍木。　③问伊：问她，指其所爱者。④孜孜：情切貌。　⑤端叠：联绵词，意近“端的”。细究始末之意。⑥高堂：玉堂、华堂。　⑦云雨：指男女欢会。用楚襄王高唐会神女之典。见宋玉《高唐赋序》。

踏青游[1]

金勒猊鞍[2]，西城嫩寒春晓。路渐入、垂杨芳草。过平堤，穿绿径，几声啼鸟。是处里，谁家杏花临水，依约靓妆窥照[3]。　　极目高原，东风露桃烟岛[4]。望十里、红围绿绕。更相将[5]、乘酒兴，幽情多少。待向晚、从头记将归去，说与凤楼人道[6]。　（词学丛书本《乐府雅词拾遗》卷上）

[注释]

①唐氏按:《词律》卷十二误以此首为周邦彦作。　②金勒:镶金的马络头。　狨(róng)鞍:金丝猴皮的鞍垫。　③靓(jìng)妆:丽服女子。　④露桃:露井(没有加盖的井)边的桃树。　烟岛:云烟缭绕的小岛。　⑤相将:相携相伴。　⑥凤楼人:贵妇人,指其妻长公主等。

忆故人[①]

烛影摇红向夜阑,乍酒醒[②]、心情懒。尊前谁为唱阳关,离恨天涯远。　　无奈云沉雨散[③]。凭阑干、东风泪眼。海棠开后,燕子来时,黄昏庭院。

（《能改斋漫录》卷十七）

[注释]

①唐氏按:《能改斋漫录》载周邦彦增损此首之词,《唐宋诸贤绝妙词选》卷三亦以为王诜作,疑或非,兹不另录。　②乍:刚刚。　③云沉雨散:云雨恩情断绝。

[集评]

蔡絛云:"王晋卿歌姬名啭春莺,晋卿得罪外谪,姬为密县人所得。晋卿南还,至汝阴道中,闻歌声,曰:'此啭春莺也。'访之果然……寻复归晋卿。晋卿有《人月圆》、《烛影摇红》、《花发沁园春》诸调。"(《西清诗话》)

吴曾云:"王都尉有《忆故人》词云'烛影摇红……'徽宗喜其词意。犹以不丰容婉转为恨。遂令大晟别撰腔。周美成增损其词,而以首句为名,谓之《烛影摇红》。"(《能改斋漫录》卷十七)

朱彝尊云:"原词甚美。美成增益,真所谓续凫为鹤也。"(《词综》卷七)

况周颐云:"元人制曲,几乎每句皆有衬字。取其能达句中之意,而付之歌喉又抑扬顿挫,悦人听闻。所谓迟其声以媚之也。两宋人词间亦有用衬字者。王晋卿云:'烛影摇红向夜阑,乍酒醒,心情懒。''向'字、'乍'字是衬字。"(《蕙风词话》卷二)

行香子

金井先秋[1]，梧叶飘黄。几回惊觉梦初长。雨微烟淡，疏雨池塘。渐蓼花明，菱花冷，藕花凉。　　幽人已惯，枕单衾冷，任商飙[2]、催换年光。问谁相伴，终日清狂。有竹间风，尊中酒，水边床。

（《全芳备祖》前集卷十四“蓼花门”）

[注释]

①金井：有华丽栏杆的井。　先秋：井旁梧叶先秋而落，故云。　②商飙：秋风。

蝶恋花[1]

钟送黄昏鸡报晓。昏晓相催，世事何时了。万恨千愁人自老，春来依旧生芳草[2]。　　忙处人多闲处少。闲处光阴，几个人知道。独上高楼云渺渺。天涯一点青山小。

[注释]

①赵万里云：“案上阕《草堂诗馀后集》卷下（类编本二）引作秦少游词，《花草粹编》七从之。检《淮海居士长短句》未载，则《花庵词选》引作王作是也。”　又按：《野客丛书》卷二十五引“独上小楼情悄悄，天涯一点青山小”二句作黄庭坚词，非。　②“春来”句：“天涯何处无芳草”，此东坡惠州谪所词句也。王诜略用其意。

[集评]

卓人月云：“‘枝上柳绵吹又少，天涯何处无芳草。’试令歌‘春来’句，亦当泪落。”（《古今词统》卷九）

玉楼春

海　棠

锦城春色花无数①，排比笙歌留客住②。轻寒轻暖夹衣天，乍雨乍晴寒食路。　　花虽不语莺能语，莫放韶光容易去③。海棠开后月明前，纵有千金无买处。

［注释］

①锦城：成都之别名。盛产海棠，为天下第一。　②排比：排列演奏。　③莫放：莫让。

花发沁园春①

帝里春归，早先妆点，皇家池馆园林。雏莺未迁②，燕子乍归，时节戏弄晴阴③。琼楼珠阁，恰正在、柳曲花心④。翠袖艳、衣凭阑干，惯闻弦管新音。　　此际相携宴赏，纵行乐随处，芳树遥岑。桃腮杏脸，嫩英万叶，千枝绿浅红深。轻风终日，泛暗香、长满衣襟。洞户醉⑤，归访笙歌，晚来云海沉沉。

［注释］

①此调始见于此词，无别首可校，应为王诜创调，声律与《沁园春》大异。　②雏莺：幼莺。　未迁：尚未离开母巢。　③戏弄晴阴：乍阴乍晴，变化不定。　④柳曲：柳荫深曲之地。　⑤洞户：房屋相通的华丽宅院。

人月圆①

元　夜

小桃枝上春来早，初试薄罗衣。年年此夜，华灯盛照，人月圆时。　禁街箫鼓[②]，寒轻夜永，纤手同携。更阑人静，千门笑语，声在帘帏。

（以上四首见《唐宋诸贤绝妙词选》卷三）

［注释］

①人月圆：此词咏调名本意。杨慎《诗品》云："此曲晋卿自制，名《人月圆》，即《咏元宵》，犹是唐人之意。"　唐氏按：《能改斋漫录》卷十六云此词李持正作，近时以为王都尉作，非也。　②禁街：皇城大街入夜，禁止行人，故曰禁街。唯元宵不禁，与民放灯为乐。

换遍歌头[①]

雪霁轻尘敛，好风初报柳。春寒浅、当三五[②]。是处鳌山耸，金羁宝乘，游赏遍蓬壶[③]。向黄昏时候。对双龙阙门前[④]，皓月华灯射，变清昼。　彩凤低衔天语[⑤]。承宣诏传呼。飞上层霄，共陪霞觞频举。更漸阑，正回路。遥拥车佩珊珊[⑥]，笼纱满香衢[⑦]。指凤楼、相将醉归去。

（《岁时广记》卷十）

［注释］

①此词王诜所创，平仄韵合押，无别首可校，应视为水调歌的变体。　②当三五：正当元宵节。　③"是处"三句：天街赏灯，故有鳌山、蓬壶之戏。　④对双龙：以草缚双龙，青幕遮之，密置灯烛万盏，望之如双龙之飞走。见吴自牧《梦粱录·元宵》。　⑤"彩凤"句："十六日……复自楼上有金凤飞下诸幕次，宣赐不辍。"见《梦粱录》云。　衔天语：宣布皇上的旨意。　⑥车佩珊珊：车上玉佩等饰物叮当作声。　珊珊：玉声。⑦笼纱：纱灯。

失调名

合彩丝、对缠玉腕。

失调名

偷闲结个艾虎儿，要插在、秋蝉鬓畔。

（以上《岁时广记》卷二十）

失调名

九　日

带了黄花，强饮茱萸酒。　（《岁时广记》卷三十四）

画堂春令

画堂霜重晓寒消，南枝红雪妆成[①]。卷帘疑是弄妆人[②]。粉面带春醒。　最爱北江临岸，含娇浅淡精神。微风不动水纹平，倒影鬥轻盈。

（《永乐大典》卷二千八百零九“梅”字韵引王晋卿词）

［注释］

①南枝：梅。《白帖》：“大庾岭上梅，南枝落，北枝开。”　②弄妆人：形容清丽之梅树，如丽人弄妆。王适《江边早梅》“不知春色早，疑是弄珠人”与此意近。

撼庭竹

绰略青梅弄春色[①]，真艳态堪惜[②]。经年费尽东君力，有情先到探春客。无语泣寒香，时暗度瑶席[③]。　月下风前空怅望，思携手同摘。画栏倚遍无消息，佳辰乐事再难得。还是夕阳天，空暮云凝碧。　（《花草粹编》卷八）

[注释]

①绰略:同"绰约",美好貌。 ②堪惜:可爱。 惜:爱怜。 ③暗度:指香气暗中传来。 瑶席:华美的宴席。

蝶恋花[①]

小雨初晴回晚照[②],金翠楼台[③],倒影芙蓉沼。杨柳垂垂风袅袅,嫩荷无数青钿小[④]。 似此园林无限好。流落归来,到了心情少[⑤]。坐到黄昏人悄悄。更应添得朱颜老。

(《式古堂书考》卷十二)

(以上王诜词十五首,断句三,用赵万里辑《王晋卿词》增补)

[注释]

①唐氏按:此首原帖,旧云黄庭坚所书,清曹溶考定为王晋卿书。 ②回晚照:夕阳的回光映照。 ③金翠:金碧色,形容楼台华丽。 ④青钿:形容嫩荷初展,小如青钱(钿),玲珑可爱。 ⑤心情少(shǎo):没有从前的好心情。

[集评]

黄庭坚云:"其作乐府长短句,踸踔口语,而情丽幽远,工在江南诸贤季孟之间。"(《山谷题跋》卷九)

存目词

调名	首句	出处	附注
失调名断句	鬥巧尽输年少	《岁时广记》卷二十一	黄裳《喜迁莺词》，见《演山先生文集》卷三十一
黄莺儿	香梢匀蕊先回暖	《永乐大典》卷二千八百零九“梅”字韵	无名氏词，见《梅苑》卷三
玉梅香慢	寒色犹高	《永乐大典》卷二千八百十“梅”字韵	同上

陈济翁

陈济翁（1035—1100），名恺，字济公，婺州永康（今属浙江）人。治平四年（1067）进士。仕历不详，曾任散郎飞骑尉。词存三首。

蓦山溪

去年今日，从驾游西苑[1]。彩仗压金波，看水戏、鱼龙曼衍[2]。宝津南殿，宴坐近天颜。金杯酒，君王劝，头上宫花颤。　六军锦绣，万骑穿杨箭[3]。日暮翠华归[4]。拥钧天、笙歌一片[5]。如今关外，千里未归人。前山雨，西楼晚。望断思君眼。（《能改斋漫录》卷十七）

[注释]

①西苑：此指汴京西面的金明池。《东京梦华录》卷七云："三月一日，州西顺天门外，开金明池琼林苑……有面北临水殿。车驾临幸，观争标赐宴于此。"　②"看水戏"句：水上游乐。　鱼龙曼衍：即鱼龙变化的一种幻术。　③穿杨箭：百步射中柳叶，说明射技精良。　④翠华：天子车驾。　⑤钧天：钧天广乐。此指天子音乐。

[集评]

吴曾云："张孝祥知潭州，因宴客，妓有歌此。至'金杯酒，君王劝，头上宫花颤'，其首自为之摇颤者数四。坐客忍笑，指目者甚众，而张竟不觉也。"（《能改斋漫录》卷十六）

蓦山溪

薰风时候[1]。芍药披晴昼[2]。天上玉阑干，展一枰、天家锦绣[3]。汉宫唐殿。嫔御逞妖娆[4]，飞燕女，太真妃[5]，一样新妆就。　　黄金捻线[6]，色与红芳鬥。谁把绛绡衣[7]，误将他、胭脂渍透。晚风生处，襟袖卷浓香。持玉斝[8]，秉纱笼，倚醉听更漏。

（《全芳备祖》前集卷三“芍药门”）

[注释]

①薰风：初夏时的东南风。　②披：开放。　③一枰：一棋盘。形容花圃整齐，如棋盘排列。　④嫔御：宫中的侍姬、宫女。　妖娆：妩媚可爱。　⑤“飞燕”二句：形容芍药美如赵飞燕、杨玉环一样国色天香。⑥黄金捻线：形容柳丝如金线捻成。　⑦绛绡衣：深红色的薄绢衣裳。此指芍药。　⑧玉斝（jiǎ）：玉杯。

踏青游

濯锦江头[1]，羞杀艳桃秾李。纵赵昌、丹青难比[2]。晕轻红，留浅素，千娇百媚。照绿水。恰如下临鸾镜[3]，妃子弄妆犹醉。　　诗笔因循[4]，不晓少陵深意[5]。但满眼、伤春珠泪。燕来时，莺啼处，年年憔悴。便除是，秉烛凭阑吟赏，莫教夜深花睡[6]。　（《全芳备祖》前集卷七“海棠门”）

[注释]

①濯锦江头：流经成都的岷江，用以濯锦，花色光鲜，亦称锦江。　②赵昌：宋画家，以画花鸟著称。此言海棠花之美，超过桃李与名家丹青。　③临鸾镜：对鸾镜着装。　鸾镜：妆镜。　④因循：疏懒、保守。　⑤“不晓”句：杜甫久居成都，但无海棠之作。东坡有“恰似西川杜工部，海棠虽好不题诗”之句。　少陵：杜甫自称少陵野老。　⑥夜深花睡：用东坡海棠诗“只恐夜深花睡去，高烧银烛照红妆”句意。

苏　轼

苏轼(1037—1101),字子瞻,一字和仲,号东坡居士。眉山(今四川眉山)人,苏洵长子,后世称苏长公。嘉祐二年(1057)进士乙科,对制策入三等。累除中书舍人、翰林学士,历端明殿学士、礼部尚书。哲宗绍圣元年(1094),坐讪谤,贬惠州,又贬琼州,昌化军(今海南儋州)安置。徽宗立,赦还,提举玉局观。建中靖国元年(1101)七月卒于常州,年六十六。孝宗朝,赠太师,谥文忠。轼诗、文、词、书、画兼长,文入唐宋八大家之列,词有开豪放派之功,书为宋代四大家之首。有《东坡集》行世,词三百五十馀首。《宋史》有传,苏辙《栾城集》有《墓志铭》。

浣溪沙[①]

山色横侵蘸晕霞[②],湘川风静吐寒花[③]。远林屋散尚啼鸦[④]。　梦到故园多少路,酒醒南望隔天涯。月明千里照平沙。

(曾慥本《东坡词拾遗》)

[注释]

①此词作于宋仁宗嘉祐五年庚子(1060),时先生年二十五。丁母忧终制,十月,与弟辙奉父洵还朝,十二月至荆州度岁,翌年正月五日发荆州,遂北行,词即作于此时。　②蘸晕霞:为绯红色晚霞所染。蘸,原意为沾湿。　③湘川:泛指四川东部及湖北、湖南一带,即古荆州地域。　④远林屋散:村舍散落在远林之中。故虽偏僻,尚闻鸦啼,以鸦晚必归舍旁树故。

南歌子

寓 意①

雨暗初疑夜，风回忽报晴。淡云斜照著山明。细草软沙溪路、马蹄轻。　　卯酒醒还困②，仙材梦不成③。蓝桥何处觅云英④。只有多情流水、伴人行。

[注释]

①宋仁宗嘉祐八年癸卯(1063)，先生年二十八，在大理评事凤翔府签判任，二月下旬，送赵荐罢任还蜀，入宝鸡乱山中，三月上旬（是年三月四日清明）回凤翔府，此首及下二首即作于此次终南山之行中。　②卯酒：卯时酒，亦即晨酒。卯时，即晨五至七时。　③仙材：据说汉武帝刘彻好神仙之术，然西王母以为刘“形慢神秽，虽语之以至道，殆恐非仙材也”。事见《汉武内传》。　④“蓝桥”句：据裴铏《传奇·裴航》载，唐长庆中，秀才裴航于蓝桥遇仙女云英，随之成仙而去并结连理。蓝桥，在陕西蓝田县。

南歌子

和前韵

日出西山雨，无晴又有晴①。乱山深处过清明。不见彩绳花板、细腰轻②。　　尽日行桑野，无人与目成③。且将新句琢琼英。我是世间闲客、此闲行④。

[注释]

①“日出”二句：化用刘禹锡《竹枝词》“东边日出西边雨，道是无晴却有晴”句意。“晴”谐音“情”。　②彩绳花板：指秋千上的系绳与踏板。　③目成：以目传情。《楚辞·九歌·少司命》：“满堂兮美人，忽独与余兮目成。”　④“我是”句：化用杜牧《八月十二日得替后移居霅溪馆因题长句四韵》“景物登临闲始见，愿为闲客此闲行”句意。

南歌子

再用前韵

带酒冲山雨，和衣睡晚晴。不知钟鼓报天明，梦里栩然蝴蝶、一身轻[①]。　老去才都尽[②]，归来计未成[③]。求田问舍笑豪英[④]。自爱湖边沙路、免泥行。

（以上三首见曾慥本《东坡词》卷上）

[注释]

①"梦里"句：用庄周梦化蝴蝶之典。《庄子·齐物论》："昔者庄周梦为蝴蝶，栩栩然蝴蝶也。"　②"老去"句：反用杜甫《寄彭州高三十五使君适》"老去才难尽，秋来兴甚长"句意。　③归来：指归隐。　④求田问舍：意谓无远大政治抱负。典出《三国志·魏书·陈登传》。

华清引

感　旧[①]

平时十月幸兰汤[②]，玉甃琼梁[③]。五家车马如水，珠玑满路旁[④]。　翠华一去掩方床[⑤]，独留烟树苍苍。至今清夜月，依前过缭墙。　（曾慥本《东坡词》卷下）

[注释]

①此词作于宋英宗治平（1064）十二月下旬离凤翔任还朝经骊山时，时先生年二十九。　②兰汤：即温泉。一本作"莲汤"。《杨妃外传》："华清宫有端正楼，即妃梳洗之所；有莲花汤，即妃沐浴之室。"据《旧唐书·玄宗纪（下）》载，自天宝四年至天宝十四年，每年十月皆幸华清宫。　③玉甃琼梁：以玉砌内壁以琼为梁。甃，砖砌之井壁。　④"五家"二句：据《旧唐书·杨贵妃传》载，贵妃得宠，其从兄铦、锜与韩、虢、秦三夫人五家俱骤贵。　⑤翠华：天子之旗。司马相如《上林赋》："建翠华之旗。"

一斛珠[1]

洛城春晚[2]，垂杨乱掩红楼半。小池轻浪纹如篆[3]。烛下花前，曾醉离歌宴。　　自惜风流云雨散[4]，关山有限情无限。待君重见寻芳伴，为说相思，目断西楼燕[5]。

（曾慥本《东坡词拾遗》）

[注释]

①此词当作于宋神宗熙宁三年庚戌（1070）晚春，时先生年三十五，在朝任监官告院。《一斛珠》即《醉落魄》。　②洛城：即洛阳，宋时为西京。　③纹如篆：水纹如写的篆字一般。　④云雨：指男女情事。典出宋玉《高唐赋序》："妾在巫山之阳，高丘之阻。旦为朝云，暮为行雨，朝朝暮暮，阳台之下。"　⑤西楼燕：据《开元天宝遗事》载，长安郭绍兰适（嫁）巨商任宗，任至湘中，数年不归。郭托双燕捎书，书达，任归。

[集评]

杨慎云："东坡《一斛珠》云：'洛城春晚，垂杨乱掩红楼半。小池轻浪纹如篆……''篆'字沈韵在上韵，本属鸩舌，坡特正之也。"（《词品》卷一）

诉衷情

琵琶女[1]

小莲初上琵琶弦[2]，弹破碧云天[3]。分明绣阁幽恨，都向曲中传。　　肤莹玉，鬓梳蝉[4]。绮窗前。素娥今夜[5]，故故随人[6]，似鬥婵娟[7]。

（曾慥本《东坡词》卷下）

[注释]

①先生庚戌十月有《宋叔达家听琵琶》诗（见《苏轼诗集》卷六），似为一时之作，故编熙宁三年庚戌（1070）。　②"小莲"句：齐后主高纬之冯

淑妃名小怜，善琵琶，事见《北史·后妃传下》。小莲，即小怜。《太平御览·果部·莲》引《三国典略》："冯淑妃，名小莲也。"此句以冯淑妃为比，指琵琶女。　③碧云天："眼看白纻曲，欲上碧云天。"见傅注引柳还古《赠柳将军家伎》诗。　④鬓梳蝉：鬓边梳成蝉翼状。《古今注》："魏文帝宫人莫琼树，乃制为蝉鬓，望之缥缈如蝉翼，故号为蝉鬓。"　⑤素娥：嫦娥。《文选·谢庄〈月赋〉》注引《淮南子》："羿请不死之药于西王母，嫦娥窃而奔月。"此处谓月。　⑥故故：故意。　⑦婵娟：美丽。

如梦令

题淮山楼[①]

城上层楼叠巘[②]，城下清淮古汴[③]。举手揖吴云[④]，人与暮天俱远。魂断，魂断，后夜松江月满[⑤]。

（曾慥本《东坡词拾遗》）

[注释]

①此词作于熙宁四年辛亥（1071）十月十三日赴杭州通判任经泗州时，是年先生年三十六。《舆地纪胜》："淮山楼在泗州郡治，其治即旧之都梁台也。"泗州城已于清康熙年代沉入洪泽湖，淮山楼亦沉没。　②巘（yǎn）：下小上大之山。此指山峦。　③清淮古汴：淮水为古四渎之一，源出河南桐柏山，东流入安徽注入洪泽湖，其下游自淮阴县合于运河。　汴河故道有二：其一为古汴河故道，由河南郑州、开封经江苏徐州合泗入淮，元时为黄河所夺，今废。另一为隋以后汴河故道，由前故道至商丘县治南，改东南流经安徽至泗县入淮。今久湮废，唯泗县尚有汴水断渠。　④揖吴云：指吴云。　揖：同"挹"，指。因下程即去苏州、吴兴等地，故云。　⑤松江：即吴松江。松江源出苏州之太湖，经昆山县东南流，至上海与黄浦汇合。此句为计程语，即后夜至松江时，当为月满之日即十五日也。

南歌子

楚守周豫出舞鬟,因作二首赠之①

绀绾双蟠髻②,云攲小偃巾③。轻盈红脸小腰身。叠鼓忽催花拍、鬥精神④。　空阔轻红歇,风和约柳春⑤。蓬山才调更清新⑥。胜似缠头千锦、共藏珍⑦。

[注释]

①先生平生凡十一过楚,唯熙宁四年辛亥(1071)十月六日赴杭过楚时楚守可能为周豫,故编辛亥。楚州,宋时属淮南东路,即今之江苏淮安、盐城一带。周豫:"周豫,治平三年以集贤校理出知洪州,迁太常博士。"见《宋人传记资料索引》。《北宋经抚年表》:"治平三年,集贤校理周豫知洪州。"　②绀绾(gàn wǎn):用深青色的彩带系绾。　绀:深青色。　绾:缚。　③"云攲"句:头髮上绑着一条小巾。　云:形容少女浓密的头髮。攲:斜。　偃:仰。　④叠鼓、花拍:均指节奏。傅注:"今乐府,大鼓则有叠奏之声,曲拍则有花十八、花九之数,盖舞曲至于叠鼓、花拍之际,其妙在此,故曰'鬥精神'。"《文选·谢朓〈鼓吹曲〉》:"凝笳翼高盖,叠鼓送华辀。"李善注云:"小击鼓谓之叠。"王灼《碧鸡漫志》卷三:"《六幺》前后十八拍,又花四拍,共二十二拍。乐家者流,所谓花拍,盖非正也。"　⑤"空阔"二句:据下文,此两句为别人赠舞伎的诗,下两句乃对诗的评语。　⑥蓬山才调:才调杰出。《后汉书·窦宪传附窦章》:"是时学者称东观为老氏藏室,道家蓬莱山。"蓬山,即蓬莱山。东观,汉代藏书处。蓬山才调,意为学问很深的人的才调。　⑦缠头:此指赠歌舞者的财物。程大昌《演繁露》:"《唐书》代宗诏许大臣燕郭子仪于其第,鱼朝恩出锦三十疋为缠头之费。旧俗,赏歌舞人以锦彩置之头,谓之缠头。宴飨加惠,借以为词。"

南歌子

同　前

琥珀装腰佩①,龙香入领巾②。只应飞燕是前身③。

共看剥葱纤手[4]、舞凝神。　　柳絮风前转，梅花雪里春[5]。鸳鸯翡翠两争新，但得周郎一顾、胜珠珍[6]。

（以上二首见曾慥本《东坡词》卷上）

［注释］

①"琥珀"句：据《搜神记》，"元康中，妇人之饰有五佩兵"。盖古者妇女未始不佩也。此言琥珀，则以琥珀装饰之耳。　②"龙香"句：《杨太真外传》载，"乾元元年，贺怀智又上言曰：'昔上夏日与亲王棋，令臣独弹琵琶，贵妃立于局前观之。……时风吹贵妃领巾于臣巾上，良久回身方落。及反归，觉满身香气，乃御头帻贮于锦囊中。今辄进所贮幞头。'上皇发囊，且曰：'此瑞龙脑香，吾曾施于暖池玉莲朵。再幸，尚有香气宛然，况乎丝缕润腻之物哉？'"　龙香：即龙涎香。　③飞燕：即汉成帝皇后赵飞燕。伶玄《赵飞燕外传》谓飞燕"善行气术，长而纤便轻细，举止翩然，人谓之飞燕合德，膏滑出浴不濡"。　④剥葱：形容手指纤细白嫩如剥皮之葱。《古诗为焦仲卿妻作》："指如削葱根。"白居易《筝》："双眸剪秋水，十指剥春葱。"　⑤"柳絮"二句：腰柔如柳絮随风，容美如梅花舞雪。　⑥周郎一顾：典出《三国志·吴书·周瑜传》，"瑜少精意于音乐，虽三爵之后，其有阙误，瑜必知之，知之必顾。故时人谣曰：'曲有误，周郎顾。'"后世以能赏音乐为"周郎顾"。

临江仙

夜到扬州席上作[1]

尊酒何人怀李白[2]，草堂遥指江东[3]。珠帘十里卷香风[4]。花开又花谢，离恨几千重。　　轻舸渡江连夜到，一时惊笑衰容。语音犹自带吴侬[5]。夜阑对酒处，依旧梦魂中。

［注释］

①此词写于熙宁四年辛亥（1071）倅杭十一月过扬时。其时扬守为钱

公辅，吴人。公三十六岁，钱四十九岁。 ②"尊酒"句：用杜甫《天末怀李白》"何时一尊酒，重与细论文"句意。 ③"草堂"句：杜甫成都草堂，此为公自喻。 江东：傅注，"太白自翰林赐归，遂放浪江东，往来金陵、采石之间。"词以李白喻在扬州的朋友即钱公辅。 ④"珠帘"句：形容扬州当时繁华似锦。杜牧《赠别二首》其一："春风十里扬州路，卷上珠帘总不如。" ⑤吴侬：语音仍带吴侬音。吴，泛指江浙一带。

临江仙[①]

冬夜夜寒冰合井[②]，画堂明月侵帏。青缸明灭照悲啼[③]。青缸挑欲尽，粉泪裛还垂[④]。 未尽一尊先掩泪，歌声半带清悲。情声两尽莫相违。欲知肠断处，梁上暗尘飞[⑤]。 （以上二首见曾慥本《东坡词》卷上）

[注释]

①此词似作于扬州钱公辅席上。 ②冰合井：喻极寒令。傅注："井泉温，非盛寒则不冰。《汉书·五行志》：'光和间，琅琊井冰厚丈余'，所以记异。" ③青缸：青色之灯焰。 缸：灯。 ④裛（yì）：沾。 ⑤"梁上"句：词意乃形容唱到感情悲痛之时，梁上积尘飞动。《七略》："昔善歌者有虞公，发声动梁上尘。"李白《夜坐吟》："冬夜夜寒觉夜长，沉吟久坐坐北堂。冰合井泉月入闺，金缸青凝照悲啼。金缸灭，啼转多，掩妾泪，听君歌，歌有声，妾有情，声情合，两无违。一语不如意，从君万曲梁尘飞。"

减字木兰花[①]

寓 意

云鬟倾倒，醉倚阑干风月好。凭仗相扶，误入仙家碧玉壶[②]。 连天衰草，下走湖南西去道[③]。一舸姑苏[④]，便逐鸱夷去得无[⑤]。 （曾慥本《东坡词》卷下）

[注释]

①此词为熙宁四年辛亥(1071)倅杭十一月公过苏州时所作。 ②碧玉壶:典出《后汉书·方术传》,“费长房者,见市中一老翁卖药,悬一壶于肆头,及市罢,辄跳入壶中……” ③湖南:此处指太湖之南。公时由苏州赴杭州太湖之南为必经之道,故云。 ④姑苏:山名。隋因山名州,故称吴县治曰姑苏,此处指苏州。 ⑤鸱(chī)夷:指范蠡。范蠡浮海出齐,变姓名自谓鸱夷子皮。见《史记·货殖列传》。

浪淘沙[①]

昨日出东城,试探春情。墙头红杏暗如倾[②]。槛内群芳芽未吐,早已回春。 绮陌敛香尘[③],雪霁前村。东君用意不辞辛[④]。料想春光先到处,吹绽梅英。

(汲古阁本《东坡词》)

[注释]

①朱、龙二氏谓此词作于熙宁五年壬子(1072)。 ②暗如倾:暗香如倾。 ③绮陌:开花的街衢。 ④东君:即东皇。《尚书纬》:“春为东皇,又为青帝。”

行香子[①]

过七里滩[②]

一叶舟轻,双桨鸿惊。水天清、影湛波平。鱼翻藻鉴[③],鹭点烟汀。过沙溪急,霜溪冷,月溪明。重重似画,曲曲如屏。算当年、虚老严陵[④]。君臣一梦,今古虚名。但远山长,云山乱,晓山青。 (曾慥本《东坡词》卷下)

[注释]

①朱、龙谓此词作于熙宁六年癸丑(1073)。 唐氏按:此首明杨东

《钓台集》卷下，误作元人张养浩词。 ②七里滩：据《一统志》，严州府七里濑，一名七里滩，亦名七里泷。在桐庐县严陵山西。 ③藻鉴：水明如镜看得清水草。 ④严陵：严光，字子陵。《后汉书·逸民传》："（严光）与光武帝同游学。及光武帝即位，乃变姓名，隐居不见。披羊裘钓泽中，耕于富春山。后人名其钓处为严陵濑焉。"

祝英台近①

挂轻帆，飞急桨，还过钓台路②。酒病无聊，攲枕听鸣橹③。断肠簇簇云山，重重烟树，回首望、孤城何处。 间离阻。谁念萦损襄王④，何曾梦云雨。旧恨前欢，心事两无据。要知欲见无由，痴心犹自，倩人道、一声传语。

（汲古阁本《东坡词》）

［注释］

①龙笺谓此词作于熙宁六年癸丑（1073）。 唐氏按：此首《草堂诗馀新集》卷三，误作明商辂词。 ②钓台：在浙江省桐庐县富春江滨。即七里濑。 ③攲（qī）：倾侧。 ④襄王：楚襄王。宋玉《高唐赋序》："昔者楚襄王与宋玉游于云梦之台……玉曰：'昔者先王曾游高唐，怠而昼寝。梦见一妇人，曰，妾巫山之女也，为高唐之客。闻君游高唐，愿荐枕席。王因幸之。去而辞曰：妾在巫山之阳，高丘之阻，旦为朝云，暮为行雨，朝朝暮暮，阳台之下。'"

江神子

江　景①

凤凰山下雨初晴②。水风清，晚霞明，一朵芙蕖③，开过尚盈盈。何处飞来双白鹭，如有意，慕娉婷④。 忽闻江上弄哀筝⑤。苦含情，遣谁听。烟敛云收，依约是湘灵[6]。欲待曲终寻问取，人不见，数峰青[7]。

（曾慥本《东坡词》卷下）

[注释]

①龙笺谓此词写于熙宁六年癸丑(1073)六七月间。　②凤凰山：在浙江馀杭县城南。《方舆纪要》："山岩壑逶迤，左瞰大江，如凤凰欲飞，故名。"　③芙蕖：荷花之别名。　④娉婷：姣美貌。　⑤筝：古乐器名。　⑥湘灵：湘水之神。相传为尧之女、舜之妃娥皇与女英。此处指弹筝之人。　⑦"欲待"三句：化用钱起《湘灵鼓瑟》"曲终人不见，江上数峰青"句意。

瑞鹧鸪[1]

城头月落尚啼乌，朱舰红船草满湖。鼓吹未容迎五马[2]，水云先已漾双凫[3]。　映山黄帽螭头舫[4]，夹岸青烟鹊尾炉[5]。老病逢春只思睡，独求僧榻寄须臾。

（曾慥本《东坡词拾遗》）

[注释]

①此词写于熙宁六年癸丑(1073)。　唐氏按：此首亦见《东坡集》卷四，作七律，题作"寒食未明至湖上，太守未来，两县令先在"。　②鼓吹：汉代天子宴群臣的乐曲。　五马：汉时太守的车马仪仗为马五，故后世谓太守为五马。　③双凫(fú)：后汉王乔有神术，常乘双凫往来。见《后汉书·方士传》。此处指二县令。　④黄帽：汉文帝梦欲上天，不能，有一黄头郎推上天，后见邓通，其衣梦中所见也。邓通曾以櫂船为黄头郎，故船公皆著黄帽，因号曰黄头郎。见《汉书·佞幸传》。　螭(chī)：古代传说中没有角的龙。　螭头舫：船头画有螭的船。　⑤鹊尾炉：《诗集》同题同句(王注)引《法苑珠林》，"费崇先，吴兴人，少尤信佛法，每听经，常以鹊尾香炉置膝前。"(查注)引《珠林》云："香炉有柄，曰鹊尾炉。"此句谓岸上佛院的青烟。

瑞鹧鸪[①]

观 潮

碧山影里小红旗，侬是江南踏浪儿。拍手欲嘲山简醉[②]，齐声争唱浪婆词[③]。　西兴渡口帆初落，渔浦山头日未攲[④]。侬欲送潮歌底曲，尊前还唱使君诗。

［注释］

①龙笺谓此词作于熙宁六年癸丑(1073)八月十五日观潮时。　②山简：晋朝人，字季伦。喜饮酒。见《晋书·山涛传》。　③浪婆：俗称海涛神。④西兴、渔浦：地名。傅注："西兴、渔浦，皆吴地。"清《一统志》："西兴渡口在浙江萧山县西十二里，本名西陵，为吴越通津。"

临江仙

风水洞作[①]

四大从来都遍满[②]，此间风水何疑。故应为我发新诗。幽花香涧谷，寒藻舞沦漪[③]。　借与玉川生两腋[④]，天仙未必相思。还凭流水送人归。层巅馀落日，草露已沾衣。

（以上二首见曾慥本《东坡词》卷上）

［注释］

①龙笺谓熙宁六年癸丑(1073)八月再游风水洞作《临江仙》词。风水洞：地名。《咸淳临安志》："风水洞在杨村岩院，洞极大，流水不竭，顶上又有一洞，立夏清风自生，立秋则止。"　②四大：释氏以地、水、风、火为四大。见《圆觉经》。词中指风和水。　③沦漪：水的波纹。　④玉川：唐朝诗人卢仝，号玉川子。其《走笔谢孟谏议寄新茶》诗云："一碗喉吻润，两碗破孤闷，三碗搜枯肠，唯有文字五千卷。四碗发轻汗，平生不平事，尽向毛孔散。五碗肌骨清，六碗通仙灵。七碗吃不得也，唯觉两腋习习清风生。"

清平调引[①]

陌上花开蝴蝶飞，江山犹是昔人非。遗民几度垂垂老[②]，游女还歌缓缓归。

[注释]

①从《诗集》录出。此词写于熙宁六年癸丑(1073)八月。《总案》卷十云："游玲珑山观九折岩登三休亭，夜宿九仙无量院，闻山中歌钱王《陌上花》曲，为易《陌上花》词。"《诗集》卷十《陌上花三首》引云："游九仙山，闻里中儿歌《陌上花》……"因编于此，下二首同。　②垂垂老：逐渐老。五代僧贯休入蜀，赠王建诗曰："一瓶一钵垂垂老，万水千山得得来。"

清平调引

陌上山花无数开，路人争看翠軿来[①]。若为留得堂堂去[②]，且更从教缓缓回。

[注释]

①翠軿(píng)：妇人所乘之车，因四面以翠罗为屏蔽，故称。　②堂堂去：用唐薛能《春日使府寓怀》二首其一"青春背我堂堂去，白髮催人故故生"句意。　堂堂：谓容貌之美。此句意谓若能留得青春美丽之容颜不去该多好。

清平调引

生前富贵草头露[①]，身后风流陌上花[②]。已作迟迟君去鲁[③]，更歌缓缓妾回家。　(以上三首见《东坡集》卷五)

[注释]

①"生前"句：化用杜甫《送孔巢父谢病归游江东兼呈李白》诗"惜君

只欲苦死留，富贵何如草头露”句意。　草头露：喻时间之短。　②“身后”句：谓身后风流如陌上花一样短暂。　③去鲁：此处意为离开故乡，恋恋不舍，故迟迟不肯去。《礼记·檀弓下》：“子路去鲁，谓颜渊曰：‘何以赠我？’曰：‘吾闻之也，去国则哭于墓而后行。’”

天仙子[①]

走马探花花发未，人与化工俱不易。千回来绕百回看，蜂作婢，莺为使。谷雨清明空屈指。　白髪卢郎情未已[②]，一夜剪刀收玉蕊。尊前还对断肠红[③]，人有泪，花无意。明日酒醒应满地。　（傅幹《注坡词》卷十二）

[注释]

①此词作于熙宁六年癸丑（1073）十月。词为借咏花而咏张先买妾事。事见《诗集》卷十一《张子野年八十五，尚闻买妾，述古令作诗》。　②白髪卢郎：唐校书郎卢某。其妻崔氏《述怀》：“不怨卢郎年纪大，不怨卢郎官职卑。自恨妾身生较晚，不及卢郎年少时。”《全唐诗》题下注：“校书娶崔氏时年已暮，崔微有愠色，赋诗述怀。”　③断肠红：喻枯萎的花，词中指张先所娶之少女。《瑯嬛记》：“昔有妇人，思所欢，不见，辄涕泣。恒洒泪于北墙之下，后洒泪处生草，其花甚媚，色如妇面，其叶正绿反红，秋开，名曰断肠花，又名八月春，即今秋海棠也。”

行香子[①]

冬　思

携手江村，梅雪飘裙。情何限、处处消魂。故人不见，旧曲重闻。向望湖楼，孤山寺，涌金门[②]。　寻常行处，题诗千首，绣罗衫、与拂红尘[③]。别来相忆，知是何人。有湖中月，江边柳，陇头云。

[注释]

①这首词作于熙宁七年甲寅(1074),时先生在杭州通判任。 ②望湖楼、孤山寺、涌金门:并在杭州。 ③"绣罗衫"句:据《青箱记》云,"寇莱公典陕日,与处士魏野同游僧寺。观览旧游。有留题处,公诗皆用碧纱笼之。至野诗则尘蒙其上。时从行妓之慧黠者,辄以红袖拂之。野顾公曰:'若得常将红袖拭,也应胜著碧纱笼。'莱公大笑"。词中先生借用魏野的题诗被人用袖拂,感到有幸而自比。

减字木兰花[①]

得 书

晓来风细,不会鹊声来报喜[②]。却羡寒梅[③],先觉春风一夜来。 香笺一纸,写尽回文机上意[④]。欲卷重开,读遍千回与万回。 (以上二首见曾慥本《东坡词》卷下)

[注释]

①按词意当为远别得夫人书而作于甲寅正月元日。 ②鹊声:古时以鹊声预示喜讯、吉祥。 ③寒梅:用李白《早春寄王汉阳》"闻道春还未相识,走傍寒梅访消息"句。 ④回文:指回文旋图诗。《晋书·列女列传》:"窦滔妻苏氏,始平人也,名蕙字若兰。善属文。滔,苻坚时为秦州刺史,被徙流沙,苏氏思之,织锦为回文旋图诗赠滔。宛转循环以读之,词甚凄惋,凡八百四十字。"此以喻夫人来信思念之意。

昭君怨[①]

送 别

谁作桓伊三弄[②],惊破绿窗幽梦。新月与愁烟,满江天。 欲去又还不去,明日落花飞絮。飞絮送行舟,水东流。

(曾慥本《东坡词》卷上)

［注释］

①此词作于熙宁七年甲寅二月。时先生与柳瑾饮于金山寺题壁，并送柳瑾。再送瑾作《昭君怨》词，见《总案》。 ②桓伊三弄：桓伊性谦素，有大功，始终不替，善音乐。王徽之赴召京师，坐在船中。伊素不与徽之相识，伊从岸上过，徽之便令人谓伊曰："闻君善吹笛，诚为我一奏。"伊时已显贵，素闻徽之名，便下车，据胡床，为三调，弄毕，客主不交一言。事见《晋书·桓宣传》。

蝶恋花

京口得乡书①

雨后春容清更丽。只有离人，幽恨终难洗。北固山前三面水②，碧琼梳拥青螺髻③。 一纸乡书来万里。问我何年，真个成归计。白首送春拼一醉，东风吹破千行泪。

（曾慥本《东坡词》卷下）

［注释］

①此词作于熙宁七年甲寅（1074）二月底。时先生在京口（今镇江市）。下二首同。《全宋词》题作"送春"，从元本改。 ②北固山：在现江苏镇江市北。《元和志》："下临长江，其势险固，因以为名。"《寰宇记》："山陡入江，三面临水。" ③"碧琼"句：碧琼梳，指长江。青螺髻，指北固山。言水绿如碧琼，山青如碧髻。 螺髻：童子结髮为螺髻，言其形似螺壳也。

少年游

润州代人寄远①

去年相送，馀杭门外②，飞雪似杨花。今年春尽，杨花似雪，犹不见还家。 对酒卷帘邀明月③，风露透窗纱。

恰似姮娥怜双燕[4]，分明照、画梁斜。

（曾慥本《东坡词》卷上）

[注释]

①《全宋词》题作“润州作”，从傅注本及元本改。　润州：即镇江。见《元和郡县志》、《一统志》。　②馀杭：现浙江杭州。　③邀明月：用李白《月下独酌》“举杯邀明月，对影成三人”句意。　④姮娥：即嫦娥。《淮南子·览冥训》：“羿请不死药于西王母，姮娥窃以奔月。”

醉落魄[1]

离京口作[2]

轻云微月，二更酒醒船初发[3]。孤城回望苍烟合。公子佳人[4]，不记归时节。　巾偏扇坠藤床滑，觉来幽梦无人说。此生飘荡何时歇。家在西南[5]，长作东南别。

（曾慥本《东坡词》卷下）

[注释]

①傅注本及元本、《全宋词》本《醉落魄》有“醉醒醒醉”一首，毛本注：“山谷老人云‘醉醒醒醉’非东坡作，删去。”　②《全宋词》题作“述怀”，从傅注本改。　③二更：傅注本作“三更”。　④公子佳人：元本作“记得歌时”。　⑤“家在”句：公家在蜀而宦游江南，故云。

蝶恋花[1]

春事阑珊芳草歇[2]，客里风光，又过清明节。小院黄昏人忆别，落红处处闻啼鴂[3]。　咫尺江山分楚越[4]，目断魂销，应是音尘绝[5]。梦破五更心欲折，角声吹落梅花月[6]。

（汲古阁本《东坡词》）

［注释］

①此词作于熙宁七年（1074）清明。 ②阑姗：将尽、衰落之意。③啼鴂（jué）：子规、杜鹃。《离骚》："恐鹈鴂之先鸣兮，使夫百草为之不芳。" ④楚越：词中越指杭州，楚指丹阳。 ⑤音尘绝：意为没有消息、没有音讯。 ⑥落梅：乐曲名。《乐府诗集》："梅花落，本笛中曲也。"

［集评］

杨慎云："'春事阑珊芳草歇'亦用其语。或疑'歇'字似趁韵，非也。"（《词品》卷一）

王士祯云："'春事阑珊芳草歇'一首，凡六十字，字字惊心动魄。'只为一声《河满子》，下泉须吊孟才人。'恐无此魂销也。"（《花草蒙拾》）

黄苏云："沈际飞曰：'乌啼花落，梦回月落，一境惨一境。通首是别后远忆之词，非赠别之作。题作"离别"尚不确。'"（《蓼园词评》）

卜算子①

自京口还钱塘道中寄述古太守②

蜀客到江南，长忆吴山好③。吴蜀风流自古同，归去应须早。　　还与去年人，共藉西湖草④。莫惜尊前仔细看，应是容颜老。　（曾慥本《东坡词》卷上）

［注释］

①《纪年录》谓熙宁七年甲寅（1074）自京口还寄述古作。 ②《全宋词》题作"感旧"，从傅注本改。 ③吴山：地名。《一统志》："杭州府，吴山，在府城内西南隅，旧名胥山，上有子胥祠。" ④藉草：坐卧草上。

浣溪沙

自　适①

倾盖相逢胜白头②，故山空复梦松楸③。此心安处是菟裘[4]。　卖剑买牛吾欲老[5]，乞浆得酒更何求[6]。愿为同社宴春秋[7]。

[注释]

①考此词与《诗集》卷十一《常润道中，有怀钱塘，寄述古五首》诗同一命意，应作熙宁七年甲寅(1074)三月，下首同。　②"倾盖"句：倾盖，行道相遇，并车对首语，两盖相切而下倾。《史记·鲁仲连邹阳列传》："谚云'有白头如新，倾盖如故'何则？知与不知也。"注引服虔曰："人不相知，自初交至白头，犹如新也。"　③"故山"句：故山，即故山约。唐刘沧《送友人下第归吴》诗："东归自有故山约，花落石床苔藓平。"　松楸：墓地所植之树木，代指墓地。此句意为曾与朋友相约同归故里，如今朋友已长眠地下，只能空梦墓地了。　④菟(tú)裘：地名，春秋时鲁邑，今山东泗水县北有菟裘城。《左传·隐公十一年》："使营菟裘，吾将老焉。"后因称退休所居之地。　⑤卖剑买牛：喻退隐。《汉书·龚遂传》："民有带持刀剑者，使卖剑买牛，卖刀买犊……"此句意为我已老矣，将卖剑买牛，隐居农耕。　⑥乞浆得酒：言所得过于所求。《续博物志》："太岁在丑，乞浆得酒。"　⑦同社：同处一个村舍。傅注引韩愈诗："愿为同社人，鸡豚燕春秋。""同社"，《全宋词》作"辞社"，误，从傅注本、元本改。

浣溪沙

寓　意

炙手无人傍屋头[1]，萧萧晚雨脱梧楸。谁怜季子敝貂裘[2]。　顾我已无当世望[3]，似君须向古人求[4]。岁寒松柏肯惊秋[5]。

[注释]

①炙(zhì)手：即炙手可热，比喻势焰熏赫。白居易《放言五首》其四："谁家第宅成还破，何处亲宾哭复歌。昨日屋头堪炙手，今朝门外好张罗。"意为门前冷落，无那炙手可热令人"傍屋头"的势焰。　②季子敝貂

裘：季子，指战国说客苏秦。　敝貂裘：破的貂裘。《战国策·秦策》："（苏秦）说秦王书十上而说不行，黑貂之裘敝"，后得大用，贵而归。　③当世望：当世盛名。晋周颢以雅望获当世盛名，见《晋书·周颢传》。　④古人求：当从古人中求之。晋武帝问王戎："王衍当世谁比？"戎曰："未见其比，当从古人中求之。"见《晋书·王衍传》。　⑤"岁寒"句：本《论语·子罕》"岁寒然后知松柏之后凋"。

浣溪沙①

即　事

画隼横江喜再游②，老鱼跳槛识清讴③。流年未肯付东流。　　黄菊篱边无怅望④，白云乡里有温柔⑤。挽回霜鬓莫教休。

［注释］

①此阕与上两阕同韵，似为同时作。故编于熙宁七年甲寅（1074）。　②画隼（sǔn）：即画鸟隼之旗，州官仪仗。　③"老鱼"句：老鱼跳到船边来听乐曲。《韩诗外传》："昔伯牙鼓琴而渊鱼出听。"形容琴弹得好。　④"黄菊"句：坐在篱边欣赏黄菊，无不如意也。晋陶潜九月九日无酒摘菊而坐，后由白衣人王弘送酒，酌而后归。见《续晋阳秋》。　⑤"白云乡"句：白云乡，仙乡。据汉伶玄《赵飞燕外传》，汉成帝称赵飞燕的妹妹合德为"温柔乡"，对姬说："吾老是乡矣，不能效武帝求白云乡也。"此言"白云乡里有温柔"乃反其意耳。

菩萨蛮①

杭妓往苏迓新守②

玉童西迓浮丘伯③，洞天冷落秋萧瑟④。不用许飞琼⑤，瑶台空月明⑥。　　清香凝夜宴，借与韦郎看⑦。莫便向姑苏，扁舟下五湖⑧。

[注释]

①《纪年录》谓作于熙宁七年甲寅(1074)。　②唐宋时,赴任卸任,皆有官妓为导之例。　迓(yà):迎接。傅注本、元本题下增"杨元素寄苏守王规甫"九字。　③玉童:仙童。　浮丘伯:古仙人。《列仙传》:"浮丘伯,本嵩山道士,后得仙去。"此以仙人喻新任杭州守杨元素。　④洞天:仙人所居之处。道家有三十六洞天之说。　⑤许飞琼:西王母的侍女。见《汉武内传》。　⑥瑶台:以玉饰之台,泛指仙人所居之处。　⑦韦郎:唐诗人韦应物。韦于贞元初为苏州刺史,多惠政,人称韦苏州。此处以韦应物比苏守王规甫。韦应物《郡斋雨中与诸文士燕集》诗:"兵卫森画戟,宴寝凝清香。"　⑧"扁舟"句:相传范蠡相越,平吴之后,遂携西施,乘扁舟,泛五湖而去。(五湖,太湖之别名。)后四句为与杨绘与王规甫开玩笑,意思是说人家(杭妓)是到苏州来迎接你杨元素的,只是借与王规甫看看而已。你杨元素可不能看着人家泛游五湖去而不返呀!

虞美人[①]

《本事集》云:陈述古守杭,已及瓜代。未交前数日,宴僚佐于有美堂,因请贰车苏子瞻赋词,子瞻即席而就,寄《摊破虞美人》

湖山信是东南美,一望弥千里。使君能得几回来。便使尊前醉倒、且徘徊。　　沙河塘里灯初上[②],水调谁家唱[③]。夜阑风静欲归时,惟有一江明月、碧琉璃[④]。

[注释]

①《纪年录》、《总案》谓此词作于熙宁七年甲寅(1074)七月。《本事曲》为杨元素所作,《全宋词》据毛本以《本事曲》所记误为题。傅注本题"为杭守陈述古作"。元本题"有美堂赠述古"。　有美堂:朱注引《庚溪诗话》,"嘉祐初梅挚守杭,帝制诗宠赐,首章曰:'地有湖山美,东南第一州。'"梅既到杭,遂筑堂山上,名曰"有美"。　②沙河塘:地名。傅注:"沙河塘,钱塘繁会之地。"　③水调:唐人大曲。详见《明皇杂录》。　④碧琉璃:月光照映下的江水,清彻、碧绿,明亮如琉璃。

诉衷情[①]

送述古迓元素[②]

钱塘风景古来奇，太守例能诗[③]。先驱负弩何在[④]，心已誓江西。　　花尽后，叶飞时，雨凄凄。若为情绪，更问新官，向旧官啼[⑤]。

[注释]

①《总案》、《纪年录》谓此词作于熙宁七年甲寅（1074）七月。下四阕同。　②元素：杨绘，字元素，绵竹人。进士上第，通判荆南。神宗朝为御史中丞。时知杭州。《宋史》有传。　③刘禹锡《白舍人曹长寄新诗有游宴之盛因戏酬》诗云："苏州刺史例能诗，西掖今来替左司。"　④先驱负弩：迎接上级最隆重的礼仪。　弩：古代兵器。《汉书 · 司马相如传》："拜相如为中郎将，建节往使。……至蜀，太守以下郊迎，县令负弩先驱，蜀人以为宠。"　⑤据《本事诗》，陈太子舍人徐德言之妻，后主叔宝之妹，封乐昌公主，才色冠绝。及陈亡，其妻入杨素之家宠嬖殊厚。德言流离至京，素还其妻，仍三人共宴，命公主作诗以自解。诗曰："此日何迁次，新官对旧官，笑啼都不敢，方验作人难。"此句借徐妻之诗来表达送旧官、迓新官悲喜不是的复杂心情。

江神子[①]

孤山竹阁送述古[②]

翠蛾羞黛怯人看。掩霜纨[③]，泪偷弹。且尽一尊，收泪唱阳关[④]。漫道帝城天样远，天易见，见君难。　　画堂新构近孤山。曲阑干，为谁安。飞絮落花，春色属明年。欲棹小舟寻旧事，无处问，水连天。

[注释]

①《纪年录》谓此词作于熙宁七年甲寅（1074）七月。　②竹阁：地名。

《咸淳临安志》:“白公竹阁,旧在广化寺柏堂之后。”白公即白居易。　③霜纨(wán):谓用皎洁如霜雪的细绢制成的扇子。　④阳关:曲名。王维《渭城曲》句:“劝君更尽一杯酒,西出阳关无故人。”后歌入乐府,以为送别之曲,谓之《阳关曲》。

菩萨蛮[①]

西湖送述古

秋风湖上萧萧雨,使君欲去还留住[②]。今日漫留君,明朝愁杀人。　　佳人千点泪,洒向长河水[③]。不用敛双蛾[④],路人啼更多。　　(以上八首见曾慥本《东坡词》卷下)

[注释]

①此词作于熙宁七年甲寅(1074)七月。《全宋词》题作“西湖”。　②使君:汉代太守或刺史的称呼。这里指陈述古。　③长河:指钱塘江。　④敛双蛾:皱眉。　蛾:指美女之眉。

清平乐[①]

送述古赴南都[②]

清淮浊汴,更在江西岸。红旆到时黄叶乱[③],霜入梁王故苑[④]。　　秋原何处携壶,停骖访古踟蹰[⑤]。双庙遗风尚在[⑥],漆园傲吏应无[⑦]。　　(曾慥本《东坡词》卷上)

[注释]

①此词作于熙宁七年甲寅(1074)七月。《全宋词》题作“秋词”。　②南都:即南京。宋以商丘为南京。　③红旆(pèi):太守仪仗。　④梁王故苑:指梁园。汉梁孝王筑,故址在今河南开封东。葛洪《西京杂记》云:“梁孝王苑中有落猿岩、栖龙岫、雁池、鹤洲、凫岛。诸宫观相连,奇果佳树,瑰禽异兽,靡不毕备。”　⑤停骖(cān)访古踟蹰(chí chú):停马参观

古迹而徘徊不前。 骖:驾车之马在两旁者。 踟蹰:徘徊不前。 ⑥双庙:《新唐书·忠义传》载,张巡、许远安史之乱中守睢阳,城破殉国。“大中时,图巡、远、霁云像于凌烟阁。睢阳至今祠享,号‘双庙’云”。睢阳即今商丘,宋时为南都。 ⑦漆园:《史记·老庄申韩列传》云,庄周曾为蒙地的漆园吏。楚威王闻庄周贤,使使厚币聘之,许以为相。庄周笑而拒之。

菩萨蛮①

述古席上

娟娟缺月西南落②,相思拨断琵琶索③。枕泪梦魂中,觉来眉晕重④。 华堂堆烛泪⑤,长笛吹新水⑥。醉客各西东,应思陈孟公⑦。 (曾慥本《东坡词》卷下)

[注释]

①此词作于熙宁七年甲寅(1074)。 ②娟娟:形容美好的月色。 ③“相思”句:化用后周陶穀《风光好》“琵琶拨尽相思调,知音少”句意。 ④眉晕:古代妇女有檀晕妆,眉弯处如檀赭色,故名。此处意为酒醒后仍觉眉重。 ⑤“华堂”句:宴会开得久,烛泪成堆。 ⑥新水:曲调名。傅注:“乐府有中吕调《新水曲》。” ⑦陈孟公:指陈遵。《汉书·游侠传》:“陈遵字孟公,杜陵人也……遵嗜酒,每大饮,宾客满堂,辄关门,取客车辖投井中,虽有急,终不得去。”词中以陈孟公喻主人豪爽好客。

南乡子①

送述古

回首乱山横,不见居人只见城。谁似临平山上塔②,亭亭③。迎客西来送客行。 归路晚风清,一枕初寒梦不成。今夜残灯斜照处,荧荧④。秋雨晴时泪不晴。

[注释]

①此词作于熙宁七年甲寅(1074)七月。　②临平山:临平山在杭州。　③亭亭:耸立状。　④荧荧:光亮微弱的样子。

鹊桥仙[①]

七　夕

缑山仙子[②],高情云渺,不学痴牛騃女[③]。凤箫声断月明中,举手谢、时人欲去。　客槎曾犯[④],银河微浪,尚带天风海雨。相逢一醉是前缘,风雨散、飘然何处[⑤]。

[注释]

①此词作于熙宁七年甲寅(1074)七月,时公在杭州。傅注本、元本题下增"送陈令举"四字。《宋史·陈舜俞传》:"名舜俞,字令举,湖州乌程人。博学强记。举进士,又举制科第一。熙宁三年,以屯田员外郎知山阴县,诏还任馆职。舜俞辞曰:'爵禄名器,砥砺多士,宜示以至公,乌可要期如付剂契?'缴中书帖上之。青苗法行,舜俞不奉令,上疏自劾曰:'(略)。'奏上,责监南康军盐酒税,五年而卒。舜俞始尝弃官归,居秀之白牛村,自号白牛居士。已而复出,遂贬死。"　②缑(gōu)山仙子:缑氏山在今河南偃师南。《列仙传》:"王子乔者,周灵王太子也。好吹笙作凤凰鸣,游伊洛之间。道士浮丘公,接以上嵩山,三十馀年。后求之于山,见桓良曰:'告我家,七月七日待我于缑氏山头。'(至日),果乘白鹤,驻山岭,望之不到,举手谢时人,数日而去。后立祠于缑氏及嵩山。"见《太平广记》卷四。此处以缑山仙子喻陈令举。　③痴牛騃(ái)女:即牵牛星,织女星。《荆楚岁时记》:"天河之东有织女,天帝之子也。年年织杼劳役,织成云锦天衣。天帝怜其独处,许嫁河西牵牛郎。嫁后,遂废织纴,天帝怒,责令归河东,唯每年七月七日夜,渡河一会。"　騃:痴也。　④槎(chá):木筏。晋张华《博物志》:"旧说天河与海通。近世有人乘槎而去,十馀日中,犹睹见月日星辰,后忽忽不觉昼夜。至一处,遥望宫中多织妇,一丈夫牵牛饮之,因还。后至蜀,问君平,曰:'某年月日,有客星犯牵牛宿。'计年月正此人到天河时也。"　⑤风雨散:化用王粲《赠蔡子笃》"风

流云散，一别如雨”句意。

南乡子[①]

和杨元素

凉簟碧纱厨[②]，一枕清风昼睡馀。睡听晚衙无一事[③]，徐徐。读尽床头几卷书。　　搔首赋归欤，自觉功名懒更疏[④]。若问使君才与术，何如。占得人间一味愚。

[注释]

①此词作于熙宁七年（1074）八月，下阕同。《全宋词》题作“自述”，从元本改。　②凉簟（diàn）：竹凉席。　③听晚衙：下午办公。　④懒更疏：懒惰空虚，志大才疏。

南乡子

梅花词和杨元素

寒雀满疏篱，争抱寒柯看玉蕤[①]。忽见客来花下坐，惊飞。蹋散芳英落酒卮[②]。　　痛饮又能诗，坐客无毡醉不知[③]。花尽酒阑春到也，离离[④]。一点微酸已著枝。

（以上四首见曾慥本《东坡词》卷上）

[注释]

①玉蕤（ruí）：白色梅花。　蕤：花枝繁盛。　②酒卮（zhī）：酒杯。③无毡：没有毡垫，喻贫穷。　④离离：果实繁盛貌。

减字木兰花[①]

赠小鬟琵琶

琵琶绝艺[②]，年纪都来十一二[③]。拨弄么弦[④]，未解将心指下传[⑤]。　　主人瞋小，欲向东风先醉倒。已属君家，且更从容等待他。

[注释]

①细按词意，盖为朝云来归而作。《文集》卷十五《朝云墓志铭》云："东坡先生侍妾曰朝云，字子霞，姓王氏，钱塘人。敏而好义，事先生二十有三年，忠敬若一。绍圣三年(1096)七月，卒于惠州，年三十四。"以此前推二十三年则为神宗熙宁七年甲寅(1074)时朝云年十二，与词中所云完全相符。　②绝艺：卓绝的技艺。　③都来：算来，不过。"才十二"，《全宋词》作"十一二"，从傅注本。　④么弦：第四弦。　⑤"未解"句：还不知道用指下弦音来传达自己的心意。

三部乐[①]

情　景

美人如月，乍见掩暮云[②]，更增妍绝。算应无恨，安用阴晴圆缺。娇甚空只成愁[③]，待下床又懒[④]，未语先咽。数日不来，落尽一庭红叶。　　今朝置酒强起[⑤]，问为谁减动，一分香雪[⑥]。何事散花却病，维摩无疾[⑦]。却低眉、惨然不答。唱金缕、一声怨切。堪折便折，且惜取、少年花发[⑧]。

(以上二首见曾慥本《东坡词》卷下)

[注释]

①此亦熙宁七年(1074)似为朝云而作，不脱香艳体。　②"美人"二句：形容美人面如满月。梁简文帝《释迦文佛像铭》："满月为面，青莲在眸。""掩暮云"者，正"朝云"也。观其暗用莺莺事，明用杜秋娘诗，为朝云作明矣。　③"娇甚"句：用刘禹锡《三阁词四首》其一"贵人三阁上，日晏未梳头。不应有恨事，娇甚却成愁"句意。　④下床又懒：用崔莺莺《寄诗》(一作《绝微之》)"自从销瘦减容光，万转千回懒下床"句意。　⑤置酒强起：设酒宴而勉强起床。　⑥香雪：指皮肤雪白。李商隐《小桃园》：

"啼久艳粉薄，舞自香雪翻。" ⑦"何事"二句：用佛经典。《维摩经》云："维摩诘室有一天女，闻诸天上说法，即现其身，以天花散诸菩萨大弟子上。维摩诘尝以方便现身有疾，以其疾故，无数千人前往问疾。" 维摩：梵语，维摩诘的省文。维摩诘是同佛教创始人释迦牟尼同时的人。 散花：佛经中散花的天女。 ⑧"唱金缕"三句：金缕，乐曲名，即《金缕衣》。杜牧《杜秋娘诗》序云："杜秋，金陵女也。年十五……"诗中并引杜秋娘《金缕曲》云："劝君莫惜金缕衣，劝君须惜少年时。花开堪折直须折，莫待无花空折枝。"

泛金船①

和元素韵自撰腔，命名亦作《劝金船》

无情流水多情客②，劝我如曾识。杯行到手休辞却③。这公道难得④。曲水池上，小字更书年月。还对茂林修竹，似永和节⑤。 纤纤素手如霜雪，笑把秋花插。尊前莫怪歌声咽，又还是轻别。此去翱翔，遍赏玉堂金阙⑥。欲问再来何岁，应有华发。

[注释]

①此词作于熙宁七年甲寅(1074)九月。《全宋词》调作《劝金船》，题作"和元素韵自撰腔命名"。调、题并从傅注本改。 ②多情客：指杨元素。 ③杯行到手：用韩愈诗"杯行到君莫停手"句意。 ④"这公道"句：《后汉书·杨震传·论》谓杨震因在相位时办事公道，不循私情，所以才赢得身后的美名。杨元素与杨震同姓，故用此典以喻杨元素。 ⑤"曲水"四句：意为就像当年王羲之在兰亭集会一样，还用冠绝一世的书法写上了雅集的年月。 ⑥玉堂：汉时为侍中官署。宋以后专指翰林。 金阙：天子之宫阙。因杨元素当时自杭州召入翰林，故云。

[集评]

焦循云："苏轼《劝金船》用客陌识职月月却药节屑插洽。……按唐人应试用官韵，其非应试……不拘拘如律诗也。至于词，更宽可知矣。"(《雕菰楼词话》)

南乡子①

和杨元素时移密州②

东武望馀杭③，云海天涯两杳茫。何日功成名遂了，还乡。醉笑陪公三万场④。　不用诉离觞，痛饮从来别有肠⑤。今夜送归灯火冷，河塘。堕泪羊公却姓杨⑥。

（以上二首见曾慥本《东坡词》卷上）

［注释］

①此词作于熙宁七年甲寅（1074）九月。　②《全宋词》题无后四字，从傅注本增。密州，今山东诸城。　③东武：即密州。　④三万场：指日日畅饮。李白《襄阳歌》："百年三万六千日，一日须倾三百杯。"　⑤痛饮："王孝伯云：'名士不须奇才，但常得无事痛饮，读《离骚》，可称名士。'"见《世说新语·任诞》。　⑥堕泪羊公：羊公即羊祜（hù）。《晋书·羊祜传》：羊祜有政声，卒，"襄阳百姓于岘山祜平生游憩之所建碑立庙，岁时享祭焉。望其碑者莫不流涕，杜预因名为堕泪碑"。

浣溪沙①

自杭州移密守席上别杨元素，时重阳前一日②

缥缈危楼紫翠间，良辰乐事古难全③。感时怀旧独凄然。　璧月琼枝空夜夜④，菊花人貌自年年。不知来岁与谁看。

［注释］

①熙宁七年甲寅（1074）九月离杭赴密时作，下阕与此阕同韵，亦应为别宴中赠元素作。　②《全宋词》题作"菊节"，从朱本改。　③良辰乐事：谓美好的事。谢灵运《拟魏太子邺中集诗八首序》："天下良辰、美景、赏心、乐事，四者难并。"　④璧月琼枝：形容女人容貌之美。《陈书·后妃传》："其曲有《玉树后庭花》、《临春乐》等，大指所归，皆美张贵妃、孔贵妃之容色也。其略曰：'璧月夜夜满，琼树朝朝新。'"

浣溪沙

重九旧韵

白雪清词出坐间①，爱君才器两俱全②。异乡风景却依然。　可恨相逢能几日，不知重会是何年。茱萸仔细更重看③。　　（以上二首见曾慥本《东坡词》卷下）

[注释]

①白雪：即《阳春白雪》，指高雅之乐。宋玉《对楚王问》："其为《阳春白雪》，国中属而和者，不过数十人。"　②才器：才能与器识。　③茱萸（zhū yú）：古人重九登高有插茱萸之习，辟除恶气而御寒。

南乡子①

赠　行

旌旆满江湖②，诏发楼船万舳舻③。投笔将军因笑我④，迂儒。帕首腰刀是丈夫⑤。　粉泪怨离居⑥，喜子垂窗报捷书⑦。试问伏波三万语⑧，何如。一斛明珠换绿珠⑨。

[注释]

①此词作于熙宁七年甲寅（1074）九月公将离杭赴密时。杨典兵事盖有命而未行也。下首同，不另注。　②旌旆（pèi）：即旌旗。仪仗所用之旗帜。③楼船万舳舻（zhú lú）：千万只高大的战船。　舳：船尾。　舻：船头。④投笔将军：指班超。《后汉书·班梁传》："班超尝辍业投笔叹曰：'大丈夫无他志略，犹当效傅介子、张骞立功异域，以取封侯，安能久事笔砚间乎？'"⑤帕首腰刀：古代武将的装束。　⑥离居：夫妻分离。　⑦喜子：蜘蛛。《西京杂记》："蜘蛛集而百事喜，故俗以蜘蛛为喜子。"　⑧伏波：《后汉书·马援传》载，马援，字文渊，西汉末归向刘秀。刘秀称帝前后，多次建立武功，建武十七年拜伏波将军，封新息侯。　⑨绿珠：石崇美妾。

定风波

送元素

千古风流阮步兵，平生游宦爱东平[①]。千里远来还不住，归去。空留风韵照人清。　红粉尊前深懊恼，休道。怎生留得许多情。记得明年花絮乱，须看。泛西湖是断肠声。

（以上二首见曾慥本《东坡词》卷上）

［注释］

①“千古”二句：用阮籍之典。《晋书·阮籍传》：“籍容貌瓌杰，志气宏放，傲然独得。任性不羁，而喜怒不形于色。或闭户视书，累月不出；或登临山水，经日忘归。……及文帝辅政，籍尝从容言于帝曰：‘籍平生曾游东平，乐其风土。’帝大悦，即拜东平相。籍乘驴到郡，坏府舍屏障，使内外相望，法令清简，旬日而还。” 阮步兵：即阮籍，字嗣宗，曾为步兵校尉。此以阮籍誉杨元素。

江神子[①]

公自序云：陈直方妾嵇，钱塘人也。丐新词，为作此。钱塘人好唱《陌上花》缓缓曲，余尝作数绝以纪其事矣

玉人家在凤凰山[②]。水云间，掩门关。门外行人，立马看弓弯[③]。十里春风谁指似[④]，斜日映，绣帘斑。　多情好事与君还。闵新鳏[⑤]，拭馀潸[⑥]。明月空江，香雾著云鬟。陌上花开春尽也，闻旧曲，破朱颜[⑦]。

（曾慥本《东坡词》卷下）

［注释］

①《彊村丛书·东坡乐府》编此词于甲寅，并注云：“此词似为甲寅前在杭州作，姑编于此。” ②玉人：美女。 凤凰山：在浙江馀杭县城南。 ③立马：停马。 弓弯：喻美人足。 ④十里春风：化用杜牧《赠别二首》其一

“春风十里扬州路，卷上珠帘总不如”句意。　⑤闵新鳏（guān）：闵：即“悯”。　鳏：无妻曰鳏。　⑥潸（shān）：涕流貌。　⑦破朱颜：朱颜，犹红颜，谓美人也。破笑。

南乡子①

公旧序云：沈强辅雯上出文犀丽玉作胡琴，送元素还朝，同子野各赋一首

裙带石榴红，却水殷勤解赠侬。应许逐鸡鸡莫怕②，相逢。一点灵犀必暗通③。　何处遇良工，琢刻天真半欲空。愿作龙香双凤拨④，轻拢。长在环儿白雪胸⑤。

（曾慥本《东坡词》卷上）

［注释］

①《总案》载，熙宁七年甲寅（1074）九月告下“公以太常博士直史馆权知密州军州事，罢杭州通判任”，“二十日往别南山诸道友”，此词约作于九月下旬。时公赴密州任，过吴兴。杨绘到杭不暖席，内调为翰林学士，故二人同离杭过吴兴。沈强辅（天隐）为主人，设宴为二公饯别。席上出文丽玉、犀丽玉鼓胡琴作歌佐酒，张子野为陪客，张词题序中所谓“送客过馀溪”之“客”即指苏、杨二公也。公题中“送元素还朝”，乃客中送客也。《全宋词》题“犀”字上无“文”字，从傅本补。　②逐鸡：通天犀，又名骇鸡犀。能令鸡见之惊避。　③灵犀：典出李商隐《无题二首》其一“身无彩凤双飞翼，心有灵犀一点通”。　④双凤：代指琵琶。乐史《杨太真外传》：“妃子琵琶，逻逤檀寺人白季贞使蜀还献，其木温润如玉，光耀可鉴，有金缕红文，蹙成双凤，弦乃末诃弥罗国永泰元年所贡者渌水蚕丝也，光莹如贯珠。”此以“双凤”暗喻二玉。　⑤“轻拢”二句：拢，叩弦。凡作乐若琴瑟类，皆置而抚弦。惟琵琶则抱以按曲，故云“长在环儿白雪胸”。环儿，即指歌女。白居易《琵琶行》：“轻拢慢捻抹复挑，初为《霓裳》后《绿腰》。”

减字木兰花[①]

过吴兴，李公择生子，三日会客[②]，作此词戏之

惟熊佳梦[③]，释氏老君亲抱送[④]。壮气横秋，未满三朝已食牛[⑤]。　犀钱玉果[⑥]，利市平分沾四坐[⑦]。多谢无功，此事如何到得侬[⑧]。　（曾慥本《东坡词》卷下）

［注释］

①《总案》谓甲寅九月"李常生子方三日作《减字木兰花》"。李常时守湖，公过湖赴李常洗儿宴也。　②李公择：《宋史·李常传》，李常字公择，南康建昌人。官至户部尚书。　③"惟熊"句：古人以为梦见熊是生男的佳兆，此谓李公择生了个男孩。《诗经·小雅·斯干》："大人占之，惟熊维罴(pí)，男子之祥。"　④释氏老君：释氏即佛教始祖释迦牟尼。　老君：道教的始祖老子。　⑤食牛：喻壮气。《尸子》："虎豹之驹，虽未成文，已有食牛之气。"杜甫《徐卿二子歌》："君不见徐卿二子生绝奇，感应吉梦相追随。孔子释氏亲抱送，并是天上麒麟儿。大儿九龄色清澈，秋水为神玉为骨。小儿五岁气食牛，满堂宾客皆回头。"　⑥犀钱：谓洗儿钱，以犀牛角为之者。　⑦利市：粤俗谓以钱物给人曰利市。　⑧"多谢"二句：用晋元帝之典。傅注引秘阁古《笑林》云，"晋元帝生子，宴百官，赐束帛。殷羡谢曰：'臣等无功受赏。'帝曰：'此事岂容卿有功乎？'"按，亦见《世说新语·排调》，字句有异。

南乡子[①]

席上劝李公择酒

不到谢公台[②]，明月清风好在哉。旧日髯孙何处去[③]，重来。短李风流更上才[④]。　秋色渐摧颓，满院黄英映酒杯[⑤]。看取桃花春二月，争开。尽是刘郎去后栽[⑥]。

（曾慥本《东坡词》卷上）

[注释]

①此词作于熙宁七年甲寅(1074)九月过湖州时。 ②谢公台:谢公台在维扬。 ③髯孙:指孙权。《三国志·吴主传》注引《献帝春秋》曰:"张辽问吴降人:'向有紫髯将军,长上短下,便马善射,是谁?'降人答曰:'是孙会稽。'"词以"髯孙"喻孙觉,因孙觉自湖州离任而去,由李常接任。 ④短李:谓李常公择。《新唐书·李绅传》:"为人短小精悍,于诗最有名,时号'短李'。" ⑤黄英:菊花。 ⑥刘郎:指刘禹锡。刘禹锡《戏赠看花诸君子》:"玄都观里桃千树,尽是刘郎去后栽。"

菩萨蛮[①]

天怜豪俊腰金晚[②],故教月向松江满[③]。清景为淹留,从君都占秋。 身闲惟有酒,试问清游首[④]。帝梦已遥思[⑤],匆匆归去时。

[注释]

①此词作于熙宁七年甲寅(1074)九月六客会吴兴时。傅注本、元本有题曰"席上和陈令举"。 ②腰金晚:即晚觉腰金重意。 腰金:饰金之腰带。 ③松江:即吴松江。江源出太湖,经吴兴,故云。 ④清游首:指太守。傅注:"成都风俗,以遨游为尚,绮罗珠翠,杂沓衢巷。所集之地,行肆毕备,须得太守一往后方盛,土人因目太守为遨头云。"此指李常。 ⑤帝梦:据《尚书·说命上》,"高宗梦傅说,使百工营求诸野,得诸傅岩"。此谓李常将大用。

阮郎归[①]

苏州席上作

一年三度过苏台[②],清尊长是开。佳人相问苦相猜,这回来不来。 情未尽,老先催。人生真可咍[③]。他年桃李阿谁栽,刘郎双鬓衰[④]。

[注释]

①此词作于熙宁七年甲寅(1074)十月。公于熙宁六年癸丑十一月赴常润赈饥一过苏,七年甲寅五月自常润还杭二过苏,此为三过也。　②苏台:即姑苏台。此指苏州。　③咍(hāi):讥笑。　④"他年"二句:用唐刘禹锡之典。唐孟棨《本事诗》:"刘尚书(禹锡)自屯田员外左迁朗州司马,凡十年始征还。方春,作《赠看花诸君子》诗曰:'紫陌红尘拂面来,无人不道看花回。玄都观里桃千树,尽是刘郎去后栽。'又曰:'百亩庭中半是苔,桃花净尽菜花开。种桃道士今何在?前度刘郎今又来。'"

醉落魄[①]

忆别

苍颜华髮,故山归计何时决[②]。旧交新贵音书绝[③]。惟有佳人,犹作殷勤别。　离亭欲去歌声咽[④],潇潇细雨凉吹颊。泪珠不用罗巾裛[⑤],弹在罗衣,图得见时说。

[注释]

①朱注:"案,此与前调疑同时作。"朱本题作"苏州阊门留别"。　唐氏按:此首别见黄庭坚《豫章黄先生词》。　②故山归计:指归隐。　③旧交新贵:指友人。"翟公云:'一死一生,乃知交情;一贫一富,乃知交态;一贵一贱,交情乃见。'"见《汉书·郑当时传》。　④离亭:送别之亭。　⑤裛(yì):擦拭。

菩萨蛮[①]

感旧

玉笙不受朱唇暖[②],离声凄咽胸填满。遗恨几千秋,恩留人不留。　他年京国酒[③],泫泪攀枯柳[④]。莫唱短因缘[⑤],长安远似天[⑥]。

［注释］

①《纪年录》谓熙宁七年甲寅（1074）和元素。盖元素还朝，东坡赴密，同舟至润州，此席上和词耳。傅注本、朱本题作“润作和元素”。 ②唐氏按：“朱”原作“珠”，据吴讷本《东坡词》改。 ③京国：即京都。 ④“泫泪”句：泫然泪下。《晋书·桓温传》：“温自江陵北伐，行经金城，见少为琅邪时所种柳皆已十围，慨然曰：‘木犹如此，人何以堪！’攀枝执条，泫然流涕。”与上句合观，意谓等到将来京都再见时，已是好多年之后了，岂不令人泫然泪下。 ⑤短因缘：典出《太平广记》卷三百四十九引《纂异记》，“鲍生者，有妾二人。遇外弟韦生有良马，鲍出妾为酒，劝韦。韦请以马换妾。鲍许以抱胡琴者，仍命歌以送韦酒。既而妾又歌以送鲍酒。歌曰：‘风飐荷珠难暂圆，多生信有短因缘。西楼今夜三更月，还照离人泣断弦。’” ⑥“长安”句：长安，泛指京都。《晋书·明帝纪》：“因问帝曰：‘汝谓日与长安孰远？’对曰：‘长安近。不闻人从日边来，居然可知也。’元帝异之。明日宴群僚，又问之，对曰：‘日近。’元帝失色，曰：‘何乃异间者之言乎？’对曰：‘举目则见日，不见长安。’由是益奇之。”

减字木兰花[①]

赠润守许仲涂，且以“郑容落籍、高莹从良”为句首[②]

郑庄好客[③]，容我尊前先堕帻[④]。落笔生风[⑤]。籍籍声名不负公。　高山白早，莹骨冰肤那解老[⑥]。从此南徐[⑦]，良夜清风月满湖。（以上五首见曾慥本《东坡词》卷下）

［注释］

①《纪年录》谓此词作于熙宁七年甲寅（1074）。 ②毛本题作：“自钱塘被召，林子中作郡守，有会。坐中营妓出牒，郑容求落籍，高莹求从良。子中呈东坡，东坡索笔为《减字木兰花》书牒后，时用‘郑容落籍，高莹从良’八字于句端也。兼赠润守许仲涂。” 许仲涂：许遵。《宋史·许遵传》：“许遵字仲涂。泗州人。第进士……熙宁间，出知寿州，再判大理寺，请知润州，又请提举崇福宫。寻致仕，累官中散大夫。” ③郑庄：郑当时。《汉书·郑当时传》：“郑当时，字庄，陈人也。……孝景时，为太子舍

人。每五日洗沐,常置驿马长安诸郡,请谢宾客,夜以继日,至明旦,常恐不遍。” ④堕帻(zé):帽子掉落。《晋书·庾峻传》,“(峻子敳)敳乃颓然已醉,帻堕几上。”此处意谓醉倒而致帻堕。 ⑤落笔生风:用杜甫《寄李十二白二十韵》“笔落惊风雨,诗成泣鬼神”句。 ⑥莹骨冰肤:肌肤白嫩。宋玉《神女赋》:“晔兮如华,温乎如莹。”《庄子·逍遥游》:“藐姑射之山,有神人居焉。肌肤若冰雪,淖约如处子。” ⑦南徐:即润州。晋南渡后,侨置徐州于京口,南朝宋改曰南徐。

南歌子[①]

别润守许仲涂

欲执河梁手[②],还升月旦堂[③]。酒阑人散月侵廊。北客明朝归去、雁南翔。 窈窕高明玉,风流郑季庄[④]。一时分散水云乡[⑤]。惟有落花芳草,断人肠。

(曾慥本《东坡词》卷上)

[注释]

①朱注:“案此词仍赋高、郑事,因类编此。”从朱说。 ②河梁手:此以喻别。李陵《与苏武》三首其二:“携手上河梁,游子暮何之。” ③月旦:指评论人物。《后汉书·郭符许传》:“许劭字子将,汝南平舆人也。少峻名节,好人伦,多所赏识……劭与靖(劭之从兄)俱有高名,好共核论乡党人物,每月辄更其品题,故汝南俗有‘月旦评’焉。”意谓登主人之堂。 ④“窈窕”二句:“高明玉,莹也。郑季庄,容也。高莹、郑容,皆南徐之名妓。”见傅注。 ⑤水云乡:江南地卑湿而多泽,故谓之“水云乡”,亦谓之“水国”。

采桑子[①]

润州多景楼与孙巨源相遇[②]

多情多感仍多病,多景楼中,尊酒相逢。乐事回头一笑空。　　停杯且听琵琶语[3]，细捻轻拢[4]，醉脸春融[5]，斜照江天一抹红。

［注释］

①朱、龙谓此词作于熙宁七年（1074）赴密州任，十月过润州时。　②元本、朱本题曰："润州甘露寺多景楼，天下之殊景也。甲寅仲冬，余同孙巨源、王正仲参会于此。有胡琴者，姿色尤好。三公皆一时英秀，景之秀，妓之妙，真为希遇。饮阑，巨源请于余曰：'残霞晚照，非奇才不尽。'余作此词。"　多景楼："甘露寺有多景楼，中刻东坡熙宁甲寅与孙巨源辈会此，赋《采桑子》词。碑石今尚存。"见《苏轼诗集》查注引《京口志》。清《一统志》载，多景楼在今江苏北固山甘露寺内，北面大江，颇据形势。始建于宋郡守陈天麟，即唐临江亭故址。　孙巨源："孙洙字巨源，广陵人，能文，未冠擢进士。"见《宋史·孙洙传》。　③琵琶语：语出白居易《琵琶行》"今夜闻君琵琶语，如听仙乐耳暂明"。　④细捻轻拢：语出白居易《琵琶行》"轻拢慢捻抹复挑，初为《霓裳》后《六么》"。　捻：揉弦。　拢：叩弦。　⑤醉脸春融：醉后脸红如春色所融。

醉落魄[1]

席上呈元素

分携如昨[2]，人生到处萍飘泊[3]。偶然相聚还离索[4]。多病多愁，须信从来错。　　尊前一笑休辞却，天涯同是伤沦落[5]。故山犹负平生约[6]。西望峨嵋，长羡归飞鹤[7]。

［注释］

①《纪年录》谓熙宁七年甲寅（1074），离京口，呈元素作。盖元素还朝，公赴密，同行至京口而别，作此词。　②分携如昨：携手分别如在昨日。　③萍飘：萍无根，逐流而已，岂复有定居。　④离索：离群索居。　⑤沦落：语出白居易《琵琶行》"同是天涯沦落人，相逢何必曾相识"。　⑥"故山"句：意谓辜负了平生回故乡归隐的诺言。　⑦归飞鹤：谓隐居成仙。旧题陶潜《搜神后记》："丁令威本辽东人，学道于灵虚山。后化鹤归辽。"

浣溪沙[1]

忆　旧

长记鸣琴子贱堂[2]，朱颜绿鬓映垂杨[3]。如今秋鬓数茎霜[4]。　　聚散交游如梦寐，升沉闲事莫思量。仲卿终不避桐乡[5]。

[注释]

①朱、龙谓此词作于熙宁七年甲寅(1074)赴密十月过海州时。元本、朱本题作“赠陈海州。陈尝为眉令，有声”。　②“长记”句：意谓以道化民，不劳而治也。《说苑》：“子贱宰单父，鸣琴而治。”　③朱颜绿鬓：红颜黑鬓。　④“秋鬓”句：鬓边已添了数根白鬓。　⑤“仲卿”句：意谓忘不了故乡。《汉书·朱邑传》：“邑病且死，属其子曰：‘我故为桐乡吏，其民爱我，必葬我桐乡。后世子孙奉尝我，不如桐乡民。’”今安徽桐城北，春秋时桐国也。

更漏子[1]

送孙巨源

水涵空，山照市。西汉二疏乡里。新白发，旧黄金，故人恩义深[2]。　　海东头，山尽处。自古客槎来去[3]。槎有信，赴秋期。使君行不归。

（以上四首见曾慥本《东坡词》卷下）

[注释]

①此词作于熙宁七年甲寅(1074)十月。时公赴密至海州，而孙巨源亦离海州任赴京，公作此词以赠。　②“西汉”四句：用西汉疏广叔侄典。《汉书·疏广传》：“疏广字仲翁，东海兰陵人也。……为太傅，侄受亦为少傅，叔侄并为师傅，朝廷以为荣。广遂称病，上疏乞骸骨。上以其年笃老，皆许之，加赐黄金二十斤，皇太子赠以五十斤。”意谓二疏回故乡时，皇

帝及太子送的黄金还在，鬓却添了白髮，故人恩义实在深。以此典喻孙巨源与皇帝的关系之深。　③客槎：晋张华《博物志》有人乘木筏抵天河的记载。　槎：木筏。

减字木兰花①

空床响琢②，花上春禽冰上雹③。醉梦尊前。惊起湖风入坐寒。　　转关镬索④，春水流弦霜入拨⑤。月堕更阑，更请宫高奏独弹。　　　（元延祐本《东坡乐府》卷下）

［注释］

①此词作于熙宁七年甲寅（1074）十月过海州时。《苏轼文集》卷五十五《与蔡景繁十四首》其九云："朐山临海石室……尝携家一游，时家有胡琴婢，就室中作《镬索》、《凉州》，凛然有冰车铁马之声。"此词即游石室时作。　②空床响琢：谓琵琶声如琢玉。　床：琴架。　③"花上"句：喻琵琶声之美妙，如花枝上的鸟鸣叫般动听，如雹落冰上之清脆悦耳。白居易《琵琶行》："嘈嘈切切错杂弹，大珠小珠落玉盘。间关莺语花底滑，幽咽泉流水下滩。"　④转关、镬索：皆琵琶曲名，即《转关六幺》和《镬索凉州》。　⑤"春水"句：春水流泉喻声之美妙；霜入拨，喻声之凝重。白居易《琵琶行》："间关莺语花底滑，幽咽泉流水下滩。冰泉冷涩弦凝绝，凝绝不通声渐歇。"

沁园春①

孤馆灯青，野店鸡号②，旅枕梦残。渐月华收练，晨霜耿耿③，云山摛锦④，朝露漙漙⑤。世路无穷，劳生有限，似此区区长鲜欢。微吟罢，凭征鞍无语，往事千端。　　当时共客长安，似二陆初来俱少年⑥。有笔头千字，胸中万卷⑦，致君尧舜⑧，此事何难。用舍由时，行藏在我⑨，袖手何妨闲处看。身长健，但优游卒岁，且鬥尊前⑩。

（曾慥本《东坡词》卷上）

[注释]

①《纪年录》谓熙宁七年甲寅(1074)十月作。《总案》:“公时由海州赴密,不复绕道至齐一视子由,故其词如此耳,今定为怀子由作。”注者按:公十一月三日到密州任,此词之作,应在十月底或十一月初。元本、朱本有题曰“赴密州早行马上寄子由”。　②野店鸡号:用温庭筠《商山早行》“鸡声茅店月,人迹板桥霜”句意。　③耿耿:小明也。白居易《长恨歌》:“迟迟钟鼓初长夜,耿耿星河欲曙天。”　④摛(chī)锦:展开的织锦。　⑤抟抟:即“团团”,聚而凝结。　⑥“当时”二句:长安,泛指京城。二陆,指陆机和陆云兄弟。《晋书·陆机传》:“陆机字士衡,吴郡人也……云字士龙,六岁能属文,性清正,有才理。少与兄机齐名……”　⑦万卷:语出杜甫《奉赠韦左丞丈二十二韵》“读书破万卷,下笔如有神”。　⑧致君尧舜:语出杜甫《自京赴奉先县咏怀五百字》“致君尧舜上,再使风俗淳”。　⑨“用舍”二句:升迁荣辱任其自然。《论语·述而》:“用之则行,舍之则藏,惟我与尔有是夫。”　⑩“但优游”二句:优游,闲暇自得貌。且斗尊前,聊且以酒为乐。《家语》:“优哉游哉,聊以卒岁。”杜牧《牧陪昭应盧郎中在江西宣州佐今吏部沈公幕,罢府周岁。公宰昭应,牧在淮南縻职叙旧,成二十二韵用以投寄》:“卷怀能愤悱,卒岁且优游。”牛僧孺《席上赠刘梦得》:“休论世上升沉事,且鬥樽前见在身。”

蝶恋花[①]

密州上元[②]

灯火钱塘三五夜[③],明月如霜,照见人如画。帐底吹笙香吐麝[④],此般风味应无价。　　寂寞山城人老也,击鼓吹箫,乍入农桑社[⑤]。火冷灯稀霜露下[⑥],昏昏雪意云垂野。

[注释]

①《纪年录》谓熙宁八年乙卯(1075)作。《总案》:“正月十五日作《蝶恋花》词。”　②上元:正月十五日为上元。　③三五夜:即正月十五。　④香吐麝:谓如麝香。　⑤农桑社:农家之社火。《扬州画舫录》:“立春前一日,

太守迎春于城东，令官妓扮社火，春梦婆一，春姊二，春吏一，皂隶二，春官一。”　⑥“火冷”句：夜深之后，灯火渐稀，霜露已下。

江神子

乙卯正月二十日记梦①

十年生死两茫茫②，不思量，自难忘。千里孤坟③，无处话凄凉。纵使相逢应不识，尘满面，鬓如霜。　夜来幽梦忽还乡，小轩窗，正梳妆。相顾无言，惟有泪千行。料得年年断肠处，明月夜，短松冈④。

［注释］

①此词作于熙宁八年乙卯（1075）。《全宋词》题作“公之夫人王氏先卒，味此词，盖悼亡也”，从朱本。　②“十年”句：苏轼妻子王氏通义君卒于治平二年（1065），至熙宁八年（1075）正好十年。　③千里孤坟：眉山与密州相距遥远，故云。《文集·亡妻王氏墓志铭》：“治平二年五月丁亥，赵郡苏轼之妻王氏，卒于京师。六月甲午，殡于京城之西。其明年六月壬午，葬于眉之东北彭山安镇乡可龙里先君先夫人墓之西北八步。”　④松冈：松楸之冈。松楸，墓地之木。

永遇乐①

孙巨源以八月十五日离海州②，坐别于景疏楼上③。既而与余会于润州，至楚州乃别。余以十一月十五日至海州，与太守会于景疏楼上，作此词以寄巨源

长忆别时，景疏楼上，明月如水。美酒清歌，留连不住，月随人千里④。别来三度，孤光又满⑤，冷落共谁同醉。卷珠帘，凄然顾影，共伊到明无寐。　今朝有客，来从淮上，能道使君深意。凭仗清淮，分明到海，中有相思泪。

而今何在，西垣清禁[6]，夜永露华侵被。此时看，回廊晓月，也应暗记。（以上三首见曾慥本《东坡词》卷下）

[注释]

①此词作于熙宁八年乙卯（1075）正月。《全宋词》题作"寄孙巨源"，从傅注本和朱本。 ②海州：即今连云港。 ③景疏楼：在海州。 ④月随人千里：化用鲍照《玩月城西门解中》，"三五二八时，千里与君同"句意。 ⑤"别来"二句：即已分别了三个月。 孤光：指未满之月光。 ⑥西垣：即中书省。刘桢《赠徐幹》："谁谓相去远，隔此西掖垣。拘限清切禁，中情无由宣。"

雨中花[1]

今岁花时深院，尽日东风，荡飏茶烟[2]。但有绿苔芳草，柳絮榆钱[3]。闻道城西，长廊古寺[4]，甲第名园[5]。有国艳带酒，天香染袂[6]，为我留连。　清明过了，残红无处，对此泪洒尊前。秋向晚，一枝何事，向我依然。高会聊追短景[7]，清商不暇馀妍[8]。不如留取，十分春态，付与明年。（曾慥本《东坡词》卷上）

[注释]

①《纪年录》谓熙宁八年（1075）九月，"旱蝗，斋素。方春，牡丹盛开，不获赏。九月忽开一朵，雨中特置酒，作《雨中花》"。 ②"今岁"三句：今岁正值花时，东风荡飏，我却静坐深院，品着香茶，看着屋内香烟袅袅。 烟：指熏炉里的香烟。郑谷《雪中偶题》："乱飘僧舍茶烟湿，密洒歌楼酒力微。" ③榆钱：即榆荚。 ④古寺：指南禅、资福两寺。《诗集·玉盘盂》引："东武旧俗，每年四月，大会于南禅、资福两寺。以芍药供佛，而今岁最盛。凡七千馀朵，皆重跗累萼，繁丽丰硕。" ⑤甲第：指富贵人家的府邸。 ⑥"国艳"二句：国艳、天香皆为牡丹名。 ⑦高会：盛会。 短景：秋日之景。杜甫《从驿次草堂复至东屯》二首其二："短景难高卧，衰

年强此身。” ⑧清商:秋风也。张载《七哀诗》二首其二:“秋风吐商气,萧瑟扫前床。”《文选》注:“王逸《楚辞注》曰:‘商风,西风也,秋风起,则西风急驰。’”

[集评]

刘熙载云:“词有尚风,有尚骨。东坡《雨中花》云:‘高会聊追短景,清商不暇馀妍。’孰风孰骨可辨。”(《艺概》)

江神子[①]

猎　词

老夫聊发少年狂。左牵黄,右擎苍[②]。锦帽貂裘[③],千骑卷平冈。为报倾城随太守[④],亲射虎,看孙郎[⑤]。　酒酣胸胆尚开张[⑥]。鬓微霜,又何妨。持节云中,何日遣冯唐[⑦]。会挽雕弓如满月[⑧],西北望,射天狼[⑨]。

[注释]

①《纪年录》谓熙宁八年乙卯(1075)冬,“祭常山回,与同官习射放鹰,《和梅户曹会猎铁沟》,又作《江神子》”。元本、朱本题作“密州出猎”。 ②牵黄擎苍:手中牵黄狗,肩上擎苍鹰。 ③锦帽貂裘:锦帽,锦蒙帽也。貂裘,貂鼠裘也。 ④倾城:即倾城而出。 ⑤亲射虎,看孙郎:用三国孙权射虎之典。《三国志·吴书·吴主传》:“孙权字仲谋……(建安)二十三年十月,权将如吴,亲乘马射虎于庱亭,马为虎所伤,权投以双戟,虎却废,常从张世击以戈,获之。”此处以孙权自比。 ⑥“酒酣”句:意谓饮酒尽量,胸怀胆气都十分豪壮。 ⑦“持节”二句:持节,拿着节符。 云中:汉代郡名,今内蒙古托克托县及山西西北一部分地区。 冯唐:汉文帝时人,魏尚守边,匈奴远避,不近云中之塞。一言不相应,文吏以法绳之。后文帝令唐持节赦魏尚,复以为云中守,而拜唐为车骑都尉,主中尉及郡国车士。 ⑧会:将要。 满月:弓本为半月形,拉满则成为圆月形。 ⑨天狼:星名。《楚辞·九歌·东君》:“举长矢兮射天狼。”王逸注:“天狼,星名,以喻贪残。”

减字木兰花[①]

送东武令赵晦之[②]

贤哉令尹[③]，三仕已之无喜愠[④]。我独何人，犹把虚名玷搢绅[⑤]。　不如归去，二顷良田无觅处[⑥]。归去来兮，待有良田是几时。

[注释]

①《纪录年》谓作于熙宁八年乙卯(1075)末。　②傅注本题作"送东武令赵昶失官归海州"。　东武：即密州高密县。　赵晦之：赵昶字晦之，海州或涟水人。此词云"归海州"，《诗集》卷十三有《送赵寺丞寄陈海州》诗，王文诰案："时赵晦之罢东武令，归涟水也。"海州与涟水军毗邻，海北涟南。盖赵为涟水人，自密州至涟必经海州，故题曰"归海州"也。　③令尹：春秋时楚国执政之称，后世亦称知县。　④"三仕"句：用子文典。《论语·公冶长》："子张问曰：'令尹子文，三仕为令尹，无喜色；三已之，无愠色。旧令尹之政，必以告新令尹，何如？'子曰：'忠矣！'"　无喜愠：无喜怒之色。　愠：怒。　⑤搢绅：亦作"缙绅"。谓插笏带间也。古之士者垂绅搢笏，故称官族曰搢绅。　⑥二顷良田：用苏秦典。《史记·苏秦列传》："苏秦喟然叹曰：'此一人之身，富贵则亲戚畏惧之，贫贱则轻易之，况众人乎！且使我有雒阳负郭田二顷，吾岂能佩六国相印乎？'于是散千金以赐宗族朋友。"

蝶恋花[①]

密州冬夜文安国席上作[②]

帘外东风交雨霰[③]，帘里佳人，笑语如莺燕。深惜今年正月暖，灯光酒色摇金盏。　掺鼓渔阳挝未遍[④]，舞褪琼钗，汗湿香罗软。今夜何人吟古怨，清诗未就冰生砚。

(以上三首见曾慥本《东坡词》卷下)

[注释]

①《总案》谓熙宁九年(1076)“丙辰春夜，文勋席上作”。朱注：“王说据毛本题也，后一首类编。”从王、朱说。元本、朱本题曰“微雪，客有善吹笛击鼓者，方醉中有人送苦寒诗求和，遂以此答之”。 ②文安国：名勋，字安国，庐江人。曾官太府寺丞，工画。 ③雨霰(xiàn)：雨雪交加。霰：雨遇冷空气凝成的雪珠。 ④掺(shǎn)：持鼓。 挝(zhuā)：敲打。渔阳：鼓曲名。

满江红[①]

正月十三日送文安国还朝

天岂无情，天也解、多情留客。春向暖、朝来底事[②]，尚飘轻雪。君过春来纡组绶[③]，我应归去耽泉石[④]。恐异时、杯酒忽相思，云山隔。 浮世事[⑤]，俱难必。人纵健，头应白。何辞更一醉，此欢难觅。欲向佳人诉离恨，泪珠先已凝双睫。但莫遣、新燕却来时，音书绝[⑥]。

[注释]

①此词作于熙宁九年丙辰(1076)正月十三日。 ②底事：何事。 ③纡：屈曲萦绕。 组绶：佩带。此句意为做官。 ④耽泉石：乐于归隐。 ⑤浮世：即浮生。阮籍《大人先生传》：“夫大人者，乃与造物同体，天地并生，逍遥浮世，与道俱成。”白居易《读李杜集》：“暮年逋客恨，浮世谪仙悲。” ⑥“但莫遣”二句：意谓等到燕子来时，可不要没有信呀。古代有双燕传书之说。

[集评]

郑文焯云：“如此词用韵，岂得以诗韵中通转部例之。若使戈顺卿辈审定，又将横驰臆断，如改白石《摸鱼儿》词韵之谬解，不亦滋后学大惑乎。”(《大鹤山人词话》)

一丛花[①]

今年春浅腊侵年[②]，冰雪破春妍[③]。东风有信无人见，露微意、柳际花边[④]。寒夜纵长，孤衾易暖，钟鼓渐清圆[⑤]。　朝来初日半含山[⑥]，楼阁淡疏烟。游人便作寻芳计，小桃杏、应已争先。衰病少情，疏慵自放[⑦]，惟爱日高眠。　（以上二首见曾慥本《东坡词》卷上）

[注释]

①考公病中度岁者凡五，唯熙宁九年（1076）与"春浅腊侵年"、"冰雪破春妍"符。故编于此，馀详注中。元本、朱本有题曰"初春病起"。　唐氏按：此首《草堂诗馀新集》卷三，误作明人商辂词。　②春浅腊侵年：即谓立春日在上年腊月，故是年春浅。而腊月立春，是年必闰。据《两千年中西历对照表》知熙宁八年（1075）闰四月，十二月廿八立春。　③"冰雪"句：冰雪又消，春色艳丽。　④"东风"三句：春风有意送春来，却无人发现。只是柳已发芽，花已含苞，才露出了春意。　⑤"钟鼓"句：夜里的钟鼓之声十分清朗圆润。　⑥"朝来"句：初出的太阳一半还隐没在山峰中。　⑦疏慵自放：懒散而不惯受拘束。

殢人娇[①]

戏邦直[②]

别驾来时[③]，灯火荧煌无数。向青琐、隙中偷觑[④]。元来便是，共彩鸾仙侣[⑤]。方见了，管须低声说与。　百子流苏[⑥]，千枝宝炬[⑦]。人间有、洞房烟雾。春来何事，故抛人别处。坐望断，楼中远山归路。

（曾慥本《东坡词》卷下）

[注释]

①《诗集》卷十四有《答李邦直》作于熙宁九年丙辰（1076）正月，词应

作于同时。李邦直此次公出至密，携其妻同行，故词中有“向青琐隙中偷觑”等戏语。 ②邦直：李邦直。《诗集·答李邦直》施注：“李邦直，名清臣，魏人。提点京东刑狱，召为两朝国史修编官，同修起居注，知制诰，拜吏部尚书，擢尚书左丞。”后为曾布所陷，出知大名府而卒。宋时密州属京东东路，盖邦直巡察至密。 ③别驾：官名。汉置，为州官副职。宋改置诸州通判，以佐郡首，后世因称通判为别驾。 ④“向青琐”句：从门缝中偷看。 青琐：汉宫门，因刻为连琐成文而涂青，故称，即今之有槅而透光之门。《汉武故事》：“西王母尝见帝（汉武）于承华殿，东方朔从青琐窃窥之。”西王母本为神仙，后多以喻美女或情人。邦直携妻同来，故以西王母戏之。 觑（qū）：偷看。 ⑤彩鸾仙侣：即神仙伴侣。 ⑥百子流苏：百子帐之流苏。《倦游录》：“流苏者，乃盘线绘绣之球，五色错为之，同心而下垂者是也。” ⑦宝炬：即烛光。江淹《灯赋》：“双流百枝，艳帐充庭。”

望江南[①]

暮　春

春未老，风细柳斜斜。试上超然台上看[②]，半壕春水一城花[③]，烟雨暗千家。　　寒食后[④]，酒醒却咨嗟。休对故人思故国，且将新火试新茶[⑤]。诗酒趁年华。

［注释］

①此首与下首均作于丙辰春。轼葺超然台成，子由、邦直、文与可皆先后为之赋，轼《书文与可超然台赋后》署曰“熙宁九年四月六日”，因编此二首于是年。元本、朱本题作“超然台作”。 ②超然台：台名。《文集》卷十一《超然台记》：“……方是时，余弟子由适在济南，闻而赋之，且命其台曰超然。以见余之无所往而不乐者，盖游于物之外也。” ③壕：城下池也。④寒食：古节名。《荆楚岁时记》：“去冬节一百五日，即有疾风甚雨，谓之寒食，禁火三日，造饧大麦粥，据历合在清明前二日，亦有去冬至一百六日者。” ⑤新火：周代四时钻燧改火，禁旧火而出新火。唐宋时，清明日赐百官新火，犹沿周之旧制。元明以后，此制遂废。

望江南

暮 春

春已老,春服几时成[①]。曲水浪低蕉叶稳[②],舞雩风软纻罗轻[③]。酣咏乐升平。 微雨过,何处不催耕[④]。百舌无言桃李尽[⑤],柘林深处鹁鸪鸣[⑥]。春色属芜菁[⑦]。

[注释]

①春服:春天穿的夹衣。 ②曲水:古之风尚。于阴历三月上巳日,就水滨宴饮,谓可祓除不祥。后人因水曲成渠,流觞取饮,称之为曲水。蕉叶:酒杯之至浅者,其形如蕉叶,故名。 ③舞雩(yú):古代久旱求雨,设祭坛,女巫而舞,谓之舞雩。 ④催耕:古代有官吏催耕制度。 ⑤百舌:鸟名。似伯劳而小,全体黑色,嘴甚尖,色黄黑而杂,鸣声圆滑。 ⑥柘:落叶乔木。 鹁鸪:即祝鸠,长尺许,嘴细长羽黑褐色,晴时鸣声和缓,将雨则急,故又称水鹁鸪。 ⑦芜菁:即蔓菁。芜菁花开则春尽。

满江红[①]

东武会流杯亭[②]

东武南城,新堤固、涟漪初溢[③]。隐隐遍、长林高阜,卧红堆碧[④]。枝上残花吹尽也,与君更向江头觅。问向前、犹有几多春,三之一。 官里事,何时毕。风雨外,无多日。相将泛曲水[⑤],满城争出。君不见兰亭修禊事,当时坐上皆豪逸[⑥]。到如今、修竹满山阴,空陈迹。

[注释]

①《总案》谓熙宁九年(1076)“三月三日流觞于南禅小亭作《满江红》词。”元本、朱本题下增出“上巳日作,城南有坡,土色如丹,其下有堤,壅扶淇水入城”二十二字。 唐氏按:此首《类编草堂诗馀》卷三误作晁补之词。 ②东武:即密州高密县,此外指密州治所诸城县。 流杯亭:地名。

《诗集·别东武流杯》查注："诸城县有柳林河，出石门山，流经县西北，入于扶淇，密人为上巳祓除之所。" ③涟漪：水之波纹。 ④"隐隐"三句：意为满山遍野都隐隐看见落花满地，到处碧绿。 ⑤"相将"句：相伴而行。 ⑥"君不见"二句：典出王羲之《兰亭集序》，文曰："永和九年，岁在癸丑，暮春之初，会于会稽山阴之兰亭，修禊事也。群贤毕至，少长咸集。"

[集评]

胡仔云："……子瞻佳词最多，其间杰出者，如……'东武城南新堤固，涟漪初溢'宴流杯亭词；凡此十馀词，皆绝去笔墨畦径间，直造古人不到处，真可使人一唱而三叹。"（《苕溪渔隐丛话》后集卷二十六《后山诗话》）

临江仙[①]

九十日春都过了，贪忙何处追游。三分春色一分愁[②]。雨翻榆荚阵，风转柳花球[③]。 阆苑先生须自责[④]，蟠桃动是千秋[⑤]。不知人世苦厌求。东皇不拘束，肯为使君留。

[注释]

①傅注本题曰："熙宁九年(1076)四月一日，同成伯、公谨辈赏藏春馆残花。密州邵家园也。"此当为作时之明文，故编丙辰。成伯，《文集·密州通判厅题名记》："始，尚书郎成伯为眉之丹稜令，邑人至今称之。余其邻邑人也，故知之为详。"公谨，未详。 ②三分春色：语出杨元素《本事曲集》，"叶道卿《贺圣朝》词：三分春色，一分愁闷，一分风雨"。注者按：《全宋词》叶清臣（即叶道卿）《贺圣朝》词原句为"三分春色二分愁，更一分风雨"。 ③柳花球：柳絮风滚如球。 ④阆（liáng）苑先生：东方朔也。 ⑤"蟠桃"句：典出《汉武内传》"此桃三千年一生实，中夏地薄，种之不生"。

水调歌头

丙辰中秋，欢饮达旦，大醉。作此篇，兼怀子由

明月几时有，把酒问青天[1]。不知天上宫阙，今夕是何年[2]。我欲乘风归去，又恐琼楼玉宇[3]，高处不胜寒[4]。起舞弄清影，何似在人间[5]。　转朱阁，低绮户，照无眠。不应有恨，何事长向别时圆。人有悲欢离合，月有阴晴圆缺。此事古难全。但愿人长久，千里共婵娟[6]。

（以上五首见曾慥本《东坡词》卷上）

[注释]

①“明月”二句：化用李白《把酒问月》“青天有月来几时，我今停杯一问之”。　②今夕：今夜。牛僧孺《周秦纪行》：“香风引到大罗天，月地云阶拜洞仙。共道人间惆怅事，不知今夕是何年。”　③琼楼玉宇：天宫的楼阁。④“高处”句：用明皇游月宫之典。《明皇杂录》：“八月十五日夜，叶静能邀上游月宫。将行，请上衣裘而往。及至月宫，寒凛特异，上不能禁。”⑤起舞弄清影：谓月中素娥“起舞弄清影”也。　⑥“千里”句：相隔千里，却能共赏月之美。

[集评]

胡仔云：“中秋词自东坡《水调歌头》一出，馀词尽废。”（《苕溪渔隐丛话》后集）

张炎云：“东坡《水调歌头》云：‘明月几时有……’此数词皆清空中有意趣，无笔力者未易到。”（《词源》卷下）

李佳云：“东坡《水调歌头》：‘明月几时有……’此老不特兴会高骞，直觉有仙气缥缈于毫端。”（《左庵词话》卷上）

沈祥龙云：“‘琼楼玉宇’识其忠爱；‘缺月疏桐’叹其高妙，由于志之正也。”（《论词随笔》）

郑文焯云：“《水调歌头》：‘丙辰中秋，欢饮达旦……’发端从太白仙心脱化，顿成奇逸之笔。湘绮诵此词，以为此‘全’字韵，可当‘三语掾’自来未经人道。”（《大鹤山人词话》）

画堂春[1]

寄子由

柳花飞处麦摇波[2]，晚湖净鉴新磨[3]。小舟飞棹去如梭[4]，齐唱采菱歌。　平野水云溶漾[5]，小楼风日晴和。济南何在暮云多[6]，归去奈愁何。

（元延祐本《东坡乐府》卷下）

[注释]

①朱祖谋谓此词作于熙宁九年丙辰(1076)，并注云："案《颍滨遗老传》，张文定知淮阳，以学官见辟，从之三年，授齐州掌书记，复三年。考子由以癸丑九月自陈来齐，迨丙辰九月，三年成资罢任，即以上书还京。词必于是时寄之，故有济南归去等语，前段则追述辛亥七八月同游陈州柳湖事。"　②"柳花"句：状柳湖景致。苏辙《柳湖感物》："柳湖万柳作云屯，种时乱插不须根……偶然直堕湖水中，化为浮萍轻且繁。"　③晚湖：指陈州柳湖，在陈州城北。陈州即今河南淮阳，宋时属京西北路。　④"小舟"句：言小舟如梭般飞去。　棹：船桨。　⑤平野：广平的原野。　溶漾：浮动。　⑥"济南"句：子由其时已离济南任，故云"何在"。

江城子[1]

前瞻马耳九仙山[2]。碧连天，晚云闲。城上高台，真个是超然[3]。莫使匆匆云雨散[4]，今夜里，月婵娟。　小溪鸥鹭静联拳[5]。去翩翩，点轻烟[6]。人事凄凉，回首便他年。莫忘使君歌笑处[7]，垂柳下，矮槐前。

（曾慥本《东坡词拾遗》）

[注释]

①熙宁九年丙辰(1076)十二月作此词。《总案》卷十四云："公和周邠寄《雁荡山图》诗自注已有将赴河中之语，而此词尤有去意，信为是年冬

后作。”　②马耳、九仙：两山皆在密州。《文集》卷十一《超然台记》：“南望马耳、常山，出没隐见，若近若远……”　③超然：超脱世外。苏辙《超然台赋·叙》：“故居处隐陋，无以自放，乃因其城上之废台而增葺之，日与其僚览其山川而乐之……以超然命之。”　④云雨散：云收雨散。此处指朋友如云之散。　⑤联拳：头、颈、身躯蜷曲在一起。杜甫《漫成一绝》：“沙头宿鹭联拳静，船尾跳鱼拨剌鸣。”　⑥“去翩翩”二句：忽然又翩翩飞去，像一点轻烟一样。　⑦使君：太守、知府。此处乃作者自谓。

江神子[①]

冬　景

相逢不觉又初寒。对尊前，惜流年。风紧离亭，冰结泪珠圆。雪意留君君不住，从此去，少清欢。　　转头山下转头看[②]。路漫漫，玉花翻[③]。银海光宽，何处是超然[④]。知道故人相念否，携翠袖[⑤]，倚朱阑。

[注释]

①熙宁九年丙辰(1076)十二月作此词。元本、朱本题作“东武雪中送客”。　②转头山：地名。《一统志》：“青州府转头山，在诸城县南四十里。”　转头看：转过头去看送客的人。　③玉花翻：雪花飞舞的景象。④超然：双关语，既指超然台，又指超脱的人生态度。　⑤翠袖：代指美女。

河满子[①]

湖州作

见说岷峨凄怆[②]，旋闻江汉澄清[③]。但觉秋来归梦好，西南自有长城[④]。东府三人最少[⑤]，西山八国初平[⑥]。
莫负花溪纵赏[⑦]，何妨药市微行[⑧]。试问当垆人在否[⑨]，空教是处闻名。唱著子渊新曲[⑩]，应须分外含情。

[注释]

①此词写于熙宁九年丙辰(1076)。毛本题作“湖州作”,《全宋词》依之,误。时东坡在密。 ②“见说”句:岷峨,四川的岷山、峨嵋山。当时西南有木征、鬼章之乱,故言“凄怆”。 ③“旋闻”句:旋闻,不久就听说。江汉,长江与汉水,代指四川。熙宁九年(1076)平定木征、鬼章之乱,故云“澄清”。 ④长城:以物喻人。《新唐书·李勣传》:“治并州十六年,以威肃闻。帝尝曰:‘炀帝不择人守边,劳中国筑长城以备虏,今我用李勣守并,突厥不敢南,贤长城远矣!’”此喻益州守冯京。 ⑤东府:宰相所居之处。 三人:宋制,常置宰相一人,副宰相二人,故云“三人”。 ⑥“西山”句:西山八国指西南少数民族建立的政权。《新唐书·韦皋传》:“……韦皋代张延赏为剑南节度使。……蛮部震服。……于是西山羌女、诃陵、南水、白狗、逋租、弱水、清远、咄霸八国酋长,皆因皋请入朝。” ⑦花溪:即浣花溪。在成都。最为游赏之胜。 ⑧药市:成都有药市。 微行:古代皇帝或官吏常改服出行而不使人知,谓之微行。 ⑨当垆人:卖酒人,指卓文君。 ⑩子渊:王褒(bāo)字子渊,蜀人。

阳关曲[①]

答李公择

济南春好雪初晴,才到龙山马足轻[②]。使君莫忘霅溪女[③],还作阳关肠断声。

[注释]

①熙宁九年十一月,东坡移知河中府(后又改知徐州),十二月罢密州任即行,十年(1077年)正月至济南,住其弟子由家月馀,词即作于此时。李公择当时知齐州。《全宋词》题上无“答”字,据《诗集》补。 ②龙山:龙山镇在济南东七十里。 ③霅(zhà)溪:在湖州。因李曾为湖州守,故云。

[集评]

郑文焯云:“是阕第三句第五字,以入声为协律,盖仿于‘劝君更尽一杯酒’也。”(《大鹤山人词话》)

浣溪沙[①]

有　感

傅粉郎君又粉奴[②]，莫教施粉与施朱[③]。自然冰玉照香酥[④]。　有客能为神女赋[⑤]，凭君送与雪儿书[⑥]。梦魂东去觅桑榆[⑦]。

[注释]

①熙宁十年(1077)二月，东坡自齐州至郓州，其时鲜于侁为京西路转运判官，任所在郓州，词即作于此时。　②"傅(fū)粉"句：傅同"敷"。意为皮肤白皙。"傅粉郎君"指鲜于侁，"粉奴"指鲜于侁之歌姬。盖鲜于侁为东坡设宴接风，席间出歌姬佐酒耳。　③教(jiāo)：让、使。　④冰玉、香酥：喻皮肤洁白清润如冰玉香酥。　⑤神女赋：宋玉作《神女赋》，此以宋玉比鲜于侁。《苏轼文集》卷六十六《书鲜于子骏楚词后》："今子骏独行坐思，寤寐于千载之上，追古屈原、宋玉，友其人于冥寞，续微学于将坠，可谓至矣。"　⑥雪儿：李密之爱姬，能歌舞。李每见宾僚文章有中意者，即付雪儿协音律歌之。见《诗话总龟》。　⑦"梦魂"句：桑榆，李隆基《续薛令之题壁》："若嫌松桂寒，任逐桑榆暖。"《全唐诗》题下注引《本事诗》："开元中，东宫官僚清淡，薛令之题诗自悼，有'无以谋朝夕，何由保岁寒'句。上幸东宫，览之，索笔题其旁云云，令之遂谢病归。"桑榆虽暖却为贱木，松桂虽寒却为珍木，李诗显系对薛不满。此处反用其意，是说当官有何好处，梦魂早已回到故乡去过"桑榆"的归隐生活了。薛令之，长溪(今福建霞浦)人，故曰"梦魂东去"。

殢人娇[①]

王都尉席上赠侍人[②]

满院桃花，尽是刘郎未见。于中更、一枝纤软[③]。仙家日月，笑人间春晚。浓睡起，惊飞乱红千片[④]。　密意难传，羞容易变。平白地、为伊肠断[⑤]。问君终日，怎安排心眼[⑥]。须信道，司空自来见惯[⑦]。

[注释]

①《总案》卷十六："丁巳（熙宁十年）二月抵陈桥驿，告下，以尚书祠部员外郎直史馆徙知徐州军州事，时不得入国门，寓居郊外范镇东园。三月二日寒食，与王诜作城北之游，饮于四照亭上，作《殢人娇》词。" ②王都尉：即王诜（shēn），字晋卿，能诗善画，娶英宗第二女蜀国长公主，与苏轼过从甚密。 侍人：姬妾之属。 ③"满院"三句：刘郎，指刘晨。汉明帝永平年间，刘晨入天台山采药，望山头有桃树，取食之，遇仙女，结为夫妻。见《续齐谐记》。 ④乱红：指落花。 ⑤"平白地"句：语出李白《越女词》"相看月未堕，白地断肝肠"。 ⑥"问君"二句：意为如此美妾成群，你怎样能使自己心绪平静呢？ 心眼：佛家语，谓心可见物，正如双目。 ⑦"司空"句：唐李司空罢镇在家，邀刘禹锡饮府中，命妙妓歌以佐酒，刘赋诗曰："鬖鬌梳头宫样妆，春风一曲杜韦娘。司空见惯浑闲事，断尽江南刺史肠。"见《本事诗》。

洞仙歌[①]

咏　柳

江南腊尽，早梅花开后。分付新春与垂柳。细腰肢[②]、自有入格风流。仍更是、骨体清英雅秀。　永丰坊那畔[③]，尽日无人，惟见金丝弄晴昼。断肠是，飞絮时，绿叶成阴[④]，无个事、一成消瘦。又莫是、东风逐君来，便吹散眉间[⑤]，一点春皱。

[注释]

①此词与上首作于同时。 唐氏按：《古今图书集成·草木典》卷二百六十六柳部误以此首为晏几道作。 ②细腰肢：化用白居易《杨柳枝二十韵》"枝柔腰袅娜，荑嫩手葳蕤"。 ③永丰坊：地名。白居易《杨柳词》："一树春风万万枝，嫩于金色软于丝。永丰坊里东南角，尽日无人属

阿谁。”　④绿叶成阴：语出杜牧《叹花》“如今风摆花狼藉，绿叶成阴子满枝”。　⑤便吹散眉间：化用辛夤逊《柳》词“才闻暖律先开眼，直待和风始展眉”。

阳关曲[①]

中秋作，本名小秦王，入腔即阳关曲

暮云收尽溢清寒，银汉无声转玉盘。此生此夜不长好，明月明年何处看。　（以上七首见曾慥本《东坡词》卷下）

[注释]

①《文集》卷六十八《书彭城观月诗》：“‘暮云……（略）’余十八年前中秋夜，与子由观月彭城，作此词，以《阳关》歌之。今复此夜宿于赣上，方迁岭表，独歌此曲，聊复书之，以识一时之事，殊未觉有今夕之悲，悬知有他日之喜也。”公南迁过赣在绍圣元年甲戌，上推十八年则为熙宁十年(1077)丁巳。

[集评]

郑文焯云：“‘不’字律妙句天成。”（《大鹤山人词话》）

水调歌头[①]

公旧序云：余去岁在东武，作《水调歌头》以寄子由。今年，子由相从彭门百馀日[②]，过中秋而去，作此曲以别余。以其语过悲，乃为和之。其意以不早退为戒，以退而相从之乐为慰云耳

安石在东海，从事鬓惊秋[③]。中年亲友难别，丝竹缓离愁[④]。一旦功成名遂，准拟东还海道，扶病入西州[⑤]。雅志困轩冕[⑥]，遗恨寄沧洲[⑦]。　岁云暮，须早计，要褐裘[⑧]。故乡归去千里，佳处辄迟留。我醉歌时君和，醉倒

须君扶我。惟酒可忘忧。一任刘玄德，相对卧高楼[9]。

（曾慥本《东坡词》卷上）

[注释]

①此词作于熙宁十年丁巳(1077)八月十五日。 ②彭门：即徐州。 ③“安石”二句：谢安，字安石，常居东海之滨，徜徉山水，无仕进意。及仕，已四十馀岁。见《晋书·谢安传》。轼时知濒临东海之徐州，年四十二岁，故以谢安自况。 ④“中年”二句：用谢安之典。《晋书·王羲之传》：“谢安尝谓羲之曰：‘中年以来，伤于哀乐，与亲友别，辄作数日恶。’羲之曰：‘年在桑榆，自然至此。顷正赖丝竹陶写。’” 丝竹：谓音乐。⑤“一旦”三句：谢安尝造泛海之装，拟功成名遂，自江道东还。“雅志未就遂遇疾笃”，扶病入西州门。见《晋书·谢安传》。 西州：今江苏江宁，晋时为扬州刺史治所。 ⑥“雅志”句：指归隐之志。 ⑦沧洲：水滨，隐者所居之处。 ⑧褐裘：粗布或粗布衣服。 ⑨“一任”二句：刘备，字玄德，尝与许汜论天下英雄。汜谓陈登(字元龙)“豪气不除”，“见元龙，无客主之意，久不相与语，自上大床卧，使客卧下床”。见《三国志·魏书·陈登传》。此句意谓任他刘备去怀平天下之志，我却要效法陈登卧于高楼，无忧无虑。

浣溪沙[1]

赠闾丘朝议[2]，时过徐州

一别姑苏已四年[3]，秋风南浦送归船[4]。画帘重见水中仙[5]。 霜鬓不须催我老，杏花依旧驻君颜。夜阑相对梦魂间。

（曾慥本《东坡词》卷下）

[注释]

①此词作于熙宁十年丁巳(1077)。《全宋词》题“过”作“还”，从毛本改。 ②闾丘：闾丘孝终。范成大《吴郡志》：“闾丘孝终，字公显，郡人，尝守黄州。既挂冠，与诸名人耆老为九老会。东坡经从，必访孝终，赋诗为乐。” 朝议：即朝议大夫，官名。 ③“一别”句：熙宁七年甲寅，东坡

自杭赴密过苏州曾拜访闾丘公显,至熙宁十年正好四年。 ④南浦:送别之地。 ⑤水中仙:郑生晨出遇仙女成夫妻,期年而去。后十馀年,郑生游岳阳楼,见画船浮漾而来,中间皆神仙蛾眉,一人含颦怨望,歌而舞,乃十馀年前之仙女也。须臾,风涛大作,遂不知所往。见《湘中怨》。

临江仙[①]

送王缄[②]

忘却成都来十载,因君未免思量。凭将清泪洒江阳[③]。故山知好在,孤客自悲凉。 坐上别愁君未见,归来欲断无肠[④]。殷勤且更尽离觞。此身如传舍[⑤],何处是吾乡。

[注释]

①东坡于熙宁元年(1068)除父丧离蜀还朝,后计十年则至熙宁十年(1077),故编于此。 ②王缄:字元直,东坡之妻弟。 ③江阳:水北为阳。 ④无肠:语出白居易《山游示小妓》"莫唱杨柳枝,无肠与君断"。 ⑤传(zhuàn)舍:驿站。

[集评]

王若虚云:"东坡送王缄词云:'坐上别愁君未见,归来欲断无肠。'此未别时语也,而言归来则不顺矣。'欲断无肠'亦恐难道。"(《滹南诗话》卷二)

临江仙[①]

冬日即事

自古相从休务日[②],何妨低唱微吟。天垂云重作春阴。坐中人半醉,帘外雪将深。 闻道分司狂御史,紫云无路追寻[③]。凄风寒雨是骎骎[④]。问囚长损气,见鹤忽

惊心。　　　　　　　　　（以上二首见曾慥本《东坡词》卷上）

[注释]

①朱、龙谓此词作于元丰元年戊午(1078)。傅注本、元本、朱本题作“送李公恕”。李公恕,《诗集·送李公恕赴阙》施注:“李公恕时为京东转运判官,召赴阙。公恕一再持节山东,子由亦有诗送行云:‘幸公四年持使节,按行千里长相见。’”　②休务:即今之休假。　③分司狂御史:谓杜牧。　紫云:李司徒家名妓。杜牧为御史,分司洛阳,在李司徒家宴上见紫云,谓“名不虚传,宜以见惠”,并吟诗曰:“华堂今日绮筵开,谁唤分司御史来。忽发狂言惊满座,两行红粉一时回。”见《本事诗》。　④“凄风”句:意为岁月在凄风寒雨中逝去,如马行之急。　骎骎(qīn):马行急也。

蝶恋花[①]

暮　春

簌簌无风花自亸[②]。寂寞园林,柳老樱桃过。落日多情还照坐,山青一点横云破。　　路尽河回千转柁。系缆渔村,月暗孤灯火。凭仗飞魂招楚些[③],我思君处君思我。

[注释]

①据《总案》及《东都事略》载,元丰元年戊午(1078),李公择由齐州徙淮南西路提点刑狱。路经徐州在三月,来访东坡,相从十馀日而别,故知此词作于是时。毛本题下有“送李公择”四字。　②簌簌(sù):纷纷下落貌。　亸(duǒ):下垂。　③楚些(suō):《楚辞·招魂》句尾用“些”字为语助,故词人沿称“楚些”。

浣溪沙[①]

徐门石潭谢雨道上作五首[②]

照日深红暖见鱼，连溪绿暗晚藏乌[③]。黄童白叟聚睢盱[④]。　　麋鹿逢人虽未惯，猿猱闻鼓不须呼[⑤]。归家说与采桑姑。

[注释]

①此词作于元丰元年戊午(1078)三月。下四首同。　②石潭:《诗集》卷十六《起伏龙行》叙云，徐州城东二十里，有石潭。父老云:"与泗水通，增损清浊，相应不差，时有鱼出焉。"　③藏乌:因"绿暗"故可藏乌。乌:乌鸦。　④睢盱(suī xū):喜悦之貌。　⑤"麋(mí)鹿"二句:谓荒僻之地，人迹罕至。

浣溪沙

旋抹红妆看使君，三三五五棘篱门。相挨踏破茜罗裙[①]。　　老幼扶携收麦社[②]，乌鸢翔舞赛神村[③]。道逢醉叟卧黄昏。

[注释]

①茜(qiàn)罗:红罗。　②麦社:谓农家祈雨谢神之社祭社火也。　③"乌鸢(yuān)"句:赛神，报祭神祇。盖祭神之后，乌鸢争下而啄食以飧其胙，故云。

浣溪沙

麻叶层层檾叶光[①]，谁家煮茧一村香。隔篱娇语络丝娘[②]。　　垂白杖藜抬醉眼[③]，捋青捣麨软饥肠[④]。问言豆叶几时黄。

[注释]

①檾(qǐng)叶:即檾麻,一名白麻。 ②络丝娘:即莎鸡,亦名络纬,俗名络丝娘。莎鸡从六月振羽作声,连夜札札不止,其声如纺丝之声,故名络纬,亦名梭鸡。见《虫荟》。 ③垂白:髮将白,谓老人。 ④捋青捣麨(chǎo):青黄未接之时,捋半青半黄之麦,捣碎而炒之,曰捣麨。

浣溪沙

簌簌衣巾落枣花,村南村北响缫车[①]。牛衣古柳卖黄瓜[②]。 酒困路长惟欲睡,日高人渴漫思茶。敲门试问野人家。

[注释]

①缫(cāo)车:即缫丝之车。 ②牛衣:盖谓破衣。宋曾季貍《艇斋诗话》:"东坡在徐州作长短句云:'牛依古柳卖黄瓜。'今印本作'牛衣古柳卖黄瓜',非是。"可参考。

浣溪沙

软草平莎过雨新[①],轻沙走马路无尘。何时收拾耦耕身[②]。 日暖桑麻光似泼,风来蒿艾气如薰[③]。使君元是此中人。

[注释]

①莎(suō):莎草。 ②耦(ǒu)耕:此谓农耕。 ③薰:香气。

浣溪沙①

徐州藏春阁园中

惭愧今年二麦丰②，千畦细浪舞晴空。化工馀力染夭红③。　归去山公应倒载④，阑街拍手笑儿童⑤。甚时名作锦薰笼⑥。

［注释］

①元丰元年(1078)三月作。　②二麦：谓大麦、小麦。　③化工：指自然创造或生长万物的功能。　夭红：鲜艳之花朵。　④山公：即山简，晋朝人，字季伦。喜饮酒。　⑤阑街：意谓当街遮拦。　⑥锦薰笼：即瑞香。

浣溪沙①

有　赠

惟见眉间一点黄②，诏书催发羽书忙③。从教娇泪洗红妆。　上殿云霄生羽翼④，论兵齿颊带风霜。归来衫袖有天香⑤。

（以上八首见曾慥本《东坡词》卷下）

［注释］

①傅注本题曰"彭门送梁左藏"。考东坡元丰元年(1078)五六月间有赠梁左藏诗(见《诗集》卷十六)，故编于是时。　梁左藏：名交，字仲通。左藏：官名。　②眉间一点黄：古以为眉间带黄色则为喜气。　③羽书：兵书，兵檄必插羽以示甚急。　④"上殿"句：意为此去上殿面君，如鸾凤借羽翼以冲云霄。　⑤天香：帝王宫殿的御香。

浣溪沙①

缥缈红妆照浅溪，薄云疏雨不成泥。送君何处古台西[②]。　废沼夜来秋水满，茂林深处晚莺啼。行人肠断草凄迷。

（元延祐本《东坡乐府》卷下）

［注释］

①元丰元年戊午（1078）作，送颜梁。　朱注："颜梁，谓颜复、梁吉。"颜复，字长道，元祐初为太常博士。梁吉，未详，疑为梁吉老之误。梁先，字吉老，尝从东坡于徐州，通经学。东坡赠颜复、梁先诗均在元丰元年，故编于此。　②古台：即戏马台。《元和郡县志》："戏马台在彭城县南一里，项羽所造，戏马于此。"

永遇乐[①]

公旧注云：夜宿燕子楼[②]，梦盼盼，因作此词。一云：徐州梦觉北登燕子楼作

明月如霜，好风如水，清景无限。曲港跳鱼，圆荷泻露，寂寞无人见。纨如三鼓[③]，铿然一叶。黯黯梦云惊断[④]。夜茫茫，重寻无处，觉来小园行遍。　天涯倦客，山中归路，望断故园心眼。燕子楼空，佳人何在，空锁楼中燕。古今如梦，何曾梦觉，但有旧欢新怨。异时对，黄楼夜景[⑤]，为余浩叹。

［注释］

①据《总案》载：元丰元年戊午（1078）八月十一日黄楼成，十月十五日"观月黄楼，席上次韵。梦登燕子楼，翌日往寻其地，作《永遇乐》词"。　②燕子楼：唐张建封镇武宁，曾纳徐州奇色盼盼于燕子楼。张死，盼盼恋旧恩而不改嫁，居燕子楼十馀年。见白居易《燕子楼三首》叙。　③纨（dǎn）如三鼓：纨，击鼓声。古人以钟鼓报时，三鼓，即三更。　④梦云：楚襄王梦朝云暮雨。见宋玉《高唐赋序》。　⑤黄楼：在徐州，为轼知徐时所建。详苏辙《栾城集》卷十七《黄楼赋·叙》。

[集评]

胡仔云："夜登燕子楼词……凡此十馀词，皆绝去笔墨畦径间，直造古人不到处，真可使人一唱而三叹。若谓以诗为词，是大不然。"（《苕溪渔隐丛话》后集卷二十六）

张炎云："词用事最难，要体认著题，融合不涩，如东坡《永遇乐》……此皆用事，不为事所使。"（《词源》卷下）

邓廷桢云："东坡以龙骥不羁之才，树松桧特立之操，故其词清刚隽上，囊括群英。如《永遇乐》……皆能簸之揉之，高华沉痛，遂为石帚导师。譬之慧能肇启南宗，实传黄梅衣钵矣。"（《双砚斋词话》）

郑文焯云："公以'燕子楼空'三句语秦淮海，殆以示咏古之超宕，贵神情不贵迹象也。余尝深味是言，若发奥悟。"（《大鹤山人词话》）

千秋岁[①]

徐州重阳作

浅霜侵绿，发少仍新沐。冠直缝，巾横幅[②]。美人怜我老，玉手簪黄菊。秋露重，真珠落袖沾馀馥[③]。　坐上人如玉，花映花奴肉[④]。蜂蝶乱，飞相逐。明年人纵健，此会应难复。须细看，晚来月上和银烛。

[注释]

①元丰元年戊午（1078）九月作。《全宋词》据毛本题上原有"湖州暂来"四字，从傅注本删。因东坡于元丰二年（1079）四月二十日到湖州任，七月二十八日即就逮赴台狱，其间在湖仅三月，绝无"湖州暂来"之理。　②"冠直缝"二句：古制，冠则直缝，巾则横着。见《礼记·檀弓上》与《晋书·舆服志》。　③真珠：喻露水。　④花奴：汝南王李琎小名。王姿质明莹，肌肤光细。

阳关曲[①]

受降城下紫髯郎[②]，戏马台南旧战场。恨君不取契丹首[③]，金甲牙旗归故乡[④]。

（以上三首见曾慥本《东坡词》卷下）

［注释］

①元丰元年戊午(1078)作。《全宋词》题上有“军中”二字，从《诗集》删。　②“受降城”句：张仁愿神龙三年于河北筑三受降城，见《旧唐书·张仁愿传》。　③契丹：即北宋时之辽国，后魏时名契丹。　④牙旗：将军之旗。

雨中花慢

邃院重帘何处，惹得多情，愁对风光。睡起酒阑花谢，蝶乱蜂忙。今夜何人，吹笙北岭，待月西厢[①]。空怅望处，一株红杏，斜倚低墙。　　羞颜易变，傍人先觉，到处被著猜防。谁信道，些儿恩爱，无限凄凉。好事若无间阻，幽欢却是寻常。一般滋味，就中香美，除是偷尝。

［注释］

①待月西厢：语出《会真记》莺莺与张生诗“待月西厢下，迎风户半开，拂墙花影动，疑是玉人来”。

雨中花慢[①]

嫩脸羞蛾[②]，因甚化作行云，却返巫阳[③]。但有寒灯孤枕，皓月空床。长记当初，乍谐云雨，便学鸾凰[④]。又岂料、正好三春桃李，一夜风霜。　　丹青□画，无言无笑，看了漫结愁肠。襟袖上，犹存残黛，渐减馀香。一自醉中忘了，奈何酒后思量。算应负你，枕前珠泪，万点千行。

（以上二首见汲古阁本《东坡词》）

[注释]

①元丰元年戊午(1078)作。　②羞蛾:秀眉。　③"因甚"二句:用巫山云雨之典。宋玉《高唐赋序》:"妾在巫山之阳,高丘之阻。旦为朝云,暮为行雨,朝朝暮暮,阳台之下。"　④鸾凰:喻夫妇。

江神子[①]

恨　别

天涯流落思无穷。既相逢,却匆匆。携手佳人,和泪折残红。为问东风馀几许,春纵在,与谁同。　隋堤三月水溶溶[②]。背归鸿[③],去吴中。回首彭城,清泗与淮通[④]。寄我相思千点泪,流不到,楚江东[⑤]。

[注释]

①《总案》谓元丰二年己未(1079)三月,"告下,以祠部员外郎直史馆知湖州军州事,留别田叔通、寇元弼、石坦夫,作《江神子》词"。下阕同,不另注。元本、朱本题作"别徐州"。　②隋堤:隋炀帝开通济渠,沿河筑堤种柳,谓之隋堤。　③背归鸿:鸿于春天北归,而苏轼自徐州移知湖州,则南去,故曰"背归鸿"。　④"清泗"句:泗水自泗水县历曲阜、滋阳、济宁、邹县、鱼台、滕县、沛县、徐州、邳州、宿迁、桃源,自清河县入淮,故云。　⑤楚江:泛指吴楚之江。

减字木兰花

送　别[①]

玉觞无味,中有佳人千点泪。学道忘忧[②],一念还成不自由[③]。　如今未见,归去东园花似霰。一语相开[④],匹似当初本不来。　(以上二首见曾慥本《东坡词》卷下)

[注释]

①元本、朱本题作“彭门送别”。 ②学道忘忧：语出《汉书 · 杨恽传》，恽报孙会宗书曰：“君子游道，乐以忘忧；小人全躯，说以忘罪。” ③一念：一个念头。佛家以邪心、正性，皆生乎一念。 ④开：开解，解脱。

木兰花令[①]

经旬未识东君信[②]，一夕薰风来解愠[③]。红绡衣薄麦秋寒[④]，绿绮韵低梅雨润[⑤]。 瓜头绿染山光嫩，弄色金桃新傅粉[⑥]。日高慵卷水晶帘[⑦]，犹带春醪红玉困[⑧]。

[注释]

①考东坡于元丰二年己未（1079）三月十日抵南都（即今河南商丘），因病留半月，词当作于此时。 ②东君：司春之神，此处指春光、春景。 ③薰风：香风。 ④麦秋：指阴历四月。 ⑤绿绮（qǐ）：司马相如的琴名。 梅雨：江浙四、五月间梅欲黄而雨，谓之梅雨。 ⑥金桃：柿接桃。 ⑦水晶帘：语出宋之问《明河篇》：“云母帐前初泛滥，水晶帘外转逶迤”。 ⑧红玉：喻美人肌肤。汉刘歆《西京杂记》：“赵后（飞燕）体轻腰弱，善行步进退，女弟昭仪不能及也。但昭仪弱骨丰肌，尤工笑语，二人并色如红玉，为当时第一，皆擅宠后宫。”

木兰花令[①]

高平四面开雄垒[②]，三月风光初觉媚。园中桃李使君家，城上亭台游客醉。 歌翻杨柳金尊沸[③]，饮散凭阑无限意。云深不见玉关遥[④]，草细山重残照里。

（以上二首见汲古阁本《东坡词》）

[注释]

①考公平生凡十过泗，唯元丰二年己未（1079）二过泗在三月，故编于

此。　②高平:汉置高平县,属临淮郡,即宋时之泗州。　③歌翻杨柳:语出白居易《杨柳枝词八首》其一“古歌旧曲君休听,听取新翻杨柳枝”。④玉关:玉门关。

西江月[①]

平山堂[②]

三过平山堂下,半生弹指声中[③]。十年不见老仙翁[④],壁上龙蛇飞动。　欲吊文章太守,仍歌杨柳春风[⑤]。休言万事转头空[⑥],未转头时皆梦。

[注释]

①《总案》谓元丰二年己未(1079)四月,过扬州,访鲜于侁,作《西江月》词。　②平山堂:欧阳修守扬州,于僧舍建平山堂,颇得观览之胜。《舆地纪胜》:“平山堂在大明寺侧,负堂而望,江南诸山,拱列檐下,故名。为士女游观之所。”　③弹指:喻时间过得很快。　④老仙翁:指欧阳修。东坡于熙宁四年(1071)见欧阳修于颍州,至此时,凡九年。言十年者,举其成数。　⑤“欲吊”二句:欧阳修于平山堂下手植柳数株。　⑥万事转头空:语出白居易诗“百年随手过,万事转头空”。

[集评]

陈廷焯云:“东坡《西江月》:‘休言万事转头空,未转头时皆梦。’追进一层,唤醒痴愚不少。”(《白雨斋词话》卷六)

南歌子[①]

湖州作[②]

山雨潇潇过,溪桥浏浏清[③]。小园幽榭枕蘋汀[④]。门外月华如水、彩舟横。　苕岸霜花尽[⑤],江湖雪阵平。

两山遥指海门青[6]。回首水云何处、觅孤城。

（以上二首见曾慥本《东坡词》卷上）

[注释]

①《总案》谓元丰二年（1079）五月“十三日钱氏园送刘㧑赴馀姚并作《南歌子》词”。 ②湖州：即今浙江湖州。 ③浏浏：《楚辞注》曰，“浏，风急貌”。 ④蘋汀（tīng）：水边长着蘋草之地。 ⑤苕（tiáo）：苕水，亦名苕溪，在湖州。 ⑥海门：钱塘江海门，两山对起。

双荷叶[1]

湖州贾耘老小妓名双荷叶[2]

双溪月[3]，清光偏照双荷叶[4]。双荷叶，红心未偶，绿衣偷结[5]。 背风迎雨流珠滑，轻舟短棹先秋折[6]。先秋折，烟鬟未上[7]，玉杯微缺[8]。 （曾慥本《东坡词》卷下）

[注释]

①《纪年录》谓元丰二年己未（1079）作。《全宋词》题作“即秦楼月”。题从元本、朱本改。 唐氏按：《花草粹编》卷四此首误作周邦彦词。 ②贾耘老：贾收，字耘老，乌程人，著有《怀苏集》。 ③双溪：即苕溪。 ④双荷叶：荷叶，人名。《苏轼文集》卷五十七《答贾耘老四首》其一：“贫固诗人之常，齿落目昏，当是为两荷叶所困，未可专咎诗也。”其四：“念贾处士贫甚，无以慰其意，乃为作怪石古木一纸，每遇饥时，辄一开看，还能饱人否？若吴兴有好事者，能为君月致米三石酒三斗终君之世者，便以赠之。不尔者，可令双荷叶收掌，须添丁长，以付之也。”故知贾耘老有两小妓皆名荷叶，非一人而名双荷叶也。 ⑤绿衣：语出《诗经·邶风·绿衣》“绿兮衣兮，绿衣黄裳”。后世以绿衣为妾。 ⑥秋折：化用阮籍《咏怀诗十七首》其四“悦怿若九春，磬折似秋霜”。 ⑦烟鬟：喻秀丽的山峰。 ⑧玉杯：喻月。

渔家傲[①]

七　夕

皎皎牵牛河汉女，盈盈临水无由语[②]。望断碧云空日暮[③]。无寻处，梦回芳草生春浦[④]。　鸟散馀花纷似雨[⑤]，汀洲蘋老香风度。明月多情来照户[⑥]，但揽取[⑦]，清光长送人归去。

[注释]

①彊村案云："词有'汀洲蘋老'语，疑在湖州时作。公在湖州遇七夕惟元丰己未也。"　②"皎皎"二句：语出《古诗十九首·迢迢牵牛星》"迢迢牵牛星，皎皎河汉女。……盈盈一水间，脉脉不得语"。　③碧云：语出江淹《杂诗三十首》其三十"日暮碧云合，佳人殊未来"。　④"梦回"句：用谢灵运梦得佳句之典。谢灵运《登池上楼》："池塘生春草，园柳变鸣禽。"《南史·谢惠连传》："惠连，年十岁能属文，族兄灵运嘉赏之，云'每有篇章，对惠连辄得佳语'。尝于永嘉西堂思诗，竟日不就，忽梦见惠连，即得'池塘生春草'，大以为工。常云'此语有神功，非吾语也。'"　⑤"鸟散"句：语出谢朓《游东田》"鱼戏新荷动，鸟散馀花落"。　⑥明月：语出陆机《拟明月何皎皎》"安寝北堂上，明月入我牖"。　⑦揽取：语出陆机《拟明月何皎皎》"照之有馀辉，揽之不盈手"。

临江仙[①]

龙丘子自洛之蜀[②]，载二侍女，戎装骏马。至溪山佳处，辄留，见者以为异人。后十年，筑室黄冈之北[③]，号静安居士。作此记之

细马远驮双侍女，青巾玉带红靴[④]。溪山好处便为家[⑤]。谁知巴峡路，却见洛城花[⑥]。　面旋落英飞玉蕊[⑦]，人间春日初斜。十年不见紫云车[⑧]。龙丘新洞府[⑨]，铅鼎养丹砂[⑩]。

[注释]

①此词作于元丰三年(1080)正月。二年十二月东坡出狱，责授黄州团练副使。三年正月一日出京，二十五日赴歧亭，陈慥来迎，住数日而去。词即作于赴歧亭访陈慥时。　②龙丘子：陈慥，字季常，隐居黄州歧亭，其地有龙丘山，故称龙丘子。陈慥之父公弼知凤翔，东坡为佐僚。　③黄冈：属黄州。　④"细马"二句：化用李白《对酒》诗"吴姬十五细马驮。青黛画眉红锦靴"。　⑤"溪山"句：状随遇而安。《苕溪渔隐丛话》前集卷五十七引闽僧可士《送僧》诗："是山皆有寺，何处不为家。"　⑥洛城花：喻陈慥二侍女。　⑦落英飞玉蕊：喻二侍女年长，已过花期。故下句云"人间春日初斜"。　⑧紫云车：神仙所乘之车。《汉武内传》："帝于寻真台见王母乘紫云车来。"　⑨龙丘：地名。《一统志》："龙丘在黄冈县北一百二十里，宋陈慥居此，以地为号。"　⑩"铅鼎"句：此句谓陈慥隐居，一心归道，讲求炼丹之术。

[集评]

郑文焯云："词句亦飘飘欲仙。"(《大鹤山人词话》)

卜算子①

黄州定惠院寓居作②

缺月挂疏桐③，漏断人初静④。时见幽人独往来⑤，缥缈孤鸿影。　　惊起却回头，有恨无人省。拣尽寒枝不肯栖⑥，枫落吴江冷⑦。

[注释]

①东坡谪黄，始寓居定惠院，至元丰三年(1080)五月二十七日，即迁居临皋亭。词题既明言"定惠院寓居"，则作于元丰三年无疑。《全宋词》调下注云："黄鲁直跋云：东坡道人在黄州时作，语意高妙，似非吃烟火食人语。非胸中有万卷书，笔下无一点尘俗气，孰能至是。"今题从元本、朱本。　②定惠院：一作"定慧院"。《名胜志》："定惠院，在黄冈县东南。"　③缺月：指上弦月。　④漏断：指夜深时。　漏：即漏壶，古人以漏壶水计时。　⑤幽

人:语出《周易·履卦》"九二,履道坦坦,幽人贞吉"。义为幽囚之人,引申为幽居之人。东坡时为罪官,本义与引申义兼焉。　⑥"拣尽"句:王若虚《滹南诗话》卷二,"东坡《雁词》云:'拣尽寒枝不肯栖',以其不栖木故云尔,盖激诡之致,词人正贵其如此。而或者以为语病,是尚可与言哉。近日张吉甫复以'鸿渐于木'为辩,而怪昔人之寡闻,此益可笑。《易》象之言,不当援引为证也。其实雁何尝栖木哉?"　⑦"枫落"句:崔信明美文章,郑世翼亦自负。二人相遇江中,郑谓崔曰:"闻公有'枫落吴江冷',愿见其馀。"崔出之,郑览未终,曰:"所见不逮所闻。"投诸水,引舟而去。事见《唐才子传》卷一。毛本此句作"寂寞沙洲冷"。

[**集评**]

鲖阳居士云:"'缺月',刺微明也,'漏断',暗时也。'幽人',不得志也。'独往来',无助也。'惊鸿',贤人不安也。'回头',爱君不忘也。'无人省',君不察也。'拣尽寒枝不肯栖',不偷安于高位也。'寂寞吴江冷',非所安也。此词与《考槃》诗极相似。"(《复雅歌词》)

胡仔云:"'拣尽寒枝不肯栖'之句,或云:'鸿雁未尝栖宿树枝,惟在田野苇丛间,此亦语病也。'此词本咏夜景,至换头但只说鸿,正如《贺新郎》词'乳燕飞华屋',本咏夏景,至换头但只说榴花。盖其文章之妙,语意到处即为之,不可限以绳墨也。"(《苕溪渔隐丛话》前集卷三十九)

张炎云:"苏东坡词如……《卜算子》等作,皆清丽舒徐,高出云表。"(《词源》卷下)

黄苏云:"此词乃东坡自写在黄州之寂寞耳。初从人说起,言如孤鸿之冷落。第二阕,专就鸿说,语语双关。格奇而语隽,斯为超诣神品。"(《蓼园词评》)

刘熙载云:"词之大要,不外厚而清。厚,包诸所有;清,空诸所有。"(《艺概·词曲概》)

南歌子①

感　旧

寸恨谁云短,绵绵岂易裁②。半年眉绿未曾开③,明月好风闲处、是人猜。　春雨消残冻，温风到冷灰。尊前一曲为谁哉，留取曲终一拍、待君来。

（以上四首见曾慥本《东坡词》卷上）

［注释］

①按词意，盖东坡于元丰三年庚申（1080）二月为王氏夫人同安君来黄而作也。东坡与其妻王氏分别半年，仅癸丑、甲申之交与己未、庚申之交两次。然唯己未、庚申之别，经乌台诗案之生离死别之后而重逢于黄，始当得起首三句耳。故编于此。东坡于元丰二年七月入狱，三年正月来黄，二月中旬得子由送王氏舟行来黄信，五月底至黄。此词为得信时作，分别盖七月馀，言“半年眉绿未曾开”者，盖约言耳。元本、朱本、傅注本均无题。《全宋词》依毛本题作“感旧”。　②“寸恨”二句：化用韩愈《感春五首》其二“孤吟屡阕莫与和，寸恨至短谁能裁”句意。　③“半年”句：意谓半年多了，愁眉不展。眉绿，即眉黛。

菩萨蛮[①]

七夕黄州朝天门上二首[②]

画檐初挂弯弯月，孤光未满先忧缺[③]。遥认玉帘钩[④]，天孙梳洗楼[⑤]。　佳人言语好，不愿求新巧[⑥]。此恨固应知，愿人无别离。

［注释］

①《苏轼文集》卷五十五《与章质夫三首》其一云：“《柳花》词绝妙，使来者何以措词。本不敢继作，又思公正柳花飞时出巡按，坐想四子，闭门愁断，故写其意，次韵一首寄去，亦告不以示人也。《七夕》词亦录呈。”据此，编《水龙吟 · 似花还似非花》于辛酉，编此词于元丰三年庚申（1080），下首同。　②《全宋词》据毛本题作“新月”，今据傅注本改。　黄州：隋置，宋因之，属淮南西路。　朝天门：未详。　③孤光：月光。　④玉帘钩：谓未满之月。　⑤天孙：织女。　⑥求新巧：七夕乞巧。《荆楚岁时记》：“七

月七日为牵牛、织女聚会之夜。是夕,人家妇女结彩楼,穿七孔针,或以金银鍮石为针,陈瓜果于庭中以乞巧。"

菩萨蛮

七 夕

风回仙驭云开扇[①],更阑月堕星河转。枕上梦魂惊,晓檐疏雨零[②]。 相逢虽草草,长共天难老。终不羡人间,人间日似年。 (以上二首见曾慥本《东坡词》卷下)

[注释]

①"风回"句:意为风吹云散。 风回仙驭:仙驭风回之倒,道家以为仙人可以驭风而行。 ②雨零:小雨。傅注:"世俗以牛女相见之夕必有微雨,以明会遇之征。"

西江月[①]

世事一场大梦[②],人生几度秋凉。夜来风叶已鸣廊,看取眉头鬓上。 酒贱常愁客少[③],月明多被云妨。中秋谁与共孤光,把盏凄然北望。

[注释]

①《总案》谓元丰三年庚申(1080)八月十五日作。 ②"世事"句:典出《庄子·齐物论》"且有大觉而后知此其大梦也"。 ③酒贱:语出韩愈《醉后》"人生如此少,酒贱且勤置"。

[集评]

杨湜云:"坡以谗言谪居黄州,郁郁不得志,凡赋诗缀词,必写其所怀,然一日不负朝廷,其怀君之心,末句可见矣。"(《苕溪渔隐丛话》后集卷三十九引《古今词话》)

楼敬思云:"情景两合,语煞可思。"(《词林纪事》卷五)

定风波[①]

重 阳[②]

与客携壶上翠微[③]，江涵秋影雁初飞[④]。尘世难逢开口笑，年少。菊花须插满头归[⑤]。 酩酊但酬佳节了，云峤[⑥]。登临不用怨斜晖。古往今来谁不老，多少。牛山何必更沾衣[⑦]。

［注释］

①此词隐括杜牧《九日齐安登高》诗而成。齐安，即黄州，则知此词作于黄州无疑。东坡在黄凡庚申、辛酉、壬戌、癸亥四经重九。《醉蓬莱》（笑劳生一梦）词序曰："余谪居黄州，三见重九，每岁与太守徐君猷会于栖霞楼。今年公将去，乞郡湖南，念此惘然，故作是词。"《醉蓬莱》作于壬戌，《南乡子》（霜降水痕收）作于辛酉，《西江月》（点点楼头细雨）作于癸亥。则此词作于元丰三年庚申（1080）重九无疑。 ②毛本题作"重阳括杜牧九日诗"。 ③翠微：即山。 ④雁初飞：即雁刚刚南飞。 ⑤"菊花"句：菊开于九月，古人有登高簪菊之俗。 ⑥云峤（qiáo）：云绕山顶。 峤：山尖而高。 ⑦"牛山"句：用齐景公牛山流涕之典。《列子·力命》："齐景公游于牛山，北临其国城而流涕曰：'美哉国乎！郁郁芊芊，若何滂滂去国而死乎？使古无死者，寡人将去斯而之何？'"

［集评］

王士祯云："苏东坡之'与客携壶上翠微'，贺东山之'秋尽江南草未凋'，皆文人偶然游戏，非向樊川集中作贼。"（《花草蒙拾》）

定风波[①]

十月九日，孟亨之置酒秋香亭[②]，有拒霜独向君猷而开[③]。坐客喜笑，以为非使君莫可当此花，故作是词

两两轻红半晕腮[④]，依依独为使君回。若道使君无此

意，何为，双花不向别人开。　但看低昂烟雨里，不已，劝君休诉十分杯[⑤]。更问尊前狂副使[⑥]，来岁，花开时节与谁来。　（以上三首见曾慥本《东坡词》卷上）

［注释］

①《纪年录》谓元丰三年庚申（1080）孟亨之置酒西风亭作。《总案》谓元丰四年（1081）辛酉孟亨之置酒秋香亭为徐大受作。从《纪年录》编元丰三年（1080）庚申，因是年十月以后，孟亨之即致仕离黄迁居丹阳。　②孟亨之：孟震《诗集》卷二十一《太守徐君猷，通守孟亨之，皆不饮酒，以诗戏之》施注："孟亨之，名震，东平人。举进士。东坡来黄州，二君为守，倅，厚礼之，无迁谪意。"通守，即通判，郡之副职。　③拒霜：芙蓉之别名。芙蓉艳如荷花，八九月始开，故名。见《本草》。　君猷：即徐君猷，名大受，字君猷，东海人，时为黄州太守。　④"两两"句：傅注本题"拒霜"上有"双"字，故云"两两"。　轻红半晕腮：喻拒霜花之颜色。　⑤休诉十分杯：即休十分诉杯，意为不要十分辞酒。　诉：辞酒之意，见《诗词曲语辞汇释》。　⑥狂副使：自指。傅注："公是时贬黄州团练副使。"

好事近[①]

烟外倚危楼，初见远灯明灭。却跨玉虹归去[②]，看洞天星月[③]。　当时张范风流在[④]，况一尊浮雪[⑤]。莫问世间何事，与剑头微吷[⑥]。　（汲古阁本《东坡词》）

［注释］

①此词为送别之作，又用"张范风流"典，必为远别之后又来访者。考东坡交游踪迹，唯元丰三年庚申（1080）十月，李常来黄访东坡与词相倅，故编于此。　②玉虹：当指长江。时李常任淮南西路提点刑狱驻舒州，来黄巡视，往来皆乘江船。　③洞天：道家谓有洞天三十六所，皆神仙所居。　④张范风流：范式与张劭游太学，并归故里，式与劭约二年后至其家拜尊亲。届时，张具酒食，范果至。见《后汉书·范式传》。元丰元年戊

午三月，李常曾访东坡于徐州，至元丰三年十月，正好相别两年，故用此典。　⑤浮雪：即浮白，指酒。　⑥剑头微吷（xuè）：典出《庄子·则阳》，"夫吹管也，犹有嗃也；吹剑首者，吷而已矣。尧、舜，人之所誉也。道尧、舜于戴晋人之前，譬犹吷也。"司马彪曰："吷，剑环头小孔，吹之吷过，如风过也。"嗃，大而长的声音。吷，小而短的声音。此句意谓世间纷杂的俗事，如剑头微吷般微不足道，只有友情是值得珍重的。

菩萨蛮[①]

回文春闺怨[②]

翠鬟斜幔云垂耳，耳垂云幔斜鬟翠。春晚睡昏昏，昏昏睡晚春。　　细花梨雪坠，坠雪梨花细。颦浅念谁人，人谁念浅颦。

[注释]

①此首与下三首《总案》、《年谱》、《纪年录》均失载，朱、龙二氏不编年。《文集》卷五十一《与李公择十七首》其十三云："效刘十五体，作回文《菩萨蛮》四首寄去，为一笑。"此函写于元丰三年（1080）庚申十一月，故编于此。下三首同，不另注。　②傅注本题作"四时闺怨回文，效刘十五贡父体"。下三首列此首后，无题。

菩萨蛮

回文夏闺怨

柳庭风静人眠昼，昼眠人静风庭柳。香汗薄衫凉，凉衫薄汗香。　　手红冰碗藕，藕碗冰红手[①]。郎笑藕丝长[②]，长丝藕笑郎。

[注释]

①"手红"二句：碗，毛本二碗俱作腕。　冰碗：碗色如冰玉。　②藕

丝:谐偶思,即情偶之相思。

菩萨蛮

回文秋闺怨

井桐双照新妆冷[①],冷妆新照双桐井。羞对井花愁[②],愁花井对羞。　　影孤怜夜永,永夜怜孤影。楼上不宜秋,秋宜不上楼。

[注释]

①“井桐”句:井上双桐枝叶交加,反衬出新妆初成时的孤寂冷落。魏明帝曹睿《猛虎行》:“双桐生空井,枝叶自交加。”　②井花:“井花水,平旦第一汲者,令人好颜色。”见《本草》。

菩萨蛮

回文冬闺怨

雪花飞暖融香颊,颊香融暖飞花雪。欺雪任单衣,衣单任雪欺。　　别时梅子结,结子梅时别。归不恨开迟,迟开恨不归[①]。

[注释]

①“归不恨”二句:傅注本作“归恨不开迟,迟开不恨归”。

[集评]

沈雄云:“东坡《菩萨蛮》四时词,是名例句。”(《古今词话》)

菩萨蛮[1]

回　文

落花闲院春衫薄，薄衫春院闲花落。迟日恨依依，依依恨日迟。　　梦回莺舌弄，弄舌莺回梦。邮便问人羞[2]，羞人问便邮。

[注释]

①此首及下二首年月无考。因系回文，类编于四时闺怨之后。　②邮便：邮寄之信函。

菩萨蛮

夏景回文

火云凝汗挥珠颗，颗珠挥汗凝云火。琼暖碧纱轻，轻纱碧暖琼。　　晕腮嫌枕印，印枕嫌腮晕。闲照晚妆残，残妆晚照闲。

菩萨蛮

回　文[1]

峤南江浅红梅小，小梅红浅江南峤。窥我向疏篱，篱疏向我窥。　　老人行即到，到即行人老。离别惜残枝，枝残惜别离。　　（以上七首见曾慥本《东坡词》卷下）

[注释]

①傅注本题作“红梅赠别”。

[集评]

邹祗谟云:“回文之就句回者,自东坡、晦庵始也。”(《远志斋词衷》)

南乡子[①]

黄州临皋亭作[②]

晚景落琼杯,照眼云山翠作堆。认得岷峨春雪浪[③],初来。万顷蒲萄涨渌醅[④]。　　暮雨暗阳台[⑤],乱洒高楼湿粉腮。一阵东风来卷地,吹回。落照江天一半开。

[注释]

①东坡于元丰三年(1080)五月二十九日迁居临皋亭,词写春景,必作于元丰四年辛酉(1081)。　②《全宋词》依毛本题作“春情”,今从傅注本改。《文集》卷七十一《书临皋亭》云:“东坡居士酒醉饭饱,倚于几上,白云左绕,清江右洄,重门洞开,林峦坌入。”卷五十《与范子丰八首》其八云:“临皋亭下不数十步,便是大江,其半是岷峨雪水,吾饮食沐浴皆取焉,何必归乡哉?”　③岷峨:岷山与峨眉山。　④蒲萄涨绿醅(pēi):喻江水如涨潮之葡萄酒。李白《襄阳歌》:“遥看汉水鸭头绿,恰似蒲萄初酦醅。”　⑤“暮雨”句:用朝云暮雨之典。宋玉《高唐赋序》:“妾在巫山之阳,高丘之阻,旦为朝云,暮为行雨,朝朝暮暮,阳台之下。”

水龙吟[①]

次韵章质夫杨花词[②]

似花还似非花[③],也无人惜、从教坠。抛家傍路,思量却是,无情有思。萦损柔肠,困酣娇眼,欲开还闭。梦随风万里,寻郎去处,又还被、莺呼起[④]。　　不恨此花飞尽,恨西园、落红难缀。晓来雨过,遗踪何在,一池萍碎[⑤]。春色三分,二分尘土,一分流水。细看来,不是杨花点点,是离人泪。

[注释]

①《文集》卷五十五《与章质夫三首》其一云："《柳花》词绝妙，使来者何以措词！本不敢继作，又思公正柳花飞时出巡按，坐想四子，闭门愁断，故写其意，次韵一首寄去，亦告不以示人也。"此函写于元丰四年辛酉(1081)春夏间，词即作于此时。时章质夫为荆湖北路提点刑狱。 ②章质夫：名楶。历任孟州司户参军、陈留知县、湖北提点刑狱，官至同知枢密院事。《宋史》卷三百二十八有传。 杨花：即柳花、柳絮。 唐氏按：此首别误作周邦彦词，见《词学筌蹄》卷一。 ③非花：语出白居易《花非花》，"花非花，雾非雾。夜半来，天明去。来如春梦不多时，去似朝云无觅处。" ④莺呼起：金昌绪《春怨》，"打起黄莺儿，莫教枝上啼。啼时惊妾梦，不得到辽西。" ⑤萍碎：东坡旧注云"杨花落水为浮萍，验之信然"。《西溪丛话》："杨、柳二种，杨树叶短，柳树叶长。花初发时，黄蕊子为飞絮，今絮中有小青子，着水泥沙滩上，即生小青芽，乃柳之苗也。东坡谓絮化为浮萍，误矣。"

[集评]

朱弁云："章楶质夫，作《水龙吟》咏杨花，其命意用事，清丽可喜。东坡和之，若豪放不入律吕。徐而视之，声韵谐婉，便觉质夫词有织绣工夫。晁叔用云：'东坡如毛嫱、西施，净洗脚面，与天下妇人鬥好，质夫岂可比耶！'"(《曲洧旧闻》卷五)

张炎云："东坡次章质夫杨花《水龙吟》韵，机锋相摩，起句便合让东坡出一头地，后片愈出愈奇，真是压倒今古。"(《词源》卷下《杂论》)

沈谦云："东坡'似花还似非花'一篇，幽怨缠绵，直是言情，非复咏物。"(《填词杂说》)

胡应麟云："邻人之笛，怀旧者感之；斜谷之铃，溺爱者悲之。东坡《水龙吟·和章质夫咏杨花》云：'细看来不是杨花，点点是离人泪'，亦同此意。"(《艺概·词曲概》)

王国维云："东坡《水龙吟》咏杨花，和韵而似原唱；章质夫词，原唱而似和韵，才之不可强也如是。"又云："咏物之词，自以东坡《水龙吟》为最工。"(《人间词话》卷上)

少年游[1]

端午赠黄守徐君猷

银塘朱槛麹尘波[2],圆绿卷新荷。兰条荐浴[3],菖花酿酒[4],天气尚清和。　　好将沉醉酬佳节,十分酒、一分歌。狱草烟深,讼庭人悄,无吝宴游过[5]。

（以上三首见曾慥本《东坡词》卷上）

[注释]

①《纪年录》谓元丰四年辛酉(1081)端午作。　②麹(qū)尘:酒麹所生之细菌,淡黄色,轻扬为尘,故谓淡黄色曰麹尘,亦作"鞠尘"。　③兰条荐浴:古有端午以兰条沐浴之俗。　④菖花酿酒:端午习俗。《荆楚岁时记》:"端午,以菖蒲一寸九节者泛酒,以辟瘟气。"　⑤"狱草"三句:意为政通人和,莫厌宴游。狱中生草,则已无狱囚矣。

虞美人[1]

琵 琶

定场贺老今何在[2],几度新声改[3]。怨声坐使旧声阑[4],俗耳只知繁手、不须弹[5]。　　断弦试问谁能晓,七岁文姬小[6]。试教弹作辊雷声[7],应有开元遗老、泪纵横[8]。

（曾慥本《东坡词》卷下）

[注释]

①《文集》卷七十一《杂书琴事十首》其一云:"余家有琴,其面皆作蛇蚹纹,其上池铭云:'开元十年造,雅州灵关村。'其下沚铭云:'雷家记八日合'不晓其'八日合'为何等语也?"此词当作于此时,编元丰四年辛酉(1081)。东坡家琴既为开元时雷家所造,名雷琴,又为"会客有善琴者"弹之,因勾起开元遗事之思,故作是词。　②定场贺老:贺老,指贺怀智,开元时乐工,见《明皇杂录》。元稹《连昌宫词》:"夜半月高弦索鸣,贺老琵

琶定场屋。” 定场：音乐或歌舞开场时先弹一曲，起到定场作用。 ③新声：谓新曲。孟郊《古薄命妾》：“不惜十指弦，为君千万弹。常恐新声至，坐使故声残。” ④怨声：当从傅注本作新声。 坐：因。 阑：衰。 ⑤“俗耳”句：此句谓俗耳只知欣赏繁手哀乐，不知雷琴“辊雷”之声之动人，故下云“不须弹”。 ⑥“断弦”二句：汉蔡邕女文姬精于音律，邕尝夜鼓琴，弦断，文姬曰“第二弦”。邕故断一弦问之，曰“第四弦”，并无差谬。事见《后汉书·列女传》。 ⑦辊雷：贺怀智琵琶，以石为槽，鹍鸡筋为弦，用铁拨弹之。见《杨太真外传》。 辊雷：车滚动声。 ⑧开元遗老：典出白居易《江南遇天宝乐叟》，诗云：“白头病叟泣且言，禄山未乱入梨园。能弹琵琶和法曲，多在华清随至尊。”

瑶池燕[1]

飞花成阵。春心困，寸寸。别肠多少愁闷，无人问。偷啼自揾，残妆粉。　　抱瑶琴，寻出新韵。玉纤趁[2]，南风来解幽愠[3]。低云鬟，眉峰敛晕[4]，娇和恨。

（《侯鲭录》卷三）

［注释］

①《侯鲭录》：“东坡云：‘琴曲有《瑶池燕》，其词不协，而声亦怨咽。变其词作“闺怨”，寄季常云：此曲奇妙，勿妄与人’云。”《文集》卷七十一《杂书琴曲十二首赠陈季常》：作于元丰四年辛酉（1081）六月，是。 唐氏按：此首别又作廖正一词，见《乐府雅词拾遗》卷上。 ②玉纤：手指纤嫩如玉。 ③“南风”句：“南风之薰兮，可以解吾民之愠兮。”见《史记·乐书》注引《南风》诗。 ④眉峰敛晕：唐宋妇女画眉有倒晕妆，眉梢呈檀晕色。见《妆台记》。

满江红[1]

杨元素《本事曲集》：董毅夫名钺[2]，自梓漕得罪归鄱阳[3]，遇东坡于齐安。怪其丰暇自得。 曰：“吾再娶柳氏，三日而去官。吾固不戚戚，而忧柳氏不能忘怀于进退也。已而欣然同忧患，如处富贵，吾是以益安焉。"乃令家僮歌其所作《满江红》。东坡嗟叹之，次其韵

忧喜相寻[4]，风雨过、一江春绿。巫峡梦、至今空有[5]，乱山屏簇[6]。何似伯鸾携德耀[7]，箪瓢未足清欢足[8]。渐粲然、光彩照阶庭，生兰玉[9]。　幽梦里，传心曲。肠断处，凭他续。文君婿知否，笑君卑辱。君不见周南歌汉广，天教夫子休乔木。便相将、左手抱琴书，云间宿。

（曾慥本《东坡词》卷上）

[注释]

①据《续资治通鉴长编》载，董钺"自梓漕得罪归鄱阳"在元丰四辛酉(1081)七月，过黄州当在八九月间，故改编于此。　②董毅夫：董钺，字毅夫，亦作义夫，德兴人，治平二年进士，任夔州转运使，遇事耿介不群。见《宋人传记资料索引》。　③梓漕：即梓州路转运使。　④相寻：相继。　⑤巫峡梦：即襄王梦巫山神女事。　⑥乱山屏簇：乱山簇聚如屏。　⑦"何似"句：梁鸿字伯鸾，其妻孟光，字德曜（即耀），夫妇以耕织为业，举案齐眉，相敬如宾。此以梁鸿夫妇比董钺夫妇。　⑧箪瓢：用颜回之典。《论语·雍也》："贤哉回也！一箪食，一瓢饮，在陋巷，人不堪其忧，回也不改其乐。"　箪：盛食之具。　瓢：盛水之具。　⑨兰玉：喻贤德后生。谢安戒约子侄曰："子弟亦何豫人事，而正欲使其佳？"诸人莫有言者，谢玄答曰："譬如芝兰玉树，欲使其生于庭阶耳。"见《晋书·谢安传》。

哨　遍[1]

公旧序云：陶渊明赋《归去来》，有其词而无其声。余治东坡，筑雪堂于上，人俱笑其陋。独鄱阳董毅夫过而悦之，有卜邻之意。乃取《归去来》词，稍加檃括，使就声律，以遗毅夫。使家僮歌之，时相从于东坡，释耒而和之，扣牛角而为之节，不亦乐乎

为米折腰，因酒弃家，口体交相累[②]。归去来，谁不遣君归。觉从前皆非今是[③]。露未晞[④]。征夫指予归路[⑤]，门前笑语喧童稚[⑥]。嗟旧菊都荒，新松暗老，吾年今已如此[⑦]。但小窗容膝闭柴扉[⑧]。策杖看孤云暮鸿飞[⑨]。云出无心，鸟倦知还，本非有意。　　噫。归去来兮。我今忘我兼忘世。亲戚无浪语，琴书中有真味[⑩]。步翠麓崎岖，泛溪窈窕[⑪]，涓涓暗谷流春水。观草木欣荣，幽人自感[⑫]，吾生行且休矣[⑬]。念寓形宇内复几时[⑭]，不自觉皇皇欲何之[⑮]。委吾心、去留谁计。神仙知在何处，富贵非吾志[⑯]。但知临水登山啸咏，自引壶觞自醉。此生天命更何疑[⑰]。且乘流、遇坎还止[⑱]。

（曾慥本《东坡词》卷下）

[注释]

①《文集》卷五十九《与朱康叔二十首》其十三云："董毅夫相聚多日，甚欢，未尝一日不谈公美也。旧好诵陶渊明《归去来》，常患其不入音律，近辄微加增损，作般涉调《哨遍》，虽微改其词，而不改其意，请以《文选》及本传考之，方知字字皆非创入也。"故知此词当作于元丰四年辛酉（1081）董钺自梓漕得罪罢归鄱阳经黄州访东坡时。　②"为米"三句：渊明曰"我不能为五斗米折腰向乡里小儿"，遂挂冠解印而去职。见《宋书·陶潜传》。　③"觉从前"句：陶《归去来兮辞》原曰"觉今是而昨非"。④晞（xī）：干。　⑤"征夫"句：陶原句为"问征夫以前路"。　征夫：行人。⑥"门前"句：陶原句为"僮仆欢迎，稚子候门"。　稚：幼小。　⑦"旧菊"三句：陶原句为"三径就荒，松菊犹存"。　⑧"小窗"句：陶原句为"倚南窗而寄傲，审容膝之易安。园日涉以成趣，门虽设而常关"。　容膝：仅能容膝，言其小。　⑨杖策：拄着拐杖。　策：杖。　⑩"我今忘我"三句：陶原句为"世与我而相违，复驾言兮焉求。悦亲戚之情话，乐琴书以消忧"。⑪窈窕：山水幽深曲折。　⑫幽人：幽居之人。　⑬行且休：将要结束，谓将死。　⑭寓形宇内：寄身于天地之间。　⑮皇皇：急急忙忙。　⑯"神仙"二句：陶原句为"富贵非吾愿，帝乡不可期"。　⑰"但知"三句：陶原句为"登东皋以舒啸，临清流而赋诗。聊乘化以归尽，乐乎天命复奚

疑”。　⑱“且乘流”句：语出贾谊《鹏鸟赋》“乘流则逝兮，得坎则止”。意为且乘流而去，遇到阻碍就停止。

[集评]

张炎云：“《哨遍》一曲，隐括《归去来辞》更是精妙，周、秦诸人所不能到。”(《词源》卷下)

贺裳云：“东坡隐括《归去来辞》，山谷隐括《醉翁亭》，皆堕恶趣。天下事为名人所坏者，正自不少。”(《皱水轩词筌》)

冯金伯云：“东坡隐括《归去来辞》，山谷隐括《醉翁亭记》，两人固是词家好手。”(《词苑萃编》卷四引《本事纪》)

李佳云：“东坡《哨遍》词，运化《归去来辞》，非有大力量不能。此类后人不易学，亦不必学。强为之，万不能好。”(《左庵词话》卷下)

南乡子①

重九涵辉楼呈徐君猷②

霜降水痕收③，浅碧鳞鳞露远洲。酒力渐消风力软，飕飕。破帽多情却恋头④。　佳节若为酬，但把清尊断送秋⑤。万事到头都是梦⑥，休休。明日黄花蝶也愁⑦。

(曾慥本《东坡词》卷上)

[注释]

①细按东坡与定国出入则知此词写于元丰四年辛酉(1081)无疑。②重九：阴历九月九日，为登高节。　③霜降：二十四节气之一。　水痕：即水迹、水纹。　④“破帽”句：化用孟嘉落帽之典。《三山老人语录》：“从来九日用落帽事，东坡独云‘破帽多情却恋头’，语为奇特，不知东坡用杜子美诗‘羞将短髮还吹帽，笑倩旁人为正冠。’”　⑤把：持、举。⑥“万事”句：语出潘阆《樽前勉兄长》“万事到头都是梦，休嗟百计不如人”。　⑦蝶也愁：化用郑谷《十日菊》“节去蜂愁蝶不知，晓庭还绕折空枝”。

[集评]

胡仔云："《后山诗话》谓'退之以文为诗，子瞻以诗为词，如教坊雷大使之舞，虽极天下之工，要非本色。'余谓后山之言过矣，子瞻佳词最多，其间杰出者，如……'霜降水痕收……'九日词，凡此十馀词，皆绝去笔墨畦径间，直造古人不到处，真可使人一唱而三叹。"（《苕溪渔隐丛话》）

沈东江云："东坡'破帽多情却恋头'，翻龙山事特新。"（《词苑萃编》卷二引）

黄苏云："沈际飞曰：自来九日多用落帽。东坡不落帽，醒目。又云：东坡升沉去住，一生莫定，故开口说梦。如云'人生如梦'，'世事一场大梦'，'未转头时皆梦'，'古今一梦，何曾梦觉'，'君臣一梦，今古虚名'，屡读之，胸中鄙吝，自然消去。"又："按'破帽恋头'，语奇而稳。'明日黄花'句，自属达观。凡过去未来皆几非，在我安可学蜂蝶之恋香乎。"（《蓼园词评》）

浣溪沙[①]

十二月二日，雨后微雪，太守徐君猷携酒见过，坐上作《浣溪沙》三首。明日酒醒，雪大作，又作二首

覆块青青麦未苏[②]，江南云叶暗随车[③]。临皋烟景世间无[④]。　雨脚半收檐断线[⑤]，雪林初下瓦疏珠。归来冰颗乱粘须。

[注释]

①《总案》与《纪年录》谓元丰四年辛酉（1081）作，是。下四首同，不另注。　②块：土地。　③"江南"句：化用杜甫《夏夜李尚书筵送宇文石首赴县联句》"雨稀云叶断，夜久烛火偏"。　云叶：即云。郑弘迁淮阳太守，政不烦苛，"行春天旱，随车致雨"。见《后汉书·郑弘传》注引谢承《后汉书》。　④临皋：临皋亭，在黄冈南，长江北岸。　⑤雨脚：语出杜甫《茅屋为秋风所破歌》"床头屋漏无干处，雨脚如麻未断绝"。

浣溪沙

前　韵

醉梦醺醺晓未苏，门前辘辘使君车[①]。扶头一盏怎生无[②]。　废圃寒蔬挑翠羽，小槽春酒冻真珠[③]。清香细细嚼梅须[④]。

[注释]

①辘辘：车之一种，亦曰历鹿。　②扶头：扶头酒，易醉之酒。　③槽：滤酒器。　真珠：即珍珠，喻酒。　“小槽”句：语出李贺《将进酒》“琉璃钟，琥珀浓，小槽酒滴真珠红”。

浣溪沙

前　韵

雪里餐毡例姓苏[①]，使君载酒为回车。天寒酒色转头无。　荐士已闻飞鹗表[②]，报恩应不用蛇珠[③]。醉中还许揽桓须[④]。

[注释]

①餐毡：苏武囚匈奴不归，绝饮食，天雨雪，武吞雪与毡毛并咽之。　②“荐士”句：用孔融荐祢衡典。孔融荐祢衡疏曰：“鸷鸟累百，不如一鹗。使衡立朝，必有可观。”　③“报恩”句：隋侯出行，见大蛇被伤中断，使人以药封之。岁馀，蛇衔明珠以报，至夜有光。见《搜神记》卷二十。　④揽桓须：晋孝武帝末年，谢安婿王国宝离间孝武帝与谢安关系。帝、相遂成嫌隙。帝尝共桓伊饮宴，谢安侍坐。桓伊善吹笛，帝命伊为一弄，遂又抚筝而歌《怨诗》曰：“为君既不易，为臣良独难。忠信事不显，乃有见疑患。……”以明安之谤。安泣下沾襟，乃越席而捋桓伊之须曰：“使君如此不凡！”帝甚有愧色。见《晋书·桓伊传》。其时东坡遭谗被贬，而徐君猷待之甚厚，故用孔融、隋侯、桓伊等典，以明感戴之情，并期以神宗感悟。

浣溪沙

再和前韵

半夜银山上积苏[①]，朝来九陌带随车[②]。涛江烟渚一时无。　　空腹有诗衣有结[③]，湿薪如桂米如珠[④]。冻吟谁伴捻髭鬚[⑤]。

[注释]

①银山：喻雪。　苏：草。　②九陌：田野。　带随车：白色雪痛如缟带随车翻舞。　③"空腹"句：董京字盛䓿，至洛阳，披髪而行，逍遥咏吟，乞于市。得残碎缯絮，则结以自覆，金帛佳绵则不受。见《晋书·隐逸传》。④"湿薪"句：典出苏秦对楚王曰"楚国食贵于玉，薪贵于桂"。　⑤"冻吟"句：化用杜荀鹤《早发》"时逆帽檐风刮顶，旋呵鞭手冻粘鬚"。

浣溪沙

前　韵

万顷风涛不记苏[①]，雪晴江上麦千车。但令人饱我愁无。　　翠袖倚风萦柳絮，绛唇得酒烂樱珠[②]。尊前呵手镊霜须。

[注释]

①"万顷"句：龙笺引"墨迹"东坡先生自注云"公田在苏州，今年风涛荡尽"。公，指徐君猷。　②"翠袖"二句：化用方干《赠美人四首》其一"舞袖低徊真蛱蝶，朱唇深浅假樱桃"。　烂：灿烂。

江神子[①]

公旧序云：大雪有怀朱康叔使君[②]，亦知使君之念我也，作《江神子》以寄之黄昏犹是雨纤纤。晓开帘，欲平檐。江阔天低，无处认青帘③。孤坐冻吟谁伴我，揩病目，捻衰髯。　使君留客醉厌厌④。水晶盐⑤，为谁甜。手把梅花，东望忆陶潜⑥。雪似故人人似雪，虽可爱，有人嫌⑦。

［注释］

①《总案》谓元丰四年辛酉（1081）十二月雪中有怀朱寿昌作，是。　②朱康叔：朱寿昌字康叔，以孝闻。《宋史·孝义传》有传。其时朱寿昌知鄂州，治所在武昌（非今之武昌），与黄州隔江相望。　③青帘：酒旗。　④醉厌厌：醉醺醺。　⑤水晶盐：晶，亦作"精"。　⑥"手把梅花"二句："陆凯自江南以梅花一枝寄长安与范晔，赠以诗曰：'折梅逢驿使，寄与陇头人。江南无所有，聊赠一枝春。'"见《荆州记》。　⑦"雪似故人"三句："（徽之）尝居山阴，夜雪初霁，月色清朗，四望皓然，独酌酒咏左思《招隐诗》，忽忆戴逵。便夜乘小船诣之，经宿方至，造门不前而返。人问其故，徽之曰：'本乘兴而行，兴尽而返，何必见安道邪！'"见《晋书·王徽之传》。

减字木兰花①

雪　词

云容皓白②，破晓玉英纷似织③。风力无端，欲学杨花更耐寒④。　相如未老，梁苑犹能陪俊少⑤。莫惹闲愁，且折江梅上小楼。　（以上七首见曾慥本《东坡词》卷下）

［注释］

①东坡在黄州，辛酉冬大雪。《文集》卷七十一《书雪》云："黄州今年大雪盈尺，吾方种麦东坡，得此，固我所喜。"或作于元丰四年（1081）末，因编于此。　②云容皓白：雪云白，故云。元本作"雪容"。　③玉英："雪花白英，谓之玉英。"见傅注引《韩诗外传》。然今本《韩诗外传》无此语，当为佚文。　④杨花：谓雪。唐无名氏诗《题长乐驿壁》："杨花满地如

飞雪。” ⑤“相如”二句：“岁将暮，时将昏，寒风积，愁云繁。梁王不悦，游于兔园。乃置旨酒，命宾友，召邹生，延枚叟。相如末至，居客之右。俄而微霰零，密雪下，王乃歌《北风》于卫诗，咏《南山》于周雅。授简于司马大夫，曰：‘抽子秘思，骋子妍辞，侔色揣称，为寡人赋之。’”见谢惠连《雪赋》。梁孝王好营宫室苑囿之乐，筑兔园（即梁园，亦称梁苑），园中有百灵山雁池及诸宫观，连延数十里。见《西京杂记》。

浣溪沙[①]

几共查梨到雪霜[②]，一经题品便生光。木奴何处避雌黄[③]。　北客有来初未识[④]，南金无价喜新尝[⑤]。含滋嚼句齿牙香。

（曾慥本《东坡词拾遗》）

［注释］

①《文集》卷五十一《与李公择十七首》其十四云：“昨日船到，送惠木奴人（八）瓮，算已作三百匹绢看矣。新岁不及奉觞”。此云“木奴”，当为元丰四年辛酉（1081）十二月李常来黄访东坡后所赠。信云“新岁”，当在元丰五年壬戌（1082）。此词当为李常赠木奴而作，故编此。下首同韵，亦咏橘，当为一时之作。　②查梨：即山楂。橘与山楂均经霜始熟，故云到雪霜。　③“木奴”句：意为木奴与橘实同名异，曰彼曰此，随人雌黄。木奴：一说为橘之异名，见《襄阳耆旧传》。又一说为柑之异名，见《本草》。　雌黄：王衍于义理有所不安，随即改正，世号“口中雌黄”，见《晋书·王衍传》。　④“北客”句：北客，东坡自谓。旧东坡初到黄州，亦未知橘又名木奴，故云。　⑤南金：荆、扬之州古时多贡金，又处南地，故谓南金。此句意谓即使南金在手，也是买不到的，以明李常惠赠木奴情谊之重。

浣溪沙

咏　橘

菊暗荷枯一夜霜[①]，新苞绿叶照林光[②]。竹篱茅舍出青黄[③]。　香雾噀人惊半破[④]，清泉流齿怯初尝[⑤]。吴姬三日手犹香[⑥]。

（曾慥本《东坡词》卷下）

[注释]

①“菊暗”句：橘熟时则菊、荷并败，故云。　②“新苞”句：写橘含苞之时。　③“竹篱”句：写橘将熟未熟之时。　④香雾：橘初破时汁似雾。噀（xùn）：喷。　⑤“清泉”句：橘香中有酸，故云怯初尝。　⑥吴姬：吴地妇人多美色，故云。

少年游[①]

黄之侨人郭氏[②]，每岁正月迎紫姑神[③]。以箕为腹，箸为口[④]，画灰盘中，为诗敏捷[⑤]，立成。余往观之。神请余作《少年游》[⑥]，乃以此戏之

玉肌铅粉傲秋霜[⑦]，准拟凤呼凰[⑧]。伶伦不见，清香未吐，且糠粃吹扬[⑨]。　到处成双君独只，空无数、烂文章。一点香檀，谁能借箸，无复似张良[⑩]。

（曾慥本《东坡词拾遗》）

[注释]

①以东坡《文集》卷十二《子姑神记》证之，则此词作于元丰五年壬戌（1082）正月。以《子姑神记》证之，题序则为毛本据记撮要而成，非东坡原序。　②侨人郭氏：侨，侨居。郭氏名遘，曾从东坡游，东坡诗文多处涉及之。　③紫姑神：又作子姑神。紫姑神姓何名媚字丽娘，寿阳李景之妾，不容于妻，常役以织事，于正月十五日死。故世人于是日作其形，夜于厕所或猪圈边迎之。　④箕：畚箕。　箸：筷子。紫姑神以筷子写字灰上，故云。　⑤为诗敏捷：“（子姑神云）‘公少留而为赋诗，且舞以娱公。’诗数十篇，敏捷立成，皆有妙思。”见东坡《子姑神记》。　⑥“予往观之”二句：《子姑神记》云，子姑神请曰：“公文名于天下，何惜方寸之纸，不使世人知有妾乎？”末云：“请余作《少年游》。”盖词乃事后有感而作。　⑦“玉肌”句：写

紫姑神之美。 ⑧凤呼凰：即凤求凰。凤为雄，凰为雌，以拟夫妇之情。⑨“伶伦”三句：意谓紫姑神失去丈夫，沦为人妾，被弃之如糠粃。 糠粃：麦之皮，甚轻。《子姑神记》：“自幼知读书属文为伶人妇。唐垂拱中，寿阳刺史害妾夫，纳妾为侍书，而其妻妬悍甚，见杀于厕。” ⑩“谁能”二句：郦食其与刘邦谋，张良来谒，问事于良。时刘邦方食，良求借所食之箸用以指书。见《史记·留侯世家》。

水龙吟[1]

公旧注云：闾丘大夫孝直公显尝守黄州[2]，作栖霞楼，为郡中胜绝。元丰五年，余谪居于黄。正月十七日，梦扁舟渡江，中流回望，楼中歌乐杂作。舟中人言：公显方会客也。觉而异之，乃作此词。公显时已致仕在苏州[3]

小舟横截春江，卧看翠壁红楼起。云间笑语，使君高会，佳人半醉。危柱哀弦[4]，艳歌馀响，绕云萦水[5]。念故人老大[6]，风流未减，独回首、烟波里。 推枕惘然不见，但空江、月明千里。五湖闻道，扁舟归去，仍携西子[7]。云梦南州[8]，武昌东岸[9]，昔游应记。料多情梦里，端来见我，也参差是[10]。 （曾慥本《东坡词》卷上）

［注释］

①此词作于元丰五年（1082），题注中已明。元本“乃作此词”作“乃作此曲”，下增“盖越调鼓笛慢”六字。 ②闾丘大夫：指闾丘孝终。字公里，尝守黄州。 孝直：误，应作“孝终”。 ③致仕：退休。宋制，七十致仕。 ④危柱哀弦：“丝竹哀，哀以立廉，廉以立志。”见《史记·乐书》。“太祖每谓雅乐声高，近于哀思，不合中和。”见《宋史·乐志》。 ⑤绕云：薛谭学讴于秦青，未穷青之技，求归。青饯于郊衢，抚节悲歌，“声振林木，响遏行云”。见《列子·汤问》。 ⑥故人：指闾丘公显。 ⑦“五湖闻道”三句：范蠡相越，平吴之后，相传其携西子，乘扁舟，泛五湖而去。五湖：即太湖。 ⑧云梦南州：谓黄州，因黄州在云梦泽之南。 ⑨武昌

东岸：东岸，《全宋词》依毛本作“南岸”，今从元本改。《前赤壁赋》云：“西望夏口，东望武昌。”可证。且若在南岸，则与上句南州重。　⑩“料多情”三句：设想间丘也会多次梦见东坡。　端来：准来。　参差：仿佛。

［集评］

郑文焯云：“突兀而起，仙乎仙乎！‘翠壁’句新崭，不露雕琢痕。上阕全写梦境，空灵中杂以凄丽，过片始言情，有苍波浩渺之致，真高格也。‘云梦’二句，妙能写闲中情景，煞拍不说梦，偏说梦来见我，正是词笔高浑，不犹人处。”（《大鹤山人词话》）

水龙吟[①]

小沟东接长江，柳堤苇岸连云际[②]。烟村潇洒，人间一哄[③]，渔樵早市[④]。永昼端居[⑤]，寸阴虚度[⑥]，了成何事。但丝莼玉藕[⑦]，珠粳锦鲤[⑧]，相留恋，又经岁。　因念浮丘旧侣[⑨]，惯瑶池、羽觞沉醉[⑩]。青鸾歌舞[⑪]，铢衣摇曳[⑫]，壶中天地[⑬]。飘堕人间，步虚声断[⑭]，露寒风细。抱素琴，独向银蟾影里[⑮]，此怀难寄。　（汲古阁本《东坡词》）

［注释］

①此首与前首同韵，词意又相仿佛，故编于此。　②“小沟”二句：《文集》卷五十《与范子丰八首》其八曰“临皋亭下不数十步，便是大江”。　③一哄：乱哄哄。　④渔樵早市：卖鱼与卖柴的早市。　⑤端居：平居。　⑥寸阴：光阴。寸，言其短。　⑦莼：蔬类植物。　⑧珠粳锦鲤：言粳圆如珠，鲤纹如锦。　粳：粳米。　⑨浮丘：浮丘伯，古仙人。见《列仙传》。郭璞《游仙诗七首》其三：“左挹浮丘袖，右拍洪崖肩。”　⑩瑶池：西王母所居之昆仑山有瑶池。见《集仙录》。　羽觞：饰以翠羽形之酒杯。　⑪青鸾：凤之青者谓之鸾，见《洽闻记》。此处喻歌女。　⑫铢衣：神仙所着之衣，极轻。　铢：古衡名，二十四铢为一两。　⑬壶中天地：费长房见一老翁卖药，市罢，即入壶中。长房访之，老人与之俱入壶中，见玉

堂俨丽，旨酒甘肴盈衍，饮毕而出。见《后汉书·方术传》。 ⑭步虚声：道士诵经之声，亦谓神仙之声，盖因神仙吞云驾雾，故谓步虚。 ⑮银蟾：谓月。羿请不死之药于西王母，嫦娥窃之以奔月。遂托身于月，是为蟾蜍。

[集评]

郑文焯云："有声画，无声诗，胥在其中。"（《大鹤山人词话》）

定风波[①]

咏红梅

好睡慵开莫厌迟[②]，自怜冰脸不时宜[③]。偶作小红桃杏色，闲雅，尚馀孤瘦雪霜姿。　　休把闲心随物态，何事，酒生微晕沁瑶肌。诗老不知梅格在[④]，吟咏，更看绿叶与青枝[⑤]。

[注释]

①《诗集》卷二十一《红梅》三首其一云："怕愁贪睡独开迟，自恐冰容不入时。故作小红桃杏色，尚馀孤瘦雪霜姿。……"词由诗增改数字而成，似当作于同时，故依诗编元丰五年壬戌（1082）正月。 ②好睡：玄宗在沉香亭，召贵妃，贵妃卯醉未醒，命高力士持掖而至。玄宗云："是岂妃子醉，直海棠睡未足耳。"见《杨太真外传》。红梅类海棠，故用其事。 ③冰脸：梅开在冬，故云。 不时宜：不合时宜。其时东坡贬，借咏梅抒怀。 ④诗老：指石曼卿。 不知梅格：谓不懂得梅的风格。此对石曼卿而言，参下注。 ⑤绿叶青枝：《文集》卷六十八《评诗人写物》"若石曼卿《红梅》诗云：'认桃无绿叶，辨杏有青枝。'此至陋语，盖村学中体也"。

[集评]

刘熙载云："东坡《定风波》云：'尚馀孤瘦雪霜姿。'《荷华媚》云：'天然地别是风流标格。'雪霜姿，风流标格，学坡词者，便可从此领取。"（《艺概·词概》）

王文诰云:“本集论咏物诗,以曼卿此联为至陋语,乃村学堂中体。合观此诗,乃自诩其前六句,谓非曼卿之所知也。然人结愈见窘步,似又特意讨巧,取其四字作收也。”(《诗集》卷二十一《红梅三首》其一“诗老不知梅格在,更看绿叶与青枝”两句案语)

水调歌头[①]

公旧序云:欧阳文忠公尝问余[②]:“琴诗何者最善?”答以“退之听颖师琴诗最善[③]。”公曰:“此诗最奇丽,然非听琴,乃听琵琶也。”余深然之[④]。建安章质夫家善琵琶者[⑤],乞为歌词。余久不作,特取退之词,稍加隐括[⑥],使就声律,以遗之云[⑦]

昵昵儿女语[⑧],灯火夜微明。恩怨尔汝来去[⑨],弹指泪和声。忽变轩昂勇士[⑩],一鼓填然作气[⑪],千里不留行[⑫]。回首暮云远,飞絮搅青冥[⑬]。　众禽里,真彩凤,独不鸣[⑭]。跻攀寸步千险[⑮],一落百寻轻[⑯]。烦子指间风雨,置我肠中冰炭[⑰],起坐不能平。推手从归去,无泪与君倾[⑱]。

(以上二首见曾慥本《东坡词》卷上)

[注释]

①《文集》卷五十九《与朱康叔二十首》其二十云:“章质夫求琵琶歌词,不敢不寄呈。”此函写于壬戌正月,故此词应编元丰五年(1082)正月,其时,章楶盖至成都转运使任,朱康叔在鄂州任。　②欧阳文忠:即欧阳修。修卒,赠太子太师,谥曰文忠。　③退之:韩愈字。　④深然之:深以欧阳公之言为是。　⑤建安章质夫:章楶,字质夫,建安人。　⑥隐括:意为删改校正。　⑦遗(wèi):赠送。　⑧昵昵:亲近。　⑨恩怨:《全宋词》据毛本作“恩冤”,误,从元本、朱本与韩愈原诗改。　⑩轩昂:高举发扬,声音宏亮。　⑪“一鼓”句:典出《左传·庄公十年》,曹刿论战曰“一鼓作气,再而衰,三而歇”。　⑫“千里”句:意为所向无敌。　⑬青冥:青天。　⑭“众禽”三句:此以凤声喻琵琶声。凤不常鸣,一鸣则惊人。　独不鸣:即独有凤不常鸣之意。　⑮“跻攀”句:此以攀援喻琵琶声之艰涩。　⑯“一落”句:以水落喻琵琶声之轻快。　寻:八尺。　⑰冰炭:指

截然相反的不同感情，如“喜之于怒，哀之于乐”。 ⑱“无泪”句：情到切处则无泪可倾。刘长卿《赴巴南书情寄故人》：“裁书欲谁诉，无泪可潸然。”

江神子①

公旧注云：陶渊明以正月五日游斜川②，临流班坐③，顾瞻南阜，爱曾城之独秀④，乃作《斜川》诗，至今使人想见其处。元丰壬戌之春、余躬耕于东坡，筑雪堂居之⑤。南挹四望亭之后丘，西控北山之微泉，慨然而叹，此亦斜川之游也

梦中了了醉中醒。只渊明，是前生。走遍人间，依旧却躬耕。昨夜东坡春雨足，乌鹊喜，报新晴。 雪堂西畔暗泉鸣。北山倾，小溪横。南望亭丘，孤秀耸曾城。都是斜川当日境，吾老矣，寄馀龄。（曾慥本《东坡词》卷下）

［注释］

①《全宋词》调作《江神子》。元本、傅注本注文下有“乃作长短句，以《江城子》歌之”。 ②陶渊明《游斜川》序云：辛丑正月五日，天气澄和，风物闲美，与二、三邻曲，同游斜川。 ③班坐：依次而坐。 班：行列，次序。 ④曾城：亦作“层城”。西王母所居之昆仑山有曾城，见《列仙传》。 ⑤东坡雪堂：“苏子得废圃于东坡之胁，筑而垣之，作堂焉，号其正室曰‘雪堂’。堂以大雪中为之，因绘雪于四壁之间，无容隙也。”见《文集》卷十二《雪堂记》。

南歌子①

晚　春

日薄花房绽②，风和麦浪轻。夜来微雨洗郊坰。正是一年春好、近清明。 已改煎茶火③，犹调入粥饧④。使君高会有馀清⑤。此乐无声无味、最难名⑥。

[注释]

①东坡壬戌春有《寒食雨二首》和《徐使君分新火》诗(见《诗集》卷二十一),词与二诗所咏均同,为徐君猷分新火而作,故编元丰五年(1082)春。　②薄:逼近。　绽:开放。　③改火:古时四时变新火,唐宋时惟清明钻榆柳之火以赐近臣。　④"犹调"句:古人寒食常为大麦粥研杏仁为酪,煮饧以沃之。　⑤"使君"句:意谓己为罪官,无缘受赐新火,而徐君猷惠爱有加,分新火与己,如宏钟之馀韵然。　⑥"此乐"句:语出李白《赠历阳褚司马》"北堂千万寿,侍奉有光辉……人间无此乐,此乐世中稀"。此乐,当谓徐君猷赠火之乐。

定风波[①]

公旧序云:三月七日,沙湖道中遇雨[②]。雨具先去,同行皆狼狈,余独不觉。已而遂晴,故作此词

莫听穿林打叶声,何妨吟啸且徐行。竹杖芒鞋轻胜马[③],谁怕。一蓑烟雨任平生[④]。　料峭春风吹酒醒[⑤],微冷。山头斜照却相迎。回首向来潇洒处,归去。也无风雨也无晴。　(以上二首见曾慥本《东坡词》卷上)

[注释]

①《总案》谓元丰五年壬戌(1082)"三月七日,公以相田至沙湖,道中遇雨,作《定风波》词"。是。　②沙湖:地名。《东坡志林·游沙湖》:"黄州东南三十里为沙湖,亦曰螺师店,予买田其间,因往相田得疾。"　③竹杖芒鞋:傅注引无则诗"腾腾兀兀恣闲行,竹杖芒鞋称野情"。　注者按:《全唐诗》收无则诗三首,无傅注所引句,盖为佚诗。　芒鞋:草鞋。　④一蓑烟雨:化用郑谷《雪中偶题》"江上晚来堪画处,渔人披得一蓑归"。　⑤料峭:春之微寒。

[集评]

郑文焯云:"此足征是翁坦荡之怀,任天而动,琢句亦瘦逸,能道眼前景,以曲笔直写胸臆,依声能事尽之矣。"(《大鹤山人词话》)

浣溪沙[①]

游蕲水清泉寺。寺临兰溪，溪水西流[②]

山下兰芽短浸溪，松间沙路净无泥。萧萧暮雨子规啼[③]。　谁道人生无再少[④]，门前流水尚能西。休将白发唱黄鸡[⑤]。　（曾慥本《东坡词》卷下）

[注释]

①《总案》谓元丰五年壬戌（1082）三月作。　②《东坡志林·游沙湖》："闻麻桥人庞安常善医而聋，遂往求疗。……疾愈，与之同游清泉寺。寺在蕲水郭门外二里许，有王逸少洗笔泉，水极甘，下临兰溪，溪水西流。"　③子规：名杜鹃，亦曰子规。　④再少：语出古诗"花有重开日，人无再少时"。　⑤白发黄鸡：谓白头人怕听晓鸡声。东坡《与临安令宗人同年剧饮》："试呼白发感秋人，令唱黄鸡催晓曲。"

[集评]

许昂霄云：（"松间"两句）"何减'两边山木合，终日子规啼'耶。"（《词综偶评》）

陈廷焯云："愈悲郁，愈豪放，愈忠厚。令我神往。"（《白雨斋词话》）

西江月[①]

公旧序云：春夜蕲水中过酒家饮。酒醉，乘月至一溪桥上，解鞍曲肱少休。及觉，已晓。乱山葱茏，不谓尘世也。书此词桥柱

照野㳽㳽浅浪[②]，横空暧暧微霄[③]。障泥未解玉骢骄[④]，我欲醉眠芳草。　可惜一溪明月，莫教踏破琼瑶[⑤]。解鞍欹枕绿杨桥，杜宇一声春晓[⑥]。

[注释]

①《总案》谓元丰五年壬戌(1082)三月作。　②渺渺:水流貌。　③暧暧微霄:蒙着一层云气。　④"障泥"句:王济善解马性,尝乘一马,前有水,不肯渡,曰:"此必是惜障泥。"使人解去,即渡。　障泥:马鞯两旁下垂者,用之蔽尘土。　⑤琼瑶:谓月色。　⑥杜宇:即杜鹃。

[集评]

杨慎云:"苏公词'野照瀰瀰浅浪,横空暧暧微霄',乃用陶渊明'山涤馀霭,宇暧微霄'之语也。"(《词品》卷一)

满江红[1]

寄鄂州朱使君寿昌[2]

江汉西来[3],高楼下、蒲萄深碧[4]。犹自带、岷峨云浪,锦江春色[5]。君是南山遗爱守[6],我为剑外思归客[7]。对此间、风物岂无情,殷勤说。　江表传,君休读[8]。狂处士,真堪惜[9]。空洲对鹦鹉[10],苇花萧瑟。不独笑书生争底事,曹公黄祖俱飘忽。愿使君、还赋谪仙诗,追黄鹤[11]。

(以上二首见曾慥本《东坡词》卷上)

[注释]

①观词意,当是朱寿昌离鄂州任赴提举崇禧观时赠别之作。而朱离鄂在元丰五年(1082)春夏间,故移编于此。　②《全宋词》无题,据傅注本增。　鄂州:治所在武昌,宋时属荆湖北路。　③江汉西来:江汉二水来自西部。　④蒲萄深碧:指葡萄美酒。　⑤"岷峨"二句:"江带岷峨雪,川横三峡流。"见李白《经乱离后,天恩流夜郎,忆旧游书怀赠江夏韦太守良宰》。　⑥遗爱:仁爱遗留于后。　⑦剑外:剑门外。东坡家在剑西之嵋,多宦游于外。　⑧"江表传"二句:《江表传》载江左吴时事,多见汉末群雄竞逐之义,《三国志》多引以为证。朱将致仕提举崇禧观,故群雄竞逐之书不可读也。　⑨"狂处士"二句:祢衡曾击鼓骂曹操。　⑩"空洲"句:

祢衡曾作《鹦鹉赋》，后人称埋祢衡之沙洲为鹦鹉洲。　⑪“谪仙诗”二句：贺知章读李白《蜀道难》未毕，称赞再三，号为谪仙，因解金龟换酒，与之尽醉。见《本事诗》。李白《江夏赠韦诗》：“我且为君槌碎黄鹤楼，君亦为吾倒却鹦鹉洲。赤壁争雄如梦里，且须歌舞宽离忧。”

渔家傲①

赠曹光州②

些小白须何用染，几人得见星星点③。作郡浮光虽似箭④。君莫厌，也应胜我三年贬⑤。　我欲自嗟还不敢，向来三郡宁非忝⑥。婚嫁事稀年冉冉⑦。知有渐，千钧重担从头减。

（曾慥本《东坡词拾遗》）

[注释]

①《总案》谓元丰五年壬戌(1082)六月，“王适、曹焕来谒”，作《渔家傲》词使焕寄其父九章。　②曹光州：名九章，字演甫，时为光州守。　③星星点：指星星白髮。　④浮光：即光州。苏辙《祭曹演父朝议文》：“逮伯迁黄，公在浮光。”光与黄南北相邻，宋时同属淮南西路。　⑤三年贬：东坡元丰三年贬黄，至五年则已三年。　⑥“向来三郡”句：东坡尝知密、徐、湖，故云三郡。　忝：谦词，谓有辱高位。　⑦“婚嫁”句：谓年事已高，儿女婚嫁之事已稀。刘禹锡《送唐舍人出镇闽中》：“了却人间婚嫁事，复归朝右作公卿。”

定风波①

元丰五年七月六日②，王文甫家饮酿白酒③，大醉。集古句作墨竹词

雨洗娟娟嫩叶光，风吹细细绿筠香。秀色乱侵书帙晚。帘卷，清阴微过酒尊凉④。　人画竹身肥拥肿。何用，先生落笔胜萧郎⑤。记得小轩岑寂夜。廊下，月和疏影上东墙⑥。

（曾慥本《东坡词》卷上）

[注释]

①《年谱》、《纪年录》均谓元丰五年壬戌(1082)作,且傅注本、元本题序皆作五年,故编此。　②《全宋词》据毛本题首作"元丰六年七月六日",误,据傅注本、元本改。　③王文甫:王齐愈,字文甫。其弟王齐万,字子辨。东坡在黄,王氏兄弟尝从之游。　④"雨洗"五句:"绿竹半含箨,新梢才出樯。色侵书帙晚,阴过酒尊凉。雨洗娟娟净,风吹细细香。但令无剪伐,会见拂云长。"见杜甫《严郑公宅同咏竹得香字》。　娟娟:娇美貌。　筠:嫩竹。　书帙:书套。　⑤"人画"三句:"协律郎萧悦善画竹,举时无伦。萧亦甚自秘重,有终岁求其一竿一枝而不得者。"诗云:"萧郎下笔独逼真,丹青以来惟一人。人画竹身肥拥肿……"见白居易《画竹歌并引》。　⑥"记得"三句:"近世有妇人曹希蕴者,颇能诗,虽格韵不高,然时有巧语。尝作《墨竹》诗云:'记得小轩岑寂夜,月移疏影上东墙。'此语甚工。"见《文集》卷六十八《书曹希蕴诗》。

洞仙歌[1]

公自序云:仆七岁时见眉山老尼姓朱,忘其名,年九十馀。自言:尝随其师入蜀主孟昶宫中[2]。一日大热,蜀主与花蕊夫人夜起避暑摩诃池上[3],作一词,朱具能记之[4]。今四十年,朱已死,人无知此词者。但记其首两句,暇日寻味,岂《洞仙歌令》乎,乃为足之

冰肌玉骨,自清凉无汗[5]。水殿风来暗香满[6]。绣帘开、一点明月窥人[7],人未寝、攲枕钗横鬓乱[8]。　起来携素手,庭户无声,时见疏星渡河汉[9]。试问夜如何[10],夜已三更,金波淡、玉绳低转[11]。但屈指、西风几时来,又不道、流年暗中偷换。　(曾慥本《东坡词》卷下)

[注释]

①依题序推算编元丰五年壬戌(1082),是。　②孟昶:蜀后主孟昶,字保元,初名仁赞,高祖第三子。　③花蕊夫人:姓徐,后主贵妃,又升慧妃,号花蕊,长于吟咏,作宫词百首。见《十国春秋》卷五十。　④花蕊夫

人所作词，《十国春秋》卷五十但录首两句云：“冰肌玉骨清无汗，水殿风来暗香满。” ⑤冰肌：肌肤白嫩。典出《庄子·逍遥游》“藐姑射之山，有神人居焉。肌肤若冰雪，淖约如处子”。 玉骨：语出杜甫《徐卿二子歌》“大儿九龄色清澈，秋水为神玉为骨”。 ⑥水殿：建于水上之宫殿。 ⑦一点：“关山同一点，乌鹊多自惊。”见杜甫《玩月呈汉中王》。 ⑧钗横：“水精双枕，傍有堕钗横。”见欧阳修《临江仙·柳外轻雷池上雨》。 ⑨疏星：谓牛女二星。 河汉：天河。 ⑩“试问”句：“夜如何其？夜未央，庭燎之火。”见《诗经·小雅·庭燎》。 ⑪金波淡：谓摩诃池上之波淡。 玉绳：北斗之第三、四两星，在玉衡（北斗之第五星）之北。

[集评]

胡仔云：“子瞻佳词最多，其间杰出者，为‘冰肌玉骨，自清凉无汗。’夏夜词，……皆绝去笔墨畦径间，直造古人不到处，真可使人一唱而三叹。”（《苕溪渔隐丛话》前集卷二十六）

张炎云：“词以意趣为主，要不蹈袭前人语意。如夏夜《洞仙歌》云：‘……此数词皆清空中有意趣，无笔力者未易到。”（《词源》卷下）

沈祥龙云：“词韶丽处，不在涂脂抹粉也。诵东坡‘冰肌玉骨，自清凉无汗，水殿风来暗香满’句，自觉口吻俱香。”（《论词随笔》）

郑文焯云：“坡老改添此词数字，诚觉气象万千，其声亦如空山鸣泉，琴筑竞奏。”（《大鹤山人词话》）

念奴娇[①]

赤壁怀古[②]

大江东去[③]，浪淘尽、千古风流人物。故垒西边，人道是、三国周郎赤壁[④]。乱石穿空，惊涛拍岸，卷起千堆雪。江山如画，一时多少豪杰。 遥想公瑾当年[⑤]，小乔初嫁了[⑥]，雄姿英发。羽扇纶巾[⑦]、谈笑间，强虏灰飞烟灭。故国神游，多情应笑我，早生华发。人间如梦，一尊还酹江月[⑧]。

（曾慥本《东坡词》卷上）

[注释]

①东坡在黄曾多次游赤壁，唯壬戌七月与十月两游有前后《赤壁赋》可证，故应编壬戌。　②赤壁：赤壁之战所在地，有黄州、嘉鱼、江夏、汉阳、汉川五说，后多从嘉鱼（今湖北蒲圻县西北）说。黄州赤壁为赤壁矶，盖东坡旨在怀古，借赤壁以抒怀耳。　③大江：指长江。　④周郎：指周瑜。瑜少有英才，时人呼为周郎。赤壁之战，瑜用黄盖诈降火攻之计，大破曹军。事详见《三国志·吴书·周瑜传》。　⑤公瑾：周瑜字。　⑥小乔：周瑜妻。见《三国志·吴书·周瑜传》。然周瑜娶小乔在赤壁之战前十年，言"初嫁"，盖喻瑜少年得志耳。　⑦纶（guān）巾：以青丝织成的头巾。古人冠巾皆戴，朝会时戴冠，平时戴巾，盖类似便帽。　⑧"一尊"句：举酒以酬江月。　酹（lèi）：以酒浇地，作祭奠。《念奴娇》又名《酹江月》，即以此句故。

[集评]

胡仔云："赤壁词，语意高妙，真古今绝唱。"（《苕溪渔隐丛话》前集卷五十九）

俞文豹云："东坡在玉堂，有幕士善讴，因问：我词比柳词何如？对曰：柳郎中词，只好十七八女孩儿执红牙拍板，唱'杨柳岸晓风残月'。学士词须关西大汉执铁板，唱'大江东去'。公为之绝倒。"（《吹剑续录》）

元好问云："夏口之战，古今喜称道之。东坡赤壁词殆戏以周郎自况也。词才百许字，而江山人物无复馀蕴，宜其为乐府绝唱。"（《题闲闲书赤壁赋后》）

王世贞云："学士此词，自亦雄壮，感慨千古。果令铜将军于大江奏之，必能使江波鼎沸。至咏杨花《水龙吟慢》，又进柳妙处一尘矣。"（《艺苑卮言》）

黄苏云："题是怀古，意谓自己消磨壮心殆尽也。开口'大江东去'二句，叹浪淘人物，是自己与周郎俱在内也。'故垒'句至次阕'灰飞烟灭'句，俱就赤壁写周郎之事。'故国'三句，是就周郎拍到自己。'人生如梦'之二句，总结以应起二句。总而言之，题是赤壁，心实为己而发。周郎是宾，自己是主。借宾定主，寓主于宾。是主是宾，离奇变幻，细思方得其主意处。不可但诵其词，而不知其命意所在也。"（《蓼园词评》）

念奴娇[①]

中　秋

凭高眺远,见长空万里,云无留迹。桂魄飞来光射处[②],冷浸一天秋碧。玉宇琼楼,乘鸾来去,人在清凉国[③]。江山如画,望中烟树历历。　我醉拍手狂歌,举杯邀月,对影成三客。起舞徘徊风露下[④],今夕不知何夕[⑤]。便欲乘风,翻然归去,何用骑鹏翼[⑥]。水晶宫里[⑦],一声吹断横笛[⑧]。

(汲古阁本《东坡词》)

[注释]

①《总案》谓元丰五年壬戌(1082)中秋作。　②桂魄:月亮。　③清凉国:唐明皇李隆基游月宫,不胜其寒。见《明皇杂录》。　④"我醉"四句:"我歌月徘徊,我舞影零乱。醒时同交欢,醉后各分散。""举酒邀明月,对影成三人。"见李白《月下独酌》。　⑤"今夕"句:"绸缪束薪,三星在天。今夕何夕,见此良人。"见《诗经·唐风·绸缪》。　⑥鹏翼:"鹏之背,不知其几千里也。怒而飞,其翼若垂天之云。"见《庄子·逍遥游》。　⑦水晶宫:吴王阖闾造水晶宫,出自水府。见《述异记》。　⑧"横笛"句:唐庄宗喜月夜吹横笛,见《青琐高议》。

醉蓬莱[①]

余谪居黄州,三见重九,每岁与太守徐君猷会于栖霞楼。今年公将去乞郡湖南,念此惘然,故作是词[②]

笑劳生一梦[③],羁旅三年[④],又还重九。华发萧萧,对荒园搔首[⑤]。赖有多情,好饮无事[⑥],似古人贤守。岁岁登高,年年落帽[⑦],物华依旧[⑧]。　此会应须烂醉,仍把紫菊茱萸,细看重嗅[⑨]。摇落霜风[⑩],有手栽双柳[⑪]。来岁今朝,为我西顾,酹羽觞江口[⑫]。会与州人,饮公遗爱[⑬],一江

醇酎[14]。　（曾慥本《东坡词》卷下）

［注释］

①《年谱》与《总案》谓元丰五年壬戌（1082）重九作。词明言“三见重九”，三见者，庚申、辛酉、壬戌也。　②《全宋词》题作“重九上君猷”，据元本改。　③劳生一梦：“处世若大梦，胡为劳其生。”见李白《春日醉起言志》。　④羁旅：作客他乡。　⑤搔首：搔头，表思念。　⑥好饮无事：陈轸过梁，欲见犀首，犀首谢弗见，轸曰：“吾为事来。”及见，轸问曰：“公何好饮也？”犀首曰：“无事也。”　⑦落帽：桓温于九月九日燕龙山，群僚毕集，风吹孟嘉帽落，嘉不觉，温使左右勿言。嘉良久入厕，温令取还之，命孙盛作文嘲嘉，置嘉坐处。嘉还见，即答之，其文甚美，四座皆叹。见《晋书·孟嘉传》。后人谓之落帽风流。　⑧物华：谓物之美。　⑨“仍把”二句：汝南桓景随费长房游学累年，长房谓其九月九日，家中有灾，当令人作囊盛茱萸以系臂登高，饮菊花酒，则可免祸。见《续齐谐记》。　⑩摇落霜风：“悲哉秋之为气也！萧瑟兮，草木摇落而变衰。”见宋玉《九辩》。　⑪手栽双柳：徐君猷曾与东坡在雪堂前共栽柳树。　⑫“来岁”三句：徐君猷离黄赴湖南任，当黄州之西南。　⑬饮公遗爱：双关语，既谓徐君猷之遗爱可饮，又谓饮酒于徐君猷之遗爱亭。　⑭醇酎（zhòu）：重酿之醇酒。

［集评］

郑文焯云：“结处转入苍茫，便有无限离景。”（《大鹤山人词话》）

临江仙[①]

夜饮东坡醒复醉，归来仿佛三更。家童鼻息已雷鸣。敲门都不应，倚杖听江声。　长恨此身非我有[②]，何时忘却营营[③]。夜阑风静縠纹平[④]。小舟从此逝，江海寄馀生。

［注释］

①《总案》谓元丰五年壬戌（1082）九月雪堂夜饮，醉归临皋作。　②身非我有：“舜问乎丞曰：‘道可得而有乎？’曰：‘汝身非汝有也，汝何得有夫

道！'舜曰：'吾身非吾有也，孰有之哉？'曰：'是天地之委形也；生非汝有，是天地之委和也；性命非汝有，是天地之委顺也；子孙非汝有，是天地之委蜕也。'"见《庄子·知北游》。 ③营营：往来忙碌貌。 ④縠纹平：风息浪平，波纹如縠。 縠（hú）：有绉纹之纱。

临江仙[①]

赠送

诗句端来磨我钝，钝锥不解生铓[②]。欢颜为我解冰霜[③]。酒阑清梦觉，春草满池塘[④]。 应念雪堂坡下老[⑤]，昔年共采芸香[⑥]。功成名遂早还乡[⑦]。回车来过我[⑧]，乔木拥千章[⑨]。 （以上二首见曾慥本《东坡词》卷上）

［注释］

①观词中公自称"雪堂坡下老"，必写于元丰五年壬戌（1082）二月雪堂建成之后，元丰七年甲子（1084）离黄之前。词云"昔年共采芸香"，其赠主必为共在书职或同科登第者。坡黄州前未有书职仕履，则知必为赠同科登第而又过黄访坡者。准此，则唯蔡承禧一人而已。蔡与坡公同为嘉祐二年章衡榜进士，字景繁，元丰五年正月为淮南转运使，黄州则在治下，于是年十月按部至黄访坡，词作于此时无疑。 ②"诗句"二句：用纽约典。祖纳谓梅陶、钟雅曰："君汝颍之士，利如锥；我幽冀之士，钝如槌。持我钝槌，捶君利锥，皆当摧矣。"陶、雅并称："有神锥，不可得槌。"纳曰："假有神锥，必有神槌。"见《晋书·祖纳传》。 端来：真的。 不解：不会。 铓：刃端。此两句为谦词，意谓越来越笨。 ③冰霜：喻艰危困逆之境。 ④"酒阑"两句：谢灵运对族弟谢惠连推许甚重，尝谓梦惠连始成"池塘生春草，园柳变鸣禽"（《登池上楼》）二句。 ⑤雪堂坡下老：轼自称。 ⑥芸香：即芸香草，多年生草，夏日开花，其香甚烈，其叶置于书间，可辟蠹蛀。 ⑦"功成"句："功成名遂身退，天之道。"见《老子》第九章。 ⑧回车：回车院。《总案》谓"回车院为三司按临所居"。 过：访问。 ⑨"乔木"句：乔木，高大的树木。 千章：《史记·货殖列传》"山居千章之材"《集解》注云："章，材也。"旧时作大匠掌材，曰章曹掾。此句盖喻赠主蔡

承禧为乔木中的千章之材也。

减字木兰花[1]

赠徐君猷三侍人　妩　卿[2]

娇多媚煞[3]，体柳轻盈千万态。殢主尤宾[4]。敛黛含颦喜又瞋。　徐君乐饮，笑谑从伊情意恁[5]。脸嫩肤红[6]，花倚朱阑裹住风。

[注释]

①《总案》谓元丰五年壬戌(1082)十二月张商英过黄州作。其时，张商英以馆阁校勘坐监鄂州酒税。　②妩卿：徐君猷侍妾名。　③煞(shài)：甚。　④殢(tì)主尤宾：尤，殢二字联用，为恋昵意。　⑤恁：如此，那样。　⑥肤红：《全宋词》原作"敷红"，从朱本改。

减字木兰花

胜　之

双鬟绿坠[1]，娇眼横波眉黛翠。妙舞蹁跹[2]，掌上身轻意态妍[3]。　曲穷力困，笑倚人旁香喘喷。老大逢欢，昏眼犹能仔细看。

[注释]

①双鬟：少女之髮式。　②蹁跹：今通作"翩跹"，舞姿轻盈。　③掌上身轻：世传赵飞燕体轻如燕，能作掌上舞。

减字木兰花

庆　姬

天真雅丽，容态温柔心性慧。响亮歌喉，遏住行云翠不收[1]。　　妙词佳曲，啭出新声能断续。重客多情，满劝金卮玉手擎。

[注释]

①遏住行云："声振林木，响遏行云。"见《列子·汤问》。

减字木兰花

赠君猷家姬[1]

柔和性气，雅称佳名呼懿懿。解舞能讴，绝妙年中有品流[2]。　　眉长眼细，淡淡梳妆新绾髻。懊恼风情，春著花枝百态生。　　（以上四首见曾慥本《东坡词拾遗》）

[注释]

①《总案》题作"赠懿懿"。　②有品流：犹言品流高。

减字木兰花

赠胜之[1]

天然宅院，赛了千千并万万[2]。说与贤知，表德元来是胜之[3]。　　今来十四。海里猴儿奴子是[4]。要赌休痴。六只骰儿六点儿[5]。　　（曾慥本《东坡词》卷下）

[注释]

①傅注本题下增"乃徐君猷侍儿"六字。　②千千并万万："闲草甚多，丛者束兮，靡者香兮，仰风猎日，如文如笑兮，千千万万之容兮，不可得而状也。"见杜牧《晚晴赋》。　③表德：古者"名"以正体，"字"以表德。　④海里猴儿：昵称。傅注："海猴儿，言好孩儿也。"　⑤骰（tóu）：赌具。

西江月[①]

送建溪双井茶，谷帘泉与胜之。胜之，徐君猷家后房，甚丽，自叙本贵种也[②]

龙焙今年绝品[③]，谷帘自古珍泉[④]。雪芽双井散神仙[⑤]，苗裔来从北苑[⑥]。　汤发云腴酽白[⑦]，盏浮花乳轻圆[⑧]。人间谁敢更争妍，鬥取红窗粉面[⑨]。

（曾慥本《东坡词》卷上）

[注释]

①依朱本附编于元丰五年(1082)。　②《全宋词》题作“茶词”，据傅注本改。　③龙焙：在福建，宋时为茶库。　④谷帘：谷帘泉在星子县。《茶经》：“陆羽第水高下，有二十品，庐山谷帘水居第一。”　⑤雪芽双井：盖芽茶之一种。《北苑贡茶录》：“茶芽凡数品，最上曰小芽，如雀舌鹰爪，以其劲直纤挺，故号芽茶。”　双井：在洪州，以产茶名。　⑥北苑：在福建建宁(今建瓯)。　⑦云腴：茶以产于山巅多雾处为佳，此指沏茶后杯上产生的一层雾气。　酽：浓。　⑧花乳：新沏茶盏上所浮之小气泡。曹邺《故人寄茶》：“碧波霞脚碎，香泛乳花轻。”　⑨鬥取：对着。

菩萨蛮[①]

赠徐君猷笙奴[②]

碧纱微露纤纤玉[③]，朱唇渐暖参差竹[④]。越调变新声，龙吟彻骨清[⑤]。　夜来残酒醒，惟觉霜袍冷[⑥]。不见敛眉人，胭脂觅旧痕。

（曾慥本《东坡词》卷下）

[注释]

①依朱本附编于元丰五年(1082)。　②《全宋词》原无题，从傅注本补。　③纤纤玉：美人手。　④参差竹：笙管长短不齐，故云。　⑤龙吟：喻笙声。罗邺《题笙》：“筠管参差排凤翅，月堂凄切胜龙吟。”　⑥霜袍：

即赤霜袍。李白《上元夫人》:“裘披青毛锦,身着赤霜袍。”

醉翁操

一首并序

琅玡幽谷[①],山水奇丽,泉鸣空涧,若中音会。醉翁喜之,把酒临听,辄欣然忘归。既去十馀年,而好奇之士沈遵闻之往游,以琴写其声,曰《醉翁操》。节奏疏宕,而音指华畅,知琴者以为绝伦。然有其声而无其辞。翁虽为作歌,而与琴声不合。又倚楚词作《醉翁引》[②],好事者亦倚其辞而制曲。虽粗合韵度,而琴声为词所绳约,非天成也。后三十馀年,翁既捐馆舍[③],遵亦没久矣。有庐山玉涧道人崔闲,特妙于琴。恨此曲之无词,乃谱其声,而请于东坡居士以补之云

琅然,清圜[④],谁弹。响空山,无言。惟翁醉中知其天。月明风露娟娟。人未眠。荷蒉过山前[⑤],曰有心也哉此贤。　醉翁啸咏,声和流泉。醉翁去后,空有朝吟夜怨。山有时而童巅[⑥],水有时而回川。思翁无岁年,翁今为飞仙[⑦]。此意在人间,试听徽外三两弦[⑧]。

（《东坡后集》卷八）

［注释］

①琅玡幽谷:在滁州。　②《醉翁引》:“余作醉翁亭于滁州,太常博士沈遵,好奇之士也,闻而往游焉。归而以琴写之,作《醉翁吟三叠》。去年秋,余奉使契丹,沈君会余恩冀之间。夜阑酒半,援琴而作之,有其声而无其辞,乃为之辞以赠之。其辞曰:……”见欧阳修《醉翁吟并序》。　③捐馆舍:死于官馆。　④琅然:玉声。　清圜:即清圆。　⑤荷蒉:“有荷蒉而过孔氏之门者。曰:‘有心哉,击磬乎?’既而曰:‘鄙哉,硁硁乎,莫己知也,斯已而已矣。深则厉,浅则揭。’”见《论语·宪问》。　蒉(kuì):草器,土筐。意谓孔子击磬,有负草器者过其门,始则赞扬孔子有心,后则劝孔子随世而安,知其不可则不当为也。　⑥童巅:山无草木曰童,若童子

未冠然。见《释名》。 ⑦飞仙:蓬莱山周回五千里,有圆海绕山,无风而洪波百丈,惟飞仙能到。见《十洲记》。 ⑧徽:琴节曰徽。以琴长三分损一,又三分损一,转相增减,以定音之高下节。其标识处曰徽,全弦凡十三徽。

［集评］

刘体仁云:"隐括体不可作也,不独《醉翁》如嚼蜡,即子瞻改琴诗,'琵琶'字不见,毕竟是全首说梦。"(《七颂堂词绎》)

许昂霄云:"东坡自评其文曰:'如万斛泉源,不择地而出。'唯词亦然。"(《词综偶评》)

满庭芳[①]

公旧序云:有王长官者[②],弃官三十三年,黄人谓之王先生。因送陈慥来过余,因赋此

三十三年,今谁存者,算只君与长江。凛然苍桧,霜干苦难双。闻道司州古县[③],云溪上、竹坞松窗。江南岸,不因送子,宁肯过吾邦。 摐摐[④]。疏雨过,风林舞破,烟盖云幢[⑤]。愿持此邀君[⑥],一饮空缸[⑦]。居士先生老矣,真梦里、相对残釭[⑧]。歌舞断,行人未起,船鼓已逄逄[⑨]。

［注释］

①《总案》谓作于元丰六年癸亥(1083)五月。 ②王长官:未详。 ③司州:唐时在黄陂置南司州。见《唐书·地理志》。 ④摐摐(chuāng):撞击声。司马相如《子虚赋》:"摐金鼓,吹鸣籁。" ⑤盖:伞。 幢:旗。 ⑥此:指上句以雨声作鼓声,以枫林为舞,以烟为盖,以云为幢来迎王先生。 ⑦空缸,正与上之雨鼓、枫舞、烟盖、云幢相对。意为穷居黄州,空无一物。 ⑧残釭:残灯。 ⑨"行人"二句:行人还未起,而渔夫已在鸣榔捕鱼了。 榔:船尾近舵处之横木,敲之如鼓声,鱼闻之皆伏不动,便于捕焉。见施闰章《渠斋杂记》。 逄逄(páng):鼓声。

［集评］

郑文焯云："健句入词，更奇峰郁起，此境非稼轩所能梦到。不事雕凿，字字苍寒，如空岩霜干，天风吹堕玻璃地上，铿然作碎玉声。"（《大鹤山人词话》）

好事近[①]

送君猷

红粉莫悲啼，俯仰半年离别[②]。看取雪堂坡下，老农夫凄切。　　明年春水漾桃花，柳岸隘舟楫。从此满城歌吹，看黄州阗咽[③]。　　（以上二首见曾慥本《东坡词》卷上）

［注释］

①《总案》谓元丰六年癸亥（1083）五月作。　②"俯仰"句：徐离黄赴湖，仍置家于黄，故云半年离别。　俯仰：言其短如俯仰之间。　③阗（tián）咽：充满。　下片四句写徐君猷再来黄移家而去时倾城欢送景象。

浣溪沙[①]

端　午

入袂轻风不破尘[②]，玉簪犀壁醉佳辰[③]。一番红粉为谁新。　　团扇只堪题往事[④]，新丝那解系行人[⑤]。酒阑滋味似残春。　　（曾慥本《东坡词拾遗》）

［注释］

①词写端午，又及离别，盖为送徐君猷而作，附编于元丰六年（1083）五月。　②"入袂"句：风轻仅可入袂，故云不破尘。　袂（mèi）：衣袖。　③玉簪犀璧：当为犀簪玉璧之倒。指与宴之美人，亦即下句之红粉。　④团扇：中书令王珉与嫂婢有情，嫂打婢过苦。婢善歌，而珉好执白团扇。见《晋书·乐志》。　⑤"新丝"句："自家飞絮犹无定，争把长条系得人。"见罗隐《柳》诗。

水调歌头[①]

黄州快哉亭赠张偓佺[②]

落日绣帘卷，亭下水连空[③]。知君为我，新作窗户湿青红[④]。长记平山堂上[⑤]，攲枕江南烟雨[⑥]，渺渺没孤鸿。认得醉翁语，山色有无中[⑦]。　一千顷[⑧]，都镜净[⑨]，倒碧峰[⑩]。忽然浪起，掀舞一叶白头翁[⑪]。堪笑兰台公子，未解庄生天籁，刚道有雌雄[⑫]。一点浩然气，千里快哉风。

[注释]

①《总案》谓元丰六年癸亥(1083)六月作。　②《全宋词》题作“快哉亭作”，从元本改。　张偓佺：张梦得，字怀民，盖又字偓佺。苏辙《黄州快哉亭记》：“江出西陵，始得平地，其流奔放肆大，南合沅湘，北合汉沔，其势益张。至于赤壁之下，波流浸灌，与海相若。清河张君梦得，谪居齐安，即其庐之西南为亭，以览观江流之胜，而余兄子瞻名之曰快哉。”　③水连空：“水将空合色，云与我无心。”见朱湾《九日登青山》。　④新作：按律应下属，按意应上属。谓快哉亭刚刚作成，似为我而作，以供游览。　青红：谓朱楼碧瓦。　⑤平山堂：欧阳修守扬州，于僧舍建平山堂，颇得观览之胜。　⑥攲：斜倚。　⑦认得：体认，体会。　⑧一千顷：谓长江。　⑨镜：喻江水明净如镜。　⑩倒碧峰：山在水中倒影。　⑪“掀舞”句：白头翁，本鸟名，此为作者自喻。一叶，喻其小。　舞：指作者在水中倒影随波浪起伏上下翻动。若实解为浪翻小舟，舟上有一白头老翁，则索然无味矣。　⑫“堪笑”三句：楚襄王游于兰台之宫，有风飒然而至，宋玉发为“大王之雄风”与“庶人之雌风”之论。见宋玉《风赋》。　天籁：风吹而使窍孔自然发出之声。见《庄子·齐物论》。　刚道：才道，才说。

[集评]

严有翼云：“《送刘贡父守维扬作长短句》：‘平山栏槛倚晴空，山色有无中’。平山堂望江左诸山甚近，或以为永叔短视，故云‘山色有无中’。东坡笑之，因赋快哉亭道其事云：‘长记平山堂上，倚枕江南烟雨，杳杳没孤鸿。认取醉翁语，山色有无中。’盖山色有无中，非烟雨不能然也。”

（《苕溪渔隐丛话》后集卷二十二引《艺苑雌黄》）

陆游云："'水流天地外，山色有无中'，王维诗也。权德舆《晚渡扬子江》诗云：'远岫有无中，片帆烟水上'，已是用维语。欧阳公长短句云：'平山栏槛倚晴空，山色有无中。'诗人至是盖三用矣。然公但以此句施于平山堂为宜，初不自谓工也。东坡先生乃云：'记取醉翁语，山色有无中'则似谓欧阳公创为此句，何哉？"（《老学庵笔记》卷六）

黄苏云："前阕从'快'字之意入，次阕起三语承上阕写景，'忽然'二字一跌，以顿出末二句来，'快'字之意方足。"（《蓼园词评》）

郑文焯云："此等句法，使作者稍稍矜才使气，便流粗豪一派。妙能写景中人，用生出无限情思。"（《大鹤山人词话》）

鹧鸪天①

林断山明竹隐墙，乱蝉衰草小池塘。翻空白鸟时时见，照水红蕖细细香②。　　村舍外，古城旁。杖藜徐步转斜阳③。殷勤昨夜三更雨，又得浮生一日凉④。

（以上二首见曾慥本《东坡词》卷上）

[注释]

①依朱本编元丰二年己未（1079）六月。《全宋词》调下注"东坡谪黄州时作此词，真本藏林子敬家"，盖据傅注。毛本题作"时谪黄州"。　②红蕖：红色荷花，荷花又名芙蕖。　③"杖藜"句："肠断春江欲尽头，杖藜徐步立芳洲。"见杜甫《绝句漫兴九首》其五。　④浮生：谓人世无定。

[集评]

《庚溪诗话》云："有用古人句律，而不用其句意者。……唐人云：'因过竹院逢僧话，又得浮生半日闲'。坡云：'殷勤昨夜三更雨，又得浮生一日凉'。……此皆以故为新，夺胎换骨。"（《诗人玉屑》卷八引）

郑文焯云："渊明诗：'啸傲东轩下，聊复得此生。'此词从陶诗中得来，逾觉清异，较'浮生半日闲'句，自是诗词异调。论者每谓坡公以诗笔入词，岂审音知言者？"（《大鹤山人词话》）

蝶恋花[①]

送潘大临[②]

别酒劝君君一醉。清润潘郎[③]，又是何郎婿[④]。记取钗头新利市[⑤]，莫将分付东邻子[⑥]。　回首长安佳丽地[⑦]。三十年前，我是风流帅[⑧]。为向青楼寻旧事[⑨]，花枝缺处馀名字[⑩]。

（曾慥本《东坡词拾遗》）

[注释]

①朱氏据《能改斋漫录》卷十六谓“东坡在黄时，送潘邠老赴省试作”编元丰六年癸亥（1083）。　②潘大临：字邠老。闽人，后家黄州，尝举于有司，后死于蕲春。见张文潜《宛丘集·潘大临文集序》。　③潘郎：潘岳美姿容，少时常挟弹出洛阳道，妇人遇之则连手萦绕，投之以果，遂满车而归。见《晋书·潘岳传》。以赠主姓潘，故用潘岳典。　④何郎：何晏美而肤白，魏明帝尝疑其敷粉。见《世说新语·容止》。　⑤钗：妇女头饰。利市：粤俗谓以钱物给人曰利市。　钗头新利市，谓潘爱情顺利。与上文合观，盖潘刚刚订婚或结婚。　⑥东邻子：东家的美女。“东家之子，增之一分则太长，减之一分则太短，着粉则太白，施朱则太赤，眉如翠羽，肌如白雪，腰如束素，齿如含贝，嫣然一笑，惑阳城，迷下蔡。然此女登墙窥臣三年，至今未许也。”见宋玉《登徒子好色赋》。　“莫将”句：此句诫其莫见异思迁，将真情再向别的美女表示。　⑦长安：代指宋都开封。　佳丽地：谓美女聚集之地。　⑧“三十年前”二句：据《侯鲭录》卷一载，“东坡在徐州，送郑彦能还都下，问其所游，因作词云：‘十五年前，我是风流帅。花枝缺处留名字。’记坐中人语，尝题于壁”。此云“三十年前”，盖“二十年前”之误，因“十五年前”后推五年为元丰六年正好“二十年”，若云“三十”则已至哲宗元祐八年（1093），时东坡在朝（是年九月已至定州）。风流帅：犹言风流伯，风流子。　⑨青楼：贵族女子居所。曹植《美女篇》：“青楼临大路，高门结重关。”后世谓妓女所居之地。　⑩“花枝”句：“花枝缺处青楼开，艳歌一曲酒一杯。”见白居易《长安道》。此词“花枝缺处”，盖歇后“青楼”。　馀：剩馀。

西江月[①]

重阳栖霞楼作[②]

点点楼头细雨，重重江外平湖[③]。当年戏马会东徐[④]，今日凄凉南浦[⑤]。　莫恨黄花未吐，且教红粉相扶。酒阑不必看茱萸，俯仰人间今古。

［注释］

①龙本据傅注本题编元丰六年癸亥（1083）。　②《全宋词》题作“重九”，据傅注本改。　③江外：指长江以外。　④戏马会东徐：戏马台，亦曰掠马台，项羽所筑，在徐州。东徐，亦曰南徐，北魏置，即徐州。此句忆在徐州时。　⑤南浦：地名。江淹《别赋》：“送君南浦，伤如之何。”后以送别之地为南浦。

十拍子[①]

暮　秋

白酒新开九酝[②]，黄花已过重阳。身外傥来都似梦[③]，醉里无何即是乡[④]。东坡日月长。　玉粉旋烹茶乳[⑤]，金齑新捣橙香[⑥]。强染霜髭扶翠袖，莫道狂夫不解狂。狂夫老更狂。

［注释］

①《总案》谓元丰六年癸亥（1083）九月作。　②九酝：即九酿酒。　③傥来：偶然得来。　④无何乡：“今子有大树，患其无用，何不树之于无何有之乡，广莫之野，彷徨乎无为其侧，逍遥乎寝卧其下。”见《庄子·逍遥游》。无何乡，实际上并不存在的地方。　⑤玉粉：白色粉末。古人制茶与今异，先碾成粉末，然后制饼。饮时又将饼捣碎碾为细末，用细罗罗之如粉，色白为佳。　旋烹：渐次烹煮。古人沏茶讲究一二三沸，谓之候汤。　茶乳：沏茶时水面泛起之白沫，其色如乳，其状如花。　“玉粉”句：

言沏茶过程。　⑥“金齑”句：傅注，“金橙捣齑，以馔鱼脍用之”。　齑：捣碎之橙汁。

南歌子①

黄州腊八日饮怀民小阁②

卫霍元勋后③，韦平外族贤④。吹笙只合在缑山⑤。闲驾彩鸾归去、趁新年⑥。　烘暖烧香阁⑦，轻寒浴佛天⑧。他时一醉画堂前。莫忘故人憔悴、老江边。

（以上三首见曾慥本《东坡词》卷上）

［注释］

①《总案》谓元丰六年癸亥（1083）十二月八日作。　②腊八：节名。《月令通考》：“南方专用腊月八日灌佛。宋朝东京，于此月，都城大寺，作浴佛会，并送七宝粥，谓之腊八粥。”　怀民：即张怀民。　③卫霍：谓卫青与霍去病，皆以军功为汉之名将。　④韦平：韦贤与其子玄成、平当与其子平晏，韦、平父子均拜相，且封侯。见《汉书·韦贤传》与《平当传》。外族：非刘氏封侯，故曰外族。　⑤“吹笙”句：“王子乔者，周灵王太子也。好吹笙作凤凰鸣，游伊洛之间。道士浮丘公，接以上嵩山，三十馀年。后求之于山，见桓良曰：‘告我家，七月七日待我于缑氏山头。’（至日），果乘白鹤，驻山岭，望之不到，举手谢时人，数日而去。后立祠于缑氏及嵩山。”见《列仙传》。缑氏山在今河南偃师南。　⑥“闲驾”句：唐文宗太和末年（835），书生文箫至游帷观遇仙女吴彩鸾，吟诗相引至绝顶，被天帝谪下凡尘为民妻一纪（十二年），吴彩鸾与文箫遂归钟陵，事见裴铏《传奇》。此以彩鸾喻张妻。　⑦“烘暖”句：阁被焚香烘暖。　⑧浴佛天：傅注引《法云记》，“佛于周穆王二年癸未，年三十，将成道，以腊月八日浴，食乳粥等”。

菩萨蛮[①]

有　寄

城隅静女何人见[②]，先生日夜歌彤管[③]。谁识蔡姬贤[④]，江南顾彦先[⑤]。　先生那久困[⑥]，汤沐须名郡[⑦]。惟有谢夫人[⑧]，从来见拟伦[⑨]。　（曾慥本《东坡词》卷下）

［注释］

①词之赠主乃仕途蹭蹬者。考东坡交游，宋神宗元丰年间与哲宗绍圣年间，与东坡同被贬官，而又因妇得祸（词中反复强调妇贤即有辩冤之意），堪称"先生"者，唯滕元发一人。据《宋史·滕元发传》与东坡《文集》卷五一《与滕达道（元发字）六十八首》等籍考之，元发因"妇党李逵为逆，或因以挤之，黜为池州。未行，改安州。流落且十岁，犹以前过贬居筠州"。此词即为贬筠于元丰七年（1084）二月过黄访坡时坡所赠也。　②"城隅"句："静女其姝，俟我于城隅。爱而不见，搔首踟蹰。"见《诗经·邶风·静女》。　③"先生"句："静女其娈，贻我彤管。彤管有炜，悦怿女美。"见《诗经·邶风·静女》。　彤管：笔，女史执之记功书过。　④蔡姬：即蔡文姬。文姬博学有才辩，妙于音律。见《后汉书·列女列传》。　⑤顾彦先：顾荣，字彦先，为南土著姓，弱冠仕吴，吴平。与陆机、陆云兄弟同入洛，时人称为"三俊"。事详见《晋书·顾荣传》。　⑥先生那久困：久困于逆境而不能升迁。据史载，滕元发因妻党为逆而株连，久困者十年。　⑦"汤沐"句：古时谓封地为汤沐邑，意为生活供养之地。此谓不久必将选调到大州名府去为官。　⑧谢夫人：王凝之妻谢道韫，聪明有才辩，风韵高迈，叙致清雅。见《晋书·列女列传》。　⑨拟伦：相互比拟。

减字木兰花[①]

琴

神闲意定，万籁收声天地静[②]。玉指冰弦，未动宫商意已传[③]。　悲风流水，写出寥寥千古意。归去无眠，

一夜馀音在耳边。 （曾慥本《东坡词拾遗》）

[注释]

①《文集》卷七十一《记游定惠院》云："黄州定惠院东小山上，有海棠一株，特繁茂，每岁盛开，必携酒置客，已五醉其下矣。……"此记作于元丰七年甲子(1084)三月三日，而词正与记相仿佛，故编甲子。 ②万籁收声：即万籁无声。 籁，窍孔。 ③宫商：指宫商角徵(zhǐ)羽五声。

浣溪沙[①]

感 旧

徐邈能中酒圣贤[②]，刘伶席地幕青天[③]。潘郎白壁为谁连[④]。 无可奈何新白髮，不如归去旧青山。恨无人借买山钱[⑤]。 （曾慥本《东坡词》卷下）

[注释]

①上首引《记游定惠院》又云："坐客徐君得之将适闽中，以后会未可期，请予记之，为异日拊掌。"此词中所谓"徐邈"、"刘伶"、"潘郎"，即谓其同游于定惠院之徐得之、刘唐年与潘邠老，故编元丰七年甲子(1084)三月。 ②"徐邈"句：徐邈善饮酒，常至于沉醉，人问以事，则曰"中圣人"。太祖(曹操)闻之怒，鲜于辅曰："平日醉客谓酒清者为圣人，浊者为贤人，邈性修慎，偶醉言耳。"见《三国志·魏书·徐邈传》。 ③"刘伶"句：刘伶著《酒德颂》云"有大人先生，以天地为一朝，万期为须臾，日月为扃牖，八荒为庭衢。行无辙迹，居无室庐，幕天席地，纵意所如"。见《晋书·刘伶传》。 ④"潘郎"句：夏侯湛貌美才盛，文章宏富，与潘岳友善，每行止则同与接茵，京都谓之"连璧"。见《晋书·夏侯湛传》。 ⑤买山钱：支遁向深公借钱买印山，深公曰："未闻巢由买山而隐。"见《世说新语·排调》。

减字木兰花[①]

江南游女，问我何年归得去。雨细风微，两足如霜挽纻衣[②]。　　江亭夜语，喜见京华新样舞。莲步轻飞[③]，迁客今朝始是归[④]。　　　　　　　　（曾慥本《东坡词拾遗》）

[注释]

①注者按：词云“江南”、“迁客”，又谓“始是归”，当是离黄前作，编元丰七年甲子（1084）四月。　②如霜：喻其白。　③莲步：东昏侯为潘妃凿金为莲花以贴地，让潘妃行其上，曰：“此步步生莲花也。”见《南史·废帝东昏侯本纪》。　④迁客：以罪迁降外州者，其州人谓之迁客。

满庭芳[①]

公旧序云：元丰七年四月一日，余将去黄移汝，留别雪堂邻里二、三君子。会李仲览自江东来别[②]，遂书以遗之

归去来兮，吾归何处，万里家在岷峨。百年强半，来日苦无多[③]。坐见黄州再闰[④]，儿童尽、楚语吴歌[⑤]。山中友，鸡豚社酒[⑥]，相劝老东坡。　　云何。当此去，人生底事[⑦]，来往如梭。待闲看，秋风洛水清波。好在堂前细柳，应念我、莫剪柔柯。仍传语，江南父老，时与晒渔蓑。

[注释]

①公自黄移汝，盖甲子正月二十五日有命，三月告下，四月离黄。《全宋词》序文上原有“公旧注云”四字，据傅注本当为序，故删。　②李仲览：李翔，字仲览，兴国人，元丰进士。见《宋人传记资料索引》。　③“百年强半”二句：“年皆过半百，来日苦无多。”见韩愈《除官赴阙至江州寄鄂岳李大夫》。　强半：大半。东坡是年四十九岁。　④再闰：两个闰年。《续资治通鉴长编》载，元丰三年闰九月，元丰六年闰六月。东坡元丰三年来黄，七年四月去黄，故云再闰。　⑤楚语吴歌：黄州系古楚地，又系三国时吴地。　⑥社酒：古俗，春秋祀社神，邻里之间聚会饮酒，谓之社酒。　⑦底事：何事。

满庭芳[①]

蜗角虚名[②]，蝇头微利[③]，算来著甚干忙[④]。事皆前定，谁弱又谁强。且趁闲身未老，尽放我、些子疏狂[⑤]。百年里，浑教是醉，三万六千场[⑥]。　思量。能几许，忧愁风雨[⑦]，一半相妨[⑧]。又何须，抵死说短论长。幸对清风皓月，苔茵展、云幕高张。江南好，千钟美酒，一曲满庭芳。

（以上二首见曾慥本《东坡词》卷上）

[注释]

①按词意，盖黄州时作，暂编于此。　②蜗角虚名：微不足道之虚名。　③蝇头微利：喻利之微如蝇头。　④干忙：犹言空忙。　⑤些子：一点。　⑥“三万”句：“百年三万六千日，一日须倾三百杯。”见李白《襄阳歌》。　⑦忧愁风雨：“三分春色二分愁，更一分风雨。”见叶清臣《贺圣朝》。　⑧妨：干扰。

阮郎归[①]

初　夏

绿槐高柳咽新蝉，薰风初入弦[②]。碧纱窗下水沉烟[③]，棋声惊昼眠。　微雨过，小荷翻。榴花开欲然[④]。玉盆纤手弄清泉，琼珠碎却圆。　（曾慥本《东坡词》卷下）

[注释]

①《诗集》卷四十二《观棋·引》：“尝独游庐山白鹤观。观中人皆阖户昼寝，独闻棋声于古松流水之间，意欣然喜之。”所记之游白鹤观，在元丰七年（1084）甲子自黄移汝四月底至庐山时，所记与此词词境相仿佛，盖作于同时。　②“薰风”句：《南风》之歌始以琴奏，首句为“南风之薰兮”，故云。意谓南风吹来。　③水沉烟：香以沉水者为佳。　④然：即“燃”。

[集评]

黄苏云:“按此词清和婉丽中而风格自佳。”(《蓼园词评》)

西江月[①]

姑熟再见胜之次前韵[②]

别梦已随流水,泪巾犹裛香泉[③]。相如依旧是臞仙[④],人在瑶台阆苑[⑤]。　花雾萦风缥缈[⑥],歌珠滴水清圆。蛾眉新作十分妍[⑦],走马归来便面[⑧]。

[注释]

①《总案》谓元丰七年甲子(1084)七月过当涂作。　②《全宋词》无题,从傅注本增。　姑熟:亦作“姑孰”,即今安徽当涂。晋时置城戍守,遂为重镇。　③裛(yì):沾湿。　香泉:美人之泪。　④“相如”句:司马相如以为列仙居山泽间,“形容甚臞”。见《史记·司马相如列传》。　臞(qú):瘦。　⑤瑶台阆苑:西王母所居之昆仑山有“阆风之苑”,“左带瑶池,右环翠水”。见《集仙录》。　⑥花雾:傅注引《广记》云“弱质纤腰,如雾蒙花”。　⑦蛾眉:美人眉如蛾。　⑧便面:遮面。《汉书·张敞传》:“敞无威仪,时罢朝会,过走马章台街,使御吏驱,自以便面拊马。”师古注曰:“便面,所以障面,盖(车)扇之类也。不欲见人,以此自障面则得其便,故曰便面,亦曰屏面。”

渔家傲[①]

金陵赏心亭送王胜之龙图[②]。王守金陵,视事一日,移南郡[③]

千古龙蟠并虎踞[④],从公一吊兴亡处[⑤]。渺渺斜风吹细雨[⑥]。芳草渡,江南父老留公住。　公驾飞车凌彩雾[⑦],红鸾骖乘青鸾驭[⑧]。却讶此洲名白鹭[⑨],非吾侣,翩然欲下还飞去[⑩]。　(以上二首见曾慥本《东坡词》卷上)

[注释]

①《总案》谓元丰七年甲子(1084)八月"与王益柔游蒋山复登赏心亭送益柔移南都作"。《侯鲭录》卷八谓送陈和叔作,从东坡自序与《总案》。　②金陵:即今南京。　赏心亭:当时为饯别之处。见《桯史》。　王胜之:王益柔字胜之,为人伉直尚气,喜论天下事,博学好为文,迁龙图阁直学士,曾知蔡、扬、亳、江宁等府。卒年七十二。见《宋史·王益柔传》。　③移南郡:改任南郡。　④龙蟠、虎踞:诸葛亮曰,"钟山龙蟠,石城虎踞,有王者气。"见《吴录》与《九江记》。　⑤兴亡处:金陵,汉末、六朝所都,故云。⑥斜风细雨:"青箬笠,绿蓑衣,斜风细雨不须归。"见张志和《渔父词》。⑦"公驾"句:飞车,元本作"风车",言其快。此句意谓以风与彩雾为车。⑧"红鸾"句:乘云、游雾、驾鹤、骖鸾,皆神仙之事。　⑨讶:惊讶。白鹭洲在应天府西南江中。　⑩"非吾侣"二句:意谓白鹭非红鸾青鸾之侣,故欲下又飞去。喻王益柔至金陵任期之短。

水龙吟[①]

露寒烟冷蒹葭老[②],天外征鸿寥唳[③]。银河秋晚,长门灯悄[④],一声初至。应念潇湘,岸遥人静,水多菰米[⑤]。口望极平田,徘徊欲下,依前被、风惊起。　须信衡阳万里[⑥]。有谁家、锦书遥寄[⑦]。万重云外,斜行横阵,才疏又缀。仙掌月明[⑧],石头城下[⑨],影摇寒水。念征衣未捣,佳人拂杵[⑩],有盈盈泪。

[注释]

①词明言"石头城下",则必作于金陵。公平生凡三过金陵,一在甲子七月至八月,二在绍圣元年甲戌南迁六月过金陵,三在建中靖国元年辛巳北归五月过金陵。后两次与词写秋景不侔,故编元丰七年甲子(1084)八月。　②蒹葭(jiān jiā):芦苇。　③征鸿寥唳(lì):雁鸣声凄切寥远。　④长门:汉宫名,被冷落之宫妃幽居之处。　⑤"应念"三句:潇湘,潇水与湘水在湖南零陵汇,泛指湖南一带。　菰(gū):水生植物,茎可食,曰茭白,所结之实曰菰米。至秋雁则南飞,潇湘接近衡阳,故此三

句设想雁去之处，谓其地人少食多，可安居焉。 ⑥衡阳：在湖南南部，上有回雁峰，相传雁至衡阳而止，遇春则北归。 ⑦锦书：指妻子给丈夫的书信。鸿雁捎书，见《汉书·苏武传》。苏蕙织锦成回文旋图诗，给丈夫窦滔以抒悲切思念之情，见《晋书·列女列传》。 ⑧仙掌：汉武帝为求长生不死之药，于建章宫铸铜仙人以其掌承露。见《史记·孝武本纪》。 ⑨石头城：即金陵南京。 ⑩拂杵：执着棒槌。 杵：捣衣之木棒。

临江仙[①]

昨夜渡江何处宿，望中疑是秦淮[②]。月明谁起笛中哀[③]。多情王谢女[④]，相逐过江来。 云雨未成还又散，思量好事难谐。凭陵急桨两相催[⑤]。想伊归去后，应似我情怀。

（以上二首见汲古阁本《东坡词》）

[注释]

①公后两次过金陵行色匆匆，且为罪官，与词中“多情王谢女，相逐过江来”不类。唯元丰七年甲子（1084）八月十四日，离金陵赴仪真与赴南都任的王益柔同舟，才有官妓相送（此系宋制，官上任来去，必有官妓相迎送），正所谓“多情王谢女，相逐过江来”者，故编此。 ②秦淮：即南京秦淮河。秦始皇听望气者谓五百年后金陵有天子之气，乃命于方山掘流西入江，曰淮水，俗曰秦淮。见《晋阳秋》。此以仪真所见景色比秦淮河，故曰疑是。 ③笛中哀：向秀过亡友嵇康宅，闻邻人吹笛甚哀，因作《思旧赋》。后人诗文因以闻笛为思友之故实。 ④王谢女：本指高贵之女，此指送王益柔之官妓。王、谢本为东晋大族。 ⑤凭陵急桨：凭陵，有所依恃而陵人，此指形势不允许，盖因过仪真，时间短促。 急桨，指船去很急。公八月十四日与王益柔至仪真，十九日即发仪真赴扬州，故云凭陵急桨。

南歌子[①]

见说东园好[②]，能消北客愁[③]。虽非吾土且登楼[④]。

行尽江南南岸、此淹留[⑤]。 短日明枫缬[⑥]，清霜暗菊球[⑦]。流年回首付东流。凭仗挽回潘鬓、莫教秋[⑧]。

（曾慥本《东坡词拾遗》）

[注释]

①词显系游仪真东园而作。公凡三过真州：元丰七年甲子（1084）八月过真州，绍圣元年甲戌南迁六月过真州，建中靖国元年辛巳北归六月过真州。词写秋景，必作于元丰七年甲子八月过真州时。 ②见说：听说。公此次为初过，故云见说。 东园：原为江淮、两浙、荆湖发运使之治所，施正臣、许子春、马仲涂三人官真州，在废营旧址作东园，广百亩，为真州观览之胜。见欧阳修《真州东园记》。 ③北客：作者自谓，因其自黄州北归，故云。 ④"虽非"句："虽信美而非吾土兮，曾何足以少留。"见王粲《登楼赋》。东坡为蜀人，又系过路，故云。 ⑤"行尽"句：至真州前，东坡一直在江南奔波。 淹留：滞留。 ⑥短日：时已至秋，故云短日。 明枫缬：枫缬明之倒。 枫：枫叶。 缬（xié）：带花纹之丝织物。 明：照亮，夺目。意谓枫叶青红交错，鲜艳如织锦。 ⑦暗菊球：菊暗之倒。 菊球：菊花苞。菊尚未开，呈青色，故曰暗。 ⑧潘鬓：指鬓发斑白。潘岳《秋兴赋序》："余春秋三十有二，始见二毛。"二毛，黑白交加之鬓发。 秋：喻人之老。

浣溪沙[①]

赠楚守田待问小鬟[②]

学画鸦儿正妙年[③]，阳城下蔡困嫣然[④]。凭君莫唱短因缘[⑤]。 雾帐吹笙香袅袅[⑥]，霜庭按舞月娟娟。曲终红袖落双缠[⑦]。

[注释]

①《总案》谓元丰七年甲子（1084）十一月作，《纪年录》谓元丰元年戊午（1078）作。戊午，公未尝至楚，《总案》是，下首同。 ②元本题上有

"席上"二字,《全宋词》"田待问"作"田待制",从元本改。 田待问:海州沭阳人。《文集》卷三十八有《知楚州田待问可淮南转运判官制》与卷三十九有《朝奉大夫田待问淮南提刑制》。 小鬟:即丫鬟。 ③学画鸦儿:指刚学画时东涂西抹,不成样子。杜牧《闺情》:"娟娟缺月眉,新鬟学画鸦。" ④"阳城下蔡"句:典出宋玉《登徒子好色赋》,文曰:"东家之子,增之一分则太长,减之一分则太短,着粉则太白,施朱则太赤。眉如翠羽,肌如白雪,腰如束素,齿如含贝。嫣然一笑,惑阳城,迷下蔡。"《文选》注:"阳城、下蔡,二县名,盖楚之贵介公子所封,故取以喻焉。" 困:迷惑。 嫣然:美丽的笑貌。 ⑤短因缘:"鲍生者,有妾二人。遇外弟韦生有良马,鲍出妾为酒,劝韦。韦请以马换妾。鲍许以抱胡琴者,仍命歌以送韦酒。既而妾又歌以送鲍酒。歌曰:'风飐荷珠难暂圆,多生信有短因缘。西楼今夜三更月,还照离人泣断弦。'"见《太平广记》卷三百四十九引《纂异记》。⑥"雾帐"句:"楼头曲宴仙人语,帐底吹笙香雾浓。"见李贺《秦宫》。⑦双缠:即双行缠,本乐府西曲歌名。

浣溪沙

和前韵

一梦江湖费五年[①],归来风物故依然。相逢一醉是前缘。 迁客不应常眊矂[②],使君为出小婵娟[③]。翠鬟聊著小诗缠[④]。

[注释]

①"一梦"句:公元丰二年己未(1079)自徐赴湖州任曾经楚州,至甲子已六年。言五年,盖谓自元丰三年庚申(1080)贬黄起至甲子五年耳。 ②眊矂(mào sào):犹言烦恼,亦作"毷氉"。《诗集》卷二十一《与潘三失解后饮酒》:"顾我自为都毷氉,怜君欲鬥小婵娟。"王注引《摭言》:"我唐进士不捷,醉饱,谓之打眊矂。" ③小婵娟:谓婢女,即上题中之小鬟。 ④小诗缠:古时有着诗于鬟或裙之俗。此句即谓缠诗于鬟上。

虞美人[①]

波声拍枕长淮晓，隙月窥人小。无情汴水自东流。只载一船离恨、向西州[②]。　竹溪花浦曾同醉，酒味多于泪。谁教风鉴在尘埃[③]，酝造一场烦恼、送人来。[④]

[注释]

①《总案》谓元丰七年甲子(1084)十一月“与秦观淮上饮别作”。《全宋词》调下注:《冷斋夜话》云,东坡与秦少游维扬饮别,作此词。世传贺方回所作,非也。山谷亦云,大观中,于金陵见其亲笔,实东坡词也。因误记,且非题序,故不副于题。　②西州:指扬州。　③风鉴:风度识见。王衍“神情明秀,风姿详雅”。见《晋书·王衍传》。　④唐氏按:此首别又误入黄庭坚《豫章黄先生词》。

[集评]

黄苏云:“只寻常赠别之作,已写得清新浓厚如此。”(《蓼园词评》)

如梦令[①]

元丰七年十二月十八日,浴泗州雍熙塔下[②],戏作《如梦令》两阕[③]。此曲本唐庄宗制[④],名《忆仙姿》,嫌其名不雅,故改为《如梦令》。盖庄宗作此词,卒章云:“如梦如梦,和泪出门相送。”因取以为名云

水垢何曾相受[⑤]，细看两俱无有[⑥]。寄语揩背人，尽日劳君挥肘。轻手，轻手。居士本来无垢[⑦]。

[注释]

①序中已明作时。下首同。　②泗州:宋时属淮南东路。　雍熙塔:“泗州塔,人传下藏真身,后阁上碑道兴国中塑僧伽像事甚详。退之诗曰:‘火烧水转扫地空。’则真身焚矣。塔本喻都料造,极工巧。俗谓塔顶为天

门，苏国老诗曰：'上到天门最高处，不能容物只容身。'以讥在位者。"见宋刘攽《中山诗话》。泗州原在安庆市东北，康熙初已沉入洪泽湖，塔亦不存。　③两阕：《全宋词》无两字，从傅注本、元本补。　④唐庄宗：唐庄宗其先本西突厥人，以朱邪为姓，后赐李姓，名存勖。事详见《新五代史·唐本纪》。所作《忆仙姿》词曰："曾宴桃源深洞，一曲清歌舞凤。长记欲别时，和泪出门相送。如梦，如梦，残月落花烟重。"　⑤"水垢"句：意谓水是水，垢是垢，我是我，水垢与我均无关，未曾相受与我。　⑥两俱无有：水也无，垢也无。佛家以为一切均虚幻，水垢均无或将成为无。　⑦居士本来无垢：佛家之谓无垢，指精神上无欲念。东坡自谓无垢，乃谓自己无罪而遭冤狱并被贬居黄州五年。

如梦令

同　前

自净方能净彼，我自汗流呀气①。寄语澡浴人，且共肉身游戏②。但洗，但洗③。俯为人间一切。

［注释］

①呀（hā）气：呵气，喘气。　②傅注："释氏有游戏三昧之语"。案《景德传灯录》卷八云："扣大寂之室，顿然忘筌，得游戏三昧。"卢仝《月蚀》："臣有血肉身，无由飞上天。"　③但洗："太子至泥连河侧，思惟一切众生根缘，六年后方可度之。乃求修苦行，亦以自试。后悟此非真修，乃受美食，洗浴于河也"。见《本行经》。太子即谓释迦牟尼佛，出家前曾为太子。

浣溪沙

元丰七年十二月二十四日，从泗州刘倩叔游南山①

细雨斜风作晓寒，淡烟疏柳媚晴滩。入淮清洛渐漫漫②。　雪沫乳花浮午盏③，蓼茸蒿笋试春盘④。人间

有味是清欢。　（以上六首见曾慥本《东坡词》卷下）

［注释］

①刘倩叔：见下首注②。　②“入淮”句：洛水在泗州注入淮河，故云。　③雪沫乳花：谓沏茶时所起泡沫。《茶寮记》：“云脚渐垂，乳花浮面。”　④蓼茸蒿笋：蓼茸，蓼的嫩芽。蒿笋，蒿的嫩芽。二者皆春菜。

行香子①

与泗守过南山晚归作②

北望平川，野水荒湾。共寻春、飞步孱颜③。和风弄袖，香雾萦鬟。正酒酣时，人语笑，白云间。　飞鸿落照④，相将归去，澹娟娟、玉宇清闲⑤。何人无事，宴坐空山⑥。望长桥上，灯火乱，使君还。

（元延祐本《东坡乐府》卷下）

［注释］

①《总案》谓元丰七年甲子（1084）十二月二十四日都梁道中过监仓访萧渊，与刘士彦山行晚归作。　②泗守：泗州太守。《诗集》卷二十五《书刘君射堂》王文诰案云：“是时在泗州者有三刘：一为泗州守刘士彦、一为眉山刘仲达、一为泗州刘倩叔。”王明清《挥麈后录》：“太守刘士彦，本出法家，山东木强人也。”　南山：地名。《苕溪渔隐丛话》：“淮北之地平夷，自京师至汴口，并无山，惟隔淮方有南山，朱元章谓之第一山。”《太平寰宇记》：“盱眙县在泗州南五里，都梁山在县南六十里。”南山，即都梁山。　③孱颜：《汉书》师古注曰：“孱颜，不齐也。”亦曰高耸貌。　④飞鸿落照：夕照中的飞雁。　⑤玉宇：天帝所居之处。　⑥宴坐：闲坐。

［集评］

先著、程洪云：“末语风致嫣然，便是画意。”（《词洁》）

黄苏云：“凡游览题，易于平呆，最难作得超隽。‘飞鸿’三句，情景交

融，自具隽旨。结句于旁观着笔，笔笔有馀妍，亦是跳脱生新之法。”（《蓼园词评》）

郑文焯云：“天外之游，澹然仙趣。”（《大鹤山人词话》）

满庭芳[①]

余十七始与刘仲达往来于眉山，今年四十九，相逢于泗上。淮水浅冻，久留郡中[②]。晦日，同游南山，话旧感叹，因作此《满庭芳》云

三十三年，飘流江海，万里烟浪云帆[③]。故人惊怪，憔悴老青衫[④]。我自疏狂异趣，君何事、奔走尘凡。流年尽，穷途坐守[⑤]，船尾冻相衔[⑥]。　巉巉。淮浦外，层楼翠壁，古寺空岩。步携手林间，笑挽攕攕[⑦]。莫上孤峰尽处，萦望眼、云海相搀[⑧]。家何在[⑨]，因君问我，归梦绕松杉[⑩]。

[注释]

①《总案》为十二月晦日作。是年十二月大，晦日即十二月三十日。《全宋词》调下注：杨元素《本事曲集》云，子瞻始与刘仲达往来于眉山。后相逢于泗上，久留郡中。游南山话旧而作。　②“淮水”二句：公十二月一日至泗，因水浅且冻不能舟行，在泗度岁，故久留郡中。　③“三十三年”三句：公序明言十七岁与刘仲达往来，至甲子则三十三年，又游宦四方，飘泊无定。　④青衫：古时为贱者之饰，登第为官后则衣锦。此谓被罪贬官，沉为下僚，以青衫自嘲。白居易《琵琶行》：“座中泣下谁最多，江州司马青衫湿。”　⑤穷途：末路。　⑥船尾冻相衔：因水冻不能行，船靠岸边，首尾互相衔接。　⑦攕攕（xiān）：同“纤纤”。《诗经·魏风·葛屦》：“攕攕女手。”　⑧相搀：相混杂。　⑨家何在：“云横秦岭家何在，雪拥蓝关马不前。”见韩愈《左迁至蓝关示侄孙湘》。　⑩松杉：指故乡之松杉。　“归梦”句：意谓只能在梦中回故乡了。

水龙吟[1]

昔谢自然欲过海求师蓬莱[2]，至海中，或谓自然曰："蓬莱隔弱水三十万里[3]，不可到。天台有司马子微[4]，身居赤城[5]，可往从之。"自然乃还，受道于子微，白日仙去。子微著《坐忘论》七篇，《枢》一篇[6]，年百余。将终，谓弟子曰："吾居玉霄峰[7]，东望蓬莱，尝有真灵降焉，今为东海青童君所召[8]。"乃蝉蜕而去[9]。其后，李太白作《大鹏赋》云："尝见子微于江陵，谓余有仙风道骨，可与神游八极之表。"元丰七年冬，余过临淮[10]，湛然先生梁公在焉[11]。童颜清澈，如二、三十许人，然人亦有自少见之者，喜吹铁笛，嘹然有穿云裂石之声。乃作《水龙吟》一首，记子微、太白之事，倚其声而歌之

古来云海茫茫，道山绛阙知何处[12]。人间自有，赤城居士，龙蟠凤举[13]。清净无为[14]，坐忘遗照[15]，八篇奇语[16]。向玉霄东望，蓬莱晻霭[17]，有云驾、骖风驭[18]。　行尽九州四海[19]，笑纷纷、落花飞絮。临江一见，谪仙风采[20]，无言心许。八表神游[21]，浩然相对，酒酣箕踞[22]。待垂天赋就[23]，骑鲸路稳，约相将去。

（以上二首见曾慥本《东坡词》卷上）

[注释]

①序中已明作时。《全宋词》无序，从傅注本补。傅注本移序作注，云："杨元素《本事曲集》载公自序云"，则显系自序，故补之。　②谢自然："蜀女真谢自然泛海，将诣蓬莱求师。船为风飘，到一山。见道人指言：'天台山司马承祯，名在丹台，身居赤城，此真良师也。蓬莱隔弱水三十万里，非舟楫可行，非飞仙无以到。'自然乃回求承祯受度，后白日上升而去。"见《大唐新语》。　③蓬莱：海上三神山之一。　弱水：神话传说中之水，以其轻不能浮羽，故名弱水。　④天台：山名。《会稽记》："赤城山内，则有天台灵岳，玉室璇台。"孙绰《游天台山赋序》："天台山者，盖山岳之神秀者也。涉海则有方丈、蓬莱，登陆则有四明、天台，皆玄圣之所游

化，灵仙之所窟宅。”⑤赤城：即赤城山，在浙江天台县北，为天台山南门，因其土赤状似云霞，望之似雉堞而得名。⑥《坐忘论》、《枢》：新旧《唐书》司马子微传与《大唐新语》均失载，未详。⑦玉霄峰：地名。《一统志》：“玉霄峰在天台山，司马子微隐处。”⑧真灵、青童君：均神仙。⑨蝉蜕：此喻弃形体成仙而去。⑩临淮：即泗州。⑪湛然先生梁公：未详。《诗集》卷二十四有《赠梁道人》诗，亦作于甲子岁尾在泗州时，臆其“湛然先生梁公”即此之梁道人也。⑫道山绛阙：皆神仙所居之处。⑬龙蟠：喻指王气。风举：元本作“凤翥”，意同。⑭清净无为：道家讲顺化自然，以清净无为为本。《史记·老子韩非列传》：“李耳无为自化，清净自正。”⑮坐忘遗照：谓端坐而忘是非物我之差别。《庄子·大宗师》：“堕肢体，黜聪明，离形去知，同于大通，此谓坐忘。”又，《庄子·应帝王》：“至人之用心若镜，不将不逆，应而不藏。”以镜喻至人之心，心中一物无存，如镜之不留所照之物然。⑯八篇奇语：指序中所谓《坐忘论》七篇与《枢》一篇。傅注：“司马子微隐居天台之赤城，自号赤城居士，尝著《坐忘论》八篇，云：‘神宅于内，遗照于外，自然而异于俗人，则谓之仙也。’”以此知上文之坐忘遗照，本《坐忘论》中语。⑰晻霭：《离骚》“扬云霓之晻霭兮，鸣玉鸾之啾啾”。《文选》李善注：“晻霭，蓊郁阴暗貌。”晻：暗也。⑱云驾：指尊神驾云。骖风驭：指司马子微驾着风，陪同尊神。骖：边马，此处为陪乘意。⑲九州四海：“冀、兖、青、徐、扬、荆、豫、梁、雍为九州。”见《尚书·禹贡》。九州之外为四海。⑳谪仙：谓李白。㉑八表：八方之外。㉒箕踞：分腿而坐，形似簸箕。㉓垂天赋：指李白《大鹏赋》。就：写成。

南乡子①

宿州上元②

千骑试春游，小雨如酥落便收③。能使江东归老客④，迟留。白酒无声滑泻油。　飞火乱星球⑤，浅黛横波翠欲流⑥。不似白云乡外冷，温柔⑦。此去淮南第一州⑧。

[注释]

①朱祖谋据公《泗岸喜题》(见《文集》卷七十一)编元丰八年乙丑(1085)正月。　②宿州上元:宿州,宋时辖虹县、符离、蕲、临涣、灵璧五县,属淮南东路。治当今之安徽宿县。　③如酥:细雨如酥油般湿润。酥:牛羊乳酪上结之油。　④“能使”句:东坡时欲在常州买田归老,故云。　⑤“飞火”句:灯火如飞之星球。　⑥黛:妇人画眉之墨,此处代指眼睛。　横波:眼波。　⑦“不似”句:汉成帝宠赵飞燕妹合德,谓之为“温柔乡”,并云“吾老是乡矣,不能效武帝求白云乡也”。见《赵飞燕外传》。武帝好神仙,白云乡即仙乡。　⑧淮南第一州:此指宿州。

满庭芳①

余谪居黄州五年,将赴临汝②,作《满庭芳》一篇别黄人。既至南都③,蒙恩放归阳羡④,复作一篇

归去来兮,清溪无底,上有千仞嵯峨⑤。画楼东畔,天远夕阳多。老去君恩未报,空回首、弹铗悲歌⑥。船头转,长风万里,归马驻平坡⑦。　无何⑧。何处有,银潢尽处⑨,天女停梭。问何事人间,久戏风波。顾谓同来稚子,应烂汝、腰下长柯⑩。青衫破,群仙笑我⑪,千缕挂烟蓑。

(以上二首见元延祐本《东坡乐府》卷上)

[注释]

①《纪年录》谓元丰八年乙丑(1085)二月至南都作。时告下,仍以检校尚书水部员外郎汝州团练副使,不得签书公事,常州居住。　②临汝:汝州,即今河南临汝县。　③南都:北宋的南京,即今河南商丘。　④“蒙恩”句:东坡曾上表乞住常州。　阳羡:县名,故城在今江苏宜兴南,宋时属常州。　⑤嵯峨:高峻貌。　⑥弹铗悲歌:冯谖客孟尝君,左右贱之。冯谖弹剑而歌曰:“长铗归来乎,食无鱼。”居有顷,复歌曰:“长铗归来乎,出无车。”居有顷,复歌曰:“长铗归来乎,无以为家。”见《战国策·齐策四》。铗:剑柄。　⑦归马驻平坡:归马行急,不当言“驻”,当为“注”字之误。公《百步洪》诗云:“骏马下注千丈坡。”　平坡:缓坡。公蒙恩放还常州,

归心似箭，故以船乘长风，归马注坡为喻。 ⑧无何：即无何有之乡。⑨银潢：即天河、银河。 ⑩“顾谓”二句：“信安郡石室山，晋时王质伐木至，见童子数人，棋而歌，质因听之。童子以一物与质，如枣核。质含之，不觉饥。俄顷，童子谓曰：‘何不去！’质起视，斧柯烂尽。既归，无复时人。”见《述异记》。 稚子：神童。 柯：斧柄。 ⑪群仙：承上文而言，以喻旧时相识。

南乡子[①]

用前韵赠田叔通家舞鬟[②]

绣鞅玉镮游[③]，灯晃帘疏笑却收。久立香车催欲上[④]，还留。更且檀唇点杏油[⑤]。 花遍六么球[⑥]，面旋回风带雪流[⑦]。春入腰肢金缕细[⑧]，轻柔。种柳应须柳柳州[⑨]。

[注释]

①《总案》谓元丰八年乙丑(1085)四月三日自南都还，六日再经灵璧，过楚州，田叔通席上赠舞鬟作。 ②前韵：指前《南乡子》(千骑试春游)之韵。 田叔通：楚州守田待问之弟。 ③鞅(yàng)：马络头。 镮：马缰上之镮。 ④香车：官宦家有帐涂香之车。 ⑤檀唇：香唇。 杏油：杏仁之油，用以涂唇。 ⑥花：即《花十八》，舞曲名。 六么：唐教坊有《六么曲》，盖自唐亦为曲名。 遍：曲调。 ⑦“面旋”句：喻其舞姿轻盈迅速。 回风：旋风。 ⑧金缕细：“劝君莫惜金缕衣，劝君惜取少年时。花开堪折直须折，莫待无花空折枝。”见杜秋娘《金缕衣》。 细：歌声细腻。 ⑨“种柳”句：“柳州柳刺史，种柳柳江边。……好作思人树，惭无惠化传。”见柳宗元《种柳戏题》。此句喻女腰肢轻柔如柳，又喻田叔通教养出绝技之舞女如柳宗元之种柳。

南乡子[①]

用韵和道辅[②]

未倦长卿游[③]，漫舞夭歌烂不收[④]。不是使君能矫世，谁留[⑤]。教有琼梳脱麝油[⑥]。　香粉镂金球[⑦]，花艳红笺笔欲流[⑧]。从此丹唇并皓齿，清柔。唱遍山东一百州[⑨]。

（以上二首曾慥本《东坡词拾遗》）

［注释］

①朱祖谋谓调韵均同前，为一时之作。　②道辅：黄儒。《文集》卷六十六《书黄道辅品茶要录后》："黄君道辅讳儒，建安人。博学能文，淡然精深，有道之士也。作《品茶要录》十篇，委曲微妙，皆陆鸿渐以来论茶者所未及。"馀未详。　③"未倦"句：司马相如字长卿，曾游梁数岁，与诸侯游士处，后回临邛，与卓文君营酒肆，人曰："长卿故倦游，虽贫，其人材足依也。"见《史记·司马相如列传》。盖道辅尝宦游，故云。　④漫舞夭歌："缓歌漫舞凝丝竹，尽日君王看不足。"见白居易《长恨歌》。　夭：姣美貌。　⑤"不是"二句：意谓使君不同流俗，肯收留宴请罪官（东坡）。　矫世：违反世俗之以势利待人。　使君：太守。盖道辅曾为太守。　⑥琼梳：美玉所为之梳。　麝油：麝香所和之油，用以涂面。　⑦镂金球：球，毛本原作"裘"。镂金裘，饰以金镂之皮袍。　⑧"花艳"句：谓花笺写美词。　笔欲流：言其快。　⑨山东一百州：言其地之广。杜甫《兵车行》："汉家山东二百州。"

渔　父[①]

渔父醉，蓑衣舞[②]。醉里却寻归路。轻舟短棹任斜横，醒后不知何处。

［注释］

①《诗集》王文诰云："《渔父词》起于三闾，诰向能以七弦道之。公又

尝改张志和词为《鹧鸪天》，此四章亦其遗意，皆可谱入琴声也。”朱祖谋云：“张志和、戴复古皆有《渔父词》，字句各异。恭案《三希堂帖》，公书此词前二首，题作《渔父破子》，是确为长短句。而《词律》未收，前人亦无之，或公自度曲也。从《诗集》编乙丑。”下三首同。②蓑衣舞：本孟郊《送淡公》十二首三“侬是拍浪儿，饮别拜浪婆。脚踏小船头，独速舞短蓑”。

渔　父

渔父饮，谁家去。鱼蟹一时分付[1]。酒无多少醉为期[2]，彼此不论钱数。

[注释]

①分付：交付。此句意谓将鱼蟹都付与炊厨。②醉为期：颜延之过陶潜，必酣饮至醉。见《南史·陶潜传》。

渔　父

渔父醒，春江午。梦断落花飞絮。酒醒还醉醉还醒[1]，一笑人间今古。

[注释]

①王文诰云：“此句用白乐天《醉吟先生传》，否则出之太易，即非公之所为也。凡此等句，又当数典以实之，与得诸性灵之诗，不可以典注实者不同。”

渔　父

渔父笑，轻鸥举。漠漠一江风雨。江边骑马是官人，借我孤舟南渡。

（以上四首见《东坡集》卷十五）

菩萨蛮[①]

买田阳羡吾将老[②]，从来只为溪山好。来往一虚舟[③]，聊随物外游[④]。　有书仍懒著[⑤]，水调歌归去[⑥]。筋力不辞诗，要须风雨时[⑦]。

［注释］

①《总案》谓元丰八年乙丑(1085)五月归宜兴作。《文集》卷二十三《到常州谢表》："先蒙恩汝州团练副使本州安置，寻上表乞于常州居住，奉圣旨，依所乞，臣已于今月二十二日到常州讫者。"今月，即五月也。　②阳羡：今江苏宜兴。　③虚舟：无人驾驶，自行飘流之船。　④物外：人世之外。　⑤"有书"句：虞卿不重万户侯而与魏齐游于赵，困于梁，不得志乃著《虞氏春秋》，亦不见于后世。见《史记·平原君虞卿列传》。意谓别人不得志而著书，我却懒得连书也不著。　⑥"水调"句：公在徐州，尝和子由《水调歌头》，以不早退为戒，以退而相从为乐。　水调：曲名。　归去：即归去来。　⑦"筋力"二句："既壮，将宦游四方，读韦苏州诗，至'安知风雨夜，复此对床眠'，恻然感之，乃相约早退，为闲居之乐。"见苏辙《栾城集》卷七《逍遥堂会宿二首·引》。　筋力：精力。此二句谓待归隐时即可对床夜语。

蝶恋花[①]

述　怀

云水萦回溪上路。叠叠青山，环绕溪东注[②]。月白沙汀翘宿鹭，更无一点尘来处。　溪叟相看私自语。底事区区[③]，苦要为官去。尊酒不空田百亩[④]，归来分得闲中趣。

（以上二首见曾慥本《东坡词》卷下）

［注释］

①《总案》谓元丰八年(1085)六月，"初闻起知登州，公将行，有怀荆溪"作。　②溪东注：溪向东流。　溪：荆溪，经宜兴。汉在宜兴置荆国，

故名荆溪。 ③底事：何事。 ④尊酒不空：用孔融典。孔融常叹曰："坐上客常满，杯中酒不空，吾无忧矣。"见《后汉书·孔融传》。 田百亩：陶渊明为彭泽令，公田悉令种秫谷，妻子固请种粳，乃五十亩种秫，五十亩种粳，并曰："令吾常醉于酒足矣。"见《晋书·陶潜传》。

蝶恋花[①]

昨夜秋风来万里。月上屏帏，冷透人衣袂。有客抱衾愁不寐，那堪玉漏长如岁[②]。 羁舍留连归计未。梦断魂销，一枕相思泪。衣带渐宽无别意[③]，新书报我添憔悴[④]。

（汲古阁本《东坡词》）

[注释]

①考公秋中行役而遇大风者，唯元丰八年乙丑（1085）赴登州任，九月经楚州时。《诗集》卷二十六有《始作（淮口遇风诗）戏用其韵》诗，《文集》卷七十一《书遗蔡允元》："仆闲居六年，复出从仕。自六月被命，今始至淮上，大风三日不得渡。"正是"秋风万里"、"羁舍留连"之况，故暂编元丰八年（1085）乙丑。 ②玉漏长如岁：一夜长似一年。 玉漏：古人以漏计时。 ③"衣带"句："欲知心恨急，翻令衣带宽。"见梁简文帝《当垆曲》。 ④新书：新得之家书。 报我：告诉我。 添憔悴：谓东坡夫人。

蝶恋花[①]

过涟水军赠赵晦之[②]

自古涟漪佳绝地[③]。绕郭荷花[④]，欲把吴兴比[⑤]。倦客尘埃何处洗，真君堂下寒泉水[⑥]。 左海门前酤酒市[⑦]。夜半潮来，月下孤舟起。倾盖相逢拚一醉[⑧]，双凫飞去人千里[⑨]。

（曾慥本《东坡词》卷下）

[注释]

①《总案》谓元丰八年乙丑（1085）十月过涟水军，重遇赵晦之作。　②涟水军：今江苏涟水。宋时之军，相当于州。涟水军时属淮南东路。　赵晦之：即赵昶。时赵晦之从广西藤州回涟水军任职。　③涟漪：水纹。　④郭：外城。　⑤吴兴：今浙江吴兴，吴兴多荷。　⑥“真君”句：《庄子·齐物论》谓“其有真君存焉”。庄子以真君为形体之主宰。真君堂：在涟水。　⑦左海：即东海。古人称东为左。　⑧倾盖相逢：行道相遇，并车对首语，两盖相切而下倾。指相交相知。　⑨“双凫”句：凫（fú）：野鸭。王乔有异术，常乘双凫来去。见《后汉书·方士传》。

水龙吟①

赠赵晦之吹笛侍儿②

楚山修竹如云③，异材秀出千林表④。龙须半剪，凤膺微涨，玉肌匀绕⑤。木落淮南，雨晴云梦，月明风袅⑥。自中郎不见⑦，桓伊去后⑧，知孤负、秋多少。　闻道岭南太守⑨，后堂深、绿珠娇小⑩。绮窗学弄⑪，梁州初遍，霓裳未了⑫。嚼徵含宫，泛商流羽⑬，一声云杪⑭。为使君洗尽，蛮风瘴雨⑮，作霜天晓⑯。

[注释]

①此词题序与纪事颇异，多谓赠闾丘公显者。然闾丘从未作过岭南太守，与词意不侔。唯元本题为赠赵晦之。赵曾守岭南藤州，归，守涟水军，词当作于元丰八年(1085)十月过涟水时。　②《全宋词》调下注云：咏笛材，公旧序云：“时太守闾丘公显已致仕居姑苏，后房懿卿者，甚有才色，因赋此词。”一云赠赵晦之。　唐注自傅注而来，误。今题从元本。　③楚山：泛指楚州，涟水地域。　修：长。　④异材秀出：奇秀之材，谓竹。　⑤“龙须”三句：傅注，“笛制取良干通其节，若于首颈处则存一节，节间留纤枝，剪而束之。节以下若膺处则微涨，而全体皆要匀净。……谓之‘龙须’、‘凤膺’、‘玉肌’，皆取其美好之名”。　膺：胸。　⑥“木落”三句：傅注

“善吹笛者，必俟气肃天清，风微月亮，聊作一二弄，遂臻其妙”。　淮南：泛指江南。　云梦：即云梦泽，故址在湖北天门县西。　⑦中郎：蔡邕尝为中郎将，善吹笛，尝以柯亭之竹为笛，其声独绝。见《后汉书》卷六《蔡邕传》。　⑧桓伊：桓伊善吹笛，曾应王徽之之请奏三调。有“桓伊三弄”之典。　⑨岭南太守：赵晦之新从岭南藤州太守任归来。　⑩绿珠：石崇家伎名，善吹笛。　⑪弄：吹笛曰弄。　⑫梁州、霓裳：皆曲名。　⑬“嚼徵”二句：宫、商、角、徵（zhǐ）、羽，为五音。宋玉《对楚王问》：“引商刻羽，杂以流徵，国中属而和者，不过数人。”　⑭云杪：云端。　杪（miǎo）：木之末。　⑮蛮风瘴雨：因赵晦之新从岭南归来，古时称岭南为蛮荒之域，故云。　⑯霜天晓：即《霜天晓角》，曲名。

［**集评**］

张侃云：“孙仲益为锡山费茂和说苏文忠公《水龙吟》，曲尽咏笛之妙。其词曰‘楚山修竹如云，异材秀出千林表’，笛之地也。‘龙鬚半剪，凤膺微涨，绿肌匀绕’，笛之材也。‘木落淮南，雨晴云梦，月明风袅’，笛之时也。‘自中郎不见，桓伊去后，知辜负，秋多少’，笛之怨也。‘闻道岭南太守，后堂深，绿珠娇小’，笛之人也。‘绮窗学弄，《梁州》初遍，《霓裳》未了’，笛之曲也。‘嚼徵含宫，泛商流羽，一声云杪’，笛之声也。‘为使君洗尽，蛮风瘴雨，作霜天晓’，笛之功也。”（《拙轩词话》）

张炎云：“清丽舒徐，高出人表。”（《词源》卷下》）

先著、程洪云：“非无字面芜累处，然丰骨毕竟超凡。玉田云‘清丽舒徐’，未敢轻议也。”（《词洁》卷四）

黄苏云：“沈际飞曰：五十馀字，堪与马赋并传。修语清远；马似不逮。用许多故事，不为事用。”（《蓼园词评》）

定风波①

王定国歌儿曰柔奴②，姓宇文氏，眉目娟丽，善应对，家世住京师。定国南迁归，余问柔：“广南风土，应是不好？”柔对曰：“此心安处，便是吾乡。”因为缀词云③

常羡人间琢玉郎④，天应乞与点酥娘⑤。尽道清歌传皓齿[6]。风起。雪飞炎海变清凉[7]。　万里归来颜愈少，微笑。笑时犹带岭梅香。试问岭南应不好，却道。此心安处是吾乡。　（以上二首见曾慥本《东坡词》卷上）

[注释]

①王定国以交好东坡被贬为广南宾州监税五年（实则三年），于元丰七年甲子（1084）回朝，时东坡仍在黄州。按词意及词序观之，则此词为二人贬官归来初次会面之作。考二人归来初会在哲宗元祐元年丙寅（1086）春，时东坡自登州还朝就礼部郎中任（还朝在前一年十二月）。定国在宗正寺丞任（元祐元年正月至十月间），参《续资治通鉴长编》与《北宋经抚年表》可知，词即作于此时。　②王定国：王素之子，名巩，字定国，有隽才，长于诗，与东坡交好。　③缀：连，续。　《全宋词》词题依傅注本作"南海归赠王定国侍人寓娘"，此从毛本。　④常羡：傅注本作"谁羡"。　琢玉郎：言其姿容美如玉。　⑤应乞与：毛本作"教分付"，意同。　点酥娘：言柔奴皮肤滑腻如凝酥。　⑥尽道：毛本作"自作"。　⑦"雪飞"句：自炎海之广南宾州归至京师，故云雪飞变清凉。

[集评]

吴曾云："东坡作《定风波》，序云：'……'因用其语缀词云：'试问岭南应不好，却道，此心安处是吾乡。'余以此语本出于白乐天，东坡偶忘之耳。白《吾土》诗云：'身心安处是吾土，岂限长安与洛阳。'又《出城留别》诗云：'我生本无乡，心安是归处。'又《重题》诗云：'心泰身宁是归处，故乡独可在长安。'又《种桃杏》诗云：'无论海角与天涯，大抵心安即是家。'"（《能改斋漫录》卷八）

杨湜云："东坡初谪黄州，独王定国以大臣之子不能谨交游，迁置岭表。后数年，召还京师。是时东坡掌翰苑，一日，王定国置酒与东坡会饮，出宠人点酥侑尊，而点酥善谈笑，东坡问曰：'岭南风物，可噉不佳？'点酥应声曰：'此身安处是家乡。'坡叹其善应对，赋《定风波》一阕以赠之，其句全引点酥之语，曰：'……'点酥因是词誉藉甚。"（《古今词话》）

如梦令[①]

寄黄州杨使君二首，公时在翰苑[②]

为向东坡传语[③]，人在玉堂深处[④]。别后有谁来，雪压小桥无路。归去[⑤]，归去，江上一犁春雨。

［注释］

①按词意，题中之杨使君为轼在黄州之故人无疑，且交谊较深。察东坡行实题中之杨使君即杨君素。　②《全宋词》题作“有寄”。　唐氏按：《永乐大典》卷一万四千三百八十一此首误作张先词。　③东坡：指轼在黄所居之东坡，非轼自谓。　④玉堂：翰林学士院称玉堂，见《梦溪笔谈》。　⑤归去：据东坡与杨君素书，盖杨君素离黄州任即至致仕之龄，故云归去。

如梦令[①]

手种堂前桃李[②]，无限绿阴青子。帘外百舌儿[③]，惊起五更春睡。居士[④]，居士，莫忘小桥流水。

（以上二首见曾慥本《东坡词》卷下）

［注释］

①《全宋词》有题曰“春思”，从傅注本删。　②堂前：指东坡所筑之雪堂。　③百舌儿：百舌，鸟名。似伯劳而小，鸣声圆滑。严郾《赋百舌鸟》：“此禽最巧少同伦，我听长疑舌满身。星未没河先报晓，柳犹粘雪便迎春。频嫌海燕巢难定，却讶林莺语不真。莫倚春风便多事，玉楼还有晏眠人。”　④居士：东坡自称。信佛而不出家曰居士。

奉安神宗皇帝御容赴景灵宫导引歌词[①]

帝城父老，三岁望尧心[②]。天远玉楼深[③]。龙颜仿佛笙箫远[④]，肠断属车音[⑤]。离宫春色琐瑶林[⑥]。云阙海沉沉。遗民犹唱当时曲,秋雁起汾阴[7]。

(《东坡内制集》卷二)

[注释]

①神宗:赵顼,在位十九年,卒年三十八,庙号神宗。《总案》与《宋史·哲宗纪》均谓元祐二年丁卯(1087)三月十四日作。　景灵宫:在东京汴梁皇宫内。　②三岁:神宗卒于元丰八年三月,至元祐二年三月为三年。　尧:指神宗。　③玉楼:谓神宗灵魂安息之处,以天上玉楼为喻。　④龙颜:谓神宗。　笙箫:谓神宗卒后仙乐伴之升天。　⑤肠断:谓臣民为神宗卒而伤心。　属车音:谓神宗仙去所乘之车音。　⑥离宫:指景灵宫,其时神宗御容安放于此。　⑦汾阴:汉武帝祭后土于汾阴。故址在山西荣河县北。

满庭芳[1]

香叆雕盘[2],寒生冰箸[3],画堂别是风光。主人情重,开宴出红妆。腻玉圆搓素颈[4],藕丝嫩、新织仙裳[5]。双歌罢[6],虚檐转月[7],馀韵尚悠飏[8]。　人间,何处有,司空见惯,应谓寻常[9]。坐中有狂客[10],恼乱愁肠。报道金钗坠也,十指露、春笋纤长[11]。亲曾见,全胜宋玉,想像赋高唐。

(曾慥本《东坡词》卷上)

[注释]

①《词林纪事》张宗橚云:"按《西园雅集图·跋》,此阕当在王都尉晋卿席上,为啭春莺作也。"《总案》谓元祐二年丁卯(1087)六月"集于王诜西园"作,朱注谓五月,误。王诜,字晋卿,为驸马都尉。　②香叆(ài):香烟缭绕。　雕盘:雕镂之盘。　③冰箸:屋檐下挂的冰柱。　④"腻玉"句:素颈如玉搓成。　⑤藕丝:一种彩色。李贺《天上谣》:"粉霞红绶藕丝裙。"王琦汇解:"粉霞,藕丝,皆当时彩色名。"　仙裳:谓舞女之裳。　⑥双歌:元本作"歌声"。　⑦虚檐:空檐。　转月:谓夜渐深。　⑧馀韵:昔韩

娥善歌，既去而“馀音绕梁欐，三日不绝”。见《列子·汤问》。　⑨“司空”二句：刘禹锡在李司空席上听妙妓唱歌，赋诗云：“鬟髻梳头宫样妆，春风一曲杜韦娘。司空见惯浑闲事，断尽江南刺史肠。”见孟棨《本事诗》。后以指事之常见者。　⑩狂客：谓被舞女色艺迷得发狂的坐客。　⑪“报道”二句：张祜客淮南幕中，杜牧为刺使，同座有属意之处，索骰子赌酒。杜微吟曰：“骰子逡巡裹手拈，无因得见玉纤纤。”祜应曰：“但知报道金钗落，仿佛还因露指尖。”见《摭言》卷十三。

［集评］

费衮云：“程子山敦厚舍人跋东坡《满庭芳》词云：‘予闻之苏仲虎云：一日，有传此词以为先生作。东坡笑曰：吾文章肯以藻绘一香篆盘乎？然观其间，如‘画堂别是风光’及‘十指露’之语，诚非先生肯云。’子山之说，固人所共晓。”（《梁溪漫志》）

蝶恋花[①]

佳　人[②]

一颗樱桃樊素口[③]。不爱黄金，只爱人长久。学画鸦儿犹未就[④]，眉间已作伤春皱。　扑蝶西园随伴走。花落花开，渐解相思瘦。破镜重圆人在否，章台折尽青青柳。

（曾慥本《东坡词》卷下）

［注释］

①词咏西园事，似与上阕同时作，附编于此。　唐氏按：此首别又误作清印昌世词，见黄燮《清国朝词综续编》卷二。　②元本题作“代人赠别”。　③樊素：白居人有家伎樊素善歌，小蛮善舞。尝为诗曰：“樱桃樊素口，杨柳小蛮腰。”见《本事诗》。　④学画鸦儿：指刚学画时东涂西抹，不成样子。

迎奉神宗皇帝御容赴西京会圣宫应天禅院奉安导引歌词[1]

经文纬武，十有九年中。遗烈震羌戎。渭桥夹道千君长[2]，犹是建元功。西瞻温洛与神崧[3]，莲宇照琼宫[4]。人间俯仰成今古，流泽自无穷[5]。 （《东坡内制集》卷四）

[注释]

①《总案》谓元祐二年丁卯(1087)十月七日作。 ②“渭桥”句：汉宣帝甘露三年春正月，匈奴呼韩邪单于来朝，宣帝登长平坂，其蛮夷君长王侯迎者数万人，夹道拥帝上渭桥。见《汉书·宣帝纪》。 ③温洛：洛水，以其温，故称。见《易纬乾凿度》。 神崧：谓嵩山。 ④莲宇：即莲座，佛之座也，见《华严经》。 琼宫：犹言琼楼玉宇，神仙之所居。 ⑤流泽：谓神宗恩泽长流。

西江月[1]

送钱待制[2]

莫叹平齐落落[3]，且应去鲁迟迟[4]。与君各记少年时，须信人生如寄[5]。 白髮千茎相送，深杯百罚休辞[6]。拍浮何用酒为池[7]，我已为君德醉[8]。

（曾慥本《东坡词》卷上）

[注释]

①据《续资治通鉴长编》载，元祐三年戊辰(1088)九月，钱勰知权开封府改知越州，坐奏狱空不实故。“平齐”、“去鲁”、“百罚”、“德醉”云云，不独与事切，且有为钱鸣不平之隐意。 ②傅注本、元本题下有“穆父”二字。 钱待制：钱勰，字穆父。元祐初，迁给事中，以龙图阁待制知开封府。为人刚正廉洁，不畏权贵，为众僚所恨，控其诬奏狱空不实，出知越州，徙瀛洲。 ③平齐落落：平齐，《全宋词》据傅注本作“平原”，误，从毛

本。耿弇平齐，帝驾至临淄自劳军，群臣大会，帝谓弇曰：“昔韩信破历下以开基，今将军攻祝阿以发迹，此皆齐之西界，功足相方。……将军前在南阳建此大策，常以为落落难合，有志者事竟成也。”见《后汉书·耿弇传》。　④去鲁迟迟：“（孔子）去鲁，曰：‘迟迟吾行也，去父母国之道也。’”见《孟子·万章下》。此喻钱留恋京都。　⑤人生如寄：“人生如寄，多忧何为。”见曹丕《善哉行》。　⑥“白髮”二句：本杜甫《乐游园歌》“数茎白髮那抛得，百罚深杯亦不辞”。　⑦“拍浮”句：毕卓尝谓人曰“得酒满数百斛船，四时甘果置两头，右手持酒杯，左手持蟹螯，拍浮酒船中，便了一生足矣”。见《晋书·毕卓传》。纣尝“以酒为池，悬肉为林，使男女倮相逐其间，为长夜之饮”。见《史记·殷本纪》。　拍浮：泅水也。《乐善录》：“少年恃其善拍浮，解衣赴水。”　⑧德醉：“既醉而出，并受其福。醉而不出，是谓伐德。”见《诗经·小雅·宾之初筵》。又，“既醉以酒，既饱以德。君子万年，介尔景福。”见《诗经·大雅·既醉》。

浣溪沙①

九月九日二首②

珠桧丝杉冷欲霜③，山城歌舞助凄凉④。且餐山色饮湖光⑤。　　共挽朱轓留半日⑥，强揉青蕊作重阳⑦。不知明日为谁黄。

[注释]

①《文集》卷五十一《与钱穆父二十八首》其二云：“承和揉菊词，次公处幸见之。未由会合，千万顺候自重。”此函写于元祐三年戊辰（1088）十一月，词于此时作。时钱穆父在越州任。下首同。　②元本题作“重九”。　③珠桧丝杉：傅注，“桧柏叶端雪，炯然如珠。松杉叶条纤细如丝”。　④山城：当谓越州治所会稽，即今绍兴市。　⑤“且餐”句：“秀色着可餐。”见陆机《日出东南隅》。此句谓山秀可餐，湖清可饮。　⑥朱轓：贵者所乘之车。轓，车之有障蔽者，即车厢两旁以革或竹簟作的弧形板用以障泥者。　⑦青蕊：青色花苞。杜甫《叹庭前甘菊花》：“檐前甘菊移时晚，青蕊重阳不堪摘。明日萧条尽醉醒，残花烂熳开何益。”

浣溪沙

和前韵

霜鬓真堪插拒霜①。哀弦危柱作伊凉②。暂时流转为风光③。　未遣清尊空北海④，莫因长笛赋山阳⑤。金钗玉腕泻鹅黄⑥。

[注释]

①拒霜：芙蓉之别名。　②哀弦：丝声哀。见《史记·乐书》。　伊凉：伊州、凉州，皆乐曲名，见《唐乐曲谱》。　③“暂时”句：“传语风光共流转，暂时相赏莫相违。”见杜甫《曲江》。　④北海：谓孔融。孔融常叹曰：“坐上客常满，尊中酒不空，吾无忧矣。”见《后汉书·孔融传》。　⑤“莫因”句：向秀与嵇康友善，嵇被司马昭杀害，向秀经嵇康山阳（今山东金乡县境）旧居，闻邻人吹笛（嵇康于丝竹特妙），有感而作《思旧赋》。见向秀《思旧赋序》。　⑥鹅黄：酒色。杜甫《舟前小鹅儿》：“鹅儿黄似酒，对酒爱新鹅。”

乌夜啼

寄　远①

莫怪归心甚速②，西湖自有蛾眉③。若见故人须细说，白发倍当时。　小郑非常强记④，二南依旧能诗⑤。更有鲈鱼堪切脍⑥，儿辈莫教知⑦。

（以上三首见曾慥本《东坡词》卷下）

[注释]

①词乃寄杭州故人，则绝非写于倅杭时，且曰“寄”，则在守杭前。元祐四年己巳（1089）三月有帅杭之命，或时有自杭赴京者，东坡忆及“小郑”、“二南”，且自已将赴杭，以词达意焉，故编己巳。　②“莫怪”句：傅注本，元本“速”上无“甚”字。　归心：当谓归杭之心。东坡厌于朝中党争，早已请出外任。　③蛾眉：谓美人。　④“小郑”句：郑述祖之父曾守

光州，于城南小山起斋亭，刻石为记，时述祖年九岁。及为刺史，乃往寻旧迹，对之呜咽。时人歌曰："大郑公，小郑公，风教犹尚同。"见《北史·郑述祖传》。又，时京口有妓曰郑容，东坡盖用郑述祖所记事以喻郑容。　⑤二南：时杭州有二名妓曰周曰召，色艺超群，能诗，《侯鲭录》卷七与《文集·佚文汇编》卷五均有记载。又《佚文汇编》卷五《判周妓牒》云："慕周南之化，此意虽可嘉；空冀北之群，所请宜不允。"《诗经·国风》中有《周南》与《召（shào）南》，故谓周召曰二南。傅注谓"湖妓有周召者，号二南"。　⑥"更有"句：张翰见秋风起，乃思吴中菰菜、莼羹、鲈鱼脍，曰："人生贵适志，何能羁宦数千里以要名爵乎？"遂命驾而归。见《晋书·张翰传》。　⑦儿辈：苻坚发兵百万犯淮、肥。谢安之侄玄问安计，安从容游涉，至夜乃指授将帅。玄已破坚，书报。安方与客围棋，置床上，了无喜色，棋如故。客问之，答曰："小儿辈遂已破贼。"见《晋书·谢安传》。

南歌子①

八月十八日观潮，和苏伯固二首

海上乘槎侣②，仙人萼绿华③。飞升元不用丹砂④，住在潮头来处、渺天涯⑤。　雷辊夫差国⑥，云翻海若家⑦。坐中安得弄琴牙⑧，写取馀声归向、水仙夸⑨。

［注释］

①《总案》谓壬子八月十八日作，朱，龙从之编熙宁五年（1072）。然傅注本题明言"和苏伯固二首"，壬子时伯固尚未识公。伯固从东坡游在东坡帅杭时，即元祐四年己巳（1089）三月至元祐六年辛未（1091）三月，八月十八日观潮唯四年己巳与五年庚午两次，暂编己巳。　②乘槎（chá）：有人居海上，每年八月，见海槎来，不违时，乘之到天河。又云，天河与海通。见《博物志》卷十。　③萼绿华：女仙，年可二十许，上下青衣，颜色整绝，晋穆帝升平三年（359）十一月十日夜曾降于羊权家。见《真诰》卷一。　④"飞升"句：丹砂，即道家所炼之丹。道家宣扬服丹始能飞升成仙。然萼绿华对羊权曰："无思无虑，无事无为，行人所不能行，学人所不能学，勤人所不能勤，得人所不能得。何者？世人行嗜欲，我行独介；

世人行庶务,我学恬淡;世人动声利,我勤内行;世人得老死,我得长生。故我行之已九百岁矣。”遂授羊权尸解药,隐影化形而去。见《真诰》卷一。　⑤“住在”句:“渤海之东有五神山,其根无所连,常随潮波上下往还。”见《列子·汤问》。　渺天涯:远在天边。　⑥雷辊(gǔn):喻潮声如雷如车声。　辊:车轮迅速转动,见《六书故》。　夫差国:杭州曾一度为吴王夫差领地,故云。　⑦海若:海神。　⑧弄:弹奏。　琴牙:善弹琴之伯牙。　⑨水仙夸:水仙,即《水仙操》,琴曲名,伯牙作。伯牙学琴于成连,与成连俱至蓬莱山,留伯牙曰:“此居习之,吾将迎师。”伯牙援琴面海,顿悟妙旨,作《水仙操》。曲终,成连回,因而鼓琴绝妙天下。见《乐府解题·伯牙操》。

南歌子

再用前韵

苒苒中秋过,萧萧两鬓华。寓身化世一尘沙①,笑看潮来潮去、了生涯。　　方士三山路②,渔人一叶家③。早知身世两聱牙④,好伴骑鲸公子、赋雄夸⑤。

(以上二首见曾慥本《东坡词》卷上)

[注释]

①尘沙:喻其微小而多。佛以其众犹微尘,其数犹恒河沙数。见《大智度论》与《金刚经》。　化世:一本作“此世”。　②“方士”句:方术之士,乃神仙家流。　三山:谓海上三神山蓬莱、方丈、瀛州,皆在渤海中,诸仙人及不死之药皆在焉。见《史记·封禅书》。　③一叶家:以一叶扁舟为家。颜真卿为湖州刺史,以张志和舟敝,请更之。志和曰:“愿为浮家泛宅,往来苕霅间耳。”见《新唐书·张志和传》。　④“早知”句:身、世,承上寓身此世。　身:形体。　世:尘世。　聱牙:不合,不协调。韩愈《进学解》:“周诰殷盘,诘屈聱牙。”　⑤骑鲸公子:谓李白。　赋:指李白《大鹏赋》。

点绛唇[①]

己巳重九和苏坚

我辈情钟[②]，古来谁似龙山宴[③]。而今楚甸[④]，戏马馀飞观。　顾谓佳人，不觉秋强半。筝声远，鬓云吹乱，愁入参差雁。

[注释]

①题中已点明写于元祐四年己巳(1089)重九。　②我辈情钟：王衍丧幼子，山简吊之，衍悲不自胜。简曰："孩抱中物，何至于此？"衍曰："圣人忘情，最下不及于情。然则情之所钟，正在我辈。"见《晋书·王衍传》。　③龙山宴：九月九日桓温宴龙山，群僚毕至，风吹孟嘉帽落，嘉不觉。温使左右勿言，欲观其举止。嘉入厕，温令取还之，命孙盛作文嘲之，着嘉坐处。嘉还，即答之，其文甚美，四坐叹服。见《晋书·孟嘉传》。　④楚甸：指徐州。徐州古代为东楚。见《史记·货殖列传》。

行香子[①]

茶　词

绮席才终，欢意犹浓。酒阑时、高兴无穷。共夸君赐[②]，初拆臣封[③]。看分香饼[④]，黄金缕[⑤]，密云龙[⑥]。　斗赢一水[⑦]，功敌千钟[⑧]。觉凉生、两腋清风[⑨]。暂留红袖，少却纱笼[⑩]。放笙歌散，庭馆静，略从容。

（以上二首见曾慥本《东坡词》卷下）

[注释]

①轼元祐四年(1089)知杭州，四月出都，哲宗遣内侍赐龙茶、银合，慰劳甚厚。见《宋史·苏轼传》。是年七月到杭州任。词云"共夸君赐，初拆臣封"，当为初到杭州时作。毛本题下注云："密云龙，极为甘馨。宋廖正一明略，晚登苏东坡之门，公大奇之。时黄、秦、晁、张号苏门四学士，东

坡待之厚，每至必令侍妾朝云取密云龙，家人以此知之。一日，又命取密云龙，家人谓是四学士。窥之，乃廖明略也。”　②君赐：指御赐贡茶。杨大年《谈苑》云：“贡茶凡十品，曰：龙茶、凤茶、京挺、的乳、石乳、白乳、头金、蜡面、头骨、次骨。龙茶以贡乘舆，及赐执政、亲王、长主，馀皇族、学士、将帅，皆得凤茶。舍人近臣赐京挺、的乳，馆阁赐白乳。”　③初拆臣封：臣初拆封之倒。　封：御封。御茶分赐，御封犹在。　④香饼：即茶饼，宋代制茶时将茶压成饼形，沏时才碾碎。　⑤黄金缕：贡茶上所缕之金。　⑥密云龙：茶饼上为云龙之象，故名。　⑦鬥赢一水：宋代有鬥茶之俗，以一水两水较胜负。《茶录·鬥茶》：“建安人鬥茶，试以水痕，先者为负，耐久者为胜。故较胜负之说，曰相去一水，两水。”　⑧功敌千钟：茶能消酒，故云功敌千钟。《孔丛子·儒服》：“遗谚：‘尧舜千钟。’”　钟：酒杯。　⑨“觉凉生”句：化用卢仝《走笔谢孟谏议寄新茶》“一碗喉吻润……七碗吃不得，唯觉两腋习习清风生”。　⑩红袖、纱笼：“寇莱公典陕日，与处士魏野同游僧寺。观览旧游。有留题处，公诗皆用碧纱笼之。至野诗则尘蒙其上。时从行妓之慧黠者，辄以红袖拂之。野顾公曰：‘若得常将红袖拭，也应胜著碧纱笼。’莱公大笑。”见《青箱记》。

临江仙①

疾愈登望湖楼赠项长官②

多病休文都瘦损③，不堪金带垂腰④。望湖楼上暗香飘⑤。和风春弄袖，明月夜闻箫。　酒醒梦回清漏永，隐床无限更潮⑥。佳人不见董娇饶⑦。徘徊花上月，空度可怜宵。

[注释]

①《总案》谓元祐五年庚午（1090）二月作。　②望湖楼：一名看经楼，又名先德楼，在昭庆寺前，去钱塘一里。见《西湖游览志馀》。　③休文：沈约字休文，与徐勉致函曰：“百日数旬，革带常应移孔。”见《梁书·沈约传》。　④金带：《总案》载，元祐元年丙寅，“告下迁翰林学士知制诰”，“诏赐对衣金带、金镀银鞍辔马，差供奉官诏入学士院”。　带：官吏

服饰之一，宋制，从三品以上服玉带，四品以上服金带。见《宋史·舆服志》。 ⑤暗香：语出林逋《山园小梅》“疏影横斜水清浅，暗香浮动月黄昏”。 ⑥隐床：依床。 ⑦董娇饶：古乐府有《董娇饶》诗。 娇饶：同“娇娆”，妍媚貌。

南歌子①

杭州端午②

山与歌眉敛，波同醉眼流③。游人都上十三楼④，不羡竹西歌吹、古扬州⑤。 菰黍连昌歜⑥，琼彝倒玉舟⑦。谁家水调唱歌头⑧，声绕碧山飞去、晚云留⑨。

［注释］

①朱、龙编元祐五年庚午（1090）五月。 ②《全宋词》据毛本题作“游赏”，从元本，因词中系写端午事物。 ③“山与”二句：化用谢偃《听歌赋》“低翠蛾而敛色，睇横波而流光”。见《文苑英华》卷七十八。 ④十三楼：十三间楼在石佛院，东坡守杭日，每治事于此。见《西湖志》，亦见《武林旧事》卷五。 ⑤竹西歌吹：竹西，亭名。傅注：“扬州有蜀冈，有竹西亭”。 ⑥“菰黍”句：“五月五日，以菰叶裹粘米，楚祭屈原之遗风。”见《风土记》。 菰黍：即粽子。 昌歜（chù）：即昌蒲，端午俗饮昌蒲酒。 ⑦琼彝：即琼杯，以玉为之酒杯。 玉舟：酒杯下之托子，形似舟。 ⑧水调歌头：水调曲有散序、中序、入破三部分，歌头为中序之第一章。 ⑨晚云留：薛谭学讴于秦青，归，秦青送之，抚节悲歌，“声震林木，响遏行云”。见《列子·汤问》。

南歌子①

湖　景

古岸开青葑②，新渠走碧流。会看光满万家楼，记取他年扶病、入西州③。 佳节连梅雨④，馀生寄叶舟。只将菱角与鸡头[⑤],更有月明千顷、一时留。

(以上三首见曾慥本《东坡词》卷上)

[注释]

①与前首同时作。东坡曾于元祐五年四月二十九日上《杭州乞度牒开西湖状》,见《文集》卷三十。 ②岸:谓西湖之岸。 青葑(fèng):菰草丛生,其根盘结曰葑。 傅注:“今江东有葑田。公时请修西湖,大开水利。” ③扶病:《全宋词》据毛本作“扶路”,从元本。 西州:晋时扬州刺史治所,在今江苏江宁。 ④梅雨:梅熟时雨,谓之梅雨。见《风土记》。⑤菱角:果类植物,夏日开小白花。 鸡头:即芡实,叶大而圆,夏日开花。皆湖中植物。

减字木兰花[①]

双龙对起[②],白甲苍髯烟雨里[③]。疏影微香,下有幽人昼梦长[④]。 湖风清软,双鹊飞来争噪晚。翠飐红轻,时下凌霄百尺英。

[注释]

①《总案》谓元祐五年庚午(1090)五月作。《全宋词》调下注:《本事集》云,钱塘西湖,有诗僧清顺居其上,自名藏春坞。门前有二古松,各有凌霄花络其上,顺常昼卧其下。子瞻为郡,一日屏骑从过之,松风骚然。顺指落花觅句,子瞻为赋此词。 清顺,为东坡守杭时之诗友,《文集》卷七十二有《可久清顺》一文专记可久与清顺事。 ②双龙:指二古松。 ③白甲:谓松皮。 苍髯:谓松叶。 ④幽人:幽隐之人,谓清顺。

贺新郎[①]

夏 景

乳燕飞华屋。悄无人、桐阴转午,晚凉新浴。手弄生绡白团扇[②]，扇手一时似玉。渐困倚、孤眠清熟。帘外谁来推绣户，枉教人、梦断瑶台曲。又却是，风敲竹[③]。

石榴半吐红巾蹙[④]。待浮花、浪蕊都尽[⑤]，伴君幽独。秾艳一枝细看取，芳心千重似束。又恐被、秋风惊绿[⑥]。若待得君来向此，花前对酒不忍触。共粉泪，两簌簌。

（以上二首见曾慥本《东坡词》卷下）

[注释]

①此词前人说法颇歧异，或云为杭妓秀兰而作，或云为东坡侍妾榴花而作，或云东坡倅杭时作，或云守杭时作，或云贬海外作。为杭妓秀兰而作不可信，胡仔已驳其非。为侍妾而作却难否定。公《朝云诗》引云："予家有数妾，四五年相继辞去，独朝云者随予南迁。"榴花虽不见东坡著录，然晁以道曾道及。故酌编守杭时。东坡于元祐四年己巳七月三日到杭，六年辛未二月二十八日离杭，在杭唯元祐五年庚午（1090）过夏，故编于此。其时下距绍圣元年甲戌作《朝云诗》已四年，亦与东坡"予家有数妾，四五年间相继辞去"相符。　②白团扇：王珉好捉白团扇，见《晋书·乐志》。　③风敲竹：化用李益《竹窗闻风寄苗发司空曙》"开门复动竹，疑是故人来"。　④石榴、红巾：语出白居易《题孤山寺山石榴花示诸僧众》"山榴花似结红巾，容艳新妍占断春"。　⑤浮花、浪蕊：语出韩愈《杏花》"浮花浪蕊镇长有，才开还落瘴雾中"。石榴繁盛时，百花落尽，故云。　⑥秋风惊绿：化用皮日休《石榴歌》"蝉噪秋枝槐叶黄，石榴香老愁寒霜"。　惊绿：惊退绿色。

[集评]

吴师道云："东坡《贺新郎》词'乳燕飞华屋'云云，后段'石榴半吐红巾蹙'以下皆咏榴……别一格也。"（《吴礼部诗话》）

毛稚黄云："前半泛写，后半专叙，盖宋词人多此法。如子瞻《贺新郎》后段只谈榴花，《卜算子》后段只谈鸣雁……乃更觉意长。"（王又华《古今词论》引）

黄苏云："前一阕是写所居之幽僻，次阕又借榴花以比此心蕴结，未获达于朝廷，又恐其年已老也。末四句是花是人，婉曲缠绵，耐人寻味不

尽。"(《蓼园词评》)

谭献云:"颇欲与少陵《佳人》一篇互证。"(《复堂词话》)

南歌子[①]

暮　春

紫陌寻春去,红尘拂面来。无人不道看花回[②],惟见石榴新蕊、一枝开。　冰簟堆云髻,金尊滟玉醅[③]。绿阴青子莫相催[④],留取红巾千点、照池台。

[注释]

①观词亦咏榴花,词意相仿佛,故附编于此。　②"紫陌"三句:化用刘禹锡《赠看花诸君子》"紫陌红尘拂面来,无人不道看花回"。　③醅(pēi):未滤之酒。　玉:喻酒之色如玉。　④"绿阴"句:"自恨寻芳到已迟,往年曾见未开时。如今风摆花狼藉,绿叶成阴子满枝。"见杜牧《叹花》。

鹊桥仙[①]

七夕和苏坚韵[②]

乘槎归去[③],成都何在,万里江沱汉漾[④]。与君各赋一篇诗,留织女、鸳鸯机上。　还将旧曲,重赓新韵[⑤],须信吾侪天放[⑥]。人生何处不儿嬉,看乞巧、朱楼彩舫。

(以上二首见曾慥本《东坡词》卷上)

[注释]

①《总案》谓元祐五年庚午(1090)作。　②傅注本、元本题下无韵字。　③乘槎:有人居海上,每年八月,见海槎来,不违时,乘之到天河。又云,天河与海通。见《博物志》卷十。　④江沱:即长江,长江至四川中部曰沱江。　汉:汉水。　漾:汉水上源。　⑤重赓(gēng):重继。

赓:继。 ⑥吾侪(chái):吾辈。

点绛唇[①]

庚午重九再用前韵[②]

不用悲秋，今年身健还高宴。江村海甸[③]，总作空花观[④]。 尚想横汾，兰菊纷相半。楼船远，白云飞乱，空有年年雁[⑤]。

[注释]

①《总案》、《纪年录》谓元祐五年庚午(1090)重九作。 ②傅注本、元本题下无再用前韵四字。 ③海甸:海畔也。 ④空花:佛家视世间一切如空中花。 ⑤“尚想”五句:化用汉武帝《秋风辞》及李峤《汾阳行》。

[集评]

楼敬思云:“上半翻杜句，下半使汉武横汾事，兼李峤诗。妙在数虚字运掉，便化实为虚。”(吴衡照《莲子居词话》转引)

点绛唇[①]

再和送钱公永[②]

莫唱阳关，风流公子方终宴。秦山禹甸[③]，缥缈真奇观。 北望平原，落日山衔半。孤帆远，我歌君乱[④]，一送西飞雁。 (以上二首见曾慥本《东坡词》卷下)

[注释]

①题曰再和，附编于此。 ②钱公永:未详。疑为钱勰之子。 ③秦山禹甸:指会稽，杭州为古会稽之地。 秦山:会稽山，因秦始皇曾登，故名。 禹甸:会稽郡，禹崩处，故称。分见《史记》卷六与卷二。 ④我歌君乱:傅注，“言之不足则歌，歌之不足则乱。乱者，理也，重理一篇之意。

故古之词赋多着乱词于末章，如楚词（辞）之类是也”。

好事近[①]

西湖夜归[②]

湖上雨晴时，秋水半篙初没。朱槛俯窥寒鉴[③]，照衰颜华鬓。　　醉中吹堕白纶巾[④]，溪风漾流月。独棹小舟归去，任烟波飘兀[⑤]。

[注释]

①《总案》谓元祐五年庚午（1090）九月作。　②《全宋词》据毛本题作“湖上”，据傅注本改。　③朱槛：红色栏杆。　鉴：镜子，此指西湖。　④白纶（guān）巾：傅注：“纶，青丝也。白纶巾则有青白织纹矣。”　⑤飘兀：不稳定。

南歌子[①]

师唱谁家曲，宗风嗣阿谁。借君拍板与门槌[②]，我也逢场作戏、莫相疑。　　溪女方偷眼，山僧莫眨眉。却愁弥勒下生迟，不见老婆三五、少年时。

（以上二首见曾慥本《东坡词》卷上）

[注释]

①《全宋词》调下注：《冷斋夜话》云，东坡守钱塘，无日不在西湖。尝携妓谒大通禅师，大通愠形于色。东坡作长短句，令妓歌之。　大通禅师俗姓董，为董仲舒之后裔，随父官于颍，为颍人。母无子，祷白衣大士，乃得大通。及长，博学群书，无仕宦意。嘉祐八年，与弟善思往京师地藏院，选经得度，后被旨赴东京法云寺主持。见《五灯会元》卷十六。《文集》卷六十二有《请净慈法诵禅师（即大通）入都疏》，此疏写于元祐六年二月，此当为大通入东京之时。《文集》卷六十二有《杭州请圆照（大通之师）禅

师疏》,虽不知作时,但在守杭时无疑。公元祐四年七月三日到杭,故知圆照入杭州净慈院当在元祐四年底或五年上半年甚或更晚。圆照入净慈,寻被旨徙法云,既云“寻被旨”,当为入净慈不久即离去。而大通入东京法云寺在元祐六年二月后不久,故知此词写于元祐五年庚午(1090)九十月间甚或更晚,但绝不逾此年底。 ②拍板:和尚唱经时所执之板,用以按节拍。 门槌:僧人谈法到紧要处用槌一击,谓之棒喝,有惊醒世人之意。

[集评]

惠洪云:“东坡镇钱塘,无日不在西湖。尝携妓谒大通禅师,师愠形于色。东坡作长短句,令伎歌之,曰:‘……’时有僧仲殊在苏州,闻而和之,曰:‘解舞《清平乐》,如今说向谁。红炉片雪上钳锤,打就金毛狮子也堪疑。 木女明开眼,泥人暗皱眉。蟠桃已是着花迟,不向春风一笑待何时。’”(《冷斋夜话》)

踏莎行①

这个秃奴,修行忒煞②。灵山顶上空持戒③。一从迷恋玉楼人④,鹑衣百结浑无奈⑤。 毒手伤人,花容粉碎。空空色色今何在⑥。臂间刺道苦相思,这回还了相思债。

(《事林广记癸集》卷十三)

[注释]

①唐氏按:《事林广记》所载,多出傅会或虚构,此首未必为苏轼作。此词无年月可考。《北窗琐言》:“灵隐寺僧了然,恋妓李秀奴,往来日久,衣钵荡尽。秀奴绝之,僧迷恋不已。一夕,了然乘醉而往,秀奴弗纳。了然怒击之,随手而毙。事至郡,时苏子瞻治郡,送狱推勘,见僧肤上刺字云:‘但愿生同极乐国,免教今世苦相思。’子瞻判词云:‘这个秃奴……’判讫即斩之。”既谓东坡守杭作,暂附编于元祐五年庚午(1090)。 ②忒煞(tè shà):太甚。甚辞,谓形容事物到了极点。此处用作反语。 ③灵山:《全宋词》作“云山”,据《北窗琐言》改。 持戒:僧人持守戒律。 释家有五戒:不杀生、不偷盗、不邪淫、不妄语、不饮酒食肉。 ④玉楼人:谓美女。 ⑤鹑

衣:补缀之敝衣。鹑尾特秃,若衣之短结,故名。　⑥空空色色:佛门语。《心经》:“色即是空,空即是色。”陈子昂《感遇诗三十八首》其八:“空色皆寂灭,绿叶定何成。”

蝶恋花[①]

同安生日放鱼,取《金光明经》救鱼事[②]

泛泛东风初破五[③]。江柳微黄,万万千千缕。佳气郁葱来绣户,当年江上生奇女。　一盏寿觞谁与举。三个明珠,膝上王文度[④]。放尽穷鳞看圉圉[⑤],天公为下曼陀雨[⑥]。

(曾慥本《东坡词拾遗》)

[注释]

①同安郡君亡于元祐八年八月,此词自当在此之前。词用王文度典,轼幼子过当已冠年。过生于熙宁五年壬子,下推二十年则为元祐六年(1091)辛未,时过二十岁,次子迨二十二岁,长子迈三十三岁。若统言之,则应在辛未、壬申、癸酉三年间。然壬申正月东坡在颍,癸酉正月在京。词言“江柳微黄”,似应编辛未,以杭气候为热,正月始能“江柳微黄”故。傅注本、元本无此首。　②同安:即同安郡君。苏续弦夫人王闰之,封为同安郡君。　《金光明经》:佛教经典之一。　救鱼事:见《金光明经》。“尔时流水长者子至大王所,作如是言:‘我为大王国土人民治种种病,渐渐游行,至彼空泽,见有一池,其水枯涸。有十千鱼,为日所曝,今日困厄,将死不久。唯愿大王借二十大象,令得负水,济彼鱼命,如我与诸病人寿命。’”　③破五:正月初五日名破五,以前五日,禁妇女往来。见《天咫偶闻》。　④“三个明珠”二句:王坦之字文度,为桓温长史。温欲为子求婚于坦之。及还家省父,而其父述爱坦之,虽长大犹抱置膝上。见《晋书·王坦之传》。　三个明珠:指轼子迈、迨、过。陆卬(áng)善为文,邢劭对其父陆子彰说:“吾以卿老蚌,遂出明珠。”见《北齐书·陆卬传》。　⑤穷鳞:遭困之鱼。　圉圉(yǔ):离水而刚入水,精力尚未恢复之状。　⑥曼陀雨:“时长者子,在楼屋上,露卧眠睡,是大千天子。以十千真珠天妙璎珞置其头边……后以十千置左胁边,雨曼陀罗华、摩诃曼陀罗华,积于

膝。”见《金光明经》。大千天子，最尊贵的天神。意谓流水长者救鱼，大千天子奖励他，为他像降雨一样降曼陀罗花。

浣溪沙[①]

雪颔霜髯不自惊，更将剪彩发春荣[②]。羞颜未醉已先赪[③]。　莫唱黄鸡并白髮[④]，且呼张丈唤殷兄[⑤]。有人归去欲卿卿[⑥]。

[注释]

①《总案》谓作于元祐六年辛未（1091）正月十五日。《全宋词》调下注：公守湖。辛未上元日，作会于伽蓝中。时长老法惠在坐。时有献剪伽花彩甚奇，谓有初春之兴。因作二首，寄袁公济。　伽（qié）蓝：佛寺之别称。　法惠：未详。　袁公济：名毂，四明人，时为杭州通判。“公守湖”显误，其时公在杭州守任。下阕同。　②剪彩：“正月七日为人日，以七种菜为羹，剪彩为人，或镂金箔为人，以贴屏风，亦戴之头鬓，又造华胜以相遗，登高赋诗。”见《荆楚岁时记》。　③赪（chēng）：赤色。　④黄鸡白髮：东坡《与临安令宗人同年剧饮》“试呼白髮感秋人，令唱黄鸡催晓曲”，谓白头人怕听晓鸡声。　⑤张丈殷兄：典出白居易《岁日家宴戏示弟侄等呈张侍御二十八丈殷判官二十三兄》“弟妹妻拏小侄甥，娇痴弄我助欢情。……犹有夸张少年处，笑呼张丈唤殷兄”。　⑥卿卿：“王安丰妇常卿安丰，安丰曰：‘妇人卿婿，于礼为不敬，后勿复尔。’妇曰：‘亲卿，爱卿，是以卿卿。我不卿卿，谁当卿卿。’”见《世说新语·惑溺》。

浣溪沙

前　韵

料峭东风翠幕惊，云何不饮对公荣[①]。水晶盘莹玉鳞赪[②]。　花影莫孤三夜月[③]，朱颜未称五年兄[④]。翰林子墨主人卿[⑤]。　（以上二首见曾慥本《东坡词》卷下）

[注释]

①公荣:刘昶字公荣,善饮。《晋书·王戎传》:“戎尝与阮籍饮,时兖州刺史刘昶在坐,籍以酒少,酌不及昶,昶无恨色。戎异之。他日问籍曰:‘彼何人也?’答曰:‘胜公荣,不可不与饮;若减公荣,则不敢不共饮;惟公荣可不与饮。’”　②“水晶盘”句:“紫驼之峰出翠釜,水精之盘行素鳞。”见杜甫《丽人行》。　③三夜月:元宵三夕,即十三至十五夜。　④五年兄:“年长以倍,则父事之;十年以长,则兄事之;五年以长,则肩随之。”见《礼记·曲礼》。　⑤“翰林子墨”句:“聊因笔墨之成文章,故藉翰林以为主人。子墨为客卿以风。”见扬雄《长杨赋序》。　翰林:犹笔墨、翰墨,谓文辞。子墨与主人卿,指作者与袁公济。

木兰花令[1]

元宵似是欢游好,何况公庭民讼少。万家游赏上春台,十里神仙迷海岛[2]。　平原不似高阳傲[3],促席雍容陪语笑。坐中有客最多情,不惜玉山拚醉倒[4]。

(汲古阁本《东坡词》)

[注释]

①《诗集》卷三十二有《熙宁中,轼通守此郡。除夜,值都厅,囚系皆满,日暮不得返舍,因题一诗于壁,今二十年矣。衰病之馀,复忝郡寄。再经除夜,庭事萧然,三圄皆空。盖同僚之力,非拙朽所致。因和前篇,呈公济、子侔二通守》诗,作于庚午除夕。词有“何况公庭民讼少”语,附编于元祐六年辛未(1091)正月。　②海岛:谓海上三神山。　③平原:谓平原君赵胜,喜宾客。见《史记·平原君虞卿列传》。　高阳:郦食其,自称“高阳酒徒”,瞋目按剑以见刘邦。详见《史记·郦生陆贾列传》。　④玉山:嵇康喜饮,风姿特秀。山涛谓“其醉也,傀俄若玉山之将崩”。见《世说新语·容止》。

渔家傲[①]

送吉守江郎中[②]

送客归来灯火尽，西楼淡月凉生晕[③]。明日潮来无定准。潮来稳，舟横渡口重城近。　江水似知孤客恨，南风为解佳人愠。莫学时流轻久困。频寄问，钱塘江上须忠信[④]。

（曾慥本《东坡词》卷上）

[注释]

①《总案》谓元祐五年庚午（1090）五月送江公著赴台州作。然江公著无台州仕履，公有《送江公著知吉州》诗，亦为知吉州之明证，应与诗作于同时，编元祐六年辛未（1091）正月。　②《全宋词》据元本、毛本题"吉"作"台"，误，从《诗集》改。吉州，宋时属江南西路，当今江西吉安之地。江公著，字晦叔，睦州建德人，累官提点湖南刑狱，京西转运使。元祐初，入为太常博士，出守庐陵（即吉州）。见《诗集》卷三十三《送江公著知吉州》诗施注。　郎中：宋制，六部均设郎中，位在尚书、侍郎之下，员外郎之上。江为何郎中，未详。　③月生晕：月周之白色光环。　④忠信：言潮水去来有信，人当效之。

浣溪沙[①]

送梅庭老赴潞州学官[②]

门外东风雪洒裾[③]，山头回首望三吴[④]。不应弹铗为无鱼[⑤]。　上党从来天下脊[⑥]，先生元是古之儒。时平不用鲁连书[⑦]。

（曾慥本《东坡词》卷下）

[注释]

①观词意，必写于杭州，然倅杭或守杭时，不能确考。辛未二月有《次韵曹子方运判雪中游西湖》、《次韵仲殊雪中游西湖二首》等诗，与此词"雪洒裾"符，故暂编元祐六年辛未（1091）二月。　②梅庭老：未详。　潞

州:元本作“上党”。上党在宋时为潞州,当今山西长治等县。 学官:主管州学之官。 ③裾(jū):衣之前襟。 ④三吴:《指掌图》以苏、常、湖为三吴。《图经》以会稽、吴兴、丹阳为三吴。此处泛指江浙一带。 ⑤“弹铗”句:冯谖客孟尝君,弹铗而歌曰“长铗归来兮,食无鱼”。见《战国策·齐策四》。 ⑥上党:秦置上党郡,属并州,见《汉书·地理志》。 ⑦鲁连书:鲁仲连好为人画策,而不肯仕宦。齐田单攻聊城岁馀不下,鲁连乃为书射城中,燕将见书,泣三日乃自杀。《史记·鲁仲连邹阳列传》。

浣溪沙①

送叶淳老②

阳羡姑苏已买田③,相逢谁信是前缘④。莫教便唱水如天⑤。 我作洞霄君作守⑥,白头相对故依然。西湖知有几同年⑦。 (元延祐本《东坡乐府》卷下)

[注释]

①《资治通鉴长编》载:元祐六年正月十八日,“左朝请大夫两浙路转运副使叶温叟为主客郎中”。辛未二月公尚有《与叶淳老、侯敦夫,张秉道同相视新河,秉道有诗,次韵二首》,以此知此词当写于元祐六年辛未(1091)二月时。 ②叶淳老:叶温叟。叶梦得《避暑录话》:“叔祖度支讳温叟,与子瞻同年。”王文诰案:“温叟字淳老,官浙西转运使。”其人《宋史》无传。 ③阳羡:今江苏宜兴,汉置阳羡县,隋改义兴。 姑苏:即苏州。④前缘:前生注定之缘分。 ⑤“莫教”句:“独上江楼思渺然,月光如水水如天。同来望月人何处,风景依稀似去年。”赵嘏《江楼感旧》。 ⑥洞霄:洞霄宫在馀杭县南,为道家七十福地之一。 我作洞霄:谓我欲作提举洞霄宫之官。宋大臣退多提举宫观以收之。 ⑦同年:同年登进士第者曰同年。东坡与叶淳老于嘉祐二年同登章衡榜进士。

西江月[①]

宝云真觉院赏瑞香三首[②]

公子眼花乱发[③]，老夫鼻观先通[④]。领巾飘下瑞香风[⑤]，惊起谪仙春梦。　后土祠中玉蕊，蓬莱殿后鞓红[⑥]。此花清绝更纤秾，把酒何人心动。

［注释］

①《总案》谓元祐六年（1091）二月二十八日诏下，以翰林学士承旨召还，三月初和曹辅龙山真觉院瑞香花诗，再作《西江月》词。下两首同。　②《全宋词》题首无"宝云"二字，三首作二首，从元本改。　宝云：即宝云寺，在北山，乾德二年钱氏建，旧名千光王寺，雍熙二年改宝元寺。见《咸淳临安志》。　真觉院：在宝元寺内。　瑞香：本产山中，南唐中主爱之，移植于含风殿。见《庐山纪事》。　③公子：指曹辅子方。时子方自闽归，道钱塘。　眼花：语出杜甫《饮中八仙歌》"知章骑马似乘船，眼花落井水底眠"。　④鼻观：鼻观，谓嗅觉，佛家六识之一曰鼻识。苏轼《和黄鲁直烧香》二首："不得闻思所及，且令鼻观先参。"王注："次公曰：'佛有观想法，观鼻端白谓之鼻观。'"　⑤"领巾"句：唐玄宗与亲王弈棋，贺怀智弹琵琶，杨贵妃立于侧，领巾飘贺身上，觉满身香气。玄宗谓曰，此乃瑞龙脑香。见《杨太真外传》。　⑥鞓红："单叶青红花，出青州……其色类腰带鞓，故谓之鞓红。"见《牡丹记》。

西江月[①]

坐客见和复次韵

小院朱阑几曲，重城画鼓三通[①]。更看微日转光风[②]，归去香云入梦。　翠袖争浮大白[③]，皂罗半插斜红[④]。灯花零落酒花秾[⑤]，妙语一时飞动。

［注释］

①画鼓三通：三叠鼓声。古时以钟鼓报时。　②光风："光风转蕙，氾崇兰些。"见宋玉《招魂》。《文选》注："光风，谓雨已日出而风，草木有光色。"　③大白：酒器。　浮：罚酒。　④皂罗：即皂罗特髻，宋时妇人一种髮式。东坡《李钤辖座上分题戴花》："绿珠吹笛何时见，欲把斜红插皂罗。"　⑤酒花：酒杯上浮起之沫。

西江月

再用前韵戏曹子方[①]

怪此花枝怨泣，托君诗句名通。凭将草木记吴风，继取相如云梦[②]。　点笔袖沾醉墨，谤花面有惭红。知君却是为情秾，怕见此花撩动。

［注释］

①傅注本题作"真觉府瑞香一本，曹子方不知，以为紫丁香，戏用前韵"。"府"，应为"院"字之误。　曹子方：即曹辅。　②"继取"句：继承了司马相如记云梦风物土产之误。司马相如《上林赋》咏长安则曰"卢橘夏熟"，左思《三都赋序》指其错："然相如赋上林，而引'卢橘夏熟'……考其果木，则生非其壤。"东坡以此戏曹子方，然东坡亦误记长安为云梦。云梦为司马相如《子虚赋》中所咏。

木兰花令[①]

次马中玉韵[②]

知君仙骨无寒暑[③]，千载相逢犹旦暮[④]。故将别语恼佳人，要看梨花枝上雨[⑤]。　落花已逐回风去，花本无心莺自诉。明朝归路下塘西[⑥]，不见莺啼花落处。

（以上四首见曾慥本《东坡词》卷上）

[注释]

①《总案》谓元祐六年辛未（1091）三月作。 ②马中玉：马瑊字中玉，元祐五年（1090）自提点淮南西路刑狱改两浙路提刑，后于绍圣三年（1096）知湖州，累知荆州，坐与黄庭坚善，置海州。见《咸淳临安志》。③傅注："得仙道者，深冬不寒，盛夏不热。" ④"千载"句：仙家旦暮间则世俗已千年，故云。 ⑤梨花雨：喻美人之泪。 ⑥塘西：钱塘之西。

[集评]

周紫芝云："东坡作送人小词云：'故将别语恼佳人，要看梨花枝上雨。'虽用乐天语，而别有一种风味，非点铁成黄金手，不能为此也。"（《竹坡诗话》）

虞美人①

送马中玉②

归心正似三春草③，试著莱衣小④。橘怀几日向翁开⑤，怀祖已瞋文度、不归来⑥。 禅心已断人间爱⑦，只有平交在⑧。笑论瓜葛一枰同⑨，看取灵光新赋、有家风⑩。

[注释]

①朱祖谋注云："案中玉，元祐五年改两浙路提刑，是岁或去官宁亲，故词有'橘怀'、'怀祖'等语。"编元祐六年辛未（1091）三月。 ②《全宋词》题作"述怀"，从元本。 ③三春草：化用孟郊《游子吟》"谁言寸草心，报得三春晖"句意，以三春之草喻子思母之心。 ④莱衣：老莱子奉亲至孝，年七十，常着五色斑斓衣，为小儿啼，欲亲之喜。见《高士传》。 ⑤"橘怀"句：陆绩六岁，于九江见袁术。术出橘，绩怀三枚，去，拜辞落地。术怪之，绩跪答曰："欲归遗母。"术大奇之。见《三国志·吴书·陆绩传》。⑥"怀祖"句：王述字怀祖，甚爱其子坦之（字文度），虽长大犹抱置膝上。瞋：瞋怪，瞋怒。 ⑦"禅心"句："凡夫贪着六尘，不知厌足。今圣人断除贪爱，除六情饥馑也。"见《法镜经》。 ⑧平交：平昔之交情。 ⑨"瓜

葛”句:王导与其子王悦弈棋争道,导笑曰:“相与有瓜葛,那得为尔耶?”见《晋书·王导传》。瓜葛藤蔓相绕缠,喻人之关系密切。　枰:棋盘。⑩灵光新赋:王延寿有隽才,少游鲁国,作《灵光殿赋》。蔡邕亦作此赋而未成,及见延寿之作而罢笔。见《后汉书·王逸传》。傅注谓:“后汉王逸工词赋,尝欲作《鲁灵光殿赋》,命其子延寿往录其状。延寿因韵之以简其文,父曰:‘吾无以加。’遂不复作。”与《后汉书》所记小异,盖另有本。臆苏轼此句,盖切傅注所云。

八声甘州①

寄参寥子②

有情风、万里卷潮来,无情送潮归③。问钱塘江上,西兴浦口④,几度斜晖。不用思量今古,俯仰昔人非⑤。谁似东坡老,白首忘机⑥。　记取西湖西畔,正暮山好处,空翠烟霏。算诗人相得,如我与君稀。约他年、东还海道,愿谢公、雅志莫相违⑦。西州路,不应回首,为我沾衣。

（以上二首见曾慥本《东坡词》卷下）

[注释]

①朱注引《苕溪渔隐丛话》后集卷三十九云:“东坡别参寥长短句‘……’云云!其词石刻后东坡自题云‘元祐六年(1091)三月六日’”。况傅注本题下有“时在巽亭”四字,《诗集》卷三十一《次韵詹适宣德小饮巽亭》诗,王注引《图经》云:“庆历三年,郡守蒋堂于旧治之东南建巽亭,以对江山之胜。”《咸淳临安志》亦云:“南园巽亭,在凤凰山旧府治内,以在郡城东南,故名。”故知朱注正而王案误,应编元祐六年辛未(1091)三月离杭前。　②傅注本题下有“时在巽亭”四字。　参寥子:僧道潜,字参寥,能文章,尤喜为诗。东坡在徐州,专访之。后谪黄州,不远两千里,相从于黄,留期年。遇移汝州,同游庐山。坡南迁,参寥欲跨海访之。两人交谊可知。　③“有情风”二句:钱塘潮名天下,故云。　④西兴:即萧山,吴越时改为西兴,见《会稽志》。　⑤俯仰:低头抬头,喻时间之快。　⑥忘机:泯除心机。谓清净淡泊。　⑦“约他年”二句:“安虽受朝寄,然东山

之志始末不渝，每形于色。及镇新城，尽室而行，造泛海之装，欲须经略初定，自江道东还。雅志未就，遂遇疾笃。”见《晋书·谢安传》。

[集评]

胡仔云：“《后山诗话》谓：‘退之以文为诗，子瞻以诗为词，如教坊雷大使之舞，虽极天下之工，要非本色。’余谓后山之言过矣，子瞻佳词最多。其间杰出者，如……‘有情风……’别参寥词……凡此十馀词，皆绝去笔墨畦径间，直造古人不到处，真可使人一唱而三叹。”（《苕溪渔隐丛话》后集卷二十六）

黄苏云：“此词不过叹其久于杭州，未蒙内召耳。次阕见人地相得，便欲订终焉之意。未免有激之言，然意自尔豪宕。”（《蓼园词评》）

陈廷焯云：“东坡《八声甘州》寄参寥子，结数语云：‘算诗人相得，如我与君稀。约他年、东还海道，愿谢公、雅志莫相违。西州路，不应回首，为我沾衣。’寄伊郁于豪宕，坡老所以为高。”（《白雨斋词话》）

郑文焯云：“突兀雪山，卷地而来，真似钱塘江上看潮时。添得此老胸中数万甲兵，是何气象雄且杰。妙在无一字豪宕，无一语险怪，又出以闲逸感喟之情，所谓骨重神寒，不食人间烟火者，词境至此观止矣。云锦成章，天衣无缝，是作从至情流出，不假熨贴之工。”（《大鹤山人词话》）

西江月①

苏州交代林子中席上作②

昨夜扁舟京口③，今朝马首长安④。旧官何物与新官⑤，只有湖山公案⑥。　　此景百年几变，个中下语千难⑦。使君才气卷波澜⑧，与把新诗判断⑨。

[注释]

①据《咸淳临安志》与《续资治通鉴长编》载，林希于元祐六年辛未(1091)二月初四有命知杭州。至杭当为二月底或三月初，词即作于是时。　②苏州：显误，应为杭州。　交代：新旧官移交曰交代。　林子中：名希，福州人。绍圣年间，林希依附新党，预议逐苏轼等，士论薄之。见

《宋史·林希传》。时林希由润州移知杭州,苏轼以礼部尚书翰林学士承旨召还。《全宋词》题作"送别",从毛本。 ③京口:故址即今镇江市,宋时为润州地域,治所在丹阳。林希自润来杭,故云。 ④长安:谓宋都汴京。苏轼自杭回朝,故云。 ⑤旧官:苏轼自谓。 新官:指林希。 ⑥湖山公案:公倅杭日作诗,后下狱,令供诗帐。此言湖山公案,亦谓诗也。禅家以言语为公案。 ⑦个中:其中。 下语:禅家有下语之说,意为评说。《后汉书·桓荣传》注:"下说谓下语而讲说之也。" ⑧才气卷波澜:本杜甫《追酬故高蜀州人日见寄》"文章曹植波澜阔,服食刘安德业尊"。此句谓林希才情横溢。 ⑨"与把"句:意谓请林希以诗来写杭州美景。玄宗每对美景而叹曰:"对此景物,岂得不与他判断之乎?"见《羯鼓录》。

定风波[①]

公自序云:余昔与张子野、刘孝叔、李公择、陈令举、杨元素会于吴兴。时子野作六客词,其卒章云:"见说贤人聚吴分。试问。也应旁有老人星。"凡十五年,再过吴兴,而五人者皆已亡矣。时张仲谋与曹子方、刘景文、苏伯固、张秉道为坐客,仲谋请作后六客词

月满苕溪照夜堂,五星一老鬥光芒。十五年间真梦里。何事,长庚对月独凄凉。 绿鬓苍颜同一醉,还是。六人吟笑水云乡。宾主谈锋谁得似,看取。曹刘今对两苏张。 (以上二首见曾慥本《东坡词》卷上)

[注释]

①据《嘉泰吴兴志》载,"元祐中,知州事张询(即张仲谋)复为六客之集。作《六客词序》曰:'今仆守是郡,子瞻与曹子方、刘景文、苏伯固、张秉道来过,与仆为六。而向之六客,独子瞻在。复继前作,子野为前六客词,子瞻为后六客词,与赓和篇并刻墨妙亭。'"故知此词作于元祐六年辛未三月无疑。然张先写前六客词在熙宁七年甲寅(1074),至元祐六年(1091)应为"十七年",题序云"十五年"者,非后人误传误抄,即东坡误记耳。

浣溪沙[①]

玄真子《渔父》词极清丽，恨其曲度不传，故加数语，令以《浣溪沙》歌之[②]

西塞山边白鹭飞，散花洲外片帆微。桃花流水鳜鱼肥。　自庇一身青箬笠，相随到处绿蓑衣。斜风细雨不须归。　（曾慥本《东坡词》卷下）

[注释]

①词仿张志和《渔父》词，当系元祐六年辛未（10914）三月还朝经湖州磁湖镇时作。西塞云云，乃谓磁湖之西塞，张志和游钓于此，并作《渔父》词。　②《全宋词》题作“渔父”，从傅注本改。　唐氏按：此首别误入黄庭坚《豫章黄先生词》。　玄真子：唐张志和号，见《新唐书·张志和传》。

临江仙[①]

辛未离杭至润，别张弼秉道[②]

我劝髯张归去好[③]，从来自己忘情[④]。尘心消尽道心平[⑤]。江南与塞北，何处不堪行。　俎豆庚桑真过矣[⑥]，凭君说与南荣[⑦]。愿闻吴越报丰登。君王如有问，结袜赖王生[⑧]。　（曾慥本《东坡词》卷上）

[注释]

①《总案》谓元祐六年辛未（1091）四月作。盖张秉道自杭送东坡至润而别，东坡作此词以赠之。　②润：润州，宋时属两浙路，治所在今镇江市。　③髯张：化用杜甫《洗兵马》“张公一生江海客，身长七尺鬒眉苍”。　④忘情：“圣人忘情，最下不及于情。然则情之所钟，正在我辈。”见《晋书·王衍传》。　⑤尘心：尘凡之心。　道心：悟道之心。　⑥“俎豆”句：庚桑楚隐居畏垒山而其地年丰民富，人敬之若神。见《庄子·庚桑

楚》。 俎(zǔ)豆庚桑:祭祀庚桑。轼在杭惠民有政声,民为之立生祠祭之,故云过矣。 ⑦南荣:即南荣趎,庚桑楚之弟子,见《庄子·庚桑楚》,此处谓杭州百姓。 ⑧"君王"二句:有老人王生要张释之为他结袜,释之跪而结之。人问其故,王生曰:"吾老且贱,自度终无益于张廷尉(即张释之)。张廷尉方今天下名臣,吾故聊辱廷尉,使跪结袜,欲以重之。"人闻之,贤王生而重释之。见《史记·张释之冯唐列传》。

减字木兰花①

送赵令晦之②

春光亭下③,流水如今何在也。岁月如梭④,白首相看拟奈何。　　故人重见,世事年来千万变。官况阑珊⑤,惭愧青松守岁寒⑥。

[注释]

①东坡与赵昶凡三见:熙宁八年乙卯十二月初见于密州;元丰八年乙丑十月二见于涟水;元祐六年辛未(1091)还朝四月三见于高邮,为赵作《四达斋铭》,其引云:"高邮使君赵晦之,作斋东园,户牖四达,因以名之。"此词即三见于高邮时作。 ②《全宋词》题无"晦之"二字。 赵晦之:即赵昶,曾官东武令。 ③春光亭:未详。 ④岁月如梭:谓时光消逝之快,如机上梭之来去穿焉。 ⑤阑珊:衰落。 ⑥岁寒:典出《论语·子罕》"岁寒,然后知松柏之后凋也"。

浣溪沙①

荷　花

四面垂杨十里荷②,问云何处最花多。画楼南畔夕阳和。　　天气乍凉人寂寞,光阴须得酒消磨。且来花里听笙歌。　　(以上二首见曾慥本《东坡词》卷下)

[注释]

①观词首句，似作于颍州，故编元祐六年辛未（1091）八月。　②十里荷：《诗集》卷三十四《西湖秋涸，东池鱼窘甚，因会客，呼网师迁之西池，为一笑之乐。夜归，被酒不能寐，戏作放鱼一首》诗查注，“《名胜志》：‘颍州西二里有湖，袤十里，广二里，翳然林木，为一邦之胜。’秦少游亦有诗云：‘十里荷花菡萏初，我公所至有西湖。’”

木兰花令[①]

次欧公西湖韵[②]

霜馀已失长淮阔[③]，空听潺潺清颍咽[④]。佳人犹唱醉翁词[⑤]，四十三年如电抹[⑥]。　草头秋露流珠滑，三五盈盈还二八[⑦]。与余同是识翁人，惟有西湖波底月[⑧]。

（曾慥本《东坡词》卷上）

[注释]

①《总案》谓元祐六年（1091）八月二十六日“谒文宣王庙，游西湖，闻歌者唱《木兰花令》词，则欧阳修所遗也，和韵”。　②《全宋词》无题，从毛本补。　欧公：即欧阳修。　③“霜馀”句：谓霜降之后淮河变窄。　④潺潺（chán）：水流貌。　清颍：即颍水，淮河支流。　⑤醉翁词：即欧公《木兰花令》。欧阳修在《醉翁亭记》中自称醉翁，故云。　⑥“四十三年”句：欧公《木兰花令》写于宋仁宗皇祐元年（1049），至元祐六年（1091）计四十三年。　⑦三五：十五日。　二八：十六日。月于十五、十六日圆，故云盈盈。鲍照《玩月城西门解中》：“三五二八夜，千里与君同。”　⑧“与余”二句：谓时隔久远，识醉翁者唯余与月耳。

渔家傲[①]

临水纵横回晚鞚[②]，归来转觉情怀动。梅笛烟中闻几弄[③]。秋阴重，西山雪淡云凝冻。　美酒一杯谁与共，尊前舞雪狂歌送[④]。腰跨金鱼旌旆拥[⑤]。将何用，只堪妆点浮生梦[⑥]。

（汲古阁本《东坡词》）

［注释］

①词云“腰跨金鱼”，必在入翰林后。考元祐六年辛未（1091）六月首蒙恩赐金鱼，元祐七年自扬州还朝再赐金鱼。按元祐六年辛未八月知颍前，朝内党争甚烈，词意消沉，当在知颍所写，故编此。　②临水：盖临颍州西湖也。　鞚（kòng）：马勒。　③梅笛：梅花落，本笛中曲。奏乐曰弄。　④舞雪：“裾似飞鸾，袖如回雪。”见张衡《观舞赋》。　⑤金鱼旌旆：金鱼，饰金之鱼袋，似鱼。本以为出入宫禁之凭证，后以官职大小论品。宋制，凡服紫者鱼袋饰以金，服绯者鱼袋饰以银。见《宋史·舆服志》。　⑥浮生梦：“而浮生若梦，为欢几何？”见李白《春夜宴从弟桃李园序》。

临江仙[①]

送钱穆父[②]

一别都门三改火[③]，天涯踏尽红尘。依然一笑作春温[④]。无波真古井，有节是秋筠[⑤]。　惆怅孤帆连夜发，送行淡月微云。尊前不用翠眉颦。人生如逆旅[⑥]，我亦是行人。

（曾慥本《东坡词》卷上）

［注释］

①钱于元祐三年九月知越州，元祐五年十月知瀛州，六年九月移为江淮荆湖等路转运使。旧俗三月改火，词既云三改火，而元祐六年辛未三月钱在瀛州，无由会面。故知此词写于元祐六年辛未（1091）十月钱赴江淮荆湖转运使任经颍州时。　②《全宋词》无题，从傅注本。　钱穆父：名勰，元祐初知开封，后出知越州，徙瀛州，召拜工部、户部侍郎，复临开封。《宋史》有传。　③改火：“钻燧改火。”见《论语·阳货》。古俗改火在三月。　④春温：心境如春。　⑤秋筠：秋竹。　⑥逆旅：客舍，旅馆。

减字木兰花[①]

春　月[②]

春庭月午，摇荡香醪光欲舞[③]。步转回廊，半落梅花婉娩香[④]。　轻云薄雾，总是少年行乐处。不似秋光，只与离人照断肠。（曾慥本《东坡词》卷下）

[注释]

①《年谱》谓元祐七年（1092）正月作，《纪年录》谓二月作，按《侯鲭录》载，当在正月。　②元本题作“二月十五日夜与赵德麟小酌聚星堂”。傅注本题注云：按赵德麟《侯鲭录》云，“元祐七年正月，东坡在汝阴州，堂前梅花大开，月色鲜霁。王夫人曰：‘春月色胜如秋月色，秋月令人凄惨，春月令人和悦。何如召赵德麟辈来，饮此花下。’先生大喜曰：‘吾不知子亦能诗耶，此真诗家语耳。’遂召德麟饮，因作此词。”　赵德麟名令畤，宋宗室。元祐六年，签书颍州公事。后轼被窜岭南，赵亦坐交轼罚金。《宋史》卷二百四十四有传。欧阳修守颍时于州治所造聚星堂。　③香醪（láo）：香酒。醪，未滤之酒。　④婉娩（wǎn）：柔和。

满江红[①]

怀子由作[②]

清颍东流，愁目断、孤帆明灭[③]。宦游处、青山白浪，万重千叠。孤负当年林下意[④]，对床夜语听萧瑟[⑤]。恨此生、长向别离中，添华发。　一尊酒，黄河侧。无限事，从头说。相看恍如昨，许多年月。衣上旧痕馀苦泪，眉间喜气添黄色[⑥]。便与君、池上觅残春，花如雪。

（曾慥本《东坡词》卷上）

[注释]

①《总案》谓元祐七年壬申(1092)二月作。　②傅注本题作“寄子由”。时子由在京师。　③孤帆明灭:毛本作“征鸿去翮”。　④林下:意谓归隐。林下,山林,林泉,意皆为归隐。　⑤对床夜语:“辙幼从子瞻读书,未尝一日相舍。既壮,将游宦四方,读韦苏州诗,至‘安知风雨夜,复此对床眠。’恻然感之,乃相约早退,为闲居之乐”。见《栾城集》卷七《逍遥堂会宿二首》引。　语:《全宋词》作“雨”。　⑥“眉间”句:古人以为眉间见黄则喜。

江城子[①]

墨云拖雨过西楼。水东流,晚烟收。柳外残阳,回照动帘钩。今夜巫山真个好[②],花未落,酒新篘[③]。　美人微笑转星眸[④]。月华羞[⑤],捧金瓯[⑥]。歌扇萦风,吹散一春愁。试问江南诸伴侣,谁似我,醉扬州。

(曾慥本《东坡词拾遗》)

[注释]

①东坡平生凡十过扬州,皆不当春。唯元祐七年壬申(1092)自颍移守扬在三月十六日,词当写于此时。　②巫山:神女所居之地,见宋玉《高唐赋序》。此处指歌楼。　③新篘(chōu):新滤。　篘:滤酒之竹器,此作动词。　④星眸:喻美人目光如星光流转。　⑤月华羞:月华愧不如美人星眸之美。　⑥金瓯(ōu):谓酒盏。

浣溪沙[①]

扬州赏芍药樱桃[②]

芍药樱桃两斗新,名园高会送芳辰。洛阳初夏广陵春[③]。　红玉半开菩萨面[④],丹砂浓点柳枝唇[⑤]。尊前还有个中人。

(曾慥本《东坡词》卷下)

[注释]

①《总案》谓元祐七年壬申（1092）四月，“颍州西湖成，和赵令畤韵，赏芍药、樱桃，作《浣溪沙》词”。然壬申四月东坡亦至扬州任，或寄和耳。 ②《全宋词》调下注云“同上”，即同上首题作“徐州藏春阁园中”，误。从毛本。 ③“洛阳”句：洛阳盛产牡丹，初夏开花。广陵，即扬州。汉武帝时在扬州设广陵郡，见《汉书·地理志》。因芍药形似牡丹，故连及洛阳初夏。 ④“红玉”句：指芍药花开似红玉，又似菩萨面。此以菩萨面比花之美。 ⑤丹砂：红色。 柳枝：韩愈侍妾名，见《唐语林》。“丹砂”句：谓樱桃有如丹砂点过的柳枝之唇。

减字木兰花[①]

五月二十四日，会于无咎之随斋[②]。主人汲泉置大盆中，渍白芙蓉[③]，坐客翛然[④]，无复有病暑意

回风落景[⑤]，散乱东墙疏竹影。满坐清微，入袖寒泉不湿衣。 梦回酒醒，百尺飞澜鸣碧井[⑥]。雪洒冰麾[⑦]，散落佳人白玉肌[⑧]。 （元延祐本《东坡乐府》卷下）

[注释]

①《纪年录》谓元祐七年壬申（1092）作。 ②无咎：晁补之字，与秦观、张耒、黄庭坚合称“苏门四学士”，著有《鸡肋集》。《宋史》有传。晁时为扬州通判，为苏轼下属。 随斋：晁在扬读书待客之室。 ③芙蓉：即荷花。 ④翛（xiāo）然：无拘无束，自由自在。 ⑤落景：落日，夕阳。景：日光。 ⑥“百尺”句：写汲水于井状。 ⑦雪洒冰麾（huī）：喻井水洒荷花之清凉。 麾：同“挥”。 ⑧佳人白玉肌：喻荷花。

生查子[①]

送苏伯固[②]

三度别君来[③]，此别真迟暮[④]。白尽老髭须，明日淮南

去。　酒罢月随人，泪湿花如雾[5]。后月逐君还[6]，梦绕湖边路[7]。

[注释]

①《诗集》并载此词，从《诗集》编元祐七年壬申（1092）。东坡于是年九月离扬还朝，词当作于八月间。下阕同，不另注。　唐氏按：此首别作古诗，见《东坡续集》卷一，题作《古离别送苏伯固》。　②《全宋词》据毛本题作“诉别”，从元本。　苏伯固：即苏坚。　③三度别君来：《诗集》卷三十五《古离别送苏伯固》王文诰案，“谓别于泗上及杭州也，其一不详。”　④迟暮：谓年岁已老。　⑤花如雾：语出杜甫《小寒食舟中作》“春水船如天上坐，老年花似雾中看”。此处谓泪眼模糊，花似雾中。　⑥后月：傅注本作“后夜”。　⑦湖：指扬州西湖。

青玉案[1]

和贺方回韵送伯固归吴中故居[2]

三年枕上吴中路[3]，遣黄耳[4]、随君去。若到松江呼小渡[5]。莫惊鸥鹭[6]，四桥尽是[7]，老子经行处[8]。　辋川图上看春暮[9]，常记高人右丞句[10]。作个归期天已许。春衫犹是，小蛮针线[11]，曾湿西湖雨[12]。

（以上二首见曾慥本《东坡词》卷下）

[注释]

①唐氏按：此首别作蒋璨词，见《乐府雅词拾遗》卷上。《苕溪渔隐丛话》前集卷五十九引《桐江诗话》谓姚进道作，《阳春白雪》卷五作姚志道词。　注者按：《乐府雅词拾遗》卷上此词虽标蒋璨作，然词末有“见东坡词”四字。《阳春白雪》卷五作姚志道词，然亦于词末注云：“见东坡词，云‘和贺方回韵送伯固归吴中’。”　②贺方回：贺铸字方回，卫州人。长于度曲，元祐中，通判泗州，又倅太平州，后退居吴下。《宋史》有传。　③“三年”句：元祐四年己巳（1089）苏坚与东坡在杭相识。　④黄耳：毛本作

"黄犬"。陆机有骏犬名黄耳，语犬曰："我家绝无书信，汝能赍书取消息不？"犬遂传书，得报书还。见《晋书·陆机传》。　⑤松江：即吴松江，亦名吴江。　⑥鸥鹭：毛本作"鸳鹭"。　⑦傅注："姑苏有四桥，长为绝景。"　⑧老子：老者自称，宋人俗语。　⑨辋（wǎng）川图：王维曾画《辋川图》，意出尘外，怪生笔端。见《唐朝名画录》。辋川在今陕西蓝田县，王维曾于此建辋川别业以居。　⑩高人右丞：王维奉佛，故谓高人。　⑪小蛮：白居易家伎名。《本事诗》云："白尚书家伎樊素，善歌；家伎小蛮，善舞。尝为诗曰：'樱桃樊素口，杨柳小蛮腰。'"此以小蛮喻苏坚之妾。　⑫"曾湿"句：谓苏坚之妾所缝之衣曾为西湖之雨所湿。

[集评]

况周颐云："东坡词《青玉案·用贺方回韵送苏伯固还吴中》歇拍云：'作个归期天已许。春衫犹是，小蛮针线，曾湿西湖雨。'上三句未为甚艳。'曾湿西湖雨'是清语，非艳语。与上三句连属，遂成奇艳绝艳，令人爱不忍释。坡公天仙化人，此等词犹为非其至者，后学已未易抚仿其万一。"（《蕙风词话》）

减字木兰花[①]

银筝旋品[②]，不用缠头千尺锦[③]。妙思如泉，一洗闲愁十五年[④]。　为公少止，起舞属公公莫起[⑤]。风里银山[⑥]，摆撼鱼龙我自闲[⑦]。　（曾慥本《东坡词拾遗》）

[注释]

①《诗集》卷三十五有《在彭城日，与定国为九日黄楼之会。今复以是日，相遇于宋。凡十五年，忧乐出处，有不可胜言者。而定国学道有得，百念灰冷，而颜益壮。顾予衰病，心形俱悴，感之作诗》，此词应作于同时，编元祐七年壬申（1092）九月还朝与王定国会于南都时。　②银筝：饰以银之筝。宋文帝尝赐何承天银筝，见《南史·何承天传》。　旋品：随即欣赏弹筝。　③缠头：赏赐给舞女之财物。　④"一洗"句：见注①。　⑤起舞属公：即属公起舞。　属：请。　公莫：舞名，即《公莫舞》，亦谓之巾舞，见《晋

书·乐志》。　公莫起:从公莫舞开始。　⑥银山:神话地名。《神异记》:"西南有银山,长五十馀里,高百馀丈,皆白金。"　⑦鱼龙:《汉书·西域传》赞云"海中砀极漫衍鱼龙"。　颜师古注:"鱼龙者,为舍利之兽,先戏于庭极。毕,乃入殿前激水化成比目鱼,跳跃漱水,作雾障目。毕,化成黄龙八丈,出水敖戏于庭。"此指舞姿如鱼龙焉。

行香子[①]

寓　意

三入承明[②]。四至九卿[③]。问书生、何辱何荣。金张七叶[④],纨绮貂缨[⑤]。无汗马事,不献赋,不明经[⑥]。
成都卜肆,寂寞君平。郑子真、岩谷躬耕[⑦]。寒灰炙手[⑧],人重人轻。除竺乾学[⑨],得无念,得无名。

[注释]

①细按词意,则为东坡自嘲自解之作。观其"三入承明,四至九卿",当为元祐八年(1093)九十月间出知定州之作,暂编于此。　②承明:承明庐,两汉时官员直宿之处。　③四至九卿:东坡尝为翰林学士知制诰、翰林学士承旨、兵部尚书、礼部尚书等职,皆为九卿之列。　④金张七叶:西汉金日磾(mì dī)与张安世两家祖孙七代大贵。　七叶:七世相传。　⑤纨绮貂缨:贵官之穿戴。　纨:细绡。　绮:绸子。　貂缨:侍中常侍之冠。貂,以貂尾为饰。缨,冠之饰带。　⑥汗马事:指战功。　献赋:司马相如献赋于汉武帝,帝以之为郎。　不明经:不明儒家之经书。　⑦"成都"三句:"其后谷口有郑子真,蜀有严君平,皆修身自保,非其服弗服,非其食弗食。成帝时,元舅大将军王凤以礼聘子真,子真遂不绌而终。君平卜筮于成都市,以为'卜筮者贱业,而何以惠众人……'"又谓郑子真"耕于岩谷之下,名震于京师"。　⑧寒灰炙手:或冷为死灰,或气焰炽盛。见《汉书·王贡两龚鲍传》。　⑨傅注:"佛学本自西竺乾天。"白居易《新昌新居四十韵因寄郎中张博士》:"大抵宗庄叟,私心事竺乾。"

行香子[①]

述　怀

清夜无尘，月色如银。酒斟时、须满十分[②]。浮名浮利，虚苦劳神。叹隙中驹[③]，石中火[④]，梦中身。　虽抱文章，开口谁亲。且陶陶、乐尽天真。几时归去，作个闲人。对一张琴，一壶酒，一溪云。

[注释]

①词意与上首相连属，似为一时之作，故暂编元祐八年壬申（1093）九十月间。　②十分：酒船中都盛满酒。《闲情小品·酒考》：“酒船，古以金银为之，内藏风帆十幅。酒满一分，则一帆举；酒干一分，则一帆落。”　③隙中驹：典出《庄子·知北游》“人生天地之间，如白驹之过隙，忽然而已”。即一闪而过之意。　④石中火：击石所发之火，旋燃旋灭也。

戚　氏[①]

玉龟山[②]，东皇灵媲统群仙[③]。绛阙岧峣[④]，翠房深迥[⑤]，倚霏烟。幽闲，志萧然。金城千里锁婵娟[⑥]。当时穆满巡狩[⑦]，翠华曾到海西边[⑧]。风露明霁，鲸波极目[⑨]，势浮舆盖方圆[⑩]。正迢迢丽日，玄圃清寂[⑪]，琼草芊绵[⑫]。　争解绣勒香鞯[⑬]。鸾辂驻跸[⑭]，八马戏芝田[⑮]。瑶池近[⑯]、画楼隐隐，翠鸟翩翩[⑰]。肆华筵[⑱]，间作脆管鸣弦[⑲]。宛若帝所钧天[⑳]。稚颜皓齿，绿髮方瞳[㉑]。圆极恬淡高妍。尽倒琼壶酒，献金鼎药，固大椿年[㉒]。　缥缈飞琼妙舞[㉓]，命双成、奏曲醉留连[㉔]。云璈韵响泻寒泉。浩歌畅饮，斜月低河汉。渐渐绮霞、天际红深浅。动归思、回首尘寰。烂漫游、玉辇东还。杏花风、数里响鸣鞭。望长安路，依稀柳色，翠点春妍。

（以上三首见曾慥本《东坡词》卷下）

[注释]

①《总案》谓元祐九年即绍圣元年甲戌(1094)正月作。《全宋词》调下注:“此词始终指意,言周穆王宾于西王母事。”《词律拾遗》谓第二段应在“固大椿年”处分段,从之。　②玉龟山:西王母所居之昆仑山有玉龟台。见《集仙录》。下不另注者均见此书。　③东皇:即东王公,阳气之精所生,男仙皆归其统领。　灵媲:即西王母,亦称金母、灵母,阴气之精所生,女仙皆归其统领。　④绛阙:西王母宫阙。　岧峣(tiáo yáo):高峻貌。　⑤翠房:西王母所居有“紫翠丹房”。　⑥金城:西王母所居“有城千里,玉楼十二”。　婵娟:美人。　⑦穆满:周穆王姓姬名满。　巡狩:《穆天子传》载穆王西巡曾至西王母所居之昆仑山。　⑧翠华:天子之车驾。　海西:西王母所居昆仑山在海西,见《穆天子传》。　⑨鲸波:鲸掀起之波。　⑩舆盖:此处谓天地。地为舆,天为盖。　⑪玄圃:亦作“悬圃”,仙人所居之所,此指西王母所居。《淮南子·地形训》谓昆仑山有玄圃。　⑫琼草芊(qiān)绵:琼草,亦曰瑶草,《山海经·中山经》谓帝女死化为草。　芊绵:草木丛生貌。　⑬勒:马络头。　鞯(jiān):鞍下之垫。　⑭鸾辂:天子之车。　驻跸(bì):天子停留。　⑮“八马”句:周穆王西巡曾乘八骏戏于芝田。　芝田:仙人种芝之田。见《穆天子传》。　⑯瑶池:西王母所居有瑶池。周穆王曾觞西王母于瑶池之上。见《穆天子传》。　⑰翠鸟:《竹书纪年》载,周穆王西巡,至于青鸟之所憩。　青鸟:西王母信使,亦称翠鸟。　⑱华筵:《仙传拾遗》谓周穆王造昆仑,曾饮蜂山石髓,食玉树之食。　⑲“间作”句:交替演奏管乐与弦乐。　⑳帝所钧天:《列子·周穆王》载,穆王曾至化人(神人)之宫,“以为清都翠微钧天广乐,帝之所居”。　钧天:天有九野,中央曰钧天,见《淮南子·天文训》。　㉑方瞳:仙人“瞳子皆方,面色玉洁”。见《拾遗记》卷三。　㉒大椿年:即长寿。《庄子·逍遥游》:“古有大椿者,以八千岁为春,八千岁为秋。”　㉓飞琼:即许飞琼,西王母地位最高之侍女。见《汉武内传》。　㉔双成奏曲:董双成,西王母之侍女,能奏仙曲,见《汉武内传》。

[集评]

李之仪云："元祐末，东坡老人自礼部尚书为定州安抚使，之仪以门生从辟。每辨色会于公厅，领所事，穷日力而罢。……方从容醉笑间，令官妓随意歌于坐侧，各因其谱即席赋咏。一日，歌者辄于老人之侧作《戚氏》，意将索老人之才于仓猝，以验天下之所向慕者。老人笑而颔之。方论穆天子事，遂实以应之，随声随写，歌竟篇就，才点定五、六字尔。坐中随声击节，终席不间他辞，足为中山一时盛事。前固莫能比，后来者未能继也。致（政）和壬辰八月二十日，葛大川出此词于宁国庄，李之仪书。"（《总案》引）

费衮云："予尝怪李端叔谓东坡在中山，歌者欲试东坡仓卒之才，于其侧歌《戚氏》，坡笑而颔之。邂逅方论穆天子事，坡摘其虚诞，遂实以应之，随声随写，歌竟篇就，才点定五六字，坐中随击节，终席不间他辞，亦不容别进一语。临分曰：'足以为中山一时之盛事。'然予观其词，有曰'玉龟山，东皇灵媲统群仙'，又云'争解绣勒香鞯'，又云'鸾辂驻跸'，又云'肆华筵，间作脆管鸣弦，宛若帝所钧天'，又云'尽倒琼壶酒，献金鼎药，固大椿年'，又云'浩歌畅饮'，'回首尘寰，烂漫游，玉辇东还'。东坡御风骑气，下笔真神仙语。此等鄙俚猥俗之词，殆是教坊倡优所为，虽东坡灶下老婢，亦不作此语。而顾称誉若此，岂果端叔之言邪？恐贻误后人，不可以不辨。"（《梁溪漫志》）

陆游云："东坡先生在中山作《戚氏》乐府词，最得意。幕客李端叔跋三百四十馀字，叙述甚备，欲刻石传后，为定武盛事。会谪去不果，今乃不载集中。至有立论排诋，以为非公作者。识真之难如此哉！"（《老学庵笔记》卷九）

归朝欢[①]

和苏坚伯固

我梦扁舟浮震泽[②]，雪浪摇空千顷白。觉来满眼是庐山，倚天无数开青壁[③]。此生长接淅[④]。与君同是江南客。梦中游，觉来清赏，同作飞梭掷。　明日西风还挂席[⑤]。唱我新词泪沾臆。灵均去后楚山空[⑥]，澧阳兰芷无颜色[⑦]。

君才如梦得[⑧]。武陵更在西南极[⑨]。竹枝词，莫傜新唱[⑩]，谁谓古今隔。

[注释]

①《总案》谓绍圣元年甲戌(1094)贬惠州，七月至湖口，达九江作。《全宋词》调下注：公尝有诗与苏伯固，其序曰："昔在九江，与苏伯固唱和，其略曰：'我梦扁舟浮震泽。雪浪横江千顷白。觉来满眼是庐山，倚天无数开青壁。'盖实梦也。然公诗复云：'扁舟震泽定何时，满眼庐山觉又非。'"盖其时苏伯固由澧阳改官武陵，至九江专会东坡也，故用灵均、梦得事。 ②震泽：即太湖。 ③"庐山"二句：庐山，周威王时，有匡姓者结庐此山，故名庐山，亦曰匡庐。见《庐山记》。青壁，喻庐山峭峰青如壁立。 ④接淅(xī)：匆忙貌。 ⑤挂席：指挂帆。 ⑥灵均：屈原字。 ⑦兰芷：芷，白芷。兰，兰草。皆香草，以喻君子。《九歌·湘夫人》："沅有芷兮澧有兰。" ⑧梦得：刘禹锡字，唐代大诗人。武陵溪洞间，率多禹锡之辞。见《旧唐书·刘禹锡传》。 ⑨武陵：今湖南常德一带，古武陵地。盖苏坚去武陵，故云。 ⑩竹枝：竹枝词本出巴渝，刘禹锡在沅湘，仿作《竹枝词》九章。 莫傜：《全宋词》作"莫摇"，从傅注本、元本改。一作"莫徭"，长沙一带之少数民族，自云先祖有功，常免徭役，故云莫徭。见《隋书·地理志》。

[集评]

曾季貍云："东坡词《归朝欢·和苏伯固》者，为送苏伯固往澧阳，故用灵均梦得等事。今词中但云和伯固，而不言往澧阳也。"(《艇斋诗话》)

木兰花令[①]

宿造口闻夜雨寄子由、才叔[②]

梧桐叶上三更雨[③]，惊破梦魂无觅处。夜凉枕簟已知秋[④]，更听寒蛩促机杼[⑤]。 梦中历历来时路，犹在江亭醉歌舞。尊前必有问君人，为道别来心与绪。

（以上二首见曾慥本《东坡词》卷上）

［注释］

①《总案》谓绍圣元年甲戌（1094）八月抵虔州登造口郁孤台作。　②造口：在今江西万安县西南。　子由：苏辙字。　才叔：即张才叔。　③“梧桐”句：化用温庭筠《更漏子》“梧桐树，三更雨，不道离情正苦。一叶叶，一声声，空阶滴到明”。　④枕簟（diàn）：枕席。　簟：竹织之席。　⑤寒蛩（qióng）：蟋蟀，又名促织。蟋蟀八九月鸣，则天寒，故曰寒蛩。古语曰：“促织鸣，懒妇惊。”

浣溪沙[①]

公旧序云：绍圣元年十月二十三日，与程乡令侯晋叔[②]、归善簿谭汲同游大云寺[③]。野饮松下，设松黄汤[④]，作此阕

罗袜空飞洛浦尘[⑤]，锦袍不见谪仙人[⑥]。携壶藉草亦天真[⑦]。　玉粉轻黄千岁药[⑧]，雪花浮动万家春[⑨]。醉归江路野梅新。

［注释］

①作于绍圣元年（1094）十月，词序已明。　②程乡：即梅州，今广东梅县。　侯晋叔：字德昭，曲江人，元丰八年进士，为程乡令，后知南思州，期年而卒。与苏轼兄弟关系甚笃，所至之处，皆有政声。见《宋人传记资料索引》。　③归善：今广东惠阳，宋时属惠州。　簿：主簿，官名。　谭汲：未详。　大云寺：《总案》谓，据《归善县志》，在邑治西八十里。　④松黄汤：松花。《本草》：“松花名松黄，服之轻身。”　⑤罗袜：语出曹植《洛神赋》“凌波微步，罗袜生尘”。　洛浦：洛水之滨。　⑥“锦袍”句：贺知章谓李白为“谪仙人”，李白浪迹江湖，尝穿白衣宫锦袍，与崔宗之唱和于金陵舟中。见《旧唐书·李白传》。　⑦藉草：以草为席，即坐于草地上。　⑧“玉粉”句：即黄松汤。千岁老松子，色黄白，味似栗，可食，久服轻身。见《广志》。　⑨雪花：即酒花，酒杯上浮起之白沫。　万家春：苏轼自酿酒名。

阮郎归[①]

梅　词[②]

暗香浮动月黄昏[③]，堂前一树春。东风何事入西邻，儿家常闭门[④]。　　雪肌冷，玉容真。香腮粉未匀。折花欲寄岭头人，江南日暮云。

[注释]

①绍圣元年甲戌(1094)在惠州有《十一月二十六日，松风亭下，梅花盛开》、《再用前韵》、《花落复次前韵》三首，皆咏白梅，诗、词合观，当为一时之作，编甲戌。　②毛本题作“集句梅花”，傅注本作“梅花”。　③“暗香”句：用林逋《山园小梅》诗“疏影横斜水清浅，暗香浮动月黄昏”原句。④“东风”二句：“白玉堂前一树梅，今朝忽见数枝开。儿家门户重重闭，春风因何得入来。”见蒋维翰《春女怨》。　儿家：即我家，盖唐宋人俗语。

蝶恋花[①]

春　景

花褪残红青杏小。燕子飞时，绿水人家绕。枝上柳绵吹又少，天涯何处无芳草[②]。　　墙里秋千墙外道。墙外行人，墙里佳人笑。笑渐不闻声渐悄，多情却被无情恼。

[注释]

①《冷斋夜话》与《林下词谈》均谓朝云在惠州常歌此词，当作于惠州时期或更早，绍圣二年乙亥(1095)是东坡在惠州所经之第一春，故暂编乙亥。　②“天涯”句：化自《离骚》“何所独无芳草兮，尔何怀乎故宇”。

[集评]

魏庆之云：“‘多情却被无情恼’，盖行人多情，佳人无情耳。此二字

极有理趣。”（《魏庆之词话》引《词话》）

王士禛云：“‘枝上柳绵’，恐屯田缘情绮靡，未必能过。孰谓坡但解作‘大江东去’耶？髯（公）直是轶伦绝群。”（《花草蒙拾》）

先著、程洪云：“坡公于有韵之言，多笔走不守之憾。后半手滑，遂不能自由。少一停思，必无此失。”（《词洁》卷二）

黄苏云：“‘柳绵’自是佳句，而次阕尤为奇情四溢也。”（《蓼园词评》）

惠洪云：“东坡《蝶恋花》词云：‘花褪残红青杏小……’东坡渡海（岭），惟朝云王氏随行，日诵‘枝上柳绵’二句，为之流泪。病极，犹不释口。东坡作《西江月》悼之。”（《历代诗馀》卷十一引《冷斋夜话》）

减字木兰花[①]

西湖食荔枝[②]

闽溪珍献，过海云帆来似箭[③]。玉座金盘，不贡奇葩四百年[④]。　　轻红酽白[⑤]，雅称佳人纤手擘。骨细肌香，恰是当年十八娘[⑥]。

［注释］

①《诗集》卷三十九《有四月十一日初食荔枝》，作于绍圣二年乙亥（1095）。据蔡襄《荔枝谱》云，广南、闽中出荔枝名火山，四月熟。诗云四月十一日初食荔枝，词有“闽溪珍献”句，盖食火山荔枝，当作于同时，故编乙亥。　②《全宋词》题上无“西湖食”三字，从傅注本增。　西湖：谓惠州西湖，亦名望湖，在惠州城西，为观览之胜。见《名胜志》。　③傅注：“荔枝经日则色香味俱变，必由海道以进者，欲速致也。”　④四百年：据隋炀帝《海山记》载，隋大业中（605—617）闽地贡五种荔枝。大业至宋绍圣年间四百七十馀年，言四百年者，乃概言之。　⑤傅注：“壳轻红而肉酽白也”。　酽：浓。《全宋词》“酽”作“酿”，从傅、元本改。　⑥十八娘：荔枝中有十八娘荔枝，以其色深红而细长，故时人以少女比之，见《荔枝谱》。

殢人娇[①]

赠朝云[②]

白髮苍颜，正是维摩境界[③]。空方丈、散花何碍[④]。朱唇箸点[⑤]，更髻鬟生彩[⑥]。这些个，千生万生只在。 好事心肠，著人情态。闲窗下、敛云凝黛[⑦]。明朝端午，待学纫兰为佩[⑧]。寻一首好诗，要书裙带[⑨]。

［注释］

①《总案》谓绍圣二年乙亥（1095）五月作。 ②《全宋词》题上有“或云”二字，从元本删。 朝云：苏轼侍妾，姓王，字子霞，杭州人。《文集》卷十五有《朝云墓志铭》，《文集》卷六有《惠州荐朝云疏》，可并参。 ③维摩境界：意谓佛家清净无欲之境界。 维摩：即维摩诘，又译为维摩罗诘。居家而持沙门，娶妻而不着三界。见《维摩诘经·方便品》。 ④“空方丈”句：维摩诘以一丈之室，能容三万二千师子座，无所妨碍。空中有一天女，每闻说法，即以天花散诸菩萨大弟子上。见《维摩诘经·观众生品》。 ⑤朱唇箸点：言其口小，古人以口小为美。 箸：筷子。言朱唇小如筷子头点成。 ⑥生彩：傅本作“生菜”，并注引白居易《苏家女子简简吟》“玲珑云髻生菜色，飘飘风袖蔷薇香”。 生菜：喻髮之色润如鲜菜。 ⑦敛云凝黛：拢髮聚眉。 云：谓髮。 黛：画眉之墨，此指眉。 ⑧“待学”句：化用《离骚》“纫秋兰以为佩”。 纫（rèn）：编结。 ⑨“寻一首”二句：严续仆射请韩熙载为父作神道碑。许以财货外赠一姬为润笔。韩受姬，及文成，但只叙谱系及葬典而已，无赞词。续嫌之，封还，希其改。韩乃将姬与赠物还严。姬登车，书一绝于泥金双带云：“风柳摇摆无定枝，阳台云雨梦中归。他年蓬岛音尘断，留取尊前旧舞衣。”见《湘川野录》。

行香子[①]

病起小集[②]

昨夜霜风，先入梧桐[③]。浑无处、回避衰容[④]。问公何事，不语书空[⑤]。但一回醉，一回病，一回慵。　　朝来庭下，光阴如箭，似无言、有意催侬[⑥]。都将万事，付与千钟。任酒花白，眼花乱，烛花红。

（以上六首见曾慥本《东坡词》卷下）

[注释]

①观词意当写于黄州时或南迁时。然黄州时一病半年初愈在癸亥闰六月，与词写秋景不侔。绍圣二年乙亥（1095）七月痔疾大作，八月愈，即“病起”之时也。故编乙亥。　②《全宋词》题作“秋兴”，乃毛本增，从傅注本改。　小集：小宴会。　③“昨夜”二句：“霜风侵梧桐，丛叶着树干。”见韩愈《秋怀十一首》其九。　④“浑无处”句：意谓无法躲避一天天衰老。浑：全。　⑤书空：殷浩被黜放，口无怨言，但终日书空作“咄咄怪事”四字而已。见《晋书·殷浩传》。书空，向空中书写。　⑥“朝来”三句：意谓光阴飞快流逝，似有意在催我衰老。　催侬：《全宋词》据毛本作“伤侬”，从傅注本、元本改。　光阴如箭：元本作“飞英如霰”。

临江仙[①]

惠州改前韵

九十日春都过了，贪忙何处追游。三分春色一分愁[②]。雨翻榆荚阵，风转柳花球[③]。　　我与使君皆白首[④]，休夸年少风流。佳人斜倚合江楼[⑤]。水光都眼净，山色总眉愁。

[注释]

①词云“九十日春都过了”，当作于四月九日后。“贪忙何处追游”，因其营白鹤峰新居故也。故知此词当作于绍圣三年丙子（1096）四月间。盖其时惠州太守詹范来访并视其营新居，作此词。东坡曾于神宗熙宁九年（1076）四月作《临江仙》词，题曰：“熙宁九年四月一日，同成伯、公谨辈赏藏春馆残花，密州邵家园也。”词曰：“九十日春都过了，贪忙何处追游。

三分春色一分愁。风翻榆荚阵，风转柳花球。　　阆苑先生须自责，蟠桃动是千秋。不知人世苦厌求。东皇不拘束，肯为使君留。”傅注云：“公在惠州，改前词云：‘我与使君皆白首，休夸年少风流。佳人斜倚合江楼。水光都眼净，山色总眉愁。”但傅只加注，两词未分开。今依傅注，前词编熙宁九年(1076)，此作另一首。《全宋词》据毛本有前首无此首，元本、《彊村丛书》本有此首无前首。　②“三分”句：化自叶清臣《贺圣朝》“三分春色二分愁，更一分风雨”。　③柳花球：柳絮。　④使君：太守。东坡在惠，先后守惠者为詹范和方子容。　⑤合江楼：《诗集》卷三十八《寓居合江楼》诗查注引《名胜志》，东江、西江于惠州城东合流，有合江楼，即惠州府城之东门楼也。然王文诰案云：“当日合江楼在三司行衙中，城楼乃后世事。”苏轼初至惠州，曾寓居合江楼，王说是。

西江月[①]

梅　花

玉骨那愁瘴雾，冰姿自有仙风。海仙时遣探芳丛[②]。倒挂绿毛幺凤[③]。　　素面翻嫌粉涴[④]，洗妆不褪唇红[⑤]。高情已逐晓云空，不与梨花同梦[⑥]。

（曾慥本《东坡词》卷上）

［注释］

①《总案》谓绍圣三年丙子(1096)十月梅开作。　②海仙：语出王禹偁诗“锦带为名俚且俗，为君呼作海仙花”。序云：“锦带花初得于海岛间，好事者以海棠为花中神仙，予谓此花不在海棠下，宜以仙为号，又取始得地，名曰海仙。”此句意谓海仙花亦羡梅姿，时相遣绿毛幺凤而来探芳丛。　③“倒挂”句：《诗集》卷三十八《再用前韵》“绿衣倒挂扶桑暾”句下东坡自注云：“岭南珍禽，有倒挂子，绿毛，红喙，如鹦鹉而小，自东海来，非尘埃中物也。”　④“素面”句：虢国不施妆粉，自炫美艳，常素面朝天。当时杜甫诗云：‘虢国夫人承主恩，平明骑马入宫门。却嫌脂粉涴颜色，淡扫蛾眉朝至尊。’”见《杨太真外传》。　案，此诗又作张祜诗。　涴(wò)：污。　⑤“洗妆”句：“岭外梅花，与中国异，其花几类桃花之色，而

唇红香著。”见《冷斋夜话》卷十一。此句意谓即使卸妆之后而唇红犹在。⑥“高情”二句：《高斋诗话》谓从王昌龄《梅诗》“落落寞寞路不分，梦中唤作梨花云”句化出，见《苕溪渔隐丛话》前集卷四十一。

［集评］

王世贞云：“‘高情已逐晓云空，不与梨花同梦’，爽语也。”（《艺苑卮言》）

杨慎云：“古今梅词，以坡仙‘绿毛幺凤’为第一。”（《词品》卷二）

浣溪沙①

春　情

道字娇讹语未成②，未应春阁梦多情③。朝来何事绿鬟倾④。　彩索身轻长趁燕⑤，红窗睡重不闻莺⑥。困人天气近清明。

［注释］

①《诗集》卷四十有《循守临行，出小鬟复用前韵》诗，施注引先生墨迹云：“蒙示二十一日别文之后佳句，戏用元韵，记别时事为一笑。”文之，即循州守周彦质字。周来惠在东坡于绍圣四年丁丑（1097）二月白鹤峰新居营成后，而此年闰二月，清明当在二月底，故词末谓“近清明”。下阕同咏小鬟，且首句言“桃李溪边驻画轮”，当为周彦质驻足白鹤峰事，似一时之作，同编丁丑，不另注。　②语未成：《全宋词》作“苦未成”，从元本改。“道字”句：谓小鬟年小，说话吐字不准。李白《对酒》：“青黛画眉红锦靴，道字不正娇唱歌。”　③“未应”句：意谓不应有多情之春梦。　④“朝来”句：此为浪谑，因夜来多情才会头发散乱。　绿鬟倾：云鬟倾斜不正。　⑤“彩索”句：彩索，秋千之索。美人体轻，高低往来如燕。　⑥不闻莺：反用李益《奉和武伯公春晓闻莺》“蜀道山川心易惊，绿窗残梦晓闻莺”句意。

[集评]

王又华云:"苏子瞻有铜琶铁板之讥,然其《浣溪沙·春闺》曰:'彩索身轻长趁燕,红窗睡重不闻莺。'如此风调,令十七八女郎歌之,岂在'晓风残月'之下。"(《古今词论》)

沈雄云:"弇州词评曰:永叔、长公,极不能作丽语,而亦有之。……长公如'彩索身轻常趁燕,红窗睡重不闻莺,'胜人百倍。"(《古今词话·词话》)

浣溪沙

春　情

桃李溪边驻画轮[①],鹧鸪声里倒清尊。夕阳虽好近黄昏。香在衣裳妆在臂,水连芳草月连云。几时归去不销魂。

[注释]

①驻画轮:停车。

谒金门[①]

秋　感

今夜雨,断送一年残暑。坐听潮声来别浦[②],明朝何处去。　　孤负金尊绿醑[③],来岁今宵圆否。酒醒梦回愁几许,夜阑还独语。

[注释]

①按词意,似作于儋州。东坡于绍圣四年丁丑(1097)四月责授琼州别驾,昌化军安置,昌化即儋州,亦名儋耳,是年七月二日到儋。据《太平寰宇记》载:儋州北有伦水,西流十里为大江,南流入海。词云"坐听潮声来别浦",盖实景也。《诗集》卷四十一《夜梦》诗引云:"七月十三日,至儋州十馀日矣。"紧接此诗为《和陶连雨独饮二首》其二有句云:"清风洗徂

暑，连雨催丰年。"正与词相仿佛。故暂系此三词于绍圣四年丁丑（1097）七月。下二首不另注。 ②别浦：分别之浦。江淹《别赋》："送君南浦。" ③孤：傅注本作"辜"。 绿醑（xǔ）：美酒。

谒金门

秋 夜

秋帷里，长漏伴人无寐。低玉枕凉轻绣被，一番秋气味。 晓色又侵窗纸，窗外鸡声初起。声断几声还到耳，已明声未已。

谒金门

秋 兴

秋池阁，风傍晓庭帘幕。霜叶未衰吹未落，半惊鸦喜鹊[①]。 自笑浮名情薄，似与世人疏略[②]。一片懒心双懒脚，好教闲处著[③]。 （以上五首见曾慥本《东坡词》卷下）

[注释]

①"半惊"句：承上句而来，谓秋来叶黄，鸦鹊亦为之一惊。 ②疏略：疏远而少来往。 ③"一片"二句：语出司空图《题休休亭》（又作《耐辱居士歌》）"伎俩虽多性灵恶，懒是常教闲处着"。

千秋岁[①]

次韵少游

岛外天边，未老身先退[②]。珠泪溅，丹衷碎[③]。声摇苍玉佩，色重黄金带。一万里，斜阳正与长安对。 道远谁云会，罪大天能盖。君命重，臣节在。新恩犹可觊[④]，旧学终难改[⑤]。吾已矣，乘桴且恁浮于海[⑥]。

（《能改斋漫录》卷十七）

[注释]

①此词各本俱无，《全宋词》词后谓录自《能改斋漫录》卷十七。按《漫录》云为次少游作，而少游《千秋岁·水边沙外》作年作地有两说：秦瀛《重编淮海先生年谱节要》谓绍圣二年（1095）作于处州，《能改斋漫录》谓作于衡阳，当在绍圣三年丙子（1096）徙郴州，经衡阳时。《漫录》述苏词作意时引东坡语曰："便见其超然自得、不改其度之意。"考此语出自《文集》卷六十《与侄孙元老四首》其一，而此函《总案》系于元符元年戊寅（1098）十二月，谓："陈浩赴京师，托致侄孙元老书。"准此，知此词必写于陈浩赴京托致元老书时。　②"岛外"二句：时东坡在儋耳（今海南儋州），故云岛外天边。古制七十致仕，而此时东坡始六十三，却得罪当政，坐废边陲，故云未老身先退。　案：于律首句当作"岛边天外"。　③丹衷：丹心、丹诚。　④新恩：君王的新诏。此言希望得到皇帝赦免的命令。　觊（jì）：希望。　⑤旧学：谓儒家之忠君直谏之学。　⑥"乘桴"句："道不行，乘桴浮于海，从我者其由与。"见《论语·公冶长》。孔子谓大道无法实行，他将乘桴浮于海，只有子路能跟他去。

减字木兰花[①]

己卯儋耳春词[②]

春牛春杖[③]，无限春风来海上。便与春工，染得桃红似肉红。　　春幡春胜，一阵春风吹酒醒。不似天涯，卷起杨花似雪花。

（曾慥本《东坡词》卷下）

[注释]

①《纪年录》谓元符二年己卯（1099）立春日作。据《两千年中西历对照表》，是年正月十三立春，词即作于此时。　②《全宋词》据毛本题作"立春"，从傅注本与元本改。　儋耳：汉置儋耳郡，唐置儋州，即今海南儋州。见《元和郡县志》与《琼州府志》。　③傅注："今立春前五日，郡邑并

造土牛、耕夫、犁具于门外之东。是日质明，有司为坛以祭先农，百官吏各具缕杖环击牛者三，所以示劝耕之意。”

减字木兰花

以大琉璃杯劝王仲翁[①]

海南奇宝，铸出团团如栲栳[②]。曾到昆仑，乞得山头玉女盆[③]。　绛州王老[④]，百岁痴顽推不倒。海口如门，一派黄流已电奔。　（元延祐本《东坡乐府》卷下）

[注释]

①此词作于元符三年庚辰（1100）四月。　琉璃杯：汉时西域即贡琉璃。　王仲翁：疑为王六翁。　②栲栳（kǎo lǎo）：柳编圆器以盛物。见《广韵》。以栲栳比酒杯，喻其杯大，酒量亦大。又，“五陵少年粗于事，栲栳量金买断春。”见唐卢延让《寒食二首》。　③玉女盆：“明星玉女者，居华山，服玉浆，白日升天。山顶石龟，其广数亩，高三仞。其侧有梯磴，远皆见。玉女祠前有石臼，号曰玉女洗头盆。其中水色，碧绿澄澈，雨不加溢，旱不减耗。”见《集仙录》。玉女盆在今陕西华山，东坡盖误记为在西王母所居之昆仑。此以玉女盆喻酒杯之大。　④绛州王老：绛人年长，问其年齿，则曰：“臣生之岁，正月甲子朔，四百有四十五甲子矣。其季于今，三之一也。”人不知其意，师旷解曰：“七十三年矣。”史赵解曰：“亥有二首六身，下二如身，是其日数也。”古亥字二画在上，三人在下，故以二为首，以六为身，谓二万六千六百六十日也。见《左传·襄公三十年》。李峤《神龙历序》：“亥有二首，方闻绛老之年。”然《左传》未云绛老姓何，东坡谓王老，盖王六翁也。王六翁元符三年（1100）恰七十三岁。

鹧鸪天[①]

公自序云：陈公密出侍儿素娘，歌《紫玉箫》曲，劝老人酒。老人饮尽，因为赋此词[②]

笑捻红梅亸翠翘[3]，扬州十里最妖娆[4]。夜来绮席亲曾见，撮得精神滴滴娇。　　娇后眼，舞时腰。刘郎几度欲魂消[5]。明朝酒醒知何处，肠断云间紫玉箫。

（曾慥本《东坡词》卷上）

［注释］

①《总案》谓元符三年庚辰(1100)十二月作。公与陈公密往来，在北归经韶州时，故知此词写于韶州。　②陈公密：王文诰《总案》谓其为曲江令。东坡北归自英州发韶州，韶倅李公寅与曲江令尝自韶派专使往迎，馀不详。　《紫玉箫》：词牌名。　老人：东坡自谓。　素娘：傅注本、元本作“素姐”。　③亸(duǒ)：下垂。　翠翘：翠羽之毛，此谓以翠翘所为之首饰。　④“扬州”句：“春风十里扬州路，卷上珠帘总不如。”见杜牧《赠别二首》其一。　妖娆：娇媚。此句意谓侍女素娘美如扬州美女。　⑤“刘郎”句：刘禹锡在李司空席上听妙妓唱歌，赋诗云：“鬟髻梳头宫样妆，春风一曲杜韦娘。司空见惯浑闲事，断尽江南刺史肠。”见孟棨《本事诗》。

点绛唇[1]

闲倚胡床[2]，庾公楼外峰千朵[3]。与谁同坐，明月清风我[4]。　　别乘一来[5]，有唱应须和。还知么，自从添个，风月平分破[6]。

（曾慥本《东坡词拾遗》）

［注释］

①此词写于建中靖国元年辛巳(1101)四月北归过九江时。《全宋词》调下有“二首”二字。　②胡床：因来自胡地，故称胡床。“胡床，施转关以交足，穿绠绦以容坐，转缩须臾，重不数斤。”见《清异录》。类似今之折叠躺椅。　③庾公楼：即庾亮楼，亦称庾楼，相传为晋时庾亮镇江州时所建。见《元丰九域志》。楼在江西九江，后滨大江，其矶石突出江干。《全宋词》此句下谓：“原注：一作暝烟深处。”　④“与谁”二句：化用李白《月下独酌》四首其一“举杯邀明月，对影成三人”。《总案》卷四十五谓建

中靖国元年四月东坡抵南康军。胡洞微道士自九江来迎，遂与刘安世、胡洞微同入庐山。四月十二日患头风止舟中。是夜发去，与胡洞微同至九江。故知此二句写东坡来之前胡洞微独处之境，“明月清风我”之“我”即谓道士胡洞微。　⑤别乘：即别驾，副职之称。汉置别驾，为州刺史之佐吏，亦称别驾从事，因从刺史行部别乘传车相陪，故称。隋、唐改别驾为长史，旋复为别驾。宋改置诸州通判，亦称别驾。东坡至九江已复为朝奉郎，仍自谓别驾者，盖有自嘲之意。　⑥“自从”二句：意谓胡洞微请东坡来九江，风月即被平分为二。

【未编年词】

哨　遍

春　词

睡起画堂，银蒜押帘[①]，珠幕云垂地。初雨歇，洗出碧罗天，正溶溶养花天气[②]。一霎暖风回芳草，荣光浮动，卷皱银塘水[③]。方杏靥匀酥[④]，花须吐绣，园林排比红翠。见乳燕捎蝶过繁枝[⑤]，忽一线炉香逐游丝。昼永人闲，独立斜阳，晚来情味。　便乘兴携将佳丽。深入芳菲里。拨胡琴语[⑥]，轻拢慢捻总伶俐[⑦]。看紧约罗裙，急趣檀板[⑧]，霓裳入破惊鸿起[⑨]。颦月临眉[⑩]，醉霞横脸，歌声悠扬云际。任满头红雨落花飞[⑪]，渐鳷鹊楼西玉蟾低[⑫]。尚徘徊、未尽欢意。君看今古悠悠，浮宦人间世。这些百岁，光阴几日，三万六千而已。醉乡路稳不妨行，但人生、要适情耳。

（曾慥本《东坡词》卷下）

[注释]

①银蒜：压帘之物，铸银为蒜形。　②养花天：“越中牡丹开时……谓之养花天。”见仲殊《花品序》。　③卷皱：《全宋词》作“掩皱”，从傅注本、

元本改。　④杏靥(yè)匀酥:杏之娇脸抹上一层酥。　⑤乳燕捎蝶:雏燕捕蝶。　⑥胡琴:琵琶。　⑦轻拢慢捻:语出白居易《琵琶行》“轻拢慢捻抹复挑”。　拢、捻:弹琵琶之指法。　伶俐:《全宋词》作“倊利”,从元本改。　⑧趣:同“趋”。　檀板:拍板,用以击节。　⑨霓裳:即《霓裳羽衣》舞。　入破:一种节奏急促、声音繁密之乐曲。　惊鸿:惊起之鸿,喻舞姿。　⑩鞶月临眉:眉如鞶月。　鞶月:阴历初三初四之月牙,喻眉之细。　⑪红雨:落花。　⑫“鳷(zhī)鹊楼”句:鳷鹊观,在甘泉宫内,汉武帝造。见《三辅黄图》。　玉蟾:即月亮。此句谓月亮渐渐西下。

[集评]

许昂霄总评此词云:“先言景,后言情,先言昼,后言夜,层次一丝不紊。楼敬思云:‘词到工处,未有不静细者,此亦静细之一端也。’”评“银蒜押帘”二句:“先从室中说起。”评“初雨歇”六句:“次言景象。”评“方杏靥匀酥”五句:“次言物类。”评“独立斜阳”二句:“勒住。”评“便携将佳丽”二句:“接人行乐。”评“拨胡琴语”二句:“鸣弦。”评“看紧约罗裙”三句:“看舞。”评“鞶月临眉”三句:“徵歌。”评“君看古今悠悠”至末尾:“总收。”(《词综偶评》)

张德瀛云:“词有与《风》、《诗》意义相近者,自唐迄宋,前人钜制,多写微旨。如……苏子瞻‘睡起画堂’,《山枢》劝饮食也。”(《词徵》卷一)

张伯驹云:“东坡《哨遍》词‘睡起画堂’一阕,‘尚徘徊、未尽欢意’以前,极似屯田。是知‘晓风残月’与‘大江东去’,要在咏题与选调耳。”

踏青游

□火初晴,绿遍禁池芳草。鬥锦绣、火城驰道①。踏青游,拾翠惜,袜罗弓小②。莲步袅③,腰支佩兰轻妙。行过上林春好④。　　今困天涯,何限旧情相恼。念摇落、玉京寒早。任刘郎、目断蓬山难到⑤。仙梦杳,良宵又过了。楼台万家清晓。　　(《全芳备祖》后集卷十“草门”)

[注释]

①火城：冬至、正月初一，大官仪仗皆备珂伞列烛五六百炬，谓之火城。宰相火城至，众皆灭烛避之。见李肇《国史补》。　驰道：天子所行之道，秦始皇为之。见《史记·秦始皇本纪》。　②弓小：谓美人足。③莲步：南朝齐东昏侯妃名玉儿，尝凿地为金莲花，令妃行其上，曰："此步步生莲花也。"见《南史·齐本纪》。　④上林：即上林苑，秦时旧苑，汉武帝更增广之，周三百里，离宫七十所，故址在今陕西长安县西。　⑤"任刘郎"句：东汉明帝永平中，剡溪人刘晨、阮肇入天台山采药遇神女而不返，后归来，子孙已七世矣。见《神仙传》。　蓬山：即蓬莱山，海上三神山之一。

皂罗特髻[1]

采菱拾翠[2]

采菱拾翠，算似此佳名，阿谁消得。采菱拾翠，称使君知客。千金买、采菱拾翠，更罗裙、满把珍珠结。采菱拾翠，正髻鬟初合。　　真个、采菱拾翠，但深怜轻拍。一双手、采菱拾翠，绣衾下、抱著俱香滑。采菱拾翠，待到京寻觅。

（曾慥本《东坡词》卷下）

[注释]

①《钦定词谱》调下注云："调见宋苏轼词，词中有'髻鬟初合'句，亦赋题也。"词后注云："此调无别词可校，按词中凡七用'采菱拾翠'句，想其体例应然，填者依之。"龙笺谓易大厂云："皂罗特髻，为宋代村姑髻名。"　②采菱拾翠：化自《楚辞·招魂》"涉江采菱，发扬荷些"及曹植《洛神赋》"或采明珠，或拾翠羽"。

[集评]

李佳云："东坡《皂罗特髻》词，叠用'采菱拾翠'字凡七句。或此调有此格，抑坡老游戏为之，无可考证。但此体只可偶作，究属无味。"（《左庵词话》卷下）

江城子

腻红匀脸衬檀唇[①]。晚妆新，暗伤春。手捻花枝，谁会两眉颦。连理带头双□□[②]，留待与、个中人[③]。　淡烟笼月绣帘阴[④]。画堂深，夜沉沉。谁道□□，□系得人心。一自绿窗偷见后，便憔悴、到如今。

（汲古阁本《东坡词》）

［注释］

①“腻红”句：“皱白离情高处切，腻香愁态静中深。”见韩偓《惜花》。腻红：细腻红润。　檀唇：香而红之唇。　②连理：语出白居易《长恨歌》“在天愿作比翼鸟，在地愿为连理枝”。　③个中人：犹言此中人。　④淡烟笼月：语出杜牧《泊秦淮》“烟笼寒水月笼沙，夜泊秦淮近酒家”。　淡烟：淡雾。

渔家傲

送张元康省亲秦川[①]

一曲阳关情几许[②]，知君欲向秦川去。白马皂貂留不住[③]。回首处，孤城不见天霏雾[④]。　到日长安花似雨[⑤]，故关杨柳初飞絮。渐见靴刀迎夹路[⑥]。谁得似，风流膝上王文度[⑦]。

（曾慥本《东坡词》卷上）

［注释］

①元康：张元康，未详。　秦川：宋时属秦凤路，当今甘肃天水一带。　②阳关：王维《送元二使安西》有句曰“西出阳关无故人”，后配乐成为送别曲，称《阳关曲》。　③“白马”句：反用高适《送孙䜣（xīn）》：“离人去复留，白马黑貂裘”句意。　皂貂：黑貂。　④霏雾：雾气。《全宋词》作“霖雾”，从傅注本、元本改。《史记·天官书》：“若雾非雾，衣冠而不濡。”注谓“蒙昧不明之意也”。　⑤花似雨：花似红雨，谓落花季

节。 ⑥靴刀夹路：唐制。诸府帅见大府帅皆戎装，左握刀，右属弓矢，帕首裤靴，迎于道左。 ⑦“风流”句：王文度字坦之，其父王怀祖爱之甚，虽长大，犹抱置膝上。见《晋书·王述传》。

苏幕遮

咏选仙图①

暑笼晴，风解愠②。雨后馀清，暗袭衣裾润。一局选仙逃暑困。笑指尊前、谁向青霄近。 整金盆③，轮玉笋④。凤驾鸾车⑤，谁敢争先进。重五休言升最紧。纵有碧油，到了输堂印⑥。 （曾慥本《东坡词》卷下）

［注释］

①选仙图：古代掷骰子之游戏。朱祖谋注引《湘烟录》、《郑氏书目》谓：“有骰子选格、汉官仪彩选、新彩选、文武彩选、元丰官制彩选、庆历彩选图、寻仙彩选、选仙格、选佛图。”龙笺引《牧猪闲话》：“宋时有选仙图，用骰子比色，先为散仙，次为上洞，以渐至蓬莱、大罗，亦重绯色，有过者谪作采樵思凡之人。”盖以掷出之点数升进，先升至最高格为胜。王珪《宫词》：“尽日窗间赌选仙”，即此。 ②风解愠：解除病苦。“南风之薰兮，可以解吾民之愠兮。”见《南风歌》。 ③金盆：谓赌骰子之盆。 ④玉笋：喻女子之手如玉笋鲜嫩。韩偓《咏手》：“腕白肤红玉笋芽，调瑟抽线露尖斜。” ⑤凤驾鸾车：本谓天子所乘之车，此处盖谓选仙图上近于胜利之格子。意谓进了此格，即胜券在握，无人再争先矣。 ⑥重五、碧油、堂印：傅注，“皆选仙彩名，若云（六）博之枭、卢”。 重五：掷骰子得两个五点。 最紧：最接近目标。即使到了碧油，最后还输给了得堂印之人。

定风波

感 旧

莫怪鸳鸯绣带长①，腰轻不胜舞衣裳②。薄幸只贪游冶去③。何处，垂杨系马恣轻狂④。 花谢絮飞春又尽。

堪恨，断弦尘管伴啼妆[⑤]。不信归来但自看。怕见，为郎憔悴却羞郎[⑥]。　（曾慥本《东坡词》卷上）

[注释]

①鸳鸯绣带长：意谓因情思瘦损，故显其带长。　鸳鸯带：女子之腰带。　②“腰轻”句：梁简文帝《舞赋》，“信身轻而钗重，亦腰羸而带急”。又，元载晚年纳薛瑶英，处以金丝帐、却尘褥，“以其体轻，不胜重衣”，所衣龙绡衣仅一两重。元载之友贾至赠诗曰：“舞怯铢衣重，笑疑桃脸开。”见《全唐诗话》卷二。　③薄幸：薄情、负心。　④“垂杨”句：“相逢意气为君饮，系马高楼垂柳边。”见王维《少年行》。傅注引苏少卿《答双渐》诗“青骢马系绿杨阴，低鬟使与迎相见”。　⑤“断弦”句：语出庾信《怨歌行》“为君能歌此曲，不觉心随弦断”。　尘管：管乐已被尘封。　啼妆：“啼妆者，薄拭目下，若啼处。”见《后汉书·五行志》。《梁冀传》亦载其妻孙寿“善为妖态，作愁眉、啼妆”。　⑥“为郎憔悴”句：用崔莺莺《寄张生诗》（一作《绝微之》）“自从别后减容光，万转千回懒下床。不为傍人羞不起，为郎憔悴却羞郎”成句。

临江仙

赠王友道[①]

谁道东阳都瘦损[②]，凝然点漆精神[③]。瑶林终自隔风尘[④]。试看披鹤氅[⑤]，仍是谪仙人[⑥]。　省可清言挥玉麈[⑦]，真须保器全真[⑧]。风流何似道家纯。不应同蜀客[⑨]，惟爱卓文君。　（曾慥本《东坡词拾遗》）

[注释]

①王友道：未详。　②东阳：沈约曾为东阳太守。　③凝然：精神凝聚貌。　点漆：王羲之谓杜弘治“肤若凝脂，眼如点漆”。见《晋书·外戚传》。喻瞳之黑亮如点漆。　④瑶林：王戎谓王衍“神姿高彻，如瑶林琼树，自然是风尘外物”。见《世说新语·赏誉》。　⑤鹤氅（chǎng）：王恭

“乘高舆，披鹤氅裘”，孟昶叹其为神仙中人。见《世说新语·企羡》。 ⑥谪仙人：指李白。 ⑦省可：休要，不要。见《诗词曲语辞汇释》。 清言：亦云清谈、玄谈。魏晋时有玄谈之风。 玉麈（zhǔ）：即拂尘，以麈尾为之。此句意谓不要学魏晋人挥麈清谈之风，这样会伤身。 ⑧保器全真：保重身体，畜养元气。 ⑨蜀客：谓司马相如。

荷花媚

荷　花

霞苞霓荷碧[①]。天然地、别是风流标格[②]。重重青盖下，千娇照水，好红红白白。　每怅望、明月清风夜，甚低迷不语[③]，妖邪无力[④]。终须放、船儿去。清香深处住，看伊颜色。

（曾慥本《东坡词》卷下）

[注释]

①霓荷：《全宋词》作“电荷”，从毛本改。霞，霓相对为文。 霞苞霓荷：谓苞与荷云蒸霞蔚。 ②标格：风度。 ③低迷：疲惫。 ④邪：通“斜”。

蝶恋花

记得画屏初会遇。好梦惊回，望断高唐路[①]。燕子双飞来又去，纱窗几度春光暮。　那日绣帘相见处。低眼佯行，笑整香云缕[②]。敛尽春山羞不语[③]，人前深意难轻诉。

[注释]

①高唐：楚王在高唐梦见巫山神女。见宋玉《高唐赋序》。 ②香云：喻美人头髪。 ③春山：喻美人眉。

蝶恋花

雨霰疏疏经泼火[①]。巷陌秋千，犹未清明过。杏子梢头香蕾破，淡红褪白胭脂涴[②]。　苦被多情相折挫。病绪厌厌[③]，浑似年时个[④]。绕遍回廊还独坐，月笼云暗重门锁。

[注释]

①雨霰(xiàn)：雪珠。　泼火：雨。《遁斋闲览》："河朔谓清明桃花雨曰泼火雨。"　②"淡红褪白"句：谓桃花由红变白有如胭脂所染。　涴(wò)：染。　③厌厌：困倦貌。　④"浑似"句：全如去年一个样。　浑：全。　年时：去年。　个：无实义，相当于价。

蝶恋花

蝶懒莺慵春过半。花落狂风，小院残红满[①]。午醉未醒红日晚，黄昏帘幕无人卷。　云鬓鬅松眉黛浅[②]。总是愁媒[③]，欲诉谁消遣。未信此情难系绊，杨花犹有东风管。

（以上三首汲古阁本《东坡词》）

[注释]

①残红：落花。　②鬅：髮乱貌。　③愁媒：致愁之媒介。

踏莎行[①]

山秀芙蓉，溪明罨画[②]，真游洞穴沧波下[③]。临风慨想斩蛟灵，长桥千载犹横跨[④]。　解珮投簪[⑤]，求田问舍[⑥]。黄鸡白酒渔樵社。元龙非复少时豪[⑦]，耳根洗尽功名话[⑧]。

（《咸淳毗陵志》卷二十三）

［注释］

①唐氏按:此首别又作贺铸词,见《东山词》卷上。惟《咸淳毗陵志》以外,明沈敕《荆溪外纪》卷十二亦作苏轼词,未知孰是。 ②罨(yǎn)画:杂色画。见《丹铅总录》。 ③真游:神仙之游。曹唐《黄初平将入金华山》:“莫道真游烟景赊,潇湘有路入金华。” ④“临风”二句:阳羡周处为乡里所患,后于长桥下斩蛟而为民除害,入吴从二陆(陆机、陆云)游。见《晋书·周处传》。 ⑤解珮投簪:意谓退隐。 珮:饰物。 簪:头簪。 ⑥求田问舍:言志向低目光短。刘备谓许汜曰:“君有国士之名,今天下大乱,帝王失所,望君忧国忘家,有救世之意。而君求田问舍,言无可采。”见《三国志·魏书·陈登传》。 ⑦“元龙”句:陈登字元龙,他鄙视许汜求田问舍,“久不相与语,自上大床卧,使客(许汜)卧下床”。见《三国志·魏书·陈登传》。 ⑧耳根洗尽:许由隐居箕山,颍水之滨。尧召之为九州长,许以为污了他的耳朵,去颍水洗耳。见《史记·伯夷列传》注引《高士传》。

翻香令[①]

金炉犹暖麝煤残[②],惜香更把宝钗翻[③]。重闻处,馀熏在,这一番、气味胜从前。 背人偷盖小蓬山[④],更将沉水暗同然[⑤]。且图得,氤氲久,为情深、嫌怕断头烟[⑥]。

［注释］

①傅注本调下注云:“此词苏次言传于伯固家,云老人自制腔名。”唐氏按:《填词图谱》此首误作蒋捷词。 ②麝煤:谓燃烧之香,喻其香如麝。 ③更把宝钗翻:因惜香,故持宝钗翻弄,使之燃尽。 把:持,拿。 ④小蓬山:香炉。傅注:“蓬山,金博山香炉也,镂作蓬瀛之状,故谓之蓬山。” ⑤沉水:即沉香,香之名品。 然:同“燃”。 ⑥断头烟:即断头香,香未焚完即熄,古以为不祥。《龙笺》:“今苏、皖、赣各地,谓情好中断,犹有‘烧断头香’之语,未知所出。”

醉落魄[1]

述　怀

醉醒醒醉，凭君会取这滋味。浓斟琥珀香浮蚁[2]。一到愁肠，别有阳春意。　须将幕席为天地[3]，歌前起舞花前睡。从他落魄陶陶里。犹胜醒醒，惹得闲憔悴。

（以上二首见曾慥本《东坡词》卷下）

[注释]

①唐氏按：黄庭坚《醉落魄》词序云，疑是王仲甫作。　②浮蚁：浮绿蚁。绿蚁，酒名。　③幕席为天地：以天为幕，以地为席。刘伶《酒德颂》："行无辙迹，居无室庐，幕天席地，纵意所如。"

南乡子

有　感

冰雪透香肌，姑射仙人不似伊[1]。濯锦江头新样锦[2]，非宜。故著寻常淡薄衣[3]。　暖日下重帏，春睡香凝索起迟。曼倩风流缘底事[4]，当时。爱被西真唤作儿[5]。

[注释]

①"冰雪"二句：用《庄子·逍遥游》"藐姑射之山，有神人居焉，肌肤若冰雪，淖约如处子"之典。　②濯锦江：即浣花溪。《成都记》："濯锦江，秦相张仪所作，土人言此水濯锦则鲜明，他水则否。"　③"故著"句：用张籍《倡女词》"画罗金缕难相称，故著寻常淡薄衣"成句。　④曼倩（qiàn）：东方朔字曼倩。　底事：何事。　⑤西真：西王母。

南乡子

双荔枝

天与化工知[1]，赐得衣裳总是绯。每向华堂深处见，怜伊。两个心肠一片儿。　自小便相随，绮席歌筵不暂离。苦恨人人分拆破，东西。怎得成双似旧时。

[注释]

①化工：造化。

南乡子

集　句

寒玉细凝肤（吴融）[1]，清歌一曲倒金壶（郑谷）[2]。冶叶倡条遍相识（李商隐）[3]，争如。豆蔻花梢二月初（杜牧）[4]。

年少即须臾（白居易）[5]，芳时偷得醉工夫（白居易）[6]。罗帐细垂银烛背（韩偓）[7]，欢娱。豁得平生俊气无（杜牧）[8]。

[注释]

①出自《即席十韵》，写美女之肤色。　②出自《席上贻歌者》。　③出自《燕台四首》之《春》。　④出自《赠别》二首其一。　⑤出自《东南行一百韵寄通州元九侍御、澧州李十一舍人、果州崔二十二使君、开州韦大员外、庾三十三补阙遗、李十二助教、窦七校书》。　⑥未详所自。　⑦出自《闻雨》。　⑧出自《寄杜子》。　豁（huō）：舍弃。

南乡子

集　句

何处倚阑干（杜牧）[1]。弦管高楼月正圆（杜牧）[2]。

蝴蝶梦中家万里(崔涂)[③],依然。老去愁来强自宽(杜甫)[④]。　明镜借红颜(李商隐)[⑤]。须著人间比梦间(韩愈)[⑥]。蜡烛半笼金翡翠(李商隐)[⑦],更阑。绣被焚香独自眠(许浑)[⑧]。

[注释]

①出自《初春有感寄歙(shè)州邢员外》。　②出自《怀锺陵旧游》四首其一。　③出自《春夕》。　《庄子·齐物论》:"昔者庄周梦为胡蝶,栩栩然胡蝶也。"　④出自《九日蓝田崔氏庄》。　⑤出自《戏赠张书记》。　⑥出自《遣兴》。　⑦出自《无题》(来似空言去绝踪)。　烛:李诗作"照"。　翡翠:用翠羽为饰之被。　⑧出自《碧城》三首其二。

南乡子

集　句

怅望送春归(杜牧)[①]。渐老逢春能几回(杜甫)[②]。花满楚城愁远别(许浑)[③],伤怀。何况清丝急管催(刘禹锡)[④]。　吟断望乡台(李商隐)[⑤]。万里归心独上来(许浑)[⑥]。景物登临闲始见(杜牧)[⑦],徘徊。一寸相思一寸灰(李商隐)[⑧]。　(以上五首见曾慥本《东坡词》卷上)

[注释]

①"怅望"句:出自《惜春》。《全宋词》"归"误作"杯"。此据杜集改。　②出自《漫兴》九首其四。　③出自《竹林寺别友人》。　④出自《洛中送韩七中丞之吴兴口号》五首其三。　⑤出自《晋昌晚归马上赠》。　⑥出自《冬日登越王台怀旧》。　⑦出自《八月十二日得替后移居霅(zhà)溪因题长句四韵》。　⑧出自《无题》(飒飒东风细雨来)。

虞美人

冰肌自是生来瘦[①],那更分飞后[②]。日长帘幕望黄昏,及至黄昏时候、转销魂。　　君还知道相思苦，怎忍抛奴去。不辞迢递过关山，只恐别郎容易、见郎难。

[注释]

①冰肌：肌肤白嫩。　②分飞：喻夫妻别离。典出古乐府《东飞伯劳》“东飞伯劳西飞燕”。

虞美人[①]

深深庭院清明过，桃李初红破。柳丝搭在玉阑干，帘外潇潇微雨、做轻寒。　　晚晴台榭增明媚，已拚花前醉。更阑人静月侵廊，独自行来行去、好思量。

（以上二首见汲古阁本《东坡词》）

[注释]

①唐氏按：此首《乐府雅词拾遗》卷下不著撰人姓名，疑非苏轼作。

虞美人

持杯遥劝天边月[①]，愿月圆无缺。持杯复更劝花枝，且愿花枝长在、莫离披[②]。　　持杯月下花前醉，休问荣枯事。此欢能有几人知，对酒逢花不饮、待何时。

（曾慥本《东坡词拾遗》）

[注释]

①“持杯”句：用李白《月下独酌》四首其一“举杯邀明月，对影成三人”诗意。　②离披：枝叶脱落。

[集评]

沈雄云：“《柳堂词话》曰：欧阳公云：‘把酒祝东风，且共从容。’与东

坡《虞美人》云:‘持杯遥劝天边月,愿月圆无缺。’同一意致。”(《古今词话·词话》卷上)

鹧鸪天

佳　人

罗带双垂画不成[①],殢人娇态最轻盈[②]。酥胸斜抱天边月[③],玉手轻弹水面冰[④]。　无限事,许多情。四弦丝竹苦丁宁。饶君拨尽相思调[⑤],待听梧桐叶落声。

(《词林万选》卷四)

[注释]

①画不成:用王安石《明妃曲》“意态由来画不成,当时枉杀毛延寿”句意。　②殢(tì)人:迷人。　殢:沉溺之意。　③天边月:谓琵琶。　④水面冰:以水面冰声喻琵琶声。白居易《琵琶行》:“间关莺语花底滑,幽咽泉流水下滩。”　⑤饶君:任君。　饶:任。

南歌子

有　感

笑怕蔷薇罥[①],行忧宝瑟僵[②]。美人依约在西厢[③]。只恐暗中迷路、认馀香。　午夜风翻幔,三更月到床。簟纹如水玉肌凉。何物与侬归去、有残妆[④]。

(曾慥本《东坡词》卷上)

[注释]

①“笑怕”句:隋炀帝时,“有小黄门(宦者)映蔷薇丛调宫婢,衣带为蔷薇罥结,笑声吃吃不止”。见《南部烟花录》(亦名《大业拾遗记》)。罥(juàn):挂。　②“行忧”句:莽何罗行刺汉武帝,“行触宝瑟,僵”,为金日磾(dī)所擒。见《汉书·金日磾传》。上二句意谓密期幽会,既怕衣为蔷薇刺所挂笑而出声,又怕碰到宝瑟而惊忧跌倒僵卧。　瑟:乐器。　③西

厢：指幽会之处。崔莺莺与张生诗："待月西厢下，迎风户半开。"见《会真记》。 ④"何物"句：《会真记》记莺莺与张生幽会之后疑是梦中，细看则"妆在臂，香在衣"。 残妆：谓衣上馀香。

南歌子①

云鬓裁新绿，霞衣曳晓红。待歌凝立翠筵中。一朵彩云何事、下巫峰②。 趁拍鸾飞镜③，回身燕漾空。莫翻红袖过帘栊。怕被杨花勾引、嫁东风。

（汲古阁本《东坡词》）

[注释]

①唐氏按：此首云南杨氏刻三李词误作李煜词。 ②"一朵"句：楚王梦游高唐，见神女，愿荐枕席。谓："妾在巫山之阳，高丘之阻，旦为朝云，暮为行雨，朝朝暮暮，阳台之下。"见宋玉《高唐赋序》。此句意谓歌女如巫山神女般美艳。 ③鸾飞镜：罽（jì）宾王有一鸾，三年不鸣，"悬镜照之，鸾睹影悲鸣，中宵，一奋而绝"。见《异苑》。

西江月

闻道双衔凤带①，不妨单著鲛绡②。夜香知与阿谁烧，怅望水沉烟袅。 云鬓风前绿卷，玉颜醉里红潮。莫教空度可怜宵③，月与佳人共僚④。（曾慥本《东坡词》卷上）

[注释]

①双衔凤带：绣有双凤之带。李商隐《饮席代官妓赠两从事》："愿得化为红绶带，许教双凤一时衔。" ②鲛绡：典出《搜神记》，"南海之外有鲛人，水居，亦谓之泉客。织轻绡於泉室，出以卖之，价千金"。 ③可怜：可爱。 ④"月与"句：本《诗经·陈风·月出》"月出皎兮，佼人僚兮"。僚：姣美。

西江月

咏　梅

马趁香微路远[①],沙笼月淡烟斜。渡波清彻映妍华,倒绿枝寒凤挂[②]。　挂凤寒枝绿倒,华妍映彻清波。渡斜烟淡月笼沙,远路微香趁马。　(《回文类聚》卷四)

[注释]

①“马趁”句:谓趁马上路,梅之微香远远飘来。　②倒绿:鸟名。《诗集》卷三十八《再用前韵》“绿衣倒挂扶桑暾”句下东坡自注云:“岭南珍禽,有倒挂子,绿毛,红喙,如鹦鹉而小,自东海来,非尘埃中物也。”

西江月[①]

佳　人

碧雾轻笼两凤[②],寒烟淡拂双鸦[③]。为谁流睇不归家[④],错认门前过马。　有意偷回笑眼,无言强整衣纱。刘郎一见武陵花,从此春心荡也。

(杨金本《草堂诗馀后集》卷上)

[注释]

①唐氏按:此二首[按:此首与前一首《鹧鸪天》(罗带双垂画不成)]疑非苏轼作。　②两凤:即双凤带。　③双鸦:宋时少女之丫髻名。东坡诗:“昔日双鸦照浅眉,如今婀娜绿云垂。”盖成双鸦状,故名。　④流睇(dì):以目传情。　睇:斜视。

桃源忆故人[①]

暮　春

华胥梦断人何处[②],听得莺啼红树[③]。几点蔷薇香雨,

寂寞闲庭户。　暖风不解留花住，片片著人无数。楼上望春归去，芳草迷归路。　（曾慥本《东坡词》卷下）

[注释]

①毛本调作《虞美人影》。　②华胥梦：黄帝梦至华胥国，“其国无师长，自然而已。其民无嗜欲，自然而已。不知乐生，不知恶死，故无夭殇”。见《列子·黄帝》。后世以华胥梦为理想王国之称。　③红树：开花之树。

阮郎归[①]

歌停檀板舞停鸾，高阳饮兴阑[②]。兽烟喷尽玉壶干，香分小凤团[③]。　雪浪浅，露珠圆。捧瓯春笋寒[④]。绛纱笼下跃金鞍[⑤]，归时人倚栏。

（《全芳备祖》后集卷二十八“茶门”）

[注释]

①唐氏按：此首别作黄庭坚词，见《豫章黄先生词》。　别又误作张先词，见《张子野词》卷一。　②高阳：酒徒之意。郦食其见刘邦，自称“高阳酒徒”。见《史记·郦生陆贾列传》。　③小凤团：龙团、凤团，皆宋代贡茶名茗。又有大龙、小龙、大凤、小凤之分。见《宣和北苑贡茶录》。　④瓯：茶杯。　春笋：茶芽。　⑤绛纱笼：采茶之具。《茶经》：“茶之具，一曰篮，二曰笼，三曰筥，竹织之，受之五升或一斗二斗三斗者，茶人负以采茶也。”一曰红纱灯笼。与金鞍为配，非茶具。

占春芳[①]

红杏了，夭桃尽[②]，独自占春芳。不比人间兰麝[③]，自然透骨生香。　对酒莫相忘。似佳人、兼合明光[④]。只忧长笛吹花落，除是宁王[⑤]。　（汲古阁本《东坡词》）

[注释]

①唐氏按:此首出《春渚纪闻》卷六,原不著调名,《花草粹编》卷三始以为《占春芳》,殆出杜撰。《词式》卷二谓:“苏轼咏梨花,制此调”,又谓“此调只有此词,无别首可校。”《词律》卷四谓:“此体他无作者,想因第三句为题名。” ②夭桃:盛开之桃花。 ③人间兰麝:孙秀到石崇家索取美女,“崇尽出婢妾数十人以示之,皆蕴兰麝,被罗縠”。见《晋书·列传第三》。 ④明光:汉武帝求仙,“起明光宫,发燕赵美女二千人充之”。见《汉武故事》。 ⑤“只忧”二句:笛中曲有《梅花落》。 宁王:李宪被封为宁王,见《旧唐书·睿宗诸子传》。杨贵妃曾偷吹宁王紫玉笛,诗人张祜诗云:“梨花静院无人见,闲把宁王玉笛吹。”见《杨太真外传》。

减字木兰花

送　别

天台旧路,应恨刘郎来又去[①]。别酒频倾,忍听阳关第四声[②]。　刘郎未老,怀恋仙乡重得到。只恐因循,不见如今劝酒人。

[注释]

①“天台”二句:刘晨、阮肇入天台山遇仙女,半年后归。见《幽明录》。 ②《文集》卷六十七《记阳关第四声》:“旧传阳关三叠,然今歌者,每句再叠而已,通一首言之,又是四叠。皆非是。或每句三唱,以应三叠之说,则丛然无复节奏。余在密州,有文勋长官,以事至密,自云得古本《阳关》,其声宛转凄断,不类向之所闻,每句皆唱,而第一句不叠。乃知《全宋词》三叠盖如此。及在黄州,偶读乐天《对酒》诗云:‘相逢且莫推辞醉,听唱阳关第四声。’注云:第四声‘劝君更尽一杯酒’。以此验之,若第一句叠,则此句为第五声矣,今为第四声,则第一不叠审矣。”

减字木兰花

花

玉房金蕊，宜在玉人纤手里。淡月朦胧，更有微微弄袖风[①]。　温香熟美[②]，醉慢云鬟垂两耳。多谢春工[③]，不是花红是玉红[④]。　（以上二首见曾慥本《东坡词》卷下）

［注释］

①弄袖风：微风。　弄：抚弄。杜牧《长安杂题长句》六首其二："紫陌微微弄袖风。"　②温香熟美：谓醉后沉睡。　③春工：谓司春之神。　④玉红：谓美人之肤色。

减字木兰花

莺初解语[①]，最是一年春好处。微雨如酥，草色遥看近却无[②]。　休辞醉倒，花不看开人易老。莫待春回，颠倒红英间绿苔。　（曾慥本《东坡词拾遗》）

［注释］

①莺初解语：黄莺初唱，意谓春天刚刚到来。　②"最是"三句：化用韩愈《早春呈水部张十八员外二首》其一诗意。诗曰："天街小雨润如酥，草色遥看近却无。最是一年春好处，绝胜烟柳满皇都。"

减字木兰花[①]

凭谁妙笔，横扫素缣三百尺[②]。天下应无，此是钱塘湖上图（苏轼）。　一般奇绝，云淡天高秋夜月。费尽丹青，只这些儿画不成（仲殊）。

（《苕溪渔隐丛话》后集卷三十七引《古今词话》）

[注释]

①唐氏按:《苕溪渔隐丛话》后集卷三十七引《复斋漫录》云上半阕乃刘泾所作,并以《古今词话》为非。 此词上阕是否为苏轼作,尚无定论,姑录之。 ②素缣(jiān):用以绘画之丝织品。 缣:薄绢。

诉衷情[1]

海 棠

海棠珠缀一重重,清晓近帘栊。胭脂谁与匀淡,偏向脸边浓。 看叶嫩,惜花红,意无穷。如花似叶,岁岁年年,共占春风。

[注释]

①唐氏按:此首别又见晏殊《珠玉词》。 毛本注云:"或刻晏同叔。"

菩萨蛮

歌 妓

绣帘高卷倾城出[1],灯前潋滟横波溢[2]。皓齿发清歌,春愁入翠蛾[3]。 凄音休怨乱[4],我已先肠断。遗响下清虚[5],累累一串珠。 (以上二首见曾慥本《东坡词》卷下)

[注释]

①倾城:谓美人。 ②"灯前"句:谓美人眼波如水波流动。 潋滟(liàn yàn):水波漫溢。 ③翠蛾:翠眉。 ④怨乱:哀怨。 ⑤"遗响"句:馀音自天而降。 清虚:天。

菩萨蛮[1]

娟娟侵鬓妆痕浅[2],双颦相媚弯如剪。一瞬百般宜,无论笑与啼。　　酒阑思翠被，特故腾腾地[3]。生怕促归轮，微波先泥人[4]。

[注释]

①唐氏按：此首别又作谢绛词，见《唐宋诸贤绝妙词选》卷二。　②娟娟侵鬓：姣美之眉入鬓边。　③腾腾：快速。　④泥：《全宋词》作“注”，此据毛本改。　泥人：软语缠人。

菩萨蛮

咏　足

涂香莫惜莲承步[1]，长愁罗袜凌波去[2]。只见舞回风[3]，都无行处踪。　　偷穿宫样稳[4]，并立双趺困[5]。纤妙说应难，须从掌上看[6]。

[注释]

①涂香：路香。涂，通“途”。　莲承步：以金莲花承步。齐东昏侯尝凿金莲花以贴地，令潘妃行其上，曰：“此步步莲花也。”见《南史·东昏侯纪》。　②罗袜凌波：出曹植《洛神赋》“凌波微步，罗袜生尘”。　③舞回风：出曹植《洛神赋》“飘摇兮，若流风之回雪”。　④宫样：宫廷样式之鞋。　偷：暂时。　⑤双趺（fū）：双足之趾。　趺：同“跗”，脚趾。　⑥掌上看：赵飞燕能做掌上之舞。

菩萨蛮

玉镮坠耳黄金饰，轻衫罩体香罗碧。缓步困春醪，春融脸上桃。　　花钿从委地[1]，谁与郎为意。长爱月华清，此时憎月明。　　（以上三首见曾慥本《东坡词拾遗》）

[注释]

①花钿:用金片做成的花朵形的装饰品。

菩萨蛮[1]

湿云不动溪桥冷,嫩寒初透东风影。桥下水声长,一枝和月香。　　人怜花似旧,花比人应瘦。莫凭小栏干,夜深花正寒。　　(《全芳备祖》前集卷一"梅花门")

[注释]

①唐氏按:此首亦见朱淑真《断肠词》。但《断肠词》颇多讹误,疑以《备祖》所载为是。

浣溪沙

端　午

轻汗微微透碧纨,明朝端午浴芳兰[1]。流香涨腻满晴川[2]。　　彩线轻缠红玉臂[3],小符斜挂绿云鬟[4]。佳人相见一千年。

[注释]

①浴芳兰:用《楚辞·九歌·云中君》"浴兰汤兮沐芳"句意。　②流香涨腻:出杜牧《阿房宫赋》"渭流涨腻,弃脂水也"。　③"彩线"句:"五月五日以五彩丝系臂,名之曰长命缕也。"见《风俗通》。　④"小符"句:"五月五日作赤灵符着心前。"见《抱朴子》内篇《杂应》。

浣溪沙

新　秋

风卷珠帘自上钩,萧萧乱叶报新秋。独携纤手上高

楼。　　缺月向人舒窈窕①，三星当户照绸缪②。香生雾縠见纤柔③。　　（以上二首见曾慥本《东坡词》卷下）

［注释］

①窈窕（yǎo tiǎo）：苗条。　②三星：二十八宿之一，即心星。　绸缪：缠绵。《诗经·唐风·绸缪》："绸缪束楚，三星在户。"　③雾縠（hú）：縠薄如雾。　縠：皱绢之类。

浣溪沙

方　响①

花满银塘水漫流，犀槌玉板奏凉州②。顺风环佩过秦楼③。　　远汉碧云轻漠漠④，今宵人在鹊桥头⑤。一声敲彻绛河秋⑥。　　（汲古阁本《东坡词》）

［注释］

①方响：铁制乐器。　②犀槌：犀角所制击方响之槌。　玉板：为玉质之拍板。　凉州：曲名。　③"顺风"句：谓方响声如顺风环佩飘过秦楼。　秦楼：歌伎所居之楼。　④远汉：远远的天河。　汉：天河。　⑤鹊桥："织女七夕当渡河，使鹊为桥。"见《风俗记》。　⑥绛河："绛河去日南十万里，波如绛色。"见《拾遗记》。

浣溪沙①

春　情

风压轻云贴水飞，乍晴池馆燕争泥。沈郎多病不胜衣。　　沙上不闻鸿雁信，竹间时听鹧鸪啼。此情唯有落花知。　　（曾慥本《东坡词》卷下）

[注释]

①唐氏按:《类编草堂诗馀》卷一,此首误作李璟词。

[集评]

黄苏云:“按此作在其被谪时乎。首尾取喻。‘燕争泥’,喻别人得意。‘沈郎’,自比。‘无闻鸿雁’,无佳信也。‘鹧鸪啼’,声凄切也。通首婉恻。”(《蓼园词评》)

点绛唇①

红杏飘香,柳含烟翠拖轻缕。水边朱户,尽卷黄昏雨。　烛影摇风,一枕伤春绪。归不去,凤楼何处,芳草迷归路。

(曾慥本《东坡词拾遗》)

[注释]

①唐氏按:《类编草堂诗馀》卷一,此首误作贺铸词。

点绛唇①

醉漾轻舟,信流引到花深处。尘缘相误,无计花间住②。　烟水茫茫,千里斜阳暮。山无数,乱红如雨,不记来时路。

[注释]

①唐氏按:此首原注云,“此后二词(指此首与下首),洪甫云:‘亲见东坡手迹于潮阳吴子野家。’”　毛本注云:“俱(指此首与下首)秦淮海作,依宋本删。”彊村本亦依毛说删去。唐氏按所谓“洪甫”,即傅共字,傅共为傅幹之叔,曾为傅幹《注坡词》作序。傅注谓“此词全用刘晨事”。　②“尘缘”二句:刘、阮遇仙居半年而归,故云。

点绛唇[①]

离　恨

月转乌啼，画堂宫徵生离恨[②]。美人愁闷，不管罗衣褪。　清泪斑斑，挥断柔肠寸。嗔人问，背灯偷揾，拭尽残妆粉。

［注释］

①唐氏按：以上二首别又见秦观《淮海居士长短句》卷下。　②宫徵(zhǐ)：古代乐曲分宫、商、角、徵、羽五音。

调笑令

渔父，渔父。江上微风细雨。青蓑黄蒻裳衣[①]，红酒白鱼暮归。归暮，归暮。长笛一声何处。

［注释］

①青蓑黄蒻(ruò)：青的蓑衣与黄的笠。

调笑令[①]

归雁，归雁。饮啄江南南岸。将飞却下盘桓，塞外春来苦寒。寒苦，寒苦。藻荇欲生且住。

（以上四首见曾慥本《东坡词》卷下）

［注释］

①唐氏按：此二首（指此首与上首）别见苏辙《栾城集》卷十三。

失调名

高安更过几重山。（《雪山集》卷七《东坡先生祠堂记》）

失调名

过湖携手屡沾襟。　（《雪山集》卷七《东坡先生祠堂记》）

失调名

谁教幽梦里，插他花。

（翁方纲《苏诗补注》卷二引《施注苏诗》）

失调名

上元词

拚沉醉、金荷须满。怕年年此际，催归禁籞，侍黄柑宴。

（《岁时广记》卷十一）

失调名

寂寂珠帘蛛网满。　（新注《断肠诗集》卷一）

定风波

闲卧藤床观社柳。　（新注《断肠诗集》卷二）

定风波

子瞻书困点新茶。　（新注《断肠诗集》卷四）

失调名

唤起离情，慵推孤枕。　（新注《断肠诗集》卷五）

失调名

山头望，波光泼眼。（新注《断肠诗集》卷八）

水调歌[1]

我歌月徘徊，我舞影凌乱。

（新注《断肠诗集》后集卷一）

［注释］

①唐氏按：此李白诗句，疑苏轼或以之入词。又按南陵徐氏景元刊本《断肠诗集》，字迹漫漶，今以艺芸精舍抄本校正，择善而从，不一一注明。其原文难免有误。以上苏轼词断句，或有非苏作者，姑录于此。

失调名

揭起裙儿，一阵油盐酱醋香。（《南村辍耕录》卷十五）

【补　辑】

沁园春

情若连环，恨如流水，甚时是休。也不须惊怪，沈郎易瘦[1]。也不须惊怪，潘鬓先愁[2]。总是难禁，许多魔难，奈好事教人不自由。空追想，念前欢杳杳，后会悠悠。　　凝眸。悔上层楼。谩惹起，新愁压旧愁。向彩笺写遍，相思字了，重重对卷，密寄书邮。料到伊行[3]，时时开看，一看一回和泪收。须知道，□这般病染[4]，两处心头。

（明万历刊重编《东坡先生外集》卷八十三，引自孔凡礼《全宋词补辑》）

[注释]

①沈郎易瘦：沈约与徐勉书谓己老病，“百日数旬，革带常应移孔，以手握臂，率计月小半分”。见《南史·沈约传》。　②潘鬓：早白之鬓髪。潘岳《秋兴赋序》：“晋十有四年，余春秋三十有二，始见二毛。”二毛，黑白髪相间也。　③伊行：伊边，她的身边。　④孔凡礼按：“□”原缺，据律补。

断　句

十五年前，我是风流帅。花枝缺处留名字。

（《侯鲭录》卷一，引自孔凡礼《全宋词补辑》）

【补　佚】

玉楼春①

乌啼鹊噪昏乔木，清明寒食谁家哭。风吹旷野纸钱飞，古墓累累春草绿。　棠梨花映白杨路②，尽是死生离别处。冥漠重泉哭不闻③，萧萧暮雨人归去。

[注释]

①从《诗集》卷四十八与《总案》卷二十二补。唐圭璋《词学论丛·读词札记·东坡改乐天诗》引明《花草粹编》卷六调作《玉楼春》。白居易《寒食野望吟》：“丘墟郭门外，寒食谁家哭。风吹旷野纸钱飞，古墓累累春草绿。棠梨花映白杨树，尽是死生离别处。冥寞重泉哭不闻，萧萧暮雨人归去。”《总案》编此于元丰六年癸亥（1083）。　②白杨路：白杨叶阔，遇风则音哀，故云。　③重泉：即黄泉、泉台，死人之所居。

玉楼春

春云阴阴雪欲落，东风和冷惊帘幙①。渐看远水绿生漪，未放小桃红入萼。　　佳人瘦尽雪肤肌，眉敛春愁知为谁。深院无人剪刀响，应将白纻作春衣[②]。

[注释]

①帘幙："幙"通"幕"。此指门帘与窗帷。　②白纻：白色麻料，质轻，多作春夏之衣。

薛瑞生按："此首及以下三首《全宋词》不载。因《诗集》载此四首。原题《四时词四首》，故录出。并以《玉楼春》名之。"　周笃文按："此四首上片三仄韵，下片三平韵，与《玉楼春》诸体有异，应视为别体。各词注文，有更动。"

玉楼春

垂柳阴阴日初永，蔗浆酪粉金盘冷[①]。帘额低垂紫燕忙[②]，蜜脾已满黄蜂静[③]。　　高楼睡起翠眉颦，枕破斜红未肯匀。玉腕半揎云碧袖，楼前知有断肠人。

[注释]

①蔗浆：榨蔗汁以为饮料。　酪粉：奶酪制粉。　②帘额：门帘顶端。　③蜜脾：蜜蜂酿蜜的蜂房，其形如脾。

玉楼春

新愁旧恨眉生绿，粉汗馀香在蕲竹[①]。象床素手熨寒衣，烁烁风灯动华屋[②]。　　夜香烧罢掩重扃，香雾空濛月满庭。抱琴转轴无人见，门外空闻裂帛声。

[注释]

①蕲竹：竹簟。蕲州出美竹，制簟极佳。　②烁烁：摇曳貌。

玉楼春

霜叶萧萧鸣屋角，黄昏斗觉罗衾薄①。夜风摇动镇帷犀②，酒醒萝回闻雪落。 起来呵手画双鸦③，醉脸轻匀衬眼霞。真态生香谁画得，玉如纤手嗅梅花。

（以上五首出自《诗集》，引自薛瑞生《东坡词编年笺证》）

[注释]

①斗觉：猛然发觉。斗，通“陡”。 ②镇帷犀：压帘之具。 犀：犀角。 ③画双鸦：涂抹作画。“学画鸦儿半未成”，为虞世南《嘲司花女袁宝儿》诗中语。

失调名

别乘一来①，凡月平分破。

孔凡礼按：《攻媿集》卷七十七《跋袁光禄毂与东坡同官事迹》：‘元祐五年，袁毂倅杭州，东坡为郡守，相得欢甚。’以下云如：‘别乘一来，风月平分破’之词，最为脍炙。’正为毂而作。又《直斋书录解题》卷十四《韵类题撰》一百卷条下，谓为袁毂撰。并云：‘东坡守杭时为倅’，‘风月平分’之词，为毂作也。’

[注释]

①别乘：州府佐辅之官，为长史、通判之别称。

存目词

调名	首句	出处	附注
鹧鸪天	西塞山边白鹭飞	《东坡词》卷上	黄庭坚词，见《山谷琴趣外篇》卷二
无愁可解	光景百年	《东坡词》卷下	陈慥词，见《山谷题跋》卷九
江城子	银涛无际卷蓬瀛	《东坡词拾遗》	叶梦得作，见《石林词》
江城子	南来飞燕北归鸿	同上	秦观词，见《淮海居士长短句》卷上
沁园春	小阁深沉	同上	无名氏词，见《东坡先生全集》卷七十四
虞美人	落花已作风前舞	汲古阁本《东坡词》	叶梦得作，见《石林词》
蝶恋花	玉碗冰寒销暑气	同上	晏殊作，见《珠玉词》
蝶恋花	帘幕风轻双语燕	汲古阁本《珠玉词》注：一刻东坡词	晏殊或欧阳修作，见《珠玉词》、《近体乐府》卷二
永遇乐	天末山横	汲古阁本《东坡词》	叶梦得作，见《石林词》
浪淘沙	回首夕阳红尽处，应是长安二句	《太仓稊米集》卷六十七书画墁集后	张舜民词，见《清波杂志》卷四

调名	首句	出处	附注
更漏子	柳丝长	傅幹《注坡词》傅共序	温庭筠词,见《花间集》卷一
更漏子	春夜阑	同上	牛峤词,见《花间集》卷四
鹊踏枝	一霎秋风惊画扇	同上	晏殊作,见《珠玉词》
鹊踏枝	紫菊初生朱槿坠	同上	同上
断句	喜鹊桥成催凤驾	《岁时广记》卷二十六	晏几道《蝶恋花》词,见《小山词》
断句	宝香薰被成孤宿	《草堂诗馀后集》卷上李知几《临江仙》词注	周邦彦《满江红》词,见《片玉集》卷二
洞仙歌	飞梁压水	《翰墨大全》后乙集卷十三	林外词,见《四朝闻见录》丙集
满江红	不作三公	《钓台集》卷六	无名氏作,见《翰墨大全》后乙集卷十三
玉楼春	东风捻就腰儿细	《词林万选》卷四	陆凝之词,见《阳春白雪》卷三
卜算子	眼是水波横	同上	王观词,见《能改斋漫录》卷十六

调名	首句	出处	附注
木兰花	檀槽碎响金丝拨	《词林万选》卷四	张先词,见吴讷本《张子野词》,或欧阳修作,见《近体乐府》卷二
点绛唇	春雨濛濛	杨金本《草堂诗馀前集》卷下	无名氏词,见《草堂诗馀前集》卷下
点绛唇	莺踏花翻	同上	同上
点绛唇	高柳蝉嘶	同上	汪藻词,见《浮溪文粹》卷十五
点绛唇	蹴罢秋千	同上	无名氏词,见《花草粹编》卷二
如梦令	曾宴桃源深洞	同上	李存勗词,见《尊前集》
如梦令	尝记溪亭日暮	同上	李清照词,见《乐府雅词》卷下
浣溪沙	楼倚江边百尺高	杨金本《草堂诗馀后集》卷上	张先词,见吴讷本《张子野词》
浣溪沙	玉腕冰寒滴露华	同上	晏殊词,见《珠玉词》
祝英台近	剪酴醿	杨金本《草堂诗馀后集》卷下	无名氏词,见《草堂诗馀前集》卷上
断句	杏花疏影里二句	《弇州山人词评》	陈与义《临江仙》词句,见《无住词》

调名	首句	出处	附注
金菊对芙蓉	花则一种	《花草粹编》卷十	无名氏词,见《草堂诗馀后集》卷下
浣溪沙	晚菊花前敛翠蛾	《续选草堂诗馀》卷上	朱敦儒词,见《樵歌》卷下
木兰花	个人风韵真堪羡	同上	柳永词,见《乐章集》卷下
意难忘	花拥鸳房	《续选草堂诗馀》卷下	程垓词,见《书舟词》
贺新郎断句	允文事业从容了	《蜀中广记》卷一百零四	姚勉词,见《雪坡舍人集》卷四十四
踏青游	识个人人	《草堂诗馀别集》卷三	无名氏词,见《能改斋漫录》卷十七
忆秦娥	香馥馥	《草堂诗馀隽》卷三	无名氏词,见《草堂诗馀后集》卷十
探春令	玉窗蝇字记春寒	《填词图谱》卷三	蒋捷词,见《竹山词》
断句	麴生禅、玉版局、一时参	《古今词话词辨》卷下	辛弃疾行香子词,见《稼轩词》丙集
水调歌头	离别一何久	《历代诗馀》卷五十八	苏辙词,见《艇斋诗话》
水调歌头	已过一番雨	《广群芳谱》卷二十一	葛长庚词,见《玉蟾先生诗馀》

调名	首句	出处	附注
西江月	过雨轻风弄柳	文澜阁《四库全书》本《回文类聚》	梅窗词，据麟玉堂刊本及文津阁《四库全书》本《回文类聚》
满庭芳	北苑龙团	《东坡先生诗馀》卷一	黄庭坚作，见《豫章黄先生词》
蝶恋花	梨叶初红蝉韵歇	同上	晏殊作，见《珠玉词》
断句	寸肠千恨堆积	《明秀集注》卷一	沈唐《念奴娇》词句，见《唐宋诸贤绝妙词选》卷六
断句	江天雪意云缭乱	《明秀集注》卷二	欧阳修《渔家傲》词句，见《近体乐府》卷二
断句	燕子来时新社	郑元佐新注朱淑真《断肠诗集》卷一	晏殊《破阵子》词句，见《唐宋诸贤绝妙词选》卷三
断句	世事短如春梦	《草堂诗馀》评林注	朱敦儒《西江月》词句，见《樵歌》卷中

注者按:以上存目词据《全宋词》抄录而有所删汰,凡注明附录于后者均不录。

总评

陈师道云:“退之以文为诗,子瞻以诗为词,如教坊雷大使之舞,虽极天下之工,要非本色。今代词手,惟秦七黄九尔。唐诸人不迨也。”又引“世语”云:“苏子瞻词如诗,秦少游诗如词。”(《后山诗话》)

晁无咎云:“东坡词,人谓多不谐音律,然居士词横放杰出,自是曲中缚不住者。”又,引李清照《论词》曰:“至晏元献、欧阳永叔、苏子瞻,学际天人,作为小歌词,直如酌蠡水于大海,然皆句读不葺之诗尔,又往往不协音律者。”(《苕溪渔隐丛话》后集卷三十三引《复斋漫录》引)

胡寅云:“词曲者,古乐府之末造也。……然文章豪放之士,鲜不寄意于此者,随亦自扫其迹,曰谑浪游戏而已也。唐人为之最工者。柳耆卿后出,掩众制而尽其妙,好之者以为不可复加。及眉山苏氏,一洗绮罗香泽之态,摆脱绸缪宛转之度,使人登高望远,举首高歌,而逸怀浩气超然乎尘垢之外。于是《花间》为皂隶,而柳氏为舆台矣。”(《题酒边词》)

胡仔云:“‘退之以文为诗,子瞻以诗为词,如教坊雷大使之舞,虽极天下之工,要非本色。’余谓后山之言过矣,子瞻佳词最多,其间杰出者,如‘大江东去,浪淘尽千古风流人物’,赤壁词;‘明月几时有,把酒问青天’,中秋词;‘落日绣帘卷,庭下水连空’,快哉亭词;‘乳燕飞华屋,悄无人,桐阴转午’,初夏词;‘明月如霜,好风如水,清景无限’,夜登燕子楼词;‘楚山修竹如云,异材秀出千林表’,咏笛词;‘玉骨那愁瘴雾,冰肌自有仙风’,咏梅词;‘东武城南新堤就,涟漪初溢’,宴流杯亭词;‘冰肌玉骨,自清凉无汗’,夏夜词;‘有情风万里送潮来,无情送潮归’,别参寥词;‘缺月挂疏桐,漏断人初静’,秋夜词;‘霜降水痕收,浅碧鳞鳞露远洲’,九日词;凡此十馀词,皆绝去笔墨畦径间,直造古人不到处,真可使人一唱而三叹。若谓以诗为词,是大不然。子瞻自言,平生不善唱曲,故间有不入腔处,非尽如此。后山乃比之教坊雷大使之舞,是何每况愈下?盖其谬耳。”(《苕溪渔隐丛话》后集卷二十六《后山诗话》)

王灼云:“长短句虽至本朝盛,而前人自立,与真情衰矣。东坡先生非心醉于音律者,偶尔作歌,指出向上一路,新天下耳目,弄笔者始知自振。今少年妄谓东坡移律诗作长短句。十有八九,不学柳耆卿,则学曹元宠,

虽可笑，亦毋用笑也。”（《碧鸡漫志》卷二）

陆游云：“世言东坡不能歌，故所作乐府词多不协。晁以道云：‘绍圣初，与东坡别于汴上，东坡酒酣，自歌古《阳关》。则公非不能歌，但豪放，不喜裁剪以就声律耳。’”（《老学庵笔记》卷五）

刘辰翁云：“词至东坡，倾荡磊落，如诗如文，如天地奇观，岂与群儿雌声学语较工拙；然犹未至用经用史，牵雅颂入郑卫也……嗟乎，以稼轩为坡公少子，岂不痛快灵杰可爱哉，而愁髻龋齿作折腰步者阉然笑之。”（《辛稼轩词序》）

沈义父云：“近世作词者，不晓音律，乃故为豪放不羁之语，遂借东坡、稼轩诸贤自诿。诸贤之词，固豪放矣，不豪放处，未尝不协律也。如东坡之《哨遍》、杨花《水龙吟》、稼轩《摸鱼儿》之类，则知诸贤非不能也。”（《乐府指迷》）

王若虚云：“晁无咎云：‘眉山公之词短于情，盖不更此境耳。’陈后山曰：‘宋玉不识巫山神女而能赋之，岂待更而后知，是直以公为不及于情也。呜呼！风韵如东坡，而谓不及于情，可乎？彼高人逸才，正当如是。其溢为小词而间及于脂粉之间，所谓滑稽玩戏，聊复尔尔者也。若乃纤艳淫媟，入人骨髓，如田中行，柳耆卿辈，岂公之雅趣也哉？’”又云：“陈后山谓子瞻以诗为词，大是妄论，而世皆信之，独茅荆产辨其不然，谓公词古今第一。今翰林赵公亦云此，与人意暗合。盖诗词只是一理，不容异观。自世之末作习为纤艳柔脆，以投流俗之好。高人胜士，亦或以是相胜，而日趋于委靡。遂谓其体当然，而不知流弊之至此也。文伯起曰：‘先生虑其不幸，而溺于彼，故援而止之，特立新意，寓以诗人句法。’是亦不然。公雄文大手，乐府乃其游戏，顾岂与流俗争胜哉！盖其天资不凡，辞气迈往，故落笔皆绝尘耳。”（《滹南诗话》卷二）

王世贞云：“读子瞻文，见才矣，然似不读书者。读子瞻诗，见学矣，然似绝无才者。懒倦欲睡时，诵子瞻小文及小诗，亦觉神王。”又云：“之诗而词，非词也。之词而诗，非诗也。言其业，李氏、晏氏父子、耆卿、子野、美成、少游、易安至矣，词之正宗也。温、韦艳而促，黄九精而险，长公丽而壮，幼安辨而奇，又其次也，词之变体也。”又云：“永叔、介甫俱文胜词，词胜诗，诗胜书。子瞻书胜词，词胜画，画胜文，文胜诗。然文等耳，馀俱非子瞻敌也。”又云：“词至稼轩而变，其源实自苏长公，至刘改之诸公极矣。”（《艺苑卮言》）

俞彦云:“子瞻词无一语著人间烟火,此自大罗天上一种,不必与少游、易安辈较量体裁也。其豪放亦止‘大江东去’一词。何物袁绹,妄加品骘,后代奉为美谈,似欲以概子瞻生平。不知万顷波涛,来自万里,吞天浴日,古豪杰英爽都在,使屯田此际操觚,果可以‘杨柳外晓风残月’命句否。且柳词亦只此佳句,馀皆未称。”(《爰园词话》)

张世文曰:“词体大略有二:一婉约,一豪放,盖词情蕴藉,气象恢弘之谓耳。然亦在乎其人,如少游多婉约,东坡多豪放,东坡称少游为今之词手,大抵以婉约为正也。所以后山评东坡,如教坊雷大使舞,虽极天下之工,要非本色。”(《古今词论》)

沈谦云:“词不在大小浅深,贵于移情。‘晓风残月’、‘大江东去’,体虽殊,读之皆若身历其境,惝恍迷离,不能自主,文之至也。”又云:“东坡‘似花还似非花’一篇,幽怨缠绵,直是言情,非复赋物。”又云:“学周、柳,不得见其用情处。学苏、辛,不得见其用气处。当以离处为合。”(《读词杂说》)

陈子宏云:“近日词,惟周美成、姜尧章,而以东坡为词诗,稼轩为词论,此说固当。然词曲以委曲为体,独狃于风情婉娈,则亦易厌。回视苏辛所作,岂非万古一清风哉。”又,同书《词品》卷下:“张炎曰:‘词须要出新意,能如东坡清丽舒徐,出人意表,不求新而自新,为周、秦诸人所不能到。’”又云:“沈雄曰:‘苏长公为游戏之圣,邢俊臣亦滑稽之雄。’”(《古今词话·词话》卷上)

周辉云:“居士词岂无去国怀乡之感,殊觉哀而不伤。”又引皇甫牧《玉匣记》云:“子瞻常自言生平有三不如人,谓著棋、吃酒、唱曲也。然三者亦何用如人。子瞻之词虽工,而多不入腔,盖以不能唱曲故耳。”(《历代词话》卷五引)

李调元云:“今称东坡为坡翁,在宋时已然。沈端节克斋《朝中措》词末句云:‘解道浅妆浓抹,从来惟有坡翁。’”(《雨斋词话》卷三)

田同之云:“陈眉公曰:‘幽思曲想,张、柳之词工矣,然其失则俗而腻也。伤时吊古,苏、辛之词工矣,然其失则莽而俚也。两家各有其美,亦各有其病。’斯为论词之至公。”又云:“华亭宋尚木徵璧曰:‘吾于宋词得七人焉,曰永叔秀逸,子瞻放诞,少游清华,子野娟洁,方回鲜清,小山聪俊,易安妍婉。’”(《西圃词说》)

郭麟云:“东坡以横绝一代之才,凌厉一世之气,间作倚声,意若不屑,

雄词高唱，别为一宗。"（《灵芬馆词话》卷一）

周济云："苏、辛并称，东坡天趣独到处，殆成绝诣，而苦不经意，完璧甚少。"（《宋四家词选目录序论》）

冯金伯云："唐诗三变愈下，宋词殊不然。欧、苏、秦、黄，足当高、岑、王、李。"（《词苑萃编》卷二《旨趣》）

吴衡照云："苏、辛并称，辛之于苏，亦犹诗中山谷之视东坡也。东坡之大，与白石之高，殆不可以学而至。"（《莲子居词话》卷四）

宋翔凤云："人谓苏词多不谐音律，则以声调高逸，骤难上口，非无曲度也。"又小字注曰："如今日俗工，不能度北《西厢》之类。"又云："按词自南唐以后，但有小令。其慢词盖起宋仁宗朝。中原息兵，汴京繁庶，歌台舞席，竞赌新声。耆卿失意无俚，流连坊曲，遂尽收俚俗语言，编入词中，以便伎人传习。一时动听，散播四方。其后东坡、少游、山谷辈，相继有作，慢词遂盛。东坡才情极大，不为时曲束缚。然《漫录》亦载东坡送潘邠老词：'……'按其词恣亵，何减耆卿。是东坡偶作，以付饯席。使大雅，则歌者不易习，亦风会使然也。"（《乐府馀论》）

谢章铤云："弇州谓苏、黄、稼轩为词之变体，是也。""晏、秦之妙丽，原于李太白、温飞卿。姜、史之清真，源于张志和、白香山。惟苏、辛在词中，则藩篱独辟矣。读苏、辛词，知词中有人，词中有品，不敢自为菲薄，然辛以毕生精力注之，比苏尤为横出。吴子律曰：'辛之于苏，犹诗中山谷之视东坡也。东坡之大，殆不可以学而至。'此论或不尽然。苏风格自高，而性情颇歉，辛却缠绵恻悱。且辛之造语俊于苏。若仅以大论也，则室之大如堂，而以堂为室，可乎？"又，"慢词北宋为初唐，秦、柳、苏、黄、如沈、宋，体格虽具，风骨未遒。片玉则如拾遗，骎骎有盛唐之风矣。……北宋欧、苏以上如齐、梁，周、柳以下如陈、隋。"（《赌棋山庄词话》）

冯煦云："晁无咎为苏门四学士之一，所为诗馀，无子瞻之高华，而沈咽则过之。叶少蕴主持王学，所著《石林诗话》，阴抑苏、黄，而其词顾挹苏氏之馀波。岂此道与所学问，固多歧出邪？"（《蒿庵论词》）

沈曾植云："东坡以诗为词，如雷大使之舞，虽极天下之工，要非本色，此后山《谈丛》语也。然考蔡絛《铁围山丛谈》，称上皇在位，时属升平，手艺之人有称者，棋则有刘仲甫、晋士明；琴则有僧梵如、僧全雅；教坊琵琶则有刘继安；舞则雷中庆，世皆呼之为雷大使；笛则孟水清，此数人者，视前代之技皆过之。然则雷大使乃教坊绝技，谓非本色，将外方乐乃为本色

乎?”(《菌阁琐谈》)

汪叔耕莘云:“余于词,所喜爱三人焉。盖东坡而一变,其豪妙之气,隐隐然流出言外,天然绝世,不假振作。二变而为朱希真,多尘外之想,虽杂以微尘,而清气自不可没。三变而为辛稼轩,乃写其胸中事,尤好称渊明,此词之三变也。”(《菌阁琐谈》附录《海日楼丛钞》引《方壶诗馀》自叙)

刘熙载云:“东坡词颇似老杜诗,以其无意不可入,无事不可言也。若其豪放之致,则时与太白为近。”又云:“太白《忆秦娥》声情悲壮,晚唐、五代惟趋婉丽,至东坡始能复古。后世论词者,或转以东坡为变调,不知晚唐、五代乃变调也。”又云:“东坡与鲜于子骏书云:‘近却颇作小词,虽无柳七郎风味,亦自成一家,一似欲为耆卿之词,而不能者。’然坡尝讥秦少游《满庭芳》词学柳七句法,则意可知矣。”又云:“东坡词具神仙出世之姿,方外白玉蟾诸家,惜未诣此。”又云:“东坡词在当时鲜与同调,不独秦七、黄九别成两派也。晁无咎坦易之怀、磊落之气,差堪骖靳。然悬崖撒手处,无咎莫能追蹑矣。”又云:“苏、辛皆至情至性人,故其词潇洒卓荦,悉出于温柔敦厚。或以粗犷托苏、辛,固宜有视苏、辛为别调者哉。”又云:“词品喻诸诗,东坡、稼轩,李杜也。耆卿,香山也。白石、玉田 ,大历十子也。其有似韦苏州者,张子野当之。”又云:“苏、辛词似魏玄成之妩媚,刘静修词似邵康节之风流,倘泛泛然以横放瘦淡名之,过矣。”又云:“王敬美论诗云:‘河上舆隶,须驱遣另换正身。’胡明仲称:‘眉山苏氏词,一洗绮罗香泽之态,摆脱绸缪宛转之度,使人登高望远,举首高歌,而逸怀浩气,超乎尘埃之表。’此殆所谓‘正身’者耶。”(《艺概·词概》)

陈廷焯云:“昔人谓东坡词胜于情,耆卿情胜于词,秦少游兼而有之。然较之方回、美成,恐亦瞠乎其后。”又云:“东坡词独树一帜,妙绝古今,虽非正声,然自是曲子内缚不住者。不独耆卿、少游不及,即求之美成、白石,亦难以绳尺律之也。后人以绳尺律之,吾不知海上三山,彼亦能以丈尺计之否耶。”又云:“东坡词,一片去国流离之思,哀而不伤,怨而不怒,寄慨无端,别有天地。”(《词坛丛话》)

陈廷焯云:“苏、辛并称,然两人绝不相似。魄力之大,苏不如辛。气体之高,辛不逮苏远矣。东坡词寓意高远,运笔空灵,措语忠厚,其独至处,美成、白石亦不能到。昔人谓东坡词非正声,此特拘于音调言之,而不穷本原之所在。眼光如豆,不足与之辩也。”又云:“太白之诗,东坡之词,皆是异样出色。只是人不能学，乌得议其非正声。”又云：“东坡、少游，皆是情馀于词。耆卿乃辞馀于情。解人自辨之。”又云：“张綖云：‘少游多婉约，子瞻多豪放，当以婉约为主。’此亦似是而非，不关痛痒语也。诚能本诸忠厚，而出以沉郁，豪放亦可，婉约亦可，否则豪放嫌其粗鲁，婉约又病其纤弱矣。”又云：“北宋如东坡、少游、方回、美成诸公，亦岂易及耶。”又云：“东坡词豪宕感激，忠厚缠绵，后人学之，徒形粗鲁。故东坡词不能学，亦不必学。”又云：“东坡心地光明磊落，忠爱根于性生，故词极超旷，而意极和平。稼轩有吞吐八荒之概，而机会不来。正则可以为郭、李，为岳、韩，变则即桓温之流亚。故词极豪雄，而意极悲郁。苏、辛两家，各自不同。后人无东坡胸襟，漫为规模，适形粗鄙耳。”又云：“和婉中见忠厚易，超旷中见忠厚难，此坡仙所以独绝千古也。”又云：“宋词有不能学者，苏、辛是也。……然苏、辛自是正声，人苦学不到耳。”又云：“人知东坡古诗古文，卓绝百代。不知东坡之词，尤出诗文之右。盖仿九品论字之例，东坡诗文纵列上品，亦不过为上之中下。若词则几为上之上矣。此老生平第一绝诣，惜所传不多也。”又云：“东坡词全是王道。稼轩则兼有霸气，然又不悖于王也。”又云：“白石仙品也。东坡神品也，亦仙品也。梦窗逸品也。”又云：“东坡一派，无人能继。”又云：“稼轩求胜于东坡，豪壮或过之，而逊其清超，逊其忠厚。玉田追踪白石，格调亦近之，而逊其空灵，逊其浑雅。故知东坡、白石具有天授，非人力所可到。”又云：“东坡，稼轩，同而不同者也。”（《白雨斋词话》）

沈祥龙云：“唐人词，风气初开，已分二派，太白一派传为东坡诸家，以气格胜，于诗近西江。飞卿一派，传为屯田诸家，以才华胜，于诗近西昆。”（《论词随笔》）

张德瀛云：“同叔之词温润，东坡之词轩骁，美成之词精邃，少游之词幽艳，无咎之词雄邈，北宋惟五子可称大家。”又云：“苏、辛两家，昔人名之曰词诗词论。愚以古词衡之曰：不用之时全体在，用即拈来，万象周沙界。”又云：“宋牧仲谓宋诗多沈僿，近少陵；元诗多轻扬，近太白。然词之沈僿无过子瞻。”（《词徵》卷五）

张祥龄云：“辛、刘之雄放，意在变风气，亦其才只如此。东坡不耐此苦，随意为之，其所自主者多，故不拘拘于词中求生活。”（《词论》）

王国维云：“东坡之词旷，稼轩之词豪。无二人之胸襟而学其词，犹东施之效捧心也。”又云：“读东坡、稼轩词，须观其雅量高致，有伯夷、柳下惠之风。”又云：“苏、辛词中之狂。”又云：“长调自以周、柳、苏、辛为最工。”又云：“东坡之旷在神，白石之旷在貌。”又云：“故以宋词比唐诗，则东坡似太白，欧、秦似摩诘，耆卿似乐天，方回、叔原，则大历十子之流。”（《人间词话》）

况周颐云：“有宋熙丰间，词学称极盛。苏长公提倡风雅，为一代山斗。”（《蕙风词话》卷二）

陈洵云：“东坡独崇气格，箴规秦、柳，词体之尊，自东坡始。”（《海绡说词》）

蔡嵩云云：“东坡词，胸有万卷，笔无点尘。其阔大处，不在能作豪放语，而在其襟怀有涵盖一切气象。若徒袭其外貌，何异东施效颦。东坡小令，清丽纡徐，雅人深致，另辟一境。设非胸襟高旷，焉能有此吐属。”（《柯亭词论》）

陈匪石云：“然而婉约之与豪放，温厚之与苍凉，貌乃相反，从而别之曰阳刚，曰阴柔。周济且准诸风雅，分为正变，则就表著于外者言之，乃仍只舒敛之别尔。苏、辛集中，固有被称为摧刚为柔者。即观龙川，何尝无和婉之作。”又云：“叫嚣儇薄之气皆不能中于吾身，气味自归于醇厚，境地自入于静深。此种境界，白石、梦窗词中往往可见，而东坡为尤多。”又云：“苏轼寓意高远，运笔空灵，非粗非豪，别有天地。”（《声执》）

【补　辑】

无名氏

殢人娇[①]

解了痴绦[②]，泼煞闷火。眉尖上、放闲愁锁[③]。高来不可，低来不可，莫是人间剩我一个。　　富贵谩人[④]，功名赚我[⑤]。且舞个采莲曲破。红裙腰细，酥醅盏大，须占取、名花艳中醉卧[⑥]。（见明万历刊重编《东坡先生外集》卷八十四）

［注释］

①原注："山谷云，非先生作"。　孔凡礼按：以所作《殢人娇》见《东坡先生外集》，附次于此。　②痴绦：肥大的丝带。　③放闲愁锁：舒展开紧锁的愁眉。　④谩人：哄人。　⑤赚我：骗我。　⑥孔凡礼按：《全宋词》三千六百零一页录无名氏失调名词"解下痴绦"一句，引豫章先生《醉落魄》词序。查黄庭坚《醉落魄》词及序，见《全宋词》三百九十五页，此调下原注"山谷云非先生作"，当本此；"解下痴绦"，当为此词之首句。调下原注中之先生，乃指苏轼。　又按：李流《谦澹斋集》卷八《殢人娇》"痴本无绦，闷宁有火"一词，乃为和答此词而作。

定风波[①]

痛饮形骸骑蹇驴[②]，葛巾不整倩人扶[③]。笑指桃源泥样醉，三睡。诗魔长是泣穷途。　　画手也知仙骨瘦，□□[④]。昆山玉水点银须[⑤]。天地不能容此老，笑傲。一竿风月钓江湖。[⑥]　（明万历刊重编《东坡先生外集》卷八十四）

[注释]

①原注:“咏杜甫画像。《兰畹集》云王圣与作。未知孰是”。 孔凡礼按:以所作《定风波》见《东坡先生外集》,附次于此。 ②蹇驴:跛脚驴。 ③葛巾:用葛布做的粗劣的头巾。 ④孔凡礼按:原注有“原缺二字”四字,今加“□□”。 ⑤昆山玉水:犹言仙山秀水,指江湖漂泊。 ⑥孔凡礼按:此词作者,外集编者已不能定为苏轼,今定为无名氏。

赵 玥

赵玥（yuè），字信可，许（今河南许昌）人。曾任陕漕僚属。

夜行船[①]

今夜阴云初霁，画帘外、月华如水。露霭晴空，风吹高树，满院中秋意。 皎皎蟾光当此际，怎奈何、不成况味[②]。莫近檐间，休来窗上，且放离人睡。

（《过庭录》）

［注释］

①范公偁《过庭录》云："（玥）为陕漕，潦倒选调，先子与之乡旧。既在太原，赵公檄相谒。因馆于书室。是夕八月十四日夜……即作一词达先子……永叔见之大喜，赠上尊数壶。先子为求荐章。仅改秩而终。"所作，即此词。 ②况味：情绪。

郭 讵

郭讵,生卒不详,元祐初曾任承议郎。

河 传

咏甘草[①]

大官无闷[②],刚被傍人、竞来相问。又难为□□敷陈。且只将、甘草论。　朴消大戟并银粉[③]。疏风紧,甘草闲相混。及至下来,转杀他人。尔甘草、有一分。

(《画墁录》)

[注释]

①《画墁录》云:"郭讵性善谑,工词曲。以选人入世易务……郭口吃不能答,作《河传》咏甘草以见意云。" 甘草:常用中药,有国老之称。②无闷:"遁世无闷",见《易经·乾》,多指退休官员,闲散心境。 ③朴消:皮消,中药名。有软坚、消滞之功用。 大戟:泄水通经之药,性猛烈。银粉:即轻粉。杀虫逐水,毒性强烈。多以甘草相配,以和其毒性。

李之仪

李之仪（1048—1117），字端叔，号姑溪居士。乐寿（今河北献县西南）人。一说为无棣（今属山东）人。熙宁三年（1070）进士。哲宗元祐初任枢密院编修官，通判原州。元祐末曾从苏轼入定州幕府。元符中监内香药库，以党人劾罢。徽宗崇宁初提举河东常平。崇宁三年（1104）因草范纯仁遗表得罪蔡京，除名编管太平州（今安徽当涂）。久之，徙唐州。终朝请大夫。之仪能诗善文，妙擅尺牍。词章亦时有佳作，小令尤清婉俏倩。其《跋吴思道小词》论词颇为精切。有《姑溪文集》七十卷。传世《姑溪词》有毛晋汲古阁本、吴匏庵丛书堂钞本等。

水龙吟

中　秋

晚来轻拂，游云尽卷，霁色寒相射①。银潢半掩②，秋毫欲数③，分明不夜。玉琯传声④，羽衣催舞⑤，此欢难借。凛清辉，但觉圆光罩影，冰壶莹、真无价⑥。　闻道水精宫殿，蕙炉薰、珠帘高挂。琼枝半倚⑦，瑶觞更劝⑧，莺娇燕姹⑨。目断魂飞，翠萦红绕⑩，空吟小砑⑪。想归来醉里，鸾篦凤朵⑫，倩何人卸⑬。

[注释]

①“霁色”句：化用张昪《离亭宴》词“霁色冷光相射”句。　②银潢（huáng）：银河。　③秋毫欲数：谓月色清明，可洞见一切细物。　秋毫：鸟兽之毛至秋更生，细而末锐，谓之秋毫。　④玉琯：指箫笛类管乐器。琯：同“管”。　⑤羽衣催舞：即“催羽衣舞”。羽衣舞，原指唐代最为流行之《霓裳羽衣舞》，相传该舞采自月宫。此处泛指美妙舞蹈。　⑥冰壶：比

喻月亮的浩洁晶莹。 ⑦柳永《尉迟杯》词:“琼枝玉树相倚。” 琼枝:比喻美好的人物。 ⑧瑶觞:酒杯的美称。 ⑨莺娇燕姹(chà):比喻席间女子容态娇美、歌喉婉啭。 ⑩翠、红:指穿红着绿的佳人。 ⑪小砑(yà):轻轻以石碾物使之光滑,常指经此法加工之布帛纸笺。此处实指纸上所题诗词。 ⑫鸾篦(bì)凤朵:指刻有凤纹的插髮密梳及凤形髮簪。 ⑬倩(qiàn):方言,请人代作(某事)。

蓦山溪

次韵徐明叔[①]

神仙院宇[②],记得春归后。蜂蝶不胜闲,惹残香、萦纡深透。玉徽指稳[③],别是一般情,方永昼[④]。因谁瘦,都为天然秀[⑤]。 桐阴未减,独自携芳酎[⑥]。再弄想前欢[⑦],拊金樽[⑧]、何时似旧。凭谁说与,潘鬓转添霜[⑨],飞陇首[⑩]。云将皱,应念相思久。

[注释]

①徐明叔:徐兢字明叔,作者友人,工书善画。 ②神仙院宇:借指情人居所。 ③玉徽指稳:谓琴艺高妙。 玉徽:琴的美称。 ④永昼:长日。 ⑤天然秀:谓情人姿容丰韵天成。 ⑥芳酎(zhòu):美酒。 ⑦弄:指调弄、弹奏乐器。 ⑧拊(fǔ):轻击。 ⑨潘鬓:指年未老而鬓已白,见潘岳《秋兴赋》序与赋。 ⑩飞陇首:见柳恽《捣衣诗》“陇首秋云飞”句。

蓦山溪

北观避暑次明叔韵

金柔火老[①],欲避几无地。谁借一檐风,锁幽香、愔愔清邃[②]。瑶阶珠砌[③],如膜遇金篦[④],流水外,落花前,岂是人能致。 擘麟泛玉[⑤],笑语皆真类[⑥]。惆怅月边人[⑦],

驾云軿[8]、何方适意。幺弦咽处[9]，空感旧时声，兰易歇[10]，恨偏长，魂断成何事。

［注释］

①金柔火老：古人以五行配四时，秋柔金，复为火，形容天气炎热。此指秋末。 ②愔（yīn）愔：情寂貌。 ③瑶阶珠砌：石阶的美称。 ④"如膜"句：谓如翳遇良医，眼忽复明，比喻入清凉地使暑热顿消。 膜：薄的障碍物，此处指眼翳（白内障）。 遇：碰到。 金篦：治眼疾的工具，状如箭头，用以刮眼膜，使复明。 ⑤擘（bò）：分割。 麟：传说中神兽名，此处指美味肉食。 玉：指玉东西，即酒杯。 ⑥真类：犹言"真人"，此处指有才德的人。 ⑦月边人：指所思之人。 ⑧云軿（píng）：云车，神仙所乘，此处泛指车马。 軿：有帷盖的车子。 ⑨幺弦：琵琶的第四弦，因其最细，故称。 ⑩兰易歇：暗指对方变心，化用屈原《离骚》"兰芷变而不芳兮"句意。亦可解为《幽兰》曲易断，喻旧欢易逝。《幽兰》，古琴曲名。

蓦山溪

采石值雪[1]

蛾眉亭上[2]，今日交冬至。已报一阳生[3]，更佳雪、因时呈瑞[4]。匀飞密舞，都是散天花[5]，山不见，水如山，浑在冰壶里[6]。　平生选胜[7]，到此非容易。弄月与燃犀[8]，漫劳神、徒能惊世。争如此际，天意巧相符，须痛饮，庆难逢[9]，莫诉厌厌醉[10]。

［注释］

①此词作于崇宁三年（1104），编管太平州时。 采石：地名，即采石矶，原名牛渚矶，在今安徽当涂西北长江东岸，为牛渚山突出长江而成，下为江面最狭处，形势险要。 ②蛾眉亭：亭名。采石矶西南方有两山夹江对峙如蛾眉，谓之天门。神宗熙宁间，太平州知州张瑰在牛渚山上筑亭，名曰"蛾眉亭"。 ③《史记·律书》："日冬至则一阴下藏，一阳上舒。"

冬至：二十四节气之一。 ④瑞：吉兆。 ⑤散天花：以天女散花比喻大雪纷飞。天女散花故事见《维摩诘经·观众生品》。 ⑥冰壶：比喻晶莹之冰雪世界。 ⑦胜：指胜景、美景。 ⑧弄月：用李白事。传说李白过采石，酒醉下水捉月，后人乃筑“捉月亭”于其上。见《一统志》。 弄月：欣赏月色。 燃犀：用温峤事。传说温峤至牛渚矶，曾点燃犀角以照水中怪物，见《异苑》。 ⑨庆：欢乐，喜事。 ⑩厌厌：同“恹恹”，精神不振貌。

蓦山溪

晚来寒甚，密雪穿庭户。如在广寒宫[①]，惊满目、瑶林琼树[②]。佳人乘兴，应是得欢多。泛新声[③]，催金盏，别有留心处。 争知这里，没个人言语。拨尽火边灰，搅愁肠、飞花舞絮[④]。凭谁子细[⑤]，说与此时情。欢暂歇，酒微醺，还解相思否。

［注释］

①广寒宫：月宫名。见旧题柳宗元《龙城录》。 ②瑶林琼树：本指神仙居处之玉树琼林，此处形容白雪覆盖之树林。 ③泛新声：指演奏（唱）新曲调。 ④飞花舞絮：比喻心绪撩乱。 ⑤子细：即“仔细”。

满庭芳

八月十六夜，景修咏东坡旧词，因韵成此[①]

一到江南，三逢此夜，举头羞见婵娟[②]。黯然怀抱，特地遣谁宽。分外清光泼眼，迷滉漾、无计拘拦[③]。天如洗，星河尽掩[④]，全胜异时看。 佳人，还忆否，年时此际，相见方难。谩红绫偷寄[⑤]，孤被添寒。何事佳期再睹，翻怅望、重叠关山。归来呵，休教独自，肠断对团圆。

[注释]

①此词作于崇宁六年(1106)。 景修:作者友人,姓赵,宋之宗室。见《姑溪居士文集》卷三十九。 ②婵娟:指明月。 ③滉漾:浮动貌,此处指明月流光。 ④星河:银河。 ⑤红绫:指红绫手帕。

满庭芳

有碾龙团为供求诗者,作长短句报之①

花陌千条,珠帘十里,梦中还是扬州②。月斜河汉③,曾记醉歌楼。谁赋红绫小研④,因飞絮、天与风流。春常在,仙源路隔,空自泛渔舟⑤。　新秋。初雨过,龙团细碾,雪乳浮瓯⑥。问殷勤何处,特地相留。应念长门赋罢,消渴甚、无物堪酬⑦。情无尽,金扉玉牓⑧,何日许重游。

[注释]

①龙团:指压有龙文之茶饼。 ②"花陌"三句:化用杜牧《赠别》诗"春风十里扬州路,卷上珠帘总不如"及《遣怀》诗"十年一觉扬州梦"等句。 花陌:指遍布歌楼妓馆的繁华街道。 ③河汉:银河。 ④赋红绫小研:在红绫手帕或有光笺纸上题诗。 ⑤"仙源"二句:用桃花源典故,事见陶渊明《桃花源记》。 ⑥雪乳:指茶上的白色泡沫。 瓯:盆盂类瓦器,此处指茶杯。 ⑦"应念"二句:用司马相如典,司马相如曾为失宠幽居的陈皇后作《长门赋》。又,司马相如患有消渴症(糖尿病)。此处相如为作者戏指。 ⑧金扉玉牓(bǎng):指华美的居室。 牓:匾额,代指厅堂。

玉蝴蝶

九月十日,将登黄山,遽为雨阻,遂饮弊止。陈君俞独不至,已而以三阕见寄,辄次其韵①

坐久灯花开尽,暗惊风叶,初报霜寒②。冉冉年华催暮,颜色非丹[③]。搅回肠[④]、蛩吟似织[⑤],留恨意、月彩如摊。惨无欢。篆烟萦素[⑥],空转雕盘。　何难。别来几日,信沉鱼鸟[⑦],情满关山。耳边依约[⑧],常记巧语绵蛮[⑨]。聚愁窠、蜂房未密[⑩],倾泪眼、海水犹悭[⑪]。奄更阑[⑫]。渐移银汉,低泛帘颜[⑬]。

[注释]

①黄山:山名,在今安徽境内。　遽(jù):忽然。　弊止:对自己栖止之处的谦称。"弊"作"敝",此从《宋六十名家词》。　陈君俞:作者友人,生平事迹未详。　②"暗惊"二句:意谓"一叶惊秋",语出《淮南子·说山训》。　③颜色非丹:谓容颜苍老。　④回肠:九曲愁肠。司马迁《报任安书》:"肠一日而九回。"　⑤蛩(qióng)吟似织:蛩:蟋蟀。柳永《倾杯》:"切切蛩吟如织。"　⑥篆:指篆字形盘香。　素:指白色香烟。　⑦信沉鱼鸟:谓音信不传。古代有鱼雁传书之说。　⑧依约:隐约。　⑨绵蛮:鸟鸣声,此处形容话语动听。　⑩窠(kē):昆虫鸟兽栖息之所,借指聚愁之处。　⑪悭:少。　⑫奄:忽然。　⑬帘颜:帘帐之上端。前额曰"颜"。

早梅芳

雪初销,斗觉寒将变[①]。已报梅梢暖。日边霜外,迤逦枝条自柔软[②]。嫩苞匀点缀,绿萼轻裁剪。隐深心,未许清香散。　渐融和,开欲遍。密处疑无间。天然标韵[③],不与群花鬥深浅。夕阳波似动,曲水风犹懒。最销魂,弄影无人见。

[注释]

①斗:通"陡"。突然。　②迤逦(yǐ lǐ):斜出貌。　③标韵:标格情韵。

谢池春

残寒销尽，疏雨过、清明后。花径敛馀红，风沼萦新皱[①]。乳燕穿庭户，飞絮沾襟袖。正佳时，仍晚昼。著人滋味[②]，真个浓如酒。　频移带眼[③]，空只恁[④]、厌厌瘦。不见又思量，见了还依旧。为问频相见，何似长相守。天不老[⑤]，人未偶。且将此恨，分付庭前柳。

［注释］

①"风沼"句：化用冯延巳《谒金门》"风乍起，吹皱一池春水"句意。沼：池塘。　②著人：使人感受到。　③频移带眼：表示日渐消瘦，用沈约事，《梁书·沈约传》载其与徐勉书云："老病，百日数旬，革带常应移孔。"　④恁：这样。　⑤天不老：谓天无情，故不老。李贺《金铜仙人辞汉歌》："天若有情天亦老。"

怨三三

登姑熟堂寄旧游，用贺方回韵[①]

清溪一派泻揉蓝[②]，岸草毵毵[③]。记得黄鹂语画檐。唤狂里、醉重三[④]。　春风不动垂帘。似三五、初圆素蟾[⑤]。镇泪眼廉纤[⑥]。何时歌舞，再和池南。

［注释］

①姑熟：城名，在今安徽当涂县境，一作"姑孰"。　旧游：故友。　贺方回：词人贺铸字。贺有《怨三三》"玉津春水如蓝"词，本篇步其韵而作。　②揉蓝：本指浸揉蓝草作成的染料，诗词中用以指湛蓝色，此处形容溪水深清。　③毵毵（sān）：形容草木细长的枝叶。　④重三：指农历三月三日上巳节。　⑤三五：农历十五日。　素蟾：相传月中有蟾蜍，而月色素白，故称。　⑥镇：常。　廉纤：代指细雨，此处谓泪下如丝雨。

春光好

霜压晓，月收阴。斗寒深。看尽烛花金鸭冷[①]，卷残衾。　卯酒从谁细酌[②]，馀香无计重寻。空把夜来相见梦，写文琴[③]。

[注释]

①金鸭:鸭形铜香炉。　②卯酒:清晨饮的酒。　③写文琴:谓以琴曲表达情意。　文琴:绘或刻有花纹的琴。

千秋岁

咏畴昔胜会和人韵，后篇喜其归[①]

深帘静昼，淖约闺房秀[②]。鲜衣楚制非文绣[③]。凝脂肤理腻[④]，削玉腰围瘦。闲舞袖，回身昵语凭肩久[⑤]。　眉压横波皱[⑥]，歌断青青柳[⑦]。钗遽擘[⑧]，壶频叩[⑨]。鬓凄清镜雪，泪涨芳樽酒。难再偶，沉沉梦峡云归后[⑩]。

[注释]

①畴昔:从前。　胜会:佳会。　②淖约:柔美貌。　③鲜衣:华美的衣服。　楚:泛指南方。　文绣:刺绣花纹。　④凝脂:形容女子肌肤细腻润滑。《诗经·卫风·硕人》:“肤如凝脂。”　⑤昵(nì)语:亲热的言语。　⑥横波:比喻眼神流动，如水闪波。此处指美目。　⑦断:尽。　青青柳:指情歌之类。　⑧钗遽擘(bò):将钗股拆开，意谓着离别。　⑨壶频叩:击壶以打拍子，表示激赏歌曲。用王敦(字处仲)典，见《世说新语·豪爽》。　⑩梦峡云:峡云归去，指情人别去，用巫山神女事，见宋玉《高唐赋序》。

千秋岁

柔肠寸折，解袂留清血[①]。蓝桥动是经年别[②]。掩门春絮乱，攲枕秋蛩咽。檀篆灭[3]，鸳衾半拥空床月[4]。妆镜分来缺[5]，尘污菱花洁[6]。嘶骑远，鸣机歇[7]。密封书锦字[8]，巧绾香囊结[9]。芳信绝，东风半落梅梢雪[10]。

[注释]

①解袂：犹言“分手”。清血：谓悲极泣尽继之以血。②蓝桥：桥名，在陕西蓝田东南蓝溪之上。传说中裴航遇仙女云英处，见《太平广记·裴航》。此处泛指相会之地。③檀篆：制成篆字形的盘式檀香。④鸳衾：指绣有鸳鸯的被子，亦可指与所爱者同盖的被。⑤妆镜分：表示别离。用徐德言与乐昌公主故事，见孟棨《本事诗·情感》。⑥菱花：古铜镜背面刻有菱花，故称镜为菱花。⑦机：指织机。⑧锦字：指书信，用窦滔妻苏蕙事，见孟棨《本事诗·情感》。⑨绾（wǎn）：旋绕打结。⑩梅梢雪：指梅花。

[集评]

毛晋云：“姑溪词多次韵，小令更长于淡语、景语、情语。如‘鸳衾半拥空床月’……即置之《玉片》（周邦彦集名）、《漱玉》（李清照集名）集中，莫难伯仲。”（《姑溪词》）

薛砺若云：“又如他的‘柔肠寸折’《千秋岁》上阕亦时有警策动人之语。”（《宋词通论·李之仪》）

千秋岁

再和前意

万红暄昼[1]，占尽人间秀。怎生图画如何绣。宜推萧史伴[2]，消得东阳瘦[3]。垂窄袖，花前镇忆相携久。　泪裛回纹皱[4]，好在章台柳[5]。洞户隔[6]，凭谁叩。寄声虽有雁[7]，会面难同酒。无计偶，萧萧暮雨黄昏后。

[注释]

①万红:指百花盛开。　暄:暖,此处用为使动。　②推:推崇。　萧史伴:春秋时秦穆公女弄玉,与吹箫引凤之萧史结为夫妇。此处借指意中人。　③消得:值得。　东阳瘦:南朝梁吏部尚书沈约曾任东阳太守,多病操劳,日渐消瘦。后因以"东阳瘦"指日渐消瘦。　④回纹:指绣有回文诗句之丝帕。　⑤章台柳:用唐韩翃与柳氏事,韩赠柳诗有云:"章台柳,章台柳,往日青青今在否?"此处以章台柳借喻所恋之歌女。　⑥洞户:深邃的门户。　⑦寄声:犹言"寄书"。

千秋岁

休嗟磨折,看取罗巾血[①]。殷勤且话经年别。庭花番怅望[②],檐雨同呜咽。明半灭,灯光夜夜多如月[③]。　无复伤离缺,共保冰霜洁[④]。不断梦,从今歇。收回书上絮[⑤],解尽眉头结。犹未绝,金徽泛处应能雪[⑥]。

[注释]

①血:指血泪。　②"庭花"句:犹言"感时花溅泪"。　番:同"翻",反。　③灯光:《宋六十名家词》作"灯情"。　④冰霜洁:谓情操之高洁。　⑤絮:指絮语。　⑥金徽:琴面的金色识点,代指琴。　泛:弹奏。　雪:消。

千秋岁

和　人

中秋才过,又是重阳到。露乍冷,寒将报。绿香摧渚芰[①],黄密攒庭草[②]。人未老。蓝桥谩促霜砧捣[③]。
照影兰缸晕[④],破户银蟾小[⑤]。樽在眼,从谁倒。强铺同处被[⑥],愁卸欢时帽。须信道,狂心未歇情难老。

［注释］

①渚（zhǔ）：水中小块陆地，亦泛指水滨。 芰（jì）：菱角。两角者为菱，四角者为芰。 ②攒（cuán）：聚集。 ③蓝桥：桥名，在陕西蓝田东南蓝溪之上。传说裴航遇仙女云英处。后泛指相会之地。 霜砧捣：指秋日的捣衣砧声。 ④兰缸：用兰膏点的灯。 缸：灯。 晕：光影模糊的部分。此处指灯光模糊。 ⑤破户：指照进门户。 银蟾：明月。 ⑥同处被：即指合欢被。

千秋岁

用秦少游韵[1]

深秋庭院，残暑全消退。天幕迥[2]，云容碎。地偏人罕到，风惨寒微带。初睡起，翩翩戏蝶飞成对。 叹息谁能会，犹记逢倾盖[3]。情暂遣，心常在。沉沉音信断[4]，冉冉光阴改。红日晚，仙山路隔空云海[5]。

［注释］

①秦少游：秦观字少游。其《千秋岁》“水边沙外”一词，和韵者尚有苏轼、黄庭坚等人。 ②迥：遥远。 ③倾盖：谓行道相遇，停车而语，车盖相接。因称初交相得，一见如故为倾盖。语出《史记·鲁仲连邹阳列传》。 ④《全宋词》注：“音”原作“香”，从汲古阁本《姑溪词》。 ⑤仙山：暗指秦观去世，彼此仙凡隔绝。

临江仙

知有阆风花解语[1]，从来只许传闻。光明休咏汉宫新[2]。拥身疑有月，衬步恨无云[3]。 莫把金樽容易劝[4]，坐来几度销魂[5]。不知仙骨在何人。好将千岁日，占断四时春。

[注释]

①阆风:山名,相传为神仙所居,在昆仑山顶。 花解语:即解语花,指善解人意的美女。用唐明皇事,见王仁裕《开元天宝遗事·解语花》。 ②"光明"句:暗指佳人光彩照人,不必似汉成帝后赵飞燕尚须"倚新妆"。李白《清平调》:"借问汉宫谁得似?可怜飞燕倚新妆。" ③"拥身"二句:赞美对方如神仙中人。 ④容易:轻易。 ⑤坐来:一时。

临江仙①

九十日春都过了②,寻常偶到江皋。水容山态两相饶③。草平天一色,风暖燕双高。 酒病厌厌何计那④,飞红更送无聊⑤。莺声犹似耳边娇⑥。难回巫峡梦⑦,空恨武陵桃⑧。

[注释]

①唐氏按:此首别误作李流谦词,见《澹斋集》卷八。 ②九十日春:犹言"三春",指农历正月、二月、三月。 ③两相饶:谓相互映衬、相得益彰。 饶:益。 ④那:奈何。 ⑤无聊:精神无所寄托。 ⑥耳边娇:谓意中人之娇声柔语。 ⑦巫峡梦:谓欢会之梦。典出宋玉《高唐赋序》。 ⑧武陵桃:意谓彼地彼人不可接近。此用刘晨、阮肇误入桃源遇仙故事。王之涣《惆怅诗》:"阮肇重来事已迷,刘晨曾入武陵溪。"与此意同。

江神子

恼人天气雪消时。落梅飞,日初迟。小阁幽窗,时节听黄鹂。新洗头来娇困甚,才试著,夹罗衣。 木梨花拂淡燕脂①。翠云攲②,敛双眉。月浅星深,天淡玉绳低③。不道有人肠断也,浑不语,醉如痴。

[注释]

①木梨花：形容女子如花面颜。白居易《长恨歌》："梨花一枝春带雨。" 拂：擦。 ②翠云：古时称女子浓密的黑髮为绿云、翠云或乌云。攲：斜。 ③"天淡"句：用苏轼《洞仙歌》词"金波淡，玉绳低转"句意。玉绳：两星名，在北斗第五星玉衡的北面。玉绳低表示夜深沉。

江神子

今宵莫惜醉颜红[①]。十分中[②]，且从容。须信欢情，回首似旋风[③]。流落天涯头白也，难得是，再相逢。 十年南北感征鸿[④]。恨应同，苦重重。休把愁怀，容易便书空[⑤]。只有琴樽堪寄老，除此外，尽蒿蓬[⑥]。

[注释]

①"今宵"句：化自晏几道《鹧鸪天》词"当年拚（pàn）却醉颜红"句。 ②中：指中酒，醉酒。 ③似旋风：比喻瞬息即逝。 ④南北：指南来北往流徙无定。 ⑤书空：殷浩罢官后，日以手指书空曰"咄咄怪事"。见《世说新语·黜免》及《晋书·殷浩传》。 ⑥蒿蓬：野草，比喻轻微不足道。

江神子

阑干拍遍等新红[①]。酒频中，恨匆匆。投得花开[②]，还报夜来风。惆怅春光留不住，又何似，莫相逢。 月窗何处想归鸿[③]。与谁同，意千重。婉思柔情，一旦总成空。仿佛么弦犹在耳，应为我，首如蓬[④]。

[注释]

①阑干拍遍："拍"，一作"掐"、"稻"，形近而讹，此据《宋六十名家》本。 ②投得花开：待到花开。 投：到，临。 ③归鸿：此指归鸿传递之书信。 ④首如蓬：谓无心梳妆。《诗经·卫风·伯兮》："自

伯之东,首如飞蓬。"

清平乐[①]

橘

西江霜后,万点暄晴昼[②]。璀璨寄来光欲溜[③],正值文君病酒[④]。　　画屏斜倚窗纱,睡痕犹带朝霞。为问清香绝韵,何如解语梅花[⑤]。

[注释]

①唐氏按:此首别误作李壁词,见《广群芳谱》卷六十四"橘门"。　②万点:指橘实。　③璀璨(cuǐcàn):色彩鲜明。　④文君:汉临邛卓王孙女文君美而知音,后随司马相如私奔。宋词中常以文君借指妻子。　病酒:因饮酒过量而不适。　⑤解语梅花:借指伊人。

清平乐

萧萧风叶,似与更声接。欲寄明珰非为怯[①],梦断兰舟桂楫[②]。　　学书只写鸳鸯,却应无奈愁肠。安得一双飞去,春风芳草池塘[③]。

[注释]

①寄明珰:作为爱情表记。曹植《洛神赋》:"无微情以效爱兮,献江南之明珰。"　明珰:用珠玉串成的耳饰。　②兰舟桂楫:船的美称。　楫:船桨,亦代指船。　③"春风"句:暗用谢灵运《登池上楼》诗"池塘生春草"句。

清平乐

听杨姝琴[①]

殷勤仙友,劝我千年酒[②]。一曲履霜谁与奏[③],邂逅麻姑妙手[④]。　　坐来休叹尘劳[⑤]，相逢难似今朝。不待亲移玉指，自然痒处都消[⑥]。

[注释]

①杨姝：太平州（今安徽当涂）小妓，善琴。见黄庭坚《好事近》小序。《全宋词》注："姝"原作"妹"，据黄庭坚词、《能改斋漫录》、《挥麈录》改，下同。　②千年酒：本指仙酒，此处泛指美酒。　③履霜：指琴曲《履霜操》，相传为周尹吉甫子伯奇所作。　④邂逅（xiè hòu）：不期而会。　麻姑：传说中仙女名。　⑤尘劳：指尘世为名为利的奔波劳碌。　⑥"自然"句：传说麻姑手指纤细如鸟爪，为人搔痒当佳，见旧题葛洪《神仙传》。此处比喻杨姝奏琴美妙，使人愁烦顿消。

清平乐

再　和

当时命友[①]，曾借邻家酒。旧曲不知何处奏，梦断空思纤手[②]。　　却应去路非遥，今朝还有明朝。谩道人能化石[③]，须知石被人消[④]。

[注释]

①命友：贤友，良友。　②纤手：女子纤纤素手，此处借指所思女子。　③人能化石：古代传说一男子为国远行不归，其妻日日登山盼望，后化为石。思人化石事，传说甚多，不止一处。　④石被人消：人患疾服药石，道士服石以求仙，故云。

清平乐

仙家庭院[①]，红日看看晚。一朵梅花挨枕畔，玉指几回拈看。　　拥衾不比寻常，天涯无限思量。看了又还重嗅，分明不为清香[②]。

[注释]

①仙家:借指情人之家。 ②“分明”句:指嗅梅而思远人。

浪淘沙

琴

霞卷与云舒[①],月淡星疏。摩徽转轸不曾虚[②]。弹到当时留意处,谁是相如[③]。 魂断酒家垆[④],路隔云衢[⑤]。舞鸾镜里早妆初[⑥]。拟学画眉张内史[⑦],略借工夫。

[注释]

①霞卷、云舒:形容琴音如云霞舒卷自如。 ②摩:同“摸”。 徽:琴上辨别音高的识点。 轸:琴瑟拨弦乐器腹下转动弦的木柱,即弦柱。 ③相如:西汉文学家司马相如,曾以琴心挑卓文君,后携文君私奔。此处指知音者。 ④酒家垆:卓文君与司马相如在成都开酒家以为生计,文君当垆,相如亲涤器。 垆:酒家放置酒瓮的台子。 ⑤路隔云衢:犹言隔“霄壤”,极言其路隔遥远。 ⑥舞鸾镜:用典见范泰《鸾鸟诗序》。亦指饰有鸾鸟的妆镜。 ⑦画眉张内史:汉张敞任京兆尹,为其妻画眉。内史:官名,右内史即京兆尹。

[集评]

李调元云:“李之仪《姑溪词》妙于炼意……又‘拟学画眉张内史’按《汉书·百官表》武帝太初元年更名京兆尹,左内史名左冯翊。元稹诗:‘内史称张敞。’今人便知京兆画眉,不知内史即京兆也。因表出之。(《雨村词话》“张内史”条)

卜算子

我住长江头,君住长江尾。日日思君不见君,共饮长江水。 此水几时休,此恨何时已。只愿君心似我心,定不负相思意。

[集评]

毛晋云："《姑溪词》多次韵，小令更长于淡语、景语、情语。……至若'我住长江头'云云，真是古乐府俊语矣。"（《姑苏词跋》）

薛砺若云："他的《卜算子》写得极质朴精美，宛如《子夜歌》与《古诗十九首》的真挚可爱。"（《宋词通论·李之仪》）

忆秦娥

用太白韵[①]

清溪咽，霜风洗出山头月。山头月，迎得云归，还送云别。　不知今是何时节[②]，凌歊望断音尘绝[③]。音尘绝，帆来帆去，天际双阙。（以上《姑溪居士文集》卷四十五）

[注释]

①太白韵：指李白《忆秦娥》"箫声咽"词韵。　②"不知"句：语出《诗经·唐风·绸缪》"今夕何夕"。　③凌歊（xiāo）：台名，遗址在今安徽当涂境内。　音尘：音信。

[集评]

张德瀛云："李之仪《忆秦娥》，此应列入补体。"（《词徵》卷一"词律拾遗"条）

薛砺若云："他的词很隽美俏丽，另具一个独特的音调，如《忆秦娥》'清溪咽'……亦为别家所无之境。"（《宋词通论·李之仪》）

蝶恋花

天淡云闲晴昼永。庭户深沉，满地梧桐影。骨冷魂清如梦醒，梦回犹是前时景。　取次杯盘催酩酊[①]。醉帽频攲，又被风吹正。踏月归来人已静，恍疑身在蓬莱顶。

[注释]

①取次杯盘：指简单平常的酒菜，与王安石《示长安君》诗“草草杯盘”意同。 取次：随便，随意。 酩酊(mǐng dǐng)：大醉。

蝶恋花

玉骨冰肌天所赋[①]。似与神仙，来作烟霞侣[②]。枕畔拈来亲手付，书窗终日常相顾。　　几度离披留不住[③]。依旧清香，只欠能言语。再送神仙须爱护，他时却待亲来取。

[注释]

①玉骨冰肌：苏轼《洞仙歌》词“冰肌玉骨”。化用庄子《逍遥游》“藐姑射之山，有神人居焉，肌肤若冰雪”句。此处似形容梅花。 ②烟霞：山水胜景。 ③离披：散乱貌，此处指凋落。

蝶恋花

万事都归一梦了。曾向邯郸，枕上教知道[①]。百岁年光谁得到，其间忧患知多少。　　无事且频开口笑[②]。纵酒狂歌，销遣闲烦恼。金谷繁华春正好[③]，玉山一任樽前倒[④]。

[注释]

①“万事”三句：用沈既济《枕中记》故事。卢生思建功立业，经邯郸客店，自叹穷困。道士吕翁授之青瓷枕。卢生枕而眠，梦中历尽荣华富贵。梦醒，店主人所炊黄粱尚未熟，由是觉悟。 ②“无事”句：化用杜牧《九日齐山登高》诗“尘世难逢开口笑”句。 ③金谷：为晋石崇洛阳名

园，文人朝士雅集之所。此处借指北宋京都名胜。 ④“玉山”句：用嵇康典，《世说新语·容止》称其醉后，“傀俄若玉山之将崩”。 玉山：比喻人仪容之美。

蝶恋花

为爱梅花如粉面。天与工夫，不似人间见。几度拈来亲比看，工夫却是花枝浅。 觅得归来临几砚，尽日相看，默默情无限。更不嗅时须百遍，分明销得人肠断。

浣溪沙

梅

剪水开头碧玉条[①]，能令江汉客魂销。只应香信是春潮[②]。 戴了又羞缘我老[③]，折来同嗅许谁招，凭将此意问妖娆[④]。

［注释］

①剪水：未详。疑是地名。 ②香信：犹言“花香”。 是春潮：喻花开信守日期。 ③“戴了”句：用苏轼《吉祥寺赏牡丹》诗“人老簪花不自羞，花应羞上老人头”句意。 ④妖娆（ráo）：本指娇艳妩媚之女子，此处借指梅花。

浣溪沙

为杨姝作[①]

玉室金堂不动尘[②]，林梢绿遍已无春。清和佳思一番新[③]。 道骨仙风云外侣，烟鬟雾鬓月边人[④]。何妨沉醉到黄昏。

[注释]

①杨姝:太平州一善琴小妓。 ②玉室金堂:形容屋宇华美。 ③“清和”句:指琴音带给人春日新意。 清和:指天气清明和暖。 ④“烟鬟”句:形容杨姝为神仙中人。

浣溪沙

再 和

依旧琅玕不染尘①,霜风吹断笑时春。一簪华髮为谁新。 白雪幽兰犹有韵②,鹊桥星渚可无人③。金莲移处任尘昏④。

[注释]

①琅玕(láng gān):仙界的珠树,此处借喻美人。 ②白雪幽兰:二古曲名。 白雪:相传为师旷琴曲。 幽兰:古琴曲名。 ③鹊桥:古代传说每年七月七夜,织女由鹊桥渡过银河与牛郎相会。 星渚:犹言“星河”。 ④金莲:南朝齐东昏侯命人凿金贴地为莲花,令潘妃行其上,曰:“此步步生莲花也。”见《南史·东昏侯纪》。后世以金莲指女人纤足。尘昏:此用曹植《洛神赋》“凌波微步,罗袜生尘”句意。

浣溪沙

昨日霜风入绛帷①,曲房深院绣帘垂②。屏风几曲画生枝③。 酒韵渐浓欢渐密④,罗衣初试漏初迟⑤。已凉天气未寒时。

[注释]

①绛(jiàng)帷:红色帷帐。 ②曲:犹“深”。 ③画生枝:谓所绘花枝鲜活如生。 ④酒韵:犹言“酒意”。 ⑤漏初迟:指夜已深。古代以漏壶计时,壶内盛水或沙,壶中漏箭有刻度,视其下漏程度计时。

西江月[①]

橘

昨夜十分霜重，晓来千里书传。吴山秀处洞庭边[②]，不夜星垂初遍。　　好事寄来禅侣[③]，多情将送琴仙[④]。为怜佳果称婵娟[⑤]，一笑聊回媚眼。

［注释］

①唐氏按：此首别误作李壁词，见《广群芳谱》卷六十四“橘门”。　②吴山：吴地（江苏）云山。　洞庭：太湖山名，以产橘著称。　③禅侣：作者自指。　④琴仙：指善琴佳人。　⑤称：相称。　婵娟：美好貌，指佳人。

西江月

醉透香浓斗帐[①]，灯深月浅回廊。当时背面两伥伥[②]，何况临风怀想。　　舞柳经春只瘦，游丝到地能长[③]。鸳鸯半调已无肠[④]，忍把么弦再上[⑤]。

［注释］

①斗帐：小帐，因形如覆斗，故名。　②伥伥（chāng）：无所适从貌，谓神魂失据。　③游丝：青虫之类所吐之丝于空中飘扬，故称。　能（nèng）：这么，如此。意通“恁”。　④鸳鸯：指鸳鸯弦。　调：调弄，弹奏。　无肠：谓肠已断却。　⑤忍：怎忍。

西江月

念念欲归未得[①]，迢迢此去何求。都缘一点在心头[②]，忘了霜朝雪后。　　要见有时有梦，相思无处无愁。小窗若得再绸缪[③]，应记如今时候。

[注释]

①念念:一心一意。 ②一点:指思归之心。 ③绸缪(móu):情意殷切,引申为欢会。

鹊桥仙

风清月莹,天然标韵[①],自是闺房之秀。情多无那不能禁[②],常是为、而今时候。 绿云低拢[③],红潮微上,画幕梅寒初透。一般偏更恼人深,时更把、眉儿轻皱。

[注释]

①标韵:风姿。 ②无那(nuò):犹“无奈”。 那:“奈何”的合音。 ③低拢:《宋六十名家词》作“低摆”,指头髮(绿云)低垂。

鹊桥仙

宿云收尽,纤尘不警[①],万里银河低挂。清冥风露不胜寒[②],无计学、双鸾并驾[③]。 玉徽声断[④],宝钗香远,空赋红绫小研[⑤]。庚郎知有几多愁,怎奈向、月明今夜[⑥]。

[注释]

①不警:犹言“不动”。警,犹“惊”。 ②清冥:同“青冥”,指天空。 ③双鸾并驾:犹言“比翼双飞”。 ④玉徽:指琴。 ⑤赋红绫小研:在红绫手帕或有光笺纸上题诗。 ⑥怎奈向:方言,犹“怎奈”、“奈何”。

踏莎行

绿遍东山,寒归西渡。分明认得春来处[①]。风轻雨细更愁人，高唐何在空朝暮。　离恨相寻，酒狂无素[②]。柳条又折年时数[③]。一番情味有谁知，断魂还送征帆去。

［注释］

①春来处：《宋六十名家词》作“香风处”，指情人行经之地，于义为长。　②酒狂：典出《汉书·盖宽饶传》“毋多酌我，我乃酒狂”。此处作者自指。　无素：无一定规矩。　③柳条又折：古人折柳赠别，柳谐“留”音，表示惜别。　年时：去年。

踏莎行

还是归来，依前问渡[①]。好风引到经行处。几声啼鸟又催耕，草长柳暗春将暮。　潦倒无成，疏慵有素[②]。且陪野老酬天数[③]。多情惟有面前山，不随潮水来还去[④]。

［注释］

①依前：仍旧。　②疏慵：疏放慵懒。　③天数：犹言“天命”，上天安排的命运。　④“多情”二句：暗用李白《独坐敬亭山》诗“众鸟高飞尽，孤云独去闲。相看两不厌，只有敬亭山”意。

鹧鸪天

节是重阳却斗寒，可堪风雨累寻欢[①]。虽辜早菊同高柳，聊楫残蕉共小栏[②]。　浮蚁嫩[③]，炷烟盘[④]。恨无莺唱舞催鸾。空惊绝韵天边落，不许韶颜梦里看[⑤]。

［注释］

①累：屡，多次。　②楫：通“辑”，聚集。　③浮蚁：指新酒。白居易《问刘十九》诗：“绿蚁新醅酒”，指酒上浮沫。　④炷：点燃，此处指燃香。　⑤韶颜：美丽的容颜，指伊人。

鹧鸪天

浓丽妖妍不是妆，十分风艳夺韶光。牡丹开就应难比，繁富犹疑过海棠。　　须仔细，更端相[1]。烂霞梳晕带朝阳[2]。千金未足酬真赏，一度相看一断肠。

[注释]

①端相:犹“端详”,仔细审视。　②“烂霞”句:形容女子容光焕发的美丽面颜。曹植《洛神赋》:“皎若太阳升朝霞。”

鹧鸪天

避暑佳人不著妆[1]，水晶冠子薄罗裳。摩绵扑粉飞琼屑[2]，滤蜜调冰结绛霜[3]。　　随定我，小兰堂。金盆盛水绕牙床[4]。时时浸手心头熨，受尽无人知处凉。

[注释]

①不著妆:谓不着意打扮。　②摩绵:指来回擦动粉扑以扑粉。　琼屑:玉屑,比喻香粉。　③“滤蜜”句:似指调制一种冷饮。　④金盆:铜盆的美称。　牙床:指精美的床。

鹧鸪天

收尽微风不见江，分明天水共澄光。由来好处输闲地[1]，堪叹人生有底忙[2]。　　心既远，味偏长[3]。须知粗布胜无裳。从今认得归田乐[4]，何必桃源是故乡。

[注释]

①输闲:犹“投闲”。　②有底忙:有什么可忙。　底:什么。　③“心

既远”二句：化自陶渊明《饮酒》诗二十其五“心远地自偏”、“此中有真意”等句意。　④归田：指不任官职，远归乡里。

朝中措

腊穷天际傍危栏[①]，密雪舞初残。表里江山如画，分明不似人间。　功名何在，文章漫与[②]，空叹流年。独恨归来已晚，半生孤负渔竿[③]。

[注释]

①腊：农历十二月。　穷：尽。　危：高。　②文章漫与：谓率意而作，并不刻意求工。　③孤负：同“辜负”。

朝中措[①]

暮山环翠绕层栏[②]，时节岁将残。远雁不传家信，空能嘹唳云间[③]。　客程无尽，归心易感，谁与忘年[④]。早晚临流凝望，饥帆催卸风竿[⑤]。

[注释]

①唐氏按：此首别误作欧阳修词，见《历代诗馀》卷十七。　②层栏：高栏。　③嘹唳：响亮凄清的声音，指雁鸣。　④谁与忘年：犹言“谁能忘年”。　⑤饥帆：与饱帆相对，指无风之帆。

朝中措

翰林豪放绝勾栏[①]，风月感凋残[②]。一旦荆溪仙子，笔头唤聚时间[③]。　锦袍如在[④]，云山顿改，宛似当年。应笑溧阳衰尉，鲇鱼依旧悬竿[⑤]。

[注释]

①翰林:翰林学士,指苏轼,元祐间苏曾任翰林学士。元祐末苏知定州,之仪曾入其幕府,朝夕唱酬。 勾栏:宋时说书、演戏、玩杂技的场所,即指娱乐场所。 ②"风月"句:谓年纪老大,风情尽减。 ③"一旦"二句:谓苏轼将在荆溪专力作文。苏轼曾说一入荆溪,便觉意思豁然,欲买田终老其间。 荆溪:水名,在今江苏宜兴市境内,东至阳羡(今江苏宜兴)注入太湖。 ④锦袍:锦绣官服,此处指官职。 ⑤"应笑"二句:当谓自己仕宦不得意。 溧阳:地名,今属江苏。孟郊,晚仕为溧阳尉,生计潦倒。 鲇鱼悬竿:欧阳修《归田录》载,梅尧臣受敕修《唐书》,语其妻刁氏曰:"吾之修唐书,可谓猢狲入布袋矣。"刁氏对曰:"君于仕宦,亦何异鲇鱼上竹竿耶!"后因以"鲇鱼悬竿"为仕途不得意的典故。

阮郎归

朱唇玉羽下蓬莱[①],佳时近早梅。惜花情味久安排,枝头开未开。 魂欲断,恨难裁[②]。香心休见猜[③]。果知何逊是仙才[④],何妨入梦来。

[注释]

①朱唇玉羽:鸟名,即倒挂雀。尾羽备五色,状如鹦鹉,一名绿毛么凤。常倒挂梅花间。 又,作者自注:湖湘间谓之倒挂子,岭南谓之梅花使,十二月半方出。 ②恨难裁:犹言"恨难消"。李白《北风行》:"北风雨雪恨难裁。" ③香心:指梅。 ④何逊:字仲言,南朝梁诗人,早年曾任南平王萧伟记室,在扬州有《扬州法曹梅花盛开》诗云:"兔园标物序,惊时最是梅。"传诵于时。

采桑子

席上送少游之金陵[①]

相逢未几还相别。此恨难同,细雨濛濛,一片离愁醉眼中。　明朝去路云霄外[②]。欲见无从[③]，满袂仙风[④]，空托双凫作信鸿[⑤]。

［注释］

①金陵：今江苏南京。　②云霄外：言其遥远。　③无从：犹言“无路”，找不到门径。　④满袂仙风：形容秦观飘逸潇洒的风姿。　袂：衣袖。　⑤凫：水鸟，即野鸭。　信鸿：传书的鸿雁。

如梦令

回首芜城旧苑[①]，还是翠深红浅。春意已无多，斜日满帘飞燕。不见，不见。门掩落花庭院。

［注释］

①芜城：古城名，即广陵城，故城在今扬州市江都县境。南朝宋竟陵王刘诞据广陵反，兵败死。城邑荒芜，鲍照作《芜城赋》以讽，后遂称广陵为芜城。

临江仙

登凌歊台感怀

偶向凌歊台上望，春光已过三分。江山重叠倍销魂。风花飞有态，烟絮坠无痕。　已是年来伤感甚，那堪旧恨仍存。清愁满眼共谁论。却应台下草，不解忆王孙[①]。

［注释］

①“却应”二句：谓台下芳草年年长新，却不解人思旧念远之情。淮南小山《招隐士》：“王孙游兮不归，春草生兮萋萋。”此化用其意。　却应：料想，恐怕。

临江仙

景修席上再赋

难得今朝风日好，春光佳思平分[①]。虽然公子暗招魂[②]。其如抬眼看，都是旧时痕[③]。　酒到强寻欢日路，坐来谁为温存[④]。落花流水不堪论，何时弦上意，重为拂桐孙[⑤]。

[注释]

①平分:犹言“共享”。　②公子暗招魂:《楚辞·招魂》传为宋玉招屈原魂所赋。又,苏轼曾称宋玉为兰台公子。此处戏指景修招作者赴宴。　③“其如”二句:谓触景生情,怀念往日欢乐。　其如:怎奈。　旧时痕:指往事足迹。　④坐来:眼前。　⑤“何时”二句:谓何时能以琴曲表达种种情意。　拂桐孙:指弹琴。桐木适宜制琴,桐孙为桐树新生的小枝,庾信《咏梅》诗云:“桐孙待作琴。”

丑奴儿

谢人寄蜡梅[①]

春风似有灯前约。先报佳期，点缀相宜[②]，天气犹寒蝶未知。　嫩黄染就蜂鬚巧[③]。香压团枝，淡注仙衣[④]，方士临门未起时[⑤]。

[注释]

①蜡梅:梅的一种,落叶灌木,与梅不同科。花季与梅同时,香亦相似,色黄酷似蜜蜡造成的连片窠房,故名蜡梅。　②“春风”三句:谓蜡梅开在早春,如报春光将近。　点缀:装点。　③蜂鬚:形容蜡梅柔嫩的花蕊。　④注:犹言“着”。　仙衣:形容蜡梅花瓣。　⑤方士:本指道士,此处指方外之士,即幽居避世之士,送花人。

青玉案

用贺方回韵，有所祷而作[①]

小篷又泛曾行路[②]，这身世、如何去。去了还来知几度。多情山色，有情江水，笑我归无处。　夕阳杳杳还催暮[③]，练净空吟谢郎句[④]。试祷波神应见许[⑤]。帆开风转，事谐心遂，直到明年雨。

［注释］

①贺方回韵：指贺铸《青玉案》（凌波不过横塘路）词韵。　②篷：船篷，代指船。　③杳杳：深远幽暗貌。　④"练净"句：南朝齐谢朓《晚登三山还望京邑》诗有"澄江净如练"，为一时传诵。　⑤见许：指允诺作者所祷之事。

更漏子

借陈君俞韵

暑方烦，人似愠[①]。怅望林泉幽峻[②]。情会处，景偏长。心清闻妙香[③]。　宝幢低[④]，金锁碎[⑤]。竹影桐阴窗外。新事旧，旧愁新。空嗟不见人。

［注释］

①愠（yùn）：恼怒。　②幽峻：幽远高峭。　③妙香：特妙的香气，多形容佛寺所用之香。此处谓心静自然凉，如参禅进入妙境。　④宝幢（chuáng）：帷帐的美称。幢，原指舟车上的帐幕，此处泛指。　⑤金锁碎：谓透过竹叶丛的光线。韩愈、孟郊《城南联句》"竹影金锁碎"。　锁：通"琐"。

渔家傲

洗尽秋容天似莹[1],星稀月淡人初静。策杖萦纡寻远径[2]。披昏暝[3],堤边犊母闲相并[4]。　遥想去舟魂欲凝[5],一番佳思从谁咏。憔悴归来如独醒[6]。知何境,沉沉但觉烟村迥。

[注释]

①"洗尽"句:谓变雨后天色为清明。　莹:玉色光洁。　②策杖:扶杖。　萦纡:纡回曲折。　③昏暝:指暮色。　④犊母:小公牛与母牛。　⑤去舟:实指离去的人。　魂欲凝:谓黯然伤神。　⑥独醒:出《楚辞·渔父》"众人皆醉吾独醒"。

南乡子

春后雨馀天,娅姹黄鹂胜品弦[1]。榴叶千灯初报暑[2],阶前。只有茶瓯味最便[3]。　身世几蹁跹[4],自觉年来更可怜。欲问此情何所似,缘延[5]。看取窗间坠柳绵。

[注释]

①"娅姹(yà chà)"句:谓莺啼声美妙胜琴音。　娅姹:象声词,莺啼声。　品弦:犹言"弹琴"。　②千灯:形容盛开的榴花。榴花火红,故以灯喻。　③便(pián):安适。　④"身世"句:谓身世坎坷,遭受多次挫折。　蹁跹(pián xiān):跛行貌。　⑤缘延:犹"绵延",络绎不绝貌。

南乡子

夏日作

绿水满池塘,点水蜻蜓避燕忙。杏子压枝黄半熟,邻墙。风送荷花几阵香。　　角簟衬牙床[①]，汗透鲛绡昼影长[②]。点滴芭蕉疏雨过，微凉。画角悠悠送夕阳。

［注释］

①角簟：细竹篾或白藤织成的席。　②鲛（jiāo）绡：神话传说中鲛人（人鱼）所织的丝绢，后世用为手帕的代称。此处似指罗衣。　昼影长：谓白昼长。　影：日晷。

南乡子

睡起绕回塘，不见衔泥燕子忙。前日花梢都绿遍，西墙。犹有轻风递暗香[①]。　　步懒恰寻床，卧看游丝到地长。自恨无聊常病酒，凄凉。岂有才情似沈阳[②]。

［注释］

①暗香：犹“幽香”。　②沈阳：指南朝梁诗人沈约，因其曾任东阳太守，故称沈东阳，沈阳为沈东阳省称。

南乡子

端　午

小雨湿黄昏，重午佳辰独掩门[①]。巢燕引雏浑去尽[②]，销魂。空向梁间觅宿痕[③]。　　客舍宛如村[④]，好事无人载一樽。唯有莺声知此恨，殷勤。恰似当时枕上闻。

［注释］

①重午：指农历五月初五端阳节。　②雏：幼鸟。　浑：全，都。　③“空向”句：化用薛道衡《昔昔盐》“空梁落燕泥”句意。　宿痕：旧时踪迹。　④“客舍”句：谓凄凉冷落如置身村野。

南乡子

泪眼转天昏，去路迢迢隔九门[①]。角黍满盘无意举[②]，凝魂。不为当时泽畔痕[③]。　肠断武陵村[④]，骨冷难同月下樽[⑤]。强泛菖蒲酬令节[⑥]，空勤。风叶萧萧不忍闻。

[注释]

①“去路”句：极言路途遥远，欲见无门。宋玉《九辩》：“岂不郁陶而思君兮，君之门以九重。”　②角黍：粽子。　举：指举筷食之。　③“不为”句：谓非因悼念自投汨罗的屈原伤心，而别有他故。　泽畔：语出《楚辞·渔父》“屈原既放，游于江潭，行吟泽畔；颜色憔悴，形容枯槁”。　④武陵村：本指陶渊明《桃花源记》虚构的理想世界，此处当指仙逝的友人或情人居所。　⑤骨冷：暗指死去者。　⑥菖蒲：指用菖蒲叶浸制的酒。宗懔《荆楚岁时记》：“端午节以菖蒲一寸九节者，泛酒以辟(避)瘟气。”　令节：佳节。

蓦山溪

少孙咏鲁直长沙旧词，因次韵[①]

青楼薄幸[②]，已分终难偶[③]。寻遍绮罗间[④]，悄无个、眼中翘秀[⑤]。江南春晓，花发乱莺飞[⑥]，情渐透，休辞瘦。果有人相候。　醉乡路稳[⑦]，常是身偏后[⑧]。谁谓正欢时，把相思、番成红豆[⑨]。千言万语，毕竟总成虚，章台柳，青青否[⑩]。魂梦空搔首。

[注释]

①少孙：作者友人，生平事迹未详。　鲁直：黄庭坚字鲁直。　长沙旧词：指《蓦山溪》“赠衡阳妓陈湘”一词。　②青楼薄幸：谓青楼女子多不重感情而负义。　③已分(fèn)：自己料想。　难偶：难以缔结欢

缘。　④绮罗间：指身穿罗衣的歌伎舞女丛中。　⑤翘秀：谓才情出众。　⑥“江南”二句：化用丘迟《与陈伯之书》“暮春三月，江南草长，杂花生树，群莺乱飞”等句意。　⑦醉乡路稳：用李煜《乌夜啼》词“醉乡路稳宜频到”原句。　⑧黄庭坚原词云：“寻花载酒，肯落谁人后！”此处反用其意。　⑨“把相思”句：极言相思情深，凝聚心头，如红豆红满树梢，此用红豆传说。相传古代有一女子，因丈夫死在边地，遂哭于树下而死，化为红豆，人们因称红豆为“相思子”。　⑩“章台柳”二句：唐韩翃有姬柳氏，安史乱时奔散。韩寄柳诗曰：“章台柳，章台柳，昔日青青今在否？纵使长条似旧垂，亦应攀折他人手。”见《太平广记》引唐许尧佐《柳氏传》。章台：汉长安街名。旧时用为妓院等地的代称。

减字木兰花

乱魂无据[1]，黯黯只寻来处路[2]。灯尽花残，不觉长更又向阑[3]。　　几回枕上，那件不曾留梦想。变尽星星[4]，一滴秋霖是一茎。　　（以上《姑溪居士文集》卷四十六）

[注释]

①乱魂无据：神魂撩乱无所依倚。　②黯黯：沮丧忧愁貌。　③长更又向阑：谓长夜将尽。　阑：残尽。　④变尽星星：谓黑发全都变白。星星：喻白色。

减字木兰花

堤长春晚，冉冉浑如云外见[1]。欲语无门，略许莺声隔岸闻。　　锦屏绣幌[2]，犹待归来留一饷。何事迟迟，直恐游丝惹住伊。

[注释]

①冉冉：迷离貌。　②锦屏绣幌：锦绣的屏风与帷帐。

减字木兰花

次韵陈莹中题韦深道独乐堂[1]

莹中词云:世间拘碍,人不堪时渠不改。古有斯人,千载谁能继后尘。　　春风入手,乐事自应随处有。与众熙怡,何似幽居独乐时

触涂是碍[2],一任浮沉何必改。有个人人,自说居尘不染尘。　　谩夸千手,千物执持都是有[3]。气候融怡,还取青天白日时。

[注释]

①陈莹中:陈瓘字莹中,号了翁。南剑州沙县(今属福建)人。登进士甲科。绍圣初章惇荐为太常博士,与惇忤,不复用。曾布为相,荐为谏官,又因忤意出。蔡京用事,屡窜责,后遇赦放归。宣和中卒于楚州。　韦深道:韦许字深道,自号湖阴居士。芜湖(今属安徽)人。志行高洁,赴义如饥渴。筑室榜曰"独乐",陈瓘为作记。元祐间诸贤遭贬,有过江上者,皆倾心款待,通其缓急。绍兴初授以官,释命而不署衔。　②触涂是碍:谓人生道路多曲折障碍。　③"谩夸"二句:陈瓘原词云"春风入手,乐事自应随处有",故尔答之。　千手:本指千手观音,此处借指可执千物之手。

[集评]

吴衡照云:"谢集附王融、沈约、虞炎、柳恽诗。杜集附李邕、贾至、高适、郭受、韦迢诗。李之仪《姑溪词》和陈瓘、贺铸、黄庭坚等作,并录原词,盖用此例。"(《莲子居词话》)

减字木兰花

次韵陈莹中题韦深道寄傲轩

莹中词云:结庐人境,万事醉来都不醒。鸟倦云飞,两得无心总是归。　　古人逝矣,旧日南窗何处是。莫负青春,即是升平寄傲人

莫非魔境[①]，强向中间谈独醒。一叶才飞，便觉年华太半归[②]。　　醉云可矣，认著依前还不是。虚过今春，有愧斜川得意人[③]。

[注释]

①莫非魔境：谓人世险恶，如同恶魔所统治的境界。　②“一叶”二句：用《淮南子·说山训》“见一叶落而知岁之将暮”句意。　太半：大半，绝大部分。　③斜川得意人：指隐居不仕，徜徉山水胜景的陶渊明。斜川：在江西星子与都昌两县的湖泊中。陶有《游斜川》诗咏其风景。得意人：借陶指韦许。

减字木兰花

得金陵报，喜甚，从赵景修借酒[①]

揉花催柳[②]，一夜阴风几破牖[③]。平晓无云[④]，依旧光明一片春。　　掀衣起走，欲助喜欢须是酒。惆怅空樽，拟就王孙借十分[⑤]。

[注释]

①金陵：今江苏南京。　②催：通“摧”，摧残。　③几：几乎。　牖(yǒu)：窗户。　④平晓：犹言“平明”，清晨。　⑤王孙：指赵景修。

天门谣[①]

次韵贺方回登采石蛾眉亭

方回词云：牛渚天门险，限南北、七雄豪占。清雾敛，与闲人登览。　　待月上潮平、波滟滟。塞管轻吹新阿滥。风满槛，历历数、西州更点

天堑休论险[②]，尽远目、与天俱占[③]。山水敛[④]，称霜晴披览[⑤]。　　正风静云闲、平潋滟，想见高吟名不滥[⑥]。

频扣槛，杳杳落、沙鸥数点。

[注释]

①天门谣：即《朝天子》之别称。 ②天堑：天然的堑坑，言其险要不易越过。此处指长江。 ③与天俱占：指占天险。 ④山水敛：秋日景物萧杀收敛，故云。 ⑤称：通“趁”。 披览：本指翻阅图书或文章，此处指观览景色。 ⑥“想见”句：称美贺铸的才名与词情。 高吟：高妙的吟唱，指贺铸所作《天门谣》。 名不滥：谓名实相副。 滥：失实。

好事近

与黄鲁直于当涂花园石洞听杨姝弹《履霜操》，鲁直有词，因次韵 鲁直词云：一弄醒心弦，情在两山斜叠。弹到古人愁处，有真珠承睫。 使君来去本无心，休泪界红颊。自恨老来憎酒，负十分蕉叶

相见两无言，愁恨又还千叠。别有恼人深处，在懵腾双睫[①]。 七弦虽妙不须弹[②]，惟愿醉香颊。只恐近来情绪，似风前秋叶。

[注释]

①“别有”二句：言杨姝非唯以琴艺动人，且以容貌、情态动人。 懵(měng)腾：朦胧迷糊，形容泪眼。 ②七弦：古琴有五弦与七弦两种。

好事近

春到雨初晴，正是小楼时节。柳眼向人微笑[①]，傍阑干堪折。 暮山浓淡锁烟霏[②]，梅杏半明灭[③]。玉斝莫辞沉醉[④]，待归时斜月。

［注释］

①柳眼：初生柳叶如人睡眼初开，故称柳眼。 ②浓淡：谓有浓有淡。锁：笼罩。 烟霏：迷濛云雾。 ③明灭：忽隐忽现。 ④玉斝（jiǎ）：玉制酒杯。 斝：古代酒器。

好事近

再　和

上尽玉梯云[①]，还见一番佳节。惆怅旧时行处，把青青轻折[②]。　倚阑人醉欲黄昏，飞鸟望中灭[③]。天面碧琉璃上[④]，印弯弯新月。

［注释］

①玉梯：玉阶，石阶的美称。 ②青青：指柳。 ③望中灭：谓在视线中远去。 ④碧琉璃：形容天色清明如水。 琉璃：天然有光宝石，宋词中多用以形容碧天。

浣溪沙

和人喜雨

龟坼沟塍草压堤[①]，三农终日望云霓[②]。一番甘雨报佳时。　闻道醉乡新占断[③]，更开诗社互排巇[④]。此时空恨隔云泥[⑤]。

［注释］

①龟坼（chè）：天久旱，地面坼裂如龟文。 沟：田间水道。 塍（chéng）：田埂。 ②三农：居住在平地、山、泽三类地区的农民，此处泛指。 望云霓：即指望雨。 ③“闻道”句：谓人们因甘雨降而狂饮欢庆。 ④排巇（xī）：谓作险韵联句诗。 排：排列，编次。 巇：险，此处指险韵。 ⑤隔云泥：犹言“隔霄壤”，极言相隔遥远。

浣溪沙

雨暗轩窗昼易昏，强敧纤手浴金盆[①]。却因凉思谢飞蚊[②]。　酒量羡君如鹄举[③]，寒乡怜我似鸱蹲[④]。由来同是一乾坤。

[注释]

①强：勉强。　敧：斜。　②谢：告辞，离却。　③鹄（hú）举：言其高。　鹄：天鹅。　④"寒乡"句：为"怜我似鸱（chī）蹲寒乡"的倒文，比喻酒量低。　鸱蹲：局促瑟缩，如鸱之蹲。

浣溪沙

声名自昔犹时鸟[①]，日月何尝避覆盆[②]。是非都付鬓边蚊[③]。　邂逅风雷终有用[④]，低回囊槛要深蹲[⑤]。酒中聊复比乾坤[⑥]。

[注释]

①"声名"句：谓声名高下从来便有世论。　时鸟：应时而鸣的鸟。　②"日月"句：谓日月从来就无私地遍照人间。　覆盆：反用《抱朴子·辨问》"日月有所不照……是责三光不照覆盆之内也"之意而言。　③"是非"句：谓是非由人议论，可置之不理。　④邂逅：本指不期而遇，此处泛指遇合。　风雷：比喻巨大的力量，此处似指有利的时与势。　⑤低回：纡回曲折，引申为迁就，忍耐。　囊槛：兽栏，比喻恶劣处境。　⑥"酒中"句：谓沉醉酒乡以避世。

菩萨蛮

五云深处蓬山杳[①]，寒轻雾重银蟾小。枕上挹馀香，春风归路长。　雁来书不到，人静重门悄。一阵落花风，云山千万重。

[注释]

①五云：五色祥云。 蓬山：传说中的蓬莱仙山，借指伊人居处。 杳：遥远。

菩萨蛮[1]

青梅又是花时节，粉墙闲把青梅折。玉鞓偶逢君[2]，春情如乱云[3]。 藕丝牵不断，谁信朱颜换[4]。莫厌十分斟[5]，酒深情更深。

[注释]

①唐氏按：以上二首别误作张先词，见《花草粹编》卷三。 ②玉鞓（dèng）：马鞍两边脚踏的美称。 鞓，同“镫”。 ③春情：指对爱情的向往。 ④朱颜：青春的容颜。 换：指变老。 ⑤十分斟：谓斟满酒。

雨中花令

休把身心搁就[1]，著便醉人如酒[2]。富贵功名虽有味，毕竟因谁守。 看取刀头切藕，厚薄都随他手[3]。趁取日中归去好，□莫待、黄昏后。

[注释]

①搁（ruán）就：牵合。 ②著：一接触。 ③他：指造物主、命运之神，亦可解作在上位者。

雨中花令

王德循东斋瑞香花[1]

点缀叶间如绣，开傍小春时候[2]。莫把幽兰容易比[3]，都占尽、人间秀。　　信把眼前稀有，消得千钟美酒。只有些儿堪恨处，管不似、人长久。

[注释]

①王德循：作者友人，生平事迹未详。　瑞香：花名，也称睡香，大者名锦绣笼。常绿灌木，叶为长椭圆形。春季开花，花时生顶端，有红紫色、白色等，有浓香。　②小春：本指农历十月小阳春似初春，此处指初春。　③容易：轻易。

留春令

梦断难寻，酒醒犹困，那堪春暮。香阁深沉[①]，红窗翠暗，莫羡颠狂絮[②]。　　绿满当时携手路，懒见同欢处[③]。何时却得，低帏昵枕，尽诉情千缕[④]。

[注释]

①香阁：犹言“香闺”，妇女居处。　②颠狂絮：柳絮随风飘舞翻飞，故云。　③懒见：犹“怕见”。　④“低帏”二句：化用柳永《浪淘沙慢》词“愿低帏昵枕，轻轻细说与，江乡夜夜、数寒更思忆”之意。　低帏昵枕：低垂的帐底，共卧的枕上，即指同欢处。

踏莎行

紫燕衔泥[①]，黄莺唤友。可人春色暄晴昼[②]。王孙一去杳无音[③]，断肠最是黄昏后。　　宝髻慵梳[④]，玉钗斜溜。凭阑目断空回首。薄情何事不归来[⑤]，谩教折尽庭前柳。

[注释]

①紫燕：燕的一种，亦称越燕。颔下紫，故称紫燕。　②可人：意中

人。 ③王孙：此指情郎。 ④髻：妇女所梳髮鬟。 ⑤薄情：指薄情郎。

踏莎行

一别芳容[①]，五经寒暑。回文欲寄无鳞羽[②]。多情犹自梦中来，向人粉泪流如雨。 梦破南窗，愁肠万缕。那听角动城头鼓[③]。人生弹指事成空[④]，断魂惆怅无寻处。

[注释]

①芳容：代指情人。 ②"回文"句：谓音信难寄。 回文：织锦回文诗，用窦滔妻苏蕙事。 鳞羽：犹言"鱼雁"。指书信。 ③"那听"句：谓不堪听城头催促时光的鼓角声。 那：哪堪。 ④弹指：一弹指的省略语，佛家语，极言时间的短暂。

南乡子

夜雨滴空阶，想见尊前赋咏才。更觉鸣蛙如鼓吹[①]，安排。惆怅流光去不回。 万事已成灰，只这些儿尚满怀[②]。刚被北风吹晓角，相催。不许时间入梦来[③]。

[注释]

①蛙鸣如鼓吹：用孔稚珪典，南朝齐孔稚珪，居宅周围盛营山水，常有蛙鸣，自谓"我当以此当两部鼓吹"。 ②这些儿：当指离情别绪。 ③时间：一时间，一会儿。 入梦来：指所思之人入梦。

万年欢

暖律才中[①]，正莺喉竞巧，燕语新成。万绿阴浓，全无一点芳尘。门巷朝来报喜，庆佳期、此日光荣。开华宴、交酌琼酥[②]，共祝鹤算椿龄[③]。　　须知最难得处，双双凤翼，一对和鸣[④]。造化无私[⑤]，谁教特地多情。惟愿疏封大国[⑥]，彩笺上、频易佳名[⑦]。从此去、贤子才孙，岁岁长捧瑶觥[⑧]。

（以上《姑溪居士文集》卷四十七）

[注释]

①暖律才中：谓葭管吹出春天之律。古人烧苇膜成灰，置于十二律管中，放密室内。某一节候至，某律管中的葭灰即飞出，示该节候已至。　②酌：斟酒。　琼酥：指美酒。　③鹤算：古人以鹤为长寿之鸟。遂以鹤算、鹤寿为祝人长寿之词。　椿龄：指长寿。《庄子·逍遥游》："上古有大椿者，以八千岁为春，八千岁为秋。"后因以椿年、椿龄为祝人长寿之词。④"双双"二句：比喻夫妇和乐。　⑤造化：指自然的创造化育。　⑥疏封：分封。帝王把土地或爵位分赐给臣子。　大国：古指诸侯国，此处指高官显爵。　⑦频易佳名：谓祝对方不断加官晋爵。　⑧瑶觥（gōng）：玉杯。　觥：一种角形杯，此处泛指酒杯。

朝中措

望新开湖有怀少游，用樊良道中韵[①]

新开湖水浸遥天，风叶响珊珊[②]。记得昔游情味，浩歌不怕朝寒。　　故人一去，高名万古，长对孱颜[③]。惟有落霞孤鹜[④]，晚年依旧争还。

[注释]

①新开湖：即高邮湖。见《一统志》卷六十八。　②珊珊：象声词，风吹树叶的沙沙声。　③长对孱（chán）颜：谓秦观才德高峻如山，长使自己景仰。　孱颜：同"巉岩"，高峻貌。　④落霞孤鹜：用王勃《滕王阁序》"落霞与孤鹜齐飞"句意。

朝中措

樊良道中[①]

败荷枯苇夕阳天，时节渐阑珊[②]。独泛扁舟归去，老来不耐霜寒。　平生志气，消磨尽也，留得苍颜[③]。寄语山中麋鹿，断云相次东还[④]。

[注释]

①樊良：即樊梁湖，上纳樊梁溪诸水。在高邮县西北。　②阑珊：迟暮。　③苍颜：苍老的容颜。　④“寄语”二句：谓即将归隐山林与麋鹿结伴。　断云：孤云，作者自喻。　相次：相随，接着。

临江仙

江东人得早梅，见约探题，且访梅所在。因携笺管，就赋花下[①]

初破晓寒无限思，融融腊意全迷[②]。春工从此被人知[③]。不随蜂蝶，长伴玉蟾低[④]。　缥缈云间应好在[⑤]，盈盈泪湿征衣。背人偷拗向东枝[⑥]。清香满袖，犹记画堂西[⑦]。

[注释]

①笺管：纸笔。　②融融：和暖貌，此处指梅开透出和暖春意。腊意：腊月的寒意。　③春工：以春天拟人，指生物得春而发育滋长。　④“不随”二句：谓梅花高洁，不与百花同列而只与明月为伴。玉蟾：指月亮。　⑤好在：无恙。　⑥拗：折。　⑦“犹记”句：谓昔日欢会。李商隐《无题》诗：“昨夜星辰昨夜风，画楼西畔桂堂东。”

临江仙

病中存之以长短句见调，因次其韵[①]

病里不知春早晚，惊心绿暗红稀。起来初试薄罗衣。

多情海燕[②],还傍旧梁飞。　　瘦损休文谁记得,空将销臂频围[③]。眼前都是去年时。不堪追想,魂断画楼西。

[注释]

①存之:沈括,字存之。　调:调侃,开玩笑。　②海燕:燕子的别称。古人认为燕子产于南方,渡海而至,故称海燕。　③"瘦损"二句:以沈约消瘦事自况病中消瘦。

蝶恋花

席上代人送客,因载其语

帘外飞花湖上语。不恨花飞,只恨人难住。多谢雨来留得住[①],看看却恐晴催去。　　寸寸离肠须会取。今日宁宁[②],明日从谁诉。怎得此身如去路,迢迢长在君行处。

(以上《姑溪居士后集》卷十三)

[注释]

①雨来:友人来访。"旧,雨来;今,雨不来。"见杜甫《秋述》诗序。　②宁宁:谓细语叮咛。　宁:通"咛"。

临江仙

咏藏春玉[①]

青润奇峰名韫玉[②],温其质并琼瑶[③]。中分瀑布写云涛[④],双峦呈翠色,气象两相高。　　珍重幽人诚好事,绿窗聊助风骚。寄言俗客莫相嘲。物轻人意重,千里赠鹅毛。

(《雨村词话》卷二)

[注释]

①藏春玉:乃书房摆设之玉名。　②韫玉:"石韫玉而山辉,水怀珠而

川媚”，见陆机《文赋》。此用以形容玉山之美。 ③温其：温其如玉，见《诗经·秦风》，此言其质地和美温润。 ④写云涛：云涛流动。 写：通“泻”。

点绛唇

匀妆了。背人微笑，风入玲珑罩。

（《雨村词话》卷二）

存目词

调名	首句	出处	附注
减字木兰花	春融酒困	金绳武本《花草粹编》卷四	无名氏作，见万历本《花草粹编》卷二
鬲溪梅令	好花不与殢香人	同上	姜夔作，见《白石道人歌曲》卷三

蔡　确

蔡确(1037—1093),字持正,晋江(今福建泉州)人。嘉祐四年(1059)进士。累官至参政知事,尚书右仆射。元祐元年(1086)罢知陈州,夺职。以车盖亭诗,坐讥讪,贬英州,卒。

失调名①

七夕词

骊山宫中看乞巧,太液池边收曝衣。

(《岁时广记》卷二十六)

[注释]

①二句平仄似律诗之对句,疑非词。

许 将

许将(1037—1111)，字冲元，福州(今福建福州)人。嘉祐八年(1063)进士第一。累官门下侍郎、观文殿学士。卒谥文定。有《许文定公集》一卷传世。

惜黄花[①]

雁声晚断，寒霄云卷。正一枝开，风前看，月下见。花占千花上，香笑千香浅。化工与、最先裁剪。　谁把瑶林[②]，闲抛江岸。恁素英浓，芳心细，意何限。不恨宫妆色，不怨吹羌管。恨天远、恨春来晚。　（《梅苑》卷五）

[注释]

①惜黄花：此调始见于此词。　②谁把瑶林：《花草粹编》作“谁把瑶林秀”，今从《梅苑本》。

临江仙

圣主临轩亲策试，集英佳气葱葱。鸣鞘声震未央宫[①]。卷帘龙影动，挥翰御烟浓。　上第归来何事好，迎人花面争红。蓝袍香散六街风[②]。一鞭春色里，骄损玉花骢。　（《岁时广记》卷三十一引《古今词话》）

[注释]

①鸣鞘：即鸣鞭，帝王仪仗之一。鸣鞭示静，亦称静鞭。　未央宫：此指汴京御试士子之所。　②蓝袍：进士之服。　六街：泛指京城大街。

[集评]

杨湜云:“嘉祐间,京师殿试。有一南商控细鞍骢马于右掖门,俟状元献之。日未曛,唱名第一人,乃许将也。姿状奇秀,观者若堵。自缀《临江仙》曰:圣主临轩亲策试……”(《古今词话》)

存目词

《词谱》卷十五,有许将《解佩令》“蕙兰无韵”一首.乃无名氏作,见《梅苑》卷七。

郑无党

郑无党，西州（今四川成都）士人。与许将有交往。其他不详。

临江仙

不比寻常三五夜，万家齐望清辉。烂银盘透碧琉璃。莫辞终夕看，动是隔年期。　　试问嫦娥还记否，玉人曾折高枝①。明年此夜再圆时。冏开东府宴②，身在凤凰池③。　　（《岁时广记》卷三十一引《古今词话》）

［注释］

①“玉人”句：此指许将殿试夺魁事。蟾宫折桂，比喻进士及第。　②冏：通“阁”。　③凤凰池：中书省设于禁苑，故有凤凰池之称，后以借指宰相。

［集评］

杨湜云：“（许将）后帅成都，值中秋府会。官妓献词送酒，仍别歌《临江仙》曰：‘不比寻常三五夜……’许问谁作词？妓白以西州士人郑无党词。后召相见，欲荐其才于廊庙。无党辞以无意进取，惟投牒理逋欠数千缗。无党为人不羁，长于词，盖知许公《临江仙》最喜，歌者投其所好也。”（《古今词话》）

陈　慥

陈慥，生卒不详，字季常，号龙丘子。青神（今四川青神）人。父陈希亮，英宗时官至太常少卿。慥为人任侠，少与苏轼游。后隐居光州、黄州间，着方山冠，人称方山子。

无愁可解[①]

国工范日新作越调解愁，洛阳刘几伯寿闻而悦之[②]，戏作俚语之词，天下传咏，以谓几于达者。龙丘子犹笑之。此虽免乎愁，犹有所解也。若夫游于自然而托于不得已，人乐亦乐，人愁亦愁，彼且恶乎解哉。乃反其词，作无愁可解云

光景百年，看便一世。生来不识愁味。问愁何处来，更开解个甚底。万事从来风过耳，何用不著心里。你唤做、展却眉头，便是达者，也则恐未。　　此理。本不通言，何曾道、欢游胜如名利。道即浑是错，不道如何即是。这里元无我与你。甚唤做、物情之外。若须待醉了、方开解时，问无酒、怎生醉。

[注释]

①无愁可解：此词原作苏轼词。然陈应行《于湖先生雅词序》称："昔称季常晦其名，自称为龙邱子，尝作无愁可解，东坡为之序引。世之不知者，遂以龙邱为东坡之号，予故表而出之。"云，可知此乃陈慥所作，而序则出之东坡之手也。　②刘几：洛阳人，第进士。

苏　辙

苏辙（1039—1112），字子由，眉山（今四川眉山）人。年十九，与兄轼同登进士，为制置三司条例司属官。以忤王安石，徙他职。后以兄轼诗祸，谪监筠州税务，移知绩溪县。哲宗即位，为右司谏、中书舍人、累迁尚书右丞等职，后以党祸谪袁州、化州别驾，移循州。徽宗时，徙永州、岳州，已而复太中大夫奉祠。蔡京当国，降居许州，致仕。自号颍滨遗老。有《栾城集》传世。

调啸词

效韦苏州①

渔父，渔父，水上微风细雨。青蓑黄箬裳衣，红酒白鱼暮归。暮归，暮归，归暮，长笛一声何处。

［注释］

①韦苏州：即唐诗人韦应物。

调啸词①

效韦苏州

归雁，归雁，饮啄江南南岸。将飞却下盘桓，塞北春来苦寒。苦寒，苦寒，寒苦，藻荇欲生且住。

（以上二首见《栾城集》卷十三）

［注释］

①唐氏按：此二首别又作苏轼词，见曾慥本《东坡词》卷下，未知孰是。

水调歌头

徐州中秋①

离别一何久，七度过中秋。去年东武今夕②，明月不胜愁。岂意彭城山下，同泛清河古汴，船上载凉州③。鼓吹助清赏，鸿雁起汀洲。　　坐中客，翠羽帔，紫绮裘。素娥无赖，西去曾不为人留。今夜清尊对客，明夜孤帆水驿，依旧照离忧。但恐同王粲，相对永登楼。

[注释]

①徐州中秋：熙宁十年（1077）苏轼由密州徙知徐州。苏辙过徐州相晤，乃作此词。轼和词小序云："今年子由相从彭城百馀日，过中秋而去，作曲以别。余以其语过悲，乃为和之。"即指此事。子由原唱，见录于《东坡词》中，即此词也。　②东武：即诸城，宋为密州。熙宁七年至九年，苏轼为密州知州。　③凉州：乐曲名，即《凉州曲》。

渔家傲①

和门人祝寿

七十馀年真一梦，朝来寿斝儿孙奉②。忧患已空无复痛。心不动，此间自有千钧重。　　早岁文章供世用，中年禅味疑天纵。石塔成时无一缝③。谁与共，人间天上随他送。

（《栾城先生遗言》）

[注释]

①渔家傲：此词见录于《栾城先生遗言》。　②斝（jiǎ）：青铜酒器，即爵。后指酒杯。　③无一缝：造无缝石塔，喻功德圆满。语出《传灯录》。

[集评]

笃文云："《听雨秋声馆词话》卷三云：'至坡公弟子由所传《渔家傲》一词，即不甚工'云云。然此乃禅悦之作，以参悟为主，固不能与浅斟低唱者同科量力也。"

陈 睦

陈睦，生卒不详，字和叔，一字子雍。莆田（今福建莆田）人。嘉祐六年（1061）进士。累迁史馆修撰，改鸿胪卿。出知广州，移知潭州卒。

沁园春

小雪初晴，画舫明月，强饮未眠。念翠鬟双耸，舞衣半卷，琵琶催拍，促管危弦。密意虽具，欢期难偶，遣我离情愁绪牵。追思处，奈溪桥道窄，无计留连。　天天，莫是前缘。自别后、深诚谁为传。想玉篦偷付，珠囊暗解[①]，两心长在，须合金钿[②]。浅淡精神，温柔情性，记我疏狂应痛怜。空肠断，奈衾寒漏永，终夜如年。

［注释］

①珠囊：缀以珍珠的荷包。　②金钿：金花。金花相合，意味着夫妻团圆。

清平乐

鬟云斜坠，莲步弯弯细。笑脸双蛾生多媚。百步兰麝香喷[①]。　从前万种愁烦，枕边未可明言。好是蓝桥再渡[②]，玉篦还胜金钿。[③]

（以上二首见《绿窗新话》卷上引《古今词话》）

［注释］

①香喷："喷"字失韵，疑有讹误。　②蓝桥：陕西蓝田东南有蓝桥。世传其地有仙窟，裴航遇云英于此。　③唐氏按：此二首原题陈子雍撰。

宋另有陈子雍，姑编陈睦名下。

[集评]

杨湜云："陈子雍奉使浙江，沈可勛正叔留饮，出家伎侑觞。有翠鬟者，与子雍目色相授，以玉篦密赠子雍。未几，辞沈而去，径往子雍之宅。子雍未得翠鬟，有《沁园春》以念之……子雍既见翠鬟，又作《清平乐》。"（《古今词话》）

马　成[①]

马成，字中玉，庐州（今安徽合肥）人。太子少保马亮之孙，天章阁待制马仲甫之侄。元祐中为浙漕，与苏轼交甚密。其他不详。

玉楼春

来时吴会犹残暑[②]，去日武林春已暮[③]。欲知遗爱感人深，洒泪多于江上雨。　　欢情未举眉先聚，别酒多斟君莫诉。从今宁忍看西湖，抬眼尽成肠断处。[④]

（《玉照新志》卷二）

[注释]

①马成：《全宋词》原作"马瑊"，据《咸淳临安志》改作马成。　②吴会：杭州三国时为吴郡郡治，故称吴会。　③武林：山名，在杭州市西。　④唐氏按：此首别附会作王玉贞词，见《林下词选》卷四。

[集评]

笃文云："元祐六年春暮，苏轼自杭州太守任上返京，马成赋此词赠别。事见《古今词话》。轼有和章，即《木兰花令》'知君仙骨无寒暑'也。具见二人交谊。"

李　婴

李婴，汴京(今河南开封)人。元丰中为蕲水令，曾往黄州访苏轼。其他不详。

满江红

荆楚风烟，寂寞近、中秋时候。露下冷、兰英将谢，苇花初秀[①]。归燕殷勤辞巷陌，鸣蛩凄楚来窗牖。又谁念、江边有神仙[②]，飘零久。　横琴膝，携筇手。旷望眼，闲吟口。任纷纷万事，到头何有。君不见、凌烟冠剑客[③]，何人气貌长依旧。归去来、一曲为君吟，为君寿。

(《苕溪渔隐丛话》前集卷五十九)

[注释]

①初秀：刚开花。　②江边：一本作“江畔”，于律为是。　③“君不见”句：此句多出一字。与苏轼《寄鄂州朱使君寿昌》词同，殆为变格。

[集评]

胡仔云：“元丰间，都人李婴调蕲水县令，作《满江红》一曲，往黄州上东坡，东坡甚喜之。”(《苕溪渔隐丛话》前集卷五十九)

存目词

《词品》卷二云：“草堂词花深深，按《玉林词选》，乃李婴之作。今以为孙夫人，非也。”按“花深深”《忆秦娥》词，不见于《玉林词选》(即黄昇《唐宋诸贤及中兴以来绝妙词选》)，据《古杭杂记》，乃郑文妻作。

王齐愈

王齐愈，字文甫，生平不详。寓居武昌东湖，东坡谪黄州，时相往来。南宋桑世昌编撰《回文类聚》收有其回文词八首。

菩萨蛮　戏成六首

玉肌香衬冰丝縠[①]，縠丝冰衬香肌玉。纤指拂眉尖，尖眉拂指纤。　巧裁罗袜小，小袜罗裁巧。移步看尘飞，飞尘看步移。

[注释]

①縠：绉纱。

菩萨蛮

吼雷催雨飞沙走，走沙飞雨催雷吼。波涨泻倾河，河倾泻涨波。　幌纱凉气爽[①]，爽气凉纱幌。幽梦觉仙游，游仙觉梦幽。

[注释]

①幌纱：纱质的帘幕。

菩萨蛮

兽喷香缕飞长昼[①]，昼长飞缕香喷兽。迎日喜葵倾，倾葵喜日迎。　卷帘双舞燕，燕舞双帘卷。清簟枕钗横[②]，横钗枕簟清。

[注释]

①兽喷：金兽香炉喷散着香气。 ②簟：竹席。

菩萨蛮

远香风递莲湖满，满湖莲递风香远。光鉴试新妆[1]，妆新试鉴光。　　棹穿花处好，好处花穿棹。明月咏歌清，清歌咏月明。

[注释]

①光鉴：光亮的样子。

菩萨蛮

酒中愁说人留久，久留人说愁中酒。归梦要迟迟，迟迟要梦归。　　旧衣香染袖，袖染香衣旧。封短托飞鸿[1]，鸿飞托短封。

[注释]

①封短：短信。 封：信。

菩萨蛮

老人愁叹惊年早，早年惊叹愁人老。霜点鬓苍苍，苍苍鬓点霜。　　酒杯停欲久，久欲停杯酒。杯酒唤眉开，开眉唤酒杯。

菩萨蛮

初　夏

暑烦人困初时午，午时初困人烦暑。新诗得酒因，因酒得诗新。　　缕金歌眉举[①]，举眉歌金缕。人妒月圆频，频圆月妒人。

[注释]

①缕金：即《金缕曲》，词牌名。

虞美人

寄　情

黄金柳嫩摇丝软，永日堂堂掩。卷帘飞燕未归来，客去醉眠攲枕、殢残杯[①]。　　眉山浅拂青螺黛[②]，整整垂双带。水沉香熨窄衫轻，莹玉碧溪春溜、眼波横。

（以上八首见《回文类聚》卷四）

[注释]

①殢（tì）：沉湎。　②青螺黛：螺状的青黛，用以画眉。

[集评]

许昂霄云："可备一格。"（《词综偶评》）

王齐叟

王齐叟，字彦龄，怀州（今河南沁阳）人。王岩叟之弟。元祐间官太原掾。生平不详，三十九卒。性滑稽，喜为谐语。每出长短句，腾笑人口。

望江南

居下位，常恐被人谗。只是曾填《青玉案》，何曾敢作《望江南》。请问马都监。　（《轩渠录》）

失调名

别素质曲

蹙绣圈金[①]，鞶囊密约[②]，未赴意先警。欲罢还休，临行又怯，倚定画栏痴等。帘风渐冷。先自虑、春宵不永。更那堪、斗转星移，尚在有无之境。　绿云满压蝤蛴领[③]。惭愧也、满怀香拥。此际有谁知证。但楼前明月，窗间花影。[④]　（《花草新编》卷三）

［注释］

①蹙绣圈金：用金线密绣之花纹，图案凸现如蹙。　②鞶囊：即鞶囊，一种皮革小囊。　③绿云：形容女子的头髪。　蝤蛴（qiú qí）：天牛的幼虫，色白。用以形容美人颈项。《诗经·卫风·硕人》："领如蝤蛴。"　④唐氏按：此首原不著撰人。《夷坚志》极赏此词。疑是王齐叟别素质。姑收于此。此词又疑有夺文，俱俟考。

［集评］

王灼云："王齐叟彦龄，元祐副枢岩叟之弟，任俊得声。初官太原，作《望江南》数十曲，嘲府县同僚……今别素质曲'此事凭谁知证，有楼前明月，窗外花影'者，彦龄作也。"（《碧鸡漫志》卷二）

舒　氏

舒氏，王齐叟妻。父为武官。齐叟因醉酒谩骂，失礼于妻父，遂取女归，竟至离异。

点绛唇

独自临池，兴来强把阑干凭①。旧愁新恨，耗却年时兴。　鹭散鱼潜，烟敛风初定。波心静，照人如镜。少个年时影。

（《碧鸡漫志》卷二）

[注释]

①兴来：《本事词》作“闷来”。

[集评]

王灼云：“（彦龄）娶舒氏，亦有词翰。妇翁武选，彦龄事之素不谨。因醉酒谩骂，翁不能堪。取女归，竟至离绝。舒在父家，一日行池上，怀其夫，作《点绛唇》曲。”（《碧鸡漫志》卷二）

琴　操

琴操，杭州歌伎，生平不详。苏轼守杭时，赏其才艺。后削发为尼。

满庭芳[1]

山抹微云，天连衰草，画角声断斜阳。暂停征辔，聊共饮离觞。多少蓬莱旧侣[2]，频回首、烟霭茫茫。孤村里，寒鸦万点，流水绕红墙。　魂伤。当此际，轻分罗带，暗解香囊。谩赢得，青楼薄幸名狂[3]。此去何时见也，襟袖上、空有馀香。伤心处，高城望断，灯火已昏黄。

（《能改斋漫录》卷十六）

［注释］

①满庭芳：此本秦观词。琴操为之改换韵脚者。　②蓬莱旧侣：指昔日的情人。秦观客会稽，馆于蓬莱阁，有所爱悦。事见《艺苑雌黄》。　③青楼：指妓馆。　薄幸：负心。“十年一觉扬州梦，赢得青楼薄幸名。”杜牧《遣怀》诗中句。

［集评］

吴曾云：“杭之西湖，有一倅唱少游《满庭芳》，偶然误举一韵云：‘画角声断斜阳。’妓琴操在侧云：‘画角声断谯门，非斜阳也。’倅因戏之曰：‘尔可改韵否？’琴操即改作‘阳’字韵，云：“山抹微云……”东坡闻而称赏之。后因东坡在西湖戏琴曰：‘我作长老，你试参问。’琴云：‘何谓湖中景？’东坡答曰：‘秋水共长天一色，落霞与孤鹜齐飞。’琴又云：‘何谓景中人？’东坡云：‘裙拖六幅潇湘水，鬓亸巫山一段云。’琴又云：‘何谓人中意？’东坡云：‘惜他杨学士，憋杀鲍参军。’琴又云：‘如此究竟何如？’东坡云：‘门前冷落车马稀，老大嫁作商人妇。’琴大悟，即削发为尼。”（《能改斋漫录》卷十六）

卜算子

欲整别离情，怯对尊中酒。野梵幽幽石上飘[①]，搴落楼头柳[②]。　　不系黄金绶[③]，粉黛愁成垢。春风三月有时阑，遮不尽、梨花丑。[④]

（《林下词选》卷十四）

[注释]

①野梵：指山野里传来的诵经（梵音）声。　②搴落：折断。　③黄金绶：以黄金为饰的绶带，达官之服。　④唐氏按：此首似是后人伪作，疑出小说。

[集评]

笃文云："此词见于周铭《林下词选》，唐圭璋疑为后人伪作。然其状离别之情，实能出语不凡。'遮不尽，梨花丑'盖以'梨'、'离'谐音而写心中苦怀也。吐属颖妙可喜。"

舒亶

舒亶（1041—1103），字信道，号懒堂。明州（今浙江慈溪）人。治平二年（1065）进士第一。敢于任事，为王安石所擢用。元丰初权监察御史里行，累迁御史中丞，权直学士。曾劾苏轼所作诗影射讥讪时政，卒致黄州之贬。徽宗朝，以开边功由直龙图馆进待制。有集，今不传。近人刘毓盘、赵万里各有《舒学士词》辑本一卷。词致清妍，颇得称誉。

临江仙

送鄞令李易初[①]

折柳门前鹦鹉绿[②]，河梁小驻归船[③]。不堪华发对离筵。孤村啼鸠日，深院落花天。　　文采弟兄真叠玉[④]，赤霄去路谁先[⑤]。明朝便恐各风烟。江山如有恨，桃李自无言。

[注释]

①鄞：即今宁波。　李易初：名夷行，字炳大，曾入元祐党籍。　②鹦鹉绿：指酒。张昱诗："画阁小杯鹦鹉绿。"　③河梁：河桥。　④叠玉：美玉成双，喻弟兄都有文彩。　⑤赤霄：犹言云霄。

点绛唇

周园分题得湖上闻乐[①]

紫雾香浓，翠华风转花随辇。洞天云暖，一片笙歌远。　　水殿龙舟[②]，忆侍瑶池宴。闲庭院，梦回春半，雪鬓无人见。

［注释］

①分题：即分咏。词人雅集时，以抽签的形式决定所咏的题目，叫分题。　②水殿龙舟：隋炀帝令王弘于扬州“造舟及楼船、水殿”（《大业杂记》），此指宋时君臣于汴京浚池苑游赏之事。

散天花[①]

次师能韵

云断长空叶落秋。寒江烟浪静，月随舟。西风偏解送离愁。声声南去雁，下汀洲。　　无奈多情去复留。骊歌齐唱罢[②]，泪争流。悠悠别恨几时休。不堪残酒醒，凭危楼。

［注释］

①散天花：此调极似《朝玉阶》。惟换头与结尾平仄稍异，故别立新名。　②骊歌：告别之歌。“骊驹在门，仆夫具存”为逸诗之句。

醉花阴

试　茶

露芽初破云腴细[①]，玉纤纤亲试。香雪透金瓶，无限仙风，月下人微醉。　　相如消渴无佳思[②]，了知君此意[③]。不信老卢郎[④]，花底春寒，赢得空无睡。

［注释］

①云腴：指煮茶时蒸腾的云气。黄庶茶诗云：“煮云为腴不可见，青泉绿树应相嗤。”　②消渴：糖尿病。　③《全宋词》注：“了”原空格，易大厂校刊本《信道词》作“了”。　④老卢郎：卢仝。有《走笔谢孟谏议寄新茶》诗，中有“日高丈五睡正浓，军将打门惊周公”之句。《全宋词》注：“信”原空格，易大厂校刊本《信道词》作“信”。

醉花阴

越州席上官妓献梅花①

月幌风帘香一阵，正千山雪尽。冷对酒尊傍，无语含情，别是江南信。　　寿阳妆罢人微困②，更玉钗斜衬。拟插一枝归，只恐风流，羞上潘郎鬓③。

（以上五首见《乐府雅词》卷中）

［注释］

①越州：绍兴，唐五代时称越州。　②寿阳：南朝宋武帝女寿阳公主，人日卧含章殿下，梅花飘落额上，成五出之花。因仿之为梅花妆。　③潘郎鬓：《秋兴赋》载潘岳年三十二即见二毛（花白头发），故为斑白之称。

醉花阴

送陆宣德①

粉轻一捻和香聚，教露华休妒。今日在尊前，只为情多，脉脉都无语。　　西湖雪过难留住，指广寒归去。去后又明年，人在江南，梦到花深处。　（《梅苑》卷七）

［注释］

①陆宣德：未详。按此词又见《梅苑》，不注撰人。唐圭璋以为无名氏词（见《全宋词》舒亶“存目词”）。然刘毓盘《辑舒学士词》跋云：“登范氏天一阁，见《舒学士集》十卷，孤本也，录其词一卷，以曾慥《乐府雅词》校之，多《醉花阴》一首。秦刻有缺讹，得此为善本”云云。言之凿凿，即此词也，不得谓之无据。另《历代诗馀》亦作舒亶词，故仍归之舒作。

虞美人

寄公度

芙蓉落尽天涵水[①],日暮沧波起。背飞双燕贴云寒,独向小楼东畔、倚阑看。　浮生只合尊前老[②],雪满长安道。故人早晚上高台,赠我江南春色、一枝梅。

[注释]

①芙蓉:荷花。　②只合:只应。

虞美人

周园欲雪

酒边陡觉罗衣暖[①],独倚黄昏看。寒鸦两两下楼东。著处暗云垂地、一重重。　红炉欢坐谁能醉,多少看花意。谢娘也拟殢春风[②],便道无端柳絮、逼帘栊。

[注释]

①陡觉:突觉、猛觉。　②谢娘:唐李德裕家有歌者谢秋娘,后泛指歌伎。　殢:沉醉。

虞美人

蒋园醉归

重帘小阁香云暖,黛拂梳妆浅。玉箫一曲杜韦娘[①]。谁是苏州刺史、断人肠[②]。　醉归旋拨红炉火,却倚屏山坐。银缸明灭月横斜,还是画楼角送、小梅花[③]。

[注释]

①杜韦娘:唐教坊曲有《杜韦娘曲》。　②苏州刺史:一本作"江南刺

史”。孟棨《本事诗·情感第一》:“刘禹锡罢和州……李司空罢镇在京,慕刘名,尝邀至第中……命妙妓歌以送之。刘于席上赋诗曰:‘高髻云鬟宫样妆,春风一曲杜韦娘。司空见惯浑闲事,断尽江南刺史肠。’” ③小梅花:乐曲名。唐大角曲中有《小梅花》,见郭茂倩《乐府解题》。

丑奴儿

次师能韵

一池秋水疏星动。寒影横斜,满坐风花,红烛纷纷透绛纱。　　江湖散诞扁舟里。到处如家,且尽流霞[1],莫管年来两鬓华。

[注释]

①流霞:指美酒。

一落索

蒋园和李朝奉[1]

正是看花天气,为春一醉。醉来却不带花归,诮不解、看花意[2]。　　试问此花明媚,将花谁比。只应花好似年年,花不似、人憔悴。

[注释]

①朝奉:宋朝有朝奉郎,朝奉大夫。亦以为士人富翁之通称。 ②诮不解:完全不懂。

[集评]

沈际飞云:“疏亮,可砭肥。”(《草堂诗馀四集·别集》卷一)

一落索

叶底枝头红小，天然窈窕。后园桃李谩成蹊[①]，问占得、春多少。　不管雪消霜晓，朱颜长好。年年若许醉花间，待拚了、花间老[②]。

[注释]

①蹊：路径。　②拚(pàn)：豁出去。

满庭芳

重阳前席上次元直韵

寒日穿帘，澄江凭槛，练光浮动馀霞[①]。蓼汀芦岸，黄叶衬孤花。天外征帆隐隐，残云共、流水无涯。登临处，琼枝潋滟[②]，风帽醉敧斜。　丰年，时节好。玉香田舍，酒满渔家。算浮世劳生，事事输他。便恁从今酩酊，休更问、白雪笼纱[③]。还须仗，神仙妙手，传向画图夸。

[注释]

①练光：指江水澄明如平铺的白绸。"澄江静如练"，为谢朓诗句。　练：白绸。　②琼枝：喻指名贵的花木。　潋滟：光辉夺目。　③白雪：阳春白雪，指美妙的诗篇。　笼纱：用纱笼珍护表示爱惜备至。见《唐摭言》。

满庭芳

后一日再置酒次冯通直韵

红叶飘零，寒烟疏淡，楼台半在云间。望中风景，图画也应难。又是重阳过了，东篱下、黄菊阑珊。陶潜病[①]，风流载酒，秋意与人闲。　霞冠[②]。敧倒处，瑶台唱罢[3]，如梦中还。但醉里赢得，满眼青山。华鬓看看满也，留不住、当日朱颜。平生事，从头话了，独自却凭阑。

［注释］

①陶潜病："病"《历代诗馀》作"去"，于义为长。　②霞冠：霞冠珠佩，道士之服。　③瑶台：传说中的神仙洞府。《离骚》："望瑶台之偃蹇兮。"

满庭芳

送权府苏台道宗朝奉[1]

阊阖天门[2]，芙蓉春殿，几年目断鸡翘[3]。短蓬秋鬓，端幸倚琼瑶。南圃花边小院，西湖畔、云底双桥。归时节，红香露冷，月影上芭蕉。　明朝。那可望，旗亭烟草，柳渡寒潮。但万户千门，恨客歌樵。戏彩光浮衮绣[4]，听鸣珂、响遏云霄[5]。应回首，绮裘醉客，还是独吹箫。

［注释］

①权府：代理知州（知府）官职。　②阊阖：传说中上帝天廷之门。　③鸡翘：鸾旗，帝王仪仗之一。　④衮绣：衮龙绣服，天子之服。　⑤鸣珂：玉珂鸣响，达官车马饰以玉珂，行则发声。

卜算子

分题得苔[1]

池台小雨干，门巷香轮少。谁把青钱衬落红[2]，满地无人扫。　何时鬥草归，几度寻花了。留得佳人莲步痕，宫样鞋儿小。

[注释]

①分题得苔:即分得咏"苔"之题。　②青钱:指苔点小如青钱。

菩萨蛮

三年江上风吹泪,夭桃艳杏无春意[①]。今日欲开眉,那堪更别离。　莫折长亭柳,折尽愁依旧。只有醉如狂,人生空断肠。

[注释]

①夭桃:形容桃花美盛。

菩萨蛮

柳桥花坞南城陌,朱颜绿鬓长安客。雨后小池台,寻常载酒来。　马头今日路,却望城西去。斜日下汀洲,断云和泪流[①]。

[注释]

①断云:片云。

菩萨蛮

画船捶鼓催君去[①],高楼把酒留君住。去住若为情,西江潮欲平。　江潮容易得,只是人南北。今日此尊空,知君何日同。

[注释]

①捶鼓:《历代诗馀》作"挝鼓",擂鼓也。

[集评]

曾季狸云："舒信道亦工小词。如云'画船捶鼓催君去'云云，亦甚有思致。"(《艇斋诗话》)

丁绍仪云："《花庵词选》录其《菩萨蛮》云(即此篇，略)。纵不识字人，亦知是天生好语。人因其倾陷坡公，己亦不免被斥，恶其人，并陋其词。"(《听秋声馆词话》卷二)

菩萨蛮

画檐细雨偏红烛，疏星冷落排寒玉[①]。赌得碧云篇[②]，金波更涉船[③]。　　樽前当日客，行色垂杨陌。天阔水悠悠，含情独倚楼。

[注释]

①排寒玉：演奏乐曲。　寒玉：瑟名，见《杜阳杂编》。　②碧云篇：指怀人的诗篇。"日暮碧云合，佳人殊未来。"江淹《效惠休·别怨》诗中句。　③金波：月光。"月穆穆以金波"，见《汉书·礼乐志》。　船：此指酒尊。《海录碎事》："金船，酒器之大者。"

菩萨蛮

杜鹃啼破江南月，香风扑面吹红雪[①]。赋就缕金笺[②]，黄昏醉上船。　　年华双短鬓，事往情何尽。明日各天涯，来春空好花。

[注释]

①红雪：犹落红，红色的花瓣。　②缕金笺：一种洒有金花的纸张。

菩萨蛮

次刘郎中赏花韵

朱帘乍卷层烟起[①]，露华深浅初疑洗[②]。困倚玉阑风，绮罗知几重。　　向人如有意，不醉何时醉。便得一枝红，犹胜两鬓空。

[注释]

①层烟起：指炉内的熏香，因卷帘而外溢。　②露华：含露的花朵。

菩萨蛮

席上送寅亮通直[①]

小池山额垂螺碧，绿红香里眠㶉鶒[②]。波面翠云开，仙槎天上来。　　吹将红日落，懊恼严城角[③]。风月此时情，知君华髮生。

[注释]

①通直：官名，通直郎，为员外之代称。　②㶉鶒（xī chì）：水鸟，一名紫鸳鸯。　③严城：高城。　角：画角，军号。

菩萨蛮

送奉化知县秦奉议[①]

一回别后一回老，别离易得相逢少。莫问故园花，长安君是家。　　短亭秋日晚，草色随人远。欲醉又还醒，江楼暮角声。

[注释]

①奉议：即奉议郎，宋代为太常寺郎官。　秦奉议：即秦辨之。元祐六年徙社。见《宝庆四明志》。

菩萨蛮

樽前休话人生事，人生只合樽前醉。金盏大如船，江城风雪天。　绮窗灯自语，一夜芭蕉雨。玉漏为谁长[①]，枕衾残酒香。

[注释]

①玉漏：计时漏壶的美称。

菩萨蛮

楼前流水西江道，江头水落芙蓉老。画鼓叠凉波，凭栏颦翠娥。　当年金马客[①]，青鬓芦花色。把酒感秋蓬，骊歌半醉中。

[注释]

①金马客：指翰林学士。汉有金马署，后借指翰院。

菩萨蛮

绮栊深闭桃园曲[①]，刘郎老向花间宿[②]。笑脸抹流霞[③]，心知是小琶[④]。　纤纤垂素玉[⑤]，掠鬓春云绿。弹了醉思仙，小窗红日偏。

[注释]

①绮栊：精美的窗栊。　②刘郎：刘禹锡《再游玄都观》诗有“前度刘郎今又来”之句。此为作者自喻之词。　③流霞：指桃花。　④“心知”句：谓琵琶能传心曲。　⑤素玉：素手似玉。

菩萨蛮

次张秉道韵

真珠酒滴琵琶送[①],行云旧识巫山梦[②]。空得醉中归,老来心事非。　江梅含日暖,照水花枝短。密叶似商量,向人春意长。

[注释]

①真珠酒:酒名。李贺《将进酒》:"小槽酒滴真珠红。"　②巫山梦:相传巫山神女旦为朝云,暮为行雨,与楚王会于高唐之上。见宋玉《高唐赋序》。

菩萨蛮

小亭露压风枝动[①],鹊炉火冷金瓶冻[②]。悄悄对西窗,瘦知罗带长。　欲眠思殢酒[③],坐听寒更久。无赖是青灯,开花故故明[④]。

[注释]

①风枝:摇摆于风中的枝条。　②鹊炉:鹊形的香炉。　③殢酒:嗜酒成病。　④故故:特别。

菩萨蛮

流年又见风沙送,钧天回首清都梦[①]。塞雁几时归,镜中双鬓非。　绿袍同冷暖,谁道交情短。愁斛若为量,还随一线长[②]。

[注释]

①钧天:天的中央,神话中上帝的住所。此指帝京。　②一线长:《岁

时记》云，魏晋宫中，以红线量日影。冬至后，日添长一线。又杜甫诗："何人错忆穷愁日，愁日愁随一线长。"

菩萨蛮

次莹中元归韵①

白蘋洲渚垂杨岸②，藕花未放青蒲短。斜日画船归，背人双鹭飞。　　醉眠金马客，不道风尘隔。红影上窗纱，小庭空落花。

[注释]

①莹中：即陈瓘，号了翁。　②白蘋洲：杜牧有《题白蘋洲》诗，洲在浙江湖州境内。

菩萨蛮

湖心寺席上赋茶词

金船满引人微醉①，红绡笼烛催归骑。香泛雪盈杯②，云龙疑梦回③。　　不辞风满腋④，旧是仙家客。坐得夜无眠⑤，南窗衾枕寒。

[注释]

①金船：金杯，指华美的酒具。　②雪盈杯：指烹茶时泛起的白色乳花。苏轼《西江月》："汤发云腴酽白，盏浮花乳轻圆。"　③云龙：即密云龙，茶饼名。　④风满腋：用卢仝《走笔谢孟谏议寄新茶》"七碗吃不得也，唯觉两腋习习清风生"句意。　⑤坐得：《历代诗馀》作"空得"。

菩萨蛮

别　意

江梅未放枝头结，江楼已见山头雪。待得此花开，知君来不来[①]。　　风帆双画鹢[②]，小雨随行色。空得郁金裙[③]，酒痕和泪痕。

[注释]

①知君：《历代诗馀》作“知伊”。　②画鹢：指舟前所画的水鸟。《晋书·王濬传》：“又画鹢首怪兽于船首，以惧江神。”　③郁金裙：饰有郁金香花纹的裙子。

[集评]

王士禛云：“‘空得郁金裙，酒痕和泪痕。’舒亶语也。钟退谷评闾丘晓诗，谓具此手段，方能杀王龙标。此等语乃出渠辈手，岂不可惜。”（《古今词论》）

菩萨蛮

次　韵

香波绿暖浮鹦鹉，黄金捍拨么弦语[①]。小雨落梧桐，帘栊残烛红。　　人生闲亦好，双鬓催人老。莫惜醉中归，醒来思醉时。

[注释]

①黄金捍拨：以黄金装饰的杆拨。　捍：当作“杆”。杆拨为琵琶拨弦之具。张籍《宫词》：“黄金杆拨紫檀槽，弦索初张调更高。”

菩萨蛮

绿窗酒醒春如梦，小池犹见红云动。露湿井榦桐[①]，翠阴生细风。　　雨过芳塘净，清昼闲中永。门外立双旌[②]，隔花闻笑声。

[注释]

①井榦(gàn):井上木栏。 ②双旌:两面大旗。唐代节度使州郡刺史外出则建双旌以具威仪。

菩萨蛮

忆曾把酒赏红翠，舞腰柳弱歌声细[①]。纵马杏园西[②]，归来香满衣。 宝车空犊驻[③]，事逐孤鸿去。搔首立江干[④]，春萝挂暮山。

[注释]

①柳弱:即弱柳之倒文,意同细柳。 ②杏园:唐长安曲江之西有杏园,为新科进士游宴之处。 ③空犊驻:只有牛车尚在。 犊:小牛。 ④江干:江边。

蝶恋花

置酒别公度座间探题得梅

雪后江城红日晚，暖入香梢，渐觉玲珑满。仿佛临风妆半面[①]，冰帘斜卷谁庭院[②]。 折向樽前君细看，便是江南，寄我人还远。手把此枝多少怨[③]，小楼横笛吹肠断。

[注释]

①半面:梁元帝眇一目,徐妃为半面妆以俟其至,帝见则大怒。事见《南史·梁本纪》。 ②冰帘:《历代诗馀》作“水晶”。 ③此枝:《历代诗馀》作“北枝”。

蝶恋花

深炷熏炉扃小院[①]，手捻黄花，尚觉金犹浅[②]。回首画堂双语燕,无情渐渐看人远。　　相见争如初不见[③],短鬓潘郎[④],斗觉年华换[⑤]。最是西风吹不断,心头往事歌中怨。

[注释]

①深炷:慢慢燃烧。　扃:闭。　②金犹浅:指菊花颜色尚未全黄。　③争如:怎如,不如。　④潘郎:潘安。　⑤斗觉:突觉。

减字木兰花

用旧韵戏吴奉议

眉山敛额,往事追思空手拍[①]。雁字频飞[②],生怕人来说著伊。　　闲抛绣履,愁殢香衾浑不起。莫似扬州[③],只作寻常薄幸休。

[注释]

①空手拍:空叹息。　②雁字:雁行,此指书信。　③扬州:用杜牧《遣怀》诗"十年一觉扬州梦,赢得青楼薄幸名"句意。

减字木兰花

赋锦带[①]

碎红如绣,摇曳东风垂彩绶[②]。拟倩柔条,约住佳人细柳腰。　　蜀江春绿,争似枝头能结束。纤手攀时,欲绾同心寄与谁[③]。

[注释]

①锦带:据《历代诗馀》当作"锦带花"。长蔓柔纤,花开如锦一名海仙花。蜀地峡中漫生山谷间。参见《益部方物略记》。　②彩绶:彩色绶

带。　③绾:系,打结。

木兰花[1]

次韵赠歌妓

十二阑干褰画箔[2],取次穿花成小酌。彩鸾舞罢凤孤飞,回首东风空院落。　　杳杳桃源仙路邈,晴日晓窗红薄薄。伤春还是懒梳妆,想见绿云垂鬓脚。

[注释]

①木兰花:即《玉楼春》。　②褰画箔:撩起画帘。

木兰花

金丝络马青钱路[1],笑指玉皇香案去[2]。点衣柳陌堕残红,拂面风桥吹细雨。　　晓钗压鬓头慵举,恨里歌声兼别苦。西湖一顷白菱花,惆怅行云无觅处[3]。

[注释]

①青钱:指榆叶。"风飐九衢榆叶动,簇青钱。"见欧阳炯《春光好》词。　②玉皇香案:上帝的侍从。元稹《以州宅夸乐天诗》:"我是玉皇香案吏,谪居犹得近蓬莱。"　③行云:指所爱女子。见宋玉《高唐赋序》。

木兰花

蒋园口号

琉璃一片春湖面,画舫游人帘外见。水边风嫩柳低眠[1],花底雨干莺细啭。　　秋千寂寂垂杨岸,芳草绿随人渐远。一番乐事又将离[2],金盏莫辞红袖劝。

[注释]

①柳低眠:典出《三辅故事》“汉苑中,柳状如人形,曰人柳。一日三眠三起”。　②将离:《历代诗馀》作“春深”。　《全宋词》注:“将离”二字原空格,易大厂校刊本《信道词》作“将离”。

浣溪沙

次权中韵

燕外青楼已禁烟[①],小寒犹自薄胜绵[②]。画桥红日下秋千。　惟有樽前芳意在,应须沉醉倒花前。绿窗还是五更天。

[注释]

①禁烟:《荆楚岁时记》云,冬至后一百五日为寒食节,禁火三日。　②薄胜绵:比绵还薄,形容轻寒之状。

浣溪沙

和葆先春晚饮会

金缕歌残红烛稀[①],梁州舞罢小鬟垂[②]。酒醒还是独归时。　画栋日高来语燕,绮窗风暖度游丝。几多落叶上青枝。

[注释]

①金缕歌:歌曲名。即《金缕衣曲》,杜秋娘善唱此曲。　②梁州:唐教坊曲有《梁州令》,一名《凉州令》。柳永有《梁州令》词。

浣溪沙

和仲闻对棋

黑白纷纷小战争[①],几人心手鬥纵横。谁知胜处本无情。　　谢傅老来思别墅[②]，杜郎闲去忆鏖兵[③]。何妨谈笑下辽城[④]。

[注释]

①黑白：围棋以黑子、白子各为一方相对弈。　②谢傅：谢安。《续晋阳秋》："初苻坚南寇，京师大震。谢安无惧色，方命驾出墅，与兄子玄围棋。"　③杜郎：杜牧。曾注《孙子》、《原十六卫》，喜论兵，有经世才略。　④辽城：《历代诗馀》作"聊城"。燕将固守聊城，田单久攻不下。鲁仲连乃为书射入城中以谕守将，遂罢兵。见《战国策》。

浣溪沙

劝　酒

雨洗秋空斜日红，青葱瑶巘玉玲珑[①]。好风吹起□江东。　　且尽红裙歌一曲，莫辞白酒饮千钟。人生半在别离中。

[注释]

①玉玲珑：玉佩作响，其声玲珑。

[集评]

笃文云："此别词也。行者雕鞍宝马，玉佩玲珑。送者红裙侑酒，别意殷勤，故能不惜一醉而痛饮千钟也。"

浣溪沙

白鹭飞飞点碧塘，雨荷风卷绿罗裳。管弦竞奏杂鱼榔[①]。　　游女谩能歌白纻[②]，使君不学野鸳鸯。桃花空解误刘郎[③]。[④]

[注释]

①鱼榔:即鸣榔,一种惊鱼入网的木棒。　②漫:通“漫”,纵然。　白纻:古乐府歌曲名。　③刘郎:刘晨,东汉人。相传与阮肇入天台山采药,迷路遥见一桃树,得遇仙女。事见《太平御览·天台山》条。　④唐氏按:“白鹭飞飞”、“竞奏杂”七字原缺,据赵万里辑本《舒学士词》引《四库全书》本《乐府雅词》补。

鹊桥仙

吕使君饯会

教来歌舞,接成桃李[①],尽是使君指似[②]。如今装就满城春,忍便拥、双旌归去。　　莺心巧啭,花心争吐,无计可留君住。两堤芳草一江云,早晚是、西楼望处。

(以上《乐府雅词》卷中)

[注释]

①接成桃李:接引栽培出一批学生。　桃李:指门人。　②指似:指教。

菩萨蛮

疏英乍蕾馀寒浅,蹋枝小鹊娇犹颤。谩炷水沉香[①],帘波不是湘[②]。　　清愁支酒力[③],畏听江城笛。恁忍说华年[④],垂垂欲暮天。

[注释]

①水沉香:香名。沉香木之心节入水即沉,可制名香。　②帘波:帘影摇曳有如水波。　湘:湘帘。湘妃竹为之,故名。　③支酒力:增添酒量。　④恁忍:哪忍。

好事近

箫鼓却微寒[①]，犹是芳菲时节。分付塞鸿归后，剩一钩寒月。　　双垂锦幄谢残枝，馀香恋衣结。又被鸟声呼醒，似征鞍催发。

（以上二首见易大厂校刊劳权抄本《信道词》）

[注释]

①却微寒：赶走微寒。

失调名

十年马上春如梦。

（《苕溪渔隐丛话》前集卷五十九引《漫叟诗话》）

[集评]

漫叟诗话云："余谓词曲亦然。李璟有曲'手卷真珠上玉钩'，或改为'珠帘'。舒信道有曲云'十年马上春如梦'，或改云'如春梦'，非所谓遇知音。"（《苕溪渔隐丛话》前集五十九卷）

范祖禹

范祖禹（1041—1098），字淳甫（甫亦作夫），一字梦得，成都（今四川成都）人。嘉祐八年（1063）进士。初从司马光编《资治通鉴》，书成后荐除秘书省正字，擢正言，改员外郎，拜翰林学士。后为论者所诬，责贬昭州别驾而卒，有文集五十五卷传世。

虞主回京双调四曲[①]

导引一曲

思齐文母[②]，盛烈对皇天[③]。演宝祚千年[④]，卿云复旦治功全[⑤]。厌人世登仙，龙舆忽掩三川[⑥]。彩仗属车旋[⑦]。维清象舞告英宣[⑧]，入诗颂歌弦。

［注释］

①此四曲为英宗宣仁圣烈高皇后祭礼而作。高后于神宗元丰八年（1085）临朝听政，前后凡九年。元祐八年（1093）九月初三卒。绍圣元年（1094）二月葬于永厚陵。同月，以神主祔于太庙。事见李焘《续资治通鉴长编》、《宋史·哲宗本纪》及《宋史·后妃传上》。　虞主：古代葬后虞祭时所立的神主。　虞：虞祭，古祭名，既葬之后的祭祀。　②文母：本谓文王母太任，后世用为对后妃的美称。此处赞美高后。　③盛烈：丰功伟业。　④演：延。　宝祚（zuò）：帝位，此处代指幼帝哲宗。　⑤“卿云”句：赞美高后废新法而复仁英之政。　卿云：亦作“庆云”，即祥云。　复旦：既夜（暗）而复旦（明）。　⑥“厌人世”二句：即指逝世。　⑦旋：回。　⑧维清象舞：《诗经·周颂·维清》序，“维清，奏象舞也”。此处意谓朝政清明，一派升平。　维清：清明。　告英宣：谓告英宗于地下，英宗谥为宣孝皇帝，故称。

六州一曲

太平功，拥佑帝尧聪①。歌九德②，偃五戎③，寰海被祥风④。车书万里文轨同⑤，自南北西东。耕田凿井，戏垂髫华髮⑥，跻仁寿域变时雍⑦。大明方天中，弃养东朝苦匆匆⑧。玉座如存⑨，永隔慈容⑩。　恨难穷，崇庆空⑪。飙轮仙驭无踪⑫。超宇宙，驾云龙⑬，袆翟掩轩宫⑭。柏城王气长郁葱⑮，温洛照寒崧⑯。光灵在上⑰，徽音流千古⑱，昭如日月丽层穹。太任家邦隆⑲，彤史青编永垂鸿⑳。清庙笙镛，奏假钦崇。

[注释]

①“拥佑”句：谓高后辅佐、教育哲宗，使之效法贤君尧帝。　聪：明察多智。　②歌九德：相传九德之歌，为大禹所制乐歌。此处指朝廷仁德追步古圣君。　③偃（yǎn）五戎：停止战争，谓天下太平。　④寰海：犹言宇内。　被：覆盖，此处意犹“沐浴”。　⑤“车书”句：语出《礼记·中庸》，意谓推行礼制法度。　⑥垂髫：儿童。古时儿童不束髮，头髮下垂，因称儿童为垂髫。　华髮：指老人。　⑦跻（jī）仁寿：谓高后为仁寿者。　跻：升，登。　仁寿：《论语·雍也》“仁者寿”，谓仁者静，故长寿。　变时雍：使时世安定、太平。《汉书·刑法志》：“顺稽古之制，成时雍之化。”　⑧“大明”二句：谓高后年寿不算高，却弃幼帝而去世。　大明：日月，此处偏指月，即指高后。　东朝：太子所居称东宫，也称东朝，因以借指太子，此处指年轻的哲宗。　⑨玉座：皇帝的御座，此处指高后临朝之座。　⑩永隔慈容：暗指高后长逝。　⑪崇庆：高后所居宫殿名。　⑫“飙（biāo）轮”句：隐指高后仙逝。　飙轮：驭风以行之车，仙人所乘。　⑬云龙：即龙。　⑭“袆（huī）翟”句：谓祭祀者众多。　袆：袆衣，王后的祭服，衣有上翟（野鸡）的图纹。　翟：用作服饰的雉尾。　轩宫：轩辕宫。谢庄《月赋》注：“轩宫，轩辕之宫……淮南子曰：轩辕者，后妃之舍。”　⑮柏城：唐制，帝王陵周围筑墙，种植柏树，称为柏城，此处指高后山陵。　⑯温洛：古代传说，谓王者如有盛德，则洛水先温，此处指高后盛德使洛水长温。　照寒崧：谓德政之光照临寒冷之崧（嵩）山。　⑰光灵：敬称先灵，此谓高

后之神灵。 ⑱徽音:犹言德音。 ⑲太任:周文王之母,名太任,此处喻指高后。 隆:昌盛。 ⑳彤史:宫史,关于宫闱生活的记载。 青编:史册。 垂鸿:垂示鸿(洪)范,洪德。 鸿:通“洪”。

十二时一曲

转招摇[1]。厚陵回望[2],双阙起岧峣[3]。晓日丽谯[4],金爵上干霄[5]。风雨阕[6],夜宫闭,不重朝[7]。奉鸾镳渐遥[8]。玉京知何处[9],飞英衔恤[10],乱絮缠悲,春路迢迢。缥缈哀音[11],发龙笳凤箫[12]。 光景同,惨淡度岩邑[13],指河桥[14]。马萧萧,络绎星轺[15]。拂天容卫[16],江海上寒潮,万国魂销[17]。追昔御东朝[18]。开钿扇[19],垂珠箔[20],侍珰貂[21]。宝香烧,散飘。开仁寿域[22],神孙高拱[23],昆仑渤澥[24],玉烛方调[25]。一旦宫车晚[26],旋归泬寥[27]。九载初[28],如梦次[29],功得琼瑶[30]。

[注释]

①招摇:《山海经》所载仙山名,此处借指高后山陵。 ②厚陵:永厚陵,高后葬地。 ③岧峣(tiáo yáo):高峻,高耸。 ④丽谯:壮美的高楼,此处指陵园寝宫。 ⑤金爵:金雀,饰于屋上之铜凤。 ⑥阕:停止。 ⑦“夜宫”二句:指陵寝一闭,不见天日。 ⑧鸾镳(biāo):系鸾铃的马嚼子,代指车乘。此处暗指高后仙逝。 ⑨玉京:帝都。 ⑩飞英:落花。 衔恤:怀忧。 ⑪缥缈哀音:指祭乐。 ⑫笳:胡笳,匈奴传入之乐器,此处泛指管乐器。 ⑬岩邑:险要的都邑。 ⑭指:向。 ⑮星轺(yáo):古称帝王使者为星使,故称使者所乘之车为星轺。此处指奉祭山陵的使者。 ⑯容卫:古代的仪仗、侍卫。 ⑰万国魂销:形容举国内外因高后去世而极度悲哀。 ⑱御东朝:指辅佐幼帝临朝。 ⑲钿扇:镶嵌金、银、玉、贝等物的团扇。 ⑳垂珠箔:指高后垂帘听政。 箔:帘。 ㉑侍珰貂:犹“珰貂侍”。 珰貂:中贵官(宦官)的冠饰,代指宦官。 珰:上品珠。 貂:貂尾。 ㉒开仁寿域:谓施行仁德之政,泽及于世。 ㉓神孙高拱:谓拱手而治。 ㉔昆仑渤澥(xiè):犹言寰宇之内。 昆仑:山名。

渤澥:渤海的古称。 ㉕玉烛方调:四季气候调和,言人君(此处指高后)德美如玉,可致四时和气之祥。 ㉖宫车晚:犹言“晏驾”,帝王去世的讳称。此处谓高后死。 ㉗归泬(xuè)寥:归虚静空旷之地,即指仙逝。㉘九载:高后自元丰八年临朝,前后九年。 ㉙如梦次:如梦中。 次:泛指所在之处。 ㉚功得琼瑶:意谓高后功德美如玉。

虞神歌一曲[①]

驾玉龙,设初虞祭终[②]。前旌举,天回洛水[③],路转崧峰。瞻寥廓[④],烟霏冲融[⑤],窅无踪[⑥]。震地鼓吹悲雄,谁何羽卫重[⑦]。拂云旗帜眩青红[⑧]。来渐乐[⑨],清尘洒道,修职百神恭[⑩]。回首苍茫,雾雨吹风。掩泉宫[⑪]。□□□□□□□□□□寰畿入[⑫],山川改容[⑬]。鼓钟临近次,千官望拜,涕泪衡从。人如堵[⑭],晨光葱茏,阙穹隆[⑮]。驰道禁水相通[⑯],当年游幸空。皇仪事毕泣重瞳[⑰],哀未穷。巍巍馀烈[⑱];辉映简编中[⑲]。亿万斯年,覆载同功[⑳]。

[注释]

①虞神:娱神。虞:通“娱”。 ②虞祭:父母葬后,迎魂安于殡宫的祭礼。此处指绍圣元年(1094)二月为高后行葬后祭礼。 ③天:指天子哲宗。 ④寥廓:天空。 ⑤烟霏:云雾迷濛。 冲融:充溢弥漫貌。 ⑥窅(yǎo):深远貌。 ⑦羽卫:宫中侍卫。 ⑧眩(xuàn)青红:谓有青有红,光彩夺目。 ⑨渐:至。 ⑩修职百神恭:犹“百神恭修职”,百神恭敬地各司其职。 ⑪泉宫:指地下陵寝宫室。 ⑫寰畿:犹言京畿,指京都,上处似指陵园。 ⑬山川改容:谓山川因悲哀而惨暗无色。 ⑭人如堵:形容人群环绕如墙。 ⑮阙:原指宫阙,此处当指陵园寝宫。 穹隆:陵墓的形状中间高而四周低,故称。 ⑯驰道:京都大道。 禁水:皇宫的护城河。 ⑰皇仪事:指祭祀高后的典礼。 泣重瞳:即重瞳泣,谓哲宗悲哀哭泣。传说古舜目中有二瞳人,后因称帝君为重瞳。 ⑱巍巍:高大壮伟。 馀烈:馀功,馀业。 ⑲简编:指史册。 ⑳覆载同功:谓功德如天覆地载。

虞主祔庙日中吕导引一曲[①]

延和幄座[②],临御九年中[③]。往事已成空。皇基固覆盂四海[④],本自太任功[⑤]。九虞初毕下西宫[⑥]。庙祏与天崇[⑦]。周家盛[⑧],卜年卜世[⑨],万祀永无穷[⑩]。

(以上五首见《范太史文集》卷三十三)

[注释]

①虞主祔(fù)庙:“二月……己酉,葬宣仁圣烈皇后于永厚陵。己未,祔神主于太庙。”见《宋史·哲宗本纪》。　虞主:古代葬后虞祭时所立的神主。即古代宗庙内所设已死国君的牌位,以木或石制成。　祔:祭名,新死者与祖先合享之祭。止哭之次日,奉死者之神主祭于祖庙,谓之祔祭。②延和幄座:指高后垂帘听政,使前朝美政得以延续久长。　③临御:犹临朝。　九年:高后自神宗元丰八年(1085)临朝听政,至哲宗元祐八年(1093)逝世,前后九年。　④覆盂:覆置之盂,喻局势稳定。　⑤太任:周文王之母,此处喻指高后。　⑥九虞:九次虞祭,古丧礼,天子九虞。高后临朝,祭礼如帝,故云。　西宫:别宫,国君妃嫔所居。　⑦庙祏(shí):即指宗庙,天子、诸侯祭祀祖先的处所。　祏:宗庙藏神主的石匣。　崇:高。　⑧周家盛:以周朝兴盛比喻宋朝兴盛。　⑨卜年卜世:用占卜预测传国的年数、世数。《左传·宣公三年》:“成王定鼎于郏鄏,卜世三十,卜年七百。”　⑩万祀:犹言万代。　祀:年。

孔平仲

孔平仲（1042—1105），字毅父，一作毅甫，清江（今属江西）人。治平二年（1065）进士。元祐二年（1087）召试，为集贤校理。仕至提点京西刑狱。绍圣中坐党籍，削校理，知衡州，后谪惠州别驾。徽宗立，召为户部员外郎，迁金部郎中，出使陕西，帅鄜、延、环、庆。党论再起，罢主管兖州景灵宫卒。长史学、工文辞。有《清江集》、《孔氏谈苑》传世。

千秋岁

春风湖外，红杏花初退。孤馆静，愁肠碎。泪馀痕在枕，别久香销带。新睡起，小园戏蝶飞成对。　　惆怅人谁会，随处聊倾盖①。情暂遣，心何在。锦书消息断，玉漏花阴改②。迟日暮，仙山杳杳空云海③。

（《能改斋漫录》卷十七）

［注释］

①倾盖：谓行道相遇，停车而语，车盖接近。此处非指一见如故，而指随处泛泛交际。　②玉漏：玉制的计时器。唐苏味道《正月十五日》诗："金吾不禁夜，玉漏莫相催。"　③仙山：借指伊人所居之处。

［集评］

吴曾云："少游云，至衡阳，呈孔毅甫使君，其词云云，今更不载，毅甫本云次韵少游见赠。"（《能改斋词话》卷十七）

《词苑丛谈》云："宋吴虎臣云：'少游《千秋岁》词，在衡阳与孔毅甫作也。'"（《词苑萃编》卷二十一）

《范石湖集》云："乐府有五杂俎及两头纤纤，殆类小令。孔平仲最爱作此，以为词戏，故亦效之作五杂俎词云：'五杂俎，同心结。往复来，当窗月。不得已，话难别。''五杂俎，流苏缕。往复来，临行语。不得已，上马去。’‘五杂俎，回纹机。往复来，锦梭飞。不得已，独画眉。’‘五杂俎，彩丝绚。往复来，鸟投林。不得已，梦孤衾。’‘五杂俎，绶若若。往复来，大车铎。不得已，去丘壑。’‘五杂俎，侯门戟。往复来，道上檄。不得已，天涯客。’‘五杂俎，汉旌旆。往复来，宾鸿字。不得已，餐毡使。’‘五杂俎，非烟云。往复来，胡马尘。不得已，攖龙鳞。’又作两头纤纤词云：‘两头纤纤探官茧，半白半黑鹤氅缘。腷腷膊膊上帖箭，磊磊落落封侯面。’‘两头纤纤小秤衡，半白半黑月未明。腷腷膊膊扣户声，磊磊落落金盘冰。’”（《历代词话》卷七）

存目词

《历代诗馀》卷七十四，有孔平仲《水龙吟》“岁穷风雪飘零”一首，乃孔夷作，见《梅苑》卷一。

了　元

了元(1032—1098)，号佛印，字觉老，浮梁(今江西浮梁)人。出家为僧，曾主持杭州灵隐寺。与苏轼、黄庭坚友善。事迹见《续传灯录》。词存六首。除《满庭芳》辑自《永乐大典》七千五百四十三卷“刚”字韵外，馀皆话本依托之作。

满庭芳

鳞甲何多[①]，羽毛无数[②]，悟来佛性皆同[③]。世人何事，刚爱口头浓。痛把群生割剖，刀头转、鲜血飞红[④]。[□□□]，零炮碎炙[⑤]，不忍见渠侬[⑥]。　喉咙。才咽罢，龙肝凤髓[⑦]，毕竟无踪。谩赢得、生前夭寿多凶。奉劝世人省悟，休恣意、激恼阎翁[⑧]。轮回转，本来面目，改换片时中[⑨]。　　（《永乐大典》卷七千五百四十三“刚”字韵）

[注释]

①鳞甲：指鱼蟹之类。　②羽毛：指禽兽之类。　③“悟来”句：谓鱼禽等类亦能如人之悟佛性。　④“刚爱”三句：摆脱世人偏好美味食物，屠宰杀生。　刚：方、才。　⑤炮、炙：谓烹制。　⑥渠侬：复词偏义，即指“他”。　⑦龙肝凤髓：指奇珍异馔。　⑧阎翁：阎罗王，佛书中管地狱之王。　《全宋词》注：“激”原作“击”，改从《饮食绅言》。　⑨“轮回转”三句：谓世事轮回，人亦可片时改换为鱼禽之类。　轮回：佛家认为世界众生莫不展转生死于六道之中，如车轮旋转，称轮回。　《全宋词》注：“片”原作“眨”，改从《饮食绅言》。

西江月[①]

窣地重重帘幕[②]，临风小小庭轩。绿窗朱户映婵娟[③]，忽听歌讴宛转。　　既是耳根有分，因何眼界无缘。分明咫尺遇神仙，隔个绣帘不见。

[注释]

①以下五首出自《全宋词》了元“存目词”附录。　②窣(sū)地：犹言突然地。　③婵娟：指佳人。

品字令

觑著脚[1]，想腰肢如削。歌罢遏云声[2]，怎得向、掌中托[3]。　　醉眼不如归去，强罢身心虚霍[4]。几回欲去待掀帘，犹恐主人恶。

[注释]

①觑(qù)：看，偷看。　②“歌罢”句：响遏行云，用秦青典，详见《列子·汤问》。　③掌中托：传说汉成帝后赵飞燕体态轻盈，能为掌上舞，后以形容美女之轻盈善舞。　④霍：涣散。

蝶恋花

执板娇娘留客住[1]。初整金钗，十指纤纤露。歌断一声天外去，清音已遏行云住。　　耳有姻缘能听事。眼见姻缘，便得当前觑。眼耳姻缘都已是，姻缘别有知何处。

[注释]

①执板娇娘：指歌女。　板：檀板，乐器名。

浪淘沙

昨夜遇神仙，也是姻缘。分明醉里亦如然。睡觉来时浑是梦，却在身边。　此事怎生言，岂敢相怜。不曾抚动一条弦。传与东坡苏学士，触处封全[1]。

（以上四首见《佛印师四调琴娘》）

[注释]

①触处封全：犹言完好如初，原封未动。

如梦令

记得去年时节，春色湖光晴彻。杨柳绿依依，因甚行人[□]折。听说，听说。已属他人风月。

（《苏长公章台柳传》）

[集评]

笃文云："词以章台之柳，喻所爱之人。依依春色，顿为他人折去，怅悒何如？此则'已属他人风月'之意也。"

太尉夫人

太尉夫人，生卒年不详，仁宗时宗室夫人。

极相思令

柳烟霁色方晴[①]，花露逼金茎。秋千院落，海棠渐老，才过清明。　　嫩玉腕托香脂脸，相傅粉、更与谁情。秋波绽处，相思泪迸，天阻深诚。　　（《墨客挥犀》卷八）

［注释］

①方晴：《全宋词》作“方春”，失韵。此据《词谱》。

［集评］

叶申芗云：“仁庙时，皇族中太尉夫人，一日入内，再拜告帝曰：‘臣有妾夫，不幸为婢妾所惑。’帝怒，流其婢于千里。夫人亦得罪，谪居瑶华宫，太尉夺俸不得朝请。后经岁，值春暮，夫人制词。”（《本事词》）

郭祥正

郭祥正（1035—1112），字功父，自号谢公山人，又号醉吟先生、漳南浪士，当涂（今属安徽）人。治平二年（1065）进士。熙宁中仕至殿中丞、签书保信军节度判官。后复出通判汀州，继摄漳州。后弃去，隐于当涂青山卒。工诗，有《青山集》。

醉翁操

效东坡

予甥法真禅师以子瞻内相所作醉翁操见寄。予以为未工也，倚其声作之，写呈法真，知可意否。谢山醉吟先生书

泠泠潺潺，寒泉。泻云间，如弹。醉翁洗心逃区寰[①]，自期猿鹤俱闲[②]。情未阑[③]。日暮造深原。异芳谁与搴[④]，忘还。　琼楼玉阙，归去何年。遗风馀思，犹有猿吟鹤怨[⑤]。花落溪边，萧然。莺语林中清圆。空山，春又残。客怀文章仙。度曲响涓涓，泛商回徵星斗寒[⑥]。

（《元嘉禾志》卷三十一）[⑦]

［注释］

①区寰：人世间。唐钱起《裴仆射东亭》诗："则知真隐逸，未必谢区寰。"　②猿鹤：喻指高逸闲适的生活情趣。《宋史·石扬休传》："扬休喜闲放，平居养猿鹤，玩图书，吟咏自适。"　③阑：尽，残。　④搴（qiān）：举。　异芳：指奇异的香花香草。　⑤猿吟鹤怨：原谓隐士违背初衷，出山做官，连鸟兽也感受辱，为之惊怨。此谓深悔出仕之意。参见南朝齐孔稚珪《北山移文》。　⑥泛商回徵：即换商声为徵声。宫商角徵羽，古之五声。　泛商：各本作"清商"，此据孔凡礼《郭祥正集》。　⑦唐氏按：此首原误题吴潜作，今订正。

董　乂

董乂，生卒年不详，字彦臣，德兴（今属江西）人。治平二年（1065）进士。历任魏王宫教授、大理卿。尝进乐书，释青囊经。

望江南

缥缈烟中渔父桨，坡陀山上使君衙[①]。

[注释]

①坡陀：山势起伏貌。　使君：汉时称刺史为使君，汉以后为对州郡长官的尊称。　衙：办公署。

望江南

六月凉窗凉袵袖[①]，二苏辞翰照青冥[②]。

（以上二则见《舆地纪胜》卷四十九）

[注释]

①袵（rèn）袖：衣襟衫袖。　袵：同"衽"。　②二苏：指苏轼、苏辙。辞翰：文笔。　青冥：青天。

丁仙现

丁仙现，生卒年不详，宋徽宗时任教坊使。

绛都春

上　元

融和又报。乍瑞霭霁色①，皇州春早②。翠幰竞飞③，玉勒争驰都门道④。鳌山彩结蓬莱岛⑤。向晚色、双龙衔照⑥。绛绡楼上⑦，彤芝盖底⑧，仰瞻天表⑨。　　缥缈。风传帝乐，庆三殿共赏，群仙同到。迤逦御香，飘满人间闻嬉笑。须臾一点星球小⑩。渐隐隐，鸣鞘声杳⑪。游人月下归来，洞天未晓⑫。⑬　　（《草堂诗馀后集》卷上）

［注释］

①瑞霭：犹言祥云。　②皇州：京都。　③翠幰（xiǎn）：车上的帷幔，泛指车。　④玉勒：玉制的马衔，泛指马。　⑤鳌山：宋时元宵灯节，堆叠彩灯为山形，称鳌山。　蓬莱岛：借指鳌山。　⑥双龙：指龙灯。　⑦绛绡：指红纱帷帐。　⑧彤芝盖：指有红色车盖的车，天子所乘。　⑨天表：帝王仪容。　⑩星球：指球灯，挑挂半空如星，故称。　⑪鸣鞘：挥鞭使发声。　唐氏按："鞘"原作"梢"，据《岁时广记》卷十改。　⑫洞天：仙境，借指京城。　⑬唐氏按：此首误入吴文英《梦窗词集》。曹元忠又误补入柳永《乐章集》。

［集评］

黄苏云："写都城宫禁之夕放灯光景，丽而不泛，秾而不俗，合作也。"（《蓼园词评》）

《乐府指迷》云："古曲亦有拗者，盖被句法中字面拘牵。今歌者亦以为碍，如'游人月下归来'，'游'字当用去声。"（《蕙风词话续编》卷一）

丁绍仪云："叶少蕴《避暑录话》言，崇宁初，大乐无徵调，蔡京徇议者请，欲补其阙。教坊大使丁仙现云：‘音已久亡，不宜妄作。’京不听，遂使他工为之，逾旬得数曲，即《黄河清》之类。京喜极，召众工按试，使仙现在旁听之。乐阕，问何如。仙现曰：‘曲甚好，只是落韵。’盖末音寄煞他调，俗所谓落腔是也……其时朝臣无不从风而靡，仙现一乐工耳，独矫矫不阿如此。与石工安民不肯刊名元祐党碑，正复相似。噫，是非风节，不在士大夫而在草莽，宋之所以南渡与。”（《听秋声馆词话》卷十八）

刘　泾

刘泾(1043—1100?),字巨济,简州(今四川简阳)人。熙宁六年(1073)进士。王安石荐其才,为经义所检讨,迁太学博士。知处、虢、真、坊四州。元符末官至职方郎中卒,年五十八。善作林石兰竹,作文务为奇诡之语,有《前溪集》五卷,不传。

减字木兰花[①]

凭谁妙笔,横扫素缣三百尺[②]。天下应无,此是钱塘湖上图。[③]　一般奇绝,云淡天高秋夜月。费尽丹青[④],只这些儿画不成。[⑤]

(《苕溪渔隐丛话》后集卷三十七引《复斋漫录》)

[注释]

①唐氏按:《苕溪渔隐丛话》后集卷三十七又引《古今词话》以上半首为苏轼作。胡仔云,当以《复斋》为正。　②素缣(jiān):即缣素,书画所用白绢。　③原注:"上阕刘泾作。"　④丹青:泛指画图所用颜色。　⑤原注:"下阕仲殊作。"

夏初临

夏　景

泛水新荷,舞风轻燕,园林夏日初长。庭树阴浓,雏莺学弄新簧[①]。小桥飞入横塘,跨青蘋、绿藻幽香。朱阑斜倚,霜纨未摇[②],衣袂先凉。　歌欢稀遇,怨别多同,路遥水远,烟淡梅黄。轻衫短帽,相携洞府流觞[③]。况有红妆。醉归来、宝蜡成行。拂牙床[④],纱厨半开[⑤],月在回廊。

(《草堂诗馀前集》卷下)

[注释]

①学弄新簧:指初学歌唱。　簧:吹奏乐器中有弹性的薄片,用以振动发声,此处借指小黄莺歌喉。　②霜纨(wán):指素绢团扇。　纨:白色细绢。　③洞府:仙境,泛指山水佳胜处。　流觞:曲水流觞,见王羲之《兰亭集序》,此处泛指饮酒。　觞:酒杯,④牙床:指精美的床。　⑤纱厨:即指纱帐。

[集评]

杨慎云:"《夏初临》词'小桥飞盖入横塘',今刻本'飞'下落一'盖'字。"(《词品》卷四)

黄苏云:"元祐间,中外无事。词亦雍容和雅。但次阕起语及'路遥水远',似指当时党祸被谪诸贤,纷纷远别。唯借洞府红妆,聊以自遣而已。"(《蓼园词评》)

存目词

调名	首句	出处	附注
清平乐	深沉院宇	《类编草堂诗馀》卷一	晁端礼词,见《闲斋琴趣外篇》卷四
声声慢	梅黄金重	《类编草堂诗馀》卷三	无名氏词,见《草堂诗馀前集》卷下
减字木兰花	樽前眼底(联句下半首)	《词品》卷四	陈袭善作,见《苕溪渔隐从话》后集卷三十七引《复斋漫录》

黄　裳

黄裳（1044—1130），字勉仲，号演山，延平（今福建南平）人。元丰五年（1082）进士第一，曾知青州、福州，累官端明殿学士，礼部尚书，卒，赠少傅。喜道家玄秘之书，自号紫玄翁，能诗文，亦工词，有《演山先生文集》六十卷。

桂枝香

延平阁闲望[①]

人烟一簇。正寄演，客飞升，翠微麓。楼阁参差，下瞰水天红绿。腰间剑去人安在[②]，记千年、寸阴何速。山趋三岸，潭吞二水，岁丰人足。　是处有、雕阑送目。更无限笙歌，芳酝初熟[③]。休诧滕王看处，落霞孤鹜[④]。雨中尤爱烟波上，见渔舟、来去相逐。数声歌向芦花，还疑是湘灵曲[⑤]。

[注释]

①延平阁：即双溪阁，在今福建南平东南延平津（一名剑津，即今剑溪）上。　②“腰间”句：据《晋书·张华传》，“焕卒，子华为州从事，持剑行经延平津，剑忽于腰间跃出堕水。使人没水取之，不见剑，但见两龙各长数丈，蟠萦有文章，没者惧而反，须臾光彩照水，波浪惊沸，于是失剑。”此词作于延平（今福建南平），故用此典。　③酝（yùn）：酒。《隋书·孙万寿传》：“宜城酝始熟，阳翟曲新调。”　④“休诧”二句：唐王勃《滕王阁序》有“落霞与孤鹜齐飞，秋水共长天一色”。此以滕王阁喻延平阁。⑤湘灵曲：湘灵弹奏的乐曲。　湘灵：湘水之神，一说为帝尧之女湘夫人。语出《楚辞·远游》“使湘灵鼓瑟兮，令海若舞冯夷”。

桂枝香

插云翠壁。为送目[①]，入遥空，见山色。金鼎丹成去也[②]，晋朝高客[③]。百花岩下遗孙在，赋何人、离尘风骨。翠微缘近，希夷志远[④]，洞天踪迹。　近剑有、为龙信息[⑤]。怪潭上灵光，雷电相击。尤好风波乍霁，鹭汀斜日。倚栏白尽行人鬓，但沉沉、群岫凝碧。利名休事蝇头[⑥]，飞舠送君南北[⑦]。

[注释]

①唐氏按："目"原作"日"，改从抄本《演山词》。　②金鼎丹成：古时道士有金炉炼丹服食飞升之说。　③晋朝高客：指葛洪。结庐罗浮山上，炼丹成，举家飞升，见《一统志》。　④希夷：宋隐士陈抟。宋太宗赐号希夷先生。自谓"独善其身，不干势利，所谓方外之士耳"。详见《宋史·陈抟传》。　⑤为龙信息：参见前首注②。　⑥蝇头：比喻极细微的名利。苏轼《满庭芳》："蜗角虚名，蝇头微利，算来著甚干忙。"　⑦舠（dāo）：刀形小船，泛指小舟。

新荷叶

雨中泛湖

落日衔山[①]，行云载雨俄鸣[②]。一顷新荷，坐间疑是秋声。烟波醉客，见快哉、风恼娉婷[③]。香和清点，为人吹在衣襟。　珠珮欢言[④]，放船且向前汀。绿伞红幢[⑤]，自从天汉相迎。飞鸥独落，芦边对、几朵繁英。侑觞人唱[⑥]，乍闻应似湘灵。

[注释]

①落日衔山："山衔落日"的倒文。　②俄：俄顷，瞬间。　③快哉风：

凉风。语出宋玉《风赋》。　娉婷（pīng tíng）：佳人。　④珠珮：缀珠佩玉，代指座中男女宾客。　⑤绿伞红幢（chuáng）：指绿荷叶红荷花。幢：舟车上的帷幕。　⑥侑（yòu）觞人：劝酒人，指席间歌女。

渔家傲　咏月七首

通一月而泛咏，已侑金卮[①]；辨四时而各言，未劳檀板[②]。晦朔乃取于盈阙[③]，寒暑盖资其往来。群动息而忙者闲，观光台上；众景生而悲者笑，窥影杯中。饮阑梦觉[④]，则斜月得其情；望重意新，则初月致其事。是宜擅有六义，离为七章，尽入歌声，共资一笑

春　月

多幸春来云雨少，且教月与花相照。清色真香庭院悄。前事杳，还嗟此景何时了。　莫道难逢开口笑[⑤]，夜游须趁人年少[⑥]。光泛雕栏寒料峭。迂步绕[⑦]，不劳秉烛壶天晓[⑧]。

［注释］

①侑（yòu）：劝人（吃、喝）。　卮（zhī）：古代盛酒的器皿。　②檀板：檀木拍板，歌唱时用以定拍节。　③晦朔：农历月的末一日及初一日。《后汉书·律历志》："晦朔合离，斗建移辰，谓之（月）。"　④阑：晚，残，尽。　⑤"莫道"句：杜牧《九日齐山登高》诗"尘世难逢开口笑"，此反用其意。　⑥"夜游"句：化用《古诗十九首·生年不满百》"生年不满百，常怀千岁忧。昼短苦夜长，何不秉烛游？为乐当及时，何能待来兹"诗意。⑦迂：曲折。　⑧壶天：道家称仙境为壶天，此借指风景佳胜处。

夏　月

汗漫金华寒委地[①]，火云散尽奇峰势。纨扇团圆休与比。犹可喜，恩情不怕凉飙至[②]。　梦冷魂高何处寄，琉璃砌上笼人睡[③]。逃暑广寒宫似水[④]。缘有累[⑤]，乘风

却下人间世。

［注释］

①汗漫：广阔无边。　金华：指月光。　寒委地：谓月亮寒光照地。　②“纨扇”三句：化用汉班婕妤《怨歌行》词意。　③琉璃砌：形容月光照映的台阶，晶莹剔透。　笼：犹“照”。　④广寒宫：即月宫。　似水：谓清凉如水。　⑤累：指尘世俗缘牵累。

秋　月

人在月中霄汉远，仙槎乘得秋风便[①]。寒信已归砧上练[②]，衣未剪。疏窗空引相思怨。　　须信婵娟尤有恋[③]，轻飞叶上清光转。寒菊枝头笼婉娈[④]。人初宴，新妆更学铅华浅[⑤]。

［注释］

①仙槎（chá）：神异的木筏，神话中往返于天河与大海之间的交通工具。参见晋张华《博物志》。　②“寒信”句：谓妇女砧上捣练，知寒秋已至。　③婵娟：指月。孟郊《婵娟篇》：“月婵娟，真可怜。”　④婉娈：年少美好貌。此处形容月光美丽。　⑤铅华：搽脸的粉。《文选·曹植〈洛神赋〉》：“芳泽无加，铅华不御。”

中秋月

三月秋光今夜半，一年人爱今回满。莫放笙歌容易散。须同玩，姮娥解笑人无伴[①]。　　抱尽金精来碧汉[②]，醉吟莫作寻常看。已过中天欢未断。还同叹，时情已向明朝换。

［注释］

①姮娥：即嫦娥，为月神。　②金精：指月亮。

冬　月

风入金波凝不住[①]，玉楼闲倚谁飞举。霜艳雪光来竞素。分辨处，独垂馀意窥庭户。　　强薄罗衣催玉步，美人为我当尊舞。醉到春来能几度。愁今古，月华不去年华去。

［注释］

①金波：即月光。《汉书·礼乐志·郊祀歌》："月穆穆以金波。"颜师古注："言月光穆穆若金波之流也。"

新　月

方令庚生初皎皎[①]，珠帘钩上华堂晓[②]。十二栏干多窈窕[③]。妆欲妙，玉篦偷学娥眉小[④]。　　扰扰时人随兔走[⑤]，十分皆望菱花照。瑞荚莫嫌生得少[⑥]。圆未了，已圆却恐佳期窎[⑦]。

［注释］

①庚：通"更"，新也。　②珠帘钩：指新月弯弯如钩。　③十二栏干：原指仙境中的楼观，此谓华美楼阁。　窈窕：美好。　④玉篦、娥眉：均形容新月。　⑤兔：即玉兔。古代神话传说月中有兔，遂以指代月亮。　⑥瑞荚：即蓂荚。传说中的瑞草，又名历荚。初一至十五，日生一荚，十六以后日落一荚，以表时日。见《竹书纪年》。　⑦窎（diào）：远。

斜　月

已送清歌归去后，东南楼上人声悄。冷落尤临弦上调。欢意少，空将万感收残照。　　窗外剑光初出鞘[①]，斜窥梦断人年少。未到盖棺心未了，尘虑扰[②]，双眸竟入扶桑晓[③]。

[注释]

①剑光初出鞘:比喻月光凛凛。 ②尘虑:凡俗的思虑。 ③扶桑晓:指天明。 扶桑:神话中的大树,为太阳栖息之所,后即代指太阳。参见《山海经·海外东经》。

永遇乐

玩 雪

朝霭藏晖,客袍惊暖,天巧无意。杳杳谁知,包含造化,忽作人间瑞。儿童欢笑,忙来花下,便饮九春和气[①]。急拏舟,高人乘兴,江天助我幽思。 缤纷似剪,峥嵘如画,莫道冬容憔悴。恍象含空[②],尘无一点,疑在天宫里。酒楼酣宴,茶轩清玩,且待桂花来至[③]。有馀光,明年待看,明红暗翠。

[注释]

①九春:指春季。春季九十天。阮籍《咏怀》诗之四:"悦怿若九春,罄折似秋霜。" ②恍象:雪色迷离貌。"惚兮恍兮,其中有象。"语出《老子》。 ③桂花:传说月中有桂树,此以桂花代指月。

永遇乐

冬日席上

天接重云,月临残腊,时有幽意。化作瑶池[①],纷纷戏蝶,一色非人世。无情征雁,乘风南向,怅望有情难寄。暖惊梅,先传芳信,夜来万宝春至。 中齐胜境[②],东藩和气[③],自有名园佳丽。一梦休嗟,三千好客,何处寻珠履[④]。小堂人静,尊前清昼,好惜岁华如逝。管弦中,金杯更劝,朱颜皓齿。

[注释]

①瑶池：古代传说中昆仑山上的池名，西王母居处，泛指仙境。《穆天子传》卷三："乙丑，天子觞西王母于瑶池之上。" ②中齐：犹言齐地之中。 ③东藩：泛指东边的地区。 ④珠履：珠履为缀珠的鞋，后以此表示上客、贵宾。《史记·春申君列传》："赵使欲夸楚，为玳瑁簪，刀剑室以珠玉饰之。请命春申君客。春申君客三千馀人，其上客皆蹑珠履以见赵使，赵使大惭。"此反用原典，谓上客难求。

蓦山溪

腊日游尧山[1]

春前信息，到处欢声满。旌旆出西郊[2]，拥笙歌、婵娟两畔。东巡事往[3]，空有雪中山。仙驭悄，古风闲[4]，谩动吟人叹。　天边身世[5]，况值重华旦[6]。击壤访遗民[7]，想如云、望中不断。功名休论，齐楚共唐虞[8]，开口笑，插花归[9]，更候清秋晚。

[注释]

①尧山：地名，在山东益都西北，尧因巡狩登此，故名。 ②旌旆（pèi）：泛指旗帜。 ③东巡事：即指尧帝封于尧山事。后世天子封泰山禅梁父，祭祀天地，亦称东巡。 ④闲：《全宋词》作"间"。 ⑤天边身世：谓在朝中为官。 ⑥重华旦：犹言复见重华，赞美当朝天子圣明如虞舜（名重华）再生。 ⑦击壤：为上古的一种游戏，用以表示太平盛世。晋皇甫谧《帝王世纪》："（帝尧之世）天下大和，百姓无事，有八十老人击壤于道。" ⑧唐虞：古史称陶唐氏（尧）和有虞氏（舜）皆以揖让有天下。以唐虞时为太平盛世。《论语·泰伯》："唐虞之际，于斯为盛。" ⑨"开口笑"二句：化用杜牧《九日齐山登高》"尘世难逢开口笑，菊花须插满头归"诗意。

喜朝天

腊中雪后东湖闲宴①

雪云浓。送愁思,衾寒更怯霜风。惹起离恨,为光阴恼、人意无穷。谁省年华屡换,渐作个、浮生玉鬓翁②。休易感,新醅泛蚁③,且共时同。　相逢。笑语相契,况驾言游处,山里齐宫④。寂寞时候,自有皓景,粉泽冬容。先顾丽人期约,痛赏候、花开洛城红。三十日,回头过尽,喜对春工⑤。

[注释]

①东湖:当在益都境内,距云门山不远。今已涸。　②玉鬓:鬓白如玉,指老人。　③新醅(pēi)泛蚁:新酿之酒,上有浮沫如蚁。　醅:未滤之酒。　④齐宫:齐国之故宫。临淄东北有齐之雪宫。见《大清一统志》卷三十五。　⑤春工:以春天拟人,指春光、春景。

锦堂春

玩　雪

天女多情,梨花碎剪①,人间赠与多才。渐瑶池潋滟,粉翘徘徊②。面旋不禁风力③,背人飞去还来。最清虚好处,遥度幽香,不掩寒梅。　岁华多幸呈瑞,泛寒光,一样仙子楼台。虽喜朱颜可照,时更相催。细认沙汀鹭下,静看烟渚潮回。遣青蛾趁拍④,鬥献轻盈,且更传杯。

[注释]

①"天女"二句:以天女散花比拟下雪。　梨花:喻指雪花。　②粉翘:犹言"白羽",比拟雪花。　翘:鸟尾长羽毛。　③面:当面。　旋:转,舞。　④青蛾:妇女用青黛画的眉,此处代指女子。　趁拍:指随着

节拍唱歌、跳舞。　唐氏按：“遣”原误作“边”，从抄本《演山词》。

霜叶飞

冬日闲宴

谁能留得年华住，韶华今在何处①。万林飞尽，但惊天篆②，半空无数。望消息、霜催雁过，佳人愁起云垂暮③。就绣幕、红炉去。金鸭时飘异香④，柳腰人舞。　休道行且分飞⑤，共乐还一岁，见景长是欢聚。大来芳意，既与名园，是花为主。翠娥说⑥、尊前笑语。来年管取人如故。向寂寞，中先喜，俄顷飞琼⑦，化成寰宇。

［注释］

①韶华：美好时光，此处指芳景。　②天篆：谓空中雪片如天工篆成。　③垂暮：将暮。　④金鸭：鸭形铜香炉。　⑤行且：将要。　分飞：分离。　⑥翠娥：指佳人。　⑦飞琼：指飞雪。　琼：美玉，喻白雪。

水龙吟

方外述怀

五城中锁奇书①，世间睡里无人唤。家家自有，月中丹桂，朱衣仙子。能驻光阴，解留颜鬓，引君霄汉。便西归、休梦华胥国□②，约无限、烟霞伴。　谁是采真高士③，幻中寻取元非幻。时人不为，玉峰三秀④，尘缘难断。莫说英雄，万端愁绪，夕阳孤馆。到流年过尽，韶华去了，起浮生叹。

［注释］

①五城：古代传说神仙居住的地方。《史记·孝武本纪》：“方士有

言:‘黄帝时为五城十二楼,以候神人于执期,命曰迎年。’” ②华胥:黄帝梦游华胥之国,后用作梦境的代称。详见《列子·黄帝》。 □:唐氏按,原无空格,从沤喜亭抄本《演山先生词》。 ③采真高士:寻取真灵神仙的高士。传说玉霄仙子司马承祯居玉霄峰,东望蓬莱常有真灵降驾。参见《续仙传》。 ④玉峰:指仙山。 三秀:即灵芝,传说中仙草名。

蝶恋花

牡 丹

每到花开春已暮。况是人生,难得长欢聚。一日一游能几度,看看背我堂堂去①。 蝶乱蜂忙红粉妒。醉眼吟情,且与花为主。雪怨云愁无问处,芳心待向谁分付。

[注释]

①堂堂:公然。“青春背我堂堂去,白髮欺人故故生。”见薛能《春日使府寓怀》。

蝶恋花

兴到浓时春不住。昨夜雕栏,放了花无数。谈笑急邀吟醉侣,青娥也合随轩去。 媚恐情生娇恐妒。今日开尊,多幸无风雨。休唱宴琼林一句①,来年花共人何处。

[注释]

①宴琼林:曲调名。

蝶恋花

东 湖

南北两山骄欲鬥。中有涟漪,莫道壶山小。落落情怀临缥缈，驾言来处铃斋悄[①]。　行到桃溪花解笑[②]。人面相逢，竞好窥寒照。醉步攲斜西日少[③]，欢声犹唱多情调。

[注释]

①铃斋：郡衙。　唐氏按："斋"原作"齐"，字通，从汲喜亭抄本《演山先生词》。　②桃溪：指桃源小溪，用刘晨、阮肇典，见刘义庆《幽明录》。　③攲（qī）：倾斜不正。

蝶恋花

高下亭台山水境。两畔清辉，中有垂杨径。鹭点前汀供雪景，花乘流水传春信。　不醉无归先说定。醉待言归，又被风吹醒。月下壶天游未尽[①]，广寒宫是波中影。

[注释]

①月下壶天：月落湖心。　壶天：指湖水清澈如冰壶玉鉴一般。

蝶恋花

杳杳晴虚寒漫漫。放下尘劳，相共游银汉。便入醉乡休浩叹，神仙只在云门馆。　饮兴偏宜流水畔。时有红蕖[①]，落在黄金盏。鹭未忘机移别岸[②]，画船更上前汀看。

[注释]

①蕖（qú）：即芙蕖，荷花的别称。　②机：机心，机巧之心。

蝶恋花

水鉴中看尤未老[①]。乘兴挐舟,更向湘江过。俯仰太虚都一个[②]。九春风思谁吟到。　闲上钓台云外坐。待得金鳞[③],始放芳尊倒。醉后言归犹更早,素纤有数君须到[④]。

[注释]

①水鉴:水清如镜,以水为镜。　鉴:镜。　②太虚:天空。　③金鳞:指鱼。　④素纤:犹言素鳞,指鱼。　纤:指纤鳞。

喜迁莺

表海亭冬日闲宴[①]

雕栏闲倚,瑞雪霁、浣出人间金碧。下想名园,芳心多少,欲占九州颜色。洞开路入丹汉[②],自是神仙真宅。寒吟外,看歌云舞雪,光阴难得。　谁共怀古意,东海一老,居易头垂白[③]。自此英雄,功名相继,空有寂寥遗迹。圣贤电拂休笑[④],离合许多宾客。使君乐与人同,且对云门斜日[⑤]。

[注释]

①表海亭:在山东益都。范仲淹、欧阳修知青州时并有诗作。　②丹汉:犹言丹霄。　③居易:安于平易。《礼记·中庸》:"君子居易以俟命。"　④电拂:喻生之短暂如电之一闪。　⑤云门:山名,在益都南。

宴琼林

木　香[①]

红紫趁春阑[②],独万簇琼英[③],尤未开罢。问谁共、绿幄宴群真[4]，皓雪肌肤相亚[5]。华堂路，小桥边，向晴阴一架。为香清、把作寒梅看，喜风来偏惹。　莫笑因缘，见景跨春空，荣称亭榭[6]。助巧笑[7]、晓妆如画，有花钿堪借[8]。新醅泛、寒冰几点，拚今日[9]、醉尤飞斝[10]。翠罗帏中，卧蟾光碎[11]，何须待还舍。

［注释］

①木香：酴醾（tú mí）花的别名。酴醾有两种，花小而繁，小枝而檀心者为木香。　②“红紫”句：谓群花随春暮而消歇。　③琼英：指木香。　④绿幄：绿帐，指酴醾架。　群真：犹群仙，指宾客。　⑤相亚：相配。　⑥荣：花，指木香。　⑦巧笑：美丽的笑容。　⑧花钿：首饰，比喻木香花。　⑨拚（pàn）：甘愿，不顾惜。　⑩斝（jiǎ）：盛酒器，泛指酒杯。　⑪蟾光：月光。传说月中有蟾蜍，故称月为蟾、银蟾等。

宴春台

初夏宴芙蓉堂

夏景舒长，麦天清润，高低万木成阴。晓意寒轻，一声未放蝉吟。但闻莺友同音。宴华堂、绿水中心。芙蓉都没，红妆信息[1]，终待重寻。　清冷相照，邂逅俱欢，翠娥拥我，芳酝强斟。笙歌引步，登临更向瑶岑[2]。卧影沉沉。自风来、与客披襟[3]。纵更深，归来洞府，红烛如林。

（以上《演山先生文集》卷三十）

［注释］

①红妆信息：谓红荷开放之信息。　②岑（cén）：小而高的山。又泛指山。《尔雅·释山》：“岑，山小而高曰岑。”　③披襟：指风吹开衣襟。

雨霖铃

送客还浙东

天南游客。甚而今、却送君南国。薰风万里无限，吟蝉暗续，离情如织。秣马脂车[①]，去即去、多少人惜。为惠爱、烟惨云山[②]，送两城愁作行色[③]。 飞帆过、浙西封域。到秋深、且舣荷花泽。就船买得鲈鳜，新谷破、雪堆香粒。此兴谁同，须记东秦[④]，有客相忆。愿听了、一阕歌声，醉倒拚今日。

[注释]

①秣马脂车：饲马备车，整装待发。 脂车：为车轴注油脂。 ②为惠爱：《历代诗馀》作“望百里”，宜从。 ③两城：“城”当为“程”字之误。见《历代诗馀》卷八十一。 ④东秦：山东东部，青齐沃壤，号曰东秦。此指青州。

[集评]

丁绍仪云：“‘送两城愁作行色’中‘城’应为‘程’。此乃《词综》所采名词，中有未经订正，《词律》复沿其误者。”（《听秋声馆词话》卷十二）

桂枝香

重 阳

酘醅初熟[①]。竞看九日[②]、西风弄寒菊。姝子新妆[③]，向晓淡黄千簇。清香闹处君须住，掺盈头[④]、醉乡相逐。马台欢笑[⑤]，龙山纵逸[⑥]，佳话重绪[⑦]。 共尽日、登临未足。更休问明年，浮世荣辱。难得良辰，鬓髮见秋尤绿。且邀月照金尊上，近人寒、如对飞瀑。宴归还趁人来，茱萸佩垂红玉[⑧]。

[注释]

①酦醅(pō pēi):酿酒,亦作"泼醅"。　②唐氏按:"竞"原作"兢",从沤喜亭抄本《演山先生词》,以下各"竞"字同。　③姝(shū):美女,此处借指菊花。　④掺:摇动,谓满头菊花摇动。　⑤"马台"句:用刘裕事。　马台:即戏马台。在江苏铜山以南,东晋义熙中,刘裕曾于重阳节大会宾僚,赋诗于此台。　⑥龙山:用桓温、孟嘉重九宴于龙山事,详见《晋书·孟嘉传》。　⑦重绪:重新开始。　绪:疑为"续"字之讹。　⑧茱萸(zhū yú):香草名。古俗于九月初九重阳节佩带茱萸,以祛邪辟灾。

喜迁莺

端午泛湖[①]

梅霖初歇。乍绛蕊海榴,争开时节。角黍包金[②],香蒲切玉[③],是处玳筵罗列[④]。鬥巧尽输年少[⑤],玉腕彩丝双结[⑥]。舣彩舫,看龙舟两两,波心齐发。　奇绝。难画处,激起浪花,飞作湖间雪。画鼓喧雷,红旗闪电,夺罢锦标方彻[⑦]。望中水天日暮,犹见朱帘高揭。归棹晚,载荷花十里,一钩新月。

[注释]

①唐氏按:此首别又误作吴礼之词,见《西湖游览志馀》卷三。又"鬥巧尽输年少"二句,《岁时广记》卷二十一引作王诜词。　②角黍:粽子。　③香蒲:菖蒲。民俗端午节剪菖蒲浸酒,可祛病。　④玳筵:指盛宴。　⑤鬥巧:竞鬥智巧。此处指包粽子结彩丝等端午应节比赛智巧之举。　⑥"玉腕"句:民俗端午节以五色丝系在腕上以驱鬼祛邪。详见《风俗通》。　⑦"画鼓"三句:指竞龙舟事。

[集评]

张炎云:"昔人咏节序,不惟不多,附之歌喉者,类是率俗。不过为应时纳祜之声耳。所谓清明'拆桐花烂漫',端午'梅霖初歇'……若律以词

家调度，则皆未然。”（《词源·节序》）

洞仙歌

暑　中

乱蝉何事，冒暑吟如诉。断续声中为谁苦。阵云行碧落[1]，舒卷光阴，秋意爽，俄作晴空骤雨。　　明珠无限数。都在荷花，疑是星河对庭户。莫负昼如年，况有清尊，披襟坐、水风来处。信美景良辰、自古难并[2]，既不遇多才，岂能欢聚。

[注释]

①碧落：天空。　②谢灵运《拟邺中集诗》序云：“天下良辰、美景、赏心、乐事，四者难并。”此用其意。

洞仙歌

杳无风色，肠断莲花信。水鉴云垂数峰影。向劳生辛苦[1]，寒暑煎人，争不老，空想秋堂夜静。　　玉姬挥皓月[2]，时送微凉，莫吝金卮为伊尽[3]。柳下夕阳收，傍水重游，花茵上、雪回襟冷[4]。问避暑天机、自有奇人，但且对湖光，世间谁醒。

[注释]

①唐氏按：各本俱无“辛”字，据《四库全书》本《演山先生文集》补。　②玉姬：指歌女、侍妾之属。　挥皓月：挥团扇。班婕妤《怨歌行》：“裁为合欢扇，团团似明月。”　③金卮：泛指酒杯。　④雪：此处指浪花。

洞仙歌

七　夕

世间言笑，天上谁欢聚。河汉涵秋静无暑。望丹霄杳杳，云幄俄开，缘会远，空引时情万缕。　彩楼人送目，今夕无双，巧在灵丝暗相许①。爽气御西风，众乐难寻，乘槎看、鹊桥初度。过几刻良时、早已分飞，向月下何辞，十分芳醑②。

［注释］

①灵丝：蛛丝。七月七日夜，捉蜘蛛闭于小盒中，至晓开视蛛网，丝多者其人巧多，少者巧少。见《天宝遗事》。　②醑：美酒。

八声甘州

初　秋

化工多事了①，却收天巧，都与西风。数峰云如扫，闲垂六幕②，初见秋容。昨夜烦襟顿释，一雨洗遥空。偏有银蟾好③，千里人同④。　引起游人多感，为静中景色，悲思无穷。傍雕栏怀古，谁问紫玄翁⑤。也难逢、金华时候⑥，又岂知、幽会水精宫。尘缘满，指烟霞去，多在江东。

［注释］

①化工：即天工。生长万物的自然功能。汉贾谊《鹏鸟赋》："天地为炉兮，造化为工。"　②六幕：天地四方，犹六合。　③银蟾：指月亮。　④千里人同：此用谢庄《月赋》"隔千里兮共明月"句意。　⑤紫玄翁：作者自号。　⑥金华时候：指晋朝张协《七命》"金华启徵，大人有作"。李善注："晋为金德，故曰金华。"晋葛洪有《神仙传》多载凡人得道成仙事，又晋朝

仙风大盛，作者好道而心向往之。

满庭芳

咏浮桥①

琼馆烟轻，银河风细，玉桥云锁方开。晓虹千丈，宛转下天来。人在水精宫里，行乐处、锦绣成堆。仍相问，人间天上，何处有蓬莱。　徘徊。追往事，征南巧架②，傅野怀才③。谩石驱东海，沙合龙台④。好是乐成初宴，红牙碎、声隐晴雷。江天晚，游人未散，莫放隼旟回⑤。

[注释]

①浮桥：用船、筏或浮箱联结成的桥。《初学记》七引《春秋后传》："（周）赧王三十八年，秦始作浮桥于河。"此不详所指何处浮桥。　②征南巧架：用田戎事。《东观汉记·吴汉传》："公孙述大司马田戎将兵下江关，至南郡，据浮桥于江（长江）上。"　③傅野怀才：用傅说事。相传傅说怀才不遇，曾筑于傅岩之野。后被武丁访得，举以为相，殷因得以中兴。　④"谩石驱"二句：谓世事多变，沧海桑田。　⑤隼旟（sǔn yú）：绘隼的旌旗。诗词中多用为地方长官之事。

宴琼林

上　元

霜月和银灯，乍送目楼台，星汉高下。爱东风、已暖绮罗香，竞走去来车马。红莲万斛①，开尽处、长安一夜。少年郎、两两桃花面，有馀光相借。　因甚灵山在此②，是何人、能运神化。对景便作神仙会，恐云軿且驾③。思曾侍、龙楼俯览④，笑声远、洞天飞罩。向东来、尤幸时如故，群芳未开谢。

[注释]

①红莲：指元宵花灯。宋欧阳修《蓦山溪·元夕》词："剪红莲满城开遍。"　②灵山：山名。佛家称灵鹫山为灵山，道家称蓬莱山为灵山。此借指鳌山，即灯山。　③云軿（píng）：神仙所乘之车，以云为之，故称。此处泛指车马。　④龙楼：指宫廷，此指天子所在之处。

宴琼林

东湖春日

遽暖间俄寒[①]，妙用向园林，难问春意。万般声与色，自闻雷、便作浮华人世[②]。红娇翠软[③]，谁顿悟、天机此理。似韶容[④]、可驻无人会，且忘言闲醉。　当度仙家长日，向人间、闲看佳丽。念远处有东风在，梦悠悠往事。桃溪近、幽香远远，谩凝望、落花流水。桂华中、珠珮随轩去[⑤]，还从卖花市。

[注释]

①遽（jù）：疾速。　俄：不久。　②"自闻雷"句：指自惊蛰起，芳菲春天降临人间。　闻雷：指惊蛰，二十四节气之一，此时气温上升，土地解冻，春雷始鸣。　③红娇翠软：指花红柳绿。　④韶容：犹朱颜，青春的容颜。　⑤桂华中：犹言月光下。　珠珮：指饰珠佩玉的人。

宴琼林

牡　丹

已览遍韶容，最后有花王，芳信来报。魏妃天与色[①]，拥姚黄、去赏十洲仙岛[②]。东君到此[③]，缘费尽、天机亦老。为娇多、只恐能言笑[④]。惹风流烦恼。莫道两都迥出，倩多才、吟看谁好。为我惨有如花面，说良辰欲过。须勤向、雕栏秉烛，更休管、夕阳芳草。算来年、花共人何处，金尊为花倒。

[注释]

①魏妃：牡丹名，即魏紫。丘璇《牡丹荣辱记》："姚黄为王，魏红为妃。"　②姚黄：牡丹中名贵品种。宋欧阳修《洛阳牡丹记》："姚黄者，千叶黄花，出民姚氏家。魏家花者，千叶肉红花，出于魏相仁溥家。"　十洲仙岛：古代传说中海上的仙境。据说汉武帝曾闻西王母说八方巨海之中有祖洲、瀛洲等十洲，皆为人迹所稀绝处，详见《海内十洲记》。此借指风景佳胜处。　③东君：司春之神。《尚书纬》："春为东皇，又为青帝。"此东君非司春之神。　④"为娇多"句：以花拟人，谓花能解语。

满江红

东湖观莲

绿盖纷纷，多少个、云霄仙子。应是有，瑶池盛会，靓妆临水[①]。无奈轻盈风信急，瑞香乱翠红相倚。谁共吟、此景竹林人[②]，桃溪士[③]。　时雨过，明珠细。朝雾染，香腮腻。轻舟破幽径，烦襟都洗[④]。第一朵须寻华池景，寿觞边偶得龟千岁。乘兴泻、云液落新荷[⑤]，休辞醉。

[注释]

①靓(jìng)妆：用脂粉打扮，此处形容荷花艳丽。　②竹林人：晋山涛、阮籍、嵇康、向秀、刘伶、阮咸、王戎七人，常集于竹林之下，不拘礼法，人称七贤。　③桃溪士：晋陶渊明《桃花源记》中生活在世外桃源的男女。　④烦襟：烦闷的胸怀。　⑤云液：即酒。荷指金荷，酒杯，亦可解为以荷叶当酒杯。

减字木兰花

竞渡

红旗高举，飞出深深杨柳渚。鼓击春雷，直破烟波远远回。　　欢声震地，惊退万人争战气。金碧楼西，衔得锦标第一归①。

[注释]

①衔得：夺得。

瑶池月

云山行

紫玄翁一日公馀，危坐寂寥。幽怀逸思，偶往云山烟波之间，想见其为乐也。因作云山，烟波二行，歌之以瑶池月。精严禅老请刻之石，乃书以遗之

微尘濯尽，栖真处、群山排在云汉①。青盘翠跃，掩映平林寒涧。流水急，数片桃花逝，自有留春仙馆。秦渔问，前朝换。卢郎待②，今生满。谁伴。玄翁笑语，相从未晚。　　更安得、世味堪玩。道未立、身尤是幻。浮生一梭过，梦回人散。卧松庵、当会灵源。现万象、无中须看。乾坤鼎，阴阳炭③。琼枝秀④，金圆烂⑤。何患。朝元事往，孤云难管。

[注释]

①云汉：天河。《诗经·大雅·棫朴》："倬彼云汉，为章于天。"　②卢郎：即卢生。于邯郸道中借吕翁枕梦登进士，备极荣华。及醒，所蒸黄粱未熟。见《枕中记》。　③"乾坤鼎"二句：此指方士炼丹之术。典出贾谊《鹏鸟赋》"且夫天地（乾坤）为炉兮，造化为工，阴阳为炭兮，万物为铜"。　④琼

枝:仙树,生昆仑山,见《楚辞注》。 ⑤金圆:即金轮,指日月。“日月金轮动,旃檀碧树秋。”见《酉阳杂俎》。 烂:光彩鲜明。

瑶池月

烟波行

扁舟寓兴,江湖上、无人知道名姓。忘机对景,咫尺群鸥相认[①]。烟雨急、一片篷声碎,醉眼看山还醒。晴云断,狂风信。寒蟾倒[②],远山影。谁听。横琴数曲,瑶池夜冷。 这些子、名利休问。况是物、都归幻境。须臾百年梦,去来无定。向婵娟、留住青春,笑世上、风流多病。蒹葭渚[③],芙蓉径。放侯印[④],趁渔艇。争甚。须知九鼎[⑤],金砂如圣[⑥]。

[注释]

①“忘机”二句:人无机心则鸥鸟相亲,此化用《列子·黄帝》典。 ②寒蟾:冷月。 ③蒹(jiān):没有出穗的芦苇。 葭(jiā):初生的芦苇。 渚(zhǔ):水中的小块陆地。 ④放侯印:指放弃功名。 ⑤九鼎:古代象征国家政权的传国之宝。 ⑥金砂:犹言金丹。

蝶恋花

月 词

伏以合欢开宴,奉乐国之宾朋;对景摅怀[①],待良时之风月。此者偶屈三益[②],幸逢四并。六幕星稀[③],万汞风细。天发金精之含蓄,地扬银色之光华。远近万情,若知而莫诘;满虚一色,可揽以□将。是故无累而玩之者,喜乐之心生;不足而对之者,悲伤之态作。感群动以无意,涵长空而不流。对坐北堂,方入陆生之牖[④];共离南馆,便登韩子之台[⑤]。愿歌三五之清辉,暂倒十千之芳酝忽破黄昏还太素。寒浸楼台，缥缈非烟雾。江上分明星汉路，金银闪闪神仙府。　　影卧清光随我舞。邂逅三人，只愿长相聚。今月亭亭曾照古，古人问月今何处。

[注释]

①摅怀：即抒怀。　②三益：《论语》益者三友，友直、友谅、友多闻。　③六幕：天地四方。　④陆生：陆机。其《拟古》诗："安寝北堂上，明月入我牖。"　⑤韩子：韩愈。其《月台》诗："南馆城阴阔，东明水气多。"

蝶恋花

满到十分人望尽。仙桂无根，到处留光景。听我尊前欢未竟，金卮已弄寒蟾影[①]。　　银色界中风色定。散了浮云，宝匣初开镜[②]。归去不须红烛影，天边自与人相趁[③]。

[注释]

①卮：古代酒器，泛指酒杯。　②"宝匣"句：化用宋初卢多逊《咏月》诗"何人玉匣开金镜，露出清光些子儿"句意。　③"天边"句：化用李白《把酒问月》"人攀明月不可得，月行却与人相随"句意。

蝶恋花

古往今来忙里过。今古清光，静照人行道。难似素娥长见好，见频只是催人老。　　欲驻征轮无计那[①]。世上多情，却被无情恼[②]。夜夜乌飞谁识破，满头空恨霜华早。

[注释]

①征轮:远行的车。此处似借指岁月流逝。 无计那:即无可奈何。那,意同“奈”。 ②“世上”二句:化用苏轼《蝶恋花》“多情却被无情恼”句。

蝶恋花

俄落盏中如有恋[①]。盏未干时,还见霜娥现。说向翠鬟斟莫浅[②],殷勤此意应相劝。 光景尤宜年少面。千里同看,不与人同怨。席上笑歌身更健,良时只愿长相见。

[注释]

①落盏中:指月光落入酒盏。 ②翠鬟:指代佳人。

蝶恋花

千二百回圆未半[①]。人世悲欢,此景长相伴。行到身边琼步款[②],金船载酒银河畔[③]。 谁为别来音信断。那更蟾光,一点窥孤馆。静送忘言愁一段,会须莫放笙歌散。

[注释]

①千二百回:百年。月亮每月一圆,故云。 ②琼步:指月移。 款:缓,慢。 ③金船:金质酒杯。

蝶恋花

人逐金乌忙到夜[①]。不见金乌,方见人闲暇。天汉似来尊畔泻，须知闲暇欢无价。　银色满身谁可画。两腋风生，爽气骎骎马②。待入蟾宫偷造化，姮娥已许仙方借。

［注释］

①金乌：古代神话传说太阳有三足乌，故用作太阳之别称。　②骎骎（qīn）：马行疾。此处借喻爽气袭人。

蝶恋花

劝酒致语

适来已陈十二短章，辄歌三五盛景。累累清韵，尚惭梁上之飞尘；抑抑佳宾①，须作乡中之醉客。同乐当勤于今夕，相从或系于他年。更赋幽情，再声佳咏

万籁无声天地静。清抱朱弦，不愧丹霄镜②。照到林梢风有信③，抬头疑是梅花领。　万感只应闲对景。独倚危栏，扰扰人初定。吟不尽中愁不尽，溪山千古沉沉影。

［注释］

①抑抑：谦慎貌。见《诗经·小雅》“威仪抑抑”注。　②丹霄镜：指圆月。　③风有信：风应花期而来。自小寒至谷雨共八气，一百二十日，每五日为一候，计二十四候，每候应一种花信。如小寒一候梅花，二候山茶。

蝶恋花

谁悟月中真火冷①。能引尘缘，遂出轮回境。争奈多情都未醒，九回肠断花间影②。　万古兴亡闲事定。物

是人非，杳杳无音信。问月可知谁可问，不如且醉尊前景。

[注释]

①真火：道家讲究以真火炼丹而求长生。 ②九回肠：形容忧思之甚。司马迁《报任少卿书》："是以肠一日而九回。"

蝶恋花

忽送林光禽有语。飞入遥空，失素归洲鹭[①]。照处无私清望富[②]，馀辉不惜人人与。 玉绳欲到中天路[③]。且待飞觞，缓缓移琼步。花下影圆良夜午，东南楼上还相顾。

[注释]

①"失素"句：谓白鹭为银色月光所笼罩，不觉其白。 ②清望富：赞誉月光无私。 清望：清白的名望。 富：犹"多"。 ③玉绳：北斗七星中二星名。

蝶恋花

一望瑶华初委地[①]。更约幽人，共赏岩边翠。试把方诸聊与试[②]，无情争得无中泪[③]。 飞瀑恐从星汉至。渐向宾筵，但觉寒如水。自爱一轮方得意，轻随箕毕还成累[④]。

[注释]

①瑶华：指月光。 ②方诸：古代于月下承露取水之铜器。《淮南子·天文训》："方诸见月，则津而为水。" ③泪：指方诸中之露水。 ④箕

(jī)毕:二星宿名。主好风好雨。　箕:二十八宿之一,东方苍龙七宿之末宿。　毕:二十八宿之一,有星八颗。　唐氏按:“毕”原误“累”,从沤喜亭抄本《演山先生词》改。

青门引[①]

社日游云门[②]

鸿落寒滨,燕辞幽馆,西成万室[③],颦眉人少。自古云阶[④],洞门何处,南望数峰秋晓。千骑旌麾远,去寻真[⑤]、忙中心了。佩声盘入,烟霞绝顶,谁闻欢笑。　　当候青童相报。因待访仙人,长生微妙。置俎争来[⑥],四乡宴社,且看翠围红绕。似可扪青汉[⑦],到北扉、两城斜照。醉翁回首,丹台梦觉[⑧],钧天声杳[⑨]。

[注释]

①唐氏按:词律调名当作《青门饮》。　②社日:古代祀社神之日。汉以后,一般用戊日,以立春后第五个戊日为春社,立秋后第五个戊日为秋社,适当春分、秋分前后。　云门:云门山,在青州益都南。顶有通穴如门,远望如悬镜。　③西成:秋粮已熟。“平秋西成”见《尚书》。　万室:犹言万家。　④阶(jī):同“跻”,升,登。　⑤寻真:犹寻仙。　⑥置俎(zǔ):犹言设宴。　俎:刀砧板。　⑦“似可”句:极言山高,伸手可触及青天。　扪(mén):抚摸。　⑧丹台梦觉:谓游仙梦醒。　丹台:神仙所居之处,见《列仙传》。　⑨钧天声:天上的仙乐。《史记·赵世家》载,赵简子尝云:“我之帝(天帝)所甚乐,与百神游于钧天,广乐九奏万舞……其声动人心。”

满路花

和秋风吹渭水

乾坤生古意,草木起秋声。移人名利境,梦中惊。便寻灵宝，凤髓与龟精。密报黄芽就[①]，紫府门开[②]，道情有个莺莺[③]。问归舍楚山青。　　卧影水天明。松庵谁笑话，见还婴[④]。鹤归日落，聚散两忘情[⑤]。好笑人痴处，白头青冢[⑥]，世间犹说醒醒。

（以上《演山先生文集》卷三十一）

[注释]

①黄芽：道家炼丹所用的铅华。　②紫府：道家称仙人居所。　③莺莺：唐元稹《莺莺传》（又称《会真记》）中主要人物，民间说唱多以为题材。此以男女之事喻炼丹中的阴阳化合。　④还婴：返老还童。　⑤唐氏按："散"字原无，据汲喜亭抄本《演山先生词》补。　⑥青冢：相传王昭君墓（在今内蒙古呼和浩特郊外）上草长青，故称青冢。此处泛指坟墓。

存目词

《历代诗馀》卷四十三有黄裳《卖花声》"人过天街"一首，据《词品》卷六，乃元人黄子常撰。

王　雱

王雱（1044—1076），字元泽。临川（今江西抚州）人，王安石子。治平四年（1067）进士，调旌德尉。历太子中允、崇政殿说书、龙图阁直学士。有经济才，助父推行新政。工词。

倦寻芳慢

中吕宫

露晞向晚[①]，帘幕风轻，小院闲昼。翠径莺来，惊下乱红铺绣。倚危墙，登高榭，海棠经雨胭脂透。算韶华，又因循过了，清明时候。　倦游燕、风光满目，好景良辰，谁共携手。恨被榆钱[②]，买断两眉长斗。忆高阳[③]，人散后。落花流水仍依旧。这情怀，对东风、尽成消瘦。

（《乐府雅词》拾遗卷上）

［注释］

①晞（xī）：干。　②榆钱：即榆荚，榆树的果实。榆树未生叶前先长荚，形似钱而小，联缀成串，故名。　③高阳：旧指好饮酒狂妄不羁之人。语出《史记·郦生陆贾列传》。

［集评］

沈雄云："或议元泽不能词，及援笔作《倦寻芳》，'恨被榆钱，买断两眉长皱'，人不能及也。"（《古今词话·词评》上卷）

邹祇谟云："古来名作散佚，或其佳处而不传，或传者未必尽佳，正贺黄公所谓文之所在，不必名之所在也。然贾文元生平止作一词，阮闳休、王元泽亦复止一二阕，琪花瑶草，正以不多为贵。"（《远志斋词衷》）

存目词

《类编草堂诗馀》卷二有《眼儿媚》"杨柳丝丝弄轻柔"一首，乃无名氏作，见《草堂诗馀前集》卷上。

张景修

张景修,生卒年不详,字敏叔。常州(今江苏常州)人,治平四年(1067)登进士。元祐末为饶州浮梁令。大观中迁祠曹郎中,年近七十。工诗文词。

虞美人

春风曾见桃花面[①],重见胜初见。两枝独占小春开,应怪刘郎迷路、又重来[②]。　旁人应笑髯公老,独爱花枝好。世间好景不长圆,莫放笙歌归院、且尊前。

[注释]

①桃花面:指所爱的娇美女子。语出唐崔护《题都护南庄》诗。　②刘郎:用刘晨、阮肇入天台山采药遇仙事,见刘义庆《幽明录》。

选冠子

嫩水挼蓝[①],遥堤映翠,半雨半烟桥畔。鸣禽弄舌,蔓草萦心,偏称谢家池馆[②]。红粉墙头,柳摇金缕,纤柔舞腰低软。被和风,搭在阑干,终日绣帘谁卷。　春易老,细叶舒眉,轻花吐絮,渐觉绿阴垂暖。章台系马[③],灞水维舟[④],追念凤城人远[⑤]。惆怅阳关故国[⑥],杯酒飘零,惹人肠断。恨青青客舍,江头风笛,乱云空晚。

(以上二首见《乐府雅词》拾遗卷上)

[注释]

①挼(ruó)蓝:浸揉蓝草作染料,诗词中用以借指湛蓝色。　②"蔓草"二句:用谢灵运典。南朝宋谢灵运久病初愈登楼观景,作《登池上楼》

诗，其中有“池塘生春草，园柳变鸣禽”名句。 ③章台：长安中街道名。因唐韩翃有《章台柳》诗，故以章台暗指柳。 ④灞水：长安城东灞水上有桥，汉人送客至此，折柳赠别。参见《三辅黄图》卷六。 ⑤凤城：指京城。 ⑥阳关：关名。在今甘肃敦煌西南，为通西域要隘。唐王维有《渭城曲》诗：“渭城朝雨浥轻尘，客舍青青柳色新。劝君更尽一杯酒，西出阳关无故人。”故又常以阳关作别离的典实。

黄大临

黄大临，生卒年月不详，字元明，号寅庵，黄庭坚之兄。洪州分宁（今江西修水）人。绍圣中，官萍乡（今江西萍乡）令。据《能改斋漫录》，又曾为庐陵宰。工于诗文。词作虽不多，然亦真切自然，清丽淡雅。有词见《能改斋漫录》及《花庵词选》。今存词《青玉案》等三首。

青玉案

行人欲上来时路。破晓雾、轻寒去。隔叶子规声暗度[①]。十分酒满，舞裀歌袖，沾夜无寻处。　故人近送旌旗暮，但听阳关第三句[②]。欲断离肠馀几许。满天星月，看人憔悴，烛泪垂如雨。[③]

［注释］

①子规：子规鸟，又称杜宇。“规”与“归”谐音，以子规的叫声为思归之声。　②阳关第三句：宋郭茂倩《乐府诗集·近代曲辞·渭城曲》，“《渭城》，一曰《阳关》，王维之所作也。”　第三句：指“劝君更尽一杯酒”。　③唐氏按：此首原见黄庭坚《豫章黄先生词》，题云“寅庵解萍乡宰作，今附此”。盖黄大临作。

青玉案

和贺方回韵，送山谷弟贬宜州[①]

千峰百嶂宜州路[②]。天黯淡、知人去。晓别吾家黄叔度[③]，弟兄华发，远山修水，异日同归处。　樽罍饮散长亭暮[④]，别语缠绵不成句。已断离肠能几许，水村山馆，夜阑无寐，听尽空阶雨。[⑤]

（《能改斋漫录》卷十六）

[注释]

①贺方回：名铸，字方回，卫州（今河南汲县）人。北宋著名词人。和贺方回韵，指和其名篇《青玉案》（凌波不过横塘路）。 ②“千峰”句：指流窜岭表，过洞庭，经潭、衡、永、桂等州，至宜州贬所，一路上峰峦重叠，艰难险阻。 ③黄叔度：名宪，字叔度，汝南人。世贫贱，才识卓异，有“颜子”之誉。此处借指黄庭坚。 ④樽罍：酒器。 樽：酒杯。 罍（léi）：形似壶，大者受一斛。上绘云雷之状，故名。 ⑤唐氏按：此首或误作黄庭坚弟黄叔达词，见《历代诗馀》卷四十三。

[集评]

谢章铤云：“吾请举近人陆太冲（以谦）之言曰：‘……至若弟兄华髮，别语叮咛，则有黄元明之《青玉案》。’”（《词话丛编·赌棋山庄词话·宋人尚艳词》）

薛砺若云：“他（黄庭坚）的哥哥元明，词虽不多见，然亦很风流清丽。”（《宋词通论》）

七娘子

画堂银烛明如昼，见林宗、巾垫羞蓬首[①]。针指花枝，线赊罗袖，须臾两带还依旧。 劝君倒戴休令后，也不须、更漉渊明酒[②]。宝箧深藏，浓香熏透，为经十指如葱手。

（《能改斋漫录》卷十七）

[注释]

①林宗巾：效法郭林宗所戴的一角陷下的头巾样式。东汉郭太（泰），字林宗，容貌魁伟，品学为时人所重。尝外出遇雨，头巾一角被雨打湿下折。时人争相仿效，故折头巾一角，称为林宗巾。事见《后汉书·郭泰传》。 ②漉渊明酒：像陶渊明那样迫不及待地用头巾漉酒。 漉（lù）：滤过。梁萧统《陶渊明传》：“郡将尝候之，值其酿熟，取头上葛巾漉酒。漉毕，还复着之。”

[集评]

吴曾云:"豫章先生兄黄元明宰庐陵县,赴郡会,巾带偶脱。太守令伎为缀之,且俾元明撰词。词云:'画堂银烛明如昼。……为经十指如葱手。'盖七娘子调也。"(《能改斋漫录》卷十七)

【补 佚】

祝 常

祝常（生卒不详），浙江衢州人。祝巡三十二世孙。进士出身。治平中（1064—1067）任太常卿，卒谥文正。朱熹推崇为理学伟人。

寄调满庭芳（巡公像赞）[①]

性秉坚贞、力保中原、御侮独镇乾坤[②]。艰难天步、走马向南迁。我祖仗旄护驾，叹两晋始绩依然。留守握重权，父忠子孝话当年。　　信安开阀[③]，郎峰肇族[④]，仰慕公贤。侯爵晋，当日九诏飞宣。遗像而今图画，播笏垂绅想以前。豪华甚，丰功骏烈，堪绘入凌烟。

（见《须江郎峰祝氏世谱》卷十）

[注释]

①巡公：祝巡。东晋南渡以佐辅功封信安侯。家于衢州，为郎峰祝氏一世祖。　②乾坤：按韵当为“坤乾”之误。　③开阀：建立了显赫的门第。　④郎峰：即江郎山。在衢州江山县。